U0584779

林奎成/著

甲申風雲

上

作家出版社

惊天大变局

——《甲申风云》序

王立群

公元1644年，明、清、顺三大政治势力展开了一场殊死大搏杀，而酿成了"甲申之变"。这场历史大变局，直接导致中国历史上最后一个帝国制王朝——清王朝的诞生。

这场江山的鼎新革故，始自李自成逼死崇祯帝，终于多尔衮大败李自成，其间，各种势力的关系极其复杂。

为了反映这一惊天变局，作者积二十年之功，在前人研究的基础上，钩稽爬梳，辨伪驳误，纠正了诸多传统的错误见解，以严谨的态度和精详的考证，写出了近三十万字的学术著作《吴三桂与甲申之变》（知识产权出版社，2013年9月出版）。这本学术著作在四个重大问题上提出了与传统观点迥然不同的新论：

一、李自成失败的原因

大顺军从甲申年（1644）三月十九日胜利入京，到四月二十九日狼狈出京，仅有四十二天。败亡之速，转换之快，中国历史上极为罕见。长期盛行于史学界的主流观点是：李自成的失败是由大顺军进京之后急遽腐败所致。此外，大顺军"对明朝官员刑杀过重"说、"追赃助饷丧失人心"说、"满汉地主阶级联盟剿杀农民军"说等，众说纷纭，莫衷一是。

作者列举史实，逐一辩驳。认为诸说的最大错误是：简单问题复杂化。李自成的失败只是一个单纯的军事问题。大顺军进京后，李自成昧于大势，对关外清军实力、意图，一无所知，迟迟未派重兵攻取山海关。而且，李自成对吴三桂的认识完全错误，认为吴三桂一定不会降清，只能降闯。完全无视深受忠君思想影响的明朝重臣，联合清兵为崇祯帝复仇的巨大可能。事实上，多尔衮利用明军复仇心切的心理，突出奇兵，大顺军猝不及防，一战而溃，致使李自成速败。

二、吴三桂降闯

传统说法是，大顺军入京后，吴三桂畏惧李自成势大，决定投降。在从山海关前往北京受降途中，听说爱妾陈圆圆为大顺军主将刘宗敏所获，冲冠一怒，改变决策。这是甲申之变的一个重大问题。

作者详细考察了吴三桂入关的行程，证明吴三桂没有降闯的时间和行为，并以可靠史料证明，吴三桂降闯是三藩之乱爆发后，康熙帝有意编造的一个谎言，目的是搞臭吴三桂。

三、吴三桂与陈圆圆

吴三桂与陈圆圆的故事家喻户晓，大致是：明崇祯十六年（1643）春，吴三桂奉命进京，在皇戚田弘遇家宴上初识陈圆圆，惊为天人，遂用千金购以为妾。但是，边关警报骤至，崇祯帝诏命吴三桂迅速赴关外御敌。临行之前，吴三桂把陈圆圆安置在其父吴襄京中的府第。第二年，大顺军进京，大将刘宗敏劫持了陈圆圆，吴三桂一怒为红颜而降清。

这个流传三百年的故事，广为人知，几成定论。作者以四个章节的巨大篇幅，列举大量文献资料，详加考证。结论是：崇祯十六年春至崇祯十七年（1644）春，吴三桂一直镇守在关外的宁远镇，根本没有进京的记录。其父吴襄也在关外中后所（今辽宁省绥中县）待罪，京中根本没有府第。这段时间，吴三桂没有和陈圆圆相识的时间、条件和可能。所谓"田府家宴"及吴三桂千金购买陈圆圆诸事，都是清人陆次云在三藩之乱后，为谴责吴三桂，杜撰《圆圆传》的无稽之谈。此说可谓语惊四座，但是，事实俱在，又令人不得不折服。

四、谁是借清兵剿灭李自成的决策人

吴三桂引清兵入关，是三百多年来史学界的定论，也为民间广泛接受，吴伟业《圆圆曲》"冲冠一怒为红颜"的名句，强化了这一故事的广泛流播。

作者通过对明朝典章制度的考察，以确凿证据，证明决定借清兵入关的不是吴三桂，而是吴三桂的上司、时任蓟辽总督的王永吉。王永吉采纳了当时宁远军监军同知童逵行的建议，决定借助关外清兵力量，共同剿灭大顺军，为崇祯皇帝复仇。吴三桂丧失民族大义，关键时刻执行了这一重大决定，但他只是王永吉千古大误决策的执行者。长期以来，王永吉被史学界忽略了。此前的甲申史研究，从未有人把王永吉作为研究对象，作者在其《吴三桂与甲申之变》中，把王永吉从浩如烟海、乱如梦丝的史料中打捞出来，还其本来面目，正本清源，这是林奎成先生对"甲申之变"研究的一大贡献。

在上述学术研究基础上，林奎成先生创作出了这部百万字的长篇历史小说。与以往撷拾民间传说连缀成篇者不同，也与此前以现代人的生活体验移植于古人的作品不同，这部小说，以其生花妙笔，为我们勾勒出一幅波澜壮阔的甲申之变的历史画卷，把我们带回到了三百多年前的社会场景中去，让我们身临其境地体验了当时人们的真实生活。作品场面宏大，情节曲折，上自宫廷官场的帝王将相，下至军伍市井的升斗小民，涵盖了明清易代之际社会各个阶层的各色人物。这部作品的最大看点是，小说的主要情节和绝大部分细节、绝大部分人物，都是历史上实有其事和实有其人的，借诸史料，可以覆按，从此意义上说，这是一部纪实性的长篇历史小说。

学术研究和文学创作是两个不同的门类，林奎成兼擅二者。这一现象，在中国现代文学史上不乏其例，但在时下，已十分罕见。小说家不做研究，多不擅研究；研究者不撰小说，多不会撰写。二者的泾渭分流，使历史题材的小说，往往陷入缺乏史实支撑的境地。

这部小说里，林奎成把自己的学术研究成果融入到绘声绘色的历史生活中去，使我们真切感受到了诸如"九王摄政""遣师大典""疆臣尽节""轻取真定""血洗宁武""金陵春梦""大内易主""胜国衣冠""议取中原""杀优索沅""山海大战""九王进京""娥眉惊魂""南国飘摇"等重大历史事件的详细而复杂的曲折过程。

在他的笔下，崇祯帝、李自成、多尔衮、刘宗敏、曹化淳、陈演、王永吉、吴三桂、范文程、洪承畴、史可法、马士英、侯方域、冒辟疆、钱谦益、柳如是、李香君、陈圆圆、董小宛等一大批人们耳熟能详，又参与或经历了甲申之变的历史人物，全都活了起来。皇帝与阁僚，英雄与枭雄，文臣武将，才子佳人，市井小民，个个性格鲜活，如见其人，如闻其声。既有金戈铁马刀光剑影的征战杀伐，也有旷男怨女柔情似水的缠绵悱恻。通过对这些人物的言谈举止和生活细节的观察，我们得以在轻松而饶有兴味的阅读中，了解了一段真实的甲申之变史。

鲁迅先生在谈到文学创作时，有句名言："要极省俭地画出一个人的特点，最好是画他的眼睛。"以往的文学作品，人们往往误解了鲁迅先生的意思，正面人物是"双目炯炯有神"，反面人物则"贼眉鼠眼"。林奎成则以客观、冷峻的笔法，尊重历史，不偏不倚。史载，李自成于崇祯十四年（1641）冬第二次攻打开封时，被城上守军"射中左目"而致残，所以林奎成笔下的李自成是个"半瞎子"，不像有些作品中说的"两道剑眉，双目炯炯"；史料记载，吴三桂"美丰姿，善骑射"，因此在林奎成的笔下，吴三桂是个丰神俊朗的沙场骁将。林奎成认为，与其画眼睛，不如写谈吐，因为人物的言谈最能反映人物的修养和个性。

此外，在对历史事件的细节处理上，作者也颇具匠心。清人计六奇《明季北略》卷二十之507条"元宵贼入城"记载：

> 北京每岁正月初八燃灯起，至十八日止，作元宵节。是年，连夕皎月，九门不闭，金鼓震天，每门自城外入者以千百计，皆以昏候闹元宵为名，达旦不出……贼俱腰缠数百金，既入城，大者买将，小者买兵，各守城上。……盖元宵九门分股频进，贼已万千伏城内矣。

根据这段简短的记叙，作者开篇，创作了这部小说的第1章《京师上元》。通过这一章节的精彩描述，我们在读到小说第20章《天崩地坼》时就会恍然大悟，怪不得大顺军三月十七日围困京城，仅仅一天半，到十九日凌晨即兵不血刃地拿下了京城！《明季北略》卷二十之499条"李自成僭号"记：

> 自成移牒兵部约战，言三月十日至兵部。执牒者则京师人，自涿州还，值逆旅客，予十金代投，兵部以为诈，斩之。

　　根据这条记载，作者专门设计了与第1章和第2章密切相关的第6章《布商枉死》，表现明朝君臣的颠顸无能和草菅人命。此类例子，均能说明作者心细如发、言出有据、驾驭史料为我所用的高超文学能力。

　　作者对古代战争的描写也很有特色。同样是攻城之战，"宁武关大战"与"山海关大战"绝不雷同。前者斗勇斗狠，血腥残酷；后者用智设谋，出人意表。两次大战作者俱描写得惊心动魄而精彩绝伦，是当下反映古代战争场面的精彩之笔。

　　这部小说的文笔亦值得一提。措辞雅驯古朴，正好与作品所描写的时代相匹配。叙述语言与人物道白互不缠绕，帝王将相的吐属与草莽英雄的言谈，互不相类，这与当下许多历史类的文学作品中，"古代人说现代话"大不一样，彰显了作者训练有素的语言功底。

　　总之，我认为，这是一部不可多得的具有诸多特色的优秀作品。阅读这部作品，不仅能使人们获得精神上的愉悦和享受，学到大量正确的历史知识，而且，对于人们重新审视这段历史具有重要价值。

（王立群，河南大学文学院教授，博士生导师，著名文化学者。央视《百家讲坛》主讲人。）

甲申人物六题（代序）

林奎成

朱由检

国事蜩螗如乱麻，
师心自用雪霜加。
独恒其智十七载，
临命尚曰臣可杀。

李自成

艰难百战自成功，
大梦犹酣帝座空。
草莽原非廊庙器，
徒留遗恨笑谈中。

多尔衮

马上纵横西复东，
阿瞒机智正堪同。
设盟罚誓入山海，
取霸定威称首功。

王永吉

圣眷优隆并世无，
勤王救败少猷图。
存明反作亡明策，
史简难逃斧钺诛。

吴三桂

冲冠本不为红颜，
大变突来思虑偏。
泣血秦廷欲复楚，
谁知一怒丧中原。

陈圆圆

妾本江南一素娥，
事田事寇两蹉跎。
忽逢战场迎蜡炬，
从此随君任漂泊。

首题用新韵余用平水丁酉重阳作于汴城可以居

目 录

甲申风云

1

大明崇祯十七年正月初九日

京师上元

元旦刚过，京城又忙着"闹元宵"了。

京城的闹元宵与外埠不同。有个无可究诘的说法：相传成祖文皇帝于永乐十八年从南京迁都至北平之际，正好赶上正月十五上元节。为示与民同乐之意，这位永乐皇帝传旨中外，将京师的闹元宵由各地通行的三天，延展而为十日。自此以后，相沿成习，每年的正月初八到正月十八，十日之内，九门不闭，任由京畿各府县的平民商贾云集京城，赏花灯、观焰火，博彩戏、做买卖，百艺杂陈，男妇不避，烘托出天子脚下一派熙雍祥和的太平景象。

今年的闹元宵例同往年。

前天夜间，内阁首辅陈演接到兵部转来山西抚台衙门的六百里加急塘报，说闯贼李自成于元旦正日在西安建国，国号"大顺"，年号"永昌"，自称"大顺王"，改西安为"长安"，定今年为"永昌元年"，声称即将亲率百万大军挥师北上，意在直扑京师、剪灭明朝云云。

陈演接报，不免忧虑，怕的是这个消息奏了上去，会引起皇帝的赫然震怒而取消了今年的闹元宵。果尔如此，则以当前的不靖之局，朝野震动，士民恐慌，西贼尚未北侵，京城先自瓦解。而身为首辅，责有攸归，一旦皇帝发不测之威，追究下来，自己的这颗脑袋就要在脖子上连接不稳了。有此忧虑，所以在昨天的早朝上，趁皇帝指授大政方略的间歇，陈演当着全体入值阁臣的面儿，向皇帝奏报了闯贼的逆行后，进而建议，可否将今年的京师闹元宵，缩短为正月十五的前后三天，庶几"备贼"与"民乐"同举，而两者又不妨兼顾？

很意外地，皇帝闻奏，并未发怒，而是极为温和地说："不必、不必，闯贼北犯，尚需时日。我朝向来体恤民情，自成祖文皇帝定鼎北都，京师上元，例以十天为限，此为三百年不替的成规，今年岂可有异？你去代朕宣谕各该管衙门，三辅黎庶，皆我赤子，着自今夜起，照例不闭内城，许远近农工士商一体出入，熙乐贸易，不准难为百姓！"

得此煌煌天语，陈演顿感一身轻松。报也奏了，责也尽了，日后倘有意外，则言官纠弹，自有同班阁臣作证，圣谕出自宸衷，天大的乱子，与我何干？

于是散朝之后，他很起劲儿地把户、礼两部的堂官和顺天府尹，以及天下首县的大兴、宛平两县的知县全部召来，细细转达了皇帝的旨意，要他们交代属员和各该管衙门，今年元宵，例同往年，切莫张皇生事，以不拂当今圣上悲悯苍生、与民同瘝的美意。不过，待到这些官员走后，陈演毕竟多了一份心计，又特为把负责京师治安的五城兵马司指挥叫了来，秘密叮嘱，要在"不扰民"的前提下，暗中加派逻卒，严格察查，以防闯贼细作，趁机混入京城。

负责京中各年节庆典的有关衙门和五城兵马司的属员自然是敬谨从命。因而自昨天傍晚开始，内城九门，彻夜洞开，有那南来北往的客商游贾，要趁这十日之机，进城做几笔夜市生意，狠狠地赚它几两银钱。也有近畿州县的富户人家，觅车揽轿，挈妇将雏，特地要在天子脚下盘桓几日，以领略京城繁华和天街夜色。自然还有为数众多的南北流民、东西乞丐，公子墨客、偷儿无赖，以及要把式、卖艺的，贩假药、唱戏的，贩夫走卒，村夫市妇，真正三教九流，媸妍毕集。他们有的是为赏花灯、观焰火；有的是为叩亲戚、访朋友；有的则三五同好，闹市聚饮，以拼深宵一醉；有的什么也不为，只为"看灯兼看看灯人"，要趁这十日之内，良家妇女不掩行藏的难得时机，恣意窥览秀色，大饱眼悦之福。于是一到华灯初上，五城通衢，沸反盈天，而更鼓遏密，金吾不禁，任令人流在各个城门自由涌动进出。

看势头，今天出入内城的百姓似乎比昨天还要多些。亲聆了五城兵马司指挥口谕的巡城士卒不敢大意，夕阳的余晖还在，便分队出动，巡视各门去了。

逻卒每队称为"标"，每标的首领就称为"标领"。负责西城三门巡察的标领姓黄，隶属西城兵马司。西城兵马司衙门在西四牌楼南边的风车胡同。黄标领把标下的三十名兵丁分为三队，另外两队分巡西直门和阜成门，他则自带一队，出风车胡同，过了干石桥，穿越西长安大街，一路上分拨人众，蛇行蚁步地往南直奔。在刚刚起更，正是人潮汹涌的时分，来到了宣武门。

一到宣武门就看出了问题。问题在于，差不多所有进城的人都是顾盼自如，一副悠然自得而又好奇难掩的闲预神态。而对面来的这几位，却行色匆促，只顾排开众人，向前赶路，对沿路的彩灯杂耍看也不看，这哪里像是进城来闹元宵的？于是黄标领将众兵丁引到宣武门洞的西侧。

"顺子，去，"他指着其中的一个年轻兵丁说，"你上去和他们搭话，专听口音。本地的，放他们走人。要是外地的，你把他们带到这里，我来问话。"

衔命而去的顺子，不一会儿就回来复命。带过来的四条汉子，短长肥瘦各有态，而个个鲜衣华服，神色坦然，商不商，绅不绅，自然更不是一般的士庶黎民。以黄标领的阅人之广，竟看不出这些人是什么来路。

"别害怕、别害怕，"黄标领和颜悦色地说，"我问你们话，只要照实回答，我不难为你们。你们都听明白了吗？"

其中的三个人纹丝不动，扬面朝天，就像什么也没听到似的。只另外一个年轻后生颇不耐烦地说："有话快说，别耽误工夫！什么听明白、听不明白的，你又不是北地的羌胡、南国的蛮子。"

出言不逊！这样的刺儿头，若在平时，黄标领只消一个手势，标下兵丁便会一拥而上，将其拧送到西城宛平县衙的班房里，饿他两天，让他好好吃些苦头。然而这几天上司特为叮嘱，庆典期间，务去暴戾之气，绝不可与庶民发生无谓的冲突。因而黄标领压了压心头的恶气，依然和颜悦色地说："好、好，就几句话，快得很。我且问你，听口音，你们是陕西的？"

"陕西临潼。"

"什么时候到的京城？"

"今天正午。"

"正午到京，为什么现在才进城？"

"咦——奇怪了！"年轻后生是那种老气横秋的质问口吻，"我们到京后在宣武门外客栈里先安顿下来，歇歇脚，整整装，这，犯法吗？莫非在你看来，宣武门外就不是京城？"

"嗯、嗯。"说得有理。京师以治安辖区划分为东、西、南、北、中五城，宣武门外属南城管辖，南城又称"外城"，是与另外四城的"内城"相对而言的说法，自然也是京城。不过理虽直而题不对，这样解释，等于没有回答问题，于是黄标领只好换个问法："我是说，你们现在进内城干什么来了？"

"闹元宵啊！"年轻后生回答得极其干脆。

"那我再问你，"黄标领指着其中的一个矮胖子，"既然是闹元宵，为什么要带这么大的橐囊进城呢？"

重要物品，为防失窃而用皮革或布帛勒裹，上悬于肩，下系于腰，做成一个包裹状，谓之"橐囊"。入城赏灯，无不轻装简携，重要物品，大都寄存在外城的客栈旅店，怕的是人多扰攘之际，便宜了偷儿扒手。而这几位却反其道而行之，大大咧咧地负囊进城，此时而有此举，岂不可疑？黄标领是何等角色，这一问算是问到点子上了。

"这、这……"年轻后生嗫嚅其辞，无以为答。

眼看局面要僵。黄标领正待以目相示、要标下士卒动手拿人之际，对方另外三人中的一位高个子探身向前，双掌合拱，很洒脱地对着黄标领揖了一揖："这位军爷，请借一步说话如何？"说着自己先侧开两步，与另外九名巡卒稍稍拉开了距离。

出语娴雅，态度谦和。黄标领定睛细看，好个丰神俊朗的漂亮人物！一双星眸，精光四射，气度雍容而做派潇洒，愣是让人觉得，天潢贵胄，不过如此。怀了这样一份敬畏之感，就像被一股莫名吸力牵引似的，黄标领不自觉地跟了上来，不过神色却是狐疑不定："请教，贵姓？"

"敝姓刘，行四。就叫我刘四好了。"

"喔，敢情是刘四哥。有什么话，你请讲。"

"敝东家陕西李掌柜，专做绸缎生意，贱号'永和庄'……"

"永和庄？怎么和京城的永和庄一个牌号？"

"正是。京城的永和庄是总号，陕西的永和庄是联号。"

啊！黄标领心头懔然一震，知道今天的事儿不那么简单了。永和庄是权势熏天的宫内太监曹化淳以他人名义开设的绸缎铺，此为京城人人皆知的不密之秘。曹化淳是当今皇帝最宠信的心腹太监，提督东厂，典领禁军，专门打探朝野隐私，多少忠臣义士和民间无辜死于他的手中。京师五城，提起曹化淳三字，犹如阎罗恶煞，避之唯恐不速。自己一个不入品流的小小标领，不过为了月俸一两二钱的饭食银子养家糊口，就算吃了豹子胆，也不敢去捅这个马蜂窝！况且上司交给的任务只是稽查流贼细作，这几个人，察其颜，观其色，不过想借豪门声势做点走私生意而已，这与我有何干系？而既然声称与"永和庄"有点儿沾连，纵然不是良民，亦顶多是些奸商，总不会真的就是流贼细作吧？

意会至此，黄标领知道自己该怎么做了。幸而刚才没有孟浪，若照平日的威势叱咤，今天恐怕就不好收场了。此刻索性套个交情，留条后路。

"刘四哥，对不起、对不起！"说着满脸堆笑地指了指刚才答话的那个年轻后生，"都怪我没听懂这位兄弟的话。宝号永和庄是我经常叨扰的地方。店上的掌柜姓高，与我有些交情。你要是提起西城兵马司十二标黄某，高掌柜不会说不认识。拜托刘四哥见了面替我向他问声好。"

"原来是黄标领，失敬失敬。敢问府上可是在白纸坊街半步胡同？"

啊？黄标领愈感惊诧。一个商人，怎么会知道我的住所？看来此辈绝非善类！不过其势仓促，不容细辨，只好照实回答："是、是啊……"言下是不胜困惑而又想急于获得解释的意思。

这位"刘四哥"似乎并不理会他的困惑，朝着另外三个同伙做了个手势，然后入怀探囊，取出一个桑皮纸袋，递到黄标领手中："不腆之仪，菲薄得很。黄标领，我交你这个朋友了。"

沉甸甸、鼓囊囊的，看来不是小数。"这、这算什么……"黄标领一时不知所措，而又要表示出不愿被对方小瞧了的意思。

就这一错愕的当口儿，领会了"刘四哥"手势的另外三人，个个以手捺唇，齐声呼哨。早已集聚在宣武门内侧装作看热闹的百十个人，趋簇而上，如巨浪旋蓬般地，裹卷着这一行四人，眨眼间消失在如潮的人海之中，再要寻找，哪有可能？

好大一会儿工夫，黄标领才缓过神来。而待到缓过神来，才发觉鼓囊囊的桑皮纸袋还在自己手里。打开桑皮纸袋，里面又有一个细绵纸包。扯开细绵纸包，取出一看：一锭元宝，一块木牌。元宝是大明万历足色库平纹银，整整五十两。黄标领据在手里，只觉得一阵心花怒放，这样一锭元宝，比自己辛辛苦苦干三年的总薪俸都多。而再看木牌，陡然间瑟瑟发抖，寒气逼人的正月天气，居然冒出了一头汗水，四肢中了定身法似的，呆呆地僵立不动。

木牌上有字，共三行：

大顺兵政府奉敕谕
三月望日破城之时持此牌者免死
永昌元年正月初八日

站在一边的九名兵丁看出了情况不对，立刻聚拢过来。有人拍背，有人抹额，七嘴八舌地乱喊："头儿，头儿，你这是怎么了？要不要去叫个郎中？"

经过这一阵子的慌乱和噪杂，黄标领的三魂六魄才算真正归了位。此人虽然是个不入品流的低级武官，但脑袋并不笨，平时处事也还干练机警。此刻静心一想，立即明白刚才发生了什么事。如不迅速拿出办法弥缝掩盖，只怕自己的这颗脑袋明天午时就会悬在西四牌楼的街口示众。

于是趁着别人尚未注意，他先以极快的手法，把那块木牌往怀里一藏，然后招招手："来、来，顺子，还有你，狗遛子，"他指了指宣内大街一家正灯火通明做生意的银匠铺，"你们俩，去把这锭元宝换成碎银子。咱们哥儿几个二一添作五，今天来的都有份儿，每人五两。顺便从我的那一份儿里提出来三钱，买成好酒好肉，今儿算哥哥我请客。我和弟兄们都到城楼上的值舍里等着。快去快回，咱们一块儿喝酒吃肉分银子。"

有这等好事？不仅有酒喝、有肉吃，还有白花花的五两银子！近来时局纷乱，流贼猖獗，山东、淮北地面的土寇也跟着遥相呼应，闹得运河中断，漕运不畅，江南的粮食运不到京师。去年秋天，都门哄传，东城的禄米仓、海运仓和京东的通州仓，储存的稻谷和大米已有匮乏之虞。以致近来京中米价，腾腾飞涨，现在已经卖到斗米四钱了，而一斗大米仅够一户五口之家半个多月的消耗。有此五两白银，一家数口，差不多一年之内填饱肚子是没有什么问题了。

意会及此，九名兵丁无不笑逐颜开，一边催着顺子和狗遛子"快去、快去！"一边都在琢磨着，怎么能从肚子里捣鼓出几句什么入耳动听的话来，好好奉承奉承这位善体人意的头儿。然而——

"慢着！"

一声断喝，把所有的人都吓了一跳。再看黄标领，面凝严霜，眼露杀气，平日里煦煦然如温善兄长的头儿，此刻目光逐个扫视，倒像随时要跟其中的哪一个拼命似的。这一来，九名兵丁，笑容顿敛，个个表情严肃，耳朵竖得兔子一般，要听黄标领说些什么。

"今儿的事，你们可都看到了。不管懂不懂其中的利害，我要你们把眼睛里看到的，全都装进肚子里去，让它发霉、烂掉，就是不准摆弄到舌头上。谁他妈要是嘴皮子犯贱，胆敢说出去片言只语，嘿嘿，没别的，那就一个死！朝阳门外臭水坑知道吧？对了，那就是他挺尸的地儿！——你们可都给我听明白了？"

"——是！"齐刷刷地，声音不大，却低沉有力。

黄标领放心了，恩威并施，立见奇效。

"走，上城楼。"于是军靴橐橐地踏上城墙的马道。顺子和狗遛子飞快地去换银子、买酒肉，另外七名兵丁，规规矩矩地跟在黄标领后面。

黄标领一边走，一边在心里说："得、得，大明朝的气数完蛋了！时局如此，还闹什么狗屁元宵，这不明摆着让流贼细作趁机进城吗？连皇帝最倚重的太监曹化淳都和流贼暗通声气，这样的朝廷，不亡才怪呢。"

曹化淳之被皇帝倚为心腹，有一段极深的历史渊源。二十四年前，也就是万历四十八年七月，本朝享国最久的神宗显皇帝崩于乾清宫弘德殿，遗命以皇长子朱常洛即皇帝位，是为光宗。与乃父恰成反照，光宗享国，仅仅一个月，是本朝最短命的皇帝。光宗既崩，朝臣拥立皇长子朱由校入承大统，是为熹宗。熹宗即位，改元天启，天启二年九月，敕封同父异母的皇五弟朱由检为"信王"。此时信王年仅十岁。本朝制度，未成年的皇子不置府邸，因而信王仍然住在大内的勗勤宫。勗勤宫的总管太监就是曹化淳，照料起居，呵护有加，自然被年少的信王视为依赖。天启七年二月，信王已经十五岁，奉旨出居王府，成婚自立，曹化淳水涨船高地成了信王府的总管太监。仅仅过了半年，到这年的八月二十二日，熹宗崩而无子，于是兄终弟及，信王奉遗命继承大统，便是当今的皇帝，而曹化淳亦随之再度入宫。

再度入宫，身份迥非昔比。从龙家奴，以十年的服侍之功，皇帝当然要大加酬庸。即位之初，即命曹化淳为十二监之首的"内官监"太监。崇祯二年，整肃阉党，杀"提督厂卫"的大太监徐显纯，命曹化淳取而代之。崇祯十五年，曹化淳百尺竿头，更进一步，兼领"御马监"的太监。御马监下设"龙骧四卫营"，直接掌控大内羽林军中的骑兵。并且这个职位，每有战事，常受皇帝之命出临监军。所以曹化淳内掌御厩，外绾兵符，集皇家和国家的军事大权于一身，声势煊赫，直埒兵部，是内官当中与司礼监的秉笔太监，一武一文，并称首阉的赫赫角色。

然而宦官毕竟是宦官，虽然贵为一衙之首的太监，却不能像真正的男人一样，公务之暇，拥姬携妾，去寻人生至乐的床笫之欢。"最是寂寞黄昏时"，每到掌灯时分，五内焦躁，六神不安，总要想出些什么花样，用来替补那点心向往之、却不能之的人生缺憾。元宵期间，退值较早，回到宅第后卸去公服，在云铜镂花的炭火盆前一坐，热气扑面，愈感无聊。

"来啊！"他以苍锐的阴阳腔吩咐贴身长随，"拿我的片子，去请司礼监王德化，本兵张缙彦，还有兵科光时亨，叫他们过来陪我一块儿打牌消夜。"

"是！"乌衣快靴的长随响亮地答应一声，转身欲去。

"慢点、慢点，"曹化淳继续交代，"顺便到梨春院叫个条子，要两个能看得上眼的过来侑酒助兴。"

"梨春院"是京城有名的高等娼寮，所蓄优女，大都吹拉弹唱，样样精通。因而卖笑生涯，自然异于皮肉私娼，真个"五陵年少争缠头，一曲红绡不知数"。高门豪户的纨绔子弟，不惜一掷千金，唤来深宵作乐。曹化淳自然不是什么纨绔子弟，然而以生理的缺憾，为弥补心理的不足，亦颇视此道为消遣之方，所以平时常常召唤梨春院的油头粉面到自宅来，操琴弄弦，寻欢达旦。

然而今天，贴身长随有点儿为难了。日常家居，曹化淳规定下人要像一般官宅或大户人家一样，称自己为"老爷"，所以——

"回老爷，"长随说，"你老知道的，梨春院在崇文门外帘子胡同。这会儿外面人山人海，小的两条腿一来一回，只怕耽误了老爷的工夫。你看……"

"噢、噢。"曹化淳醒悟了。曹宅在安定门内方家胡同，距崇文门外帘子胡同的梨春院一北一南，来回一趟十几里。平日里快马健仆，只消半个时辰就足以济事。可是在这闹元宵的日子里，官民同乐，车马禁行，再大的排场也铺摆不开。做此安排，确乎不宜。

"罢了，就叫三位常客过来好了。"

就在此时，负责宅门值宿的司阍老苍头迈了进来："请老爷的示下，有四位陕西客人上门，不知老爷见还是不见？"

曹宅豪奢，拟于王府，门禁上的规矩极其严格，若非主人专请，则登门拜访，须得提前预约。而这四位客人不速而至，曹化淳不免讶异："什么样的客人哪？好大的来头。怎么没听说事先有约呢？"他拉长了调门，漫不经心地接过司阍递上来的俗称"片子"的名刺，"去回了他，就说不……"

然而，"不"字刚一出口，名刺入目，倏然心惊！

"啊，快、快！"他命令长随，"那三个不用叫了，快把这四位请到花厅，就说我马上就到。记住了，好好招待，怠慢了贵客，看我不打断你的狗腿！"

四五个下人不待吩咐，打镜的打镜，更衣的更衣，在极短的时间内，把曹化淳的燕居便装，换成了会客的礼服。曹化淳揽镜自顾，颇为满意，那神情仿佛是要上朝去见皇帝一样。

"去，把我放在书房案头上的函匣拿来！"

待到下人拿来了函匣，他亲自从腰间的荷包里取出钥匙，打开匣盖，抽出一只锦包，小心翼翼地插进袖笼子里。

检点无误后，锐声喝道："告诉门上，不管谁再来，一律给我挡驾！还有，传我的话，要护班院丁在花厅十步以外放岗，发现有偷听偷看、形迹可疑的，不用禀报，立即拖到后院，乱棍打死！"

"失迎、失迎！"一进花厅，先对着四位客人作了个漂亮的罗圈揖，"敝人曹化淳。午间刚刚得报，说贵客不日到京。没想到诸位行事如此迅捷，倒教化淳失去了安排出城迎候的机会。"

寒暄备至，他朝着居中的一位俊美客人，特为拱了拱手："想来这位就是刘四爷了？"

"不敢当。刘四给公公施礼了。"

"啊——啧啧。"曹化淳不胜钦羡道，"久闻刘四爷风仪出尘，今日一见，果然一表人才！你瞧，啧啧，真正玉树临风佳公子。请、请，啊——都快请坐、都快请坐。怎么样，路上还顺当吧？"

"还好。只是刚才进城，在宣武门遇到了一点儿小小的耽搁。"

"唔，怎么回事？"

"没什么，也算是交了个朋友。西城兵马司有位黄标领，家住宣武门外白纸坊街半步胡同。公公不妨留意此人，将来缓急之际，也许是个帮手。"

"哦、哦，那归西城兵马司指挥属下。化淳记住了。"

分定主次，各各落座之后，刘四爷神定气闲地说："敝上李掌柜，收到了公公的密函，特遣刘四星夜疾驰，造府抚慰。"

就这一句话，曹化淳复又起身，恭恭敬敬地朝着西南方，深深躬身一揖，嘴里喃喃有词了好大一会儿，然后转向刘四爷，连连拱手："谢谢、谢谢。曹某自问何人？以待罪之身，不遭鄙弃，反倒辱蒙贵上千里抚慰。这、这……刘四爷，拜烦你转告贵上，不论何时，凡有差遣之处，化淳披肝沥胆，万死不辞！"说着以袖拭目，似乎激动得颇掉了几滴眼泪。

刘四爷微微一笑："公公深明大义，当此江山鼎革之际，顺天应人，识机知变，这一态度，很为敝上所嘉许。敝上天纵英明，器量恢宏，凡真心向化者，无论在旧朝任何职司，均不念旧恶，一体量才录用。公公旧朝显宦，亲典禁军，自然更为敝上所看重。刚才公公说'披肝沥胆，万死不辞'，这话在刘四听来，亦不能默然无动于衷。只是徒托空言，无以见其真诚，公公还应该有具体的打算才是。"

具体打算是早就有了的，曹化淳原想端足架子，巧词卖弄以自高身价，然后再把准备好的"重礼"奉上，这才显得身份贵重，不被对方小瞧了自己。现在看来，这番打算完全落空。这位谈判对手，不仅人物漂亮，说话更加漂亮，言简意赅，直抉主题，不给自己留下丝毫躲闪的余地。看来还是识趣点吧，否则弄巧成拙，这份重礼也就显得不值钱了。

"有、有！为表弃暗投明的诚意，化淳自然有一份孝敬。"说着老老实实从袖笼子里抽出那只锦包，"京师内城九门和外城七门的火器配布，都在这张图上了。来、来，刘四爷，且容化淳细细解说。"

于是就在待客的八仙桌上展开图面，主客五人，聚拢过来。曹化淳口讲指画，详加譬解，费了好大一阵工夫，直到客人完全理解了图面的含义，方始将图重新叠起，双手奉上："这是化淳诚心归顺的一点儿表示，请刘四爷代为转呈贵上，日后大驾至京，也许会派上点用场。"说完意有所待地、是那种施大惠于人、很想得到几句美言回馈的表情。

等到随从——那位年轻后生——将曹化淳的"礼物"收起后，刘四爷语气淡然地说："公公的美意，刘四自然要照实转告。不过，公公应该知道，敝上奉天倡义，吊民伐罪，用兵之道，鬼神莫测。破承天、夺襄阳、克洛阳、下西安，虽顿甲坚城，取之不过秋风扫地。京城虽然坚固，而待我大军到时，量来已成孤邑，内无重兵，外乏援旅，以我雷霆之师，施以霹雳手段，何难一鼓荡平？只是京师重地，良莠杂处，兵火之际，难免玉石俱焚。敝上体上天好生之德，不忍百万生灵，徒遭池鱼之殃。兵法云：'不战而屈人之兵，上之上也。'公公久历戎行，这个道理自然应该懂得。刘四此来，为公公一人富贵者小，为阖城百姓平安者大。个中干系，所关匪细，尚祈公公有以自处。"

"噢、噢。"曹化淳明白了，这是要他"献城"。

明白是明白了，却不敢贸然应允，不是不愿，而是实在太难。

京城的兵力配备，有"五军营""神机营"和"神枢营"，此即所谓"京师三大营"，简称"京营"，共辖士卒七万余人；禁城侍卫有兵丁五千人；京郊驻军又有差不多两万；另有平时负责治安、战时可充士卒的五城兵马司兵丁五千多；再加上东厂和锦衣卫的役员五千人，总共近十一万的兵力，各有统属，不是他曹化淳一人所能指挥得动的。而这一切，如果详加解说，不唯口舌费时，且亦种种纠葛，颇难数言而详，一旦措辞不当，将可能引起对方的极大误会。

况且曹化淳心中还存了这样一份侥幸：闯贼北犯，必须由陕入晋，途中不但有黄河天险的阻隔，而且山西境内亦有重重军兵戍守，不见得就能一路顺畅。就算顺畅，则京师危急，皇帝必然诏调天下兵马勤王。近畿的兵力，近则有驻守在密云的蓟镇总兵唐通，所部八千锐卒，朝发可以夕至；稍远一点儿的则有山东总兵刘泽清的两万人马，距京不过三日行程；还有关外驻守在宁远的总兵吴三桂，所辖四万劲旅，亦可在旬日之内赶到。此外江南尚有悍将左良玉的兵马三十万，虽然远不济急，但只要唐通和刘泽清能够抵挡一阵，吴三桂再率兵来援，则假以半月之期，闯贼未必就能把京城拿得下来，到那时，江南左良玉的大兵一到，鹿死谁手，尚未可期。

唉——曹化淳心中哀叹，说来说去，卖主求荣，总不是什么光彩的事。都怪自己一时孟浪，听信了"永和庄"高掌柜的主意，通过高掌柜的线索，给闯贼送去了一封输款约降的密信。当时只想，万一政局突变，好为自己留条后路。现在才知道，要想富贵，必须付出极大的代价，区区一纸京城火器配布图，根本难餍对方所欲。如今招鬼容易送鬼难，这位刘四，不是易与之辈，三言两语，自己便落下风，少不得要矮矮身价，受制于人了。

不过，明祚将尽，朝野已有默喻和共识。果真闯贼代明而立，便是一场改朝换代的大变局，因此眼前的谈判，于日后的富贵又大有关碍。穷通祸福，决于俄顷，无论如何是躲避不开的事。

权衡再三，曹化淳决定以快刀斩乱麻的态度，先向对方做出最基本的承诺："刘四爷的指点，化淳自当谨记在心。降顺首须立功，这个道理，也是古今通义。贵上挟貔貅之师，怀菩萨心肠，不忍京中百姓罹难兵火，正见得命世英主以四海为心的盛德，化淳敢不仰体圣意、效驱马前？只是此事要办，须费一番周折，可否容化淳筹思几日，以期万全？总之，化淳以身家性命担保，在贵上率师莅京之时，一定有切实方策送达军前。"

"可以。"

刘四爷很痛快地只回答了两个字，然后招招手，同行的矮胖子卸掉身上的橐囊，往桌面上一摊。

"这里是两百块免死牌，"刘四爷说，"烦公公代为分发。另有一千两银子，亦请公公相机犒赏守城士卒。"

"好说、好说，都包在化淳身上了。"

"还有，"刘四爷递上一只函套，"请将这通信函在十日之内设法送达，有劳了。"

曹化淳接函在手，倒吸了一口冷气——朱丝栏内，一笔峻棱规整的"率更体"，上款写的是：

明朝皇帝朱由检亲启

下款注的是：

大顺朝汝侯权将军刘绒

接着下款，又有小字批明：限十五日至顺天府会同馆暂缴。

——竟然是"国书"！

曹化淳心里不免发毛，这要是送达御前，自己立刻就会被皇帝当作闯贼的细作而枭首示众。不过眼下容不得片刻迟疑，好在还有时间，事缓则圆，办法总会有的。于是他拍拍胸脯，极口应承："尽请放心，化淳一定如言照办，绝不误事！"

2

大明崇祯十七年正月十六日

庙堂请缨

民间的气氛因"十五闹元宵"而喜气洋洋，朝中的情绪却为"六百里加急"而恓恓惶惶。自从本月初八日接到闯贼元旦在西安建国的消息，近十天来，几乎每天都有山西巡抚蔡懋德驰递而来的六百里加急塘报。

本朝的驿递，有严格规定。山地每隔六十里、平地每隔八十里设一驿站，每站置上、中、下三等驿马。朝廷的文书向地方下达，或者地方的文书向朝廷报送，都要通过这些驿站传递。地方向朝廷报送与军事有关的文书称为"塘报"。普通塘报标明"三百里"或"四百里"，都是一日夜的限程，用中、下等驿马传递。疆臣出缺、民事哗变、江河溃决等等重大事项，始得以"五百里"而用上等驿马。"六百里加急"则仅限于边关入寇、丧师失地、藩王薨殁这类特急事故，须快马专差，日夜驰递，马项系以鸣铃，飞奔起来，数里可闻。前站的"驿丞"听到后面的铃声，必须立刻备好料饱水足的上等好马，以及能使专差在马上飞驰之时不碍就食的烧饼烙馍之类，待后面的专差一到，验明"火票"，换马不换人，片刻不停，疾驰下站，如此站站衔接，直达京师。

"驿站"在全国各地是通称，唯有京师的驿站称为"会同馆"。京师下辖一府二县，二县是宛平和大兴，一府则是顺天，因此顺天府的会同馆就成了天下塘报的总汇之处。塘报一到会同馆，照例该先送到兵部衙门，然而前几天皇帝特为谕令，凡是山西方面来的六百里加急，都要直接送到宫中，亲呈御览。

近十天来，会同馆的冯提督总是战战兢兢地当差。他在这个差事上干了四五年了，加急塘报也接收过不少，但像近来如此密集地连连接到山西来的六百里加急，仍不免让他诧为异事。塘报的内容他是无权拆看的，但朝廷的文书规制却懂得。藩王不会天天都死，边关入寇又未见于宫门邸抄，则来自山西的加急塘报，必定与丧师失地有关。

"坏了、坏了，怕是闯贼已经渡过黄河了。"他携着刚刚又收到的六百里加急，今天是他值夜，天还没亮，差役们都还未入值，只好亲自策马，要赶在卯时以前送缴到内阁的值房，以不误早朝呈奉御前。一路上他心情沮丧，暗暗喟叹：唐玄宗荒嬉怠政，擅动天下驿马，"一骑红尘妃子笑，无人知是荔枝来"，结果朝政日非，引发内乱，闹得好端端的皇帝当不成，那是咎由自取。可是当今圣上，年年宵衣旰食，励精图治，而近来驿马传报，竟都是些丧师失地的凶信！

"天清杀气屯关右，夜半妖星照渭滨"他想起了温庭筠的这句诗，反复吟诵，细细品味，突然像似悟出了什么，口中不由地喃喃自语："不祥、不祥！唉——莫非当今皇上真的是亡国之君？"

"闻喜陷落了！"看罢六百里加急，皇帝气急败坏地把塘报往御案下一摔，"你们都是朝廷大臣，说！该当如何？"

今天入值的阁臣一共六位。皇帝发怒，首先要表示态度的就是首辅，于是陈演伏地叩头："皇上息怒，且容臣等稍作商议，总要筹出妥善之策，以纾宸忧。"

皇帝只用鼻子哼了一下，并不表态，但这也不妨理解为同意了陈演的请求。陈演立刻趋前两步，将六百里加急的塘报捡起，自己先匆匆读了一遍，然后弓腰，退回原处，招招手，让另外五位阁臣共同阅看。

钤的是山西抚院的紫泥关防大印，可知这份塘报来自山西巡抚蔡懋德。这类"报忧"的文件，一般措辞都比较简单。为了节省时间，刚奉旨入阁不久的兵部尚书张缙彦自告奋勇，掐头去尾，省掉了前后两段例行的套语，将中间的主要内容朗声念了出来：

项以闯贼窃据韩城、临晋，欲渡河北犯。臣乃于本月初二日在太原招募士卒四千，沿河布防，俾阻贼兵于晋省之外。讵贼将刘宗敏夺我先机，初四日自禹门渡口率贼众五万踏冰渡河。迨初七日臣至赵州得报，始知初六日午后闻喜城已陷贼手矣。闻喜既失，三晋危殆。臣于初七日晚已驰抵平阳，务期阻断贼兵北犯通道。唯兵饷两缺，恐难与贼持久。伏乞朝廷火速增兵拨饷，晋省臣民不胜翘首企盼之至。

念到这里，基本意思已经明了，张缙彦把塘报躬身送还御前。六位大臣，面面相觑，谁也拿不出什么好的主意。

君臣奏对，这样子长久沉默是很尴尬的。每当出现这类情况，首辅必须设法调节局面。陈演正想好了一番措辞，欲待开口，突然次辅魏藻德跃身向前，厉声而言："臣请皇上立下诏旨，将蔡懋德革职拿问，逮京治罪！"

此言一出，满堂皆惊！连皇帝也愣着眼，直瞅魏藻德，似乎是要听他继续说下去。

魏藻德是京东通州人，少年科场，连连失意，直到崇祯十二年他五十二岁时才乡试中举，第二年春天会试"联捷"，接着殿试称旨，皇帝亲置首卷，居然一举成名，荣为状元。今年开春，他与陈演一起入阁。以状元而为阁臣，官场上尚属草茅新进，年齿上却是以他为尊，总以为自己的本事在其余阁臣之上，而屈为次辅，是他感到非常窝囊的事，所以心里一直憋着一股抑郁难宣之气。其实他也知道，皇帝让他入阁，是看他还算持重，但不让他做首辅，是嫌他遇事模棱两可，拿不出什么切实主意。然而他自己却不甘心被人讥为"伴食宰相"，近来总想找个机会出出风头，想教同僚们看看，咱老魏也是能临机赞划、行事果断的角色。巧得很，在他看来，今天这个机会就在眼前。看看自己一语惊得满堂惶，他感到预想的效果就要达到了。

"蔡懋德本月初二日已在太原募得四千士卒，说要沿河布防，何以迟至初七日才到赵州？"魏藻德说得声色俱厉，"太原距禹门渡口不过六日行程，距赵州仅三日行程。以三日之程而耗时六日，不即迅赴前敌而贻误戎机，臣以为此与纵寇入境者无异。况且赵州远离黄河，岂是布防之地？显见得蔡懋德巧言伪饰，欺罔圣聪。臣窥其私衷，无非闻警规避，以致坐失三日之机，使闻喜落入贼手。疆臣失地，我朝自有家法，是故臣恭请皇上速下诏旨，将蔡懋德逮问刑部，置之重典，以为临敌畏蕙者戒！"

原来是这样一番道理！满廷诸臣，无不窃笑，看来此公的脑袋，真正一盆浆糊，这笔账算得完全不对。

皇帝也听出了话中的漏洞，把脸一偏，再也不看魏藻德一眼，自然是很生气的样子。

这种时候，最能看出陈演的精明，既要纾解皇帝的郁怒，又要照顾同僚的面子，还要把事情处理得公允妥帖。他扯了扯魏藻德的衣角，示意其稍安勿躁，然后躬身陈奏："魏藻德所请，不无道理。疆臣失地，法所不宥，倘不置之重典，即无以彰国法而儆疲玩。不过，从塘报的内容来看，失地之咎，似乎不在时机之误。即使蔡懋德初二日率兵自太原出发，待其赶至禹门渡口，最快也要到初八日，而此时闻喜城已经陷落两天之久了。以此课罪，不唯蔡懋德不服，恐亦难服天下疆臣之心。然而无论如何，闻喜地面，属晋省该管，蔡懋德身为晋抚，不能料敌机于未萌之先，致该管土地，沦入贼手，亦当问其应执之咎。臣的意思，可否比照往年的成例，请皇上特颁严旨，刻意申饬，责令蔡懋德戴罪图功，以观后效。当此朝廷用人孔亟之时，如此措置，于大局庶乎有益。"

"嗯、嗯"，皇帝略一思索，怒气稍减，"就照这个意思，一会儿下去票拟。"

聆听皇帝的口授，称为"承旨"。承旨之后，在臣工的奏章上模拟皇帝的语气批复意见则称为"票拟"。票拟的文字经皇帝朱笔批准，再交由内阁抄发，就成了民间通称的"圣旨"了。一场陡然欲起的阁臣与疆臣之间的纠纷，就这样被陈演轻轻化解了。不但皇帝满意，在廷诸臣也都暗暗心许，只有魏藻德梗了梗脖子，欲言又止，似乎还没明白过来怎么回事。

人事上的问题就算这样定了，军事上的问题却还一句也没议。皇帝怒气虽解，忧心仍存。他重重地叹了口气："闻喜陷落，闯贼必然进窥三晋。山西兵力薄弱，贼将刘宗敏已率贼兵五万入境，想来贼酋李自成亦将亲统重兵紧蹑其后。前据塘报，闯贼已有百万之众，倘分其半数，寇我晋土，则京师之危，立在眼前。你们倒想想看，有何良策，可以御敌？"

良策是不会有的。御敌打仗，首需军兵，而现在朝廷的可用之兵，实在等于没有。

崇祯十四年，关外清军围困锦州，锦州总兵祖大寿飞章告急，皇帝特命总督蓟辽军务的洪承畴，率八镇总兵所属的十三万精兵前往解围。除这十三万精锐边兵外，另有辽东巡抚丘民仰临时招募的三千士卒，再加上被困在锦州城内的祖大寿手下近四万人马，总共十七万的大军，竟然一战而溃，被清军杀得尸横百余里。其实此役之败，错不在洪承畴，而在皇帝。崇祯一朝，洪承畴是继袁崇焕、卢象升和孙承宗之后，文臣当中唯一懂军事的干才。清兵的特点，长于野战而短于攻坚，因而此次用兵，洪承畴首占辽西走廊，在宁远、杏山、松山一线结阵，派人潜通祖大寿而达成默契，对锦州之围援而不解，以"车营法"战术，稳扎稳打，步步推进，使清兵耗时糜饷而莫奈其何。倘若再坚持数月，清兵久围疲敝，必然撤归沈阳，则锦州之围，不解自解。然而皇帝误信了兵部尚书陈新甲的速战之论，求胜心切，严旨切催，谕令洪承畴"克期进兵"。于是君命难违，洪承畴不得已聚兵一逞，不料却中了清军的埋伏，以致功亏一篑，兵败被俘，后来只好投降保命。只有宁远总兵吴三桂单骑脱逃，一路上招缉流亡，好容易凑足了四万人马回守宁远。此役史称"松锦之战"。松锦一战，朝廷的边兵几乎消亡殆尽，再也没有能力与清兵抗衡了。

边兵如此，内兵更为糟糕。眼看着流贼焚凤阳、破洛阳、围开封、下襄阳，出入陕、豫、皖、楚，如入无人之境，闹得天下骚动，八方求援，因而去年十月，皇帝特命内阁大臣孙传庭为兵部尚书，佩督师七省帅印，带白广恩、陈永福二总兵所属的十万精兵出潼关，又檄调四川、陕西、河南、南直隶和湖广，共五省的地方军兵五十万，总计六十万大军与李自成在河南大举决战。如此大事更张地调兵遣将，从军事上着眼，其实是很危险的，因而廷议之时，都察院左都御史李邦华力持不可："孙传庭所属，皆天下精兵良将，皇上仅剩此一副家当，万万不可轻动。流贼狡黠剽悍，一旦决战失利，日后大局，岂堪闻问？"然而这一忠告，却不被皇帝所接纳，仍然严旨切催，要孙传庭速速与贼决战。结果李自成采取诱敌深入的布袋战术，先败孙传庭于河南郏县，丧兵四万，再败孙传庭于陕西潼关，全军覆没。六十万人马死伤过半，剩下的全跟着白广恩和陈永福投降了闯贼。孙传庭则战死于乱军之中，连个尸首都没能找到，这才闹到李自成席卷三秦，在长安建国称王的目前乱局。

这两次大战，折损兵将八十余万，已过天下兵马之半。如今仅长江中游的湖广尚有左良玉，以及淮河一带尚有黄得功等几个镇将所属的几十万人马，但不是受西贼张献忠的牵制，就是为两淮地区的土寇所滋扰，根本不可能调动过来。

君臣相顾，默然无语，皇帝耐不住了："张缙彦，你是本兵，征伐大事，该当拿出主意。你先说吧。"

《周礼》设夏官，掌兵事，所以本朝把兵部尚书称为"本兵"。指名陈奏，就不能回避了，于是张缙彦清清嗓子，朗声回话："是。诚如圣谕，贼兵渡河，意在北犯山西而进窥京师。只是依臣看来，贼兵虽众，尚不足以吞噬全晋。太原、大同、宣府，此三处为我朝西北的三边重镇，当年太祖高皇帝和成祖文皇帝为御北虏，特在三边修筑坚城固垒。目前三镇分别有总兵周遇吉、姜瓖和王承胤镇守，军马虽少，皆精兵良将，攻不足而守有余。三边之外，尚有雁门、宁武、紫荆、倒马和居庸，此五关者，古称危隘，皆有一夫当关、万夫莫开之险。是故山西兵力虽薄而雄关重重，只需谕令各该地方官吏兵民，恃险待敌，据关而守，足使闯贼损兵折将，知难而退。兵者势也，势者利也，山西有此雄关地势之利，可保京畿虽险无虞。皇上请宽圣虑，毋烦宸忧。"

听来头头是道，皇帝面现霁色，比刚才情绪好了许多："你的意思，朝廷无须增派兵马？蔡懋德四千兵卒能守得住平阳吗？"

"天下兵马，各有职守，一时很难调动。以晋军守晋土，是当前的可行之计。臣的意思，不妨先檄调周遇吉驰援平阳。"

"周遇吉有多少兵马？"

"周遇吉素称良将，手下有精兵两万，可留五千戍守太原，另外的一万五千调往平阳，归蔡懋德节制。两处合兵，平阳可有差不多两万人马，足可遏制闯贼北进。"

"好，就照这个意思写旨来看！"

"是，臣即刻着手办理。"

看看皇帝的情绪还不错，陈演觉得又该自己说话了："张缙彦所奏，确为知兵之论。成祖文皇帝当年所以定都北平，正以西有太行之险，可为京师屏障之故。太行山脉如苍龙逶迤，自西南而来，结穴京西。沿路之上，不唯有五关之固，且亦有八陉之险。太行八陉，斧削天成，历来用兵，视为畏途。臣以为闯贼北犯京师而取道此路，是其不知兵的明证。殊不知一关一陉，可当雄兵十万。纵然闯贼百万人马倾巢来犯，臣敢保京师履险如夷，固若金汤。"

陈演字赞煌，四川成都府井研县人，天启二年的进士。虽然是两榜出身，却庸才寡学，昧于大势，只以善伺人意，工于结纳，而深得皇帝的好感。这番奏对，他自以为较张缙彦所论而上之，其实驴唇不对马嘴，完全是不懂地理的外行话。只是庙堂之上，谁都不愿、也不屑于去驳他书读得不好，而皇帝对山西的地理形势亦不甚了了，只觉得张、陈所奏，颇为中听，因而愁怀一去，也就比较愿意说话了。

"你们都是社稷之臣，朝廷有难，自然要靠你们替朕分忧。朕自御极以来，内忧外患，国事丛脞，原要君臣协力，共赴时艰，以中兴二祖列宗之遗业。我朝二百七十余年深仁厚泽，养士所以备时艰、赞猷谟。可恨尔来文人积习，罔顾邦国危难，唯知植党营私，朝堂之上，相互攻讦，密室之中，朋比援引。此朕所断断不能容者。——陈演！"

"臣在。"

"周延儒两掌枢府，为国宣力有年，朝廷本该克保其令名，使其体面致仕。你可知道，朕为何将他褫职赐死？"

陈演惊出一身冷汗。周延儒是陈演的前任首辅，被诏令赐死，不过才刚刚一个多月之前的事，陈演岂能不知？

周延儒两次出任内阁首辅。第一次是在崇祯三年的九月，履任不满三年，到了崇祯六年的六月，被同僚阁臣温体仁排斥落职，驱逐出京。回到家乡宜兴之后，不甘终老林下，刻意结交有"小东林"之称的"复社"人士。

复社的领袖叫张溥，字西铭，南直太仓人，自幼苦读，文名著于乡里，与同城的才子张采齐名，合称"娄东二张"。二张都是天下士，在天启四年与江南同道十一人结成复社，这十一人当中有个浙江嘉兴人叫吴昌时，是张溥最为要好的朋友之一。复社才俊名义上以文会友，实际上秉承了东林党人当年以文章而干预国事的做法，臧否人物，评骘朝政，在崇祯初年皇帝整肃阉党期间起了极大的作用。一时复社之名，耸动天下，很快发展成为三千多人的政治社团。

张溥在崇祯四年入京会试中式，取为"贡士"，这一科的会试总裁就是周延儒，所以二人有师弟之谊。会试之后，紧接着殿试，张溥成进士，选为翰林院庶吉士。在下一科崇祯七年甲戌科的殿试时，张溥的朋友吴昌时也中了进士，授职翰林院，后来循序渐进，积官至礼部仪制司主事。其时的内阁首辅就是把周延儒排挤落职的温体仁。此人秉政，力翻阉党逆案，处处与东林和复社人士作对，打击和排斥了不少政敌。到了崇祯十四年，温体仁失宠，削职为民，而空下来的首辅遗缺，由于皇帝的犹豫不决，一时虚悬未定，这就给周延儒的东山再起提供了一个极好的机会。

恰到好处地抓住了这个机会的是张溥，他以自己的声望和影响，在吴昌时的协助下，暗中联络江南的富庶之家和落职官员，募集白银二十万两，买通了皇帝的宠妾田贵妃和御前的执事太监，日日朝皇帝耳朵里灌输周延儒的好话，终于使皇帝回心转意，召回周延儒再次出任首辅。

这自然是周延儒与张溥师弟之间的一桩政治交易。交易的条件是，张溥提出施政措施，周延儒以首辅的身份落实执行。换句话说，周延儒秉政，必须代表东林和复社的利益，其中最重要的是，朝廷的中枢衙门和地方的关键职务，都要安插东林和复社的人士。张溥开了一个名单，周延儒看后一一答应照办，于是温体仁当政时期被排斥落职的东林和复社人士，不久之后，纷纷起复。而期间吴昌时推荐的一个人却未能如愿：原阉党成员阮大铖，在崇祯元年划入"逆案"而落职，此人与吴昌时交好，为了周延儒的再次入阁，也捐献了一万两银子。周延儒奉诏入京，临行前阮大铖闻讯，特意从他正在闲居的南京，跑到下江的宜兴，要求周延儒给他谋个官职。周延儒思虑再三，当初列入逆案的阉党人物，声名狼藉，虽然捐银有助于己，但如果把这样的人扶持重起，必遭张溥和东林人士的强烈反对，因而婉言拒绝了阮大铖。阮大铖白白失去一万银子，心里自是不甘，忿忿地提出了一个变通的条件："我不可，马瑶草莫非也不可？"

马瑶草名叫马士英，瑶草是他的表字，贵州贵阳人，阮大铖的同年至交，都是万历四十四年丙辰科的进士。崇祯五年马士英以都察院右佥都御史之衔而巡抚宣府。到任不久，因挪用公款贿赂朝中显贵，而为宣府的监军太监所举发，为此落职丢官。这样的事，本是官场的正常现象，但当时朝中党争激烈，颇有东林一系的官员借题发挥，为其上书"辩诬"，说马士英是受了阉党分子的构陷。由于是这样一种情况，起用马士英，既不得罪东林人士，也能被东林的敌人所接受，所以周延儒答应了阮大铖，复相之后，找了个机会，让马士英出为地方的凤庐总督。谁也没有想到，周延儒误君误国，不仅止于自身，他提拔的这位凤庐总督，竟为日后断送南明朝廷埋下了伏线。

周延儒之死，有其自取之咎。复相之后，旧习不改，对国家大政一无建白，唯知揣摩圣意，利用机会，安插私人。其中给他招来大祸的正是对他再相有功的吴昌时。

吴昌时不甘于礼部仪制司主事的位置，周延儒为他暗动手脚，调剂到了吏部文选司做主事。同是主事，权限不同，礼部仪制司主事不过负责照章宣科地制定些典礼仪注，而吏部文选司主事则手握百官升黜大权，直接掌控着朝臣的荣辱进退。东林人物中有君子，也有小人，吴昌时就是东林的小人之尤者。在他刚刚协助张溥策划周延儒东山再起成功之后，张溥由于连月劳累，偶感不适，吴昌时自称精于医道，亲手调制了一剂草药，张溥吃了这剂草药，当夜腹中剧痛而亡。一代才俊，年仅四十，而不明不白地死于好友之手，则吴昌时为人之阴鸷毒辣可知。如今成了吏部主事，一朝权在手，便大开卖官鬻爵之门，一时投机钻营之辈，纷纷奔走其门，而吴昌时贪得无厌，每进一阶，索价万金。不唯如此，他还斗胆打破制度成规，采取增加官位职数的手法，安插送贿希进之徒。这一来财源滚滚，尽入私囊。吴昌时之所以胆敢如此胡来，自然是因为有周延儒做后台、为其百般调护的缘故。

有个监察道御史叫蒋拱宸，大约不懂行情，把好容易积攒的六千两银子私下里送给了吴昌时，目的是想晋升一级。然而久等无信，一打听，才知道还差四千两，那六千银子算是白送了，因而气无所出，私下打探出内幕，怒上弹章，连吴昌时的后台一块掀了出来，说吴昌时"窃权附势，纳贿行私，内阁票拟机密，每事先知"。这一笔两面开弓，内阁票拟，事属绝密，而吴昌时居然能够事先知道，周延儒自然难逃泄密之责。紧接着吏科给事中曹良直也上疏列举周延儒"十大罪状"，把吴昌时倚恃周延儒招权纳贿、勾结内侍、把持朝政等等劣行揭露得一清二楚，"总之，周延儒天下之罪人，吴昌时又周延儒之罪人也"。这两道奏疏经由宫门抄传出，花钱得了好处和花钱没得到好处的官员纷纷落井下石，几天之内，弹劾吴昌时而连带着弹劾周延儒的奏章，在皇帝的御案上积了有一尺多厚。

然而祸不单行，就在去年的四月，周延儒奉诏命以阁部督师，去截断深入关内腹地清兵的退路。清兵是前年十一月破蓟镇长城的界岭口和黄崖口入塞的。在睿亲王多尔衮的率领下，八万余骑，一路上攻掠京畿的霸州、蓟州，下直隶河间府的景州、青县，直趋山东的沂州、曹州、邹县、曲阜和泗水，然后在山东临清兵分五路，攻青州，破长垣，南边甚至打到了淮北的宿迁和沭阳。这一场孤军深入的烧杀掳掠，往返腹地两千里，蹂躏三省三府十八州六十七县八十八城，历时竟达五个多月之久。饱掠之后，时已入暑，北人不惯炎热，于是骒马驮车，满载金帛财货和三十六万被俘的人口，要从原路出关回辽。得此谍报，皇帝命周延儒率四镇总兵阻断敌军的退路，务期尽剿，无令生还。

周延儒四月初五日受命，初六日带着四镇总兵官到达通州，畏惧清兵势大，逗留不前，日日与四位总兵在通州城外设帐高宴。待到一个月后打探得清兵已经全部出关，连上二章，飞报大捷，喜得皇帝在文华殿亲手扶握，慰劳备至，还特为加衔太子太师，俨然侧身"三公"之首了。

然而这种公然欺君罔上的行径岂能密不败露？不几天就有人在宫门粘了个"揭帖"，是一首讽刺诗："虏畏炎熇归思催，黄金红粉尽驮回。出关一月无消息，昨日元戎报捷来。"

此事一出，举朝哗然。锦衣卫指挥使骆养性早就与周延儒龃龉不和，趁此机会，痛下杀手，亲自到皇帝那里去告了一状，把周延儒一个多月来玩兵纵敌、谎报大捷的内幕，一条一条，全都揭发了出来。

于是乎两事并发。怒不可遏的皇帝，撇开法司，传来了锦衣卫的全部刑杖，亲自在大内的中左门审讯吴昌时。在皇帝想来，自己孜孜求治，臣工总要有点良心，不至于把吏治败坏到这种程度吧？所以在审讯时，对照群臣的弹章，逐一追问，丝毫不肯马虎。不料吴昌时大耍痞赖，没有一点悔罪的表示。在问到"勾结内侍"这一节时，吴昌时高声抗辩："祖宗定下的制度，交结内侍者斩。如此严厉的家法，臣怎敢违犯？"这一下把皇帝气坏了，明明证据确凿，却还要极口否认，于是以掌击案，连连喊打。锦衣卫的"司杖"原就有许多秘不传人的整人花样，皇帝喊打，还不把绝活儿亮出来？于是一顿板子，顷刻间血肉横飞，打得人都变形了。

有个科臣实在看不下去了，大胆建言："吴昌时有罪，应交付法司，按律审理。如此殿陛行刑，诚三百年未有之事。"皇帝立刻顶了回去："吴昌时这厮，亦三百年未有之人！"说罢气犹未解，暴喝一声："狠狠打！"

行刑的"司杖"知道皇帝已动杀心，于是施展手法，一杖抡下去，吴昌时的大腿胫骨砰然有声，断为两截，森森白骨，穿肉而出，其状惨不忍睹。自然的，宣判结果是吴昌时斩首弃市，倒是周延儒捡了个便宜，仅令狱中自裁。

这个案子的整个过程，陈演是亲历目睹了的。然而皇帝此刻特为提起，却不免令他心生反感：皇帝御极十七年，竟诛杀内阁大臣和地方总督十人。周延儒固然死有余辜，但另外九人，皆罪不当死，尤其是袁崇焕、熊文灿、郑崇俭和陈新甲，此四人根本就是冤杀。阁臣和总督之外，封疆大吏的地方巡抚则杀了十一人。并且，十七年之间，皇帝先后罢斥阁臣四十九人之多，差不多一年要换三个宰相。阁臣无能，自是原因之一，但用人而疑，疑则不专，使被用之人，不安于位，君臣之间如此嫉忌相处，焉能和衷共济？皇帝何以就不反躬自省？

然而这话是万万不能说出口的！何况单单指名陈奏，还含有警告自己的意思在内，言语稍有闪失，自己立刻就会成为被罢黜的第五十人。而指名陈奏，又容不得片刻迟疑，好在陈演本就长于口舌机辩。他赶紧伏地叩头："皇上圣明！臣智短才驽，原不堪备位枢府。荷蒙皇上特简，授臣大任于国事多难之秋。臣感宏德，不知其余，唯有殚精竭虑，尽瘁阙职，上以报皇上高天厚地之恩，下不负臣民引领望治之殷。"

答非所问，皇帝微感不怡，但大臣自表忠心，这样的话他倒是很乐意听的。皇帝的本意是要借着这个话题，好好发泄一下对此前所用大臣的严重不满，一以警告在廷诸臣，不要颟顸瞻循，重蹈固习；一以激励他们，君臣一德，实心为国家办事。然而奏对至此，皇帝有点儿累了，只好暂时放开这个话题，身体后倾，往宝座上一靠。

一名御前小宦官，猫儿似的闪了出来，手托朱漆描金的茶盘，以极其轻盈敏捷的步法趋近御案，将一只成化窑的明黄金彩绘龙杯捧到皇帝面前："万岁爷请用茶。"说完看看皇帝没有别的表示，又立刻弓腰退身，猫儿似的闪了出去。

皇帝揭开杯盖，微微啜了一啜，大约觉得味道、温度都还满意，连着又饮了两大口。

三十四岁的皇帝，正值盛年。然而忧劳国事，两鬓已现数茎白丝，气色也极差，白中泛青的面皮，不见一丝红润，两道疏眉，总是拧在一起，多少年来就没有舒展开过。

上好的"六安瓜片"，入口清淳，齿颊留香。皇帝的精神为之一振："倪元璐！"

"臣在！"

倪元璐是翰林院掌院学士兼户部尚书。点到名字，知道谈完兵，就要谈钱了。

果然，皇帝很体人情地说："山西有雄关危隘之险，朕心稍安。然而雄关危隘，亦须兵马器械戍守。想我三晋子民，必不甘任贼蹂躏，其间当有豪杰之士，抉袂而起，率乡民执干戈以卫桑梓。不过，御敌作战，总不能饿着肚子，购置军械火器，亦断断少不了银饷。朝廷对此，岂能无一钱一粮之助？朕亦深知，朝廷连年用兵，国费耗糜，几于枯竭。你是朕的股肱之臣，职掌度支，总要想些办法，筹出一批款子来，解至山西军前。"

23

"是……"倪元璐心中犹豫，皇帝这话，等于白说。国库早已空空，调钱比调兵还难，哪里去筹这笔款子？想想只好从原本上照实回奏："臣自去年接管户部事务，即着司员加紧清理陈年积账。查得崇祯十四年以来，各地解京岁额正供一千四百四十八万两……"

"怎么是一千四百四十八万两？"皇帝大惑不解，"不是两千二百万两吗？"

"是。我朝自万历以后，各项岁入向在两千二百万两至两千五百万两之间。前以京畿、河南、山东、陕西、山西、湖广等省，连年荒旱，正额逋欠，部文叠催而无效。荷蒙皇上厚恩，已于崇祯十三年秋八月下诏蠲免……"

"哦、哦。"皇帝想起来了。那一次不仅蠲免了八个省的全部欠额，而且诏告天下，同时预免这八个省崇祯十四年和崇祯十五年的全部正额。

"然则预免之数，究竟几何？"皇帝问。

"八省共计年免七百五十二万两。"

"啊……"其数如此之巨，皇帝微感吃惊，同时心中亦不免浮起丝丝哀凉：寇也我赤子！我为你们蠲免了那么多钱粮，你们为何就不能理解我的苦衷，仍要起来造我的反？

然而对倪元璐的奏对，他是满意的，数字清晰，时间也准确。以常年的两千二百万，减去蠲免的七百五十二万，岁收可不就剩下一千四百四十八万两了吗！

"这是正额，"皇帝说，"别项呢？"

所谓"别项"，名目繁多。大体而言，有盐课、茶课；山税、矿税；商铺税、船马税等等，不一而足。但这些统共算下来，岁入不过六十万两。除此以外，"别项"之中另有一个名目，那就是所谓"三饷"了。

三饷为"辽饷""剿饷"和"练饷"的合称。神宗万历末年，其时关外满洲尚未建国，努尔哈赤以建州部落起家，故称"建虏"。建虏以小积大、以弱成强，占据辽东，扰掠辽西，渐成关外肢体之患。为平辽事，以国库支绌，诏令在全国土地正额之外，加征岁银五百二十万两。崇祯三年，又以辽事未平，追加一百四十万两，此两数合计岁征六百六十万两即为"辽饷"。到了崇祯十年，关内流贼枝蔓，已成腹心之患，皇帝采纳阁臣杨嗣昌的献议，额外岁征二百八十万两，用于剿灭流贼，是为"剿饷"。崇祯十二年，以辽、贼两事，糜兵甚夥，杨嗣昌又倡增练新兵之议，加征七百三十万两，称为"练饷"。三饷加征合计一千六百七十万两，几乎与正额持平。

然而这都不过是应征之数,实际每年收上来的要大打折扣。自崇祯二年开始,北方旱荒不断,波及江南,至今已十余年天象不改,山东、河南、陕西、山西数省,连年绝收,颗粒无获,正额尚且逋欠不缴,遑论加派?所以"三饷"之征,每年真正能够解到户部银库的,不过三四百万两而已,戋戋之数,根本不敷所用。

这些情况,皇帝是约略知道的,只是不那么具体而微。因此待倪元璐把这些细故陈奏完毕,皇帝忧郁地说:"朕朝乾夕惕,锐意求治,未料皇天不佑,十余年来灾害频仍,使我百姓生计窘迫。三饷之征,原是取之于民,用之于国,待到剿灭流寇,荡平东虏,朝廷自当大事蠲免天下钱粮,令百姓安居乐业,重享太平盛世。百姓受苦,朕心殊亦不忍,御极之初,即命御使吴牲赍十万内库帑银,前往陕西赈济灾民,此为天下臣民共知共闻之事,莫非百姓竟不感念朝廷的恩德?"

"不是!"

一个江西口音的大嗓门儿,不待倪元璐回答,就把话头抢了过去。此人是李邦华,官拜"都察院左都御史",这个官职又称"总宪",是朝廷的"大九卿"之一。

庙堂之上,公然用"不是"与皇帝对话,如此"大不敬"之事,只有总宪李邦华能做得出来。然而皇帝知道李邦华生性率直,说话口无遮拦,并无不敬之意,因而不以为忤,要听他说些什么。

"臣职司风宪,对百姓疾苦略有了解,愿为皇上一道其详。"

"你说吧。"

"自天启六年,陕西蝗旱并起,连续五年,赤地千里,百姓苦不堪言。始之以树皮为食、以草根为食,继之以易子而食、杀妻而食。而富豪大户,囤积居奇,忍看饿殍遍地,亦不肯援之以手。是以白水王二、府谷王嘉胤、安塞高迎祥等不逞之徒,啸聚山林,诱民为盗,陷我城池,抢掠富户。以此藐法作乱的行径,百姓皆乐而从之,为何?就因为可以活命!崇祯三年,皇上特命吴牲以十万内库银赈灾。而其时陕西粮价腾贵,斗米十钱。十万银子,纵然一人一两,亦只可活十万人口于五十日之内。而陕西灾民有三百万之多,如此杯水车薪,焉能济事?"

一口气说到这里,李邦华抬头看看皇帝,不忍再言——皇帝眼眶微红,泫然欲泣了。

皇帝平时恨文臣、恨武将，就是听不得百姓受苦的话，每闻此语，如芒刺心，要难受好半天才能平复下来。

"唉——！"皇帝幽幽一叹，"苦我百姓了。"

这种时候，臣子须得有所表示。于是六位大臣，齐齐俯伏在地，自然是陈演代表大家说话："臣等供职无状，致百姓受涂炭之苦而上贻宸戚，请皇上治罪。"

"都起来、都起来，与你们无干。"群臣请罪，皇帝忧心稍解，"可恨杨嗣昌误我！"

说完这一句，皇帝又长叹一声，不肯再说了。因为杨嗣昌是他曾经最为赏识的内阁大臣，崇祯十四年死于剿贼之役。他不愿当着臣工的面过分责备杨嗣昌，而自损知人之明。

看看正是进言的绝好时机，倪元璐抛开刚才的话题，正色说道："天变不足畏，而朝廷举措失当，足以倾覆社稷。杨嗣昌首倡剿、练二饷之议，皇上不察其弊，率然允准施行，致骚扰民间，百姓受害无穷。先帝所遗辽饷，民间已不堪其扰，再增剿、练二饷，何啻雪上加霜？民以食为天，无食可食，则百姓铤而走险，即为势所必然之事。臣以为，三饷之征，实为乱国之萌。请皇上立下罪己之诏，晓谕天下，罢三饷之征，纾百姓之困，收拾人心，瓦解贼势。人心安则贼势孤，贼势孤然后恩威并施、反侧攻心，内患之除，可计日以待。臣愚，每惑于皇上孜孜求治之殷，而所施措置往往相左。心所谓危，不忍不言，亦不敢不言。伏唯皇上三思而后察纳之。"

阁中诸臣，比李邦华还敢说话的就是这位倪元璐了。

倪元璐字玉汝，与陈演同科，也是天启二年的进士，浙江绍兴府上虞县人。本朝祖制，浙人不许官户部，因为户部掌管天下钱粮，而京师皇戚官吏的俸禄和北方各镇的军粮，主要靠从浙江通过运河自南向北输送，称为"漕运"。漕运至京的粮食，自然是由户部收接过录。倘若户部官员以浙人充任，则易上下串通，联手舞弊，所以户部不用浙江人，成为本朝历代皆遵的一条重要家法。然而对倪元璐，皇帝不惜打破祖制而用之，就是因为倪元璐正学淳儒，不群不党，立朝有声，雅负时望。崇祯初年，搏击阉党余孽，斥逐邪恶，保护善类，颇有一番作为，是崇祯一朝，继黄道周、刘宗周因言获罪而遭罢黜之后，硕果仅存的一位正人君子。

让皇帝下罪己诏？诸阁臣心里都不免一震，而心态又各自不同。李邦华认为皇帝早该这样做了。张缙彦等人则担心天颜震怒，像当初廷杖黄道周、惩治刘宗周那样，倪元璐就要祸事临头了。而陈演和魏藻德则是心中窃喜，欣欣然有幸灾乐祸的意思，他俩对皇帝用倪元璐为户部尚书一直心存妒忌。魏藻德曾进谗言："倪元璐一个书生，懂得什么钱粮？"因而他俩很希望皇帝发怒，狠狠训斥倪元璐一顿。

然而皇帝并未发怒，不过很负气地说："三饷加征，原非得已，不料骚扰民间，害苦了百姓。万方有罪，罪在朕躬。只要你们都认为皇帝该下诏罪己，朕亦何敢轻辞谢民之责？"

语气已有松动，倪元璐正待进一步剀切陈言，不料陈演立刻截断话头："皇上励精图治，此为天下臣民所共知。三饷加派，或有弊端，然而责归谁属，一时亦很难说得清楚。臣以为今日议事，应以山西军情为第一要务。可否仍令倪元璐议筹款项，以解山西燃眉之急？"

这是在为自己打圆场，皇帝自然心里清楚。哼，什么叫替君分忧！都能像陈演这样事事为君着想，国事何至于蜩螗如此？皇帝的心情转变很快，由于对陈演的机灵很满意，同时也想尽快变换话题，只有照着陈演的意思去做了："嗯、嗯——倪元璐，你接着说。"

倪元璐肺都气炸了，国事败坏，都因皇帝误用这班庸劣小人！不过皇帝面谕，不能不遵，只好理理思绪，重新回到钱的话题上来："是。臣已奏明，自崇祯十四年以来，户部银库每岁收入各地解来正额银饷一千四百四十八万两，别项九百万至一千万不等……"

"怎么叫九百万至一千万不等？"

"别项之中，诸般杂税历年固定可收六十万两。'不等'的是三饷。崇祯十四年收到四百一十二万两，崇祯十五年收到三百六十四万两。"

"一年比一年少吗？"

"是。因此，崇祯十四年，别项收到一千零一十二万两，崇祯十五年收到九百六十四万两。"

"两下扯平，正额和别项，岁收可是两千四百万？"

"是。"

"这是崇祯十四年和十五年。去年的呢？"

"《大明会典六部则例》规定，上年征额须于下年四月递解到部，如今才元月……"

"啊。"皇帝不免赧然，用钱心切，竟把这个规定给忘了。去年的征额还没有影儿呢，要三个月以后才能收进国库。

"如此两年亦有四千八百万两。"皇帝说，"支出呢？"

"崇祯十四年松锦之战，奉旨拨库银，分三次解往关外军前，共一千四百万两。崇祯十五年五月，闯贼李自成围困开封，朝命侯恂前往解救，奉旨拨库银七十万两，同时发左良玉犒军银十万两。同年九月为解开封之围，掘朱家寨、马家口河堤，致黄河泛淹三省七府四十二县。善后治河安民，奉旨拨工款和赈款，共七百二十万两，开封一役计耗饷银八百万两。崇祯十六年，朝命孙传庭出潼关与闯贼决战，奉旨先拨库银七百八十万两，又奉旨追拨三百二十万两，两次共计一千一百万两……"

"慢点儿、慢点儿，"皇帝算账的脑筋倒很快，"照此说来，仅三次战事，便耗我饷银三千三百万？"

"是。"

"唉——"皇帝喟然长叹，"兵连祸结，如何是好？"

"所剩一千五百万两。每年京营定饷二百万，崇祯十五年和崇祯十六年已经支出四百万。全国各地镇、卫、所三百九十四处，共需军饷年额七百五十万两，崇祯十五年已陆续拨足，崇祯十六年尚欠三百五十万两，臣正在设法调度，以期尽快补足。"

皇帝大吃一惊，算来算去，不仅一文没有，反而还亏空三百五十万！

"这不是国库如洗了吗？"

"不是。"

"何以又说不是？"

"臣接管部务之初，察得京师崇文门税所和通州、德州、临清、徐州、淮安五大仓场，均有冒员顶额、空支银饷之事。经臣行部文与各该管衙门咨商，去年已尽裁浮员，撙节饷银七十三万零五两，现封存在库，尚未动用。"

"哦，你很会办事。仅此一项，便为朝廷节省出了七十多万，不负朕对你的倚畀之专。"

天语褒奖，须得立刻谢恩。然而倪元璐却不买账："皇上的温谕，臣不敢领。臣忝列司农之位，深有感触，国家各个地方，凡与钱粮出入有关之所，均有浮员冒领之事。不唯如此，全国各地镇卫兵所，空额冒饷者亦复不少。臣以为当此国力维艰之时，皇上应该大展乾纲，自朝廷至地方，彻底裁汰浮员，杜绝冒饷。节流即为开源，诚如此，则国库充裕，不谓为难。此为纾解国家财源危机之正途，不独取之于民也。"

这是说言正论，皇帝也知道不好辩驳。但一时顾不及此，只好转而他语："国库仅存七十万。说什么天子富有四海，还不如民间一户殷实人家……唉，这点小钱，纵然解送山西军前，又能抵得何事？"

"山西首当前敌，所需军费，必然浩繁。"倪元璐另有话说，"七十万银子自然不足以敷济大事。为今之计，唯有发内帑以解军前之急。"

"内帑？"

"是。"

所谓"内帑"，其实就是皇帝的私钱。倪元璐徐徐陈奏："正统元年，英宗睿皇帝明发诏谕，从江南九省田赋正额中，每年固定提出四百万石米麦，折成'金花银'一百万两解入'内承运库'，着永以为例。自正统元年至今已逾二百零七年，内库应入金花银二亿零七百万两。臣斗胆折算，以每年耗费八成计，则内承运库现存款项仍不下四千万两之数。臣以为，损此之有余，补彼之不足，恰可暂解当前财源枯竭之危。内承运库不属户部该管，臣越职渎奏，伏乞皇上嘉纳。"

"哪有这回事？"皇帝矢口否认，"祖宗给朕遗留之财，岂外臣所得而知？宫中开销、皇家庆典、陵寝修缮、勋戚赏赐、军前犒慰，凡此种种，哪一样不要宫里拿银子？朕何曾吝惜过内帑？国家不裕，皇家岂能独富？内库空虚，已非一日，朕自即位以来，撙衣节食，连皇后也是布裙短裾，幅不垂地，这，这一切都所为何来……"

有点说不下去了，皇帝把脸一扬，是那种既负气，又伤心，还兼有一股不被人理解的委屈样子。

正在此时，司礼监的秉笔太监王承恩匆匆自殿外进来，呈送到皇帝面前一只锦袱包裹的东西，悄声陈奏："万岁爷，这是顺天府会同馆差人送来的急件。"说完躬身垂手，站到御案一侧。

锦袱以丝绦缠系。皇帝负气之心未退，三拽两扯，解开丝绦。锦袱垂软，自然舒展，露出来一只函套，批明"六百里加急"。皇帝撕开函套，不料函套里面又有一只函套。皇帝将另一只函套抽出，刚看了一眼，猝然色变，但见脸色铁青，骤而转白，青白不定之际，袍袖乱颤，抖动不已。

群臣愕然，相顾束手，都不知道发生了什么事情，只觉得皇帝是突然受到了极大的刺激、欲语不能的样子。于是陈演带头，伏地叩首："龙体至重，请皇上为国珍摄。"

话说得不甚得体，但一时谁也想不出什么更好的语言来安慰皇帝。

好在是气急攻心，一时之厄，片刻缓解。待到皇帝脸色好了些，口中还是说不出话来，只对着王承恩，用颤抖的手，指指御案上的函套，再指指陈演。

王承恩明白了皇帝的意思，快速把函套拿起，步下御阶，递给陈演。

和皇帝差不多地，陈演一看函套，也是大惊失色。众臣聚拢了过来，但见函套中央的朱丝栏内写的是：明朝皇帝朱由检亲启。

陈演撕开函套，取出信笺，还没看上两眼便失声大叫："伪檄！是流贼的伪檄！"

殿内稍嫌幽暗，六大臣移步殿门光线通透处，共同阅看，果然是伪檄：

大顺朝汝侯权将军兼征北提营首总将军刘宗敏

　　我大顺圣主代天倡命，鸿运隆兴；丕基肇业，万民臻福。秦楚已归版图，燕冀岂容域外？今本首总将军奉命率师，克日北征。咨尔明朝皇帝，兴废鼎革，万世恒理，明祚已微，何待著卜？大兵到时，即尔束身待罪，阙下迎降，尚不失王爵之封，延尔宗祠。倘逆天悖理，负隅顽抗，则覆灭之祸兹迩，噬脐之悔何及？期于三月望日都门决战。

　　特谕！

　　　　　　　　　　　　　　　　　　　永昌元年正月初二日

看完之后，一殿惊慌。陈演急得绕柱彷徨，口中喃喃自语："这不就是战书吗！坏喽、坏喽，刘宗敏剽悍异常，边镇诸将，哪一个是他的对手噢？"

朝廷冢宰，居然在庙堂之上公然失仪。李邦华实在看不下去了，赶紧上去扯扯他的袍角："赞煌，何至如此？快来主持议事要紧。"

张缙彦已经拿着函套琢磨半天了，此时忽有所悟："不对呀。闯贼的伪檄，为何能经我朝的驿站传递？"

"啊！"这一提醒，无不瞿然而惊。

"有奸细！"魏藻德首先大喊。

这一喊，朝堂越发乱套，都顾不得礼仪了，纷纷辩难质异，究竟谁是奸细？流寇的奸细，居然能动作直达御前，这不是天下奇闻？一时人人自危，感到宫中处处伏有闯贼奸细似的。

到底是李邦华头脑清醒："王承恩，你说吧，这件伪檄哪里来的？"

"着——！"魏藻德一拍大腿，"都在王承恩身上，只问他好了！"

皇帝的情绪平复下来了。群臣一乱，他也很纳罕，莫非身边真有闯贼奸细？待李邦华询问王承恩，他也觉得，只有从这条线索上去追究才是正办。但王承恩对自己忠心耿耿，绝不会是奸细。因而皇帝徐徐地开口说话了："王承恩，你把来龙去脉说说看。"

王承恩为人驯顺懦弱，忠于职守，是宦官中少有的善类。正是因此，才为皇帝所看中，崇祯十五年亲擢为司礼监的秉笔太监，供御前奔走，常伺左右。

刚才魏藻德大喊有奸细，王承恩已经吓得浑身发抖，知道如果真有奸细，首先被怀疑的就是他自己。此刻又听到皇帝点了自己的名字，心中愈加惊惧，"扑通"一声，跪倒在御前："万岁爷明察，奴婢不是奸细。奴婢对万岁爷忠心耿耿，没有半点儿歪邪念头。奴婢要是奸细，天地不容。奴婢天天伺候在万岁爷身边儿，就想当奸细，也没有机会。说奴婢是奸细，奴婢冤枉，求万岁爷替奴婢做主。"

话有语病，而且语无伦次，这样子开脱自己，听者无不啼笑皆非。张缙彦知道这是吓蒙了，赶紧柔声提醒："没有人说你是奸细。皇上是要你把事情的过程说一说。"

这一提醒很管用，王承恩心气平定了些。心气一平，脑袋也清醒了，瞪着眼睛回忆了一会儿，然后重重地磕了个头："启奏万岁爷，奴婢今儿辰初照例到养心殿南边儿的值房里坐值。辰时三刻那会儿，东华门的值卫佐领邵启祥带来一个人，是顺天府会同馆的提差，姓赵，叫赵平安，会同馆的文书差不多都是他来递送，跟奴婢常打交道的老熟人。赵平安说，这是一刻钟前刚刚收到的急件，他不敢耽搁，立刻就奔宫中来了……"

"可曾验过牙牌？"外廷人员出入宫门必须要检验的凭证，称为"牙牌"，因而皇帝有此一问。

31

"赵平安和奴婢虽然是老相识，奴婢公事上也不敢马虎，不光仔细验看了牙牌，而且还核对了'缴簿'。奴才看所有的手续都齐全，才给他打了回单。"——会同馆派人进宫送文，为防差役掉包，要带一本文件清单，称为"缴簿"。牙牌、缴簿两项齐全无误，收件人才给开具该件已经收到的证明，称为"回单"。

"嗯、嗯，然后呢？"

然后？王承恩一脸茫然，在他看来整个过程就是这些了，怎么还问"然后"？不过略想一想，立即又磕头："然后奴婢收了文书，邵启祥带着赵平安出宫。奴婢知道，这几天凡是会同馆送的急件都可能跟山西那边儿的军情有关。奴婢也知道，万岁爷这些天正在为山西那边儿的军情操心。所以奴婢片刻不敢耽搁，急急忙忙就给万岁爷呈送了过来。"

"当时收的就是这个锦袱吗？"

"是。奴婢接手之后，以为是极重要的文书，一直拿在奴婢自己手里，不敢假手他人。奴婢想着，只有奴婢亲自送到万岁爷这里，才算奴婢恪尽了职守。"

想想再问也就这些了，皇帝思索一下，立刻有了主意："王承恩。"

"奴婢在。"

"事情清楚了，不关你的事。起来吧，以后好好当差。"

"是！奴婢叩谢万岁爷的恩典！"

"张缙彦。"

"臣在。"

"天下的驿站都归兵部该管。这件事出在顺天府会同馆。你说吧！"

话中大有责备之意，张缙彦诚惶诚恐地跪了下去："臣供职无状，自请处分。"

"案子没查明，还谈不上处分。你说，应该如何侦破此案？"

张缙彦为难了。侦讯案件，是刑部的职司，可皇帝似乎不懂这些规制，要着落到自己身上，而兵部既无伺侦机构，又无讯案条件，如何谈得上破案？想了想，只好这样回奏："臣打算即刻会同刑部，协商办理。务期指派得力干员，克日结案。"

"刑部？哼……"皇帝想说句粗话"刑部全是饭桶"，但终于克制未说，"张缙彦，散朝后你去找曹化淳，传朕旨意，要东厂派员，限三日破案！"

"是。臣遵旨！"

这件事，至此算是告一段落。而山西的军情和刘宗敏的战书又成了君臣头疼的话题。说来说去，还是一无银饷，二无兵卒。

皇帝一筹莫展，只有大发牢骚："邦国有难，全靠大臣为朕分忧。操持之柄在上，朕自有权衡。然而，谋划赞策，平章国事，不都该是你们的事吗？如今贼兵北犯，京师阽危，竟无人敢于挺身任事！莫非真的要朕带着你们'束身待罪，阙下迎降'？你们看朕是南唐李煜、后蜀孟昶一类的人物吗？"

不以历史上的亡国之君自拟而为讳，可见皇帝生气已经昏了头。群臣唯有个个伏地无语，表示惶恐失措，甘愿受责。

没有人回话，皇帝越发生气："贼势如此，兵、饷两竭，你们说该怎么办？朕非亡国之君，事事皆亡国之象。太祖高皇帝栉风沐雨得来的天下，眼看着易手于贼，这、这，朕还有何面目见祖宗于地下？既然你们都不肯挺身任事，朕只好亲自督师，与贼决一死战。战死沙场，亦无所恨，但恨一朝亡国，朕死不瞑目！"

发过牢骚，皇帝气哼哼地把嘴一绷，君臣相向，阒默无语。一时间殿堂之内静谧得如同冥府地狱般森森可怖。

而就在此时，居然有人挺身而出了，其声甚宏，震彻殿宇："皇上无须烦恼。臣请提一旅之师，亲赴前敌，将刘宗敏生擒阵前，献俘阙下！"

如此之时而有如此豪语，一堂君臣，错愕莫名，齐齐地把目光聚向此人。此人是礼部右侍郎李建泰，去年十一月刚刚擢为东阁大学士，成了内阁的一员。

皇帝就像吸足了鸦片烟，立刻来了精神，目光灼灼地看着李建泰，连称呼都改了："噢、噢，先生有何良策？快请讲。"

"臣是山西人，四世营商，如今积得家资巨万。国势累卵，正是臣毁家纾难之时。臣愿即刻驰归桑梓，倡率乡里，招募子弟兵十万，尽散家财，以充军饷。"

"照此说来，兵源、饷源，都不用朝廷筹措？"

"是，不劳朝廷一卒一饷之费。"

"好、好，"皇帝极口称誉，"难得先生如此公忠体国。"

"主忧臣辱，主辱臣死。皇上忧劳国事，如焦如焚，臣敢不竭尽驽钝，为皇上分忧？"

皇帝颇为欣慰，同时也暗感疚憾，这样的忠臣，为何早未发现？

"然则先生此去，可有退敌良策？"

"这有何难？"李建泰意气昂昂地慨然回奏，"臣对山西地形了如指掌。晋南一带，崇山峻崿，自然不利于野战。而平阳盆地，形如箕斗，蔡懋德既已布兵于此，必能与贼胶着相持。待臣赶到之日，只需在此处设下重伏，诱敌入觳，一战可尽歼贼寇。闯贼部将，尽皆草莽农夫，哪里懂得兵法战阵？臣此去纵不能生擒刘宗敏，亦当使其阵前授首，传示三边！"

皇帝高兴得眉毛都舒展开了："不过，另有一层，不能不虑。先生回乡所招募的，无非稼穑农夫，猝然临战，可堪驱使？"

"善兵者不择兵。昔孙武营训，八百宫女亦能临阵。臣曾熟读太公兵法，于训卒练兵一道颇有心得。虽农夫游氓、闲散之徒，臣以兵法部勒，旬日之内，可成精兵十万。为帅之道，在于将将；为将之道，在于将兵。臣不敏，不敢以优帅自诩，倘以临敌良将而任臣，则臣不敢辞。"

"此次回乡，先生拟带兵马几何？"

"两千京营足矣。"

两千京营不难调拨。于是皇帝高喊："陈演！"

"臣在。"

"你去替朕宣谕李国桢，要他赶紧从三大营中挑选两千精壮士卒，供李建泰驱遣。"李国桢是京营总督，调动京兵，须得经他过手。

"是。臣散朝后即刻就去办理。"陈演响亮地回答。

皇帝又问李建泰："先生看，路上要费多少时日？"

"京西山路崎岖，不利兵马驱驰。臣打算取道畿南，经保定、真定，从固关一路入晋。一入晋省，即从太原南下汾州，直达平阳。刻日计算，约需八九日行程。"

八九日不算多。于是皇帝又高喊："倪元璐！"

"臣在。"

"着户部即刻筹出两千士卒的十日粮米，另拨库银二十万两以充军饷，均归李建泰调用。"

"是。"倪元璐勉强回答。

皇帝一脸喜色地看着李建泰，温语又问："先生行前，还有何需求？"

"皇上庙算精睿，为臣计虑得非常周全，臣已别无所求。只是临敌作战，少不得知兵干员随营赞划。可否容臣举荐几人，朝廷授之以实职，课之以实责。庶几有职有责，调付帐下，随臣共赴戎机？"

"可以、可以，先生请说，要举荐哪些人？"

"眼下尚无成见。待臣物色齐全，再专章奏请。"

"好、好，要尽快奏来。凡先生所荐，朕无不准如所请。"

"谢皇上！"

"此去前敌，先生京中尚需几日料理？"

"十日之内，必可竣事！"

十日？皇帝犹豫了一下，但立刻很爽快地说："就十日了！先生出征，朕当为先生仿古推毂礼以壮行色！"

意气风发的李建泰，听得皇帝这一句，立刻有受宠若惊之感——当年周文王思贤若渴，在渭水之滨偶遇姜子牙，相谈甚欢，知是命世奇才，遂扶子牙上车，亲为挽缰推毂，"毂"就是车轮，此即"推毂礼"的出典。之后文王拜姜子牙为军师，果得周朝八百年天下。

此时皇帝要仿古推毂礼送行，竟是把李建泰拟为姜子牙了。满廷诸臣，无不觉得所拟非伦，相互以目传语，颇不以皇帝此说而为然。

然而李建泰却不作此想，舞蹈扬尘地拜伏御前，大大咧咧地说："皇上以古贤相激励，臣唯有铭记在心，早日驰赴疆场，与贼兵及锋而试。且看臣此去痛歼妖丑，克奏肤功！"

"好、好，先生凯旋之日，朕不吝通侯之赏！"

3

大顺永昌元年正月十八日

戏取平阳

　　李建泰十六日还在庙堂之上慷慨请缨，刘宗敏却早在初八日就兵不血刃地拿下了平阳。然后一路沿汾河北进，今天到达了汾西。

　　刘宗敏原是陕西蓝田县的铁匠。崇祯二年李自成拉杆子造反，投奔时称"闯王"的舅舅高迎祥，打家劫舍，东掠西抢。崇祯四年路过蓝田，李自成得遇刘宗敏，二人一见投契，遂八拜缔交，结为兄弟。崇祯九年高迎祥被俘受戮，李自成以"闯将"而被推为闯王，刘宗敏便成了李闯王手下的第一员大将。崇祯十一年李自成被洪承畴和孙传庭设伏于潼关南原，全军覆没，仅十八骑跟着他溃围逃脱，其中就有刘宗敏。崇祯十二年李自成被杨嗣昌困于巴西鱼复山中，粮草断绝，部众叛离，刘宗敏杀妻盟誓，要与李自成生死相从。崇祯十六年李自成克襄阳，称"奉天倡义大元帅"，拜刘宗敏"权将军"。今年元旦，李自成西安建国，拜官授爵，封刘宗敏为"汝侯"，位居文武百官之首。

　　十几年来，刘宗敏跟定李自成，矢志不渝，出生入死，败而复起，百战功高，当之无愧地成了大顺朝的第二号人物。正月初二，建国甫定，李自成又拜刘宗敏为"提营首总将军"，主持先期北征军务。

　　受命之后，刘宗敏率众五万，初二日从西安出发，经韩城北进，初四日自禹门渡口过黄河而东，当日拿下河津，初六破闻喜。从闻喜又挥军向北，初七破曲沃，初八至平阳。六日之内，连下三城，而未经一战，未损一卒，因为这些地方根本就没有明兵戍守，三城文官，望风迎降，百姓甚至有备酒备肉，夹道欢迎的。每过一城，刘宗敏只留下少数兵丁搜掠富户，将财物散给穷人，自己则马不停蹄，连日北进，而到了平阳府城，略遇扞格，滞留了五天时间。

平阳是府治，以濒临汾水之故，又称临汾。府城极大，原有驻兵，再加上蔡懋德初七日傍晚带来了四千新募之卒，合起来差不多有五千之众。蔡懋德连夜布防，号召城内士民秉烛燃灯，往城上搬运木石火药，四面城门，密布兵丁，做好了严阵以待的准备。

待到刘宗敏初八日中午来到平阳城下，绕城一看，四周戒备森严，心中既惊且异。这其中有个缘故。

担任平阳府守备的是隶属于山西都司的一个千户统领，俗称"千总"，这个千总叫陈尚志。在刘宗敏初六日破闻喜的当天，陈尚志便派人前来约降。双方谈定，只待闯兵一到，陈尚志即大开城门，整队出降，条件当然是不杀不掠。

然而陈尚志没想到的是，初七日傍晚，蔡懋德突然来到。蔡懋德奉旨巡抚山西，全省的军兵自然都要归他节制。这一来陈尚志暗暗叫苦不迭，他知道单靠城中这区区五千士兵，根本不是刘宗敏的对手，而蔡懋德书生憨气极重，说服他不战而降根本就不可能。此时蔡懋德又全部接管了军事，四门封闭，严禁出入，连临时找人混出去给刘宗敏通个信息的机会都没有。毫无疑问地，刘宗敏一定会疑心是自己背信毁约，一旦破城，这颗脑袋哪里还能保得住？

果然刘宗敏来到一看，首先想到的就是陈尚志这个浑小子欺骗了自己。不过刘宗敏毕竟是大将之才，细细观察，看出了问题：城上旌旆猎猎，戟戈耀日，持枪盘弓的士兵，不下三千之数，可大部分是些衣衫褴褛的农民，这一来他心里有数了。

"张鼐，"他吩咐标营的威武将军张鼐，"你去在每个城门外都布置五门大炮，光填药，不装弹。等到老子命令一下，只朝城里头给我猛轰。去吧，火药填得越多越好。"

张鼐不解所谓，嘻嘻一笑："总爷，你这是玩的什么花样？"

刘宗敏挤挤眼："俺刘宗敏进城赴宴，先给他来个天女散花。"

张鼐走后，刘宗敏叫来八名得力亲兵："你们八个，分成四组。天一擦黑儿就到四个城门巡查，一有情况，立刻飞马报我。"

　　吩咐完毕，他回到刚搭好的营帐里，往木榻上一靠，对贴身亲兵说："老子先歇息一会儿，一个时辰之内不许打扰！"话刚说完，便已呼呼入梦。

　　冬季日短，待到夕阳衔山，刘宗敏一觉醒来，立刻高喊："备马！传我的令，都到我的旗下会合，准备进城。"

　　平阳城的西边紧临汾水，城东却有一片土岗。刘宗敏立马高岗，待他麾下的制将军李岩、威武将军张鼐、副威武将军党守素等各营战将都到齐后，高声喝令："炮声一响，制将军随我进城，其余各营在城外缉抚逃卒和百姓，不许滥杀一人，违令者全队皆斩！"

　　看看月影混沌，天已黑透，刘宗敏对张鼐说："开始吧。"

　　张鼐得令，朝身后把手一挥。身后一名壮士弯弓控弦，刺律律一支火箭凌空而起，这自然是个信号。火箭的光焰还没熄灭，城周四门外的二十尊佛朗机大炮轰然鸣响，声如炸雷，山崩地裂般震得平阳城一阵摇晃。随着隆隆炮声，平阳上空，火光乱窜，万条金蛇，俯冲而下，照耀得全城如同白昼。

　　蔡懋德临时招来的全是些未经战阵的游氓农夫，哪里见过这等场面？炮火轰鸣之际，个个心胆欲裂，以为是阎罗恶煞带着地府魔兵来了，吓得丢弃器械，掉头就跑，人人只恨爹娘给自己少生了两条腿。一时间城头大乱，溃兵如流，都争着从马道上往下狂奔，要寻个安全的地方藏身保命。

　　刘宗敏在高岗上静观默察，正觉得对面的东门有异，两匹骏骑疾驰而来，是他派出的四组亲兵之一："禀报总爷，东门开了！"

　　刘宗敏策马长驱，李岩率标营骑兵紧紧跟上。东门两侧的士兵已经整整齐齐排好了队伍，各举火把，做欢迎的表示。刘宗敏飞马冲到时，一名全身戎装的武士迎上，朗声喝报："罪将陈尚志参见大帅！"

　　"哪里来的增援？"刘宗敏急问。

　　"晋抚蔡懋德自太原而来。"

　　"他现在在哪儿？"

　　"在南门。"

　　"好小子，给你记上一功。快跟老子去活捉蔡懋德！"

　　然而蔡懋德捉不成了。炮火轰鸣之际，他自己也被吓得不轻。待到镇静下来，发觉溃兵抱头鼠窜，气得他跳脚大喊："不许跑！临阵畏葸者军法从事！"

　　市井村夫，哪里懂得这个？不喊还好，一喊跑得更快。他想以身抵住逃兵，反而被裹卷着自己也糊里糊涂地下了马道。幸而他的中军参将应时盛带了二十几个士兵赶来：“中丞，平阳保不住了。快快退守太原要紧！”说完不管蔡懋德同意不同意，应时盛指挥士兵，连拉带拽，把蔡懋德胡乱拥上马背，一路呼啸，打开北门，连夜狂奔太原而去。

平阳相传是唐尧之都，自古以来冶铁业和手工业都极其发达，经代累世，富豪如云，有“富甲天下”“非数十万不称富”的说法。因而刘宗敏第二天在平阳府衙里一坐，传见知府张嶙然。

昨晚蔡懋德一跑，阖城官吏在张嶙然的带领下，摆案焚香，向大顺军投诚。张嶙然居官声望很好，百姓拥戴，豪绅称颂，是地方官员中难得的循吏，所以刘宗敏对他相当客气，一见面，先请坐。

“不敢不敢，大帅在上，哪有下官坐伺的道理。”张嶙然看刘宗敏生得彪眉豹眼，不怒而威，先就有了三分怯意。

知府又称“太守”，所以刘宗敏说：“你是平阳太守，不必客气，坐下来咱们好商量事儿。”

大顺朝的第二号角色，有事不说“命令”而说“商量”，张嶙然顿时又有了受宠若惊之感，于是把屁股半欠在椅子上，躬身敛眉，要听刘宗敏怎么说。

“你可知道，我要和你商量什么事儿？”

“下官愚钝，不敢妄测大帅的意思。想来是为军马供应粮秣。这个大帅尽请放心，下官昨天已经连夜安排，今日午时，必能送达军前……”

“那是小事，”刘宗敏摆摆手打断话头，语气平和地说，“平阳富庶，天下皆知。我想和你商量，你以府衙的名义晓谕城中大户，三天之内，给我捐输军饷五百万两银子。”

五百万？张嶙然吓了一跳。本来昨夜有几个富豪主动找他，说刘宗敏大军入城，不杀不掠，秋毫无犯，愿意几家凑凑份子，公兑五万两银子犒军。只是此事尚在办理中，他本想待到银子凑齐，再敲锣打鼓地搞个慰军仪式，刘宗敏一定会高兴得眉开眼笑。不料这份孝心尚未披露，刘宗敏竟狮子大开口，一家伙就要五百万！

张嶙然急出一身冷汗。以平阳的景况，五百万两银子倒是可以勉强凑出，但这样一来，城中富豪，差不多也就沦为破落穷户了。思前想后，为官一方，还是要替子民求情。

“启禀大帅，平阳虽有富名，然而近些年来天时不调，地害频加，景况已非昔日可比。遽然捐输五百万，只怕阖城上下，悉索敝赋，亦难期以完成。

不过，王师过境，敝邑效劳军饷，也是义不容辞之事。可否折中其数，若是二三百万两，下官勉强可以应承此事。"

"嗯，你很会说话。可是，你知道我本来打算让你捐输多少吗？"

"下官愚钝……"

"照我军中将官们的意思，一千万，少一个子儿也不行。我看你是个好官，不打算难为你，所以已经折中其数了，这才和你商量五百万。"

"五百万银子不是小数，下官实实无法筹措。"

"那好办。我给你出个主意，保你就有办法筹措了。"

"请大帅明示。若有好办法，下官甘效驱驰，虽死不辞！"

"办法好得很，也不要你去死。我只把你捆在衙前的辕杆上，一天抽你二十鞭子。那些富豪大户，看你为他们求情受罪，心里一定不忍。五百万银子，说不定不要三天，只一个晌午，准能痛痛快快地给你拿出来。"说完还朝着张嶙然挤挤眼，"你看，我这主意如何？"

张嶙然吓得赶紧趴到地下，头磕得嘭嘭响："大帅息怒。下官即刻就去遍谕城中大户，三天之内，如数捐输。"

"只要大户捐输，不许勒索平民！"

"是、是。谨遵宪谕。"

就这样，刘宗敏在平阳停留了三天。第四天，他把得到的五百万银子分成三份：一份令士兵分发给平阳周郊的农民；一份遣士兵押解回长安；剩下的一份，留作军资，车马驮载，继续沿汾河北进。

平阳既下，沿河瓦解，汾水以北的洪洞、赵城、霍山的守吏纷纷开城迎降。百姓道路欢呼，都知道"吃他娘，穿他娘，开了大门迎闯王，闯王来时不纳粮"。自古以来，种地纳粮，天经地义，哪有"不纳粮"的朝代？而闯王大军所到之处，不仅不用纳粮，反而大批大批地给百姓发钱发粮，这样的好事，祖宗几代听都没有听说过，因而无不以为从此改朝换代，就要有好日子过了。

而这几天刘宗敏也特别惬意。十几年来身经百战，哪一次出征打仗都没有这一次感到如许轻松。因此今天一到汾西，他传令各营，就地休整，一边安抚百姓，宣达大顺朝的威德；一边谕令军夫采购军需，加紧厉兵秣马，训练士卒。因为此去太原，仅剩四天的路程，而太原重镇，必有明朝的大兵驻守，不是他五万人马就能攻破的。所以他要在这里等待闯王的主力，合兵会攻。

4

大顺永昌元年正月二十五日

蒲州分兵

李自成是二十二日从西安出发的。

建国之后，首次出征，仪从相当煊赫。四营精甲，前导开路，五十万马步战卒紧随其后。前队已过渭南，后队则刚刚抵达灞桥，蜿蜒列队一百余里。跟随出征的文臣有丞相牛金星、军师宋献策、吏政府尚书宋企郊、户政府尚书杨王休、礼政府尚书巩焴、兵政府尚书喻上猷，刑政府侍郎陆之祺、工政府侍郎李正生。武将则有前营制将军袁宗第、后营制将军李过、左营制将军刘芳亮、右营制将军刘希尧。

三天的路程，按辔缓行，非常悠闲：当天驻渭南，二十三日驻潼关，二十四日过风陵渡，调度大军过黄河，用去一天时间，今天午时刚过，来到了蒲州。

蒲州早已被大顺军接管，鼓导先行的军士把蒲州衙门略经打扫，便充作了大顺王的行宫。刚刚建国，一切仪制尚在草创之中，"行宫"无非以前的"行辕"，"大顺王"叫起来也不如"闯王"来得上口，因此，虽以王名出征，一切军次规制都与崇祯九年他接任闯王以来没有什么不同。

蒲州古称"蒲坂"，在唐代"扼天下之吭"，是唐代三都——西都长安、东都洛阳、北都晋阳的要会之处，曾经极为繁华。而近十余年来，蝗旱灾祸加上连年征伐，这里早已残破得不成样子。永济渠已经干涸无水，城内十室九空，只四野的乡民零零落落站立道旁，欣喜若狂地欢迎着闯王大军开来。

一入行宫，李自成首先吩咐，从军中拨出二十万两银子赈济乡民。

"要赶快设官抚民，入春之前得把庄稼种下去。"他对一路上随置左右的牛金星说。牛金星是天佑殿大学士，平章国事，位同宰相。

"是。臣马上就去和宋企郊商议办理。"选官授职是吏政府的职责，所以牛金星这样回答。

"刘芳亮的左营过来了吗？"

"刚刚接到哨马传报，说左营人马今天早晨已经全部过河。想来刘芳亮的先头部队已经到了蒲州。"

"他来后的驻地安置在哪里？"

"在城外六里峨眉塬的普救寺。"

"双喜！"李自成高喊。双喜是李自成的养子，也是跟随李自成多年的亲军护卫，长安建国后，称呼改成了"御前领班侍卫"。

"双喜在！"

"你派个侍兵去普救寺，传我的口谕，刘芳亮一到，叫他速来行宫议事。"

"是！"

双喜刚走，另一个侍卫进来："禀闯王，刘四将军到了。"

"喔？"这是没有料到的，李自成一脸喜色，"快传他进来。"然后对牛金星说："聚明，"聚明是牛金星的表字，"你不用回避，一块儿听听。体纯一来，肯定带了不少新闻。"

说话间刘体纯——这位在北京被曹化淳称为"刘四爷"的闯王爱将踏进门来，又手行了个漂亮的军礼："末将刘体纯参见闯王！"

李自成高兴地亲自迎上，问长问短，好一阵子寒暄慰谕。牛金星亲手给刘体纯搬来一把座椅。

刘体纯也是当年潼关南原被围、随李自成逃逸出来的十八勇士之一，儒雅俊秀，机敏过人，战场上却又是一位武艺高强、威震敌胆的虎将。崇祯十年李自成在转战湖广的途中，带着十几骑亲兵到一个山坳里观察地形时，与二百多骑明朝兵将猝然相遇。李自成被团团围住，不得脱身。明兵仗恃人多势众，鼓噪呐喊，死力缠斗。李自成的亲兵拼死护卫，然而已经死伤过半，李自成本人也连被两创，性命堪忧。生死决于呼吸之际，刘体纯单骑赶到，百步以外，飞驰扣弦，朝着正在李自成身边缠斗的一排明兵，连发六矢，箭箭贯喉。趁着明兵一错愕间，刘体纯大吼一声，挺枪入阵，所到之处，挡者披靡，一阵左刺右挑，二十几个明朝兵将纷纷落马。剩下的明兵一看，如此神将，谁敢撄锋？吓得掉转马头，夺路而逃。从此刘体纯威名大振，亦因此而成为闯王最心爱的战将之一。当时闯营共有"八哨"，刘体纯是第四哨的"哨总"，所以闯营上下都称他"刘四将军"。

刘四将军自小读过几年私塾，造反之后，不废旧业。别人每到一处掠银抢财，他则专门搜罗各种史书典籍，征战之暇，苦读不辍，戎装一卸，纯然书生，是当时闯营里唯一的儒将。

后来闯营发展壮大，李自成亦改变了饥则趋附、饱则远飏的流寇习气，定下了攻取大邑、据以为都，然后叩师京门、夺取天下的战略思想。此时李自成感到刘体纯不仅有胆有识，而且机敏智辩，心细如发，跟各色人物都打得来交道，更适合潜入敌后做谍探差事。崇祯十四年打洛阳，崇祯十五年打襄阳，崇祯十六年打西安，都曾派刘体纯带人事先混进城中，收买官员，刺探敌情，为李自成的顺利破城，起到了比战场上更大的作用。

这一次是去年十一月初，通过卧底在京城"永和庄"绸缎铺的一条线索，暗中说动了曹化淳，送来一封约降密信，所以又派刘体纯前去谈判并做秘密布置，未雨绸缪，是要为日后攻打京城做前期准备。在李自成想来，攻打明朝京城该是自己戎马生涯的最后一次亲征了。京城一下，江山在握，其余地方，不难传檄而定。就算有几处顽抗城池，亦只需派遣神将分而讨之，都不劳自己亲自出马了。因而他对这次刘体纯的京师之行极为关切。今天见面，就急于要问问京里的情况。

"你怎么到的这里？是从长安过来的吗？"

"不是。末将初九日到京，十六日出京，从畿南一路西来，经涿州、保定、顺德、彰德，昨天在怀庆府住了一宿，本打算今晚赶到长安面见闯王。中午一进蒲州地面，遇见咱大顺逻卒，一打听，才知道闯王也刚到此地。"

李自成屈指算了算："噢、噢，九天长奔一千四百多里，真难为你。见到曹化淳了吗？"

"进京当晚，就去登门造访了。"

于是，刘体纯把与曹化淳谈判的具体过程做了详细汇报。

待到讲完了与曹化淳打交道这一节，李自成问："照你看，曹化淳究竟有几分诚意？"

"诚意是不会有的。"刘体纯说，"宦官心思，不可以常人揣度，为了富贵二字，有奶就是娘。"

"他会献城吗？"

"这要看此次北征我们打得怎样。如果顺利，能在预期的三月十五前后陈兵京门，就证明我大顺朝言必信、行必果，曹化淳慑于威势，必能献城。不过，照末将看，闯王不必理会曹化淳献城不献城。即使他不献，京城亦不难一鼓而下。"

李自成笑着问："这是为何？你说出个道理给我听听。"

"闯王莫非忘了？末将此行还带了两千弟兄。"

"偌大京城，两千人济得甚事？"

共过生死的关系，彼此说话都很随便。刘体纯也笑笑，故意卖个关子："末将这两千弟兄，可抵得上精兵十万。"

不光李自成，连牛金星也知道，刘体纯不是狂口大言的人，言不轻发，发必有据，因此都引颈企首，兴味盎然地要听他说出一番怎样的道理。

刘体纯清了清嗓子，扎好架势，似乎理清了思路，要为众人破疑解惑："闯王，刚才在马背上，末将啃了两个干馍馍，肚子倒是填饱了，就是口渴得紧。求闯王行行好，先赏口茶水喝吧。"

这一说众人莫不哈哈大笑。李自成立刻吩咐侍兵端来一壶新沏不久的上好川茶，亲手斟了一杯递给刘体纯，笑眯眯地看着他喝。

刘体纯在李自成面前完全恢复了武将本色，接杯在手，咕咚咕咚，一大杯茶水仰脖而尽。

"闯王，再赏一杯如何？"

众人又笑。李自成再斟一杯，对牛金星说："你看看，就凭咱刘四将军这副喝相，曹化淳也要吓得非献城不可。"

两杯热茶下肚，刘体纯感觉舒服多了，才开始说正事："去年接到进京的差事，末将就着手在营中物色随从。挑来挑去，定了两千。这些人——"

这些人作战不必出色，但一定要机智灵活，能言善辩，而且最好京中有亲友可以投靠。以此条件，百里挑一地凑成了两千之数。刘体纯将他们分成五人一组、五组一队、十队一佐，共成八佐。指派一名极其得力的干练人员总领其事，称为"总长"。总长辖"佐长"，佐长辖"队长"，队长辖"组长"，如此层层勾通，相互联络，构成了一个组织严密、体系完备的特殊谍探团体。临行前秘密布置任务，互相切磋演练，等到各自要担任的角色和任务都熟悉了之后，分批结伙，扮作商贾游客、富家公子、流民乞丐、唱耍艺人等等，在正月初十日之前陆陆续续赶到京师，趁"闹元宵"京门不禁之机，全部混入城中潜伏了下来。

说到这里，刘体纯顿了顿。李自成急急地问："城中伏置两千人，那能干点什么？"

"无非制造舆论，宣扬我大顺威德，争取士民，瓦解人心。"

"就这些？"李自成多少有点儿失望。

"闯王，先别着急。就像演戏一样，这是开头的过场，好戏还在后头呢。"

"还有好戏？那就快说，别卖关子。"

正在这时，刘芳亮奉命来到，先向李自成和牛金星打了军礼，然后便与刘体纯拥抱纠缠，亲热得不得了。

刘芳亮也是当年潼关南原溃围杀出的十八骑之一，与刘体纯生死患难，情逾兄弟，两人都是二十七八岁的年纪。这一次算是小别重逢，因而执手互慰，关切不已。

李自成看着两位跟随自己征伐打杀过来的小兄弟如此亲密，亦颇感欣慰，笑着制止："好了、好了，一会儿议完正事，你们小哥儿俩再去好好亲热吧。来，芳亮，你也坐下听听，体纯就要说到好戏了。"

刘芳亮这才意识到，行宫之内，不免失态，赶紧伸伸舌头，老老实实地坐下来："什么好戏？体纯，你接着往下说。"

于是重拾话头，刘体纯开始说他的"好戏"。

"临去京城前，永和庄的暗线给末将送来一个名单，开列了十几个人，标明姓名、身份、住址。有官员，有商人，也有士兵，都是永和庄暗线经常打交道、说是可以争取为我所用的人。其中一个是西城兵马司的标领，姓黄。巧得很，此次进京，正好相遇。在京期间，末将让永和庄暗线把他约了出来，在正阳门大街请他吃饭。据他说，现在的京营，远非昔日可比。昔日的京营——"

昔日的京营，神武非凡。太祖朱元璋在洪武初年置五军营以拱卫京师，由皇帝自将，故而又称"天子亲军"，此为京营的建制之始，其时有兵员二十八万。至成祖朱棣永乐年间，遵行洪武旧制而又加以扩充，除五军营外，又增设三千营、神机营，合称"三大营"，拥精壮兵卒达八十万众之多。朱棣及其孙宣宗朱瞻基，先后六次远征漠北，均亲统京营劲旅，所向奏凯，无役不捷。然而接替宣宗即位的英宗朱祁镇，重用宦官王振，王振怂恿英宗率五十万京营兵马，征伐蒙古的"瓦剌"部落。瓦剌头目也先在京西土木堡设伏，一战见功，全歼明师，五十万京营兵马，生还的十不足一，连英宗自己都成了也先的俘虏。此后英宗的异母弟朱祁钰以郕王而入承大统，年号景泰。景泰帝重用的兵部尚书于谦，大刀阔斧，裁汰老弱，取消三大营，从剩下的京营士兵中，拣选马步精锐十万，分为十团，称"十团营"。十团营数次击退也先攻袭，成功地捍卫了京师，亦迫使也先将英宗送还明朝。自开国至今的八十余年间，是京营的辉煌时期。

景泰八年，英宗复辟，尽罢景泰之制，取消十团营，复设三大营。之后历经宪宗朱见深、孝宗朱祐樘和武宗朱厚照的成化、弘治、正德这六十多年，京营之制，迭有变更，但变来变去，兵员数量却日见其少，到了世宗朱厚熜的嘉靖年间，在册名额为十万七千，而实际兵数不足其半。嘉靖二十九年，蒙古土默特汗俺答称兵犯阙，一路打到东直门下，兵部稽核京营人数，老弱疲羸全部凑合起来，才五万多一点，遣其迎敌，皆相拥哭泣而不敢应命。

嘉靖之后的穆宗朱载垕、神宗朱翊钧、光宗朱常洛和熹宗朱由校的隆庆、万历、泰昌、天启这四朝六十年间，京营状况，江河日下。只三大营名称略做更动："五军营"以太祖亲创，未便轻改；"神机营"也不变；"三千营"则改为"神枢营"，其实换汤不换药，军械兵器，一仍其旧，而在册兵额，仅仅剩下七万挂零。当今皇帝承天启而即位，接过来的就是这样一副烂摊子。

"天子亲军，有七万之众也不算少了。"李自成仍不免忧形于色，"用兵历来攻难守易。当年开封守军不过两万，我和罗汝才联兵百万，尚且三攻不克。京师城高池阔，又有七万精兵戍守，唉，这要折损我多少将士！"

"闯王，你别犯愁，"刘体纯笑嘻嘻地说，"末将还没说完呢。七万京营，也是虚数，实际多少呢？黄标领都给末将兜底儿了，这个数。"刘体纯伸出两个指头。

"两万？"李自成感到不可思议，"京师三大营，仅止两万兵员，这如何能拱卫京城？"

"别说拱卫京城，逮个耗子都算难为他们了。闯王，告诉你吧，连这两万也是假的，其中多半是花钱买来的。"

"喔，怎么回事？"

"现在的京营，说来真是笑话，兵不知将，将不知兵。京营总督李国桢——"京营总督李国桢是永乐朝勋臣李睿的后人，世袭襄城伯。此人看上去短小精悍，而他自己也时时以知兵自诩，其实言大而夸，慵懒懦弱，只知道每月拿着京营花名册，去户部催要二十万两银子的军饷。可他蒙然不知，他手下那些坐营、号头、指挥、把总等各级军官，几乎没有一个不吃空额的。一个把总掌一百兵丁，花名册上却有三百。多余出来二百人的饷银，自然先装进自己腰包一部分，剩下的孝敬上级的指挥、号头和坐营。如此上下收受，心照不宣，相沿日久，已成例规。此为京营额数与实数相差如此之大的原因。

提起操练，更不像话。京营按例每月出操两次。老弱而家贫者，不得不出，而青壮且富庶者，不愿受操练之苦，临时到大街上，找一些市井游民、无业之徒，塞上几文银钱，冒名顶替。由于将不知兵，点名时只要有人答应就算充过去了。操练起来，呼舞嬉闹，犹如叫花子耍猴儿一般，惹得路人纷纷讪笑。

"哦、哦，"李自成明白了，"想不到天子亲军，竟是如此不堪。"

"这还说的是平常时候，现在更糟糕了。"

"现在怎么了？"

"现在听说闯王已在长安建国，不日就要打到京城，京营士兵，人人恐慌，这可不是平时操练，要真刀真枪地拼杀了。那些青壮富家子弟怕死，私下里四处打听，要'卖兵'。"

"卖兵？怎么卖？"

"给二两银子。谁拿了银子，就要永远顶替这个名额。打仗、守城，听候差遣。"

"原来是这等卖法。有人买吗？"

"二两银子买个送死，京城里哪有这样的傻瓜？不过，闯王啊，这桩买卖，末将给他全包了。"

李自成一愣，继而憬然有悟："你是说，带去的两千人，都去买兵了？"

"都买兵哪行啊，还要再买几个官儿干干呢。"

"啊，还有卖官的？"

"有啊。有个别把总啊、指挥啦什么的，他们也不想死。十两银子，卖官。"

"好！"李自成脱口称赞，"干得漂亮！这一来，我大兵一到，守城者就有两千是我的弟兄了。"

"何止两千？末将给他们都发了足够的银子，定了任务，进京营后，散财交友，每人至少要结交四五个朋友。两千乘四、乘五，就是八千、一万。闯王，你想啊，两万京兵，我居其半，剩下的一半全是老弱疲羸，就算他曹化淳言而无信，这个京城还能拿不下来吗？"

说到这里，在场诸人无不喜动眉梢，怪不得刘体纯说他的两千人可抵十万精兵。果尔成事，京城确实不难一鼓而下。

众人欣欣然地为这情报而鼓舞的时候，李自成却负手蹀躞，是在做深沉思考的样子。

"体纯，你这一路回来，途中情况怎样？"李自成忽然发问。

"正要向闯王禀报，京南一带空虚得很。末将这一路从北直隶过来，穿城越乡，黄河以北几乎没遇到过明兵。而且道路风传，说闯王就要攻打北京了，乡间百姓都盼着去解救他们呢。闯王，京西有太行山阻隔，道路崎岖，险关重重，途中必有几场恶战。咱们何不放弃山西，乘间蹈隙，从京南一路打过去呢？"

李自成正在考虑的也是这个问题："来、来，咱们正好议一下。我原来打算让芳亮即刻北上，去增援刘宗敏，先打下汾州，然后我带大军跟上，会攻太原。现在体纯带来新的情报，原定方略，是否做个调整？聚明，你先说说看。"

牛金星是河南卢氏县人，天启七年的乡试举人，由于对时政不满，一次酒后失言，遭人构陷，被革去功名，充作苦役。崇祯十三年，李自成由晋入豫，牛金星前往投奔，献议"据中原、取天下、赈饥民、收人心"而为李自成所采纳，亦因此李自成一去流寇习气，萌生了取明朝天下而代之的勃勃雄心。以举人而甘投农民造反大军，牛金星是第一个，所以颇受李自成器重，征伐大事，每与商讨，成了闯营的谋主。以此之功，在建国授官时，拜为丞相，位居刘宗敏之次。

举人的底子，毕竟与那些农民出身的赳赳武夫不同，自建国后，牛金星和其他文官一样，有了君臣尊卑意识。但李自成尚未称帝，是"大顺王"，所以牛金星与李自成对话时自称"臣"，而称李自成为"王爷"。此时听王爷问到自己，因而回道："体纯的情报，为我朝此前所不知。如王爷所谕，情随势转，兵随势动，原定方略确有重做调整的必要。但不知王爷打算如何调整？"

"我想把兵力分开，让芳亮的左营和刘希尧的右营，北上会合刘宗敏，这一路的进军路线不变，仍然打通山西，从西路到京。我带袁宗第和李过的前、后两营，从东边折而往北，打京南一路。这样子两路包抄，会师京门。"

在座诸人，无不颔首，都认为这样调整，分径合击，正奇相倚，是深合古法的用兵之道。

然而牛金星另有说法："分径合击，不失为上善之策。不过，既然京南一路空虚失守，即不劳王爷率师亲征，遣一旅偏师足矣。臣以为，太原、大同、宣府，此三处为明朝京师的屏障，明朝必集结重兵固守。我朝如不倾全力将其剿灭，则留此余孽，后患无穷。"

说到这里，牛金星看看李自成，似乎等待着有何反应。刘体纯乘间插问："如果闯王从南路先期到京，生擒明朝皇帝，即可挟天子以令诸侯，西路那些余孽还能有什么作为吗？"

"太原之周遇吉，大同之姜瓖，宣府之王承胤，皆明朝良将，手下精兵当在十万之数。不待王爷先期到京，明朝皇帝必召天下兵马勤王。此三人距京师最近，数日之间，可达畿甸，如此则三处良将，合兵拒我于京门之外，必使我耗费时日，与其相持。到那时，明朝江南的勤王之师赶来，置我于腹背受敌之境，诸位想想看，北征结局，可堪问否？"

这一说，举座默然，都在思考，认为牛金星推测的局面有可能出现。

"照丞相的说法，"刘芳亮忍不住插话，"与此三将交手，势不可免，只是地点的不同而已。果真如此，我军何不就在京门与其决战？以我军五十万之众，对敌十万，想来也不至于旷费多少时日。"

"不然、不然。合而拒之，与分而歼之，结果大不相同。三将合兵，其势倍增，不能单以人数众寡而论之。况且我兵虽称五十万，能征惯战的精甲劲卒不过十万有奇，与彼三将之兵，旗鼓相当，岂敢轻言速胜之语？为今之计，莫若仍以原定方略为主，王爷亲率大军北进，与汝侯联兵征讨，将周遇吉、姜瓖、王承胤，次第歼灭于太原、大同和宣府，尽毁京师屏障，使明朝皇帝外无勤王之旅，内乏戍守之卒，如此京师方可一鼓而下。与此同时，可另遣一军，偏师东讨，扫平京畿南路，切断朱家皇帝的南逃之路。然而南路虽然空虚，亦不可进趋太速，以免惊警明朝皇帝，提前下勤王之诏。庶几正师偏师，相辅相倚，东路西路，默契配合，始为庙算先机，制敌必胜之道。"

"嗯，不错、不错。"李自成拍案称赏，"明朝的中原兵马，已被我剿杀殆尽，三边守将，成我劲敌，须待我亲统虎旅，次第剪除。聚明的分径合击，与我的两路包抄，看似大同，实则大异。不扫除三边而径取京师，算不上是万全之策。——看看谁还有什么别的意思要补充？"

环顾一周，无人答话，意思是都赞同了丞相的说法，李自成开始发令："刘芳亮！"

"末将在！"

"即命你率左营人马攻取东路，明天开拔！"

"是！"

"一路上每下一城，要设官抚民，治理地方。"

"是！"

"即使顺利，也不要进军过疾。仍照原定计议，期于三月十五日前后会师京门。"

"是！请闯王放心，末将一定扣准时日，如期抵京！"

5

大清顺治元年正月二十六日
大明崇祯十七年正月二十六日

九王摄政

　　经过七个多月的精心谋划和明争暗斗，多尔衮纵横捭阖、上下其手，终于击败了各路政敌。今天早朝一过，目送小皇帝回了后宫，他便坐在崇政殿里独自处理军国大政了。

　　波诡云谲的政海风涛，虎尾春冰，险象环生。然而这位三十二岁的青年，居然能寸心自用，应付裕如，把一个乱如棼丝的复杂局面稳定下来。如今，政非宁氏，祭亦寡人，不是皇帝，胜似皇帝，满朝文武和八旗将士，哪一个敢不遵从他的意志行事？至于那个六岁的小皇帝，哼哼，三尺稚童，手中傀儡而已！

　　然而，踌躇满志的多尔衮，坐在崇政殿中，仍不免心生丝丝遗憾。崇政殿是天子正衙，居中的御案和宝座，虚悬而设，那毕竟是一时还不能亲裁大政的小皇帝的位置。大位已定，所属有人，而这个位置今天距自己仅仅咫尺之遥！咫尺空间，竟成绝壁，今生只怕永无僭越之日了。唉，造化弄人，阴差阳错，本来有两次机会，自己是能够坐上这个宝座的——

　　多尔衮是努尔哈赤的第十四子，自小在马背上跟随父汗不离左右，东伐西讨，南征北战，而每临大事，又能处乱不惊，因而深得父汗的欢心。十八年前，多尔衮刚满十五岁时，父汗努尔哈赤以身体不适，去清河温泉疗疾。二十天后，自知大限将至，在返回沈阳的同时，急召在沈阳的大妃阿巴亥前来嘱托后事，夫妇相会于中途。所谓嘱托后事，自然是授以传位的遗命。四天之后，行至距沈阳四十里的瑷鸡堡，六十八岁的努尔哈赤一瞑不视。

阿巴亥姓乌拉纳喇氏，是多尔衮的生母，也是努尔哈赤的第十五个妃子，四年前册为"大妃"，满洲人称"大福晋"，一国之母，相当于后来的皇后，在后宫乃至整个爱新觉罗氏的家族中，都有举足轻重的地位和作用。在此之前，为了替亲子多尔衮谋取嗣汗的身份，阿巴亥曾与其兄阿布泰联手合谋，欲置皇太极于死地，因为皇太极是嗣汗之位最有力的竞争对手。

以此缘故，又由于先汗在瑷鸡堡的临终遗命只有阿巴亥一人知道，所以，无论先汗指定的继位人是谁，只要经阿巴亥之口传谕，绝不会是皇太极，而只能是多尔衮。

但是，素以心智和机变著称的阿巴亥万万没有料到，皇太极提前下手了。

努尔哈赤共有十六个儿子，皇太极排行第八，生母为叶赫那拉氏，身份仅为"侧妃"，而且已于二十三年前病逝。皇太极之能在十六个兄弟中脱颖而出，登上汗位，靠的不是"子以母贵"，而是另有过人之处。自幼马上征战，所向有功，打出了一番赫赫威名，这是他赢得众人敬佩的基本原因。而十五岁即被封为汉人称作王爵的"和硕贝勒"，十九岁又成为与父汗共同轮值国政的"四大贝勒"之一，更使他确立了在满洲贵族中撼斫不拔的煊赫地位。"勇力绝伦，颇有战功"，"智勇双全，贤德聪明"，是当时朝野上下对皇太极的一致评价。可是，这样一个几乎无可争议的嗣汗人选，却偏偏不被晚年的努尔哈赤所看好。努尔哈赤感到他的这个儿子过于强势，欠缺度量，处事不够"公平宽宏"，怕的是立他为嗣汗，将来不能善待其余诸子，兄弟之间会起同室操戈的阋墙之祸。可以肯定的是，努尔哈赤瑷鸡堡遗命中，绝无皇太极的名字。而努尔哈赤殒命之年，皇太极三十五岁。

连夜扶枢归来的阿巴亥尚沉浸在丧夫之痛的悲戚之中，四大贝勒——代善、阿敏、莽古尔泰和皇太极突然向她宣布"先汗遗命"。

"额娘，阿玛生前给儿子们留下了话，"——满洲人称嫡母为"额娘"、称父亲为"阿玛"——"阿玛说，他一咽气，就要令您殉葬。"

"哪有这回事？"阿巴亥既惊且怒，"你们的阿玛明明对我说……"

岂能容她再说下去？大贝勒代善当即打断："阿玛说，您嫉妒心太强，经常惹他老人家不高兴。说他活着还能制服得了您，要是他不在了，留下您，恐怕成为国家的祸害。"

四大贝勒，除了二贝勒阿敏是努尔哈赤的胞弟舒尔哈齐之子外，剩下三个都是自己的儿子,虽非亲生,伦属嫡子,居然红口白牙地瞪着眼睛扯谎。阿巴亥气得话都说不成了:"我、我不殉葬!你们这是乱命……"

"命"字刚刚出口,皇太极大喝一声:"阿玛的遗命,谁敢不从!"

这一来,阿巴亥知道自己死定了,同时她也明白,这是栽到皇太极手里了。思前想后,还是保住自己的亲生儿子要紧。于是扑通一声,跪倒在皇太极面前:"四贝勒,我随你阿玛去。求你千万善待你那两个年幼的弟弟。"说完大放悲声,泣不可抑。

她说的"两个年幼的弟弟"都是她的亲生儿子,一个就是多尔衮,另一个是年仅十二岁的多铎。而她还有一个亲生儿子,不过已经成人,是二十一岁的阿济格。

皇太极当着众人的面,在答应了她的请求并做出了切实的保证后,招招手,立刻有人抬来一张小床,置于阿巴亥面前。

四大贝勒齐齐匍匐在地:"请额娘升天。"

待到阿巴亥颤颤巍巍地刚刚躺到床上,立刻有四名旗兵,疾步上前,分别按住阿巴亥的四肢。另有一名旗兵,手持雕弓,对准了阿巴亥的玉颈,以弦勒喉,逐渐加力,三十七岁的丰姿丽女,顷刻间香消玉殒。而多尔衮第一次登上汗位宝座的努力亦随之化为泡影。

皇太极即位称汗以后,果然言而有信。即位的第二天,行十大贝勒盟誓礼,十大贝勒依次为:代善、阿敏、莽古尔泰、皇太极、阿巴泰、德格类、济尔哈朗、阿济格、多尔衮、多铎。前四个自然还是先汗时代的"四大贝勒",名列第五的阿巴泰为先汗第七子,生母伊尔根觉罗氏;第六名的德格类为先汗第十子,生母嘉穆瑚觉罗氏;第七名济尔哈朗是先汗之弟舒尔哈齐之子、二贝勒阿敏之弟。最后三个,全是阿巴亥所生,而多尔衮排名第九,以此称为"九贝勒",后来又仿汉人的说法称"九王"。至此,先汗时代尚无缘国政的多尔衮,进入新汗时期的决策集团。

第二年春天,皇太极带着多尔衮亲征蒙古多罗特部。此战多尔衮出奇制胜,俘获敌酋。凯旋途中,皇太极设宴叙功,封多尔衮"墨尔根代青"。"墨尔根"满语为聪明之意,"代青"则是蒙语,意为"统帅者",此为后来多尔衮封"睿亲王"所本。

之后皇太极又屡征蒙古,收服朝鲜,打辽西,入腹地,十年征战,改元建制。这期间刻意培养多尔衮,重大战事,无役不与,把多尔衮历练得能征惯战，智勇兼备，骎骎乎凌十几个兄长之上而驾之，成了后来居上的翘楚之才。

七年前，皇太极登基称帝，改国号为"大清"，叙功封王，共七位，依次为：礼亲王代善、郑亲王济尔哈朗、睿亲王多尔衮、豫亲王多铎、肃亲王豪格、成亲王岳托、英郡王阿济格——阿巴亥三子，二亲王、一郡王，而多尔衮名列亲王的第三位。不久，皇太极设辅政四大臣，多尔衮亦为四大臣之一。后来清朝仿照明朝制度而设立"六部"，多尔衮是六部之首的吏部管事大臣，不再率兵出征，俨然中枢大吏、社稷重臣了。

大致而言，努尔哈赤戎马一生，完成了对辽宁以北、黑龙江以南女真各部落的统一；初创八旗制；萨尔浒一战消灭了明朝十三万有生兵力，进而打下辽阳和沈阳，以沈阳为"国都"，将辽东大部，收为己有；设四大贝勒轮值国事制度，建立"后金"，成为关外可与明朝分庭抗礼的实际政权。

皇太极则允文允武，改后金为大清，改沈阳为"盛京"，弃"汗"称"帝"，着力吸收汉族文化，使原始部落式的后金政权，逐步向封建中央集权的国家制度过渡；扩大八旗制，除原有的满洲八旗外，又增设了蒙古八旗和汉军八旗；在四大贝勒轮值国事的基础上，复设"四大臣辅政"制度；东边把朝鲜收为藩属国，西边平定了漠南漠北的各个蒙古部落，使其俯首称臣；北边则越过黑龙江，将江北的大片土地不战而纳入版图；松锦一战，攻克锦州，消灭和收降明军十余万，打通了辽西走廊，使明朝关外，仅剩一座宁远孤城。并且五次绕道蒙古，毁墙入塞，掠夺和消耗了明朝大量财力和人力，为进一步入据关内、与明朝争夺天下做好了基础性的准备。

正待厉兵秣马、大展宏图之际，去年八月，皇太极猝然辞世，连个遗言也没能留得下来。满洲贵族，又一次面临择君而仕的危机。而无疑地，这又一次给了多尔衮一个登上帝王宝座的机会。

此时的多尔衮，已非十七年前的半桩子少年可比了。论勋爵，位在第三，而前两位，礼亲王代善为努尔哈赤的第二子，今年已经六十二岁，无意于皇位角逐；郑亲王济尔哈朗是外支亲藩，不具备承继大统的资格。论地位，是辅政大臣，皇太极一死，排序更迭，多尔衮的名次跃升在其余三个辅政大臣之

上。论实力，胞弟豫亲王多铎主掌正白旗，胞兄英郡王阿济格则主掌镶白旗，这两白旗的劲旅，足可倚恃。论年龄，三十二岁，春秋正富，堪膺重任。论才具，则举朝环瞩，舍我其谁？

然而，多尔衮的对手也毫不逊色，此人是肃亲王豪格。豪格是皇太极的

长子，虽然是多尔衮的侄子，却比他这个叔叔还大三岁，今年三十五。皇太极十一子，战功最著而又有参与大政资格的，只有这位豪格，其余诸子，要么寂寂无闻，要么尚在幼年，均无角逐大位的资本。豪格在努尔哈赤时代即以战功赐爵贝勒，其年不足二十。皇太极时代又受命攻打锦州、两征漠北、两入塞南，直打到明朝京师的广渠门下，所向皆捷，无一败绩。武略如此，文韬亦不遑多让，十年前，皇太极曾对征讨明朝、朝鲜、蒙古的察哈尔三处孰先孰后的问题大伤脑筋，因而召集群臣，商讨对策。一堂昏昏，所对皆不称旨，唯有豪格提出"朝鲜和察哈尔且暂缓图矣"，利用蒙古科尔沁部，联合流贼，集中力量，更番入塞打击明朝，使其国力消耗殆尽。这一想法，大为皇太极所赞赏。后来皇太极十年之间，五次入塞，就是采纳了豪格的这个建议，而当时能有"联合流贼"这一战略意识的，满朝文武，只有豪格。因而豪格亦被擢拔为辅政四大臣之一。自然地，豪格的更大优势还在于他的皇长子身份。皇太极时代的政体已经趋于汉化，按照汉人"父死子继"的传统，则立皇储必立皇子，立皇子必立长子豪格。还有，满洲八旗，豪格独掌正蓝，而天子自将两旗：正黄、镶黄。如今天子已逝，论宗论亲，此两旗豪格均可引以为援。

觊觎大位的双方，势均力敌。而最糟糕的是，叔侄二人，素来不睦，且积怨甚深，不论谁当皇帝，各自心里都存着早晚要除掉对方的念头。

逐位之争终于爆发了，是在皇太极崩逝的第五天。

这天一大早，皇宫的大清门便被控制了起来。两黄旗的八位大臣在索尼的带领下，对天盟誓："我等食于皇帝，衣于皇帝，养育之恩与天同大。今天若不立皇帝之子，宁死从皇帝于地下！"

盟誓既毕，索尼、图尔格、鳌拜和谭泰四人，分领步兵，统一举动。两黄旗的精锐护军，个个披甲束胄，张弓挟矢，将崇政殿团团围住。

由各个亲王、郡王带头，辅政四大臣，各部院大臣依次进殿，这是决定皇位谁属的关键时刻。

多尔衮一看这阵势，知道自己首先就走错了一步。倘若抢占先机，调两白旗的护军提前动作，必能在气势上震慑对手。然而时机已不容他再做这样的布置了。

皇太极的梓宫就安放在大殿正中。枢前议立，主持其事的自然是年高德劭的礼亲王代善。刚逝而未上尊号的皇帝称"大行皇帝"，所以代善要言不烦地说："大行皇帝遽然宾天，临走也没留下句话来。国不可一日无君。能管事的大臣都在这里了，没别的，今天当着大行皇帝的面就要议定，立谁为君。我的看法，肃亲王是大行皇帝的长子，应当承继大统。"

一听这话，多尔衮知道麻烦来了。上去就定调子，把目标引向豪格，自己立刻就处在了下风。

然而峰回路转，代善的话音刚落，多铎抗声而言："论才论德，都应该立睿亲王！"

阿济格不失时机，立刻做桴鼓之应："大行皇帝生前最看重睿亲王。立睿亲王，应该也是大行皇帝的遗愿。"

拿大行皇帝这顶大帽子压下来，是很有分量的说法，足以抵消代善拥立豪格的倾向。多尔衮暗暗心许，胞兄平时鲁莽，关键时刻却不糊涂。然而此时他还不便说话，还有几位关键人物的态度尚不明朗。他要静观默察，相机取利。

没有人附和多铎和阿济格的提议，场面出现了一阵沉默。

多铎性急如火，脑袋也不大好使，根本不能体会多尔衮的意思。此时看多尔衮还不表态，到底忍不住了："睿王不允，那就该立我。我的名字写在太祖遗诏里。"

皇太极称帝，尊努尔哈赤为"太祖武皇帝"。所谓"太祖遗诏"，指的是努尔哈赤死前三年颁布的一道文件，要他的八个子孙同心协力，"共谋国政"，将来要从这八人当中"择其能受谏而有德者，嗣朕登大位"。这严格来说，根本就不是临终的传位遗诏。况且事经两朝，与大行皇帝的遗愿也没有什么关系，而居然以此为据，为自己谋争帝位，在场的人没有一个看得起多铎了。

多铎争位，根本就没有可能性。眼看胞弟如此不智，多尔衮只好说话了，而话中另有机锋："你说的那个太祖遗诏，肃亲王的名字也在里面，不光你一个。"——轻轻一句，把肃亲王豪格列入多铎一类，那意思是，你们二位，均非其选。

"不立我，那好，论长当立礼亲王！"多铎气哼哼地说。

礼亲王代善排行老二，但由于二十八年前，排行老大的褚英已被努尔哈赤处死，所以序属老二，却位同长子，多铎的"论长"即指此而言。

代善颇有自知之明，闻言苦笑，连连摇手："我这把年纪，老得牙都快掉光了，哪能挑得起这副担子？"

"那，礼亲王你说，为何不立睿亲王？"多铎气急败坏，几乎是指着代善的鼻子在高声质问。

代善姜桂之性，老辣得很："睿亲王若允，我国之福。否则当立皇子。"

话说得不偏不倚，实际上前轻后重，不拥戴多尔衮的意思是明显的。而"否则当立皇子"，这句话在众人听来，是把议题又引回到已经被多尔衮挡住了的豪格身上。但亦因此，局面呈现僵持之态了。

代善掌控着正、镶两红旗。从八旗实力的对比来看，眼下成了两白旗与两红旗的僵持，而多尔衮真正的对手豪格所依恃的正蓝旗和两黄旗还没正式表态，主掌镶蓝旗的济尔哈朗也沉默不语。要打破僵局，这四旗必须要有人说话。

阿济格认为两黄旗弓刀相向，态度不问可知是为了拥立豪格。此时如能争取到镶蓝旗的支持，则双方旗鼓相当，成败之数，犹有可观。因此他侧着脸对济尔哈朗，很恭敬地说："郑亲王，说吧，听听您的。"

济尔哈朗不是皇脉嫡系，他是努尔哈赤的胞弟舒尔哈齐的第六子，以骁勇善战和处事稳健而在八旗之中卓有声誉。在立谁为帝的问题上，他并无私念，但揆诸汉人"立嫡立长"的传统，他与代善的倾向性相当，认为豪格应当承继大统。不过今天的事情演化至此，他敏锐地感觉到，宗室相争，绝非社稷之福。他知道，说不定今天真的就要发生一场叔侄兄弟之间束甲相攻、你杀我砍的血腥悲剧，八旗之中，七旗都将卷入。果真成了那样一个局面，他必须保住自己一旗的实力，为大清朝存留几分元气，否则几十年来，爱新觉罗氏百战经营打出的一片天下就会彻底毁掉。因此，今天议事，一言不发，只坐在那里一杆烟枪不离手，扑哧扑哧地抽他的老旱烟。此时阿济格主动要他表态，他慢吞吞地把烟袋锅子里残剩的烟末，朝着靴子底下磕了磕，低眉敛目，漫不经心地说："先听听、先听听，诸位都说说看，我从众议。"

这至少在表面上是个中立的态度。多尔衮心中有数，济尔哈朗平时与豪格过从甚密，"我从众议"这句话并非出自真心。但既然不公开表示敌意，自己便可借势伐谋，利而用之。

到此地步，只好摊牌。多铎以鱼死网破之心，指着索尼，厉声质问："索尼，别装哑巴。你弄了那么多巴牙喇围住皇宫，到底想干什么？"——"巴牙喇"是满语，意为"护军"。

索尼是皇太极的贴心近臣，对皇太极忠心耿耿，国事家事，两受倚畀，若论对皇家事务的了解，在座诸人，没有谁比他更为透彻。而他又是天子自将的两黄旗管旗大臣，今天的场合，自然具有一言九鼎的作用。还有一层不能忽略的是，此人平时与多尔衮相处得也不错。因而多铎发难，众人的目光一下子全都聚向了索尼。多铎甚至已经握刀在手，打算着只要"立豪格"三字一出口，立刻先以武力控制索尼，逼使那些"巴牙喇"撤兵。

没想到索尼的语气极其坚定："大行皇帝有子，必立其一。别的我什么都不知道！"说完正襟危坐，看都不看多铎一眼。

这话在豪格听来，有此一语，足可底定乾坤！济尔哈朗的镶蓝旗表面中立，实际上并不拥戴多尔衮的态度已经非常明朗；自控的正蓝旗不用说；索尼代表的两黄旗和代善所控的两红旗都明言拥立皇子，拥立多尔衮的仅是两白旗。双方实力，以六对二，则大位到手，毫无疑问。

历来新君嗣位，无非两种情况：一种是授之于先帝的临终遗命，嗣君不必辞让，即可在枢前即位，百官亦须俯首听命而忠心翊戴；另一种即是今天的局面，大行皇帝未留遗命，则必须群臣会推，择长择贤，称为"拥立"。但属于这种情况，被拥立者必得要有一番谦虚辞让的表示，以向天下臣民昭示，嗣君是在群臣的再三拥戴和劝进下，才不得不勉从众议，继登大位的。

由于这个缘故，自以为大位到手的豪格，踌躇满志，对着众人频频示以谢意，非常认真地说："不敢当、不敢当，我福小德薄，恐怕担不起诸位的重托。"说完又哈了哈腰，打个千手礼，转身就走，回家等着"再三劝进"去了。

多尔衮却另有别解。索尼的态度把他排除在"当立"之外，参以代善的态度，自己这个皇帝是当不成了，此意已明，毫无余地。倘若以武力相争，则白旗两王，必非众敌，说不定毕命就在今日。况且太祖和大行皇帝几十年辛辛苦苦创下的大好局面就要毁于一旦，这样的结局，亦为他所不忍见。但是，他感到自己也还没有输到一败涂地的份上，因为索尼并没有表示拥立豪格。以他对索尼的了解，"大行皇帝有子，必立其一"，这句话大有深意。然则索尼意究何属？

多尔衮突然想起，议立新君，是国事，也是家事，索尼的态度必然与后宫有关。

当今的皇后博尔济吉特氏，乃是大清朝第一门姻亲、蒙古科尔沁亲王莽古思的女儿。博尔济吉特氏是元太祖成吉思汗的同母二弟哈萨尔的后裔，皇室血胤，百年不凋，科尔沁部在大漠南北蒙古族的各个部落中都有极高的威望。当初大行皇帝收服科尔沁，并与其结成姻亲关系，用意就在于通过科尔沁部羁縻蒙古其余诸部，以稳定大清朝的西面疆域。如今一旦皇室纷争，萧墙祸起，则科尔沁部落的态度，对大清朝未来的兴衰盛废，将会起到极大的作用。因此，无论如何，在议立新君这件事上，皇后的态度和意向，都不能不予以重视。

问题在于，皇后无子，仅生三女。大行皇帝总共十一子，那么皇后属意于哪一个呢？

大行皇帝的五宫后妃，都姓博尔济吉特氏。皇后居清宁宫，是为"中宫"。庄妃居永福宫，是皇后的侄女，生一子福临，今年六岁。宸妃居关雎宫，也是皇后的侄女，且是永福宫庄妃的姐姐，生一子，未名而殇，宸妃本人亦于两年前病逝。贵妃居麟趾宫，生一子博穆博果尔，今年两岁。淑妃居衍庆宫，无子。——博尔济吉特氏共为大行皇帝留下了两个儿子：六岁的福临，两岁的博穆博果尔。但博穆博果尔的生母，虽然也是博尔济吉特氏，而她和衍庆宫的淑妃一样，都不是科尔沁亲王的血统，而是察哈尔部林丹汗的遗孀，林丹汗是成吉思汗的嫡系后裔。当年皇太极三征察哈尔，逼得林丹汗走死青海大草滩，将其两个遗孀收而为妃，因此麟趾宫贵妃和衍庆宫淑妃，与另外三宫同宗而不同裔。而福临的生母庄妃，则是中宫皇后的亲侄女。

如此看来，在议立新君这件大事上，皇后不会舍亲取疏，果然心有所属，必定是六岁的福临！

意会至此，多尔衮心中豁然一亮：今天要全翻败局。名义上的皇帝不要了，要做就做实际上的皇帝！

恰好在豪格谦虚一番，走出殿门之后，多尔衮立身而起，声音朗朗，而且听似不偏不倚地说："索尼的意见，深契我心。新君必出于大行皇帝之子。既然肃王退出，毫无继统之意，那就应当拥立大行皇帝的第九子福临。"

说到这里，他把目光朝着索尼瞟了一下，索尼微微颔首。就这一瞬间，两人取得了默契，多尔衮知道自己做对了。

"不过，福临年幼，还得要再过几年才能亲裁大政，这期间由郑亲王和我暂时佐理日常事务。待到新君长成，我们俩即归政于朝廷。我的意见如何，请公议。"

犹如春风化寒霜般地，所有紧绷着的脸，全都松弛了下来。这真是一个妙不可言的思路，在座诸人，没有一个能提出反对的理由，此而不能接受，那就是唯恐天下不乱了，必遭众人合而攻之。平心而论，睿亲王的才具是好的，除了大行皇帝，举朝无人能出其右，国家还真少不得他！不过，此人的专横跋扈，也很令人受不了，若拥以为帝，必是暴君。现在好了，新君仍然是大行皇帝之子，睿亲王不过暂时佐理政务，而且排名还在郑亲王之后，则其才具，施而有所，而其跋扈，足可裁抑。更为重要的是，按照这个意见，干戈化为玉帛，一场很难避免的内乱，竟可得以避免了，岂非社稷之福？

"好、好，尽善尽美！"代善满面春风地说，"诸位再想想看，还有没有什么异议？没有，那就盟誓吧。"

盟誓是满洲人表示诚信或做出保证的隆重仪式，具有法律效用。于是第二天，杀白马祭天，宰乌牛祭地，由代善主持，满族王公和朝廷大臣齐集崇政殿前，昭告天地，宣立誓书。

诸王、公、贝勒、贝子的誓词说："代善、济尔哈朗、多尔衮、豪格、阿济格、多铎、阿达礼、阿巴泰、罗洛宏、尼堪、博洛、硕讬等，不幸值先帝升遐，国不可无主，公议奉先帝之子缵承大位。嗣后有不遵先帝定制，不殚忠诚，藐视皇上幼冲，明知欺君怀奸之人而互徇情面，不行举发，及修旧怨倾害无辜，兄弟谗构，私结党羽者，天地谴之，令短折而死。"

郑亲王和睿亲王已经成了公推的"辅政王"，所以必须专门盟誓："兹以皇上幼冲，众议以济尔哈朗、多尔衮辅政。我等如不秉公辅理，妄自尊大，漠视兄弟，不从众议，每事行私，以恩仇为轻重，天地谴之，令短折而死。"

盟誓完毕，按照满洲的习惯，齐聚"堂子"吃肉。上上下下，揖让雍容，一片和睦欢谐的气氛。

表面上风平浪静，其实暗涛汹涌。就在盟誓的第二天晚上，情况突变，阿达礼的来访，使多尔衮幡然变计，决定背弃誓约，彻底改变已成之局。

阿达礼是代善的孙子、代善第三个儿子萨哈廉的长子，爵封"多罗郡王"，隶属正红旗，但私下与多尔衮交谊甚厚。"十四爷，"他说，"您老昨天不该参加盟誓的。"

正在靠榻上闭目养神的多尔衮一闻此语，双目倏张，下意识地站起身来："嗯？这话怎么说？"

看看左右无人，阿达礼往前凑了凑，表情极其严肃："两红旗不是铁板一块，两黄旗也不是一块铁板——十四爷，您失计了。您老要是正了大位，我一定真心拥戴！"

一句话说得多尔衮懊悔欲死。枢前议立，过多地考虑了代善和索尼的态度，而忽略了自己在八旗宗室中的威望。果真如阿达礼所说，两红旗和两黄旗中有人诚心拥戴，自己的皇位岂不就稳稳当当地坐成了？

然而，代善和索尼毕竟是两大障碍，多尔衮略一思索，立刻有了主意。兹事体大，不可莽撞，他决定以退为进，好好地利用一下阿达礼，因而重新坐下，好整以暇地说："你说的意思我懂，不过，马后炮，不管用。今天我和老郑带头盟誓，有目共睹，这样的事，怎么能一下子抹掉？首先你爷爷那里就通不过……"

"爷爷那里我去说！爷爷最识大体，为国立贤，想来他老人家也没有什么可阻挠的。"

要的就是这句话！多尔衮暗自思忖，阿达礼为代善所钟爱，能通过阿达礼来突破代善这一关，则两红旗俯首听命，大事可成，夫复何忧？

可是他仍然一脸严肃地说："不许胡来！既然盟过誓，天地祖宗都是见证。就算你爷爷不阻挠，索尼那里也不好交代。"

"索尼？他顶个屁用！两黄旗也不是他一个人说了算的。"阿达礼又往前凑了凑，"好教十四爷知道，我二伯已经探过图尔格的口气了——有门儿！"

喔？这是出人意料的！多尔衮心头狂喜：图尔格是内大臣，也是大行皇帝极其赏识的人，与索尼共管两黄旗。此公反水，索尼也就不足为虑了。

"嗯，嗯。"多尔衮并不表态，仿佛无可无不可似的应了两声。

在阿达礼看来，毫无疑问，这是多尔衮赞同了自己意思的表示，因而喜滋滋地躬身打千："十四爷，我告辞。我爷爷那里您放心，有我和我二伯，两天之内，您老等着好消息就是。"

阿达礼刚走，吴丹来了。吴丹是硕讬的心腹，硕讬就是阿达礼的二伯、礼亲王代善的次子，爵位是"固山贝子"。

行了大礼，吴丹规规矩矩地悄声禀报："贝子爷要我转告王爷，内大臣图尔格和好几个御前侍卫都表示，愿意听从贝子爷的意见，拥护王爷自立为君。"

这就证实了阿达礼所言不虚，看来两黄旗还真的不是铁板一块！多尔衮愈加坚定了信心：有硕讬和阿达礼伯侄悉心策划，指顾之间，即可推翻成议，大位到手，在此一举。然而此举毕竟是死中求活的险招，须出言唯谨，为自己留下展布的余地，并且还要让硕讬知道，这是绝密大事，必须暗中串联，未成事之前，万万不可被外人看出任何蛛丝马迹。

"你回去告诉硕讬，"多尔衮面无表情地说，"刚才的话，我什么也没听见。翊戴幼主，他也参加了盟誓的。要想改变大局，上有神明，下有国法，走漏了风声，就是掉脑袋的事。让他自己好好想想，如此大事，他的那颗脑袋，玩得起，玩不起？"

"这还用说吗？"听了吴丹的转告，硕讬受了极大委屈似的，"十四叔也太小瞧我了！这样的大事，我哪能不知道轻重，随随便便就走漏了风声？"

不过认真想想，对多尔衮的警告也确实不能掉以轻心。满洲人把誓词看得比法律还重，既经盟誓，再要推翻它，不仅违法，且受天谴，会有极严重的后果。好在此事多尔衮已经心照，待到把这位"十四叔"推上宝座，则拥立之功，可保子孙后代世世富贵，眼前自然还是以小心谨慎为宜。想到这里，硕讬自感不便亲自出面，悄悄对福晋说："已经起更了，我走动不便，你这就去跑一趟，把你妹妹家的大小子叫来。"

福晋是汉语"夫人"的意思。硕讬的福晋姓塔塔拉氏，姐妹俩同事兄弟俩而为妯娌。妹妹嫁的是萨哈廉，妹妹家的"大小子"自然就是萨哈廉的儿子阿达礼。所以硕讬与阿达礼的关系，既是伯侄，又是姨丈外甥。

阿达礼袭了其父萨哈廉的郡王爵位，身份比他的二伯硕讬还尊贵，平日里王府门禁，森严如海。不过硕讬的福晋如同自家人一样，不必通报，可以直接穿堂入室。

"妹妹，你家大小子不在？"

"也该回来了。这么晚了，姐姐还过来问他，看样子是有急事？"

"不光是急事，而且还是大事。怎么，你家大小子没对你说起？"

"没有啊。姐姐，看你神神道道的，倒是什么大事啊？"

于是姐姐附耳细语，把硕讬和阿达礼密谋废立的事全都告诉了妹妹。

"啊！"妹妹老实，听得脸色刷白，"说定了让大行皇帝的小儿子当皇上，那些大老爷们儿今天不都赌咒发誓了吗？这样的事怎么好说改就改？姐姐，我看你赶快回家，劝劝姐夫，这种事，弄不好是要掉脑袋的，咱们可千万别往里头瞎掺和。"

"嗐，妹妹你可真糊涂！别人要当皇帝，那叫痴心妄想。十四爷什么身份？他要想当皇帝，咱大清朝上上下下哪个能挡得住他？妹妹，你放心吧，万无一失！事成之后，你家大小子郡王变亲王，你也就成了亲王太福晋喽！"

这样的好事，倒是求之不得。妹妹的心思说变就变，立刻很起劲儿地也跟着"瞎掺和"了。

姐妹俩正议论间，阿达礼回来了，还跟了一个人，是刚林。刚林精通满、蒙、汉三种文字，职位很高，是内国史院的大学士，但出身极低，是阿达礼家的"包衣"。包衣是旗人家里的使役之人。旗人家的规矩既大且严，纵然在朝中贵为大学士，回到家里，刚林依然还是家奴，在主子面前要毕恭毕敬地站着说话，连大气也不敢出。

听了二大娘的转述，阿达礼未及坐下，立刻吩咐刚林："正好轿班还没散，你赶快告诉他们，这就去二伯的府上——你也跟我去。"

一乘绿呢轿，六盏昏纱灯，屈曲弯蜒地来到硕讬的贝子府。一见面，阿达礼兴冲冲地说："二伯，一切都妥了！十四爷叫刚林来捎话儿，事成之后，您老就是和硕亲王！"

"和硕亲王"是王爵的最高级别，封了和硕亲王，一声"王爷"听起来才真正是一种享受！刚林是多尔衮的亲信，他来捎话，等于口衔天宪。硕讬高兴得胡子都翘起来了，就像已经当上了和硕王爷似的："好、好，事情办成，咱们有福同享。刚林，你去给睿亲王回个话，就说我硕讬知道轻重，这件大事，一定漂漂亮亮地把它办成。"

"是，奴才这就去给睿亲王回话。"

"还有，你再告诉睿亲王，我阿玛那里我包了，放心，准定让他老人家顺顺当当地点头同意。"

"奴才一定把贝子爷的话如实转告睿亲王。"

"去吧，事成之后也有你的好处，我在睿亲王那里替你保个世袭的爵位！"

"多谢主子栽培！奴才告辞。"

刚林一走，硕讬拉着阿达礼："走，跟我去看看老爷子，今儿个就把这件事给它说定了。"

相偕来到和硕礼亲王府，两个婢女正在伺候代善洗脚换药。上个月代善到汤山行猎，为追赶一只大獐子而摔下马背，别处倒是没伤着，就是右脚摔得不轻，当时肿得像个大倭瓜，经骨伤郎中的悉心治疗，现在已经好多了，不过走起路来一瘸一拐，仍然还没好利索。此时见一子一孙深夜来访，以为是来探视他的伤情，漫不经心地说："难得你们小爷儿俩有这份孝心，我差不多就算好了，老胳膊老腿儿，还能凑合着活几年。早点回去歇着吧，过几天幼主要行登基大典，你们俩都是派了差事的，要好好当差，别丢了我的老脸。"

"是、是，"硕讬在父亲面前极其恭顺，"阿玛能结结实实地活着，就是我们做小辈儿的福分……"说到这里，不知道如何转换话题，只好以目示意，意思是要阿达礼说话。

阿达礼会意，往前凑了凑说："爷爷，汉人的书，孙子也读了不少……"

"喔？"代善极感兴趣，"都看了些什么书？"

"孙子正在读《宋史》，那里面有一篇《杜太后传》，杜太后就是宋太祖赵匡胤的生母。"

"嗯、嗯，你接着往下说。"

"杜太后病重，临终前有件心事放不下。她把宋太祖召到病榻前问，你知道你是怎么得到天下的吗？"

"赵匡胤怎么说？"

"宋太祖说，总赖祖宗的恩荫和母亲的教诲，儿子才有今日。杜太后说，错了，当初若不是周世宗英年早逝，留下孤儿寡妇，不能当国，你怎么会黄袍加身？"

"有道理、有道理！看来这个老太后是个精明女人。"

"所以啊，杜太后训谕宋太祖，说，等你万年之后，儿子小，弟弟大，皇位不可传给儿子，要传给你的弟弟。"

"咦？这是什么意思？"

"国赖长君，社稷之福！"

一闻此语，代善立刻把脸绷得铁板似的，挥挥手遣走了两名婢女，然后伸出食指，用长长的指甲点着阿达礼的脑袋说："你小子的这个玩意儿，是不是不想要了？"

阿达礼不为所动，仍然很认真地说："孙子想不通，爱新觉罗氏家族兴旺，为什么偏偏立了个六岁的小孩子当皇帝？爷爷，幼儿当国，大清朝还有什么指望？您老是国家栋梁，一言九鼎，这种时候，应该拿出决断才是。"

"你要我怎么决断？"

"众人都在议论，要立睿亲王为君，就差您老人家说句话了……"

"胡扯！今天刚刚盟誓，睿亲王带头表示要拥戴福临，是谁在底下又乱嚼舌头？"

"多了，大家都这么说……"

"你说出几个来我听听。"

"譬如说，图尔格……"

图尔格？坏了！代善心里最清楚，图尔格是肃亲王豪格的铁杆拥护者，有他掺和进来，事情绝不会像阿达礼说得那么简单。这件事必须得问清楚："你说，图尔格怎么对你说的？"

阿达礼还没回话，硕讬立刻接口："阿玛，是图尔格亲口对儿子说的。"

"究竟怎么回事？"

"昨天盟完誓，儿子和图尔格一起在堂子里吃肉。儿子说，福临太小，恐怕担不起国事，不如叫睿亲王当皇帝。图尔格听了，悄悄对儿子说：'这样的事，你一个人说了不算。你去串通串通，看看还有谁是这个想法，要是人多，我听你的。'"

"就这些吗？"

"是。话不多，可是儿子听得出来，图尔格不反对睿亲王当皇帝。"

这就更糟糕了！图尔格阴鸷狡猾，这句话里明显地设了陷阱。"那么，睿亲王是什么态度？"代善问。

阿达礼以为爷爷被说动了，眉飞色舞地把话头抢了过来："睿亲王那里孙子去了，他说，刚刚盟过誓，他还不好说话，这件事必须礼亲王做主才行。"

"这么说，他是碍于面子才不好说话，心里是愿意废立的？"

"那当然！放着皇帝的宝座不坐，他傻吗？"

"是啊、是啊。"硕讬赶快接过话茬儿，"儿子也派吴丹去过睿亲王府了。睿亲王叫吴丹给儿子传话，说这件事要办得机密，不可事先走漏了风声。阿玛，您听听，他要是不想当皇帝，能这样嘱咐儿子吗？"

"他敢！"代善已经气得须眉皆张，"有我在，这种欺天灭祖的事他就休想得逞！"

代善动怒，吓得一子一孙交口乱喊："阿玛、阿玛……""爷爷、爷爷……"

"你们两个小兔崽子都给我听仔细了，"代善怒气冲冲地说，"大清朝的皇帝就是先帝之子福临！举朝盟誓，谁都别打算更改。这件事说到我这里就算完，从现在开始，片言只语，不许再提！要是再出去胡扯八道，回头惹了大祸，别打算着我会出面来救你们！"

硕讬还不死心："阿玛……"

"住口！老二你个浑球！先帝当初怎么骂你的，你都忘了吗？"

知子莫如父。硕讬之浑，无人不知，一生糊里糊涂地立了不少战功，却也糊里糊涂地犯了不少军法，功不抵过，所以至今才是个贝子。皇太极曾经当众对他大加训斥："你犯的罪还少吗！我每次宽恕你，你却每次又重犯，真正屡教不改。我可告诉你，以后你再犯事儿，我就直接把你交给法司，该怎么处置就怎么处置，绝不姑息宽贷！"

旧事重提，就像被揭了疮疤一样。硕讬面红耳赤，还得老老实实地遵守着旗人家的规矩，低眉顺眼，连连认错："是、是！阿玛的教训儿子记住了，打这儿起，绝不敢再惹是非。"

"滚！都给我滚回家老老实实待着去！"

碰了一鼻子灰，伯侄二人狼狈地出了礼亲王府。一边走，一边商议："二伯，老太爷这一关过不去，咱们爷儿俩可怎么向睿亲王交代呀？"

"交代什么？事儿成不成，反正心意到了，睿亲王总知道了咱们对他忠心耿耿。就算当不成皇帝，辅政王也是大权独揽，一人之下，万人之上，到时候还能少得了咱爷儿俩的好处？"

"不错、不错，还是二伯看得远。只要睿亲王知道咱们的心意就好。"

"那还用说？咱爷儿俩拼死为他争皇位，这份心意，他怎么能不知道？小子哎，以后你就好好跟着二伯混吧，错不了！"

其实已经错了！也就在他俩刚走不一会儿，郑亲王济尔哈朗来了。

郑亲王不常来，代善闻报，顾不得脚伤，立刻吩咐下人把贵客引到客厅，好酒好茶，要和他这位老堂弟做长夜之饮。不料一见面，济尔哈朗一脸怒气："二哥，知道我为什么半夜来找你吗？"

一听这口气，代善就知道自己的一子一孙把祸闯大了。但表面上不能流露声色，否则等于自承，自己是事先知道这件事的，因此一本正经地说："老郑，有什么事你就直接跟我说。皇子马上要登基，你是辅政王，遇事可要拿稳了。"

"哼！皇子要是能顺顺当当地登基，那还有什么话说？我只担心有人要篡夺大位！"

"谁有那么大的胆子？"

"谁有那么大的胆子你先别问。"济尔哈朗一脸公事公办的表情，"二哥，咱们这一辈儿，活着的你是老大，我今天就是来讨句话，要是有人想推翻成议，密谋废立，你说，该怎么办？"

"那还用说吗？都盟过誓的，国有宪，家有法，该怎么办就怎么办！"

"那好！我就说了。"

"说吧，是谁？"

"硕讬。"

"硕讬？有证据吗？"

"当然！告诉你吧二哥，刚才豪格去找我了，说图尔格把硕讬秘密串联要拥戴睿王的事都说了。豪格放出话来，只要睿王敢这么干，他就立刻举兵靖难！"

"啊！"代善这才知道，事情比他想象的还要严重得多。

"二哥，平心而论，这个皇位应该是豪格的。为了大清朝的江山不至于中途崩溃，我也是看了你的面子，才同意了那个两全其美的决议的。这个成议要是被人推翻，明明白白的结果是，豪格必反！"

"嗯、嗯，"代善知道了问题的严重性，很痛苦地说，"决不能把豪格逼反了！老郑，你别说了，这件事我来处置。你去告诉豪格，他的委屈，我心里有数，只要我还活着，他那个十四叔就别想坐上皇帝的宝座。"

不能逼着豪格造反，别无善策，唯一的办法就只有大义灭亲了！客客气气地送走了郑亲王，代善拖着伤脚，吩咐立刻套车，深夜直奔睿亲王府。

"十四弟，我今天来，就要你一句掏心窝子的话，你说，你是不是还存了一份要当皇帝的念头？"

"先坐下、先坐下。"多尔衮不明来意，不说是，也不说不是，他要先摸清了代善的态度再说，"二哥这话，一定是听到了什么。"

"别跟我绕圈子！"代善一脸严霜，"你只回答我，有没有那个邪恶念头？"

这就态度很明朗了。多尔衮已经听出，事情出了意外："没有啊！"他眼睛眨都不眨，矢口否认，"二哥，我真不明白，你怎么会起这个疑心？"

"好！没有就好。我再问你，要是有人密谋废立，想拥戴你做皇帝，你说，你该怎么办？"

"哪有这样的人？"多尔衮一脸疴赖的表情，"嘻嘻，二哥尽管放心，没有人敢吃豹子胆。"

"要是有人敢呢？"

"谁？"多尔衮勃然变色，"二哥说出来，我立刻宰了他！"

代善厉声断喝："还跟我装糊涂！今天傍晚，阿达礼是不是到你这里来了？硕讬是不是也派吴丹到你这里来了？他们来是为了什么？——说！"

多尔衮立时气馁，知道底蕴全露，好事难谐了。事已至此，只有耍赖：

"不错，是有这么回事儿，不过，他们刚一开口，我就把他们骂走了。怎么着，二哥，我做得不对吗？"

"你今天当着天地祖宗怎么说的？'明知欺君怀奸之人而互徇情面，不行举发''天地谴之，令短折而死'，你说，你的誓词是不是这么说的？"

多尔衮语塞，翻着眼看了看代善，终于无词。

"你、你真浑！……"代善指着多尔衮的鼻子，气得嘴角乱颤，"你知道不知道，你怂恿那两个浑小子到处去串通会闹出什么后果？八旗当中，有六旗都反对你当皇帝。还有，举头三尺有神明，大行皇帝英灵不远，现在你就当着大行皇帝的英灵说说，他留下来的那个皇位，是不是该他的儿子去接替？立福临，话是你说的，我是看你和豪格一个槽上拴不住俩叫驴，这才昧着良心，把豪格硬生生地从到手的皇位上挤对了下来。现在你出尔反尔，又打起了觊觎大位的歪主意，你不想想看，就算我的两红旗按兵不动，还有两黄、两蓝，他们能饶得了你吗？果真刀兵相向，窝里斗得你死我活，从此断送了大清朝的天下，你怎么对得起阿玛？怎么对得起大行皇帝？咱爱新觉罗家族几十年马上拼杀打下的基业毁到你的手里，你、你于心何忍？……"越说越气，代善连连咳嗽，竟不能毕其词了。

然而，仅此一番排揎，义正辞严，足以遏制多尔衮的野心。细细体味代善的话，语尽中鹄而无一不是，硕讬和阿达礼人微言轻，十个亲王当中，除了自己的两个同胞兄弟，其余的都与自己不睦，代善的语气已经表露得清清楚楚，果然厮杀起来，连郑亲王都会站到豪格一边。而阋墙祸起，骨肉砍杀，这样的局面，也不是自己的本意。用计设谋，难遂心愿；武力篡夺，亦非所宜。算了，还是识趣为妙。悬崖勒马，固为必然之计，眼下最要紧的是亡羊补牢——皇帝当不当以后再说，眼下必须首先维持住自己的面子，否则就连当个辅政王也没有人看得起了。

"二哥，我错了！你说吧，现在我该怎么办？"

"好！你能认错，我一定给你存留体面。你和老郑都是辅政王，趁着现在知道的人还不多，我那两个浑球的一子一孙都交给你了，国宪家法俱在，你和老郑秉公处置就是。"

"怎么？非要拉上郑亲王吗？"

"当然！——记住，我这是向着你！"

多尔衮明白了，这件见不得人的事，济尔哈朗已经知道了，若不拉上他而私下处置，显得自己徇私舞弊，必然在朝中留下口实，那样对自己的形象更为不利。

"好吧，我听二哥的。"

在代善想来，硕讬一死不足惜，但多尔衮对阿达礼必然会手下留情，因为阿达礼是萨哈廉的儿子。

代善八子，最不受人待见的就是老二硕讬，而最孚众望的则是长子岳讬和三子萨哈廉。这两个儿子，文韬武略，俱有可称，尤其是萨哈廉，明敏练达，公忠体国，堪称社稷之臣。当年先汗努尔哈赤宾天，代善不仅居"四大贝勒"之首，而且老大褚英已死，论序亦等同于后来的"皇长子"，因而角逐大位，代善具有天然和现实的双重优越条件。然而萨哈廉独具慧眼，通观全局之后，他理智地向代善建言，放弃大位的角逐，全力拥戴皇太极，因为萨哈廉看出，努尔哈赤的十六个儿子当中，只有皇太极雄才大略，最能秉承先汗遗志，将爱新觉罗家族的事业推向辉煌。而代善亦颇具服善的雅量，度德量力，自感才具不如皇太极，因而欣然接纳了儿子的建议。可以说，先汗崩逝，大局能迅速稳定，皇太极能顺利登上汗位，多亏了代善和萨哈廉父子，两贤相济，才有了大清朝继往开来的兴旺局面。而萨哈廉首倡拥立皇太极之议，一言定邦，论功居诸臣之首。这样的人物，不仅为代善视如掌中拱璧，而且举朝敬重，没有人不佩服他的人格魅力。可惜的是，萨哈廉和岳讬一样，中道殒身，享年不永，分别于几年之前相继谢世。阿达礼既为萨哈廉之子，又是代善之孙，纵犯大罪，则不看僧面看佛面，于情于理，都可贷其不死。所以代善的想法，诉诸公论，阿达礼不至于掉脑袋，亦必是意想中的结果，要多尔衮连同济尔哈朗"秉公处置"，即包含了这样一层意思在内。

可是，多尔衮却不做此想。满洲将领大都读过译成满文的《三国演义》，多尔衮对曹操"宁教我负天下人，勿教天下人负我"的说法最感兴趣，今天他就要亲自导演一出"误杀吕伯奢"的活剧。送走了代善之后，他先把刚林召来，秘密做了叮嘱，再派人通知御前侍卫，速速拿人，然后才公服朝衣，全副导子开路，声势烜赫地来到郑亲王府。

"老郑，有件案子，必须你我即刻处置！"

济尔哈朗也不傻，明明知道这是代善的作用，却故意不予说破，要看看多尔衮怎样来处置这件案子，所以显得很愿意配合："可以、可以。不过，什么案子，必得连夜处置？"

"扰乱国政！哼，竟敢跑到我那里去捣鬼！"

"唔，可恶！怎么，就在我这里处置？"

"对。案犯已经去拘拿了，一会儿就到。你叫人预备吧，就借你的院子审理。"

吩咐下人匆匆在院中摆放了案椅，一盏茶还没喝完，案犯带到，一共六个人，四男两女。四男是硕讬、阿达礼、吴丹和刚林；两女则是硕讬的福晋和阿达礼之母——自然地，把塔塔拉氏两姐妹牵连进来，是刚林的主意，因为只有他在阿达礼家里看到了，这两个女人也是知情者。

"来啊！"多尔衮一拍案子，"先把两个主犯给我褫衣！"——"褫衣"就是扒去上衣。

"喳！"几名侍卫应声而出，三下五除二，把硕讬和阿达礼的上衣扯掉，火烛照耀之下，赤身露体，跪在当院。——尚未审讯，即认定了"主犯"，自然也是多尔衮的事先授意。

硕讬和阿达礼分别在家中正要寻梦，糊里糊涂地被带到这里。定睛一看，两亲王端坐正中，心知不妙，必是东窗事发了。不过还好，没犯到别人手里，既然有睿亲王在就不要紧，只要当着郑亲王的面，首先把睿亲王开脱出来，则睿亲王站稳了脚步，必然反施援手，再来开脱他这两个忠心耿耿的拥护者。持了这样的想法，硕讬和阿达礼互相以目示意，彼此心照。情绪上看得出来，两个人都是非常坦然的样子。

可是多尔衮要开脱的却不是他们，"刚林，是你主动出首的。你把两个主犯的阴谋诡计原原本本说给郑亲王听听！"

"是！"刚林跪在地下，膝前两步，"奴才今天……"

啪——！多尔衮以掌击案，放吭暴喝："这是公堂，不是私府！"

有官职的人，公堂回话，除了对皇帝，不许自称奴才，否则听者坦然而受，即有以天子自居之嫌，罪名为"僭越"。

济尔哈朗暗自好笑，明明是私府，偏偏说成公堂，多尔衮为洗刷自己，可谓煞费苦心！不过由此亦可看出，多尔衮之所以为多尔衮，就在这些地方：大事不糊涂，小事也精明。这样的人，心存社稷，自是治世之能臣，而操控失度，必为乱世之奸雄。

"是！"刚林醒悟了，"卑职今天散值，在宫门口碰见旗下主子……不不不，卑职该死，是主犯阿达礼。——卑职今天散值，在宫门口碰见主犯阿达礼，阿达礼对卑职说，立六岁的小儿当皇帝，群情不悦，应该多串通些人，推翻成议，改立睿亲王。卑职听说以后，知道这是犯罪，立刻向睿亲王告发。睿亲王听后非常生气，说这是犯上作乱，指示卑职，暗中观察阿达礼的举动，看看都有哪些人参与这个阴谋。晚饭后卑职到阿达礼府上，正好碰上主犯硕讬的福晋来找阿达礼。卑职跟着阿达礼一块儿到了硕讬的贝子府，硕讬说，他一定能把这件大事漂漂亮亮地办成。还说，事成之后，保证给卑职一个世袭的爵位。说完这些，硕讬就把卑职支走，底下他和阿达礼密谋了些什么，卑职就不知道了……"

"慢着！"多尔衮插话，"你再说，你到阿达礼府上是什么时候？"

"回王爷的话，卑职到阿达礼府上是晚饭过后的那一刻。"

"嗯、嗯，不错。"多尔衮煞有介事地对着济尔哈朗说，"那正是阿达礼在我那里，被我骂得狗血喷头之后。想不到这个混账东西，挨了一顿臭骂，仍然不思改悔，又跑去和硕讬串通一气。"说到这里，他突然提高嗓门儿："硕讬！"

"硕讬在！"

"你派吴丹到我那里胡扯八道，我叫吴丹警告你，拥立大事，都盟了誓的，上有神明，下有国法，谁要胆敢改动，就得掉脑袋。你说，这话吴丹转告给你了没有？"

多尔衮的话，和刚林的供词一样，有真有假，一时很难辨别清楚。硕讬慑于威势，只好含糊回答："是，吴丹转告的有这话。"

"你听听，"多尔衮仿佛很生气地看着济尔哈朗，"本来我还想保全他，以为严词警告，总能让他死了那条心。好、好，既然吴丹如实转达了我的话，他还要作死，也就怪不得我不讲情面了。——来啊！"

十名彪形大汉手执钢刀，应声而出："喳！"

"现已查明，硕讬、阿达礼朋比为奸，扰乱国政，比照大清家法，以叛逆罪处死，决不待时！硕讬之妻塔塔拉氏、阿达礼之母塔塔拉氏结党助逆，与同谋吴丹一并处死！刚林受阿达礼胁迫卷入逆谋，尚能主动举发，致逆谋败露，功过相抵，免议其罪！——快快动手！"

从开始到判决，整个过程不过两刻钟。待到硕讬和阿达礼好容易明白过来怎么回事，一切都晚了，就在郑亲王府大门前的十字路口，五个糊涂人，随着刀光闪动，顷刻间成了五个糊涂鬼。最倒霉的是吴丹，不过居间捎了两句话，也跟着白白搭上一条命。只有济尔哈朗心里最清楚，吴丹之死，原因就为两个字：知情。

杀人灭口之后，群情危疑，暂时平息。接着举行登基大典，六岁的小娃娃，懵懵懂懂地登上大位，改明年为顺治元年，尊皇太极为"太宗文皇帝"，而多尔衮亦成了法定的辅政王，一切仪注和人事变更，都在他的操控之中。

这一场逐位之争，真正的失败者是肃亲王豪格，以皇长子之尊，不仅痛失皇位，而且连辅政的资格都没有，从此俯仰由人，任令多尔衮慢刀宰割了。

小皇帝登基后四个月，多尔衮废除先帝定下的诸王大臣分管部院的制度，等于解除了其余所有亲王和郡王的权力，而将其归于两位辅政王之手。

几天前，深憾于共事之难、颇有自知之明的济尔哈朗又主动提出，将自己的名次排到睿亲王之后，而此时多尔衮的名衔亦由"辅政王"变成了"摄政王"。如此这般，仅用了七个月的时间，多尔衮独操政柄，予取予求，达到了做实际皇帝的目的。

今天多尔衮坐在崇政殿里处理庶务，真个举重若轻，案无积牍。在别人要好半天踌躇才能定下来的事，他则目诵手批，片刻竣事。各部院的掌印堂官，无不心悦诚服地按照他的指示，分头落实执行他的意图去了。

看看已经无事可做，又该是考虑如何进一步打击政敌、巩固手中权力的时候了，今天当值的御前大臣祁充格进得殿来：

"九王，理藩院刚刚来报，蒙古鄂尔多斯部济农和善达台吉，共同派了人来，说有要事，必得亲见王爷面禀。"

唔？多尔衮心头一沉：鄂尔多斯属于"蒙古三部"的"漠南蒙古"，牧疆在古称"河南地"的伊克昭地区，与明朝的陕北和山西密迩相邻。"济农"是汉语"亲王"的蒙译，相当于满洲的王爵。此时鄂尔多斯的济农，名字叫额林臣；善达则是鄂尔多斯右翼的台吉。他们俩派人来，莫非鄂尔多斯发生了变乱？

"人呢？"多尔衮急急地问。

"在宫门口候命。"

"快去带来见我！"

不一会儿，祁充格带来两条蒙古大汉，进殿后双双伏地行礼：

"鄂尔多斯部济农属下旗佐达席和晋，叩请摄政和硕睿亲王金安！"

"鄂尔多斯部右翼台吉属下护军首领陶礼，叩见摄政王！"

"起来、起来，站着回话。"多尔衮对外藩使臣格外客气，"额林臣和善达派你们来，有什么大事要向朝廷禀报？"

达席和晋与陶礼互看了一眼，取得默契后，由达席和晋回话："启禀王爷，近来中原流寇非常猖獗，自去年十月以来，连克延安、榆林和庆阳，已经逼近鄂尔多斯边境。我部济农和我部右翼台吉非常忧虑，特遣卑职和陶礼前来向王爷禀报，边境危急，流贼随时都有可能乘势窜扰。果真如此，我部该当如何应对，请王爷指授方略。"

原来为此！多尔衮放心了，只要不是蒙古内乱，区区流贼，不足为虑。

"是哪股流贼？"他问。

"不知道。"达席和晋回答，"看样子不是小股流贼，济农说，不是献贼，就是闯贼。"

"你们是什么时候从鄂尔多斯出发的？"

"卑职和陶礼奉命，上月二十八日出发的。"

"流贼攻下延安、榆林和庆阳是在什么时候？"

"攻陷延安是去年十月，攻克榆林和庆阳是去年十一月。"

"这么说，从去年十一月，到你们来盛京之前，这期间差不多有三个月时间，流贼并未窜扰鄂尔多斯边境？"

"是。"

这就更不要紧了！多尔衮舒了口气，很闲豫地啜了半盏茶，然后才缓缓做出指示："你们俩回去转告额林臣和善达，中原流贼，向来以明朝官府为敌，与我朝并无过节，不必忧虑。如果他们过境滋扰，只要向他们晓谕明白，我朝和他们一样，屡次入边，也是为了打击明朝，两家目的一致，可以携手联合，共同对敌。他们知道了我朝的态度，自然息兵止戈，不会再与我朝作对了。"

"是！"

"来啊！"多尔衮对着殿外高喊。

"喳！"应声进来一名御前蓝翎侍卫。

"你带他们到驿馆，命理藩院好生招待，每人各赏二十两银子，让他们多歇息几天再走。"

"谢王爷的赏！"达席和晋和陶礼再次跪地行礼，然后躬身后退，在蓝翎侍卫的带领下出了殿门。

时已近午，肚子有点儿饿了，多尔衮正要吩咐午餐，又一名御前侍卫快步进殿："启禀王爷，蒙古科尔沁贝勒赛桑派人来禀报军情，现在宫门候命。"说着递上了一只函套。

多尔衮撕开函套，取出函纸，验明了确是先帝钦赐的"科尔沁贝勒之玺"满蒙合文的印鉴，然后看信函。内容很简单：

> 兹以兵讯孔亟，特遣疾足赴京面禀。此致
> 摄政和硕睿亲王殿下

多尔衮心里好生奇怪，刚刚蒙古的鄂尔多斯部派人来，现在科尔沁部又派人来，那么科尔沁发生了什么事？心存狐疑，但有赛桑的亲笔信，又不能不见，因而吩咐："祁充格，你去一趟，把人带来见我。"

祁充格应命而去，片刻工夫，带进来一个精壮汉子，衣衫不整，风尘仆仆的样子。一进殿，先给多尔衮行了一跪三叩首的大礼。

"你叫什么名字？"

"回王爷，奴才叫迟起龙。"

"怎么？你是汉人？"自称"奴才"而操汉语，多尔衮不免疑惑。

"是。奴才世籍陕西榆林。不过六年前已经投旗了。"

多尔衮明白了。入塞征战所俘获的汉人，编入旗下，这在说法上称为"投旗"。

"你在赛桑贝勒府里当什么差？"

"奴才不是赛桑贝勒府里的人。奴才是镶红旗贝子石廷柱府上的包衣。"

石廷柱名似汉人，其实是真正的满族，姓满族八大姓之一的瓜尔佳氏，爵号是"固山贝子"。然而多尔衮越发奇怪："怎么回事？既然是石廷柱的家奴，赛桑怎么能派你的差？"

"回王爷，这其中有个缘故。去年八月，赛桑贝勒来盛京躬行太宗文皇帝的奉安大典，这期间与奴才的主子商议，想借一名会说蒙语和汉语的下人供身边差遣，正好奴才会说蒙、汉两语，奴才的主子就把奴才拨了过去。"

这一说，多尔衮大感兴趣："迟起龙，你是汉人，怎么会说蒙语？"

"蒙语奴才自小就会，是跟奴才的父亲学的。"

"你父亲是做什么的？他怎么会说蒙语？"

"奴才的父亲在榆林做皮货生意，常年和蒙古人打交道，不会蒙语就做不成生意了。"

"唔、唔，原来如此。"多尔衮立刻对迟起龙产生了好感。一个下人而能操两种语言，倒是个难得的人才，而此人对话稳重，口齿清楚，怪不得赛桑派他来面禀"兵讯"。

"来啊！"多尔衮高喊，"看座！"

这是仆以主贵。虽然是石廷柱的家奴，毕竟是赛桑派来的公差，而赛桑是科尔沁和硕福亲王莽古思之子，永福宫庄妃之父，当今六岁小皇帝的外祖父。一代人自有一代亲，莽古思是先帝的老丈人，以戚谊而论，赛桑比莽古思又近了一层。况且莽古思已于几年前薨殁，赛桑成了科尔沁部的实际盟主。看在这几层关系的份上，多尔衮特假辞色，吩咐祁充格："一会儿下去，传知理藩院，好生款待。"理藩院受理接待蒙古和朝鲜来的使节和客人。

于是一阵忙活，不仅让迟起龙起身，而且赐座赐茶，是以家人之礼待客的做法。

"那么，赛桑派你来，有什么事情要说？"

"赛桑贝勒派奴才来，要当面禀报王爷一件大事，流贼在西安建国称号了。"

多尔衮微微一惊：这可真是件大事！

"是哪股流贼？"

"奴才不知道。贝勒爷说，不是献贼，就是闯贼。"

这和鄂尔多斯济农额林臣的说法一样，看来攻克延安、榆林和庆阳的应该也是这股流贼。

"国号是什么？"

"大顺。"

大顺？多尔衮伤脑筋了。处理朝廷的政务和军务，与蒙古和朝鲜打交道，他都能驾轻就熟，瞬间做出反应。然而与流贼他从未打过交道，个中微末，一无所知。"快、快，"他吩咐祁充格，"快去把洪承畴找来！"

洪承畴降清之后，玉姜美食，养尊处优，待遇极其优渥，却没有什么实职，只在内弘文院挂了个闲差。内弘文院不远，就在崇政殿后面，祁充格大步流星，一会儿就把他带了过来。

弄清了情况，洪承畴也很纳闷儿。降清以来，对关内的局势相当隔膜，仅仅"大顺"二字，他也搞不清是哪股流贼。于是亲自发问："这个信息，赛桑贝勒是怎么知道的？"

对汉人说话，就不自称奴才了。迟起龙回道："是小人在榆林得知的。"

"是你亲自得知的？怎么回事？你从头细细说来我听。"

"小人投旗以前，原本在南北之间做茶叶和皮草生意。就是把南边的坨茶买了来，转到蒙古的归化一带去贩卖；再从归化收购皮草，回去卖到陕北的几个地方。投旗以后，分到镶红旗贝子石廷柱主子的府里做包衣，不久就被赛桑贝勒借了去，贝勒爷看小人当差勤谨可靠，就让小人还干原来的老生意，不过秘密交给小人一桩差事——"

秘密交的差事，其实就是谍探。迟起龙会说蒙、汉两语，加以自小南北经商，对内地和关外蒙古的风物人情透熟于心。以此之便，往来南北，谁也不会想到他是个蒙古的侦伺人员。

去年十一月底，迟起龙带着十几个人，满载一车皮货，牛拉人护，一路西行转而往南，从科尔沁到陕西边境一千六百里，所以走了整整一个月，才从长城的偏头关入塞，进入到陕西地界。

走到榆林，发觉不对了，城头变换大王旗，竟是"大顺"二字。生长之地，再熟悉不过了，以往城头也高张旗帜，但不过是些彩旗而已，如今这大顺二字，何所取义？他竟茫然不知。

待驱车进城，受到盘查。查来查去，只是一车皮货，别无夹带。一个佩刀小头目说："看来你们都是本分商人。不过，我们大顺朝刚刚在西安建国，还没有与口外互市贸易的规矩。这车皮货，只好辛苦你再拉回去了。"说完挥挥手，意思是赶快走人。

迟起龙这才知道，原来"大顺"是新建的国号。想想不敢再进一步纠缠，万一被对方扣下，人财两失事小，连个回去报信的人都没有，这才叫辜负了贝勒爷对自己的信任。于是把人分成两拨，另一拨护货回返，自己则带着两人，快马飞驰，回府告变。

赛桑闻报，感到事情重大，匆匆给摄政王写了个便笺，派迟起龙星夜驰京禀报。

"你那车皮货，他们一点儿也没扣下吗？"洪承畴问。

"没有。只一层一层地翻看，问有没有夹带？大概是担心有没有藏着兵器。"

"没看到什么文字一类的东西吗？比如说告示？"

"小人也想，告示城里应该有的。不过小人连城门都没进去……啊，想起来了。城墙外边有些标语，小人倒看见过。"

"写的什么？"

迟起龙挠首皱眉，想了半天："别的都忘了，只记得一幅，写的好像是'杀一人如杀我父，淫一女如淫我母'。"

"那个佩刀小头目很凶吗？"

"不很凶。"

"很和善吗？"

"也说不上和善。不过说话挺客气的。"

"什么口音？"

"好像是河南，反正不是陕西话。"

问到这里，洪承畴心里有数了。他转向多尔衮："九王，此系闯贼无疑。"

"何以见得？"

"承畴自崇祯四年开始与各股流贼打交道，深知流贼习性。大抵流贼所到之处，奸淫抢掠，无恶不作。至崇祯十四年承畴归顺本朝之前，十年之间，征剿招抚，所余大股，仅闯、献二贼最有声威。此二贼皆有大志，而细作比较，献不如闯。献贼嗜杀，不禁奸淫。闯贼则不然，崇祯十三年，闯贼流入河南以后，一改旧习，不杀不淫，唯与明朝官府作对。每陷一处，专掠官绅富户，且散财于民，收揽人心，是以贫苦农夫，从者如流。以此来看，承畴可以断定，西安建大顺国号者，必是闯贼。"

"那么照洪先生看，闯贼能成大事吗？"多尔衮很关切地问。

"古来得人心者得天下，诸贼之中，闯贼最能聚拢人心。如今又建国称号，已成气候，其志不在局促西部一隅。九王，此人非池中物，万万不可小觑。"

多尔衮沉思片刻："为我所用，先生看有无可能？"

洪承畴也思索了一会儿："为我所用，绝无可能。不过，可略师其意而用之。"

多尔衮立刻明白了洪承畴的意思："那就拜烦大笔一挥如何？"

"是、是，此亦承畴当仁不让之事。"

于是就在多尔衮的案几上，铺纸濡毫，开始动笔。洪承畴万历四十四年成进士时，才二十三岁，笔下功夫，自然迅捷。然而此时刚一动笔，便遇到了难题，首先称呼就颇费斟酌。在他想来，李自成既然已经建国称号，身份必是皇帝，莫非就称他"大顺国皇帝陛下"？果尔如此，就等于承认李自成是"大清国皇帝陛下"的敌体，以此自贬而抬举对方，非但己所不欲，恐怕多尔衮也难以接受。思来想去，不得其窍，不如让多尔衮自己去拿主意："请九王的示下，函面上如何称呼闯贼？"

"语气尽管诚恳，身份不可同侪。"

就这两句话，洪承畴心中暗暗喝彩：摄政王果然精明过人！

有了这个宗旨，思路就了无滞碍了。洪承畴笔不加点，片刻而成："九王，请大斧一削。"

接函展读，极其认真地看了两遍。"嗯、嗯，如此措辞，正合我意。"多尔衮很满意的样子，亲自以口呼气，将湿痕犹存的墨迹吹干，顺手拿起满汉合文"大清国皇帝之宝"的御玺，浸满印泥，四角捺实，钤到信笺的上首，然后从案头上取了一只大封套，把信函装了进去。

"来人！"他侧脸朝大殿左庑一喊，立刻一名蓝翎侍卫捷步而来。

"去，从我的账下支二十两银子备赏！"

蓝翎侍卫衔命而去。多尔衮温语煦煦地说："迟起龙，我想派你一桩差事，你乐意去做吗？"

"王爷派差，是奴才的福分，求还求不来呢，哪能不乐意？只怕奴才身份卑贱，办不了王爷的大事。"

"事倒是大事，不过也只有你才能办得了。陕西一路，你不是很熟吗？"

"是，这一路，奴才走过不知多少趟，熟得很。"

"我拨四个护军，听你差遣。去把这封书信送到陕西，你能做到吗？"

"回王爷，这个差事不难，奴才能做到。"

"好！办成这件事，我不光给你'脱籍'，还要叫你做'牛录章京'。"

"脱籍"就是解除包衣的身份，不再做下人了。"牛录章京"则是八旗最低一级的官职，掌管三五百人。有这样的好事，迟起龙喜心翻滚，不过并不溢于辞色，仍然诚惶诚恐地说："多谢王爷栽培。奴才能为王爷办差已经很荣幸了，不敢再求额外的恩典。"

"这封书信，事关朝廷大计。你现在不是为我办差，是为大清朝效力。懂了吗？"

这一说，迟起龙心头一震，仔细想了想，朗声回道："是！奴才懂了。请王爷放心，为朝廷效力，奴才无论如何，也要把事情做好。"

不说"万死不辞"一类的话，而说"无论如何也要把事情做好"，多尔衮知道，这个人派对了。

"那么，从这里出发到陕西，你看路上要费多少时日？"

"这要看王爷的意思，是要把这封书信送到陕西的哪个地方？"

"唔？"这是个连多尔衮也未曾细想的问题。不过这一问，多尔衮愈加满意，此人心思细密，一定能办成这件事。

"那我先问问你，送到西安，得要几天？"

"马好料足，差不多要二十天。"

"送到榆林呢？"

"那得十五天。"

"好。迟起龙，你听好了，能送到西安最好，到西安能见到'大顺'的最高头目更好。如果做不到这些，至少要把书信送到榆林，交给他们的一个长官。你明白我的意思吗？"

"奴才明白。这通书信，不能落到他们那边没有身份的人手里。接这通书信的人，得要有把这通书信转到他们国王手里的资格。"

说"他们国王"，不伦不类，在场的多尔衮、洪承畴和祁充格都笑了。不过他们也都听得出来，迟起龙是真正懂得多尔衮的意思了。

就这时候，御前侍卫托了一个乌漆亮盘进来，盘子里红绸包裹的自然是二十两银子。

"迟起龙！"

"奴才在。"

"这二十两银子是我赏给你的。办差需用的盘缠，我另外吩咐理藩院拨给你五十两。你看可够调度？"

"谢王爷的赏。五十两足够路上开销了。"

"那好。我限你一个月之内把书信送到。"

"回王爷，用不了那么长时间。就算到西安，快马飞奔，有二十天就够了。"

"不必、不必。这是大事，但不是急事。你只要在一个月之内送到，就算为朝廷立了一功。"

"是！奴才一定不辜负王爷的嘱托，稳稳妥妥地把这趟差事办好！"

遣师大典

为了李建泰的出征，皇帝要仿照古代"推毂礼"而行遣师大典了。大明朝自英宗正统年间之后，整整二百年，从未见过如此隆重而热闹的场面。

全部仪注，都由礼部会同太常寺详细查阅了《大明集礼》后，又准古酌今，踵事增华，细细拟出各道程序，奏请皇帝钦定而成。

第一道程序是"告庙"。

四更的鼓声刚刚敲响，奉了敕命的驸马都尉万炜，便来到大内东侧的太庙，以特牲祭告二祖列宗。

所谓"特牲"，就是七种兽畜的头颅：虎头、牛头、羊头、马头、猪头、猴头、狗头。牛马猪羊狗都不难预备，猴头是取自于后宫、供侍女和内监玩耍的兽笼里，午夜刚刚屠杀，血淋淋的犹有余温。最难得的是那只虎头。那只老虎活着的时候，是皇帝的四世祖、武宗朱厚照在正德年间蓄养的宠物。正德皇帝少年天子，荒唐放纵而不喜政务，整天在一群宦官的诱导下，声色犬马，嬉闹淫乐。所有能玩的都玩儿腻了，居然在大内西侧的旃檀寺后面建起了"虎房""豹房"，三天两头必得过去与猛兽恣耍，搏虎为戏，饲豹为乐。后来不知为什么，一只老虎日久不食，绝粒而亡。武宗为此惨然不欢了好些天，命人将虎头取下，用生石灰脱水，得以存留下来。虎死余威在，至今还龇牙瞪眼地示人以凶凶可怖之相。——遣师出征而以七种特牲告庙，取的是"齐头并进""虎将挂帅""马上封侯"等等威武吉祥之意。

一切如仪，万炜心底虔诚地按照太常寺拟定的"青词"，对着二祖列宗的御容画像，一一祷告、焚烧完毕。

三十二名在汉魏称作"羽林郎"、在宋朝称为"殿前都头"其实就是御前侍卫的"大汉将军"，分成两班，轮替将被称为"太牢"的供着特牲的祭案，一路飘风、脚不点地地抬到宣武门城楼中央，再次供起。

这就意味着祖宗已经允许了这次出征，在天之灵必会默佑王师马到成功。而这道程序，必须在拂晓之前顺利完成，否则太白一出，诸神隐退，阴阳阻隔之际，祖宗也就不会知道他的子孙要祈求些什么了。

当然，把太牢供到宣武门，这也是为出征壮行而必不可少的一道仪注。

因为王师征讨，例出宣武门，而班师凯旋，必进德胜门。

回到大内，天刚微亮，皇帝正立在皇极殿的丹墀上等候。皇帝身着庆典才御的礼服，通天翼善冠，九彩衮龙袍，横束白玉革带，斜佩明黄锦绶，神采奕奕显得心情极好。

万炜疾步趋来，伏地叩头："启奏皇上，臣奉旨代为告庙已毕，特来复命！"

"二祖列宗可好？"

"是。二祖列宗御容依旧。臣已将皇上虔诚之意转告了二祖列宗，青词焚化，片片冲天，二祖列宗很高兴的样子，必能福祉苍生，默佑我大军出师奏凯。"

"好、好。"皇帝喜上眉梢，"你先歇息去吧。"说完抬了抬右手。

这是个信号，意思是可以进行下一道程序了。

侍立在丹墀西侧的鸿胪寺赞礼官，立刻以高亢清锐的嗓音喝赞："鸣乐——！"

余声未落，八音顿起。钟磬伴以丝竹，金鼓杂以笙簧，时而轻缓舒慢，时而清扬激越，间关莺语与银瓶乍破交并，幽咽泉流共铁骑刀枪齐鸣。此即所谓"丹陛大乐"，平时设而不作，是"人间哪得几回闻"的不常之曲。

丹乐声中，李建泰气宇轩昂地趋至丹墀之下，行两跪六叩礼，然后立身待命。

一个御宝监宦官，手捧一方蜀锦八棱盒，托到皇帝面前。

皇帝从盒中取出"节"——是一柄长可五寸、厚仅三分的羊脂白玉镂雕而成的"钺"。有了这柄"节钺"，便意味着皇帝授以特权，可随时调动天下兵马。

"授节钺——！"赞礼官高唱。丹陛大乐，戛然而止。

李建泰踏上丹墀，再次叩头、起身。皇帝很庄重地将节钺递给李建泰。李建泰双手捧过节钺，立刻过来两名大汉将军，左右夹护。

"赐关防——！"赞礼官又唱。

关防就是军中专用的印章。又一名宦官捧来一只云锦印匣，印匣是用红绸包裹着的。关防不大，一寸二分见方，铜铸而成，是内廷铸印局连日赶制出来的。皇帝解开红绸，取出关防，细细看了一番，又放印入匣，重新系好红绸，递给李建泰。

"礼毕——！"

顿时金鼓大作，欢闹震天。欢闹声中，皇帝乘软辇暂回后宫歇息，李建泰则在左右护持之下，到内阁值房接受同僚的祝贺。

前来祝贺的人并不多，只几个阁臣和几个闲散衙门的平日同好。稍微寒暄了一阵子，陈演带头告辞。李建泰字复余，所以陈演说："复公，你先歇着。再有一个时辰还要受大礼。我们都在正阳门城楼上恭候。"说完，众人纷纷一揖而别，剩下李建泰一个人坐在空荡荡的值房里。

而李建泰并不感到寂寞，正沉浸在身受浩荡皇恩的兴奋之中。皇帝对自己如此倚重，今天的场面，比起当年杨嗣昌可风光多了。崇祯十二年九月，皇帝遣杨嗣昌督师剿贼，也不过赐宴赐剑，御笔题诗。诗写得不怎么样，平铺直叙，殊少波折摇曳之趣。尤其是最后一句，词语落俗，类如说教。不过整个气势是好的，一笔镌逸俊秀的"松雪体"也还楚楚可观。用的是下平的"八庚"韵："盐梅今暂作干城，上将威严细柳营。一扫寇氛从此靖，还期教养遂民生。"这是把杨嗣昌比作汉景帝时平定了吴楚七国之乱的周亚夫。而今天皇帝把自己视为佐周成霸的姜子牙，比杨嗣昌的身份高得可是太多了！这份荣耀，大明朝开国以来，谁堪比拟？

巳时初刻，皇帝从后宫至午门下辇，换乘"八骏革辂"。

午门是大内正门，王公勋戚，部院大臣，翰詹科道，文武群僚，黑压压的一片，鹤袍獬服地跪在甬道两侧迎驾。待到皇帝的辂车一过，群臣井然有序地依次起身，扈从圣驾。

全副的法驾卤薄鼓导前行，在二百名大汉将军的护持下，八匹神骏，载着皇帝，缓缓地穿午门，越端门，过承天门，出大明门，一直来到正阳门。

登上正阳门城楼回首眺望，好一派皇家气象！但见从午门到正阳门，沿途二里多的道路两侧，五步一旗，直线排开，总数何止十万余帜？每旗都有甲士五名，一名掌旗，四名执弓持弩，环卫护旗。朱雀旗、玄武旗、青龙旗、白虎旗、山川五岳旗、江河四渎旗、阴阳五行旗、九宫八卦旗、风雷雨电旗、日月水火旗、天马赤鸾旗、熊罴狮豹旗……满眼彩旗飘舞，宛如云霞世界。加以金鼓咚锵，声闻十里，京城士民，倾巷出动，四面八方地跑来看热闹，愈发烘托得场面蔚然壮观。

正阳门城楼上，宴设十九席。皇帝居中面南而坐，两侧各九席，文东武西，列座陪侍。御用的酒杯称为"金台爵"，嵌满了五光十色的大宝石，是几十年难得一用、今天特为从内廷尚膳监请出的累朝重器。陪侍官员所用的亦都是赤纯足色的金杯。

鼓乐三作，李建泰在宦官的引导下，健步来到皇帝席前。另一个宦官侍立在御席一侧，手托金盘，盘上三只金杯、一壶御酒。

皇帝亲自执壶斟酒，递给李建泰："宫酿三卮，预祝先生早日凯旋。"

李建泰接杯在手，一饮而尽。两侧文武，肃然起立陪饮。

如是者三，乐声又起，鸿胪寺赞礼官高唱："赐剑——！"

四名大汉将军托来一张紫檀支架，架子上平置一柄长剑，嵌玉花梨柄，斑鳞鲨皮鞘，鞘镶七彩宝石，光照之下，璀璨夺目。这就是所谓"尚方剑"。

皇帝取下宝剑，双手递给李建泰："先生督师，如朕亲行。"

李建泰长跪受剑："皇上厚恩，臣当衔环以报。此去誓灭闯贼，绥靖区宇！"

秉笔太监王承恩捧来一只黄匣，取出御书敕谕，平放在御席一侧另外专置的条几上。

赞礼官高唱："请御宝——！"

皇帝的玉玺称为"御宝"。尚宝监太监立刻捧来御宝，揭起八宝紫金红的印泥瓷盒盖，将御宝浸匀了印泥后放在条几上，躬身侍立。

皇帝亲自钤了御宝，把敕书交给王承恩。

赞礼官再唱："宣敕谕——！"

王承恩居中而立，代表皇帝宣读敕书：

> 朕仰承天命，继祖宏图，自戊辰至今甲申，十有七年。兵荒连岁，民罹干戈，贼氛猖弥，流毒直省。今卿代朕亲征，鼓励忠勇，选拔雄杰。其骄怯逗玩之将，贪酷倡逃之吏，当以尚方剑从事。行间一切调度赏罚，朕俱不中制。卿宜临事而惧，好谋而成，真剿真抚，早荡妖氛，旋师奏凯，封侯进爵，勒铭钟鼎，垂勋青简。须将朕之至意遍行示谕。
>
> 钦此！

这就是圣旨了。李建泰以头触地，朗声应道："臣遵旨！"说完双手过顶，接过敕书。

就这时，笙管齐鸣，鼓乐再起。一队宦官捧来一朵硕大无朋的红绫簪花，以极其熟练的手法，扎束到李建泰头戴的七梁平翅冠上。李建泰本来就生得黑面长身，虬髯飘拂，经过这一番扎束，像个刚刚拔了头筹的武状元似的，愈发显得威风凛凛，气度不凡。

接下来是出征仪式。

两千京营士兵是事先经过调教的。天子阅师，得要打起精神来，正饷之外，每人特为另赏五钱银子。受此激励，两千人排成四块方阵，个个明盔亮甲，精神十足，从大明门走向正阳门，一路上居然部伍不乱，军容甚肃。

皇帝看得喜动颜色，勋戚百官也指指点点，交口称誉。

方阵行至正阳门下，士兵齐刷刷地戈矛三举，高呼"万岁"。与此同时，正阳门城楼厢廊上，身着紫服的礼乐官翩翩起舞，指挥着乐工乐师高声唱起威武雄壮的大明朝阅兵军歌《武成之曲》：

> 吾皇阅武成，简戎旅，壮帝京。龙旗照耀虎豹营，六师云拥甲胄明。威灵广播，贼寇震惊。稽首颂升平，四海澄清。

两千士兵，踏着歌声的节奏，在正阳门下的广场上往复一周，然后正步西行，沿着正阳门城根，朝宣武门方向走去。

皇帝在城楼上注视良久。赞礼官高唱："启驾——！"二百名大汉将军前后护持，皇帝乘肩舆下城，再改乘八骏革辂返回大内。

跪送皇帝走后，百官亦依序而散。李建泰则在陈演等诸阁臣的陪同下，到正阳门的值房里小憩。一名亲军校尉护持尚方宝剑，另一名亲军校尉护持节钺关防，片刻不离左右。

两刻钟的样子，一个宦官进来朝着陈演做了个手势。陈演会意，对李建泰拱拱手："复公，最后一道仪注，去吧。我们先到报国寺等候，为公饯行。"

两名亲军校尉护持尚方宝剑和节钺关防前导，李建泰阔步下城。城下早已备好了三匹骏马。李建泰翻身上马，两名校尉与他保持一段距离，在沿路的彩旗鼓乐声中，向北直驰。到了大明门前下马，步入承天门，穿过端门，来到午门。远远地看见皇帝已经在五凤楼上搭手眺望。午门洞开，甲杖环列，龙头豹尾旗分置两侧，每侧二十四名甲士执戟侍立。

李建泰慌忙伏地行礼，皇帝在楼上遥遥挥手示意。这个仪注称为"望阙辞行"。不同的是，别人辞阙不过形式上对着午门行礼，而这一次皇帝亲临午门，挥手示意，是古来至今少有的旷世恩典。

辞阙之后，沿着西长安街往南拐，直出宣武门。两千京甲，已在此列队等候。李建泰下马，面北伏地，口中念念有词，是在向供在宣武门城楼上的"太牢"默祷。

默祷既毕，李建泰一声令下："开拔！今晚驻节南囿。"

"是！"副总兵郭中杰应声上马，带着两千京兵向南，迤逦出永定门而去。

报国寺在外城的广安门内大街，离宣武门很近。李建泰带着护剑护印校尉，从宣武门西侧的下斜街悠然而来。到了报国寺时，众僚臣已在寺前列队等候。待到一一打过招呼，众星拱月般地簇拥着李建泰跨进寺门。

刚进寺门，突然一阵卷地狂风，刮得沙飞石走。狂风中伴随着"咔嚓"一声爆响。等到风势稍减，能睁开眼睛时，众人一看，寺门内一支手臂粗细的杉木幡竿拦腰折断。

这是不祥之兆！众人不免心情沮丧。而李建泰却哈哈大笑："好风、好风！风头吹过之时，我看见钦赐的关防就像笆斗那么大。"众人始而愕然，继而虚与委蛇："恭喜、恭喜。此乃'金印如斗'之兆，主加官进爵。督帅此去，成功可期！"

报国寺是南城最大的佛寺，七进院落，大雄宝殿极其宏伟。佛堂后院的毗卢阁高达三十六阶，阁中供奉的观音大士最为名贵，出自万历年间景德镇瓷窑，谓之"窑变观音"，手持法瓶，宝相慈祥，是著名的"京城八宝"之一。

李建泰兴致极好，怂恿众人随他登阁览胜。众人不忍拂了他的兴头，前呼后拥，随着他拾阶移步。登上毗卢阁来，但见沙尘茫茫，极目萧条，紫禁城远远地晦暗莫辨。这一来大为扫兴，草草看了几眼，群僚相偕，下阁入席。

右厢膳堂，宴开四桌。无非素鸡素鱼、素鸭素鹅之类。味道本自不美，加以心情忧郁，众人举箸踟蹰，都不知道该说些什么才好。

此次受命随师监军的凌駉，持杯走到张缙彦面前，趁着敬酒的机会，请示进取方略。

凌駉字龙翰，安徽歙县人，是去年春天刚中式的进士，分发到兵部任职方司主事。张缙彦是他的堂官，平日关系又极为密切，说话可以直言不讳。所以张缙彦避开众人，拍着凌駉的后背说："龙翰啊，复公此行，意不在平阳而在曲沃。"

这一说凌駉恍然大悟。

李建泰是山西曲沃人，为保家财，才主动请缨。而皇帝不察，居然为他搞出了那么大的场面。

"唉——"凌䮲长叹一声,"事已至此,属下将何以自处,本兵必有以教我。"

"你是监军,恪尽职守而已。凡事当争则争,争而不果,任他胡闹去吧。"

"然则何事当争?"

张缙彦附到凌䮲的耳朵上说:"此去若能兼程驰抵太原,收拾三晋,大事尚有可为。三晋失守,京师必危,只怕起良平于九原之下,亦难措手了。"

凌䮲深深一揖:"承教、承教!属下知之矣。"

酒过三巡,看看众人的兴致都不太高,李建泰知趣,自饮一大觥,遍揖诸座,意气依然豪迈不减:"诸公爱我,祖饯于此,建泰不胜心感。念皇命在身,不敢稽迟,就此别过了。且待建泰率师凯旋之日,再与诸公痛饮德胜门!"

于是匆匆散席,出寺上马,带着护剑护印校尉和凌䮲的五十名亲兵,在惨淡的斜晖下,泼开马蹄,绝尘而去。

6

大明崇祯十七年正月二十八日

布商枉死

"罢、罢，这个差事不能干了！"顺天府会同馆的冯提督散值回家，把乌纱吊翅帽往桌子上一摔，气哼哼地靠在太师椅上独自愤懑。

夫人极贤惠，立刻过来帮丈夫卸去公服，沏茶端水："什么事生这么大的气？气坏了身子可怎么得了。来，先喝口茶消消气，我这就去给夫君炒几样小菜下酒，'事大如天醉亦休'。公家的差事，能干就干，不能干咱就辞了它，回到南方老家，二亩薄田，你耕我织，日子照样过得舒舒服服。"

就这时候，礼部司务厅的司务程源排闼而入。程源字本正，与冯提督是换帖之交，不需通报，即可登堂入室的。

"哟，二弟来了。"夫人赶快迎上去，"你大哥正在生闷气，你来了正好。公事上我不便插嘴，正好你来劝劝他。你们哥儿俩先聊着，一会儿就在这儿便饭。"说完下厨房忙活去了。

程源落座，笑嘻嘻地说："大哥烦闷，必为十六日伪檄案之事。"

其实不完全是。伪檄案之外，冯提督今天另有烦恼。不过事过十天，程源仍提伪檄案，冯提督不免疑惑："那件案子，当时不就破了吗？人都明正典刑了，怎么还去说它？"

"这么说，是另有烦闷之由？好，这个话题先撇开，一会儿再谈。大哥，我且问你，你当真以为送塘报的就是那个布商吗？"

"怎么不是？两堂会审，不都是他自己招供的吗？"

"差矣，差矣！此中大有内幕。大哥还记得当时破案的情形吗？"

亲自经手破的案子，怎么会记不得？——

十六日冯提督因头天值夜，当天轮休。上午睡了一觉，午后独自在家，围着通红的炭火炉，一壶香茶，一卷唐诗，诗意茶味正浓的时候，属下的差役匆匆来报，说两名东厂的隶役来到会同馆点名找他。

"说什么事了吗？"冯提督问。

"说有件钦命的要案，与顺天府会同馆有关。"

冯提督自觉公务上尽职尽责，怎么会惹上"钦命要案"？但东厂出面，绝无好事，于是赶快出门上轿。到了会同馆，极为恭敬地把二位上差延入上座，卑辞请教。

"今天有没有一封六百里加急送到宫里？"问话的是个挺胸凸肚的矮胖子。

"有、有。寅时二刻，山西提差送来的。我卯正之前亲自送到了宫里。"

"时辰不对！说的是辰时三刻。"

"辰时三刻？"冯提督想了想，"我辰时初刻散值回家，倒还不知辰时三刻是否又有一封六百里加急。不过二位且请宽坐，我一查缴簿就知道了。"

取来缴簿，细细一查："喔，二位请看，今天的六百里加急，果然辰时二刻还有一封，也是山西抚台衙门送来的。"

"是谁查收的？"

"赵平安。"

"谁送进宫里的？"

"赵平安。"

"嗯，这就对了。这个赵平安现在哪里？"

"应该当值。二位请稍等，我去叫了他来。"

工夫不大，冯提督去而复回，后面跟着的就是赵平安。赵平安一进门，大大咧咧地说："二位上差，那封塘报的事儿问我好了，与我们提督无关。"

"文件是你送的吗？"

"是。"

"也是你收的？"

"是。"

"收件的手续齐全吗？"

"当然。"

这样满不在乎的态度，冯提督为他捏了一把汗，然而两个公差似乎并不介意，继续问："来送件的是山西的提差吗？"

"不是。"

冯提督一听坏了，赵平安为何如此莽撞？不是提差，怎么能收他的文件？

"是什么人？"胖子隶役继续问。

"京城布商。"

"叫什么名字？"

"和我同名不同姓，叫李平安。"

"能找到他吗？"

"怎么不能？有名有姓有住所，一找就到。"

"你把收件的手续拿来看看。"

赵平安麻利地从阁架上取来收件簿，翻到最新的一页："请。"

两位公差和冯提督一起凑上去，果然有李平安的签名，住在北城发祥坊三铺人头井胡同。

"赵平安，事情清楚了。不过你要写个节略，我俩公事上也好交代。"

"好，写就写。"

把事情的原委简单地写成文字，谓之"节略"。赵平安取来纸笔，片刻写就，然后签了名字，打上指模，表示对这份节略负责，递给公差。

公差接过节略，看也不看，对冯提督和赵平安说："人是跑不了了，只怕一个时辰后就要过堂。请二位此刻就去宛平署衙，说不得还要辨认人犯、做个见证什么的。"说完略一拱手，掉头就走。

东厂自有讯案之所，却要借用宛平公署，这又使冯提督不免纳罕。然而一路上赵平安有说有笑，极力劝慰："提督，你老别想那么多，没你的什么事儿。大不了我这碗饭不吃了。放心，你老只管跟着瞧热闹就是。"

宛平公署衙门不远，出了会同馆向东几步，走到西四牌楼往北，再拐到后宰门大街的东官房就是，费时不足一刻钟。

二人一到，立刻有皂役引路，来到县衙大堂，平时审问案犯就在此处。

堂上坐的，冯提督大都认识。宛平知县方廷彦居中。东厂的一个档头，和兵部的一位司官分坐两侧。下手是典史和书办。冯提督的"提督"是兼领的会同馆"差事"，本职则是礼部主客清吏司的主事，正四品；而宛平知县正六品，中间隔了三个阶秩，自己却只能以证人的身份而叨陪末座，心里感到窝囊透顶。不过那些人对他执礼甚恭，说了好些能平复他心中委屈的话，面子上总算还不太难堪。倒是赵平安，一个提差，连个品流小官都不是，却风风光光地挨着冯提督一坐，好像身份一下子提高了许多似的。

寒暄既毕，人犯提到，知县方廷彦开始问案。

"你叫什么名字？"

"回老爷，小民叫李平安。"

"籍贯？"

"小民世籍北平。"

"住所呢？"

"现住京师北城发祥坊三铺人头井胡同。"

"认得字吗？"

"是！略识之无。"

"这么说，是进过学的喽？"

"官学没进过，不过读了几年私塾。"

"平时以何为生？"

"偶尔做点布匹生意。"

"怎么叫偶尔？"

"小民家贫，没有本钱。有时向朋友告帮，能借到点银钱，就到南边乡下收些棉布，转到城里零卖。借不到钱就没办法了。所以说偶尔。"

"嗯、嗯。今年多大了？"

"小民肖猴，今年三十七。"

"家口几人？"

"小民父母双亡，如今独身一人。"

"嗯？三十七岁了，怎么还独身一人？莫非就没有娶亲成家？"

"回老爷，成家倒是成家了，也生了一儿一女。只因老婆嫌小民家贫，也嫌小民窝囊，常年吵闹，家庭不和。本月十一日，索性瞒着小民携儿带女跑了。"

"跑了？就没四处打听着找找吗？"

"怎么没找？这不就为了找老婆，才惹出这场麻烦的吗！"

90

这一说，全场愕然。一般县官问案，都要从闲话开始，为的是考察人犯是否痴呆之类。看来此人头脑清醒，理路不乱，而且居然知道自己有了麻烦，是个不太好对付的角色。

方廷彦打起精神，要认真细审了。不过先要来个下马威，以震慑人犯：

"来呀!"他对着堂外高喊。

"喳!"堂外爆喏如雷。立刻进来四名彪形大汉,个个手持刑具,嘡啷啷往地下一摔,声震屋瓦,其势夺人。一般人犯经此场景,大都会吓得浑身发抖,而李平安只左右看看,毫无表情。

"李平安!"

"小民在。"

"你可知道这是什么地方?"

"知道啊,不是宛平县大堂吗?"

"知道就好!我可对你说清楚了,本县以慈悲为怀,对善良平民,从不用刑。如果问你话,你能照实回答,本县还可法外施仁,帮你开脱。可是,你要打算狡词诡辩,欺诳本县,嘿嘿,不是我要打你,是王法无情!你听懂了吗?"

"当然。小民自然要如实回答老爷的问话,绝不欺诳。"

"那好,我先问你,你怎么知道自己惹了麻烦?"

"刚才还好好地在家里待着,突然被两名缇骑逮到这儿来,不要说小人,就连街坊四邻都知道小民惹上麻烦了。"

说得有理,但意含顶撞,倒使方廷彦心中一愣。以他多年的经验,知道这类刁民,最令人头疼。

正在踌躇措辞之际,不料李平安扬起头来,反以教训的口吻说:"老爷,你这样子问案,是问不出什么结果的。"

"大胆!怎敢藐视本县?"

"小民岂敢藐视老爷?实在是你总这样绕来绕去,没有问到点子上。"

"那么在你看来,何谓'点子上'?"

"敢问老爷,把小民带到这儿来,是不是为了山西塘报的事儿?"

"是……是啊。"

"这不结了!你老直接问这个不就完了吗。"

这样子反客为主,弄得一堂啼笑皆非。方廷彦气得干咽了两口唾沫,想想这话驳也驳不得,只好顺坡下驴了:"既然明白,那就从实招来!"

"不知老爷要小民招什么?"

"咦,你不明明知道是山西塘报的事吗?"

"是啊,那件事儿小民当然知道,但小民不知从何说起,这得老爷来问。小民管保问什么,说什么,绝无虚言。"

方廷彦又气得干咽了两口唾沫："好，本县就成全你了。我先问你，那封塘报你是从哪儿得到的？"

"涿州。"

"涿州？涿州的什么地方？"

"万通客栈。"

"你去涿州干什么？"

"找老婆孩子啊。"

"这是哪一天的事？"

"前天，就是本月十四日。"

"找到老婆孩子了吗？"

"没有。所以当晚就住在了万通客栈。"

方廷彦想想，时间、地点都有了："那么，是什么人给了你塘报？"

"是个山西提差。"

"多大岁数？"

"没问。和小民差不多大小。"

"既然是山西提差，为何他不自己进京投送，反而把塘报交给你？"

"他病了。"

"什么病？"

"不知道。反正浑身发烫，病得不轻。"

"你和他住在一个客房吗？"

"是，车马大通铺，就住了我们俩。"

"他给你塘报的时候，都说了些什么？"

"说这是六百里加急的军事文书，必须限期送到顺天府会同馆。可他病得实在走不动了，就托小民代为转送。"

"明知是军事文书，你就答应他了？"

"小民当时没有答应。"

"为何终究还是答应了？"

"因为他给了小民十两银子。"

"十两银子你就干了？"

"小民不傻。十两银子够小民全家一年的花销，为什么不干？"

"你可知道做这种事情干犯王法？"

"小民只知道这是为朝廷做事，不知道干犯了什么王法？"

"那我问你，那封塘报你可曾拆开看过？"

"小民没吃豹子胆，不敢私拆军事文书。"

"封套总是看过的吧？"

"封套看过的，有山西巡抚衙门的紫泥关防大印。"

"给你的时候，就是这个封套吗？"

"不是。"

"还有什么？"

"封套外面包有锦袱，用丝绦打了结的。"

"后来呢？"

"第二天，就是昨天，小民在涿州打听不出老婆孩子的下落，连夜赶了回来。今天午前找到顺天府会同馆，把文书投了上去。"

"接受文书的人什么样子，你能记住吗？"

"是，小民记得住。"

"赵平安！"方廷彦对着证人席高喊。

不料赵平安还没答话，李平安却先开口："老爷弄错了，小民不叫赵平安，是李平安。"

"咄！没叫你，不许多嘴！"

"是。原是老爷叫错了，小民不敢多嘴。"

连赵平安都忍不住笑，赶快起身，走到中间："赵平安听候贵县大老爷吩咐。"

"你仔细认认看，"方廷彦指指李平安，"投送文书的可是此人？"

两个"平安"对看了一会儿，赵平安回身答话："回贵县大老爷的话，经赵平安仔细辨认，验明投送文书的确是此人无误。"

"李平安！"

"小民在。"

"你刚才可看仔细了，"方廷彦又指指赵平安，"接受文书的是这个人吗？"

"回老爷，没错，就是他！"

案子问到这里，就可告一段落。方廷彦以目相询，看看别人都没有什么要问，吩咐书办把"供录"递给李平安："李平安，你把供录好好看一遍，有什么不对的地方，你可以提出来更改。"

李平安似乎很认真地看了一遍："回老爷，没有什么不对。"

"那就画供吧。"

待到书办取来毛笔和印泥，方廷彦再次提醒："李平安，你可知道，这道手续一做，供录就成了你的亲供，再想反悔就来不及了。"

"这个自然知道。老爷尽管放心，小民做事，从不反悔。"说完很爽快地签了名字，又在名字上面打了指模。

方廷彦吩咐把李平安羁押到班房，带上"亲供"，匆匆赶往东厂，去向曹化淳禀报案情。

第二天改在东厂大厅，曹化淳亲审，张缙彦听审，冯提督和方廷彦陪审。一堂下来，李平安口供照旧，所有情节，与头一天丝毫不差。于是第三天午时，李平安被五花大绑，插上亡命旗，标明"闯贼细作"，用囚车拉到时称"西市"的西四牌楼，一刀斩讫。自然地，赵平安亦因"违规收件"而受到连带处分，革去差事，果然这碗饭吃不成了。

——这件案子，时隔不过十天，冯提督当然记得清清楚楚。而此时程源重新提起，正好勾起了他心中的许多疑惑。在他看来，如果李平安招供属实，无论如何也罪不当死，而判以"闯贼细作"的罪名，根本就没有任何证据。

"本正，其中莫非真有什么内幕？"他问程源。

"岂止内幕，简直就是黑幕。大哥，说了令人难以置信，不过千真万确。是东厂的一个朋友亲口告诉我的，据他说——"

据他说，十六日一散朝，兵部尚书张缙彦就找到曹化淳，先通报了刘宗敏伪檄直达御前、皇帝口谕限三天破案这件事，然后协商如何办理。曹化淳大包大揽，当即表示："不出三天，准能结案。"有此态度，张缙彦非常满意，他也确信曹化淳真有这样的本事。然而他却不知道，这件案子，根本就是曹化淳一手策划出来的。

初九日晚上送走了"刘四爷"后，曹化淳手捏着那封"国书"，绕室彷徨，费了好半天脑筋，终于有了主意。第二天一早就来到东厂大厅。

东厂大厅设在东安门外靠北的东厂门内。曹化淳进厅招招手，吩咐一名隶役："去，把吴档头给我找来。"

不一会儿，吴档头奉召而来："督主唤我，必有要事。"

曹化淳示意其他人都回避，把吴档头带进大厅西侧的一个隔间，是平时商谈秘事的地方："你想想看，有没有这样一个人：第一，家境不好，穷得活不下去了；第二，得有亲人；第三，为了亲人今后活得滋润，愿意拿命换钱；还有第四，这个人要不傻不呆，对自己做的事不能反悔。"

"档头"其实就是隶役的役长。能在东厂做上档头的，都是从锦衣卫挑选出来的阴险狡诈之徒，吴档头又是其中的无耻之尤者。此人瘦高挑儿，细眯眼儿，脸上没有二两肉，平时沉默寡语，不苟言笑，其实一肚子坏水儿，对打探他人隐私特具专长。

"这样的人要找也不难，"吴档头想了想说，"但不知多少钱才能让他拿钱换命。"

曹化淳伸出三个指头："以三吊为限。给你两天时间，去把这个人给我定下来。"

"三吊"就是三千两银子，其数不菲，吴档头点头应承下来："放心，交给卑职好了。请督主说事儿吧。"

"有件塘报，山西来的，得要这个人亲自送到顺天府会同馆。细节我不管，你自己琢磨去。给你两天工夫。两天一过，你来找我。"说完抬腿走人。

吴档头干伤天害理的事从不亲自出面，他手下有几个"番子"，专门收罗京城的地痞无赖为爪牙，替他行奸作恶。曹化淳一走，他的小脑袋瓜子就开始转圈儿了，费了整整半个时辰，通前彻后，把各个细节都算计得丝丝入扣，才缓步踱出隔间，冲着大厅外一群正无聊嬉戏的隶役高喊："别的人都去'探事件'。李长胜，你过来！"

应声而来的李长胜就是个"番子"。吴档头把曹化淳对"这样的人"的四个条件，省去第二条，第三条则改成"为了今后活得滋润，愿意蹲五六年大牢"，对李长胜说了一遍。

"给你一天时间，去给我找个'这样的人'。"

李长胜坐着不动，眼珠子转了几转："头儿，不用去找，这样的人，现成就有一个。"

"唔，是谁？你说说看。"

"是个棉布贩子，叫李平安，住在北城人头井胡同。以前给咱们办过事儿的。"

"你和他很熟吗？"

"人挺义气，一块儿喝过几次酒，算是熟人吧。"

"那好，你先到账房去支二两银子，今天就给我敲定了他。"接着把刚才算计的各个细节，附耳叮咛，全都教给了李长胜。

李长胜番子本色，自然心领神会，把各个细节都记住了之后问："头儿，这件差事不难办。不过你得先给我透个底儿：准备出多大价码？"

"一吊到顶。他不干再找别人。"

"成！这事儿交给我了。"

午饭时刻，李平安正在家里发愁，不知道一家四口这顿饭怎样着落，李长胜兴冲冲地破门而入："大哥，走、走，好事儿。兄弟我先请你喝酒，咱们一边儿喝着，一边儿聊着。"说着把两个极大的黄麻纸包往李平安老婆怀里一塞："嫂子，这一包是羊头肉，这一包是刚出笼的荤素包子。你们娘儿仨先吃着，我和大哥出去说说话儿。"

有肉有包子，一家人眉开眼笑。李平安愁怀一去："走，咱们外边找个地儿。"

出了人头井胡同不远就是德胜门内大街。找了一家僻静饭馆，要了几样好菜，开了一瓶好酒，三杯落肚，李长胜开始话题撩拨："大哥，有条财路，得冒点风险，干成了有你五十两的好处。"

五十两银子让李平安怦然心动："说说看，什么样的一条财路？"

"东城的一个大户，有把柄落在咱们手里。敲他一下，让他吐出一百两。"

"这么简单的事，怎么说得冒点风险？"

"这个大户，官府里有人。敲他一下，他要是认了，什么事儿没有。他要不认，动起官司来，咱们输的份儿大，那时候你得一个人撑着，可能是个敲诈罪，要蹲一年大牢。"

李平安脸色不好看了："兄弟，我一直把你当个人物看待。俩人做事，得利平分，闯了祸要我一人撑着，有你这么混朋友的吗？"

李长胜赶紧替李平安斟满酒，双手捧起，笑嘻嘻地说："大哥，先把酒喝了，再听我说。"

李平安一仰脖送酒入喉，把酒杯朝桌面上一磕："说吧！人场上，我可不能看走了眼。"

"咱们这边，算上你我，一共四个人。另外两个，和我一样都有公差在身。大哥，你知道的，执法犯法，罪加一等。要是咱们都栽进去了，你一个人蹲一年，我们仨可都要蹲两年。你想啊，这么做公平吗？就为了这个，敲他的一百两银子，我们三人共分五十，你一人独得五十。你看，我这个朋友不能交吗？"

原来是这么一笔账！李平安反而感到冤枉了别人，内心不安："是我把话说重了。来，兄弟你别介意，哥哥我自罚三杯！"说完自斟自饮，又灌进肚子里三杯。酒杯一放，摇了摇头："不过，你这个活儿，我不想干！"

"为什么呢？"

"我是独行侠。好汉做事一人当，你这事儿牵连好几个人，弄得不好，大家脸皮都不好看，就为这个，我不干。再说了，为五十两银子，蹲一年大牢，让老婆孩子担惊受怕，为这个，我也不干。"

"啊、啊，我懂大哥的意思了。来，咱们先喝酒。这件事就说到这儿，不提它了。"说完与李平安对饮一杯，然后夹了一块酱牛肉放进嘴里反复咀嚼，像是在想什么重要大事似的。过了好大一会儿，才慢吞吞地说："倒是有个活儿，很对大哥的脾气。不过这个活儿，我不想让大哥去做。"

"为什么？"

"搞得不好，就不是蹲一年大牢的事了，可能要蹲五六年。"

"那要看值不值。"

"大哥说话别较劲，值不值，五六年牢狱之苦都不好受。"

"唉，窝窝囊囊地活着没劲。瞧你大哥混的，儿子都快二十了，连个媳妇儿都娶不上。干吗呀，人活一辈子就得落到这步田地吗？不瞒你说兄弟，图财只要不害命，要是六年大牢能换来好日子，哥哥我什么都敢干。可有一样儿，还是那句话，要看值不值。"

"那么大哥说，怎么叫值，怎么叫不值呢？"

"像你刚才说的，为了五十两银子去蹲大牢，害得老婆孩子整天提心吊胆地过不好日子，这就叫不值。"说完又干一杯，顾自夹菜，大嚼不语了。

李长胜知道，这小子已经上钩了，关键时刻，一句话都错不得，不然的话，前功尽弃，再去找这样一个狠角色可不太容易，因而装着很急于听下文的样子："大哥还没说怎么叫值呢？！"

"第一，要看什么事，我一个人能不能拿得下来，也别太伤天害理。"

"这个没问题。这事儿还只能一个人去做，一点儿也不伤天害理。第二呢？"

"得保证我和老婆孩子能舒舒服服过一辈子。"

李长胜一拍大腿："成了！我先敬大哥一杯。"说着斟满自家杯，一饮而尽。

"很简单。有封信，是山西来的塘报，你把它送到顺天府会同馆就算完事儿，别的什么也没有。愿意干，先给银子后办事儿，酬金五百两。"

五百两？李平安都不敢相信自己的耳朵了。活了三十多年，自己经手的最大款数也不过四五两银子，平日里几个小铜钱还要数来数去地舍不得花，有五百两银子，足够四口人按中等人家的样子过好下半辈子了。

这边李平安为五百两银子心动不已，那边李长胜却理解错了，以为嫌少，怕对方说出"不干"二字，那可就彻底砸锅。"这样吧，"他说，"不瞒大哥，这事儿成了，我是说合人，也有一百两的好处，说起来也是大哥受罪换来的，我就花着，心里也不会好受。算我敬重大哥的为人，索性二一添作五，你也别推辞，六百两银子全都给大哥。在你是应当所得，在我也落个心里踏实。"说完两眼直盯"大哥"，生怕上钩的鱼要脱钩跑掉似的。

"不说了，我干！"

场面上的人，吐唾沫钉钉。李长胜放心了，于是把吴档头教给的如何投送、如何过堂等等细节，一五一十，详加解说，直到李平安烂熟于心，这顿酒才算喝完。

太阳还在半空，李长胜一脸喜色地跑回东厂交差。

"成了？"吴档头有点儿不信："这么痛快。会不会拿钱逃匿？"

"那样他就不叫李平安了。放心吧头儿，我拿脑袋担保。"

"那好，你就在这儿等着。我一会儿就回。"说完出门，招来马车，直奔大内。

进东华门，穿会极门和归极门，绕过武英殿就是南司房，曹化淳在这里有单独的值舍。

"好！"听完吴档头的回报，曹化淳脱口称赞，"这件事干得漂亮。不过你可给我小心，节骨眼儿上弄砸了，你这颗脑袋也就别打算留着再吃饭了。来啊！"

立刻趋进一个小宦官听候吩咐。

"拿我的条子去支三千两银子，快去，越快越好！"

"是！"小宦官应声而去，转眼工夫，一路飞跑地回来交差。

吴档头包好了银子，出宫门，上马车，中途拐了个弯儿，扣下两千两，然后匆匆赶回东厂。

"去吧。一千两银子，你可点好了，按照你们的约定，今天就给了他。人要是跑了，你也别打算活了！"

"放心、放心！头儿，你老就擎好吧！"

李长胜提着一千两银子，顺路拐到鼓楼大街宝钞胡同，回到自己家里，扣掉四百两。优哉游哉地把剩下的六百两银子按照约定好的时间和地点，亲手交给了李平安。

第二天一大清早，李平安一家四口雇了辆三骡快车，一日狂奔，赶到隶属于河间府静海县的老丈人家，和老婆温存缱绻了三个通宵。都不知道生离就是死别，而他老婆还一直相信自己的男人真的与人合伙做生意赚了大钱，此去三五年，还能再大大地赚一笔回来。安顿好了老婆孩子，十四日晚上李平安回到京城家里。十五日午后，李长胜送来曹化淳已事先做好手脚、另加了封套、用锦袱包裹的文书。十六日早上李平安把文书投进顺天府会同馆，十八日糊里糊涂地被拉往西市砍头，一路上连喊个冤枉都不可能，因为嘴里塞了"麻木块"，根本就不能说话。

"竟有这样的黑幕？"冯提督听得触目惊心，"如此看来，那个赵平安也是被银钱收买了的？"

"当然！得了一千两。是曹化淳通过另一条路子做的。"

"啊？得一千的没事，得六百的杀头，天下真有这等不平事？"

这时候夫人已经把酒菜摆好，二人入座，把杯续语。

"大哥今日烦闷，是何缘由？"程源问。

"唉，别提了。挨了本兵好一顿训斥。"

"张缙彦为何训人？"

"说我迟送了塘报。"

"唔，怎么回事？"

冯提督附耳细语："本正，平阳陷落了！"

"啊，什么时候？"

"初八。"

"初八？——大局不堪闻问矣！平阳一失，闯贼进入山西腹地，只怕太原也难保了。"程源忧心忡忡地说，"然则平阳初八日失陷，何以迟至今日才得到消息？"

"这就是本兵开训的原因。今天一早，山西提差送来一份塘报。你是知道的，机密文书，我无权拆看，所以不知道什么内容，片刻未停，就送进了宫里。不想午后本兵召我，开口就训，说你是不是不想吃这碗饭了？平阳初八失陷，克期计日，五天就该得到塘报，为何延误半月之久，今天才报？是不是你故意滞留不报？我一听，这不冤枉吗？赶快回去拿了收件簿让他查看。查看之后，知道责不在我，而本兵仍然没有一句好话，说驿传这一块出了问题，你们谁都不会有好结果。本正你说，我这气受得窝囊不窝囊？"

程源思索半天，呷了一口酒，徐徐吞掉，然后才缓缓地说："既然责不在你，就受点窝囊气也不必介意。清者自清，这件事论情论法，都无后虞，大哥尽管宽心就是。不过，时局不妙，怕是你我都要做亡国之臣了。"

"何至如此？"

"平阳的塘报，该走潞安、黎城、固关和真、保一路。五天之程，费时二十，可见是这一路的驿传出了问题。我听说闯贼在蒲州已经分兵，另派一军自京南北窜。照我的看法，必是闯贼的这路人马切断了潞安、黎城的通道，致使驿路不通，不得不绕道迂回，才造成塘报稽迟的……"

"说得有理！一定是这么回事。"冯提督忍不住插话。

"果尔如此，闯贼两路包抄，大哥请想，京师还能保得住吗？"

"嗯、嗯……"

"不仅京师难保，只怕大哥的这碗饭也真的吃不长了。"

"此又何说？"

"道理不难明白。闯贼的南路已经进入畿内，天下驿站，十成之中，九成都要通过畿甸入京，闯贼把这些驿路封死，这就意味着大明朝的驿传机构已经瘫痪。今后各地的塘报，莫说稽迟，恐怕根本就进不了京城。大哥你说，你那个会同馆还有事可干吗？"

"啊！"冯提督瞿然心惊，"那、那可如何是好？"

"这要问大哥自己，一旦闯贼得手，是否愿意俯首称臣？"

"是何言欤！"一闻此语，冯提督立刻面带愠色，"我辈读圣贤书，食皇家禄，焉能降志辱节，向贼称臣？"

"危邦不入，乱邦不居。那就只有一个办法……"程源以指蘸酒，在桌面上写了两个字：隐退。

100

"唉——"冯提督脱口又是两句唐诗："'翠黛不须留五马，皇恩只许住三年。'今天我也正想到了隐退。那么照你看来，如何退法？"

"来、来。"程源往前靠了靠，于是两人聚首秘语，商量着怎样退身保命了。

7

大顺永昌元年二月初八日

疆臣尽节

蒲州分兵后，李自成兼程北上。二月初一日赶到汾西，与刘宗敏会师，连夜商定，遣前营制将军袁宗第带两万人马打前站，先拿下太原南面的屏障汾州，然后大军跟上，会攻太原。

汾州又称汾阳，古来迭出名将，唐朝平定安史之乱的郭子仪、宋朝名将狄青都是汾阳人。然而百年沧桑，名将凋零，如今戍守汾阳的守备却是个胆小如鼠、闻警即逃之辈。武将一逃，文官还能有什么作为？于是相与协商，为保一州生灵，还是开城投降为妙。待到初二日袁宗第大兵一到，四门洞开，汾州太守偕全城官员役隶出城三里跪迎，阖城百姓，夹道焚香，以牛羊汾酒犒师。

袁宗第命大军当晚驻扎城外，严谕部众，不许一人进城骚扰民户。第二天派亲兵飞马传报闯王，自己则带着两万人马绕城而过，直趋太原。

二月初六日，李自成大军也赶到了太原，一见面就问袁宗第："蔡懋德态度如何？"

袁宗第摇摇头："闯王，别抱希望了，准备打吧。"

"怎么回事？"

"前天晚上我一到城下，就遵照闯王的意思，派使者持牌进城招降。蔡懋德砸碎招降牌，杀了招降使，从城上射下一封书信来，词语狂悖得很，还说誓与晋土共存亡。"

"城上守备得怎样？"

"难说，虚实不定。昨天我用大炮猛轰了一阵子，城里反响不大，也不还击，看样子是要等我们攻城时再拼死一搏。"

"嗯，那就只好硬攻。太原是山西首府，必有重兵把守。蔡懋德不投降，又有名将周遇吉佐助，二人必然殊死成守。这一仗，我兵要有重大伤亡了。"说完下令，四营兵马将太原城团团围住。

其实李自成估计错了，太原并无重兵把守。

平阳失守，蔡懋德被部将拥持着逃回太原，一路上悔恨不已。封疆大吏，守土有责，如今平阳一失，朝廷纵不严谴，寸心亦自难安。因而一回太原，他便抱定了拼将一死酬君王的决心。不久朝旨下达，严词切责，要他戴罪图功，愈发刺激了他的必死之志。

蔡懋德字公虞，南直隶省苏州府昆山县人，十八岁即中乡举，二十九岁才成进士，中间隔了整整十一年，这其中有个缘故。

本朝末季国内的佛教高僧憨山德清、云栖袾宏、紫柏真可，并称"万历三大师"。三大师中的憨山德清是临济宗的高僧。他有个得意弟子法名汉月于密，从师学法，得道有年，后来在"如来禅"与"祖师禅"二者孰优孰劣的认识上发生了极大分歧，师徒二人，不欢而散。此后汉月另辟道场，在常州三峰寺自标禅帜，收徒弘法，民间谓之"三峰汉月禅"。

追根寻源，汉月禅出于"禅宗"。禅宗以达摩为初祖，六传而至慧能，之后分为"曹洞""临济"两宗。汉月于密和憨山德清其实都是临济宗的传人，不同的是，憨山宗法如来，而汉月师承达摩，所谓"祖师禅"即是达摩初祖所创的一套禅理。汉月认为，禅宗之"禅"，精义就在于祖师禅的刚猛利落、斩钉截铁，持此以济世，不留名相痕迹，才能匡救时弊，透出法界而成正果。

这路禅理，其实是华严宗、禅宗与儒学的合流。秉持华严宗的禅师们大都是些饱学之士，自唐朝以来即注重现世学问，精通小学和音韵，强调"理为性""事为相"，对宋明理学影响至深。而汉月禅在此基础上更加注重以佛法济世，拯救民生。自佛法传入东土，历来强调的是"遁世"，而汉月禅一反其道，居然以"济世"相高标，这在当时是非常激进的一种主张，很难被佛教其他诸宗派所接受。

可是这路禅理，大为蔡懋德所倾服，中举之后，不骛旁业，毅然削发剃度，拜在汉月门下，十年参禅，深味佛理。还俗之后，抱定了任重负艰之志，中进士，入官场，通籍二十余年，所至皆有政声。以此受到皇帝的特召独对，擢为山西巡抚，膺以封疆重任。平阳失守，他感到的不是朝廷王法的责备，而是心中佛法的自疚，所以一回太原，立刻召来周遇吉，秘密授以腹心打算。

"贼势猖獗，三晋危殆。三晋一失，京师难保，此诚危急存亡之秋，亦为我辈效命疆场之时。祥臣，你懂我的意思吗？"

周遇吉字祥臣，辽东锦州人，以代州兼三关总兵而援守太原，对蔡懋德的为人极为敬佩。此时听出这位上司已萌死志，因而慷慨应道："请中丞放心，遇吉早有打算，捐躯疆场，马革裹尸，是标下的平生夙愿。此次为国守土，力保太原，遇吉誓与中丞共死生！"

"此言差矣！祥臣，我问你，力保太原，为的是什么？"

"自然是遏阻闯贼北窜，不使其惊扰京师。"

"然则太原不保，闯贼岂不就要惊扰京师？"

"太原重镇，城高池阔，焉能不保？"

"太原虽称重镇，而位当盆地，南临河谷平原，其势易攻难守。况且，贼兵以五十万之众，纵然不攻，只需困我以时日，则朝廷乏兵来援，祥臣，你想想看，到那时候，太原还能守得住吗？"

周遇吉不免困惑。照此说来，太原势所难保，然而这位上司究竟做何打算？难道要弃城而走？想想不得其解，只好率直回话："遇吉不敏，请中丞明示。"

"宁武关为京阙咽喉，三面环山，北倚长城，四面皆可屏蔽，关城坚固，易守难攻。我想让你将太原的粮秣带走大半，去固守宁武。宁武不破，贼兵即难北犯，庶几可保京师暂无险虞。"

审时度势，这的确是一个可有效遏止闯贼北犯的部署。然而，"太原呢？莫非就此弃守？"周遇吉问。

"太原有我！"蔡懋德说得斩钉截铁。

"啊！那怎么行？"周遇吉大吃一惊，蔡懋德毕竟文官，谋划赞策，是其所长，真要临危城而御强寇，岂不是以身饲虎？

"这样吧，遇吉先与中丞共同固守太原，与贼相持。实在守不下去，再退守宁武。不管怎样，遇吉都与中丞在一起。"

"兵贵先机。你我在此与贼相持，徒然耗费时日，而待贼兵围城之后，倘其另遣偏师，先占宁武，祥臣，那时候，太原既不能保，宁武又入贼手，京师危亡，责任谁属？为今之计，只有我在这里与贼周旋，拖得一日是一日，好为你多争得些时间。宁武虽险，战守器具和火药物资的预备，亦在在需时。你我都是朝廷重臣，临大事须分清轻重缓急，岂可徒逞意气而贻误戎机？"

这一说，周遇吉才感到自己责任重大，但又不忍蔡懋德留在太原白白等死，一时计无所出，竟张着嘴，愣在那里说不出话来。

蔡懋德知道周遇吉此时的心情，以手抚其背说："祥臣，你知道的，我是汉月禅师的入室弟子。学法多年，早已勘破生死。闯贼此来，正是蔡某致命之时，求仁得仁，何所遗憾？只要你能替朝廷守住宁武，我死也瞑目了。"说罢对着周遇吉深深一揖。

周遇吉已是热泪满面，双膝一跪，哽咽难言："中丞，遇吉遵命了。只是……只是太原城陷之日，万望中丞择机突围，退到宁武，与遇吉共守京阙咽喉。"

"好、好，到时候我自会相机行事。"

第二天，在蔡懋德的再三催促下，周遇吉洒泪一揖，带着五千劲卒和大批粮秣器具，北赴宁武关。而太原仅剩四千兵丁，与李自成的五十万大军相比，实际上与空城也相差无几了。

攻城之战是从昨天早晨开始的。李自成相准了地形，将全部火炮集中在城东一侧，试图轰塌一段城墙，然后重兵拥进。不料太原城墙既坚且厚，轰了半个时辰，仅仅打开了一个小小的三角缺口。而炮火一停，蔡懋德早有准备，亲自登埤，指挥兵民用砖石沙袋将缺口填平夯实。

此计不成，只好硬攻。大顺军士兵扛梯执矛，黑压压如潮水般涌向四城。看看距城墙仅剩二百步之遥，突然间城上炮火轰鸣，一时血肉横飞，鬼哭狼嚎，自然地，千余名大顺士兵，即刻毙命。但李自成多年征战，驭兵极严，不得军令，谁也不敢后退。于是你倒我起，前仆后继，终于还是有大批士兵接近了城墙，而一接近城墙，蔡懋德的火炮就失去了威力。

趋到城下的士兵呼啸呐喊，搭梯爬城。未及半空，城上矢石俱下，沸油乱泼，顿时又有几百士兵死于非命。如此相持了一阵子，李自成突然下令收兵。

"大哥，这样打不行，得另想办法。"刘宗敏策马驶来，急得目眦欲裂。

李自成是个半瞎子。崇祯十四年冬，李自成第二次攻打开封时，亲冒矢石到城下察看形势，被城上的流矢射中左眼，多方医治而无效，终至失明。但"盲于目者明于心"，一只眼睛的李自成，观察了半天战事，心里明白了。

"是我估计错了。城里守兵其实并不多。来、来，咱们这样……"于是秘密授计，刘宗敏心领神会地去布置了。

蔡懋德也在城上观察着战事进展。打退了大顺兵的第一次攻城，他知道这是靠的城中士民的血气之勇。然而士气可用，只在一时，以贼兵之众，反复做这样的攻击，则论双方的实力，终究已不如人，得要想个什么办法，狠狠地挫一下敌人的锐气才好。

他沿着城墙巡视，发现南城外面的河滩上，两三千贼兵矛戈横乱、疲惫不堪地卧地歇息，几名贼将簇拥着高张黄罗伞的一个将官正指指点点，似乎在做什么布置。

"咦？此必贼首李自成！"他对身边的中军参将应时盛说，"可惜不在火炮的射程之内。不过，擒贼先擒王。趁敌疲惫，正可出奇兵直擒贼首。"

应时盛亦深以为然："中丞，机不可失。我带人马冲出去，打他个措手不及！"

"不，你先别动。快去把朱孔训和牛勇给我找来。"

朱孔训和牛勇是极其得力的两员骁将，正在城上指挥士兵准备战具，一招就来。蔡懋德把想法告诉二人。二人略一观察，确如中丞所言，也都认为是个出奇制胜的大好时机："中丞，请下令吧，看我不把闯贼生擒过来！"朱孔训出言甚壮。

"城中马步，仅只四千。我给你们俩三千五百人，迅速出击，纵不能生擒贼首，亦必一战而寒敌胆。快去吧。"

"是！"朱、牛二将，得令而去。

"子茂，"蔡懋德喊着应时盛的表字吩咐："你带剩下的五百人马，不要陷阵，出城相机策应。"

"是！"应时盛也匆匆下城准备。

不一会儿，南门大开。尘烟滚滚中，三千五百健卒呼啸而出，狂飙卷地般冲向正在河滩上倒卧歇息的敌兵。朱孔训一马当先，牛勇紧随其后，都瞅准了黄罗伞下的李自成，要生擒活劈，建奇勋而立不世之功。

志在必得的蔡懋德高踞城头，遥做观察。眼看着自己的兵马已快接近敌兵，而敌兵依然倒卧不起。片刻讶异，顿然醒悟："快！快快鸣锣！"

鸣锣是收兵的信号，然而，已经晚了。

就这一刻，俯伏在河滩两侧灌木丛中的大顺兵卒呐喊而起，人数何止数万？北端两翼，迅速包抄合拢，切断了明兵的退路。这在阵法上称为"长蛇卷地"，凡是被卷入的敌兵，要想逃出蛇身的缠绕，真正比登天还难。

与此同时，长蛇尾部突出一彪人马，直扑城门。幸而应时盛机警，立刻退兵回城，一面指挥部分士兵紧闭城门，一面令另一部分士兵登城放箭。乱箭齐射之下，才好容易阻退敌兵，总算未让敌人乘虚而入的图谋得逞。

倒霉的是被卷入长蛇阵中的三千五百人马。蔡懋德在城头眼睁睁地看着他们被分割包抄，由大渐小、由多渐少，只半个时辰的工夫，被大顺军扑杀殆尽，无一生还。

一军皆没，全城夺气。蔡懋德懊悔欲死，而城中百姓，都知道城陷在即，家家闭户自保，谁也没有胆量再去城上协助防守了。当日午后，狂沙陡起，对面不辨人影，大风刮得门窗嘎嘎作响，越发给人以身居危城的恐怖之感。

趁着风沙狂作，李自成黾夜攻城。后半夜天快亮时，从东北角搭云梯，数百人登上城墙。在城墙上一路南行，竟无一兵一卒阻挡。下了东门，守门将张雄早已做好了投降的准备，立刻献出锁钥，帮助敌兵打开城门。等候在门外的大顺兵一拥而入，太原城从此就不归明朝所有了。

今天一早，满城皆是大顺兵丁，沿街搜捕零星抵抗的明兵。应时盛的五百士兵，除了少数临时逃匿的，绝大部分都在徒劳无效的抵抗中被杀死。待到身边只剩下二十几个人时，应时盛带着残卒急急赶往抚院衙门。

蔡懋德刚刚写完遗疏，交给随侍在身边的一个候补知县，要他换成民服，趁乱混出城去，间道驰京上奏。

料理完毕，正好应时盛赶来，不由分说，令士兵将其拥上马背："中丞，西门临河那一段，贼兵不多，现在冲出城去还来得及！"

蔡懋德一跃下马："封疆之臣，死于封疆，是我的应尽之义。子茂，不要管我，你带他们赶紧逃生去吧。"

这怎么行？"中丞，请听时盛一言，留得有用之身，来日还可报效朝廷。"应时盛再次指挥众人动手。

蔡懋德跺跺脚，勃然变色："都给我滚！你们想陷我于不忠不义吗？"说完推开众人，头也不回，径出衙门而去。

抚院衙门又称"公所"。公所西边紧邻的街道就叫"所右街"。所右街有个著名的去处，建于万历年间，历史不长，却三易其名：初称"晋阳书院"，后改"河汾书院"，此时则叫"三立祠"。三立祠奉祀的是隋末王通、宋朝司马光、本朝薛瑄这三位"河汾大儒"。蔡懋德愿与三大儒为伴，因而选定了三立祠为毕命之地。

进得祠来，朝着三位先贤的塑像各作一揖，然后面北三拜，这是在向皇帝告别。一切都从容做完，蔡懋德举目环视，院中一棵百年大榕树，枝干虬张，很对他的脾味。于是解下束带，朝树杈上一甩一系，结成一个环扣。

此时应时盛知道蔡懋德死志已决，再说无用，所以已经遣散士兵，令其各自逃生，而他自己则寸步不离，陪侍在蔡懋德左右。

"子茂，来，帮我一把。"蔡懋德说得很平静。

应时盛伏地碰了三个响头，立起身来，轻轻一举，蔡懋德身子悬空，以颈投缳，应时盛立刻松手。

不料蔡懋德身不满五尺，骨小身轻，荡悠了好大一会儿竟不得气绝，却仍能以手向应时盛示意求助。

应时盛环视一周，身边别无重物，想了一想，立刻解开浸透了血水和汗水的绵甲，缚到蔡懋德身上。

借助于绵甲的重力，亦儒亦佛的蔡懋德，求仁得仁、功德圆满了。

应时盛双膝跪地，对天高呼："中丞等我！"苍啷一声，拔剑自刎。

8

大明崇祯十七年二月十二日

议撤宁远

皇帝极勤政，每天五更起身，登基以来，十七年如一日，天不亮准定坐在文华殿，披览群臣的奏章。

今天有两道外臣的奏疏引起了他的注意：一道是蓟辽总督王永吉奏请撤守宁远，调吴三桂边兵入卫京师；另一道就是王永吉的属下、宁远总兵吴三桂上疏自陈，说宁远孤城难守，而以裹尸自誓，决意为朝廷效死边关。

皇帝命御前宦官重新剔亮了烛灯，将两道奏疏并排放在一起，认真对比互读。

开始他很奇怪，一个要弃守宁远，一个要死守宁远，二人态度，截然相反。然而细细推敲，终于明白了，吴三桂是正话反说，其实他的意思和他的上司王永吉一样，都是宁远孤城，势在必弃。而吴三桂之所以正话反说，无非是在向朝廷表示，不撤宁远，有死而已。

弄懂了这层意思，皇帝暗自思忖：闯贼北犯三晋，朝廷御敌乏人。吴三桂领关外四万劲旅，正可用来平息内乱以解燃眉之急。然而征调吴三桂，必然要放弃宁远，弃地之名，谁执其咎？他内心是希望放弃宁远、征调吴三桂入卫京师的，但此事如无廷臣的支持，他又担心舆论上会遭到朝野的谴责，毕竟轻弃国土，不是英主的作为。想到这里，看看时辰也差不多了，他招招手，王承恩趋近前来："万岁爷有何吩咐？"

"你到内阁值房，先召陈演和魏藻德前来议事，其余诸臣，留待后命。"

内阁值房就在文华殿南边，王承恩片刻即到。

不召其余诸臣，先叫首辅、次辅，这是有什么重大事务要预做布置。陈演和魏藻德一路上惴惴不安，以目相戒，今天说话要谨慎了。

进得殿来，皇帝面容温煦地说："王永吉和吴三桂各有奏疏一道，你们先看看。兹事体大，少不得要你们多担待些。"

二人轮换着将两道奏疏看了一遍，果然"兹事体大"，但要"多担待些"却是不可能的。这种场合，陈演必须首先表示态度："臣以为，此事宜先交付廷议，然后圣心自裁。"

这就是不愿担待的态度。皇帝很失望："魏藻德，你看呢？"

"臣的意思和陈演一样……"

"好了、好了，就依你们。"皇帝极不耐烦地打断魏藻德的话，"把奏疏拿去让他们先看看，然后过来公议——快去！"

狼狈地出了文华殿，二人窃窃私语。"赞煌，"魏藻德说，"圣心弃宁远之意甚明，何不将顺其意？"

"圣上于危急之时而出此策。事定之后以弃地之罪杀我辈，且奈何？"

"何至如此？"

"陈新甲之祸，君其尚能忆否？"

这一说，魏藻德怃然无语了。崇祯十五年，皇帝授意兵部尚书陈新甲暗中与建虏议和。和款既定，双方尚在密谈细节当中，而此事不慎泄露外廷，言官上疏，纷纷指责，惹得皇帝龙颜震怒，立诛陈新甲以推卸自己的责任。天威不测，遇大事首先就不肯担待，不惜杀大臣以敷衍塞责，前车之覆，岂可不鉴？

回到内阁值房，将两道奏疏交给待命的阁臣和奉召的科、道诸臣传阅。一时议论纷纷，有人击节赞赏，有人大呼可恶。待到每个人都看了一遍，陈演催促："诸位，上命待召，这里不是议论之处，有何高见，御前廷争去吧。"说完带头先走，群臣趋跄，紧随其后。

进殿行礼，依序肃立，皇帝开始说话："王永吉和吴三桂的奏疏，你们都看到了。当年筑宁远坚城，为的是消弭外患。上年八月，虏酋已伏冥诛，内丧、政争，接踵不已，想来彼一时不暇我顾。建虏之为我敌，自不可轻忽大意，然而攘外必先安内，亦为古今执政柄者所共遵之道。方今闯贼北犯，已成破竹之势，一旦贼肆其逞，祖宗三百年天下不输于外敌而毁于内贼，朕心实有未甘。当此危亡之际，吴三桂辽东名将，堪膺护国重任。至于宁远，该当如何处置；王永吉之议，该当采纳与否，此等重大军机，原应你们主持担当。今天尽管各抒己见，未可推诿卸责，延缓误事。"

沉默了一会儿，大臣都不表态，秩仅五品的吏科给事中吴麟征越次陈奏："崇祯十四年松锦之战，建虏尽占辽东，山海关外仅宁远一城孤悬二百里外。倘若建虏倾力攻犯，极难守御。宁远总兵吴三桂骁勇良将，不可委之于敌。臣以为，当此国难关头，皇上应该采纳王永吉的献议，放弃宁远，退守关门，调吴三桂辽东劲旅，屯宿近郊以卫京师。"

话音刚落，工科给事中高翔汉立即反对："宁远为关外坚城。建虏汹汹，五次入塞而不敢叩问山海，皆因宁远屏障之故。近闻建虏复有入寇之意，宁远居前敌，弃之则示敌以惧弱。王永吉之议万不可采。"

"不独如此！"兵科给事中光时亨嗓门儿特大，"汉弃凉州，千古以为非计，今无故而弃宁远，后人将视我辈为何如人物？骂名青史之事，臣不敢滥附此议！"——凉州地属西域。东汉安帝永初五年，羌人煽惑叛乱，意在与汉朝争夺凉州之地。辅政大将军邓骘采纳庞参的献议，主动放弃凉州，将汉武帝倾十年之功纳入版图的凉州诸郡拱手让人，此事历来颇遭史家非议。光时亨以此为例，自然是强烈反对放弃宁远的表示。

"时势不同，岂可相提并论？"吴麟征正色反驳，"万历四十七年萨尔浒之战，我军败衄，辽东经略杨镐曾有弃宁远、守关门之论。其时区宇安宁，内乱未起，无故而弃边地、失天险，那才叫汉弃凉州之议。如今贼氛披猖，京师危殆，缓急轻重，大异昔时，留宁远则无异资敌，弃宁远或可保京师，后人视之，谁曰不宜？"

光时亨亦反唇相讥："轻弃国土二百里，今人视之，犹谓不可，后之视今，则倡此议者，岂能轻逃史简刀笔之诛！"

"寇氛日迫，京师危急，现在都什么时候了，还要顾虑后人如何评判！"吴麟征先针对光时亨痛驳一句，接着面对皇帝，侃侃而谈，"宁远孤城，势在必弃。今日弃之为弃地，明日弃之为弃人。弃地已不可，弃地兼弃人更不可。吴三桂勇将宜收用，万不可委之于敌。边将不可令其有惧心，尤不可令其有死心。臣读吴三桂奏疏，言切情危，若有格格不忍言之意，臣知其有惧心；始以裹尸自任，终为父弟乞恩，臣知其有死心。昔祖大寿困守锦州，孤城危支，怀惧心，抱死心。其时锦州难保，道路皆知，而朝廷终不收祖大寿入关为日后用，忍令名将，委身建虏。今昔相较，何其相似乃尔？昔日已误，今日不可再误。况且今日寇势方张，捍卫京师，亟需关外劲旅。弃宁远而徙吴三桂入卫，不唯正当其时，且亦一举两得。除此而外，朝廷莫非另有所恃？"

除了"弃宁远而徙吴三桂入卫"，朝廷哪里还有可恃之策？吴麟征的这番堂堂正论，不仅驳得光时亨、高翔汉等辈哑口无言，而且也使皇帝大受鼓舞。但科、道小臣，毕竟言官，有向朝廷建言之责，却无平章军国大事之权。无论如何，这件事内阁大臣要有明确的表示，将来舆论谴责起来，才不至于国君独受其谤，因而皇帝要引导大臣开口说话。

"无故弃地，千古所耻，朕断断不此之图。当今之局，弃宁远而成荡寇之功，虽属下策，诚亦不得已之举。此乃国之大端，须议出内阁，然后朕方可据势裁断。"

陈演一听，这是要把责任推给自己。他抱定了一个宗旨：绝不承担丢弃国土的责任。皇帝忌刻寡恩，日后一旦有人播弄是非，仅"首辅主弃地"的罪名，就足以使自己的脑袋搬家。

"皇上庙算万机，一举一措，足为天下后世法。"他小心翼翼地选择着措辞，"诚如圣谕，宁远之弃与不弃，实乃国之大端，须宸衷亲裁，乾纲独断，非臣下所得妄议……"

皇帝立刻打断："今日议事，正要集思广益。陈演，你是何思虑，尽管讲来。"

这一来就没有了躲闪的余地，陈演只好硬着头皮回话："建虏据辽东，时时窥我京师，幸赖宁远挺立前敌，使山海关门户得无叩扰之忧。吴三桂精兵为虏所畏，不独宁远恃之，关门亦恃之。一旦撤走，恐人心瓦解，关外大局，再难措手。"

"照你看来，宁远以不弃为宜吗？"皇帝直截了当地问。

"一寸山河一寸金，宁远万不可弃。"

皇帝就像当头挨了一棍，面色红白不定，失望之意，都挂在脸上。

陈演知道要闯祸，但宁挨骂名，不担罪名。他扑通一声，匍匐在地："臣迂愚无当，所虑或有未妥。宁远弃否，关乎朝廷安危大机，万一差错，食臣之肉不足惜，而辜负圣恩，罪莫大焉。是以臣思维再三，诚不敢以浪掷封疆为尝试。区区衷曲，伏乞察鉴。"

皇帝头也不抬，很灰心的样子挥了挥手。

魏藻德明白了皇帝的意思，回身做了个驱赶的手势。群臣会意，趋跄出

111

殿，结束了这场毫无结果的君臣奏对。

"王承恩。"皇帝少气无力地喊。

"奴婢听候万岁爷吩咐。"

"宣召吴襄，午后在中左门独对。"

吴襄是吴三桂之父，今年五十二岁。春秋时期在吴国第一个称王的君主叫寿梦，寿梦有四个儿子，最小的是季札，封于"延陵"，人称"延陵季子"。寿梦临终前要把王位传给这个小儿子，可是延陵季子固辞不受，跑到"舜过山"隐居起来，这个舜过山就在后来的常州府武进县境内，后世的吴姓子孙即以延陵季子为始祖，以"延陵堂"为祖祠。吴氏的繁衍，分为好几个宗支，其中有一宗是在浙江绍兴府山阴县的州山，开宗之主是吴慎直。元末明初，战乱不已，为了躲避战乱，吴慎直举家迁徙，从浙江的萧山，辗转来到山阴的州山生息繁衍，成为延陵吴氏的一大宗支。吴慎直生有二子，长子这一房又衍为两个分支，吴襄就是其中第二个分支的第七世孙。

早在六十二年前的万历十年，吴襄的族兄吴大斌从老家浙江绍兴府山阴县的州山，经宁波府的鄞县出海，千里波涛，鼓棹北上，来到辽东半岛的辽阳府宁远镇，投奔时任辽东总兵的李成梁。

吴大斌之投奔李成梁，是出于吴兑的举荐。吴兑是吴大斌的本家伯父，此人是山阴州山吴氏家族的翘楚之才，嘉靖三十七年乡试中举，次年会试联捷、殿试金榜题名。此后的仕途，一帆风顺，授兵部主事，进兵部郎中，出为湖广参议，迁转蓟州兵备副使。有了这些资历的积累，不数年间，破格超擢，先挂都察院右金都御使衔而巡抚宣府地方，之后又以兵部侍郎衔而总督宣府、大同和山西三地的军务，到了万历九年，奉旨以都察院右都御史的本职而总督蓟辽军务。吴兑总督蓟辽，则辽东总兵李成梁自然归他节制。吴兑有名臣之质，李成梁是大将之才，二人的搭档，相处甚洽，李成梁对这位上司极其敬重，岁时三节，丰礼致奉。是这样一层关系，所以吴大斌千里来投，李成梁对这位老上司的族侄自是欣然乐纳的。

而吴大斌也不是等闲之辈，此人天资禀赋，悟性极高，自幼博览群书，尤为潜心于经世致用的山川堪舆和兵备战阵之学，少时一试生员而不第，从此绝意功名，开始留意边关军事。此次一到辽东军中，侃侃纵论天下事，宏猷伟谟，诧绝座客，李成梁叹之为奇人，纳入幕中，每事求教，成了须臾不可或离的心腹谋士，而吴大斌又性情豪爽，足智多谋，善于替人排忧解纷，

112

因而军中上下，争相交结，也不过三四年的光景，其人之名，遍传辽东。李成梁专章保奏，给他谋了一个"东宁卫镇抚"的实职，而吴大斌辞而不受，甘愿以布衣而效力边关。

有了这样的人脉基础，从万历十五年开始，山阴州山的吴氏子弟，陆陆续续，结伴来投，截止到万历四十四年，从山阴来到辽东投奔吴大斌的吴氏族人不下二百余口。这一大批人，在吴大斌的悉心安排下，大都寄籍于辽阳府，而谋差事于李成梁的辽东军中，日后成家立业，生息繁衍，成了山阴州山吴氏家族衍生出来的一大分支。吴襄就是在万历二十六年随着父亲和另外的一批吴氏族人一道，从老家山阴到辽东来投吴大斌的，这一年吴襄才八岁。

少年时代的吴襄，不喜读书，专爱舞枪弄棒。父亲看他天生不是读书的材料，在他十二岁那年，便拜托吴大斌，把他安插到军中做"小伙计"，期望他长大以后在兵火战场上讨个出身。从此吴襄跟着吴大斌在辽东军中厮混，弓马刀枪，无所不精。万历三十四年，吴襄十六岁，到了成家自立之龄，吴大斌央人作伐，娶了辽阳府一个姓张的大户人家之女，在宁远西南的中后所定居下来。次年，也就是万历三十五年，夫人张氏生下一子，取名三凤。五年后的万历四十年，张氏又生一子，此子便是吴三桂。万历朝总共四十八年，接着天启朝七年，如今是崇祯十七年，所以算起来吴三桂今年已经三十二岁了。

连得二子之后，万历四十二年，吴襄二十四岁，以寄籍辽阳的生员资格，参加辽阳府的恩科乡试，中了武举，次年入京会试，又中了武进士。吴襄还有一样常人难及的本领，由于从小在军中长大，得以与各种军马打交道，因而深识马性，且能通晓马语，数百步之内，一声嗯哨，群马无不四向闻召而至。以此异禀，加以吴大斌在军中的人脉关系，所以吴襄很快受到历任辽东总兵的特别赏识，刻意栽培，渐次发迹。天启元年，明兵与建虏大战于辽阳，明兵大败，而吴襄一人独得建虏战马三百匹，叙功至辽东团练守备。

此后吴襄又与家在宁远城中的祖大寿交往甚密。祖姓是辽东望族，戚谊人脉，盘根错节。适逢吴襄之妻张氏病亡，祖大寿便以其妹嫁给吴襄为续妻。得此奥援，吴襄扶摇直上，崇祯三年官至辽东团练总兵。

不料到了崇祯七年，厄运降临。这一年的七月，皇太极亲率八旗劲旅，挟征服蒙古察哈尔部的余威，破长城黄崖口入塞，四路并进，深入山西腹地。塘报到京，朝命吴襄和山海关总兵尤世威分道驰援大同，而二人因地势不熟，未到大同，反遭皇太极设伏拦击，结果双双大败溃归。十二月廷议，以"拥兵不进"的罪名，将二人先下狱、后遣戍，吴襄又回到关外"效力赎罪"去了。此后九年，佗傺无聊，以戴罪之身，连俸禄都没有，寂寂无闻地在中后所家中消遣度日。

去年十一月，蓟辽总督王永吉上疏，奏请朝廷发给吴襄俸禄，获得皇帝裁可。今年正月，忽接诏命，任吴襄为中军都督府都督。从此吴襄结束了大半生的关外生涯，于本月初赴京就职，府第被安置在距皇城很近的东江米巷，是一所极大的宅院。此次能任中军府都督，吴襄明白，不是自己有什么特殊的才干，而是国难之际，朝廷担心吴三桂叛降满清，而将自己羁縻于京中用作人质罢了。

召对是在中左门的内隔间。王承恩引领着吴襄从东华门一路穿堂过廊，来到御前。

初瞻天颜，一般人都会有诚惶诚恐的紧张之感，吴襄则不然，毫不在乎地躬一躬身，然后迈着四方步趋近御前，伏地叩头的同时，亮出铜锣般的大嗓门儿："臣吴襄恭请圣安！"

"起来、起来。"皇帝极客气地吩咐王承恩将吴襄扶起，然后示意御前宦官"赐座"。

御前宦官立刻搬来一团锦墩。所谓"座"，就是这个锦墩了，而御前赐座是少有的恩典，吴襄不懂宫中的规矩，也不谢恩，大马金刀地屈膝就座。

皇帝絮絮闲话般地先问了些关外风情和建房军情，然后才转入正题："王永吉疏请弃宁远、守关门，朕意深以为然，而群臣廷议，委决不下，不知你对此事如何看法？"

"祖宗之地尺寸不可弃！"

上去就大悖圣意！

皇帝想了想，这是吴襄在为其子吴三桂表白忠心，得要做一番疏导，才能让他顺从自己的意思："宁远孤悬关外二百里，守御亦难持久。如今内乱方殷，贼势嚣张，而国脉如缕，势难两全。不如暂时弃守宁远，调吴三桂入卫京师。这是朕为国家大局着想，不是说你父子要丢弃祖宗之地。"

循循善诱，吴襄终于明白了。明白了也不能公开附和此议，只以头触地："皇上圣明！"

"贼势急迫，照你看，征调吴三桂，是否足以制贼？"

"臣以为，闯贼意在窃据秦晋，未必敢来犯我京师。即使来，也不过遣一旅偏师，探我虚实而已。"

皇帝有点儿哭笑不得，如此懵懂，何能与商宗社大计？然而此刻有求于人，少不得要压住性子，慢慢开导了："朕的意思，闯贼果真来犯，吴三桂能否为朝廷分忧？"

"如果闯贼自来送死，臣子三桂必能生擒之以献陛下。"吴襄说得就像闹着玩儿似的一样轻松。

皇帝皱了皱眉："闯贼兵马，已逾百万，你为何说得如此之易？"

"闯贼声言百万，其实不过数万而已，尽是中原乌合之众，哪里知道边兵的厉害？"

"闯贼狡黠难制，连蹶我名帅名将，昔年征讨，屡遭其殃，倒不好小看了他。"

"昔年征讨，都是些弱将疲兵，遇敌即降，领五千人往，即以五千人资敌；领一万人往，贼数又增一万，是以贼愈强而我愈弱。如今闯贼屡胜而骄，是其从未与强手交锋之故。若以臣子三桂当之，闯贼必成笼中之囚无疑。"

"嗯、嗯。"皇帝很满意。倒没看出来，吴襄粗中有细，这番分析，不能说他没有道理。皇帝接着问："你父子有多少兵卒？"

吴襄再次以额触地："臣该死！臣父子所领兵数，按名册八万，实际仅四万人。当今之时，养一兵需数兵之粮，此为各边通弊，非臣父子所独然。"

果然有这等吃空饷之事！皇帝心中颇以为非，然而现在不是整肃之时，只好接着话题再问："此四万人皆骁勇善战吗？"

"若四万人皆骁勇善战，立功何待今日？不过三千人可用而已。"

皇帝大为讶异："三千人何以当贼百万？"

"此三千人不可以寻常兵卒而视之，乃是臣之子，臣子三桂之兄弟。自受国恩以来，臣所吃的是粗粮粝米，而三千人皆细酒肥羊；臣所穿的是土布葛衣，而三千人皆绫罗绸缎，所以臣能得其死力。"

原来还有这样的驭兵之道！皇帝微微颔首，转换话题："若调你父子之兵入关，需饷几何？"

"百万！"

百万？皇帝惊问："既说四万人，何用如此巨饷？"

"百万还是少说之数。四万人在关外，都有价值数百银子的庄田，今舍之入关，给何处之地屯种？朝廷欠宁远军兵饷已经十四个月了，如何设法补清？关外尚有五十万生灵百姓，不能委之于敌，若驱之一同入关，如何妥善安置？推此而论，百万犹恐不足以济其事，臣何敢妄言？"

一算细账，皇帝头都大了。照吴襄的说法，征调吴三桂，非一百万两白花花的银子不可。

"唉——！"他叹了口气，"你说的也是。然而内库仅余现银七万，另以金器杂物补凑，也不过二三十万……"

吴襄双目半暝，充耳不闻，就像皇帝说的与他没有任何关系一样。

一阵沉默，皇帝不忍再言，心里似有百万银两之重，压得他透不过气来。好大一会儿，才想起御前还坐着一个吴襄。

"吴襄。"

"臣在！"

"今日所议之事暂且搁置。下去以后，不许对任何人说起。"

"是！臣一定守口如瓶。"

"下去吧！"

吴襄立刻离开锦墩，跪伏在地："臣向皇上告辞！"说完叩首、起身，躬身退了几步，在御前小宦官的扶持下，转身出殿而去。

9

大明崇祯十七年二月十三日

佞臣督师

李建泰出师十八天了，并没有像对皇帝保证的那样，八九日之内赶往平阳。

辞阙出都，当晚驻节南囿，南囿就是后来改称南苑的南海子，"南囿秋风"为燕京十景之一。李建泰很想在此勾留两日，可惜时当仲春，北方残冬的余寒尚存，除了满目黄沙的一片猎场和已成冰窟的禽池外，别的什么也没有。第二天意兴阑珊地走到涿州，第三天到定兴，第四天即上月二十九日才走到徐水。四天之内，日行三十里，比乡间老妪赶集串亲戚走得还慢。

迟迟其行，别有衷曲，李建泰是在等一个人，这个人是他的家仆，叫李贵。

上月十六日内阁召对，他得知刘宗敏攻下闻喜。李建泰祖籍是曲沃乡下一个叫高显的地方。曾祖父以种植烟草发家。曲沃烟丝，甲于三晋，是当时的著名物产。到了他的祖父，连种植带倒卖，愈积愈富，终成大户。曲沃在闻喜北边，两地相距不过一百六十里地，而李建泰的心思却不在曲沃，他最关心的是在曲沃之北一百五十里的平阳。曲沃是县，平阳是府。但凡小民暴富，都存了一个人往高处走的念头。李建泰的祖父和父亲两代人，以累世所积，在平阳府筑屋购产，开了一家平阳最大的商号，成为"平阳十富"之一。因而他庙堂上的慷慨请缨，其实是为了保住平阳的家产。在他想来，平阳殷实大府，加以有蔡懋德的驰援，必能殊死御守，不至于短时间就落入贼手。所以临朝激昂，忠勇自矢，目的是想让皇帝假以事权，好名正言顺地回乡护产。不料皇帝竟把他当成了佐周成霸的姜太公，所期过于所望，回家后想想毕竟心里不踏实。一介书生，哪里懂得什么太公兵法？况且贼情不明，平阳是否已入贼手尚不清楚。为此特遣李贵兼程回晋，打探贼情，约定了都走畿南一路，以免错过按头。所以出都后马上踟蹰，盼李贵如大旱之望云霓。

三十日正往保定一路走去，忽听后路鸾铃叮当，回头望时，一匹骏马飞驰而来。李建泰不知发生了什么事，吩咐副总兵郭中杰迎上去看看。郭中杰带几名亲兵转身迎上，不一会儿返了回来："禀督帅，是兵部的专差，送来一份咨文。"说着递上一只大封套。

李建泰接过一看，有兵部车驾司的骑缝章。撕开封套，细看咨文，只有两行字：

<blockquote>
兹接本兵口谕，晋省平阳已于元月初八日失守。以此飞咨
钦命督师李建泰帐下
</blockquote>

一阵头晕目眩，李建泰在马上摇摇欲坠。郭中杰和凌驷立刻搀扶着他下得马来："怎么回事？督帅哪儿不舒服？"两人争相乱问。

"你们自己看吧。"

二人接过咨文一看，既惊且诧：惊的是平阳终于不保；诧的是平阳早于初八日已经失守，而皇帝浑然不知，二十六日还搞什么遣师大典，真正荒唐透顶！

李建泰茫然无措，好半天拿不出主意："龙翰，你是监军，你说怎么办吧。"

凌驷想起了张缙彦的告诫，感到是该争的时候了，于是慨然答道："平阳失守，大局犹有可为。此去太原不过五天行程。倘若督帅以钦差之尊，亲临太原督守，晋省军民，必然信心鼓舞而踊跃御敌。太原不失，则三晋不乱；三晋不乱，则京师不危。督帅，功罪毁誉，决于此时。请督帅即刻下令，星夜兼程，驰保太原。凌驷愿执鞭随镫，不离督帅左右。"

"好、好，就依你。——郭中杰！"

"卑职在！"

"传我的令，即刻开赴太原！"

"是！"

李建泰神思恍惚，马也不能骑了，好在钦差督师，原就备有轿子。一路上屈蜷在轿子里，思绪翻滚，想的全是如何挽回家财损失。想来想去，忽然觉得有了主意。

正常的行军速度毕竟不同，徐水至保定四十里，不过半个时辰就到了。李建泰从轿中探出头来："郭中杰！"

"卑职在！"

"传令，绕过保定城，走东南方向的官道！"

从保定再走，有两条大路：西南一路，经定州、真定、固关，可达太原；东南一路，则是经河间、顺德、大名，入河南的彰德、怀庆。目的要驰保太原，而传令却要走东南，等于是南辕北辙。

凌驷大惑不解，不待郭中杰接话，立刻策马轿前："督帅，错了。去太原要走西南官道。"

"不然、不然。兵法实者虚之，虚者实之。闯贼北顾，后方必然空虚。我要从河南入晋，抚敌之背，抄其后路，打他个措手不及，把平阳收复回来。然后与太原守军南北夹击，一举歼贼于平太之间。"

凌驷一听，真正匪夷所思！他继续力争："督帅，平阳已失，贼锋北指，太原之危就在旬日之间。太原不守，平阳岂能……"

李建泰把脸一沉："本帅令出如山，快快执行！"

总算恪尽职守了。凌驷想：任他胡闹去吧。

于是当天走了一百多里到高阳，二月初一日到河间。意外的是，到了河间府，另有所获。

河间号称"京南第一府"，控南北通衢，扼京师咽喉，是畿辅的军事重镇。永乐年间，成祖文皇帝在此设六卫六十一所精甲拱卫京师。岁月沧桑，军制变更，如今的河间府已不复当年士欢马腾的气象了，却仍有两卫士卒在此屯驻。本朝的军制以"卫"为单位，置"都指挥使"一名，都指挥使也可泛称为"总兵官"，但实际上并没有真正的方镇总兵官派头来得那么大。一卫下辖十所，领兵五千六百名。此时河间府的都指挥使叫马稔，一人独领两卫，手下有一万一千二百人马。

李建泰闻得这一情报，怡然心喜，第二天就借着河间府的府衙大堂传见马稔："本帅奉命督师，有调动天下兵马之权，你可知道？"

马稔老老实实地回答："未奉兵部谕单，马稔不知。"

"来啊！"李建泰高喊。

事先安排好了的郭中杰立刻捧来一方明黄云锦盒。

"让这位马都指挥使看看，可识得此物？"

郭中杰走到马稔面前，打开盒盖，取出"节钺"。

马稔细细辨认，确非伪物。节钺之为信符，正如尚方剑一样，都有"如朕亲临"的权威作用。因而马稔惶恐无措地先对着节钺施以朝参大礼，表示对皇帝的崇敬，然后再对李建泰以军礼堂参："末将马稔，愿意听候督帅驱遣。"

"马稔听令：即命你标下所属全部人马，克日随本帅出征剿贼！"

这一来慌了陪坐在侧的河间知府方文耀，立刻离座下堂，朝着李建泰深深一揖："督帅、督帅，且听下官一言。敝府地当南北冲要，不可一日无兵驻守。目前地方不靖，土寇滋扰，而且南面哄传，流贼悍将刘芳亮率五万人马北犯畿甸。督帅如将敝府军马全部带走，将来闹得纷乱交加，丢城失土，下官如何向朝廷交代？"

"嗯？照你的意思，该当如何？"

"王师出征，急需兵马，下官亦不敢别持异议。可否将敝府军兵五五均分，一半仍然留在此地驻守，另一半随督帅出征剿贼？"

"罢了，本帅准如所请，就给你留下一千二百。另外一万，随我出征！"

"一千二百实实太少，请督帅……"

"怎么说？你想抗命吗？"

"下官岂敢抗命？只是……"

"来啊，请尚方剑！"

这一来吓得方文耀浑身筛糠，赶紧伏地叩头："下官从命、下官从命。"

第二天李建泰带着意外得到的一万兵卒，与自带的两千京兵合为一军，浩浩荡荡地向南开去。

然而书生典兵，毕竟外行。在河间李建泰以威势慑迫方文耀，方文耀却以阴招反制李建泰，粮秣之事，绝口不提。

这一来苦了李建泰，朝命拨给的两千人十二三日的粮米已经消耗近半，如今骤然增添一万军马，把剩下的一半粮米，两天就吃得精光。而二十万两饷银，李建泰视为私产，吝啬得不肯拿出来助军。因此，一路行军，士气涣散，尤其是两千京兵，原就是些纨绔子弟，哪里受过这等苦楚？不出两天，便相约潜逃，全都三三两两地分头溜号，原路返回京城享福去了。剩下马稔的一万人马，沿路抢劫，搜刮民间，个个腰缠金银珠玉，哪里像出征王师的样子？分明打家劫舍的土匪草寇。军兵抢劫，当然要影响行进速度，李建泰看在眼里，亦莫可奈何，反而觉得只有这样才能维系军心，不至于一万人马撒丫子散伙。

一路剽掠，沿途百姓畏之如虎。所到之处，家家闭户而逃。从河间到景州，从景州到南宫，李建泰的匪兵之名风传数百里。今天正午到了顺德府的广宗县境，百姓望风趋逃，纷纷躲进县城里避难。

广宗县最北部有个东召乡，此地住了一位万历年间任过两淮盐运使，而早已致仕家居的豪绅叫王佐。王佐家资万贯，且自豢家丁。从昨天晚上就打点财物，备齐骡马，今天一早由家丁护送急急赶往县城。一进城先到县衙拜晤知县张鸿基。

"老公祖，广宗要遭劫难了。"致仕显宦，谒见家乡县官，不行大礼，不称"老爷"，一抱拳叫声老公祖，就是相当客气的了。

"喔，怎么回事？请老前辈明示。"

"且随我来。"王佐拉着张鸿基就走。

出县衙，上轿车，驱马直奔北门城楼。登上城楼，向北一望，但见四野八乡的百姓扶老携幼，腰缠肩扛，如黑鸦趋食般朝县城涌来。

"这，这是为何？"张鸿基一脸茫然的样子，"闯贼入犯，不会从北边打过来呀。"

"哪里是闯贼，真正闯贼不如的恶匪！"王佐把知道的李建泰一路恶行简单说了一遍。

"岂有此理！"张鸿基气得胡子乱颤，"如此纵兵殃民，莫非他就不知道朝廷还有王法？我参他！"

"那是后话，眼下快快救助百姓要紧。"

"啊，对、对，百姓要紧！请老前辈指示，如何救助？"

"先传谕城守，打开四门，让百姓进城避难。"

"是、是。"张鸿基立刻吩咐跟班的皂隶，快马传谕四门。

"城里有多少守兵？"王佐问。

"只有一个总旗。"

一个总旗仅辖五六十人。"那怎么行？老公祖，快快鸣锣，传集城内百姓到衙前集合。我出资散财，你号召青壮出力自保。"

张鸿基言听计从，片刻间满城锣声，县衙前集结了几千百姓。张鸿基慷慨陈词，王佐吩咐家丁当众散钱。受了鼓舞的百姓，抄起家伙，纷纷登城，严阵以待李建泰的到来。

队伍懒散地往前行走，远远看见一座城池，李建泰肚子饿得发慌："前面什么地方？"他问随伺在侧的郭中杰。

"已经进了顺德府治，第一个应该是广宗县。"

"快马传令广宗知县，要早早预备餐饮军需！"

两名传令兵去得快，回得也快："禀报督帅，广宗县城四门紧闭。小的两人在城下高喊：'钦命督师李大人到此，快快开城迎接。'不料城上一阵石头瓦块砸了下来，瞧，把他的脑袋都砸破了。"

李建泰一看，果然另一名传令兵正捂着头，鲜血顺着指缝往下滴。

"反了反了，"李建泰怒不可遏，"传令，攻城！"

一攻城就有好处，不仅允许掠财，而且奸淫不禁。马稷的一万士兵立刻来了精神，呼啸狂奔，来到城下。

城上早有准备。王佐亲自在城头指挥，一声令下，矢石如蝗，顿时几百官兵惨叫倒地。

李建泰气得眼睛都红了："马稷，快给我想办法！不破此城，誓不收兵！"

马稷窝了一肚子火，官兵打百姓，这算怎么回事儿？但督帅严令，不敢不尊。毕竟是军事指挥官，稍稍观察，便有了主意："督帅，破城不难，只怕我们这边还要有些伤亡。"

"伤亡在所不计！只要破城，就是一功！"

于是马稷召来标下两名中军千户，如此这般，秘密安排。

此时官军都在城北。

打退了第一次进攻，城上百姓欢欣雀跃，高兴得纷纷相拥庆贺。王佐和张鸿基也兴奋得相互道乏。眼看着官军怯懦地往后退了半里之地，个个倒地歇息了。张鸿基下令，只留少数人躲在城堞后头密切观察，其余百姓就在城墙上坐地待命，以保存体力，准备对方二次攻城。

果然僵持了差不多一个时辰，城下的官军再次鼓噪呐喊，蜂拥而来。王、张二人立刻叫人擂鼓，城上百姓闻鼙鼓而执干戈，一下子涌到北城，砖石瓦片，滚木铁矛，泼水倾土似的往城下乱扔。官兵又一批纷纷倒地惨叫，百姓又一次兴奋得欢声相庆。然而这一次不同了。欢声甫起，但闻城上东西两厢，呼啸如潮，不知从哪儿冒出来两队官兵，自南向北，压了过来。先头的弯弓搭箭，乱矢齐飞，一大批百姓中箭倒地，接着后面的官兵持矛攮刀，一阵乱刺狂砍，又一批百姓魂归黄泉。不消片时，杀得光光，从城上逃下的寥寥无几。

这就是马稷的赚城之计，以半数人马佯攻，把百姓全都吸引在北城，另外的兵力则潜绕南城，搭云梯而翻城墙，趁敌不备，偷袭得手。

大军进城，李建泰首先坐到县衙大堂。

一会儿张鸿基和王佐被押了进来。张鸿基以衙参之礼自报家门："朝命七品知广宗县张鸿基参见督帅。"

"你就是广宗的知县吗？"

"是。"

"他是什么人？"李建泰指的是王佐。

"前任两淮盐运使王佐王大人。"

李建泰一惊，两淮盐运使的品秩和自己差不多。不过略一定神，又镇静了下来，既然是"前任"，则现在就无官无品，而自己却是钦差，怕他做甚！

"王佐，你知罪吗？"

王佐在城上抵抗时身被两创，押进来时也不跪不揖，此时见问，厉声反诘："李建泰，你知罪吗？身为阁部督师，你不即迅赴前敌，反而逗留畿甸，坐观流贼蹂躏三晋。你辜恩溺职，罪不容诛，又纵兵殃民，滥杀无辜。贼寇不如的东西，你也配来问我？"

"好大的胆子，竟敢当堂诋毁本帅。来啊，请尚方剑！"

"哼哼！李建泰，朝廷的法度，你总该知道。尚方剑用来惩治叛官逃将。我王佐一介士绅，非官非将，你敢擅用尚方剑相威赫，知道是什么罪名吗？"

李建泰这才想起，尚方宝剑斩官不斩民，否则罪名不轻。然而被一个绅士连连排揎，这口恶气无论如何也咽不下去："好、好，说得有理，杀鸡焉能用牛刀。本帅奉命督师，一切便宜行事，看我如何用王法杀你！——来人！"

两名护军应声而入。

"把这个忤逆给我拉出去砍了！"

王佐暴跳喝问："不讯而诛，是何罪名？"

"我判你个抗拒王师之罪，诛你有余！——拉出去！"

两名护军，不由分说，拥上去连拽带扯，把王佐架弄出去，一刀了账。

杀了王佐，再杀张鸿基，而杀张鸿基是可以用尚方宝剑的。

"张鸿基，你可知罪？"

"下官不知！"张鸿基也很倔强。

"好，本帅马上让你知道！——来啊，大板伺候！"李建泰猫儿戏鼠般地要张鸿基先受些皮肉之苦。

堂上的刑具本是县官审案时用来对付刁蛮之徒的，现在却用到了县官自己身上。又有两名护军过来，从刑架上各取一只刑板，静候吩咐。

"先打二十！"

两名护军把张鸿基按翻在地，扒开裤子，一五一十地数着点数，打了二十。

"张鸿基，现在你还不知罪吗？"

"是！"

"啊，死到临头，还敢嘴硬。我且问你，为何抗拒王师？"

"下官不知王师过境，只以为是流寇来犯。"

"还敢讥讽本帅！好，那我再问你，京畿之地，朗朗乾坤，哪里来的流寇？"

"怎么没有？流寇的文告，几天前就传到本县了。"

"胡说！可有证据？"

"就在下官的案头上，督帅自己可以看的。"

李建泰低头一寻，果然有一纸告示在案子上。展开一看，写的是：

大顺左营制将军刘为剿兵安民事

　　明朝昏主不仁，宠宦官，用奸佞，贪税敛，重刑罚，日罄师旅，掳掠民财，奸人妻女，吸髓剥肤。本营奉我朝大顺王之命，兴仁义之师，提貔貅之旅，剿伐匪兵，救民水火。今怀庆、彰德已定，大名、顺德在迩。特遣牌知会，大兵到日，士民勿得惊慌，商贩各安生理。有开城迎我王师者，立加重用。其余勿得戎服，以免玉石俱焚。

　　此告。

"啊，刘芳亮已经占了彰德？"但李建泰对这一带的地理不甚熟悉，因而转问凌驷，"龙翰，彰德距此多远？"

"回督帅，彰德府距顺德府三百里，距广宗县四百里。"

"三四百里？坏了坏了！"三四百里不过两三天的路程。在他看来，说不定刘芳亮这个时候正朝这边打了过来。

恰在此时，郭中杰带着两名护军，押上来一个五花大绑的黄衣汉子："启禀督帅，捉到闯贼奸细一名！"

话音刚落，黄衣汉子跳脚大喊："我不是奸细，快给我松绑！"

李建泰定睛细看，大吃一惊，哪里是什么闯贼奸细？分明是自己的家仆李贵！

"快松绑、快松绑！李贵，你、你怎么投了流贼？"

李贵也认出了堂上坐的正是自己的主人，顿时涕泪交流："老爷也冤枉小的。小的哪里就投了流贼？"

"没投流贼，如何这等装束？"

"小的急着要回来给老爷报信儿，在怀庆府被贼兵捉住，给了这身兵服，才得保住一条性命。前天小的随他们的先头探兵到了磁州，连夜偷跑出来，不想在这儿遇见老爷。老爷，小的实实不曾投了流贼。"

"如此说来，你没回平阳？"

"怎么没回？小的上月二十四日赶回平阳，才知道刘宗敏初八日已经破了城。"

"见到老太爷了吗？"

"没有。"

"嗯？却又为何？"

"老太爷他……他过世了。"

"啊！得的什么病？"

"没得病，是气死的。"

"混账东西！到底怎么回事？快快讲来！"

"家里的钱财，都被刘宗敏勒索干了，就剩几间空房子。老太爷一时想不开，就、就……"

李建泰废然瘫软，靠在座椅上，嘴里喃喃自语："完了完了，上百万的家产啊……"

凌䮍十分看不起他这个样子，正色说道："督帅，家财事小，君命事大。请督帅打起精神，料理军务。"

一说军务，提醒了李建泰："李贵，你刚才说贼兵已经到了磁州？"

"是啊，小的就是从磁州偷跑过来的。"

"你从磁州到这里，走了几天？"

"两天。"

李建泰诈尸般地一跃而起："快！快传令，人马集合！"说完也顾不上还趴在地下的张鸿基了，急急离开县衙大堂。

咣咣咣！一阵催命般的锣响。正在城中抢掠奸淫的士兵，老大不情愿地跑来县衙大街，个个腰缠手提，看样子收获颇丰。

待到集齐了人马，马稔过来请示："督帅，队伍开往哪里？"

"河间！"

"啊？"马稔怕是听错了，"怎么又回河间？不是要往南剿贼吗？"

"将听帅令，不许多嘴。军中事本帅自有计较。"

于是大军匆匆忙忙开出北门，原路来，原路回。李建泰在马上暗自庆幸：好险、好险！再迟一日，只怕要成刘芳亮的刀下之鬼了。

10

大顺永昌元年二月二十三日

轻取真定

其实刘芳亮只派探马到磁州沿边转了转，并没打算直接去打顺德府。

蒲州分兵，刘芳亮率左营五万人马经垣曲向东，进入河南地界，第一个占领的是怀庆府。"怀府八县"：河内、济源、孟县、温县、武陟、修武、原武、阳武。八县官民，无一抵抗，反而焚香顶案，夹道欢迎。百姓递相传告，都说三年免征、不纳粮税的闯王来了，是那种盼望已久而终成现实的喜悦情绪。欢迎的场面，就像分别多年的子弟终于荣归故里似的，处处敲锣打鼓，欢声震天。拿来犒师的不仅有牛羊美酒，居然还有山药、牛膝、地黄和菊花，这四样东西各地都有，而怀庆所产，特为医林所重，谓之"四大怀药"。

刘芳亮按照闯王的指示，在怀庆府设官抚民。由于是主动迎降，所以官仍其职，民仍其业，八县城郭，市肆如常。正是春耕季节，刘芳亮从军中拨出一部分银子，要各府县官吏分发给贫困农户，购置春耕器具种子，以不废农时。

在怀庆驻兵五天，二月初一日开拔，初三日到了彰德。彰德府在河南的最北端，与北直隶省交界，下辖一州六县。一州即为磁州，六县是安阳、汤阴，临漳、林县、武安、涉县。与怀庆一样的，官民欢跃，箪食壶浆，出郊数十里以迎王师。大明王朝在地方官员和百姓心目中似乎早已消亡，而闯王仁义，腾播众口，被视为拯苦救难的真命天子。

在彰德抚民期间，刘芳亮派探马四出侦伺。北路的走到磁州，探得顺德府空虚无守，刘芳亮认为没有什么价值。而东路的却报来大名府有山东总兵刘泽清两万驻军的消息，这使刘芳亮大为兴奋。此行的目的，就是要肃清畿南一路，彻底摧毁明朝在北方的残余兵力，为将来攻克京师之后的南下江淮扫平障碍。因而就在李建泰广宗逞威的二月十三日，刘芳亮的五万大军星夜疾驰，奔往大名府，要在这里活捉刘泽清。

刘芳亮之对刘泽清感兴趣，除了他要执行闯王的军事部署外，亦因刘泽清劣声满天下，他要为人间除此恶獠。

刘泽清字鹤洲，山东曹县人。幼时做过豪门家奴，后出逃为盗，寂寂无聊，转而投军到辽东宁前卫当兵。因为善于利用关系，钻营投机，不久居然混上了宁前卫的守备，后来又知道了钱能通神的道理，不惜千金，勾结朝官，凡朝中权贵，无不重贿干求，连首辅周延儒都搭上了关系，于是衣锦还乡，升为山东都司佥书，崇祯六年又成了镇抚一方的总兵。名为总兵，军事上却庸懦恇怯，畏敌如虎，终生未建一功。而每逢战事，辄以杀良冒功而邀赏，死在他手里的无辜平民何止千数？京畿、山东和河南一带的百姓，提起刘泽清，恨不能食其肉、寝其皮。此人的凶残狠毒，说来骇人听闻。他豢养了两只黑猿，调教得能伺人意。一日家中宴客，他以三升金瓯斟酒，呼唤黑猿捧酒跪送客人。客人畏惧黑猿容貌狰狞而左躲右藏，终不敢接，刘泽清哈哈大笑："这有何可怕？"说完捉来一名下人，当场扑杀，摘心肝、取脑浆，置入金瓯，呼唤黑猿跪捧伺候，他则手抓口吸，大啖大嚼，居然还能谈笑自若，如食美酪一般。这样的恶人，朝中自然早有风闻，有个兵科给事中叫韩如愈，搜罗了刘泽清大量种种不法恶行，愤然动本，严词弹劾。此事还未等到朝廷查问，刘泽清就得到了讯息，当即派人进京，侦伺动向。恰巧韩如愈奉旨到山东催查钱粮，刘泽清便遣人埋伏在中途袭杀。杀了韩如愈，还要挖舌剖心，说："看你还能说我家主人的坏话不？"

彰德距大名仅二百余里。刘芳亮一心要为民除害，令步军随后，亲率马队一万，兼程飞驰，赶在日落前来到大名府城下，可惜已经晚了。刘泽清半日前得知消息，闻警规避，沿着南乐、清丰的官道，一路南逃，从东明进入山东地界，跑回曹县老家躲了起来。

刘泽清一跑，大名府成了空城，刘芳亮未费一兵一卒又下一府。照样安抚了四乡百姓后，才挥兵北上，直趋顺德。

李建泰在广宗的恶行早已传遍顺德府各个州县，官民上下对李建泰的匪兵恨之入骨。所以刘芳亮大军未到，顺德知府就亲率阖城官民出城三十里郊迎。这一天是二月十七日。

驻兵两天，得到闯王派来的哨马传报，知道西路已经打下了太原，正在继续向北用兵。为了配合闯王，刘芳亮计算时日，决定径取真定。真定距京师仅五百里，是京畿大府，辖五州十一县。并且真定、保定，两府密迩，而真定设卫，是真、保两府的军事中心，因此，真定一下，京南门户洞开，京师也就在掌控之中了。为了计出万全，刘芳亮决定先抚后剿，特派两乘快骑，带着招降牌，先行前去招抚，他自己则亲率五万人马按程行进。

刘芳亮先遣的招降使二十一日清晨来到真定，守门校尉问明来意，带到府衙去见知府邱茂华。邱茂华立刻传令公堂接见。

"请问贵军统帅尊姓大名？"

"大顺军左营制将军刘芳亮。"

刘芳亮大名鼎鼎，邱茂华是知道的。"刘将军派二位来，有何见教？"他问。

"特来招降贵府。"说着递上招降牌。

所谓招降牌，其实是一块白桦木板，宽二尺，高三尺半，居中以浓墨书以极大的"降"字，白底黑字，为的是醒目。如果接受招降，则钉以木柄，高竖城头，敌兵来时，远远可见，就用不着干戈相向了。

邱茂华吩咐属下推官接了招降牌，很客气地对二位来使说："敝府受招与否，我一个人不能做主。钦命保定巡抚见驻此城，且容我与他商量了再予明确回复。委屈二位先到公廨歇息，今晚我为二位贵使接风洗尘。"

"兵事紧急，望太守早定大计，不要误了一城生灵。"

"很快、很快。明日午前一定会有结果。"说完交代推官把来使带走，客客气气地酒肉款待。

邱茂华并无投降的打算，但既然是军事谈判，他把对方视为敌体，认为礼貌地款待来使是古今通义。这件大事他必须与同驻一城的保定巡抚徐标商量，因为真定知府与保定巡抚虽然都是正四品的官阶，但保定巡抚是钦命，挂了都察院右副都御史衔的，身份上就比他高了一等，可以算作他的上司。

保定巡抚在真定城另有公所。匆匆赶到公所，见了徐标，把情况大致一说，徐标立刻警觉起来："人呢？"

"安排在公廨歇息。"

"伪牌呢？"他说的伪牌就是招降牌。

"暂存在敝府衙门的大堂上。"

"来人！"

侍立在侧的中军官程元化应声报到。

"快去把伪使、伪牌都给我带到这里！"

"是。"程元化领命而去。

邱茂华一听口气不对，立刻温语相劝："中丞，请听本府一言，自古两国交兵，不斩来使……"

"什么来使？明明是流寇！"

"流寇已自成军，当以敌体待之。"

"什么？邱茂华，莫非你要降贼？"

官场上这样子指名道姓地高声质问，是极不礼貌且含有鄙视之意的。邱茂华大起反感，正色说道："本府并未降贼，只是不忍一城百姓遭罹兵火，故而特来与中丞当面商议。"

"商议什么？"

"你是朝廷抚臣，我是地方太守，战守之策，总要和衷共济，妥为筹划。"

"战守之策不劳你费心，本院自有处置！"

这种口气，简直视堂堂四品知府如无物。邱茂华气得浑身发抖："好、好，真定地方本府管不得了，都交给你。我回去立上辞呈！"说完拂袖而去。

回到衙门，气犹未解，直奔签押房，吩咐皂隶："去把蔡同知叫来。"

同知正五品，是知府的副手。不一会儿蔡同知应召而至，看出邱茂华气色不对。二人搭档，极为融洽，因而说话不事客套："太守何事忧心，气成这个样子？"

"唉，这样的人，真正不可理喻！"接着把前后过程叙述了一遍。

蔡同知沉思有顷，缓缓而谈："中丞的跋扈，且不管他。我担心的是一城百姓要遭殃了。刘芳亮骁勇善战，手下又有五万兵马，以真定府的几千守兵而与之抗衡，胜败之数，不卜可知。太守为民父母，总要给百姓引出一条生路才好。"

"然则计将安出？"

"弃地不可，城守亦很要紧，明知不可为而为之，正是我辈忠君的本分。然而忠君不悖爱民，青壮抗敌，分所当为，而老弱妇幼，却可趁敌兵未到之前，放其出城避难。如此措置，国法人情，兼而能顾，请太守速速安排，不可错过时机。"

这一劝喻，使邱茂华信心复生，自感护民有责，只有照此去做，良心上才能说得过去。于是冠冕升堂，同知而外，传来通判、推官、经历、知事、照磨，以及检校、司狱等等入流和不入流的府衙全部文武官吏，吩咐他们全体出动，即刻分头带人传知全城，十八岁以上、五十岁以下的无病壮男留城待命，其余百姓全部在明日午前出城，各投亲友，以避兵燹。

不过片刻，全城皆知。家家户户都在准备临时避难的衣食物品。邱茂华看看安排得差不多了，也趁空跑回自家，亲自带领家丁，胡乱捆扎了几包东西，对妻妾儿女匆匆叮嘱几句，令家丁套上自用的官车，载上家眷，扬鞭出城而去。

送走家眷，又到城中各处转了一遭，看看还算乱而有序，百姓无不额手称颂，都说知府大人真正爱民如子。谀声入耳，颇为得意，自觉是为民做了一件能积阴德的善举。然而一回到衙门，气氛不对了。但见兵戈森森，侍卫环立，保定巡抚徐标居然坐在大堂正中自己的位子上，中军程元化持剑肃立在侧旁。

邱茂华还没明白怎么回事，徐标把惊堂木一拍，厉声高喝："左右，快替我拿下！"

事先安排好的两名彪形大汉，不由分说，把邱茂华的官帽一摘，官服一捋，三下五去二，把两臂往上一掀，又从后面一踹膝窝，邱茂华立时矮了半截，跪在堂下。

"邱茂华，说！你为何勾结流贼，煽乱人心？"

邱茂华气得舌头打结："你、你血口喷人！本府何曾勾结流贼？何曾煽乱人心？"

"不曾勾结流贼，为何纵民出城？"

"倘若勾结流贼，何必纵民出城？"

一句话反驳得徐标张口结舌，想了半天，如果勾结流贼约降，就没有必要纵民出城了，自己的话，问得确实凿枘抵牾。然而面子已经撕破，再也没有余地，只好换个角度找错："哼哼，你还真会狡辩！我来问你，贼兵未到，你用官府车马载着自家眷属率先倡逃。身为一府太守，你可知道朝廷的法度？"

这话对中有错，错中有对，但也算揭到了短处。邱茂华暗自懊悔，千不该、万不该，自己私心一念，竟官车私用，这在"率先倡逃"的大帽子下，很难解释清楚。

就这一顿挫间，徐标把脸一沉："邱茂华，谅你伶牙俐齿，也难洗清蛊惑民心、率先倡逃的罪名。罢了，戎机紧迫，本院部署城防要紧，且待打退贼兵，再来审理你的案子——来啊！把这个朝廷败类给我押进死囚牢里，重枷监管！"

大牢就在衙门后墙不远。铁索锒铛的邱茂华被架弄着连走带拖，扑通一声，扔进囚房。事起仓促，一时不及细想。待到好容易缓过劲来，认真思索，才明白过来，在劝说徐标勿斩来使的那一刻，自己就被怀疑上了。不用说，满城百姓，包括自己的眷属在内，一个也没跑掉。唉，邱茂华长叹一声：早知如此，还不如瞒着徐标这个王八蛋，自己先跟流贼约降了的好。如今忍死须臾，只怕再无重见天日之时了。

果如邱茂华所料，徐标砸碎招降牌，杀了招降使，派程元化手下的两千士卒分巡四门，严密察查，凡出城避难的百姓全部都被截回，邱茂华的眷属则被收押。这一折腾，满城皆怨，愈发显得邱茂华体恤民情，而把徐标视为害民的恶魔。

初步料理了邱茂华，徐标带着程元化和二十名护军策马直奔南门，半路上遇见一队刚被拦截回来的难民，呼拥而上，拦马陈情："大人、大人，为何不准小民出城避难？"其中的一个绅士大胆质问。

徐标虎着脸说："哪里有什么难？都回去，都回去，本院可保阖城百姓平安无事。"

"流贼大军即刻杀到真定，此为全城百姓人人皆知之事，大人为何还说无难？"

"哪有此事？是谁妖言惑众？"

"大人自己杀的流贼招降使，悬首示众，还贴有告示，怎么说别人妖言惑众？"

"啊！"徐标没想到这个百姓如此刁钻，也会以子之矛，攻子之盾，一时恼羞成怒，今天要杀一儆百了："大敌当前，煽乱倡逃者，杀无赦！——来啊，把这个流贼奸细给我斩了！"

"大人、大人，小民不是流贼奸细。小民代阖城百姓向大人陈情……"

徐标侧脸对程元化大吼："还不动手？"

程元化做个手势，四名护军出列，两名把这个全力挣扎的绅士按翻在地，一名扯头发，另一名手握大刀，相准了部位，顺势一刀砍下，一股鲜血，破腔而出，蹿有三尺多高，一颗人头在地上滚滚乱翻，吓得众百姓一哄而散。

徐标很满意，对着程元化一摆脑袋："走，随本院上城布置防守！"

上得南城，徐标指指点点，左察右看，这里要架设大炮，那里要增添木石，逐一交代程元化随后去办。程元化诺诺连声，敬谨从命。说得口干舌燥，有点儿累了，徐标正要坐地歇息一会儿，程元化像是突然发现了什么，朝城堞外面一指："中丞快看！"

徐标赶紧俯身城墙，探头下望。说时迟，那时快，程元化施虎臂，展熊腰，把徐标轻轻往上一提，顺势往外一抛，眼见得徐标在空中四肢胡乱弹动了几下，扑通一声，脑浆飞迸，重重地摔死在城外墙下。

二十名护军始而一愣，继而齐呼："好！"

程元化挥挥手："快跟我去救太守！"

一彪人匆匆下城上马，直奔府牢。到了牢门，二十名护军齐齐拔出腰刀，吓得牢头禁子浑身乱颤："程将军，有话好说、有话好说。"

"太守在哪里？"

这一问，牢头放心了，知道不是冲着他来的："来，我来给程将军带路。"

穿过阴暗潮湿的甬道，牢头熟练地打开一间囚房。瞑目如死的邱茂华还不知道发生了什么，程元化单腿跪地，双拳一抱："请知府大人快快主持城务。"不待邱茂华有所反应，二十名护军搀扶着他，如同来时差不多地连走带拖，出牢门，进府衙，一路上听程元化做了简单叙述，直到坐上府衙大堂自己的位子上，才大致弄明白了怎么回事。

"唉——"邱茂华犹如死而复生，"事到如今，你们要我怎么做？"

程元化代表众护军："大人说怎么做就怎么做。一切听大人调度！"

邱茂华心中会意，但仍有顾虑："你属下的两千人马怎么说？"

"大人尽请放心，卑职担保，两千人马都听大人差遣。"

邱茂华放心了："那就击鼓吧。"

击鼓是为了升堂。一闻鼓声，同知、通判、推官、经历、知事、照磨、检校、司狱等等府衙的全部文武官吏无不惊奇，一日两升堂，为前所未有之事。而待进来一看，刚被打入死囚牢的知府居然高座堂皇，这一来，更加惊诧莫名。

"程将军，你先把事情给诸位说说清楚。"

于是程元化从头至尾，把一上午发生的事细细又说了一遍。众官吏如听戏鼓传奇，然而听完细思，传奇之中，有其必然。徐标以外来官员而平日专横跋扈，是令人人都难免生厌的，而程元化本就是真定卫指挥使司的属官，同是本地的属官，因而与真定府的官吏交谊深厚，并不是徐标自带的亲军。邱茂华则是个体恤人情、驭下宽厚、人人心许的好官，故而程元化关键时刻，出此奇举，无异于除恶扶善，是真正的义士作为。意会至此，众人纷纷向程元化拱手致礼，表示敬佩之意。

看到众人情绪都平复了下来，邱茂华开始说话："杀了钦命抚臣，朝廷必然追究责任，此事因我而起，我当然要全力承担。现在升堂，是要告诉诸位，我即刻赴京请罪，真定府的一切事务，今后要拜托诸位了。"

程元化立即接口："人是我杀的，不能连累知府。眼下敌兵压境，真定城百姓的安危，也都在知府一人身上。好汉做事好汉当，请诸位把我捆送京师，程某甘愿抵罪。"

一唱一和，争着要抵罪，立刻把众人刚刚平复的情绪又鼓动了起来，一时交头接耳，议论纷纷，都认为徐标专横跋扈，陷害同官，滥杀平民，自有取死之道。除掉这样的人，既符民心，又合人情，而国法亦无非人情，谈不上什么抵罪不抵罪，此而构以成罪，世间还有什么公理可言？如此议论下来，思路自然地集聚到了眼前的大敌临境。蔡同知说话了："徐标之死，咎由自取，抵罪的事都不要谈了。流贼五万人马不日即到真定，徐标杀了招降使者，刘芳亮必不肯善罢甘休，一城生灵，危在旦夕，此事不能不慎重考虑。忠君是我辈本分，护民是我辈责任，二者不能兼顾，则古有明训：民为重，社稷次之，君为轻。当此危急存亡之时，请太守俯察民情，早定大计。"

明知是曲解圣贤之意，但众人仍然纷纷点头。无人说话，都把目光聚向邱茂华，那种心照不宣的默契是显而易见的。

时机成熟了，邱茂华站起身来，郑重宣布："邱某一人不足惜，真定五州十一县百万生灵不可丢。为百姓，邱某甘冒天下之大不韪。本府决意，接受招抚。"

稍一沉默，接着是齐声而应："愿听知府大人吩咐！"

"好，仍然拜烦诸位，即刻带人分头传知全城百姓，务须商肆如常，各安生业，不许鼓噪生事。义兵来时，本府担保不损一户，不伤一人。"

众人欢天喜地地领命而去。

邱茂华把程元化留下来："我想交你办桩差事。"

"请太守示下。"

"徐标斩杀来使，说起来是我们这边理亏，这件事不能不向刘芳亮做个切实的交代……"

程元化立刻明白了："卑职马上就去交涉此事。"

"不必亟亟，用过午饭再去不迟。此事之外，还要刘芳亮保证不杀不抢。"

"那当然。午饭后卑职带五十快骑，往南截迎刘将军，先道歉，再谈判。如有意外，立即差人快马回报，以使太守预做应变之计。"

"好极、好极，就这么说定了。你去准备吧！"

程元化走后，邱茂华又派了十六名差役，各持府衙的谕单，分驰五州十一县，要各州牧和县令准备好户册地簿，等候大顺军接管。

一天多的料理，诸事齐备。今天下午，刘芳亮的大军浩浩荡荡地开来。邱茂华率全部府衙官吏和士民百姓万余人，出城二十里郊迎。太行山东西两侧，真定与太原并称名邑，"锦绣太原府，华华真定城"，巨商大贾，麇集于此，商民自发捐助军资，犒师的物品极其丰腆。刘芳亮纵横京畿千余里，兵不血刃，得此名城，将京师南大门的锁钥，稳稳纳入囊中。

11

大明崇祯十七年二月二十六日

廷议南迁

太原失陷的消息，前几天才传到京师，九城震恐，士民惊慌，预感到一场大难就要来临了。富家大户纷纷典卖奇玩珍宝，要换成细软金银，以便随时裹卷出逃。穷家小户，无物可卖，只好四处打听传闻，相互交流信息，商量着大难来时，如何出城躲避或闭门自保。

从昨天开始，京城戒严，五城兵马司的巡卒荷戟持矛，遍布大街小巷。京师九门，甲杖林立，过往的客商和平民都要接受严格的询问和盘查。锦衣卫的白靴校尉也四处出动，拘拿或追捕散布流言蜚语的官商士民。辇毂之下，处处弥漫着恐怖肃杀的末日气氛。

如同往常一样，皇帝今天五更来到文华殿。

今天没有披览群臣奏章，而是在看一份"诏书"。十七年来，他几乎日日都要向各地批发各类事关国计民生的诏书，而正在看的这份诏书，却不是他颁发的文件，而是李自成攻下太原后发布的《大顺永昌元年昭告天下书》。街衢闾巷，争相传阅，皇帝特为嘱咐王承恩私下找来一份，屏人秘读：

咨尔明朝，久席泰宁，浸弛纲纪。君非甚暗，孤立而炀蔽恒多；臣尽行私，比党而公忠绝少。甚至贿通官府，朝端之威福日移；利擅宗绅，闾左之脂膏罄竭。公侯皆食肉之纨绔，而倚为腹心；宦官悉吃糠之犬豚，而借其耳目。狱囚累累，士无报礼之心；征敛重重，民有偕亡之恨。……

读到这里，皇帝顿现忿忿之色。说"君非甚暗，孤立而炀敝恒多；臣尽行私，比党而公忠绝少"，这在皇帝看来，倒有深获我心之感。而说"征敛重重，民有偕亡之恨"，皇帝无论如何都不能甘心，受了极大委屈似的独自生闷气：朕朝乾夕惕，所为何来？不都是为了生民百姓能摆脱流贼的蹂躏、过上太平日子吗？"征敛重重"，无非"三饷"，百姓自当体谅朕不得已而为之的苦衷。朕为万民父母，视百姓如亲子，一言一动，皆为子民，而子民何至于以区区三饷而"有偕亡之恨"？哼，流贼可恶！以如此恶毒之语离间我子民百姓，待到生擒李自成，朕倒要亲提严讯，问问他鼓纵匪党，害我百姓，为何反以恶语污朕试甚？

蓦然传来一声清脆的钟响。王承恩进殿，悄声走近皇帝："百官俱已到齐，请万岁爷移驾。"

皇帝这才想起，今天朝堂之上，有两件大事要处理。他慌忙把那份"伪诏"折了起来，塞进袖笼，吩咐王承恩："备辇！"

今天是常朝，皇帝便服暖帽，临御皇极殿。

净鞭三响，在公侯勋戚的带领下，百官文东武西，序列入殿。东侧各殿阁大学士，六部尚书、左右侍郎，都察院左右都御史，翰林院掌院学士，詹事府詹事、少詹事、左右春坊庶子、左右中允，六科给事中，十三道掌印御使，通政使司通政使，大理、太常、太仆三寺的正卿和少卿，顺天府府尹；西侧五军都督府都督，京营总督，锦衣卫指挥使，各兵卫掌印指挥，中书舍人，巡城御史，五城兵马司指挥——群臣百僚，肃静无哗，在赞礼官的鸣唱声中，向皇帝行朝参大礼。

朝参既毕，各归班位，皇帝冷冷开口："太原失守，三边已去其一。闯贼东路人马，亦已窜入畿辅之地。京师危亡，立在旦夕，朕夙夜忧虑，寝食难安。国家到了这样地步，在廷诸臣依然文恬武嬉，不思为朕分忧，唯知食朝廷之禄，营一己之私。你们都是读书通史的人，历朝历代，有你们这样做臣子的吗？"

上去就开了教训，而且靡有孑遗，说的是"在廷诸臣"，等于一个不漏地都被训斥了一通。群臣有的惶恐不安，有的麻木不仁，表面上都还保持着躬身肃立的姿态，像似在恭听圣训，但人人心里明白，今天有人要倒霉了。

果然，皇帝的口气由冷变峻："上月闯贼犯晋之初，朕忧心如焚，召对阁臣，此系何等大事？凡有人心者，当如何悉心竭力为朝廷赞划良策？而身为重臣，素餐尸位，竟以什么五关之固、八陉之险，可保京师固若金汤的荒言敷衍朕躬。国事败坏，朕不敢轻辞所用非人之咎——陈演，今天诸臣俱在，你怎么说？"

陈演早已吓得汗流浃背了。刚才皇帝口气一转，他就听出今天是冲着自己来的，很想在皇帝说话的间歇，主动伏地请罪，这样面子上还会好看些。不料皇帝一点儿不留情面，一句紧似一句，到底在大庭广众之间，直接点了自己的名字。眼下面子已经丢尽，倘若再不识趣，恐怕就不止是难堪而已了。

"臣以庸劣之质，忝居首辅之位，而不能纾解时艰，为君分忧，自知辜恩溺职，已不堪再尸虚位。是故臣今恭请引退，以待贤者。伏乞皇上恩准。"说完以额抢地，咚咚有声。

"你也知道辜恩溺职！哼！虚言塞责，误朕误国，在庶臣犹有可说，你是朝廷大臣，内阁首辅，竟尔如此颠顸率行，一死亦不足以敝其辜！——下去！"

雨露雷霆，无非君恩，受了这样一顿训斥，陈演还要表示感谢："罪臣陈演，叩谢天恩！"

众目睽睽之下，恨不得有个地缝可钻，陈演一边频频拭汗，一边掩面而退，心里在想：还好、还好，总算没有以弃地之罪要我的脑袋。——当了五十天首辅的陈演，日日伺候颜色，取悦君主，而皇帝说翻脸就翻脸，当众开销，使他终于成了被罢黜的第五十个宰相。

"魏藻德！"皇帝高喊。

魏藻德心想，坏了，罢了陈演，该轮到我了："臣在！"

"即命你为文渊阁大学士兼吏部尚书，接理陈演所遗一切事务！"

说不清是悲是喜，魏藻德差点儿没晕了过去。不过此刻犹豫不得，必须立即有感恩的表示："臣叩谢皇上的恩典！只是臣资质愚钝……"

"好了、好了！"皇帝很不耐烦地挥挥手，"首辅非一般庶臣可比。要统领百官，表率群伦，主动替朝廷分忧，与朕和衷共济，同赴时艰。倘若不此而图，有陈演的例子在。魏藻德，你听清楚了吗？"

"是！皇上的训诲，臣将时刻铭记在心。"——魏藻德终于夙愿得偿，巴结到了首辅的位置。

这件人事更变的大事，皇帝处理得极其干脆。接下来是件关乎国运兴亡的大事，皇帝不免心中忐忑，廷议的结果，会是什么样子呢？

此事源于正月初三日召李明睿的一次独对。

李明睿是詹事府属官。詹事府为东宫衙署，职司太子的授读和辅导事务。其下设左、右春坊为机构，各春坊又分置左、右庶子、中允和赞善三等职务，而其实都不是实职。在太祖洪武年间，这些职务例由六部的尚书或侍郎兼任，世宗嘉靖年间又改由硕学名儒充任。硕学名儒自然以翰林院为渊薮，因而詹事府衙署的演化，成了翰林院官员的优养迁转之所。李明睿就是詹事府左春坊的左中允，官秩六品，比官秩四品而能参与朝政的天下第一府的顺天府尹还低了三个品级。然而翰林而兼太子衙署之职，便有了言官的身份，军国大事，可以直接向皇帝建言。不过李明睿连翰林也不是，他是江西南昌的一介布衣，以识见卓异而受当时的江南总督吕大器和都察院左都御史李邦华的特荐，奉特召而备位詹事府以供顾问。

正月初三日早朝，李明睿侧近御前，要求摒人秘陈。皇帝想了想，知道这是有不足与外人道的大事要谈，因而决定午后在皇极殿单独召对。

见过礼后，皇帝开门见山："想必你有御敌良策，这里仅你我君臣二人，所议之事，不虞外泄，尽可畅所欲言。"

"臣自蒙特召以来，悉心贼事，知贼已成气候。目前京师空虚，外援乏将，一旦闯贼挥兵北犯，大局糜烂崩溃，洵非危言耸听之语。此诚危急存亡之秋，臣思维再三，唯有南迁一策，可缓当前之急。"

一句话便打动了皇帝！

所谓"南迁"，指的是迁都南京。

本朝的京制，与历朝都不相同。太祖高皇帝马上得天下，洪武八年定金陵为南京，恢复开封的大梁之名，定为北京，而京师属地，悬而未决。直到洪武十一年始昭告天下，罢大梁之北京，定南京为京师。成祖文皇帝以靖难之役得天下，永乐元年改北平为北京，称"行在"。永乐十八年罢京师，撤行在，置南京为"留都"，迁都北京，定北京为京师——此为本朝两京制度的开始。

仁宗洪熙元年，朱高炽恢复南京为京师，置北京为行在，而终其一生，并未到南京理政。到了正统六年，英宗朱祁镇恢复成祖旧制，再罢南京的京师之名，仍称留都，同时撤北京行在，再次定北京为京师，至此，北京的京师地位正式确立，而南北两京，亦遂成定制，至今已历二百余年相沿不替。

与历代不同的是，历代京师而外的"京"都是"陪都"，而本朝的两京均为"实都"，两京机构，平行而设，除内阁以外，南京亦设六部、都察院、五军都督府等中枢衙门，官秩与北京对等，且有参赞中央决策之权。宪宗成化年间，南京兵部尚书王恕，应诏陈事者二十一，建白者三十九，皆力阻权幸，天下倾心仰慕。时有民谣："两京十二部，独有一王恕。"是以本朝的南京，实为国家的两大政治中心之一，京师有变，则迁都南京，是唯一可行且不碍朝廷政令运行的上善之策。惜乎举朝昏昏，虑不及此，却为一个识见卓异的南昌布衣点活了个中筋节。

这次召对，尽管皇帝已命王承恩在殿外亲自看视，不许任何人接近偷听，但李明睿南迁之议一出，皇帝还是显得非常紧张，游目四顾，把前后左右通看了一遍，确认殿内没有第三者，然后才低声说道："此事朕也久欲行之，因无人赞襄，故迟至今日。"

"昨日已迟，今日不可再迟。此事关乎社稷存亡，皇上既已计虑至此，即应早日施行。"

"你说的是。但恐外边众臣不从，你看该如何应对？"

皇帝素来英察自诩，而事关国脉存绝的大事，竟如此优柔寡断，还斤斤计较于外臣的浮议。李明睿不禁感到，这个皇帝也真太可怜了，亦因此而激发了他必须为皇帝悉心策划的责任感。

"外臣从与不从，无关大局。皇上为天下苍生计，为宗庙血食计，即应乾纲独断，行此良策。况且天子总揽政柄，号令一出，谁敢不从？"

"唉——！"皇帝叹了一口长气，"国君死社稷，义之正也。当此危亡之时，弃陵寝，辞宗庙，率先倡逃，外间与后世将视我为何如君？"

刚才还说"此事朕也久欲行之"，现在又引《礼记》的话说"国君死社稷"，前后态度，大异其趣。李明睿细细揣摩，终于明白了，皇帝想南迁，但又怕承担"率先倡逃"的责任。

这是皇帝自己为自己在心中打了个死结，必须想办法替他把这个死结解开。

"贼势猖獗如此，我朝暂无撄其锋者。枯守京师，不啻坐以待毙。南迁所以图存，不可与弃宗庙社稷相提并论。外间浮议，无非以为南迁即是南逃。臣以为，名目上不妨变通。"

"唔，如何变通？"皇帝很关切地问。

"假亲征之名，徐图缓进，迁道南京。"

这可真正说到了皇帝的心坎里！贼势猖獗而御驾亲征，说起来这份天子形象，足堪与二祖——太祖高皇帝和成祖文皇帝相媲美了。然而——

"未知天意如何？"

不独防范外臣，且亦顾忌天命，扶不起来的刘阿斗也不过如此了。李明睿心生悲哀，看来不把皇帝的信心鼓动起来，一切都将归于虚幻。

"唯命不常，善则得之，不善则失之。天意微密，凡人岂得妄测？差之毫厘，谬以千里，妄测天机，往往如此。然而，人心定则能胜天。国事如此，全赖人谋，倘若再因循不决，必有噬脐之忧。此事唯有外度时势，内断圣心，不可一时迟延而贻误大局。"

"嗯、嗯，"皇帝被说动了，"此事重大，你要严守秘密，切不可轻易泄露外廷，否则将坐你之罪。"

"是。臣为皇上谋划，不敢轻泄外人。但求皇上宸衷裁断，早定大计。皇上一出国门，龙腾虎跃，不旋踵间而天下运之掌上。江北糜烂，江南尚有可为。南京有史可法、姜曰广、高弘图，此皆大义忠良之臣，可召之与谋，寄以重托，必能摧陷廓清，再创中兴大业。"

这番话说得皇帝大为兴奋，频频以指叩案，想象着一到江南，政局还有一番极大的展布空间，顿觉柳暗花明，愁怀一释："此事若行，该当取何途径？"

这是在问南迁的细节，如何部署了。李明睿早已筹划妥当："未雨绸缪，刻下即宜秘为部署。山东、河南、淮北，这是陆路；登州海道、通州运河，这是水路。皇上不妨四路设兵以疑人耳目，然后从小路轻车南进，不过十几日即可抵达淮上，一到淮上，史可法必率江南兵马恭迎圣驾。文王柔顺，孔子微服，说的正是此意。"

周文王被拘羑里，不怨不诽，表面呈柔顺之象，以此蒙受大难而终免于祸；孔子过宋，听说宋国有人要杀他，惶惶然若丧家之犬，改换服装，逃到陈国，因而躲过一劫。李明睿用这两个例子，意在说明，圣人有时也不免狼狈，但遇难呈祥，日后终能成就一番名垂青史的赫赫伟业，不应以当前的南迁为忌讳。这样措辞，最能打动圣心。

果然，皇帝非常动心地问："你说的均为可行之事。然则一路之上，驻跸何地？谁为接济？途间用何等官员领兵措饷？"

皇帝出行，临时所住之处称为"跸"，驻跸就是指皇帝的临时住所。因而李明睿回道："山东各藩俱有王府，可供驻跸。济宁、淮安系中途承转要地，皇上间道微行，此两处扼要之地，务须设稳妥官员预为驻守。领兵措饷，也要慎择重臣。"

"此重臣需何等官衔？"

"须户、兵二部的堂官。"

"此时兵在关门，大将都在各边，调遣甚难。你看该如何调理？"

"京畿八府尚可募兵。皇上此行，京师亦须有人料理，关门边兵不可尽撤，各边大将不可轻调。只需召朝内的公、侯、伯以及各阁部大臣御前面试，择其人而遣行之。"

"好、好。就照你说的办。"皇帝表现出少有的虚心纳谏的态度。

李明睿心花怒放，能把皇帝劝谏到这种程度，大明朝就不至于丧于流贼之手了。正自得意，又闻得皇帝幽幽一叹："如此举措，哪里去筹银饷？"

"国库衰竭，民穷财尽，唯有发内帑以济燃眉。"

提到内帑，皇帝一愣，顾而言他地说："此事该当户部措置。"

"如今三空四尽，户部绝难措手。皇上为宗社计，不应惜私钱而废公事，臣以为，内帑不可不发。"

"内库如洗，哪里还有内帑？"

"祖宗三百年积蓄，想来不致如此。"

"外间都以为皇家内帑如山，其实一个钱也没有。"

这是哄骗三尺稚童的说法，李明睿不免心中有气，亡国在即，皇帝竟还如此吝啬，少不得要直言规劝了："国库如洗而内库充裕，此为人人皆知之事。除了皇上的服御，一切都是身外长物，当此国难关头，应发内帑以助军饷。南迁跋涉，何止千里？倘若中途缺饷，筹措极难。以无用之财而留置大内，不过霉烂朽蠹而已。若事先发出，则士气鼓舞，一钱可当两钱之用；反之，急时与人，万钱不抵一钱之费。伏唯皇上明察个中曲委，决而行之，勿待临渴掘井，以身外微物，而隳毁宗社万年大计。"

皇帝点点头，似有所悟的样子。

142
这次独对，费时两个多时辰，而自此之后，迟迟不见行动。李明睿焦急万分，期间两次专章疏请，直到本月十二日撤守宁远之事罢论，皇帝似乎才重新想起此事。太原既陷，皇帝开始着急了，把李明睿两次疏请的奏章发至内阁、六部和各府、院衙门，命群臣讨论了之后，决定今天廷议，共商"亲征"大事。

然而皇帝今天的心情特别不安，他知道，局势如此，非南迁不足以图存，尽管假名"亲征"，明眼人一看就知，这是亲征其表，南迁其实。他希望今天的廷议能出现这样的结果：群臣固请，皇帝固辞，如是者再三再四，皇帝才表示出极不情愿地勉从众议的姿态。"举朝固请而后许"，能不能出现这样的结果，就要看自己怎样引导了。而如何引导，措辞甚难。皇帝御极十七年，自以为英断天纵，杀大臣如屠家禽，逐宰辅如斥蟊贼，从未手软或犹豫过，而今天连他自己也弄不明白，何以如此患得患失？何以如此瞻循徘徊？

皇帝游目环顾，把在廷诸臣都扫视了一遍，徐徐说道："太祖高皇帝百战经营打下的天下，不能就这样让闯贼毁掉；兆亿子民，不能就这样任闯贼蹂躏。国家兴亡，匹夫匹妇尚且有责，你们都是朝廷恩养多年的臣子，危急关头，岂能袖手旁观？今天就在这里君臣一体，共议大计。凡有所思，尽管直陈，即使言语不当，朕亦不加之罪，只要有益于救亡图存，吉光片羽，亦显忠贞，朕自会斟酌损益，虚中采纳。李明睿的奏议，你们也都看了，可行与否，朕无成见。如果你们认为国事阽危，需要天子亲征，则披坚执锐，亲统六军，再造大明河山，朕绝不推诿卸责。如以此议为非，也不妨另筹善策。总之，事机急迫，不容再拖，今天务必要议出定规。"

话音刚落，兵科给事中光时亨首先亮出大嗓门儿："臣有一事不明，敢请皇上释疑！"

"何事不明？你说吧。"

"臣读李明睿奏疏，言辞闪烁，语意隐晦，究竟是天子亲征，抑或是南迁图存，臣愚，阅读再三，不得要领。朝廷行大事宜先正其名，名不正则言不顺，言不顺则行不果。是故廷议之前，臣请先正其名。"

皇帝气得咬牙切齿，南迁之实，首先要借亲征之名，不知光时亨是真没看懂，还是故意装糊涂。然而光时亨凿凿其言，又是回避不开的问题，所以皇帝没好气地说："不是明明说的亲征吗？"

"既言亲征，臣以为大可不必！贼势虽亟，国家自有谋臣良将，何用万乘天子亲陷敌阵？万一闪失，国本动摇，本朝土木之祸殷鉴不远。倡此议者，纯属妄谈臆说！"

说来竟是一片耿耿忠心，皇帝语顿，无以为词了。

李明睿看皇帝没有了主意，立刻闪出班次，慷慨陈言："臣劝亲征，并非妄谈臆说。古来明君英主，彻观洞察，不忍天下之阽危，每自冒白刃而犯锋镝，身先士卒，廓清区宇。此非君王好事，实乃时势所迫而不得不然。皇上试想，昔之创天下者，无如汉高祖、唐太宗和宋太祖。此三英主，哪一个不是从战争挞伐中磨砺而出者？我朝创天下，无如太祖高皇帝，哪一次不是冲锋陷阵而成大功的？当年鄱阳湖一战，太祖若稍稍懈怠，或命将出师而不亲历战场，则伪汉立夺南昌，东南半壁，焉能为我大明所有？皇上平日言动，无不法祖，今日亲征之举，有拂太祖的心意吗？"

皇帝微微点头，众臣窃窃私语，而光时亨欲言难忍。

李明睿不暇停顿，直接把话锋向光时亨扫去："况且，今日臣之进言，是为亲征，而有人妄意以为南迁。即使皇上下令南迁，亦不失为救时良策，何用避讳？昔唐室再迁而再复，宋室一迁南渡，国脉得以延续一百五十年。若唐宋不迁，当时即已系组北辕，又何有灵武、武林之恢复？又何谈一百五十年之历数？"

李明睿认为南迁事大，隔着一层障碍反而说不清楚，干脆抛开"亲征"，直接就谈"南迁"。安史之乱，唐玄宗避走蜀中，太子李亨即位于甘肃灵武，用名将郭子仪、李光弼戡平大乱，终于使唐室再度复兴。北宋的靖康之祸，"系组北辕"者，指徽、钦二帝囚房北国，宋高宗即位归德，南迁临安——临安即杭州，旧称武林——国脉得以延续一百五十二年，史称"南宋"。李明睿用这两个例子，意在说明，时势所迫，南迁亦为上策，否则国脉断绝，哪有恢复中兴之可言？

"国势累卵，南迁亦救亡之策，"说话的是李明睿的上司、詹事府少詹事项煜，"李明睿所论，不可以泛泛空谈而视之，审时度势，唯有南迁一策，可解目前的京师困境。臣愿附此议，伏乞皇上嘉纳施行。"

公侯勋戚班次里闪出了驸马都尉巩永固："臣亦愿附此议！如今京师疲玩已久，贼若倾师来犯，防守极难。与其固守待亡，不如南迁图存。臣愿单骑游说京畿八府，招募数万义兵护驾南下。"

一人首倡，二人附议，皇帝很高兴，此时如果他说一声"好，准如所请！"则大局既定，谁也不敢再持异议了。但他不愿此时就表示态度，"举朝固请而后许"，现在还不到这样的火候，他要等更多的人表示附和李明睿的献议，然后君臣之间，三辞四请，后人訾议，不责朕躬，这样的南迁，他才能感到心安理得。

不料接下来的却不是众人纷纷附议，而是气势汹汹的反对，此人仍是光时亨："日前吴麟征议弃宁远，臣持不可；今日李明睿议弃社稷，度臣以为可乎？贼兵北犯，大敌当前，不思激励人心以御强寇，反而荧惑圣上率先倡逃，臣不知李明睿是何居心！"

"南迁图存，何得谓之倡逃？"李明睿针锋相对。

"南迁即南逃。置京师百万生灵于不顾，弃宗庙，丢陵寝，如何不是倡逃？"

"南京自有宗庙社稷，钟山自有太祖陵寝。我朝制度，两京一体，祖陵所在，不曰驻跸。民间大户尚且有异地而宅者，万乘天子，驾临南京无异回家，岂能与南逃混为一谈？"

光时亨一时语塞，李明睿的这番话是驳不倒的，然而恼羞成怒，另寻话题："本朝正统十四年，也先入寇，翰林院侍讲学士徐珵倡议南迁。其时于谦掌兵部，厉声斥责：'言南迁者当斩！京师天下根本，一动则大事去矣。'今日之事，与其仿佛。贼兵犯阙，首要者安定人心，人心定则京师固。李明睿倡南迁邪说，不唯荧惑圣聪，且亦徒乱人意。臣请皇上动用家法，不杀李明睿，不足以安天下人之心！"

御前激辩，事所恒有，而尚未辩出结果，即以杀戮相威胁，在廷诸臣，都感到不免过分了。项煜认为此时对李明睿有施以援手的必要，针对光时亨话语的漏洞，痛加驳斥："时移事异，不可一概而论。正统十四年土木之变，上有郕王监国，内有太皇太后张氏主持，朝中则有于谦、王直、胡濙、陈循等贤能大臣秉政，是以也先入寇，铩羽而归。今日之事，试问朝中将相，哪一个能比得上于谦、王直、胡濙和陈循？不能，则南迁图存，未始不是救变一策。臣以为，李明睿南迁之议非邪说，光时亨南迁即南逃之论为邪说，此言误国，皇上万勿采信。"

"嗯，"皇帝终于忍不住了，"一样邪说。光时亨，朕且问你，为何专攻李明睿？"

这话说得极其糟糕。"一样邪说"，等于良莠不分、薰莸同器，否定光时亨意见的同时，连带着把李明睿的谠言正论也给否定掉了。这不是皇帝的本意，但天子一言之失，足以误导全局，就这一句话，皇帝把自己最终逼向了绝路。

对皇帝的责问，光时亨无言以对，只好梗了梗脖子，噤声不语。

皇帝悻悻而言："光时亨阻朕南迁，本应处斩，姑念其素来忠心无二，暂且饶过这遭！"

无人敢再说南迁即南逃了，但同时也无人敢再附和李明睿的南迁之议了。

一殿阒然，鸦雀无声。

皇帝看看不是路数，只好引导枢臣说话："军国大事，枢臣应有主见；言官议论，枢臣亦当权衡。今日朕要听听你们如何说法。"

满廷目光，聚向魏藻德，而魏藻德缩着脖子，就像皇帝的话与他无关似的。

李邦华站在魏藻德后边，刚才李明睿和光时亨的唇枪舌剑他都仔细听了。他当然反对光时亨的虚言空论，但也不倾向于李明睿的南迁之议。待到皇帝斥责光、李二人"一样邪说"时，忽有所感，此时迈步向前，徐徐陈奏："我朝并建两京，原以供时巡，备居守。皇上既然不愿南迁，就应该令太子巡守南京，以系天下士民之望。臣是南方人，若附议南迁，必有人责臣私心为念。是故臣愿随皇上执管钥以卫京师。皇上可另遣信臣良将，护送太子而南下，授太子以抚军主器之重，号召东南，共图灭贼。皇上留京师亦自赫声朝野，丕振救亡，上以副二祖之成算，下以定四海之危疑。如此则两京并重，父子连脉，纵令京师残破，国家亦不至于绝亡。妥当与否，伏唯皇上鉴察而后图之。"

这其实是一个折中的意见，但这个意见却开启了一个新的思路：南迁与否之外，另有别策可寻。

首先表示赞同的是倪元璐："太子监军，古来常有，李邦华所奏，不失为万世之计。皇上留京师根本之地，是天子之义，而巡守南京，入则监国，出则抚军，是太子之责。臣愿附此议。"

接着另一位内阁大学士、礼部尚书范景文，把话题又引申一步："皇上举动，天下瞩目。如今贼兵未至，率尔南迁，则人心骇惧，都城势将瓦解，后世必谓皇上轻弃国家。臣为皇上计，莫如死守社稷，得古今君道之正。但皇太子是国家之本，宜遣大臣默拥南行，一镇祖宗根本之地，一系天下人心之望。设使京师有急，亦可号召江南兵马为勤王之举。且不独太子宜南行，即定、永二王，亦宜分藩江南，以伏意外之图。一旦不测，不至父子同尽。"

皇帝共诞育七子。长子朱慈烺为皇后周氏所出，崇祯二年生，次年立为皇太子，今年十六岁。次子朱慈烜，生二年而殇。三子朱慈炯，田妃所出，崇祯五年生，崇祯十二年封为定王，今年十三岁。四子朱慈炤，袁妃所出，崇祯八年生，崇祯十五年封为永王，今年十岁。五子朱慈焕，田妃所出，生五岁而殇。六子、七子皆无名而殇。所以，皇帝现存三子，分别为十六岁的皇太子慈烺、十三岁的定王慈炯，十岁的永王慈炤。

三位内阁大臣，毕竟思虑深远，共同指出了一条两京并重、皇脉不绝的可行之路。太子即皇储，举动关乎国本，古来帝王出征，必留太子镇守京师根本之地。如今事有从权，三位阁臣略师其意，献太子出镇南京之议，不失为一个两相兼顾的极好策略。

然而范景文话音刚落，被皇帝训斥而噤声多时的光时亨突然放吭断喝："此议万不可采！太子与皇上一体，如影随形，形影岂能分离？献此议者，是何居心，莫非欲效唐肃宗灵武故事吗？"

再次提出"灵武故事"，用意与李明睿不同。

安史之乱，玄宗幸蜀，部分朝臣拥太子李亨即位于甘肃灵武，是为肃宗。历来"天子之立也，出于君"，而唐肃宗之立，当时还是"君"的玄宗根本就不知道。肃宗既立，遥尊身在四川的玄宗为太上皇，诏旨到蜀，玄宗无非以泪洗面而认可。事实上，肃宗之立，无异逼宫。待到大乱粗平，玄宗回銮，只能住进长安城外的"南内"，以至于"西宫南内多秋草，落叶满阶红不扫"，苦苦地过着"夕殿萤飞思悄然，孤灯挑尽未成眠"的凄凉晚年。

光时亨以此为喻，其意有二：一是提醒皇帝不要做痛失政柄的唐玄宗；二是暗指三阁臣有抛开皇帝，拥立新君的企图。这是真正的居心叵测，引喻挑唆，意在离间君臣关系。

廷议至此，皇帝大为失悔。预想的结果并未出现，反倒节外生枝地出了一个太子镇抚南京之议。南迁是他所愿，不料被光时亨一顿浑搅，而自己出言不谨，居然当众斥为"邪说"，自断生路，一时无可挽回。而太子镇抚南京，其意与反对皇帝南迁相等，也是他断断不能接受的。思来想去，不妨暂时搁置，日后再设法转圜。

心中做如此之想，说出的话来却大不一样："祖宗辛苦百战，定鼎于此，若贼至而去，朕如何责备朝廷臣工？如何表率乡野绅民？且朕一人独去，如何向宗庙社稷交代？如何向十二陵寝交代？如何向京师百万生灵交代？"

连连"如何"，只字不提太子南下。倪元璐心中焦急，重申前言："太子监军，亦为古今之常……"

话没说完，皇帝立即打断："朕经营天下十几年尚不能济事，孩儿家做得了什么？且早议战守之策，此外不必再言！"

"皇上……"

"如事不可为，则国君死社稷，义之正也。朕志已决，勿复多言！"

12

大顺永昌元年三月初一日

血洗宁武

　　李自成在太原驻军八天，移檄各地，遍传"大顺永昌元年昭告天下书"，向全国通告大顺政权的建立。期间，处死随蔡懋德负城顽抗的山西布政使赵建极、巡守道毕拱臣等以下属官七人。此外，还活捉了晋王朱求桂，朱求桂怕死，跪地求降。

　　至此，投降李自成的明室宗裔已有两王，晋王朱求桂之外，另一个是在西安降顺的秦王朱存枢。

　　太祖高皇帝二十五子，除了皇太子朱标外，其余的都分封到各地开藩建府。封为秦王的是皇二子朱樉，朱存枢是朱樉的第十世孙；封为晋王的是皇三子朱棡，朱求桂是朱棡的第十世孙。封为燕王的是皇四子朱棣，朱棣以靖难之役而攘夺亲侄朱允炆的天下，皇统由皇太子一支转入皇四子一支。当今皇帝朱由检是大明朝的第十六代君主，而论宗系，朱由检则是燕王朱棣的第十世孙。巧得很，投降了李自成的秦、晋二王，恰好都是当今皇帝的远堂兄弟。

　　二月十六日主力陆续开拔，刘宗敏则于十四日先行。太原既下，一路如破竹之势，十五日至阳曲，十六日至忻州，十七日至定襄，十八日至五台，十九日至崞阳。五日五城，望风迎降，官民载牛酒以犒师者充塞道路，家家门首高悬"顺民"字条，店肆商铺，设案焚香，香案上都有写着"大顺皇帝万岁"的大红字幅。

　　刘宗敏志满意骄，以为此去京师，不过摧枯拉朽，北征如北游一样容易。没想到二十日在代州遇上了克星，这个克星就是周遇吉。

在太原与蔡懋德挥泪而别，周遇吉率五千劲卒星夜驰赴宁武。按照蔡懋德的嘱咐，号召城中士民工商连日备置战守器具。

周遇吉不仅有胆，而且有识。初八日太原失守，闯贼的下一个目标就是大同。他考虑到自忻州往北，有两条大路可通大同，一条是经原平、宁武、朔州至山阴到大同，如果闯贼走这条路，则宁武关正当其锋。另一条是经定襄、五台、崞阳、代州至山阴到大同，如果闯贼走这条路，则宁武备战，徒劳一场。有见于此，他一面部署宁武防守，一面派哨马频频打探南面的战事。果然，十七日夜晚，探马传报，闯贼十六日下忻州后，折而往东，走的是定襄、五台一路。换了别人，则正中下怀，贼兵不来即事不关己，完全可以按兵不动，国法人情，都无可指责。然而周遇吉却不作此想，他怀了一腔对皇帝的忠义和为蔡懋德复仇的孤愤，要主动迎敌诱杀。

忠君义友，在周遇吉是本乎天性，亦得自亲身经历。此人少年即以勇力著称乡里，每自呼朋引类，仿兵法布阵而围猎猛兽。青年时，周遇吉从关外锦州老家千里赴京，投身武行，以步卒起家，积功至京营游击。本朝的游击无品级，但京营游击相当于边镇卫所的五个"总旗"，掌管五百人。京营将官多是些勋戚高官的子弟，很瞧不起周遇吉，嫌其出身低微且资质疏鲁，而周遇吉更瞧不起这些勋戚子弟："你们这些纨绔公子，整天就知道架鹰搏兔、斗鸡走狗，哪里能当大敌？何不平时练练胆量勇气，日后有事，也好报效国家。像你们这样子胡闹，真正白白糟蹋了朝廷的禄米！"损得一群公子哥儿只有缩颈咂舌的份儿，却没有一个敢出面逞勇斗狠，周遇吉长臂伟躯，练得一身好功夫，哪个是他的对手？

崇祯九年七月，皇太极命英郡王阿济格率师十万扰掠京畿，连克十二城，时任兵部尚书的张凤翼和各路援京之师皆惴怯畏葸，避敌不战。周遇吉主动请缨，领了五百士卒，在涿州与清兵斗智斗勇，血战两昼夜，斩敌二百余级。诸将挫衄，一人独功，以此而连进二秩，升为前锋营副将。此后又于崇祯十五年随孙元华、杨嗣昌等赴河南、湖广、四川等地剿杀流贼，每战必克，所向皆捷，叙功升为左军都督府都督，加太子少师衔，成为"三孤"之首。崇祯十五年冬，擢为山西代州兼偏头、宁武、雁门三关总兵。一到任即裁汰老弱疲羸，精缮甲杖器械，日日练兵，一军特精。周遇吉的最大特点是待士兵如兄弟，与将士共甘苦，身先士卒，赏罚分明，因而极受军中将士的拥戴。

此次退守宁武，周遇吉召集全体将士盟誓于城中鼓楼之下，五千士卒，歃血明志，力阻流贼北犯大同，死也要死在贼兵的刀箭之下。全城百姓，为之感动涕下，男妇老幼，纷纷加入盟誓的行列，都愿意与周总兵同生共死，誓为朝廷捍卫宁武险关。

然而闯贼不走宁武，周遇吉就决意驰赴代州主动迎敌，当夜分兵一千原地屯守，他自己亲带四千马队于十八日晚赶往代州。代州本是代州兼三关总兵行辕的所在地，人地两熟，稍做布置，即已进入临战状态。待到刘宗敏标营的五万人马二十日乘兴而来，一场殊死大战开始了。

代州位于滹沱河北岸，州城不大但地锁晋北咽喉，是历代兵家必争的冲要之地。滹沱河冲积得城南有一片开阔地，其余三面皆为恒山沟壑所阻，不利于兵马驱驰。刘宗敏二十日午后率军赶到，扎营于城外五里，然后带二百骑兵绕城一周，但见四门紧闭，城上旗偃帜倒，甲杖零落，以为取之易如反掌。相度了地形之后，决定第二天一早从南城硬攻。

五万人马的营寨，要花费好长时间安扎。日薄西山，营寨总算料理得差不多了，士马卸甲，伏役造饭，都要在今晚美餐一顿之后好好歇他一歇，养足精神，明天破城立功。刘宗敏趁着饭前的间歇，正在标营大帐召集诸将议事，忽听得一阵骤雨般的马蹄声自北边传来。

"不好！"刘宗敏大喊一声，"快快上马迎战！"——然而，哪里还来得及？

周遇吉一马当先，四千精甲，个个奋勇，如铁流奔涌，冲入敌营，逢人便杀，狂砍滥剁，不过片刻工夫，毫无准备的大顺军士卒血肉横飞，成片成片地倒地身亡。

刘宗敏刚刚跨上马背，训练有素的标营亲军遇敌不乱，紧紧地护卫着他。然而四周溃兵如流，无论怎样威吓弹压，也还是挽不回兵败如山倒的颓局。无可奈何之下，刘宗敏长叹一声，知道只有变被动挨打为主动撤退，才是眼下的应取之道。于是令亲军展开标营大旗，指向南方，这自然是军中的号令，大顺将士这才知道各自该怎样行动。

这一退就是三十里。周遇吉又趁势挥军掩杀。大顺士兵几乎都是在没有备好马匹时就遇到突袭的，徒步退逃，又吃了大亏，被周遇吉的骏骑健卒驱羊扑豕般地肆意砍杀。这一次成功的袭击，出其不意，攻敌不备，打得刘宗敏猝不及防，只一顿饭的工夫，就失去八千兵卒、两千多匹战马和全部辎重帐具。北征以来，大顺军第一次遭受重创。

刘宗敏的标营又称"中权亲军"，是大顺五营之中最精悍的一军。而一战失去近万人，人心恐慌，锐气大挫。这倒犹在其次，更惨的是，仲春天气，夜半正寒，而失去了辎重帐具，剩下的四万多人连个住宿的地方都没有，只能在野外荒郊临时砍了些树木生火取暖，饿着肚子熬过一个狼狈不堪的夜晚。

幸而第二天一早，后面的前营制将军袁宗第闻变赶来，两军合为一处，重新向北推进三十里，在代州南面五里安营扎寨，调整兵力。

"总爷，你说吧，"袁宗第问，"今天这一仗怎么打？"

"诱敌出城，在野外吃掉周遇吉！"

"那就还用'三堵墙'？"三堵墙是大顺军独创的战法，崇祯十六年李自成大败孙传庭于河南郏县，就是用的这个战法。但"三堵墙"是用于旷野的战术，并不适于攻城，袁宗第在这里只是一个借喻的说法，好在大顺将士，人人心照，不会引起误解。

"不错、不错。老袁，第一堵墙交给你了。"

"是！"

"张鼐！"

"末将在！"

"第二堵墙你去布置！"

"遵命！"

"第三堵墙要李岩、李友、党守素共同承担。"

"是！"二李和党守素齐声应命。

"都看我的标营旗号行事。快去准备吧。"

午时一过，又一场血战开始了。

炮号一响，袁宗第率两千精卒飞马疾驰，眨眼工夫来到距代州南门不足半里的地方，迅速避开了城上大炮的有效射程，然而距城厢半里地时，停下马步，并不攻打，因为骑兵也根本不具备攻城的能力，只令将士耀武扬威地指着城上破口大骂，这样做的军事意义称为"挑战"。如果守城的一方不予理睬，任你在城下百般辱骂，我只要闭城固守，待到你骂得精疲力竭，自然无奈撤兵。

然而周遇吉用兵却不一样。他在城头细细观察，发现五六里开外之处烟尘蔽野，知道这是刘宗敏在使诱敌深入之计，于是招来属下，秘做布置，然后亲率两千骏骑出城迎战。

城门一开，顷刻间接近流贼的骑兵，然而刚一接战，敌兵调转马头，往南飞跑。周遇吉心中有数，招招手率队直追。大约过了四五里地的样子，但见被追的敌骑分为两队，马步有序地朝东西两侧分开。周遇吉立刻调转马头，命后队变前队，压住马步，缓缓撤退。

所谓"三堵墙"，即是以第一"墙"诱敌，第二"墙"迎敌，趁第二"墙"与敌厮杀的时候，第三"墙"的步军包抄合拢，如布袋收口一样，将敌兵困死袋中。大顺军以此制敌，百无一失，然而今天的对手却不吃这一套。

第二堵墙的张鼐，待到袁宗第马队分开，让出主战场后，以为周遇吉必然陷阵厮杀，因而麾下将士个个做好了拼死的打算。这一阵厮杀拖得时间越长，对大顺军越有利，因为可给第三堵墙腾出充裕的时间去做布袋口收拢的准备。不料袁宗第闪开，却不见周遇吉过来，一里开外，敌兵正朝着城里悠然而退。眼看到嘴的肥肉，岂能让它白白跑掉？"追！"张鼐一声令下，两千劲骑，急起直追。

刘宗敏站在一个远离战场的丘陵上观战。当他看到敌人的骑兵出城后，即刻下令第三堵墙的步兵分东西两翼开始围拢包抄。过了一会儿，不见敌兵冲进"袋底"，反而转头后撤，正在纳闷儿间，看到张鼐冲了上去。此时他忽然醒悟，敌人不进"袋底"，就意味着"三堵墙"战法已经失去意义，现在再发号令，张鼐的人马呼啸如雷，根本什么也听不到。

"不妙、不妙！"他喃喃一声，纵身上马，向身边的标前果毅将军任继荣和标左果毅将军谷可成下令，"快随我前去接应！"

然而，已经迟了一步。

周遇吉待张鼐放马追来，立刻策马前纵，片刻工夫驰入城门。这是事先布置好了的，两千人马迅疾有序地入城之后，闸门一落，将敌兵阻隔在城外。而这时候张鼐的两千人马尚在一里之外。倒霉的是两翼包抄过来的步军，此时距城厢三里地的样子，恰好在城上火炮的有效射程之内，一时间城头乱炮齐发，火光落处，犹如下了一场"人雨"，血肉翻滚，肢体横飞，两千多名大顺士兵还没明白过来怎么回事，就糊里糊涂地做了冥府冤鬼。

夹在中间的张鼐，猝遇此情，进退失据。两千骑卒正无以为计时，突然城门大开，周遇吉的骑兵二次杀出。这一次来势又自不同，个个如猛虎出柙，还没等张鼐反应过来，两千铁骑已经冲到阵中。一阵短兵相接的搏杀，吃亏的自然是没有心理准备的大顺军，顷刻之间，六七百人被砍翻马下，急得张鼐呼爹骂娘，然而无论他做怎样的努力，都无法组织起有效的反击，真正到了"只有招架之功，没有还手之力"的狼狈境地。周遇吉的士兵则锐气正盛，在阵中反复冲荡，逢敌便砍。无奈之下，张鼐只好带领余众，冒着密集的炮火，向南狂奔而去。待到摆脱了对方火炮的威胁，检点人数，仅剩一千余骑，又有七八百人死于敌方的炮火。

张鼐一跑，周遇吉并不追赶，指挥人马撤回城中。两战两捷，歼敌近万，而自己未损一卒，只个别士兵受了点皮肉轻伤。这样的战绩，极大地鼓舞了守城官民，愈发激励了人们誓与闯贼血战到底的决心。

刘宗敏率任、谷两将赶来接应时，张鼐正败下阵来。"总爷，"他勒马大喊，"周遇吉厉害！快想办法吧。"

这时候两翼侥幸逃命的步兵也溃退了下来。刘宗敏跺了跺脚，无可奈何地吩咐："各队人马暂回营寨歇息。各哨总随我去标营大帐议事！"同时命令亲兵："去请前营袁将爷！"

"哨总"是当年的老称呼，现在指的是中权亲军属下的各营正、副将军。不一会儿，袁宗第先到，接着李岩、任继荣、谷可成、党守素、李友、吴汝义、辛思忠也都纷纷进入大帐。

"周遇吉果然肚子里有点儿把戏，"刘宗敏说，"俺刘宗敏打了半辈子仗，没想到今天在这儿遇上了对手。他娘的，昨天偷袭，今天将计就计，两仗吃掉老子一万人。好、好，是个人物！哼哼，等明天逮住周遇吉这个浑小子，看老子不活剥了他的皮！"说着四仰八叉地朝木榻上一靠："你们都说说看，底下的仗，怎么打法？"

北征以来，大顺将士志骄气满，以为明朝官兵尽皆懦夫，再也没有料到小小的代州地方，居然有周遇吉这样的高人。连连受挫，心情沮丧，因而对刘宗敏的问话都不知怎样回答才好。沉默了好一阵子，刘宗敏开始点将："老袁，你是客军，你先说。"

袁宗第是崇祯十六年李自成襄阳建政时所拜的六名"制将军"之一。六名制将军，贺锦奉李自成之命率军驻守在甘肃，李岩随"权将军"刘宗敏在标营亦即中权亲军，其余四名，刘芳亮、刘希尧、袁宗第和李过，分别独掌左、右、前、后四营，所以刘宗敏说袁宗第是"客军"。

"周遇吉两次得手，肯定高兴得跟新女婿似的。"袁宗第是当年的闯营虎将，农民本色，说话粗鲁不文，"总爷，我看趁今夜敌兵不备，偷袭他一家伙。咱也打他娘个措手不及！"

"不可，不可。"说话的是李岩，"观周遇吉的用兵，处处深契兵法，不至于连胜而骄。况且攻城不比野战。野战偷袭，或可灭敌于仓促不备之际。攻城则白天黑夜，差别不大，我军贸然偷袭，未必就能一举得手。倘若敌军有备，又不知要折损我多少兵马。我兵两败，不可三败。三败则士气瓦解，难以收拾。我的意见，莫如速速回禀闯王，请闯王率大军星夜驰援，做久围之计，将周遇吉困死在代州。"

李岩原是河南怀庆府河内县的秀才，崇祯十三年受其堂弟李友的鼓动而投奔了李自成的农民军。此人干练机敏，文武双全，深受李自成器重，入伙两年多即被拜为制将军。大顺的兵制，首为"权将军"，次为"制将军"，再次为"果毅将军"，复次为"威武将军"。李岩在大顺诸将中以戛戛卓识而超群逸伦，因而他的意见最容易被众人所接受。

"嗯嗯，"刘宗敏其词若憾地说，"就照李将军的说法——来人！"

帐外奔进来一名亲兵。

"拿我的标牌，往南面大路上飞禀闯王，请调后路大军速来代州围城！"

李自成二十三日午后率军来到代州城下。问明了情况，也同意李岩的围城建议。当时商定，先不采取任何举动，要到当天后半夜再下令围城。这样做是为了不惊动周遇吉，以防其闻警逃逸。

然而李自成失算了。

周遇吉何等精明！胜了两阵之后，连续两天，不见敌兵有任何举动，他就估计到这是刘宗敏在顿兵待援。事先他已探明，李自成此次北犯共带了五十万兵马，如果这些兵马全部调来围困代州，则代州孤城，绝难持久。因此二十二日夜间，他令部分士兵协助疏散城中的百姓，秘密转移到北部安全地带，到今天午后，踞城观察，果然南边隐隐可见大队人马开来的肆尘嚣烟。当晚，周遇吉下令人衔枚、马解铃，在漆黑的夜色下，四千骑兵出北门，登山路，悄无声息地往西直奔宁武关而去。他料定李自成绝不会越过代州经山阴直趋大同而置宁武于不顾，果真李自成出此险招，则大同有总兵姜瓖镇守，只要姜瓖能遏阻闯贼的攻势，自己即可从侧翼出击，那样一来，李自成就要陷入腹背受敌的狼狈境地了。

二十四日天亮，李自成才发现代州已是空城。城中几乎没有生气，百姓早已逃得光光，各条大街的醒目处差不多都竖着一块木牌，内容相同："李自成死于宁武关下。"李自成暗暗惊叹，明朝居然有这等好汉！于是亲统大军，往西急趋宁武关。

明初为防漠南漠北蒙古部落的入侵，自成祖朱棣的永乐年间开始，一直到宪宗朱见深的成化年间，历七十余年，分别在直隶和山西境内修筑了两道长城。直隶境内的沿线设紫荆、倒马、居庸三座关城，称为"内三关"；山西境内的沿线设偏头、宁武、雁门，是为"外三关"。宁武居外三关之中，关城筑在恒山余脉的华盖山上。周长七里，城墙高三丈五尺，墙顶宽两丈二尺，可容八骑并驰，原为黄土掺以山石夯筑，万历三十四年复以青砖包砌，内实外整，坚固异常。城垣四周还密布着炮台和望楼，一遇警讯，则四门封闭，凭城据守，要想拿下它来，比虎口拔牙都难。更为得力的是，崇祯初年，这里配置了克敌制胜的利器"红衣大炮"。

中国的火炮始自元朝，称"碗口铳"，自然是最原始落后的一种。明成祖永乐年间征伐当时称为"交趾"的越南，获得"神机枪炮"的制作方法，特设"神机营"，是为"京城三大营"之一，成了中国最早的炮兵部队。神宗万历年间又从澳门购得西方的"佛朗机大炮"，几乎与此同时，福建晋江人黄克缵任兵部尚书，从家乡招募了十四名曾在菲律宾打工而会铸造洋炮的民工，赶制出二十八门"吕宋大铜炮"——其时菲律宾称为"吕宋"。吕宋大铜炮和佛朗机大炮都是以精铜浇铸而成，口薄身短，有效射程仅在三四里的范围，而且添药装弹极为麻烦，操作不慎还有"炸膛"的危险。

万历四十八年，英国东印度公司的一艘"独角号"货轮在广东阳江海面遇到台风而沉没，时任阳江知县的邓士亮事后组织民伕打捞，居然捞出四十多门正宗荷兰产的铜铁合铸的大炮，是当时最先进的攻守利器。荷兰人蓝眼睛、红头发，而中国历来又把外人称作"夷人"，因而这种产自荷兰的火器便被称作"红夷大炮"，日久音谐，成了"红衣大炮"。四十多门红衣大炮费时半年运到京师，其中的十二门又转运到关外宁远。天启六年，袁崇焕在宁远首次使用红衣大炮，一战毙敌一万七千余人，建酋努尔哈赤亦在此战中炮，不久身亡，此役史称"宁远大捷"。红衣大炮如此神威，自然引起了有识之士的关注，精通西学的徐光启在意大利传教士利玛窦和从印度尼西亚回国的铸炮专家李姓父子的协助下，弄懂了红衣大炮的制作原理，于是奏请朝廷，自己开炉鼓铸。适值财力枯竭，国库乏银，自制的红衣大炮并不多，但自制的这些大炮大都运设在"九边"要塞，宁武关即其中之一。

代州距宁武二百里。李自成费时两天，于二十六日到达，事先遣快骑往城中射入"箭书"，书明"五日不降屠城"。待到大军距宁武关七八里地的样子，李自成下令安营扎寨，打算第二天倾力攻城。

然而李自成万没想到，七八里的距离正是红衣大炮发挥威力的最有效射程。日影衔山之际，成算在胸的周遇吉亲登南城指挥，十门红衣大炮同时点火。炮火轰鸣中，大顺营寨灰飞烟灭，霎时间人仰马翻，血肉飞溅。

红衣大炮的厉害不仅在于射程之远和准确率之高，而且还在于它的杀伤力源自"开花弹"。以往的火炮靠的是火药将铁弹或铅弹推出膛口，以其冲击的余力直接撞击目标。开花弹则不然，铁弹或铅弹冲出膛口后，遇物即炸，如此又分成若干铁弹或铅弹，形成二次加力，然后撞击目标，威力自然扩大了不止百倍。就这样，尚未与敌交手，李自成的八千多兵将就成了周遇吉的炮下亡魂。当场炸死的固然连个囫囵尸首都没能留下，最惨的是那些侥幸未死者，不是缺胳膊少腿，便是四肢皆无，仅剩半截身子，伏在地上嗷嗷哀鸣。宁武城外，伤心惨目，真正成了人间地狱。

李自成的黄幄大帐设在距关城十二三里一个叫作"凤凰村"的地方。炮声响时，正在帐中议事的各营首领无不诧异，前军扎营之处不在火炮的射程之内，则周遇吉此时发炮所为何来？还是刘体纯经多见广："闯王，不对呀，听声音距此很近，莫不是宁武城内有红衣大炮？"

红衣大炮是什么玩意儿，李自成还不知道。待到出帐向北迎去，但见惊魂未定的溃兵如潮水般向南涌来。李自成率领诸将立马道旁的高岗上，命亲兵将顶有银浮屠的白氅大纛矗立在道旁，这是命令全军站立不动、就地待命的信号。

中营威武将军张鼐手下的都尉罗虎飞马驰来："闯王爷，周遇吉这个浑蛋不知道弄的什么家伙，踞离城厢七八里，就能炸死我好几千弟兄。"

有这等奇事？李自成竟不敢相信："体纯，你说说看，什么叫'红衣大炮'？"于是刘体纯将他在京中听曹化淳说的有关红衣大炮的信息向闯王和其他诸将作了简要介绍。诸将听罢，愀然不乐，默无声息地跟着李自成重回黄幄大帐。

"没想到宁武有这样的克敌利器！"李自成心情沮丧地说，"各位看，我兵该如何应对？"

议了半天，都没有什么好主意。刘宗敏暴跳如雷："大哥，今夜趁着天黑，我去偷袭他个王八蛋！"

除此而外，别无善策，李自成只好同意试试看："标营拨出五千步兵，三更之后悄悄行动，如果敌兵不备，右营再跟上一万。只要贴近城墙，周遇吉就无所施其技了。——袁宗第！"

"末将在！"

"让标营和右营先去造饭歇息。你的前营辛苦一下，就地砍伐树木，打造云梯，还要准备沙袋。限二更完成！"

"是！"

宁武关北倚长城，东西两面尽皆山丘，只有南面一路可通，而南面这一路是由桑干河的末支"恢河"冲积而成，路窄地低，不利于大兵团行动。而且时当季春，恢河浮冰已经融化，要想接近关城，必须渡过宽约半里的恢河河面才行。

三更时分，标营的五千步卒，五百人轮流扛着云梯，另外的四千五百人手执长矛，肩负沙袋，趁着无光的夜色，悄悄向关城移动。等到接近了恢河，将沙袋纷纷投入河中，这有个名目，叫作"壅流"，为的是堵住河水，使下流干涸，便于后续人马行走。

然而这一切都被早有准备的周遇吉侦伺在目。等到壅流一半的样子，一声令下，城头上又一阵炮火轰鸣，这一次当然不必红衣大炮，因为恢河距城门不过二里之遥，只消普通的佛朗机火炮便可奏效。片刻工夫，五千步卒死伤近半，恢河水面，漂浮的全是大顺兵的肢体和血肉。

偷袭不成，只好硬攻。第二天开始，大顺兵自城外十里，以疏散的队形，向城下迂回靠近，这样做可减少炮火造成的伤亡。但一到红衣大炮的射区，又遭狂轰滥炸，成片成片的尸骨残肢塞满道途。侥幸躲过红衣大炮射杀的士兵，仍不能接近城墙，因为距城三里的样子，又要遭受城上佛朗机大炮的轰炸。就这样，接连两天，周遇吉两种火器，交替为用，使敌兵根本无法接近关城。

到了第四天午后，城上炮声渐渐稀落，李自成知道这是弹药将尽的征候，于是亲自策动马步十万，拼死奋进。待到前队刚刚壅流成功，大队人马涉浅水过河未及一半的时候，宁武城门大开，周遇吉率三千骑兵杀出城来。可怜大顺兵立足未稳，突遇奇袭，跑得快的反身涉水，捡了条性命；跑得慢的，自然又成了明兵的刀下之鬼。

　　然而无论如何，弹药耗尽，城上火炮失去作用，给了大顺军一个往前推进的绝好机会。

　　李自成下令将各营营寨扎到恢河南岸，同时把自己的大炮架设布置起来，对准城墙，连夜狂轰，是想轰开一个缺口，第二天大队涌进，一举夺城。

　　第二天一看，缺口倒是轰开了几个，天还没亮就被城上的军民用砖石黄土填平夯实了，坚固如常，等于白白浪费了几车弹药。刘宗敏气得攥刀发誓："周遇吉你个兔崽子，老子逮住你碎尸万段！"

　　早饭一过，大顺军开始攻城。路窄地狭，只容几十人并行，不能像以往攻城略地那样，延绵数里，齐头并进，在呼啸呐喊声中为自己壮胆助威，这在气势上首先就不占便宜。而待到前头几千人刚过恢河，宁武城门突然打开，两千铁骑如利箭离弦，其势锐不可当。大顺兵先自气馁，原以为一鼓作气即可直薄城下，没想到周遇吉会主动开城出击。稍一错愕间，人头滚滚，尸横遍地。已经上岸的反身欲退；无奈未上岸的拘于河道淤泥，转身不灵，于是乎自相践踏，横死沟壑者不计其数。周遇吉的骑兵则纵横追杀，左右突荡，不过一顿饭的工夫，涉过恢河北岸的两千多大顺兵将全部卧尸疆场。

　　过了中午，李自成亲自在城南三里督阵，以火炮轰城，压住敌兵不得开城而出。费了差不多一个时辰，百般弹压，有进无退，在军令将威的交互作用下，大顺兵才得以接近宁武城下半里。而一旦兵临城下，就可用"穴城"之法了。

　　穴城法是大顺军中一部分山西矿工发明的，当年克洛阳，下襄阳，均以此法而奏效。一阵炮火之后，轰得城上敌兵抬不起头来，趁这当口，每五人一组，四个人举起一块覆以数层棉被的床板，床板下另一人手持榔头和铁钎，迅速贴近城墙，在床板的掩护下，以铁钎榔头凿挖墙砖。每组凿挖墙砖一块，即可携砖归队领赏。如此百十组同时并举，轮替交换，可在很短时间内取下城墙青砖近百块。墙砖一去，干土裸露，再以同样的方法做掩护，不过要把榔头铁钎换成铁镐和铁锹，用以取土挖洞。积小成大，扩浅为深，待到洞中能容下十几个人的样子时，后续兵丁开始往洞中运装火药。填满火药，密密夯实，将引线穿入中空的竹筒，一直引到半里之外。举火点引，轰然巨响，可将城墙炸开数丈之宽的缺口，然后大兵趁乱涌进，这座城池就很难保得住了。

可是以此法而用于宁武，结果却出人意料地糟不可言。接连几十组持床板的兵丁刚到城下，就被城上推下来的巨石砸得板飞人亡。李自成看看不是路数，挥兵齐上，攻城与挖墙并举。刘宗敏自带骑兵一千做先头掩护，五六千步卒紧紧跟上，扛梯执矛的大顺兵好容易才贴近了城墙。城上矢石俱下，又一批人倒地身亡。如此周而复始，在攻城士兵以大量伤亡的代价转移了城上守军注意力的情况下，到了傍晚时分，穴城的士兵总算有了不小的进展，挖出了一个可容数人并立的大洞。

时已薄暮，双方都筋疲力尽。李自成撤回士兵暂做休整。在李自成看来，大军已薄城下，周遇吉成了瓮中之鳖，即使围而不攻，弹丸之地的宁武也撑不了多久，于是很宽心地令全军士兵酒肉饕餮，然后各自回帐安寝，以尽快恢复体力，准备明日的战事。

刚过午夜，李自成好梦正酣，忽听帐外一片鬼哭狼嚎，杀伐之声，不绝于耳。李自成匆匆穿衣披甲，双喜闯进帐来："父王，快快上马！"说完指挥亲兵，将李自成拥上马背，往南狂奔。李自成这才意识到是周遇吉"劫营"来了。

"有多少人马？"他问双喜。

"不知道。看样子人数不少，是直接奔'行辕'来的。"

"行辕"就是李自成的黄幄大帐。李自成出生入死惯了的，骤闻此语，仍不免暗暗心惊：周遇吉好大的胆子，几千兵马，竟敢闯我几十万大军的营盘！

"别的营寨怎么样了？"

"不知道。"双喜回答，"只感到四处都是敌兵，儿子什么也顾不上了，就想着救驾要紧。"

"混账！什么都不知道哪能弃营逃跑？快跟我回去！"

于是调转马头，返回巡视。各个营寨都是乱糟糟的，但杀伐之声已息，乱的是自家阵营，有的光着膀子没有目的乱跑，有的控马持戈却找不着敌人在哪儿。

李自成突然醒悟，敌兵不多！他挥剑高喊："骑上马的都跟我来！"说完策马前驱，往北直奔恢河。刚到南岸，发觉晚了一步。敌兵果然不多，仅二三百人的样子，而且都没骑马，眼睁睁地看着他们不慌不忙地遁入城门。李自成顿足嗟叹，恨恨连声："怪不得事先没听到马蹄声，没想到二三百个步兵就踹了我的大营。嘿嘿，周遇吉，好小子，有种！"

回营检点，伤亡倒还不大，死了一百多人，但这次偷袭给大顺兵将的心理震撼却不小，提起周遇吉，谈虎色变，人人心中存着几分怯意。

天已四更，索性下令造饭。五更刚过，又开始攻城。李自成带着刘宗敏、袁宗第、刘希尧和李过，四营制将军亲临恢河南岸督阵。

这一次投入一万多兵力。直到日影偏西，城墙虽未攻上，"穴城"却大见成效。大顺军以死伤累累的代价，终于挖成了一个两丈余长、一丈多深的洞壕，填进去近万斤炸药，三根引线，穿入竹筒，引至恢河北岸。李自成命攻城士兵回到南边大营休息，另调马军五千、步军一万伏在恢河南岸，只待炸药点爆，城墙崩毁，立刻涌进城去。一切安排妥当，李自成一声令下，三根引线同时点燃，万万没有想到，意外发生了。

原来宁武城墙基宽五丈，且以黄土巨石夯筑而成，坚固异常。大顺兵挖的洞壕深仅一丈，这一来成了内实外松。火药引爆，浓烟滚滚，一声地裂天崩的巨响之后，城墙不仅没被炸毁，爆炸的力量反而向城外倾泻过来，砖石碎块，喷薄而出，暴雨般落向恢河南岸待命欲冲的大顺士兵。死的人不多，伤的人却不少，惊得大顺士兵纷纷后退。各营将领，亲自弹压，好容易才稳住了阵脚。

阵脚刚刚稳定，忽见城门大开。从城里出来一队骑兵，约有五百人的样子，神气活现，耀武扬威，朝着南边缓缓驰来。

刘宗敏一看，心花怒放，夺城的机会来了！他立刻命令四营，每营各出两千骑兵，由四个六品都尉带领，八千人马，飞速迎上。两军接头，城里出来的明兵并不恋战，甫一交手，掉头就跑。四名都尉自然不肯放过，个个策马领先，紧追不舍。

这时候大顺首领们才感到不对。"闯王，恐怕有诈！"李岩首先警觉。

"坏喽、坏喽！又中了周遇吉奸计了！"刘宗敏也后悔不迭。

然而一切都晚了！等到李自成下令鸣锣，八千骑兵尾随着明军，已经全部冲进了城里。刘宗敏和四营制将军匆匆带人上前接应，却见城门大闸迅速落下，将他们隔在城外，哪里还能冲得进去？

这就是周遇吉的诱敌之计。八千大顺骑兵冲进城里，只见从南门到鼓楼，一条笔直的大街上空旷无人，沿街各个小路已被砖石封死。欲待调转马头，后路已被城门大闸堵住。正在彷徨无所适从的时候，沿街两厢的民舍店铺里，突然万箭齐发，乱石狂掷。这一阵矢石交加的轰射，搅得大顺兵人仰马翻，立刻死伤枕藉。而矢石一停，家家户户门庭大开，藏伏在内的数万兵民呼啸而出，人人手持长矛大刀，逢人便砍，遇马就刺，不消一个时辰，八千兵丁，全部玩儿完，一个活的也没留下。

仗打到这个份儿上，李自成灰心丧气。平生纵横中原几千里，大小恶战数百役，名城大邑打下了不知凡几，从未碰见周遇吉这样的对手。从代州至宁武，血战十日，损兵折将四万多，以如此高昂的代价，一个小小的宁武关居然拿不下来。

"撤兵吧。"他对积聚在黄幄大帐中的各营将官说，"这个仗不能再打了。我军连连受挫，人心委顿，再打下去，人心就要涣散了。不如暂回太原休整一段时日。"

诸将默然，也都心有未甘，但是仗要继续打下去，谁也不知道如何才能反败为胜。

后营制将军李过是李自成的侄子，绰号"一只虎"，骁勇剽悍不亚于刘宗敏。"士气可鼓不可泄！"他说，"我就不信，我们人比他多十倍，以十对一，哪有不胜的道理？我们四营，每营一班，每班攻城半天，轮流休息，就这样昼夜不停，看不把周遇吉拖垮。闯王，我的后营伤亡不大，我先上。照我说的打法，两天以内准能拿下宁武关。"

这一招果然奏效。从昨天中午开始，四营兵马，轮番攻伐，不给城上片刻喘息的工夫。

打到今天中午，城下尸积如山，而城上也实在支持不住了，箭矢耗尽，砖石掷光，所有能用来投杀敌人的器物全部消耗殆尽。更要命的是，城中兵民，体力不支，个个累得连挥刀砍杀的力气都没有了。午时一过，眼睁睁地看着敌人爬梯上城，却没有几个人能站起来与之拼杀。

屠城开始了！登上城墙的大顺士兵迅速打开城门，等候在外的十几万人马蜂拥而入，无论兵民士商，不分男妇老幼，遇着就砍，逢到便杀。这一场血腥报复的大屠杀，从中午一直延续到傍晚，全城兵民，无一遗漏，全部死在大顺军的兵刃之下。

城门一破，周遇吉自知死期已至，立刻带着二百亲兵策马下城，沿着大街绕过鼓楼，一路疾驰，冲上了城北的"护城墩"，这是全城地势最高的地方，北俯朔漠，南瞰三晋。周遇吉下马伏地，朝着东边的京城方向拜了三拜，然后亲手点燃摊放在护城墩上的一大堆干燥马粪——这是烽火传信的古法，马粪点燃，狼烟滚滚，数十里之外即可知道宁武关已经失守了。

护城墩的厢房里有水，周遇吉命亲兵解开干粮，就着凉水，狼吞虎咽地填了填肚子。三关总兵的临时公署就在护城墩下不远，周遇吉带队上马，匆匆奔至公署，与夫人诀别。

周遇吉武将家风，夫人刘氏蒙古俊女，也是个不让须眉的巾帼英雄，弓马兵器，样样娴熟，在她的调教下，周氏一门女眷，个个都能使刀弄枪。

此时相见，执手无语，而时机紧迫，亦不容细述儿女衷肠。周遇吉哽咽着声音："夫人，为国捐躯，就在今日，遇吉就此别过了！"

夫人一身戎装，盈盈欲泣，终于忍住没让眼泪流出来："夫君一去，妾绝不独生，必待多杀几个贼寇，然后追随夫君于地下！"

毕竟大丈夫心胸，夫人说完，四目交接，周遇吉哈哈大笑："好、好！有夫人这句话，我周遇吉死也瞑目了！"说完一声令下："上马！"

二百亲兵，已经恢复了些体力，人人怀着必死之志，紧紧跟着周遇吉，居高临下，俯冲而来。此时城中遍布敌兵，周遇吉专找人多的地方，挥砍格杀，挡者披靡，从护城墩一直杀到鼓楼大街，伤敌无数。检点自己的人马，损失了也差不多一半。朝南一望，一面白色大旗正在往北移动，周遇吉知道这是刘宗敏的标营人马。大顺军的营旗分为五色：前营黑色，后营黄色，左营蓝色，右营红色，而标营的旗帜正是白色。周遇吉认准了旗色，就是专门要找刘宗敏拼命的，于是大吼一声："周遇吉来了，谁敢挡我！"策马挥刀，冲了过去。

刘宗敏正在指挥巷战，忽见前头纷纷溃退，士兵递相传呼"周遇吉！周遇吉！"惊恐失措、闻名丧胆的样子个个挂在脸上。刘宗敏命令亲兵挥刀弹压，迅速稳住了阵脚，下令："放箭！"

这一来周遇吉真正麻烦了。对面相距，自然箭无虚发，顷刻间人仰马翻，一百多亲兵很快被大顺兵扑杀殆尽。周遇吉身被数箭，翻身落马，犹自徒步跳荡，连连砍杀数十人，吓得敌兵围着他团团乱转，竟无人敢近身上前。

刘宗敏见状，勃然大怒，亲手挥刀斩了一个往后退缩的士兵，然后策马向前，激励着一百亲兵拼死猛扑，将围困周遇吉的圈子越缩越小，形成群狼吠虎之势。又经过一阵子混乱的面对面格杀，周遇吉大腿被砍一刀，失身翻倒，刘宗敏的亲兵一拥而上，锁定四肢，才将他生生擒住。

把人带到鼓楼广场。鼓楼前立有一支幡杆，五花大绑的周遇吉被缚在幡杆上。刘宗敏"唰啦、唰啦"甩弄着马鞭子，漫不经心地踱了过来："周遇吉，你本事不小啊，自以为很英雄是吧，嗯？怎么还是跳不出我的手心儿？好小子，嘿嘿！你杀了我多少弟兄，现在怎么说？"

"呸——！"好大一口唾沫喷到刘宗敏的脸上，"无知蟊贼，以多胜少算什么本事？快送老子上路！老子在阴曹地府里等着你，咱俩一对一徒手格斗，让阎王老子作证，看看到底谁是英雄！"

刘宗敏气得狠狠地抽了一阵马鞭子，然后后退几步，眯缝着眼睛，两指叉着下巴，对着周遇吉好一阵子端详，嘴里啧啧有声："好一条硬汉！可惜、可惜！"一边说，一边负手低头，不忍心看的样子，朝着立在身旁两排行刑的弓箭手摆了摆脑袋。

矢飞如雨，将星陨落！边将第一干才的周遇吉以身殉主，大明朝京师的西部屏障被彻底打开。

全城搜索略尽，只剩城北山巅上的三关总兵临时公署还僵持不下。

周夫人刘氏率数十名内眷家丁，居高临下，做困兽之斗。三关总兵的临时公署北倚华盖山，东、西、南三面已被大顺军团团围住，然而呼喊叫嚣，却无法破门而入。屋顶上的妇女个个强弩劲矢，箭无虚发，相持了个把时辰，公署下边的石阶甬道上横七竖八地叠满了大顺兵的尸体。有个"小掌家"颇不服气，指挥手下的一百人狂呼躁进，是想以气势震慑对方。刘氏站立屋顶，拉满弓弦，一箭射出，直贯当胸，接着连发数矢，箭箭不空，吓得余众逡巡退缩而不敢向前。

这时候刘宗敏巡城赶来，问明了情况，然后相度地形，立刻有了办法："调弓箭手，多准备火箭！"

亲兵打马下山，不一会儿去而复回，带来了一百名弓箭手。刘宗敏下令放箭。于是千百支火箭从三面射向公署的门窗廊柱。初春时节，气候干燥，木质器物，遇火即着，不过片刻工夫，三关总兵的临时公署成了一片火海，刘氏阖家数十口尽葬火窟。

13

大明崇祯十七年三月初六日

下诏勤王

真定失陷引起的朝野恐慌，远远超过了太原的失陷。原以为只是西路吃紧，然而西路毕竟隔了一座太行大山，就算吃紧，也还不是迫在眉睫，谁也没有想到，蓦然出了个刘芳亮，悄无声息地就到了眼皮子底下！这几天满城汹汹，谣诼纷传，都说刘芳亮再有三五天就要打到北京城下了。

皇帝首先谕令京师宵禁，东厂和锦衣卫的司侦司探倾城出动，稽查奸宄，巡视仓场。大街小巷，遍布逻卒，每天傍晚刚刚起更便开始"净街"，把个偌大的京城，搞得愁云惨雾，了无生机。

接着颁布了一道特旨，严谕朝臣："京城守备有余，待援兵四集，何难克期灭贼？敢有讹言惑众及私发家眷出城者，擒逮治罪！"

此外又谕令曹化淳总监京师城守，命京营总督李国桢抓紧训练三大营，增设九门兵卫，以防刘芳亮随时来袭。

还有一个举措，是前天，亦即三月四日做出的：敕封宁远总兵吴三桂为"平西伯"、蓟镇总兵唐通为"定西伯"、驻节武昌的平贼将军左良玉为"宁南伯"、凤阳总兵黄得功为"靖南伯"。

仅以方镇总兵，又无安邦定国的赫赫伟业而晋封伯爵，大明朝开国以来未之前闻。而四名伯爵，两北两南，明眼人都看得出来，皇帝仍然没有放弃撤守宁远和南迁图存的打算，只不过还在这两个问题上倚重倚轻、踌躇未决而已。

然而这些措施，连皇帝自己也知道不过是虚张声势。"京城守备"何尝有余？"援兵四集"又哪里去调集援兵？那道严旨实在是为了警告各级官员，必须死守京城，不许趁乱出逃。果真闯贼几十万大军袭来，则国破家亡，巢倾邦覆，岂是这点小小的伎俩所能挽救的？因而今天的朝议，皇帝只扣定了一个主题：战守之策。

谈战守，首先避不开一个"钱"字。皇帝先说了一通国库如洗、战守需银的话题，希望群臣能领会他的意思，而主动献计献策。不料絮絮说完，群臣默然，没有一个人开口说话。

历来君臣议事，不容出现这种场面，通常首辅要设法转圜，避免这类尴尬。然而魏藻德僵立如木，好像这一切都与他无关似的。

僵持有顷，到底是皇帝沉不住气了，容颜惨淡，且有于心大为不忍的样子说："邦国有难，而国库如洗，御敌灭寇又急需银饷，非常时刻须有非常之举，今天少不得要难为在廷诸臣了——来啊！"

满朝迷惘，都不知皇帝要干什么。

一名宦官应命而至，手里捧着一本黄麻纸装订的册薄。

"这是捐输名册。"皇帝说，"从勋戚公侯，到文武百官，你们的名字都开列在这里了。古人毁家纾难，史册称美。如今国破在即，凡我臣子，岂能袖手不管？捐多捐少，可各自量力，朕绝不率尔强求——张国纪！"

"臣在！"

张国纪是先帝张皇后之父，爵封"太康伯"。先帝——天启皇帝朱由校，是当今皇帝的异母兄，仅仅当了七年皇帝，便因滥用补药而莫名其妙地把命丢了。天启帝无子，遗命以其异母弟信王朱由检入承大统。其时魏忠贤把持朝政，宫廷内外，乌烟瘴气，有鸩杀信王、取而代之的传闻。信王惶恐震栗，不敢奉诏，多亏了皇嫂张氏太后百般调护，才使得信王安然登基，成了当今的皇帝。因而先帝张皇后对当今的皇帝有扶立之恩。有此一重渊源，皇帝对太康伯自然也是另眼看待的。而今国难当头，皇帝有意要让太康伯给群臣做个表率。

"你是国之干戚，为国捐输，理当恐后。朕亦深知你平日自奉甚俭，家道并不宽裕，你自己报个数吧。"皇帝这样说，当然是要给张国纪留出余地，只要他肯带个头，就不怕其余的勋戚大臣推诿规避了。

165

不料张国纪为人极老实，根本没听出来皇帝的话外之音，慨然答道："是，臣身为国戚，空靡朝廷禄米而不能为君主效命疆场，私心惭愧。唯有捐输私财，报效国家。臣认捐两万。"

两万？满朝公卿，暗暗叫苦，都知道张国纪虽是皇亲，却清廉自守，淡泊自甘，而居然报出两万之数！倘若皇帝照此类比，则除了清贵衙门的翰林和讲官之外，只怕人人都要高于这个数目才能说得过去。于是腹诽四起，不少人以目传语，是在詈骂张国纪这个老悖晦，一点儿都不知道体谅别人的心情。

然而皇帝却很高兴："为国分忧，无如戚臣。张国纪率先垂范，朕心甚慰，着即晋为侯爵！"

爵位分为五等：公、侯、伯、子、男。张国纪已是伯爵，没想到两万银子，"太康伯"就成了"太康侯"。倪来之福，张国纪不敢消受，立即俯伏在地，颤声回奏："国难当头，臣无尺寸之功。为国捐输，分所当为，不敢以此滥叨朝廷名器。请皇上千万收回成命。"

皇帝就像什么也没听到一样："范景文！"

"臣在！"范景文是礼部尚书。勋臣授爵是皇帝的特权，不必经过阁部大臣。但授爵礼仪的具体事务却必须要礼部来负责承办。

"一应晋爵仪注和敕印、册文，着礼部加紧预备！"

"是！臣散朝后即刻回部，亲自遵旨督办。"

这一来张国纪只好谢恩："臣叩谢皇上的恩典！"

皇帝兴致很高地对所有臣工说："历来疾风知劲草，板荡识忠臣。国家有难，全靠你们为朕分忧。众擎易举，积薪焰高，只要你们人人捐助些许，何愁御寇乏饷？今天群臣俱在，还要共议战守大计，不是当廷一一认捐的时候。散朝之后，都到内阁值房，各自填报认捐数目。朕将督派内臣，亲襄此举。凡为国捐助有功者，朝廷又何吝不次之赏？"

原来不必当廷认捐。多数人松了一口长气，只要皇帝不在场，总还是有回旋余地的。只是庙堂之上，以天子之尊而公然倡捐，真正千古未闻之事。满朝臣僚，口虽不语，心中却忿忿然颇有鄙夷不屑之意：连皇帝都彰明昭著地卖官鬻爵了！

然而皇帝却顾不了那么多，顿顿精神，进入主题："真定失守，闯贼已经深入京畿腹地。如何捍卫京师，拒敌于国门之外，此等大事，不容片刻迟疑。今天务须集思广益，早定战守大计。凡在廷臣工，一言而有益于邦国者，朕亦必虚衷采纳。危难时刻，不可推诿塞责，致干咎戾！"

停了好久，无人说话，皇帝的脸色立刻晴转多云，气急败坏地连连以掌击案："亡国在即，你们就忍心不管？平日里专营门户，不肯为朝廷出力倒还罢了，如今朝廷有难，如何又装聋作哑？莫非要朕亲登城陴，与流贼矢石相向？朕非亡国之君，你们为何都甘做亡国之臣？"连连责问，越说越气，索性站了起来，离开龙椅，在御案后面跺脚趑趄。

这不成体统！万乘天子，丝毫不顾身份，居然如莽撞武夫，就差没有开口骂娘了。满朝公卿，你看看我，我看看你，都感到有必要化解这种尴尬的局面。

一阵眉目协商之后，詹事府左中允李明睿越次出班，躬身走到御前，伏地碰了个头："臣有肺腑之言，冒死渎奏，伏乞皇上嘉纳！"

有人说话就好，皇帝悻悻然坐了下来："说吧！"

"真定失守，山西战事亦未容乐观，目前闯贼两路来犯，京师危城，万难持久。今日再议战守，不特无裨时局，且亦为时太晚。是故臣斗胆重申前议，南迁图存，乃是当前唯一的救时良策。如今畿南陆路，已被贼将刘芳亮封死，幸而京东地面，安谧如常。皇上应速速备驾起銮，经通州至天津大沽口登船，循海路鼓棹南下，令南京兵部尚书史可法率师至海州接驾。臣已问明，目前东海沿面，风平浪静，正宜舟船行驶。自天津至海州，不过旬日之程。此天悔其祸，尚给我大明社稷存留一线生机。机不可失，时不再来，皇上万不可再为浮言所误。迁都南京，国脉可得延续，国运可得转机。皇上春秋正富，一到江南，卧薪尝胆，整军经武，不数年间，即可挥师北上，灭闯贼而雪国耻，再造大明河山，规复二祖遗业，中兴鸿谟，垂契史简。此齐桓、光武之行略，伏乞皇上圣心坚毅，速做睿图。"

要议京城战守，李明睿又提南迁，皇帝似乎没有这个心理准备。但南迁是他所愿，上个月二十六日的廷议南迁，就因自己一言之误，错失决断良机，十天以来，心里一直存着这份懊悔。现在李明睿旧事重提，这在皇帝看来，是所期过于所望，心里自然非常高兴，因而他明知"跑题"，也不打算纠正过来，要看看群臣有何反应，再相机表示自己的态度。

"起来、起来。"皇帝面无表情地说，"且看公议如何？"

然而，由于十天前的廷议，皇帝明确表示国君死社稷而拒绝南迁，满朝公卿，记忆犹新，所以李明睿今天再提旧议，人人缄口，没有回应。

无人表态，皇帝只好点名："魏藻德——你，是何主张？"

魏藻德嗫嚅了半天，才吞吞吐吐地说："皇上前日特颁严旨：当此人心浮动之际，敢有讹言惑众及私发家眷出城者，擒逮治罪。臣以为……"

啊！皇帝就像当胸挨了一拳，刚刚严谕臣下不许私逃，堂堂天子岂能弃城先走？

看着皇帝脸都白了，魏藻德也就省得再说下文，脖子一缩，依然僵立不动。

李邦华往前凑了凑："贼陷真定，三辅震动，且晋省以南，已成鱼烂崩溃之局，太原以北，亦难免破竹之势。国家板荡，人心危疑，皇上为中国主，当守中国，为万民父母，当抚万民，自然应持效死勿去之义而镇守社稷。周平、宋高之陋计，非所宜闻……"

"好了、好了！"皇帝很负气地打断话头，"朕不是周平，也不是宋高。不能守社稷，可以死社稷！"

"周平"是周平王。西戎袭镐京，平王仓皇东迁洛阳，史称"东周"，天下从此干戈扰攘，形成了春秋战国杀伐纷争的混乱局面。因而周平王东迁，与宋高宗南迁一样，历来为正统儒家所非议。

皇帝不做周平王和宋高宗，等于又一次放弃了南迁的机会。

"然而，毕竟京师空虚，内备外援，一无足恃。"李邦华继续说，"是故臣仍持前议，皇上宜令老成干练大臣，速奉太子南下，抚军监国，以备不虞。"

这当然是估计到了京城必陷贼手的后果，而为皇脉不绝预做打算。李邦华说完，群臣交头接耳，都认为这是万难措手之际，唯一可行的不错建议，连十天前力阻此议的光时亨今天也没再表示异议，于是满廷目光，齐齐聚向皇帝，都希望皇帝采纳这个意见。

不料皇帝神色冷峻地说："今日只议战守，不论其余！"

这就没有办法了。国君死社稷，固然是春秋大义，皇帝要以死做孤注，去博得个青史美名，也还不失于后人悲烈可悯的赞誉，然而令群臣疑惑不解的是，明知危城难支，皇帝为何就不放太子一条生路？太子生死，关乎国脉存亡，皇帝平日二祖列宗不离口，果真闯贼得手，父子同时被难，则皇帝首先对不起的就是自己的祖宗！

"快议战守！"皇帝再次拍案急催。

战则无兵，守亦乏卒，真正到了良平束手的地步。群臣颓然相向，个个垂头丧气，都把眼神飘向了张缙彦。

张缙彦万般无奈地鼓了鼓勇气，躬身陈奏："京畿兵马，唯有蓟镇总兵唐通现驻守在密云。是否檄调唐通入卫京师，恭请圣裁。"

"唐通有多少兵马？"皇帝问。

"据兵部车驾司册籍，唐通实领兵员八千八百零二人。"

"八千多人，能挡住刘芳亮的五万之众吗？"

这一问，张缙彦自知荒唐，赶紧想了想，接着奏道："山东总兵刘泽清现领两万兵马屯驻在大名府，可否与唐通同时檄调入卫，亦候圣裁。"

"刘泽清不是有四万人马吗？怎么成了两万？"

"臣亦听说刘泽清向来扬言所部四万，然而据兵部车驾司册籍，实有兵员确为两万。"

皇帝想起了上月十二日召对吴襄的那番谈话。吴襄既然以四万冒充八万，则刘泽清以两万冒充四万也就不足为奇了。看来方镇总兵都至少吃了两倍以上的空额。——可恶！皇帝心中暗骂，但事急求人，只好隐忍不发。

"可以！"皇帝显得很干脆地说，"今天就由兵部发文，速调唐通、刘泽清入卫京师。"

"是。臣散朝后即刻遵旨办理。"

"然而，唐通和刘泽清两部人马，合起来也还不足三万。"皇帝说，"张缙彦，你再想想看，还有何处兵马可以调动？"

"京畿之内，原有河间府一万兵马，现归李建泰节制。昨日接到塘报，李建泰目前驻节保定，正当刘芳亮北犯通道，臣以为不可轻动。除此以外，直隶、山东两省再无兵马可调。"

提起李建泰，皇帝心里就有气，想了多少次要把他逮京治罪，但又恐朝臣议论，自伤知人之明，因而隐忍再三，未做举动。此刻认真想想张缙彦的意见，真定以北，就剩一个保定了，如果李建泰能守住保定，一来可暂缓京师危机，二来也多少能挽回一点儿自己的面子。照此看来，李建泰的这一万兵马还真的不可轻动。

"除了畿内，看看别处还有无可调之兵？"皇帝继续问。

除了畿内，只有山海关总兵高第的一万军兵和宁远吴三桂的四万劲旅了，这是皇帝明明知道的。明知而故问，显然是想让张缙彦主动提出弃宁远、调边兵的意见。张晋彦思虑再三，无论如何不能中了皇帝的这个圈套。

廷殿奏对，不容迟疑。张缙彦心中着急，一急倒急出了一个说法："天下兵马之可调与否，应视时势而定。寻常战事的兵马调动，自然归兵部该管。臣以为，目前之局，非寻常战事可比，闯贼两路犯我神京，国脉存亡，决于旬月之间。古来王室有难，天下兵马俱有勤王护驾之义。然而召兵勤王，须出特旨，非臣下所得擅专。况且我朝制度，自有定规，兵部向例有权调动各镇卫所的武将。然而兵马勤王，为防武将跋扈难制，历来须有疆臣统带，而本兵与疆臣同秩，并无统属关系。是故勤王之举，非天子特诏不可。臣请皇上宸衷独断，立下勤王特旨，如此或可保我神京转危为安。"

这番陈奏，赢得满廷赞许，连皇帝也不能不认真考虑：时局如此，已经不是靠兵部调动几员武将所能奏效的了。非常之时，须得出以非常之举，否则何能挽狂澜于既倒？而召兵勤王，的确是皇帝的特权，必须皇帝亲书诏旨，封疆大吏才能得以遵旨行事。

"然则在你看来，"皇帝接着询问，"哪路兵马，可召来勤王？"

"春秋之义，天下兵马，俱应勤王。只是以臣之见，京西军兵，正在力阻闯贼北犯；武昌以西军兵，亦在全力封锁西贼张献忠不使出川滋扰。此两处兵马，以暂时不动为宜，其余各处，均可召来。"说到这里，张晋彦索性硬硬头皮，进一步建言，"蓟辽总督王永吉和南京兵部尚书史可法都是当今人杰，皇上可召此二人督师入卫。"

这就说得很清楚了。蓟辽总督王永吉掌控关门一旅，属下两员总兵：一是山海关总兵高第，辖精兵一万；再一个就是驻守在宁远的总兵吴三桂，有四万劲卒。山海关自然不能放弃，可仍由高第戍守，而宁远势在必弃，只有把吴三桂招来之一途。史可法则掌控江南全部兵马，除了正在长江上游牵制张献忠的左良玉外，其余各镇，均可调动。

"嗯、嗯，"皇帝知道该怎样做了，"朕即刻亲召王永吉和史可法督师勤王。只是，史可法尚在两千里之外，缓不济急。王永吉则近在畿辅，召之即来。张缙彦，朕打算谕令王永吉节制各路勤王兵马，你看如何？"

这是皇帝的权力，不必征询大臣的意见。张缙彦无可表态，只好躬身回答："皇上圣明。"

"征调吴三桂，必然放弃宁远。据吴襄说，宁远尚有五十万辽民。宁远一弃，辽民受苦，朕心殊亦不忍。张缙彦，你看可有良策？"

这一问纯属多余！召兵勤王本来就是非常之举，岂能瞻前顾后、面面俱到？

然而张缙彦却不能这样率直作答，想了想，再次躬身回奏："召兵勤王，出自宸断。臣以为辽民之事，皇上亦可晓谕王永吉，令王永吉斟酌损益，便宜处置。"

这个主意不错！把难题推给疆臣，则悠悠之口，不责朕躬，皇帝心中释然了："好、好，朕今日就给王永吉和史可法亲颁诏谕！"

14

大明崇祯十七年三月初九日
大顺永昌元年三月初九日

永平奉诏

　　永平地当京、关孔道，西距京师五百二十里，东距山海关一百八十里，号称"京东第一府"。蓟辽总督的衙门原本设在遵化，自万历末年以来，辽东战事不断，京东第一府又成了京东第一军事重镇，蓟辽总督的衙门亦随之临时改设在这里。

　　吴三桂是昨天夜间刚到的，今天一早就到总督衙门递上手本求见。王永吉心中诧异：吴三桂来永平的总督衙门谒见，事所恒有，但那都是关外有警，必须要来请示进取方略，可是最近没听说关外有什么警讯，则何事劳动吴三桂亲自入关？莫非清兵又犯宁远？他立刻吩咐材官：花厅传见！

　　花厅不是治公之所。"花厅传见"含有不以上官自居，是把对方视为客人的意思，原不必行堂参大礼。然而一身戎装的吴三桂礼节上丝毫不肯马虎，一进门便以单膝跪地，双臂交坎，行了个标准的军礼："标下吴三桂给制台大人请安！"

　　"起来、起来。"王永吉虚了虚身子，算是还了半礼，然后亲手将吴三桂扶起。宾主落座，侍从献茶，王永吉唤着吴三桂的表字，很关切地问："长白此来，莫不是东虏又有新的举动？"

　　"不是不是，"吴三桂急忙解释，"制台切莫误会。三桂连月遣派探马侦伺，自上年十月以来，东虏仅不时以小股游骑逡巡骚扰，并无大举进犯的迹象。三桂此来，另有别情要向制台大人禀报。"

　　"有何别情，你尽管说。"

171

刚刚坐下的吴三桂立刻再次站起，躬身垂手，诚惶诚恐地说："三桂治军不严，自请处分——又有人叛逃了。"

王永吉大吃一惊："啊！这一次是什么人？"

"是个把总，叫王存亮。"

把总又称"百户"，是军中最低一级的武官。王永吉不那么担心了："带走了多少人马？"

"二十个人，二十匹马。"

"唔、唔。长白，你坐下来，慢慢说，是怎么回事？"

吴三桂重新坐下，欠着身子回答："差不多有十天前了，这个王存亮鼓动几个士兵来见标下，说宁远孤城，迟早要落入敌手——"

王存亮当时说得很激动，另外几位也跟着纷纷附和，大致是劝吴三桂及早奏请朝廷，放弃宁远，退守关门，否则现在宁远城中人心浮动，恐怕早晚要出大的乱子。军中的这类陈请，自松锦之战，宁远成了关外前哨之后就经常有人提出，但出自低级武官和士兵之口的，这还是第一次。吴三桂听完立时拉下脸来，把王存亮狠狠地训了一顿："军中大事，本镇自有主张，宁远安危，朝廷也正在妥善筹划，哪是你们这些人所该议论的？王存亮，你可给我听仔细了，本镇平日待你不薄，姑且念你初犯，饶你这遭。以后要是再敢鼓动滋事，煽乱军心，看我不砍了你的脑袋！——滚出去！"

王存亮当时唯唯诺诺，也没再说什么，不料三天前他趁巡夜之机，竟带着二十个士兵，连夜逃往沈阳投奔清军去了。

这样的叛逃事件已经是第二次了。第一次发生在去年十一月初，而第一次的叛逃又与去年九月的清兵进犯有关。

去年九月，多尔衮以顺治皇帝的名义，命郑亲王济尔哈朗和英郡王阿济格率镶蓝、镶白两旗的四万清兵攻取宁远地区。松锦之战后，明朝在山海关外仅余四城：宁远、中前所、中后所、前屯卫。此次命郑、英两王出兵，自然是要夺此四城，为日后攻取山海关扫清障碍。这一仗打了一个多月，两所一卫，尽为所夺，唯有宁远一城在吴三桂的指挥下坚如磐石。清军损兵折将、死伤累累，粮草也消耗得差不多了，不得已将所得三城尽行拆毁，悻悻然撤兵而去。但这样一来，明朝在关外也就只剩下一座宁远孤城了。

宁远与山海关之间隔了二百二十里，这样大跨度的中间空白，从军事上着眼，其实对于拱卫山海关已经没有实际意义了。因此从济尔哈朗撤兵之后，宁远军中，人心浮动，许多中、高级武官不断向吴三桂建言，希望他能奏请朝廷，弃宁退关。而就在吴三桂与辽东巡抚黎玉田和蓟辽总督王永吉频频书信往返、磋商此事的时候，去年十一月发生了宁远守备孙守白带领三百人叛逃投清的事件。

这一来黎玉田感到事态严重，任其发展下去，宁远城必然人心瓦解，后果不堪设想。于是在与王永吉、吴三桂匆匆商量之后，连夜草奏，向朝廷首次提出放弃宁远、退守关门的建议。不料黎玉田的奏章送达内阁，陈演认为无故弃地二百里，荒唐之极，竟然匿而不报。直到今年二月李自成攻陷太原，畿辅震动，京师戒严，王永吉感到机会来了，弃宁远而入卫京师，是个两相兼顾的举措，因而立刻把吴三桂召到永平，要他把宁远难守的具体情况向朝廷做个报告，而他自己则以总督的名义拜发奏章，直接向皇帝建议弃宁入卫，亦因此而有了上月十二日皇帝召集群臣、议撤宁远那场无果而终的争论。

在吴三桂看来，总督亲自奏请，自己桴鼓相应，这等于是替内阁承担了责任，朝廷万无不准之理。然而时隔二十多天，朝夕热盼，盼来的竟是音信杳然。直到三天前再次发生王存亮叛逃的事件，吴三桂终于坐不住了，立刻带着五十名亲兵，快马骏骑，两天长奔四百里，亲自来永平面谒总督。王存亮不过一个小小的百户，带走了也仅仅二十士兵，这类军中小变故原可不必上报，但吴三桂担心的是，两次叛逃事件，足以影响军心民气。宁远也算是他的桑梓之邦了，自崇祯七年接替其父吴襄成了宁远总兵以后，他带领四万官兵戍守于此，与清兵浴血仇杀了十年之久。崇祯十四年"松锦之战"后，宁远以北的锦州、松山、杏山、塔山全部落入清军之手，宁远成了首当前敌的第一重镇，吴三桂也成了威震辽东的赫赫名将。皇太极曾亲自致书劝降，吴三桂置之不理。在松锦之战被迫降清的祖大寿是吴三桂的舅舅，也曾写信劝降，吴三桂答书不从。孤守危城，吴三桂镇定自若，清方劝降，吴三桂视为蔑如。然而这一次他却无论如何也沉不住气了，清兵不来则已，一来则只消将南路切断，困死宁远，那时吴三桂要么投降，要么战死，别无道路可走。因此，此次面见总督，为一个小小的百户叛逃事小，他主要是想敦请王永吉速速拿出决断，以拯救宁远四万军马和五十万辽民不至于遭受灭顶之灾。

"嗯、嗯，"听完吴三桂的陈述，王永吉捻须思索了好大一会儿，终于下定决心，"宁远无论如何不能再守了。廷议蒙昧不决，多半是阁臣不愿承担丢弃国土之责而从中作梗，未必就是圣上的意思。如今贼将刘芳亮已陷真定，距京城不过五百里，京师危急，无兵戍守，想来圣上亦急需我关门一旅以卫神京。这样吧，我明日就进京面圣，当廷剖析利害，无论如何也要替朝廷保住宁远一军。长白，你看如何？"

总督非有特故，不得擅离疆地，王永吉有此表示，当然是非常重视吴三桂意见的表示，因而吴三桂颇有知遇之感："能得制台如此，三桂夫复何求？"

"好，就这么说了。——来啊！"

侍立在花厅门外的材官闻声而入。王永吉吩咐："快去把中丞请来议事！"

"中丞"是巡抚的别称。辽东巡抚的衙门原本设在锦州，松锦之战后，锦州已成敌国，朝命辽东巡抚临时在永平建牙开府，因而形成了督、抚同城的格局。巡抚衙门距总督衙门一箭之地，不过片刻，辽东巡抚黎玉田应召而至。总督临时离守，要委托巡抚代为署理一切庶务，王永吉把黎玉田唤来，就是要向他交代委署之事。

总督从一品，例挂兵部尚书衔，王永吉自然是吴三桂和黎玉田的共同上司。总兵和巡抚则同为正二品，因而在官秩上吴三桂与黎玉田身份相等。然而本朝重文轻武，纵然品秩相同，在官场上也要守着"以武拜文"的规矩，况且本朝的巡抚不是常设之职而为皇帝所临时特简，赋予"镇边关、理民政"，含有节制辖区兵马的特权，照例要挂部、院之衔，黎玉田挂的是院衔：都察院右副都御使。由于这个制度上的原因，吴三桂实际上是黎玉田的下属。所以一见面，吴三桂仍以下属的身份，要堂礼参见。黎玉田逊谢不遑："不敢当、不敢当，正要给长白道贺！"

"喔？"吴三桂一愣，"抚台此话，令人费解，三桂有何贺可道？"

"前日奉上谕，长白晋封伯爵，岂不可贺？"

这一说连王永吉也才想起，伯爵身份，比自己还要尊贵，因而也连忙起身，要做敬重的表示。

吴三桂颇有自知之明，他知道自己的这个伯爵来得莫名其妙。倘若是在朝中，自会有一番热闹的庆典，如今身在前敌，军中规制，哪里谈得上这个？况且末世爵位不值钱，连他自己都没把这当成一回事，军中只论官位，不论爵位，否则以后与督、抚的关系就很难相处了。因此他赶忙将王永吉按住："此话提不得，提不得！名器浮滥，三桂正要上表辞谢。"说着仍然屈身弓腰，规规矩矩地给黎玉田行了军礼。

黎玉田为人谦冲温和，知道再纠缠此事，反倒会令吴三桂的面子上难堪，只好半推半就，受了一礼，马上转换话题："何事劳动长白大驾亲自入关？"

于是吴三桂把刚才对王永吉陈述的话又简约重复了一遍，王永吉也把自己的打算原原本本地向黎玉田做了说明。

弄清了情况，黎玉田自然非常高兴，不过却另有见解："此事原非制台大人亲自面圣力争不可。然而在玉田看来，制台此行，可以免了。"

"唔？"王永吉颇为不解。黎玉田字润石，所以他说，"润石此说，必有所谓。我如何可免此行，乞道其详。"

黎玉田笑着指了指吴三桂，对王永吉说："制台大人倒想想看，'平西伯'三字何所寓意？"

这一提醒，不单王永吉，就连吴三桂也都有了恍然之感。吴三桂身在宁远抗拒东虏，爵号不叫"平东伯"而叫"平西伯"，可见皇帝已经有了召其入关西来、平定闯贼的打算。

明白是明白了，可是王永吉仍有忧虑："内阁掣肘，廷臣推诿，只怕圣上迁延不决，贻误了时机。"

"不会、不会，"黎玉田很有把握地说，"'平西伯'不封则已，封即必有后命。"

"然则在润石看来，后命之来，尚需多少时日？"

"两日之内，应当有确实消息。"

王永吉沉思片刻，深感黎玉田言之有理："嗯、嗯，润石思虑，常人难及。长白，宁远必弃，圣意已决，你的爵号就是明证。你今天就出关准备去吧。朝命一下，我也将亲赴宁远替你料理。"

就这时候，王永吉的侍从材官匆匆进来："大帅，宫中一位公公，说赍来皇上特旨，请大帅公堂接读。"

三人愕然相顾，继之以莞尔一笑：天下真有这等巧事！

"是哪位公公？可曾问了姓名？"王永吉问。

"姓谢，自称大号谢文举。"

谢文举是御前宦官，王永吉认识的，这就愈发证实了黎玉田的判断不误。

"说是密旨了吗？"

"没说密旨，只说是特旨。"

既然不是密旨，二品大员就不需要回避。"去，"王永吉吩咐侍从材官，"快去预备！说我马上就到。"然后对黎玉田和吴三桂说："二位跟我一起去接旨。"

　　总督衙门的大堂已经设好了香案。谢文举硬胎亮纱帽，绯色皱湖袍，双手恭恭敬敬地捧着一个明黄云锦夹板匣，立在香案一侧。

　　待到王永吉一行三人进了大堂，谢文举立刻移步香案之前，居中而立。王永吉在前，黎玉田和吴三桂并排分列其后，齐齐地对着香案施以两跪六叩的大礼。

　　谢文举打开板匣，取出粉绫托底的谕旨，清清嗓子，代表皇帝宣谕：

　　　　寇氛日亟，京师贴危。即着蓟督王永吉节制各路勤王兵马，克
　　日统带吴三桂边兵入卫。至宁远弃守，城中百姓当如何妥为安置，
　　亦着王永吉会同辽抚黎玉田协商办理。

　　　　特谕！

　　　　　　　　　　　　　　　　　　　　崇祯十七年三月初六日

　　"臣遵旨！"王永吉形式上还是在与皇帝对话。

　　宣读上谕是必须要有的朝廷仪制，宣读完毕还要把上谕交给受谕人亲自过目，这有两个含义：一是验看上谕的真伪，以防有人假传圣旨，当然这种掉脑袋的事情可能性极小；二是文字过目，可加深印象，不至于仅凭耳闻，而忽略了字里行间所蕴含的意义，如有疑问，可以当面要求传旨宦官解释。

　　王永吉接过上谕细细阅看。"皇帝奉天之宝"的朱文御玺他是极其熟悉的，然而再看谕旨，却不是通常上谕的"六行"。

　　官府之间的平行文书称"咨"，下行文书称"谕"称"札"，用的都是上好的宣纸，套印朱丝界格，每页固定八格，所以官场上通称"八行"。皇帝的上谕则每页六行，由内阁文员墨笔工楷抄定，皇帝认可之后，钤按朱泥御宝，交由内阁发出，因此"六行"也就成了官场上对圣旨的代称。

　　可是这道上谕却是朱笔，写在粉绫托底的暗梅彩笺上，没有界格的约束，朱色粲然，是一笔俊逸隽秀而略显潦草的"松雪体"。王永吉先是纳罕，继而恍然大悟：原来是皇帝的亲笔手诏！

　　皇帝手诏，难得一见，王永吉招招手，示意黎玉田和吴三桂都来瞻仰。三人认真阅看了好大一会儿，把每句话的意思都谨记在心之后，才又重新递给谢文举。

谢文举毕恭毕敬地把谕旨供奉到香案上，这才恢复了自己的宦官身份，很规矩地给王永吉叩头请安。

总督身份贵重，王永吉又是豪杰之士，对宦官从不假以辞色，但谢文举专赍特旨而来，还有好多话要问他，所以王永吉受完了大礼之后，很客气地伸手肃客："请公公花厅伺茶。"

于是三人拥着谢文举再回花厅，王永吉将黎玉田和吴三桂分别做了介绍。

谢文举颇感意外，施礼寒暄既毕，对王永吉说："真是巧合得很，上谕中提到的三位大人正好都在这里。有什么话要带给万岁爷，三位大人尽管吩咐，文举一定如实转奏。"

王、黎、吴三人心中的感觉又自不同。刚才听了上谕的内容，意外之感，逾于常人，都不觉在心中暗颂圣明。弃宁入关，自去年十一月黎玉田率先奏请，中经王永吉、吴三桂连章陈情，旷日持久，拖了四个月，今天总算有了结果。然而皇帝何以在此时突然下了决断？莫非京城之急已成燃眉？而且"即着王永吉节制各路勤王兵马"，除了吴三桂以外，还有哪路勤王兵马？种种疑问，正好都要向谢文举做个询问。

"你是哪一天出的京？"王永吉问。

"前天。就是初七日早晨。"

"皇上手诏，为何不经兵部驿站用加急发来，而派你专程递送？"

"这有个缘故。"谢文举很小心地解释，"兵部驿站的提差只管送件，不管口头传信儿。召制台大人节制各路勤王兵马和召吴帅入卫京师，这都是非常之举。万岁爷初六日午后亲书诏旨的时候，文举正在御前伺候笔墨。万岁爷写完诏书就交代文举，说你明天一早就去永平一趟，宣谕完诏书后，看王永吉有什么话要说，你回来向朕如实转述。文举奉命，第二天动身，一刻也不敢耽搁，当天宿蓟县，昨天宿丰润，今天午前就赶到大人这里来了。"

用六百里加急，一天可达的诏令，结果竟费时三天，这是王永吉最感不解的事。经谢文举这样一解释，他才明白了皇帝的意图。

"除了关外宁远，还有哪些镇兵被召？"王永吉问。

"初六日朝议，蓟镇总兵唐通、山东总兵刘泽清另由兵部发文，檄调入卫。此外南京大司马史可法大人那里，万岁爷也有御笔亲召。"

原来如此！原以为仅关门一旅为皇帝所恃，看来皇帝统筹全局，能调多路军兵入卫，是很英明的做法。王永吉在心中琢磨，有这些兵马入卫，京师安全，可保无虞。

"真定方面有何信息？"王永吉转换了话题。

"朝廷是本月初四日得知真定失陷确信儿的。这几天没听说有什么新的讯息。可能贼将刘芳亮得知保定有督师李建泰镇守，还不敢轻举妄动。"

"西边呢？"

"太原失守，山西三关总兵周遇吉在太原之北的代州阻贼，听说颇为得力。目前战况怎样，还没有确实消息。"

"京城守备如何？"

"万岁爷最关心京城守备，近来每天都召京营总督李国桢进宫垂询。李国桢正在加紧训练三大营。听城守总监曹化淳说，内城除前三门外，其余六门都增设了红衣大炮，外城的广渠、广宁和永定三门也正准备架设。"

"照此说来，京师虽险，眼下还不是急在燃眉？"

"这个文举就不好说了，不过总还没有到兵临城下的地步。制台大人知道的，崇祯二年和崇祯九年，东虏两次犯我京城，兵部檄调各镇入卫。我兵一到，东虏瓦解，京城旋即转危为安。此次危机，似乎与那两次不太一样。闯贼尚在山西代州，距京师千里之遥，何况代州以北，还有大同姜瓖、宣府王承胤镇守，闯贼纵然尽克三边，恐怕也要月余时间才能打到京师。所可忧虑的倒是畿南刘芳亮一路。刘芳亮五万兵马，人数虽然不多，但对京师的威胁很大。"

"城中民心稳定吗？"

"就是城中民心不稳。上月二十日传来太原失陷的消息，城中士民恐慌了好一阵子，后来再无闯贼北进的传闻，民心才逐渐安定了下来。从本月初四日得知真定失陷，民心再次恐慌，都说刘芳亮三五日内就要打到京城。万岁爷已经下了严谕，禁止谣言流传。如今三五日已过，刘芳亮并无北犯的举动，想来再过两日，民心自会稳定。"

"召兵入卫，不知军饷如何措置？"

"嘻，大人。"谢文举苦笑一声，"国库如洗，边兵缺饷，万岁爷为此日夜焦虑不安。不过，初六日那天的早朝，万岁爷已经下令勋戚百官捐资助饷，太康伯张国纪率先认捐两万，万岁爷很为高兴。想来满朝公卿必能慷慨解囊，为万岁爷分忧，勤王军饷亦必能如数凑齐。"

用这种办法解决军饷，王永吉觉得匪夷所思。但问到这里，已无可再问，便以手示意黎玉田和吴三桂，意思是二位有什么话要问？黎、吴同时摇手，表示无话要说。于是王永吉对谢文举说："你打算何时回京复命？"

"皇命急迫，文举不敢耽搁，打算过了午时就动身回京复命。"

"好。就烦你顺便转奏皇上，说王永吉即刻遵旨驰赴宁远，妥为安置辽民，督率边兵入关勤王。"

总督做此表示，黎玉田不能无动于衷，皇帝手诏里也提到了他的名字，因而紧接着起身表态："黎玉田身为辽抚，护民有责，安置辽民之事，一定遵照皇上手诏和总督指示，尽心办理。请公公代为转陈，勿烦宸忧。"

这就该轮到吴三桂了："也请公公转奏皇上，吴三桂一定听从总督的节制，即刻出关，召集部众入卫京师。"

"好、好。"谢文举连连躬身，"三位大人的话，文举一定如实转奏。"

时机紧迫，不容迟缓，等到吩咐材官把谢文举带到驿馆休息，三人就在花厅里秘密商议。三人的看法一致，督军入卫简单，麻烦的是安置辽民。

宁远弃守，关外尽归清朝所有，则所谓安置辽民，只能是将他们全部迁徙到关内，这一点，三人很快达成了共识。但入关之后如何处置，却是个令人头疼的话题。

"润石，辽民确切人口几何？"巡抚署理民政，因而王永吉向黎玉田询问。

"外间传称五十万，是把四万边兵也算在里面再凑成整数的一个说法。实际上，宁远城在册户籍四万一千户，实有丁口差不多四十二万。"

"四十二万也不是小数了。长途跋涉，滞碍多多，入关以后不宜再驱令远行，就在永平所属的各州县就近安置吧。"

"是。请制台放心，此事交给玉田。玉田立刻就找永平知府杨思恭协商办理。"

"长白，"王永吉转而又问吴三桂，"宁远军中可有多余的帐篷？"

"有。但不知制台需要调用多少？"

"五户一顶，总得万把顶帐篷才能济事。"

"那没问题。三桂一回宁远，即可从军中拨出一万帐篷，派士兵先期运送永平。"

有了帐篷，就算有了临时住所，王永吉略感放心了。然而——"名为迁徙，实为避难，"王永吉说，"四十多万辽民的生计不能不顾。长白，军中可否再拨出一批款子，以助辽民无米之炊？"

一说到钱，吴三桂就为难了："制台大人知道的，朝廷已欠敝镇军饷十四个月，军中对此，啧有烦言。如今哪里还有闲款可拨？"

黎玉田思索了一会儿："制台，此事不必难为长白了，就交给玉田一同办理好了。"

"唔？"王永吉喜出望外，"说说看，怎样办理？"

"这要找杨太守协商。据说永平府去年的钱粮正额已经催收上来大半，尚未报解户部……"

话没说完，王永吉已经明白了："那太好了！你不用找他协商，我这就给他下个手谕，要他先截留下来五万，如此可保辽民一户摊得一两。这笔款子，回头我给户部咨文冲账。"说完当即用总督衙门的公文信笺，给永平知府杨思恭写了个谕单，递给黎玉田："润石，此事偏劳了。"

这是皆大欢喜的结果。辽民安置的问题只能先议到这里，黎玉田起身告辞："制台此次出关，至少要五六天耽搁，期间有何变故，乞予快马传知，以使关内预做准备。"说完拱拱手，匆匆而去。

"长白，你带了多少人来？"

"五十骑。"

"好，事不宜迟。你快去召集人马，立刻动身，随我出关。午饭就在途中将就一下，今天必须连夜赶到关门。"

"是！一切听从制台大人的差遣！"

一刻钟后，王永吉带着自己的三十名护兵，与吴三桂和他的五十名随从，出永平城东的"通辽门"，连连加鞭，朝山海关方向飞奔而去。

大同分兵

血洗宁武，尽屠全城，这一场血腥杀戮固然使大顺将士感到了些许报复的快意，但李自成却整个下午都郁郁不欢。他在自己的行辕里紧锁眉头，心事重重，反复思考下一步的军事行动。

出征以来，势如破竹，没想到一个小小的宁武关竟然折损了他五万人马。此次出征，他统兵五十万，蒲州分兵，刘芳亮带走五万，一路北进的途中，分别在曲沃、平阳、霍州、汾阳、太原、忻州各留下若干兵马驻守，合计又是五万多，加上宁武折损的五万，眼下实有人马仅剩三十五万。这三十五万当中，半数是负责后勤供给的老弱疲羸和去年底才加入进来的未经战阵的市井村夫，真正能征惯战的精甲锐卒不过十二三万。而此去京师，尚有七百里途程，大同、宣府、居庸皆有重兵把守，倘若都像宁武这样，十几万精兵岂不要折损殆尽？

想到这里，李自成如芒刺在背，坐卧不安。第二天早饭过后，传令各营将领，都来行辕议事。

待随征文武和各营将领都到齐之后，李自成果断决定："我要撤兵，这个仗不能再打了！宁武虽破，北征前景不容乐观。是我估计不足，没想到明朝边兵如此强悍。自渡河以来，到今天为止，算起来北征途程仅仅走了一半。后一半的途中，尚有险关三座。如果都像宁武这样，我军纵使打到京城之下，亦必师老兵疲，精锐耗尽，如何能一鼓而破敌京？不能迅速攻破敌京，一旦明朝江南兵马北上勤王，我军历尽艰辛积攒起来的这点家当就会全部赔光。我的意见，不如暂且退归长安，休生养息，待机而动。或者与大西军张献忠构兵联合，共取天下。"

说完之后，目视全场，每个人都不即刻表态，是在认真思考李自成意见的样子。

自代州与周遇吉交手，至昨日破宁武，这十一天的战事，确实给大顺军将士造成了前所未有的心理震撼。崇祯九年以来，闯王麾下的战将追随李自成出入川陕，纵横中原，杀得明朝内地军兵闻风丧胆，然而与明朝的边兵正式作战，这还是第一次。而这一次，虽胜犹败，周遇吉五千兵力，以一换十，竟然耗去了大顺军五万士卒，从军事上看，无论结果怎样，这都是一个极不光彩的纪录。因而李自成的这个"退归长安"的意见，适足以引起大顺文武官员的共鸣。

不独如此。大顺军的结构成分，以陕西人和河南人为主，桑梓之邦，感情特重。崇祯十三年李自成入河南，即采取了河南人牛金星"据中原、取天下"的建议，是以两年之间，三打开封，目的就是要在开封建都自固，进而相机席卷天下。这一设想未能实现，是因为崇祯十五年明军掘黄河而水淹开封，五城滔滔，尽成泽国，百万生灵，十不存一，使这个千年帝京彻底沦为残垣废肆，在此建都，成为泡影，退而求其次，才有了建都关中的打算。

建都关中的打算始于崇祯十六年打下襄阳之后。其时李自成挟席卷襄阳的余威，仅以两个月时间，诱杀和诛除了与他联兵作战多年的另外三支农民军领袖罗汝才、贺一龙和袁时中。剪灭群雄，反侧无忧，下一步如何走法，军中有三种意见：一是牛金星提出的"径趋河北，直取京师"；二是礼政府侍郎杨承裕提出的"东取南京，截断明朝粮道，困死明朝政府"；第三种意见是李自成下襄阳时新得的谋士顾君恩提出的，顾君恩的意见是针对前两种说法而言的。他认为，第一种意见"失之急"，第二种意见"失之缓"。

失之急，顾君恩解释："目前明朝尚占有黄河以北的直隶、山东、山西、陕西四省和江南的大部地区。这些地区均有相当的兵力戍守。直取京师，万一不胜则退无所归；即使获胜亦必陷入明军的四面包围之中。"

失之缓，顾君恩说："江南财赋之区，兵强马壮，又有长江天堑之阻。我兵长于陆路驱驰，短于舟船杀伐，北兵善骑射，南兵善水战。东取南京，恰好是以我之短，攻敌之长，必然旷日持久，徒耗兵力。"

"缓""急"均不可取，因而顾君恩提出："关中四塞之固，帝王之乡，秦始皇、汉高祖和唐太宗均据之而成一统之业。我军不如入居关中，以西安为都，扩充兵力，休养士马，然后进击山西，迂道京师，庶几可进可退。进可取京师，天下一统；不济则退守关中，自成一统天下。"

此真所谓书生之见，听来头头是道，其实是昧于大势的纸上谈兵。关中自唐末战乱以后，民生凋敝，土地贫瘠，且远离东南富庶之地，交通不便，早已失去了全国政治、经济和文化的中心地位。而这样一个极不成熟的意见居然被李自成和大顺军全体将士所采纳，李自成本人有帝王之志而身边缺乏霸佐之才，自是根本原因，倘若李自成如刘邦之有萧何和张良，朱元璋之有李善长和刘伯温，结果将会大不相同。而取此庸策，不以为非，大顺领导集团多为陕西人亦不能不说是重要原因之一。此辈乡土情重而无经略天下之想，不久后攻下西安而不掠不抢，颇能护士民如眷亲，与此后打下北京的肆意拷略官绅、骚扰民间的做法大异其趣，便是这种潜在乡土意识的具体表露。

以此心理上的原因，李自成现在宁武受挫而提出退归关中的决定自然很容易被文武首领所接受。看看没有什么反对意见，李自成做了指示："散议之后各将领回营，传谕全军，今日休整，明天辎重先行，后天四营兵马依序启程，克日班师！"

得此谕令，皆大欢喜，各营将士捆扎的捆扎，包裹的包裹，整个下午都在忙于班师撤军的准备。出征两个月了，衣不解甲，马不卸鞍，厌战的情绪虽然还谈不上，征伐的疲劳却是人人都明显感觉到了的。尤其是宁武一战，不要说去年才从河南、湖广参加进来的新兵，就连跟随李自成百战拼杀的精甲锐卒亦不免思之胆寒。如今大顺王体恤人情，退归关中，无异于游子返乡，谁不想老婆孩子的天伦之乐？谁不想舒舒服服过它几年太平日子？因此命令一下，全军欢动，各营负责器械辎重的军兵行动尤其迅捷，不到傍晚便已做好了各种准备，只待今宵一醉，明天一早就往回开拔。

不料当晚出现了戏剧性的变化。天一擦黑儿，明朝的大同总兵姜瓖差五十快骑递来降表。李自成亲自接见，问明情况，大喜过望，立即令亲兵召上午议事的文武首领速来行辕大帐，就在这里设宴款待姜瓖的使者。

有此一变，大顺将领自然是个个喜上眉梢，然而偏偏喜事双降，宴会刚刚开始，李双喜来报，明朝的宣府总兵王承胤遣一百名骑兵前来迎降，人已到达军前。李自成喜不自胜，立刻率全体将领亲自出帐迎接。这一来两宴合为一宴，临时在行辕隔壁的牛金星行帐里加设席面，肥羊汾酒，厚犒来使。

宁武一战，深寒敌胆，迫使姜瓖和王承胤主动来降，这是大顺军上自李自成，下至文臣武将都没有预料到的。而三边全消，尽为我有，那还犹豫什么？于是李自成改变计划，重新部署兵力，第二天即初三日继续北进，当天到朔州，初四到山阴，初五到怀仁，初六晚上兵抵大同，大军就驻扎在大同城外。

初七一早，大同城五门洞开，文臣以知府董复为首，武将自然是姜瓖带领，阖城百姓，倾巷出动，锣鼓喧天地来迎接李自成入城。李自成谕令四营兵马仍然驻扎城外，自己仅带文武二百余人进城受降。知府董复特为把自己的知府衙门腾了出来，作为李自成的临时治公之所。

草草应酬了受降仪式，剩下的接受户籍账册、安抚地方等诸般杂务，交给军师宋献策和吏政府尚书宋企郊去办理。李自成召其余文武至知府衙门，他要在这里处理两件与北征无关的军政事务，是他刚刚得到的快报：一是在湖广襄阳驻守的大将白旺派人来请求兵马援助；一是在陕西榆林驻守的大将王良智遣副将周士奇星夜驰来，说有重要军讯面禀大顺王。

襄阳是李自成的龙兴之地，上一年的二月，李自成在这里设官建政，是为此后西安建国的铺垫，且以其地理方位极为重要，东阻江夏，西扼川陕，北控宛洛，号称"天下之臂膂"，此处一旦失利，足以动摇国本。以此缘故，襄阳特为李自成所重。

"人呢？"李自成对李双喜说，"让榆林的周士奇稍等一会儿，先把白旺派的人宣来见我。"

白旺派来的人是驻守襄阳的一名裨将，叫邵万才。进来见过了礼，自报家门，然后肃身躬立，等候李自成问话。

"邵万才，目前军务甚忙，你简单扼要地说说，襄阳方面是个什么情况？白旺为什么派你来求援？"

"是。"邵万才略显紧张，清了清嗓子，稳了稳情绪，才缓缓回奏，"上月初五日，明将左良玉自武昌率兵五万袭扰我荆襄地区。白将军调河南的信阳、随州部众迎敌于安乐府，相持十日，终因寡不敌众，安乐府陷入敌手……"

"怎么？安乐已经丢失了？"李自成很为吃惊。

"是。上月十八日，安乐府已被左良玉占据。"

邵万才说的"安乐府"其实就是湖广德安，去年元月，李自成命罗汝才、贺一龙联兵下荆襄，攻克德安，改称"安乐"。

其时张献忠占据武昌。武昌距德安仅三百里，因而李自成占据德安，使张献忠大为恐慌，以为李自成是要趁机吃掉自己，立刻派人到襄阳，气势汹汹地指责李自成背友负义，以不惜火拼的姿态提出警告，倘不立即止兵，将倾全军之力而兵戎相见。事实上李自成之所以从荆襄驱兵东进，确实有试探张献忠态度的用意，而此时见张献忠态度激烈，则度德量力，尚不足以灭掉张献忠以服天下豪杰之心，因而答应兵至德安而止，但也隐隐提出警告，张献忠迟早必须离开武昌，否则将会有对其不利的举动。就这样，大顺军的地盘最南端就以湖广德安为限，李自成命白旺坐镇襄阳，遥控德安——这是崇祯十六年二月间的事。

此后不久，张献忠如坐针毡，东、南两面有左良玉的明军虎视眈眈，随时都可能挥兵直扑武昌，西、北两面又有大顺军构成威胁，腹背受敌，注定了武昌不是宜于久驻的是非之地，于是与部下连日筹划停当，避开大顺军，呼啸南下，经岳州、克长沙，由湖南窜扰两广。数月之后，又挥师北上，逆江而西，从夔门进入四川，两个月之内，肃清川东，拿下重庆。之后又挟兵北进，取铜梁、夺资阳，最后一举攻克了四川首府成都，巴蜀之地，尽为所有。历来"天下未乱蜀先乱，天下已治蜀未治"，是个天高皇帝远、神仙也难管的世外净土。张献忠派重兵守住入川的两大门户——东面水路的夔门关和北面陆路的剑门关，从此陶然乐享于巴蜀胜景，建国封号，自称"大西皇帝"，再也无意于中原角逐了。

而张献忠主动撤离武昌，等于给了大顺军一个极好的机会，无奈白旺徒有大将之名，却无大将之才，不能善觑戎机，蹑踪跟进，反而被左良玉探得虚实，兵不血刃地把武昌收到明军手里。既得武昌，左良玉马不停蹄，直扑德安。白旺原是罗汝才手下的骁将，长于野战而拙于屯守，与左良玉相持十日，终于支持不住，把大顺南疆的坚城白白丢掉。这对于李自成来说，自然是个极坏的消息。

"那么，白旺现在驻守在哪里？"

"在宜城。"

"在宜城？为何不守承天？"

"承天也失守了。"

"什么？"李自成霍然而起，"承天也被左良玉夺去了？"

"是。德安失守后，左良玉趁势西扑，白将军还没来得及调度停当，承天就被明军夺去了。"

呼——！一声暴响，李自成气急败坏，顺手把案子上的一个成化窑斗彩笔洗摔得粉碎。"好你个白旺，看老子不砍了你的脑袋！"说完望空咄咄，犹自詈骂不已，仿佛白旺就在他面前似的。

"承天"即钟祥，是明朝的三大直辖府之一。

成祖文皇帝定都北京，置顺天府，以南京为太祖的肇基之地而保留了应天府，此为明朝的两大直辖府。成祖崩，六传而至孝宗。孝宗是个好皇帝，在位期间去奸佞，进贤能，厘除弊政，励精图治，成一代中兴之主，可惜享年不永，于弘治十八年崩逝，仅得寿三十六岁。继孝宗之位的，就是著名的少年风流天子、死后庙号被尊为武宗的正德皇帝朱厚照。武宗荒嬉，淫乐无度，而实在无异天阉，以三十一岁的英年撒手尘寰，却连个龙种也没能留得下来。皇统断嗣，国脉何以为继？历来皇位授受以"父死子继"为天经地义，如今父死无子以继，少不得就要走"兄终弟及"这条路子了。然而不妙的是，武宗原有一弟，幼年而殇，这就等于一脉单传，至此而斩。兄终无弟可及，这一来朝臣大起恐慌。几经商讨，在武宗的嫡母孝康皇太后和内阁大学士杨廷和的主持下，决定以大行皇帝遗诏的名义，迎立孝宗的侄子、武宗的堂弟、时在湖广钟祥藩邸的兴献王世子朱厚熜入嗣继统。

所谓"入嗣继统"，就封建宗法制度而言，继统即为入嗣，或者换句话说，入嗣才能继统。犹如民间的"过继"，过继之后，便须脱离与本生父母的血胤关系，而要承续继父的宗绪和香火。然而这位年仅十四岁的朱厚熜却主意大得很，迎立队伍到达京师的当天，礼部官员请如皇太子即位礼，先从东安门进大内入居文华殿，然后择日登基。朱厚熜一句话顶了回去："遗诏是让我来当皇帝，不是来当皇太子的。我必须从大明门进入大内、出御皇极殿，直接即皇帝位！"

礼官一听，知道麻烦来了，这位未来的天子根本就不打算承认孝康皇太后是他的母亲，也就是不愿归入孝宗、武宗一支。这是自秦嬴政一统天下、自称始皇帝以来，近两千年间闻所未闻之事！继统而不继嗣，等于孝宗、武宗一支的宗嗣从此断绝，皇脉中转，另起炉灶，朱家的历史上将要出现一个不是皇帝的皇帝。如此荒唐之事，岂能为朝中的正直之士所容？于是百般折冲，据理力争，企图说服这位外藩少年依礼行事。哪知道朱厚熜年纪虽小，脾气却很倔强，声言不入大明门，即刻打道回藩。

这一军将得群臣束手无策，迎立兴献王世子，已经昭告天下，覆水岂有再收之理？不得已，孝康皇太后和大学士杨廷和只好让步，于是当天午时，朱厚熜踌躇满志，入大明门、御皇极殿，在群臣俯伏、山呼万岁的礼乐声中，名不正而言却顺地登上了皇帝的宝座，这便是大明朝历史上赫赫不可一世的嘉靖皇帝。

明朝的皇统变绪有两次。第一次三世而绝，由太祖朱元璋建统，经皇太子朱标，未及登基而亡，至皇太孙朱允炆，坐了四年宝座，是为建文帝。建文帝甫一登基，朱元璋的第四子、时封燕王的朱棣策动"靖难之役"，以武力攘夺亲侄的帝位，改元"永乐"，面南称尊，从此帝系由太子一支转入四子一支。

永乐二十二年朱棣崩，谥"文皇帝"，庙号"太宗"。兹后仁宗入统，四传而至宪宗。宪宗共有十四个儿子，长子、次子和十子均未名而殇，三子朱祐樘按序被立为太子，即是后来的孝宗。第九、十一、十二、十三、十四子，这五子尚在襁褓之中，宪宗生前，不及分封，余下的四子、五子、六子、七子和八子同时封王，其中的第四子朱祐杬封"兴王"，开藩湖广钟祥，两年前薨于藩邸，谥号曰"献"，故称"兴献王"。嘉靖帝便是兴献王之子，第二次的皇统变绪即从这里分支。而这一次与前一次在性质上又有所不同。前一次朱棣不过废除了"建文"的年号，表示不承认自己的侄子是皇帝，但不废正统，仍尊其父朱元璋为太祖。这一次则嘉靖皇帝名义上是承继的孝宗，实际上继统不继嗣，目的在于从根本上否定其伯父孝宗和其堂兄武宗的皇帝名分，而要追尊自己的生身之父兴献王朱祐杬为皇帝，所谓朱家的历史上将要出现一个不是皇帝的皇帝，即指此而言。

果然，嘉靖帝即位的第六天，就诏令朝臣恭议兴献王的祀典和尊称。礼部尚书毛澄会集文武大臣六十余人共上奏章，引经据典，劝嘉靖帝应该"称孝宗为皇考，改兴献王为皇叔父，兴献王妃为皇叔母"。古来外藩入嗣继统，必须变更与本生父母的关系，因而毛澄等人的劝谏不仅合理，且亦合法。

不料嘉靖帝览奏大怒，指斥群臣："你们谁无父母？父母是可以变更的吗？"理不直而气颇壮，并且索性撇开群臣，直接下诏，尊兴献王为兴献皇帝，尊兴献王妃为兴献皇后。大学士杨廷和正色立朝，当即封还手诏，抗命不尊。如此君臣相持，长达三年之久，期间杨廷和四次行使相权，封还御诏，亲上谏章三十疏，都不能改变皇帝的意志。嘉靖三年二月，皇帝罢黜杨廷和，凡是反对皇帝意志者，或下狱，或罢官，或休致，或夺俸，高压之下，皇帝初步达到了自己的目的。但接下来，皇帝还要把对孝宗的称呼改为"皇伯考"，不仅剥夺了孝宗的皇帝资格，连带着武宗的皇帝身份也被取消。

这一来惹恼了满朝公卿，决心以死抗争。时任翰林院修撰的杨廷和之子杨慎，面对群臣，振臂高呼："国家养士一百五十年，仗义死节，正在今日！"给事中张翀愈发慷慨激昂："万世瞻仰，在此一举。今日有不力争者，大家共同打死他！"于是九卿、科道，御史、翰林，吏、户、礼、兵、刑、工六部的堂官和司官，以及大理寺、太常寺官员二百二十九人跪伏左顺门，哀声高呼："太祖高皇帝！孝宗敬皇帝！"接着蹦踊号啕，声震掖庭。这一大群护礼忠臣，以为如此举动，足可感格天心。不料天心如铁，根本不为所动，当即命锦衣卫锁拿二百零一人下入诏狱，用武力镇压了此次伏阙陈请事件，将为首的八人拷掠充边，四品以上官员罚俸夺薪，四品以下官员一百八十余人午门廷杖，其中十七人被当场杖毙。之后嘉靖帝诏告天下，除了重申兴献皇帝为"皇考"，兴献皇后为"圣母皇太后"之外，正式把孝宗称为"皇伯考"，把孝康皇太后称为"皇伯母"。嘉靖帝手握皇权，挫败群臣，终于达到了目的，而缅怀祖德，追思六代，若非太宗文皇帝重开统绪，自己何能以外藩而君临天下？于是又把太宗的庙号更为"成祖"，因此明朝的太庙里便有了"二祖"——此即有明一代著名的"大礼议"事件。此事对后来的政局影响甚深，大礼议中的"护礼"和"议礼"两派，开明朝党争之渐，激荡演化，积不相容，终成断送朱家天下的重要原因之一。而兴献王既被尊而为帝，则湖广钟祥亦跟着广被恩泽，成了潜龙蛰

187

伏之地，嘉靖皇帝大兴土木，把钟祥东北十五里松林山上的"兴献王陵"扩充改建而为帝陵规制，称为"显陵"，改松林山为"纯德山"，改钟祥为"承天府"，升格为朝廷直接辖治，因此，明朝破天荒地出现了三个直隶府。而与北京的顺天、南京的应天两府相比，承天府又有其特殊的意义，不唯皇陵所在，而且之后的穆宗、神宗、光宗、熹宗和当今的皇帝，都是世宗这一支的统绪，感怀祖荫，崇功报德，都不能不把承天府看得分外重要。

同样的道理，李自成之看重承天，地理位置和军事上的作用之外，政治上能给当今皇帝以蔑视其祖的打击，亦是重要原因之一。此所以白旺失机武昌、丢掉德安，李自成尚能容忍，而一闻承天失陷即大光其火的由来。

"承天不能丢，必须把它夺回来！"李自成以掌击案，"我想即刻分兵，驰援湖广。诸位看，派谁去合适？"

众人窃窃私语，都在交换各自的看法：当此北征局面已经出现意外转机，大同既下、京师在望之时，还有没有必要为了一个南在千里之外的承天去一争得失？

"不必、不必！"首先说话的是位崇言尊的刘宗敏，"一个小小的承天，何必把它放在眼里？再过十几天，明朝皇帝就成了咱手中的俘虏。那时候，整个天下都是咱大顺朝的了，还怕它承天不跟着你姓李？大哥啊，你放心，到时候左良玉要是不投降，你就把他交给我，俺刘宗敏亲率标营杀到湖广，看不把这个浑小子剁成肉泥！"

"王爷，"牛金星紧接话题，"汝侯之言，不可不采。承天之重，在当初而不在当今。当初关中未取，我军未固，是以荆襄之地为我立足之本，而占有承天，足寒明朝皇帝之胆。如今时移势转，已非昔比，敌京之破，指日可待，而欲破敌京，非重兵劲旅不能收其功。目前我兵仅余三十五万，来日大同、宣府、居庸亦须分兵驻守，抵京之日，恐怕兵力不足二十万。以京城之大，二十万兵力实在难称足裕。因此之故，今天再谈分兵，势必关碍大局。此乃军机大事，臣以为王爷不可不虑。"

一武一文，为大顺朝的第二、第三号角色，虽然理由不一样，但异口同声，都反对此时再分散兵力的态度却并无二致，李自成顿有孤掌难鸣之感。然而经营天下，若说此时就把承天府弃置不管，又非李自成心中所愿，因而对二人的意见，其实他并未能认真听得进去。所以把脸一偏，显得不以为然，甚至是很负气的样子，要听听别的人还有什么说法。

气氛有点儿沉闷，李岩感到有一解僵局的必要，因而两掌虚空，朝下按了一按，表示有话要说。

"李公子，有话尽管说，"李自成看到了李岩的表示，"正想听听你的意见。"

"闯王，此刻分兵与否，不宜骤然决定。可否先听听榆林方面的情况，然后统筹兼顾，一并处置？"

这一提醒非常及时，不光李自成，所有在场的人都才想起，榆林此时派人来，必是也有极重要的大事要待闯王定夺。

"嗯、嗯。"李自成决定采纳李岩的意见，亦借以缓和一下僵持的局面，"邵万才，你也坐下来听听。——双喜，去宣周士奇进来见我！"

周士奇是陕北的老弟兄，去年十一月李自成破榆林，奉命协助大将王良智就地驻守，与今天在座的大部分将领也都很熟悉，所以见过了礼，略事寒暄之后，开门见山地向李自成禀报："卑职奉王将军之命，专程从榆林赶来，是要转交满洲鞑子的一通书信。"

"鞑子的书信？"李自成满脸疑惑，"怎么回事？周士奇，你从头说来我听。"

"本月初三日，满洲鞑子的什么'摄政王'，特遣一个叫作迟起龙的信使，从关外蒙古，绕道榆林，被我守城校尉截获。这个迟起龙口口声声要到西安面见'大顺国王'，说有'大清国皇帝'的重要书信呈递。开始卑职还以为此人是个疯子，经王将军和卑职两次传讯，才知道此人思路清晰，口齿便捷，确系鞑子派来的信使。王将军百般解说，答应一定将书信转呈'大顺国王'，他才肯把书信交了出来。王将军和卑职担心信中有什么碍口之语，损我大顺国威，所以当即拆开阅看，又发觉这通书信不是专为呈递我朝的。王将军犹豫难决，与卑职商量，这件事无论重要与否，都该让闯王知道才是，因而特派卑职星夜兼驰，禀报闯王。"说完从肩囊里取出一块夹板，打开夹板，将一只封套递了上去。

周士奇的这番话引起了李自成和在座所有文武官员的极大兴趣。如同多尔衮莫辨关内的"闯、献"一样，李自成及其部属十余年中原驰骋，对关外的情形亦复茫然不知，只听说辽东鞑虏已经建国称号，叫作"大清"，经常毁边入塞，骚扰内地，其状颇类自己当年"饥来趋附，饱则远扬"而胸无大志的做派。这样一个番夷野蛮之邦，竟然也要和自己潜通问讯，则其意何居，倒是不能不关心的。

"对那个鞑子的信使怎么处置的？"李自成一边接过书信，一边漫不经心地问。

"好酒好肉款待了一宿，第二天赏他十两银子，放他走了。"周士奇回答。

"喔、喔。"李自成抽出信函，展开阅看：

大清国皇帝致书于西据明地之诸帅：

朕与公等山河远隔，但闻战胜攻取之名，不能悉知称号，故书中不及，幸毋以此为介意也。兹者致书，欲与诸公协谋同力，并取中原。倘混一区宇，富贵共之，不知尊意何如耳？唯速致书，倾怀以告，是至诚至愿也。

顺治元年正月廿六日

"哼哼！"看完书信，李自成颇为鄙夷，"蕞尔小邦，也敢自称皇帝！这一来，天下倒有四个皇帝了，岂有此理！"说完把书信朝案子上狠狠一拍，意思是要别人接着传看。——他说的四个皇帝，自然是指他自己这个即将即位的"大顺皇帝"，张献忠的"大西皇帝"，马上就要成为手中俘虏的"大明皇帝"，还有这封书信自称的"大清皇帝"。

待到文武默然，以极大的兴味将书信传看了一遍，人人都和李自成差不多地，是那种可笑亦复不屑的感觉。

"他娘的！"刘宗敏慨然放言，"老子百战艰难，眼看就要打出天下，他在关外反倒成了皇帝，还他娘的称咱们是什么什么'诸帅''诸公'？这不等于骂人吗！大哥，先别理他，等捉住了朱家皇帝，俺刘宗敏再到关外去和这些小鞑子们算账。他要是识趣，就放他一马，叫他俯首称臣，年年给咱上香进贡；要是他不识趣，哼哼！扫穴犁庭，给他来个斩尽杀绝！"说完掀髯大笑，声彻屋宇。

这番豪语，引得众人纷纷附和。这个说："王爷，天下是咱们自己打的，谁要他们来'协谋同力'？做梦去吧！"那个说："闯王，小鞑子真他妈的不要脸，还要'富贵共之'，坐享其成，天下哪有这等好事？"还有的说："咱们汉人的天下，哪能容外人插手浑搅？汝侯说得对，等咱打下北京，立刻到关外灭了这些不知天高地厚的小鞑子！"一时间，詈骂之声，不绝于耳。

等到众人的情绪渐渐平复下来，李自成以极其轻蔑的表情，抓起书信，撕成数片，然后揉作一团，朝身后一甩，仿佛是示意众人，这件事到此为止，无须再议，就算处理过了。

"周士奇，除了这通书信，榆林方面还有什么动静？"

"回闯王，别的什么也没有，榆林很安静。"

"好。你回去传谕王良智，榆林是我朝的北边重地，与蒙古的鄂尔多斯部密迩相邻。听说鄂尔多斯和辽东鞑子暗中勾结得很热火，如果鞑子利用鄂尔多斯从榆林偷袭我关中，就会危及我朝的根本之地，这一点倒不可不防。"——李自成此时尚不知蒙古早已归属了清朝。

"是！请闯王放心，卑职一定转谕王将军，密切关注鄂尔多斯的动态。"

"嗯，就这么说了——双喜，把周将军先带下去歇息！"

周士奇走后，李自成仍然担心荆襄局势："邵万才！"

"末将在。"邵万才立即起身，等待问话。

"宜城距襄阳不过一百多里，宜城一旦不守，襄阳也就危在旦夕。照你看，白旺能守得住宜城吗？"

"末将来时，白将军特为交代，要末将转禀王爷，无论如何也要替大顺朝守住宜城，确保襄阳不落入左良玉之手。不过……"邵万才突然顿住，现出欲语不语的样子。

"不过什么？"李自成独目倏张，别具威严，"邵万才，你可别犯糊涂，军情要紧，有什么就说什么，如实道出，我不怪你。倘若有半句隐瞒，误了我的大事，可就怪不得军法无情了。说！"

这番训斥，吓出邵万才一身冷汗。邵万才和白旺一样，原都是罗汝才的部下。罗汝才被李自成扑杀之后，部众不安，人心涣散，几万人呼啸哗变，有的投降了明军，有的投奔了张献忠。李自成亲临罗营，召集所余部众，反复譬解，温语安抚，白旺一支的七万人马总算留了下来。投闯以后，白旺倒是不存芥蒂，对李自成忠心耿耿，李自成亦能不分彼此，用而不疑。后来李自成亲率主力入河南与明将孙传庭决战于郏县，进而席卷关中，夺取西安，这期间把根本之地的襄阳交给白旺戍守，足以说明李自成并不以见外之心而待罗汝才旧部。

然而，境况之顺逆，颇能映出关系之亲疏。如今白旺丢失了李自成萦萦于怀的承天府，罗氏旧部，心不自安，唯恐李自成以亲疏远近之见看待此事，因而邵万才此来，固然是要请兵增援，但亦不无为白旺洗刷解释、开脱责任的意思在内。无奈此人心思虽密却讷于口舌，尤其是初见闯王，慑于龙威，愈发结结巴巴地表达不清。如今被劈头盖脸的一顿训斥，悚然震惊之下，才发觉自己大错特错，徒然解释，越描越黑，不如就军情、谈军情，才是曲突徙薪，彻底消除李自成猜忌的根本之计。

有了这个计较，邵万才神定气闲了："启禀王爷，德安、承天虽失，但人员伤亡不大。左良玉挥兵五万，目的自然是要夺我襄阳。白将军檄调信阳、随州驻军，集兵六万，固守宜城，另留一万人马分守襄阳和谷城，成掎角之势，以为策应。照末将看来，阻左良玉于宜城，不使其进窥襄阳，应该没有多大问题。不过，自从信阳驻军调往湖广，豫南确山、西平一带的土寨武装以刘洪起为首，纠集地方豪强，趁势招募民团，与左良玉遥相呼应，袭杀我大顺地方官员，重新恢复明朝制度，此一势态，甚可忧虑。目前刘洪起已经聚众两万，倘若他配合左良玉，从侧翼袭击襄阳，则白将军难免顾此失彼。到那时宜城和襄阳能否安然无恙，就很难说了。这就是白将军命末将速来搬兵求援的原因。军情如此，不敢隐瞒，祈王爷定夺。"

邵万才一口气说到这里，众人才知道南边局势比想象的还要严重，看来不单单是荆襄不稳，与湖广交界的豫南地区亦已变生肘腋。河南是李自成的发祥之地，崇祯十三年以前，李自成窜扰川陕，漂泊淮楚，过了多少年颠沛流离的狼狈生涯，一危几殆，濒于绝境，而崇祯十三年以所剩残部三千人突入河南，就像老天有意眷护落魄英雄似的，旬日之间，从者如流，各路豪杰，闻风响附，迅速聚积起百万之众，奠定了日后与明朝争雄的牢固基础。如今连这个基础都发生了动摇，则慎终追远，即使京师一鼓可平，而进一步底定天下，岂不还要大费周折？因此邵万才的这番陈奏，使刚才极力反对分兵南援的刘宗敏和牛金星亦不能不考虑问题的严重性了。

"荆襄不能不救，河南不能不管。"说话的是袁宗第，"目前明朝京师的西边屏障已经被全部摧毁，宣府的王承胤也递了降表，底下仅剩一个居庸关，不足为虑。闯王，把南边的事交给我吧。攻打北京，有汝侯的标营、李过的后营和刘希尧的右营就足够了，何况畿南还有刘芳亮的左营呢。我就不相信，北京一座空城，我大顺朝四营精兵打不下来它。闯王，你不是最担心明朝皇帝召江南兵马勤王吗？我去湖广，正好可以拖住左良玉，让这小子动弹不得。朱家皇帝无兵可调，还不得乖乖地献城投降？"

西安建国，袁宗第爵封绵侯，在大顺武将中的地位和威望仅次于刘宗敏，而某些方面犹且过之。刘宗敏善于指挥多营联兵作战，号令威严，全军震服。

袁宗第则是孤胆英雄,他所统带的前营,彪悍绝伦,威名素著,而袁宗第每临战阵,沉着机智,常常能于万无生机的绝境之中化险为夷,是堪当方面的大将之才。此次北征,受制于刘宗敏,自觉长才无所施展,因而今天主动请缨,虽然理由说得不甚得当,但确实能让李自成感到他是南援荆襄的最佳人选。

"绵侯若去,当然最好。"李自成高兴地说,"看看诸位还有何意见?"

一阵哗然聚议,都表示不援荆襄则已,若援荆襄,再也没有比袁宗第更合适的人选了。

李自成看看众议咸同,正要下令,只见李岩又做了一个要说话的表示。文武兼资的李岩是李自成在大顺僚属中最看重的将领之一,他的意见,历来为李自成所重视,平日相谈,尊称"公子"而不名。当此大计待决之时,公子欲言,自然不能忽视:"怎么?李公子,你有话要说?"

李岩稍显犹豫地顿了顿:"闯王,有句话,我要说了,未必见纳。我要不说,于心难安……"

李自成立刻说:"李公子历来爽快,今日为何扭捏?军中议事,正要各抒己见,只要于大局有益,我没有不采纳的道理。有话但说无妨。"

"我以为荆襄可以不救,东虏却不可不防!"

此言一出,举座讶然。说荆襄可以不救,在此时已觉突兀,而说东虏不可不防,这竟是独弹异调了。因而众人的目光,齐聚李岩,兴味盎然地要听他怎样解释。

"有笔账,极其简单,我算给诸位听听。京师距此地七百里,我兵推进,七日可达;宜城距此地两千里,南援途程,费时须在二十日以上。照目前的形势来看,十日之内,敌京不难入我掌中。敌京既危,左良玉必然北上勤王……"

话没说完,众人已经恍然大悟。"唔、唔,"刘宗敏说,"你是说,我兵尚在南援途中,左良玉已经北上。如此一来,宜城之围,不解自解——是这样吗?"

"正是。"李岩接着说,"一旦左良玉离开湖广,剩下刘洪起两万新聚之众,岂敢以卵击石,去碰白旺的七万人马?"

"不错,不错。"刘宗敏抚掌称善,"荆襄可以不救,这个意思,俺刘宗敏弄明白了。那么何以又说东虏不可不防呢?"

"关外东虏,与我隔绝,彼之强弱,我尚一无所知。他既然以大清国皇帝的名义前来与我联络,并且声言混一区宇,夺取中原,则其志向,首先就不容忽视。论其实力,以往曾闻数次入塞掳掠,如入无人之境,明朝将士,无

193

奈其何，可见亦非等闲之辈。还有一层，我以为最可忧虑：听说明朝的原蓟辽总督洪承畴投降了东虏，果真如此，以洪承畴之精明而为虎作伥，则东虏之势，愈发不可小觑。关外距京师不过数百里之遥，我军既取京师，不患明朝的勤王之师，须防关外的突来之虏。我以为对知之有素的明军可以置之不理，对素无所知的清军万万不可掉以轻心。因此，现在分兵，窃非所宜。"

这番解说，并不深刻。在李岩自己，亦觉隔靴搔痒而未到实处，不过隐忧之感，却很强烈，而在众人听来，更不免笼而统之，甚至觉得这是杞忧之论。

牛金星首先不以为然："东虏夷狄之邦，隔绝关外，虽然建国称尊，不过窃号自娱而已。以华夏之大，中土之广，纵使其有觊觎之心，只怕亦难有吞食之力——东虏不足畏，李将军何必鳃鳃过虑？"

"现在不必分兵去救荆襄，这我同意李公子的意见。"刘宗敏也忍不住表态，"不过要说满洲鞑子能成什么气候，俺刘宗敏可就不大服气了。照我看来，鞑子胸无大志，几次进关烧杀抢掠，目的就为了那点儿金银财货，哪里知道什么经营天下？丞相说得对，东虏不足畏！"

将相同调，都没有把"大清国"当成一回事，李岩心里虽以为非，但实在因为他自己也对关外情形不甚了了，欲辩无词，只好缄口不言。

李自成听了刚才三人的议论，触动灵机，另有一番见解："东虏不足畏，此话大致不错。李公子的顾虑，也不为无因，兵法云'多算胜'，防患未然，总是应该的。只是当务之急，在于取敌京师；至于防范东虏，不必亟亟。且待克服敌京之后，遣一旅之师，出镇山海关，相机剿抚，也还为时不晚。不过，正因如此，我的意见，立刻派绵侯驰援湖广，愈加显得很有必要。"

说到这里，李自成环视众人，显得胸有成竹似的，而语带玄机，自然能引起众人的极大兴味。荆襄不必救，个中道理，已被李岩点拨得清清楚楚，而李自成却以为驰援湖广很有必要，衡情酌理，两相抵牾，其中必有出人意料的原因。因而全场默然，在等着李自成继续说下去。

"就像刚才绵侯说的，山西三边已隳，敌京空虚，以汝侯、李过和刘希尧的三营精兵足可拿得下来。说到这里，我还有一个看法：黄河以北，明朝已无重兵，所剩京师三大营，此前也被刘体纯策反，收为我用。我的看法是，此去京师，无须争斗，京城可以不战而下。这个判断如果不错，那么绵侯的前营就成了闲兵。我担心的是，朱家皇帝召兵勤王，左良玉就会率兵北上，从南边抚我之背。而左良玉北上，必从河南信阳、开封、彰德一路，进入畿辅。

现在趁左良玉不备，绵侯的五万人马，从山西穿河南入湖广。左良玉不动，绵侯即可在湖广与其周旋；左良玉一动，则绵侯蹑踪跟上。到那时，北有刘芳亮回兵痛击，南有绵侯从后路追杀，左良玉只能束手就擒。——以有闲之兵，做突击之用，将左良玉消灭于勤王途中。左良玉一去，除掉我日后南下一大障碍，长江中游，尽归我有。诸位想想看，南援湖广，是不是很有必要？"

这个说法，不无道理。但如果说这就是算无遗策的庙胜之论，则众人又未必同于此感。但无论怎样，如今形势急转直下，破敌京已不需太多兵力，这倒是人人都愿意认可的事实。既然如此，袁宗第的前营另做他用，于大局无损，对将来亦或许有益，则此时何必非要违拂李自成的意志？

"是啰、是啰。"刘宗敏说，"不必再争了，就按闯王的意思办吧。反正朱家皇帝已成瓮中之鳖，就算几万京兵再做困兽之斗，别的营都不用动，光俺刘宗敏的标营也能把他打个落花流水。"

其余诸人，都无反对的表示，李自成很顺当地做出了决定：明天分兵！于是初八日那天一大早，袁宗第率前营五万将士南下，李自成留下五千人马驻守大同，剩下三营精兵和辎重后勤，当天开赴宣府。

宣府在大同之东，位于大同和京师之间。由于大同和宣府同时递了降表，所以初六那天，李自成已遣刘希尧先期率众两万，绕过大同直奔宣府。等到李自成离开大同，往东走到阳原的时候，接到了刘希尧派来的哨马传报，说宣府总兵王承胤和监军太监杜勋已经献城，只待闯王前来受降。

这是意料中的事，而竟成事实，李自成愈发感到，此去京师，不须恶战。倒是周士奇从榆林的到来，给了他另外一个警惕：北边的蒙古人骁勇剽悍，不可不防。而大同东北的阳和堡地当长城要塞，在山西的位置，与在陕西的榆林同等重要，蒙古的鄂尔多斯部入陕西必经榆林，入山西则多走偏头关和阳和堡。有此意会，他在阳原城谕令后营制将军李过拨出一万人马，由一名果毅将军统带，径往东北，去夺阳和堡。同时命令刘希尧的哨马星驰返回，传谕刘希尧无须在宣府停留，要他率兵直取居庸关。

"哦，快了！"李自成一路上按捺不住心中的激奋，十年拼杀，百战经营，不旋踵间，天下就要在自己的掌握之中了！待前路拿下居庸关，就等于进入了京师的北大门。他现在唯一担心的是明朝皇帝弃城南逃。"东路的情形怎样呢？"李自成暗自思忖，"刘芳亮能按时包抄京师，截断明朝皇帝的南逃之路吗？"

15

大明崇祯十七年三月十二日

强项县令

刘芳亮今晚兵抵保定。

上月二十三日，刘芳亮轻取真定，在真定驻兵五天，打探到李建泰拥兵一万，盘踞在河间府。李建泰的种种秽行，早已引起了刘芳亮的密切关注，如今真定既下，时间充裕，正好趁此间歇，为民除去一害。本月初一日，他留兵两万屯守真定，自带三万骁骑，走深县，过武强，从献县渡子牙河北上，初四日正午兵抵河间。然而，和他此前奔赴大名府去捉刘泽清一样，迟了一步，李建泰已在昨晚得到消息，连夜裹卷而逃，直奔保定去了。

一个月前，李建泰正在顺德府广宗县大逞淫威，闻刘芳亮之名而丧胆，匆匆北撤，从广宗撤到南宫，从南宫撤到景州。沿途百姓听说李建泰的匪兵又回来了，递相传告，如避瘟疫。而李建泰夷然不以为意，如同当初南下时一样，纵兵剽掠，闹得鸡飞狗跳。从景州再往北走，就是河间府辖下的东光县。

东光县令宋邦宪，为人刚毅正直，在京畿八府一百二十二县的县令当中，是个出了名的"强项令"。两天前闻报，说李建泰要从东光过境，立刻召来刑名书办商讨对策。

"老夫子，"宋邦宪拱手求教，"李建泰贼匪不如，我要保东光一县生灵不遭涂炭，而智术短浅，心长力绌，请问计将安出？"

一县两书办，一管钱粮，一掌刑名。古来的规矩，书办不入品流，是要县令自掏腰包，礼聘而来的帮办，俗称"师爷"，而县令则尊称之为"老夫子"。

宋邦宪礼聘的这位刑名师爷是浙江绍兴人，刑名世家，律例透熟，很为宋邦宪办了一些令人心服口服的刑名案件，且以此人居心宽厚，处处为东家着想，每临大事，排疑解难，因而特为宋邦宪所敬重。此时见问，自然先要替东家的前程做个考虑："东翁，李建泰固然狗彘不如，但他是当今皇上钦命的督师，口衔天宪，生杀自专，听说在顺德府差点儿杀了广宗县的张大令。东翁与他作对，只怕后果堪虞。"

"是何言欤！"宋邦宪正色说道，"读圣贤书，所学何事？邦宪为民父母，自当以护民为第一要务，它非所计。老夫子尽管畅所欲言，荣辱祸福，邦宪一人承当。这种时候，岂能为顾自身后果而任令权奸鱼肉百姓？"

是这样的态度，就不必再有任何顾虑了，况且这位刑名师爷自幼读书，最仰慕战国策士风范，迥非仰人鼻息的风尘俗吏一类人物。东家不畏权势，公而忘私，自然能激起他祸福与共、精心设谋的豪侠之气。"唔、唔，"他说，"李建泰手握劣兵一万，东光小县，无兵无勇，可虑者在此，所忧者在此。东翁，你看可是此话？"

"正是！"宋邦宪再次拱手，"所要请教者也在此。"

"慢来、慢来，且容我细细筹划。"说着五指并拢，频频自叩脑门儿。过了有半盏茶的工夫，突然计上心来："我有一策，可解东翁之忧，不过是个险招，不知东翁敢用与否？"

"为护子民，邦宪何所不敢？老夫子的险招，必是奇计，乞为细道其详。"

"河间府尚有一千二百兵马，大可借来一用。"

宋邦宪一听，不免失望，河间知府方文耀岂肯将仅有的一千多兵马移作他用？

看到东翁踌躇不语，刑名书办缓缓解释："险招之险，就在借兵的理由上讲究。东翁如果照实说借兵是为了对付李建泰，以方太守的谨小慎微，自然不能如愿。但如果说是流贼刘芳亮兵犯东光，乞予派兵保护，则太守护民有责，朝廷亦有法度，方知府焉有不肯之理？"

这个说法，颇能打动宋邦宪，但事涉欺骗上宪，有失君子风度，宋邦宪仍不免踌躇难决。

"理宜守经，事贵从权。"刑名师爷进一步解释，"东翁要保一县平安，舍此别无善策。况且借河间之兵，就不必与李建泰血肉相搏，只需施间用谋，对方自然军心瓦解。"

"喔？"宋邦宪大惑不解，"此话可有讲究？"

"当然。东翁莫非忘了，李建泰的一万兵马是归马稳统带？"

"啊、啊！"宋邦宪愣了一愣，旋即醒悟。李建泰的一万兵马和河间府的一千二百兵马，都是马稳统带多年的老部属，只是由于李建泰恃势弄权，才将他们硬生生地一分为二。本朝的兵制，军与兵是两个不同的概念。"兵"来自民户，视军情或战事的需要而临时招募，战后遣返，仍归民户；"军"则来自军户，是太祖高皇帝创下的规制，一入军户，世袭罔替，世世代代都是职业军人，名为"军兵"，平日须屯驻在朝廷指定的卫所。马稳所统的就是世代屯驻在河间卫的军兵，其间父子、兄弟同在一军的比比皆是。如此想来，岂有同属一军而骨肉相残的道理？

"高明之至！"宋邦宪心悦诚服地兜头一揖，"老夫子，真正匡我不逮！"

于是当即展开"八行"，就按刑名书办的意思，写了一个"禀帖"，吩咐属下称为"四老爷"的典史，快马加鞭，直投河间知府方文耀。

方文耀是个圆滑老吏，一看禀帖，心里透亮，知道哪里是什么刘芳亮来犯？分明是宋邦宪任性使气，要借河间之兵整治李建泰！这在他倒有正中下怀之感。几天前李建泰以尚方宝剑相威吓，使他当众受辱，此事他一直耿耿于怀，对李建泰恨之入骨。因而明知宋邦宪醉翁之意不在酒，却故意不去说破，乐得让李建泰栽到强项县令的手里，替自己一出心头恶气。反正宋邦宪禀帖上写明是为了"拒匪保民"，日后朝廷追究下来，责不在己，公事上不虞后顾之忧，何乐不为？因此很痛快地，当即招来统兵的"掌印千户"，细细叮嘱，一切听从东光县宋大令调度之类。第二天清早，一千军兵开拔，一百二十里地，走到日薄西山，部伍整肃地进驻了东光县城。

李建泰是上月十八日撤到东光县的。来到城下，举目环顾，但见四野萧条，宇舍罄空，自然是城外的居民都躲进城里去了。再看东光城头，士卒环列，甲胄耀日，一面硕大的"马"字大旗，在猎猎劲吹的东北风鼓荡之下飘然展开，看样子就像有上万兵马在城头上列阵等待着似的。李建泰心中暗暗吃惊：这是何处军兵？畿内一万兵马都在我的手下，小小东光县，怎么会冒出来这么多士卒？

"来啊！"他高声喝令，"传我的导子！"

"导子"又称"高脚牌"，上书官衔，标明身份，是高官显宦出行仪仗的一部分。在副总兵郭中杰指挥下，三十二名健卒，分为两组，推出两块高脚木牌，蓝底金字，右面一块写的是"礼部右侍郎兼东阁大学士挂兵部尚书衔"，左面一块写的是"钦命阁部督师总理直隶山陕三省军务李"。十几名鼓吹手，唢呐笙簧，吹吹打打，簇拥着导子来到城下。

待到鼓乐一停，李建泰戎装骏马，状貌甚伟，很有派头地打马上前，对着城上亲自喊话："本帅奉旨剿贼路过此地，为何闭城不纳？快叫你们县令出来答话，本帅倒要问问，他是多大的前程？"

话音未落，哨声贯耳，一支称为"鸣镝"的响箭从城上飞来，不偏不倚，正中坐骑当胸。骏马负箭，痛不可忍，前蹄腾空，后腿直立，接着就地打了个旋转，扑通一声，滚翻在地。就这一掀一甩，把个李建泰甩草包似的凌空摔出一丈开外。

幸亏是一片乱草地，初春草旺，厚厚的像一层绒毯，才保住了李建泰一条性命。但满脸血污，门牙少了一颗，而李建泰不顾口齿，却双手护胸狂喊："快！快去叫骨科郎中！"原来是肋骨断了两根。

历来军中多备骨科郎中。此辈平日常到北地边界，以为游牧民族医治牛马骨伤为生，虽是兽医，却精熟于人体骨骼，又以世代师徒之间口耳授受，对于正骨舒筋一道，都有药到病除的不传之秘，因而每逢战事出征，常被礼聘至军中。应聘在马稷军中的骨科郎中，便是个此中高手。被找来时，李建泰已经面色灰白，连喊疼的力气都没有了。骨科郎中吩咐两名徒弟，扒光了李建泰的上衣，自己则俯身探视，以两指逐个叩击李建泰的肋骨，很快确定了断裂的位置。"大人，凶险得很！这得要委屈大人，非上木床不可了。"

"上木床？"李建泰两眼惊恐，少气无力地问，"上……上什么木床？"

"一时半会儿也说不清楚。总之，非如此不能保住大人的性命。"

"啊？"李建泰愈发惊恐，"莫非还有性命之忧？"

"是！断裂的位置不好，正戳在大人的心口处。若不赶快上木床，只怕毕命就在顷刻。"

"好、好！"李建泰一迭声地说："都依你、都依你！只要保住本帅的性命，你怎么说，怎么好！"

于是骨科郎中招招手，一名徒弟即刻扛来一张"木床"，其实就是两块木板拼成的担架。四名士兵，拽胳膊的拽胳膊，抬大腿的抬大腿，把李建泰架弄到木床上。两个徒弟以极其熟练的手法，把李建泰的两只手腕和两只脚腕用牛皮环扣锁紧，抢锤乒乓，钉死在木床上。骨科郎中这才好整以暇地开始动手治病。

说是"动手治病"，实在是"动脚治病"。骨科郎中脱去一只乌靴，污臭刺鼻的大脚丫子在李建泰赤裸的左肋上揉来踩去。李建泰疼痛难忍，无奈四肢动弹不得，只能脖子乱扭，极口喊疼，而骨科郎中仿佛什么也没听见似的，悠然自得地顾自在李建泰的肋骨上乱踩乱揉。好大一会儿，突然脚下加力，但听"嘭、嘭"两响，骨科郎中口中暴喝一声"去了！"然后缩脚入靴，单腿跪地："大人，现在还疼吗？"

说来不可思议，刚刚还痛不欲生的李建泰，经此一问，才觉得胸膈之间麻酥酥、暖洋洋的，是说不出来的一种极其受用的感觉，哪里还有半点疼痛？

"妙、妙，真正神乎其技！"李建泰灰白的脸上立刻浮出红润："快扶本帅起来主持军事！"

"还早、还早。"骨科郎中舒缓有致地说："大人岂不闻'伤筋动骨一百天'？不过还好，遇见我，自然不会让大人受百日之苦，但亦须待我调理了草药，敷在创口上，三十日之内，不能动气，就在这木床上安静度过，如此方能保住大人贵体平安。"

一听这话，李建泰万丈豪气，化为乌有，知道自己这场罪是受定了。

身上的罪还好受，心头的气最难受。就这时候，郭中杰匆匆走来，递上一只函套："督帅，城上射下来一封书信。"

"什么书信？"李建泰想伸手去接，却发现全身能动的地方只有脖子，百般无奈，唯有长叹一声："唉——，郭中杰，你念给我听！"

郭中杰撕开封套，抽出芯纸，才知道不是什么书信，而是一首挖苦诗：兵耶贼耶两不分，殃民祸国负君恩。及早离开此地去，东光自有一角春。

诗写得不算高明，大约出于城中略通文墨的民人之手，而且看得出是临时草成的"急就章"，但施词刻薄，视李建泰如同匪类、拒而不纳的蔑视之意却溢于纸上。自受命督师以来，李建泰威风八面，哪里受过这等窝囊气？"马稔！"他直声高喊："快替本帅料理兵事，限天黑之前，踏平东光城！"

不待马稔答话，骨科郎中立时拉下脸来，开了教训："大人，你这不是和我过不去吗！伤在胸肋，最怕动气，一动气，伤处化脓，胁迫心肺，只怕华佗再世，也难措手了！大人，你愿意拿自己的一条性命闹着玩儿不要紧，可医家的名声要紧！想我悬壶行医几十年，好容易混出个响当当的金字招牌，不能砸在你老手里。得、得，求大人高抬贵手，放我一条生路。你老的伤病，另请高明吧！"说完袖子一甩，掉头就走。

这一顿数落，弄得李建泰欲待张口，却先结舌。一个随军郎中，居然敢以这样的口气和自己说话！然而反过来再想，自古皇帝都不开罪御医，何况自己的一条性命还真的攥在他的手里！"罢了。马稷，且退兵五里，安营扎寨！"

"是！"马稷很爽快地领命而去。

"郭中杰，快去把骨科郎中请回来！"

就不吩咐，郭中杰也不会让骨科郎中就此走掉。少不得急急忙忙赶在前头，卑辞笑颜，好说歹说，总算让骨科郎中消了气，答应留下来，尽心为督师大人疗伤治病。

其实这一切都是马稷导演的双簧戏。

马稷的为人，在正邪之间。自从跟随李建泰出征以来，一路上纵兵抢掠，这在马稷倒是优所欲为的。朝廷欠饷，已非一日，而军兵自有"军户"的限制，饷源不能保证，军兵的出路只有两条：要么逃亡，要么抢劫。为了他的部下不至于走上逃亡之路，所以对士兵抢劫，他一直采取漠视和容忍的态度。但一个多月来，李建泰假剿贼护国之名，行规避观望之实，却令他异常厌恶。尤其是李建泰的狂妄自大和专横跋扈，早已使马稷对其人由失望而渐生痛恨。广宗破城，杀戮了无数百姓，他自觉是屈服权势，做了一件难以对人诉说的窝囊事。这几天一路北撤，一路寻思，怎么样才能给李建泰点教训，以纾解心中的抑郁难宣之气。今天一到东光，看见城头的"马"字大旗，他稍一思索，立刻明白了怎么回事，因而密语传诫，要部下按他的眼色行事。河间的军兵，由他统带多年，上下之间，默契甚深，无须专做周密的布置，自能心领神会，很容易地想到一条路子上去。刚才李建泰耀武扬威地传导子喊话，马稷已经料到城上必会让这位督师大人吃些苦头，因而招手传来骨科郎中，耳语片时，导演了这场戏弄督师的把戏。

自作聪明的李建泰哪里知道其中的这些曲折？第二天在营帐里思来想去，无论如何一口恶气咽不下去。无奈胸肋上层层包裹，全是草药，而且身子仍在木床上，四肢被牢牢锁定，丝毫动弹不得。万般无奈之下，趁骨科郎中出帐忙活的间歇，悄悄嘱咐侍兵去唤来马稷。

"马稷，你可知道东光城中是何处军兵？"

"马稷不知。"

"嗯？城上军旗明明写着'马'字。你再想想看，河间周边还有哪位武将与你同宗？"

马稔一愣，以为李建泰看出了破绽，但旋即醒悟，李建泰分明是误以为另有一个姓马的武将。因而故做思索状，仿佛真想了半天似的："回督帅，马稔实在记不得还有哪位武将也姓马。"

"唉——"李建泰怅然若失："然则，东光县令是谁，你总该知道吧？"

同地做官，焉能不知？然而："马稔不知。"

"啊？东光县隶属河间府，你是河间府的都指挥使，怎么会不知道东光县令是谁？"

"是。马稔平日谨守军中规制，从不骚扰地方，对地方情形一概不知！"

语中的讥讽之意，李建泰也顾不得细细体味："罢了！本帅重创在身，不能亲临前敌。即命你挥兵立破东光小城，把县令和那个姓马的混账军目生擒过来，看本帅请尚方剑行事！"

"遵命！"马稔回答得相当干脆。

然而营帐离城五里地，马稔一走，都干了些什么，他是再也无从知道的了。但听得一阵号角齐鸣，接着是一阵乱糟糟的集合声和唱名声，然后步履杂沓，由近而远，乱腾了好大一阵子才又重新安静下来。"哼！"睚眦必报的李建泰犹自在心中恨恨连声："待捉住县令和那个姓马的，不能便宜了他们，先叫军士每天抽他们二百鞭子，让他们也受点活罪。到我伤好了，须亲手宰了他们，方解心头之恨！"

马稔带着人来到城下，稍一喊话，城门大开，城中的军兵如迎亲友般涌了出来，就在城外的草地上，三五成群，自由结伙，一边晒着太阳，一边嘻嘻哈哈拉起了家常。那名掌印千户来到马稔面前，恭恭敬敬地行过军礼，将这里发生的一切向马稔作了详细禀报。

"好。你去转告宋大令，有我马稔在，决不让李建泰祸乱东光。"

"是！——不过，"掌印千户很犹豫地说："宋大令担心的是，李建泰在此地打算待多少时日？时日一长，城中恐怕难以支持。"

"不长、不长，"马稔很有把握地说："且先敷衍他一两日。三天之内，必然离开。"

日上中天，太阳也晒得差不多了，马稔一声令下，双方各自整队，回城的回城，回营的回营，都知道是该吃午饭的时刻了。

离营二里，马稔下令跑步。待跑到营地，个个疲惫不堪，器械一丢，就地横七竖八地胡乱坐卧，其状就像刚刚打了败仗撤退下来一样。马稔匆匆奔进李建泰的大帐，喘息不定，似乎累得一时说不出话来。正好凌驷和郭中杰都在帐中。

"先坐下、先坐下。"李建泰大为不忍："来啊，快给马都使上茶！"

两眼盯着马稷把一碗热茶喝进肚子，李建泰焦急地问："怎么样？破城了吗？"

"破城？——嘿嘿，督帅，哪有那么容易？能保住我的弟兄没有伤亡就很不错了！"

"嗯？这么说，对方很厉害？"

"是，凶悍得很！"

"弄清楚是哪儿的军兵了吗？"

"没弄清楚。不过……"

"不过什么？快说！"

"好像是刘泽清的山东兵。"

"啊？"李建泰就像是胸膈间的肋骨又断了两根似的，一脸痛苦的表情，半天说不出话来。刘泽清以悍将而驭骄兵，跋扈之名，天下皆知，连朝廷都无奈其何，这样的人，岂能招惹？

"刚才攻城，可曾伤了他的士兵？"

"没有。"

没有就好，李建泰暗自庆幸："郭中杰！"

"卑职在。"

"传令各营，午饭后速速开拔！"

"请示督帅，向何处开拔？"

"不论何处，且先绕过东光再说。"

郭中杰一头雾水，不知这位督帅究竟作何打算："卑职愚钝，请督帅明示。"

郭中杰原是京营的一名指挥，经李建泰奏请，由皇帝特简为随军副总兵，论关系自与别人不同，因而李建泰显示了极好的耐心，细细解释："刘泽清居心叵测，意在抢走我手下的河间兵马，为他所用。本帅已经看透，必是他打探得我近来行踪，派姓马的军目预伏在东光城内，诱我攻城，而他则另率重兵隐藏于城外，意在待我攻城疲惫之际，突然杀出，使我腹背不能相顾。哼哼！这类小把戏岂能瞒我？"

说得煞有介事，把郭中杰听得心惊肉跳："啊、啊，明白了，多亏督帅洞识先机！卑职立刻就去传令。"话没说完，人已跑出帐外。

马稔暗自好笑，不是笑李建泰，是笑皇帝，用这样自作聪明的饭桶来督师，朱家的江山，岂能长久？

匆匆饭罢，十几名彪形军汉，轮流扛着木床上的李建泰，一万人马紧随其后，当天退回景州。风声鹤唳地在景州待了两天，看看没有什么动静，才敢大摇大摆地从景州到衡水，从衡水到深县，绕了好大一个圈子，一路剽掠，如飞蝗过境般地所到一空，最后从献县进入河间。

到河间府是上月二十五日。李建泰盘踞五天，到本月初三，搞得方文耀不胜其扰，正要和马稔商量，怎么样才能把李建泰敷衍出境，巧得很，初三午后，临时还驻在东光的那位掌印千户派兵弁前来飞递一份"禀帖"，说刘芳亮的几万骑兵正在朝河间方向疾驰，扬言要活捉李建泰。方文耀心绪大定，立刻拿着这份禀帖去见李建泰。李建泰览报失色，伤情还没好，又叫人抬着他，连夜出逃，直奔保定而去。待到刘芳亮次日到达，方文耀既不出降，也不组织抵抗，冠冕堂皇地坐在府衙大堂，被刘芳亮手下的士兵押到衙外处置。

"你就是河间太守方文耀？"刘芳亮问。

"不错！"

"义兵到来，为何不出城迎降？"

"堂堂朝廷命官，岂能辱身降贼？"

这个回答，颇出刘芳亮意外："既不投降，为何又不据城一战？"

"为保一城生灵不遭屠戮。"

原来如此！刘芳亮倒起了矜悯之心："如此说来，你也算是个好官。我不杀你，还让你当河间知府，不过要遵守我大顺朝的法令，替我安抚百姓、维持地方。"

"痴心妄想！"方文耀跳脚大叫："无力杀贼，有死而已！岂能靦颜事贼，坏我一生名节？流贼，你听着，方某生为大明之臣，死为大明之鬼，与你们这伙无君无父的草茅贼寇不共戴天！"骂完之后，整整衣冠，好像立刻就要慷慨赴义一样。

刘芳亮并不介意，哂然一笑，招手示意亲兵，意思是文弱书生，不妨稍事修理，先让他屈服了再说。

四名魁伟亲兵，立时将方文耀掀翻在地，一个按住胳膊，一个按住大腿，另外两个，倒持干戈，瞅准了方文耀瘦骨嶙峋的背臀，用白蜡杆子乒乒乓乓一阵抽打。也不过几句话的功夫，待到停下手来，再看方文耀，两眼翻白，口吐血沫，早已灵魂出窍，赴冥府报到去了。

方文耀之死，刘芳亮微感意外，厚棺丰殓，令士兵择地安葬，这件事也就没再放到心里。但连日来心中怏怏，却是因为没能捉到李建泰。两欲除害，两次扑空，刘芳亮自觉是件很丢面子的事，因而在河间草草料理了庶务，密遣快骑，命令留驻在真定的两万人马，拨出两千原地戍守，余众全部开往保定。他本人也于今日率三万骁骑来到保定城下，决心在这里活捉李建泰。

16

大明崇祯十七年三月十四日

督师降贼

保定居京畿八府之首，离京师二百五十里。犹如京城三垣之有永定门、正阳门和承天门一样，如果把真定府比为京城外垣的永定门，保定府恰好就是内垣的正阳门，保定既下，等于彻底打开了赖以屏障京师的内城大门。令人不解的是，这样一个冲要大邑，朝廷竟不设重兵驻防，在初四日李建泰逃来之前，通城街衢，熙乐如常，浑然不知一场兵火之灾就在眼前。

保定知府何复，山东莱州人，崇祯七年的二甲进士，几天前刚经吏部铨选，出知保定，尚未正式接任，李建泰一来，先派凌驷与他交涉。听了凌驷的介绍，何复才知道畿南大局已是糟不可言了。

"凌公，书生报国，唯有热血。贼将刘芳亮既下河间，必然蹑踪跟进保定。如何防守拒敌，何某唯凌公之命是从！"

这是一种完全合作的态度，凌驷非常满意："好！请太守立刻接印视事，首先安抚城中的百姓，贼兵来犯，切勿惊慌。把老弱妇幼组织起来炊食供浆，青壮少年，分作八队，轮替随军兵上城拒贼。此外要晓谕四郊士民，速速进城躲避，把一应粮草器具全部搬进城来，坚壁清野，不使资敌。"

"是、是，何某即刻遵嘱办理！"

辞别何复，凌驷雄心陡起。一个多月来，他眼看着李建泰视皇命为儿戏，颠顿跋扈，胡作非为，种种恶行气得他愤懑难抑。如今天假其便，使李建泰重创在身，他要好好利用这个难得的机会，悉心筹划，为朝廷守住保定，不使闯贼进犯京师。眼下的当务之急是要李建泰把调兵之权交出来。

"督帅，凌驷已与何太守取得默契，城中六十万百姓亦不甘沦入贼手。民心、士气，两皆可恃，但请督帅调度军兵，主持防守事宜。"

李建泰是在城内的西关大街城隍庙里养伤，此刻骨科郎中正替他换药。听完凌驷的话，先不表态，样子像是在配合骨科郎中的动作，其实心里正在琢磨着该怎么办。

琢磨半天，不得要领，而此时骨科郎中已经结束了手头的工作，其势逼得他必须有所表示，于是才慢吞吞地说："龙翰啊，照你看，保定能守得住吗？"

凌驷一听，知道这是存着继续逃跑的念头，无论如何也要打消他的这个歪主意："督帅，守得住守不住是一回事，而保定势在必守是又一回事，二者不宜混为一谈。"

"唔？是何道理？你说来我听。"

"京畿南路，已被刘芳亮彻底封死，西有太行，东有大海，均无一万军兵的遁身之处。保定为京南最后一道门户，若弃而不守，只有退回京城之一途。督帅请想，坐拥一万劲卒，而将京师门户拱手让人，莫非朝廷就没有王法了吗？凌驷以为，督帅身为朝廷大臣，宁死疆场，不死法场。死疆场尚可流芳百世，死法场则有熊廷弼、袁崇焕的先例在，岂待凌某详细剖白？"

这番话说得李建泰心惊肉跳！熊廷弼经略辽东，天启年间弃尸西市，传首九边；袁崇焕巡抚辽东，崇祯初年绑缚刑场，凌迟处死。两位专阃大僚，死得都极其凄惨。以当今皇帝的忮刻性情，若是回到京中，自己的下场未见得会比他俩好多少。意会至此，唉然一声长叹："来啊，去把郭中杰和马稔传来见我！"

待侍兵将二位喊来，李建泰很无奈地做出决定："本帅重创在身，不能亲理军务，从现在起，军中一应事务，都交给凌职方全权代理。你们两位要与凌职方和衷共济，务必替朝廷守住保定府城！"

有了军权，凌驷首先和马稔商量战守事宜："请教将军，如何才能守住保定？"

"我兵一万，贼兵五万，看似力量悬殊，其实不然。兵法云：十则围之。照此来看，刘芳亮就不占便宜了。"

凌驷的本职是兵部职方司主事，所以李建泰称他"凌职方"，统筹军旅，拟定方略，都是他的职司，因而谈论兵法，并不外行，对马稔的见解亦深以为然，一边听，一边频频点头，听马稔继续说道："职方大人尽可在城上指挥青壮士民相机策应，马稔率一万兵马出城结阵，以战为守，示敌以威，如此假以时日，待敌疲惫，即可出奇兵而夺其粮秣，然后瞅准时机，一战收功。"

"以战为守"的想法与凌骀不谋而合。但为了慎重起见，凌骀主张分一半兵力出城结阵，另一半留在城内策应。最后在马稷的极力坚持下，二人议定，马稷带九千人出城，剩下一千供凌骀相机调度。于是当日午后马稷带队出城扎营而去。

经过几天的筹划和准备，到前天傍晚刘芳亮大军开到保定城下，凌骀登高盱衡，豪情难掩，满以为只要没有李建泰从中掣肘，自己以一万军兵肯定能为朝廷守得住保定坚城，他再也没有料到，马稷早已存了投降刘芳亮的打算。

刘芳亮一到，当晚扎营在城东五里，饭后正在大帐部署次日的攻城事宜，马稷亲带五十快骑前来投降。刘芳亮自然喜出望外，当即与诸将商定，午夜时分，马稷的九千人撤到刘芳亮大营，更服易帜，刘芳亮另拨九千人，换成明兵装束，潜伏城下，如此偷梁换柱，第二天便可"赚城"。

这个主意不能算错，错在事机不密，九千人马的大换防，在玉盘将圆的月光下很难不露行藏。凌骀知道第二天就有一场恶战，当晚命侍兵把铺盖搬到城楼上，子夜难眠，索性巡哨，就这期间看出了城外的异常。"快，快去叫何太守和郭将军！"凌骀心头疑云大起，立刻吩咐亲兵去喊何复和郭中杰。

待到何、郭二人赶来，绕城四望，细细做了一番观察，没有人怀疑这是马稷叛变了。

"完了完了！"郭中杰首先气馁，"马稷降贼，保定城哪里还能守得住？"

何复虽不说话，却将两眼直直地盯着凌骀，惊慌无计的心情溢于颜色。

凌骀知道，命悬一线之际，扶危定倾，千斤重担都在自己肩上了，此时如不采取断然措施，则明天午前，保定必归刘芳亮所有。

"二位且先定下心来，"他说，"贼兵调防，意在赚城。既然如此，天亮之前应当没有战事。这是天佑大明，尚给我三个时辰以做补救。——何知府，城上的百姓靠得住、靠不住？"

"乡绅张罗彦德高望重，前日散财两万鼓励士气，百姓跷指称颂。胞弟张罗俊和张罗辅，一个是文进士，一个是武进士，连日来与保定卫都指挥使刘忠嗣分别督导，训练青壮，颇见成效。何某以为，城中的民心还是靠得住的。"

"好，你现在就去找张氏三兄弟和刘忠嗣，把马稷叛变的事告诉他们，请刘忠嗣稳定城上五千青壮的情绪，另请张氏三兄弟速速将城下备防的两千百姓召集起来，一个时辰后听候我的调度。"

"是，何某这就去安排。"

何复一走，凌骀叫过来两名亲兵："传我的令，知府衙门的库房里有重要军资要往城头上搬运，令城上的一千军兵立刻下城，都到知府衙门前集合待命。行动要谨密，不许出声喧哗，违令者斩！"

"是！"两名亲兵应命而去。

"郭将军，请你跟我去处理叛兵。"说完招招手，五十名亲兵随同一道，下城墙，上坐骑，趁着霜白的月光，急速赶到知府衙门。

一到知府衙门，先让值夜的皂隶把大堂和甬道两侧的灯火全部点亮，凌驷把亲兵招拢过来，秘密做了布置，然后和郭中杰一块儿坐到大堂的公案前，静以应变。

正在城上睡觉的一千马稷军兵，糊里糊涂地还不知道怎么回事，就被凌驷的两名亲兵召唤了起来，一个个半睡半醒地跟着姓陈的千总来到知府衙门前的空地上。一路上陈千总狐疑不定，马稷策划叛变，他是参与密谋者之一，此时被突然唤醒，心知有异，但又无从做出正确的判断，持着首鼠两端的心态，暗暗增了几分警惕。来到知府衙门前，看见院内和堂上灯火通明，真的是要趁着光亮搬运什么物资的样子，警惕之心，稍稍泄弛，而就在此时，大门内走出来一名凌驷的亲兵，很和善地问："哪位是陈千总？"

"我就是！"陈千总答，"这位兄弟有何见教？"

"奉堂谕，请陈千总进去商量搬运军资的具体事宜。其余弟兄原地待命。"

"唔？就我自己进去？"

"堂上说，军资很多，分派起来比较麻烦，要多几人一块儿商量才好。"

"那么请教，要什么样的人进去商量？"

"自然是陈千总认为最得力的人。"

这就好办了，陈千总大放宽心，万一有什么不测，谅他几个纤弱文官也拿我一班军汉奈何不得！于是点了六个人，都是深知内情的体己，连他一共七个，个个佩带腰刀，大大咧咧地跟随凌驷的亲兵进衙，临走大声交代："弟兄们，你们趁机先多睡会儿，都不许乱动！"

绕山墙，过甬道，登台阶，进大堂，刚刚跨进门槛，就听凌驷的亲兵一声高喊："人犯带到！"

不待陈千总有所反应，身后蓦然蹿出十几名凌驷的亲兵，两三个伺候一个，以极敏捷的手法，先把七个人的腰刀下了，接着暴喝一声："跪下！"身随声到，一脚端向膝窝，七个人齐刷刷地"扑通"一声，全趴下了。

凌驷踱步下堂，不疾不徐地问："你们知罪吗？"

七个人当中，六个的眼睛都转向了陈千总。——这就错不了了！七个人都参与了叛变的预谋，而以陈千总为主。凌骁迅速做出了判断，继而问陈千总："说，马稷和你怎么约定的？"

陈千总知道，事情已经完全败露，自己难逃一死，因而梗着脖子，拒不回答，一脸桀骜不驯的样子。

"拿下！"凌骁一声令下。十几名亲兵早有准备，仍然是两三个伺候一个，左缠右绕，立刻把七个人捆绑得结结实实，每个人嘴里又塞入一团碎布。

连拽带扯，把七人带到衙前，凌骁居中而立，先让亲兵喊话。待到一千士兵安静下来，凌骁清清嗓子说："本监军奉李阁部口谕，有权处置军中一切事务。现已查明，马稷叛逃，留下这七个做内应，经审讯，人犯均供认不讳。军中法度，临敌叛逃者杀无赦——来啊！"

"喳！"身后的亲兵齐声应诺，把人犯拥到衙前台阶下。马稷的一千士兵猝临此境，个个噤若寒蝉，悄寂无声地自动让出一块空地，瞪大了眼睛看着面前发生的这一切。

"将七名人犯就地正法！"

烛影摇动，刀光乱闪，七颗脑袋滚滚落地，人众里发出一阵惊呼，旋即归入死一样的沉寂。

行刑的过程，凌骁一直在关注着整个场面。结果使他很满意：有惊恐而无骚乱。可以确定，参与预谋的人就是这七个，已被一网打尽。眼下要解决的是如何处置这些不知内情的马稷士兵？念头一转，他决定师法汉初周勃铲除诸吕时，行令北军左右袒的故伎。

"人犯伏法，本监军绝不株连无辜。"他对着人众表态，"现在我让你们自己选择：愿意为朝廷御贼守城的，请站到东边；不愿意的请站到西边。"

片刻迟疑，很快有二百多人迅速走向东边站定。在这个举动的影响下，又有几百人跟了过来。最后西边只剩下三十几个人，犹豫不定，往东走了几步，又退回原处。

凌骁知道，这是些在感情上与七个人犯中的某几位有点儿瓜葛的人，于是向亲兵做了个手势。凌骁的亲兵一共五十名，个个持刀，一拥而上，先缴了这些人的武器，然后押进府衙的一间空房子里关了起来。

干净利落地处理完这件事，凌骁吩咐郭中杰把这九百多人带到城上交给刘忠嗣指挥，自己则带亲兵来到城下。此时何复和张氏三兄弟已经把原做备用的两千百姓召集了起来，凌驷当即分派调度，迅速布置妥当，但等着天一亮要打刘芳亮个措手不及。

保定城是个短马靴的形状，因而又有"靴城"之称，靴尖在城厢的西南一角，有个名字听起来很雅致的城门，叫"凝辉门"，不过老百姓去雅就俗，习惯上称之为"靴尖门"，刘芳亮的赚城士兵就主要集中在这个靴尖门外。门外的护城河几天前已被马稔下令填平，理由当然是为了便于他"以战为守"。凌驷很准确地判断出这里就是刘芳亮攻击的重点，因为马稔曾和他约定，由留驻城内的一千士兵防御此门。

让守城的民众饱餐了一顿，天色刚刚发亮，目力所及，十里之内的一切都能看得清清楚楚了，凌驷对张氏三兄弟之一的武进士张罗辅说："开始吧！"

张罗辅闻命高喊："点火！"

六门大炮，轰然怒发，靴尖门外成了一片火焰翻滚的鬼蜮世界，刚从梦乡醒来不久的四千多大顺将士，一瞬之间，粉身碎骨，断肢残躯被抛向空中，又撒向地面，三四里地的范围之内无一活物。

刘芳亮在城东营帐里听得城西炮响，知道出了意外，立刻派出一哨快骑前去打探消息，同时令亲兵传唤包括马稔在内的所有部将都到帐中紧急议事。

不到半个时辰的光景，哨探返回，进帐报告了西城发生的一切，马稔首先感到不安。"一定是陈二这个浑小子临时变卦了。"他说，"刘将军，把西门交给我吧！等到攻进城里，看我不一刀宰了这个兔崽子！"

刘芳亮摆摆手，做了个稍安勿躁的表示："城里总共有多少火炮？"

"八尊。"马稔回答。

"火药呢？多吗？"

"不多，都是临时赶制的，总共不到两车。"

刘芳亮心里有数了，凌驷必是把主要力量都布置在了西边，于是把原来的部署重新做了调配，自己带着一万士兵和马稔的全部人马直扑东门。东门果然比较空虚，刘芳亮挥兵猛攻。

日上半竿，凌驷才发觉刘芳亮调整了部署，于是匆匆做了相应的调整，自己带着张罗辅赶到东门，把原守东门的何复调到靴尖门。这一来，双方主帅棋逢对手，所以这一仗打得很艰苦，从早晨打到傍晚，城上才渐渐有招架不住之势。可是天时已晚，士卒疲敝，双方都没有气力继续打下去了，因而天一擦黑儿，刘芳亮下令收兵。

郭中杰没有专门的防区，整个一天，在城墙上四门乱走，对一天的战事了解得最为清楚，双方一收兵，立刻跑到西关大街的城隍庙去见李建泰。陪侍李建泰的是介松年。介松年字鹤寿，籍隶山西平阳，崇祯四年辛未科的进士，分发在户部山东清吏司做主事。山东清吏司负责直隶和山东两省的钱粮赋税，几天前奉部命催征京畿各府上一年欠缴的税款，刚到保定，就被刘芳亮的大军困在城里。由于与李建泰有同乡之谊，干脆就住进城隍庙，这两天二人摒人密语，谁也不知道他们在商量些什么。

郭中杰一进来，李建泰就很关切地问："战况如何？"

"不妙、不妙。"郭中杰一脸颓丧。

"照你看，凌骃能不能守住保定城？"

"督帅，照卑职看，保定城破，就在明日。"

"啊？"李建泰想坐起来，却发觉根本不可能，因为四肢仍然被骨科郎中缚在木床上。"罢了，"他说，"你把今天的战事说来我听。"

郭中杰原是京城纨绔，从未上过战阵，今天是他有生以来第一次看到两军攻守、血肉相搏的惨烈场面，断肢残骨，横尸累累，想起这些可怕的情景都会心惊肉跳。因而在他口中，今天的战事，实情与夸张兼而有之。

"督帅，快想办法吧！"他结论性地作了总结，"若无良策，明天怕是大家都要成了刘芳亮的刀下之鬼了。"

良策自然早就有了，但欲说碍口，李建泰思虑了一会儿，终于颓然长叹："你可知道，明朝的气数已尽？"

有介松年在座，郭中杰心存顾忌，不置可否，只点头躬身："愿听督帅教诲。"

"兴亡替代，天道恒理。自夏禹以天下私相授受，一家一姓的江山，即旋得旋失，从无万世不拔而能传诸久远的先例。本朝自太祖高皇帝肇基，至今已传十六世二百七十六年，天道循环，非改朝换代不可了。俗语有云：识时务者为俊杰。郭中杰，你可明白我的意思？"

话都说到这个份儿上了，还有什么不明白！但郭中杰仍然装糊涂："是、是，卑职愚钝，要请督帅开导。"

212

李建泰气得直咬牙，但转念一想，既然打算做婊子，何必还去系念那一座贞节牌坊？索性以上对下，直接授意就是："你把关防、节钺取来。"

关防和节钺都放在李建泰身边的一个牛皮革包里。放关防的是一个用红绸包裹的印匣，节钺则装在一个云锦方盒里。郭中杰将两样东西取了出来，小心翼翼地放在李建泰面前。

"鹤寿，你准备纸笔，我口授，你代笔。"李建泰对介松年说。

介松年很快备好了纸笔，李建泰说一句，介松年写一句，费了差不多两刻钟的样子方始告竣。

"郭中杰，来，来。你、我，还有他，三个人的性命都在这三样东西上。"等到郭中杰俯下身来，李建泰秘密授计，不厌其详，郭中杰心领神会，频频点头。好大一会儿工夫，郭中杰笑逐颜开："放心放心，卑职一定能把事情办得圆满妥帖。"

三更时分，月色灰暗，城上城下一片沉寂，攻守双方都已进入梦乡。在李建泰十几名侍兵的帮助下，郭中杰和一名侍兵悄悄缒下东面城墙。

刘芳亮刚刚布置了第二天的战事安排，正要和衣就寝，听见帐外一阵脚步声，一名亲兵进来报告："将爷，捉到敌方谍探两名，口口声声要面见将爷。"

"带进来！"

一带进大帐，郭中杰伏地朗声通报："大明阁部督师李建泰标下中军参将郭中杰叩见刘将军！"

刘芳亮一愣，旋即醒悟："是李建泰派你来的？"

"是！李阁部派卑职前来输诚。"

"怎么能证明你的身份？有信凭吗？"

"有、有。"说着郭中杰努努嘴，示意侍兵拿出凭证。

伏在地下的侍兵解开身上的黄绫包裹，双手递给刘芳亮的亲军侍卫。亲军侍卫把包裹呈给刘芳亮。打开一看，明黄云锦盒里一柄玉雕节钺，红绸包裹的印匣里一方官印，印文以九叠篆阳铸，曲曲盘盘二十个大字：钦命阁部督师总理直隶山陕三省军务专用之印。另有一封信函，撕开封套，抚平展看：

　　罪臣不肖侄建泰百拜谨呈同族叔

　大顺皇帝陛下：

刚看到这里，刘芳亮大吃一惊：怎么，李建泰竟然是李自成的侄子？有此惊异，对下文就看得特别仔细了：

　　臣家兴庆，先族党项，西夏景宗赵元昊即臣远祖也。乃唐末有夏国公拓跋思恭，以破黄巢功赐国姓曰李，盖陕北李氏宗流，实肇端于此耳。及宋，太祖朝，思恭裔孙彝殷封夏王，赐国姓曰赵。太宗朝，彝殷子继迁反，辽圣宗册继迁夏国王，三传至元昊，改元、称帝、建国，号"大夏"。景宗传玺，历十帝凡百九十年而后值倾覆，举家归宗，今陕北延安府绥德州米脂县双泉里李继迁寨即臣八世祖栖养繁衍之地也。迨本朝宣德间，臣高祖讳世贤者移徙晋南曲沃，世贤子济，济子守愚，守愚子鸿恩，鸿恩子建泰即臣也。

看到这里，刘芳亮停了下来，在默默回忆李自成的家世。李自成的家世，大顺军的主要将领大都知道。刘芳亮曾听李自成亲口说过，其祖上是西北羌族的一个分支"党项"的后裔。唐朝末年，黄巢作乱，党项族的首领拓跋思恭，以平乱有功，被唐僖宗赐姓李氏。到了宋朝，李思恭的后代李彝殷被宋太祖赵匡胤赐姓赵。赵彝殷的儿子叫赵继迁，在宋太宗淳化年间起兵反宋，投归契丹。契丹建政就是辽国，辽圣宗耶律隆绪封赵继迁为"夏国王"，得此册封，复归本姓，所以又叫"李继迁"。李继迁殁后，其孙李元昊在宋仁宗明道元年建国称帝，是为西夏王国的开国之君，庙号"景宗"。这段历史，史家往往搞错，把"李元昊"误为"赵元昊"，其实自李继迁起，已经弃赵归李，所以正确的记载，西夏的景宗应为李元昊。李自成就是李元昊的后代。

西夏十帝，统治陕、甘、宁、青、蒙的全部或大部地区一百九十年。李建泰说"臣家兴庆"，这个"兴庆"就是西夏的都城，后世称此城为"银川"。西夏的第十代君主叫李睍，刚登上宝座的第二年便被蒙古的元太祖铁木真所灭。李家宗亲，由皇族而沦为平民，其中的一支，认祖归宗，回到李继迁的出生之地繁衍后裔，李继迁的出生之地就是李自成的故乡陕西延安府米脂县双泉里的李继迁寨。照李建泰的说法，其高祖叫李世贤，而李自成的曾祖名李世辅，恰为兄弟行；李建泰的曾祖叫李济，而李自成的祖父叫李海，名字都有三点水，亦为兄弟行；李建泰的祖父叫李守愚，李自成的父亲叫李守忠，则同属"守"字辈；李建泰的父亲叫李鸿恩，李自成本名李鸿基，同属"鸿"字辈；李建泰自称是李鸿恩之子，按此排算，李自成与李建泰自然是未出五服的叔侄关系。

弄清了这层关系，刘芳亮暗道晦气。千里周转，为的就是要杀李建泰以平民愤，没想到要杀之人偏偏是大顺王的族侄！事涉闯王宗亲，不管李建泰投降不投降都杀不成了。刘芳亮心绪烦乱，底下写的什么也就懒得再看了。

然而刘芳亮却不知道，李建泰的这份家世节略根本就是伪造的。

崇祯十五年，眼看着李自成渐成气候，皇帝密令陕西三边总督汪乔年掘李自成的祖坟以断其"王气"。汪乔年接到密旨，即刻移书米脂县令边大绶，要他暗中察访李自成的家世和祖茔所在地。边大绶是个极有心计的人，受命之后，多方查问和勘探，不仅把李自成的家世调查得一清二楚，而且很准确地找到了李自成的祖父李海和李自成之父李守忠的坟茔，于是边大绶令士卒毁坟焚骨，将墓圹周围的大小树木刈伐殆尽，之后拟了一份奏章，把掘坟过程和李氏的家世细细叙入，称"贼墓已破，王气已泄，贼势当自败矣"。这份奏章由汪乔年加急驰报皇帝，皇帝阅后，照例存入内阁档房。李建泰是内阁大学士，受命督师后专门找出这份奏章做了仔细研究，因而对李自成的家世透熟于心。这份节略，其实是出都以后不久就在心里打好了腹稿的，为的是不幸遇贼，即可以此保命求生，今天果然派上了用场。

刘芳亮出征以来，至今未遇恶战，本想在保定与李建泰痛痛快快地厮杀一场，不想李建泰自认闯王族侄而前来约降，不免心内沮丧，觉得如此夺城，胜之不武，因而看完了这封信函，没好气地问："李建泰派你来，还有什么话要说？"

"有、有。"郭中杰抬起头，"投诚首须立功，李阁部已有秘密安排。"于是一五一十，把李建泰献城的计划和盘托出。

今天一早，刘芳亮自带一万士卒和马稔的九千军兵绕到北城，刚交战不久，北门大开，城上的守军极少抵抗，刘芳亮和马稔双骑并驰，大顺军呼啸跟进，片刻工夫，涌入城中——这就是李建泰的献城之计，凌䮃把马稔的九百多人安排在最不受刘芳亮关注的北城，因而马稔一到，城上已无守志，献城迎降，成了必然结果。

何复正在西边的靴尖门指挥城守，忽听周围的士民一片惊叫，与他同守西门的文进士张罗俊冲着他高喊："太守快看，贼兵进城了！"

何复回望城中，但见北城大街黑压压的全是大顺军兵，正朝南边汹汹杀来，北门城楼已被占领，贼兵分为两翼，也正在向东西两厢城墙上的守军发起攻击。面对此境，还没明白过来怎么回事，又听见张罗俊失声惊呼："太守快看城下！"

转身一看，西城外贼兵如蚁，扛梯的扛梯，执刀的执刀，呼啸狂奔，正朝靴尖门冲来。"快！快发炮！"何复急声下令。

然而，毕竟一群市井平民，看到北城已破，个个吓得不知所措，其中许多胆小的，趁着何复向外张望的机会，悄悄扔下武器，顺着城墙内侧的马道飞奔下城，各自回家保命去了。这一骚动，引得城头大乱，发炮的命令都没有人执行了。何复急得晕头转向，不得已只好亲自动手。"来，快帮我一把！"他对着张罗俊高喊。

两个人找来火镰，哆哆嗦嗦地伏到一门佛朗机大炮后边，打着火镰，点燃引线，一切做得还算顺当，不料慌乱之中，却忘了拔掉炮口的"护塞"——火炮隔夜，为防潮气浸入，须加盖护塞，再次使用前要拔掉护塞，才能点燃引线，此为用炮常识，而这一重要环节，两个文人，情急之下忘得光光。

看看引线燃到尽头，惊天动地一声巨响，炮膛炸裂，西门城楼瞬间坍塌。自然地，何复、张罗俊，还包括十几名守城的士民在内，随着炮响，血肉横飞，没有一个能留下来囫囵尸体的。

西门一失，东、南两门犹做困兽之斗。

刘忠嗣按约定守在南门。此人行伍出身，处变不惊，可惜忠勇有余而谋略不足，当他发觉北门已被贼兵攻破时，立刻招来手下一名"百户"，匆匆做了交代，然后下城，带上三百人马，以必死之志，向北冲去。冲到鼓楼附近，正遇贼兵汹汹南来，两下相遇，兵刃交加。这样的打法，勇则勇矣，却无异于以身饲虎，片刻工夫，三百人被刘芳亮的亲军砍杀尽净。刘忠嗣一杆长枪，冲入敌阵后连连刺杀了几名贼兵，但很快就被团团围住，左冲右突，不得脱身，最终力竭落马，顷刻间被砍得肢体分离。

东门仍然是凌骃亲自把守，随守的是张氏二兄弟：乡绅张罗彦和武进士张罗辅。今天早晨，为了牵制凌骃的东门力量，刘芳亮仍然在东边布下五千兵力，表面上给敌人以仍然攻打东门为主的错觉。这一招果然奏效，凌骃万万没有想到李建泰会令郭中杰连夜缒城约降。因此今天一开战，他只把注意力集中在东门外攻城的贼兵这边，直到有人向他报告贼兵已从北门进城，他才微觉情况有异。"郭将军！郭将军！"他高声呼唤，是想要郭中杰带人向北阻敌。喊了几声，没有回应，一个亲兵对他说："大人，从早晨到现在，城上就没看见郭将军的影子。"这一来他才有所警惕，鏖战正酣，郭中杰不见了踪影，而北门莫名其妙地被敌人攻破，这不是咄咄怪事？有此思虑，凌骃惊出一身冷汗，莫非郭中杰把北门献给了刘芳亮？果尔如此，保定城可就完了！正在踌躇之际，忽听城头北端呼声如潮，守城的士民纷纷倒地，没倒地的则惊叫溃退，定睛细看，是抢占了北门城楼的贼兵掩杀过来了。

身边的张罗辅攘臂而出："凌大人，为国捐躯，就在今日，这里交给你了！"说完甩掉外衣，露出一身短打，暴喝一声："都跟我来！"立刻几十名家丁跟了上去。张家是保定大户，平时豢养了大批家丁用以看家护院。张罗辅自小武艺出众，又是保定城唯一的武进士，这些家丁在他的调教下，差不多个个都有两下子。此时主人一呼，人人当先，护持着张罗辅直冲敌阵。

待到溃退的民众擦身而过，张罗辅下令："放箭！"训练有素的家丁们顿时乱箭齐发。这阵箭雨，有效地扼制了敌人的进攻，一批敌兵惨叫倒地，后面的也心存怯意，原地逡巡犹豫，欲进不敢的样子了。

然而这样的局面并没有持续多久，几十个人所带的箭矢有限，待到箭矢将尽，大顺军依然潮水般地压了过来。就像枯叶飘蓬，几十个人立刻被裹卷吞没，待到人潮过后，城头上只剩下几十具血肉模糊的尸体。

在张罗辅带人冲出去的时候，凌駉才真正意识到了大势已去。正要冲上去与贼拼命，五十名亲兵齐齐奔了过来，二话不说，抬起他就跑。一跑跑到城下，簇拥上马，五十名亲兵前拥后护，穿小巷，抄近道，杀开一条血路，从西城北边的一个便门夺关而出，朝着西山，遁逃而去。

日近正午，全城已无抵抗行动，刘芳亮率了二百名亲兵，在郭中杰的引导下来到西关大街的城隍庙。

李建泰已经命侍兵把自己抬到城隍庙的大门口，脖子上系了一条白色绫带，等刘芳亮一到，立刻先命令介松年："鹤寿，快把东西献给刘将军。"

介松年会意，从侍兵手里接过御赐的尚方宝剑和三个硕大的柳木条箱，箱子里是皇帝赏赐的二十万两军饷。介松年双膝跪地，恭恭敬敬地说："菲薄之物，聊表投诚之忱，请将军察纳。"

刘芳亮也不下马，令亲兵递过来尚方宝剑，拔剑出鞘，看了几眼，然后示意亲兵收起，很轻蔑地问："你就是李建泰？"

"是。"李建泰依然伶牙俐齿，"罪臣李建泰寄身昏朝，明珠暗投。久闻大顺皇上丕肇新宇，建泰早怀报效之志。今幸天赐机缘，得遇将军，祈将私衷拳拳之意申达天听。建泰不才，待伤愈之日，愿为新朝驰驱马前，以报容留之德于万一。"

刘芳亮心中只感到好笑，听这口气，李建泰不仅自己批准了自己的投降请求，而且已经想象着在新朝做官了。心存鄙夷，但也无可奈何，闯王的宗亲，只好交由闯王亲自发落。

"李建泰，你可听好了。"刘芳亮正色说道，"弃暗投明，我自然没有不成全的道理。不过，你是明朝的宰相，而且声名狼藉，原在我大顺朝必须惩处之列，既然你与我大顺王爷认了宗亲，我若杀你，未免非情，看在你交出了督师关防和尚方宝剑的份儿上，可贷你一死。不过，你能活命，也不要见我的情，不是我不想杀你，照我的意思，是要把你枭首示众，以平民愤的。至于你今后出处如何，我不能做主，等你随我见了大顺王爷，由他亲自裁断，能不能容你为新朝驰驱马前，要看你自己的造化了。"说完做了个手势，过来一名亲兵，将李建泰脖子上的白色绫带去掉，这就意味着接纳了他的投降。之后刘芳亮也不愿听李建泰再说什么，拨转马头，扬鞭而去。几十个亲兵上来，扛起李建泰的板床，押着郭中杰和介松年，一路飘风，直奔城外，把这三个降官安置在了城外的军帐之中。

刘芳亮带着亲兵，各处视察，刚走到鼓楼大街东侧，一队大顺士兵押着张罗彦走了过来。

张罗彦是保定豪绅，做过太常寺少卿，前年致仕，回家定居。前几天自愿拿出两万银子散给士民，一心一意要替朝廷守住保定府城，没想到仅仅两天就城破被俘。两个弟弟，已在刚才死于城头，因而此次被俘，抱着汉贼不两立的态度，只想找个机会了断自己，以免受贼之辱而遗羞后世。等到被押着走到鼓楼附近，远远地看到几百贼兵簇拥着一个银盔白马的"贼酋"，张罗彦意识到此人大约就是刘芳亮，于是表面不动声色，暗中蓄力，要做出个惊人的举动。

走近刘芳亮马前，一个大顺士兵命令他："跪下！叩见刘将爷！"

这就更错不了了。张罗彦猝不及防地伸手就去夺这个士兵手中的钢刀。这个士兵倒很机灵，顺势一转身，护住了自己的钢刀，但却把后背露了出来。后背有箭囊，箭囊里有十几支白杆箭矢。张罗彦趁势抓住一支箭矢，不由分说，直冲刘芳亮扑了上去："贼寇！我和你拼了！"话没说完，手中的箭矢对着刘芳亮狠狠一掷。

事起仓促，相距不过五步之遥，箭速不疾，却足以伤人。大顺士兵谁也没有料到，一个羸弱士绅居然会有如此凶狠的拼命之举。众人错愕之际，都在心中暗叫一声：不好！

这种时候，最能看出刘芳亮的镇定工夫。飞物近身的一刹那间，刘芳亮微微侧身，张臂一捉，稳稳当当地将这支箭矢握在手中。就这一瞬间，大顺士兵乱刀齐下，眨眼工夫，把张罗彦剁成了碎块。

17

大明崇祯十七年三月十五日

天意难回

"王承恩！"刚散早朝，皇帝坐在回乾清宫的肩舆上喊。

王承恩立刻闪了上来："奴婢听候万岁爷差遣。"

"你去看看，万寿宫那边准备得怎么样了？"

"是！"

万寿宫在西苑，是世宗嘉庆皇帝当年炼丹修道的地方。如今这里仙师云集，就在宫外的空旷地面上设坛打醮，称为"罗天大醮"。为挽救已溃之局，皇帝做了各种努力，人事不臧，现在要叩问天意了。

此事源于去年秋天的一次测字和今年元旦的一次扶乩。

去年秋天，有个号称"小纯阳"的算卦先生，每月逢五，必在棋盘街设摊打卦。大凡借吕洞宾之名而称小纯阳的，往往都精于星相之术，善于鉴人相貌，如同医家通过"望闻问切"来究治病源一样，这类术士是依据卦理，通过察言观色而断人一生的穷通祸福。而这位小纯阳则星相之外，另有绝术，这个绝术就是善于测字，据说有求必应，效验如神。虽然挂牌不久，京城地面提起这位小纯阳来，几于无人不知。

乱世问卜，寄命于天，是人情之常，因而近来生意特别红火。这天自晨至夕，小纯阳忙得不亦乐乎，赤乌西坠的时候，路人渐稀，正要收拾摊子，来了一位白净无须的中年人。

"这位客官可是要山人起卦？"

"不是。"中年人神色紧张地低头答话，生怕被人认出来似的，"是请先生测字。"

"请问客官，是为自己测字，还是代人测字？"

"是……是替敝东家测字。"

"然则还要请教，贵东家是问流年凶吉，还是问财运穷通？"

"都不是。是问国事。"

问国事？这年头问国事的倒是不多，小纯阳不免将来人细细打量了一番，心中立刻有了数，于是递上纸笔："请客官赐墨。"

中年人四下张望，确认无人，然后写下一个"友"字。

"不妙，不妙！"小纯阳大摇其头："客官请看，这个'友'，乃是'反'字出了头。造反而能出人头地，则国运如何，岂待山人细说？"

中年人脸色灰败，自然是很失望的样子，但此人颇有急智，马上改口："对不起，对不起，是我记错了，不是这个友字。"说着拿起纸笔，重新写了一个"有"字。

"愈发不妙！"小纯阳慢条斯理地说，"有者，上边加一捺为大，下边加一日为明。如今大不成大，明不成明，乃是'大明'少了一半，如何是好？"

中年人仍不甘心，立刻又写了一个"酉"字："求先生仔细看看，润费加倍。"

小纯阳看了一眼，怵然变色，匆匆收了卦摊道具，连连拱手："拜烦转告贵东家，惨祸不远，切记、切记！"

中年人大感不解，几乎带着哭腔央求："务请先生明白开示。"

小纯阳招招手，附在中年人耳边说："酉居其中而为尊，斩尊之头，削尊之足，就是酉。贵东家至尊之人，被斩头削足，岂不是惨祸？"说完再次拱手，仓皇道别，从此无影无踪，再也没有人在京城里见过他。

那个白面无须的中年人就是王承恩，易服测字，自然也是奉了皇帝的旨意。这件事，皇帝一直不能释怀，到了今年元旦那天，一大早祭完太庙，传来京中白云观的道士，再次问命于天，这一次是扶乩。

乩坛就临时设在太庙的享殿里。皇帝沐手焚香，极为虔诚地对着乩坛行了三拜礼："俗家弟子朱由检叩问，今日是哪位上仙执事？"

乩笔轻动，在乩盘的沙面上划出了四个字：道济是也。

道济就是民间广为周知的济公和尚。和尚不成佛，却以无量功德而位列仙班，是个亦仙亦佛、专爱管人间闲事的双料大神。能得这样一位大神指点迷津，皇帝自然欣喜异常，立刻又伏地叩了个头："方今天下大乱，民不聊生。

弟子为国事而恳求上仙，请直言弟子江山得失，不必隐讳。"

乩笔一阵乱动，是一首乩诗，倒真是济公颠僧冷峻调侃的口吻：

> 帝问天下事，官贪吏要钱。
> 八方七处乱，十霭九无烟。
> 黎民苦中苦，乾坤颠倒颠。
> 干戈四下起，休想太平年。

　　皇帝反复咀嚼诗意，心情沮丧，默然无语。就为这两件事，正月初三特地派了内官到江西广信府贵溪县的龙虎山，去召三天大法师张真人带了所有的亲炙弟子诣京，要搞一场大大的法事，名为"罗天大醮"，以求天兵天将下界，禳灾祈福，护国佑民。

　　醮坛早在元月中旬就已搭好，皇帝瞒着外臣，每隔三天，午后必亲临坛前行香祈祷。如今算来，已经七七四十九天，是该张真人神游帝阙、面承天旨的日子了，因而皇帝令王承恩前去探问。

　　王承恩走后，皇帝的肩舆在乾清宫前停下。乾清宫是天子正寝，与北面皇后所居的"坤宁宫"望衡对宇，中间则是寓意阴阳弥合的交泰殿。乾清宫内东西相对有两个配殿，又称"耳殿"，西边的名为"弘德殿"，东边的是"昭仁殿"，昭仁殿即是皇帝日常寝卧的起居之所。因此，乾清宫既是皇帝的寝宫，又是皇帝散朝后处理日常事务的地方。

　　皇帝步入乾清宫，转进昭仁殿，刚刚在软榻上坐下，一名宫内小宦官趋前禀报："万岁爷，内官监少监徐高在殿外候旨。"

　　"唔，"皇帝很兴奋的样子，"快宣他进来！"

　　徐高近前，免冠叩头："奴婢徐高恭祝万岁爷龙体安康！"

　　"捐输军饷的事怎么样了？"

　　"奴婢正要向万岁爷陈奏此事。"

　　初六日早朝，皇帝当廷倡议勋戚百官捐资助饷。事先受命统摄其事的就是这位徐高。散朝之后，徐高捧着花名册到内阁值房，满以为有了皇帝的口谕，群臣捐输，必然踊跃，不料大部分公卿装聋作哑，一散朝就从西华门溜之乎也，等了半天，只有几个内阁大臣前来认捐，而且为数戋戋，就像打发丐儿乞讨一样。徐高心地宽厚，知道如果照实上奏，皇帝必然震怒，说不定会为此兴起一场大狱，弄得朝野不宁，那就违背了他为皇帝办差的初衷，好在皇帝限定的是十日之内交差，说不得只好老老脸皮，挨家挨户催讨了。

催讨十天，精疲力竭，本是为国募捐，反倒像是为私事而告帮一样，到处都没有好脸色给看，期间受的种种委屈，每天午夜梦回，恨不得在枕上偷偷地大哭一场才能消解。最可气的是嘉定伯周奎。周奎是当今的皇后之父，豪富之名，朝野皆知，论戚谊是皇帝的老丈人，论身份则尊荣显贵，举朝无人能出其右，这样的人最该首应倡议，保国即所以护家，绝没有吝财不捐的理由。初十日那天，徐高兴冲冲地来到周府："老皇亲，万岁爷的口谕你也亲聆了。你老是戚臣之首，与国同休，自家即是国家，想来一定能体谅朝廷的苦衷，自五万至十万，你随便报个数。总之，老皇亲务必带个头，为其余戚臣做个表率。"

不料周奎一脸苦相："唉——我上哪儿去弄那么多银子啊！"

听口气，就像家里穷得揭不开锅了似的。徐高下足了水磨工夫，卑辞软语，连捧带劝，缠磨了大半个时辰，得到的只是一句话："千把银子，老夫还可勉强举债奉公，再多没有！"

徐高怫然而起："国破就在眼前，多蓄钱财还有何用？老皇亲如此鄙吝，大事不可为了！"话没说完，掉头就走。

大约是怕奏知皇帝，周奎急忙扯住徐高，狠狠心，跺跺脚："也罢！老夫就认捐一万！"说着双泪交流，不胜痛心的样子。

先帝的老丈人张国纪还捐两万，而当今皇帝的老丈人仅认捐一万，这是无论如何也说不过去的。徐高心鄙其人，自然也就没有好脸色了，把手伸到国丈眼前："兑现！"

周奎边拭泪，边哀恳："以寒舍的境况，一万两银子，总得三五天才能凑齐。老夫这就出门求借，待凑齐后直接送到内府库房。"

徐高一走，周奎立刻遣一名经常往宫中走动的侍女去坤宁宫找皇后求助。知父莫如女，皇后深知老父嗜财如命，然而国难当头，身为首戚而吝财不捐，不唯腾笑天下，自己的颜面也将随之遗羞。无奈之下，悉索敝赋，连现金带首饰玉器，统共凑足了五千银子，交代侍女传话，让老父亲无论如何再拿出一万五千两，以成两万整数，送交内库。

得了五千银子，周奎兴奋了好几天，摩挲把玩，爱不释手，第五天咬咬牙，留下三千，忍痛挟着另外两千缴到内府库房了事。事后一算账，自己不仅一文没出，反而赚了女儿三千，觉得是件塞翁失马的幸事，为此陶陶然乐得几次半夜三更好梦笑醒。

为了怕皇帝发怒，徐高把这些情况半隐瞒半直陈地做了禀报。皇帝听后，久久不语，过了有半盏茶的工夫，方始幽幽一叹："戚臣尚且如此，国家还有何指望？"

徐高赶紧叩头："万岁爷切莫动怒。总是奴婢不会办事，万岁爷有气，尽管惩治奴婢就是。"

"至今为止，总共捐了多少？"

"启奏万岁爷，到刚才为止，总共收到捐款二十万两多一点。"

二十万？皇帝心中苦笑，离百万之数相差五倍！这点小钱，莫说征调吴三桂边兵入卫，就连京城戍守的赏钱都不够。真没想到倡捐一场，在京任职的文武官员四千多人，就算一人千两，亦应捐出四百万，而到头来却如此惨淡，真正杯水车薪，连敷济燃眉都不可能！

"内官认捐的情况怎样？"皇帝问。

"王永祚最多，捐五万；其次曹化淳，三万……"

"王之心呢？"

"……王之心，"徐高吞吞吐吐，"王之心说正在变卖房产，尚未认捐。"

"什么？"皇帝勃然大怒，"来啊！速宣王之心来见！"

王之心是御前的总管太监，奢富之名，首屈一指，而居然一毛不拔，所以皇帝大为震怒。

王之心的值舍离乾清宫不远，一路过来，宫内小宦官已将皇帝发怒的原因告诉了他。他一路走，一路盘算，很有把握地想好了一番说辞。一近御前，伏地叩头："奴婢王之心奉召叩见万岁爷！"

"王之心，朕平日待你如何？"

就这一问，王之心立刻又以额抢地，连着碰了几个头："万岁爷待奴婢天高地厚之恩，今生粉身碎骨、来世做牛做马也报答不完！"

"说得倒好听！朕且问你，崇祯十四年，派你去湖广催解逋欠，那一次你收了地方多少好处？"

王之心万没想到皇帝有此一问。那次奉差，田亩赋税的逋欠没催上来多少，自己先落入腰包二十万两。满以为事机慎密，除了鬼神，无人知道，不料皇帝洞烛幽微，万里如见，居然知道得一清二楚。因而对此发问，王之心张口结舌，无以为答，事先想好的说辞根本不管用，只觉得脊背发凉，一股冷汗，沁鼻而出。

"朕再问你，崇祯十五年，派你监办开封用兵的军饷报销事宜，那一次你收了多少贿赂？"

不能再问下去了，王之心知道，仅此两项，国宪家法，都是杀头灭门而有余的罪名。于是他抡起双掌，左右开弓，朝着自己的脸上一阵乱掴："奴婢该死！奴婢该死！万岁爷千万饶了奴婢这遭。奴婢这就回去筹集银两，今日午后一定捐送内库。"

毕竟是贴身家奴，皇帝不忍遽然降罪，只用鼻子哼了一声，看样子怒气还没完全消解。

这种时候必得有人出来缓颊。徐高近前碰了个头："王之心语出真诚，经万岁爷这番开导，一定能戒慎戒惧，报效国家。可否容奴婢随王之心一道去王之心的宅邸，当面捐输，以显其忠君爱国之忱？"

"哼！平日里擅作威福，朕倒还能不甚计较。如今国破家亡，就在眼前，朕亦无非要你拿出点私蓄以济时艰，如何倒比要了你的性命还难？国兴与兴，国亡偕亡，果真闯贼打进京来，首先就会砍了你的脑袋，那时候你留着一大堆钱财何用？——徐高！"

"奴婢听候万岁爷吩咐。"

"就照你说的，跟着他，立刻办理！该捐多少，朕自有权衡。像个样子倒还罢了，若再吝财推诿，敷衍了事，你立刻回来指名参奏，看朕不从重处置！"

"是！"徐高一边答应，一边扯扯王之心。

王之心哽咽着有点儿泣不成声了："奴婢叩谢万岁爷洪恩！"

然而皇帝根本就不知道，待徐高跟着王之心到了后宰门大街的住宅，王之心立刻变了一副面孔，仅拿出一万银子，而且恶语威胁，说要是如实参奏，将有奇祸降身。徐高吓得敛手噤声，甚至连这一万两银子都不想接了。

徐高和王之心走后，皇帝心烦意乱，本以为庙堂倡捐，能筹出几百万银子以解眼前之急，没想到结果大失所望。没有钱，果真南北两路的勤王之师开到京门，拿什么去犒军？拿什么去激励将士杀贼御寇？

想到这里，皇帝索性离开御榻，在昭仁殿里蹀躞徘徊。西路闯贼打到了哪里？南路的刘芳亮还在真定吗？为何许久没有了这两路的消息？勤王诏书下达快十天了，王永吉现在何处？宁远边民安置得怎样了？吴三桂是否已经启程？还有，史可法此刻亦早该接到了诏书，然则江南兵马是否已经渡江北上……种种问题，搅得他头昏脑涨。使他略感欣慰的是，初八日那天，蓟镇总兵唐通接到部文就连夜率八千人马赶了过来。边将闻警，迅赴戎机，这样的忠臣，能忧君父之忧，以后倒要好好提拔提拔他。不过皇帝当时并没有把唐通留下来戍守京城，因为京城眼下尚无危险，所以当天就命唐通扼守居庸关去了。居庸关是京师西北边的门户，也是闯贼从西路袭京的必经之地，形势极为险要，居庸关西边紧邻的柳沟天堑，是个天然屏障，两壁峭石，中间一线鸟道，只需百人，即可固守。有了唐通这样的得力干将前去把守，量来闯贼插翅难逾！倒是刘泽清可恶，驻地大名，离京师不过三日途程，却至今未闻踪影。哼！皇帝恨恨地想：这样的悍将，日后必得痛加裁抑！

思绪万端而又纷乱如麻之际，王承恩从西苑赶了回来，躬身陈奏："三天大法师说，醮坛祷祀已毕，请万岁爷午时三刻命驾。"

"好、好！"就要得知天意了，皇帝抛开思绪，定定精神，"传知御膳房，午时斋戒！"

吃罢斋饭，已有九名道士前来接驾。皇帝出乾清宫，越乾清门，九名道士持马尾拂尘前导，三十名宦官各捧器具后扈，弃辇就道，徒步走往西苑。

太液池畔初见柳，正是春风吹绿的时节，若在往年，莺飞草长，怡人心脾，而如今的西苑，满目玄皂，一片乌黑，加以香雾缭绕，乌烟瘴气，皇家的御苑，成了可通幽冥的方外世界。

万寿宫在太液池西边。过了金鳌玉𬟽桥折而往北，远远地就看到了万寿宫前临时搭建而成的醮坛。醮坛四周，幡幔林立，迎面牌坊的左右抱柱上，乌地金字，是一副楹联，口气俨然宇宙主宰：

　　纲维岳渎威权广
　　叱咤雷霆号令雄

皇帝澄心净虑，步入牌坊，一名仙风道骨的玄师，右手持一柄桃木七星降魔剑迎了上来，立而不拜，只以左手竖在胸前，微微躬身，打了个稽首："贫道张应京恭迎圣驾！"

这位张应京便是皇帝特为请来的三天大法师，法名"正一真人"，民间则呼为"张天师"。据传东汉的和帝年间，汉初三杰之一留侯张良的八世孙张道陵，辞官归隐，跑到江西贵溪县的龙虎山修炼九天神丹。三年丹成，入蜀中鹤鸣山创立道教，汉恒帝永寿元年在青城山羽化飞升。厥后四传，传到他的重孙张盛，从四川千里归宗，又回到江西龙虎山祖庭，创正一道派，尊张道陵为"始祖师"。自此之后，张天师世居龙虎山的上清宫，代代血胤承传。到了唐朝，以皇家与道教教祖老子同姓之故，把道教奉为国教，唐僖宗追封张道陵为"三天扶教辅元大法师"，民间嫌其啰唆，干脆简称"三天大法师"。宋代的真宗、徽宗，元代的成宗、顺帝，都醉心于道教而走火入魔，把国事搞得糟不可言。大抵宗教一经皇家介入，必然掺入功利成分而闹到荒腔走板，逐渐脱离古哲先贤认识自我、认识宇宙和修身养性、祛病延年的本意，其间的正邪演化，又与各代教主的知识修养和个人品格有关。其中的高焉者，不媚上，不欺心，能导人主以正途，作用与朝中正臣的直言极谏相仿佛，譬如正一道教的第三十代天师张继先就是。宋徽宗崇宁二年，张继先应召至京，徽宗问："你住在龙虎山，可曾见过龙虎？"这位张天师回答得极妙："身居山中，虎则常见，今日方睹龙颜。"徽宗问修炼仙丹之术，张继先答："此乃山野无知人所行之事，非人主所当追求。皇上清静无为，效法尧舜就是了。"以妙语而做铮谏，不失为得道高士，惜乎不为徽宗所用，终于折腾得国破家亡。至于宗教中的下焉败类者，则故意把先哲的学说神秘化，以偶像充教义，上媚人君，下欺百姓，不是敛财，便是揽权，每遇社会动荡，辄煽惑愚民，趁机作乱，能把社会闹得地覆天翻，这类无知宗教败类，几于无代无之。

到了本朝，武宗正德皇帝崇佛，听说喇嘛教不仅不禁荤腥，而且以男女交媾为修炼的手段，因而大为向往，于是便有西地的"番僧"联翩出入宫禁，进献房帏秘术，日日引导武宗荒嬉淫乐，闹得宁王朱宸濠在江西举兵造反，差点儿丢掉了半壁江山。其实喇嘛教就是藏传佛教，又称"黄教"，源于佛教六大宗系之一的"密宗"，教义本就深奥难懂，非有道高僧，不能昧其真谛，而经这些无知番僧的任意曲解阐释，竟然形同邪教了。这些番僧授人以六字真言：嗨嘛呢叭咪吽。最后一字读音为"哄"，因而大为讲究学问的华严宗派所耻笑，讥诋为"俺骂你把你哄"。

武宗崩，世宗立，世宗就是嘉靖皇帝。嘉靖帝一反乃兄作为，敬道灭僧，即位不久便驱散番僧，撤除宫内的佛像器宇，诏毁京中的大小寺院。嘉靖十五年又毁禁中的大善寺，捣毁佛像一百六十九尊，销毁佛骨一万三千余斤。一个释迦牟尼和几个得道高僧，竟有如此之多的骨殖，仅此一端，就可看出佛教末流的荒诞不经了。灭僧的同时，力崇道教，嘉靖初年，第四十八代天师张彦頨奉召入京，敕封"正一嗣教崇道大真人"，掌天下道教事，赐第后宰门大街，称"天师府"。张彦頨针对世宗体弱之症，以"主静"二字相开导，建议皇帝"清心寡欲"。这个建议本身不错，错在世宗走火入魔，从此二十余年不见朝臣，一心一意在西苑的万寿宫奉玄修道，祈求长生，开历代帝王怠政之先，也为后世创一恶例，他的孙子万历皇帝二十五年不问朝政，即是"敬天法祖"，步武世宗的结果。不久大水冲了龙王庙，天师府居然失火，烧得寸木不剩，世宗不悟，诏命以内府库银兴工重建。有个监察道御史上疏调侃："天师精通法术，喷酒可以灭火，看来是张彦頨自己愿意让住宅烧掉，皇上又何必破费钱财，为他重建？"及至这位天师"羽化"，世宗特赐恤典，比照侯爵之例，身后哀荣，为历代天师所不及。紧接着钦赐张彦頨的儿子之名为"永绪"，承嗣第四十九代天师。今天为当今皇帝主持"罗天大醮"的张应京，就是张永绪的曾孙，算起来恰好是第五十二代的张天师。

天师前引，皇帝后随，缓步来至坛前。坛高九阶，正中供奉"寥阳玉清上帝"——民间称为"玉皇大帝"的龙亭牌位。自上而下，东西两侧分别序立的是道箓左赞法真人、道纪右护功真人、驱雷掣电真人、移星换斗真人、飞乌走兔真人、呼风唤雨真人、祛妖除眚真人、宣祥致瑞真人。八位真人之下，又各有执剑仙童四名和握符神将四名分立两侧。三十二名护法功曹分成八组，环坛护卫。坛前的甬道两侧，是从附近的宫观寺刹里挑选而来的僧人和道士各三百名，个个手持法器，诵经打醮。待到皇帝近前，经乐骤止，醮坛上下，肃静无哗。

皇帝侍立坛前，诚惶诚恐。一名御前宦官捧着一只云锦函匣，双手奉至御前。皇帝打开函匣，取出一道诏书，音容惨淡地说："王承恩，代朕宣读罪己诏！"说完面对醮坛，潸然泪下。

王承恩接过诏书，面南而立，眼圈亦微微发红，清清嗓子，开始宣读：

奉天承运皇帝

诏曰：朕以薄德，迭罹天灾，蝗旱频仍，生民涂炭。寇势披猖而莫剿，人心涣散以难收。皆由朕罪日深，是致朕心日拙。兹特诏尔朝野诸臣，直言无隐，尽谏无私。或禁闭邪心，或开陈善道，务使天心感格，世转熙雍。庶得朕恪允中，臣民胥庆。尔其钦哉！

这道罪己诏，皇帝十几天前就已写好，特为在醮坛之前当着九天诸神的面宣读，是为了表示深自忏悔的一片诚意。宣完诏书，御宝监的宦官捧上皇帝的玉玺，皇帝双目含泪，亲自钤盖了御宝。王承恩将诏书放入函匣，快步奔往宫内，交由内阁颁示天下去了。

这个仪注结束，仍由九名道士前导，一群宦官簇拥着皇帝，绕过醮坛，进入万寿宫更衣歇息。六百名和尚道士拿起法器，复又诵经鸣乐，一时间咪呢叭嘛的梵音玄语，响彻云霄。

两刻钟的工夫，皇帝已经更换了服饰，散发束额，皂袍乌靴，一派方外修士打扮，步出万寿宫，再次来到坛前。另一名御前宦官捧来一只乌漆托盘，盘上放的是皇帝亲撰的"青词"。皇帝取过青词，双手递给张天师。就这一刻，经乐又止，八名真人、八名仙童和神将，以及三十二名护法功曹，齐刷刷地就地匍匐，对着醮坛上玉清上帝的龙亭牌位施以参拜大礼。皇帝也在两名御前宦官的扶持下，恭恭敬敬地跪倒在正中的毡垫上，顶礼膜拜。

张天师接过青词，面对龙亭，丹田运气，以极其洪亮而哀婉的嗓音，代表皇帝向天帝诚心倾诉：

　　罪臣朱由检百拜叩陈：

　　伏以承平既久，祸乱应生，虽理数之自然，亦愆尤之所致焉。臣绥临四海，叼社稷之鸿图；抚有万方，荷生民之重寄。殊惭薄德，招愆非轻；咎戾弥深，以致灾殃迭见。臣仰叩玄穹，仁敷黔庶。万方有罪，罪在渺躬；一统无灾，灾由恩弭。右疏谨献

　　金阙寥阳玉清上帝

这篇俪四骈六的文章，是皇帝昨晚费了一个多时辰才写成的。历来心声上达天听，必须将欲言之意写在青藤纸上，故称"青词"。世宗佞道而不善文辞，于是不少长于青词的希进之徒大受其宠。严嵩一代巨奸，而能独执政柄十九年，就为能写一手极好的青词，因有"青词宰相"之称。青词的文体必须是典丽堂皇的骈体文，皇帝不善此道，而又不愿或者说不敢令太常寺的高手代写，因为那样一来，各路言官必然纷纷上疏谏阻。"子不语怪力乱神"，那些饱读诗书的儒士，心中只有孔孟圣贤，从不相信什么天帝神灵的。皇帝也知道自己的这篇青词写得不怎么样，音节不亮，文辞也不够雅驯，但仍勉

为其难，反正心动天知，只要词能达意就行了。

哀诉完毕，张天师躬身走到皇帝面前。皇帝亲自动手，就着坛前的长明灯火，点燃青词，放到正中的香炉上焚化。

"近来天灾屡见，贼氛猖炽，皆因朕不德所致。"皇帝对张天师说，"虽然朕已躬行修省，但也要仰赖真人冥通上帝，替朕详为陈奏，务使天心感格，化灾成祥。"

"是、是！"张天师一脸肃穆，"皇上引咎自责，岂有天心不感、灾殃不除之理？皇上尽请放心，贫道一定竭诚醮事，以报圣德。"说完打了个稽首，由四名仙童和四名神将随侍，在悦耳的经乐声中，手持木剑，健步登坛。

登到坛顶，经乐再止。皂服鹤氅的张天师散发弄剑，舞动身段，开始念唱玄天咒语：

> 真武大将军，玄天自上尊。脚踏龟蛇将，宝剑现七星。皂旗遍日月，带领百万兵。仙佛见之皆拱手，邪魔见之化灰尘。真人念动玄天咒，八大金刚随后跟。天上念起天也动，地下念起地也崩。倘有邪魔不服者，宝剑一举永无踪。——吾奉太上老君急急如律令！

这一段玄天大咒念下来，张天师已是通身大汗，气喘不止了。待到收剑运气，喘息稍定，立刻上来两名仙童替他抹额擦汗。另有两名神将，一个手里擒着一只色彩斑斓的大公鸡，另一个手持霜刃利剑。两位神将来到坛中，手起剑落，斩断鸡头，将鸡血遍洒坛顶，然后把已死的公鸡祭在龙亭牌位前的香案上。

一名握符神将表情庄重，递过来一只桃木令牌。喘息甫定的张天师接过令牌，在香案上着力一拍，接着脚上加力，猛踏坛面。就这一拍一踏，真正空谷足音，撼天动地，把个九阶醮坛震得一阵摇晃。张天师挥舞令牌，复又念咒，这一次念的是令牌驱邪咒：

> 令牌一响天地动，神足踏得鬼神惊。上方打开灵霄殿，下方打开地狱门。打开天地焰火起，方显真人法力尊。真人领兵来到此，邪魔鬼怪尽除根。——吾奉太上老君急急如律令！

念完此咒，张天师把木牌和木剑递给身边的一名仙童，同时从另一名仙童手里接过一柄极精致的镂花檀木柄马尾拂尘，向着南天，频频挥动。

两名握符神将过来，捧着一方硕大的水晶磨面通天镜，揭去遮幔，映日朝南，顿时一道灵光，直冲南天。

趁着灵光，张天师在醮坛上手舞足蹈，时而呈凌空飘飞状，时而呈稽首打躬状，最后面南伏地，侧耳谛听——这是真人神游帝阙，正在南天门的灵霄宝殿里面聆玉皇大帝的谕旨。

这一阵等待，差不多有半个时辰。皇帝在坛下心急火燎，翘首仰望，细心观察着张真人的每一个动作，希望能从这些玄妙莫测的动作里窥知天意。

好容易等到张天师收法，手托檀木柄马尾拂尘，衣冠整肃地下了坛来。皇帝移步迎上，满脸堆笑："辛苦辛苦！真人代朕叩阙，不知天意如何？"

张天师绷紧了脸，双眉锁额，沉默无语。

皇帝没看出来，继续问："朕的心意，玉清上帝可曾知晓？"

"是，玉帝洞察三界，皇上的心意自然已经知道了。"

"然则有何圣谕？"

"天意微密，不能尽知。不过请皇上放心，祸国妖孽，玉帝已命北极佑圣真君去斩杀收逐了。国家绵久，万子万孙。"

"北极佑圣真君"就是供奉在武当山上那个脚踏北斗、披发仗剑的玄武大帝，这个皇帝知道，但玄武大帝什么时候才能把流寇"斩杀收逐"？还有"国家绵久，万子万孙"是什么意思？种种疑问，横亘在心，皇帝都要问明白了才能安心。

不料正待开口，就见王承恩一路抹汗、慌慌张张地从东边跑了过来，避开众人，悄声启奏："万岁爷，刚刚接报，居庸关失守了。"

啊！皇帝失声问道："什、什么时候？"

"兵部的塘马刚到，说今天早晨闯贼占据了居庸关。"

"唐通呢？莫非唐通抗旨，没去守关？"

"就是因为唐通献关投敌……"

一股恶腥，冲喉而上，皇帝只觉得喉间喷薄难抑，"哇"的一声，终于吐了出来，是好大一口鲜血。

"快、快！"王承恩赶紧扶住皇帝，嘴里乱喊。

众宦官七手八脚地连架带抬，簇拥着皇帝，一路歪斜，直奔紫禁城而去。

18

大明崇祯十七年三月十六日

总督勤王

王永吉今天从宁远返回山海关。

初九日在永平奉诏，王永吉率吴三桂马不停蹄，当晚赶到关门，连夜传见山海关总兵高第和临榆县知县，一以宣示皇帝的诏谕，一以布置迎接宁远边民入关安置的具体事宜。次日天不亮出关，披星戴月，一日长奔二百二十里，等到进入宁远城南的延辉门，已经是初十日的二更鼓过了。

征尘未洗，草草一眠，十一日一早，王永吉吩咐传见守备以上的中高级将领。宣谕了弃宁入卫的诏命之后，全军将领，人人欢忻，无不欣然称颂圣明，都认为这是一个丢车保帅、合乎时宜且早该施行的英明决策。但正如预料的一样，弃宁入卫简单，麻烦的是迁徙五十万辽民，一议到这个话题，将领们都不免蹙额为难了。王命至急，移民却涉及城中的老弱妇幼及家家户户的积年赀产，以累家之重而做长途跋涉，远不像调兵那样可以咄嗟立办。

议了一个上午，众说纷纭之际，王永吉广集众议，默默思索，感到有三点看法比较一致：一、从晓谕全城，到家家户户做好离乡背井的全部准备，至少需要三天时间；二、如此则十五日启程，日行六十里，须费时四天，即十九日晚才能到达山海关；三、宁远至山海关之间的中前所、中后所和前屯卫已被东虏所夺，虽然清军并未在这些地方设兵驻守，但常有游骑骚扰，为了百姓安全转移，必须派军兵护送。

等到王永吉把归纳的这三点意见说出之后，举座颔首，表示咸同此意。王永吉正待据此而做出指示，一直默默无语的童逵行说话了："怕是没有那么简单。首先第二点就很成问题。"

"何以见得？"有人问。

"五十万移民排在大路上，绵延百余里。以日行六十里计，十九日晚能到关上的只是先头部分，殿尾部分全部入关，须得另外再加上四日才对。"

这一说无不恍然大悟！明明白白的账，一算就不难懂。但这样一来，途中费时不是四天而是八天，要到二十三日才能全部进关了。

不仅如此，童逴行接着说："觉华岛也不能留以资敌。"

语音刚落，一片哗然。觉华岛在宁远海岸的东南十八里，岛上储存了大量的军资和马草，是宁远军的粮秣供给之地。宁远既弃，这些粮秣亦需运入关内，否则既以资敌，亦以自匮，如此两蒙其害的傻事决不能做。

唉！王永吉心中喟叹：前日慨然奉诏，没想到诏命奉行起来如此之难。"君命召，不俟驾而行"，勤王至重，须闻命即行，而诸般杂务，却又扞格难行。一边是君王有难，急需救驾；一边是百姓安危，不能不顾。勤王护民，均出圣谕，而方枘圆凿，两相抵牾，归而为一，端在"时机"二字。倘若为了百姓的迁徙，必然推迟入关时间，误君之罪，谁执其咎？反之如果不顾百姓的死活，即刻督兵入卫，则弃民之讥，亦难逃史笔之诛！

反复思虑，计无所出。不过既然有人能看出问题，正不妨屈尊求教，因而王永吉侧身向童逴行发问："达德，照你的看法，觉华岛上的粮秣运到关内，需要几天时间？"

童逴行字达德，官居"宁前道监纪同知"，阶秩仅五品，官位不高，但为人沉鸷善思，足智多谋，吴三桂慕其长才，结为挚友，实际上把他视为宁远军的高级参谋。此时见总督动问，童逴行缓缓而答："觉华岛现存军粮二十万石，马草三十多万斤。倾宁远四万军兵之力，少说也要十几日时间才能全部输送至关内。"

这怎么行？四万军兵，要抽出半数沿途护民，则所余两万，岂不要二十多天才能运完粮秣？王永吉很失望地摇了摇头。

"不过，"童逴行话头一转，"运送粮秣可以走海路。"

这一说提醒了王永吉，觉华岛上有专运军资的舢板大船可以利用，但具体多少，他不知道。"岛上有多少船只？"他问。

"平舢百余条，另有小船五六十只。"平舢就是运物的舢板大船。

"以船运粮，费时几何？"

"仅以平舢,两天即可竣事。"

两天?王永吉喜出望外:"如此说来,平舢运粮两天,之后亦可用于运送百姓?"

"是。平舢今天即可装船运粮,小船可在十五日与陆路同时开运。如此水陆两途,齐头并进,再辅之以调度得当,照卑职算来,可省去四五天时日,大致在二十日之前辽民可全部进入山海关。"

"好、好!"王永吉异常兴奋,转而对着吴三桂说,"就按达德的意思。长白,今日午后就调五千军兵装船运粮,此外要即刻晓谕百姓,三天之内务须准备停当,十五日早晨,水陆两路,同时启行!"

于是当天满城皆知,百姓的态度和反应大致相同。宁远士民,有七八万是当地土著,其余的皆为天启初年宁远城重建之后,由关内胶东半岛一带的民户充实而来的。但不管怎样,最短的也在此生活了二十多年,来时稚童,此时早已为人父母,都是把这里当作故乡看待的。如今遽然离乡,恋恋不舍之意无人无之。可是一想到即将远离炮火危疆,再也不必一夕数惊地遭受鞑虏的攻击和骚扰,却又人人思去唯恐不速了。

从十二日开始,全城倾动,家家户户,老少齐忙,拆卸的拆卸,包裹的包裹。"穷家难舍",凡是能带走的尽量带走,陈罐旧瓦,涓细不遗,骡马驮车上无不捆载得摇摇欲坠;不能带走的则该烧的烧,该埋的埋,反正不能白白留给鞑子,此外妇女还要准备一家数口迁徙路上的干粮食物。凡此种种,把个宁远城闹腾得热火朝天。王永吉特令吴三桂在街市中心的钟鼓楼下,临时设立了四个调度所,凡缺少青壮的人家,立派三五名士兵帮助料理;鳏寡孤独之家,则全部移往军中,一应迁徙之事,皆由军中代为办理。惠政美意,博得万民额手称颂,因此到了十四日晚,除了极少数人家以特故而尚未竣事之外,全城十有八九已经在待命启程了。

料理这一切,使得王永吉心力交瘁。吴三桂毕竟武将,治理民事,非其所长,而总督上马治军,下马治民,所有的移民细故,均需亲自调停处理,经纬万端之际,忙得他寝食俱废。好在童逵行极其得力,分担仔肩,替他解决了不少难题。

待到十四日午后,诸事大体就绪,王永吉带领吴三桂和童逵行,以及宁远镇的副总兵杨坤、何进忠、游击参将佟祉年、郭云龙、孙文焕一行七人,开始巡视全城,所到之处,均感满意。四城巡视完毕,打马直出城北的威远门。

威远门外东北方向有座"三首山",是宁远镇的最高处。策马上山,山顶有座坚堡。登堡四望,山海交错,尽在眼底。北边寂寂空旷,偶尔有几骑清兵远远驰过,并无大军调动的迹象,看来东虏对宁远城中这几天的动向一无所知。王永吉以手加额:天佑大明,使我边民得以安然入关!再向南看,宁远城中,有条不紊;远望觉华岛,素帆点点,看得出是十二日晚启程运粮的舢船已经返回,正在按照预定的安排,等待着明日运送城中的百姓。

一切俱如所期,圣谕中"妥为安置辽民"一节,总算有了初步交代,王永吉心中暗喜。然而虽有此喜,却依然难释愁怀,因为圣谕中"克日统兵勤王"一节尚无以报命,这是他近几天来百事丛脞之暇,耿耿难安的一大隐忧。

吴三桂与他的部下此时心情与王永吉又自不同。

宁远城始建于本朝宣宗的宣德三年,当时不过一个普通的关外卫城而已。亘历二百余年,到了神宗万历末季,城垣溃弛,破败不堪。其时东虏渐次强大,西取朔漠,绥服了蒙古;东征朝鲜,纳之为属国。继而兵锋南指,连克辽阳和沈阳,接着欲挟威南下,叩师山海。一时朝臣为之恐慌,消极畏战的情绪甚嚣尘上,经略辽东的杨镐,力主尽弃关外之地,要将辽东半岛拱手让人。天启二年,大学士孙承宗经略蓟辽,采纳幕僚茅元仪的献议,在山海关与锦州之间,自西南向东北,连修八城:前屯卫、中后所、中前所、宁远、连山、塔山、杏山、松山,如此与锦州合而为九,九星连珠,构成了一道坚不可摧的"宁锦防线",而以宁远居其中。此次重修宁远城,实际上无疑重建,是在原来的基础上,深沟高垒,青石版筑,四角增设炮台,用以架设红衣大炮。天启六年,努尔哈赤率十三万众攻取宁远,时任蓟辽督师的袁崇焕亲临御敌,以重炮猛轰,击毙敌兵近两万,马匹一万有余,努尔哈赤亦在此役中被火炮击成重伤,不久恨恨而亡。十年之间,九星连珠而拱卫山海,逼使清兵不能逾越关门一步。不料崇祯十四年的松锦之战,皇帝鲁莽操切,催令洪承畴非机出战,致使宁远以北,五城尽失,从此宁远成了关外第一城,而吴三桂以总兵镇守宁远,便有了举足轻重的特殊含义。如今时移势转,株守孤城已无意义,而皇命紧迫,势所必弃。毕竟半生经营之地,三十二岁的吴三桂,自幼随父生长与此,战守于此,与清兵在这里血肉拼杀了十几年,明天就要弃城而走,自是怆然怅然,百感交集。

山风徐来,关外的春天仍然寒气逼人。王永吉打了个冷颤,头脑清醒了许多："长白，我想明天就带兵进关！"

吴三桂心中愕然："诸事尚需料理，制台何以忽做此想？"

"不是忽做此想。来、来，"王永吉招手，"正好大家议一议。"

待众人聚拢过来，王永吉说出了自己的想法："安置辽民，已经功成一半，剩下的一半，问题不大。一是清兵不知城里动向，所以百姓迁徙途中的安全，不至于出什么大的差错；二是黎玉田办事缜密，百姓入关之后的安置事宜，想来他必已筹划妥当。圣上事事以子民为念，迄今看来，圣谕中安置辽民之意已可报慰君主。眼下当务之急，唯在勤王，圣上安危，关乎社稷存亡。自永平奉诏，至今已过五日，而五日之内，消息隔膜，京师情况究竟如何，至今未获驰报，所以我很担心。畿南保定，京西居庸，虽然已有李建泰和唐通分别据守，但兵机莫测而贼势凶悍，两处之中有一处闪失，则以京师之空虚，圣驾惊动，四海危疑，我辈为人臣者于心何安？以此之故，我想将宁远军兵分为两路：一路明日就随我先期进关，入卫京师；另一路随长白殿后，待到护送百姓全部入关，然后速速赶往都门，合兵护驾。如此方能勤王、安民，两全圣意。"

说完这番意思，众人默默无语，都在认真思索总督的想法究竟可行与否。

"高明之至！"童逵行首先表态，"按照制台的意思，勤王、护民，两不失机，揆诸目下局势，是个很妥善的做法。"

受了童逵行的启发，其余的人亦深以为然。吴三桂则大致赞成，但另有说法："宁远军暂时分成两路我没意见，但先期进关入卫的一路应该由我来统带，制台理宜殿后护民。"

"此话可有说法？"王永吉问。

说法自然是有的，但很难表达。入关勤王是要与贼厮杀，吴三桂不能说王永吉一介文官，只宜发号施令和居间调度而上不得战场，这样说有藐视上司之嫌。想了想，只好单说自己："身为武将，为君父效命疆场是三桂的职分。"

王永吉听懂了吴三桂的意思，正要说话，童逵行插了进来："镇帅！圣上明谕'着王永吉节制各路勤王兵马'。既有此意，则不但宁远，天下各路勤王之师都在等着制台大人前去调度指挥，此非镇帅所能担当之务。况且我朝制度，以文综武，勤王兵马纵使到京，各镇武将，亦只能奉命汛守指定的防区，非奉特召，不得擅入国门一步，否则即为逾制，罪名不轻。而勤王之举，兵事百端，在在需要进宫面圣以聆取诏谕，除非总督，他人无此特权。卑职的看法，制台先期进京面圣，镇帅随后都下待命，文职武司，各得其所，如此才是两全其美之计。"

这话说得非常透彻了。兵马勤王为先秦古义，但自汉末董卓之乱以后，历代君主都对方镇武将防范甚严。本朝师法宋太祖的做法，重文轻武，以文综武，武将不奉诏命而擅自入京，法所不允，悬为厉禁。即使皇室有难而需动用天下兵马，亦必须要有文臣统带，予以节制，否则武将跋扈，就会危及皇室。唐朝安史之乱以后，藩镇拥兵，王命不行，形成弱干强枝之局，武将擅权，挟制中央，终于断送了李氏江山，就是一个不能不引为借鉴的前车之覆。童邃行的这番解说，意义上已经超出了如何处理勤王与护民的关系这个范围，事涉朝廷的体制和法度，在场诸人，包括王永吉在内，无不倾心赞佩，都认为这是切中鹄的的不刊之论。

并且，王永吉还有说法："达德所论之外，我还以为，先期入关，未必立刻就会与贼交锋。闯贼犯京，势所不免，但南边李建泰和西边的唐通，总还能抵挡一阵子，京师虽危，尚非呼吸燃眉之急，否则圣上不至于迟至初六日才下诏勤王。倒是护民迁徙，所关不细，东房虽然还不知我方动向，但虏骑狡悍，飘忽无常，自明日开始，宁远兵民，就要悉数弃城南行，这可不是小的举动，倘若被其侦知，必然飞骑蹑我之后。果尔如此，就少不了一场殊死恶斗，此非长白殿后承担不可。还有，百姓入关是一回事，入关之后的安置是又一回事。虽然黎玉田办事妥当，我很放心，但宁远五十多万移民中，有七八万是军兵眷属。百姓驯顺，易于安抚，而当此非常时刻，军兵眷属未必就那么好说话了，倘若有人提出种种非分的要求，恐怕黎玉田就会感到为难，此亦非长白坐镇弹压而不能了结之事。——先期入关至易，护民殿后至艰。长白，你任其艰，我任其易，如何？"

这还有什么可说？冲锋陷阵，马上拼杀，这是吴三桂习以为常且优而为之的事，而临事思维，计虑短长，如刚才童邃行和王永吉这类细密周纳的分析，在吴三桂听来，脑袋都大了。赳赳武夫，非上司的指点或谋士的辅佐即无以成事，这点自知之明吴三桂还是有的，因而对总督的话唯有俯首听命："是！三桂遵从制台的差遣！"

确定了分兵，剩下的就是如何分的问题了。知兵莫如将，在这件事上，吴三桂倒是最有发言权的。本朝肇基之始，太祖高皇帝初创兵制，多次严谕兵不归将，将不属兵，即使方镇大员，亦须临战统兵，战后缴权，为的是防止武将培植个人势力以拥兵自重。兵将分离，是本朝军事的一大规制。然而世事沧桑，今非昔比，自万历至天启，边患不已，内乱迭起，由于长年用兵，国家的兵员消耗几尽，兵制亦随之发生了巨大变化。尤其是北地九边，卫所的军户，远远不敷所用，无奈只好默认武将招募私兵。宁远军中，吴襄、吴三桂父子最重私兵的豢养，平日里细酒肥羊，任其耗糜，为的是战场上得其死力。参将以上的将领还好，至少名义上是奏请朝廷、经兵部的武选司稽核之后所除授，心目中多少还有上下尊卑的意识。游击以下的守备、百户和士兵就不行了，此辈恰如俗语所说的"兵油子"，打起仗来，可以拼命，但平时却是骄横惯了的，吃喝嫖赌，无所不为，心中只有将令，不知朝廷法度为何物。这样的骄兵，只有吴三桂和少数几个高级将领才能镇服得住，虽贵为总督，亦未必被他们放在眼里。有此计虑，吴三桂很快地做出决定，将四万人马，五五分开，一半由自己统带殿后，另外两万，则由副将杨坤统带，随同王永吉先行。所谓"副将"，也称"副总兵"或"副镇"，职次仅在总兵之下。杨坤威严素著，其才足以统摄部伍，为王永吉考虑，这是个很合适的人选。

"可以！"王永吉很满意，"不过，我还有个不情之请。"他不以总督而自骄，屈己尊人地对吴三桂说。

"不敢，制台有何指教，尽请明示。"

"我想把达德也先带走，长白可肯割爱？"

童逵行是须臾不可或离的谋士，但总督亲自点名，岂有不允之理？因而吴三桂很爽快地回答："当然！三桂谨遵宪谕！"

宏猷大计，就此而决。

昨天早晨，王永吉带上杨坤和童逵行，亲率骑兵八千，步兵一万二，辞别吴三桂，匆匆南下。当晚在已被清兵残毁了的中后所歇脚，今天午后，太阳还没落山之前，终于赶到了山海关。

未进关门，就问出城迎接的高第："京师方面有何消息？"

高第马背上边走边答："北路还没有音讯。南路探马刚刚回来，说贼将刘芳亮十四日晚围困了保定。"

"消息可靠吗？"

"尚未证实。是南路探马在玉田县得自民间风传，先派一人回来禀报，其余人员继续向南侦伺，大约还要两三日才能回来。"

"好，知道了。你赶快安排两万人马的食宿，只需今天一夜和明早一餐。我在关上待不住，明天即刻向京师开拔。"

"是！"

"两天以后，水旱两路的移民就要陆续入关了，你这里要做好迎接的准备。"

"请制台大人放心，百姓入关的事全在高第身上，绝无差错。"

"安置百姓，黎玉田那里有什么消息？"

"有。已经接到抚台的传谕，要卑职接到宁远百姓后，划为四拨，分别安置到昌黎、滦州、开平和乐亭四地。"

四地都是永平府属下，离关门不远，省时惠民，是个不错的安排。所以王永吉很满意，但脸上不露喜色，极其严肃地说："很好！护送百姓入关是吴三桂的事，迎接百姓入关是你的事。百姓入关之后，你们俩还要和衷共济，辅佐黎玉田妥为安置。圣上于危难之际，尚且念念不忘这批关外子民，我辈做臣子的，岂能不仰体宸怀而有玷圣德？你把我的话放到心里，邦国多难，事出非常，五十万辽民的迁徙不是小事，必须妥为安置，不能出任何差错！其中的细微末节，都要听从黎玉田的调度。你们三人要密切配合，不得推诿误事。"

"是！卑职一定把制台的吩咐记在心上，恪尽全力，绝不偾事！"

"好了，你不必陪我，去安排人马食宿吧。我到你的行辕里凑合一夜就行。"说完打马入关，当晚就在山海关总兵行辕，与杨坤和童逵行商量明日赴京勤王的细节了。

金陵春梦

北国的三月，余寒尚存，江南却是一派盎然春色。杨柳葱翠，随风飘摆，院前屋后的辛夷尚未凋谢，满山遍野的桃李却又竞相吐艳，而河岸幽谷，触目可见的杜鹃也在浑然不觉间倏焉绽放。

花事绸缪，人事亦不寂寞。入春以来，秦淮河沿岸鳞次栉比的旧院河房里，日日丝管嗷嘈，欢闹终宵。六朝金粉地，十里销魂窟，甲第连云的南京城依然歌舞升平，繁华竞逐。

侯方域这是第三次来到南京，自然地，也是第三次与李香君共涉爱河。

昨天刚到，便与复社的几位同道置酒高会，直闹到三更过后方始罢场。今晨醒来，仍觉头脑昏昏，赖在"媚香楼"的床上，睡眼惺忪地看着李香君在梳拢秀发。

纤纤十指，上下翻飞，很快地将一团乌丝打理得规规整整，顺手挽在脑后，要盘成一个时下流行的"抛家髻"。

"若非群玉山头见，会向瑶台月下逢！"侯方域看得入迷，脱口称赞。

"呸！吓人一跳，"李香君娇嗔地斜睨了侯方域一眼，"睡醒了还要赖床，快起来，小心着凉。——我且问你，为何把我比作杨贵妃？莫非公子看我是误国的祸水？"

这一说反倒把侯方域吓了一跳，宿醒顿醒，双臂微撑，顺势在床上坐了起来："香君、香君，此言诬我太甚！仙姝绛草，妍到颠端，我只是一时无可形容，才想到了贵本家的句子，何尝把你看成了误国的祸水？"

把一千年前的李白硬生生地拉成自己的"本家"，李香君颇有滑稽之感，一手握发，一手按在胸口，笑不可抑地说："名满天下的大才子，不能以己之词，达己之意，反要拉出个古人来撑面子，羞不羞？"

"是、是，"侯方域改容相谢，"我早就想给你再写首诗，只是……"

"只是什么？"李香君傲然挺了挺胸，"只是觉得我还不配？"

"又要瞎说！"侯方域隔着闺房的月门，笑着指了指外间客厅的粉壁，"只是——眼前有景道不得，崔颢题诗在上头。"外间客厅粉壁上悬挂着一帧四尺对开的条幅，是江南名士余淡心的手笔：

> 生小倾城是李香，怀中婀娜袖中藏。何缘十二巫峰女，梦里偏来见楚王。

李香君自能会意，这首诗以典传神，把自己娇俏玲珑的姿色刻画得惟妙惟肖，是余淡心八年前的作品，其时的香君年方十三，却已经因色艺双绝而名动公卿了。富豪商贾和高门纨绔，千金求见而不可得，直到崇祯十二年也就是五年前，侯方域第一次来到南京。

侯方域字朝宗，河南归德府商丘县人，是名门之后，祖父侯执蒲万历年间官太常寺少卿，父亲侯恂现为户部尚书，文采风流，冠绝一时，与阳羡陈贞慧、桐城方以智和如皋冒辟疆并称"复社四公子"。

四公子中，陈贞慧年齿最长，与李香君的"假母"李贞丽交好。崇祯十二年乙卯，是乡试大比之年，四公子联翩来到南京，八月下场，试场就在与媚香楼隔河相望的贡院。三场试毕，正好就是八月十五中秋节，此后该有半个多月等候揭榜的日子。趁此良辰，陈贞慧要去会晤旧日相好，特邀了侯方域作陪。侯方域此前就听复社好友张溥介绍过李香君，正欲一睹芳颜，则此次受邀，欣然乐从。而侯方域文采之名，腾播天下，李香君又是久闻其人的。因此才子佳人，一见倾心，在陈贞慧和李贞丽的缩合下，二十九岁的侯方域，为十六岁的李香君破瓜梳拢，成就了这段香火姻缘。

新婚燕尔，可惜好景不长，这一次侯方域在南京仅待了一个多月便黯然回乡，原因是九月揭榜，名落孙山。以侯方域的罄罄大才竟不能轻取一袭举人蓝衫，当然不是因为文章作得不好，相反，倒是文章严密周纳，指陈时弊，写得太好的缘故。此次乡闱的第二场照例是"策问"，侯方域借题发挥，直抉当今皇帝察察为明、用人而疑、以致诸多失政的性格弱点：

> 虞书曰"临下以简。"而后世任事之主，乃欲以其察察而穷之，过矣！夫天下之情伪，盖尝不可以胜防。而人主恒任其独智，钩矩探索其间。其偶得之也，则必喜于自用；其既失之也，必且辗转而疑人。秉自用之术而积疑人之心，天下岂复有可信者哉？

庙堂诤谏之语，出于布衣士子之口，主典这一房的考官廖国遴，读卷激赏，立刻荐了上去。三场下来，四名同考官和十八名房考官会推，侯方域的卷子为本次乡试第三。不料到了揭榜的前一天，一名同考官再次读了侯方域的这篇文章，提出异议："这篇策论如果入选，我辈都要获罪了。"

廖国遴抗言力争："真要获罪，本房甘愿独自承当责任。"

相持不下之际，一言九鼎的主考官反复研读考卷，许久才忍痛表态："我辈获罪，不过降级罚俸而已；此生获罪，则以诽谤君主，必致奇祸。算了，且黜落此生，算是保全他吧。"

科场失意，侯方域心绪极坏。落木萧萧的季节，李香君在桃叶渡水阁置酒饯别。聚也匆匆，散也匆匆，多情自古伤离别。待到日阑酒残，李香君手挥五弦，为侯方域悲歌一曲《琵琶记》。《琵琶记》是元人高明所作的"南曲"，说的是东汉大儒蔡邕年轻时辞家赴京，求取功名，而高堂双亲和糟糠之妻在家乡受了种种磨难的一段辛酸故事。

一曲既毕，香君扯断琴弦，谆谆叮咛："公子才名文藻，雅不减蔡中郎，但蔡邕学不补行，以取媚董卓而遗羞千古。公子豪迈不羁，不料今日失意，此去相见未可期，愿公子自爱，不要忘了我今天为你唱的琵琶词。此词但为公子而歌，今后永不再唱了。"

美人深情，最难消受，侯方域临风雪涕，凄怆北归。回到家乡商丘，与贾开宗等五人重振旧日所创的"雪苑社"。雪苑六子，以文章相砥砺，盱衡时政，臧否人物，一时誉声驰中原，与江南的复社和几社遥相呼应，同为执天下文柄的著名文社。

到了崇祯十五年三月，李自成在第三次围攻开封之前，派盟军罗汝才和袁时中两支部众，引兵向东袭扰，连克兰阳、考城、仪封、宁陵、睢县和商丘。侯家是商丘世族，一门二十四口死难，侯方域与其兄侯方夏、侯方严拼死脱逃。五月，李自成与罗汝才联兵百万，将开封匝城困死，朝命侯恂以本职挂兵部侍郎衔驰援开封，屯兵在与开封隔河相望的封丘县柳园坊。此时侯方域投奔在父亲军中，指画兵事，每出奇计。侯恂担心此子多言贾祸，斥令其离开军营，护持家口到江南避难。

当年九月，侯方域经徐州至邳州登船，一路沿运河直达扬州，在扬州的瓜州古渡口，遇见了前来迎接他的复社健将吴应箕和几社领袖夏允彝，三人相偕过江，同游镇江的金山寺。此时的侯方域，已经有了三年的实际历练，杯酒交欢之际，面对滚滚长江，指陈时弊，睥睨古今，慨然有澄清天下之志，使吴、夏二人，大为倾服，许之为三国周瑜、前秦王猛一类人物。金山之会后，侯方域辞别好友，匆匆奔到金陵，来与李香君再续前缘。

三载长别，互慰相思。这期间侯方域除了与复社、几社的同道诗酒酬唱之外，大部分时间都和李香君厮混在媚香楼中。不料第二年，亦即去年春天，发生了一件意想不到的变故。

驻节武昌的"平贼将军"左良玉，因缺粮缺饷，部卒哗变，眼看有弹压不住的危险，索性在武昌纵兵烧抢之后，引三十万大军顺江而下，一路骚扰，直达九江，扬言立刻要到南京"就食"。这一来南京城内，一片恐慌，左良玉骄横跋扈，果真来到南京，没有人能治服得了他。其时南京的兵部尚书叫熊明遇，打听得侯方域正在秦淮河旧院的媚香楼与李香君终日缠绵，便辗转托人，找到侯方域，希望他能亲自去九江一趟，劝说左良玉退兵九江，回守武昌。

堂堂兵部尚书而不惜降尊纡贵，特地拜托青衿学子来斡旋军国大事，这其间自有特殊的原因。左良玉原是辽东军户，积功至辽东都司，有兵无饷，只能靠拦路抢劫维持军心。有一次懵懵懂懂地错劫了朝廷的"军资"，论法当斩，幸而同伙有个叫丘磊的好友一力承担，揽下了全部责任，才使左良玉保住了一条性命，但官、职全丢，成了无业游民。百无聊赖之际，误打误撞，入关投在了时任昌平督军的侯恂帐下，当一名杂佐使役。昌平是列朝皇陵的所在地，一次执役，不小心弄丢了四只陵寝金杯，论法又是非死即流。侯恂颇具识人的慧眼，待到把人犯押至帐前，侯恂定睛细看，左良玉赤颜伟躯，仪表不俗，不像久居下潦之人，不仅未予惩处，反而起了着意栽培的念头。崇祯四年秋，清兵进犯辽东的大凌河新城，朝命侯恂分兵往救。侯恂召集三军，仿效刘邦对韩信筑坛拜将的做法，亲赐左良玉三杯白酒和一支令箭，当众宣布："这三杯酒，代表三军归你指挥。这支令箭就是我，谁敢不听你的指挥，就出示令箭正法军前，不必禀报！"这一来激起了左良玉誓死图报的豪侠之气，慨然受命之后，叩首辕门发誓："这一去要是不能立功，我就自己把脑袋割下来！"

果然率兵出关，一路锐不可当，杀得清兵望风披靡，旬日之间，连克松山、杏山。战后叙功，录为第一，侯恂上疏力荐，特擢为方镇总兵。仅仅一年之间，从一个寂寂无闻的军前小卒，一跃而为专阃方面的统兵大员，左良玉感恩戴德，把侯恂视为再生父母。左良玉的军纪极坏，所到之处，纵兵抢掠，唯独三过商丘，秋毫无犯，均执晚辈礼亲登侯府叩谒。就是在这期间，左良玉与侯方域得以结识，自然是兄弟相称。有此一重渊源，所以熊明遇认为，只有请侯方域出面交涉，才能说动左良玉退兵。

侯方域受托之后，与李香君商议，认为如果亲赴九江，则以书生干预军事，不免过于招摇，因而商议的结果，是以侯恂的名义，给左良玉写了一纸便函，无非动之以私情，晓之以公义。左良玉见信悔过，立刻召集部众，回守武昌去了。

仅凭书生一张纸，居然挥退十万兵，侯方域因此而名声大噪。但誉声既起，谤亦随之。这件事，差点儿给他招来杀身之祸，因为有人趁机诬陷，诬陷者就是阉党余孽阮大铖。

阮大铖是南直上江安庆府怀宁县人，字集之，号圆海，长身伟躯，一脸俊美的络腮胡，所以又有个外号"阮胡子"。此人古诗和律诗写得都很好，传奇剧本尤为出色，才气卓异，独步一时，可惜人品极差，是个投机钻营之徒。万历四十四年以进士入仕，看到朝中东林人士风头甚健，以为依附此辈，日后不难飞黄腾达，便投到了东林领袖高攀龙门下，与另一东林领袖左光斗也是相处不错的好友。不久赶上东林一派集中火力猛攻首辅史继偕，阮大铖急于立功自见，捕风捉影地上疏诬告，说史继偕的儿子在家乡福建省泉州府成立了一个邪教盟会，"阴为盟主"，请求皇帝谕令当地的巡抚和按察使"凡邪会异教行禁止，其已经发觉者，务根究正罪如律"。这个奏疏完全是道听途说的无根之词，但却引来东林人士一片叫好之声，逼得史继偕只好连连上疏求去。由于这份"功劳"，朝中把他目为东林干将，阉党分子罗列了一百零八个东林人物，仿照《水浒传》"梁山泊英雄排座次"的名目，编了一部《东林点将录》，把阮大铖列为排在第十九名的"天究星没遮拦"。

到了天启四年，吏科给事中出缺，左光斗示意内阁，想要阮大铖替补。没想到其时东林内部意见分歧，高攀龙、赵南星和杨涟等东林魁首执意把这个位置给了另一个东林干将魏大中。这一来阮大铖大为不满，立刻与东林反目，转而投靠阉党头子魏忠贤。第二年就是天启五年乙丑，魏忠贤全力捕杀东林党，六君子——杨涟、左光斗、魏大中、袁化中、周朝瑞、顾大章惨死狱中。这一事件，阮大铖首媒其孽，又为魏忠贤立了一大功。

不巧的是，两年之后，天启皇帝崩，当今皇帝立，一上来就大刀阔斧地整肃阉党，把阮大铖列为"逆案"，捋职罢官，判了四年徒刑。本朝的刑法，四年徒刑可以用钱赎抵，所以阮大铖交了三千两银子，等于买了个庶民的身份，回到怀宁老家作诗填词写传奇剧本去了。崇祯八年，李自成、张献忠等几股造反的农民军打到南直上江一带，阮大铖吓得逃到南京，在城里的"库司坊"买了一座宅子，以此为据点，上下干求，希望能说动南京朝堂，目的自然是为了东山再起。然而南京士民，心鄙其人，连带着恨乌及屋，把他住的库司坊称为"裤子裆"。而阮大铖夷然不以为意，又在南京郊外大兴土木，筑起了一座别墅，名为"石巢园"，重金贿求当时以书法而名满天下的南京礼部尚书王铎，题写了个斋名"述怀堂"，整日在这里写诗写剧本，创作了一部传奇剧《燕子笺》。除此而外，依然城里城外，奔走豪门，时时刻刻都在想着寻找机会，重回官场。

这些投机钻营的秽行，激起了东林子弟的强烈不满。崇祯十一年，复社健将陈贞慧和吴应箕草拟了一份《留都防乱公揭》，列名者一百四十余人，历数阮大铖早年投身阉党，残害忠良，以及后来在怀宁和南京招摇撞骗、勒索纳贿的种种劣行，一时间南京城内，朝野哗然，把个阮大铖搞得臭不可闻。

狼狈得无人青眼之际，恰巧第二年侯方域南下应试，刚刚结识李香君于媚香楼。阮大铖闻讯心喜，知道侯方域也是复社中人，以为可以通过侯方域来化解东林子弟与他自己之间的怨恨了。其中的原因是，侯方域之父侯恂与他是同年，也是万历四十四年丙辰科的进士，而且在朝居官期间，二人相处得很融洽。所以他想利用与侯恂的同年之谊，请侯方域从中缓颊，化解与陈贞慧、吴应箕等复社君子的敌对关系，因而央求了杨文骢居间传话。

杨文骢是个很特殊的人物，此人亦俗亦雅，正邪兼具。他是阮大铖的同党马士英的妹夫，又与侯方域是笔墨旧识，深知侯方域是布衣傲王侯的性格，率直央求，必遭峻拒，因而受命之后，采取欲擒故纵的手法，日日自备酒食，邀请侯方域和李香君在秦淮河和燕子矶舟楫流连，只字不提阮大铖所托之事。新得佳丽的侯方域一向落拓不羁，并未发觉杨文骢此举有异。但如是者再三再四，终于引起了李香君的怀疑，悄悄对侯方域说："杨文骢不是什么富家公子哥儿，也没听说他是个肯散财交友的人，而如此破费，必有所图。公子倒要好好问问他。"第二天杨文骢再来媚香楼邀请，侯方域就不肯去了，一定要知道个中缘故，杨文骢只好把阮大铖的意思和盘托出。

李香君把侯方域拉到一旁，正色劝道："想不到杨文骢是为阮大铖来做说客的。我小时候就从假母那里知道，陈公子俊才高义，一身正气，吴公子也是个铮铮风骨的人物。这二人都是你的至交好友，你如何可为一个臭名昭著的阮大铖而辜负朋友之义？况且以公子的世望，怎么能低眉屈事阮胡子？公子读万卷书，莫非见识反不如我一个小女子？"

侯方域闻言哈哈大笑，一把将爱姬拥在怀中，以口附耳，诚心倾服："香君，你真是我的畏友！"随后便严词回绝了杨文骢。

阮大铖是个睚眦必报的小人。这件事，阮大铖一直记恨在心，久欲报复而不得其机。到了崇祯十四年，从与他脾味相近的朋友吴昌时那里得到一个消息，复社领袖张溥要为他的老师周延儒谋划二次出掌枢府，正在四处募集资金。得到这消息，阮大铖欣喜若狂，以为可以借力翻身，所以毫不犹豫，捐出了一万银子。不料周延儒再相成功，却拒绝了他的谋职要求。一万两银子总不能白白丢掉，不得已退而求其次，他向周延儒推荐了早已罢官闲居的同年好友马士英。不久马士英被派为凤庐总督，而他自己仍然回到南京，潜伏蛰居，伺机要报当初侯方域的一箭之仇。

待到左良玉从九江退回武昌的消息传来，恰巧熊明遇奉旨离开南京到镇江巡视江上防务，临时代为主持南京"清议堂"政事的就是凤庐总督马士英。

于是阮大铖便进谗言，说左良玉之所以有"进食南京"的造反举动，是因为有侯方域在城里做内应的缘故。

一介书生，无兵无勇，而要做外兵的内应打开一座石头城，这样的无稽之谈连三尺童子都不会相信的，而阮大铖于马士英有举荐之恩，凡是阮大铖说的话，马士英无不信以为然，立刻下令南京镇抚司的白靴校尉到秦淮河去拿人。幸亏杨文骢及时得知消息，快马飞奔，来到媚香楼报信。

侯方域自觉有功无过，反而遭此诬陷，气愤得要到清议堂去说理，而李香君深知阮大铖心狠手毒，去清议堂说理，无疑自投罗网，乃与杨文骢合词苦劝，劝他速速出逃。不得已，侯方域只好第二次痛别爱姬，连夜南逃，跑到古称阳羡的宜兴，在陈贞慧家里避祸。临行前写了一封千余言的《癸未去金陵日与阮光禄书》，亦庄亦谐，绵里藏针，把阮大铖狠狠地阴损了一顿。

侯方域走后，李香君谢绝宾客，闭门守节。有个新任的漕运巡抚叫田仰，曾经也是个阉党走卒，听说了香君的艳名，愿意出三百两银子只求一见，李香君峻拒不敏。田仰既惭且怒，而又势所不甘，指使几名恶仆，跑到媚香楼下连喊带骂。假母李贞丽怕事情闹得不好收拾，便劝香君看在银子的分上勉为一见。香君说："我向来看不起阉党，田仰和阮大铖都是一样的小人！我佩服侯公子是为了什么？不就因为他是复社君子，不与小人同流合污吗！三百银子不是小数，但为此而屈从田仰，我就太对不起侯公子了！"假母无奈，只好作罢。

去年七月，南京朝堂的人事发生变化，熊明遇衰病侵寻，上疏致仕，朝命以总督漕运的史可法调任南京兵部尚书，主持清议堂政事，马士英则以原职回凤阳防地。马士英一走，阮大铖失去靠山，又像过街老鼠一样，不敢在金陵城里露面，韬光养晦，搬离"裤子裆"，躲到郊外的石巢园修改他的《燕子笺》去了。

史可法原籍河南开封府祥符县，出生在开封城西北三十里的狼城岗镇后史庄，以其先世是世袭锦衣卫百户的缘故，所以寄籍在京师所属的顺天府大兴县。幼年家道中落，曾苦读于京师寺庙，被时任京畿学政的左光斗发现，遂收以为徒。天启七年丁卯，史可法北闱乡试中式，这一科的副主考官就是侯恂，中式举人须拜考官为师，称为"拜门"，因此史可法又成了侯恂的门生。是这样一层关系，所以史可法主政南京，等于侯方域在南京的危险彻底解除。

消息传到宜兴，心心念念都在李香君身上的侯方域再也坐不住了，即刻便要登程北归。但此时侯方域正在陈家帮助整理陈贞慧之父陈于庭的文稿，一时不得脱手，这样挨到今年年初，过了正月十五，诸事完备，正待启程，忽然接到冒辟疆的来信，"务乞迂道水绘园一晤"。"水绘园"是冒家在如皋的世遗庄园，受此邀请，侯方域辞别陈贞慧，走无锡、过江阴，于二月初到达如皋。冒辟疆南国才俊，被江南辞宗钱谦益许为"天下士"，然而和侯方域一样，科场蹭蹬，崇祯十五年乡试仅中副榜，和落第没有什么区别。科场失意，情场得意，落第后纳秦淮名妓董小宛为妾，日日拥美欢娱，在水绘园坐享艳福，打听得侯方域在宜兴避祸，两年长别，备感关切，因而特为邀来一叙契阔。有此一段盘桓，所以侯方域直到十天前才离开如皋，昨天傍晚赶回南京，得以与李香君三度聚首。

一宵缱绻，相思债稍得补偿，然而文字债尚逋欠未还。当年刚刚相识的第一面，侯方域趁醉即兴，曾为李香君作了一首五言诗："绰约小天仙，生来十六年。玉山半峰雪，瑶池一枝莲。晚院香留客，春宵月伴眠。临行娇无语，阿母在旁边。"这首诗，兼用写实和比喻，才子吐属，其情如见，但就诗论诗，则不免虎头蛇尾，结句平淡，殊失奇气，而且音韵也不协调，所以侯方域并不满意，决意另写一首。但看到客间粉壁上余淡心的条幅，遂废然掷笔："香君，珠玉在前，我不能狗尾其后，且容我细细推敲，日后还债吧！"

这一拖，便是五年，直到今天重提旧话，激起了他不甘人下的好胜之心，知道今天必得要履践前诺了。

"是不是？——"李香君深知侯方域的心思，故意语言相激，"我就说嘛，楚王怕见巫峰女！何以昨晚和你那班复社朋友斗诗的时候，就能文思泉涌，而一说给我写诗，便江郎才尽了呢？"

侯方域已经一跃起身，推开窗户，正在漫不经心地欣赏秦淮河两岸的秀色。晓风入户，清心爽骨，突然触动了灵感，转身笑道："谁说我江郎才尽了？来、来，就是此刻，看我给你了结这笔文债。"

李香君喜不自胜，立刻吩咐侍女巧儿去打盥洗汤水，自己则三下两下妆扮停当，然后手脚极其利索地服侍侯方域栉发梳裹，装束整齐。

待到洗漱完毕，香君已经在书房的文案上设好了笔和纸，细细地磨了一汪松烟香墨，笑吟吟地说："请公子命笔。但不知用什么样的语言挖苦我呢？"

"岂敢岂敢！余淡心以意胜，且看我以景胜。"说着以手捉管，濡毫染笔，在洁白的宣纸上试了试墨色，"嗯，浓淡相宜！不过，我要改变主意了。"然后停下笔来："香君，你把我文袋里的那把折扇取来。"

有诗有字，足餍所欲，不想还要书之于扇。李香君大喜过望，孩子般蹦蹦跳跳地从侯方域的文袋里取来折扇。这是一把湘妃竹做骨、上好的宣城净皮纸做面的所谓"状元扇"，出于东夷倭国的著名作坊"丸田社"，是侯方域的祖父侯执蒲在万历年间辗转得到的名将戚继光的遗物。

一扇之费，堪拟拱璧，李香君有点儿舍不得了："还是写到纸上吧。待我装裱起来，随时观赏，不是一样？"

"不一样、不一样！"侯方域连连摇手，"装成卷轴，只能挂在壁上，写成扇面，却可随身携带，就像我随时在你身边一样，岂不更好？"

执念甚笃，李香君便不忍再违拂这番美意，只好顺从地打开折扇，以手抚平，用水晶镇尺压住扇面，然后静静地站到一旁观看。

侯方域略略思索，振笔疾书：

> 夹道朱楼一径斜，
> 王孙争御富平车。
> 青溪尽种辛夷树，
> 不及春风桃李花。

写完后小字落款，上款六字：香君畏友双鉴；下款署明：甲申季春，朝宗侯方域书于秣陵旅次。

"如何？"侯方域掷笔伸腰，很得意地自己先端详了一会儿，然后把扇子递给香君。

李香君接扇在手，注目欣赏："嗯，诗书俱佳！"

"那就先说说'书'。"

"眼熟！底子在颜真卿、苏东坡之间，丰肉峻骨，奇崛苍润，有云烟氤氲之气，与时下的赵董风格浑不相干——别着急，且让我想想看……"李香君攒眉苦思，是在认真思索的样子。

"好眼力！"侯方域颇有知己之感，"说得大致不差。我来给你提个醒，当今有四大书家，张瑞图、黄道周、王觉斯……"

247

"啊！"没待侯方域说完，李香君恍然想起，"——倪元璐！"

"不错。不过你还不知道，倪元璐是我的老师。"

"是吗？"李香君好奇大于惊喜，"怪不得，倪大司农道德文章，冠绝天下，真不知道公子竟是他的门生！"

"不是门生，是受业弟子！十岁那年，我随家父宦游京师，家父让我拜在倪老师的几下，老师教我读书作文。小时候读书，不得其法，只凭着兴趣，喜欢集部杂籍，以为就是学问。后来老师教我专攻经史，文宗韩、欧，诗法杜陵，才算入了正道，说起来都是老师苦心调教的结果。"

"书法也是倪老师教的吗？"

"不是。老师最反对我模仿他写字，引用李北海的话说：似我者死！"

"这又奇了，为何你的书法和倪老师如出一辙？"

"问得好！这就见得我辜负了师教。老师的主张，书虽小道，却可遣以抒发性情，因而千人一面，即成书奴。老师与黄道周、王觉斯都是天启二年的进士，同时选为翰林院庶吉士，这期间，三人不满于当时书坛靡软媚弱的风气，决心力挽颓局，再开新风，被人称为'三狂人'，可结果三狂人都创出了各自不同的风格，其中以王觉斯的成就最大。"

"黄道周久闻其名，是骨梗正直的大名士。王觉斯就是刚来南京就职的礼部尚书王铎吗？"

"是。王铎字觉斯，他是河南孟津人。"

"说是当今四大书家，怎么不提张瑞图？"

"一个阉党走狗，提他做什么？"侯方域一脸不屑的样子，"天启年间身为阁臣，政事一无建白，唯知阿谀取容，到处给魏忠贤书写颂文，崇祯初年，和阮大铖一样，定为逆案，判了三年徒刑。就像你当年说蔡中郎一样，此人才不补行，书法虽好，人品鄙劣。"

"哦。"李香君双目凝辉，深情地看着侯方域，"难得公子还记得我当年桃叶渡的一番话。"

侯方域趁机把香君揽在怀中，手抚纤纤柳腰，唇吻馥馥香腮，喃喃地说："畏友诤言，小生岂敢忘怀？"

李香君任他爱抚了一会儿，突然闪出侯方域的怀抱："你还没回答我呢！'似我者死'，你的书法怎么就偏偏似了倪老师？"

248

"敬其师而重其字。耳濡目染，不似亦不可得也！"说到这里，侯方域满不在乎地笑笑，"至于死活，谁还顾得上去管它！反正我志不在技艺，不想以书法留名后世。"

就这时候，听得楼梯橐橐有声，是侍女巧儿端上来了早点，主食是鸭梗粥和千层饼，佐以四样小菜：西湖甜藕、萧山酱瓜、绍兴蒸鱼、舟山泥螺。不仅洁净异常，而且都是非时的名物。

于是边吃边聊。侯方域肚子饿了，三口两口，吞下去半碗鸭梗粥，顺手夹了只泥螺，咀嚼之时，不碍说话："评完了书法，香君，该指点诗文了。"

"才子的大作，我只有拜读的份儿，哪里敢说指点？"话是这样说，李香君也是争强好胜的性格，此时自不甘被所爱的人讥笑，于是喝了一口粥，手抚扇面，细品诗意。

诗的意思她大致能懂，只是"此中有真意，欲辨已忘言"：青溪九曲，流入秦淮，则诗中的"青溪"自是代指的秦淮河；"辛夷"是望春花，又称"紫玉兰"，为初春名卉。两者不典，都是写实，一看即知其意。只有"富平车"似曾相识，然而典出何处，却一时想不起来。

侯方域最喜欢香君颦眉沉思的样子，看她两只杏眼闪烁不定地在认真思考，竟而忘情，放下牙箸，像欣赏传世名画似的，目光只在香君的脸上逡巡游走。

"啊，想起来了！"香君莞尔一笑，"富平车是不是赵飞燕的典故？"

"虽不中矣，亦不远矣！"侯方域耐心解释，"汉成帝刘骜微服冶游，为了避人耳目，常乘富平侯张放的私家车。有人问起，驾车的御者便回答：'车中乃富平侯家人'。汉成帝冶游所眷之女，便是当时流落在阳阿公主家里的舞妓赵飞燕。"

这一解释，诗意全通。香君再读一遍，骄矜的脸上微微发烫：旧院夹道，青楼林立，多少王孙公子翩翩裘马，为寻花问柳而来。然而纵使曲院仙葩，全都美如赵飞燕亦不足为珍，因为名卉殚尽，唯有其华灼灼的桃花迎风独艳！"不及春风桃李花"，看似平淡，其实举重若轻，盖有深意存焉。

"把我比作桃花吗？"香君明知故问。

"是。'桃花如面柳如眉'；辛夷虽然名贵，我却没把它放在眼里！"

"把第二句改成'王孙初御富平车'如何？"

"不好不好！第一，你我已不是初次相聚；第二，我不能以轻薄自视，自污即所以污人。香君，你再想想看？"

再想想就不难明白，侯方域特立独行，是耻与那些浊世王孙为伍的。"争"和"初"，一字之差，褒贬之意恰好相反。照此来看，侯方域尽摈百美，独恋"桃花"，对自己真正是一往情深！

原就并座而食，香君一时情动，索性挪动身躯，侧坐到侯方域的腿上，双臂缠腰，把脸紧紧贴在侯方域的怀里。这个举动，自是感于所遇得人的无声倾诉。

腻发如云，异香撩人，侯方域心旌摇摇，把嘴紧贴在香君的耳边，悄声问："分别一年，想我吗？"

香君重重地点点头。

百种相思，尽在不言中。侯方域两手捧定香君的俏脸，由额及唇，一阵狂吻。

楼梯橐橐地又有了响动，是巧儿以为楼上已经吃完饭，送来了新沏的茶水。于是二人迅速分开，草草食毕，品茗叙话。

"公子此来，不知能住多久？"

"北方羽书烽火，乱成一团，据说流寇已经打到了山西腹地。家父的意思，时局不靖，要我就待在金陵别动。在如皋期间，我给南大司马写了信，回信也要我速回金陵，辞气之间，似乎他想借重我的文笔，将来为他处理些庶务。"——"南大司马"指的是史可法，沿用先秦的称呼，把兵部尚书称为大司马，而为区别于北京的"本兵"，故有"南大司马"之称。

"听说南大司马是你的师兄？"

"不。他是家父的乡试门生，所以我们互称世兄。"

"哦、哦，原来如此。那么史可法进京，马士英出京，阮胡子吓得不敢露面，公子的危险已除，北边又是兵火连天的乱局。归家无路，报国无门，'满目河山空念远，不如怜取眼前人'，这一次，就在这里安心住下来吧。"

"好个'满目河山空念远'！"侯方域击节赞赏，"倒没想到，晏同叔的句子被你用到这里，真正天衣无缝！——香君，这一次你大可放心，天假其便，注定了楚襄王要与巫山神女云雨相会，我当然要'怜取眼前人'啰！"说着又要去捉香君的柔荑素手。

"咄！"香君轻轻将侯方域的手打了回去，"我还有话要问，你且好生坐着！"

"是。"侯方域缩手端坐，"小神女有何见教，请讲。"

"这次到如皋冒公子府上，见到小宛妹妹了吗？"

叭！侯方域一拍脑门儿："该死该死，我倒忘了，香君，有小宛给你的手札！"说着快步走向卧室，从文袋里找出一封便笺："手帕情深！快看看小宛对你说了些什么？"

李香君惊喜莫名，赶快打开便笺，入目一股刚健灵秀的"黄庭经"气息，的确是董小宛的亲笔：

> 水阁一别，眉宇顿希。每思秦淮旧梦，不胜倚枕唏嘘。恨天涯有路，鱼雁无凭，今幸朝宗姊丈莅临，一切拜为转陈。相见有日，兹不一一。谨致
> 香君盟姊妆台

反复读了几遍。"唉——"香君幽幽一叹，眼圈微微发红了，"旧院的众姊妹中，我俩最为要好，是从小结成的手帕交。小宛比我小一岁，可是待我倒像姐姐一样，凡事都护着我、向着我。我俩曾在月下盟誓，今生姐妹相随，永不分离。可惜崇祯九年，她的假母硬是把她弄到苏州，那一年她才十三岁。后来听说北京来了个皇亲，勾结苏州的地痞恶霸，要抢小宛入京，逼得她东躲西藏……唉，那种日子，真不知道她是怎么熬过来的！前年——就是崇祯十五年八月中秋节，突然接到请柬，说要在桃叶渡水阁公宴，为冒公子和小宛预祝良缘。我和院里的姐妹们都赶了过去，乱哄哄地闹了大半天。小宛匆匆和我打个招呼，连个说悄悄话的机会都没有。几年来，她的遭遇怎样，到现在我都是糊里糊涂的。"

"你糊涂，我清楚！"

"是啊，这封信里说，一切拜托你转陈，快告诉我，怎么回事？"

"鱼雁传书，总得给点酬劳吧？"侯方域腆着脸，样子颇为疲赖。

"人家心里着急，你倒只顾快活。"口气像是埋怨，可香君还是捧着侯方域的脸，酬以深深一吻。

侯方域很满足地呷了口茶，润润嗓子："嘻，说来话长——"

话要从董小宛回到苏州说起。

崇祯九年冬，董小宛迫于母命，离开南京，到苏州虎丘山下青楼林立的半塘另竖艳帜。秦淮名葩，移植吴门，一时姑苏公子，趋之若鹜，大红大紫了好长一段时间。然而胜地不常，盛筵难再，崇祯十二年底，假母遽尔病逝，曲院门户，顿失料理，从此董小宛一洗铅华，决心择善从良，便与义父到苏州乡下木渎镇，租住了一栋小木楼，谢绝宾客，清苦度日。由于假母的葬事，且以别无生计维持活口，日久天长，债台高筑。

崇祯十三年春，钱谦益路过苏州，慕小宛之名来造访。钱谦益江左名望，又是常熟豪富，崇祯初年官至礼部侍郎，后受首辅温体仁的排斥而落职，此时正在江南赋闲。这样的人来了，董小宛以为终身有寄，遇到救星般地，检点装束，委身相从。在此后一年多的时间里，跟着钱谦益遍游江淮，时而逛杭州西子湖，时而登黄山看云松，还去过古称"白岳"的齐云山。可是到了第二年夏天，董小宛失望了，六十岁的钱谦益摈弃十八岁的董小宛而不纳，却与二十四岁的嘉兴名妓柳如是结缡于松江芙蓉舫。

"奇怪了！"李香君好生困惑，"钱牧斋旷世文才，董小宛绝代风华，说起来也不辱没才子佳人的美誉，可钱牧斋怎么偏偏就看上柳如是了呢？"

侯方域耸耸肩膀："这，你就要去问钱牧斋了。"

"柳如是我没见过，听说她本名叫杨朝云，是个才女。"

"不错，就是杨朝云。她也曾来过金陵的，你们俩缘悭一面，可能是年龄不同的缘故，她比你大六岁！说她是才女，这话倒是不错，我背一首她的诗你听听，是咏杨柳的：不见长条见短枝，只缘幽恨减芳时。年来几度丝千尺，引得丝长易别离。"

"不太懂。"香君摇摇头，"回环缠绵，挺凄美的，有点儿南北朝的意味。"

侯方域双掌一拍："香君，你真有夙慧，无师自通，竟能看出路数！柳如是诗学六朝，这首诗脱胎于南朝才子庾子山，而哀婉过之。——唔，说到这里，我倒可以回答你刚才的问题了。董小宛琴棋书画，固然样样精通，但那不过文人余事，聊供消遣而已，若论文史辞章，就不免相形见绌了。柳如是则技艺之外，文史兼通，其诗其词，虽须眉男子，亦鲜能过之。这样一比，按照钱谦益的眼光来看，自然是董不如柳了。钱牧斋文坛领袖，史可成家，文可传世，有柳如是这样的扫眉才子为文字知己，则房帏之中，分韵酬唱，岂不是一段晚来清福？"

"话虽如此，可人家小宛毕竟九死不悔地伺候他一年多，凭什么说不要就不要了？哼，钱牧斋不是什么好东西！"

侯方域神秘地一笑："香君，此话说得早了些。种一因，得一果，凡事都有一定之理。且听我慢慢道来！"

"怎么？以后又有变化？快说，别卖关子！"

"好，你听着——"

从良遭拒，董小宛孑身茕影，复回苏州，从此生趣索然，终致怏怏成病。

挨到当年秋天，无端又遭受田皇亲抢劫的一场惊吓，已经整整十几天寝食俱废，命若游丝，只躺在床上瞑目等死。而就这时候，天眷佳丽，柳暗花明又一村地出现了转机——是冒辟疆来了。

冒辟疆之纳董小宛，真所谓东隅桑榆，阴差阳错。崇祯十二年，冒辟疆与好友方以智相偕到苏州光福镇赏梅花。经方以智的推荐，冒辟疆始知半塘还有董小宛这样一枝仙姝。初闻之下，便急欲一亲芳泽，不料美人香巢，日日缠头不断，往返三次，始得一见。而令人扫兴的是，这一天应酬豪客，董小宛喝得醺醺半醉，对冒辟疆的来访颇为冷漠，相见片刻，懒慢不交一语。是这样一种态度，冒辟疆不便相强，只好怏怏告辞，不过董小宛神韵天然的香姿玉色，倒是在冒辟疆的脑海里始终挥之不去。

崇祯十四年初春，冒辟疆之父冒起宗正在湖广衡阳，任"衡永兵备副使"。冒辟疆陪侍母亲前往衡阳探父，买舟东下，路过木渎，听说董小宛改居在这附近，便欲登岸寻访。不巧的是，同舟的人告诉他：董小宛去年就跟着钱谦益走了，此时不是在黄山，就是在西湖。冒辟疆闻言怅然，当夜在舟中辗转反侧，满脑子都是董小宛醉眼迷离、亦嗔亦喜的情影。

第二天船沿着太湖行驶到灵岩山一带，那位同舟的人说："姑苏美女如云。你要寻美，前边就有一位，是个歌姬，叫陈圆圆，天姿国色，大可一见。"于是冒辟疆把系念董小宛的心思彻底抛开，舍舟登陆，专门去访陈圆圆。

"陈圆圆？"香君顿现好奇之色，"名字好熟！待我想想……"

"不用想了。"侯方域说，"她还有个名字，我一说，你肯定知道。"

"是吗？那你快说！"

"陈沅——三点水的沅。"

"哦，果然是她！"香君努力搜索着记忆，"她和玉京姐姐是手帕交。"

"你说的玉京姐姐，就是'一落笔尽十余纸'那个善画墨兰的卞赛赛吗？"

"是啊。卞赛赛经常往来于金陵和苏州之间，她们是在苏州认识的。"

"你呢？是通过卞玉京认识的陈圆圆？"

"认识谈不上，只是一面之交。崇祯十四年，顾媚姐姐和江南名士龚鼎孳喜结良缘，玉京姐姐从苏州来金陵祝贺，把陈沅也带了来。那时候我们见过一面，论起来，我俩同岁呢。"

"唔，然则今年也是二十一。这倒不知道。——遗憾！龚芝麓结缡顾横波，那一年我正在商丘雪苑社鼓动文潮，没能赶过来凑热闹。"

"别打岔！"香君急欲知道下文，"后来呢？冒公子见到陈圆圆了吗？"

"当然！据辟疆兄说，此人淡而韵，雪肤花貌，盈盈冉冉，颇有林下风致。"

"不错！"香君咯咯直笑，"才子品佳人，形容得还真是那么回事儿。"

"他俩不仅见了面，还定了嫁娶之约。"

"啊？越说越奇了！莫非现在水绘园里二美并存？"

"那倒不是。"

"是什么？"

"是刚一见面——"

是刚一见面，陈圆圆就看上了冒辟疆。冒辟疆不仅南国才俊，也是遐迩闻名的美男子，陈圆圆一见倾心，执意要留冒辟疆住下来。其时正是梅花盛开的季节，离此不远的光福镇又是赏梅胜地，冷云万顷，蔚为奇观。陈圆圆即以此为由，希望冒辟疆第二天陪她去赏梅花。但冒辟疆是在奉母省亲的途中，自然不能答应，于是陈圆圆问："公子此去衡阳，需要多长时间？"

"千里往返，江湖险巇，总要到了八月才能回来。"冒辟疆说。

陈圆圆屈指一算："那好，就是八月了。虎丘的桂花很美，我八月十五陪着公子在月下赏桂。"

冒辟疆三月到衡阳，六月买归舟。八月初回到杭州时，接到父亲冒起宗的一封快信，说奉到朝命，要他速速离开衡阳，带兵到襄阳御贼。其时襄阳刚被流贼张献忠夺去，而朝廷正在调集兵马，要把襄阳从张献忠手里再夺回来，双方蓄势待发。可以想象，这场恶战一旦爆发，必然是刀光血影，凶险异常，冒起宗如果去襄阳，差不多等于是自蹈死地。所以冒辟疆见信后忧心如焚，决定策动言路或亲自上书朝廷，把老父改调到别处。但尽管有此变故，冒辟疆仍未爽约，八月中秋节那天，按时到了虎丘。不料未见美人，却得到一个极坏的消息：一个月前，皇亲田弘遇到普陀山进香路过苏州，把陈圆圆掠走了！

这一来冒辟疆心情沮丧，打算稍事勾留，顺便拜访个朋友，第二天即奉母返乡，以筹划北上救父的事。

寻到好友，沽酒小酌，冒辟疆仍不能忘情于陈圆圆。觥筹之际，偶与朋友说起此事，连连感叹佳人难再得！不料朋友听后，哈哈大笑："冒兄，你弄错了！田皇亲当时要抢陈圆圆不假，可是陈圆圆闻讯躲藏，结果抢走的不是陈圆圆，是另一个姑苏名妓叫顾寿。陈圆圆躲藏的地方我知道，离这里很近。

来，我这就带你去见她。"

相见两唏嘘。陈圆圆眼眶盈泪："公子真的来了！我差点儿落入虎口，以为今生不能重见。今日再见公子，真是天意！自从公子走后，我日日长斋礼佛，你看我这里，茗碗炉香，像不像个斋堂？"

冒辟疆游目环顾，果然室净壁洁，檀气氤氲，丝毫不染铅华，倒真是个方外诵经的幽雅之处。再看陈圆圆，不施丹粉，姿韵天然，真如芳兰之在幽谷。冒辟疆暗自感慨：此等尤物，豪宦武夫，未必能解其妙，倒是最宜于文人雅士，纳诸金屋。

"公子既然来了，趁此良辰，我想和公子在明月桂影之下，有事相商。"

于是桂树丛中，月下徘徊，谁都不肯开口说话。过了好大一会儿，陈圆圆突然说："我这次脱却樊笼，就想择人而事。思前想后，可托终身的，只有公子。请公子不要拒绝。"

这一来冒辟疆大感尴尬，语无伦次地笑笑说："天下哪有这样容易的事？我两次来看你，都是顺路迂道，无聊闲步而已。你刚才说的话，真让我吃惊。如果你真的这样想，我只有充耳不闻。因为我做不到的事，就不能答应你，怕误了你的终身。"说完冷汗涔涔，自己想想，都不知道说了些什么。

陈圆圆极冷静："如此说来，公子必是有难以排解的心事，可否说出来以作商量？"

这倒是知心之论，冒辟疆只好把父亲身处危疆的原委全都对陈圆圆倾吐而出。

"原来如此！"陈圆圆说，"令尊的事，我帮不上忙。但我愿意等到令尊的事有了好的结果以后，再追随公子。"

"要是这样，我就和你订约！"

陈圆圆自然惊喜异常，再三叮嘱："请公子千万不要忘了今日之约。"

辞别圆圆，冒辟疆匆匆返回如皋。阖家商议的结果，以交情而论，侯方域之父侯恂当时正因事下狱，身处囹圄之中，自然帮不上忙。庙堂之上，所可拜托的，大致有四个人。首先是现任詹事府少詹事的方拱乾，与冒起宗不仅乡试和会试都是同年，而且两代的通家之好，关系极为密切。其余三人，一是嘉兴金之俊，现任兵部右侍郎；一是常熟陈必谦，现任工部右侍郎；还有一个也是常熟人，叫赵士锦，官工部主事。这三个人，不是同乡，就是世交，以身份地位而论，在朝廷里都能说得上话。

于是自秋徂冬，四个多月的时间里，冒辟疆由这四个关系开始，进而扩充延展，南北奔波，上下游说，终于使朝廷改弦易辙，准备把冒起宗调到远离荆襄战场的湖广邵阳，朝议已决，只待吏、兵两部发文了。

得到这个消息时，是第二年亦即崇祯十五年的二月。冒辟疆正在常州，闻讯欣喜，心头的一块石头终于落地，于是买舟南下，沿着运河，经武进、过无锡，二百里地，三天驶到苏州，要把这个好消息赶快告诉陈圆圆。

岂知赶到苏州，人去楼空。一打听才知道，十天之前田弘遇从普陀回京，再过苏州，勾结地方恶痞，打探清楚，这一次真的把陈圆圆抢走了。

仅以十日之迟，阻断三生之盟，冒辟疆怅惘无极，心绪败坏得无可言说。这一次连访友的情绪都没有了，当天中午便解舟回乡。

船行半日，傍晚过一小桥，远远看见水边孤立一座小木楼。冒辟疆好奇心起，向并舟而行的另一条船上的游人询问："荒滩孤楼，什么人在此居住？"

游人说："此楼名为'双成馆'。"

这真是意外之喜！董小宛貌若天仙，被人拟之为传说中王母娘娘的侍女董双成，因而"双成馆"就是董小宛的住所。

冒辟疆立刻吩咐停船，要登岸造访。游人劝他说："别去了，十几天前，她险些被京里来的皇亲抢去，受了惊吓，都快病死了。现在闭门绝客，你去了也不会见你的。"冒辟疆这才知道，田弘遇苏州抢美，连董小宛也在被猎之列。但自崇祯十二年一面之识，害得他三年魂牵梦萦，众里寻她千百度，如今近在眼前，而又要失之交臂，是他死了做鬼都要后悔的事，因而不听劝阻，跳下船直奔小木楼而去。

敲了半天门，手都麻了，出来一个既老且丑的白发翁，就是董小宛的义父。再三解释，才答应让进去聊一会儿。进屋就是刺鼻的草药味，楼下黑灯瞎火，摸摸索索，宛转登楼，昏暗的灯光下，看见董小宛侧卧在床榻上，虽患大病，秀色难掩。

冒辟疆自道就是当年曾到半塘访晤醉双成的那个人。董小宛敛眉思索，终于想了起来，双泪簌簌而下："三年了。那时你多次去看我，虽然只见了一面，可假母经常对我说你是个奇秀公子，为我惋惜当时没能和你交往。假母已死，今天见到你，想起她的话，我真后悔！"说着披衣起身，移开油灯，让冒辟疆坐到床榻上。"阿爹！"小宛喊她的义父，"快备酒食，款待冒公子！"冒辟疆看她病成这个样子，不忍逗留，便起身告辞。小宛拽着他的衣服说:"十几天来,我神魂飘忽,沉沉欲死。今日一见公子,便觉神怡气旺。请千万留住一宿,陪我聊聊。"才子百般不可,佳人万般不舍,最后冒辟疆只好把几个月来奔波救父的事说了一遍:"我急欲赶回如皋向家母报喜,如果住在这里,明早必然耽误船程。且容我回到船上睡一会儿,明天一早,我来告辞,那时倒能陪你再聊一会儿。"

去意甚坚,董小宛不便再留,只好牵衣叮咛,明晨务必再来一晤。

第二天一早,船还没靠岸,就见董小宛装束甚整,带了随身行李,不待冒辟疆上岸,便急趋登舟,笑笑说:"我到东边有事,正好顺便送送公子。"

这一来冒辟疆知道麻烦了,如皋就在"东边"。看样子董小宛这竟是要离开苏州,从此永住水绘园!

船行不久,果然撩明了话题。冒辟疆坚辞不允,悄悄吩咐船工,不去"东边"了,于是鼓棹向西,到无锡、到宜兴,沿着太湖绕了好大一个圈子,然后又折回无锡,再从无锡入运河到江阴,从江阴入长江逆风北上,一路风涛颠簸地最后到了镇江。这一大圈整整转了二十七天,这期间一个苦苦央求了二十七次,一个冷冷拒绝了二十七回。到了镇江,登上金山,指着滔滔大江,董小宛发了狠话:"公子,你看这长江。我此生就像江水东下,誓不再回吴门!"

冒辟疆傻眼了。父亲虽然刚刚有了转调的喜信儿,但毕竟朝旨未下,目前仍然身处危疆,此时纳妾,不唯必遭物议,且亦为亲属乡里所不容。

更麻烦的是,董小宛欠了一屁股债,就在这二十七天之内,尾随而来的债主之船不下十几条之多,紧紧跟定了董小宛,只要董小宛跟他一下船,立刻就得拿出现钱来还债,否则人去财空,这些债主岂肯罢休?而债务竟有三千多两,冒家虽有庄园,却是祖传,如今家境不裕,仅够维持日常而已。况且此次为了救父,处处都没少花钱,已经捉襟见肘了,哪里再去筹集三千银子替小宛还债?

此外还有一个心结:每逢子、午、卯、酉,为乡试之年,今年壬午,适逢大比,冒辟疆目前还只是个秀才,要赶在秋天下场去夺一名举人,而自去年春天去衡阳省亲,到今年春天奔波救父,整整一年时间,目不触卷,手不拈笔,正要回家静下心来,狠狠下几个月苦功夫,否则经史荒疏,何能应试?

——此所以美人坚请,而才子固辞的根本原因。

把这些原因条分缕析地对董小宛做了说明后,冒辟疆做了个让步:"这样吧,你还是先回吴门。等到我八月应试,不管中举还是落第,那时我一定考虑你的要求，和你共商此事。现在纠缠，两皆无益。你看如何？"

小宛自然听不进去，但说得合情合理，又一时欲驳无词。这时候同船的一个朋友开玩笑："听天命吧！董姑娘如果真想如愿，你就掷出个满点来看看。"

舟船无聊，船家都备有赌具，于是船主拿来两只骰子。董小宛接过骰子，对天默祷。祷毕顺手一掷，众目睽睽之下，骰子在茶几上翻转滚动，等到停了下来，巧得很，两只一样，全是六点！一时满船称奇，都说这是天意，纷纷帮着董小宛说情。

这一军将得冒辟疆无路可退，长叹一声："果真天意如此，我自然不能违背。只是仓促之际，哪能成事？不如暂时回去，以徐图于来日。"

这总算是一个比较明确的态度，董小宛这才掩面拭泪、一步一顿地失声而去。

此后冒辟疆拜友谢恩，把附近州县曾经帮过忙的人家都应酬了一遍，六月初回到如皋水绘园，见到高堂老母，细说朝廷恩命，自然是阖家欢欣，齐颂皇上圣明。忙活了一天，当晚进入卧房，夫妻俩才有说私话的机会。

"董小宛的义父来了！"夫人说。

冒辟疆吓了一跳，此事瞒着家人，尤其愧对夫人。

"我拿十两银子打发他走了。"夫人又说。

"嗯、嗯。他都说了些什么？"

"什么都说了。"

越是这样，越令人心虚，冒辟疆冷汗都出来了。

夫人接着说："他还说，董小宛回吴门后，长斋茹素，闭门不出，专等着你乡榜题名后去娶她。"

冒辟疆尴尬失色，恨不得有个地缝钻进去才好。再看看夫人，表情平静，从脸上丝毫也看不出她心里怎么想的。

"你对他怎么说？"冒辟疆问。

"我对他说，你回去告诉董姑娘，她如此心诚，我很感动，这件事我替夫君做主了！就按他们约定的，等到秋试之后，一切都没有什么不可以的。"

真没想到，夫人如此贤惠！冒辟疆正模正样地深深一揖，学着南戏的腔调说："多谢夫人成全！小生这厢有礼了！"

第二天开始，闭门读书。两个月临阵磨枪，到了八月初二，一副行李，一只考篮，轻风快船，直奔南京。至桃叶渡口登岸，迎面遇到三个换帖之交：海盐陈则梁、金坛张明弼、钱塘刘仲渔，皆一时名士。其中张明弼为丹青高手，画名驰誉江南，不过他早在崇祯六年就已中举，此次来金陵，专为一会冒辟疆。陈则梁和刘仲渔则与冒辟疆一样，也是为赶考而来。相见执手，互道云树之思，于是就近找了个客栈安顿下来，兄弟四人，日日联榻夜话，话中自然也说起了董小宛。

考场称为"闱"，南京的考场与北京的对称，就叫"南闱"，地点在秦淮河北岸的贡院。乡试三场，初九日入闱赶头场，考的是"制艺"，就是民间俗称的"八股文"。试题分两类，一类出在《四书》，称为"大题"；另一类出在《五经》，称为"小题"。大题和小题都不能表露个人的想法，要模仿先贤的口气，所谓"代圣贤立言"。

冒辟疆大题还不错，但在《五经》上下的功夫不多，因而待到大题作完，轮到小题的时候，文思枯竭，迟迟难以收笔。好容易挨到十一日午时"放排"，还有一道题没做完，索性放弃，把试卷和草纸聚拢，交给监考的"提调官"，匆匆出了"号舍"。回到客栈，蒙头大睡，第二天又要赶二场。

第二场考"策问"，总共五篇短文，每篇规定不超过四百字。冒辟疆最善此道，看完考题，并不动笔，是在默打腹稿，不到两个时辰，五篇策问都在肚子里酝酿好了。晚来昏灯之下，在号舍里半坐半卧，满脑子全是董小宛。一整夜昏昏沉沉，醒来天已大亮，起身到号舍外面草草洗了把脸，回来从考篮里摸出两个茶叶蛋和一张葱油饼，就着闱场隶役供给的白开水，狼吞虎咽，送下肚去，开始顿顿精神，奋笔疾书，忙活到正午，恰好竣事。于是第一个交了卷子，正好贡院大门"放头排"，一路轻松地回到客栈，大洗大抹之后，引酒自酌，揣摩着第三场考试的内容。

第三场仅一天，考的是"试帖诗"，这是冒辟疆的长项，接题在手，文不加点，只用了一个多时辰便已收笔，但曲蜷在号舍里，一直等到中午放排才能出场。

今天是八月十五中秋节，又是出闱大喜之日。所以出闱之后，洋洋得意，一路上在心里盘算着，怎么样约上几个好友和同年，找地方闹它个一醉通宵。

刚走到客栈门口，对面一位九天仙女，绰约婀娜，袅袅婷婷，正冲着他嫣然一笑，定睛细看，不是董小宛是谁！

董小宛后面是张明弼。冒辟疆换帖兄弟五人，张明弼老大，冒居第三，所以张明弼说："三弟，董姑娘初八就来了，怕干扰你闱场文思，一直在三山门外的客栈里候你出闱。去吧，你先陪董姑娘进去说说话，别的事都交给我来办。"说完拱拱手，转身而去。

相偕进入客房，董小宛说："饿了吧？来，先吃饭。"说着打开食盒，是她特为在著名的"秣陵春"菜馆预定了刚刚送过来的：两尾红烧松江四鳃鲈鱼，四只清蒸阳澄湖大闸蟹，一盘咸水鸭，一碟莼菜烩时鲜。董小宛一边替冒辟疆打米饭，一边问："怎么样？三场下来，感觉如何？"

面对此景，哪还有心思说这个？冒辟疆感动得鼻子发酸，差点儿没流出泪来："你……你是怎么来的？"

"你吃，我说。"董小宛把饭递过来，"请了一个婆婆陪着，上月二十三雇船从木渎出发，走了半个月才到燕子矶下船。"

"怎么走了如此之久？"

"刚过仪真，遇到了强盗。"

"啊？"

"还好，船家很机灵，避开了强盗船，躲到岸边芦苇丛里。"

"谢天谢地！"

"不过，撞到一块岩石上，船毁炊断，三天三夜在芦苇丛里出不来。"说到这里，董小宛泪盈满眶，"那几天，白天还好，每到夜里，饥寒交迫，就像掉进了地狱，要不是心里系念着公子，我真要跳进长江，不想活了……"

和泪一餐，听董小宛絮絮说完一路的千辛万苦，冒辟疆纵然铁石心肠，亦不能无动于衷了："小宛，是我害你受苦了！"

有此一语，足慰三生！自今春到现在，半年多的痴痴追求，总算得此一语回馈，董小宛再也抑制不住，伏到冒辟疆怀里号啕大哭。

突然，房门大开，进来的是陈则梁和刘仲渔。

"三哥，董姑娘对你一片痴情，你不能辜负了她！"刘仲渔显然很冲动。

"三弟，刚才董姑娘的话我们都听到了。你有什么为难，说出来大家一起想办法。不过，董姑娘千辛万苦为你而来，你今天应该对人家有个切实的交代才对。"陈则梁比较冷静。

260 冒辟疆一时不知所措："这、这……此事还待商量。"

"还商量什么？"房门又开，这次进来的是张明弼，"走，都跟我到水阁去！我出面，就是今天，为三弟和董姑娘预祝良缘！"

"使不得、使不得！大哥，你听我说……"

"三弟，什么也别说了！以后的事可以再商量，今天的事我说了算。水阁的宴席已经定下了，请柬也拜托客栈掌柜发出去了，都是金陵名士。——董姑娘，看看你那里还有什么人要请，一块儿说出来，我另补飞帖。"

董小宛既喜且羞，但不好表态，只把眼睛盯着冒辟疆。

事已至此，盛情难却，冒辟疆只好对董小宛说："就听大哥安排吧。"

董小宛对着张明弼盈盈一拜，想了想说："有个旧院姐姐，叫李香，多年未见，我挺想她的。"

张明弼一拍大腿："妙、妙！我倒忘了，今日之会，不可无丝竹，正好要曲院佳丽来了才能尽兴！你说的李香我知道，就是和归德侯朝宗要好的李香君，我这就去办理。不光李香君，卞玉京、范双玉、寇白门、郑如英，还有沙才、崔科、顾喜、卞敏，这些秦淮名媛都要邀了来！"

明月清辉，水波不兴，桃叶渡水阁里却热闹得地覆天翻。筵开十席，客来八府，才子题诗作画，满目琳琅；美女鼓笙弄箫，声彻霜空。引得路人驻足，纷纷围观，如皋公子与姑苏名妓的佳话一时遍传江城。

然而曲终人散，复归萧条，九月初七日放榜，冒辟疆仅中副车，这一来心绪大坏。举人又称"公车"，所谓"副车"，其实就是挂名举人，连进京参加会试的资格都没有。此时纳妾，不仅没有面子，而且周围议论起来，则功名未立，情何以堪？不过这倒还在其次，最要紧的是，如果中举，以冒家的世望和人脉，必然贺客盈门，可收一笔不菲的贺礼，好替董小宛还债。如今等于名落孙山，则门前冷落，上哪去弄三千银子帮董小宛脱身？

因此，僦佗回乡的路上，虽然小宛紧紧跟随，但到了如皋城外，冒辟疆还是冷面铁心，令董小宛重回吴门。

这可真是山穷水尽了！

十月初回到木渎镇，董小宛彻底陷入困境，每日里上门讨债的络绎不绝，众口狺狺，说什么难听的都有。秋季已过，天气转寒，董小宛索性一身薄纱，给冒辟疆去了封信，说这是分手时穿的那件"去时衣"，如果忍心坐视，则宁愿冻死也不加衣！

这边姜负气，那边郎无奈，就这样僵持到十一月的一天，有人上门来了。

"我叫柳如是。"一个丽姿少妇，开门见山地说，语气极其爽快。

柳如是？董小宛一脸迷惘，虽未谋面，久闻其名，正好就是自己的情敌。

"你来干什么？"

"请跟我来，有个人要见你。"

看样子不像有恶意，董小宛只好无可无不可地跟她出了门来。

门前河边，停泊了一艘极华丽的两层楼船。船上下来一个人，风度儒雅，仪观俊朗。小宛一看，居然是钱谦益！

"董姑娘，你受苦了。来，请船上叙话。"

这哪有可能！董小宛驻足不前，戒心大起："你们待要把我怎样？"

柳如是笑了："我们来帮你解脱困境。"

"是啊。"钱谦益说，"你的处境，我们都知道了，今天特来帮你。"

"我的处境？你……你们知道了什么？"

"刘仲渔到常熟，把你和冒公子的事都告诉我们了。"

这话不是能编出来的，董小宛戒心稍弛，但负气之意，仍然溢于词色："你们能帮我什么？"

"帮你还债，帮你脱身，帮你到如皋去和冒公子团聚！"

有这等事？董小宛顿觉头晕目眩，身子摇摇晃晃，趔趄欲倒。

柳如是立刻上去搀扶，钱谦益也随后护持，小心翼翼地把董小宛架弄到船上。

一杯热茶喝下去，恍恍惚惚终于清醒过来，而待清醒过来，细细一想，知道将要发生什么了。"哇"的一声，几年来的委屈，几个月来的苦楚，都随着这悲情一恸，倾泻而出。

柳如是把一袭貂裘华氅披到小宛身上，看她止住了眼泪，立刻拧了一把热手巾递过来。

小宛擦擦脸，情绪逐渐平复了下来："果然能脱身，不知要我怎样报答你们？"

"小宛，你不该说这话。"柳如是说，"说起来也是我们对不住你。昨日种种，都不必再提。只要今后你能和冒公子好好在一起，就算报答我们了。"

"不错。"钱谦益说，"冒辟疆一代才俊，此次科场失意，五云过眼而已。天将老其才而大用之，日后前程，不可限量。有你在他身边，文章、事功，两蒙裨益，仅仅为此，我也不能不施以援手。董姑娘，你不要以为我是单单为了你自己。水绘园里有你，冒公子即得一良助，我是为天下苍生惜人才。"

说到这个份儿上，董小宛就不能不领情了："好，我懂了。大恩不言谢，任凭贤伉俪区划处置就是。"

"你去对索债的人说，让他们互相转告，凡双成馆债主，从今天起，都可持债据到我的船上来兑现，当面过付，绝不拖欠！"

当天开始，一传十，十传百，双成馆前的河滩上人山人海，除了债主，更多的是来看热闹的。名满天下的钱谦益要亲自为董小宛执役平债，仅仅这一奇闻，就值得跑它个三五十里路，到现场一睹为快！往日里恶声恶语的债主，此时见了董小宛也全都换成了一副笑脸。前倨后恭的样子，小宛只觉得非常滑稽。

楼船里面，钱谦益验收债据，柳如是过付现银，上自缙绅，下及市井，大宗的上百，小票的几钱，巨细不遗，三千多两银子的债务，连本金带利息，三天之内，全部偿清。收回的债据，摞起来足有一尺多厚，当着小宛的面，一把火烧成灰烬。

又找来双成馆的房主，请地方缙绅作证，按索价把小木楼买下，留下一笔银钱，央人代雇了一名小厮，陪侍小宛的义父在此居住。

之后载着小宛，来到虎丘繁华闹市，楼船灯火，高张筵宴，遍邀宾朋和半塘姐妹，宣布小宛从此脱身从良。娼家籍属"乐户"，也有专门的管理机构，南直隶省的乐户都归应天府乐部教坊司该管，所以娼家从良，须到教坊司办理脱籍手续，自然亦非大把大把的银子不可，而钱谦益大包大揽，一应关节手续，无非银子铺路，办理得干净妥帖。

这番豪举，直如贵介公子，脱手万金而一笑置之，不仅赚得美人数汪珠泪，姑苏城中，凡闻此事者，亦无不跷指称颂。

之后为小宛备置行装，雇了一条豪华的行船，亲送小宛登舟，沿运河扬帆北上，直驶如皋。临别托小宛带给冒辟疆一封亲笔书信，这封信写得极其诚恳，详述此事始末，说愿使"双成得脱尘网"，是因为仰慕冒辟疆就像"每见骐骥，犹欲望风嘶影"一样，而做这件事"不足高朋一笑"，原是"刘仲渔放手作古押衙，我何敢贪天功？"词气之间，既占身份，又不炫耀，颇为文坛盟首之誉增色。

"哦——"含泪听到这里，李香君长长地舒了一口气，"哀感婉艳，真像一部传奇。经历了这么多磨难，小宛妹妹总算有了令人满意的归宿！"

"是啊。"侯方域说，"我在水绘园，亲眼看到了小宛很满意的样子。小宛心思细腻，善解人意，冒辟疆得此名姝，真正艳福不浅。"

"这么说，倒是我冤枉了钱牧斋，柳如是看来也是个豪侠女子。不简单、不简单！"李香君连声赞叹。

就这时候，巧儿又上楼来："公子，门外有人找。"

"什么人？找我做什么？"

"不知道，问他也不说。只说请公子看看这个就明白了。"说着递过来一只封套。

接过来一看，封套上什么也没写，密封得严严实实，新抹的浆糊，还没干透。撕开封套，取出来是一张"八行"，龙飞凤舞的一笔连绵草，看得出写得很匆忙。

侯方域刚一寓目，立刻双眉紧凝，是突遇意外的那种表情。李香君情感连心，赶快也凑上来看：

> 朝宗世兄前略：
>
>   兹以北地倾危，帐中仰赖甚殷。见字如叩，乞即顾我一晤。切切此奉！
>
>   宪之顿首

"宪之是谁？"香君问。

"宪之是史可法的表字。"

"啊！"香君也感到问题严重了，"大司马急着要你去见他，只怕出了什么大事。"

"是，看来事情不小。"

"是不是左良玉又来威胁南京？"

"不会！说'北地倾危'，一定是京师出事了。"

说话之间，香君已经帮侯方域穿上长衫，又把"平头巾"系到侯方域的发髻上，顺手理齐。

"香君，我可能要晚回来会儿，午饭晚饭都不必等我。"

"是到大司马府上吗？"

"这种私函，自然不会是要我去清议堂。"

"大司马住在哪里？"

"离此不远，就在城南的市隐园。哦，你不必担心，有什么意外，我会让史府派人来通知你。"说完匆匆一吻，下楼而去。

侯方域一走，李香君五内不安，午时一过，便开始频频依栏伫望，但直到天黑，也没望见人影。不过她心里明白，史可法传见，侯方域的个人安危绝无问题，必是国事棘手，正在细细筹商。

然则"北地"究竟"倾危"到了什么程度？莫非京师已陷贼手？莫非皇帝有什么不测？……想到这里，她自己倒惊出一身冷汗，静静心，不敢再想下去了。

二更鼓过，侯方域终于回来了，神色倒还平静，也不失平日的潇洒，只是略显疲倦。香君立刻替他卸去外衣，服侍他洗脸烫脚，然后递上一杯热茶："怎么样？京师失陷了吗？"

"还没有。不过情势凶险，诏书都下了。"

"诏书？什么诏书？"

"谕令史可法督率江南兵马勤王。"

"啊！这不就是古书上说的'勤王诏'吗？"

"不错。"

"什么时候下的？"

"今天早晨刚到。不过，同时下了两道，另一道给了蓟辽总督王永吉。"

"王永吉？说'当今二杰，北史南王'，'南王'就是王永吉吗？"

"是。"

"这就奇怪了，王永吉在北方，史可法在南方，应该说成'北王南史'才对呀。"

"那是按籍贯来说的。王永吉籍隶南直高邮，史可法寄籍北直大兴。"

"哦，原来是这样！南北二杰都要勤王了，看来形势很严重。"

"是，不容乐观。"

"王永吉的驻地在哪里？离京师远吗？"

"不远。就在京东永平府，距京师五百里。"

"这么说，王永吉近在畿辅，京师暂时还不要紧？"

"不错。宪之和我也是这个看法。现在得到的消息，说李自成已经打下了太原，正在向北窜扰。不过山西北边的宁武、大同和宣府都有得力兵将把守，暂无险虞。形势不容乐观，指的是京南一路，贼将刘芳亮破了真定，对京师威胁很大。"

"怎么，真定都失陷了？听说真定离京师很近？"

"对，也是五百里。不过真定北边有大学士李建泰督兵守在保定，可以暂挫刘芳亮凶锋。勤王诏是初六日下的，今天十六，想来王永吉的兵马已经开到京门了，所以虽险无虞，短时间内应该还不要紧。"

"王永吉有多少兵马？"

"不多，关门一旅而已。不过辽东的宁远总兵吴三桂骁勇良将，手下四万边兵，能征惯战，有他把守京门，李自成不是对手。只要宪之这边率江南勤王之师赶到，整个局面，总还不难挽回。"

"江南兵马，何时才能启程？"

"江南兵力比较分散，左良玉远在武昌，黄得功也不近，在淮南凤阳，刘良佐在寿州，还有刚刚从河北过来的高杰，正在徐州附近屯驻。这四员大将，除了左良玉独镇一方之外，另外三个都归凤庐总督马士英节制。今天午后，宪之要我以南京兵部的名义，给左良玉和马士英拟了檄调文书，要左良玉从武昌集兵北上，其他三镇速速集结兵力，到江北待命出师。调兵移防，很费时间，要等到各路兵马全部汇齐之后，宪之才能率师启程，怎么样也还要半个月左右吧。"

"哦、哦。"李香君比较放心了。大局很清楚：闯贼的两路人马尚未到京，而京师已有王永吉率吴三桂的边兵在戍守，一个多月之内不会有太大意外。如此看来，只要史可法半个月之后能督师出发，则再有半个月足可抵达京师。江南仅左良玉一镇就有三十万众，再加上凤阳的黄得功、寿州的刘良佐和徐州的高杰，四镇合兵，王师云屯，还能不把京师护卫得跟铁桶似的？

把这个看法告诉了侯方域，侯方域开怀大笑："香君，可惜你错生成了女儿身。你要是个须眉男子，让你来筹划军事，肯定赛过张子房！"

"呿！我哪懂什么军事？这不都是听你说的嘛！"

"不过，你这是朝最好的方面去想。"侯方域转而一脸忧容，"有个问题你倒想想看：从北京到南京，中途两千五百里。皇上的诏书，按六百里加急飞递，四天就可送达，可为何费时十日，今天才到？"

香君思索了一会儿："是不是刘芳亮占据畿南，朝廷的驿路不通？"

"对了！这一层不能不虑。驿路不通，消息阻塞，北边究竟什么情况不能详知。据说李自成陷太原是上月初八，现在打到哪里了还不知道。宪之和我议了一个下午，苦于信息太少，很难做出准确的断定。但迅速集兵，克日统带勤王，这样做总是不错的。至于其他，只能尽人事以听天命了。"

这是个很无奈的说法。香君想想，虽不能尽解其意，但大局还有非常不容乐观的一面却是感觉到了的："唉，但愿菩萨保佑，让史可法顺顺当当地进京护驾，灭了闯贼，百姓都太太平平地过安稳日子。"

"香君，我，对你……"侯方域忽然吞吐其词，很为难的样子。

"怎么了？有什么话不好对我说？"

"我，这一次，只怕又要食言了……"

香君想了想，忽然明白过来："你是要跟着史可法北上勤王吗？"

"是。宪之手下缺人，要我入他军中料理文案。我已经答应他了。"

香君一愣，立刻张臂入怀，紧紧抱定侯方域，生怕他现在就会跑掉了似的。

好大一会儿，看她开阖起伏的胸脯稍稍平复下来，侯方域问："你不想让我去吗？"

香君松开手，后退两步，细细端详着侯方域，反问一句："你很想去吗？"

"为你，我不想去；为国，我又很想去。"

香君凄然一笑："一介书生，莫非要靠你去疆场厮杀？"

"书生从戎，自古而然，'上马击狂胡，下马草军书'。国家板荡，正是男儿建功立业之时。香君，我读书二十余年，大节大义，岂能含糊？目前时局混沌不明，圣驾处于危城之中。明知不可为而为之，这种时候，我不能置君父安危于不顾，也不能辜负了宪之世兄对我的殷殷期望。"

香君再次扑入侯方域怀里："我和你一样，为你，我不想让你去；为国，我又很想让你去。公子，你去吧，不管多久，我都等着你。"

二人同心，其利断金，这就是知己了！侯方域轻轻抚摩着香君的肩背，报以无声的慰藉。

"公子什么时候走？"香君问。

"还早。等大军都到扬州汇齐后，我随宪之一块儿走。这期间，宪之可能会偶尔有事找我商量，剩下的时间，我全都用来陪你。"

"哦。"香君很满足，也很感宽慰，"还有半个月。明天去游雨花台，好吗？"

"好极、好极！'年年游子惜春余'，正要找个地方去赏晚春呢，明天就去雨花台好了！"

267

"那，今天早早歇息吧。"

"不，你先睡。我要写几封便函，发生了这样的大事，不能不给朋友们透个信儿。"

"你今天很累了，不要太熬夜，快点儿写完，也早些睡吧。"

"快得很，挥笔而就！"

果然，运笔如风，不到半个时辰，三四封书笺挥洒而成，略略整理了案头，脱去护腹坎肩，进入卧房。

香君还没睡，拥衾独坐，眼睛怔怔地虚凝空影，很伤感的样子。

"想什么呢？还不睡。"侯方域问。

"公子，陈圆圆被抢走后，有什么消息吗？"

原来是在牵挂陈圆圆。侯方域褪衣上床，钻进被窝儿："消息倒没有。不过，和董小宛一样，她一定也很满足。"

"你怎么知道？"

"可以想象得之。"

"怎么想的，说给我听听。"

已经贴近香君的肌肤了，侯方域再也无心继续这个话题，嘻嘻一笑："好，让我想想看……这一刻嘛，她正在和田皇亲颠鸾倒凤。"话没说完，手就开始不老实了。

冰肌雪肤，光洁如玉。亵衣已经褪尽，只剩胸前一抹大红肚兜，肚兜下两峰玉乳，蓬蓬难掩。

不见可欲，其心不乱，而见此可欲，侯方域哪里还能把持得住？三下两下，解去肚兜，一把搂定香君："软玉温香拥满怀！"

"别闹！人家要和你说正经事呢。"

"是啊，我也要和你做正经事啊。"

"你要做什么？"

"我要下乡！"

"下乡？下哪个乡？"

"温柔乡！"——话音刚落，"噗"的一下，吹灭了床头的烛灯。

19

大明崇祯十七年三月十七日

兵火红颜

皇城的西门称为"西安门"，出了西安门不远就是西四。

西四牌楼北边路东二百步的样子，有一座元代留下来的精巧园子，名字叫作"天清园"。天清园的正门有一对铸于元朝元贞二年的铁狮子，钩爪炬眸，晶莹不锈，是一提起来，京城无人不晓的名物。

名物之名，不在这对铁狮子本身，而在于它们身后的那座天清园。

天清园名似园林，其实是一座豪华住宅，本来是元朝皇裔一位显宦的私邸。本朝永乐六年，从龙之臣张辅以征交趾有功，敕封英国公，这座宅子便被永乐皇帝赐给了英国公张辅。及至英宗即位，王振擅权，而有土木之祸，张辅在土木之祸中死于蒙古的瓦剌军中，以此张家败落，张氏后人把这座宅子转售给了他人。

迄于熹宗天启年间，司礼监秉笔太监王体乾，与魏忠贤表里为奸，无恶不作，倚仗着手中的权势，把天清园攫为别府。崇祯初年，阉党失势，魏忠贤和王体乾双双伏诛，之后皇帝就把这座宅子赐给了他的老丈人田弘遇，名为"田府"。

田弘遇是田贵妃之父。田家原籍陕西，门第富而不贵，靠贩卖私盐起家，成为当地有名的豪富。到了田弘遇父辈这一代，举家移居到江北扬州。都说关中大汉，粗犷彪悍，这话只能概括一般，而不能容含例外，田弘遇就是个例外。

田弘遇生得俊眉朗目，仪表颇为清美，言动举止，能令女人废食难忘，是女人"争为夫子妾"的漂亮人物。自小在优裕的家境中长大，遽然从贫瘠荒凉的关中，来到"二十四桥明月夜"的花花世界，纨绔本性，适逢其地，每日里声色犬马，轻侠冶游，舍得大把大把花银子结交当地的地痞无赖，因而不数年间，成了扬州城里威风赫赫的一方恶霸。

其人不肖，却有两个慧黠可人的好女儿，秉承了其父俊美的相貌遗传，同时又承续了其母南方女儿委婉细腻的性格特点。尤其是长女，生得冰雪聪明，垂髫之龄就看得出是个美人坯子。田弘遇重金延聘名师，调教得这个女儿琴棋书画和骑马蹴鞠样样出色。十二岁那年，已经出落成绝色美女了，找了个星相先生来看相，说是贵不可言，将来田家全要靠此女光大门楣。

果然，此女运旺如火，十三岁时，皇家到扬州征选秀女，把她选进信王府。在信邸仅仅半年，熹宗崩，遗命以信王入承大统，便是当今的皇帝。皇帝既立，改元崇祯，把她册为"礼妃"。崇祯五年，以诞育皇三子朱慈炯而宠冠六宫，又被进为皇贵妃，徽号曰"淑"，所以宫中称为"淑贵妃"。

有了这样一个贵妃女儿，结了天字第一号的亲家，田弘遇由纨绔而为国戚，照例荫封为"左军都督府都督"，既富且贵，愈发骄奢。平日里勾结官商，包揽词讼，从中攫取好处的种种不法劣行自然不在话下，而此人最感兴趣的还是声色之欲。四旬之龄，不唯风流偶俍，且亦色心特炽，自家蓄养了歌舞戏班，优孟衣冠，在京中首屈一指，凡京畿一带以色闻名的乐户歌妓，百计搜求，想方设法也要弄到田府里来。每当排演了得意的曲目，总要下帖子请来达官贵客，在府里张筵通宵，玩耍取乐。日子一久，玩得腻了，想起当年扬州风月，总觉得北地胭脂，抵不上南国佳丽，日思夜想，怎么能弄他几个江南美女来换换口味。

恰巧崇祯十五年初讨了个美差：皇帝命他替皇家先到泰山祭祀，然后去普陀山进香。受命之后，他带着二女婿、锦衣卫千户汪起先，一行二百余人，一路招摇，元月登泰山，二月下江南，顺便购掠美色。

其时娼业之盛，北地自是京师首推第一，南方则金陵、苏州、扬州，三地并驾齐驱，而特色又各自不同。

金陵人文荟萃之地，鸨娘便投其所好，凡绝色名妓，须自幼便调教得琴棋书画，样样精通，以迎合文人雅士的嗜痂之癖。

苏州自本朝嘉靖年间以来，乡绅名士，雅好南戏，从官府到民间，街巷里衢，弋阳腔的大曲小调处处可闻，因而梨园名优，半艺半娼，既以演唱糊口，又以卖身为生。

扬州则盐商巨贾麇集，此辈虽富不文，宿妓嫖娼，只图感官快活。所以扬州娼家，独擅绝技，最讲究花样翻新的床笫秘戏，执此为业者，扬州人称之为"瘦马"。操控有术的扬州瘦马，能把上门求欢的登徒子们伺候得骨酥筋软，欲仙欲死。

田弘遇视扬州为故里，兔子不吃窝边草，因而路过扬州，偬然不惊，但到了苏州，便适逢其遇了。打听得陈圆圆梨园秀色，冠绝一时，便找来几个地方劣绅商议，愿意出价两千，把陈圆圆弄到手。陈圆圆之外，莳菲不弃，只要是名妓，不妨顺手牵羊。

不料他找的这几个劣绅当中，有个家在浒墅关的名叫周玉沙，曾经当过工部员外郎，此时正居父丧，回乡守制，而热孝期间，不废淫欲，天天与陈圆圆狎恋得如火如荼。自家口中的美食，岂容他人分享？所以得知田弘遇的意图后，周玉沙表面唯唯，暗中却故意透露了消息。这一来姑苏名妓，纷纷趋避，陈圆圆和董小宛闻风先遁，结果顾寿倒霉，被当地劣绅买来敷衍充数。

不得陈圆圆，田弘遇心中不甘，把女婿汪起先留了下来，要他继续打听美人的下落，自己则带着顾寿径往普陀进香而去。

汪起先也是个地痞混混一路的人物，吃喝嫖赌，无所不为。由于是淑贵妃妹夫的缘故，荫恩得了一份锦衣卫千户的俸禄，倚恃国戚的身份，什么无法无天的事都能干得出来。

田弘遇走后，他不惜金钱，托人打探了好几天，终于得知陈圆圆是为周玉沙所匿，于是花钱雇了十几个地方恶少，不以巧取，径施豪夺，威赫叱咤地把陈圆圆愣是在万目所视之下抢了到手。

周玉沙气愤不过，找了一个酒肉之交的花花公子，姓宋。酒肉饕餮之际，他对宋公子说："有人夺我章台柳，你是侠士，我是你的好朋友，你不能看着不管！"

宋公子趁着两碗黄汤下肚，兴冲冲地一诺无辞，攘臂一呼，顿时招来无赖之徒数百人，光天化日之下，持刀舞杖，呼啸鼓噪着拥到汪起先的住处，把陈圆圆又抢了回去，不光抢人，连带着把汪起先随身携带的行李中，价值万金的白银古玩也顺手裹卷而去。

这一来汪起先的亏吃得大了，跑到苏州府衙门大吵大闹，说是清平世界，朗朗乾坤，苏州府治下竟有歹徒白日抢劫，如不缉凶拿办，绝不善罢甘休！

事涉皇亲，苏州知府自然不敢怠慢，对汪起先好言劝慰，答应一定立案讯办。查了三天，大致有了眉目，苏州知府把属下一个专管税收的小吏目叫了来。税收吏目不入品流，仿照汉代的说法谑称为"小黄门"。

"宋黄门，"知府指着他的鼻子说，"我看你是活腻歪了，知道抢劫汪皇亲的案子是谁干的吗？"

"小人不知，请太守明示。"

"查清楚了，就是你的儿子！"

"啊！"宋黄门吓得当时就瘫了。平日里仗着府衙威势，征税勒索，敲诈盘剥，在他也是个恶道中人，但横行不出乡里，不过在势力范围之内耍耍威风而已，哪里想得到儿子替他惹下了这场滔天大祸！汪起先椒房贵戚，多少达官显宦巴结还巴结不上，自己猪狗一样的小人物，居然在太岁头上动了土，这可不真的就是活腻歪了吗？

"大人、大人，犬子犯法，小人实实不知，求大人千万替小人担待。"

"你可知道，我为何把你传唤到这里来？"知府说着用手点点地面，表示"这里"是指这个地方。

这个地方是"签押房"。签押房既不是治事的公堂，也不是叙私的花厅，在这里传见，意味着此事可公可私，可大可小。

宋黄门是官府胥吏，岂能不知个中玄机？"是、是，小人明白！"一边说话，一边咬咬牙，从袖笼子里摸出来一张一千两的银票，趋前两步，恭恭敬敬地放到了知府的案头上。

知府视如未见，仍然一本正经地说："我可告诉你，此事处置不善，灭门之祸都有你的份儿！去吧，三天之内不能摆平了它，少不得本府要动用公事了！"

"是、是，多谢大人体恤。请大人放心，小人一定设法化解，绝不敢给大人惹麻烦。"

回到家里，劈面就给儿子抡了一个大巴掌："畜生！宋家要败在你手里了！说，在外边给我惹了什么祸？"

宋公子当时是借酒壮胆，事后想想，也很害怕，如今看老父火冒三丈，知道这是瞒不住的事，于是一五一十，把来龙去脉如实道出。

272

"汪皇亲住在哪里？走，快去给他老人家赔罪！"说完拽着儿子就走。

到了汪起先的住处，父子双双长跪不起，宋黄门磕头如捣蒜："都怪小人教子无方，冒犯了你老人家的虎威。大人不见小人怪，只求你老高抬贵手，放小人一马，别的都好说，都好说。"

　　小人毕竟小相，汪起先只把眼睛一翻，瞅着天花板，任凭宋家父子磕头说好话，感觉上是非常受用的样子。直到宋黄门脑袋都磕肿了，还在涕泗交流地连连求饶，这才发出一句话来："说吧，你打算怎么着？"

　　由此开始，翻斤头，讲价钱，好说歹说，汪起先才同意了三个条件：首先自然是要把陈圆圆送回来；其次是宋公子可以不追究，但其余带头抢劫的人当中，必须捉几个下狱；第三，周玉沙要亲自过来赔罪。

　　第二天在苏州有名的"状元楼酒家"，把汪起先奉为上宾，宋公子和周玉沙青衣小帽，是认罪的装束，坐在下首，宋黄门亲自斟酒劝觞。

　　三个人低声下气地好话说了几大箩筐，终于把汪起先伺候得脸上有了点笑容。当天晚上自然乖乖地把陈圆圆又送了回去。第二天宋黄门少不得又给知府塞了大把银子，胡乱捉住几个地痞无赖先关起来，且敷衍了眼前之厄再说。

　　这一番折腾刚刚结束，正好田弘遇从普陀回来，闻讯大喜。把陈圆圆弄到手，是他的一大心事，千曲百折，心愿终于得偿，第二天托人给苏州知府送去了两千两银子，无非赖以遮盖以平息舆论，然后匆匆载美北归。

　　陈圆圆是江南常州府武进县奔牛镇人，家道本来还算殷实，但到了她父亲手里，家运转衰，终致倾溃破败了。历来逆子败家，不外乎"吃喝嫖赌"四字，而陈圆圆的父亲败家，却是因为酷爱戏曲。嘉靖以来，苏、常一带嗜曲之风大炽，由文人雅士，渐及于市井村夫，陈圆圆之父即是个此道中的痴徒。

　　说来此人颇具凤慧，天生一副穿云裂帛的阴柔嗓子，不学自工，演《红梅记》扮贴面正旦，凄切哀婉，刚柔兼具，把个李慧娘冤感冥府、仗义救郎的侠女形象表现得不激不厉，恰到好处。有此一样本事，如果下海登台，不仅不至于败家，反可挣得一份不菲的产业。可惜此人反其道而行之，酒肉美食，招来同道中人，少则十几，多则几十，长期住在自己家中，日夜讴歌不辍。久而久之，家赀耗尽，不得已挑了个货郎担子，四乡游走，边唱边卖，卖的是妇女的闺中用品，借以养活老婆孩子。但这样的日子没能撑持几年，便因贫病交加而一命呜呼。

　　父死母嫁，兄长把刚满十岁的陈圆圆辗转卖到了苏州娼家。

　　此时的圆圆，已经出落得美额秀颐，娉娉婷婷，而自小在陈货郎膝下，耳濡目染，弋阳腔的连台大戏也能唱得有板有眼。鸨娘一看，知道是可居的奇货，便延揽名师，严格地调教了两年。等到十三岁登场接客，一鸣惊人，轰动了苏州梨园圈子。从此苏、常一带的公子哥儿，无不递相喧传，以能争睹芳容、一闻莺喉而引为快事。

陈圆圆沦为娼妓，身不由己，各色人物都要小心伺候，但她的性情，却是恬淡内敛的一路，因而过眼滔滔，都是逢场作戏，唯独前年遇见了冒辟疆而萌动真情，一心一意要跟定如皋公子从良。不料好事不谐，却被国丈掠买，千里徙转，落入田府，从此心灰意懒，俯仰由人地打发日子。

受宠邀幸，是女人的天性，然而陈圆圆以国色绝艺，在田府却没有享受到什么宠幸。这是因为自前年六月刚刚从南方回到京城，田府即连遭不幸。

先是前年七月，田贵妃薨于宫中。女儿一死，田弘遇顿失倚恃，整日郁郁不欢，虽有美色在侧，亦无心消受。

接着到了去年十月，京师突发流疫，来势之猛，为数百年所仅见，凡染此疫者，朝病夕逝，无药可救，京城里每日死者以万计，西直门和阜成门日出千棺，道路为之壅塞不通，田弘遇便在这场大瘟疫中一病而亡，死的时候才四十六岁。

主人一去朱扉改，门前冷落鞍马稀。田府境况，不复旧日，陈圆圆萌生了逃出京师、辗转回乡的念头。三个多个月来，经常和顾寿凑在一起，秘密商量出逃的机会，但以田夫人的性情苛厉，凡府中女眷，不得私出府第。侯门似海，与世隔绝，所以对府外的一切茫然不知，也就难以行动。不过近来她俩与田家戏班的两个男优刻意交欢，终至透露本意。这两个男优也想挣脱藩篱，与二美不谋而合，便相约一起出逃，趁田夫人支应外差的机会，轮流打探外面的消息，每天至少碰面一次，互相交流情报和分析局势。陈圆圆性情淡泊，精于技艺却惮于思索，不是有心计的人，所以每临大事，总是顾寿出面联络，她自己不过唯唯听命而已。

这两天消息愈积愈多，大体知道了闯贼已经打下居庸关，城内人心惶惶，富家大户纷纷藏匿金银珠宝，穷家小户争欲相偕出逃而不可得，因为从昨天起，京师九门，全部封闭，每天仅放部分四乡难民进城，凡出城避难者一律都被挡回。

这些消息，都不利于出逃，陈圆圆心中是去留两可、听天由命的一种想法。

今天整个一上午，隔着田府的院墙，她已经感觉到了外面的纷乱，眼睛看不到，耳朵却能听得出，时而兵马杂沓，时而市民惊呼，还有人敲锣高喊，要青壮百姓到城墙上协助城守。午时一过，忽然听到几声震天动地的炮响，是从西直门方向传过来的。西直门距田府仅三里之遥。炮声过后，听得出很近的地方有人乱喊："火、火！快救火！"接着就看到田府西边对面的胡同里耸起一片滚滚黑烟。纷乱的脚步声、妇女的惊吓声、稚童的哭闹声，一时凶声四起，搅得她惊悸不安。而就在这个时候，机会来了。

"妹妹，"顾寿跑了进来，气喘吁吁，却面带喜色，"该带的东西都准备好了吗？"

该带的东西无非一些首饰细软，是几天前就包裹妥当了的。"怎么？现在就走？"陈圆圆问。

"现在不行。"顾寿关上房门，把陈圆圆拉到卧房，悄声说，"闯贼围城了！"

"闯贼围城了？"陈圆圆一脸迷惑，"那不就走不成了吗？"

"不！今晚二更，小福子过来接咱们姐儿俩。"小福子就是约好一块儿出逃的男优之一。

"不是说城门都封闭了吗？他要接咱俩到哪里去？"

"先逃出田府，到隔壁不远的一户人家去躲一躲。明后两天再找机会出城。"

说得没头没脑，陈圆圆困惑不解。她让顾寿坐到床沿上，自己拉了把椅子坐到对面："姐姐，我不明白。隔壁不远是一户什么样的人家？为什么先要到他家去躲一躲？"

坐下来定定心，顾寿慢慢解释："是个生意人家，掌柜的和小福子很熟。掌柜的十几天前到天津卫催讨货款，还没回来。女主人很厚道，小福子给了她五两银子，说有几个城外的亲戚，前天进城到大隆福寺烧香还愿，当晚借宿在寺院，不料昨天封城，说了许多好话，寺院才答应只能再住一宿。今天实在没有地方过夜，想在这里借住两三天，只要城门一开，立刻出城回乡。女主人很爽快地答应了。"

"这一家有空闲屋子吗？"

"有。两进的院子，女主人住在后院，前院有两间空房。一间本来就是客房，收拾得干干净净；另一间是店伙计睡觉的地方，店伙计跟着掌柜的一块儿去了天津卫，正好空了出来。小福子说，咱们姐儿俩住客房，他和三喜在另一间里头凑合。"三喜是另一个要出逃的男优。

"哦、哦。"陈圆圆明白了，然而——"为什么非要先到这家去躲一躲呢？

如果两三天以后城门还不开，难道还要再回田府？"

"再回田府？妹妹，亏你怎么想出来的。你看啊，咱们现在的处境是，出城容易，出田府难。如果城门开了，咱们还在田府里出不去，不是一切都无从谈起？"

"是啊，田府难出。可你刚才怎么说今晚二更就走呢？"

"是正好今天有个机会。这几天外头乱得不得了，田府后花园的值宿老苍头家在南城，今天早晨向夫人告了一天假，说要回家料理料理，明天午前就回来。小福子说，这是天遂人愿。田府前门有家丁日夜看护，根本不可能出得去。老苍头今天一走，咱们正好可以从后花园逃出去。"

陈圆圆一听，连连摇头："不行，不行！后花园我去过，围墙比两个人都高，小福子和三喜是武功身段，也许他俩还差不多。咱们姐儿俩，根本就跳不过去。"

顾寿笑了："西厢月下临东墙，你以为是要你爬墙头啊。小福子都打探好了，后花园东北边有个出秽物的小角门，门上一把铁锁，钥匙平时就挂在老苍头值房的门框上，小福子已经把它弄到手了。"

原来是这样！陈圆圆自己也笑了。"不过，"她说，"我还是有点儿不明白：如果城门过了两三天还不开，咱们倒要一直在别人家里赖下去不成？"

"嗐，你想那么多干什么！逃出田府，就是今天这一次机会，过了今天，再找机会，不知要到哪年哪月。可是逃出京城，机会就多了，就算闯贼围城两个月，朝廷也不会看着老百姓都在城里活活饿死，总也有开城放生的时候不是？自古两国交兵，都不难为老百姓，只要城门一开，咱们就随着难民往外走。妹妹，你别担心，短时间城门不开，咱大不了多花几两银子，兵荒马乱的年月，那家女主人又是通情达理的厚道人，还怕她不能多收留咱几天？"

想想也是。陈圆圆不觉看了一眼放在床头上的包裹，那里面是她的全部私蓄，现银不多，首饰却不少，差不多值三千白银之数。手里有钱，何必发慌？只要能先逃出田府，尽不妨走一步说一步，到时候散财解难，总会有到家乡的一天！

一想到回家乡，陈圆圆神魂飞越，自从来到京城，一年多来，足不出田府，天子脚下究竟什么样子，她只能在想象里面去琢磨。如鸟囚笼，今晚就要破笼而飞了，意念及此，兴奋莫名："姐姐，真要是出了京城，咱们怎么走法？这你和小福子商量过吗？"

"小福子说，一出田府，咱们就往东城那边走，不管是东直门还是朝阳门，只要能混出去，再往东走四十里就是通州。就像咱们南边的南通州一样，这个通州就是北通州，到了北通州就到了运河。"

"啊，运河！那不就是到了家了吗？"陈圆圆愈感兴奋。

顾寿咯咯地笑弯了腰："早呢，离家还有两千里呢！咱们来的时候是走的旱路，走了一个多月，你怎么都忘了？三喜说，他老家是山东德州，正好也通运河。他打算在通州雇条船，咱们一块儿往南走。到了德州，再看情况而定。要是那儿地面安静，咱们姐儿俩就接着往南走，不行就先到他家躲一躲再说。"

"好。姐姐，我听你的。你说，现在我该怎么做？"

就这时候，听得门外有人在喊陈圆圆，是杨宛的声音。

二人相顾失色，个个以手掩口，是诚告对方不可出声的意思。但顾寿旋即醒悟，此时如不立即做出回应，则欲盖弥彰，很容易引起怀疑，于是又以手示意，要陈圆圆出去应付。

"嗳，来了！宛姐，你请稍等，待我披上件衣服。"陈圆圆理解了顾寿的意思，故意慢腾腾地应答。

"唔，你在午睡？那就不用起来了。"杨宛隔着门说。

"也好。有什么事吗？"

"刚才我到夫人房里，夫人说，今天外边很乱，怕是闯贼要破城，让我来告诉一声，这几天谁都不要乱动，晚上睡觉不许点灯。"

"好，知道了。谢谢宛姐！"

"你接着睡吧。我再到东边去告诉顾寿妹妹一声。"

"嗯……不用了！顾寿姐姐这会儿只怕也在午睡。再过一会儿我正好有事要找她，待我向她转告夫人的话不是一样？"

"那也好，就请妹妹代劳了。"

听得脚步声消失了，面色刷白的顾寿才舒了口长气："妹妹，你真机灵！"

连陈圆圆也讶异于自己何以能应付下来这样的猝然意外。若不是这一机灵，则杨宛真的去找顾寿而不见，说不定就会惊动田夫人，那一来，可能一步错，全盘输，今晚的计划将彻底落空！

杨宛也是前年和陈圆圆、顾寿一块儿到的田府，不过她不是被掠，而是自愿跟了田弘遇来的。

　　杨宛三十四岁，徐娘半老，风韵犹存，早年也是金陵名妓，能诗善画，书法尤为名家所称道。十六岁那年从良，被湖州茅元仪纳为侍妾。

　　茅元仪是不世而出的一代奇才，幼时博览群书，留心兵事，少年两试不第，遂只身出关，遍察"九边"形势，天启元年辑成洋洋二百余万言的《武备志》，朝野倾动，誉之为"兵家圣书"，足可与《孙子兵法》相媲美。时任辽东经略的内阁大学士孙承宗慕其才华，罗致帐下。在辽东军中，茅元仪筹划赞策，屡献奇谋，协助孙承宗收复失地九城四十五堡凡二百余里，以此军功而荐为翰林院待诏学士。天启二年，茅元仪力主在宁远修筑坚城以备东虏。天启四年，宁远城筑成，茅元仪又千里南下，将得之于广东海湾的十二门葡萄牙"红夷大炮"运到城中装备起来，以此乃有天启六年袁崇焕的"宁远大捷"。此役火炮见功，毙敌近两万人，使努尔哈赤从此再也不敢窥视宁远。这样一个"下帷称学者，上马即将军"的旷逸之才，却无端被朝中阉党所排斥，天启六年底，侘傺南归，纳杨宛为妾即在此时。

　　此后边事日亟，茅元仪屡次请缨而不为朝廷所用。英雄气短，代之以儿女情长，日日醇酒妇人自戕。潦倒至崇祯十三年赍志以殁，得年不过四十六岁。

　　茅元仪死后，杨宛欲改适他人，却不被茅家所许可，崇祯十五年便裹挟私蓄，潜至南京，适逢田弘遇普陀进香返程路过南京。杨宛从良以后，婆家待之不薄，然而本色水性，在适侍茅元仪期间即不安于室，私下与一个同乡叫刘东平的颇有往来，这个刘东平现在北京任太常寺寺丞，因而杨宛欲借皇亲的威势假道北上，去私奔刘东平，为此找了田弘遇以作央求。

　　田弘遇看杨宛私蓄不菲，便假意应允，岂料到了京城以后即留之于田府，尽没其财，以老婢女蓄之，要她专门教一位侧姜所出的幼女写字画画。这在田弘遇倒是财才两得，而日子一久，杨宛亦反因朝夕相处而与田家幼女产生了感情，名为师弟，实同母女，当然这也是田家幼女生母早亡的缘故。只是这样一来，杨宛与田府的关系就显得比较亲近了，加以杨宛长袖善舞，田弘遇死后，颇得田夫人的欢心，虽无名分，实际上成了田府的管家婆。

　　以此原因，陈圆圆和顾寿自然对她深具戒心，所以这次密谋出逃，始终瞒着杨宛，怕的是杨宛出卖了她们，以致好事难谐。

　　"妹妹，不会被她看出什么来吧？"杨宛走后，顾寿仍然余悸未消，故而有此一问。

陈圆圆想了想："不会的！她平时也有隔门传话的事，就像今天一样。"

"那就好。"顾寿放心了，"从现在起，你什么也不要做。晚饭后就在这屋里等着，小福子一来，我和他一块儿过来接你。"说完出卧房、穿客厅，拉开屋门，确认门外无人，轻轻巧巧地回自己的房间而去。

眼观鼻，鼻察心，心念佛，好容易盼到二更鼓过，房门毕剥作响，声音自然是轻得只有自己细心留意才能听得到。陈圆圆赶紧把包裹往肩上一挎，蹑手蹑脚，拉开房门，果然是小福子和顾寿如约而来。

幸而天公作美，是个晦暗欲雨的夜晚，否则十七的月亮还很圆，那可就像有人打着灯笼一样，照耀得三人无所遁其形了。

小福子在前，二美紧随其后。一条甬道，一直走到尽头，是一道月门，过了这道月门再往北走，就是后花园。后花园既阔且深，曲径通幽，水复山重。

陈圆圆什么也顾不上，只牵着顾寿的手，屏气敛声，跟着小福子往前走。绕过一座假山，穿过几条回廊，前面是一片水池。沿着水池的岸边迤逦转向东北，过小桥，绕流水，影影绰绰看见一片花木草丛。绕过这片花木草丛，贴着墙根又走了一会儿，鬼鬼祟祟地迎面过来一个人，陈圆圆吓得差点儿没叫出声来，定睛细看，却是三喜，正把手指竖在嘴上，示意噤声。

跟着三喜，左拐右拐，就走到了一个仅容一人出入的角门之前。这个角门，就是田府日常出运垃圾秽物的唯一通道。角门外面有条胡同，一出胡同，四通八达，往南便是宣内大街，往北则是西四牌楼，无论南北，都可通往京师的任何一个城门。

按照顾寿和三喜商量的计划，只要出了这个角门，在东边不远的邻家暂时躲躲，瞅准机会，就可从宣内大街往东，直奔朝阳门；或者从西四牌楼往东，到达东直门。这两门，不管出了哪一个，都能走到通州运河。

一想到这里，陈圆圆顿感浑身松懈，不停地以手抚摩胸口：谢天谢地，菩萨保佑，总算要出田府了！

然而，等了好大一会儿，什么动静都没有。陈圆圆不免奇怪："小福子，你怎么还不赶快开门？"

黑暗中看不清脸色，但小福子大口大口的喘息声却能听得清清楚楚，这一定是出了什么意外。

顾寿摸摸索索地凑了过去，很快又摸摸索索地拐了回来，压低声音，气急败坏地对陈圆圆说："坏了坏了！小福子把钥匙给弄丢了！"

"啊！怎么会出这样的差错？快、快，再好好找找看！"

已经找了半天了。

这把钥匙，关乎四个人的生死安危，小福子岂能不知？多少天来，他和三喜秘密筹划，打的就是这把钥匙的主意。

今天早晨，他到田夫人屋里领差，正好碰见后花园值门老苍头向田夫人告假，喜得他心花怒放。待到确认田夫人准了老苍头的假，他悄悄尾随，亲眼看着老苍头仄仄歪歪地出了田府大门之后，立刻转身奔向后花园。

后花园他是极其熟悉的，自从田弘遇死后，根本就没有人来过。只有每天傍晚，田府日常打扫出来的垃圾脏物从这里经小角门往外运送一次，其余时间，空空荡荡，就一个值门老仆，不是晚上躺在值房里睡觉，就是白天搬个小板凳，懒洋洋地坐在草坪上晒太阳。而每天往外运送垃圾脏物，通常只要没有特别任务，也是小福子的一项兼差。好几年了，几乎日日干着这份差事，所以对出入角门极其熟悉。

角门的钥匙有两把：一把是备用的，锁在老苍头值房床头的匣子里；另一把则常年挂在值房外的门框上。每天傍晚出运垃圾，有时老苍头懒在床上不想动，总是让小福子拿钥匙自行开门。钥匙柄上有一孔，门框上面有一钉，孔径大，钉头小，每日开门之前，轻松取下；关门之后，顺手挂上。

今天早上小福子来到后花园，还特意提高了警惕，先装作打扫卫生的样子，把花园的各个角落都看了一遍，确认无人，这才走到角门。

抬头一看，谢天谢地！他一路上只有一样担心，怕的是老苍头告假，把门框上的钥匙收了起来。如今天遂人愿，值房的门锁得严严实实，一把铁皮大锁头，要想打开，绝无可能，但房外门框上的钥匙却稳稳当当地挂在那里。

他从门框上取下钥匙，得到宝贝似的迅速往怀里一揣，再一次确认无人，这才若无其事地来到前面。先找三喜，再找顾寿，把这个喜信儿告诉了他俩，并让顾寿转告圆圆，大家都要做好准备，逃出樊笼，就在今夜。由于老苍头告假一天，田夫人已经要杨宛向各屋各室传下话来，说今天的垃圾秽物先集中到跨院角落，等到明天傍晚一块儿运出，所以今晚不必担心有人要到后花园找钥匙。

然而，百密一疏，怎么眼看着九转丹成，偏偏就功亏一篑了呢？

三喜气得恨不得一脚把小福子踹翻，痛打一顿。小福子也急得浑身冒汗，钥匙明明就揣在贴身内衣的兜子里，整整一天，也没脱衣服，也没掏东西，怪了，难道它会不翼而飞？

"再找！"三喜恶狠狠地就像下命令。

幸亏天黑如漆，两个美女离开两三步就什么也看不清楚了。小福子索性把上衣下裤全部脱光。两个人摸、搓、捏、抓，总想从衣缝旮旯里把钥匙找出来，然而，捣鼓了半天，还是什么也没有！

两个美女在一旁急得团团转，但一点儿忙也帮不上。等到小福子重新穿好衣裤，四个人才聚到一起，三喜恨恨地说："完了完了，天亡我也！"

顾寿还不甘心，问小福子："你好好想想，今天早上你把钥匙放进怀里，就没有再掏出来过吗？"

"没有。"小福子答得很肯定。

"那么，刚才进了这个花园，你是不是想着马上就要用它了，所以还没等走到这里，你就在半路上掏出了它？"

"也没有。我就是走到这个门前才掏钥匙的。"

各种漏洞都想到了，各种疑惑也都得到了解释，看来钥匙是丢定了。陈圆圆半幽怨、半解嘲地说："命该如此，认了吧！"说完扯扯顾寿，"姐姐，咱们回去。"

于是四个人垂头丧气地原路返回，一边走，一边叹气。

三喜恨恨不甘，走了几步，又停下来，跺跺脚，像似自语，也像似对同伴发誓："这不行，总不能死在田家！这事儿不算完。老苍头那里不是还有一把钥匙吗？等着瞧吧，再过几天，看我的！"

早已过了三更天。众人心情败坏，谁也没有把三喜的话当成一回事，脚步沉重地回到了后院的月门。而一入月门，如回囚笼，再要破笼而出，哪里还有可能？

陈圆圆意有所系地回过身来，想再看一眼那个能使她逃出火坑的小角门。然而极目张望，除了黑暗无边的夜色，什么也没看见。

20

大明崇祯十七年三月十八日

大顺永昌元年三月十八日

天崩地坼

从居庸关到京城，有两处必经之地，一是沙河，一是沙河之南的清河。清河在德胜门外十八里，由此往南，在清河与德胜门之间，有个著名的去处，是古蓟丘，民间谓之"土城关"，相传是战国时代的蓟门关遗址，一年之中的春夏秋三季，树木蓊然，苍翠如染，燕京八景之一的"蓟门烟树"即是此处。

胜朝名地，如今却是一片狼藉。京师三大营在这里训练了一个多月，战车火炮，蒺藜铁索，还有称为"鹿角"的绊马桩，这类战守器具延绵摆放了三四里。李国桢不求有功，只想着能多拖它几天，挡一挡闯贼，好为皇帝争得些时间。

然而他万万没有料到，堂堂天子亲军，竟是如此不堪一击！也不过远远地看到了闯贼的先头人马从北边刚刚过来，尚未照面，军中便有人狂呼乱喊："快跑吧！贼兵从卢沟桥过来抄后路啦！"

一犬吠影，百犬吠声，顿时三军炸锅，再也没有人能制止得住了。未放一炮，未发一矢，所有的战守器具，等于白白送给了闯贼，两万多人争相往南奔窜，其实贼兵什么样子，没有一个人真正看见过。

土城关距德胜门仅六里地，溃兵狂奔，一刻钟的样子就涌进了城里，一路跑，一路把这种失败的情绪迅速传布到大街小巷。一时间满城慌恐，街上的人往家里跑，家里的人往街上跑，店铺关门，游贩收摊，都知道西路的闯贼已经兵临城下了——这是昨天早饭后不久的事。

李国桢随着溃兵进了德胜门，直奔大内。穿过午门，闯进皇极殿的时候，皇帝还没散朝。李国桢进殿就趋跄倒地："皇上，皇上！闯贼打过土城关了！"

"嗡"的一下，朝堂上立刻乱成了一锅浑粥。

这天是常朝，公侯勋戚，文武百官，六部九卿，翰詹科道，满满地从御前一直排到大殿门口。大明朝的常朝制度极其严格，班次失序、低声私语之类的举动都被视为"失仪"，有专门的"纠仪御史"记录在案，散朝之后，奏呈皇帝，轻则罚俸，重则降级，而今天这一制度却不管用了，因为连纠仪御史们也惊慌失措地随同众人乱成一团。谁都知道，土城关一失，便意味着闯贼已经打到了天子脚下，以京城之空虚，而外援却不至，则闯贼破城，就在须臾。

乱了好大一阵子，满朝公卿把目光都聚向皇帝，但见皇帝脸色苍白，嘴角抽搐，顿顿脚，喟然长叹："朕非亡国之君，诸臣皆亡国之臣！"说完簌簌泪下，低着头不出一语，只忿忿地以指蘸茶，在御案上不知画些什么。

画完之后，皇帝向侍立在侧的王承恩招了招手，王承恩会意，躬身俯首，看到是十二个大字：文武官个个可杀，百姓不可杀。

王承恩看后不知该做何表示。皇帝顺手拈了一张便笺纸，将茶水字迹缓缓拭去，然后站起身来，掩面抽泣，趔趄趔趄地离殿而去。

到了昨天午时，刘宗敏的标营、李过的后营、刘希尧的右营和刘芳亮的左营，四营大军，二十多万人马，将京师九门团团围定。

所谓"京师九门"，其实是个模糊的说法。成祖文皇帝在永乐年间营建北京城，当时的外城周长四十里，共设九门，均以元大都的旧门名字为称：南边三门，俗称"前三门"，正门为"丽正"，东为"文明"，西为"顺承"；北边二门，东称"安定"，西称"德胜"；东边二门，南"齐化"，北"东直"；西边二门，南"平则"，北"彰仪"。到了英宗正统初年，诏改六门之名：丽正改为"正阳"，文明改为"崇文"，顺承改为"宣武"，齐化改为"朝阳"，平则改为"阜成"，彰仪改为"西直"，其余东直、安定和德胜三门仍用旧称——此为本朝前期的"京师九门"。

但这个筑城格局，并不符合古制。古来帝王之居，"内城外廓"，而此时的北京则有城无廓。迄于嘉靖年间，前三门外新增人口已达二十多万，其时蒙古部落经常南下窜扰京师，这些城外居民无所屏障，每遇战事，纷纷入城避难。为护子民，嘉靖三十二年费时十个月，在前三门外向南扩展十里，构筑了一个"廓"，周长二十八里，共设五门：南面三门，中门为"永定"，东门为"左安",西门为"右安";东西两面各一门,东"广渠",西"广安"。不久由于东西出入拥挤不便,又在东西两面各开一门,称为"东便门"和"西便门"。这样的建制,成了"后城前廊",仍与古制不符,因此干脆就把"廊"称为"外罗城",简称"外城",原来的外城反而被称作了"内城"。

如此一来,内城和外城总共是十六个门,则本朝后期的所谓"京师九门",实际上指的是外城的永定、广渠、广安三门和内城的安定、德胜、东直、西直、朝阳和阜成六门。但这是就治安管辖而言的,民间却分不大清楚,习惯上仍把内城的九道门称为"京师九门"。

大致而言,外城的多是些外来游民,日久不去,定居下来,专以日常在内城做些低贱杂活为生;内城里面则北城世居的土著平民较多,平日以小本买卖过活;东城商贾豪宅,鳞次栉比,西城多是些高官府第和名流遗迹。因此京师有个说法:东富西贵,北贫南贱。

从十六日封城,皇帝已经诏令京郊守军和城里的五城兵马司逻卒、厂卫役员、宫内宦官以及民间青壮等等所有的军兵士民,总共凑了五万多人,全部登城值守,日夜罔替,不许下城。

然而,京师内外城的城墙呈"凸"字形,外延周长六十八里,共有城堞十五万四千八百余个。五万多人分散在城上,平均一个人要守三个城堞,不仅毫无天家雄阙的慑人气派,远远望去,稀稀拉拉,简直就像游客观览,闹着玩儿一样。

凡上城人员,每人发给一百文黄铜制钱,还不够买五个烧饼,而城上又不设炊灶,全靠有些胆大的小吃贩子肩担手提,一日三餐,趁机做点小买卖。如此一天一夜,兵饥卒疲,一个个懒懒散散地躺在城墙的角落里指天骂地,大发牢骚,谁还有心思去替皇帝守城?

因此待闯贼的大兵将九门围住,负责各个城段的值守官叱咤吆喝,甚至连皮鞭都用上了,想把手下的士卒调动起来,结果却是打起来这几个,另外几个刚刚被打起来的又复卧如故。

唯一的抵抗发生在西直门,负责西直门守御的是吏科给事中吴麟征。

吴麟征字来玉,浙江海盐人,与倪元璐、陈演同榜,都是天启二年的进士。上月十二日廷议,吴麟征力主放弃宁远、檄调吴三桂入卫而不被皇帝采纳,自那时起,他便已知大事不可为了。

本月十五日居庸关失守,皇帝气急攻心,口吐鲜血,午后仍力疾视朝,将京师九门的防御重新做了调配。总督城守的仍然是皇帝最宠信的大太监曹化淳，其余各门，除本兵张缙彦可以登城视察外，所有官员均不许上城，一律改由公侯勋戚和内监的宦官坐城值守。

吴麟征当廷力争，坚决要求担任城守事务，皇帝看他语气激烈，只好同意他值守西直门。受命以后，吴麟征抱定必死之志，当天脱去官袍，披铠甲，穿短衣，日夜住在城上。从前天开始，号召西直门一带居民搬石运土，是想把西直门从里面封死。工程刚刚展开，昨天中午闯贼人马便已蜂拥而来。吴麟征是做好了准备的，命令士兵发炮轰击，当场毙敌二十余骑。但这立刻招来了十倍于此的报复，城外闯贼的军兵很快也架设好了大炮，朝着西直门上乱炮齐轰，不仅城楼被轰塌一角，城上的士兵死了几十个，而且有几发炮弹射到城里，炸毁了不少民居，闹得城中愈加慌乱，浓烟烈火，直到傍晚才被扑灭。

好在有惊无险，一夜安然。贼兵似乎并没打算立刻攻城，只在各个城门外安扎下来。今天早饭过后，天色灰暗，雾蒙蒙地下了一阵子小雨。其他几门都无动静，唯有西边的阜成门外出现了异常。

先是两队骑兵，共有五百人的样子，由北向南疾驰而来，到了阜成门外，隔着护城河朝城上纷纷射箭，飞矢如蝗，比天上下的小雨还要密集。但距离太远，箭矢落到城上已成强弩之末，明显看得出其意不在杀伤敌人，倒像是在提醒城上注意，接着还要有什么大的举动似的。

果然，两队骑兵放完箭后，整齐有序地在城下突驰了几个来回，仿佛对城上的不予还击表示满意，前队变作后队，朝北疾驰而去。

城上的守卒受好奇心驱使，不少人大着胆子把头探出城堞，纷纷向北张望。好大一会儿工夫，但见黑压压足有两千多精壮骑士，彩旗画旗，好不威风，簇拥着一张黄罗盖伞，弛缰缓辔，尘头不起，极其雄壮而优雅地朝这边款段而行。

这不用问了，城上的人都明白，是李自成来了！说不上是惊奇还是欣喜，总之没有人感到恐惧，大家争相传告，连懒洋洋躺在地下休息的军兵士民也都跃身而起，全趴伏到城堞上，要一瞻这位"贼酋"的风采。

面目是看不真切的，从城上到隔着护城河西边的大道，足有一里地之遥，但举动却能看得一清二楚。先头的几百人首先下马，不一会儿就搭起了一个黄幄大帐。然后变戏法似的，黄幄大帐左右各出现了五门红衣大炮，十管炮口，黑黢黢地全都对着城上。接着就看到两千多骑士，迅速分作两队，侍立在黄幄大帐两则，弯弓贯矢，引而不发。李自成在十几个军将的引导下，缓缓下马，步入大帐。

奇怪的是，李自成进帐之后，另有几名军汉引导着两个人，分别坐在大帐前面的两侧，这两个人青衣小帽，都是认罪的服饰。于是城上的人大感好奇，纷纷议论猜测，但谁也说不清楚这两个人究竟是谁。

好在这个谜团很快就被揭开：但见两名军汉各持一块木牌，分别在那两个人身旁亮了出来，白底黑字，有那眼睛好使的，影影绰绰辨得清楚，一块写着"旧明秦王朱存枢"，另一块写的是"旧明晋王朱求桂"。

原来是秦、晋二王！

城上立刻一片感慨，龙子龙孙，落魄至此，真正要改朝换代了。有的人则比较聪明，窃窃私语：唉，可怜！当今皇帝，只怕也要像秦、晋二王一样，青衣小帽，阙下待罪，才能保住一条性命。

就在众人感慨不已的时候，城外的马队后面突然涌出上万步兵，人人肩扛沙袋，井然不乱地依次将沙袋投入城壕，不消片刻，壅流成功，护城河拦腰出现了一条可容十人并行的通道。

这一切都使人们大开眼界，看得城上士民无不啧啧称奇。王者之师，果然不凡，用兵部署，一如戏台变换道具，天子亲军的那些京营大爷与之相比，真正让人汗颜无地！

也不过错愕之间，一千多骑兵疾驰过壕，到护城河内侧立定下来，依然盘马弯弓，逼视城上。众骑之中，一个人跳下马来，绯衣纱帽，趾高气昂，扯着公鸭一样的嗓门儿，仰面高喊："我是杜勋！奉了大顺朝万岁爷爷的谕旨，要见你们家皇帝。快放下箩筐，拉我上城！"

杜勋就是在宣府和总兵王承胤一块儿投降了农民军的监军太监。今天突然出现在这里，城上的人都很惊讶：此人好大的胆子，变节投贼，居然还敢堂而皇之地来见旧主！城上不少人认识他，其中有一个听明白了怎么回事，立刻跑进城楼的值舍里报告："启禀曹总监，宣府镇监军杜公公请求上城。"

曹化淳头都不抬，正在伏案振笔，不知在写什么。听了禀报后，对身边一个武士装束的人说："黄标领，你去把他弄上来。"

箩筐绳索，都是守城的必备物品。黄标领出了值舍，招招手唤过来几个人，找准了角度，把个空箩筐缒了下去，不一会儿，如扯肥猪般地把杜勋拉了上来。众人好奇，围拢过来，是想从杜勋的脸上看出点什么或从他的嘴里听出些什么。然而杜勋一脸得色，却一言不发，只跟着黄标领排闼直入值舍，而值舍是密勿之地，众人无奈，只好止步。

"督主……"刚要说话，杜勋想到屋里还有个黄标领，立刻打住，神色狐疑不定。

曹化淳放下笔，把写好的东西折了起来，塞入袖笼，抬头看着杜勋，脸上不露喜怒："这里没有外人，有话快说！"

杜勋放心了："督主，你我富贵依旧！"

"带书信了吗？"

"书信没带，大顺皇爷要我给万岁爷捎个口信儿。还有这个。"说着拍了拍斜挎在肩上的一个黄色布包。

"好，你跟我来。——黄标领，这里先交给你了，约束守卒，不许惹事。"

下城墙，上轿车，过西四，越西单，从西单牌楼顺着长安大街一路往东飞奔，不一会儿来到了南池子，迎面碰上奉旨巡视朝阳门刚刚回来的王承恩。王承恩一见杜勋，吓了一跳："你，你，是人还是鬼？"

杜勋嘻嘻一笑："枢爷，几天不见，怎么连我都认不出来了？"秉笔太监执掌枢笔，有权代皇帝批示公文，因而宫内宦官尊称王承恩为"枢爷"。

王承恩揉揉眼睛，仔细确认了就是杜勋，摇摇头，叹口气："唉，万岁爷以为你在宣府殉国了，谕令我代为追悼，赠司礼监太监，供奉锦衣卫指挥佥事的牌位，还要给你立祠祭祀。你，你怎么还活着？"

曹化淳听得不耐烦了，对王承恩说："这会儿没工夫闲扯。你快去奏禀万岁爷，闯贼李自成派杜勋进宫议和。"

王承恩还没明白过来怎么回事，以为杜勋是受闯贼的胁迫而来的，所以与人为善地说："这、这……为保杜勋的安全，我到城外去做人质吧。"

杜勋哈哈大笑："枢爷，谢谢你老人家啰！我家皇爷就在城外，陈兵百万，破城不费吹灰之力，连秦、晋二王都在他的手里，我杜勋何用人质？"

这一说王承恩才清醒过来，几日不见，已成敌体，杜勋现在的身份是大顺朝的使者了，因而受了阴损，不以为忤："好、好，二位在此稍等，我这就去面奏万岁爷。"说话间已经来到东华门，曹化淳陪着杜勋密密私语，王承恩疾步直趋宫内。

好大一会儿，王承恩去而复回："二位请跟我来，万岁爷谕令便殿召见。"

"便殿"就是皇极殿东侧的中左门。进得殿来，杜勋既无愧色，也无惧色，很从容地俯下身子，行了常礼："奴婢杜勋，叩见万岁爷！"

皇帝脸上青白不定，看得出是刚刚生了极大的气，这会儿勉强平复了情绪的样子："说吧，贼酋派你来有什么话要转奏？"

"是。贼酋说，万岁爷只要答应三个条件，就立刻罢兵。"

"说！哪三个条件？"

"第一，割据西北，长安称尊。"说到这里，抬头看看皇帝，而皇帝面无表情。

"第二，不奉大明正朔，不按敌体之例入觐——二龙永不相见。"

"第三呢？"

"赔偿军费一百万两白银。"

皇帝仍然面无表情。

杜勋接着说："贼酋说，万岁爷要是许了这三个条件，就请诏告天下，他便立刻退兵河南，并且愿为朝廷内遏群寇，外制东虏。"

皇帝顿了顿，又显得负气了："朕若不许，他待如何？"

"请万岁爷禅位逊国，比照宋太祖优待柴宗训的故事，赐丹书铁券，世世为王，以延续朱氏宗嗣。"

"哼！朕若不逊位呢？"

杜勋以额触地，并不回话，只把挎在肩上的黄布软包解了下来，恭恭敬敬地双手奉上。

王承恩接过布包，呈送御览。

皇帝打开一看，顿失颜色——是两样东西：一条白练，一根弓弦。白练称为"组"，用以囚系俘虏，宋朝的徽、钦二帝就是被金兵"系组北辕"而囚死异域的。弓弦则是勒毙之具，自然是喻以皇帝自裁。出示这两样东西，就等于回答了皇帝的问话：若不逊位，非死即囚，二者必居其一。

皇帝离开座椅，在御案后面逡巡徘徊，显然是知道了问题的严重性。此时已经负气之意全消，生死祸福，别无余地，只在自己的一念之间，他不能不做认真的考虑了。

殿内没有别的臣僚，只有首辅魏藻德侍立在御前，自始至终，不出一语。

"魏藻德！"皇帝主动发问了，"此议如何？"——"此议"当然指的是贼酋的三个条件。

魏藻德立刻俯伏在地，只连连叩头，仍然不出一语。

"魏藻德!"皇帝再次发问,而这次所谓"发问",毋宁说是"求援"和"授权"兼而有之,"此议可行与否?如今事急,你可一言而决!"

魏藻德再次以额触地,还是不出一语。

同意三个条件,毕竟还有一条生路。然而,城下之盟,千古所耻,要同意也必得由阁臣说话,遗羞史册之事,岂能出自万乘天子之口?皇帝愤愤然地脸色发青了:辅臣不力,关键时刻竟然如此不体圣意!

"哗啦"一声,皇帝气得推翻了座椅,戟指欲骂,但终于还是隐忍了下来。

"杜勋!"皇帝换了个口气,虽不柔和,却也并不生硬,"你先下去,待朕计决,另有旨!"

"是!奴婢一定遵照万岁爷的旨意行事。不过,贼酋还有句话,奴婢不敢壅于上闻。"

"还有什么话?说!"

"贼酋说,以今日申时为限,一过申时,即视为和款不谐,立刻攻城。"——申时就是下午太阳在西半空中的那一个时辰,照西洋的计时法为下午的三点到五点。

如此仓促,仅剩下不到四个时辰!这样苛刻的条件显然刺激了皇帝的情绪,负手低头,踽踽独行,在御案后面来回走了十几趟,终于发下话来:"好,知道了。你到宫外候旨去吧。"

杜勋又磕了个头:"是!时机促迫,请万岁爷早自为计!"说完起身,在一个名叫张殷的御前宦官陪同下出殿而去。

杜勋一走,王承恩赶紧把横倒在地的皇帝座椅扶正,搀扶着皇帝坐了下来。皇帝呷了口茶,情绪好了些:"曹化淳!"

"奴婢在!"

"照你看,城上能守得住几日?"

"倾全城之力,拼死固守,则两日之内,可保无虞。过了两日,奴婢就不好说了。"

"两日?"皇帝摇了摇头,"三日,或者五日如何?"

这真是匪夷所思了!当此之际,两日和三五日还有什么区别?曹化淳以头顿地:"奴婢愚钝,求万岁爷明白训示。"

皇帝双目呆滞,眼望虚空,像似喃喃自语,又像似在为曹化淳解惑:"山海关距此五日行程,王永吉一定是在勤王的路上……"说到这里,皇帝顿住,脸上一丝若苦若黠的笑意一闪即逝："曹化淳，你可明白朕的意思？"

原来如此！争取时间，是为了等待外援。京城万雉，坚固称天下第一，除了前三门包裹在城内，余下的十三座城门全都布设了红衣大炮，倘若真的倾力固守，别说三五日，就算撑持月把时间也应该没有什么问题。然而岂能容皇帝遂如所愿？

"万岁爷，"曹化淳一脸诚恳地说，"奴婢职司总督城守，深知敌我双方兵力的虚实。期以两日，奴婢尚可勉为撑持，两日之外，万难措手。祈万岁爷明察！"

"你说的这些，朕岂能不知？来、来，朕给你一道密旨，你只需照旨行事就行了。"说着抽出一张"六行"笺纸，提起朱笔，一挥而就，递给王承恩。

王承恩接过密旨，转递给曹化淳。曹化淳碰了个头，接旨在手，细细一看，写的是：

> 字谕曹化淳
> 　　与他再谈。密之密之！
> 　　御笔

曹化淳何等机敏，立刻明白了皇帝的意图，原来是要利用谈判，拖延时日！不想事已至此，皇帝还要耍这类小聪明。曹化淳暗暗为皇帝悲哀，但嘴上说的却不一样："是！奴婢一定遵旨办理！"

"去吧，拖住杜勋，让他在城上露面。闯贼能看见杜勋，就不至于遽然攻城。无关宏旨之事，即着你便宜处置，倘若事关大局，须速速进宫奏报！"

"是！"曹化淳只是答应，并不起身。

"怎么？"皇帝很奇怪，"你还有话要说？"

"不祥之言，奴婢不敢贸然渎奏。"

亲信家奴，皇帝并不计较："有话尽说无妨，不必顾忌。"

"闯贼狡黠无信，如果不顾杜勋的死活，随时都可下令攻城。奴婢担心，万一突发重大变故，奴婢督守有责，分身无术，不能回宫奏报……"

"你是说，闯贼在这一两日之内，真的就会动兵？"

"兵机无常，不能不虑之在先。"

"嗯、嗯，说得有理。须得有个能内外沟通的约定才好。"

要的就是这句话！曹化淳不慌不忙地说："万岁爷天纵英明。奴婢的想法，为防不测之变，从今晚开始，在正阳门城楼设三盏白色信灯，万岁爷在宫内可以灯号为识，点亮一盏白灯表示闯贼开始攻城，两盏表示外城失守，三盏齐亮，即是内城已陷——这都是为防万一的做法，但愿备而不用……"

"很好，很好！"皇帝并不以为不祥，"有此约定，朕可随时知道宫外动静。曹化淳，就照你说的去做吧。与贼再谈的事亦须认真进行，拖得一天是一天。"

"是！奴婢绝不敢疏忽大意，一定为万岁爷多争得些时日。"说完叩头退身，匆匆出殿。

名为遵旨谈判，实际上是要把城上的部署全部向杜勋交代清楚。整个一上午，曹化淳陪着杜勋，一人一匹上骊龙驹，从阜成门城楼开始，顺着城墙，把外圈的十三道门全部看了一遍。日近正午，从西便门的马道下城，溜着宣武门外的城墙根，悠然进入正阳门。刚要上城，迎面碰见巡视城守的张缙彦正在下城。

"巧了，正要找你。"曹化淳说，"来、来，请借一步说话。"说着把张缙彦拉到马道一侧。

张缙彦摈退护兵，四下无人，曹化淳把皇帝的密旨出示给张缙彦，两人开始低声密语。曹化淳要言不烦，张缙彦频频点头，一刻钟的样子，二人会心一笑，互相拱手，张缙彦策马而去。

辞别张缙彦，曹化淳带着杜勋打马上城，值守正阳门的是王德化。

王德化是司礼监掌印太监，论地位是内官二十四衙门的宦官之首，所以一见面，杜勋立刻下马，首先拱手寒暄："多日不见，老前辈又显清癯了。"

"彼此彼此，"王德化平日根本就没把杜勋放在眼里，但此时见面，分外客气，"忧劳王事，敢不尽心？"说着吩咐随从速去备食备酒，然后肃身让曹化淳在前，自己拉着杜勋的手，一块儿进入城楼西廊。

西廊是密室，一进屋，王德化就问："我辈富贵如何？能保得住吗？"

杜勋拍拍胸脯："一切都在杜勋身上。"

"照你看，大顺皇爷是何等样人？"

"嘻，老前辈何必去想那么多？管他什么样的人，谁做皇帝，都少不了要用宦官不是？这是打上古就传下来的规矩。放心、放心，大顺皇爷坐上金銮殿，保你吃穿不愁，富贵依旧。"

王德化敲敲自己的脑壳儿，不无赧然地说："哦、哦，老弟台的话，倒使我开窍了。"

这顿饭一直吃到日头偏西，曹化淳把打着酒嗝儿的杜勋送到阜成门城楼，从袖笼里抽出写好的密信："这个你要当面交给大顺皇爷，一切约定都在这里面了。"说完吩咐黄标领用箩筐把杜勋缒下城外。做完此事，看看时间已经不多，曹化淳带上黄标领和几个随从，打马到各个城门去做秘密布置。

食前方丈，皇帝却无心下箸，喝了几口莲羹粥就算吃了午饭，吩咐御膳房的宦官撤膳，然后到乾清宫外独自徘徊。

"当……当……"从交泰殿传来十三声钟响，是西洋时间下午一点，也就是未正时刻，距申时还有一个时辰。

皇后的生日称为"千秋节"，交泰殿就是千秋节皇后接受百官内眷朝贺的地方，但平时则是宫中的报时之所。东面设"刻漏"，其实就是一个巨大的储水之"斛"，须由宫内宦官每天运水注入斛中，时时观察斛中之水滴漏的多寡来判定时刻，是一种古老的"铜壶滴漏"的计时工具。本朝万历二十八年，意大利传教士利玛窦献给神宗皇帝一座西洋自鸣钟，以发条为动力，只需每月旋紧发条一次，即可自动鸣音报时，既准且宏，脆爽之音直达乾清门外。万历皇帝龙颜大悦，遂废"刻漏"而不用，把这座西洋钟置于交泰殿的西间，钦定为宫中的报时之具。

钟声响过，皇帝独自在乾清宫前的丹陛上往复游走。

内备空虚，外援不至，与贼拖延时间亦不足深恃，交泰殿的十三响无异催命丧钟，这一切他心里比谁都清楚。想想自己御宇十七年，宵衣旰食，独运乾坤，一心一意要中兴二祖遗业，没想到今日落得个如囚在笼的下场，祖宗二百七十六年的天下真的要断送在自己手里吗？

皇帝怎么也想不明白，历来亡国之君，无非"荒淫残暴"四字，而自己勤于政务，事必躬亲，则"荒"之一字，天下共闻，是无论如何也加不到自己头上的。至于"淫"，自己一后两妃，都是在信王府时的原配，登基以后，再也没有征逐美女以充后宫，况且前年田妃死后，如今仅余一后一妃，如此不贪女色的君王，籍诸往代，能有几人？"残暴"二字就更谈不上了，御极以来，时时以子民为念，天下臣民，谁能说自己不是个爱民如子的好皇帝？

然则既不荒淫，也不残暴，何以非要我来担负亡国之君的恶名？

尤为令他不解的是，日日亲理国事，而国事败坏得一塌糊涂；年年整治朝纲，而朝纲紊乱，贪渎横行；时时以民生为念，而民生凋敝，百姓流离；抵御外侮，结果却是东虏坐大，夺去了关外的全部疆土；爱民如子，招来的却是子民的反叛，如今这些反叛的子民竟敢兵临城下，公然要来索取君父的性命！

唉，死生亦大矣！人生艰难唯一死，悔不该当初拒纳李明睿的南迁之议，满朝公卿，误我不浅！

然而，无论如何，不能就这样坐以待毙！

"王承恩！"皇帝高喊。

侍立在宫门口的王承恩快步趋来："奴才听候万岁爷吩咐！"

"宣刘文炳和巩永固速速进宫！"

"是！"

刘文炳和皇帝是姨表兄弟。刘文炳的祖母是皇帝的外祖母。皇帝的外祖母诞育一子一女，一女即是皇帝的生母，一子叫刘效祖，是刘文炳的生父。就是说，皇帝的生母与刘文炳的生父是同胞兄妹。

皇帝四岁失母，登基之后，母以子贵，追尊为皇太后。但这位刘姓皇太后长得什么样子，皇帝根本就没有一点儿印象。宫廷画师曾画了一幅皇太后的遗像，无奈见过的人都说不像。

皇帝为之不怡，乃敕谕外祖母徐老太夫人口授画像。以生母而口述亲女容貌，自然纤细无误，所以这幅遗像画成之后，凡见过皇太后的人都说酷肖本人。皇帝大为满意，将这幅画像供奉在奉先殿，晨昏定省，一如生时。以此推荫，皇帝的母家恩渥优隆，追赠已故的外祖父刘应元为"瀛国公"，外祖母徐氏自然也就成了"瀛国太夫人"，然而荫不至此而止，又特封舅舅刘效祖为"新乐伯"。崇祯八年新乐伯卒，以其子刘文炳袭爵。崇祯十三年又晋刘文炳为"新乐侯"，身份贵重，是与皇帝平辈的异姓最高封爵，仅下公爵一等。

巩永固则是皇帝的姐夫，称为"姊丈"，他的夫人是先帝——天启皇帝的胞妹，也就是光宗泰昌皇帝的女婿，因而是"驸马"，驸马例赐中军都督府都尉之职，所以巩永固的正式职衔是"驸马都尉"。

二人都不是朝臣，类归勋戚班次。

本朝制度，王公百官散朝后并不散值，须到大明门内"千步廊"两侧的值房里坐班，称为"守值"。守值要守到申时末刻，才能"散值"。所以不过片刻，在王承恩的引领下，刘文炳和巩永固从午门进入内廷，匆匆来到乾清宫。

"巩永固。"

"臣在！"

"上月二十六日廷议南迁，你说愿单骑游说京畿八府，招募数万敢死之士护朕南下，可是此话？"

"是。那一天臣确是这样说的。"

"好！朕立刻给你五百内官，你带他们杀出城去，两日之内招来万名死士。"

巩永固大吃一惊，此何时也？皇帝居然还做此奢想！"臣不敢奉诏！"巩永固率直回奏，"臣的献议，可行之于昨日，不可行之于今日"。

"是何道理？"

"上月二十六日，闯贼人马尚在山西途中，京畿人心危疑，意存观望，其时如能晓以大义，激以忠勇，必有不忘我朝三百年深仁厚泽的乡野豪杰之士奋袂而起，护驾南行。如今……"

"如今怎么样？难道京畿子民如今就忘了我朝三百年的深仁厚泽？"

这一问，巩永固心内局蹐。皇帝平日爱民如子不离口，如说民心已变，肯定会极大地刺激皇帝；如说不是，则皇帝将疑心自己贪生怕死，不敢承担募兵护驾的重任。就在万难措辞之际，王承恩帮了个忙。

"万岁爷，"王承恩说，"城外贼兵如蚁，各个城门都被封死。巩永固就是有一万人马也难杀出都门。请万岁爷收回成命。"

"嗯、嗯，"皇帝好像明白了，"巩永固，你是担心这个吗？"

巩永固伏地重重磕头："皇上圣明！"

君臣默然，皇帝愣怔了好半天才缓缓开口："朕死社稷，此志已明。招募死士，不是要护朕南逃。国脉存续，系于太子。即着你们二人速速回去召集家丁，设法护太子南下！"

巩永固愈发惶恐，不知何以为答。

刘文炳想了想，叩头回复："我朝家法极严，豢养护卒，悬为厉禁，臣等岂敢私蓄家丁？"

"莫非连平日的使役之人都没有？"

"使役杂佐，如何能当贼锋？"

语气竟是在质问皇帝了。

不过皇帝并不责怪，只在心中懊悔，拒绝南迁，已经铸成大错，如今连太子南下亦不可得，太祖高皇帝手创的天下，真正要毁到自己手里了！

默叹有顷，皇帝犹有所系地问："事到如今，你们再替朕筹划筹划看，还有何良策，可解眼前之危？"

思虑片刻，刘文炳慨然答道："圣天子百神呵护，皇上安危，自当无虞。万一闯贼破城，臣等拼死护驾，誓与贼兵巷战周旋，继之以死！"

这算什么良策！皇帝内心只有苦笑，长长地叹了口气："你们下去吧。待朕另想办法。"

两位勋戚走后，皇帝有点儿累了，想歇息一会儿。转身进入昭仁殿，正待跨上卧榻，一眼看到殿壁南墙上悬挂的两口宝剑。

皇帝去年春天盘查大内库藏时，在专储兵仗甲械的戊字库里，发现一具赤砂漆匣，积年尘土，有半尺多厚。皇帝好奇，命人打开，才知道是两口上好的古剑。询之宫中老年宦官，说宫内相传，是成祖文皇帝北征朔漠时常佩的利器，出自江南的良匠之手，一雌一雄，名贵非凡，皇帝爱不释手，命宦官打理干净，挂在寝宫的墙壁上，闲来把玩。

"王承恩！"皇帝一看到宝剑，倦意顿消，高声向外呼唤。

时时不离左右的王承恩立刻趋进殿中："万岁爷有何吩咐？"

"取剑来看！"

王承恩小心翼翼地把两口宝剑取了下来，捧到条几之上，顺手用马尾拂尘拂去了剑鞘上的浮尘。

皇帝褪去朝服，露出一身窄袖湖蓝裌衫，左手拿起雄剑，右手握柄，拔剑出鞘。铮然一声脆响，光澈秋水，寒气逼人，吓得王承恩连连倒退了两步："万岁爷！不……不可！"

"去！伺候笔墨，朕要下诏亲征！"说着舞动剑花，昭仁殿内，一片寒光乱闪。

待到王承恩预备好了笔墨，皇帝收剑在手，凝神细看，霜刃如镜，亮可鉴人，一边连称"好剑！好剑！"一边来到御案前面，左手提剑，右手悬笔，悲愤而不失豪气地写道：

朕以渺躬，上承祖宗之丕业，下抚亿兆之子民，十有七年于兹。

政不加修，祸乱日至。民心积怨，赤子化为盗贼；陵寝震惊，亲王惨遭凌辱。国家之耻莫大于此，朕今亲率六师以往。告尔臣民，有能奋发忠勇，或助粮草骡马者，悉诣军前听用，以歼丑逆。分茅胙土之赏，决不食言。

　　钦此！

　　写完之后，把朱笔一掷："备辇！"

　　王承恩躬身问道："万岁爷要去哪儿？"

　　"文华殿！速召全体阁臣来见！"

　　王承恩出宫招来几个御前宦官，迅速做了吩咐。皇帝持剑登辇，王承恩捧着墨迹未干的亲征诏书，随同来到文华殿。

　　刚刚坐下，魏藻德带领全部阁臣进殿。一看皇帝，手提利刃，面凝杀气，个个吓得噤若寒蝉。

　　待到见过常礼，皇帝把头一摆："王承恩，替朕宣读谕旨！"

　　王承恩走到御前正中，把亲征诏书读了一遍，然后递给魏藻德。

　　魏藻德接过谕旨，匆匆看了一遍，转身向宫外招招手，过来一个内阁役员。这是例行的手续，役员奉命后要立刻回到内阁值房分人抄写，然后钤盖御宝，张贴到承天门外，以昭示天下。

　　这道手续做完，皇帝气力十足地说话了："朕要率师亲征，你们看，如何调配城中的兵力？"

　　话音刚落，听得城外四周隆隆炮响。有几发炮弹似乎就落在紫禁城附近，震得文华殿微微颤动。

　　坏了！皇帝心中明白，申时已到，闯贼开始攻城了！

　　条件反射的作用下，皇帝忘却仪制，手里提着宝剑，疾步出殿，向四周张望。但见四周天空，火光闪耀，硝烟弥漫，宫内的宦官宫女，呼啸乱窜，往日天家宫阙的雍容肃穆，被这一阵乱炮轰得荡然无存，真正"国家之耻莫大于此"！

　　看了有两刻钟的样子，炮声渐稀，但西面的西直门、阜成门和广安门一侧隐隐传来了杀伐之声。皇帝气丧神沮，以剑驻地，刚刚鼓起来的那一股血气之勇，此时一泄无余。

　　诸阁臣一直陪侍在皇帝的身后，个个以目传意，暗暗叹气，谁也不知道该怎样做才好。

就这时候，听得南边不远处一阵喧哗吵闹之声。循声而望，看到是几个宫内宦官正在和李国桢扯扯拽拽，似乎是要阻挡李国桢不让他过来。

渐扯渐近，听见李国桢怒声呵斥："现在都什么时候了，君臣相见，还能再有几次？"

跟跟跄跄，李国桢终于摆脱了纠缠，一路脚不点地的奔到殿前，扑通一声，跪倒在殿陛之下："皇上、皇上！外城陷落了！"

皇帝木然兀立，毫无表情。魏藻德走前两步，大声喝问："怎么回事？详细向皇上奏报！"

李国桢大口大口地喘气："曹化淳……曹化淳……"

"曹化淳怎么啦？"魏藻德再次喝问。

"曹化淳打开了广安门！"

"曹化淳打开了广安门？他要干什么？"魏藻德迷惑不解地问。

李国桢喘息稍定，才能把话说得比较清楚："曹化淳打开广安门投降了闯贼。现在贼兵已经涌进外城，正在攻打内城前三门！"

皇帝趔趔趄趄，眼看着站立不稳了。

诸阁臣急忙把皇帝扶到殿内。走到御案前，齐齐止步，再往前走，就是"僭越"，掉脑袋的罪名，谁也不敢造次，只好把皇帝交给王承恩。王承恩指挥几个御前宦官，把颤巍巍的皇帝扶上了龙椅。

"曹化淳投贼了？"缓过神来，皇帝幽幽发问，是仍然不太相信的表情。

李国桢刚跟进殿来，一身戎装，几天都没脱换过，土头灰脸，汗透重衣，听得皇帝发问，立刻跪伏在地："是，曹化淳打开广安门，向闯贼投降了！"

皇帝突然站起，手提宝剑，绕殿环走，一边走，一边仰面呼号："天乎！天乎！曹化淳，他，他投贼了……"

别人投贼，犹有可说。万万没有想到，跟随自己二十多年的贴身家奴居然也背叛了自己！皇帝紧握剑柄，望空咄咄，想象着如果曹化淳站在他的面前，怎么能一剑把他的脑袋砍掉。

诸阁臣全都匍匐下来，魏藻德嘴里不断地说："皇上息怒，皇上息怒。"

297

皇帝停下脚步，剑指群臣："事已至此，你们说，该出何策？"

诸臣都不说话，魏藻德只好回答："皇上之福，自当无虑。如其不利，臣等巷战，誓不负国。"

这简直和刘文炳说得一模一样！皇帝失望地摇了摇头，极其厌恶地说："这有何用！"

突然有人跪倒在皇帝面前，双手搂着皇帝的大腿，是御前宦官张殷。众人一看，暗暗吃惊，都不知道他要干什么，然而欲阻已迟，只好冷眼旁观。

张殷抬起头，极为诚恳地说："万岁爷不必忧虑，奴婢有一良策在此。"

"嗯？"皇帝愕然，没想到群臣束手之际，倒是家奴能拿主意，"快说，是何良策？"

"等到闯贼打进宫来，万岁爷只要投降就没有事了！"

皇帝气得血脉偾张，对准张殷的胸口，一剑穿心。张殷连哼一声都没来得及，扑通倒地，立时气绝。

殿堂杀人，说来死于天子剑下，此诚千古未闻之事！群臣瑟瑟，伏地发抖，没有人敢大声出气。

皇帝撇开众人，提剑出殿，头也不回地往后宫疾走。

皇帝一走，诸臣退殿，一路上只是摇头叹气。刚走出午门，看到吴麟征单骑驰来。魏藻德迎了上去："来玉，如此仓促，所为何事？"

吴麟征跳下马来："贼兵攻打甚急，西直门快要守不住了。我要进宫面奏皇上。"

魏藻德双臂一张，挡住了吴麟征："各处城守俱已调度妥当，不必如此慌张。"

吴麟征莫名其妙："阁老，我要面圣，为何阻拦？"

"皇上刚刚歇下，连我都退值了。现在不是面圣的时候。去吧、去吧，快去守城要紧！"说着连拉带扯，把吴麟征重新弄上马背，狠狠地朝马屁股上踹了一脚，骏马负疼，狂奔而去。

回到乾清宫，皇帝把宝剑朝御案上一扔："备酒！"

皇帝平时不喝酒，乾清宫的管事太监叫王之俊，闻命一愣，但随即高声应诺："是！"亲自跑到御膳房去做安排。

天家御厨，日夜灶火不断。不过片刻，十几个宦官各捧亮漆食盒，整整齐齐排成两队，随着王之俊依次进入乾清宫，六盘八碗，摆放到昭仁殿前临时安置好的食案上，另有两壶宫酿的"秋露"和一只纯金雕花、称为"爵"的大酒杯。

"王承恩，"皇帝吩咐，"去把三个哥儿都叫过来！"

"哥儿"是宫中长辈对皇子的昵称，下人则应称之为"小爷"。"三个哥儿"指的是皇太子慈烺、定王慈炯和永王慈炤。

太子住在钟粹宫，王承恩去的时候，正好定、永二王在陪着太子玩耍。钟粹宫的管事太监叫栗宗周，王承恩把皇帝宣召的事做了转述，栗宗周很快把太子的装束穿戴整齐，顺手也把二王的衣饰整理了一下。三个少年，童心尚炽，听说父皇召见，蹦蹦跳跳地跟着两个"伴伴"来到乾清宫——皇子皇女称照顾起居的宦官为伴伴。

皇帝正在自斟自饮，一看三个儿子进来，放下酒杯，双眉一皱："栗宗周，快给三个哥儿更衣！"

"更衣？"

"更换成平民装束！"

栗宗周才明白，皇子扮平民，这是要逃难了！鼻子一酸，退出宫来，盲无目的地跟跄乱走。三个龙子，生下来就锦衣玉食，上哪里去找合适的平民装束？走了几步，突然想起，宫中年少小宦官的衣服都是在"浣衣局"洗晒，何不去弄它几件回来复命？

浣衣局在大内之外、皇城西北的浆房胡同。栗宗周大步流星，穿过月华门，到御膳房的南库套了一辆采买骡车，连连加鞭，出玄武门，直奔浣衣局，顾不上尺寸合适不合适，凭着感觉，专拣破旧土布的往车上扔。

一车拉回来一大捆，在王承恩和王之俊的帮助下，脱的脱，穿的穿，不大一会儿，龙子变虾仔：黄锦袜换成了白布袜，贡缎履换成了青布鞋，下身靛蓝絮棉裤，上身紫花布裌褡，脖子上再配以皂色土布巾，完全是市井之中半桩子顽童的打扮。

皇帝把太子搂在怀中，左手牵着定王，右手拉着永王，悲从中来，恸哭失声。一边哭，一边泣不成声地絮絮交代："你们现在是太子，是亲王，一旦破城，就是小民。各自逃生去吧，不必恋我。我没有脸去地下见祖宗，只有以死殉社稷！出宫以后，你们千万要谨慎小心，碰见当官的，年龄大的要呼为老爷，年龄小的要呼为相公；对文人要称先生，对军士要叫军爷……"

谆谆叮咛，不惮琐细。说完之后，立起身来，往后退了几步，细细打量着三个骨肉，目光里慈爱、悔恨，歉疚、疼怜，种种为人之父的复杂情感交织涌现。三个儿子仿佛也感到了立刻要有极不幸的大事发生，一起拥了上来，抱定父皇，呜呜哀泣。宫里的所有宦官和宫女，受此情绪感染，也顾不上平日的规矩了，跟着皇帝、太子和二王，索性和声悲鸣，一时间号哭之声，响彻披庭。

此时生离，转瞬即成死别，万难割舍，而又不得不忍痛割舍！皇帝突然仰面高呼："你们为何不幸生在我家？"说完泪如雨下，呜咽得站都站不稳了。

王承恩擦擦泪，赶紧把皇帝扶到食案前坐下。"万岁爷，"他说，"奴婢以为，三位小爷此刻该到坤宁宫去一趟。"

这个建议很有道理，坤宁宫是皇后的寝宫，皇子逃难，理应去辞别母后。皇帝点点头，挥了挥手："去吧！栗宗周，你带他们去看看皇后。"

三个儿子走后，皇帝吩咐王之俊再去取来一只金杯。

"王承恩！"

"奴婢在！"

"陪朕饮酒！"

"是！奴婢量浅。万岁爷平日也不喝酒，少喝一点儿，千万别伤了龙体。"

"什么话！今宵一醉，朕明日就要弃天下！"

王承恩不敢多说，连连给皇帝斟酒，主仆二人，酒到杯干。一口气喝了几大觥，皇帝突然想起了什么："快，伺候笔墨！"

王承恩赶紧走到御案前，按照皇帝平日书写的习惯，笔墨纸砚，铺摆整齐。

皇帝端着大金爵过来，呷了一口酒，也不坐下，提笔疾书：

> 命朱纯臣提督内外诸军事，夹辅东宫。
> 钦此！

300　　　朱纯臣是永乐朝勋臣朱能的后裔，朱能当年追随成祖文皇帝，在"靖难之役"中屡立战功，敕封"成国公"，朱能殁后，爵位不替，由其子孙世世承袭，到了朱纯臣这一辈，已经是第十二代成国公了。这位成国公，颇受皇帝倚重，眼下正奉旨在督守朝阳门，而此时皇帝谕以"夹辅东宫"，显然是把他视为托孤重臣了。

　　写完这道谕旨，皇帝略作思索，振笔再书：

　　　　谕内阁：百官俱赴东宫行在。

　　钦此！

　　"王之俊！"皇帝高喊。

　　王之俊和另外几个小宦官都在乾清宫外候命，听得呼唤，应声而入："万岁爷有何吩咐？"

　　"你派个人到内阁值房，把这两道谕旨传喻全体阁臣知道！"

　　"是！"王之俊拿了谕旨，出门唤来一个机灵的小宦官，把皇帝的意思如实做了转述。小宦官捧了谕旨，匆匆跑到内阁。内阁房门洞开，空空荡荡，阒无一人。小宦官犹豫了一下，胡乱把谕旨朝一张桌子上一丢，转身就走，也不回乾清宫复命了，径直趋出东华门，溜之大吉。

　　申时已过，进入酉时，是西洋计时傍晚五点多了，皇帝又喝了几口酒，对外高喊："来人！"

　　王之俊进门。皇帝吩咐："备马！要两乘！"

　　过了一会儿，王之俊回来复命："万岁爷，御马备齐，不知要多少人护驾？"

　　皇帝不理王之俊，从御案上拿起宝剑，插入剑鞘，往腰间一佩，对王承恩说："走，到后面看看去。"

　　出宫门，下丹陛，跨上神俊非凡的白龙驹，主仆二人往北径出玄武门。玄武门是大内的后门，再往北走是北苑，宫中称为"内苑"。内苑有一座人工垒起的土山，叫作"万岁山"，由于此山曾经是元朝宫内的储煤之地，所以俗称"煤山"。

　　山前驻马，王承恩搀扶着皇帝拾阶而上，登到煤山极顶的寿皇亭前，皇帝已经累得气喘吁吁。身边有一株歪枝斜杈的海棠树，皇帝身倚树干，一边喘气，一边四下张望。

　　煤山是京城的最高处，登临纵目，寥廓城厢，一览无余。天色已经擦黑儿，内城之内，路断人稀，空荡荡的，而内城之外却是火烛冲天，环城九门，延绵几十里，密密匝匝地全是贼兵营帐。此时虽无炮火和杀伐之声，但贼兵之众，加以战马的嘶鸣之声此起彼伏，其势足以慑人心魄。

皇帝知道，现在贼兵正在造饭歇息，一旦发起攻击，必是排山倒海之势、雷霆万钧之力。以城中之空虚，要想挽既倒之狂澜，不啻痴人说梦！

晚了！皇帝在心中说，现在即使王永吉的援兵赶到，也难杀透闯贼重围以解京师之危了！皇帝很后悔，上月十二日议撤宁远，王永吉主动陈请，吴麟征力赞此议，都为陈演"一寸山河一寸金"的谰言阻挠，使自己裁断失误。如果当时果断放弃宁远，召吴三桂西拒闯贼于居庸关，则宁远健儿，所向无敌，必能阻贼兵于京师之外。只要吴三桂与贼相持半月，史可法勤王之师赶来，敌我易势，大局何致糜烂至此？

思绪翻涌之际，很奇怪地，皇帝想起了袁崇焕。

崇祯二年，虏酋皇太极亲率十万清兵打到广渠门外，京师戒严，危在旦夕。那一次皇帝也曾登上此处瞭望。其时督师辽东的袁崇焕一闻敌警，不待皇帝诏命，立刻带领锦州总兵祖大寿，率骑五万，从关外宁远，三天疾驰九百里，到了都门，人不离马，马不饲食，枵腹血战一昼夜，京师危亡，为之立解。然而半年之后，皇帝却听信谗言，以"袁崇焕咐托不效，专恃欺隐，纵敌长驱，顿兵不战"的莫名其妙罪名，磔杀名臣于西市。

"莫非当年错杀了袁崇焕？"皇帝在心里自己问自己。国难思良将，如今哪里再去找袁崇焕这样的国之干城？

观望逾时，有点儿发冷。"万岁爷请回宫吧。"王承恩劝驾了。

"唉，苦我百姓了！"皇帝长叹一声，扶着王承恩的肩臂，颓唐下山。

进了玄武门，再往南走一会儿就看到了坤宁宫。"看看皇后去！"皇帝说。

王承恩扶皇帝下马，主仆二人，跨入宫门。

坤宁宫里正乱作一团，皇后、袁贵妃、太子、定、永二王和长平公主都在，皇后的眼睛都哭肿了。皇帝一进门，把腰间的宝剑解掉，往案子上一摔，厉声高喝："哥儿为何还不快走？"

慌乱之际，皇后不失常礼，率领袁妃、皇子皇女和宫内的全部侍女环跪迎驾。"是臣妾想和哥儿多说会儿话，不怨别人。"皇后说。

"起来、起来，"皇帝见了皇后是有愧疚感的，吩咐侍女，"快扶皇后起来！"

皇后一起，宫内所有的人才敢跟着起身。

"栗宗周！"皇帝喊。

侍立在太子身边的栗宗周立刻应声："奴婢在！"

"快送哥儿出宫！"

没等栗宗周应命，扑通一声，皇后又跪到了皇帝面前："皇上要送哥儿到哪里去？"

"朕已命朱纯臣夹辅东宫，就送到成国公府去！"

"皇上，请听臣妾一言。三个哥儿，都是朱家骨肉。贼兵势大，破城之后搜索宫门府第在所难免。如果三个哥儿藏匿在一处，万一被贼兵同时搜出，加以戕害，就会皇嗣断绝。到那时，皇上如何对得起二祖列宗？"

皇帝悚然一惊，这一层倒不能不虑！"也罢！"皇帝一边亲手将皇后扶起，一边交代栗宗周，"太子送往成国公府，定、永二王就送到周府吧。"周府指的是周皇亲府邸，亦即皇帝的岳家、皇后的母家。

此一去便是死别！皇后搂定太子和定王，抚背大恸。太子为皇后所出，骨肉连心，定王是田贵妃所出，田妃死后，皇后把定王接养在坤宁宫，情感自是不同。袁妃则抱住亲子永王，连吻带哭，分不清哪是泪水，哪是唾液了。满庭宫女，无不垂泪，皇帝纵然铁石心肠，亦不能不受此情绪感染，频频以袖挥泪，按着太子的肩膀，泣涕连声地说："哥儿啊，记住今日之耻，有朝一日，一定要给父母报仇！"说完一跺脚，对着栗宗周挥挥手。

千拽万扯，栗宗周才把三个小爷从皇后和袁妃的手中挣脱，凄凄惶惶，指挥着三位皇子给皇帝和皇后磕了个头，然后转身相偕，出宫而去。

"酒来！"皇帝高喊。

坤宁宫自有膳厨。贴身宫女费珍娥应命而出，不一会儿带了几名杂役宫女进来，摆盘子、打碗盖，一壶御酒，三只金杯，铺设停当后，杂役宫女肃身而退，费珍娥端壶斟酒，然后与其余宫女侍立一旁。

帝、后对坐，袁妃陪侍。皇帝举杯，一饮而尽，对一后一妃说："你们俩各饮一杯，我有话说。"

后、妃应命，很勉强地各饮了一杯，而皇帝却令费珍娥频频斟酒，连着又喝了几大杯。

"大势去矣！"皇帝放下酒杯，双泪滚滚而下。皇后和袁妃只有陪着流泪。见此情景，费珍娥带领所有宫女环跪在帝后周围，失声哀哭。

王承恩大喝一声："都什么时候了，还惹万岁爷烦心！"

诸宫女立时止声，抬头看着皇帝。皇帝叹口气，背过脸去，把手一挥："你们各自为计吧！"

得此一语，如蒙大赦，除了费珍娥，其余宫女分别给皇帝和皇后磕了头，躬身后退，涌出宫门。

坤宁宫只剩下王承恩和费珍娥在侍奉。皇帝又喝了两杯酒，再次叹息："苦我百姓了！"

一阵沉默，皇帝欲语不忍的样子。突然，皇帝仰脖喝了一大口酒，把金杯往食案上一磕，双目倏张，对着皇后厉声喝道："你是国母，临难当死！"

"哇——"的一声悲号，不是皇后，而是袁妃。随着号叫声，袁妃起身就跑，小脚丽女，却又跑得不快。皇帝抽出宝剑，几步跟上，扯住袁妃的袍襟，一推倒地："你也当死！不能落入贼手，坏了皇家的体面！"

袁妃吓得也不敢哭了，只趴在地上，引颈待决。

王承恩赶紧伏地碰了个头："贵妃娘娘深明大义，绝不甘落入贼手，任贼蹂躏。万岁爷，奴婢的意思，请贵妃娘娘自裁吧。"

皇帝悬起的宝剑垂了下来，鼻子哼了一声，意思是同意了王承恩的请求。

王承恩使个眼色，费珍娥立刻上来，扶起袁贵妃，一路歪斜地走向西殿——和乾清宫一样，坤宁宫的东西两边也各有一个耳殿，不过没有专门的殿名，宫中习惯，把东边的称为"东殿"，东殿是皇后的寝居之所，西殿则平时空闲，皇后偶尔与妃嫔宫女在此打牌消遣。袁妃自有寝宫，是坤宁宫西边的翊坤宫，但王承恩示意让袁贵妃在中宫的西殿毕命，是看出了袁贵妃恋生之意甚浓，怕她回到自己的寝宫别生枝节。

皇后极其镇静，看着眼前发生的这一切，毫无惊惧之感。待袁贵妃进入西殿，她节奏不乱地盈盈伏地，给皇帝施了礼。礼毕起身，看着皇帝的脸说："臣妾与皇上同出藩邸，侍奉皇上十八年，皇上从不听臣妾一语，落得今日结局。"语气轻婉，怨而不哀。说完从容不迫，走向东殿，丝毫不失平日的国母风度。

这就是皇帝最感疚愧的地方，诀别之言，句句刺心。皇后祖籍江南苏州府而寄籍京师顺天府大兴县，自幼娴于典籍，曾通读过二十一史，对历代治乱得失很有心得，才堪相夫，足可像太祖马皇后那样，拾遗补缺，匡正厥失，助皇帝一臂之力。然而本朝制度，后宫不得干预政事，德才兼备的皇后只能抑其才而扬其德，布衣粗食，表率六宫，是要从另一个方面协理皇帝共赴时艰。因此皇帝对皇后的敬重之心大于爱怜之意，与对其他妃嫔相比，是另眼看待的。上月初，皇帝散朝后来到坤宁宫，谈起贼兵西犯，京师空虚，言语间是忧心忡忡，一筹莫展的样子，皇后破例地"干预"了一次政事："皇上，我们在南边还有个家。"这当然是劝喻皇帝迁都南京，再图恢复，与李明睿的献议不谋而合。以深宫妇人，而有此谋国良策，则其才具胜过那些昏昏伴食的朝臣多矣！可是皇帝当时嘿然无语，心是其言，却善善不用。此时想来，朝中文臣不足信，边关武将不足恃，连二十多年来倚畀甚深的亲信太监曹化淳都背叛了自己，但甘苦与共而素所敬重的皇后之言岂可不听？拒良言而不纳，失机误国，祸及爱侣，真正愧对皇后！

皇后一走，皇帝独自闷头喝酒，一口气又喝了几大觥，脑袋沉沉地有点儿发涨了。咣——，金杯摔在地上，皇帝提起宝剑，直奔西殿。

西殿之内，袁妃并不想死，在费珍娥的搀扶下，解开腰间锦带，在殿柱上故意打了个活结，以颈投缳，身子一沉，锦带顺着殿柱滑了下来。袁妃顺势倒地，瞑目装死。费珍娥跪在一旁，不知所措之际，皇帝浑身酒气地跨了进来，一见此状，挥剑劈面就砍。袁妃护疼，撕心裂肺地嗷然惨叫。然而不叫还好，一叫激怒得皇帝火冲顶门，恨她不能为国捐躯而留得艳身供贼淫乐，于是对着袁妃挥剑乱砍，必欲置之死命而后已。

砍得手臂发酸，皇帝浑身软颤，一点儿力气也没有了，倚柱喘息，好大一会儿才缓过劲来，步履蹒跚，摇摇晃晃地走进东殿。

东殿里面，皇后已经气绝。一条白绫，从殿梁上坠下，皇后颈系绫缳，五体下垂，脚下一方矮凳已被踢翻。看得出这一切都不是仓促间所能完成的，必是皇后早萌死志，事先已经做好了自经的准备。

"死得好！死得好！"皇帝高声大叫，趔趄出殿。

一出殿门，看到费珍娥抹着眼泪从西殿出来。皇帝用剑指着费珍娥吩咐："你去慈宁宫奏报，就说皇后已经殉国，要皇太后早做决断，不可坏了皇家体面！"

"皇太后"就是太康伯张国纪之女、先帝熹宗的张皇后。皇太后例住大内西侧的慈宁宫。张太后是河南开封府祥符县人，十三岁选入东宫，为太子妃。次年光宗崩，太子嗣位，是为熹宗。熹宗既立，改元天启，册张妃为皇后。天启七年八月熹宗崩，年仅二十一岁的皇后就成了皇太后。孀居慈宁宫十七年，无儿无女，日日以泪洗面，今天格于祖制家法，也要为大明朝以死相殉了。

费珍娥领命，前往慈宁宫传旨。皇帝亦欲出宫，转身发现宫内正中一个华服少女坐在地上嘤嘤抽泣。皇帝提剑走来，定睛细看，竟是长平公主！长平公主十六岁，是皇后的一个侍女所出，比太子晚生一个月，刚生下来，这个侍女便产后崩漏而亡，从此长平公主就由皇后抚养在中宫，与太子总角相伴，一块儿长大，去年已经选定了驸马，而以国事丛脞，尚未完婚，所以仍然陪伺着皇后住在坤宁宫。

金枝玉叶，更不能留给乱贼糟蹋！皇帝泪盈满眶地指着长平公主："你为何生在我家？"说完觑准公主，以左袖掩面，右手一剑挥了下去。公主本能地伸臂一挡，剑刃如风，齐茬茬地，左肩以下，连骨带肉，整个一条胳膊被砍断在地。

皇帝一看，公主仆卧抽搐，并未气绝，欲待举剑再砍，手却无论如何也抬不起来了。毕竟亲生骨肉，虎毒尚且不食子，皇帝手臂乱颤，一丝怜意，油然而生，恨恨地跺一跺脚，负剑疾出坤宁宫。

乱步南行，过了交泰殿，又进乾清宫，侧身跨入昭仁殿。一个垂髫小丫，连蹦带跳地迎了上来，是小公主。小公主年甫五岁，为袁贵妃所出，生得娇憨可人，极受皇帝宠爱，两岁时以寝殿为号，封为"昭仁公主"。这几年皇帝忧劳国事，愁眉不展，而每当来到后宫，昭仁公主依依膝下，戏弄逗耍，便能使皇帝忘忧一笑。此时昭仁公主一脸稚气，"爹爹，爹爹！"边喊边跑，是见了慈父，急于要得到爱抚的欢快样子。

"不能留给贼寇！"皇帝并未因醉酒而失去理智，恰恰相反，此时皇帝极其清醒，在他的观念意识中，特以爱之深，反不能以爱资敌。皇后为他所敬，袁妃为他所宠，公主为他所爱，倘若沦入敌手，必遭贼寇奸辱，这是与辱及祖宗相等的莫大奇耻！堂堂天子，七尺男儿，万乘之躯不足自惜，千古之羞岂能蒙受？因此，皇帝眼睛紧闭，迎着张臂欢跳过来的小公主，一剑刺出，正中心窝。小公主笑容犹绽，就糊里糊涂地去了另一个世界。

手刃昭仁公主，皇帝自觉了却了一桩心事，接着要做一件古来神圣天子临危不苟的壮举。

"王之俊！"皇帝把剑一扔，连声高喊。

王之俊正在宫外廊下，和一大群宦官窃窃议论，说万岁爷动刀杀人了。听得皇帝呼声甚急，飞步跑进宫内，来不及施礼，连声答应："奴婢来了，奴婢来了。"

"你把内宫侍卫全部召齐，带上兵器。去，快去预备！"

王承恩牵着两匹御马，刚从坤宁宫赶过来，不知皇帝此时为何要召集内侍，近身问道："万岁爷可是要到皇城外避一避？"

"胡说！朕为天子，岂能避贼？——拿朕的三眼枪来！"

三眼枪挂在东边的弘德殿。王承恩匆匆取来，擦拭干净，双手呈给皇帝。

三眼枪就是三筒火铳，三支铳筒呈"品"字形聚列，可从前膛同时装入子药，分别点燃引线，三管可轮替发射，射程远达一里之外。这支三眼枪，是崇祯七年任钦天监监正的德国传教士汤若望献给皇帝的礼物。皇帝曾携此枪到南苑校猎，一枪殪毙一头壮硕的雄鹿，引得禁军将士纷纷伏地，高呼万岁。

手握利器，顿增男儿胆略。三十四岁的皇帝，纵然殉国，也要死得轰轰烈烈！马上血拼，贼中肉搏，就算不能灭十万凶寇于都门，也要血溅城阙，以谢天下，决不可选择上吊自裁那类窝窝囊囊的死法！

"王承恩！"皇帝等得不耐烦了，就着食桌残席，连喝几大口酒，把金爵一摔，高声呼唤。

"来了，来了。"王承恩最了解皇帝的心思，知道皇帝为何着急，"乾清门外已有烛光，必是王之俊带了人马，正在外廷候命。"

"好！随朕出征，杀出朝阳门！"皇帝意气豪迈地大喊。

"万岁爷……"王承恩欲言又止。

"嗯？有话快说！"

"奴婢请万岁爷更衣。"

"为何更衣？"

"万乘天子，亲陷敌阵，必为众矢之的。奴婢以为，趁敌不备，以更衣出击为宜。"

就这一句话，挫去了皇帝一半锐气。听似语意不明，其实是揣摩透了皇帝的心思。不想窝窝囊囊地死去，固然是皇帝的真实想法，但说"杀出朝阳门"，王承恩心里最清楚，这是皇帝怀了一份侥幸逃生的念头。因为刚才天擦黑儿登上万岁山时，皇帝明明看到闯贼的兵力主要部署在西面和南面两侧，东、北两侧则相对薄弱。朝阳门是内城东侧的第一门。如说寻贼拼命，就该到西面贼兵蚁聚的西直门、阜成门，或者南面的前三门，何以舍此不取，反要"杀出"东侧贼兵不多的朝阳门？此非逃命而何？王承恩出语婉转，却真正看透了皇帝的心思。

"趁敌不备"的说法打动了皇帝。趁敌不备，才有逃生之望。"好、好！

看朕布衣临敌，与闯贼拼个死活！"皇帝心许王承恩的体贴和识窍，嘴上却要表示出豪气不减。

王承恩立刻脱下自己的靴子，俯身换到皇帝脚上，然后跑进东边的弘德殿，那里有他自己平时放置的执役服饰，胡乱拉了几件过来，很快替皇帝脱换停当。皇帝一身太监服，在王承恩的扶持下出了乾清宫。

乾清宫南面是乾清门。紫禁城以乾清门为界，分为两个区域：乾清门以北称为"内宫"，百官止步，非奉特召，不得入内。乾清门以南则是"外廷"，皇宫内眷，禁止逾越，此为本朝壁垒分明的一条严格规定。

皇帝手持三眼枪，跨上白龙驹，和王承恩策马驰向乾清门。走到半道，王之俊单骑奔来，马背上哈腰施礼："启奏万岁爷，集得内侍兵五十名，都在外廷恭候圣命！"

皇帝朗声宣谕："朕要出朝阳门与贼厮杀，着内侍兵护驾！"

五十几个宦官，秉烛持斧，簇拥着皇帝，从乾清门往东出景运门，顺着景运门外的箭厅马道往南直奔午门。午门是大内正门，也是紫禁城与皇城的分界，门禁森严，例于下午酉时百官散值后锁闭，没有特故，要到第二天黎明卯时才能开启。此时的门卫禁军首领见有乱马驰来，吓了一跳，立刻指挥二十几个门军持戟逼视："大胆！什么人半夜擅闯宫门？"

王之俊厉声高喝："圣驾出行，快快开门！"

皇帝身居九重，门军平时也无缘一睹天颜，但王之俊是乾清宫的管事太监，却是大内无人不晓的。于是门卫禁军首领急急忙忙，指挥门军开启了大门，然后肃立两侧，目送圣驾南去。

穿越端门，再出承天门，沿着皇城外墙东行北拐，来到东四。从东四一直往东，快马加鞭，直奔朝阳门。

夜半子时，是西洋计时十一点多了。城外并无战事，阒寂的朝内大街上，突然马蹄杂沓，守城的军目立刻紧张起来，以为是城里发生了变乱，迅速命令守兵将一门大炮反转过来，对准了朝阳门内的城门之下。待到火烛蹄声渐近，守城军目放吭断喝："站住！"

仍然是王之俊策马上前："城上的人快下来！天子出征，都来护驾！"

"拿腰牌来！"

腰牌？王之俊傻眼了。腰牌是兵部颁发的通行证。战乱时刻，没有腰牌，守城军目自然不能听命。然而，天子出行，又何须兵部的腰牌？无奈军中只听将令，不奉天子诏，这位守城军目大约是从戏文里听过汉代周亚夫屯兵细柳营的故事的："没有腰牌就是乱命，快快退去！"

急中生智，王之俊高声喝令："天子在此，不得无礼！快叫成国公出来答话！"

"成国公今夜歇值，早就回府了！"

成国公就是皇帝谕令督守朝阳门的朱纯臣。大兵临城，竟然擅离汛地！皇帝怒不可遏，亲自策马上前，要面令守军开门。

轰——！一声炮响，惊天动地。皇帝勒马急停，差点儿没摔下来，而身后的宦官有两个却已经翻身落马了。

幸亏是临时架设，炮口并未对准，因而皇帝和随从都无伤亡。但万乘天子，自小养在深宫，咫尺之遥，亲闻炮火，自出娘胎以来还是第一次。这一炮震得皇帝头昏耳鸣，半天不辨西东，"亲征"的豪气，随着炮火硝烟，化为乌有，此时哪里还顾得上天子的威严？勒转马头，伏鞍疾走。王承恩和王之俊一左一右，赶了上来。跑了一会儿，皇帝仍不死心，他看得出来，趁着外面贼兵睡觉，悄悄打开城门，说不定真能死里逃生。于是边跑边问："王承恩，成国公府你可曾去过？"

"是，奴婢去过。"

"在哪里？"

"就在东华门对面南河沿大街的适景园。"

"走！随朕前往南河沿！"

前往南河沿自然是要找朱纯臣，找朱纯臣自然是要他亲自下令打开城门逃生。君臣一行顺着东长安大街直奔南河沿。从南口进去，远远地就看到了一所大宅门前高高挑起的两盏大红灯笼，灯笼上乌光黑亮的大字特别醒目，一盏写着"适景园"，另一盏写着"成国公府"。皇帝驻马，群阉环侍，王承恩下马叫门。

锃亮的白铜门环叩击有声，好半天才开了一道门缝，司阍老苍头探出来半个脑袋，瓮声瓮气，就像训斥市井无赖："半夜三更跑到这里来聒噪，是谁家的小兔崽子不想活了？"

王承恩气得想狠狠甩他一巴掌："万岁爷在此，快叫朱纯臣出来接驾！"

皇帝半夜闯民居？这在司阍老苍头听来简直就是海外奇谈："小子哎，胆子不小，敢到国公爷府上冒充万岁爷！幸亏遇到我，嘿嘿，算你造化！我家老爷去赴宴还没回来，要不然，他老人家一犯脾气，准叫家丁把你小子捆起来，扔到永定河里喂王八——滚！换个地方玩儿去！"说完咣当一声，锁闭了大门。

皇帝欲进不能，欲罢不甘。正犹豫间，外城四周传来了阵阵炮响——是刚才朝阳门那一炮，招引得闯贼报复性还击。炮声虽不密集，但也火光冲天，刺鼻的硝烟处处可闻，有几处民居被炸起火，街巷里显出了一阵骚乱。

"这里危险。万岁爷请回宫吧。"王承恩和王之俊同时劝驾。

"唉！"皇帝一声叹息，心里感慨万端：圣天子威严四海，也不过在九重宫阙之内。一出宫门，失去了仪制的屏护，便如龙卧浅滩，任凭司阍下人戏弄辱骂，亦只能听之任之，莫可奈何了。

于是循原路出南河沿大街，往西再奔承天门。炮声一停，更鼓又起。四声鼓点，间歇传来。大明崇祯十七年三月十八日已经结束，照西洋的计时，现在是十九日的开始——半夜一点整。一行人垂头丧气，信马由缰来到承天门。承天门南边是大明门，大明门外边是棋盘街。皇帝仍不甘心，策马出了大明门，毫无目的地在棋盘街上逡巡徘徊。

大明门东侧有一条极狭窄的小胡同，称为"白家巷"。皇帝在白家巷口驻马环顾，待到目光移向南边时，突然号叫一声，凄惨狞厉，闻之者无不毛骨悚然。随着号叫声，皇帝频频夹马，仓皇疾驰。五十多个宦官，包括王之俊在内都莫名其妙，不知道皇帝为何如此惊恐，但也只能打马紧随，匆匆奔进大明门。

只有王承恩知道，皇帝刚才看到了正阳门城楼上的白色信灯，三盏齐亮！

林奎成/著

甲申風雲

中

作家出版社

目　录

21

大明崇祯十七年三月十九日

大顺永昌元年三月十九日

大内易主

五更过后，天已微亮，除了西直门以外，其余内城八门，次第洞开。首先进城的大顺士兵从各个城门的马道涌上城墙。守城的士民市夫早已溜得光光，近畿的军兵和五城兵马司的逻卒也把军服反穿过来，有的加入了抢占城头的大顺士兵队伍——自然是刘体纯预伏下来的谍探；有的则装作是与战事无关的老百姓，趋避闪让，躬身看着敌兵上城，然后撒腿就跑。不消片刻，京师城头遍布大顺军旗。

西直门的抵抗也没能坚持多长时间。大顺军以在土城关得之于御营手中的红衣大炮，连番轰击，西直门城楼彻底坍塌，城上守卒死伤累累。

吴麟征满脸汗灰，身上两处受伤，兀自咆哮狂喊，要组织士兵死命还击，却被一群军卒死死抱住，连哄带劝加威胁，愣是把他推下了城墙。

炮声一停，城墙外数千少年个个手执长竿，竿上每隔二尺的距离，缠缚湿布，以为阶梯，齐刷刷地朝城头上一搭。这些少年便是大顺军的"孩儿兵"，大者十四五，小的仅十一二岁，都是大顺将士的子弟，自小随军征战，见惯了刀光炮火，历练得人人矫健异常，憨不畏死。此时攻城，正是这些孩儿兵大显身手的机会。待到搭稳了长竿，一个个敏捷的猴子一样，七蹦八蹿，猱升而上，眨眼间已经攀到墙头。城上的守兵，死的已死，逃的已逃，剩下不死不逃的，都是正月十五闹元宵时潜伏下来的大顺士兵，纷纷施以援手，连拽带扯，把孩儿兵拉上城来，然后引领他们打开城门，城外的大顺兵一拥而入。

至此，九门通衢，尽为闯兵肃清。各条大街都有大顺的骑兵往来突驰，一边纷纷向道路两侧的民居投掷箭矢和木牌，一边高声喊话："大顺义兵，不杀不掠。各家打开门户，迎接王师入城。持箭持牌者免死！如有抵抗，立杀不赦！"如此反复宣谕，待到天色大亮之后，已经满城皆知了。

辰正——上午八点，大顺军入城仪式正式开始。仪式在东、西、南三面的朝阳、正阳和阜成三门同时进行。

从正阳门入城的是中标亲军。刘宗敏乌盔乌甲，身跨乌骓马，五百亲兵前导，左李岩，右张鼐，威风凛凛，顾盼自雄，从外罗城缓缓穿越箭楼，驰入正阳门。

标营一分为二，两万人马屯驻在外城，随刘宗敏入内城的另两万将士，部伍不乱，整整齐齐地排成十几个方阵，号令划一，军容整肃，有意要让京城士民看看百战征杀、终得天下的王师风采。

正阳门两侧的街道，家家户户房门大开，百姓焚香顶案，香案上差不多写着同样的内容：大顺永昌皇帝万万岁！围观的市民肃立道旁，人人手持箭矢或木牌。没能抢到免死箭和免死牌的另有办法，发髻上用木签或竹筷斜插一片黄纸，上书二字：顺民。

刘宗敏缓辔慢步，刚进入正阳门，五百名前导的亲兵停了下来，闪避两厢，让出中间的道路。刘宗敏策马上前，鄙视道左。

道左跪伏着一千多人，个个衣冠不整，以宦官为多，也有不少文官服饰者。为首的三人，皆免冠囚衣，白练垂项，引领众人叩头施礼，然后依次朗声喝报：

"前朝内阁大臣兵部尚书张缙彦恭迎钧驾，束身待罪！"

"故明谏臣兵科给事中光时亨服罪求降！"

"亡国内侍司礼监掌印太监王德化弃暗投明，愿以残身侍奉新主！"

喝报之后，四周寂静，刘宗敏还没说话，突然路旁围观的民众有人高声唾骂："奸臣！这些都是祸国殃民的奸臣！求义军大元帅杀死他们，以谢天下！"

骂声一起，道路两旁一阵骚乱，碎石木屑，纷纷向张缙彦等三人投掷。刘宗敏大手一摆，身后蹿出一队亲兵，驰马扬铳，朝天空乒乒乓乓放了一阵排子枪，骚乱的民众顿时鸦雀无声。

一名矫健的军汉，声音极其洪亮，用纯正的京师腔调宣谕："大顺朝汝侯提营首总将军有令，无论官兵士民，投降者免死！军令如山，言出法随，百

312

姓不得喧哗滋事！"

连续宣谕三次，百姓的情绪逐渐稳定下来。张鼐指挥一队士兵，佩刀持矛，喝令跪在地上的降员站起，拉来一匹骏马，让张缙彦骑上引路导向，剩下的全部押到扈从刘宗敏的亲军之后，以光时亨和王德化为首，另成一个方阵，徒步随行。这就意味着入城受降的仪式已毕。

三军启行，继续北进，跨入大明门。刘宗敏立马长街，游目四顾。这里是东、西长安大街的交汇口，西侧是一个过街牌坊，有个名字，叫作"西长安门"。西长安门前，五六个大顺士兵正在逐马嬉闹，个个身上缠满了抢掠而来的绫罗绸缎和珠宝翠玉，浑然不觉刘宗敏的仪仗队伍已经开了过来。

刘宗敏遥遥望见，把脸一沉："什么人敢坏老子的军令？快快拿下！"

一队亲兵，箭一般冲出队伍，把五六个正在嬉闹的士兵团团围住。亲兵头目一声断喝："滚下来！快去拜见总爷！"

几个士兵这才知道大祸临头了，人人脸色灰败，顺从地下了马，把身上的掠来之物卸下，双手捧起，在中营亲兵的押解下，来到刘宗敏马前，齐齐跪地，叩头如捣蒜。

"哪个营的？"刘宗敏黑着脸发问。

你看看我，我看看你，五六个人谁也不敢答话。

亲兵头目飞身跳下马背，一脚踢翻其中的一个："混账东西！装糊涂当不了死，快回总爷的话！"

"是、是。"被踢翻的这个士兵撑持起身，规规矩矩地重新跪倒在刘宗敏马前，"小的是后营李将爷麾下，先遣入城的肃道逻卒。"

"知道老子的入城禁令吗？"

"是，小的知道。"

这就不用再问了，明知故犯，立斩不贷！刘宗敏把头一摆，亲兵头目指挥属下，两个人拧住一个，用抢来的布帛，撕成长条，上捆下绑，一脚踹翻："跪下！"

大街两侧，围满了观看的民众。刘宗敏当即下令："砍了！就地立桩，吊起来示众！"

围观的人群中发出一片欢呼声。欢呼声中，五六颗脑袋滚滚落地。立刻有许多老百姓帮着找来了木棍绳索，军民齐动手，很快把这几个犯兵的尸体架弄到西长安大街的过街牌坊上，凌空吊起，每具尸体下都摆放着抢劫所得的物品，物品上用石块压了一张白纸，临时墨汁淋漓地写着四个大字：违令者戒！

在留下的亲兵处理这桩事的同时，刘宗敏早已带着队伍继续前进了，走到承天门前停下。按照事先的部署，张鼐要带两千人从这里进入皇城和紫禁城。

"传王德化！"刘宗敏命令身后一个执事营官。传王德化是要他做向导，辅助张鼐肃清大内。

待执事营官把王德化带到前来，跟随张鼐进宫的两千士兵也已经排好了队伍，弃马肃立，持刀待命。

"张鼐！"刘宗敏一脸严霜。

"末将在！"张鼐也知道，刘宗敏此时而有此种表情，是有重要的话要做吩咐。

"该干什么，你都知道了。不过我可再说一遍，"刘宗敏声音低沉，极其威严，"进宫之后，立刻找到朱家皇帝，拘禁起来，不许戕害！其余的人，无论是谁，只要抵抗，格杀勿论！午时三刻以前，你必须肃清宫廷，然后亲自带队站班，到这里来迎候闯王大驾！如有意外，速速派人向我驰报！"

"是！"

"这件事关乎闯王进宫后的安全，各个角落，都要认真搜索，凡遇奸宄可疑之人，不必禀报，就地处决。别以为你是跟我征战多年的功臣，这件事上稍有差池，我照样要你的脑袋！"

"是，末将明白！"张鼐懔然回答，"如有差池，不须总爷开口，张鼐自然提头来见！"

刘宗敏很满意地挥挥手："好小子，去吧，好好干！"说完目送张鼐带队进了承天门，然后在张缙彦的引导下，勒马向西，三军浩荡，顺着府右街，缓缓驰往德胜门。

东、西两面的入城仪式也出现到了差不多相同的情况，而处置的结果却大不一样。

从朝阳门入城的是刘芳亮。

刘芳亮十四日克保定，十五日留兵一万，控扼京师南大门，他则自带三万余众，星夜兼程，直趋京师。十六日午后到达卢沟桥。在卢沟桥兵分三路，一路占领丰台和南苑，切断京城的南路通道，另一路东取通州和顺义，夺取通州粮仓，肃清京东地面。他自己则率兵两万，于十七日午时与西路大军合兵围城。按照李自成的命令，他负责围攻的是城东的朝阳门和东直门。

昨天傍晚，刘宗敏派亲兵来宣谕了入城禁令，他连夜召集部将，层层做了传达。今天一早，按照要求，他把大部分人马留在城外，仅带三千骑兵入城受降。一进朝阳门，带头迎降的是成国公朱纯臣。受降既毕，由朱纯臣引导，左营的蓝色营旗整整齐齐排列了数百余帜权充仪仗。刘芳亮银盔白甲，策动白色骏马，神色从容地缓缓西行。一路上三军肃穆，百姓静观，整个朝内大街只有马蹄轻轻踏地的哼哼之声。

行至东四牌楼附近，寂静街衢，突然传来一阵惊悸的号叫，引得军兵不安，百姓骚动。刘芳亮注目观察，发现号叫声来自前方不远的一家大宅门前。四名黄衣士兵，正在劫持两名妇女。两名妇女已被两名士兵分别拉上马背，不甘受辱，在马背上狂踢乱喊。大宅门口，一个白发老者死死地抱住一个士兵的大腿不放，另一个士兵则为了同伴能够脱身，一手牵着两匹马，歪斜着身子，正恶狠狠地用脚朝老者身上又踢又踹。

刘芳亮看清了这四个人是自己派出的先遣骑兵，双眉一皱，亲自策马出列。两翼亲兵见主帅行动，立刻连踢马腹，赶在刘芳亮之前把现场团团围定。

四个黄衣士兵这时候才看到刘芳亮来到了眼前，先是一愣，继而知道要倒霉了。马背上的两个跳了下来，另外两个也停止了施暴，四人就地垂手肃立，也不答话。其中一个是左营的"小掌家"，歪着脑袋，有点儿满不在乎的味道。

刘芳亮做了个示意，一排亲兵跳下马来，持刀控制了四个士兵，另有两名亲兵上前把地下的老者扶起，极为和善地说："老丈不必烦恼，我家刘将爷自会替你做主。"说着引领老者来到刘芳亮马前。

所幸老者并未受伤，见了刘芳亮，立刻扑翻在地，要行大礼。刘芳亮让亲兵把他扶起，老者只好站着拱手施礼："小民参见青天大老爷！"

"咄！"一名亲兵立刻纠正，"不许叫大老爷，要叫刘将军！"

"是，小民参见青天刘将军！"

亲兵还要纠正，刘芳亮摇摇手，制止了亲兵，和颜悦色地对老者说："别害怕，有什么冤屈尽管对我说。大顺义军，绝不护短，说出来我好替你做主。"

威风八面的义军首领，说话如此平易，老者反而不知道从哪儿说起了，思索片刻，终于无词。

此时朝阳门内围观的民众何止千百？谁都不出声音，要看看大顺将领如何处置这件事。

刘芳亮透熟人情，既察民意，也知道眼前这是个老实长者。为了肃军纪、服人心，少不得要从根本上启发开导了："我且问你，你和你的家人可有抵抗义军入城的举动？"

怪不得一再强调冤屈不冤屈，这一问，老者才知道了关键所在："好叫青天刘将军知道，为了迎接义军进城，小民一大早就摆出了香案——喏。"说着朝身后一指。

顺着所指的方向，人人都看到了西边路南大宅门口，一张香案，青烟缭绕，案头上垂下一张大红蜡笺纸，金粉榜书，写的是"大顺永昌皇帝万岁万万岁"。

铁证如山！没有抵抗，则四个士兵抢劫民女，已犯死罪。不过刘芳亮仍有疑惑：通常军中犯奸淫罪者，多在夜晚。何以青天白日，自己派出宣谕军令的人，就敢知法犯法，去干这等下流勾当？

有此疑惑，刘芳亮继续开导："这四个犯兵，是不是主动闯了府上？"

"这倒不是。"

"是怎么回事？你原原本本，详细说来。"

"今天一早，听得贵军骑兵反复喊话，小民和儿媳、孙女立刻准备香案。等到吃了早饭，祖孙三人把香案抬了出来，迎面看到这四个军爷。是小民主动上去搭话，说四位军爷辛苦，请到寒舍喝口茶吧。他们也没推让，就随小民进入客间。一到客间，看小民房中摆设入眼，先是索要银钱，小民只好让儿媳取出四锭元宝，一人一锭，总共二百两……"

"且慢，我想知道，你平日以何为生？"刘芳亮问。

"小民累世经商。"

"唔、唔，明白了。我再问你，你家中只有祖孙三人吗？"

这一问，老者不免赧然："不瞒青天刘将军，小民还有一个儿子，听说贵军要打来，不知道贵军是仁义之师，小民心里害怕，五天前让他到京东乡下避难去了。"说着连连躬身作揖，是求取谅解的样子。

"嗯，这不必说了。你只接着说，既然给了银子，为何他们还要抢人？"

"嫌少。说这是打发一个人的数，非要每人给二百两才行。小民家里没有八百两现银，再三恳求，惹翻了他们，就开始抢人，说晚上起更时刻到朝阳门外拿八百两银子换人……"

事理已明，不须再问。然而还要取证，刘芳亮打断老者，命令亲兵："搜赃！"

一搜身上什么也没有。然而不一会儿，从四匹马的项袋里搜出了四锭元宝，每锭底面都有铸文：大明弘治库平足色纹银五十两整。四锭合计，恰好二百两。

这一来，人言、物证，两两相合，整个事情的过程也就没有丝毫疑点了。

"押过来！"刘芳亮喝令。

八名亲兵，迅速行动，把四个犯兵连推带搡地聚拢到一起，押到刘芳亮马前。

刚才被劫持的两名妇女，一青一少，衣饰散乱地本来羞于见人，此时相偕跑了过来，和老者一块儿，祖孙三人，齐齐下跪，也不说话，只不断地磕头，是表示感谢的意思。

这有碍执法，必须先做处置。刘芳亮略一思索，有了主意，让亲兵把祖孙三人扶起，仍然和颜悦色地对老者说："想来府上有现成的笔墨纸砚，可否借我一用？纸要白色的。"

"有、有。青天刘将军要用，尽管去取，小民自然奉送。"

"来啊！"刘芳亮喊了两名会写字的亲兵，秘密耳语，然后高声下令，"拿了赃银，送还原主，亲自陪老丈回府致歉！"

祖孙三人，在两名亲兵的好言抚慰下，高高兴兴地离开了现场。

"败类！为何违犯军令？"刘芳亮指着四个犯兵问。

刘宗敏的禁令，昨夜今晨，两次申谕，这是全营无人不晓的，因而其中的三人，自知难逃一死，立在那里，浑身发抖，大约想到了众目睽睽之下刀刃加颈的滋味，不会像在被窝儿里搂着女人睡觉那么舒服好受。只有那个"小掌家"，梗着脖子，鼻子里哼哼有声，很委屈地昂头抗辩："俺从陕北跟着闯王十几年，刀林箭雨里活下来，容易吗？俺拼死拼活掖着脑袋跟他闯王打天下，为了甚？为了他闯王当皇帝！现在江山俺给他打出来啦，皇帝俺也让他闯王当，俺啥也不图念，就想弄俩小钱花花，弄个女人玩玩，这有啥嘛！刘将爷，啥都不说啦，俺犯了军令，该死！要杀要剐，要砍要剁，俺都认了！可是，俺死了都觉得他那个军令不地道！他当皇帝金山银海随便花，天仙美女天天晚上陪他睡，凭啥呀，俺就花个小钱儿玩个娘儿们都不中！刘将爷，俺跟你说实话吧，咱大顺的老弟兄们，和俺一样想的可不少，多啦！你等着吧，今天是俺犯法，过不了几天就会有人跟俺一样，大家一起都犯法。俺到阴间里去等着，看你能不能把他们都杀完！"说罢，犹自不屑地仰面一哼。

这样辩解，除了自速其死，别无作用。刘芳亮依然不失往日的从容："行刑！"

嚓然声中，身首异处。四名亲兵，各持长矛，把四颗鲜血乱滴的头颅高高挑起，一边两个，分置在大道两侧的榆树之旁，再把四条无头的尸体抬起来，扔到各自的头颅之下。就这时候，陪同老者回宅的两个亲兵走了过来，把四张白纸分别覆到四具尸体上，每张纸上写的内容一样：律斩违令者以儆效尤！

众目所视之下处置了这一切，刘芳亮一挥手，亲兵们重新排好了队形，万民欢悦声中，在朱纯臣的引导下，经后宰门大街拐西四牌楼，三千健儿，部伍整肃地向德胜门行进。

后营制将军李过是李自成的侄子。李自成的父亲李守忠，生有二子，为异母所出，长子李鸿名，次子李鸿基，李鸿基就是李自成，兄弟二人，相差二十岁。李自成生于万历三十四年九月，这一年的十月哥哥李鸿名生子，取名李过。因此李自成比李过仅仅大了一个月，今年都是三十八岁，伦属叔侄，谊同兄弟，自小在一块儿摸爬滚打，情感上已经淡漠了辈分上的差别。崇祯二年，李自成在家乡陕西延安府米脂县拉杆子造反，第一个跟随起事的就是李过。十几年来，出生入死，李过从来都没离开过叔叔李自成。李过绰号"一只虎"，威猛凶悍，勇冠三军，然而与刘宗敏相比，却缺乏震慑五营的大将之威，而与刘芳亮相比，又少了些临危镇定的儒雅之气——人如其号，是令百兽闻之丧胆的一只猛虎。这样的人，统兵陷阵，所向无敌，而治军驭下，却不免宽严失度，大顺五营之中，以他所统的后营军纪最差。今天从阜成门入城的就是李过的后营。

按照约定，后营三万多人马屯驻城外，李过率领另外一万入城。刚进城门还好，士兵雄气，赳赳不减，然而走不到半里地，在接近马市桥附近时，队伍便开始散乱失形。西城是明朝官员府邸的集聚之处，阜成门大街两侧尤为密集，高门大宅，甲第连云。如俗语所谓"乡巴佬进城"，这些出自陕西、河南的土包子，骤然来到辇毂之下，前瞻后视，左顾右盼，先是为京城的繁华而啧啧称羡，继而就萌生了江山既定，要据财货为己有的贪婪念头。这样的念头一旦出现，便如瘟疫蔓延一般而不可遏制。于是乎这一路走来，除了护卫李过的一千亲兵，剩下的九千差不多都参与了抢劫的行动。抢劫的士兵，故态复萌，就像当年打家劫舍的响马时代一样，破门入户，见财就抢，稍有反抗，轻则一顿痛打，重则兵刃相加，闹得西城一带，鸡犬不宁。

李过明知部下违令，却视如未见。在他看来，这些弟兄们追随他自西安至京师，长驱两千里，百战艰难，九死一生，正该有以赏赐和酬庸，因而此时而有此行为，不仅不足为怪，反而是理所当然之事。

好在从阜成门到西四只有三里路。一到西四，便出现了李自成御营的巡逻马队，李过立刻令亲兵传戒部下，抢劫的士兵这才敛手归队。尽管如此，个个腰间已经左缠右绕，鼓鼓囊囊的，抢得多者，价值数百，少的也有五六十两了。

与正阳门和朝阳门相比，阜成门距德胜门最近。但因抢劫的耽搁，李过的后营到达德胜门最晚。

——以此缘故，大顺军今天刚刚入城，京城士民便出现了两种截然相反的评价。这两种评价在此后的几天里，口耳相传，遍布九城，茶坊酒肆里，颇有以此为题而津津乐道者。一种意见认为，新朝义军，法纪森严，大兵入城，阛阓不惊，个别违法抢劫的乱卒，当即被大顺将领磔之于市，这样的朝廷，必能政令一新，百姓从此要有好日子过了！另一种意见则认为，闯贼将士，分明草寇，入户抢掠，无异土匪，这样的贼军，岂能长久？有趣的是，持不同评价者，均凿然有据，都声称是自己亲眼所见，以至于两种意见，激辩痛驳，各以目睹为词而极力维护着自己观点的权威性，相持不下之际，竟不惜唾液互辱，甚至老拳相向。

午时初刻，李自成身着蓝箭衣，头戴白毡笠，胯下一匹赤炭马，身后两丈白髦纛，威仪万方地从土城关启驾。

出警入跸，俨然天子。五千御营精甲前导，右营制将军刘希尧亲率两万骁骑后扈。以丞相牛金星为首，六政府尚书及各部文职官员陪侍左右。文官之后是曹化淳和杜勋随从做向导顾问。从土城关到德胜门，延绵六里，黄沙铺路。大道两侧，禁军林立。黄盖御伞之下，李自成顾盼自若，与牛金星指点说笑，马步悠然地踱向德胜门。

德胜门外，权将军刘宗敏居首，李岩、李过和刘芳亮三位制将军分立其后，看看大驾将近，四员大将同时跳下马背。刘宗敏肃声禀报："三营各按军令到位，请闯王移驾进城！"

"辛苦，辛苦。"李自成笑逐颜开，马背上问话，"城里有没有抵抗？"

"没有。城里很安静。"

"大内的情况怎么样？朱由检可曾捉到？"

"大内已经派张鼐肃扫，现在还没接到驰报，想来朱由检已被我兵控制。"

"军纪如何？有没有骚扰百姓的事件？"

"有几个浑小子违令，已经处置了。"刘宗敏轻描淡写地回答。他不想说出那五六个违令的是后营士兵，是为了照顾李过的面子。

"嗯、嗯。违抗军令者一定要从重处置。"李自成表示满意，转而对牛金星说，"聚明，看来一切俱如所料。咱们此刻就进城吧。"

"是。"牛金星先顺从地答应一声，接着请求，"王爷，可否容臣再问问几位将军？"

"不必客气。你是丞相，当然可以过问军中的一切事务。"

牛金星欠了欠身子，对李自成的信任表示感谢，然后朝着刘芳亮拱了拱手："刘将军，东城一带情况怎样？市民帖然驯服吗？"

"帖然驯服不敢说。一路走来，有些人家闭户不出。不过，开门的人家都摆出了香案。"

"沿路百姓情绪如何？"

"很平静。"

很平静就是不热烈，牛金星心里有数了："一路过来，有无扰民的情事发生？"

"有。四个先遣传令兵勒索民财，劫持民女，已被末将枭首示众。"

东、南两面都有违令现象，则以李过的驭兵不严，西城方面如何就不用再问了。牛金星郑重其事地对李自成施了一礼："王爷，克服敌京，固然可喜，然而自古得人心者得天下，目前人心观望，并未宾服。臣以为大驾入城之前，宜严申王令，约束三军。庶几军纪肃而民心服，方显我朝与民更始之至意。"

"有理！"李自成很爽快，对护卫在身后的李双喜招招手，"拿弓来！"

双喜策马上前，递上一副鬃漆铁胎牛角弓。李自成从双喜背上的箭囊里取出专做传令之用的"鸣镝"，拔掉箭镞，勒转马身，朝后面队伍连发三矢，然后高声喝令："传！大军入城，有敢伤人及抢掠财物妇女者，杀无赦！"

鸣镝响处，人肃马静，李自成的命令，由前至后，一字不误地迅速传遍全军。做完这一切，李自成自感诸事妥帖，一声令下："进城！"

五千精甲，闻命而动。刘宗敏在左，牛金星在右，三个制将军居于诸文官之前，簇拥着李自成缓辔南行。到西长安大街转而向东，整个行程，费去了一个多时辰，队伍来到承天门。

承天门前，张鼐早已列队迎候。待到队伍走近，张鼐随带四十名精壮亲兵，策马越过金水桥，齐齐立定："中标威武将军张鼐，恭迎大顺王爷入宫。"

李自成还没开口，刘宗敏首先对着张鼐发问："里面怎么样？有没有什么异常？"

"回总爷的话，大内已经肃清，没有异常。请大驾即刻入宫。详细情况，容待入宫后再做禀报。"

一听这语气，刘宗敏就知道出了什么意外。但既然促请入宫，可知李自成的安全没有问题。因此他略一思索，趋近李自成，低声说："大哥，你就照原定仪次入宫。张鼐可能还有话，我先进去看看。"

李自成点点头。刘宗敏朝身后的三个制将军一招手："跟我来！"

四员大将，首先出列，随着张鼐入宫而去。

李自成策马跨过金水桥，立于桥下，注视着天家宫阙的巍峨气派。一个陕北土娃，种过地，放过羊，当过驿站的马夫，做过打家劫舍的强盗，直到三年之前，从来没想到自己也能当上皇帝。如今皇宫近在咫尺，天恩祖德，注定了自己就要君临天下。控江山，掌社稷，一言出口，四海景从，这种威风，马上就要为自己一人所独有。哼！他在心里说：当年的李鸿基，现在的李自成，终于熬到这一天了！我不仅要做开国之君，还要让子孙万代，称颂我是命世英主！

"箭来！"李自成意气豪迈地高喊。

李双喜上前，递上弓箭。承天门上的双歇琉璃檐之间，竖悬着蓝底金字的正书匾额，三个大字：承天门。李自成在马背上微微侧身，瞄准匾额，舒猿臂，张雕弓，三指缓松，一箭出弦。十年征战之苦，成此一箭之功，这一箭，不偏不倚，正中"天"字下方。

"好！"三军雷动，齐齐喝彩。

牛金星驱马上前，连连道贺："恭喜！恭喜！箭中天下，大命有归！"

李自成也颇为得意，把弓朝着双喜一抛："进宫！"

扈从军兵，到此止步。李自成在牛金星等一班文臣的陪侍下，过端门，进午门。午门的正面为皇极门，东边文华门，西边武英门。曹化淳和杜勋下马趋前引导，走向武英门。

门前下马，李自成昂然直入武英殿。这是事先采纳了牛金星的意见，正式登基之前，以武英殿为临时的行权之所。

要接管政权了，李自成最担心的是，明朝数千京官对大顺政府持什么样的态度。"聚明，"刚坐下来，他就发问，"是不是先发个告谕，令明朝官员都来朝见？"

"当然、当然。"牛金星欠身回话，"此事臣与宋企郊已有商议，拟了一道草谕，请王爷过目。"

宋企郊上前，双手呈上一纸。李自成展开阅看：

大顺吏政府奉敕谕

　　为选授官职事。照得大顺鼎新，恭承天眷，凡属臣庶，各应倾心。尔其前朝在京文武官员，限廿一日晨至午门自投名状，候本府一体汇察选授。不愿仕者听其自便，愿仕者照前录用，抗违不出者大辟处置，藏匿之家一并连坐。仰各尊新旨，共扩皇图。

　　　　　　　　　　　　　　　　　　　永昌元年三月十九日

"好、好！"李自成看罢欣然首肯，"就照这个文字，速速派人抄写，榜示承天门！此外，为防明朝官员藏匿，得有个什么办法才好。"

"此事臣亦有所思虑，"牛金星说，"可令兵政府出示堂谕，命旧朝部院、翰詹、科道等各衙门，将职官名册缴来。如有藏匿，即可按图索骥，一网打尽。"

李自成想了想："嗯，主意不错。这些衙门都设在什么地方？"

"很集中，都在承天门外的千步廊两侧。"

"那就不必兵政府出面。——双喜！"

侍立在侧的李双喜躬身应命："双喜在！"

"速点五十名亲兵，你带他们现在就去千步廊，要所有衙门一个不漏，令坐值长班，将该衙门的职官名册全部缴出！"

"是！"双喜转身出殿。

"另有一事，臣以为刻不容缓。"牛金星说。

"什么事？你说。"

"新朝鼎革，首在安民。目前民心未定，不能不出示安抚。"

"不错！宋企郊，此事就由吏政府一并办理。要晓谕士民，因献城甚速，姑免城民屠戮之苦。我大顺新朝，与民更始，要令全城百姓，各安生理，从今天开始，商户开店，照常经营。有士兵滋扰者，治以军法！"

"是！"宋企郊立身回答，"臣即刻就去安排。"

宋企郊刚走，刘宗敏黑着脸，负着手，走进殿来："闯王，朱由检跑了！"

不光李自成，所有在殿里的人都大吃一惊。筹谋备至而百密一疏，明明是九转丹成，结果却功亏一篑！朱由检跑了，大明朝就不能算灭亡，蒙尘天子，照样可以号令四方。果尔如此，江南聚集了数十万明兵，一旦奉诏摄甲，卷土重来，则鹿死谁手，尚在未定之天！

李自成急得连连搓掌，是痛心不已的样子。刘宗敏脸色铁青，胡乱拉了把椅子坐下。其余文官，窃窃私语，个个都是惶惑不安的表情。

还是牛金星清醒些，指着曹化淳和杜勋厉声喝问："你们两个奴才好大的胆子！是不是蒙骗了大顺王爷？"

曹化淳和杜勋不知所谓，立刻双双伏地："腐余之身，至为下贱，奴婢何敢蒙骗皇爷？"曹化淳极口辩解。

"那么我来问你，昨天真的在宫里见到了你家旧主？"

原来为此！曹化淳放心了："启禀丞相，奴婢和杜勋昨天午前确实在文华殿蒙旧主召见，昨天奴婢投诚后向皇爷所供的情况句句属实，如有一字谎言，甘受千刀之刑。"

证实了这一点就不要紧了。牛金星挥挥手，意思是叫两个宦官站到一边去，然后转向李自成："王爷，朱家皇帝，必在彀中。所以然者，我军围城于前日，密如罗网，鼠兔难逸，而朱由检昨日尚在宫中，试问其逃亡之路何在？"

这话不错！所有的人都恍然大悟：朱由检必是藏匿在城里！

就这时候，李过、刘芳亮和张鼐，三人同时进了殿来。

李自成急于知道细节："张鼐，究竟怎么回事？你慢慢说来我听！"

人同此心。殿里的人，包括两名宦官在内，都想知道宫里究竟发生了什么，把目光全部投向了张鼐。

张鼐定定神，从容回话："进宫之后，皇城和紫禁城各门大开，没有抵抗，内侍和宫女所剩无几。末将派哨左都尉罗虎带一千人搜索皇城，另外的一千人跟着末将肃清大内。从皇极门开始，外廷的三大殿一个人也没有，进入内宫，先在乾清宫东耳殿发现昭仁公主的尸体，接着在坤宁宫东耳殿发现了皇后的尸体。皇后是悬梁勒毙，昭仁公主死于剑伤。同时还在坤宁宫西耳殿发现袁贵妃的尸体，袁贵妃身上有多处剑痕，是被乱砍致死的。除此而外，在坤宁宫正殿找到了长平公主。长平公主失去一只臂膀，昏而未死，她供称，皇后是自裁殉国，她自己则被皇帝砍了一剑后倒地昏厥，皇帝不知去向……"

"皇后死了？还有一个贵妃和一个公主？死者的身份都能确定吗？"李自成很惊异地插问。

"经王德化和归顺的宦官宫女共同辨认，三个死者确为皇后周氏、贵妃袁氏和昭仁公主，众口金同，没有异词。此外可以确定，袁贵妃和昭仁公主都是为皇帝所杀。"

"怎样确定的？"

"小公主尸首旁有一柄上好的古剑，剑刃血污尚存。经王德化辨认，为御用之物。"

"哦。尸首怎么处置的？"

"原样未动，要等闯王指示。"

"长平公主呢？"

"命太医院值官敷治了创口，已无性命之忧。现在令宫女陪侍在坤宁宫，等候闯王发落。"

"好。"李自成未做表示，指指张鼐，"你接着往下说。"

"肃清六宫，没有发现皇帝、太子和定、永二王。审问宦官和宫女，有人说，昨夜午时之前，看到皇帝手执兵器，率领几十个内侍出宫去了。末将传令罗虎，将皇城和大内，里里外外又搜了一遍，仍然一无所获，只在内阁值房里找到两张字条，经王德化辨认，确定是御笔。"说着递上两张"六行"。

这就是"命朱纯臣夹辅东宫"和"命百官赴东宫行在"的那两道谕旨。李自成看后，递给刘宗敏和牛金星传观。

"各个角落都搜到了吗？"李自成继续问张鼐。

"各个宫、殿、门、庭，街巷、狭弄，能藏人的地方都搜过了。刚才制将军不放心，让末将先来禀报，他亲自带人又进宫去了。"张鼐说的"制将军"指的是李岩。

李自成搔首苦思，众文武哗然聚议，都认为不仅皇帝，就连太子和定、永二王，哪一个逸出罗网，都是足以倾覆大顺新政的祸根。

"王爷，"说话的是在西安投顺的原明朝陕西督学使，现在为大顺兵政府"掌玺卿"的黎志升，"适如丞相所言，九门封闭，逃逸无路。臣以为朱家父子必是藏匿在民间，非严诛重赏而不可得。此乃今日大事，万万疏忽不得！"

这个意见，为在座诸人所赞同。除了"严诛重赏"之外，别无善策。李自成正要发话，突然顿住，是他看到李岩快步进殿来了。

李岩径直走到李自成面前："闯王，皇帝可能已经自裁殉国了。这是在乾清宫案御上找到的遗诏。"

皇帝有遗诏？众人大为惊奇！李自成接过遗诏，独目圆睁，一个字不漏地细细展看，但见素笺朱笔，字迹极其荒率：

> 朕登基一十七年，逆贼直逼京师。朕虽德薄匪躬，上干天咎，然皆诸臣丧心误我，非朕之罪也。每抚心自揣，朕非亡国之君，诸臣皆亡国之臣。朕死无面目见二祖列宗于地下，今去冠冕、弃天下，以报我子民重征滥敛之苦。若贼中有忠义豪杰之士，代朕将文武官员尽行诛戮。

"曹化淳！"李自成喊。

"奴婢在！"曹化淳不知何事，惶恐上前。

"你来看看，这可是朱由检的亲笔？"

"是！"曹化淳接过遗诏。自小家奴，不须细辨，虽然字迹草率，但入目即知是极其熟悉的那笔"松雪体"。

"启奏皇爷，经奴婢仔细辨认，确是旧主的亲笔。"

李自成松了口气，身体后仰，挥挥手，示意曹化淳将遗诏交给众人传观。

然而问题又来了！众人看后，都不免疑惑：皇后自经，皇帝手刃爱妃和亲女，再参以这封遗书，明明写着"去冠冕，弃天下"，则皇帝已经自裁，似乎无可置疑。可是搜遍了后宫前廷，为何死不见尸？既然说"死无面目见二祖列宗于地下"，则殉国之地，排除了祖陵，大内自是首选，其次亦应不出皇城，否则沟壑街衢，便是横死，何得谓之殉国？并且，不仅皇帝遍搜不见，就连太子和二王也都没有了踪影。由此推想，难道皇帝是以遗书而迷惑人们的耳目，实则另携皇子逃匿，做了脱壳的金蝉？

不约而同地，人人心中都联想起了一件耳熟能详的国初往事。洪武三十一年，太祖高皇帝龙驭上宾，遗命以皇太孙承继大统，是为建文帝。建文帝刚刚登基，燕王朱棣便以"清君侧"为名而策动"靖难之役"。这一仗打了整整四年，到建文四年五月，朱棣兵围南京，谷王朱橞开金川门迎降。其时宫内火光冲天，朱棣急忙下令灭火找人，要找的这个人就是建文帝朱允炆。不料火灭之后，遍搜六宫，哪里有朱允炆的影子？不得已以烧死的皇后凤躯，冒充龙体，昭告天下说朱允炆自焚身亡。之后朱棣称尊，改元永乐，但建文帝的下落从此成为永乐皇帝的一大心事。毕竟逆取天下，名位得之不正，百姓訾议和史官讥评犹其余事，倘若哪一天建文帝从什么地方冒了出来，振臂一呼，再续正统，则万众景从，一朝复辟，逆取之君立刻就会成为乱臣贼子。是故终永乐一朝，朱棣都在为此事而惶惶不安。永乐五年，遣派亲信胡濙，以寻访仙人张三丰的名义，遍历川、广、云、贵，到处打探建文帝的下落，历时长达十七年，直到朱棣死前，这一旷日持久的大搜访才暂告结束。而民间为此，谣诼纷传，许多人都认定了，就连郑和下西洋、陈诚出西域，这一切都是为了寻找建文帝。都怪当初筹谋未先，密织罗网而网溃一目，闹出了这么个百年莫解的一大疑案，如今前迹后踵，大明朝的历史上，莫非又要再出一个生死无踪的皇帝？

啪——！李自成以掌击案："不行！生要见人，死要见尸！喻上猷！"

喻上猷是兵政府尚书，闻命应声："臣在！"

"就照黎志升的意思，速速以兵政府的名义晓谕全城：两日之内，献出朱家皇帝和太子二王者，赏万金，封伯爵。两日之后，逐户搜索，藏匿之家灭族，左右邻舍连坐！"

新得京城，百务待理，但今天的议事不宜太多，大顺军城内城外的士兵和随侍入城的文臣武将从今晚开始就必须要有个妥善的安置。看看时间已经不早，李自成摆摆手："其他的事，明天再议。聚明，你看看，今天随我进城人员，今后的食宿如何安顿？"

"是。"牛金星站了起来，面对李自成，"王爷，此事臣已筹之在先。城外的士兵共有二十余万，仍照原定安排，驻扎城外四周，由各营威武将军约束，非公事不得随意入城滋扰，均在各自营盘里炊火就食，日夜负责城外治安。"说到这里，牛金星顿了顿，意在征询意见，等候李自成表态。

李自成点点头，表示同意，然后看着牛金星，意思是要听牛金星继续说下去。

"今日进城的士卒共有四万人马。臣的意思，马匹不宜留置城内太多，以五百匹为限，其余都要牵出城外的营帐饲养。四万士卒与所余五百马匹，全部上城墙安营驻扎。城内日夜分队巡逻，维持市面治安，稽查奸盗，稳定民心。夜晚不许入住民宿，亦不得在街衢闾巷扎营炊火。"

"嗯、嗯。"李自成又点点头，"如此处置很不错，显得我大顺仁义之师，不扰市井，想来必为京师百姓所称颂。"

"是。臣的安排，正为体现王爷的这番盛德。"

"那么，随我进京的文臣武将呢？"

"先说王爷。"牛金星躬了躬身，"为我大顺体制计，王爷自今日始，即宜入居内宫。臣已密嘱张鼐，将养心殿打扫干净，用艾草熏蒸，以除晦气，想来眼下早已竣事。臣请王爷今晚就以养心殿为寝宫。"

话刚说完，众人纷纷点头附和，都认为丞相的打算周到妥帖，非如此不足以体现大顺新主的身份和威严。

李自成面无表情，心里却感到理当如此。"那么，其余文武诸臣做何安排？"他问。

"臣已与六政府的堂官计议妥当，为了王爷随时召见方便，今日在座的所有文官，包括臣在内，暂以原明朝大内的内阁值房为寝所。"

"嗯、嗯。"李自成以指叩案，略显踌躇，"这样安排，有利有弊。利在内阁值房就在附近，每日召之即来，议事便捷……"

"是！新政初开，百务待理。王爷日日必有许多事务要召臣等面谕，是以臣等陪侍王爷值宿大内，不唯公务所需，亦为臣子应尽之义。"

"话虽如此，毕竟内阁值房条件简陋。你们都是马背颠簸，随我自长安千里而来的开国功臣，如今得了天下，也应该各有府弟，政务之余，不妨清福享乐才是。"

话刚说完，在座的所有文臣全都站起身来，连连打躬，表示对李自成这番美意的感谢，而仍由牛金星代表大家说话："王爷刻刻以臣等生息为念，臣等唯有殚精竭虑，以报洪恩。臣的意思，眼下诸务，最急者莫过于王爷早日登基，以安天下。因此，臣等值宿大内，不过权宜之计，待到王爷躬行登基大典之时，自然要肃清六宫，粉饰殿宇。到那时，自无外臣久宿大内之理。且容臣与户政府堂官细细筹划，一俟登基大典的诸般事务筹备妥当，所有开国文臣，俱应由天子亲颁恩诏，分府归第。"

原来是这样一番打算！李自成非常满意："好、好。聚明思虑周密，照此办理，方显得郑重其事。罢了，此事已定，就按聚明的意思去办。那么，武将呢？"

"武将与文官不同。文官孑然一身，平日里的跟班也不过一两个仆从。武将则仪制森严，各有标兵随护，值宿大内，种种不便，宜乎另有妥善处置。"

"不错！"李自成欣然首肯，"各营制将军都该有个舒适的地方。"

"是！臣已筹划妥当。左营制将军刘芳亮已奉王爷的谕令，戍守京东地面，因而无须另在城内专置府第。右营制将军刘希尧负责京城治安，兼管皇城禁卫，自今晚起，应入宿午门值舍，以利内通外联，俾尽职守。只是……"牛金星朝着刘希尧很歉意地拱拱手，"午门值舍，如同内阁值房，起居条件不免简陋了些，这要暂时委屈刘将军了。"

刘希尧诨号"治世王"，原不是李自成部下的旧属。崇祯十年以前，陕北一带的农民造反军经过数年的分聚整合，最终形成四大股："八大王"张献忠、"闯王"李自成、"曹操"罗汝才和左革五营。顾名思义，所谓"左革五营"是由五支农民军组成的，首领分别是"左金王"贺锦、"革里眼"贺一龙、"老回回"马守应、"争世王"蔺养成，再一个就是这位"治世王"刘希尧。

崇祯十五年十月，李自成与罗汝才联兵八十万，在河南郏县大败明朝七省督师孙传庭，原在湖广、河南、皖北交界的英山、霍山一带游扰的左革五营十余万众前来归附，使闯王声威，震动天下。崇祯十六年一月，李自成攻下襄阳，建政立国，自称"奉天倡义文武大元帅"，曹营和左革五营均归这位"大元帅"统一指挥，这就等于原先的四大股合而为二，农民军成了李自成和张献忠两雄并立的局面。然而到了当年三月，不甘于"大元帅"约束的贺一龙唆使罗汝才脱离李自成重新自立，不料事机不密而为李自成所侦知，于是农民军发生内讧。李自成设宴诱杀贺一龙，继而直扑曹营，袭杀罗汝才。这场内乱，涉及曹营和左革五营两大势力，处置不善，闯王的这一支农民军便有土崩瓦解的危险，为此李自成倾全力安抚罗汝才的部众。刘希尧、马守应和贺锦则坚定地站在李自成一边，替李自成稳住了左革五营。由于这场功劳，所以到了西安建政时，刘希尧、马守应、贺锦均被拜为"制将军"，而蔺养成在这场内乱中态度模棱不明，但乱后心定，随李自成攻打潼关也还算卖力，所以后来也被拜为"威武将军"。李自成北征，令马守应与白旺共守湖广，令贺锦攻取甘肃兰州一带地方，而以刘希尧亲统右营，扈从王驾，则李自成对刘希尧的任用之专，不言而喻。

此时听牛金星温语慰抚，刘希尧立刻站起身来，先对着李自成施了一礼，然后音声朗朗地对牛金星说："丞相说哪里话来！末将职司京城治安和皇城禁卫，正要有个能与大内便利沟通的地方宿夜。说什么简陋不简陋，莫非皇宫正门，倒不如野外军帐里舒适？不必再说了，末将遵命，就住午门值舍！"

这个态度，很为李自成所心许，如能都像刘希尧这样，则大顺文武，不废本色，新朝必有一番励精图治、开创新局的勃勃气象。然而，他又觉得，十几年来，百战征杀，武将的功劳最大，个个都是掖着脑袋跟随自己拼打出来的开国元勋。过去的年代里，东掠西剽，风餐露宿，自己尚能同他们粗衣粝食，患难与共，如今开朝立国，自己首先就入住皇宫，而对这些开国有功的武将们如果没有个妥善的处置，岂不令人寒心？"背地心里骂昏君"姑且不去说它，仅仅自己心里存了这份歉疚之感，则日后君臣，如何相处？

于是他以手示意，让刘希尧坐下，然后对牛金星说："希尧的委屈，我心里有数，等到日后大局稳定下来，我自然要另加酬庸。其余诸将，不妨从优安置，既要考虑离内宫不能太远，以与我随时议事方便，又要顾及新朝威严，不能让我大顺的开国武将起居寒酸，就像以前随我在野外露营那样。聚明，你看呢？"

"是。"牛金星顿了顿，他原是做了两手准备的。照他的打算，除刘希尧之外，其余诸将均应与进城士兵一样，宿营于四周城上，如此才能约束部下，不至于士兵骚扰民间。但刚才李自成的这番话，实际上已经否定了他的这个打算，因此他只好迁就王爷的意思，说出了第二种打算：

"中营制将军李岩暂住原明朝国丈周奎府邸。"

"周奎？"李自成略显迷惘。

"周奎就是崇祯皇后之父。"

"哦、哦。"既然是国丈的府邸，条件自然不坏，李自成比较满意，"那

329

么，周奎的府邸在哪里？离皇宫远不远？"

"不远。周府就在中城，崇文门内的西边，距皇宫不到一刻钟的途程。"

看看李自成没有反对的表示，牛金星接着说："后营制将军李过暂住袁祐府第。袁祐是崇祯的袁贵妃之父，居第也很近，就在皇城之东的东华门外一箭之地。"

"好、好。"李自成欣然称善，但立刻又很关切地问，"汝侯呢？你和汝侯都是我须臾不可或离的股肱之臣，你先委屈一时，暂住内阁值舍倒也罢了。大顺开国，论功汝侯第一，眼下虽属草创阶段，还不到论功行赏的时候，但汝侯与诸将名分不同，除了进宫与我议事，他也要单独处理许多军务，必须有个宽敞安逸的居所才好。"

"臣已计虑到了王爷的这番意思。汝侯位崇身尊，非华府名第，不足以显示勋臣的威望。臣以为，汝侯入居田府，最为所宜。"

"田府？"

"是！田府就是崇祯田贵妃之父田弘遇的府第。"

"这我倒不明白了。"李自成很困惑地问，"周奎是皇后之父，田弘遇是皇贵妃之父。按道理，皇后仪制，高于皇贵妃，所以周府的规模应该高于田府才是，为何汝侯宜居田府，而不是规模隆崇的周府？"

"王爷有所不知。按照皇家的规制，后家的待遇高于妃家。但崇祯帝昏庸，只为宠爱田贵妃，特赐田弘遇府第于西安门外的天清园。这座宅子，本是元朝皇帝忽必烈最钟爱的第十子忽都鲁帖木儿的居第。前朝永乐六年，成祖文皇帝为了酬庸三征交趾有功的英国公张辅，以这座宅子相赐，称'英国公府'。英宗正统年间，成国公家道败落，此宅转售给了一名富商。这位富商，不惜耗费巨资，踵事增华，把这座名宅整饰得美轮美奂，论豪奢京中首屈一指。天启年间，这座宅子落入大太监王体乾手中。崇祯初年，整肃阉党，王体乾以魏忠贤的心腹爪牙而伏诛。不久，田贵妃宠冠六宫，崇祯帝特赐此宅与其父田弘遇，故而名为田府。是这样一番来由，所以田府的规模，远逾周府。"

"噢、噢。"李自成明白了，点点头，表示赞许。

"不仅如此。"牛金星接着解释，"田府就在西安门外，与皇城仅一墙之隔。王爷要召汝侯议事，无论什么时辰，只消派御前侍卫传话，片刻就到。"

"好！"李自成很兴奋的样子，对刘宗敏说，"汝侯，聚明思虑得很周详。

照我看，你今天就入住田府，咱们俩也成了近邻啦！"

听了牛金星刚才的安排和解释，刘宗敏自然也高兴得喜不自胜，此刻见闯王劝慰，他一点儿也不掩饰心中的得意，大大咧咧地掀髯大笑："使得、使得！打今儿个起，俺刘宗敏哪儿也不去，就住田府了！"

田府得沅

田府早就布置得焕然一新了。这是牛金星事先与户政府尚书杨王休商量好了的，一旦李自成不同意进城的武将住宿城上，必得安排刘宗敏入居田府。所以杨王休随李自成进宫之后，秘密唤来了张鼐，要他指派一名得力干将，带上几十号士兵，直奔田府。

田府豪奢，不逊王邸。两尊大铁狮子蠢立在大门两侧，足显豪门气派。铜钉密布的大红正门之外，又有左右两扇掖门，也是铜钉红漆，这就是王府的规制。公、侯以下爵位者，或者富商大贾，纵然家资万贯，富可敌国，宅门亦只能用铁钉黑漆。

越过正门的歇山照壁，是一个纵深一百二十步、可容数百人坐卧的宽阔广场。广场西侧有一座双层八檐的大戏台，名为"天宝遗韵"，田弘遇生前令自家蓄养的优伶班子排练曲目，或邀请朝中的达官显宦看戏，就在此处。

再往前走，才是真正的田"府"。三进的四合院，其间还有一座跨院。前院正堂，广七楹、深三楹，上悬匾额"聚萃轩"。聚萃轩中间是"穿堂"，穿堂两侧分别称为"左馆""右坊"。左馆其实就是田弘遇为了夸豪斗富而陈列各色奇珍异宝的"博物馆"；右坊则别有妙用，是田弘遇时常召唤崇文门外帘子胡同清唱小班进府娱乐的专门场所，这有个名目，称为"唱堂会"。聚萃轩两侧各有一排长长的厢房，抄手游廊上全是名工雕绘的奇花异卉和仙凡人物。聚萃轩之后，便是中院。

中院一样有两排长长的厢房，一样有名工雕绘的抄手游廊。中院的正屋称为"二堂"，上悬匾额"蕴玉庵"。蕴玉庵照样一分为三，中间也是穿堂，两侧耳房则为"偕柔""致和"。偕柔是田弘遇和正妻的卧室，致和是田府内眷日常打牌游戏的消遣场所。

中院之后就是跨院。跨院的中庭"拢味斋"是田府家人或招待外客的宴饮之处，两侧厢房自然是储物的库房和伙夫杂役等下人的住所。过了跨院，才是第三进的后院。

后院的正屋名为"储秀居"，没有穿堂，正中只是一室，是田弘遇和诸妾姬的欢娱密所。两侧厢房便是田弘遇的藏娇之屋，诸妾姬的私房都在这里。储秀居两旁，右侧花墙封堵，左侧有一道"月门"，过了月门，便是田府的后花园了。

张鼐指派的这个得力干将叫王体中，身份是个专司在各营之间传达刘宗敏密令的"旗鼓官"，所以军中都称他"王旗鼓"。王旗鼓带了八十个士兵，一到田府，先把看门护院的十几个家丁控制起来，换成二十名大顺士兵，日后就由这二十名士兵分班昼夜轮流值岗。然后将田府的女眷和女佣全部集中到后院居住，男仆则悉数赶入跨院两侧的厢房。如此以跨院为界，前后隔绝，谕令田府的家人，除了两名伙食采买，可以每天早晨卯时凭腰牌出入一次之外，其余男女，吃喝拉撒，均局限在跨院和后院之内，不得逾越中院一步。剩下的前院、中院和院前广场就成了汝侯刘宗敏的"侯府"了。

王体中不愧"干将"之称，料理这一切，只用了不到一个时辰的工夫。各处都妥帖无误，他又指挥士兵，把前院、中院的厢房全部打扫干净，把士兵分成两拨，一拨六十人，负责门禁和"侯府"内外的日常巡查，每二人一室，住前院厢房；另一拨二十人专门负责中院的警戒，以保证刘宗敏的日常安全，也是每二人一室，住中院厢房。尽管如此，两院的厢房还剩下来许多空屋子，只好先空在那里再说。王体中则在紧邻中院二堂"蕴玉庵"大门东侧的厢房尽头独辟两室，一室治公，一室寝卧。

待到这一切全部料理完毕，王体中气度安闲地到各处巡视一周，一是要借以熟悉田府的环境，二是要看看还有什么地方需要进一步整治。

中院、前院都看过之后，步入院前的广场。围着大戏台转了一圈，眼睛盯着"天宝遗韵"的匾额，忽然心有所动，很得意的样子，匆匆转身，一路上回前院，进中院，一直走到他刚刚定下治公的那间厢房里，在案头后面坐下，招招手，唤来一名士兵："去，你到后院跑一趟，把这个田府里的管家带来见我。"

不一会儿，士兵带进来一名中年丽妇，浅绿薄罗衫，亮粉褶湘裙，手里捏了一块白绫方手帕，星眸一转，艳光四射，身段极其轻盈地向王体中福了一福："王旗鼓召唤奴婢，不知有何事要辱承下问？"

就这一福一问，再加上随着朱唇开合，一股淡淡的口香飘了过来，把个王体中闹得骨酥筋软。

王体中原是陕西蓝田的一个破落户子弟，读过五六年私塾，肚子里颇装了几句诗文。由于从天启初年开始，陕西连年荒旱，庄稼绝收，闹得哀鸿遍野，饿殍填壑，他家里也穷得实在过不下去了。到了崇祯四年，听说同乡铁匠刘宗敏带了几百号乡民跟着李自成去造反，他把心一横，反正待在家里也是饿着等死，不如跟着刘宗敏去打家劫舍，还能混口饭吃，于是抄起一根榆木棍子，跑了十几里山路，终于赶上了个个衣衫褴褛、就像一群叫花子似的造反队伍。他打仗的本事并不大，但干练机敏，记性极好，能把刘宗敏的每一句话都记得只字不误，加以颇通文墨，因而为刘宗敏收作亲兵，后来又分拨到张鼐的帐下，做专司传令之职的旗鼓官。

本来是秀才的根苗，却混成了强盗的头目。十几年来，攻城夺镇，强掠宿睡过的女人不算少，不过都是些村妇蛮娘。有时战功领赏，怀揣着几文银子，也去花钱嫖过私家娼馆，但那种寒酸，简直不堪回味：绵袄绵裙绵裤子，哪里有佳人夜试薄罗裳？生葱生蒜生韭菜，哪里有夜深私语口脂香？开口便唱冤家的，哪里有春风一曲杜韦娘？行云行雨在土炕，哪里有鸳鸯夜宿销金帐？

唉——所遇如此，真正白活了三十多年！所以骤进田府，眼前一亮，看着面前这位俏姿丽妇，惊为天人，一时两眼发直，竟忘了叫她来要干什么。

"请旗鼓将军发话，奴婢听候旗鼓将军的吩咐。"丽姿妇人再次婉转莺喉。

"哦、哦。"王体中这才回过神来，为自己的失态不免有点儿赧然，"我要传唤的是你们管家，为什么把你带来了？"

"回将军，敝府主人自去年病故之后，主妇田夫人孤身守节，嫌原来的男管家日常交涉事务，诸多不便，因此多给银两，辞退了他。打那以后，敝府上上下下的诸般杂务，就交给奴婢代为管理了。"

"这么说，你是府上的'大拿'？"

"不敢当。田夫人每日诵经礼佛，不大爱管闲事，所以日常事务，奴婢都还做得了主。不过，重大家务，奴婢总要请示了夫人，允准之后，方可施行。"

"那我叫你立刻就去办件事，看你能不能做得了主？"

"请将军先说什么事？"

"你该知道，从今天起，我大顺朝的第二号人物就要在这里住下了。"

"是！奴婢久闻刘侯爷的威名。新朝的侯爷能在这里长住，敝府生辉，不胜荣光。"听语气是在恭维刘宗敏，却同时给王体中抛了个媚眼。

王体中色授魂与，立刻满脑子翩翩绮念，只是碍于有公事要办，不敢心猿意马，所以定了定心神，但又忘了刚才说到了哪里，因此一边思索，一边讪讪地说："看你说话文绉绉的，这不好，显得太生分。你是田府的管家，以后总有好多事情要你我直接打交道。在我面前，尽管直来直去，该怎么说，就怎么说，不必那样子扭扭捏捏的。"

"是。请将军吩咐，要奴婢立刻去办什么事？"

这等于提示了刚才的话题。王体中心里喝声彩：好个善解人意的俏婆娘！于是他清清嗓子，很和气地问："你家旧主人是田弘遇吗？"

"是。"

"听说他专门蓄养了一个戏曲班子？"

"是。"

"这个班子还在吗？"

"回将军，班子还在，人没散。"

"总共多少人？"

"男优七人，女优十二人，总务、司鼓、操琴、道具这些乱七八糟的合起来七人。一个戏班，总共二十六个人。"

"好！"王体中脱口称赏，接着问，"这个戏班子，你调得动，调不动？"

"这个戏班子，本来平日就归奴婢掌管。"

"啊，那可太好了！"王体中不由地把身子往前挪了挪，"你立刻去把全班人马召齐。为了迎接汝侯入住田府，今天晚上就在'天宝遗韵'唱两出连台大戏。戏目我不管，由你自己去定，只要喜庆热闹就好。我们侯爷出手大方，唱得卖力，个个都有重赏！"

"这……"

"这什么？难道今天不该庆贺庆贺？"

"不是不是，将军误会了。要唱连台大戏，只怕一时难以办到。这里头有个缘由，奴婢一说，将军就会明白的。"

"什么缘由？你说说看。"

"自从去年秋天敝府主人过世，夫人持家甚严，摈绝一切声色管弦，至今已经半年多了。梨园角色，讲究的是天天锻炼功课，半年多了，连嗓子都不让吊，不要说整篇儿整本儿的大剧目演不成，只怕连些个折子小戏也都生疏了。要他们立刻拉出来个连台大戏，念唱不是念唱，做打不是做打，调门不合，荒腔走板，将军倒想想看，这是要欢迎刘侯爷呢，还是要亵渎刘侯爷？还有，奴婢知道，将军办这件事，本意是要在侯爷那里争个脸，可是，果真今天事情办砸了，将军的脸面……"

"噢、噢。"不必再说下去，王体中已经明白了，如此草率开戏，此事非砸不可，求荣反辱，这样的傻事万万做不得！再仔细体味这位俏姿丽人的话，竟是句句都在替他自己打算。感念及此，不由得就抬眼瞅了瞅她，而她此时也正好媚眼弋斜地在看着他。四目交接，倏忽闪开，但彼此心照，双方都是意会到了的。

"既然是这样，我就不明白了。"王体中收定心思，但仍不免疑惑，"二十六个人，天天都要吃饭。你家夫人厌恶声色，为什么还要白白花钱养活这个戏曲班子？"

"将军有所不知，这里头又有个缘由。"

"啊，还有缘由？你再说说看。"

"敝府旧主人临咽气之前，握着夫人的手反复叮嘱：我平生酷爱戏曲，到我的周年祭日那天，你一定要给我供上一整夜的连台大戏，只有这样，我在那边才能安心。就为了了却主人的这桩心愿，夫人不忍心立刻遣散戏班，打算着先大半年持斋礼佛，为主人荐福。临到主人周年祭日的前两个月，再好好排练几出主人生前最喜欢的剧目，唱完之后，遣散戏班，拆毁戏台，人去楼空，安安静静地过几年消停日子。"

"原来如此！"王旗鼓明白是明白了，而一想到今天的打算成空，懊丧之意，溢于颜色。

"不过，将军也不必烦恼。奴婢倒有个法子，包管今晚让侯爷称心如意。"

"唔？是什么法子？你快说！"

于是俏姿丽人把香唇凑到王体中的耳朵上，粉气腻人，密密细语。王体中一边听，一边眉梢乱动，是极其满意而受用的样子。

"不错、不错！就照你说的办！"听完之后，王体中非常兴奋地说。

"那我先向将军告辞，这就去叫她们赶快预备起来。"

"好、好！你刚才说的那几个出色的，今晚都要叫了过来。"

"是！奴婢另外吩咐后厨，准备美酒和一桌精致的馔肴孝敬侯爷。"

"喔，难得你考虑得周全，倒教我省得再去街面上操办了。"

"不光侯爷的这一桌。奴婢请问，今天将军总共带了多少军爷来的？"

"八十个。"

"算上将军，总共是八十一名？"

"不错。"

"奴婢再请问，侯爷平时可有随身不离左右的侍卫或者护军？"

"有、有。我家侯爷不论走到哪里，总有四名持剑护军跟着。"

"这就是了，今晚要开八十六个人的饭食。奴婢就替田夫人做个主，为迎接新朝侯爷入住，敝府略表心意，今日的晚宴，敝府敬奉十五桌酒席。"

"哪里要十五桌？八人一桌，十一桌不是绰绰有余？"

"凡事宽打宽算，多出来的四桌，要么留作各位军爷宵夜遣兴，要么供值宿的门卫垫补开销，反正不会白白浪费掉的。"

计虑得如此周详，王体中有意外的心感。这个俏婆娘不是等闲之辈，勾引到手，皮肉享受，看来已是余事，此刻倒要好好下一番笼络的功夫，将来必是个得力的帮手。有了这个想法，说话的语气就不一样了："承情、承情！真不愧田府的大拿！没想到你倒是个女诸葛。可惜初来乍到，许多事务都要我出面料理，实在腾不出空来。等到过两天消停下来，我有样东西送给你，算是我对你的酬劳。"

"哪里敢承望将军的赏赐？只要在将军的关照下，敝府叨光，平安无事，也叫奴婢在田夫人那里面子上有些光彩，奴婢就感激将军不尽了。"

"好说、好说，这一层尽请放心。今后一府成两府，两府成紧邻，我一定约束属下，绝不难为贵府的眷属。"

"谢谢王将军！时候不早了，奴婢赶紧到后面安排。不过，待会儿要请将军多派几位军爷，到跨院去接应一下。"

"这个自然，我一会儿就去安排。但不知道你那里办齐十五桌酒席，要费多少辰光？"

"这个嘛，难说。"说到这里，俏姿丽人故意顿住话头，把个白绫手帕在手指间反复缠绕，风情万种地两眼勾着王体中。

王体中一时不解其意，茫然地问："你有什么为难，尽管对我说。"

"备办酒席，少不得奴婢要跟后面的厨子和这里的军爷反复传话，比如说侯爷平日的口味轻重啦，哪道菜先上哪道菜后上啦，还有侯爷几时撤宴几时传唤茶果零食啦等等，总之是个很啰唆的差事。旗鼓将军刚刚谕令，田府女眷，一律不许越过跨院一步。刚才奴婢来时，看见出入跨院的侧门都有军爷站岗，这让奴婢如何能进进出出地来回传话？"

"啊、啊，"王体中听懂了话中的意思，略一思索，立刻有了主意，"这好办！你是管家婆，自然可以例外。放心，"说着递过去一个神秘的眼神："我马上传下令去，一日十二辰，不论何时，你都可以自由出入中院！"

"谢将军！有了这道谕令，奴婢才好随时过来伺候。"一边说，一边笑盈盈地敛衽退身，很轻快地要转身出门。

"慢着。"王体中突然想起，"你叫什么名字？"

"贱名杨宛。"

刘宗敏出了皇宫，来到田府，是酉时二刻——下午五点半的时候。

滚鞍下马，唰啦、唰啦地一边甩弄着手里的马鞭子，一边环视着田府周边。四名持剑护军紧随其后。环视完毕，目光被田府门前的两只铁狮子所吸引，很有兴味地远观近瞧，大约是觉得这两只狮子怒目威武的神态很合他的脾胃，拍拍这一只的脑袋，又摸摸那一只的屁股，抚弄了好一阵子，正好王体中迎了出来。

王体中先招呼士兵把刘宗敏和四名护军的马匹牵进大门内的广场上溜达，再让一个士兵引领着四名持剑护军先到中院的厢房里暂且安置，然后才对着刘宗敏肃身施礼："请总爷入府歇息。"

"怎么样？小兔崽子，都给老子拾掇好了？"刘宗敏笑着发问。

"是！"王体中指指自己的脑袋，"如有不妥，卑职甘愿拔下这个玩意儿，给总爷当尿壶。"

"嗯，先看看。弄得是那么回事儿，老子有赏！"说完依旧甩弄着马鞭子，漫不经心地迈步进府。

进了府门，引入前院，在聚萃轩里停了下来。刘宗敏步入左馆，对琳琅满目的奇珍异宝并不怎么感兴趣。但左馆极大，数不清的宝物，沿着八卦迷宫阵般的通道两侧，陈列得满满当当。一入通道，身不由己，只好曲曲盘盘地从入口走到出口，算是蜻蜓点水地看了一遍。

"这些破玩意儿，大概还值几两银子。不过放在这里，有点儿可惜，老子不懂行，一时也不知道他娘的好在哪里。"刘宗敏用手里的马鞭画了一个大大的弧圈，表示包括馆内的所有珍宝在内，"全部给我打包、装箱，回头都要运到长安，留着装点老子的新侯府。等老子闲下来没事儿，慢慢地看着玩儿。"

"是！"王体中唯唯应命，"不过，今天恐怕来不及了。总爷，明日如何？"

"不急，可也不能太晚。就这两三天里头，你指挥几个弟兄把它料理完。"说罢侧身进入右坊。

一进右坊，不免诧异。正中是个步台，铺施着赭石色的地毯。台面不大，但也能容下十五六个人的样子。台上有一道湖色加厚的大帷幕，从高处垂了下来，幕后似乎别有天地。台下散散落落地摆放着十几张八仙桌，每张桌子，配以四把逍遥椅，桌椅的质地全是上等的海南花梨木，做工极其讲究。有几个士兵正在忙活着搬搬抬抬，是要把台下正中的四张八仙桌拼合到一起，铺上锦缎桌布，使之成为一张硕大的宴台。

"咦？这搞的什么名堂？"刘宗敏颇为不解。

王体中笑嘻嘻地说："总爷，这个你老先别问，一会儿自然有能让你老消闲解乏的新鲜花样儿。"说完招招手，叫过来两名士兵，"你们俩，先伺候总爷到二堂沐浴更衣。"

刘宗敏也不多问，迈虎步，过穿堂，直接就跨进了"蕴玉庵"。两名士兵将刘宗敏引入"偕柔"。

一进屋，阵阵幽香，扑鼻而来，是王体中事先准备好的，把这间卧房布置得既洁净，又华奢。极其宽畅的紫檀联帐牙床上，飘曼的纱帐，柔软的垫褥，簇新的锦被，鸳鸯的绣枕，这一应豪府卧具自不消说，四只鎏金镂空的香笼里，上好的龙涎盘香饼齐齐点燃，二堂之内，香雾缭绕。刘宗敏自出娘胎以来，从未有过如此温馨的家一样的感觉。

两个士兵帮他卸去了戎装。"请总爷先去沐浴。"一个士兵侧身做了个肃请的手势。于是刘宗敏用砖板大脚趿拉着一双崭新的木屐，很不习惯地嗒啦、嗒啦，跟着士兵往外走。

浴室临时安置在对面的"致和"。可容四人同浴的一个硕大木盆里，早已注满了温热适宜的浴汤。刘宗敏解衣磅礴，先往身上泼了好一阵子热水，然后"扑通"一声，跳进盆里，把个大脑袋枕在木盆的沿壁上，四仰八叉地任由身子漂浮起来，很舒服地一动不动。两个士兵每人只穿着一条大裤衩子，一左一右，静候侍立，要等刘宗敏泡完身子，帮他搓灰搓泥，捶背捏骨。

天色已经昏暗，王体中一声令下："掌灯——！"

随着这声命令，内外递相传呼，霎时间，室内院内，灯火齐明。室内的大红香烛，院内的松油火炬，把个"侯府"照耀得通明彻亮。

就这时候，门上的一名值卫士兵，引领着三十个年纪都在二十上下的青少女子，排成两排，一色的紧身短袖曳地湖绉袍，个个手里都平托着绫罗绸缎一类的服饰和物品，步履轻盈、训练有素地穿过前院，从大堂侧门进入中院。

王体中遥遥望见，吃了一惊，赶紧迎了上去："怎么回事？"他问走在前面的值卫士兵。

"这是宫女。"值卫士兵回答得没头没脑。

"宫女？哪来的宫女？你慢慢说！"

"唔，是这样，头儿。刚才御前侍卫李双喜派人来传话，说大顺王爷谕令，分拨三十名原明朝宫女过来服侍权将军。"

原来是李自成的赏赐。王体中为难了，这样的事还是破题儿头一遭，以前从未料理过。眼光逐个扫视了一遍，环肥燕瘦，千娇百媚，个个都不是凡物。他拍拍脑壳，略一思索，突然明白了，既然是谕令服侍权将军的，则这三十个妙龄宫娥，谁都不能染指！

"你去吧，交给我来处置。"他对值卫士兵说，"告诉前面，好好巡视门上和院外，不准偷懒！给你们留了一桌酒席，再过一个时辰，我另派十个弟兄去替换你们。"

值卫士兵走后，王体中把三十个宫娥带到西侧厢房，好在空屋子有的是，而且都已经打扫得干干净净了。"你们，"他指着两排宫女，"俩人一间，自由配对儿。床是现成的，只是没有被褥……"

话没说完，眼前一个极其白净丰腴的宫女说："军爷，被褥有的，都带来了。"

"是吗？在哪儿？"

"喏，那不是？军爷请往后排看。"

抬眼一看，果然后排人人手上托的都是绫褥缎被，时值春末，正好适用。王体中愁怀一去，这一来，宫女们夜寝的事就不用另外操心了。然而再看前排的几个宫女，心里又疑惑了。这几个宫女手上托的竟都是大老爷们儿穿用的内衣外裳！

白净丰腴的宫女看出了他的疑惑："军爷，这些服饰是大顺皇爷颁赐给权将军刘爷用的。"

一闻此语，王体中微感踌躇。供刘宗敏更换的服饰他是准备好了的，都是田弘遇生前的未用之物。不过略想一想，恍然有悟，刘宗敏身材魁伟，当时他检点田家衣物的时候，就感觉瘦短了些，不大适合刘宗敏服用。而宫女带来的既然是李自成专门所赐，则必然合身合体，尺码上是不会错的。

"好！"王体中脱口而出。他指着那个白净丰腴的宫女："你叫什么名字？"

"回军爷，奴婢叫李青娥。"

"好。李青娥，从今天起，你就是她们的头儿。她们有什么事要先找你说，你再转告给我。我有什么事分派她们，也要通过你去向她们转达。明白吗？"

"是。奴婢明白！"

"给你们两刻钟时间，赶快各自认屋，收拾起来。两刻钟一到，重新到这里聚齐，我另有差事交代。"

说完宫女们各自两两相约，进屋收拾。他自己则左携右拢，把刘宗敏的衣物亲自送到蕴玉庵的"偕柔"，精心挑选了一套色彩光鲜宜于晚宴服用的内衣外袍，叠好放平，到对面招来正在服侍刘宗敏洗浴的一名士兵，匆匆交代几句，一路小跑地到前院忙活去了。

等到刘宗敏来到大堂的"右坊"，一切准备就绪，王体中亲自打了帘子，刘宗敏优哉游哉地踱步而入。红烛照耀之下，但见他脑门锃亮，满面泛光，半尺长的络腮胡子梳理得丝丝可分，平头发髻上插了一支褐色玳瑁的滴血簪，两条翠髻带，一袭紫罗袍，足蹬白底乌缎履，腰垂鹅黄金丝绦，三十六岁的青春年华，七尺有余的魁伟身材，本来就人高马大，再配上这样一副打扮，愈发显得倜傥风流、落拓不羁。众士兵一看，有的感到好奇，有的感到滑稽，这哪里是叱咤疆场的大将军？分明一个消闲纳福的阔员外！

引入正席，徐徐落座。刘宗敏环视一周，才知道原来是要在这里行宴。"好啊，老子正好肚子饿了。上菜！"

有了这句话，所有恭恭敬敬地站立着的士兵才敢落座。王体中对着门帘处连击三掌，穿堂里立刻有人朗声高呼："摆宴——！"

话音刚落，正中步台的帷幕徐徐展开，七八个乐工，有男有女，早已做好了各种准备，随着一声梆响，箫声渐起，管弦和鸣，细吹软打，莺啾鹏唯，奏的是一曲时而柔曼、时而欢快的《醉花阴》。

曲乐声中，三十名宫女在李青娥的调度下，进进出出，往来穿梭。只一会儿工夫，十几桌宴席上，杯盘整洁，摆放有序，各式各样的珍馐美味，异香扑鼻，勾引得人人肚子里馋虫乱动。

但今夕不比昨夕，若是在以往的军营帐中，大碗喝酒，大块吃肉，手撕口扯，饕餮而餐，是谁也不会去笑话谁的。可是今天这种场合，不要说刘宗敏还未动箸，首先从气氛上就不容你乱说乱动，哪个敢不守规矩，光是在身边悉悉周转的妙龄宫女面前出了洋相，就足以使他在同伴们那里成为日后连续几天奚落耻笑的对象。因此陪侍晚宴的士兵们个个正襟危坐，你看看我，我看看你，任凭馋涎欲滴，谁也不敢首先伸手去拿动筷子。

然而待到酒过三巡、菜换一轮的时候，场面上就不一样了。先是各个席面的士兵轮番交替地过来给"总爷"敬酒。

刘宗敏高兴得眉开眼笑，夛开膀子，放开了海量，来者不拒，酒到杯干，还不时地对着这个骂两句，对着那个捶几拳，以表示对属下的亲昵。"你们他娘的跟着老子打天下，刀林箭雨，九死一生，不容易！现在要坐江山啦，今天庆贺，老子高兴。来来来，酒场如战场，都他娘的拿出本事来，一醉方休！谁要是敢给我装狗熊，老子照样军法从事！"他大着舌头，嘻嘻哈哈地说。

受此怂恿，接着场面顿时就开始活跃起来。乱哄哄地热闹了好一阵子，士兵们各归各位，开始猜拳行令。上好的京酿"莲花白"，酒精度极高，几杯下肚，个个都有了腾云驾雾之感，于是吆五喝六，你劝我搡，复归往日本色。整个"右坊"里面，人声盖过乐声，尽管步台上的乐工仍然很认真地吹拉弹奏，丝丝不乱，却没有人去听他们在演奏些什么了。

突然间锣鼓齐鸣，声彻屋宇，震得全场一阵错愕莫名。人人都放下了手中的酒杯和筷子，眼睛齐齐地看着步台，不知道将要发生什么。

锣鼓骤停，美女现身。从幕后袅袅婷婷闪出来一位绝色女子，薄施脂粉，淡扫蛾眉，顾盼之际，走到台前。包括刘宗敏在内，所有的座客，都没见过这等场面，于是个个兴味盎然地盯着美女凸凹有致的身段，酒也醒了，眼也傻了，都想看看这位美女接下来要干什么。

刘宗敏一头雾水，但脸上并无愠色，有点儿漫不经心似的询问陪侍在侧的王体中："我的旗鼓大官人啊，你这搞的什么玩意儿？"

"是，是有点儿玩意儿。有几个女优，都是田弘遇从各处弄来的顶尖儿角色。为了欢迎总爷入住新府，她们特为预备了几支清唱的小剧目，要给总爷下酒。不知总爷有没有雅兴？"

"嗯，嗯。"刘宗敏不置可否。

341

这就是肯了。王体中嘻嘻一笑："总爷，备赏的银子，卑职已经预备好了。"说着拍拍放在椅背上的挎包，"赏多赏少，随总爷高兴。不过，卑职斗胆，要给总爷立个规矩：一会儿赏赐最多的，总爷要许她今夜侍寝。"

"侍寝？"刘宗敏听不懂这句文词儿。

"就是伺候总爷睡觉。"

"哈，小兔崽子，怪不得给老子弄的这身打扮，原来今天要当新郎官！"

这是欣然心许的意思，王体中笑嘻嘻地朝着台上挥了挥手。

这都是事先和杨宛串通好了的。台上的美女得到许可，先对着刘宗敏这边施了一礼，又左右侧身，各福了一福，立定站稳，面带微笑："小女子顾寿，给侯爷和各位军爷献上一段剧曲儿。不计工拙，只怕唱得不中听，玷污了贵人的耳朵。"说罢轻击檀板，语音亢锐，却不似女人的发声：

> 九曲风涛何处显，则除是此地偏。这河带齐梁、分秦晋、隘幽燕。雪浪拍长空，天际秋云卷。竹索缆浮桥，水上苍龙偃。东西溃九州，南北串百川。归舟紧不紧，如何见？却便似弩箭乍离弦。

唱到这里，看看台下没有什么反应，顾寿只管重重地敲击了一下檀板，开始"过片"，声音分明是个男子的"小生"：

> 只疑是银河落九天，渊泉云外悬，入东洋不离此径穿。滋洛阳千种花，润梁园万顷田，也曾泛浮槎到日月边……

还没唱完，刘宗敏就皱起了眉头，其词若憾地说："看模样倒是个一等一的大美人儿，怎么唱起来这么难听？咿咿呀呀的，不好、不好！"

坏了！王体中知道这是刘宗敏不懂剧曲，于是耐心解释："总爷，这顾寿原是苏州名妓，大红大紫的角儿，前年春天被田弘遇好容易弄到手。她唱的是元代王实甫的《西厢记》，这一曲原就是小生的唱段，说的是张生进京探友，路过黄河，在黄河岸边发的一段感慨……"

刘宗敏根本不懂这一套，连连摇头："女人唱小生，不像话！叫她换一个，要唱本色。"

"本色"就是旦角儿。刘宗敏平日声如洪钟，此时虽然是压低了声音在和

342

王体中说话，但因为一场肃然，士兵们倒不是在欣赏顾寿的唱曲，而是惊羡于她的美貌，个个都顾不上议论了，所以静谧异常，不用传话，台上的顾寿已经听到了刘宗敏说的什么。她仍然面带微笑，只把檀板在手掌上转了一转，然后轻轻一击，再次开口，唱的还是《西厢记》，不过角色换成了崔莺莺。崔莺莺与张生一夕偷欢，而迫于母命，不得不与张生暂时离别，这一段是全剧的精华，首唱曲牌"滚绣球"：

> 恨相见得迟，怨归去得疾。柳丝长玉骢难系，恨不倩疏林挂住斜晖。马儿迍迍的行，车儿快快的随，却告了相思回避，破题儿又早别离。听得道一声"去也"，松了金钏；遥望见十里长亭，减了玉肌。此恨谁知？

接着过片到"耍孩儿"，顾寿顿顿精神，唱得哀转凄婉：

> 淋漓襟袖啼红泪，比司马青衫更湿。伯劳东去燕西飞，未登程先问归期。虽然眼底人千里，且尽生前酒一杯。未饮心先醉，眼中流血，心内成灰。

再过片到"五煞"和"四煞"，表现的是临歧叮咛，伤离怀别。这两段自然唱得缠绵悱恻，柔肠百结，把个多情少女的心底幽怨表现得淋漓尽致：

> 到京师服水土，趁程途节饮食，顺时自保揣身体。荒村雨露宜眠早，野店风霜要起迟。鞍马秋风里，最难调护，最要扶持。

> 这忧愁诉与谁？相思只自知，老天不管人憔悴。泪添九曲黄河溢，恨压三峰华岳低。到晚来闷把西楼倚，见了些夕阳古道，衰柳长堤。

343

檀板一击，戛然而止。顾寿自觉已经使出了浑身的功夫，没想到刘宗敏什么也没听懂，只觉得凄凄惨惨、悲悲切切地好不提劲。这位关中大汉，听惯了粗门大嗓的"秦腔"一类豪放高亢的武戏，对这类表现才子佳人缠绵哀婉的文戏一窍不通。不过既然美人登台一场，总不能显得大顺朝的侯爷太吝啬，于是他对着王体中伸出两个指头，喊了声："放赏！"

以顾寿的身份和绝艺，唱了半天，仅得二两，自是委屈太甚！但顾寿似乎并不在意，等到一个男佣托着漆盘，来回传递，把二两银子送到顾寿手里时，她依然面带微笑地盈盈下拜，表示谢赏，随后身子一转，轻飘飘地闪入帷幕后面去了。

这时候士兵们开始哗然聚议，有的喝酒，有的吃菜，吃喝之间，议论的都是顾寿的美貌，竟没有一个是真懂妙音的"顾曲周郎"。

王体中大为窘迫，照这样子，今天的一番策划砸锅不说，日后说不定落下一堆埋怨，这个面子可就丢得太大了。于是他趁着乱哄哄的当口儿，悄悄从侧面溜到后台。

杨宛早就在幕后看到了这一切，心里也很不安，所以王体中一到，她立刻迎了上去，悄声说："王将军，看来你的这班军爷听不懂剧曲，这我可就没有办法了。敝府旧主专好剧曲，他养的这个戏班子也只唱南戏，哪里去找梆子腔那样的乱弹角色？"

王体中挠了挠头皮，以商量的口吻说："倒不是剧曲不好听，是剧目不好。《西厢记》太文雅，里面好些典故，不怪他们听不懂。这样吧，剧曲不行，就唱散曲，你看能不能来点直白的？"

"散曲现成，直白的也有，怕不扰了侯爷的清兴？"

"差矣、差矣！就是直白的散曲最好，越直白越好！——你赶快去安排，别耽误了下一场。"说着转身欲走。

"哎，别急、别急。散曲包你满意，这个尽请放心。我是想问问王将军：那一位，还要不要她上场？"杨宛一边说，一边揪了揪自己的耳朵，往东边一指。

王体中一愣，但旋即醒悟："你是说'耳东陈'？"

"不错。"

"要、要，怎么不要？就是要让她出来压轴的嘛。"

"她可不来直白的啊。"

"啊？——"不来直白的，刘宗敏肯定不感兴趣。王体中犹豫了一下，终于下定了决心似的，"不来就不来。总得让她露个面儿，就算侯爷不喜欢，也能让咱开开眼不是？"说完对着杨宛挤眉弄眼，做了个痞赖的表情，匆匆转身回座。

场面上乱了一阵子，锣鼓又响。这一次大家都有了经验，知道又要大饱眼福了。

帷幕掀动，走出来一个极其妖艳的女子。看长相不免令人有点儿失望，远不如顾寿来的漂亮，但腰肢扭动，别具风姿。碎步轻移时，频频向台下送媚眼。紧身薄纱的一件镂绣衫，影影绰绰看得见胸前鼓鼓的两堆肉峰和纤纤一捻的水蛇小蛮腰，倒引得不少士兵翘舌不语，张着大嘴，呆呆地看得如痴如迷。

檀板一响，唱声便起，吐字清彻，浪艳入骨：

携手入兰房，解红妆，上玉床，腹儿相偎，腿儿相傍，好个风流郎。咂得俺，两乳酥酥麻麻春心荡，狠下心，愿把女儿身尽皆委情郎。

就这两句，赢得满堂轰然喝彩！士兵们似乎都忘却这里是什么所在了，个个兴奋得血脉偾张。刘宗敏也显得极感兴趣，和士兵们一样，竖着耳朵，听得津津有味。

且把那腰儿拱，臀儿扬，灵根一凑周身爽。恰似那粉蝶迷花，戏水鸳鸯，锦被里头翻红浪。丁香舌吐琼浆蜜，柳腰款摆云鬟纾。低声嘱，莫太狂，从今后，鹅黄褪尽，嫩蕊尽付小情郎。

唱到这里，故意顿住，只檀板很有节奏地在轻轻叩击。

这样的淫词浪语，似乎勾起了士兵们的某种经历或联想，一时间拍桌子、敲盘子，乒乒乓乓之中，夹杂着一片轰然叫好之声，场面情绪，如鼎如沸。但很快就有人示意噤声，是急于要听接下去再唱什么。

哎呀呀，好个风流的贪花郎，还不肯把奴身儿放。看看哟，早已经鸡鸣头遍，月斜回廊。哎！真个是春宵千金，夜短情长。只盼着，月上东山，人倚花窗，依旧是剪烛为号，暗度陈仓，再亲近俺那冤家的风流郎。

余音未断，欢声又起。叫好之声刚落，有人却不免惋惜："哎——刚刚弄到兴头上，怎么一下子就分开了呢？"

"嘘——"立刻有人嘲笑，"粪桶也有两只耳朵！人家俩人儿都捣弄了一个通宵了，'早已经鸡鸣头遍，月斜回廊'——难道你没听见？"

被嘲笑的那一位也不甘示弱，立刻反唇相讥："呸！你说谁没长耳朵？我的意思是，那小骚娘儿们偷野汉子，弄得正带劲儿，就是这一段太短了，让人听得刚刚冒火，却又分开了。咦——连这个都不懂，莫非你没干过那事儿？"

"没干过那事儿"在这种场合被揭示出来，是件很丢面子的事。所以话音一落，满堂哄笑，又是一阵拍桌子、敲盘子，乒乒乓乓，人人欢快，感到很过瘾的样子。

刘宗敏显然也受到了这种情绪的感染，大手一伸，又开五指："赏！"

托着漆盘的男佣飞步走来，王体中拿出五两银子。待到接了银子，妖艳女优连连施礼，又向台下抛了几个媚眼之后，腰肢一转，扭动着肉乎乎的大屁股，一摇三摆地回到了幕后。

"这位怎样？"王体中问刘宗敏，语气中含有皮里阳秋的味道。

刘宗敏倒是一本正经："唱得还不错，身段也他娘有点儿意思，就是脸盘子不耐看。"

"别着急，总爷。你老再看下一位。"

锣鼓再起，帷幕闪动，所有人的目光倏然一亮：盈盈冉冉飘出来一位淡妆女子。还未站定，全场哗然喝彩，但又立时鸦雀无声，一个个全都口中屏气，两眼发直，心中怀着同样的困惑：世间真有这样的天仙？

这位天仙也不施礼，轻启朱唇，徐徐唱来：

堤柳、堤柳，不系东行马首。空余千缕秋霜，凝泪思君断肠。

肠断、肠断，又听催归声唤。

歌声已停，余音还在，盘桓缭绕，经久不散。人人都屏住了呼吸，眼观仙女，耳听余音，仿佛唯恐仙女会随着余音的消失而渺然飘走似的。就这场景，足足持续了有两盅酒的工夫。

"好！"刘宗敏霍然而起，眼睛仍然盯着台上，手却指着王体中，"去，把她叫过来！"

王体中不敢怠慢，飞步从刚才的侧面跑上后台，对着杨宛，密密耳语。杨宛立刻走向前台，亲手搀扶着那位仙女，莲足轻盈地下了步台，一直走到刘宗敏面前。

刘宗敏站立不动，眼睛忽上忽下，细细打量："你叫什么名字？"

"陈圆圆。"

"陈圆圆？好，名字好听，也好记。"说着从王体中预备的挎包里取出一锭大元宝，整整五十两，亲手递给陈圆圆。

陈圆圆面无表情，也不伸手去接。杨宛机警，赶紧替圆圆收了赏银，屈了屈膝，同时也提醒圆圆屈膝施礼："快谢谢侯爷的赏赐。"

圆圆表情木讷，略略下蹲，鹦鹉学舌般地随着杨宛说："谢谢侯爷的赏赐。"

刘宗敏开怀大笑："老子横行天下十几年，什么样的俊俏女子没见过？今天……哈哈，今天俺刘宗敏可算大开眼界啦！"

就这工夫，王体中已从帘外招来了李青娥和另外三名宫女。按照王体中的吩咐，四名宫女轻轻盈盈地走到陈圆圆面前，先福了一福，众音并启："请姑娘沐浴安置。"然后两左两右，扶着陈圆圆，杨宛在前，四名宫女簇拥着陈圆圆在后，出右坊，过穿堂，一路轻趋，朝着蕴玉庵的"偕柔"飘然而去。

三桂入关

吴三桂今天到达山海关。

一进关门，高第迎面道乏："辛苦、辛苦！已经预备好了行辕，今晚为老兄洗尘！"

吴三桂心不在此，和王永吉一样地，劈面先问："京师那边有什么消息吗？"

"没有。"

"好、好。"吴三桂仿佛很感宽慰，"总督那边呢？"

"也没有。倒是中丞传谕，说昌黎那里出了点麻烦，要老兄进关后稍事歇息，抽空去料理一下。"

"喔，怎么回事？"

"具体情况不明，大致是有几十家老兄麾下的眷属鼓噪闹事，说这次迁徙，损失了关外良田，要求得到补偿，因而占据县衙，辱骂县官，扬言非要抚台大人出面解决不可。"

还真的让总督预料到了！吴三桂心想。不过他并没把这件事放在心上，军眷非理，是常有的事，只要他一出面，准能震慑得住。

草草应酬了高第的接风晚宴，吴三桂召集参将以上的将领在行辕中议事。

"总督勤王，至今没有消息，我心里很不安。"吴三桂忧心忡忡地说，"京师方面也是消息隔绝，闯贼如今到了哪里？这一切都是未知之数。圣上危难，特召我镇入卫，自初九日奉诏，至今已过十天。兵机莫测，这十天之内都发生了些什么变化？我心里一点儿数也没有。你们看，下一步该怎么办？"

下一步该怎么办，在座的众将领亦心中茫然，但吴三桂有临事冲动的毛病，是军中属将们都知道的。平日里军中有童逵行辅佐谋划，每临大事，匡正不逮，而吴三桂对童逵行又能言听计从，所以不至于出什么大的差错。如今童逵行不在军中，弃宁入卫，护民入关，这都是关乎宁远军前程的大事，听总兵的口气，已有沉不住气的意思，但如何劝慰，抑或如何能解总兵之忧，在座诸将都感到非常为难。一阵眉目协商之后，大家不约而同地把目光聚向了参将郭云龙。

郭云龙沙场骁将，帷幄谋士，为人极其机敏。此时隐受众托，自感义不容辞，因而清清嗓子，朗声陈述："镇帅，卑职愚见，下一步仍应以安置入关的移民为重。"

"你具体说说看。"

"宁远军分成两路，一路先期勤王，一路护民入关，这是制台大人与镇帅共同商定的已成之议。如今入关的辽民，亟需妥为安置，此事倘无圆满的结果，不仅不好向制台大人交代，而且也有拂当今圣上一片拳拳爱民的慈意。"

"嗯，话是不错，可是勤王一路，我就要忍心放弃不管？"

"放弃非计，自然不能不管。镇帅所忧虑的，无非总督统兵，将士不听指挥。卑职以为，有杨副镇和童同知随侍总督左右，调度指挥，可保无虞。"

想想确如所言，有杨坤和童逵行跟在王永吉身边，军纪一层，自可无虑。然而吴三桂仍然不能释怀，但为何焦虑，自己也说不清楚，只好负手踱躞，在行辕里来回踱步。

其实郭云龙最清楚主帅的心思，而不忍说破，是怕给吴三桂平添烦恼。

此时见吴三桂满脸愁思的样子，于心大为不忍，只好直奔主题了："镇帅，卑职请命，想带一队人马往京城方向打探消息。"

"喔？何以有此想法？"

"总督分兵，至今已逾五日，而消息沉沉，也不派人回来通报情况。在卑职看来，这是总督遇到了极大的麻烦，否则于情于理，不当如此。"

"不错、不错！"这算是道出了吴三桂的欲言之意，几天来心神不属，追根寻源，就是因为总督那边迟迟不来信息，"那么在你看来，总督会遇到什么麻烦？"

"军心既然没有问题，麻烦自然来自勤王本身。"

"你是说，总督已经与贼相遇，正在厮杀？"

"这倒还不至于。如果正在厮杀，总督必然派人前来联络。卑职担心的是，闯贼已经围困京城，总督中途闻讯，而如何破敌，尚未拿定主意。"

"我明白了。你是想去和总督联系，弄清情况，看看总督是如何打算的，是吗？"

"是，卑职正是此意。"

"如果闯贼真的已经围城，我还要按兵不动，继续安置移民吗？"

"镇帅！"郭云龙高声打断，"安置移民，是圣意，也是总督的指令。闯贼围京，只是卑职的猜测，确切与否，尚待证实。如果打探的结果，闯贼确实已经围困京城，自然要忧君父之忧，星夜驰赴都下，与贼拼杀。然而，消息尚未证实之前，卑职为镇帅计，仍应首重安民，才是正办。"

吴三桂思索了一下，目前之局，也只能这样了："好，就依你。现在你就去点二百人马，明天早饭后动身。中途有什么意外，随时派人向我禀报。见了制台大人，你告诉他，安置移民的事尽管放心，有我吴三桂在，决不让宁远百姓无家可归。"

"是！卑职这就去准备。也请镇帅放心，无论有没有意外，卑职每天都会派人回来驰报消息。"

"好、好，这样更好！"

议到这里，算是大致有了个眉目。吴三桂正要宣布散议，负责护送最后一拨辽民的副总兵何进忠走进帐来："吴帅，有个刚从锦州过来的边民，要不要带进来问问？"

从锦州来的人，自然会知道一些东虏的信息，吴三桂求之不得："要、要。

人在哪里？"

"在帐外，我去带来。"

何进忠去而复回，带进来一个衣衫褴褛、满面于思的中年庄稼汉，脑门儿锃亮，脑后拖了一条长长的辫子，完全是旗人装束。

"你叫什么名字？"吴三桂和颜悦色地问。

此人倒不似见了当官的便扭捏胆怯的那类农夫，听了吴三桂的问话，并不紧张，而自称既不是"小人"，也不是"小的"，而是"贱民"："回军爷的话，贱民叫王殿魁。"

"今年多大了？"

"三十六。"

"你是从锦州过来的吗？"

"是。"

"听你口音，不像关外人呀。"

"是，贱民世籍关内胶东的莱州。"

吴三桂有样好处，只要不是处理违法乱纪事件，平日里对人说话，从不疾言厉色，对平民百姓，尤其温温煦煦。"来啊，"他吩咐侍兵，"给他搬把椅子！"

待到侍兵搬来椅子，让王殿魁坐下，吴三桂亲自起身，递过去一杯热茶："说说看，怎么回事？如何从莱州到了这里？"

王殿魁两大口喝完一杯茶，抹了抹嘴，缓缓回答："贱民自幼在家种地为生。崇祯八年，胶东的登州、莱州一带大旱，庄稼绝收，贱民为了活命，不得已跑到关外中前所，在那里开垦荒地，勉强能够糊口。去年九月，满洲鞑子攻下中前所，把贱民抓到锦州，编入镶蓝旗，头发也剃了，弄成这副人不人、鬼不鬼的样子。贱民虽然是种地的，可也知道，这副德行，死了不好见祖宗，所以一直打算着，找个机会，逃回家乡。本月十四日，贱民在锦州城外收拾农活儿，趁着没人注意，就骑了一匹骡子往南直跑，跑了两天，赶到宁远，才知道宁远的老百姓正在往关内搬迁。贱民把骡子献给军营，在一班军爷的保护下就来到了这里。"

"路上怎么样？遇到清兵盘查了吗？"

"没有。从锦州过来，松山、塔山一直到宁远，没有遇见一个鞑子。"

吴三桂不免奇怪，自去年十月，关外两所一卫丢失之后，清兵一反常态，几个月来，居然与明军相安无事，这是十几年来的少有之事。进一步思索，自从去年八月皇太极死后，除了去年九月济尔哈朗和阿济格的夺取两所一卫之役外，明清之间就再也没有发生过重大战事。照此看来，休兵息战，不是清军的本意，而相安无事，必与东虏内部尚未稳定有关！

"你知道鞑子的锦州守将是谁吗？"吴三桂问。

"知道，叫艾度礼。"

这就对了，艾度礼是清朝的"镇国公"，此前吴三桂曾得到谍报，皇太极刚死，镇守锦州的济尔哈朗换成了艾度礼。以"公"易"王"，可见清朝为了解决皇太极死后的政权危机，已经把边镇戍守放在了极其次要的地位。吴三桂暗暗感叹：去年八月，皇太极的死信儿刚刚传来，吴三桂接纳童逵行的建议，曾上书朝廷，要趁着东虏国逢大丧、内部混乱之机，施间用谋，把锦州以南的关外数城重新夺取回来。这个建议，不能说是万全之策，但放手一搏，不仅夺回锦州极有可能，而且锦州一旦夺回，则可进一步加剧满洲的混乱，刺激其内部分化动荡，政治层面和军事层面或许会有一个完全不同于现状的改观。可惜这道奏疏拜发之后，如同石沉大海，连个回音都没有，朝廷坐失良机，白白放弃了这样一个千载难逢的大好时机。

感叹之余，吴三桂倒仍然关心锦州的情况："那么，艾度礼有没有从锦州南犯的迹象？"

"回军爷，艾度礼被抓回沈阳了。"

"啊？"吴三桂颇有突兀之感，"怎么回事？"

"是贱民来之前刚刚发生的事。听说艾度礼对多尔衮不满，多尔衮派人将他抓回沈阳，大概是活不成了。"

"王殿魁，"吴三桂很和蔼地说，"这个消息，你是从哪儿听到的？可靠吗？"

"应该是可靠的，是贱民亲耳听几个鞑子兵议论的。"

"这么说，你会胡语？"胡语就是满语。

"贱民在关外生活了十年，满洲话学了不少，大部分能听得懂。"

这就可以证实此人所言不虚！在此之前，吴三桂已经知道多尔衮成了清朝的摄政王，大权独揽，予取予求。吴三桂本就纳罕，多尔衮既然有此地位，何以不趁着中原混乱而入关骚扰？现在照王殿魁的情报来看，只怕多尔衮的地位并不稳固。艾度礼是镇国公，爵次仅在贝子之下，而居然都对多尔衮不满，可见清朝内部，皇太极死后的权力危机，并未真正解除。而艾度礼自锦州被逮沈阳，又可见清朝暂时不会有南犯宁远进而攻掠山海关的举动。

然而吴三桂还有疑问："你刚才说，你是到了宁远以后才知道老百姓往关内搬迁的。那么，你在锦州的时候，就一点儿也没有听到这类信息吗？"

"没有。从来没听到有人说起过。不过……"

"不过什么？王殿魁，有什么就说什么，不必顾忌。"

"不过，十几天前，倒是听说宁远人心惶惶，不少老百姓都打算逃离宁远城。"

吴三桂想了想，十几天前，正好就是百户统领王存亮带了二十个人叛逃的时间，看来王殿魁听说的信息与此有关。而十几天前尚未发生皇帝召兵勤王和迁徙宁远边民的动议，这就说明，清朝方面对关内的一切包括朝廷撤守宁远的举动至今还一无所知。有此意会，吴三桂暗道侥幸，若非如此，则清兵闻讯来袭，必有一番激烈的厮杀，只怕勤王尚未动作，多少宁远将士先要伤亡于与清军的搏杀之中！

看看无可再问，吴三桂正要让王殿魁下去休息，郭云龙做了个手势，意思是有话要问。吴三桂会意，身子微侧，示意郭云龙，有话尽管说。

郭云龙人很儒雅，未曾开口，先致笑意："王殿魁，你能不能告诉我，你的莱州老家都有哪些亲人？"

"回军爷，贱民老家只有一个兄长。"

"怎么，难道你就没有娶妻生子？"

问到这个，王殿魁泪光莹然，欲言又止地显然被触到了伤心之处："军爷，贱民命苦……"

"别难过、别难过。"郭云龙指着吴三桂说，"有什么话尽管说出来，我们吴总镇也许能帮上你一把。"

王殿魁一愣，突然明白过来，他再也没有想到，刚才与自己絮絮对话的"军爷"，竟是名震辽东的吴三桂。

吴三桂不知道郭云龙此时为何把自己扯了进来，但急人所难，是吴三桂的长处，因而也对王殿魁说："是啊，你有什么过不去的，不妨说出来听听，看我能不能帮你？"

就像弃儿突然遇到了亲人，一肚子委屈必得痛痛快快地倾泻出来才能好受些似的，王殿魁顿时涕泗交流，一边抽泣，一边哭诉。

据他说，原有一妻二子，崇祯八年一块儿到了中前所，一家四口，虽然贫素，倒也过得其乐融融。崇祯十四年，长子不幸染上"痘症"。"痘症"就是"天花"，为胎毒所蕴的险症，十病九亡，侥幸不死的也要落下一脸大麻子。为了给儿子治病，王殿魁相信了一个外来游医的骗局，说是用一种来自西域天山的"神草"，敷在患者肚腹，三七二十一天之后即可痊愈，但"请"这样的神草，须得二十两银子。王殿魁一家的衣食，全靠背负青天、脚踏黑土，一年四季辛辛苦苦才能讨得出来，哪里去弄这二十两白银？无所措手之际，那个游医给他出了个主意，说中前所有个大户，姓蔡，乐善好施，凡是穷人治病而告贷，只计本金，不要利息；而且这位游医说，他与姓蔡的相识，可为王殿魁做保人。儿子有此一线生机，王殿魁哪里还能顾得上许多？于是雇了辆快车，拉上游医，跑到六十里外的中前所，在游医的担保下，从蔡大户那里借了二十两银子，借期是两年，果然蔡大户只要求在借据上写明，两年之后，只还二十两本金，不要利息。

借了银子，王殿魁其实已经落入了圈套，此时倘能醒悟过来，也还不过破财而已，不料他救子心切，随着游医到中后所郊外一个破败不堪的喇嘛庙里，奉上银子。庙里的一个自称西域喇嘛的家伙，不知从哪里弄出几片晶莹翠绿的植物叶子，嘴里呜哩哇啦地念了一通咒语，王殿魁如获至宝，拿了二十两银子换来的这几片树叶，连夜回家，按照游医的指教，将树叶捣碎，用井水调匀，敷在了儿子的肚腹上。过了三天，儿子就不行了，再找游医，哪里还有人影？王殿魁气无所出，约了几个农夫，跑到郊外的喇嘛庙里，要找喇嘛算账。到了地方，没见着喇嘛，庙里只有几个无家可归的流浪汉。一打听，才知道那个外地游医和这个庙里的喇嘛专做联手骗财的勾当，而且据流浪汉们告诫，中前所的那个蔡大户也不是什么好东西，怕是王殿魁中了这三个人合伙设计的连环套！

儿子已死，悲恸欲绝的王殿魁怀着忐忑的心情，要赶快凑齐二十两银子还债。然而，一个农夫，除了种地，别无财源，起早贪黑地劳作，省吃俭用地积攒，两年下来，也不过存了四五两银子，离所欠之数十成还差八成，可是两年一到，索债的找上门来了。老实巴交的王殿魁只能苦苦要求延展期限。

"不行！"蔡大户一脸恶相，"当初你说要救儿子，好说歹说，我才答应帮你，而且不收利息，只要本金，如今到了期限，你又要赖账不还，哼，好人做不得了！杀人偿命，欠债还钱，这是古来的规矩！今天你不还钱，我立马就去告官！"

如果告官，王殿魁必定坐牢，但这样一来，老婆和刚满十岁的小儿子除了饿死，别无活路。生死两难之际，随同蔡大户来的一个管家给王殿魁出了个主意：有个汉族旗人，在宁远北边的连山开了一家客店，专门接待南来北往的客商。现在这家客店正缺少人手，如果王殿魁愿意，他可以居间说合，让王殿魁的老婆孩子到客店做用人，不给佣金，管吃管住之外，还可一次性得到二十两银子，正好用来还债。

贫贱夫妻百事哀，到此地步，只有任人摆布。夫妻俩相拥哭了一夜，第二天随着蔡家的管家，长途跋涉，费了两天时间，来到连山。客店的掌柜人还不错，听说了情况后，当着王殿魁的面，向管家索回债据，付了三十两银子，将管家打发走——多出的十两，自然是蔡大户和管家要了滑头，否则仅仅二十两，无利可图，他们是绝不会干的——然后留王殿魁住了两天，临走交代："老兄放心，你的老婆孩子在我这里不过打打杂务，我不会亏待他们。过几年等你攒足了钱，拿三十两银子，保证老婆孩子还是你的。"

"有这等事？"帐中将领，无不听得满脸诧异，"这样说来，是去年才发生的事啰？"吴三桂问。

"是去年春上，贱民把老婆孩子送到了连山的。"

"以后你就没再见过妻儿？"

"见过的。去年十一月，贱民被鞑子掠到锦州，编入镶蓝旗之后，行动就比较自由了。今年二月，贱民到连山去过一趟，与老婆孩子见了一面。"

"那么你说要回莱州老家，莫非从此就不管老婆孩子了？"

"回将军，贱民打算，到了老家，总要想办法凑出点钱来，再到关外把老婆孩子赎回来。"

"你老家的哥哥富裕吗？"

"不富裕，和贱民一样，种地为生。"

"嗯、嗯。"吴三桂明白了，凑钱赎人，在王殿魁不过是个打算而已，真正如愿，难乎其难！

此时郭云龙附在吴三桂面前耳语了一阵子，一个说，一个点头，之后吴三桂笑眯眯地对王殿魁说："我倒有个计较，你如果能照我的话去做，我不光送你三十两银子帮你赎回妻儿，还要再给你一笔盘缠，让你带着老婆孩子回老家安安稳稳过日子。"

边镇大帅，绝无戏言，王殿魁对吴三桂的话是没有任何怀疑的，但不知道吴三桂要他干什么，也不知道自己能不能干得下来，因而踌躇着说："贱民愿意照大人的话去做，就怕贱民没有本事，做得不好，辜负了大人的期望。"

这个回答很得体，见得王殿魁倒是有点儿阅历，不全是愚昧无知的庄稼汉，因此吴三桂很满意，指着郭云龙说："王殿魁，我要你做的事并不难。现在你就跟着这位郭参将，去他的营帐，一切听他的吩咐就是。"

郭云龙上来拍拍王殿魁的肩膀："走吧，我来给你安排。"

"是！"王殿魁伏地给吴三桂叩了个头，"贱民告辞。"说完起身，随着郭云龙出帐而去。

22

大明崇祯十七年三月二十日

兵抵丰润

正如郭云龙猜测的，王永吉遇到麻烦了。

十七日早晨离开山海关，王永吉带着两万人马朝京师进发。当天驻节抚宁，十八日到永平府，十九日驻节沙河驿，今天午时刚过，来到了丰润县。丰润在北京和山海关之间，距北京和山海关正好都是三百五十里。

出城迎接的丰润知县赵广嗣，见面就报告了一个坏消息：闯贼已经打到京城了。

入关三天，西路迟迟没有消息，王永吉已经预感到出了什么意外，听赵广嗣一说，自然倍感关切："什么时候？"

"前天，就是十七日。"

"消息可靠吗？"

"目前道路纷传，应该是可靠的。"

"既然是道路纷传，如何就能断定是可靠的？"

"启禀制台大人，从昨天夜间开始，陆续有从京郊逃难过来的士民。卑职亲自询问，开始得到的消息是，闯贼打下了居庸关……"

"闯贼打下了居庸关？说没说是什么时候？"

"说法不一，有的说是十五日，也有人说是十六日。"

"然则居庸关的守军就没有抵抗吗？"

"说是镇守居庸关的蓟镇总兵唐通和监军太监杜之秩献关投贼了。"

这一说，王永吉知道大事不妙了！从宁远入关以来的一路上，他和杨坤、童逢行都在盘算，闯贼自山西而来，居庸关是必经之地，而居庸关天然屏障，地形险峻，只需设轻兵防守，闯贼万无逾越的可能。蓟镇总兵唐通归属蓟辽防区，是自己的属下，怎么也想不到的是，唐通居然会主动献关投降！居庸关既失，京师危乎殆哉！王永吉急出一头冷汗："赵大令，你接着说，后来又有什么消息？"

"今天早晨，丰润又涌进一批难民，经卑职询问，说是十七日午时，闯贼主力到了京师外城，想来此时正在围城攻打……"

"怎么说是闯贼主力？莫非闯贼另有偏师？"

"都说贼将刘芳亮另率一支人马，十六日绕东路占据了通州……"

"什么？连通州也被闯贼夺去了？"

"是！"

坏了！王永吉暗暗叫苦，通州密迩京城，而且是勤王大军入京的必经之地，通州一失，只怕自己带的这支勤王之师，连京门都进不去了！

"那么，刘芳亮占据通州，有没有向东边打过来的迹象？"

"卑职昨天派快骑向西打探，通州以东，尚无动静，只在三河镇附近发现零星贼骑。"

由丰润往西，每隔六七十里，依次为玉田县、蓟州镇、三河镇，再往西去就是通州。照赵广嗣的报告，从这里到三河镇，其间还有二百多里的地面没有贼兵，这就大致可以断定，闯贼目前正在倾全力围攻京城，暂时还没有东侵的打算。

"好，我知道了。赵大令，你还有什么事要说？"——"大令"是官场上对"知县"的别称。

"为防贼兵随时来袭，卑职正在动员丰润县的士民准备城守，请制台大人进城指示方略。"

"很好！"王永吉想了想，别无可问，消息毕竟属于道路流传，一切要待弄准了情况以后再说，"我就不进城了，两万人马进城，必致骚扰百姓，我带部队就在城西先驻下来。城守的事，可照你原来的打算，继续动员士民，加紧准备。不过，两万人马的粮秣，你可要给我赶快筹措出来。"

"是！"

"另外还要你辛苦一下，连夜多派快骑，往西边打探贼兵的动向，如有紧急军情，不分昼夜，必须随时向我驰报。现在是非常时刻，京中的任何信息，对我今后的行动都很重要。要不遗余力，尽快探明京城的守备情况，此事关乎圣上安危，万万不可掉以轻心！"

"是！既然如此，卑职这就告辞，马上遵照制台大人的吩咐去做安排。"

看着赵广嗣匆匆离去，王永吉吩咐材官："速召杨坤和童逵行过来议事！"

要议的第一件事就是，要不要把这个消息告诉给后路的吴三桂？

"告诉是要告诉的，但不必急在眼前。"童逵行首先表示，"计算行程，吴总镇的人马最快也不过今天才到关上。护民入关之后，接着还要把这些关民安置到附近各县，恐怕没有个三五日不能竣事。闯贼围京，固然事出意外，但刚才赵大令所说的消息，都还未被证实，传闻之词，不足据以为凭，京郊难民偶尔夸大其词的说法也是有的。如果信以为真，告诉总镇，说闯贼正在围攻京城，总镇必然连夜率军西来。如此则边民安置未妥，而京城又战事不明，民事、戎机，两皆失误，窃为智者不取。卑职的意思，且待明日继续西行，打探出京城方面的切实消息之后，再与总镇联系不迟。"

"达德说得大致不差。"杨坤接着表态，"入京勤王，离不开吴总镇。但目前京中情况混沌不明，此时将尚未明确的消息告诉总镇，徒乱人意，于大局未必有益。不过照卑职的看法，自十五日与总镇分兵，至今已过四天，我们这里什么情况，吴总镇一定也很关心。可否明日遣快骑与后路做个联系，彼此互通一下信息，当此非常时刻，如此做法，似乎更为妥当。"

综合二人的意见，王永吉当即决定，连夜派人与吴三桂联络，暂时不提刚才得到的消息，主要弄清安置边民的进展情况。

接下来要议的是，如果证实了闯贼确已围京，下一步该如何决定行止？

"圣驾至重！"杨坤说，"诏命宁远军入卫，为的就是进京护驾。所以卑职的意见，如果证实了闯贼确已围京，救驾如救火，无论如何，也要放弃一切待办之务，立刻督兵西进，与闯贼兵戎相见，纵使喋血都门，亦在所不惜！"

这个说法，自然没有人能持异议，但闯贼果然围京，以宁远的四万军兵，能否杀透闯贼的数十万大军而进入京城，却是个人人心中忧虑、个个口中难言的大问题。很明显的事实是，闯贼十几年中原逐杀，如今已成气候，自今年年初至今，不过用了两个多月的时间，便已席卷山西，尽毁三边，如入无人之境地打到了京城，则其军事实力，便已不容低估。而据说闯贼拥兵五十万众，宁远边兵，号称四万，其实真正能耐搏战的不过八千余人，双方实力之比，差不多以一对五十，一旦兵戎相见，无异以身饲虎，这样的仗如何打法？只怕圣驾未救，自身先且不保，朝廷仅有的这点家当，出师未捷，却要首先白白毁掉，则千秋功罪，后人怎样评说？

"唉——"童逮行很痛苦地长叹一声，"卑职就想不明白，年初闯贼就扬言北征，何以迟至本月初六日皇上才下诏勤王？制台，有笔账，一算就能明白：京城离宁远九百里，就算当初勤王诏书用兵部的驿站加急递送，也要两天时间才能到达宁远。这样去算，宁远军初九日出发，骑兵不说，步兵急行军，日行百里，也要十天才能赶到京城，细扣时日，差不多应该是在昨天或者今天。而刚才的消息却说，闯贼十七日就已经打到了京城。这不是怎么去算，也还是晚了两三天吗？况且，卑职这还是按最快的速度来算的，事实上还有两点不能忽略，当然，这两点皇上已经做了：一是按照朝廷制度，皇上不可能直接向宁远镇下诏，必须先到永平府，诏令制台大人出关督师勤王，这个时间，亦需两三日耽搁，如何可以不计算在内？二是既弃宁远，边民不能不管，妥善安置边民，需时更多，皇上为何事先就不做好时间上的打算？现在看来，仅此两点，就已耗时八天之久，则所谓勤王，岂非太迟？制台，卑职也不怕忌讳，千误万误，皇上不该自误！事到如今，虽起良平关岳于九原之下，又何能挽大局于不溃之境？"

这番牢骚，语涉不恭，却句句都是实情。王永吉心里最清楚，撤宁入卫，黎玉田去年十一月首倡其议，继而他和吴三桂连章陈请，当时的目的虽然不主要是为了"备贼"，但确实考虑到了闯贼犯京的因素。上月十二日的廷议，可谓正逢其时，那时候闯贼已经打过了太原，北犯京畿，不过是迟早的事。如果皇帝采纳了自己的意见，不为庸臣的浮言所动，力排众议，乾纲独断，当时就果断下诏，召宁远军入卫，则宁远的四万劲旅，以半数驰赴居庸，利用天险，据关而守，足可遏制闯贼的凶焰；而另外的半数，南赴保定，控扼京师的南大门，与刘芳亮胶着相持，只需个把月时间，史可法的江南兵马必可赶到，如此南北合兵，拒贼于京门之外，这才是勤王救驾的正办。可惜皇帝舍此不取，优柔寡断而错失良机，落得如今坐困愁城！这样看来，实在是皇帝当断不断，自误且亦误国！童逮行的算法不错，三月六日下诏，从军事的角度去看，无论如何，都是太晚了！

然而，君父之非，岂臣下所得妄议？王永吉身为封疆大吏，也只能把这些看法摆在心里，这不仅因为腹诽君主，迹近不臣，更重要的是，如果自己首先就把持不住，贸贸然地去附和这类悲观情绪，则将士离德，军心瓦解，

359

那可就真正的糟不可言了。身处危局，力尽人事而勉为其难，这才是大臣谋国的应持之道。况且，不利的消息，还只是来自传闻，并不能就据以认定，大局已经到了无可措手的地步，一切都要等到尽快弄清了京城方面的真实情况再说。退一步去看，果真闯贼正在攻打京城，除了按照杨坤的意见，喋血都门，拼死护驾之外，做臣子的还能怎么样？

"达德，"王永吉摆摆手，"这些都不必说了，说也无益。现在我们只讨论，下一步该怎么办？"

"自然是尽快赶到京门。只要还有一线希望，就绝不能让圣上落入闯贼之手。"

人同此心，事情就比较好办了。王永吉当即决定，今天让士兵早点儿歇息，好好休整一夜，明天五更开拔，二百多里地，争取在一天之内赶到通州。同时令杨坤亲自点了二十名敏捷机警的军卒，由一位姓魏的百户带领，立刻驰回原路，去和吴三桂联络。

23

大顺永昌元年三月二十一日

胜国衣冠

严诛重赏，果然立见奇效。今天一大早，就有了二王的消息。

"在哪里？"李自成急急地问。

"刚刚进宫，儿子把他们带到了武英殿。"李双喜答。

"怎么只有二王？太子呢？"

"太子目前还下落不明，张鼐已经四下布兵，正在内城各个角落里搜寻。"

"嗯、嗯。这'二王'都叫什么名字？多大了？"

"年纪大的十四岁，是皇三子，叫朱慈炯，崇祯十二年封为'定王'；年纪小的才十岁，皇四子，叫朱慈炤，崇祯十五年封为'永王'。"

"原来是定、永二王。怎么找到的？"

"详细情况还没问，是总哨刘爷带进宫里来的。"

"走，看看去！"

"是！待儿子吩咐传辇。"

"不必传辇，就骑马过去好了。"

"是！儿子即刻吩咐备马。"

内宫骑马为历朝历代所无之事。有的朝代为了优遇老臣或勋戚，特赏禁城骑马，但那也不过至外廷而止，外臣进入内宫，连轿子都不许坐，何况骑马？而李自成觉得，正式登基之前，诸事不妨从权，为的是图个方便快捷。

双喜一走，两个宫女过来给李自成栉发更衣。前日入居掖庭，李自成听从牛金星的意见，把养心殿作为寝宫，两日来，起居照料，全部由精心挑选出来的原明朝宫女伺候。

很快地装束停当，正好双喜进殿促驾，于是出了养心殿，顺着西一长街，经内右门和隆宗门，策马南行，片刻来到武英殿。

武英殿前，刘宗敏带着十几个亲兵候驾。李过、李岩、刘芳亮和刘希尧四员大将都在。

"朱家皇子呢？"李自成劈面就问。

"喏，那不是？"刘宗敏指指站在十几个亲兵中间的两个小孩子。

定睛细瞧，怎么看也不像天家龙种，稚气未脱，衣衫褴褛，分明两个市井孩童！

"怎么确定的他们就是二王？"李自成问。

刘宗敏招招手，小孩子身边过来两个人，一个是周奎，一个是栗宗周。二人同时伏地，周奎高声报称："罪臣周奎叩见大顺皇爷，恭祝大顺皇爷万岁万岁万万岁！"

"你就是周奎？"李自成问。

"是。"

"崇祯皇后就是你的女儿？"

"是。"

"皇后死了，你知道吗？"

"罪臣刚刚听说。家门不幸，出了这样一个孽女，死有余辜。"

"朱家的两个孩子是藏匿在你家？"

"启禀皇爷，这两个小孽障是东宫管事太监栗宗周前天夜间送到罪臣宅中的。昨天看了兵政府的告示，罪臣不敢隐匿，特来献给皇爷。"

周奎说完，用手扯了扯栗宗周的衣角，意思是要栗宗周赶快接话，而栗宗周胆小，一时不知该说什么才好。

李自成把栗宗周打量了一遍："你是东宫的管事太监？"

跪在地下的栗宗周立刻重重地磕了几个头："亡国内侍原东宫管事太监栗宗周叩见大顺皇爷！"

"栗宗周，你说说看，这两个孩子是怎样到你手里的？"

由此开始，栗宗周把十八日夜间宫中发生的一切，一五一十、原原本本地向李自成和盘托出。"辞别两宫，奴婢带着三位皇子出东华门。一到东华门，宫内几千宦官和宫女拥挤着往外逃生，慌乱当中，不知怎么，太子就不见了。

奴婢一手拉着定王，一手拉着永王，好不容易才挤出宫门，把两位小王爷送到了周皇亲府里……"

"这么说，太子是在东华门走失的？"李自成问。

"是。太子一定是随着大批出逃的内监出了东华门的。"

"那么，皇帝呢？"

"不知道。奴婢从前天夜间出宫后再也没有进宫，不知道皇帝藏到哪里去了。"

"哦、哦。"李自成转而高呼，"双喜！"

"双喜在！"

"你去叫人，把他们两个分别押回宅中看管起来！"

"是！"

待到双喜指挥亲兵将周奎和栗宗周押走之后，李自成踱向定王，笑容可掬地说："别害怕、别害怕，告诉我，你吃早饭了吗？"

十四岁的少年，生于宫墙之内，长于寺妇之手，对国破家亡的现实自然不可能有透彻的感悟，但前天夜间，与父皇和母后那场撕心裂肺的诀别却给他留下了深刻印象。此时面对眼前这个独目大汉，他懵懵懂懂地意识到此人就是逼使父皇"以死殉社稷"的仇人，因而对李自成的问话不理不睬，只把脖子一梗，似乎要显示一下不屑与仇人对话的桀骜不驯。

一个亲兵侍卫看不下去了，大声喝令："跪下！规规矩矩给大顺王回话！"

"不得无礼！"李自成喝止了这个侍卫，"去，传谕御膳房，把我的早饭开到这里来。要三份儿，我要和二位殿下共食。"

侍卫走后，李自成依然一脸笑容，摸摸两个孩子的脑袋，然后左手牵着定王，右臂揽着永王："走，跟我到殿里说话。"

这一折冲，两个小王爷的敌意消减了不少，心里不甚情愿，但表面上却能顺从地听话了，乖乖地跟着李自成进了武英殿。

李自成居中而坐，吩咐亲兵侍卫给二王各搬了把椅子。定王犹豫了一下，嘴里不知嘟囔了句什么，最终还是坐了下来。

刚刚坐下，复又站起，气哼哼地对着李自成高喊："我不能听你的！你，你为什么不杀我？"

363

李自成微微一笑，很认真地说："你没有罪，我岂能滥杀无辜？"

"你要把我怎样？"

"我要待你们兄弟二人以杞宋之礼！"

偏偏这句话定王是能听懂的。定王七岁启蒙，伴随太子授读，师傅是詹事府的少詹事方拱乾。去年夏天，方师傅为太子和定王讲解《论语》，讲到"子曰：夏礼吾能言之，杞不足征也；殷礼吾能言之，宋不足征也"这一节，顺带把周武王封夏朝后裔于杞国，周成王封殷纣王的庶兄微子启于宋国这两段史实给太子做了详细解说。太子和定王当时听得颇为感动，知道周朝灭商而不废夏、商宗祠，因而武王和成王都是仁义之君。现在定王听李自成说要像周武王和周成王那样，封自己以世袭的王爵，感动之情，又被激起，不免抬头多看了李自成几眼，虽然觉得李自成粗鲁莽夫，望之不似人君，尤其是瞎着一只眼睛，看上去奇丑无比，但满面笑容，对自己倒是蛮和蔼的。有此感觉，心中的敌意自然又消解了不少。

"我且问你，你的父皇现在哪里？"李自成柔语发问。

"在乾清宫殉国了。"

"你的母后呢？她在哪儿？"

"在坤宁宫，也殉国了。"

"你怎么知道的？"

"父皇说，他丢失了江山，无面目见祖宗于地下，也不甘被贼寇凌辱，只好殉国。"

"喔？是他亲口对你说的吗？"

"嗯。"

"那么你的母后呢？你怎么知道她也殉国了？"

"也是母后亲口对我说的。几天前，我在母后的寝宫看到从梁上垂下一条白绫，我问母后这条白绫做何用途。母后说，闯贼快要打到京城了，身为国母，与国同休，一旦闯贼破城，就用这条白绫自裁。"

李自成又把定王打量了一番：天真犹存，戚容宛然，这些话绝不像是编造出来的。皇后之死，已被印证，然而李自成好生疑惑：连定王也说皇帝殉国了，可是死不见尸，却又为何？

"你家为何失天下？"李自成换了个话题。

"都为误用了周延儒这样的奸臣。"定王回答得很干脆。

李自成哈哈大笑："看来你也知道。"

"当然！"定王想起了父皇经常在后宫大骂朝臣，立刻显得很激动，"满朝文武最无廉耻。别看他们整天忠君爱国不离口，其实个个都是为了自己升官发财。不信你就等着看吧，再过一会儿，他们准定都来朝拜新主。"

这样的话，出于十四岁的少年之口，李自成笑不出来了。他想起了在太原颁布的《昭告天下书》里的两句话："君非甚暗，孤立而炀敝恒多；臣尽行私，比党而公忠绝少"。这份登基诏出于黎志升的手笔，以明朝之臣，揭露明朝之弊，真正入木三分！看来君非甚暗而臣尽行私，明朝之亡，就亡在这些"比党而公忠绝少"的朝臣手里，这倒是不可不引为戒鉴的大事！

李自成正自默默思索，定王突然老气横秋地说："你既然待我以杞宋之礼，就要答应我三件事！"

"唔——"李自成很感兴趣地问，"说吧，是哪三件事？"

"第一，礼葬父皇和母后。"

"嗯，嗯。还有呢？"

"第二，不许惊动我家陵寝。第三，不许伤害百姓。"

小小年纪，出语居然有人君之概！李自成有点儿刮目相看了："可以可以。不过一切都要等找到你的父皇以后再说。"

说话间亲兵侍卫带着几个御膳房的宦官把早膳开了过来，李自成据案而食，命亲兵另置两只短杌，权充二王的食桌。

一顿饭也不过刚刚吃完，刘宗敏偕同牛金星和李岩、李过、刘芳亮等人跨进殿来。牛金星施过常礼，向李自成请示："王爷，明朝文武官员奉吏政府堂谕，今天天不亮都集聚在午门外听候铨选。"

"总共来了多少人？"

"按照前明各衙门长班报来的名单统计，大约有四千多人。"

四千多人？李自成大感意外！这就等于说，明朝的在籍京官都来等候选用了。"明朝养士三百年，国破之际，难道就没有以死报君王的忠臣？"李自成问。

"现已查明，前日破城之后，殉国而死的有二十九人。"牛金星答。

"都是哪些人？"

"据臣所知，有前翰林院掌院学士兼户部尚书倪元璐，前都察院左都御史李邦华，前史科给事中吴麟征，还有皇戚刘文炳、驸马都尉巩永固等。具体名册，待兵政府汇总上来，再呈送王爷亲览。"

"好。"李自成想了想说，"为国而死的，都是忠臣。谕令入城军兵，对这些忠臣的眷属要妥为保护，不许入户滋扰！"

"是！臣昨日已将此意晓谕了兵政府。待臣一会儿下去，再将王爷的旨令切实转告喻上献，命兵政府遵照执行。"

做了这个安排，李自成仍觉余憾未释。偌大一个京城，泱泱四千余名食君之禄的官员，能临危不苟而尽节殉难的仅仅二十九人！

"哼哼！——"李自成轻蔑地发出感叹，"此辈不义如此，天下安得不乱？"

"王爷，"牛金星躬身奏道，"百官已在午门外等了一个多时辰了。无论如何，总要商定个选用章程，此事于吏治人心，大有关碍。恳祈王爷速速定夺。"

刘宗敏慨然接话："狗屁！这些不忠不义的昏官，照我看，不如押到城外，一刀一个，全都砍了！"

李自成正要做出决定，张鼐匆匆进殿，一脸兴奋地奏报："启禀闯王，朱家皇帝找到了！"

"在哪里？快带来见我！"李自成急不可耐地说。

张鼐笑了："闯王，你的这个命令，恕末将不能执行。人已经死了，吊在一棵树上，怕是永远不能带来见你了。"

"喔？怎么回事？"

"末将今天早上带人搜索皇城，搜到玄武门外的北苑，发现两匹骏马，正在啃食青草。经宫内宦官辨认，是上驷院神骏，皇帝的御骑。末将很奇怪，两匹御马，无人牵引，如何能来到北苑觅食？于是末将下令仔细搜索，不放过任何一个角落，终于在万岁山的寿皇亭下，找到两具尸体，分别吊死在两棵海棠树上：一个是皇帝；另一个是司礼监秉笔太监，叫王承恩。两具尸体，末将都原样未动，要等候闯王发落。不过，从皇帝衣襟里找到一张字条，请闯王过目。"说着递上一纸。

李自成接过字条展读，只有一行字：

因失江山，无颜见祖宗于地下，不敢终于正寝。

看完字条，可知皇帝确已殉国。李自成顿感轻松，两天来积郁在心的阴霾一扫而空。

然而，很突然地，一旁的定王"哇"的一声哭了出来。定王一哭，永王也跟着嘴角抽搐，"嗬嗬"有声，一时间两个孩子哭爹喊娘，抱作一团。

李自成微微蹙额，一名侍卫厉声喝止："不许哭！"

这一喝令，吓得两个皇子立时止住哭声。

李自成站起来往复走动了一会儿，用手指点着定王："唉！你的父皇好残忍，害我要背负弑君之名！"

李岩躬身陈奏："闯王，还有大事要议，二王不宜留置左右。可否另找地方妥为安置？"

李自成点点头："汝侯，这两个孩子交给你。令侍兵以礼送到你的驻处暂且安置，不要难为他们。"

于是几个亲兵侍卫上来，连哄带扯，把两个孩子弄到殿外。刘宗敏跟着出去，对属下细细做了交代，然后复回殿内。

"张鼐！"李自成高喊。

"末将在！"

"你带人去把皇帝的遗体抬到东华门外，先买一口棺木入殓，午后许前朝官员哭临。"

"是！"张鼐犹豫了一下，"闯王，可否连同皇后的遗体一块儿入殓？"

"可以！"

张鼐走后，李自成接着吩咐："聚明，选官授职的事须得认真商议，一时也还难以定夺。你先派个人到午门去宣谕百官，要他们耐心等候，不许喧哗滋事。"

"是！"牛金星顺从地应命，然后起身到殿外安排去了。

待到牛金星再回殿内，大顺朝的文职官员已经全部到齐，都听说了皇帝和二王的消息，个个笑容满面，见过常礼后，齐齐向李自成躬身致贺。

原是值得高兴的事，然而李自成却怎么也高兴不起来。十余年来，百战征杀，为的就是推翻明朝。如今明朝皇帝既死，天下在握，大局已定，可是他心中却感慨万端：皇帝好可怜！历来亡国之君，要么暴虐，要么荒淫，而朱家皇帝无一于此，何以就不能保住江山社稷，却落得个凄凉自裁的下场？大行骖乘，空驾而去，随侍在侧的仅只一名宦官，坐拥数千文官武将，而陪同殉国者百不足一！怪不得皇帝口口声声"文武官员个个可杀"，怪不得连定王也说"文武官员最无廉耻"，由此看来，百官不义，焉知不是断送皇帝性命的重要原因？

有了这样的思虑，李自成萌动杀机：不义之臣，绝不可留！

"好了，现在开始议事。"李自成很激动地说，"明朝官员丧尽廉耻，置旧主生死下落于不顾，却争相来拜谒我朝谋取官职。你们看，这件事该如何处置？"

话中的鄙夷之意是明显的，在座诸人听后一阵默然。文职官员当中，除了牛金星是崇祯十三年在河南主动投奔闯王的，剩下的全都是李自成前年打下襄阳和去年打下西安后，迫不得已才归顺新朝的。事涉嫌疑，而且都有心病，李自成的话，就像针对他们而发，所以个个噤声，不便表态。这种时候只有牛金星才能说得上话。

"王爷，臣有一言，尚祈嘉纳。"

"你说吧。但不要为不义之臣乞恩。"

"是，臣不敢为不义之臣乞恩。"牛金星顿了顿，一边斟酌着措辞，一边硬着头皮回奏，"我朝新得天下，朝中大政，地方民事，都少不了要有人佐治料理。自古开国英主受膺天下，可以马上得之，不能马上治之，而治理天下，需人孔亟。臣以为，明朝旧臣虽然不义，但值此江山鼎革之际，尚能识大知命，帖然归顺，正不妨择其善者而用之，以解我朝人才匮乏之需。昔唐太宗不念旧恶，纳敌藩旧臣为冢宰，故能开一代治世而为史家所称美，愿王爷以史为鉴，不以小忿掩大德。明朝旧臣，或有治世良才，只是未遇明主，致其长才无所施展。王爷乃命世英主，总揽英雄，思贤若渴，必能使天下英才，施而有所，草野贤士，俾无遗珠之憾。"

连说道理，外加戴高帽子，李自成陶陶然地有点儿能接受了。

然而刘宗敏却断然反对："闯王，丞相说的都是大道理，俺刘宗敏不能说这些大道理不对。可是，要说明朝旧臣里头有什么治世良才，俺就不服气了！这群王八蛋，不过肚子里装了几本破书，会写几篇狗屁八股文，这点小把戏就能把天下治理好了？哼，杀了头俺也不会相信！明朝皇帝用他们治天下，治来治去，还不是把个大明朝给治亡了？闯王，俺还是那句话，明朝旧臣，不是昏官，就是饭桶，留着他们，个个都是祸害，不如趁着现在改朝换代，把他们全都宰了，省得他们以后再祸害百姓。"说完气哼哼地把头一摆，那意思是，言尽于此，闯王你看着办吧。

将相意见相左，局面就很沉闷了。李自成颇感为难，道理上是丞相说的对，感情上却是汝侯来得真切。取舍两难之际，想起了应该听听主管官员的意见："宋企郊，你是吏政府尚书，说说看，你是什么主意？"

"是。"点到名字，不能不说，宋企郊躬了躬身子，缓缓回奏，"臣忝领新朝太宰之职，为国求贤，义不容辞。臣以为，对旧朝官员，应区别看待，其真心向化且有廉能之名者，宜量材授用；其不廉而贪庸者，宜予摈斥。”

“那么在你看来，如何甄别廉与不廉、庸与不庸？”

这话很难回答。宋企郊想了想，再次躬身回奏：“不妨以官阶暂为区分。四品以上官员，大致不廉而庸者为多，暂时不予选授，待日后细加考察，如其中确有可用之才，再行录用不迟。五品以下官员，在旧朝时所负者轻，即欲不廉，亦甚少机会。眼下之局，可先从五品以下官员中择其能者而授以新职，庶可弥补我朝人才匮乏之阙。妥当与否，伏乞王爷察鉴。”

这番回奏，其实是有私心在内的。宋企郊是陕西西安府乾州人，崇祯十三年戊辰科的进士，通籍后分发在吏部做秩仅六品的吏部考功司主事。去年十月，以父丧回籍守制，不巧正赶上李自成连破潼关和西安，肃清全陕，抚定三秦。宋企郊在乾州家里被大顺军捉住，为了保命，只好乞降。由于是陕西同乡，李自成自然另眼看待，正好要在西安开国建政，而宋企郊又恰巧是明朝第一个投降过来的吏部官员，于是轩轾无人，唯我独尊，以先朝的风尘俗吏，一跃而晋为新朝的二品大员。身份骤贵，而又主宰百官，宋企郊便不愿启用旧朝的大僚，怕的是品秩不侔，被别人小瞧了自己。

然而这番陈奏，却恰好能被李自成所接受，等到宋企郊话音刚落，李自成立刻表示：“不错！明朝败亡，高官显宦难辞其咎。至于微末小吏，纵有咎戾，也所关不巨。眼下我朝急需人才，就按宋企郊的意思，明、后两日，从五品以下投顺的旧员中选官授职。”

用人方略，一言而定。刘宗敏没再表示反对，牛金星想了想，起身说道：“王爷，有两个人，臣要单独保荐，不仅要授以新职，还要王爷亲自召见，面加抚慰。”

“是哪两个人，如此重要？”

“一个是侯恂，一个是史可程。”

这一说，殿内官员立刻明白了牛金星的意思，无不频频点头，深表赞许。侯恂是前朝罪臣，崇祯六年便已官至户部尚书，崇祯九年因党争贾祸，被当时的阁臣薛国观和温体仁罗织罪名，下入刑部大狱。这是他第一次坐牢，而这一坐，就是六年。

到了崇祯十五年五月三日，李自成第三次围攻开封。开封是太祖的第五子周王橚的藩地，其时驻藩开封的是第十代周王叫朱恭枵。周王一系的取名排序第二字是“有子同安睦，勤朝在肃恭，绍伦敷惠润，昭格广登庸”，因此朱恭枵是"恭"字辈，当今皇帝的堂兄弟，伦属亲藩，势在必救，所以朝命总理七镇军务的兵部右侍郎丁启睿，会同保定总督杨文岳，率虎大威、杨德政、方安国三总兵，并檄调在襄阳驻防的左良玉，合兵十八万，星驰援救。丁启睿慑于闯王势大，畏葸不前，在河南南部的汝宁府逗留观望了十天，气得皇帝连下严旨，切责促战。不得已，丁启睿带着一总督和四总兵踯躅北上，五月十四日到了开封城南四十五里的朱仙镇。此时的李自成在河南已经颇有根基了，在当地百姓的热心指点下，李自成留下老弱和新兵虚张声势，继续佯围开封，他自己则亲率精骑二十万，在一个时辰之内赶赴朱仙镇，占据镇西南的高地，切断贾鲁河上游的水源，割刈田野，把刚刚成熟的麦子全部收为己有。而丁启睿不明地理，到了朱仙镇之后，自镇街往东南水坡集一线结营，正处在贾鲁河的下游，这一来等于自蹈死地，明军的十八万人马无水无食，未曾临战而军心先乱。与此同时，李自成遣偏师绕道南路，在朱仙镇之南八十里、通往鄢陵的官道上，掘了一条长百余里、深阔各两丈的大堑壕，守株待兔，专等着明军往里跳。这一场优劣悬殊的围困战相持了十一天，明军终于粮尽水绝，支撑不住，左良玉趁夜逃遁，一路南奔。李自成蹑踪掩杀，东西两翼伏兵齐出，就这样三面兜堵，把左良玉硬是逼进了事先挖好的大堑壕，如蚁坠渊，人踩马踏，直到人尸和畜尸层层叠加，把壕沟都填平了，左良玉才能带着十几名残兵，从人马铺成的"肉桥"上越堑而过。之后从鄢陵逃到许州，从许州逃到光山，一直逃出河南地界，到了湖广襄阳，才算保住了一条性命。左良玉一逃，全军瓦解，丁启睿在几十名亲兵的掩护下，也拼命地往南狂奔，奔了一天一夜，到了河南南部的固始县，总算摆脱了李自成的追杀。等到定下心来，一检点，才发觉朝命的敕书、官防大印和皇帝钦赐的尚方剑全都丢失在逃亡的路上了，吓得他赶紧飞章自劾，听候处分。杨文岳逃到汝宁后，惊魂未定，怕李自成尾随而来，带着杨德政和方安国绕道东路，跑到商丘附近，才算稳定下来。虎大威则在逃到汝宁的雨花庵时，被李自成的大炮轰得粉身碎骨。

丁启睿援汴失败，给了侯恂一个复起的机会。皇帝思虑再三，左良玉虽然率先倡逃，但毕竟襄阳还有他的三十万兵马。悍将失律，论法当斩，而此时若杀左良玉，不唯朝廷再无可用之兵，并且为此而激怒了左良玉的部属，反戈投贼，亦将为国家遗无穷之患。因而皇帝压住火气，不罚反赏，特发内帑七万，另拨户部库银十万，派人送到襄阳，谕令其整顿兵马，再援开封。

然而左良玉跋扈难制，连丁启睿都没放在他的眼里，再用他援汴，谁能制服得了他？为此群臣交章举荐，都认为只有起用侯恂，才能使左良玉帖然驯服而俯首听命。皇帝采纳了群臣的意见，把侯恂从狱中召了出来，临时授为兵部右侍郎，谕以戴罪图功，替代丁启睿，驰往开封督军。

侯恂受命，星夜赶到黄河北岸与开封隔河相望的封丘地方，才知道李自成号称百万的农民大军，已将开封匝城困死，要想解围，无异痴人说梦，随即拜发奏章，向皇帝细细奏报了开封危如累卵的险情，建议"为今计，苟有确见，莫若以河南委之"，就是说，要把开封暂时让给李自成。这一来皇帝大窘，将侯恂的奏疏，用内阁明发，交给中外臣工讨论。河南汜水知县周腾蛟坚决反对，上疏说："汴城系河南枢纽腹心、南北咽喉。汴城不守是无河南，河南不保是无中原，中原不保则河北之咽喉断，而天下大势甚可忧危也。"凤庐巡抚郑二阳也上疏言事，词气愤慨："中原为天下腹心，开封又中原腹心，闯贼眈眈窥犯，为谋甚狡，倘一旦沦陷，天下事尚忍言哉？"皇帝把这些意见批转给侯恂，严词切责，要侯恂拿出办法，速解开封之围。侯恂闻诏，立即召集幕僚，通盘考量了时局之后，再上奏章，提出了一个方略：河南荒旱连年，早已赤地千里，闯贼的百万大军，倘若长围不战，日久必为粮草所窘，为今之计"维城当不急于社稷"，朝廷应明令各省固守本境，绝断闯贼的粮秣供给，等到日久乏食，军心自乱，那时再调令左良玉北上，会同驻守在西安的阁部督师孙传庭，以及直隶、山东等地的官兵，多路齐发，聚歼贼兵，则开封之围，庶可立解。这其实是一个比李自成更狠的"杀招"，李自成要困死开封，侯恂则要围外设围，困死李自成。不料这个奏议上达天听，立刻被皇帝驳了回来，不仅不同意侯恂的计划，而且严旨切催，谕令侯恂檄调左良玉，火速率军北上，要和李自成的百万大军血火相拼。

皇命迭催，侯恂只好移书襄阳，左良玉览书踌躇，迟迟拿不定主意。侯恂是他的再生父母，李自成是他的索命阎罗，不听侯恂的调遣，道义上必为天下人所耻笑，而听从侯恂的调遣，自己区区三十万人马哪里是李自成百万大军的对手？两难之际，左良玉只好先派五千兵卒进入河南地界，以敷衍侯恂的面子，同时遣快骑飞禀封丘，说正在筹措粮草，待粮草凑齐，三十万大军随后跟进。侯恂闻报，知道左良玉的用意，是要以三十万人马的军饷相要挟，其实并没打算率军北上，因而废然长叹，不再指望着左良玉能为他效死卖命了。

无兵无勇，如何能解开封之围？侯恂日日坐困愁城，心里还在期盼着，开封城坚池阔，此前李自成曾两攻不下，但愿这一次故事重见，日久天长，李自成知难而退，则开封之围，不解自解。没想到李自成的目的是要取开封据以为都城，进而席卷天下，所以这一次根本就没打算动武，做的就是长困不去、坐收完城的准备，因而粮饷草秣，自西、南两路，源源不断地往开封城外的四周输送，农民军营帐里，日日细酒肥羊，吃得士欢马腾，而如此旷日持久，城里可就苦不堪言了。

自五月至九月，连续四个月断绝食粮，骡马牲畜、草根树皮都被吃得光光，连臭水沟里捞出用来饲养金鱼的"蠓蠓虫"都被当成了珍馐美味。官府的差役，掘地三尺，逐户搜食，草药、茶叶、棉絮、皮革，所有能果腹的东西全部消耗殆尽之后，人吃人的惨剧就不可避免地发生了。开封城内，白昼闭户，妇孺童稚不敢出门，不甘坐以待毙的青年壮汉则闾巷窥伺，见到单身过往的行人，二话不说，一棍子抡翻，拖回家中，肢解洗剥，饕餮而餐，吃剩下的尸肉便用来充作猪肉羊肉高价出售。周王朱恭枵的一个妃子正赶上妊娠在身，想吃包子，府里的役隶，从山货店街一家有名的包子铺买了回来，吃着吃着，感到嘴里不对了，吐出来一看，竟是一节女人的拇指，吓得这个妃子一声惨叫，惊悸而亡，而这一死，就是两条人命，肚子里的龙种，自然也活不成了。

王府如此，平民小户的惨状可想而知。看看城中百姓十成饿死了两成，再拖下去，连自己的老命也非搭进去不可，周王朱恭枵把困在城中的文官武将全部召来，哭天抢地地要他们立刻拿出解救的办法。

开封府有个推官叫黄澍，出了个极馊的主意，说是李自成的老营在开封西关外的阎李集，其地形势低洼，所以不如与河北官军联络，在正当开封西北黑罡口一带的黄河大堤上扒开个口子，效法关云长水淹七军的故伎，以黄水灌贼营，可解开封之围。这个办法立刻获得周王和河南巡抚高名衡的首肯，于是连夜派了几个熟知水性的军汉，潜出北门，偷渡到黄河北岸，去见侯恂。

"然则其奈城中百姓何？"侯恂问。兹事体大，搞不好要殃及平民百姓，必落千古骂名，所以他不敢贸然决定。

"不要紧、不要紧！"站在一旁的河南监军严云京很有把握地解释说，"水往低处流，开封城墙既高且阔，黄河水一出大堤，只能顺势往东裹卷，阎李集正当其锋，绝不会淹到城里。"

城守毕竟与野战不同，侯恂是饱览史书的人，知道此举不能和关云长水淹七军相比。当年秦灭六国，嬴政遣大将王贲伐魏，现在的开封，就是当时的魏都大梁，也是城池坚固，久攻不下，王贲痛下毒手，引黄河水注入绕大梁城外蜿蜒而过的鸿沟，待到鸿沟水满，扒开沟堤，水淹大梁城，从此魏国灭亡。此事千余年来，颇受史家非议，如今要重施王贲的故伎，无论如何，侯恂下不了这个决心。但想想除此以外，别无善策，只好不偏不倚，连夜动笔，把周王、高名衡、黄澍的意思和严云京的解释，原原本本，写成奏章，天不亮在辕门鸣炮拜发，疾递至京，是要请皇帝亲自裁决。

不几天敕命批回，皇帝居然同意了这个计划，但谆谆叮嘱，此事"须秘行之"。这就没有任何余地了，侯恂抛开疑虑，奉诏唯谨，令士兵趁夜渡舟到南岸，在黑罡口附近的朱家寨和马家口两处各扒开一个豁口。不料时当九月十五，秋汛正怒，黄水一出河堤，便如猛兽出柙，其势汹汹，迅不可挡，城北和城西外围的贼兵倒是淹死了差不多两万，而开封百姓，亦顿遭灭顶之灾。汤汤洪水，排头的巨浪足有十几丈高，摧枯拉朽般自北门呼啸而入，眨眼之间，五城滔滔，数十万生灵尽属波臣。

这场水淹开封的结果，是换来了侯恂的第二次牢狱之灾。本朝家法，藩国失地，必杀主帅以殉，当年杨嗣昌督军，就是因为坐失襄阳，以致襄王被张献忠装进囚笼，抛入长江而亡，因而杨嗣昌自忖必死，才畏罪自杀的。幸而此次侯恂预先准备了几条大船，待到大水溃堤之后，立刻派兵摇橹过河，直抵开封城边，在城墙上找到了正绝望待援的周王一家百余口，护导上船，接到黄河北岸的柳园坊，然后派得力军兵，又把周王府家眷送到彰德府北边的磁州保护起来。有此百罪一功，侯恂总算保住了一条性命，但此后不久，有几个从这场浩劫中逃出活命的开封缙绅，赴京呈控，把周王与高名衡、黄澍和侯恂、严云京水淹开封的密谋全部抖搂了出来。这一来朝野哗然，中枢的言官和地方的大员，函章交驰，要追究这次事件的责任人。皇帝心虚，为了平息舆论，只好拿侯恂做替罪羊，把他下在刑部大牢，不审不判，至今仍未重见天日。

如今牛金星力保侯恂，当然是与左良玉有关。左良玉拥兵三十万众，是大顺军扫平江南的一大障碍，而能得侯恂之助，传檄湖广，兵不血刃，左良玉的三十万大军即可解甲来归，岂非不战屈人的上善之策？

史可程则是史可法的同父异母弟，崇祯十六年的新科进士，刚刚选为翰林院庶吉士。保举此人，自然是要利用他和史可法的手足关系，劝说南京朝堂，识机知变，帖然归命。

保举如此重要的两个人物，李自成没有不采纳的道理："可以。陆之祺！"

刑政府还没有尚书。陆之祺是浙江嘉兴府平湖县人，资格很老，官也做得很大，是万历四十七年己未科的进士，李自成去年打西安的时候，他正好在陕西布政使任上。城门一破，这位一省行政官员之首的布政使，率领属下，跪伏迎降，是李自成拉杆子造反以来，第一个投降过来的明朝最高地方行政长官，因而被任命为大顺朝的刑政府侍郎。此时闻命，立身应答："臣在！"

"侯恂的事就交给你了。马上把他从刑部监狱里释出，午后带来见我！"李自成吩咐。

"是！"

"宋企郊！"

"臣在！"

"史可程的事交给你去办理，也是午后，带来见我！"

"是！"

处理完这件事，李自成环顾众人，以目征询，意思是看看谁还有别的什么意见。

李岩站起身来："闯王，还有两个人，也应妥为安抚。"

"是哪两个？"

"吴襄和张若麒。"

吴襄是吴三桂之父，李自成听说过，然而："张若麒是谁？"

"张若麒是山东莱州府胶州县人，崇祯四年的进士。崇祯十四年关外松锦之战，张若麒以兵部职方司郎中而出关监军，因督战失机，被逮下狱。"

"喔，这样的人，死有余辜，为何还要特加安抚？"

"他与吴三桂交谊甚厚。"

"兵部郎中是京官，怎么会与吴三桂有交情？"

"张若麒在关外监军期间，曾与吴三桂共过事。"

这一说李自成明白了。安抚吴襄和张若麒，自然是为了招降吴三桂，但吴三桂的事李自成已有所考虑。十五日唐通在居庸关投降后曾拍胸脯担保，吴三桂不难招降，只需他唐通修书一封或亲自到关外宁远走一趟，保证宁远军卷甲入朝。不过李岩的意见也很重要，吴襄举家居住京城，已在掌控之中，如果再加上张若麒这层关系，则吴三桂势在必降！

"好、好。陆之祺，就按李公子的意思，将张若麒一并开释。"

处理完这件事，李自成环视一周，觉得既然涉及了吴三桂，不妨索性让大家议一议关外鞑虏的问题。自从在大同接到"大清国皇帝"的那封书函，北征的一路上，百务倥偬之暇，他曾断断续续地思考过这件事。在他看来，关外鞑虏不足惧，但也必须提防鞑虏趁我新得天下之机，入关骚扰。而提防之策，莫如利用吴三桂的宁远边兵，将鞑虏阻隔于山海关之外。只要山海关不失，鞑虏就算窜扰内地，也只能重施故伎，绕道蒙古而毁边入塞，骚扰一番之后，哪里来再回哪里去，要想以此而成"大事"，根本就没有任何可能性。至于吴三桂本人，李自成从来认为，华夏一家，汉夷之间的尊卑区别是不言而喻的，明朝既亡，吴三桂绝不可能背弃祖宗而靦颜屈事外夷，除了归顺新朝，别无出路。

把这个意思刚刚说完，兵政府尚书喻上猷站起身来："王爷，此事或许另有枝节，臣以为不可不慎重对待。"

"唔？怎么回事？你说来我听。"

"臣昨日与前朝兵部尚书张缙彦晤谈，得知本月初六日，崇祯帝连下两道手诏：一道给前朝的蓟辽总督王永吉，要他撤守宁远，督率吴三桂入京护驾；另一道给南京的兵部尚书史可法，要他速领江南兵马勤王。史可法远在南京，地隔两千五百里，至今未闻音讯，尚在意料之中，奇怪的是，宁远密迩关门，王永吉何以至今仍无动静？臣以为，王永吉的动向不可不察，此人在前朝与史可法并称'二杰'，动关人望，天下瞩目，倘若心存旧主，构兵复仇，则他手下的吴三桂能否归顺我朝，尚在未定之数。吴三桂边关良将，骁勇剽悍，与周遇吉差相仿佛，而且他掌控的四万辽东劲旅，皆能征惯战，倘有不臣之心，足以对我朝构成威胁。"

在李自成看来，喻上猷这番话的后半部分不免有夸大其词的意味。吴三桂不过一个明朝的边镇总兵，和大同的姜瓖、宣府的王承胤、居庸关的唐通一样，闻风迎降，是其唯一的选择。就算他和宁武的周遇吉是一路人物，则周遇吉凭藉险关，负隅顽抗，不是照样落个死无葬身之地的下场吗？这一信息，通国皆知，吴三桂虽在关外，不能未有所闻，而既有所闻，必然为之胆寒。况且如今又迥非昔比，大顺军已经掌控京城，崇祯既死，江山易主，吴三桂岂能不识时务，还要其蠢无比地去效法周遇吉与我王师对抗？况且其父吴襄身在京城，则投鼠忌器，吴三桂亦必不敢轻启兵端而与我大顺为敌，是故吴三桂不足为虑！然而喻上猷所说的前半部分倒是引起了李自成的关注，怎么半路冒出来个王永吉？李自成皱了皱眉："王永吉有这么大的声望吗？"

"是。"喻上猷肃身回奏，"王永吉字修之，号铁山，南直高邮人，资历很老，是天启五年的进士。崇祯十五年初特简都察院右佥都御使，出为山东巡抚。任内缉除奸盗，剔厘疵政，仅仅用了数月时间，便使山东境内，弊绝风清。离任之日，山东父老，攀辕慰留，家家立生祠祝祷，以此誉满京华，与史可法同时受召于文华殿，崇祯帝礼遇优渥，慰勉有加。崇祯十五底年擢为兵部尚书，奉旨总督蓟辽事务，是前朝为数不多的知兵大员。"

"嗯、嗯，这倒不可不虑。王永吉的驻地在哪里？"

"蓟辽总督的衙门原本设在遵化，崇祯十五年以后，关外多事，而遵化距山海关路途遥远，为了便于军事指挥，故而王永吉奉朝命，近两年来，临时驻节在离山海关较近的永平府。"

李自成对京东的地理不甚熟悉，喻上猷又进一步详细做了解说后，李自成认真思索了一会儿，也感到事有蹊跷："永平离此不过三四日途程，宁远距京城也不足千里，既然初六日已经奉诏勤王，就该流星急火，日夜兼程，为何至今已逾半月时日，却无王永吉和吴三桂的消息？你们都想想看，是何道理？"

是何道理，没有人能琢磨得透，但喻上猷的话，却明明透露出了一个重要信息：宁远很可能已不为华夏所有，如果吴三桂真的撤离了宁远，清兵立刻就会乘虚跟进，这样一来，关外尽属敌国，唯一能够阻挡鞑虏内犯的险要之地，就只剩下一座山海关了。

把这番道理想了一遍，李岩感到事态严重："闯王，王永吉动向不明，吴三桂叛附未定，为防东虏偷袭，山海关应及早派兵驻防。"

解决鞑虏内犯的问题，这是个快刀斩乱麻的办法。李自成想了想，当即做出决定："山海关事关大局，必须要有个得力的人前往镇守。武将唐通可胜此任。唐通是多年的北部边将，对地理形势比较熟悉，又与吴三桂在关外共过事，彼此相知，而且他曾保证过能引吴三桂来归顺我朝，派他去山海关，一举两得，既可镇守边关，又可招降吴三桂。不过唐通毕竟是前朝的武将，为了防备他骄悍跋扈，还需要有个得力的文官督带节制才好，此事且待我和汝侯与丞相筹划妥当以后再行决定。刘芳亮！"

"末将在！"

"你立刻带左营人马全部出城，通州和顺义一带要增兵驻守，在唐通没有到山海关招降吴三桂之前，严防王永吉率兵来袭。此外要派干练人员，加紧山海关方面的巡察，尽快弄清王永吉和吴三桂的动向，一有消息，立刻向我禀报。"

做了这样的安排，李自成感到诸事妥帖，剩下的就是如何对付明朝的文武百官了。

明朝的文武百官，昨天在承天门看了吏政府的堂谕，当晚奔走相告，相互约定，今天天不亮就来到了午门。改朝换代之际，谁不想弃暗投明，在新朝里谋个一官半职？读书十载，谁不想受明主器重，既以荣及自身，亦以夸耀乡里？

辰时一过，午门缓缓开启。吏政府的役员抬出来十几张大木案子，分置在门首两侧，用以登录造册。文武百官，蜂拥而上，报履历，投名状，你推我挤，唯恐落后，个个都要抢先报名，以求能被新朝选授录用，闹得执事役员手忙脚乱地应接不暇，现场秩序，混乱不堪。执事的役员只好唤来二百兵丁前来弹压。在皮鞭抽打和棍棒敲朴之下，费了差不多半个时辰，好容易才把现场秩序维持得像个样子了，十几条长长的投名队伍，从午门排出端门，一直达到承天门外。

排队苦等的时光最难排遣。毕竟都不是为国尽节的忠义之臣，开始的时候个个沉默不语，熟人相见，甚至连打个招呼都不免扭捏万状，心里都存着一份无可名状的寡妇失节一样的感觉。然而待到日上三竿，短短的时间之内，这份别扭之感便已荡然无存，相互之间开始嬉笑言语了。

"哟，老前辈真正捷足先登，来得好早！"

"哪里、哪里。五更起身，原以为必着先鞭，不料还是落在老弟台之后。"

"想必老前辈还未进用早餐。"

"投效新朝，谁不枵腹踊跃？"

"是、是，惭愧得很，晚辈是四更起身，饭后来的。老前辈莫不饥渴？"

"肚虽饥渴，心甚安乐！"

这边有点儿话不投机，那边却议论得风生水起：

"啊哈，一向少见，你老兄也来啦！"

"岂止敝人，连魏阁老都在那里排队，我辈焉能落后？"

"魏阁老也来了？在哪里？"

"喏，那不是？"

顺着手指的方向，众人一看，规规矩矩排在相邻队伍里的可不正是魏藻德！

于是便有人走上前去施礼寒暄："多日不见，魏大人依然矍铄如故。"

"谢谢、谢谢！"魏藻德拱手还礼，"老夫虽耄，四体尚健，还能为新朝略效犬马。"

"当然、当然！大人胜国冢宰，必能受新朝格外重用。后生不敏，日后尚望多加提携。"

"此言差矣！"魏藻德矜持地捋着斑白的胡须，"向善之心，谁不如我？老夫旧朝罪臣，得为新主不弃，而能略尽绵薄足矣！倒是你们后生，前途不可限量，来日显达，幸勿相忘。"

话头正兴，光时亨的大嗓门儿插了进来："魏阁老何必多谦？弃暗投明，不分年齿。昔日诸葛兄弟分事三国，伍员父子亦忠事两朝，此皆载诸史册，足为后学楷模。我辈何幸，生逢明时，正宜为新朝捐效余生，庶不负十年萤窗雪案之苦。良臣择主而事，古贤之言，岂可忘乎？"

话说得没头没脑，魏藻德正不知何以为答，站在身后不远的项煜义气豪迈地接过话头："说得有理！大丈夫名节既不全，就应当效法管仲、魏征，为新朝立盖世功名！"

这话说得众人频频点头。项煜是詹事府的少詹事，上月二十六日廷议南迁，御前激辩时曾站在李明睿一边，与光时亨针锋相对，口舌互攻，不料今天为仕新朝，却又主动捐弃前嫌而气味相投了。光、项唱和，引经据典，把众人心里那点愧对旧主的念头打消得干干净净，都觉得古代先贤，尚且不以身事两朝为耻，则我辈何不见贤思齐，正大光明地为新朝建功立业？

"好了好了，空言无益！"不知什么时候，陈演踱了过来，仍然以首辅的口吻而大开教训，"现在啥子时候噢？你们晓得不晓得，新主登基，亟待劝进，都像你们这个样子坐以论道，哪里能为新朝建立功业嘛？来、来，今日劝进大事，我首倡，你们哪个愿意附议，就在这里签上自己的名字好了！"说着从怀里摸出一张长长的红彩笺纸，上面已经工工整整地写好了"臣陈演"三个寸口大字。

古来劝进新主，即可成拥立之功，而有了拥立之功，又可保子孙后代世世富贵！这等好事，谁甘落后？于是打心眼儿里佩服陈演虑事老道之余，无不纷纷伸手去抢这张红彩笺纸，唯恐自己的名字写在了别人之后。

陈演自上月罢官，皇帝原许他驰驿回籍，然而以宦囊甚丰且道路汹汹，怕自己十年京官受贿所得的万贯家财中途有失，所以徘徊京师，直到大顺兵围城，仍然住在城里。这一来落入虎口，知道以自己在前朝的身份，若无非常之举，轻则为新朝所摈弃，重则恐怕连脑袋都保不住。因此连日来思前想后，唯有首倡劝进，才能保住富贵。而这个主动劝进的想法，自然比别人被动地等候新朝选授的做法高明了许多，因此场面为之大乱，人人争先恐后，为了自己的名字能够及早签上，把个刚刚维持好的秩序又弄得糟不可言了。

叭——！叭——！一阵皮鞭乱响，弹压秩序的兵丁冲了过来，破口大骂："浑蛋！嚷什么嚷！你们这些昏官，不杀你们就不错了，还他妈的跑到这里来捣乱，找死啊！都给我排好了，谁他妈再敢乱嚷，立刻乱棍打死！"

这顿威吓，果然生效，场面迅速安静下来，不过劝进的热情是压不下去的，等到弹压的兵丁刚一离开，争相签名，依然如故，只是说话的声音稍稍放低了些而已。第一个争到签名权的是成国公朱纯臣，恭恭敬敬地把自己的名字写在"臣陈演"三字之后，拉了拉陈演的袍角郑重提醒："赞煌，劝进表文亦须早早预备。"

"不错！此非大手笔不可。"陈演敲了敲脑壳，"待我想想看，哪个能够作成这样一篇锦绣大文章嚇？"

话音刚落，有人自报奋勇："赞公，我来如何？"

众人一看，不免鄙夷。这位自报奋勇的就是上月十二日议撤宁远时，首先反对征调吴三桂入卫京师的高翔汉。此人籍隶陕西西安府宝鸡县，功名不过举人，连个进士都能没考上，只以资历而循序渐进，才巴结上了一名六品的工科给事中。这样的角色，哪里配为新朝皇帝撰写劝进表文？因此等他说完，全场哑然，连一句附和的声音都没有，等于无声地否决了他的执笔资格。

"我来举荐一人！"项煜说，"诸位看，龚芝麓可算得上大手笔？"

"好、好！"魏藻德脱口称赞："龚孝升江左名士，劝进新主，非此人的巨椽不可！"

龚芝麓就是龚鼎孳，孝升其字，芝麓其号，南直上江庐州人，自幼有神童之称，十七岁中乡举，十八岁成进士，诗文之名，耸动天下，与常熟钱谦益、太仓吴伟业并称"江左三大家"，这样的身份，自然是个最合适的人选。但一提此人，陈演却大起反感，这是由于去年十月，龚鼎孳以兵科给事中的身份而连上弹章，指名道姓地痛斥陈演贪庸误国的原因。有此心结，陈演不想让龚鼎孳坐享拥立之功，而且此时他心中已经另外有了满意的人选，所以故意转移众人视听："唔、唔，龚芝麓当然堪膺此任。不过他今天没来，我看不如……"

没等他把话说完，有人眼尖："怎么没来？瞧，那不是？"

一看果然，龚鼎孳就排在后面不远。于是眼尖的那个人二话不说，上去把他拉了过来。

高翔汉刚刚被人冷落得羞愧无地，心里憋着一股难宣的抑郁之气，此时正好要借题发挥地宣泄一下。待到龚鼎孳与众人一一寒暄，轮到他的时候，他故意提高嗓门儿，冷冷挖苦："幸会、幸会！昨日都门风传，都说芝麓兄已经为旧朝昏君殉节了，没想到今日却在此相遇。真正耳食之言，不可尽信！"皮里阳秋的意思是讥刺龚鼎孳未能殉国而死。

龚鼎孳一愣，但旋即释然，接着高翔汉"在此相遇"的话头反唇相讥："彼此、彼此，足下在先，鼎孳岂敢落后？不过我和足下不一样，我本来打算以死殉主，其奈小妾不肯何？"龚鼎孳的小妾，就是崇祯十四年在南京桃叶渡水阁大开筵宴所纳的秦淮名妓顾横波，此事早已成为哄传天下的艳闻。

就在这时，忽听净鞭三响，午门之上，一名大顺执役隶员拖长了调门，朗声高喊："奉吏政府正堂口谕：凡旧朝候选官员，投名之后，许各回自宅，不必在此留候。待到二十三日朝拜新主，散朝后至承天门外观榜！"

原来今天只投名，不选授，要到后天才能榜示结果。于是尚未投上名状的继续趋前排队，有那已经办完报名手续的便三三两两，结伴而返，一边走，一边议论：

"今天怎么未见李总宪？"

"岂止李总宪，倪大司农不是也没来？"

"喔、喔，却是为何？"

"怎么，老兄还不知道？"

"正要请教！"

"唉——说来愧死我辈！李总宪和倪大司农都随大行皇帝仙驾而去了！"

大行骖乘，随驾而去的首先就是李邦华和倪元璐。

李邦华与南宋名臣文天祥是同乡，江西吉安人。十八日那天午后，他亲率属下的十三道御史，擐甲持矛，要到城上督战，不料曹化淳指挥宦官，矢石交下，硬是把他挡了回去。无奈之下，急急朝大内奔走，想面禀皇帝，取得允许上城督战的诏谕，刚走到大明门，迎面碰到被魏藻德连哄带骗而出宫的吴麟征。问明了情况，都知道大势已去，两人相拥痛哭，互以誓死国难相激励。

十九日早晨，传来内城已破的消息，李邦华长叹一声，对随侍多年的老家丁说："主辱臣死，夫复何辞？可惜我几次努力，也未能为太子导出一条生路，大明朝从此皇脉断绝，使我死有余憾！"说完装束冠冕，穿戴得整整齐齐，趁着大顺兵还未正式入城，步行到城东教忠坊府学胡同的文丞相祠，进门先对着文天祥的塑像拜了两拜，然后取出大笔，题壁而书："堂堂丈夫，圣贤之徒。忠孝大节，至死靡他。遭国不造，空负名谟。临危授命，庶不愧吾。"写罢掷笔大笑，口中连吟"人生自古谁无死，留取丹心照汗青"，面北再拜，随即自经，与他的同乡先贤做伴去了。

倪元璐在十九日城破之后，关起房门，褪朝衣而易便服，吩咐家仆："备酒！"

倪家的书斋正中供奉的是汉寿亭侯关羽的神像。倪元璐对着关公神像酹酒三爵，自浮一大白，北向辞阙："倪元璐身为大臣，不能保国，此罪虽死莫赎！"话没说完，泪如雨下。

这时候家人和亲眷得知倪元璐就要寻死，纷纷围了上来，都劝他现在不是死的时候，国事尚有可为，不妨忍死须臾，出外举兵，联络江南军马，再图恢复。倪元璐顿时大怒，指着关羽的神像说："我若苟活，有何面目对此君？"

有人说："太夫人尚在高堂，莫非就不为她老人家想想？"

一闻此语，倪元璐一滴丈夫泪，旋出即止，立刻面南拜伏在地，这是向在绍兴上虞老家的高堂老母辞别："老母今年八十四了，身体犹且康健。我死，夫复何憾？"

拜完之后，起身对家人说："我也知道，南都尚有可为。但京师残破，皇上必殉社稷，随皇上而去，是我做大臣的本分。我死之后，千万不要为我收尸，必须等到大行皇帝入殓之后，才许办理我的后事。"

——吩咐完毕，遣出众人，闭户南坐，待到神定气闲，从梁上缒下一条白练，踱着方步，从容投缳。

吴麟征之死，是在二十日，亦即昨天的早晨。

十九日上午，吴麟征被一群刘体纯事先埋伏下来的大顺守城谍兵推下城墙，知道国破在即，不可挽回，便急急策马东行，跟随他的只有两名家仆。行到半道，看见路旁有座三元祠，随即跳下马背，进入祠堂。

三元祠供奉的是天、地、水三元府君的神位。吴麟征环视一周，对两名家仆说："这里不错，是我终命之地。快去弄点酒来我喝！"

两名家仆悄悄嘀咕了一下，其中的一名飞步出去沽酒，另一名则留下来守候，片刻不离主人左右。

一会儿买来了一瓶京师特产的"莲花白"，下酒菜没有，只有一串干果子和一包夹馅面点。吴麟征席地而坐，口对瓷瓶，咕咚咕咚，一口气灌进肚子里大半瓶，然后拈了一块点心，一边咀嚼，一边对家仆说："你们都别难过。我身受皇恩，备位言路，却不能匡时救国。如今国破贼入，君父生死不明，我还有何颜面立于人世？我死之后，你们立刻给我装棺入殓，速速送回江南故乡，以免家人惦念。"

两名义仆，跟了吴麟征多年，眼看着与主人顷刻之间就要幽明分途，不免悲从中来，边哭边劝，劝主人留得有用之身，继续杀贼救国。

吴麟征厉声喝止："不许乱我方寸！好了、好了，你们也在城上两天两夜没睡觉了，且去找个地方睡一会儿，不要在此打扰我！"

仆人离去，吴麟征继续喝酒，喝到酩酊大醉，心里犹未忘却自己该干什么，正襟危坐地思索了一会儿，缓缓解下项间的佩巾，在祠堂正中供案的横撑上打了个环扣，望阙三拜之后，脑袋钻进环扣，立刻身体下坠，幽幽然登入冥界了。

不知什么时候，听得耳边大呼小叫，而且喉间阵阵作疼，张目一看，两名义仆正眼巴巴地看着自己。原来两个仆人并未离开，一直在祠堂外边的回廊里默默观察，待主人投缳之后，迅速闪进祠堂，手忙脚乱地解开环扣，把主人平放在地上，千呼万唤，终于使吴麟征悠悠转醒。

明白了怎么回事，吴麟征气得连连大呼"误我！误我！"然而欲待动身，却以气绝移时，浑身软得一点儿力气也没有了。无奈之下，只好任凭仆人连背带抬，把自己弄回报子胡同的家中。

历来慷慨赴死易，从容就义难。这一死而复生，家仆知道就不要紧了，当晚安心睡觉，第二天一早打来盥洗汤水，进入主人卧房，掀开床帐，顿时目瞪口呆：大约是刚刚发生的事情，主人的喉间热血尚自汩汩直涌，身边一柄利剑，剑刃血污未干——吴麟征饮刃而亡了。

死得最为京师士民称道的是新乐侯刘文炳和状元刘理顺。

刘文炳十八日午后出宫，心中一直歉疚不安，君主临难，谕以自己护驾南行，却不能上报圣命于万一，想想自己这个侯爵的帽子实在戴得太窝囊，因此回府之后，嘴里反反复复絮叨的一句话就是："身为戚臣，义不受辱，不可不与国同难。"

第二天早晨得知九城已陷，立刻叫来胞弟刘文耀，兄弟联手，把阖府男女子孙及妹妹共十六口，统统驱赶到后院，投入一口既深且大的汲水井中。其祖母瀛国太夫人就是皇帝的外祖母，时年九十有二，也一并投入井中，阖家眷属，全部淹死。

杀死家眷，刘文炳又喝令侯府上上下下的执役隶员和门丁长随，悉数进入府楼。待到一百多人全部进了楼里，反锁楼门，将各个通道尽行封死，这一来就没有一个人能从楼里再走出来了。之后兄弟二人，费了好大一阵工夫，搬柴积薪，泼油纵火。大火腾腾之际，刘文炳扯住弟弟，纵身跃入烈焰，顷刻之间，楼塌身焚，一百多人，全都化为灰烬。

刘理顺是河南开封府杞县人，万历三十四年乡试中举，这一年他二十五岁。此后九上公车，连售不第，直到崇祯七年他五十三岁，春闱再搏，一鸣惊人。这一年的殿试，阅卷大臣本来推定的是另一个叫李焵的为首卷，然而皇帝一一阅看，读到刘理顺的策论，反复移目，击节称赏，遂以帝王的特权，将李焵黜为二甲第一，而把刘理顺擢为头名状元。殿试在名义上是以皇帝为主考官，所以中式进士，即为"天子门生"，而刘理顺因此遂成天子门生之长。之后授翰林院修撰，授记起居注档册官，入侍经筵，崇祯十二年典试福建秋闱，次年又授为詹事府左中允，五年之间，屡屡迁升，羡煞了多少同窗同年！以此荣典，刘理顺感恩戴德，十九日早晨，照样公服入朝，到了承天门外，才知道京师已陷，闯贼就要入城了。匆匆回返，半路上遇到两位同官，刘理顺扶着两位同官的肩臂号啕大哭，抽抽噎噎地说："理顺荷蒙皇上特简，而无所报效。国事至此，万死莫赎！"回到宅第，在墙壁上写下一首绝命词："成仁取义，孔孟所传。文信践之，我何不然？既掇巍科，岂可苟全。三忠祠内，无愧前贤。"写罢叫来妻子李氏和一子一女，及家中婢仆十八人，阖门缢死。一时京中风传，臣死君，忠也；子死父，孝也；妻死夫，节也；仆死主，义也。忠孝节义，萃于一门，国变之时，举家殉难者，以河南开封刘状元最著风义。

24

大顺永昌元年三月二十二日

饷源之策

崇文门外有个夕照寺，夕照寺大街有个金台会馆。"金台夕照"是元代所传的燕京八景之一，借此名声，金台会馆便显得与别处不同了。平常时节，凡是京畿八府进城参拜夕照寺的香客都要留宿此处，闹得会馆里外熙熙攘攘，好不兴旺。然而自今年入春以来，时局不靖，香客寥寥，这里自然也就冷冷清清地阒寂空旷了下来。从本月十二日到现在，偌大一个会馆只住进了六个人，是一对夫妇，带了四个婢仆，而男主人不是凡客，乃是大明朝身份显赫的国子监祭酒孙从度。

孙从度是北直保定府清苑县人，科名不算太早，崇祯元年的进士，登第之后，选馆翰林院。翰林院素称清贵衙门，常朝入觐，以衙门区分班次，文武分列，都没有翰林班次来得引人注目。每当满腹诗书的翰林们衣冠辉煌、不紧不慢地迈着四方步依序踱来时，总要赢得满朝公卿的一片啧啧钦羡之声。但这都不过是局外人的错觉，深知内情的人才能知道其中别有衷曲。翰林有红有黑，黑翰林开坊十年，不得升转，名声虽然清华无比，但华而不贵，窘迫得除了一身朝服之外，冬夏衣饰，寒酸如乡下三家村的教书佬儿，一到年底，差不多家家都是讨债的恶客盈门而至，要是没有几个同年外官的炭钱资助，说不定一家老小大年三十晚上，连顿饺子都吃不上。

孙从度却是个红翰林，而此人走红，不是凭的道德文章，更不是因为对朝廷大政有所建白，而是靠了手腕灵活，善于钻营。翰林要想既华且贵，唯一的办法是谋取考差，孙从度就深谙此道。所谓"考差"，就是每逢子、午、卯、酉的乡试之年，到各个省份去做考官或阅卷的房官。三年一举的地方乡试，称为"抡才大典"，各省闱场的正、副主考官和十八个阅卷房的房考官，名义上是皇帝亲简，实际上是由礼部的堂官，会同吏部文选司的郎中事先拟定好了的。孙从度舍得花钱上下打点，把个吏部文选司的路子打点得畅通无阻，如此一来，就想不富亦不可得了。考官自京至省，仪从煊赫，沿途地方，不仅要倾力接待，而且照例有"程仪"致送，如果分到了偏远省份，则千里迢迢，有多少地方官员都要出面接待，这样一路下来，所得的程仪银两就非常可观了。不过这倒还在其次，令人见猎心喜的是，乡试放榜之后，所有的中式举子都要"拜门"——拜考官和房官为师。新科举人拜门，没有空手而来的道理，按照不成文的例规，都要向老师致送"贽敬"。贽敬的多寡，没有定额，但寒素子弟，少则二三两，多则四五两却是相沿成习、被视为寻常之数的，倘若遇到财大气粗的富家子，则拜门一次，拱奉百金，也不是什么稀罕之事。所以如能得到考差，一场秋闱下来，光是接受门生的贽敬，少说也有两三千银子，碰到运气正旺的兴头上，分发到南直或浙江一带的富庶省份，则典试完毕，捞它个五六千金摈挡回京亦不足为奇，而这样的馈赠，取不伤廉，为朝廷法制所不禁。

孙从度即以此致富，十五年间，四典秋闱，平日起居豪奢之外，家里还着实藏了一笔巨资。手中有钱，官运亦随之亨通，翰林照例初授编修、检讨之职，一出翰林院继续迁升，谓之"开坊"。学问不见得怎样出色的孙从度，开坊之后，居然一再升转，先升詹事府，再转太仆寺，都是陪侍御侧的清秘要职，到了去年秋天，一跃而成为国子监的太学祭酒。

十一日夜晚，孙从度突感不适，胸闷气喘，周身疼痛难忍。第二天托人到衙门告了病假，随即由夫人陪侍，带了一个婢女和三个男仆，套上马车，从西城的家中，急急来到夕照寺大街。夕照寺大街住了一个孙从度的同乡神医，姓马。京师土语，称"切脉"为"抓脉"，马神医之神，就在于任凭百般疑难杂症，经手一抓，药到病除，因此京城送这位马神医一个绰号：马百抓。然而活命千人，无奈医不自治，年逾八十的马百抓自去年得了"老寒腿"便不能再出诊了，而孙从度一家数口，有病只认马百抓，所以从西城套车，屈曲迂道，特为跑到南城来登门求治。

一阵望闻问切，马百抓确诊为尪瘵之症。病得倒是不重，不过要安静调养，半月之内，可得痊愈，但所服之药，须依据病情的变化而两三日做一调剂。这一来，孙从度颇感为难，光是从西城到南城，一来一回，道路颠簸，就谈不上什么"安静调养"。好在马百抓念在同乡的分上，仙人指路，把他推荐到了距马宅仅一墙之隔的金台会馆，如此不仅避免了往复道路的颠簸之苦，而且正好这段时日会馆空寂，静养、就医，两得其便。

孙从度在会馆里住了至今已经十天，病情大有起色。今天一早，静极思动，饭后告诉夫人，稍息片刻，要到外面走动走动，借以打探外间的局势。自然地，这是因为他十天以来，几乎过着与世隔绝的日子，对天崩地坼的大变局一无所知的缘故。

刚刚做了这个打算，还未待准备动身，就听见会馆大门口一片人声鼎沸，吵吵嚷嚷令人好不心烦。孙从度平时官架子十足，加以近来静中养病，已经习惯了安谧，所以骤闻喧哗，大起恶感："什么人如此无礼？来啊，拿我的片子，告诉他们，赶快给我滚开！"

偏偏奉命而去的家仆又是个浑人，拿了片子，狗仗人势地来到大门口。其时会馆的执役门丁正在据理交涉，外边乱哄哄的人众也有犹豫欲退的意思了。就这一刻，莽撞家仆冲上前去，一把将会馆的门丁推到一边，挺胸凸肚，五指戟张，对着吵闹的人众厉声呵斥："混账！哪里冒出来的乱贼？知道惊动谁了吗？——祭酒孙大人！"说话的同时，神气活现地把主人的名刺递了过去。

巧得很，来的正是"乱贼"，而且为首的还是中标威武将军张鼐属下的都尉罗虎，带了有五十名大顺士兵。

今天是大顺军进城的第四天。前三天，五万多驻扎在城里的士兵恪守兵政府的戒谕，白天巡视九城，维持市面治安，夜晚就住在四周城墙上临时搭起的篷帐里，自炊自食，与士民相安无事。然而北方春季，夜间奇寒，三个通宵下来，各营士兵，怨声载道，纷纷要求改善夜宿的条件。为此刘宗敏指令张鼐，要他派人到各处查看一下，有那空置的寺观庙宇或公廨会馆之类，不妨打扫出来，暂作城内士兵的屯宿之处，而张鼐所派的人就是这个罗虎。

罗虎奉命，带着人从外城查起，查了几处地方，都很顺利，接着便来到了金台会馆。由于除了孙从度一家，别无住客，所以十几天来，会馆大门锁闭，只留一个掖门，供人偶尔出入。不巧的是，罗虎一行来到这里的时候，负责掖门启闭的执役门丁，正在后院的伙房里吃早餐，所以罗虎来时，掖门也是反锁着的，如此激怒了士兵，连吵带嚷，擂门如敲锣鼓。

待到执役门丁匆匆赶来，打开掖门，问明了情况，立刻点头哈腰，表示欢迎王师入住，并且详细报明了馆内的客房数目，估算了大约能入住多少人数等等。可是有一层手续上的问题，是这个门丁感到为难的：会馆不比客栈旅社，自家掌柜的就可以做主。会馆属于公廨，南城的公廨都归京师顺天府大兴县礼房的典客班该管，日常公廨而接待私客，是有客房收入的，只消按照制度，每月上缴规定的收入比例就行了。而新朝义兵入住，自然没有收取费用的道理，这是公务，但公务入住，必须要有大兴县礼房典客班的批文，这道手续通常是由会馆的执役差隶到大兴县衙署的礼房去办理。可是改朝换代之际，大兴县衙署已成胜国陈迹，哪里还能履行正常的职权？所以执役门丁的意思是，非常之时，可否由义兵的主管部门开具批文，这样公事上就可以交代过去了。

这个要求，合情合理，罗虎没有不同意的表示，想想此事极其简单，只要禀报张鼐，一纸批文，咄嗟立办。所以正待稳定场面，要带领属下兵丁继续到别处查看，没想到就这时候，不知天高地厚的孙府家仆颐指气使地闯了过来，而且出言不逊，立刻激怒了罗虎。

"忌酒？"罗虎不识字，所以看也不看，气哼哼地把名刺一撕，"还他妈忌肉呢！把这个孙子给我叫出来，老子倒要见识见识！"

"好大的胆子，竟敢辱骂孙……"

话没说完，罗虎身边的一个士兵抡起巴掌，极其迅猛地挥了上去。

蓄力特劲，这一巴掌打得糊涂家仆猝不及防，跟跟跄跄，仰面倒地。支撑着爬起身来之后，方始感到来者不善，但一时面子上还下不来，一边后退，一边仍然不甘示弱："好、好，有种的都别走，等着瞧，看我家老爷怎么收拾你们！"说完用手捂着腮帮子，转身就跑。

这一来事情就闹大了。大顺士兵，个个激愤，入城以来，到处都是低眉顺眼地笑脸相迎，哪里受过这样的恶语挑衅？而此时的罗虎另有思虑，"祭酒"何物，他的确还不知道，但听对方口气，其主人一定是个不小的官儿，明朝的大官怎么会藏在这里？莫不是逃避新朝征选？吏政府告示严谕：抗违不出者大辟处置。有此意会，就要捉拿立功了："打开大门！"他严厉喝令执役门丁。

事已至此，执役门丁只有俯首听命，迅速从腰间摸出钥匙，把门打开。"嗡"的一下，五十多人如潮水奔涌，顺着孙府家仆逃跑的方向蹑踪撵去。

慌慌张张跑进中间跨院的家仆，还没见到主人就放声大喊："老爷、老爷，不好了！一群乱兵……"

夫人走出屋来，迎面呵斥："嚷什么嚷，没有规矩的东西！好好回话，哪里来的乱兵？"

哪里来的乱兵，连这个家仆自己也没弄清楚，受此逼问，只好很委屈地回答："不知道。反正凶得很，不光打了小的，还敢指名道姓地辱骂老爷。"

"啊？反了反了，简直不成世界了！"随即而出的孙从度气得双脚乱跺。

亟亟而来的士兵已经冲进跨院，孙从度迎头暴喝："站住！混账王八蛋，叫你们为首的过来见我！"

这一来愈发激怒了众人，不由分说，蜂拥而上，把孙从度连同夫人和家仆一块儿，拖到院中的空地上，拳脚交加，一阵暴打。待到罗虎好不容易喝止了属下，众人分开，看到地上的三个人，孙从度捂着脑袋打滚，另外的一男一女则曲蜷着俯卧在地，连打滚的力气都没有了。

"说！你是什么屌官儿？"罗虎指着孙从度喝问。

直到此时，孙从度仍然固执地以为，只要亮出自己的身份，准能把对方吓得跪地求饶，因而从丹田里迸出一股傲气，立起身来，昂然答道："钦命四品大明国子监祭酒孙从度！"

叭！极清脆的一个大巴掌甩在脸上，把孙从度刚刚硬起的脖子立时扇歪，软了下来。

"跪下！"亮着巴掌的士兵大声喝令，"老老实实回答都尉的问话！"

看样子不跪还要挨打，孙从度不免诧异：纵然是乱兵，也应该知道朝廷名器不可辱，而这伙蛮徒，连四品京堂也没放在眼里，这些人究竟什么来头？心中诧异，嘴上却不敢发问，只好先跪下再说。

罗虎极其轻蔑地把孙从度从上到下细细打量了一番，冷冷发话："哼哼！我以为你的官儿比我的鸡巴还大，原来才他妈的四品！好，我来问你，明朝的官员昨天都到午门自投名状去了，你去了吗？"

"没……没有啊。"孙从度翻了翻眼睛，看看眼前这个二十来岁的"都尉"，很感困惑的样子。

"我大顺吏政府明谕，凡是不投名状的都是死罪，你不知道？"

有这等事？孙从度细细思索，突然明白过来，而这一明白过来，不由得浑身发抖，一颗脑袋鸡啄米似的在地上一阵乱碰。性命交关，就在此刻，倘若对方怒气不解，眨眼之间，自己就会成为阎罗殿里报到的新鬼！

"军爷饶命！军爷饶命！下官有隐情……"

叭！又一个大巴掌甩在脸上，还是刚才那个士兵："什么他妈的下官！谁是你的上司？"

这一巴掌打得孙从度懊悔欲死，慌乱之际，言语不检，对新朝人物自称下官，这不等于骂人吗？于是立即改口："是、是，小人万死！小人有隐情要向军爷陈诉。都为小人因病在此居住，十几天来，对外间大事疏于了解，实实不知已经改朝换代，也实实不知新朝政府已经发下告谕。久闻大顺皇爷是救世救民的真命天子，小人早就怀着报效之心……"

"少废话！"罗虎打断话头，"老子没工夫听你瞎啰唆。快说，你打算怎样报效？"

原是顺口而出的一句服软讨饶之辞，没想到有此一问！孙从度心中着急，计无所出。不过略想一想，无论如何，总是保命要紧！于是狠狠心，一咬牙，极其干脆地说："小人预备了五千银子报效新朝。"

五千银子不是小数！罗虎不料有此意外之喜："把银子拿来我看！"

"军爷，银子不在这里。"

"在哪里？"

"在寒舍。"

"你家在哪儿？"

"小人住在西城。"

"走，前面带路！"

于是绳索缠身，前拽后搡地费了半个多时辰来到西城。孙从度住在宣武门内西单牌楼靠北的石虎胡同，这一带全是高官宅第，去年刚被赐死的前任首辅周延儒的"相邸"就在这条胡同，孙从度的住宅与周延儒的相邸仅隔两道门户。

"银子呢？快拿出来！"一到孙宅，罗虎就急急催问。

"是、是。"孙从度在军兵的押解下穿过厅，进卧房，从枕头底下摸出钥匙，正要打开储柜，突然顿住，心中暗暗叫苦。

"怎么回事？"

怎么回事，是说不出口来的。自上月二十六日传来太原失陷的消息，京城的富家大户为避兵祸，纷纷藏匿家产。孙从度亦受此情绪感染，把家里的银钱做了料理，提出七千整数，装进两个特大号的釉面陶瓮，连夜指挥家丁，藏到了后院冬春两季用于储菜的地窖里。另有三千多两，锁进卧房的储柜，日常开销之外，用以预备不时之需。刚才在金台会馆，为了保命，急不择言，脱口说出报效五千之数，而眼前的柜子里仅有三千挂零。捐报不符，势必危及地下的窖藏之银，倘此而果，则眼前的三千固然不保，地下的七千亦必被裹卷而去，如此积年所得的一万多资财悉数罄尽，岂不要倾家荡产了？

就这一愣怔间，身边的士兵夺过钥匙，打开柜门，把柜中的银子全部取出，就地清点，有整有零，总共是三千五百八十二两。

"怎么才三千？"负责清点的士兵故意不报零数，"还差两千，快去取来！"

事已至此，只好硬挺了，孙从度一脸哭丧的样子，"军爷，你老看到了的，小人的全部积蓄都在这里。原是小人记错了，以为……"

"啊？你要耍赖？"士兵立刻有了被戏弄的感觉，"快拿银子！不拿银子就拿命！"

"军爷、军爷，实在只有这三千多两。军爷就是要了小人的命，小人也再拿不出一文来了……"

"打——！"随着这声暴喝，几十个士兵轮番上前，没头没脑，拳打脚踢，从卧房打到过厅，从过厅打到院内，待到打累住手，孙从度已经是面目全非，一息仅存了。

看样子接着再打，也未必能打出两千银子，罗虎只好放弃，决定把孙从度交给吏政府处置。不料就在此时，孙府的一名家丁出面，把主人的一条老命生生地给断送了。

这名家丁就是上个月帮主人连夜往地窖里藏银的参与者，看到主人挨打，于心不忍，他不知道主人与这些"军爷"在金台会馆里的过节，只想着唯有破财，才能救主人一命，于是排开众人，走到罗虎面前："军爷，银子藏在后院，请跟我来。"

来到后院，锹挖镐刨，不消片刻，起出来两个硕大的釉面陶瓮，打开一数，白花花的银子整整七千两。

这一来愈发显得是孙从度有意戏弄众人，愤怒的士兵气无所出，自然还要发泄，于是再次乱拳齐下，只一刻钟的工夫，孙从度真的成了阎罗殿里报到的新鬼。

出了人命，罗虎不免心里发毛。进城以来，大顺军法纪森严，他是比任何人都清楚的。尤其是刘宗敏，法令如山，毫无通融的余地，一旦沉下脸来，恐怕连张鼐出面也救不了自己。但思索片刻，有了主意，首先必须用金钱封住众人之口："来、来，都过来。"

待到士兵都聚拢了过来，罗虎一脸严肃地说："大家都看到了，这个姓孙的狗官，不光逃避吏政府征选，而且还私藏了整整一万两银子。你们说，是不是这么回事啊？"

明明是一万零五百八十二两，却故意说成一万，则余下的零头，自然留作集体吞没。五十士兵，人人心照，很起劲儿地齐声回应："是——！"

"这就对了。"罗虎很满意地说，"我们今天执行特殊公务，每人赏十两酒钱。除了今天在场的弟兄，别人都没有。弟兄们说，拿了赏钱，该怎么办啊？"

这还用说吗？自然是守口如瓶！心领神会的士兵们七嘴八舌："头儿，你就放心吧，没人敢给你惹麻烦！"

罗虎使个眼色，刚才负责清点的士兵，将卧房储柜里取出的银子一分为二，三千整数不动，零数则每人十两。还剩八十二两，顺手扯了块蓝布，裹成一包，对罗虎说："头儿，这一份是你的，我先替你拿着。底下该干什么，你尽管吩咐吧。"

于是在罗虎的指挥下，将两个大陶瓮，外带三千银子的一个大包裹，找来绳子和木杠，捆扎得稳稳当当。怀里揣了意外之财的士兵，个个兴奋异常，扛起一万赃银，一路小跑地跟着罗虎直奔大内。

早饭过后，李自成召集大顺朝文武官员在武英殿议事。按照预定，议题有三：一、敲定登基大典的日期；二、决定录用新官的名单；三、筹措军饷。

登基大典，所关至巨。大体而言，涉及四个方面：一可系天下军民百姓之望，二可绝江南未降官员之念，三可酬庸百战功高的大顺将士，四可安抚伏阙归顺的旧朝公卿。反过来看，国不可一日无君，旧朝已亡而新君不立，则士民观望，人心不稳，日久必有人乘间蛊惑，流言蜚蜚，足以酿成倾覆新政的大祸。是这样一个关乎王业成败的大事，所以牛金星极力主张，登基大典，宜早不宜迟。

然而早到什么时候，却颇有争议。礼政府尚书巩焴的意思，吉期的择定、仪单的进拟、冠冕的裁量、御玺的凿制、历书的编选、诏书的颁布，还有朝服更易、班序编排、群臣演礼、祭天告庙……大典筹备的种种环节，有一失误，都将腾笑天下，所以宁缓勿疾，没有一个月的时间万难竣结。

丞相着眼在大典的意义，巩焴强调的是程序的细节，两种意见，各有道理，御前激辩了一个多时辰，吵得刘宗敏很不耐烦。本朝除英宗朱祁镇因"土木之变",大位旋失旋得而有"正统"和"天顺"两个年号之外,其余诸帝均保持了一帝一年号的格局,因而皇帝既崩,无论褒贬,均可以年号代称,所以刘宗敏说:"崇祯已死,天下大定,登基典礼不过图个形式。闯王又不在北京城坐金銮殿,不是很快要回长安吗?我的意思,不必搞那么啰唆,令明朝的钦天监,就在最近选个黄道吉日,昭告天下,皇帝已经姓李了。其余的繁文缛节都可以省掉!等回到长安,咱们再大摆筵席,好好庆贺庆贺!"

其意主速,但理由却和丞相不同,而这番说法又牵涉年初西安建国时所争论的一个国本大事:何处建都?

西安建国,改西安为长安,暂称"西京",但大顺朝的京师定到哪里,当时议而未决。牛金星和所有在湖广、西安降顺的原明朝官员主张,待攻克北京之后,即以明朝的旧都为京师,而这个意见,却为跟随李自成征战多年的武将们所反对。这些武将,大都是些陕西土著,心中存了一份衣锦还乡的念头,而口中仍能依据故老传说,强调关中四塞之固,帝王之乡,东出河洛,即可控制中原而奄有天下;中原有事,则退守潼关,足以自保。所以他们都主张攻克北京后,还师关中,仍以西安为国都。

李自成依违于两种意见之间,但北征以来的种种行事部署,都明显看得出他是倾向于后一种意见的。襄阳建政,李自成拜了两个"权将军",刘宗敏之外,还有一个叫田见秀。李自成率师北征,留在西安主持大政的有两个人,一个是他的继配高夫人,另一个就是田见秀。高夫人自然代表了李自成本人的权威,而仅有的两个位尊职隆的权将军,一出战,一据守,则西安在李自成心目中的分量之重不言而喻。此外,出征以来,每下一城,所得的金银财物,除供军需之用的以外,大部分都令士兵押解回西安,由高夫人和田见秀收掌。此类迹象,在在表明,李自成并不打算以北京为国都。而李自成的这一意向,自出征以来,已被牛金星等文官所窥知,因而今天刘宗敏的意见一出,众口缄默,谁也不愿再做犯颜力争的谔谔之士,表面上似乎都没有什么异议了。

"那就这样,"李自成即刻做出决定,"大典的吉期,以四月初旬为限,令钦天监早早选定下来。一应演礼仪程,不必繁琐,抓紧拟出进呈,待我阅看后,教百官择日演习。"

这是礼政府的应办事务,所以巩焴高声应答:"是,臣即刻遵照王爷的示谕办理!"

这件事就议到这里。第二件事比较简单,用人方略是既定了的,昨天宋企郊依据前明官员自投名状的花名册，连夜拟定了一个授职名单，都是从五品以下官员中挑选出来的，总共九十二人。宋企郊依照名单的次序，将这九十多人的姓名、履历、旧朝官职，以及新朝拟任官职等等一一报明，诸人听后，没有异议，这一项顺利通过，只待明天张榜公布了。

议到军饷，问题就来了。大顺朝迄今为止，没有固定的饷源。崇祯十三年以前四处流窜，一彪人马吃天下，当然不必去考虑饷源，也可以说所到之地，处处饷源。崇祯十三年之后攻城略地，占据城乡，提出了"不纳粮"的口号，农民不纳粮则军队无饷源，大顺军只能靠没收官府和抢掠富户以充军饷。崇祯十六年襄阳建政，提出的口号是"三年免征"，今年初长安建国，再次昭告天下，强调了三年免征的国策。言犹在耳，无可更改，而免征期间，自然也没有固定的饷源，还要延续没收官府和抢掠富户的做法，所以北征以来，费用不匮。可是如今北京城内城外的驻军，差不多有二十五万之众，士兵的饮食和骡马的饲料，仅此两项，一日之内，坐糜千金，如不设法开辟饷源，则旷日持久，何以为继？

户政府尚书杨玉休昨日盘查了前明的户部银库，原以为天庚正供，所储必丰，结果却令人大失所望，偌大一个太仓，空空荡荡，仅有存银三千多两！

"内库呢？"李自成问，"听说崇祯藏了不少内帑，为何不盘查内库？"

"内库不属户政府该管。"杨玉休躬身回答，"似应责成大内宿卫军秘密盘查。"

大内宿卫军暂时由张鼐掌管，所以刘宗敏接口说道："好，我今天就叫张鼐派得力人员盘查内库！外间风传，崇祯的内帑堆积如山。我就不信，宫中搜不出银子来！"

就在这时，李双喜侧身进来，轻轻走到刘宗敏身边，附耳低语："总爷，张鼐在殿外求见。"

"唔？闯王也在这里，有什么话，叫他进来说。"

"是！"双喜出殿，不一会儿引导张鼐进殿。

"张鼐，"刘宗敏大大咧咧地说，"有什么情况？不必顾忌，你当着闯王和众人的面尽管说。"

"是！"张鼐肃身回话，"禀闯王，末将属下都尉罗虎刚刚来报，前明国子监祭酒孙从度逃避吏政府征选被查出。孙从度自许，愿以五千金赎罪，结果在他家中搜出赃款一万两。追问赃款来源，孙从度支吾其词，不能说清，于是趁人不备，已经畏罪自杀了。一万赃款，现已抬在殿外，请闯王的示下，如何发落？"

"抬进来看看！"李自成说。

张鼐到殿外招招手，八名军汉，分抬两个大陶瓮，进殿之后，解开绳索木杠，从瓮内取出锭银，连同包裹里的三千，众目注视，不多不少，正好一万两。

"这个孙从度什么出身？"李自成问。

在座的只有宋企郊能回答这个问题："回王爷，臣与孙从度同年。臣家陕西乾州，孙从度籍隶北直清苑，异籍同科，都是崇祯元年戊辰科的进士。臣中试后分发到吏部做司员，孙从度钦点庶吉士，选馆进入翰林院，所以，此人是翰林出身……"

"什么？"李自成大为惊异，"一个翰林，竟然奢富如此？"

物证俱在，而且就在眼前！在场诸人，包括宋企郊在内，都惊得目瞪口呆。清贵衙门的翰林尚且奢富如此，则威权在手的实职衙门的官员之富，在李自成的想象中不问可知。

李过攘臂而起："闯王，饷源有了，就出在旧朝官员身上！这件事交给我来办吧。"

李自成做了个稍安勿躁的手势："不妨令明朝官员捐助军饷。可以先定个数目，按照官职大小，划出标准，然后依据这个标准统一倡捐。"

"倡捐？"李过冷冷一笑，"倡捐可以。要是这些贪官不认捐怎么办？"

刘宗敏立刻喝道："谁敢不认捐就给我用刑！"

宋企郊深深懊悔，懊悔自己率直回话，一言之舛，引得李自成和刘宗敏如此震怒，这一来明朝旧员要大遭其殃了！

看看无人反对，刘宗敏用手指着李过，对李自成说："这样吧，闯王，此事就交给我们俩来办！这些贪官，私藏了这么多钱财，都他娘的来路不正！当时没杀他们已经够仁慈了，这一次，看我怎么叫他们把贪渎所得的银子全都乖乖儿地吐出来！"

刘宗敏要亲自介入此事，谁也不好表示反对。接着要议的就是所谓"标准"了。现成有孙从度的例子在，因而很快议定，翰林一万。以此上推，科道言官和部院司官三万；京堂五万；各部院堂官七万；内阁大臣十万，内侍佐杂，或数百，或数千不等，其余公侯勋戚，有贫有富，可依据实际情况分别处置。

25

大顺永昌元年三月二十三日
大明崇祯十七年三月二十三日

新朝授职

天还没亮，就有人在承天门外席地坐等，等到卯时，陆陆续续地四千多故明官员就已全部聚齐，人声扰攘，互相议论，不是在谈论大顺英主以武功定天下的赫赫伟业，就是在探询今日授职，彼此能被加官几级。辰正刚过，午门东、西两侧的掖门缓缓开启，四千多人，鱼贯而入，涌向正北的皇极门。

进了皇极门，没有纠仪御史，旧的朝班秩序无人遵循，个个不甘落后，都要抢着往前跑，乱糟糟地在皇极殿丹陛下的甬道两侧无序站立。

宫殿的台阶称为"丹陛"，皇极殿丹陛之下的广场称为"桓台"，是朝廷的大政所出之地，历朝皇帝"御门听政"就在这里。有资格参与御门听政的，除非奉旨特召，否则按规制必须是公侯勋戚、内阁大臣、六部九卿，以及翰林院、詹事府的属官和六科给事中、十三道监察御史等等阶秩在六品以上的言官和各个中枢衙门的司官。只有两个例外：大兴、宛平号称天下首县，全国的县令，无论大县小县，官秩均为七品，独有天下首县的县令，阶秩六品，而首县地属京师，因而大兴和宛平的两个县令，以地方官的身份，循特例而具有位列桓台、参与御门听政的特殊资格。但这些官员，全部算进去也不过四五百人的样子，而今天，上至公侯卿贰，下至微末小吏，自正一品至从九品，十倍于常数的官员麇集在这里，一是要亲聆纶音，亲瞻大顺皇帝的风采；二是要等候选官结果，看看自己被新朝授了什么样的官职。这一来，天桓密勿之地，犹如民间的肆市庙会，摩肩接踵，混乱不堪，害得张鼐亲自指挥属下的兵丁，威吓叱咤，鞭棍笞扑，费了足足两刻钟的工夫，好容易才能把场面弹压得像个样子了。

又过了两刻钟，还是不见新朝天子出临，群情狐疑，开始窃窃私语：

"不对呀。前日诏谕，说今天朝见新主，何以至今不见舆驾？莫非圣躬不豫？"

"嘘——别瞎说！新天子马上英主，寿序三十有八，春秋鼎盛，龙体康健得很。切莫出此不祥之语！"

"是、是，老兄见教得极是，我失言了。不过，约莫辰光，也该有动静了不是？"

"怎么没有动静？你瞧，那不是宋军师来了？"

众目注视，果然是长得又瘦又矮、面目就像猿猴一样的大顺军师宋献策从皇极殿西侧的武成阁踱了出来。有那心气浮躁、急于一瞻天颜的便拨开人众，凑了上去："晚生给军师施礼了。"

"嗯、嗯。"宋献策头也不抬，边走边答。

"请问军师，新朝英主，何时驾临？"

"快了、快了。"

得此回答，就该见机而止，然而此人不识眉眼高低，依然锲而不舍地追问："请问还需几时？"

这一问惹翻了宋献策，立时拉下脸来，劈面训斥："咄！不杀你们，已属万幸，如何连这点辰光都等得不耐烦了？"说完甩甩袖子，撩起缎袍的下摆，迈动着两只小短腿，昂然直奔皇极殿而去。

招了一脸没趣，有人幸灾乐祸，有人替他叹息，不料此人望着宋献策远去的背影，恨恨地一跺脚："哼！明日此时，我就不是凡人了！"

此时而有此石破天惊之语，便不免令人刮目相看了，于是此人立刻成了众目所视的焦点。

"好大的口气！"有人悄悄发问，"这个人什么来头？"

"怎么，足下不识此公？"反问的是个耄耋老者。

396

"是、是，正要请老先生指教。"

"周钟之名，可曾听说？"

"莫不是金坛周介生？认识啊。"

"不错！不过此人倒不是周钟，他是周钟的乡举房师，叫钱位坤。"

“钱位坤？名字不熟，是在哪个衙门供职？”

“前朝大理寺右评事。”

“七品评事，何敢口出大言，连大顺的军师都没放在眼里？”

“唔、唔，看来足下有所不知。”耄耋老者附耳密语，“新朝牛丞相原不打算用钱某，听说钱某通过周介生，走了吏政府宋尚书的路子，已经内定为新朝的弘文馆司业了。”

啊？竟有这等内幕！大理寺评事正七品，弘文馆司业正六品，中间隔了一个从六品：“这不是连升两级了吗？”

“正是。”

“然则周介生何能有此通天手眼？”

对这个问题，耄耋老者避而不答，只捋了捋胡子，神秘地一笑：“足下稍安勿躁，再过一会儿，自然就会明白。”

话中大有玄机！这位“足下”，心里狐疑万端，却也不便再问。不过略想一想，感到收获颇丰，自己和周钟也能攀上关系，且看今日授职结果如何，倘不如意，少不得也要凑出千把银子，去走走周钟这条路子了。

已正——上午十点，皇极殿的大门彻然洞开。先是一队士卒，将御案和御座抬至殿外正中的丹墀之上，接着又一队士卒，抬出八扇绘有斧钺彩纹的硕大屏风，两相组合，便有个名目，称为“黼座”，是从秦嬴政称“始皇帝”以来，历朝历代相沿不替的天家规制，民间俗称“龙椅”。李自成头戴尖顶白毡笠，身着上马蓝箭衣，意气自若地往黼座上一靠。

东边是文臣，依次为牛金星、宋献策、宋企郊、杨王休、巩焴、喻上猷、侯恂、陆之祺、李正生、顾君恩、黎志升、张璘然、李建泰。侯恂已于前日午后受李自成召见，用为刑政府尚书；张璘然在平阳归顺后，跟随李自成北征，到了太原，授为户政府侍郎；李建泰则受李自成接见，糊里糊涂地认为族侄，不过至今创伤未愈，还没授职。

西边武将依次为刘宗敏、李过、刘希尧、李岩、姜瓖、王承胤、白广恩、陈永福、马岱。白广恩和陈永福是去年冬天在潼关投降的原明朝方镇总兵。马岱本是京师三大营中“三千营”的提督，上月十四日，因不满于三大营总督李国桢的昏聩无能，不奉朝旨，单骑出城，跑到了京东的蓟镇，对着正在蓟镇巡视军务的蓟辽总督王永吉大发了一顿牢骚，之后反身向西，直奔大同，欲与流贼以死相拼。不料去时一腔热血，临事却化为乌有，竟在大同与姜瓖一道，向闯贼献城投降了。

文臣武将，刚刚坐定，丹陛下就数陈演最机灵，首先纵身出列，俯伏在地，操着浓重的四川口音，精神抖擞地朗朗陈奏："前朝罪臣陈演叩见大顺新主！伏请新主俯察民意，顺天应人，早登大位，以安天下！"说着双手过顶，捧出他亲自策划、酝酿两日而终于撰成的《劝进表》。

御前侍卫李双喜下了丹陛，从陈演手中接过《劝进表》，复上丹陛，呈给闯王。

《劝进表》分为两个部分，一是劝进表文，一是劝进名册。李自成知道，劝进表文必是一篇诘屈聱牙的长篇大论，其中的掌故典实，不是自己肚子里那点墨水所能看懂的，因此挥挥手，示意李双喜把劝进表文呈给牛金星，自己则注目在那份劝进名册上。

牛金星接过表文，才看了两眼，脱口称赞："好文章！好文章！是谁的手笔？"

这篇文章，是前日陈演不欲使龚鼎孳独擅美名，另外想起了一个与龚鼎孳轩轾相当的大才子，这个大才子便是周钟。周钟字介生，江南金坛人，十三岁应童子试，县、府、院三试连连第一。少年成名，轰动乡里，与太仓张西铭、苏州杨廷枢联手创立复社，抨击时政，月旦人物，以文章而隐操朝政，一时文名四播，风噪海内。前日午后，陈演亲自登门，表示劝进新主，非他的大手笔不可。周钟受命，既感义不容辞，亦觉舍我其谁，于是闭门夙构，连夜写成了这篇典丽堂皇的大块文章。

牛金星是举人的底子，自然精于品鉴，而丞相激赏，乐坏了陈演，立刻俯身回答："回丞相，是前朝翰林院庶吉士周钟的手笔。"说着把立在身边的周钟往前推了推。

周钟的大名，牛金星是早就听说过的。于是堂堂丞相，折节下交，不惜降尊纡贵地亲自离开座椅，步下丹陛，指着周钟说："这位就是周介生先生吗？"

这一下周钟的风头可就出得大了，顿时满脸飞金，洋洋得意。在万目所视之下，牛金星亲自拉着他的手，同上丹陛，走到李自成面前："王爷，且容臣引见，这位周钟是个大名士。"

周钟整整衣冠，伏地叩头："前朝罪臣周钟，叩见大顺英主！"

李自成瞪着一只眼睛，把周钟浑身上下打量了一遍，很轻蔑地问："名士有什么用？"

牛金星赶紧解释："王爷，名士会写文章……"

“会写文章？”李自成语气颇为不屑，“城破之日，为何不写‘临危授命赋’？”

这一问，大煞风景，周钟踙踏得无地自容，而四千官员，感受不一，有的在替周钟难过，有的隐然自得，是幸灾乐祸的心态，只有极少数绝顶聪明的人看出了端倪：如此折辱名士，则一叶落而知天下秋，李自成绝无开国君主的气象，只怕明朝旧臣，从此再无出头之日了！

局面相当尴尬。这种时候，只有牛金星能出面调解：“王爷，”他把手中的《劝进表》扬了扬，“这篇文章，确是佳构！来，臣念给王爷听听。”说着清清嗓子，朗声诵读。

开笔不凡，第一段虽是例行的套语，却能言简意赅，把明朝弊政百端，文恬武嬉，闹得天下汹汹、民不聊生的诸般惨象勾勒得怵目惊心。然后笔锋一转，开始叙述李自成如何救民水火、力战经营，终于推翻了苛政。再接下来，就是单纯对李自成本人的颂扬了。念到得意之处，牛金星自觉精警之句，不可错过，于是进一步提高了嗓门儿：

> 伐楚伐秦，比尧舜而多武功；存杞存宋，迈汤武而无惭德。燕北既归，已拱河山而膺箓；江南一下，尚罗子女以承恩。独夫授首，四海归心……

“好、好！”李自成绷紧的脸舒展了开来。辞藻的优美和音节的浏亮，他是品味不出来的，但颂扬备至的意思，他却能听得懂。“伐楚、伐秦”，自是指他率领义军，克襄阳、下西安和建政、建国的赫赫武功，“存杞、存宋”则是说自己厚待前朝皇子的巍巍仁德，而把自己比作唐尧、帝舜、商汤、周武，都是古代的神圣英主，虽然稍嫌肉麻，毕竟飘飘然地非常受用。因而他挥挥手，打断了牛金星，对着周钟，笑眯眯地说：“周钟，把你的科名出身报来我听。”

“是！”周钟再次叩头，“臣籍隶南直常州府金坛县，崇祯十二年乙卯科乡试举人，崇祯十六年癸未科中式殿试二甲第四名进士……”

“二甲第四名？”李自成问，“这一科总共取了多少名？”

周钟想了想：“回皇爷，一甲三名之外，共取二甲七十八名，三甲三百一十五名，这一科进士总数为三百九十六名。”

“哦、哦。”李自成喜形于色，“差不多四百人，你能排名第七，不简单！

那么前朝授了你什么官职？"

这一问纯属外行！二甲者按例"赐同进士及第"，不授具体官职，其优异者经特选进翰林院"坐馆"，此为朝廷定制。看来李自成对这一制度毫无所知，周钟无奈，只好含糊回答："臣选授翰林院庶吉士。自坐馆至今，整整一年。"

翰林院为朝廷的储材之所。明朝制度，殿试之后，除一鼎甲三名"进士及第"，直接授职修撰、编修外，另从二、三鼎甲进士当中，特选年轻有才而可堪造就的俊彦之士进入翰林院，称为"馆选"。馆选而进翰林院，就成了朝廷的见习官员，称为"庶吉士"。自英宗天顺年间以来，定制"非进士不成翰林，非翰林不入内阁"。有此规制，则一成庶吉士，便有入阁拜相之望，所以庶吉士又有"储相"之称。庶吉士坐馆定制三年，三年期满，行"散馆"考试，成绩优异者，便可"留馆"而备皇帝顾问，贵为近侍，入与密勿，骎骎然而成仕途骐骥，从此飞黄腾达，无往不利。周钟则自去年坐馆，如今刚及一年，大明朝就不复存在了，因此李自成想了想："周钟，我授你为新朝弘文馆检讨之职，午后你到吏政府去办个手续。下去吧！"

"弘文馆"就是翰林院。李自成西安建国，由牛金星主持，对朝廷衙门的名称多所改动，除了"六部"改为"六政府"外，其余衙门，均参照唐代名称，这自然是为了讨李自成的欢心，因为唐朝皇帝也姓李，改"翰林院"为"弘文馆"即其一例。庶吉士例领正八品薪俸，而检讨从七品，这就等于，周钟坐馆未满，便被提升了一级。然而，以巨椽之笔而成劝进之文，仅以加秩一级相酬庸，又不免令人觉得，这个大顺皇帝的手面也太小了点！不过，这个"检讨"，出于"御口亲封"，似乎别具意义，又不好与寻常的加级相提并论。周钟一时惶恐莫名，赶紧再次伏地，重重地又碰了个头："臣叩谢英主的恩典！"

一直候在丹陛下的陈演，自觉首倡和筹划劝进有功，等到周钟下来，他引领企望，以为接下来就会轮到宣召自己上去。不料李自成毫无表示，倒是牛金星一声高喊："魏藻德！"

魏藻德今天来得最早，可是在进入皇极门的时候，人群慌乱，你拥我挤，反而把他甩在了最后头，而天桓宏阔，前头隔了成千上百的人头，所以牛金星喊他的名字，他根本就没能听到。

"魏藻德！"无人应声，牛金星只好提高嗓门儿，再次高喊。

这一次算是听到了。不过听到之后，心乱如麻，一边钻头觅缝地央求前面的人："借光、借光。"一边高声回应："哎——来了、来了！"

在这样的场合，而有这样的举动，大失宰相风度，看上去不仅荒唐，而且非常滑稽，因而惹起了一片哗然不恭的哈哈大笑，闹得人丛当中，一阵骚乱。

这成何体统！待到魏藻德好不容易拱到了丹陛之下，正要俯身施礼，右壁厢惹恼了刘宗敏，横眉竖目，拍案而起："你就是魏藻德？"

"是、是，旧朝罪臣魏藻德叩见……"

"来人！"

侍立在丹陛西侧的张鼐应声而出："总爷有何吩咐？"

"这个浑蛋，点名不应。去，替我掌嘴！——掌二十！"

"是！"

张鼐招招手，立刻过来两名魁伟军汉，一个从后面拢住魏藻德的两只胳膊，向前一耸，魏藻德的脑袋无所凭借，只能很突兀地伸了出来，另一个则找准了位置，弓步低腰，抡起巴掌，砰砰叭叭的一阵猛抽。等到二十个巴掌抽完，魏藻德已是满脸血污，但闻喉间"嗬嗬"有声，却什么话也说不清楚了。

"叉出去！午门外罚站示众！"刘宗敏再次下令。

百官震栗，全场噤声，个个生起兔死狐悲的哀凉之感。

沉默有顷，吏政府侍郎顾君恩离座，走到牛金星面前，附耳低语，不知说了些什么。牛金星疏眉一皱，点点头，从宋企郊手里把百官名册拿来，细细翻看，又用笔在名册上圈点了一番，然后对着丹陛下高声呼唤："杨昌祚！卫胤文！林增志！宋之绳！"

连着点了四个人的名字，阶下一片骚乱。被点的四人，有的惶惑，有的从容，分别从人丛中挤上前来，一字排定，就在丹陛下施礼，礼毕起身，等候问话。

"去冠！"牛金星高喝。

台上台下，齐齐纳罕，都不知道当此严肃的场合，大顺丞相为何要让这四个人摘去帽子？

待到四个人犹犹豫豫，终于把帽子摘了下来，全场惊诧，忍不住一片低声嘘呼！原来四个人顶上毫发皆无，全是光头，而明显可见的是，丝丝青茬，映衬得头皮泛着森森幽光，毫无疑问，这是头发刚刚剃去的表征。

牛金星非常生气："你们四个人，好不晓事！既然已经披剃，为何又来报名？"

杨昌祚是南直上江宁国府宣城县人，崇祯七年的进士，官詹事府左中允；

卫胤文是陕西西安府韩城县人，崇祯四年的进士，官詹事府右谕德；林增志是浙江温州府瑞安县人，崇祯元年的进士，官翰林院编修；宋之绳，南直应天府溧阳县人，功名最著，是崇祯十六年殿试的一甲第二名，通称"榜眼"，抢魁之日，立授翰林院编修。——这四个人，都是在十九日破城之后，不甘屈身降贼，而又下不了"以死报君王"的决心，无奈之际，剃掉了须发，打算着等到哪一天门禁一弛，混出城外，胡乱寻个荒郊古寺，遁入空门了事。不料未待逃逸，第二天看到史政府的告示，自知身陷罗网，在劫难逃，只好从众趋附，二十一日那天，也跟着糊里糊涂地报名投籍，这一来落下把柄，不知被谁点了眼线，合该今日当众受辱。

嗫嚅无词，四个人羞得面红耳赤。李自成"哼"了一声，对左右两侧的文臣武将们说："明朝的官员，在破城那天，能死就是忠臣。而身体发肤，受之父母，岂能毁伤？这几个削发之人，既不能临危授命，以尽臣节，又胆敢自毁发肤，遗羞父母。不忠不孝，留着他们还有什么用处？"说完下令，"来人！先押到午门外，和魏藻德一道示众！"

一首辅，四词臣，叱咤之间，横遭凌辱。眼见这种场面，群臣默然，来时的欣喜之气，顿时化掉了一半，有心计的人都在心中默默盘算：这一班乱臣贼子，既得天下，而不知安抚人心，依然不去草寇行径，这哪里像似开大业、坐江山的样子？逃吧！田园将芜胡不归？若不早自为计，终究要成为任其宰割的刀俎之肉！

然而，有心计的人毕竟是少数，绝大多数仍对新朝的乌纱帽趋之若鹜。未初——下午一点，百官趋跄，潮水般涌向承天门，要看榜示结果。而榜示结果，令他们大失所望，仅有九十二人被录用，而九十二人当中，比较能为众人所知的却寥寥无几，只有项煜、光时亨、史可程、高翔汉、张若麒、钱位坤、介松年等几个，余皆碌碌，阒默无名，惹得大家纷纷相互询问打探。待到问出结果，又无不摇头咂舌，唉唉叹息，叹息于新朝用人，都是些卑微小吏和庸劣无能之辈。

为人所知的那寥寥几个，所授的官职也令人心丧气沮：光时亨授兵科"谏议"。谏议是李自成襄阳建政时所改的名目，其实就是"给事中"，光时亨原就是明朝的兵科给事中，等于不升不降，原职未动。史可程原翰林院庶吉士，此次则"文谕院庶吉士"，也是原职未动。高翔汉倒是职位改动了，原是工科给事中，现为"山西道直指使"。明朝的都察院下设十三道监察御史，李自成西安建国，改监察御史为"直指使"，不过，旧朝的监察御史也好，新朝的直指使也好，官秩和六科给事中一样，都是六品，所以高翔汉职位虽改，品秩未变，还是等于不升不降。介松年是随着李建泰在保定投降的，被刘芳亮押解到京之后，沾了李建泰的光，得被录用，不过也是原职，本来是户部主事，新授为户政府主事，原官原职原衙门，照样原地踏步。真正升官的只有两位：张若麒以狱中罪臣，出而擢为"知顺天府"。顺天府是天下首府，各地的知府，定制五品，唯独天下首府的府尹官秩四品，而他在下狱之前，不过是个七品的兵部职方司郎中。连升六级，一跃而成四品黄堂，张若麒有此好运，当然是因为前日李岩力荐，要用他招降吴三桂的缘故。钱位坤则如事前私下风传的一样，通过周钟，走了宋企郊的路子，连升两级，成了"文谕院司业"。

　　心里最感窝囊的是项煜。项煜字宫詹，号水心，少年时便以文章之名驰誉江南，是南直苏州府吴县人，资格很老，天启五年乙丑科的进士，累官至詹事府少詹事，正四品，而少詹清秘之职，是朝廷的"小九卿"之一。此人居官，素称"巧宦"，口碑极其糟糕，天启年间依附阉党，很为朝中正人所不齿。崇祯初年，整肃阉党，此人居然摇身一变，反噬同类而奔走于东林门下，巧妙地卸掉了自己的恶行。此次能被新朝录用，另有一层不被人知的缘故：崇祯七年甲戌科会试，他被派为阅卷房考官。房官荐卷，如果没有特故，一般主考官都不会驳回，像侯方域那样，房官廖国遴抗颜力荐，最终还是被主考官驳回的例子极少，而项煜这一房恰巧荐了一份卷子，自然是被录取了，这份卷子，就是湖广岳州府华容县举子黎志升的，因此，项煜是黎志升的会试房师，而黎志升去年年底在陕西督学参议的任上，随着宋企郊和喻上猷等人，在西安一道投降了大顺朝，以为李自成起草《登基诏》之功，授为兵政府侍郎，主掌印玺，所以又称"掌玺卿"。十九日大顺军入城，遍搜掖庭而不见皇帝的踪影，群情惊诧时，向李自成献"严诛重赏"之策的，就是这个黎志升。官场最重师门，大顺军破京之后，黎志升随即入城登门，拜谒老师，絮絮话旧之外，黉夜长谈，拍胸脯担保，要向李自成举荐项煜，期以大用。有了这个奥援，项煜踌躇满志，一心以为可在新朝入阁拜相，至少可以升为部院大臣，由"小九卿"一变而为"大九卿"。怀着这样的念头，所以前天在午门自投名状时，当众口出大言："大丈夫名节既不全，即当效法管仲、魏征，立盖世功名！”万万没有料到，今日榜示结果，仅仅被授为新朝的“太常寺少卿”。太常寺少卿正四品，与詹事府少詹事品秩相同，表面上不升不降，其实大吃其亏：詹事府为东宫官署，衙门极其清贵，居此之位，便是可以参与朝廷密勿的天子近臣；而太常寺不过祭祀衙门，典仪之外，无事可做，差不多就是个冷板凳，常常用来安置朝廷废员。是这样一个结果，所得大失所望，项煜当场就踟蹰不安，尴尬得无以自处。而周围纷纷议论，飘过来的眼神，都含着皮里阳秋的嘲讽意味，愈发使他羞愧难当，知道自己前日的侃侃大言，已经成了别人资以为谈的笑柄，这个面子，丢得可是太大了！

新朝授职，类如闹剧，使旧朝的文武臣僚个个心灰意冷。围着榜文，喊喊喳喳地议论了半天之后，看看红日西坠，再也没有什么想头，是该回家去喝无聊闷酒的时候了。突闻锣声咣咣，一队大顺兵卒自午门的左掖门急急走出，为首的一个，满脸喜气，胸前捧着一卷大红洒金的厚版夹宣纸，口中不断高喊：“第二榜！第二榜！”

还有第二榜？心灰意冷的人们立刻又来了精神。聚而未散的纷纷急趋向前，其中几个特别热衷的干脆迎了上去，低眉笑脸，点头哈腰，殷勤地争着要帮大顺兵卒张挂榜文；已经离开而刚刚跨出金水桥的，闻讯心喜，去而复返，乌鸦趋食般地拥了回来，都要看看自己的名字能不能出现在第二榜上。

不看还好，一看更加失望！第二榜只公示了一人一职：

吏政府正堂奉敕谕：特选兵政府左侍郎左懋泰镇守山海关等处地方。

在“左懋泰”三字之下，用双行小楷注明：字韦诸，山东登州府莱阳县人。崇祯七年甲戌科进士，原明朝吏部稽勋清吏司郎中。

众皆失望之余，颇有不少人对这一榜大感兴趣。郎中从四品，侍郎从二品，简直令人不可思议，这个左懋泰，竟然一下子连升四级！并且郎中是司官，侍郎是堂官，而“兵政府左侍郎”的身份俨然中枢的戎政大员了！

于是有人边看边议论：“啧啧，这不是奇事？敝人孤陋，通籍二十余年，如此官符如火，倒还闻所未闻！”

话音刚落，另一个立刻接上：“岂止闻所未闻？简直就是旷古奇闻！一夜之间，司官变堂官，怕是八代积德，也难遇见这样的好事！”

"好家伙！"又一个吐了吐舌头，"还是'奉敕谕'！这个左懋泰，有何法术，竟能得新朝英主如此眷顾？"

这一问，众皆茫然。左懋泰倒是不少人都认识，但"有何法术"，却没有一个人能回答得出来。

"诸公差矣！"有个人语调极其冷峻，说话的神态活似棋盘街上摆摊算卦的小神仙，而此人的外号就叫小神仙，"此榜之奇，不在某某升迁之速与不速，而在于……"说到这里，故意要卖个关子，突然顿住不语。

于是便有人催促："咦，怎么不说了？请足下毕其词。"

"是啊、是啊，正要亲聆先生妙论，如何欲言又止？"不少人也跟着撺掇起哄。

看看吊足了众人的胃口，这位小神仙才清清嗓子，好整以暇地说："敝人之见，只怕山海关那厢情势可虞！"

"唔，是何道理？"

"诸公倒想想看，历来关门有警，遣一裨将增援足矣。如今却要用少司马的名号亲自前往镇守，岂不可疑？"

"啊！"

一语惊醒梦中人。兵部尚书称"大司马"，兵部侍郎则称"少司马"。大顺新主以敕命而特选左懋泰，要他用少司马的烜赫身份出镇山海关，足见山海关方面的情势确实可虞！

按照这个思路琢磨下去，很快就有不少人心里有数了。王永吉奉诏勤王而迟迟没有音讯，如今要少司马前往镇守，则山海关的可虞之情，除了和王永吉有关之外，别无可解。

然则王永吉究竟怎么了？莫非此人不降新朝？果真如此，则他手下掌控了吴三桂的四万辽东劲旅和高第的一万关兵，倘若兴师为大行皇帝复仇，大顺军是不是他的对手？

想到这里，人人惊骇不语，同时也人人心里都莫名其妙地浮起了一丝希望：王永吉果如所期，恐怕李自成的"黼座"就坐不稳当了！真所谓塞翁失马，安知非福？照此来看，未在新朝授职，不仅不必沮丧，说不定反而是一件值得庆幸之事！

"足下高见！"有人便夸赞小神仙，"少司马出镇，山海关可虞——不错、不错！"

不料小神仙摇头晃脑地说："君谓不错，我曰不妙！"

"喔？其故安在？"

"暴得大名必不祥！左某人连蹿四级，险矣哉！不妙！不妙！"

又要卖关子，而且越说越玄了。众皆茫然，不知所谓，正要继续追问下去，但听咣咣一阵，锣声又响。不过这一次却不是张榜授职。等到锣声一停，一个大顺役员，拉开嗓门儿，高声宣谕："奉兵政府堂谕：所有未选旧官，即刻羁押权将军和制将军驻地，听候处分！"

权将军和制将军的驻地在哪里，没有几个人知道。然而无须打听，但见午门内马蹄杂沓，迅速驰出两队兵丁，转眼之间越过端门，冲到承天门外的金水桥上，将所有人的去路封得严严实实。接着一大队持刀兵丁一拥而上，先是把魏藻德和另外四名一直在午门外罚站的词臣，绳捆索绑，连成一串，推推搡搡地押到前面带路。剩下的人在持刀兵丁的威吓叱咤下，一阵混乱之后，身不由己地排成几排，乖乖地跟在后面往前走。

事起仓促，懵懵懂懂的谁都不明白已经发生了什么或即将要发生什么。不过有一点却是身受感同的：骑马持刀的大顺士兵穷凶极恶，扑羊驱豕般地逐打百官，秽言恶语，不绝于耳，行动稍微迟缓的，立刻遭到刀背敲扑。这样子以武力相胁迫，大非吉祥之兆！

"如何？"小神仙一边趔趔趄趄跟着往前走，一边还要显示自己的见解不凡，"诸公可曾看得明白？敝人之见，此去凶多吉少，只怕要落入虎狼之口。险矣哉！不妙！不妙……"

盘山凶讯

二十一日天还没亮，全军上下便已饱餐一顿。王永吉一声令下，大军离开丰润，往西开进。一路上王永吉频频传令，不断催促后面的步兵拼命赶路，他自己则在八千骏骑的簇拥下，加鞭飞驰，打算当晚赶到通州。不料中午刚过玉田，接到丰润县令赵广嗣派来的探马驰报，说前方距此不足百里之外的三河、侯营和宝坻一带，全都布满了大顺军的营帐。

"有多少人马？"王永吉问。

为首的探马是个极其精悍的年轻后生："回大帅，看上去总有两万多，大部分是骑兵。"

"知道他们什么时候在那一带安营的吗？"

"问了几个当地的乡民，说大股贼兵是昨天午后才到的，此前只有零星游骑。"

"为首的是谁？"

"不知道。但都说这是刘芳亮的部下。"

"有没有往东边打过来的迹象？"

"看不出来。不过既然已经安营扎寨，可能短时间不会往这边来。"

"嗯、嗯。"这个判断不无道理，王永吉很满意，"那么，京城方面有什么消息？"

"有京郊过来的难民说，闯贼十七日中午已经把京城围住了，但并不攻打……"

"慢着——那些京郊难民是什么时候往这边来的？"

后生探马想了想："回大帅，那几个难民说，他们是十八日午后离开家乡，往这边避祸来的。"

"照此说来，闯贼十七日中午围城，一直到十八日中午，尚未攻打？"

"是！应该是这样。"

"好，你接着说。譬如，闯贼既然已经兵临城下，为何围而不攻？"

"这方面的消息倒没听说。不过，有个流传，听来荒诞不经，是真是假，小人自己拿不准，是否说出来供大帅参详？"

"什么流传？你尽管说。"

"说有个大内的太监，早已投降了闯贼。十八日早上，闯贼派这个太监，用箩筐绳进城里，是要向皇上乞和。"

"什么？乞和？"王永吉怕是自己听错了。

"是，说的正是乞和。小人觉得荒诞不经就为这个。"

果然荒诞不经！闯贼李自成挟数十万大军，自西安至京师，一路冲关陷阵，志在必得，岂有到了京门，反而罢兵乞和的道理？

然而若无此事，何以有此传言？王永吉想了半天，不得其解，只好再问："乞和一事，还有什么说法吗？譬如说乞和的结果如何？皇上可曾许了闯贼的乞和？"

"回大人，小人百般询问，都说不知结果。倒是闯贼派去见皇上的那个

407

太监，众口一词，都说他姓杜。"

"姓杜？名字呢？叫杜什么？"

"叫杜什么就有两个说法了。有的说叫杜之秩，有的说叫杜勋。"

一闻此语，王永吉心头懔然一震，眼睛瞪得好大，张着嘴，半天说不出话来，看来流言不尽子虚！杜之秩和杜勋他都认识，两个都是御前太监。前年进京受职，多次和这两个人打过交道。今年二月中旬，皇帝特旨谕令杜勋前往宣府监军，与王承胤同守宣府，这是见于邸抄、通国皆知的。杜之秩的消息则是前几天才听说，奉旨与唐通一道去镇守居庸关了。照目前已知的情报，宣府总兵王承胤和居庸关守将唐通既然已经降贼，则二杜亦必随同变节，而闯贼果真有什么威胁或要挟朝廷的打算，想与皇帝沟通交涉，这二人当中的任何一个，都是堪当其任的最佳人选。

想明白了这一层，便可进一步推知，二十日在丰润得到的报告，不是空穴来风，入关以来种种不利的传言，都可从这一点上得到合理的求证，而求证的结果，始料未及，形势确实到了最坏的地步，真正糟不可言！

王永吉吩咐中军侍兵开了赏银，将探马打发走后，立刻召来杨坤和童逵行，将情况做了通报。

"制台，"杨坤很冲动地说，"既然情况已明，那还有什么可说？身为武将，就应当急君王所急，绝不能眼看着闯贼弑君残民而无动于衷。标下的意见，请制台下令，即刻率军赶往京门，杀退贼兵，解救圣驾。"

童逵行却另有看法："圣驾危急，自是非救不可。但如何能迅速赶往京门，还须细细筹出一条善策。要进京必先经过通州，照刚才的情报，三河、侯营和宝坻一带都布满了贼营，以我两万兵马，只怕连通州都打不过去，遑论京门？"

"这好办！"杨坤说，"马上派人与后路联络，不管边民安置的情况如何，请吴总镇率另外两万人马，务必星夜兼程，赶来玉田，与我们合兵一处，杀往京门。"

"闯贼势众，目前还不知道他在京东布置了多少兵力。"童逵行徐徐而谈，"无论如何，即使与吴总镇合兵，也免不了一场恶斗。在京东与闯贼血拼，消耗兵员事小，而旷费时日，贻误戎机，请问谁执其咎？救驾甚于救火，我军必须避开京东地面的闯贼，尽快接近京城。闯贼十七日围城，至今已经四天，以京城之坚固，闯贼自然不会在短短的四天之内就将其攻破。但圣上焦虑，必日日倚宫阙而伫望关门，城中军民，盼救兵如大旱之望云霓，所以我兵必须避开无谓的厮杀，以最快的速度赶往京门，庶可纾宸忧而解圣虑。只要京中守军能在城头上看到关门援军已到，必然信心鼓舞，拼死拒敌。到那时，内外合力，使闯贼腹背受敌，我兵趁机杀入城中，与城中军民一道，坚守待援。想来江南数十万勤王之师亦必可在旬日之内赶来，诚如此，京师之危，始可缓解。"

这个看法，赢得了王永吉的赞许，杨坤也认为言之有理，不再坚持自己的意见了。

但由此入京，通州为必经之地，如今既要避开与闯贼在通州厮杀，又要尽快赶往关门，这是个矛盾的说法，所以杨坤问："然则达德兄的意思，要怎样才能迅速赶往京城呢？"

"这要请制台大人拿主意了。卑职对关内地理不熟，请制台想想看，有没有一条离此不远而又能避开通州的路途？"

"噢、噢。"这一说提醒了王永吉。蓟辽总督的辖区极广，除了关外辽东，京师以北和京师以东的地面，都在蓟辽总督的辖制范围之内，因而王永吉对这一带的地形最为熟悉："避开通州，往南恐怕不行，贼将刘芳亮就是从畿南打过来的，畿南的大兴、固安一带必然也布满了贼兵。为今之计，只有往西北方向，绕道蓟镇，从蓟镇穿过顺义入京，应该是一条最佳的路线。"

"蓟镇离此多远？"童逵行问。

"不足六十里。过了蓟镇，再往南就是顺义了。顺义离京城八十里，比通州离京城稍远一点儿，多了四十里的样子。"

仅仅多出四十里，不过一个多时辰的路途，基本可以忽略不计。童逵行盘算了一下，走蓟镇比走通州，不过多出一日的行程，远比在通州城东与贼兵厮杀而旷费时日来的省时划算，于是拱拱手，表示赞同王永吉走蓟镇的意见。

杨坤思索了一会儿，仍然不太放心："达德兄，既然说救驾如救火，我担心，多绕一天路程，圣上就多一分危险……"

"不妨、不妨。"童逵行慢条斯理地解释，"一来呢，京城高墙深垒，火器充裕，就算没有援军，闯贼也不可能在短时间内将其攻破。崇祯十五年，李自成第三次攻打开封，围城长达半年之久，开封城依然坚守不陷。中原省城尚且坚固如此，何况天下神京？二来嘛，正因京城牢不可破，闯贼望而却步，才派杜姓太监进城乞和。圣上英睿天纵，岂可放过这一缓敌良机？必能巧为利用，与贼周旋，拖延时日以待天下勤王之师。我辈臣子，身负皇命，自然要拼死解救君王之难，但揆诸军机，圣驾有惊无险，不在此一两日之争。况且，绕道蓟镇，是为了避开与闯贼的无谓缠斗，只有保存实力，与闯贼城下拼杀，才能真正纾解圣上之厄，否则未到京门，我军先挫其锐，损兵折将，师旅不整，拿什么本钱去解京师之围？"

这番分析，鞭辟入里，杨坤心悦诚服，王永吉暗暗称许，没有异议地都同意了改变路线的计划。计议已定，王永吉的中军材官快马驰来："启禀大帅，宁远总兵吴三桂属下参将郭云龙求见。"

这很意外！王永吉不知道吴三桂此时派郭云龙来会有什么事？莫非清兵已经知道了撤守宁远，而趁机蹑踪入关？因此他很着急地问："在哪里？"

"在后面，离此不过三里地。"

"快迎上去，带过来见我！"

材官走后，王永吉大为焦虑，一边搓手，一边嘴里"嘶嘶"有声地不断吸气："糟了糟了！这种时候吴三桂派人来见我，必是关外情形不妙。唉，圣驾待救，清兵又蹑我后，果真清兵入关，则京城之危未除，关内先失于虏，王某岂不成了千古罪人？"

毕竟常年身在前敌，杨坤和童逵行对关外的情况更为熟悉。"制台不必焦虑，"杨坤说，"虏酋去年八月新丧，现在多尔衮摄政，听说其余诸王，颇不服气，此时正内争不已，想来还不至于顾及南侵。况且山海城天下雄关，有高第的一万人马戍守，就算虏兵来犯，没有个三年两载也万难得手。总镇此时派人来，照卑职的看法，不大可能是为关外军事。"

"然则郭云龙所为何来？"

这个问题，杨、童二人都无从猜测。好在说话之间，郭云龙已经在材官的带领下匆匆赶到，滚鞍下马后，施了常礼，王永吉迫不及待地问："郭云龙，是吴三桂派你来的吗？"

"是。十五日在宁远与制台大人分兵以后，总镇日日为勤王之事焦虑不安。为此，特派卑职前来与制台大人联络，是想尽早知道前路的进展情况。"

"关外建虏那边有什么动向吗？"

"没有，关外很平静。"

这一说王永吉放心了，只要清兵不动，就可仍按原计划勤王。不过——

"昨天在丰润,我已经派快骑往后路与吴三桂联系了,莫非……"

王永吉还没说完,郭云龙躬身禀报:"卑职今天上半晌在沙河驿西边,遇见了制台大人所派的二十名哨兵,为首的叫魏明亮。问明了情况后,卑职仍然让他们到昌黎去见总镇,传达制台的口谕去了。"

"怎么是到昌黎?吴三桂不在关上吗?"

"是。一部分宁远边民不满于昌黎县的安置,总镇奉抚台口谕,昨天一早前往弹压处置,所以总镇现在昌黎。"

"昌黎那边情况很严重吗?"

"不算严重。总镇说,只要他一去,立刻就能平息下去。"

"好、好。"王永吉暗道侥幸,清兵未动,后路也没出什么大事,当务之急,唯在勤王,于是当着杨坤和童逵行的面,把目前的形势和下一步的打算详细地对郭云龙做了一番解说。等到郭云龙把每一个环节都弄明白了以后,王永吉一脸庄肃地说:"郭云龙,你稍微歇息一会儿,就在军中午饭。饭后命你立刻返回昌黎,不管边民的事处理得怎样,传我的令,勤王至重,要吴三桂带领后路全部人马,迅速赶往蓟镇,与我会合。"

午饭后郭云龙奉命返回,王永吉率领大军,绕过玉田城北,往西北方向急速前进。

当天半夜,马、步军同时到达蓟镇,一打听,情况不妙,从昨天午后开始,蓟镇西边时常有闯贼的哨马逡巡突驰,这说明闯贼对这一带也加以关注了。为了不使闯贼察觉到自己的行踪,王永吉与杨坤和童逵行略做商议之后,决定第二天,就是昨天,继续向西北方向的盘山进发。盘山是蓟镇下辖的镇属,想来荒镇小邑,还不至于引起闯贼的关注。

盘山距蓟镇不过三十多里地,但由于突降大雨,道路崎岖泥泞,一路上骑兵牵马而行,比步兵走得还慢,而步兵盘护辎重,手推肩扛,行路之难,如履蜀道,所以路程虽短,却费了大半天的时间。到达盘山镇外,雨倒是早已停了下来,不过天黑如漆,已经过了二更时分了。为了不扰民,也为了不至于走漏风声,两万人马就在盘山西面八里,一个空阔的土坳子里扎下营寨。同时,王永吉另派几名快骑,通知后路的吴三桂,要他到达蓟镇后,马不停蹄,立刻率军到盘山前来会合。——这是昨天夜里的事。

今天一早,派出去十几个士兵,分作两拨,都打扮成乡村百姓的模样,往西边顺义方向打探情况。到了半晌,王永吉正和杨坤、童逵行在军帐中议事，派出去的第一拨探兵垂头丧气地返回营帐，带来的消息如晴空炸雷：京城失陷了！

"怎么会？"王永吉首先就不相信，"不是说闯贼十七日才开始围城的吗？京城坚固，天下第一，这才几天时间？怎么就会失陷了？"

"是呀、是呀！"童逯行也乱了方寸，指着探兵的头目厉声质问，"这个消息从哪里得来的？是不是听了道路流言？"

"道路汹汹，都是这个说法，虽是流言，却不能不信以为真。"探兵头目很沮丧地说。

正在跌脚踌躇的时候，第二拨探兵回来了，还带来一个人，长衫皂衣，青巾幞头，样子像个官府衙门的胥吏，一进帐先躬身伏地，刚喊了一声"大帅"，喉头哽咽，接着便号啕大哭，只听见嘴里含糊不清地反复在说："皇上……皇上……宾天了……"

犹如五雷轰顶，震得王永吉浑身动弹不得，过了好大一会儿，才算缓过气来："你是什么人？好大的胆子！青天白日，诅咒圣躬，不怕遭天谴吗？"

来人的情绪逐渐平复了："回大帅，小人叫高三祥，是户部仓场衙门城东禄米仓的账房管事。小人不敢诅咒圣躬，皇上十九日子时在大内北苑万岁山寿皇亭自裁殉国，梓宫停在东华门外，小人二十一日曾前往哭临，瞻仰了大行皇帝的遗容。所说是实，不敢欺诳大帅。"

"这么说，当时你就在城里？"

"是。"

"怎么又到了这里？"

"闯贼十七日围城，十九日破城……"

"慢着！"王永吉急着要一解疑惑，"京城坚固异常，闯贼如何能在两日之内就把它破了？"

高三祥似乎并不理解王永吉的疑惑："大帅，且容小人从头细说如何？"

不是自己的属员，反倒不好勉强，况且此人身份的真假也还未经证实，王永吉只好说："也好。你就接着刚才的话说。"

"是！闯贼十七日围城，十九日就破了城。之后连续两天，九门禁闭。直到昨天，朝阳、阜成二门解禁。小人谎称要去朝阳门外关帝庙烧香还愿，随着一拨市民混了出来。小人家在平谷，想回乡避难，今天刚走到这里，遇见大帅的探兵，小人要求探兵把小人带到这里，特为来向大帅告变。"说完从腰间摸索了一会儿，呈上一枚火漆木牌，牌上两行小字，一行是"户部仓场"，一行是"京仓甲肆"，这等于是低级佐杂胥吏的工作证。

验明了身份，就无可怀疑了，于是由此开始，一问一答，对话当中，高三祥把十七日闯贼如何围城；十八日杜勋如何入大内面见皇帝；曹化淳和张缙彦如何献城投敌；当夜皇后如何自裁；皇帝如何手刃爱妃、亲女，以及皇帝如何突围不成而愤然殉国；十九日贼兵如何四路进城；二十一日周奎如何献出定、永二王；勋戚百官如何在午门外争着投名状、候铨选等等，五日之间，京城之内，旋乾转坤、地覆天翻的激荡变化，原原本本、涓细不遗地叙说得一清二楚。

费了一个多时辰，高三祥说得舌敝唇焦，王永吉和杨、童三人听得目瞪口呆。待到种种细节都全部听完，但见王永吉四肢发颤，口中裂帛似的一声高喊："皇上——！"身子前栽，摔倒在地，就此不省人事。

帐中一片混乱，杨坤、童逵行，还有中军材官，三个人一起把总督抬到软木靠榻上，掐人中，点合谷，拍胸抹背，轻呼急唤，好容易把王永吉从阴阳界上扯了回来。

待到悠悠转醒，王永吉满面泪水，痛心疾首地对着京城方向屈膝跪倒："皇上，臣王永吉救驾迟误，辜负圣恩，万死莫渎此罪！"说完以额抢地，连连碰头不止。

杨坤和童逵行也伏身跪地，陪着总督向大行皇帝请罪。如此折腾了一会儿，中军材官将三人依次扶起，一边抹眼泪，一边哀哀陈请："国遭不幸，难免影响军心，请制台大人和二位将军节哀顺变，快快料理军务要紧。"

这个劝解很管用，尤其是王永吉，昔日的疆臣领袖，如今成了孤臣孽子，如何灭闯贼而复君仇，匡扶明室，再造河山，义不容辞地落到了自己的肩上。倘若此时把握不住而自乱方寸，则外有强寇，内有悍贼，黄河以北仅有的四万兵马顿将陷入腹背受敌之境，而腹背两敌，任何一方都会随时吃掉自己。果真到了那种地步，家底耗尽，复明无望，太祖高皇帝数十年惨淡经营打出的天下从此毁掉，自己可就真的要成为遭人唾骂的千古罪人了！

意会及此，王永吉惊出一身冷汗。等到中军材官吩咐帐外士兵拧了几个滚热的手巾把子，帐中人人都拭净了脸上的泪痕之后，王永吉开始发问："高三祥！"

413

"小人在！"

"你一路过来,看到贼兵的部署如何?"

"小人昨天出了朝阳门,本打算走通州,可是看到从京城到通州的官道上,密密麻麻的全是贼兵,小人怕落入贼手,只好改道往北。这一路贼兵不多,但经常有贼骑奔突,快到顺义的时候,才发现顺义城外成片连隅的全是贼营,人数总有三五千的样子。小人不敢再往前走,从顺义南边的半壁店绕了个圈子,才走到这里。一路上也不时遇到闯贼的骑兵,但并不拦截零星路人。"

"这么说,从这里到京城,处处都有贼兵?"

"是。"

"京城呢?京城内外有多少贼兵?"

"城里的贼兵有两万多。九门外驻扎的有二十多万,其中东边的朝阳和东直两门最多,都是闯贼悍将刘芳亮的部下。"

问到这里,王永吉知道,单靠自己的四万边兵去闯京城,如羊驱虎,无异送死,看来恢复大业,要从长计议了。

"高三祥,你不是朝廷官员,我不能强迫你为朝廷效命。不过,你能途遇王师而前来告变,也算为朝廷立了一功。我现在赏你五两银子,你拿着回平谷老家去安顿眷口吧。"

"谢谢大帅的体恤!"

等到吩咐材官开了赏银,把高三祥打发走了之后,王永吉摈退众人,只留下杨坤和童逵行秘密商谈。

商谈的结果,有三点很快达成了共识:一是圣驾升遐,则再去京师,既无必要,也失去了勤王的本义。为了保存实力,以图日后恢复,必须与吴三桂的后路军合兵一处,共同谋划杀退闯贼、为大行皇帝报仇的妥善之策。但大军连日奔波,人困马乏,不妨在盘山先休整一日,然后再回师,与后路大军会合。二、为了稳定军心,在与后路军会合之前,暂时对各营将士封锁高三祥带来的消息。三、在此期间派快骑与后路联络,令吴三桂不必再往西来,将部众集结于永平一带。如果吴三桂已经越过了永平,则不管走到哪里,就地驻扎待命,万万不可越过玉田一线,因为从玉田往西,就是京畿地面,如果惊动了闯贼悍将刘芳亮,则其倾兵来犯,吴三桂断无侥幸取胜的可能,果真如此,大明朝在黄河以北仅存的这点家当,都将被闯贼分而剿灭、荡然无存。

除此以外,也要同时谕令高第,必须严守关门,随时注意关外清军方面的动向。

然而与吴三桂合兵以后，接着该如何举动？在这个问题上却颇有分歧。王永吉的意思是，唐通、姜瓖和王承胤都是明朝宿将，一时投贼，未必出于本心，很可能是身在曹营心在汉，所以不妨由他自己出面，以总督的名义，派人潜入京城，去做策反工作，把这三员大将争取过来，如此三将手下有差不多八万旧部，再加上宁远军四万和关兵一万，总数可达十三万之众，足可与闯贼一较雌雄了。

杨坤和童逵行却认为，这三个明朝旧将，变节投贼，不足为伍。策反这样的败类，搞不好会被闯贼反为利用，如俗语所谓的偷鸡不成蚀把米，一旦把关宁的五万人马也赔了进去，日后恢复，从何谈起？不如暂时退守永平，以待江南兵马北上，到那时，南北两路的数十万大军合力猛扑，京城不难失而复得，好在计算时日，史可法的勤王大军很可能已经走在路上，要等也不过旬日之内的事，何必冒险入京，去做没有把握的勾当？

两种意见，都有道理，而且后一种说法更为稳妥持重，王永吉思虑有顷，决定采纳这个意见，大军暂回永平或者山海关。他长叹一声，但又不无保留地说："国破山河在！既遭国丧，即当以郭子仪、李光弼自期，规复明室，端在我辈！至于下一步该如何区划，且待与吴三桂的后路军会合以后再细细筹划吧！"

昌黎安民

昌黎的军眷鼓噪闹事，是有深刻原因的，这个原因，说到底，与太祖高皇帝当年手创的一项国策有关。洪武初年，天下初定，庞大的军费开支即将成为朝廷的一大负担。历代王朝，解决这类难题的办法只有一个：遣兵归农，也就是裁撤军队，本朝则不然。在此之前，镇守江阴的指挥使吴良，利用战事间歇，率领士卒垦荒种田，居然三万军兵，自给自足，而且"在境十年，封疆宴然"，丝毫没有给地方带来任何麻烦。太祖高皇帝素重农事，闻报大喜，遂连连下诏，申明将士屯田之令，同时任开国大将康茂才为"都水营田使"，在应天府辖内的守龙湾一带督修水利，拓荒种田，以为天下军屯的表率。康茂才不辱使命，一年下来，得谷一万五千余石，不仅军饷丰赡自足，而且还余下来七千多石用于赈灾济荒。如此可观的收获，使太祖大为兴奋，到了天下大定的洪武二十五年，乃亲手创定军屯之制，明确规定："天下卫所军卒，自今以十之七屯田，十之三守城。务尽力开垦，以足军食。"非战时期，以国家兵员总数的十分之七而大兴农垦，此为历代所无之事，而这样做法，兵不扰农，军民相安，一旦天下有事，则且耕且战，两不相悖，确为国家养兵提供了经济手段上的保证，是以太祖颇为自矜，曾洋洋得意地向人夸耀："我京师养兵百万，要令不费百姓一粒米！"

屯田的赋税，迭有变更。最初定为"亩收一斗"，为数甚戈，差不多等于不收任何赋税，这自然是屯田初期，为了肆行鼓励的缘故。之后将天下军田统一划分，五十亩为"一分"，每分收税十二石，按每亩计，也才二斗四升多一点。到了英宗正统二年，天下承平，国库充裕，又下诏蠲免军屯赋税之半，每分仅收六石，这就又回到了初期的水平，每亩仅合一斗二升，而这个规定，有明一代，遂成定制。

有此优惠的政策，自然就大大刺激了军户垦荒屯田的积极性，各地卫所的军户，颇视此为发家致富的渊薮。"田"为"富"之脚，有田斯有财，于是军屯规模，逐年扩大。然而历来惠政，日久弊生，时间一长，军户视军田为私产，逐渐脱离朝廷财赋的轨道，成了私人财产的一个主要部分。万历之后，边关多事，而以辽东地区首当其冲。为了遏制建虏南侵，万历皇帝和当国宰相，竟把太祖高皇帝当年手创屯田之制的本意置诸脑后，其蠢无比地在全国各地田亩加征"辽饷"。这一来，苦了以土地为生的老百姓，谁种田，谁倒霉，结果闹得举国骚动，民不堪命，昔为富之脚的"田"，如今反而成了"累"之头，不愿受加征之累的农民，竞相抛售土地，为的是逃避狂征滥敛。农民没有了土地，只能沦为"流民"。流民生计，岂能长久？日子一久，终因流离失所而啸聚山林，成了打家劫舍、专门与官府作对的流寇强盗；而辽饷之征，不及军田，占有大量良田的军户，反而拥田自肥，军饷照样还要朝廷拨给，屯田所入，尽扩私囊。

吴三桂属下的四万辽兵，绝大多数是世袭的职业军人，即本朝的所谓"军户"，经代累世，在宁远周边屯积了大量农田。自从宁远成为关外孤城，弃宁入关，固然为他们心中所愿，但举家迁徙，金银财物可以裹卷而空，土地田产，却是不能随身带走的，这就是一部分军眷到了关内之后鼓噪闹事的根本原因。在他们看来，为国迁徙而失去良田，朝廷总得多少给点补偿才是，没想到进了关门，五家一具帐篷，外加一户一两现银，别的什么也没有。于是有那平日好事的军眷便三五成群地聚到一起，商量着怎么能挑起点事端，闹他一闹，以引起辽东巡抚黎玉田的重视，好上报朝廷，拨下来一批款子，把这个损失给弥补一下。辽东巡抚黎玉田和永平知府杨思恭事先协调的安置之地分别为昌黎、滦州、开平、乐亭。四地之中，以昌黎距山海关最近，因此这些打算闹事的军眷一进关便主动要求前往昌黎，为的是率先发难，好让其余三地的军眷跟风效仿，以给上边造成民心如此、不决不可的压力。

昌黎县下辖九镇一百四十二村，地广人稀，滦河和沙河，两条清流，穿境而过，尽得农田灌溉之利，且又濒临渤海，渔产丰饶，是个亦农亦渔，极适于安居乐业的好地方。然而这些打算闹事的军眷，一入县境，拒不前往安置之地，二十几家老老少少直接跑进县城，占据了县衙的大堂、二堂和六班的班房，引柴炊火，吃喝拉撒，居然把县衙当成了自家，把个县衙森严肃穆之地，顿时闹得乌烟瘴气，不仅县太爷办不成公事，六班的衙役见状，谁敢去招惹这批关外悍徒？于是也相偕裹卷公事，另寻清净地方避风去了。这一来二十几户军眷愈发得意洋洋，其中几个为首的壮汉，日日袒胸赤膊，在县衙门口耀武扬威，走路都迈着睥睨傲视的老虎步，口口声声："必须巡抚大人出面主持公道，如无满意答复，绝不离开县衙！"

昌黎知县徐可大，名似彪汉，其实儒雅文弱一书生。去年春闱高中，新科进士，榜下即用，经吏部铨选，分发到这里来做父母官，口才本自不坏，无奈那些关外军汉根本不可理喻，群情汹汹，满嘴秽语，情绪激动起来，竟然揎拳捋袖，看样子再要好言解劝下去，就要动手打人了。如此以下犯上，完全是乱民造反的行为，气得徐可大甩甩袖子，掉头就走。回到自己家里，连夜动笔，给顶头上司杨思恭写了一份"禀帖"，声称"下官供职无状，才庸识寡，不足以震慑刁民"，"千祈知府大人移驾敝邑，亲临指划，俾遏乱萌"！

永平知府杨思恭是个官场老吏，知道关外军眷，蛮横霸道，这件事自己出面，照样会搞得土头灰脸，因而照章宣科，也写了个禀帖，附上昌黎知县的帖子，指派得力弁员，快马加鞭，连夜急投正在滦州处理安置辽民事务的黎玉田。

素以干练著称的黎玉田，接到两份禀帖，通前彻后地思索一番，觉得四地之中，其余三地均帖然无事，仅昌黎一县略生滋扰，因而不足为患，且任由他们在那里胡闹两天，待到吴三桂进关，让他前去处理好了。于是派了一名信差，飞驰山海关，让山海关总兵高第把这番意思转告给吴三桂。

十九日那天傍晚，吴三桂一进关门，就听高第转诉了此事。二十日和二十一日，连续两天，不可开交，一方面要坐镇发号施令，督促殿后军士，在山海关外的大路和老龙头至觉华岛的水路上往复巡视，严格稽查，不许一户遗漏，务使宁远边民全部安全入关；另一方面，已经进关的辽民，不能在山海关上停留，必须按照黎玉田的分派，将他们分遣到安置之地，这家哭，那家闹，诸多琐碎细务，凡是高第应付不下来的，都要他亲自出面安抚料理。如此两天下来，心力交瘁，而犹未忘记昌黎方面的事务，当晚特地把高第和临榆县令请到行辕来，详细询问了昌黎县的有关情况。二十二日午前召集属将，重新调整兵力，除了留下一千士卒继续协助地方的安置事宜外，其余的一万九千人马，当天下午全部离开山海关，向永平方向开进，为的是与王永吉的先头部队靠拢，尽快赶到京门。

处理完这类大小事务，午饭一过，快马单骑，仅带了高第指派陪同的一名山海关副将冷允登和自己的五十个随从，一百一十里地，用了两个多时辰，太阳还没落山之前，终于赶到了昌黎城东门外五里的歇马台。

歇马台是个军营，营盘极大，驻兵却不多，此时由山海关总兵属下一个姓陈的守备，带了二百来号士卒在此留守。未进营盘，高第指派的那名副将冷允登先去宣达高第的口谕。不大一会儿，营门大开，一百多名士兵排列得整整齐齐，分居两侧，驻守的那名守备亲自站班迎候："卑职陈得胜恭迎钧驾！"

"打扰了、打扰了，一切不必张罗。"吴三桂很温和地说，"我只在你这里待一天，明天处理完事务，可能当即就走，最迟不会拖到后天。"

"是！卑职一切听从总镇大人差遣！"说完招了招手，立刻上来一队兵丁，有的拉人，有的牵马，把吴三桂的五十名随从让到客房，陈得胜则毕恭毕敬地陪着吴三桂，进了一座极精致的跨院。

后院堂屋是个会客厅，吴三桂不待落座，即从靴页子里抽出一张名刺："陈得胜！"

"卑职在！"

"要劳你的驾，立刻派个得力干员进城，拿我的片子，去把贵县徐大老爷请到这里来见我。"

"是！卑职这就去安排！"

冷允登陪着吴三桂香茗清谈，也不过半个时辰的光景，营门外銮铃叮当，徐可大乘了一辆骡车，在一名干练军校的陪同下，流星急火般地奔了进来。

　　徐可大是个刚入官场的草茅新进，七品的县令，要见二品的方镇总兵，道理上是要大礼参拜，但本朝向来的规矩，文不拜武，这就使徐可大感到非常为难：一方面要顾念朝廷的体面；一方面吴三桂与自己身份悬异得如同云泥霄壤，见了面自己该持什么样的礼数？通籍以来，这样的场合还是第一次遭遇。因而一路过来，他在骡车上反复思索，不得要领。万没想到，一进跨院，侍兵通报了上去，吴三桂立刻满面春风地迎了出来：

　　"老公祖，惭愧惭愧！都怪三桂驭下不严，给贵县添了乱子。来、来，快请进，且容三桂当面给老公祖谢罪！"

　　这是以客拜主的姿态，弭尴尬于无形，徐可大心里的一块石头落了地。眼前这位威震辽东的大帅，不以高官骄人，而且坦承家丑，并不护短，显见得是个极其通情达理的人。

　　于是相将落座，由此开始，吴三桂絮絮温煦，把想要知道的情况做了详细询问，徐可大则袒露心迹，把这几天受的委屈和盘托出，说到伤心处，竟至于抽泣哽咽得有点儿说不下去了。

　　"不必烦恼、不必烦恼。"吴三桂一半安抚、一半动气地说，"待我明天把那几个浑小子的脑袋砍下来，替老公祖出气！"

　　这一说，徐可大双手乱摇："万万不可！吴帅，你老总要体恤本县的苦衷，杀戒开不得！分拨到敝邑的十几万辽民呼吸相通，一开杀戒，日后这些辽民把怨气都算到本县头上，吴帅想想看，敝邑民事，日后还能问吗？这些辽民，说起来也是为国抛家，几代经营的关外良田，一朝弃之而去，得失萦心，放到谁身上也是要发发牢骚的。只是这些人闹得也太过分了些，盘踞公廨，使本县不能处置公务，于朝廷体面，大有关碍。镇帅只消将他们劝走，能前往安置之地，本县倒有一番切实的打算：昌黎地多人少，如今平添十几万丁口，正是敝邑兴旺发达的契机，只要他们安分守己，不疲不懒，请大人放心，不出两年，本县敢保他们家家都能过上好日子。"

　　这个态度，吴三桂颇为满意。宁远的边民，与他吴家父子两代有着极深的渊源，十几年来，为了抗拒东房，数十万边民跟着吴襄、吴三桂两代总兵浴血拼杀，尤其是那些军户，哪一家没有为国捐躯的勇士？哪一家没有杀敌负伤的好汉？如今弃宁入关，这些家眷又跟着大军长途徙转而抛家舍业，暂时的困难自不可避免，几天来吴三桂一直担心的是，日后生计，这些与自己筋脉相连的老百姓可该怎么办？现在看徐可大的意思，着实有一番替这些子

419

民打算的想法，果真两年之内就能够安居乐业，吴三桂也算对这些惠蒙两代的宁远百姓有个满意的交代了！

"好、好！就照老公祖的意思，三桂一定要切切实实把这件事办出个起落，绝不给贵县遗留后患！"

今天早饭刚过，盘踞在县衙的民众仍然和往常一样，三三两两地聚到一起，吹旱烟，侃大山，沾沾自喜于前几天把县太爷挤对得狼狈不堪，个个以此为话题，自我鼓舞也互相鼓舞，商量着要是再次见到县太爷，怎么样能把他继续羞辱一番，使他永远不敢小瞧这些吃过大块芥末的关外爷们儿。

话头正兴的当口儿，但闻"咣咣"一阵锣响。顺着锣声，众人看到县衙大门洞开，先是进来一队衙役，簇拥着县大老爷徐可大。徐可大一身挺括的公服：单梁吊翅乌纱帽，团领右衽青罗袍，腰摆三色花锦带，足蹬粉底乌缎靴。脸上一扫往日的愁郁，精神抖擞地迈着四方步昂然而入。

紧接着，二十名武士，个个戎装铠甲，手握佩刀，前后夹护着一名威风凛凛的武将，这名武将倒不是戎装，而是一袭常服：六梁玉蝉冠，暗纹犀皮带，身着绯色纻丝方心曲领袍，夺人眼目的是，袍上的前襟缀了一方五色斑斓的二品武官补子，补子上绣的是一只威猛凶悍的雄狮——这自然就是吴三桂了。

院子里的民众，都看到了这个阵势。徐可大根本不在他们眼里，但吴三桂的突然到来，却是万万没有料到的。于是不待有人发话，所有的人都悄无声息地站了起来，垂手肃立，不知所措。有那比较精明的，立刻意识到：县太爷此时把吴三桂请来，绝不会是什么好事。得，光棍最多耍到九成九，一到十成，必倒大霉！还有人预感到事情不妙，想偷偷开溜，未待动身，却看见县衙大门外，另有二十几名武士也是披甲持刀，早已把出路封得严严实实。

随侍在吴三桂身边的一名武士拉开了嗓门儿，高声宣喻："院内的乱民听着，总兵大人有令：快快伺候徐大老爷升堂！"

420

众人这才知道自己该干什么了。几十个男女军眷，立刻风风火火地跑进大堂，唯恐留下什么罪证似的，三下五除二，把锅碗瓢盆、草垫铺盖等等一应生活用具，连携带扛，迅速倒腾到院内空地上，乱七八糟地堆拢了起来。另有几个很有眼色的，不待吩咐，主动地找笤帚，洗抹布，整理案头，摆放座椅，一阵手忙脚乱之后，把个县衙大堂拾掇得像个样子了。

一名执役皂隶，早已握槌在手，此时很潇洒地走到大堂台阶下的鸣堂鼓前，以极其熟练的手法，咚咚有声地擂鼓三通。鼓鸣声中，吴三桂和徐可大揖让雍容，相偕登阶，在几名衙役的引导下，缓缓步入大堂。二十名武士分作两班，侍立在大堂内外。

不过片刻，一名衙役出得堂来，锐声高喝："奉堂谕：所有乱民当中，女眷及老幼，即速到两旁厢房里回避，其余男眷，堂下听宣！"

一阵噪乱之后，院子里只剩下二十几个汉子，乖乖地听从衙役的指挥，齐齐跪倒在堂外的甬道上，大堂内外，肃静无哗。

衙堂规矩，就此肃清。那名衙役入而复出："堂上传谕，要你们自己推举五名首恶，进堂回话！"

谁也不愿意当"首恶"，前几天鼓动闹事最积极的，今天反而个个耷拉着脑袋，恨不得有个地缝能钻进去才好。你推我让之后，反而是五个比较老实本分的被推到了前面，人人脸色灰败，身不由己地跟着那名衙役进了大堂。

大堂正中"明镜高悬"的匾额之下，徐可大四平八稳地据案而坐。西边是一张乌木长条几，并排坐着县丞、典史和书办。吴三桂则在东边，另据一案，打横作陪，不过虽是陪坐，派头却比徐可大来的还大，不仅身后有四名军汉站班护持，而且站班军汉，一色的虎豹补服，是四品武官的装束，比县太爷的官阶还高出了五个品秩。

一行人进来之后，头也不敢抬，遵从着衙役的手势，小心翼翼地让开中间一片空地，分别跪到东西两侧，仍然低下头去，提心吊胆，大气也不敢出一声。

叭——！静穆之际，一声暴响，是吴三桂把惊堂木摔到了案头上："混账东西！懂不懂规矩？这里什么地方？都哑巴了？知道该怎样拜见父母官吗？"

连连叱问，既威且怒，有如空谷足音，连大堂外面跪着的人也都听得一清二楚。时当三月，关内尚有余寒，而人人惊骇，吓得汗都冒出来了。

遭到训斥之后，堂内跪着的人醒悟了过来。一个机灵的年轻后生，自恃口齿伶俐，双掌往上举了举，音声朗朗地对着徐可大高唱："关外军户，叩见昌黎县正堂！"说着就佝偻下腰身，要引颈叩头，然而——

"慢着！"吴三桂厉声断喝，"来人！"

"喳！"侍立在堂内的两名军卒应声上前。

"拉下去，替我狠狠地掌嘴五记！"

于是不由分说，两名魁伟军汉各自抄起一只胳膊，把年轻后生架弄到大堂门口，当着内外众人的面，砰砰叭叭，一呀一、二呀二……老实不客气地扇了五个大巴掌。

待到重新架弄回去，年轻后生捂着腮帮子又跪到原处，吴三桂冷冷问话："知道为什么挨打吗？"

为什么挨打，不光年轻后生，堂内堂外的军眷全都莫名其妙！然而总兵大人的问话却不能不回，年轻后生口齿也不利索了，委委屈屈地说："回……回大帅，总是小人不懂规矩，求大帅明白开导。"

这话说得还算得体，于是吴三桂以手点地，耐心开导："我且问你，这里是关外还是关内？"

"关……关内啊……"年轻后生十分困惑，不知何以有此一问。

"我再问你，既然知道这里是关内，为什么还要自称'关外军户'？"

"这……"

"知道吗，从你入关的那一刻起，关外军户，已经注销，你现在的身份是昌黎县民户！是民户就该守着民户的规矩。看平日把你们惯得，脑袋里一点儿尊卑念头都没有，到了这里，还口口声声要面见巡抚大人，真正大言不惭！也不掂量掂量自己多大分量，巡抚大人是你们说见就能见的吗？——你把头抬起来！"

年轻后生很规矩地抬起头来。

"睁大眼睛好生看着，堂上坐的，就是你的现任父母！身为子民，如何参见父母大老爷，朝廷有法度，民间有规矩。你张口居然说什么'昌黎县正堂'，哼！犯上作乱的东西，昌黎县正堂是你叫的吗？目无尊长，坏了朝廷的规矩，说！该不该打你？"

这一说，里里外外，恍然大悟：宁远的军户，历来不受地方约束，而吴家的父子总兵，视军户如子弟，为的是临敌激战，能得他们军中父兄的死力，因此平日里纵然与当地民户惹起纠纷，小小不严地做些横行不法的事来，总兵大人睁一只眼闭一只眼，总能得到王法以外的庇护，久而久之，养成了这些军户恃宠而骄的霸道习气，从来不把地方官员放在眼里。入关以来，谁也没有去想，一夜之间，今非昔比，如今迁到昌黎，即成本地子民，总兵大人的护符从此失去，今后的福气霉气，都要掌握在堂上这位徐大老爷的手心里了!

这个道理一想明白，年轻后生毕竟机灵，先给吴三桂叩了个头："是，小人该打! 多谢总兵大人的开导!"说完回头做了个示意，意思是要大家都跟着他一齐举动，然后恭恭敬敬地朝着堂上引臂合掌，口齿又恢复了往日的伶俐，"本地小民，叩见青天大老爷! 都怪小民鲁莽无知，前日冒犯了大老爷的堂威，该打该罚，任凭大老爷处置，小民甘愿领受，绝无怨言。能在大老爷的治下讨生活，是小民前世修来的福分，日后还求大老爷多多庇护眷顾。恭祝青天大老爷福寿延绵，公侯万代!"

跪在两侧的另外四个汉子，立刻声音洪亮地跟着重复："恭祝青天大老爷福寿延绵，公侯万代!"身随声动，齐刷刷地趴伏下去，连着碰了三个响头。——就这一刻，堂上堂下，名分厘定，吴三桂不落痕迹地把徐可大的官威树了起来。

徐可大自是心感不已，但眼前只能打点精神，审理案子。"嗯、嗯。"他清了清嗓子，"既然成了本县属下，今后就是本县子民。只要你们安分守法，本县为民父母，自然要一视同仁，对你们施予眷顾和庇护。你们有隐情要上达，尽可按照朝廷的规矩，依法呈诉给本县。舍此不取，反而盘踞县衙，祸乱公堂，侮骂命官，贻误民事，本县倒要问问，你们这样做，是守法良民的行为吗?"

一堂惶惑，无以为词，五颗脑袋只好伏在地下，表示接受训诲。

"本县个人荣辱不足道，朝廷的体面岂能不顾? 这层道理，想来你们五人，现在已经明白了。本县慈悲为怀，不咎既往，既然明白了这个道理，今后洗心革面，奉公守法，本县还把你们当善良百姓一体看待，绝不稍加歧视。但是，"徐可大突然提高了嗓门儿，"犯上作乱，必办首恶! 如其不然，朝廷的法度何以维持? 本县奉命维持地方，为了肃纲纪、正人心，今天说不得要动用王法了——来啊!"

"喳!"早已分立在两厢的皂隶高声呼应。

"看王法!"

"是!"两旁皂隶，各举刑具，按照约定好的点数，同时摔到大堂中央的石板地上，咣啷啷一阵爆响，堂内堂外，如闻炸雷!

"刚才本县传话，要你们推举首恶。既然你们被推举进来，就难逃国法的制裁! 如今怎么说?"

这一来，众人才知道麻烦还在后头，个个都在肚子里寻思：当初只为一时激愤而徒施口舌之逞，县太爷也骂了，县衙门也闹了，就是没去想想，干犯国法是要付出代价的，而身羁国法，细细琢磨，是多少有些冤枉的，因为堂上明明说要办的是"首恶"，自己顶多不过"胁从"而已，真正的首恶却并没进来。今日之局，大错特错，说到底，还是原先没把上面这位县大老爷当成一回事。今天如不赶紧洗清自己，这位县太爷一发堂威，轻则一顿板子，皮肉之苦是受定了，弄得不好，白白地丢掉脑袋，也不是什么稀罕之事。

那位年轻后生又说话了："好叫青天大老爷知晓，小民实在不是首恶。"

"不是首恶，为何应宣进堂？"

"为……为……"后生的口齿又不利索了。

"为什么？快说！"

"为……为的是……刚才在堂外，没听明白大老爷传话的意思。"

这自然是狡辩，徐可大脸色一沉："事到如今，还敢欺诳本县——来啊！"

坏了，这是要二次挨打！不待皂吏应答，年轻后生赶快抢在前面，"咚"的一声，脑袋碰到地面："青天大老爷息怒，小民愿说实话！"

"好，愿说实话就好。这顿板子且给你记下，若再欺诳，绝不宽贷！"

"是、是，谢谢青天大老爷！"

"说吧！不是首恶，为何进来？"

"是小民不知王法，看大老爷文弱可欺，以为胡乱进来充数，也不能把小民怎么样，所以就……"

"嗯，到底还是说了实话，这也罢了！本县刚才说过，既往不咎。那么你现在老实回话，你们当中，是谁最先鼓动闹事的？"

"回大老爷，在下五人，都不曾最先鼓动闹事。"

另外四个也赶紧跟着附和："是、是，在下都不曾最先鼓动闹事。"

"这就奇怪了！"徐可大故意高了高嗓门儿，"我朝风俗教化三百年，纵然是乡间愚氓，也该知道礼义二字。当初闹事，你们个个英雄，如今事发，为何都不敢出面承担责任？"

424

话音未落，跪在外面的人耐不住了，喊喊喳喳了一阵子之后，其中一个五短身材的壮汉对着堂内高喊："最先鼓动闹事的是我！与他们无关！"声音极大，堂内所有的人都听得清清楚楚。

吴三桂皱了皱眉头，对侍立在堂内的两名军卒下令："叉上来！"

"是！"两名军卒极敏捷地奔出堂外，把高声喊话的壮汉拧着胳膊，提进堂内，到了东侧，往前一推，壮汉踉踉跄跄，跪倒在吴三桂面前。

"你叫什么名字？"吴三桂问。

"回大帅，小人叫高大强。"

吴三桂指着一旁跪着的那个年轻后生，继续问："刚才他挨打，莫非你没看见？"

"回大帅，小人看见了。"

"那你说说看，他为什么挨的打？"

"是他不懂规矩，冒犯了县大老爷。"

"不错！他不懂规矩，冒犯了县大老爷，所以该打。是不是这话？"

"是！"

"你呢？你不懂规矩，该不该打？"

"我？"

话刚出口，吴三桂勃然大怒："听听，还'我'呀'我'地！混账东西，在本镇面前尚敢如此放肆，可见平日里有多么骄横！——来呀，掌嘴！掌二十！"

这二十巴掌要是打下去，高大强必是满嘴齿落，话都说不成了，案子如何审得下去？于是徐可大立刻抢在军卒前面说："且慢！容本县先问他一问，再打不迟——高大强，现在你总该知道总镇大人为什么发怒了吧？"

经过这一阵子的折冲，高大强自然知道错在哪里了。他先对着吴三桂伏地一叩，然后膝盖挪了挪，对着徐可大回话："是！小民知道错了。"

"说说看，如何错了？"

"回大老爷的话，小民对上宪说话，不该自称'我'。"

"是啰、是啰，你总算明白过来了。我再问你，刚才你在堂外高声喊叫，是想对谁说话？"

"是小民有话，想陈诉给青天大老爷。"

"可是，未达其言，先伤其意。你自称是'我'，在我听来，不是本县子民有话要向我陈诉，倒像是不法之徒在咆哮公堂。而这个误解，就在于你没有守住自己的子民身份，对上宪说话，岂能你呀我呀地不懂规矩？那不太放肆了吗？"

"是！小民从此再也不敢了，今后说话，一定守住本分。"

"嗯、嗯，错而能改，善莫大焉！子民不守本分，就违反了朝廷的法度，总兵大人为调护朝廷法度，所以要对你略施薄惩。看你尚能当堂悔过，本县擅自做主，替你把这二十巴掌权且拦下。接着本县还要问案，倘有半点儿不尽不实之词，本县两罪并罚，那可就不是二十巴掌所能了结的了。高大强，你听明白我的意思了吗？"

"是！回大老爷的话，小民听明白了大老爷的意思。接下来大老爷问话，小民一定如实回答，绝不敢有半句谎言！"

徐可大看着吴三桂，以目征询。吴三桂知道，高大强已经被彻底制服，因而点点头，意思是请徐可大继续问案。

"高大强！"徐可大开始发问。

"小民在！"

"你既然自承首恶，就该知道自己犯了什么罪！"

"是，小民知罪。"

"是什么罪？说来我听！"

"小民煽动闹事，辱骂县官……还有占据公衙，妨碍大老爷不能处置公务。"

"'辱骂县官'这一条，事涉本官，暂不置问。"徐可大朝着西边挥挥手，"来啊！且把'占据公衙、妨碍公务'该当何等罪名，念给他听听！"

"是！"西边坐着的典史站了起来，手里捧着一本厚厚的《大明律例》，翻了几页之后，朗声念道，"查得《大明律例》卷二十一民律条：士民人等，无论何种情由，凡肆嚣公署、妨害公事者，其首恶，比照谋反未遂律末减一等，枷示三日，斩首示众！其胁从滋事者，不问情节轻重，俱杖八十，流两千里！"

话音刚落，高大强早已脸色灰败，额上的汗珠"吧嗒、吧嗒"不停乱滴。万没想到，自己一时胡闹，竟已犯下了死罪！

其余的人也无不惊骇。关外军户，不懂民法，不过闹了几天县衙，却要付出挨八十大板、外加流放两千里的代价！

"高大强，你可听清楚了？"徐可大喝问。

高大强五心伏地，连连应声："是是，小民听清楚了。"

"法典俱在！你还有什么话说？"

"回大老爷，小民无知，干犯了王法，情……情愿领罪，没有话说。"

"你们呢？"徐可大把手一指，画了个半弧，"你们可都知道自己该当何罪？"

堂内堂外所有跪着的人无不连连磕头，虽然都不说话，但看得出是认真服罪的表示。

"你们只为一时胡闹痛快,全然不知朝廷法律无情!如今法典昭然,嘿嘿,量你们也无话可说!"

所有的人,再次伏地叩头不止。

"罢了!念你们原是辽东军户,素来不归地方约束,且又初入关内,误触法网,本县仰体上天好生之德,法外施仁,暂且不予究罪!"

这一说,无不大感意外,众人愈发不停地叩头。高大强逃过一死,自是感彻肺腑,竟顾不上体面,呜呜有声地伏地恸哭了。

"不过,本县另有一番意思,今天须当众宣谕明白。来啊,把外面的人都带了进来!"

其实堂内发生的一切,外面都听得一清二楚,此时不待衙役转告,都主动弓着腰,猫着步,进堂之后,齐齐地重新跪下,而且有了刚才年轻后生和高大强连碰钉子的两次教训,跪下之后,郑重施礼:"本地小民,参见青天大老爷!"

前几天尚且蛮横不法,这一刻都成了执礼恭谨的顺民,吴三桂的震慑之功自然起了临之以威的极大作用,而民已畏法,知所炯戒,从内心里发生了根本转变,却是更为可喜的。徐可大深知,事情至此,训育悍民改恶从善的目的已经达到,"文武之道,一张一弛",接着要晓之以理、动之以情了。

"说起来你们久居关外,为朝廷抵御鞑虏,捍卫关门,也算是国家的有功臣民。时下流贼猖獗,京师凶险,举朝危疑之际,当今皇上尚且以你们日后的生计为虑,念兹在兹,严谕总督和巡抚,弃宁入卫,务必妥为安置辽东边民。本县仰体圣怀,且亦奉有抚台谕令,在你们入关之前便已筹措停当,为你们划拨了良田沃壤。如今时序尚未入夏,本地气候与关外相差无几,只要不误农时,抓紧耕种,则秋粮丰获,尚不为迟。本县仓储虽不丰裕,却也为你们备足了种子和播耕器具,念你们为国舍家,不仅这些种子农具均无偿贷给,而且本县亦已专帖申禀上宪,两年之内,蠲免你们的全部赋税,只待你们一入县境,即刻前往安置之地,摒绝杂务,暂受一时之累而全力抢种。一俟种子落地,本县即刻出面,发动本地住民相助,起土造屋,帮你们再建家园。只要你们安分守己,勤事生产,听候本县调度,两年之内,何愁不能丰衣足食?——种种生计措置,本县何尝不曾替你们筹谋备至?你们不明就里,日前本县百般譬解,而你们丝毫听不进去,汹汹哮嚷,挥拳相向,如此行径,岂不大负本县所期？"

原来还有这么一番惠政美意！所有边民，都听得泪光莹然。有几个胆子稍大的，抬起头来，偷偷端量，堂上这位大老爷慈眉善目，一团和气，看得出是个以民生为念的好父母官。而对此好官，前几天却肆加羞辱，细细想来，真正是以怨报德，毫无心肝了。

思虑及此，个个汗颜无地！高大强哽咽抽泣，以额顿地："都怪小民愚昧，不知道青天大老爷如此体恤民情，不光赦免了小民的死罪，还替小民日后生计安排得妥帖周到。小民感恩戴德，做牛做马，也要报答青天大老爷。求大老爷发下话来，要小民干什么，小民就干什么，绝无二话！"

虽然叙事颠倒，显得有些语无伦次，但情见乎词，真心倾服的意思是听得出来的，徐可大颇有不枉苦心的满足之感，指着高大强说："你能激于义气，主动出首，而且畏法悔悟，表示从今向善，本县看你是条汉子。至于做牛做马、感恩报答，说这样的话，本县不乐意听，倒是你希望本县发下话去，要你干点什么，这层意思，本县着实还有一番计较。高大强，本县想派你个差事，你可乐意？"

谁也没有想到，这种时候，县太爷竟要派高大强的差！于是个个竖直了耳朵，浑然忘却了刚才的紧张，极有兴味地俯首等待，要听听县太爷会派给高大强个什么样的差事？高大强更是惶惑莫名，不过这种场合，容不得细想，只好跪得端正些，俯首回答："大老爷派差，是看得起小民，小民自然非常乐意！"

"好，你且仔细听着。你们原是关外军户，不大懂得农户的规矩。本朝肇基之始，太祖高皇帝就把天下农户编为里甲之制。大致而言，每一百一十户为一里，推举里长若干，协助县衙分理民事。每里之中，分为十甲；甲有大小，小甲十户，大甲或十五、或二十户不等；每甲推举甲首一名，协助里长分管民事。你们进入本县地面安家，自然也要按照里甲之制编入农户。本县的意思，就把你们这二十几户编为一甲，派你为该甲的甲首——高大强，你看如何？"

这就叫以德服人！罪余之人，夫复何求？高大强由此激发出感恩图报之心，挥泪表态："从今往后，大老爷就是小民的再生父母！请大老爷放心，小民一定给大老爷争脸，要是干不好这个甲首，大老爷随时都可以把小民的脑袋取下来警示别人！"

"你们呢？"徐可大又用手画了个半弧，"你们愿不愿意服从这位甲首的管理？"

"愿意、愿意！"

高大强本来就是他们的主心骨，平日里言听计从，自然乐于拥戴其为甲首，于是众人七嘴八舌，纷纷顿首，脸上都是不胜欣喜的表情。到底是那位年轻后生口齿伶俐些，此时代表大家回话：

"大老爷待我等小民高天厚地之恩，小民一定谨记在心。入户之后，保证服从甲首的管理，安分守法，绝不敢再惹是生非。请大老爷放心，本甲小民，倒要争口气，给全体辽东移民做个表率看看！"

"好、好！"徐可大满脸堆欢，朝东面拱了拱手，"看看总镇大人还有何训示？"

今天的做法，原是昨天晚上大致筹划好了的，而眼前的结果，比预期的还要好，吴三桂自然也特别高兴，但他却不把这份满意摆在脸上，仍然面凝寒霜地说："违法不究，还要费尽心机帮你们安居乐业，让你们自己管理自己，哼！算你们造化，这都是遇到了爱民如子的徐大老爷。刚才你们对徐大老爷说的话，我可都听到了。别以为我一离开，你们又可以为所欲为！待我进京杀退流贼，还要回来看看。本镇奉旨镇守地方，军中自有御赐的王命旗牌，你们胆敢再犯王法，看我不请出王命旗牌砍了你们的脑袋！"

众人凛然听训，惶恐地纷纷回答："不敢不敢，小人从此改恶从善！谢谢总兵大人的教诲！"

"不要谢我！你们倒该好好谢谢徐大老爷的恩典！"

"是、是。"众人再次齐齐地叩下头去，"谢谢青天大老爷的恩典！"

"好了、好了。"徐可大挥挥手，"今天的事情就到这里。底下该干什么，你们自然明白——退堂！"

底下该干什么，高大强心里最清楚。待到目送总兵和县令起身离堂，高大强立刻分派众人，到两旁厢房唤出了妇幼家眷，几十口子一起动手，把二堂和各个班房打扫得干干净净。县衙大门外，徐可大事先派人预备好了几辆骡马大车，在衙役们的指挥下，各家把各家的行李迅速装上大车，然后高大强为首，几十口人丁跪倒在县衙门外，向县大老爷磕头辞行。做完这一切，高高兴兴地坐车启行，前往安置地去了。

429

草草应酬了徐可大特为预备的午宴，吴三桂就借着县衙的签押房，打算稍事休息。本来脑袋沉沉地有点儿困顿，可是在横榻上一靠下来，却无论怎样也难以入睡。入关四天了，圣旨上"妥为安置辽民"一节，到今天平息了昌黎骚乱为止，总算有了切实的交代，然而"勤王"一节，尚无着落。西路的闯贼打到了哪里？南路保定的李建泰能挡住刘芳亮的贼兵吗？总督那边怎么样了？克日计程，宁远的前路军差不多该到通州了，可总督为何至今没有派人来驰告消息？郭云龙如今到了哪里？与总督联络上了吗？还有，宁远如今已成空城，沈阳那边是不是已经知道了这个消息？倘若知道，多尔衮会不会马上派兵入驻宁远，进而在宁远结营，据以为本，紧接着袭扰山海关……

种种问题，纠结缠绕，而思来想去，没有答案。思绪翻滚之际，隐隐听到外面有人在窃窃争执，似乎有人想进来求见，而侍从士兵正在力加阻拦。

反正也是睡不成了，吴三桂霍然而起："来啊！什么人在外面喧哗？"

侍兵应声而入："回总镇，有个百户统领，姓魏，说是奉了总督大人之命，要面见总镇。小人告诉他总镇大人正在歇息，要他稍等一会儿……"

这不用问了，一定是王永吉派来的人。"快、快！"吴三桂急不可耐地下令，"立刻叫他进来！"

屏风闪动，进来一名极矫健的军汉，俯身施礼，自报家门："标下宁远镇北六所百户统领魏明亮叩见镇台大人！"

都是宁远的老部下，吴三桂自然认识这位魏明亮，因而毫不客气，率直发问："是总督派你来的？"

"是！二十日晚，杨副镇亲自点了卑职，要卑职带二十个人回来，转达总督的话。今天早晨行至沙河驿，遇见游击参将郭云龙将军，知道镇台大人现在昌黎，所以马不停蹄，抄近路赶到了这里。"

"总督现在哪里？——你把宁远分兵以后的大致行程报给我听！"

魏明亮略一思索，躬身回答："十五日在宁远与镇台大人分开之后，卑职随总督和杨副镇先期出发，当晚在中后所歇脚，十六日晚上到达山海关。在关上只宿了一夜，第二天开始一直往西行进，十七日到抚宁县榆关镇，十八日到永平府，十九日到沙河驿，二十日到了丰润县。就是在丰润县，卑职奉命回来与镇台大人联络的。总督现在到了哪里，卑职还不知道，但卑职离开丰润之前得知，二十一日，总督要率军继续向西，开往玉田县。"

"嗯、嗯。"吴三桂算了算日期，王永吉二十一日到玉田，今天二十三，则玉田之后的两日行程，如无意外，昨天应该到了宝坻，今天准定能到通州，这和自己的估计完全吻合。不过，从玉田到通州，是个岔道，分南北两路，宝坻属于南路，还有个北路是蓟镇。但南北两路，殊途同归，而且距离一样，都是一天的行军路程，换句话说，二十二日亦即昨天，王永吉也可能走蓟镇到通州，这和走宝坻到通州，在军事意义上都一样，所以，王永吉今天可以到达通州是大致不错的。

"好，这一层我知道了。你接着说吧，总督要你向我转告什么话？"

"回镇台大人，总督命卑职转告的话只有一句：请镇台大人放心，前路军马按部就班，一切顺利，估计明日即可开到京门。听杨副镇交代，总督非常关心这边辽民安置的情况，特遣卑职回来请问镇台大人，再有几日，可以竣事？"

原来为此！吴三桂放心了："你回去禀告总督，就说到今天午前为止，辽民安置的事已经基本结束，昌黎这边的乱子也已经平息了。山海关那边我只留下一千人马，协助高第维持善后，剩下的正在往西开进，预定明天到达永平。你还要禀告总督，说我立刻就离开昌黎，今晚赶到永平，看看巡抚黎大人那里还有什么要交代，如果没有，我当即就做个交割，后天一早带队西行，去和总督会合。"

"是！卑职一定把镇台大人的话如实转禀总督。不过，除了这些之外，卑职还想请镇台大人的示下，可不可以禀告总督，说镇台大人二十七日可以赶到京门？"

吴三桂在心中默算，后路人马二十四日到永平，永平距京城五百里，是步兵七八天的行程，但骑兵日行一百五十里，正好可在二十七日的前半夜赶到京城。

"不错！"吴三桂做了决断，"到了永平，步、骑分行，我带八千轻骑，二十七日准定赶到京门去参谒总督！"

遣走了魏明亮，吴三桂再也没有了一点儿睡意。从十五日在宁远与总督分开，整整八天，终于有了王永吉的消息，吴三桂自是兴奋异常。他在签押房里往复踱步思索，一刻钟后，做出决断：立刻奔赴永平，面见巡抚，交割安置辽民事务，商讨进京救驾的兵机。于是叫来侍兵，做了一番布置，也顾不得昌黎知县徐可大的再三挽留了，当即率领五十名随从，趁着夕阳尚未西下，快马加鞭，直奔永平。

26

大明崇祯十七年三月二十四日

大顺永昌元年三月二十四日

永平闻变

永平和昌黎之间仅隔了六十里地，但夜路难行，岔道纵横，吴三桂到达永平城南的"望海门"时，已经是今天早晨的辰时过后了。一进城门，打马径趋巡抚衙门。

巧得很，黎玉田前几天在另外三处巡视边民安置事宜，昨晚刚刚从滦州回到永平。黎明起身，料理了些杂务，此刻正在签押房伏案振笔，要把从十八日第一批边民入关以来，六天之内的安置情况做个"节略"，这是公事上必不可少的一道手续，上宪查询，或者奏报朝廷，都要以这份节略为依据。另外三处的开平、乐亭和滦州，他都曾亲自前往料理，所以成竹在胸，文不加点地很快写得筋脉分明，只有昌黎一处，目前军眷闹事一案处理得怎样了，他还不甚了了。

正在拈笔踌躇之际，门上来报，说宁远总兵吴三桂求见，黎玉田不胜意外之感，立刻吩咐开中门迎接。

"辛苦、辛苦！"黎玉田执意不受大礼，把正要屈下腿去的吴三桂拽了起来，亲手扶掖，让进花厅，"长白可是从昌黎赶来？"

"是！特为赶来向中丞复命。"

伺茶落座之后，吴三桂涓涓细细，把昌黎之行的首尾始末，向抚台做了详细汇报。

黎玉田听完，非常满意，接着把另外三处的安置情况也向吴三桂做了简要叙述。

回首前尘，感慨万端！仅仅用了六天时间，便已妥善安置了五十万辽民，如果把这些辽民从宁远到关上的路途时间算上，则十五日首批起程，至今也才不过九天时间。九天之内，乱而有序，不仅从水陆两途把五十万散乱无纪的老百姓安全护送到了关内，而且入关之后，衔接紧密，又把他们稳稳妥妥地分置到了关内四地。如此浩繁的工程，居然未遗一户，未失一人，虽有骚乱却无碍大局。这样的结果，上足以报命君王，下不负黎庶苍生，而巡抚、总兵亲与其事，地方、军队紧密配合，终得收此大功于今日。

黎玉田掩饰不住心中的喜悦，很有兴头地说："长白，今天就在这里，我略备水酒，倒要和你好好聊聊。明后两天，你休整一下，待到养足了精神，好去追随总督入卫京师。"

吴三桂笑了笑："多谢中丞的美意！今日的酒饭，三桂自然是要叨扰的。明后两天，恐怕不能应命——总督派人来过了。"

"喔？总督有信儿了？怎么说？"黎玉田极为关切地问。

"只说非常关念辽民的安置情况，特为派了一个百户回来询问。"

"仅此而已？"

"是，仅此而已！"

"然则前路人马的行程怎样？总督现在何处？"

"这个三桂问了，来人说，前路人马按部就班，一切顺利，二十日到了丰润县，次日可到玉田。三桂照此推算，总督现在应该是在通州。"

"哦、哦。"黎玉田捻须沉思，颇感疑惑，"总督十六日入关，二十日到丰润。今天二十四，前天是二十一……为何二十一日才到玉田？"

"是。来人说，总督预定二十一日到达玉田。"

"奇怪啊！总督处事，素来谨饬缜密。关念辽民，何须专词显示于下属？行军上按部就班、一切顺利，也无专差向后路通告的必要。长白，事有蹊跷，怕是不会这么简单。"

吴三桂不以为然："在三桂看来，总督仰体圣怀，勤王途中，刻刻以安置辽民为念，故而派人回来问问情况也是说得通的。"

"果真如此，总督该派人来向我询问才是。"

"啊！"这一说，吴三桂憬然有悟：当初宁远分兵，自己留下来殿后的任务是护送辽民，而安置辽民，是黎玉田在统筹调度，自己不过是协助的角色。

王永吉果真急于要知道辽民安置的详细情况，不去问主司其事的黎玉田，反而专差来问一个配角，这不是缘木求鱼？王永吉明敏练达，有"当今人杰"之称，行事岂能如此不循章法？

"是、是。"吴三桂心悦诚服地拱拱手，"中丞思虑绵密，三桂佩服之至！看来总督之意，另有所属，一定是与勤王的兵事有关。"

"不错，我亦云然！"黎玉田继续攒眉苦思，"总督十六日入关，十八日到了永平府曾召我夜谈，细细叮嘱了安置辽民的细节之外，亲口对我说，润石，辽民的事有你我就放心了，明天开始，我要率军日夜兼程，驰抵京门，以解圣上之忧。长白，照你刚才的说法，不过才二十日到丰润，二十一日到玉田。你算算看，永平府距玉田县二百二十里，二百多里地走了三天，一天仅合七十里多一点儿，这样的速度，何得谓之'日夜兼程'？"

一算细账，吴三桂暗暗咂舌，日行七十里，是极普通的速度，确实谈不上'兼程'。不过，此时此刻，黎玉田刻意追究总督的行军速度，意欲何为？莫非他怀疑王永吉拖延王事、故意迟迟其行？

"三桂不敏，要请中丞开导。"吴三桂老老实实地说。

"此中道理，我也还一时琢磨不透。统观总督的行程，十六日入关，十八日至永平，一百四十里行程两天则其事可解；十九日离开永平，二十一日才到玉田，二百二十里行程三天则其事不可解……"

吴三桂在心里默算了一遍，依旧茫然："中丞，同样是日行七十里，何以前者可解，后者不可解？"

"问得好！"黎玉田徐徐解惑，"同样是日行七十里，前者是为心存两念，既要勤王，又要安民。总督的身份地位，上命下情，均需有以交代，是以日行七十里，正在常理之内。然而，在永平召我长谈之后，安民一节，即不劳牵挂，兼程勤王，成了唯一的要务。眼下国难当头，圣上身处危城，总督此行系天下臣民之望。长白，你倒想想看，当此之时，总督何以出乎其尔，却又反乎其尔，并不兼程抵京？这不是怪事吗？"

想想确是怪事！"中丞的意思是……"吴三桂不免吞吐其词了。

"我的意思是，总督若非遇到了极大的麻烦，绝不会言行相违。"

这一点拨，吴三桂算是想通了："是、是。看来总督是遇到了极大的麻烦！中丞，十九日在关上，标下参将郭云龙也曾这样估计，第二天我命他特地带了二百人前去和总督联络，此刻他也该派人回来了。"

"既然如此，你我现在徒做猜测就毫无意义，且等郭云龙派人回来，听听那边过来的消息再说。——来啊！"

门外的一个长随应声而入："大人有何吩咐？"

"你去安排十几个人，到城西望京门外官道上日夜蹲候，只要看到西边过来的宁远镇军兵，立刻带到这里来。"

"是！"

早餐还没结束，郭云龙来了。一进门，尚能维持住体面，恭恭敬敬地给巡抚和总兵分别施了礼，待到黎玉田吩咐他起来、站着回话，才发现他嘴里只顾大口大口地喘气，话都说不成了。

不好，这是累得虚脱了！黎玉田立刻喊来几个侍从，和吴三桂一起，把郭云龙扶到一把太师椅上，抹汗捶背，揉捏推拿，又把席面上刚刚上来的一碗燕窝粥喂了下去，好一阵子折腾之后，郭云龙总算能说成话了："中丞、总镇，不好了，京城凶险！"

话说得没头没脑。"别着急，别着急。"黎玉田比较持重，知道郭云龙这是还没有完全恢复过来，因而慢慢启发，"你见到总督了吗？"

"见到了。"

"在哪里？"

"在玉田。"

"是什么时候？"

"前天午时。"

"你在玉田待了几天？"

"一天也没待，当天午后就返回来了。"

"咦？"黎玉田不免讶异，"前天午后是半天，昨天一天，今天差不多仅只半天……两天不过走了二百多里地，何至于累成这个样子？"

"是、是。"郭云龙一脸惶惑不安的表情，"都怪卑职关内道路不熟，离开玉田，打马往东，不想走了岔路。当天半夜发觉不对了，一打听，才知道到了丰南。不得已又掉头往北，从丰润县赶了过来。"

怪不得！黎玉田对京东的地面了如指掌，丰南在玉田的东南，误走丰南，等于白白多跑了一百多里地，而从丰南往北再到丰润，又多出了七十里的冤

435

枉路。如此算来，郭云龙等于在不到两天的时间之内，长奔四百多里，不累得虚脱，反而不可思议了！

"唔、唔，初入关内，地面不熟，这不能怪你。"黎玉田透熟人情，不想使郭云龙为此而内疚自责，所以故意抛开这一层不谈，"郭云龙，你把见到总督的情况说说看。——慢慢说，别着急。"

"是！"刚才那碗燕窝粥很管用，郭云龙差不多完全恢复了体力和精神，理理思绪，开始汇报，"总督二十日到丰润的时候，接到了探报，说闯贼十七日中午已经开始围困京城了……"

"什么？十七日？"吴三桂首先跳了起来，"初九日我和中丞陪同总督一块儿接的圣旨，传旨的内官说，当时闯贼还在宁武关受阻。这才几天时间，怎么会就到了京城？十七日……十七日我在宁远料理第三拨边民启程，还没上路进关啊！"

"是啊！"黎玉田也很感惊讶，"宁武关距京师千里之遥，光是急行军赶路也要十天，莫非大同、宣府和居庸关就没有一点儿抵抗？——郭云龙，总督在丰润得到的这个消息，是不是道路误传？"

郭云龙很痛苦地摇了摇头："总督和杨副镇他们当时也是这样想的，所以第二天上午就赶到了玉田。在玉田得到确实消息，大同的姜瓖、宣府的王承胤、居庸的唐通，这三个总兵都主动开关降贼了。"

这就无怪其然了！三关迎降，不战而下，闯贼自然就会如入无人之境一般迅速开到京城。然而——"闯贼千里奔袭，立足未稳，趁其疲惫，正可鼓军一战！"吴三桂跃跃欲试地说，"郭云龙，总督是不是已经开赴都门，派你星夜回来搬兵？"

"不是。在玉田，总督还得到探报，西去京师的路上，三河、侯营、宝坻和通州一线都布满了贼营，根本不可能打开进京的通道。"

"啊！通州也丢了？"

"京东方圆二百里全都丢了。说是刘芳亮的人马。"

"坏了！"吴三桂以拳击掌，"刘芳亮都窜到了京东地面，这么说连保定也陷落了？"

"是！"

大局不可问了！吴三桂跺脚彷徨，完全没有了主意。

黎玉田示意稍安勿躁："长白，且听听总督的意见再说。——郭云龙，你接着说吧。"

"为了避免与贼兵在京东厮杀，总督决定绕开通州，从蓟镇取道顺义入京。总督命我回来转达他的口谕，无论辽民安置的事务进行得怎么样了，请总镇立刻向中丞交割，火速带后路人马赶往蓟镇方向与他会合。"

"蓟镇一带没有贼兵吗？"黎玉田问。

"是！总督派了哨骑侦伺，蓟镇一带尚未发现贼兵。"

"嗯、嗯，不错。"黎玉田对那一带地理也很熟悉，"避开通州，减少伤亡，走蓟镇和顺义是个不错的选择！然则京城战况如何？圣驾有什么音讯吗？"

"有。十八日午后以来的情况目前还不知道。但至少到十八日午时，闯贼并未攻城。"

这又是一个令人奇怪的信息！黎玉田大惑不解："何以如此？"

"说贼酋李自成派了一个姓杜的太监进城乞和。"

"乞和？圣上什么态度？准了他的乞和了吗？"

"这一节，总督百般侦讯，没有结果。不过总督和杨副镇、童同知议论的结果，皇上一定会利用这个时机，与闯贼巧为周旋，拖延时日，以待我关外援兵。"

沉思半晌，黎玉田点点头："京城坚固，闯贼纵然动武，也不是十天半月就能攻破的。倘若皇上利用乞和之机，与贼周旋，时间上对我更为有利。不过，主忧臣辱！圣驾身处危城，我辈臣子岂可安于衽席？长白，安民的事，就算交割过了，你今天午后好好歇息，我这就传谕杨思恭，要他预备两万兵马的饮食草秣，待傍晚后路大军一到，即刻饱餐安歇。明日四更，你率他们即速启程，开赴蓟镇，与总督合兵进京，杀退闯贼，解救圣驾！"

"是！三桂遵命！"

面无表情地说完这句话，吴三桂神思不属，两眼毫无目标地怔怔平视，顾自一人在想心事。在巡抚面前，这样子旁若无人的态度是很失礼的。

毕竟黎玉田思虑细密，吴三桂不是对上司倨傲不恭的人，而此时失态，必有缘故。循着这个路子，稍加思索，黎玉田很快明白了：父子血脉连心，吴三桂此刻必是在担心身处京城中吴襄的安危。

"长白，"黎玉田徐徐动问，"令尊近来可有音讯？"

"是。"有此动问，吴三桂收拢思绪，躬身回答，"上月十三日，家父曾遣人捎往宁远一通家书，说十二日午后特蒙圣上召见，独对中左门，是要征询撤守宁远之事，之后就没有了下文。"

"这么说，自那以后，至今已经整整一个月期间，令尊再无书信传来？"

"是。不过，本月初，三桂曾派人进京探望，家父身体尚健，并无疾恙。"

"然则令尊京城的居第是在何处？"

"家父荷蒙特简，自年初进京，授为中军府都督，赐第在崇文门内东江米巷，原是国初恭顺侯的府邸，极其宽敞。"

"嗯、嗯。"黎玉田仍然不急不缓地说，"我这里有个贴身长随，办事干练机警，他是京城人，父母兄弟，恰巧就住在崇文门内，对那一带的街巷胡同相当熟悉。长白，我打算即刻派他去京城走一遭，专往令尊的府第，叩问平安。"

这一说，吴三桂慌忙起身，连连摇手："不可不可！中丞，国难当头，圣上危疑，闯贼大兵已经把京城围死，出入盘查，必然极其严密。三桂岂能为自家安危，徒令抚院的属下自蹈危地？"

"长白差矣！正是为了国难当头，圣上危疑，才要派人秘密潜入京城，叩问令尊。"

把圣上的危难和吴襄的平安与否联系到一起，吴三桂疑惑不解，只好静静地等着黎玉田解释。

"如今大局依然混沌不明。闯贼十七日围城，今天二十四日，整整七天了。这期间都发生了些什么变化，现在还一无所知。历来用兵，首重知己知彼。令尊身在京城，又任中军府都督之职，对城中的防务和贼兵的攻城部署必然透熟于心。我要派人进京，叩问令尊平安事小，实则专为打探京中的防务细节。一俟有了信息，我会遣快骑飞禀前路，以供总督斟酌参考。照我的看法，闯贼几十万大军围城，而我宁远一旅仅拥兵四万，倘若在城外厮杀，绝无胜算之理。最好的做法是，通过令尊，内外联络，使我兵呼吸一气。这就要首先弄清闯贼布兵的薄弱环节，约好时机，城上守军与城外援军同时举动，杀开一条血路，以最小的伤亡，赢得我军入城。只要我军能够入城，则以总督的威望和长白的忠勇，必能鼓舞城中士气，坚守待援。想来南京史可法正在调集江南各路勤王之师，或者说不定现在正在勤王的途中。京城坚守，不过十天半个月的光景，待江南兵马一到，里应外合，鼓勇一战，闯贼乌合之众必然土崩瓦解。——长白，你看呢，是不是这番道理？"

入京探问吴襄，原以为只是黎玉田体恤人情，想不到居然蕴含了这样一层深意！这还有什么可说？吴三桂心悦诚服地一躬到地："中丞深谋远虑，三

438

桂唯有俯首听命！"

于是当即商定，由吴三桂派出两个稳妥老成、且与老总兵吴襄也非常熟识的亲兵，同黎玉田说的那个贴身长随一道，都扮作平民装束，速速潜入京城。吴三桂又特为从五十亲兵中拨出三匹骏健的口外好马，并从私囊里拿出三十两银子。

待到一切分拨妥当，临行前把这三名"探子"叫了进来。黎玉田和吴三桂都要亲自训话。

"韩万顺，"黎玉田叫着贴身长随的名字，"此次进京，关系重大，一丝一毫也疏忽不得。万一遇到不测，你心里须得有所准备。"这样的交代，不是要考验韩万顺的忠心和胆量，而是要考察他是不是足够机警。

"请老爷放心。既然事关军机大事，无论遇到什么不测，小的绝不露出身份，也绝不和贼兵逞狠斗勇，总要活着去，活着回，把打听到的一切面禀老爷。"

"嗯、嗯。"态度是对的，说明他知道这次进京，不是拼命的差事，黎玉田颔首，"你把具体打算说说看。"

"回老爷，小的打算与这两位军爷……"

"错了、错了！"话没说完，吴三桂立刻打断："既然扮作平民装束，你如何可称他们'军爷'？来，你们先认识一下，"他指指两个平民打扮的亲兵，"这一个姓姜，那一个姓杨。你们一会儿论论齿序，就以兄弟相称好了。"

"不敢、不敢。"韩万顺已经知道错了，但立刻有了想法，"这一路上，小的对二位以'姜掌柜'和'杨掌柜'相称。"

"唔？这听起来像是做生意的。"

"正是。小的是京城人，自然是京城口音，所以打算扮成前往关外购买人参的采办。这两位是辽东口音，正不妨装扮成贩卖关东山参的掌柜。"

"不错！"吴三桂欣然称许，接着问，"然后呢？"

然后韩万顺打算快马加鞭，直奔通州。等到接近闯贼营盘的几里处，留下一位"掌柜"，在附近找一家民户，多给银钱，就地养马等候。他自己则与另一位"掌柜"徒步直奔朝阳门入京。这样做，不事张扬，也就不大容易引起贼兵的注意。从永平到通州，快马飞驰，一日可达；通州至京城四十里，是步行疾足半天的途程。如此这一趟差事，宽打宽算，单程两日，往复四日，再加上在城里盘桓一两天，合起来总共要费五六天的时间，大约可在本月底的二十九日或下月的初一日赶回永平复命——本月小尽，没有三十日。

"嗯、嗯。这样做还算妥当，时间上也只好这样去打算了。"黎玉田捻捻胡须，继续问，"到了朝阳门，必然遭到贼兵盘查，你怎么说？"

"小的与崇文门内大街药铺'施乐堂'的老板很熟。小的就说，十几天前奉施乐堂老板差遣，去关外采购参样儿，如今带来了辽东参商，要与老板当面交涉。"

"这么说，此去还要带上些人参？"

"是，这个必不可省。"

"这好办！"吴三桂立刻接口，"关东人参我那里有的是，等到傍晚大军过来，要多少，拿多少。"

"不可、不可。"黎玉田做了个制止的手势，"时机紧迫，立刻就要动身，不可等到傍晚。人参我这里就有，虽然不多，充作参样儿也足够了。来啊！"他喊侍立在侧的衙隶："到后面库房，拣几支上好的关东野参，速速拿到这里来！"

衙隶走后，黎玉田接着刚才的话题，继续问韩万顺："倘若贼兵封城，九门都不得出入，你怎么办？"

"要是那样，小的也要在城外各处看看，或者花钱买通一两个贼兵，装作跟他们交朋友，总要把贼兵的围城部署打探清楚，然后立刻回来复命。"

"不错！随机应变，临事决断，一切都在你身上了。"

"是！请老爷放心，小的有把握办好这趟差事！"

"还有一层，你心里须得明白，大约贼兵目前只在通州以西结营。你走之后，吴帅明日就要领兵西进。你从京城返回，有可能过了通州，随时都会遇上吴帅的人马，此外还有王总督也在通州以东的地面。不管是哪一部分，只要遇到宁远军兵，你立刻亮明身份，让士兵带你直接去见吴帅或者总督，不必非要赶到永平向我回禀。如此可省去许多时间，你明白我的意思吗？"

"是，小的明白！军情紧急，能早一日传到军中，就绝不晚它一日。反正小的就算赶到这里向老爷禀报，老爷也要再派人转告到军中，往返周折，反而浪费时间。"

这一说，黎玉田和吴三桂都非常满意，知道韩万顺此去必有收获。恰巧此时人参也拿来了，三匹骏马也备好了。吴三桂又匆匆对着姜、杨两"掌柜"交代了几句，要他们一路都听韩万顺的分派，然后看着三人个个扎束停当。

三十两银子之外，黎玉田又叫人拿来几袋干粮，吴三桂亲自动手，把银袋、粮袋分成三份，结结实实地捆在三匹骏马的项背上。

一切就绪，三名探子拱手告辞，翻身上马，头也不回，连连加鞭而去。

追赃助饷

昨天未被选授的原明朝官员，由大顺士兵分押两处，一东一西。东边的是李过的驻地，位于东华门外往北不远的"袁府"；西边的就是西华门外的田府，押到田府来的原明朝官员大约有一千五六百人。

偌大的田府，突然进来了这么多人，就不免显得拥挤不堪了。前院和后院两侧的厢房自然塞得满满当当，而大部分人却连这样的待遇都享受不到，只好露天而宿，被安置到了前院广场的"天宝遗韵"周围。饶是如此，除了正门通往正堂的甬道被大顺士兵清理出来、任何人不得占据外，甬道两侧石板地面上横躺竖卧，依然混乱拥挤得令人无从下脚。

今天是第二天了。

好在从昨天午后到今天午前，两个半天之内，人数都在不断地减少。

昨天刚刚进府，王旗鼓当众宣布了大顺兵政府的堂谕：凡明朝旧官，都要捐资助饷，内阁大臣十万；部院大臣七万；四品以上的京堂五万；科道言官和部院司官三万；翰林庶吉士一万。其余公侯勋戚，视其贫富，自主认捐。谁先捐完谁先走，倘若匿资不捐，军法从事！

宣布了这道谕令，当晚就有二百多人"认捐"。手续很简单，只要到旗鼓官王体中那里报个名字，注明身份和品秩，然后王体中派士兵押着这位官员回到宅邸，按照身份和品秩，交足了规定的银两数目，确认无误，这个官员就算完事大吉。

照着这样的做法，今天上午又有三四百人认捐。到了今天正午，除了差不多近半数完捐者，田府还剩下八百多人，这些人当中，有一部分是实在拿不出规定的银数，但也有一部分是吝财如命，数年积蓄，皆为贪渎所得，一下子白白地拱手送人，是无论如何也不能甘心的事，所以都横下了一条决心，拖得一时是一时，不到万不得已，绝不朝外拿银子。

然而不拿银子，岂能换来自由之身？今天午饭一过，刘宗敏把王体中唤了来，一脸严霜地发问："怎么说？这八百来个贪官真的要抗捐？"

"回总爷，抗捐的话，还没有人敢说。不过都在哀求，说实在没有银子，问能不能放他一马。"王体中恭恭敬敬地回答。

"放他一马？哼哼，想得怪美！这些狗贪官，平日里高官厚禄，外带敲诈勒索，哪一个不是肥得流油？如今吝财不捐，还他娘的跟老子哭穷。好、好，今天倒要叫他们看看老子的手段！——夹棍准备好了没有？"

"已经准备好了。"

"准备了多少？"

"总共八十具。"

"传我的令，要张鼐那边拨过来一百个弟兄，伺候用刑！"

"是！"

半个时辰的样子，从大内那边开进来一百个大顺兵丁，在王体中的指挥下，分头行动，把前院和后院厢房的明朝官员全部赶了出来，与大门之内广场上的合为一处，都集中在"天宝遗韵"大戏台前。

在这群明朝官员的南侧，隔了有五六步的样子，是一群乱哄哄的民人，这些民人都是被拘官员的家眷或仆从，被大顺士兵用了两道绳索拦开，可以打手势传递信息，甚至可以高声与自家的主人相互对话，唯独不能越过绳索与自家主人密切接触。

紧挨着官员家眷的是闻讯赶来看热闹的京城百姓，他们自觉地组成一个人堆，与官员人堆和官员家眷人堆恰好呈品字形聚列，也有两道绳索将他们隔开。

品字形的正中是一小片空地，空地上置放了一把镂雕精细的紫檀木太师椅。

刘宗敏龙行虎步地走了过来，往太师椅上一靠，面对众人，正要发话，忽听大门外一片喧哗，吵吵嚷嚷地似乎发生了什么事。刘宗敏把脸一沉，对王体中说："出去看看，什么人敢在老子门口闹事？"

王体中带了两个士兵，去而复回，一脸滑稽的样子，肃身禀报："有个民事纠纷，苦主口口声声要求大顺侯爷做主。"

"什么民事纠纷，非要老子来管？"

王体中嘻嘻一笑："事关风化。苦主说，他老婆被别人强奸了，已经当场捉住，要到新朝侯爷这里来讨个公道。"

"喔，这倒有点儿意思。奸夫也来了吗？"

"是，都在大门外等候。还有苦主的街坊邻居，二三十个人的样子。"

"叫他们都进来，看老子先断一场风化官司。"

王体中招招手，立在大门内侧照壁旁边候命的士兵会意，转身带进来一干人等。走在最前面的是一个身体屙弱的男人，三十多岁。

士兵把他引到刘宗敏面前，喝令一声："跪下！"

屙弱男人知道坐在太师椅上的就是大顺侯爷了，于是满脸委屈的样子，老老实实跪了下去，连连磕头："小民刘顺生，恭请大顺侯爷金安！小民有天大的委屈，求大顺侯爷千万替小民做主。"

刘宗敏斜睨着眼睛，把刘顺生上下打量了一番，开口发问："刘顺生，我且问你，你家住在哪里？平时做什么营生？"

"小民住得不远，就在西华门对面的临街房子。由于房子临着宣内大街，所以小民开了个杂货铺子，本小利薄，平日就靠这个铺子赚点小钱，养家糊口。"

"嗯，嗯。说是你老婆被人强奸了？人犯呢？"

"喏，"刘顺生朝身后一指，"就是他！"

被指的是个五大三粗的汉子，年纪也在三十岁上下。只见他毫不在乎地拉着身边一个年纪与他相仿佛的女子，一同往前挪了几步，双双跪下，并不说话。

刘宗敏也不发怒，很有兴味地把这个"人犯"也上下打量了一会儿，慢吞吞地问："说吧，你是干什么的？为什么强奸人家的老婆？"

"回侯爷，小民张五，与刘顺生住对过，开了一扇肉铺，平日以屠猪卖肉为生。"说到这里，话头顿住，不再往下说了。

只回答了前一问，而对后一问隐而不答。这一来惹恼了王体中，狠狠地朝张五屁股上踹了一脚："混账东西！怎么不回侯爷的话？快说，为什么强奸人家的老婆？"

"是、是。"张五正了正身子，抬起头，对着刘宗敏说，"小民冤枉！小民没有强奸别人的老婆！小民和这位娘子是……是……"

"是什么？"刘宗敏依然没有怒色，"你老实给我说来。莫非刘顺生诬告了你？"

"侯爷明鉴，正是刘顺生诬告了小民。不错，小民和这位娘子有染，但却不是强奸，是……是两厢情愿。"

这一说，全场讶然。不光刘宗敏，所有在场的人，包括大顺兵丁、八百多原明朝官员和所有现场看热闹的百姓，无不大感兴趣，都要看看大顺朝威名赫赫的刘宗敏怎样处置这件案子。同时，众人的目光全也都投向了跪在张五身边的女子。

众目睽睽之下，这个女子以手掩面，羞愧得无地自容。

刘宗敏指指这个女子："你，把头抬起来！"

女子万般无奈地松开了双手，把个脑袋微微上扬，怔怔地看着刘宗敏。

刘宗敏定睛细看，这个女人长得不丑，白白净净的脸上略有几颗雀斑，但除此而外，眉、眼、口、鼻都还端庄顺眼，布衣荆钗，素洁得体，怎么看也不像个招蜂引蝶的风骚浪女。于是刘宗敏指着张五，缓缓向那女人问话："他刚才说的可是实情？你和他是两厢情愿吗？"

一句话问得这个女人满脸绯红，而大顺侯爷的问话又不能不回，只好垂下眼睑，扭捏万状地答了一个字："是。"

刘宗敏哈哈大笑："这么说，你们俩是通奸？"

"是！"张五立刻接口，"小民与这个娘子是通奸，不是强奸。"

如此觍颜认奸，不止刘宗敏，在场所有的人都忍俊不禁，就像在看一场喜剧似的，个个兴致勃勃，要看这场喜剧怎样继续演下去。

刘宗敏收住了笑容，指着跪伏在地的刘顺生问："听见了吧，明明是你老婆和别人通奸，你怎么血口喷人，非要说别人强奸了你老婆？说！"

这该轮到刘顺生尴尬了。众目所视之下，自己的老婆公然承认和别人通奸，对于一个男人来说，无论如何都是件极丢面子的事，因而对刘宗敏的问话，嗫嚅半天，不好作答。

"罢了！"刘宗敏并不理会刘顺生，只用手指着那个女人，"今天给你个机会，我问你话，你要老实回答：从今往后，你是愿意跟着本夫过日子呢？还是愿意跟奸夫过日子？"

话虽难听，却是意外之喜！在这个女人看来，大顺侯爷一言九鼎，出口就是法律。忍得一时羞耻，争得一世快活，说不得要老老脸皮，把后半生的大事给定了下来。因此她伏地叩了个头，声音极其清楚地说："回侯爷的话，民女愿意跟着张五过日子。"

全场鸦雀无声，都以为刘宗敏必能成人之美，满足这个女人的愿望，把这场纠纷做个了断。再也没有想到，刘宗敏忿然作色："来人！"

“喳！”五六个大顺兵丁应声而至，不知道刘宗敏要吩咐什么。

“这个淫妇，不能恪守妇道，背着自己的男人偷鸡摸狗。这倒罢了，今天当着这么多人的面，丝毫不知羞耻，公然承认奸情。这个臭不要脸的骚娘儿们，老子偏要叫她先尝尝苦头再说。来啊，掌嘴！”

立刻上来三名士兵，其中的两名，一左一右，架弄着胳膊，把女子轻轻提起；另一名又开弓步，鼓足了力气，抡起巴掌，极其清脆地扇了起来。

柔弱女子，哪里经得起这般捶楚？一个巴掌下去，脸都变形了，到了第二个巴掌，扇得她杀猪也似的号叫起来。

跪在地下的张五忍不下去了，重重地给刘宗敏磕了两个头：“求侯爷饶了她吧，小民愿意替她领罪。”

“停！”刘宗敏喝令停刑，然后对着张五，冷冷发问，“你替她领罪？”

“是，小民甘愿替她领罪。”

“混账东西！你的罪谁替你来领？——来人！”

“喳！”

“把这一对狗男女都给我砍了，让他俩到阴曹地府做夫妻去！”

“是！”

五六个大顺士兵一拥而上，不由分说，只片刻工夫，两个大刀片子起落之际，一男一女的两颗脑袋滚滚落地。

杀了奸夫淫妇，刘宗敏对着跪在地下的刘顺生发问：“怎么样？老子这场官司断得公平不公平？”

惶恐在地的刘顺生连连叩头，惊吓之余，心里亦不无一丝略解羞恨的得意之感：“是、是。多谢侯爷替小民做主……”

“不错，老子替你做主，杀了这对狗男女，你很解恨是不是？哼！先别得意，就该轮到你了！你他娘的三十多岁的大男人，连个老婆都看不住。说，明明是你老婆和张五通奸，你为什么诬告张五强奸了你的老婆？”

“这……”

“大胆刁民，分明以为老子愚暗可欺！来啊，看夹棍！”

两个士兵闻声而动，立刻提来一副夹棍。

445

所谓“夹棍”，原是一种讼堂刑具，由两根长可丈余的硬杂木棍呈剪刀状交叉而成，一般用来对付有重大命案而又不肯如实招供的刁悍之徒。行刑时将人犯的两腿胫骨置于两根夹棍之间，由于杠杆作用的原理，两棍张开的一端稍微加力，就能使人犯痛彻心肺。任凭杀人越货的江洋大盗，到了这种地步，只求速死，不堪折磨，立刻老老实实地问什么，就说什么，否则再一加力，胫骨必折，就算不死，也要落下终生残废。

而今天大顺士兵提来的夹棍却又不同。这种夹棍是王体中奉了刘宗敏的命令，特为请来了京城的能工巧匠，在原来讼堂刑具的基础上，缩短尺寸，巧加改造，既可夹腿，也可夹脑，两棍交叉的一端，用大铁钉连接，以为中轴；两棍张开的一端，穿以大拇指粗细的牛皮筋，牛皮筋的一端连在一根绞杠上，行刑时只要轻轻转动绞杠，便可传力于夹棍之上，轻巧便捷，而威力却比原来的夹棍大出了好几倍。

等到士兵张开了夹棍，刘宗敏一声令下："让这个刁民尝尝老子刑具的厉害，处死！"

士兵知道，这是要夹脑袋的意思，于是迅速将夹棍朝刘顺生头上一扣，固定好了位置，一个士兵旋动绞杠，先绷紧了牛皮筋，然后轻轻用力，将绞杠旋转半周。但听嗷然一声惨叫，刘顺生顿时扑翻在地，浑身抽搐，四肢乱颤，仅此一夹，已经使他命若游丝了。而行刑的士兵理解了刘宗敏的意图，故意拖延时间，让人犯多受一会儿罪。等到刘顺生在地上扑腾了一阵子，这个士兵才又将绞杠旋紧了半周，跳出两步开外，静待结果。

牛皮筋收紧的作用力传到了夹棍上，"咔嚓"一声，刘顺生头骨碎裂，脑浆飞迸。一股恶腥之气立刻弥漫全场，人人恶心得以袖掩鼻，有几个闻不惯这种味道的，欲忍难止，终于"哇"的一声，肚子里的水浆喷薄而出。再看刘顺生，两条腿弹蹬了几下，不消一会儿，自然是命归黄泉了。

从审案，到刑毕，总共不过一刻钟的光景，两刀两夹，就要了三条人命！在场的原明朝官员，个个看得怵目惊心。有那脑袋灵活的知道，刘宗敏这是杀鸡给猴看，今天只怕要倒大霉了！

等到驱走了跟着前来看热闹的二三十个老百姓，刘宗敏叫王体中按照官员花名册点人，第一个被点的是魏藻德。

听到点了自己的名字，魏藻德从人堆里挤了出来。由于昨天被当众掌嘴二十，所以今天脸肿得像个大冬瓜，委委屈屈地走到刘宗敏面前，躬下身去，施了一礼。

刘宗敏斜睨着眼睛，很轻蔑地瞟视了一会儿，冷冷开口："你是前朝的内阁首辅，一人之下，万人之上，一等一的大官儿，说！为什么把个大明朝的天下给断送了？"

魏藻德已经领教了刘宗敏的厉害，知道这句话藏着极大的陷阱，怎么回答都不会使对方满意，因而搜索枯肠，苦思冥想，总要措辞上格外小心，不能再次惹翻了这位大顺侯爷，以免像昨天那样当众丢丑。

"回大帅，"他小心翼翼地说，"罪官本是一介书生，不谙政事，不善治国之术。又兼先帝昏暗无道，不纳忠良之言，遂使国事败坏，以至于此……"

话没说完，刘宗敏"嘿嘿"冷笑："好个没有良心的东西！你一个寒酸书生，崇祯把你拔为状元，不出三年，又把你弄成宰相。崇祯哪一点儿对不住你？你他娘的不知感恩图报，反而丧心病狂，骂他昏暗无道！——来啊，掌嘴！"

魏藻德懊悔欲死，原以为骂自己、骂先帝总不会有错，不料适得其反，不仅没能讨好刘宗敏，反而加重了同僚对自己的看不起！一时间脑袋沉沉发麻，接下来又挨了多少巴掌，全然没有感觉，反正脸面是没有了，只好咬咬牙，狠下心来，全力承受。

砰砰啪啪一阵巴掌扇过，刘宗敏这才开始进入正题："魏藻德，刚才这顿巴掌，是老子替崇祯赏给你的，就为你目无君父，诽谤先帝！——罢了，这笔账先给你记下来。今天老子只要银子！你是内阁大臣，按照规定，你要捐出十万两。说吧，认捐不认捐？"

魏藻德自然算不上清廉。自上个月二十六日擢为首辅，私下求他办事的人骤然多了起来，官场的规矩：火到猪头烂，钱到公事办。为此他随行就市，恬不为怪，凡是带了银子央求他办事的，来者不拒，颇收了不少"好处费"。但老天无眼，仅仅当了不到一月的首辅，便风光不再，糊里糊涂地成了亡国之臣。若论钱财，则平日所蓄，加上近一个月来接受的贿赂，合起来不过两万多的样子，如今一下子要拿出十万银子，真正难为了他！

可是不拿银子，还要挨打，因而魏藻德口齿不清地说："是、是，罪官认捐。不过……"

"不过什么？"

"罪官清廉一生，除了薪俸养家糊口，平日并无积蓄……"

话没说完，刘宗敏已经不耐烦了，把手一招，立刻上来两名大顺士兵，手持夹棍，等待刘宗敏发令。

"这个老浑蛋，死到临头了，还他娘的吝财不吝命——看刑！"

行刑的士兵是有默契的，说"看刑"就意味着不是要受刑者毙命。于是一名士兵狠狠地朝着魏藻德的肚子上踹了一脚，魏藻德仰面朝天，摔在地上。另一名士兵极其熟练地把夹棍套在了魏藻德的两条腿上，施展手法，微微加力，魏藻德顿时疼痛得哇哇乱叫，两臂在空中划来划去，额头上的汗珠不断滚滚而出。

就这时候，人群里连滚带爬奔出来一个二十七八岁上下的白面书生，跟跟跄跄到了刘宗敏面前，扑通一声，跪倒在地："求大帅饶了家父！"

"你是他的儿子？"刘宗敏问。

"是。"

"叫什么名字？"

"魏追征。"

"未追征？好，老子现在就开始追征！说，在前朝有官职吗？"

"有，罪官在前朝任刑部稽勋司郎中。"

"嗯，你是明朝的刑部司官，按规定要认捐三万，你和你的狗爹合起来十三万。说吧，拿不拿银子？"

"拿、拿。但求大帅饶了家父。"

"饶了你的狗爹容易，先拿银子后放人！"说完用手指指王体中，"你吩咐几个弟兄，套上车，跟着魏追征这个狗崽子，到他家去搬银子。十三万两，少一个子儿也不行！"

等到几个士兵押着魏追征走后，刘宗敏示意王体中继续点名，这一次被点到的是陈演。

陈演何等机敏！点名的声音刚落，立刻分拨人众，满脸堆笑地走了出来，连连打躬："前朝罪官陈演叩见大帅！为了报效新朝，罪官昨日已经吩咐家仆，无论如何也要凑足十万银子，捐助军饷。"

"少废话！老子现在只要银子！"

"是、是。想来家仆昨天连夜典卖家产，十万银子必是已经预备齐了。请大帅即刻指派几位军爷，跟随罪官到舍下去清点验收。"

"好，算你识窍。不过有句话我可要告诉你，你也当过前朝首辅，与一般的犯官不一样，明朝灭亡，论责任，也有你的一份儿。别以为你前天带头喊着闹劝进，就像立了什么大功似的，狗屁！照样不能抵消你以往的罪过，少跟老子玩儿这个！大年三十灶台上蹦出个兔子，有你也过年，没有你也过年。

不管你劝进不劝进，我们大顺王爷都要坐金銮殿当皇帝，你他娘的跟着瞎哄哄有屌用？"

"是、是。大顺皇爷真命天子，理当膺登大宝，抚育万民……"

"今天老老实实交出银子倒还罢了，要是打算着要滑头，哼哼，新账老账一齐算，看老子不活剥了你的皮！"

"不敢、不敢。罪官一定如数捐输，绝不敢跟大帅要滑头……"

刘宗敏懒得听陈演再说下去，对着王体中吩咐："你亲自去一趟，看紧了他，要是他敢耍花招，就地砍了，不用向我禀报！"

于是王体中招招手，唤来五名大顺士兵，押着陈演，出田府，上大街，快到西四牌楼的时候，往西一拐，来到石虎胡同。陈演的相府就在石虎胡同路北的第四个门户。

宅院的规模不算太大，而精致豪奢，却让王体中看得眼花缭乱。好容易明三暗五地走进了内院，陈演把王体中一行六人请入一间待客的豪室。

这时候陈府的家丁男仆都闻讯赶了过来，由于关心主人的安危，纷纷上前，想打听两天来主人的遭遇，但一看到室内横眉竖目的大顺士兵，却又吓得个个缩足门外，迟疑着不敢说话了。

一到自宅，陈演由客变主，又恢复了往日的派头："来人！"他对着外面高喊。

闻声而来的是一个五十多岁的老苍头，腿脚极其便捷地先给居中而坐的王体中施了一礼，又对着另外五名大顺士兵一一示意，然后才对着主人，苍声回话："老仆陈孝智，听候老爷差遣！"

"昨天在新朝汝侯府上，我差你回来禀告夫人，连夜典卖家产，凑足十万两银子报效大顺军饷。此事你如言照办了吗？"

陈孝智是陈演原籍四川成都府井研县的一个远房亲戚，论辈分，算是族叔，所以自称"老仆"。自陈演走入宦途，这个老仆便跟随着主人，从未离开，是个忠心耿耿的贴心侍从，为人干练机警，对陈演的家务，多所参与。刚才陈演的话中之意，只有他能心领神会，因而不疾不徐，从容回话："是！昨天奉了老爷的吩咐，老仆即刻回府向夫人转告，夫人连夜凑齐了府上所有值钱的东西，就连早年与老爷成亲的陪嫁都给翻了出来。今天一早，老仆亲自带人到正阳门外典当铺，用所有的财产做典押，换了八万多两现银，加上多少年来夫人省吃俭用节攒下来的一万多，刚好凑成了十万。请老爷的示下，是否就搬到这里来，当面缴纳给这几位军爷？"

这样的答复，严丝合缝，滴水不漏，陈演非常满意，但又另有交代："不错，你去告诉夫人，把预备好了的十万军饷快快着人抬来，就在这里过付。除此以外，还要向夫人传我的话，叫她不要吝啬，把平日积存的体己零用，一并凑个整数，拿来我用。"

老苍头诺诺连声，躬身而退。陈演则指挥着另外几个仆人，提水沏茶端果子，招待新朝"贵客"，冲着王体中，一股浓重的四川味儿，一口一个"王将军噻"，叫得好不亲热。

不算快，但也不算慢，陈演赔着笑脸，没话找话地聊了大约有两盏茶的工夫，十七八个男仆，抬着两个半旧的大榆木箱子，哼呀嗨哟地进了内院。

老苍头陈孝智抢先跨入室内，双手托着一个簇新的软木封匣，恭恭敬敬地放到待客的茶几上，然后肃身向主人禀报："老仆把老爷的话转告给了夫人，夫人说，为新朝大军捐饷，义不容辞，已经吩咐下人将十万两现银抬了过来。"说着又指指茶几上的木匣，"这就是夫人平日的私房零用钱，按照老爷的吩咐，也让老仆带了过来，夫人说，请老爷任意开销。"

当着王体中的面，陈演打开木匣。顿时耀眼明光，满室生辉：十六两一个的金锞子，码放得整整齐齐，总共十个。陈演笑嘻嘻地说："王将军，这个是罪官和贱内的一点子小意思噻，各位军爷辛苦啰，请笑纳。"

一百六十两等于十斤黄金，出手很阔绰了。王体中心内狂喜，但不形之于色，若不经意地用手把匣盖轻轻合上，站起身来，冲着另外五名士兵努了努嘴，然后对陈演说："走，先去办完了公事再说。"

陈演闻命，侧身肃手："请。"

揖让出室，老苍头依然托着软木封匣，紧随其后，相将来到院内。在陈演的指挥下，男仆们七手八脚，分别打开两个大木箱，把银子小心翼翼地从箱子里倒腾出来，置于空地之上。五个大顺士兵，一五一十地点数验收，每验完一千两，放入箱内，如此往复循环，放满了一个再放另一个，忙活了半天，恰好往箱内放置了一百次。

450

陈演满脸堆笑："王将军，敝府的全部资产都在这里了，罪官一个子儿不留，悉数捐献给新朝助饷。"

"嗯，还不错！"王体中表示满意，但脸上没有一丝笑意，对着陈演说，"你能如数完赃，对我大顺朝还算有点儿诚意，我回去如实禀报汝侯。不过，你是旧朝有数的几个大官儿之一，按照我朝兵政府的谕令，交完了赃款，就要老老实实待在家里不许动，随时听候召唤。记住我的话，我这是对你好，你可不要自找麻烦。懂了吗？"最后这一句，自然是看在一百六十两黄金的份上，特为透露出一丝关照的意思。

"懂、懂。"陈演先给老苍头使个眼色，然后连点头带哈腰，冲着王体中不断作揖："王将军垂怜罪官，罪官啷个能听不懂嗟？请王将军在汝侯大驾面前多多美言，拜托啰、拜托啰。"

"好了、好了。就借你府上的人，把赃款抬着跟我走，也好叫我勾销了这趟差事。"

"是、是，理所应当、理所应当！"

十万两银子，分量不轻，陈演吩咐十六名男仆，八人一班，轮替抬扛。这时候老苍头已经把装有十锭金锞子的封匣打开，当着王体中的面，五个士兵，每个人塞给一锭，剩下的五锭，顺手扯出封匣里用作衬垫的一方红绸子，包裹到一起，塞到了王体中手里。看看诸事妥帖，王体中挥挥手，十六个男仆轮流抬着银子在前，王体中带着五个兵丁看押在后，摇摇晃晃，一路仄歪地出了陈演的"相府"。

原路来，原路回，十六个男仆走走歇歇，个个累得闪腰岔气，好容易抬到了田府。

一进大门，院内已非来时旧景象：耳边是鬼哭狼嚎的惨叫声，眼前是伤心惨目的不堪状。通往大堂的甬道上，乱七八糟地卧着四五十个前明官员，每人腿上都上了夹棍，挣扎哀号，脸上痛苦不堪、欲死不能的表情。甬道右侧的石板地上，直挺挺地躺着十几具尸体，自然也是不能如数完赃，而被夹脑至死的前明官员。

刘宗敏仍然坐在"天宝遗韵"下面空地的太师椅上，黑着脸，怒气冲冲地正在指挥着大顺士兵继续用刑拷打。还剩下大约五百多个不能如数完赃的前明官员，全都蹲坐在地，犹如待宰的鸡豚羔羊，个个浑身发抖，无可奈何地等待着命运的摆布。

王体中几次想瞅个机会上前，去向刘宗敏交差。无奈此时刘宗敏精神亢奋异常，大呼小叫地逐个点名追索，处置了这一个，接着又喊下一个，看样子这时候若是上去扰了他的兴头，必定招来一顿无谓的训斥。因此王体中吩咐五名兵丁监视着十六个陈演的家仆，同时也看护着缴来的十万银子，他自己则一边看着刘宗敏审案，一边寻找着上前交差的机会。

五名兵丁都是经过战阵的老油条，对眼前的惨状见怪不怪，全是夷然不以为意的表情，而陈演的家仆们却不行了，日日豪门奔走，哪里见过这等杀人如麻的场面，光是不远处躺着的十几具脑浆迸裂的尸体，就足以使他们心惊肉跳，吓得低头掩面，眼睛睁都不敢睁一下了。不过其中却有一个青年男仆，年纪二十六七岁，胆子似乎格外比别人大些，伸直了脖子，兴味盎然地看着刘宗敏如何施用酷刑。

这时候刘宗敏刚刚处置完了一个愿意如数"捐助"的官员，吩咐身边的几个士兵押着这个官员回家去取银子，接着摆摆手，示意"下一个！"

负责点名的侍卫看了看花名册，朗声高喊："前明中军都督府都督——吴襄！"

一场寂然，要看接下来会发生什么。

吴襄迈着马步，从前明官员的人丛里大大咧咧地走了出来，到了刘宗敏面前，既不施礼，也不说话，态度虽然说不上倨傲，但就这份毫不在乎的样子，已经把刘宗敏的火气勾引了起来。

叭！叭！连着两声脆响，刘宗敏的马鞭狠狠地甩了过来，吴襄薄绵锦袍上立刻绽开了两条大口子，白絮飘飞之后，两道殷红，浸然而现。

毕竟痛彻肺腑，吴襄似乎有点儿气馁了，把头低了下去，但仍然一言不发。

"你就是吴襄！吴三桂是你儿子吗？"刘宗敏收拢马鞭，瓮声发问。

"是。"

"好！老子最恨的是明朝文官。你和吴三桂是武将，要是在战场上，你们爷儿俩肯定都是老子的刀下之鬼。这里不是战场，在这里杀了你，胜之不武，惹天下人耻笑，老子不干！可是有句话先要说在前头，别他娘跟老子玩儿横的，老子的耐心只有你脑袋壳子那么大，再大没有！今天你要是惹得老子不高兴，哼！想死也不让你死，偏偏叫你活受罪！——说吧，你是武官，没有定额，你自己说说愿意捐多少？"

吴襄仍然低着头，过了好一会儿，万分不情愿地说了两个字："一千！"

"放你娘的狗屁！"刘宗敏把脸一沉，"打发要饭的啊！堂堂的中军府都督，官居一品，为新朝捐助军饷才他娘的自报一千，亏你也好意思说得出口来。不行，再给我往上加！"

"多了没有，就一千！"

追索了整整一个下午，前明官员无一不是卑辞哀恳，要求在时间上宽限或者在数量上减免，像吴襄这样敢倔犟不屈地认定"多了没有"的还是头一个。刘宗敏心中诧异，但也并不废话，只把脑袋一摆，这自然是个命令。

得到命令的侍卫一招手，立刻上来两名兵丁，不容分说，一脚把吴襄踹翻，三下五除二，把夹棍卡到了吴襄两腿的胫骨上，然后抬头看着刘宗敏，静待后命。

就这时候，旁边一个刚刚上了夹棍、惨叫挣扎了好一阵子的原明朝官员，显然是对痛楚的忍耐程度已经达到了极限，突然跃身而起，三蹿两跳，跳到一个正在吴襄身边弯腰待命的大顺兵丁面前，疾如迅雷，不及闪掩，在所有的人都还没有做出任何反应的瞬间，一把抽出了这个兵丁挎在腰间、露柄在前的短刀。

事起仓促，全场惊愕！而就在这一错愕之间，但见这名官员手持短刀，翻转利刃，对着自己的咽喉，双臂一收，狠狠地刺了下去。

利刃贯喉，穿颈而出，这位官员两手乱舞，面目极其狰狞地站立了一会儿，扑通一声，气绝倒地。

这一来引得全场骚乱。几百名前明官员纷纷立起身来，鼓噪欲动，被绳索拦住的眷属群和百姓群里也有人高呼惨叫，而刚刚上了夹棍还未受刑的吴襄也趁机站了起来，两眼逡巡搜索，似乎也想寻找个机会，夺刃自裁。

这样的场面如不迅速弹压下去，将会招致相当严重的后果。刘宗敏处变不惊，只把手中的马鞭扬了扬，立刻上来几十名大顺兵丁，个个持刀露刃，叱咤威吓，迫使站了起来的明朝官员又重新纷纷蹲坐下去。与此同时，那个刚刚被夺走腰刀、这会儿才从惊愕中缓过神来的兵丁，当胸攥住吴襄的锦袍，上边手一推，下边脚一绊，将吴襄重重地再次摔倒在地。

场面算是初步稳定住了，然而若不继续设法安抚，看样子群情汹汹，难免还会有不测的事件继续发生。刘宗敏右手握着马鞭杆子，轻轻敲击着自己的左掌，缓缓起身，踱向自裁毙命的那个官员身边，围着尸体，看了一圈，把腰刀从尸体上拔出来，在自己的靴底蹭了蹭，顺手递给那个士兵，然后才回到座椅上，侧着脸问身边的侍卫："这个人叫什么名字？干什么的？"

侍卫拿着花名册，很快找到了相关文字，躬身回答："此人叫张惟机，福建泉州府晋江县人，天启五年乙丑科的进士，在前明任吏部右侍郎，是从二品的官阶。"

"嗯、嗯。从二品的吏部堂官，按照规定要捐资五万。看样子这个张惟机倒像是个清官，大概实在拿不出五万银子，所以以死了账……"

话没说完，从绳索那边官员眷属的人堆里，跟跟跄跄奔过来一个六十多岁的老丈，到了张惟机的尸首跟前，喊了两声"老爷"，俯下身去，涕泪交流。

刘宗敏的侍从上去把老丈拽了起来，牵着衣襟，走到刘宗敏面前，一声断喝："跪下！"

老丈擦擦眼泪，颤颤巍巍地趴伏在地，给刘宗敏磕了个头。

刘宗敏指着张惟机的尸首，问老丈："你叫什么名字？是他的什么人？"

"回侯爷的话，小的张富，是张老爷的仆从。"

"你跟着你家老爷多少年了？"

"小的从十五岁起就在福建晋江老家伺候张老爷一家，先是伺候太老爷。天启五年春天，老爷要进京赶考，太老爷不放心，专门交代小的，要小的随老爷一道进京照料起居。从那时候起，就从来没有离开过，算起来，已经跟着我家老爷整整二十年了。"

"张惟机一直在京里做官吗？"

"不是。我家老爷天启五年考中进士，当年分派到河南内黄县当知县。三年任满，又到四川夔州府做知府，后来升到四川剑南分巡道，直到崇祯十五年冬天才内调进京候选。崇祯十六年，也就是去年春天，奉诏任吏部右侍郎。——我家老爷为宦二十年，十九年做的都是外官，在京里做官才一年整。"

"张富！"

"小的在。"

"我下面问你的话，你要老实回答，不许有半句谎言！"

"是。侯爷有话尽管问，小的不敢说谎，一定如实回答。"

"你家老爷为官清廉吗？"

张富再次伏地叩头："侯爷明鉴！我家老爷一向居官清廉，真正两袖清风，一贫如洗。别的都不说，小的只说一件事儿，侯爷就知道了：崇祯十五年冬天，我家老爷在四川奉调进京，上路的盘缠，还是小的替老爷四处央求，好容易凑足了十二银子，一路上省吃俭用才走到京城的，至今这笔欠款还没有还给人家。进京之后，无力置办家业，这一年多来，我家老爷和夫人还有一子一女，一直在宣武门大街车子营胡同的闽中会馆里凑合着栖息……"

"喔、喔。二品大员，住在会馆里，连个宅邸也没有，很难得，可知是个清官。"刘宗敏一副自己判断不误的表情，"来人！"他把手一指："你们四个。"

“喳！”四个兵丁应声而出。

“张惟机以命代捐，是条硬汉子。传我的令，人死不论，不许难为他的眷属！马上到账房上去开出来二十两银子，先给他买口好棺材，厚礼安葬，剩下的银两，赏给他的眷属日后生活。”

“是！”

“还有。这个张富不嫌主人清贫，忠心耿耿地伺候主人二十年，是个义仆。从我的名下另外拨出十两银子赏他。”

一闻此语，张富又一次趴在地上，给刘宗敏磕了两个响头，嘴里不停地说：“谢谢侯爷！谢谢侯爷！小的替老爷、替夫人，替主人全家上上下下谢谢侯爷……”

一个兵丁上前把张富搀扶起来，与另外三个兵丁一起动手，把张惟机的尸体抬到一扇门板上。另有几个看热闹的百姓跟着当帮手，抬起门板，急急出田府而去。

处置了这起突发事件，刘宗敏环顾一周，看到人们脸上的表情，由忿恨复归惶恐。他心里暗道一声：好险！幸亏处理及时，否则明朝旧臣，见而效尤，人人都像张惟机这样以死抗捐，俺刘宗敏上哪儿弄银子去？

心中得意，于是接续前茬，全力对付吴襄：“怎么样？你都看到了吧。张惟机一条硬汉，不是照样受不了我夹棍的厉害？人都是一把骨头一堆肉，想跟木棍较劲，岂不是自找苦吃？说吧，老子再给你一次机会：捐多少？”

“一千！”

刘宗敏勃然大怒，叭——一鞭子甩在吴襄的脸上：“他娘的，不识抬举，给脸不要脸！看刑！”

得了命令的士兵，熟练地搅动夹棍。吴襄一开始还龇牙咧嘴地在硬撑，想竭力保持住武将的尊严，然而也不过片刻，终于忍受不住，“啊”的一声惨叫，浑身松懈倒地，昏死过去。

刘宗敏做了个手势，一名士兵松开夹棍，另一名士兵顺手朝吴襄脸上泼了一碗冷水。过了一会儿，吴襄悠悠转醒，只大口大口地喘气；满脸血污和汗水也顾不上擦了。

“滋味不好受吧。”刘宗敏依然玩弄着马鞭子，猫儿戏鼠般地继续捉弄吴襄，“老子有言在先，不杀你！可是想跟老子玩儿横的，先端量端量你他娘的这把老骨头老肉受得了受不了。——来啊，接着看刑！”

话音刚落，还没待行刑的士兵有所举动，吴襄伸出一只手，又开五指，好容易鼓出一点儿力气，声音嘶哑地说："五……五千。"

制服吴襄，意义不在银两多少，这种场面需要的是杀鸡儆猴，让那些企图抗捐的官员们看看，连明朝的武将都经不住刑具的夹打，莫非你们这些文官的身体倒是钢打铁铸的？吴襄能从一千加报到五千，刘宗敏知道，杀鸡儆猴的目的已经达成，接下来的追索会比较顺当了，于是显得很宽容地说："看在你是武将的分上，五千就五千。来啊！"刘宗敏对着官员眷属的人群里高喊，"有没有吴襄的家人？"

一个四十岁上下的中年汉子，闻声而动，跨过绳索，疾步趋到刘宗敏面前，躬身施礼："小的是吴府长随傅海山，给侯爷请安。"

"傅海山，你现在就回去拿银子，五千两，分文不许少。去吧，拿来银子就放人！"

"是！"傅海山应命之后，先伏到吴襄身边，从衣衬上撕下一块白布，把吴襄满脸的血污和汗水擦了擦，又附耳说了几句安慰话。吴襄摆摆手，傅海山立起身来，匆匆而去。

刘宗敏示意下一个。侍卫拿着花名册高喊："原大内乾清宫总管太监——王之心！"

审了半天，全都是明朝的官员，宦官今天这是第一个，而且还是乾清宫的总管太监！刘宗敏知道肥猪拱门了，于是"唰啦、唰啦"甩弄了两下马鞭子，要给这个王之心来个下马威。

王之心快步跑了过来，五体投地，上下牙齿不住地磕碰："奴婢王之心给侯爷磕头。奴婢愿意给新朝捐助二十万两银子。"

二十万两银子不少了，然而刘宗敏丝毫不为所动，看都不看王之心一眼，把脸一横，侧了过去。

这自然是非常不满意的表示。王之心再次叩头："奴婢倾家荡产也要捐助大顺军饷……奴婢再加捐十万。"说着抬头看看刘宗敏，刘宗敏依然横着脸，于是立刻改口，"不不不，奴婢再加捐二十万，合起来总共四十万。"

"不行！再给我往上加！"刘宗敏终于转过头来，威声喝令。

"这……这……"

叭——！一鞭子甩到了王之心的脖子上。

王之心顾不上疼痛，以额叩地，咚咚作响："侯爷息怒，侯爷息怒。奴婢家里银子只有四十万，还有十万金子和两箱珠宝，奴婢一块儿捐出来……"

"来人！"刘宗敏高声呼唤。

"喳！"贴身的另一个侍卫立刻上前。

"你带十个弟兄，套上骡车，跟着王之心去取赃款。就照他说的数目，四十万白银，十万黄金，外加两箱珠宝，认真验收！他要是敢耍滑头，给我就地剁了他！"

汗透重衣的王之心，又一次重重叩头："奴婢不敢，奴婢不敢。"说完站起身来，两腿战抖，一路歪斜地跟着士兵往外走。

走到官员家眷与看热闹百姓的两个人堆之间的时候，突然有人朝着王之心的脸上狠狠地吐了一大口浓痰，紧接着又有人纷纷投来碎木屑和乱树枝。百姓丛中有人愤愤怒骂，有人高声叫好。

这是因为本月十五日那天，皇帝倡捐，王之心哭穷，吝财匿捐，仅仅拿出了一万两银子，而此事从宫内传出，满城皆知。今天亲眼看到这个恶宦报捐的数目如此之巨，所以人人心中鄙夷，都感到大行皇帝怎么养了这样一个丢人现眼的家奴，实在可恶，因而才有了这场争着喊打过街老鼠的一阵骚动。有人甚至认为，刘宗敏勒索王之心，大快人心，是个非常解恨而且能纾解民间怨气的侠义之举。

刘宗敏倒没想到自己的行为能招来百姓的欢呼叫好，因而愈发得意，决心抖擞精神，大干一场，今天务必拷打出上千万两银子来。然而毕竟忙了半天，有点儿口干舌燥，于是吩咐侍兵上茶。

这是个很好的机会。王体中不敢怠慢，立刻闪身上前，打算趁此间歇，向刘宗敏复命。不料刚刚迈腿，被人从后面扯了一下，这个人就是胆子格外大的那个年轻的陈演家仆。

"你要干什么？"王体中一脸惊奇。

"军爷，请借一步说话。小的有机密大事要禀报军爷。"

机密大事？王体中愈发惊奇，一个下人，能知道什么机密大事？不过看年轻家仆一脸严肃的样子，"机密"或许谈不上，大约是有什么不可告人的私密要说。有此意会，王体中摆了摆头，意思是"跟我来"。

出了人堆，来到甬道南侧的一小块空地上，王体中站住脚，用手指头点点地面："在这里说话，出你的嘴，进我的耳，没有第三个人能听到。说吧，什么机密大事？"

年轻家仆很诡谲地前后左右又窥视了一番，确认没有人偷听之后，才放低了声音说："军爷，你老上当了，我家主人和老仆陈孝智合起来演双簧戏，他们说给军爷的话都是瞎扯。其实陈府根本就没有典卖家产，那十万两银子是个障眼法，为的是丢车保帅，瞒过军爷……"

"你到底想说什么？"看年轻家仆啰里啰唆，王体中有点儿不耐烦了。

"小的是想告诉军爷，我家主人藏的现银不止十万两，最少还有这个数。"年轻家仆一边说，一边伸出了四个指头。

"你是说，还有四十万？"

"最少还有四十万，这是小的知道的数目，千真万确。小的不知道的也许还有，不过不知道的，小的不敢乱说。"

王体中有点儿犹豫了。按理说，陈演如数完赃，而且分毫不爽，则公事上就不好再找麻烦。但四十万两现银，这样一笔巨款在心中翻腾搅和，闹得他狂喜不已！思虑片刻，心里有了主意，为慎重起见，他还要把脑子里的其他疑虑解除掉。

"你叫什么名字？跟着你家主人多长时间了？"

"小的没有名字，别人都管小的叫张四儿。小的从小失去父母，一向给京城里的大户人家打杂为生。去年春上，经人说合到陈府做下人，现在正好一年了。"

"嗯、嗯。既为人仆，就要忠人之事。你为什么出卖主人？"

这一问，张四儿不免略显扭捏，不过他很快地回答："为新朝捐助军饷是国家大事，张四儿为国家大事着想，不算出卖主人。"

说得振振有词，其实另有缘由。张四儿几个月前看上了陈演夫人身边的一个使唤婢女，而这个婢女也适逢待嫁之龄，春心萌动，欲炽如火，所以眉来眼去地没费什么事儿就和张四儿拥滚到了一起。尝到了甜头，哪里就能止得住？这一对青年男女，你欢我爱，贪恋不已，瞒着自家主人暗地里偷了好几次。有一天又相约溜到陈演的书房里幽会，刚刚照面儿，正在亲嘴捏胸摸屁股的兴头上，不料却被提前散值回来的陈演撞了个正着。陈演历来家风甚严，猝遇下人干这种苟且之事，怒不可遏，当即上去拽住头发，狠狠地批了张四儿好几个大耳刮子。那个婢女也被夫人将衣痛打一顿，自感不好做人，当晚就一根绳子上了吊。以此缘故，张四儿怀恨在心，暗中观察，知道了主人的藏金之所，原打算找个机会下手，弄他几十两银子潜匿他乡，而几次窥探，不得其手。今天正好公报私仇，由大顺军士兵出面，可致陈演倾家荡产，也算替他自己出了一口心头恶气。

王体中自然不会被他这番冠冕堂皇的言辞所迷惑，但也不想去追究其中的细故，首要之务，是立刻把这四十万银子弄到手，以防陈演转移藏匿。

"那么，你说说，这笔银子藏在哪里？"

张四儿神秘地把脑袋往前凑了凑："就在军爷今天待过的那间客室里。"

"啊？四十万银子不是小数，怎么会堂而皇之地放到客室里？"

"军爷有所不知。那间客室的西山墙不是有一个大屏木雕画吗？"

王体中想了想："不错，是有一幅很大的木雕屏风。"

"把那幅画挪开，后面有个暗门。打开暗门，是个密室。密室里乱七八糟放的全是古玩瓷器。不过这也都是些障眼法。密室的正中间有一张半新不旧的八仙桌，别看那个破桌子不起眼儿，这破桌子下面就是个地窖口，陈府的全部积蓄都藏在这个地窖里。"

知道了这些秘密，就不需要再问了。王体中沉下脸来，但也不无体恤之意地说："好！你出卖主人，说来不是什么光彩的事，一会儿取银子，你就不必跟着去了，省得别人知道了，你今后不好做人。所以要暂时委屈你一下，先跟他们一块儿在黑屋子里拘禁起来。等我取了银子回来，自然有赏。"

"是、是，全靠军爷关照。"

"不过，你要是说了谎话，害我空跑一趟，你也就别打算着再活了。——去吧，你先回人堆里去！"

王体中看着张四儿回到了陈演家仆的人堆里，迅速上去指挥五个兵丁，押着十六个陈演家仆，将两个大箱子抬进中院的一间厢房里，然后在这间厢房的隔壁，另开一间屋子，把十六个家仆撵了进去。附耳对五名兵丁做了切实交代之后，喊来另外十个兵丁，套上一辆四轮大驮车，匆匆忙忙，赶往石虎胡同。

陈演和夫人正在相与庆幸。今天内外默契，终于敷衍走了大顺兵丁，虽然损失不小，但总算保住了所余的大量家资。二人商量着，今晚怎么叫后厨准备几样精致的馔馐，好好地庆贺一下。不料乐极生悲，门上慌慌张张来报："不好了、不好了！一大群贼兵破门而入，拦也拦不住，硬往里头闯，就要到上房来了！"

夫人"噢"的一声号叫，但旋即闭气掩口。陈演也慌得六神无主，而一时弄不清怎么回事，只好硬着头皮迎上去再说。

刚出上房，劈面碰上王体中。陈演暗道侥幸，多亏是熟人，正要打躬作揖，没想到王体中对他理也不理，肃声喝令身边的兵丁："拿下！"

一个魁伟军汉，从后头攮住陈演的衣领，就像老鹰抓小鸡似的，陈演脚不点地，轻轻飘飘地跟从着众人，一块儿进了后院的客室。

十个兵丁，入室犹如自家人，毫不犹豫地先把西山墙的屏画搬开，一阵乱端，端开了暗门。这一来陈演知道要倒大霉了，浑身筛糠般地瑟瑟发抖，眼睁睁地看着王旗鼓指挥众人，极为顺当地抬走八仙桌，打开地窖口，从窖里起出了全部金银珠宝。

起出来的金银珠宝全都摊在院子里的空地上。在王体中指挥下，十个兵丁，分头检点。一阵子忙活下来，共检得白银四十万零五千两，黄金六万四千三百两，翠玉珠宝一时无法细检，收拢起来，满满当当装了两个大笸箩。

"带过来！"王体中一声断喝。

魁伟军汉闻命而动，一把将站在一边瑟瑟发抖的陈演提了起来，往前一推，顺势一送，陈演立脚不住，跟跟跄跄，一个嘴啃泥，恰好趴在王体中的脚下。

王体中手里攮个大刀片子，连连跺脚，破口大骂："好陈演你个王八蛋，老子白他妈特意关照你了！奶奶的，你不是说连夜凑齐了全部家产才换来十万银子吗？说！为什么撒谎糊弄老子？"

一向伶牙俐齿的陈演，此时却什么话也说不出来了，只是趴在地上，连连叩头。

王体中一脚把陈演踹翻："今天来的时候你也听见了，我们大顺侯爷有令，你要是敢耍滑头，就地砍了，不必禀报！说，是不是这话？"

"是、是……"

"既然如此，就怪不得老子铁面无情了！今天老子就替我们大顺侯爷执行军法！——给我跪好了！"

一闻此语，陈演浑身发软，四肢海绵一样瘫软在地下，哪里还能跪得起来？

就这时候，一个艳丽夫人奔了过来，小脚挪动，却又跑得不快，弱柳扶风般地到了王体中面前，顺势一搂，脑袋紧靠着王体中的胸脯，慢慢滑动，跪了下去，一张粉脸恰好贴在王体中的胯叉之间，而朱唇开合，嘴里喃喃有词，不过反反复复只是一句话："求求王将军，千万饶了我家老爷……"

就这一折冲，把王体中的锐气早已消去了一半，但仍然绷紧了脸，低头喝问："你是什么人？胆敢来闯法场！"

艳丽夫人搂定了王体中的两条大腿，粉脸上扬，口吐腻香："小女子是我家老爷的正室夫人。求求王将军，千万饶了我家老爷……"一边说，一边解开胸衣，就在王体中的眼皮子底下，露出胸前雪白的两堆乳峰，然后舒展双肢，绕到颈后，解开脖子上项链的锁扣，把项链从胸间摸索出来。链坠是一颗硕大无朋的金刚钻，光照之下，五彩迷离，少说也要值百十两银子，而此时却顾不了许多，毫不犹豫地塞到王体中的手里。

整个过程，尽入眼目。等到陈演夫人胡乱整理好了胸衣，王体中浑身绷紧的肌肉松弛下来，用手掂了掂项链的分量，由眼前的这个女人，想起了他多日来萦萦在心的另一个女人，心头一阵狂喜。说不出是受用还是垂怜的感觉，他微微弯腰，一把将陈演夫人扶了起来，不过嘴上仍然威严不减："陈演谎言欺诈，犯了我家侯爷的军令，本该处死！今天看在这堆金银珠宝的分上，老子临时做主，以钱换命，罢了，就饶他不死！"

奉了这道赦令，陈演夫人立刻扶起陈演，夫妇双双跪地，不断叩头："谢谢王将军开恩，谢谢王将军开恩……"

王体中喝令老仆陈孝智，指挥陈家男仆女佣，四处张罗，找来十只大木箱，吩咐士兵将四十万两白银和六万四千两黄金，连同两大筲箩翠玉珠宝一块儿装箱，扛到停在大门口的驮车上，箱上摞箱，绳捆索绑，结结实实装了整整一大车。剩下的五千两银子和三百两黄金，另外放进一只大箱子，顺手做了记号——这自然是要留着与今天来的弟兄们私下里分赃。待到一切分拨停当，王体中亲自跳上大车，长鞭一甩，叭叭作响，赶起两匹健硕的大黑骡子，在十名兵丁的簇拥下，车轮飞动，扬尘而去。

人都走了老半天了，陈演好容易才缓过神来。一想到几十年宦囊所蓄的几十万家产，顷刻间被人悉数裹卷一空，不由得悲从中来，坐在院中的石板地上，拥着夫人，两眼怔怔发愣，突然"哇"的一声，捶胸拍地，号啕大哭，无论夫人怎样温语劝慰都停不下来。看那样子，倒像比砍了他的脑袋还要伤心似的。

27

大顺永昌元年三月二十五日

大内库藏

为了弄清大内库藏，刘宗敏委托牛金星设法从原明朝官员那里事先摸摸底。户政府主管钱粮，所以前天傍晚，牛金星非常客气地把户政府尚书杨玉休约到内阁值房，虚心请教。

"大内的库藏，是个绝密。"杨玉休耐心解释，"除了皇帝和他的心腹太监，历朝历代，没有人能悉知其中的隐秘。"

"天子富有四海，国家即是私家，何须再另置内库以藏私财？"牛金星很为不解地问。

这就要从头说起了，杨玉休思索了一会儿，缓缓而言："所谓'内库'，是相对于'国库'而言独立于国库之外的皇家私库。皇家私库的设置，无代无之，大致汉朝的'少府'，唐朝的'大盈库'和'琼林库'，以及宋朝的'内藏库'等等，都属此类。从道理上说，普天之下，莫非王土，因而国库亦即应为私库，这个道理似乎天经地义。然而揆诸史实，却又不然。国库的管理，权限在于朝廷的分管衙门，岁入岁出，主要是由统筹民生的户部具体负责收掌和开销，此外，协调征伐战事的兵部和专管土建河工之类的工部，亦兼有一部分管理职权。"

"然则户、兵、工三部主掌国库，皇家的用度如何开销？"

"皇家的用度，自然要优先考虑，朝廷也会按照常年的用例并且比照前朝的规模，提前将这部分款子预留出来，以供皇帝随时调用。正像民间的大户人家一样，老太爷创下的家业，平时花费，反而要向账房先生伸手，循诸家规，无理可喻，但不论怎样，总是既别扭又不便的一层麻烦，而这样的麻烦，说起来是家规使然，不如此便不足以振家兴业。所以手创基业的老太爷通常不会去打破自定的家规，为的是使家业隆替、传之久远。"

牛金星频频点头："这个比喻浅显易懂，请足下继续说。"

"到了后世子孙手里就不一样了，家产得于承袭，未经创业之苦，总以为全部家赀，归一己所有，任意挥霍，理所当然，于是往往以家长之尊，想方设法，削夺账房先生的职权，于总账之外，另立名目，如此便可不受限制地满足自己的非常之需。这样做法，快意固然快意，但久而久之，不出几代，必然闹到家规荡然不存、家业倾溃衰败的结局。"

"嗯、嗯，治国如治家，国败家衰，其源同出一理。"

"是。同样的道理，历代英主，在开国之初，差不多都能力惩前朝之失，为后世子孙修明训而立峻法，以家天下的胸怀，摒私欲，立国库，视国产私财为一体，目的当然是要皇图永固，打下子孙后代万世不拔的基业。然而后世的守成之君，却大多不能体会祖宗的这份苦衷，随心所欲，更改祖制，不仅国库之外，巧立名目，另行增设私库，而且用天子的威严和特权，压制朝臣，罔顾公议，以私库侵夺国库，最终闹得私产膨胀而国库空虚。承平时节还能把彼注此，勉为应付，一旦遇到多事之秋，则内忧外患，交相扰攘，而皇帝又吝惜私财，拔一毛而利天下不为，结果适足以破家亡国、倾覆社稷。"

"这就说得很深刻了，可否举例以明之？"

"即以宋朝为例。太祖赵匡胤立国，时时以版图残缺为憾，太仓之外，特设'封桩库'，将灭后蜀、平南唐而得的金银宝器全部封存其中，并且赵匡胤自奉甚俭，年复一年，将宫中日常节省下来的余财也涓细不遗地全部纳入此库，目的是若干年之后，待积攒到足够的数量，用以赎回被后晋石敬瑭割让给契丹的燕云十六州。宋太祖这样做，实在有不得已的苦衷，盖以时称汴京的开封，千里平川，四战之地，地理形势上根本就不适于建都立国。五代衍替，除了后唐之外，后梁、后晋、后汉和后周，这四个朝代都在这里建都，而旋立旋灭，没有一个能长治久安的。周世宗英年崩殂，赵匡胤攘夺后周的孤儿寡母之国而有大宋，岂能不知个中道理？北宋一代，由于汴京四周没有山川固塞之险可资屏障，朝廷只好以国家总兵员的半数以上用来拱卫京师，而边关四陲，戍守乏人，即是造成北宋军事上'积弱'而屡屡受制于外夷的重要原因之一。是以赵匡胤有见于此，一方面诏令逝后陵寝选在密迩洛阳的巩县，即有一俟条件成熟，立刻迁都洛阳的打算；另一方面，特设封桩库以兼顾和、战。他私下向近臣袒露心迹说：'石敬瑭割让幽燕而讨好契丹，使一方百姓独陷境外，朕心殊所不忍。等到封桩库的积贮达到三五十万贯，朕便派人与契丹谈判，拿这笔钱换回我土地和百姓。如果遭到拒绝，就用这笔钱招募勇士，以武力夺回燕云十六州。'这个打算，可谓用心良苦。然而太祖既崩，太宗赵光义即位，很快就把乃兄的意图置于脑后，沾沾自喜于开封南北水利的运输之便，不仅从此不提迁都洛阳之事，而且把太祖亲设的封桩库改为'内藏库'，化国产而为私财，取用调度，朝臣不得干预，严谕管库的内官'不得将库管钱帛数目对外传说，犯者处斩'。"

"嗯嗯，赵光义此举，与宋太祖相去，不可以道里计了。"

"不过太宗毕竟也算一代英主，统筹权衡，防微杜渐，尚不至于以私害公。太宗之后，历经真、仁、英、神、哲五君，天下承平一百五十年，内藏库的积蓄已经超过国库的数十倍，而不肖子孙，没有一个秉承太祖遗志而拿这笔钱去换回燕云国土的。"

"是啰、是啰，"牛金星感慨万端，"定都开封，已经有违太祖遗愿了；而待国家财力充足，又不去赎回燕云国土。如此遗累子孙，难怪有了靖康之祸！"

"正是这话！"杨王休继续说，"到了浪荡公子哥儿出身的徽宗御宇，奢侈耗靡，荒淫无度，把祖宗历年积攒下来的家当，全部挥霍一空，实际上是拿太祖用以赎换国土的钱财，粉饰装点了夸耀四夷的'宣和盛世'。钱财挥霍，犹且不足，为了搜刮江南的奇石，还要加派民间的役力，谓之'花石纲'，闹得举国骚动，怨声载道，结果被金兵觑准了机会，铁蹄南下，巢倾邦覆。徽、钦二宗，落了个父子双双囚死异域的悲惨下场。"

牛金星是举人的底子，说到这段历史，自然心有默喻。沉思了一会儿，继续虚心求教："北宋靖康之祸，殷鉴不远，是则明朝立国，莫非就不接受这个教训？"

"明太祖朱元璋对宋朝的这段历史颇怀戒慎戒惧之心。一次览读《宋史》，读到赵光义改封桩库为内藏库一节，对身边的侍臣说：'人君以四海为家，就该以天下之财，供天下之用，岂有分别公私的道理？宋太宗史称贤君，怎么也如此糊涂！这样做，首开私财之端，到了他的后世子孙，国家困于兵革，朝廷财帛耗尽，而内藏积蓄，吝而不发。即使在朝臣的压力下，偶尔从内库拿出点小钱来佐助军资，还要哭穷喊冤，就像做了十分为难的事情似的。这都是宋太宗不能善始的缘故。'有鉴于此，明朝在立国之初，太祖高皇帝特设'内府十二库'。其中专供上方御食稻米的'供用库'和存放宫中各殿、堂、库、所门禁锁钥的'司钥库'纯为宫中所用，与外廷无关，另外十库则既涉民生，亦关国计，所以最为中外臣工所重。此十库的设立，照朱元璋的本意，是'积为天下用'，既然家、国一体，则内库即为国库，并无彼此或公私的差异。"

听到这里，牛金星颔首称是："如此看来，明太祖也算得上睿智之君。"

"唉——！"杨王休叹了口气，"可惜朱元璋是个见识卓异却应对乏策的皇帝，这方面他一生至少犯了四大错误。"

"喔？是哪四大错误？"

"一是有感于唐朝末年地方武装拥兵自立、朝廷指挥不灵的弱干强枝之局，而效法汉高祖刘邦，广封诸子，异地而藩。朱元璋二十五子，除了把长子朱标立为皇太子以备大位外，其余二十四子均遣出京师而分封到各地。在朱元璋想来，自己万年之后，有这么多亲藩拱卫天子，则朝廷和地方呼吸一气，朝廷令而藩镇行，还不把他朱家江山护卫得铁桶似的？不久皇太子朱标未及即位，因病而亡，于是再立朱标之子朱允炆为皇太孙。不料朱元璋一死，皇太孙刚刚即位，恰恰是期于拱卫天子的藩王兴兵造反，骨肉残杀，皇统变绪，大悖朱元璋的初衷！"

"不错，封藩建国不足取！秦始皇行郡县而废封建，所遵之理在此。"

"二是为使皇太孙顺利继统，而将开国的功臣宿将屠戮殆尽。待到建文帝即位，燕王造反，结果弄得朝中无人，没有一个像汉朝周亚夫那样能去为天子敉平大乱的将才了。"

"开国之君，往往屠戮功臣，殊不料其害大矣！"

"三是有鉴于汉、唐的宦祸，特立铁牌于宫门，上书：'内臣不得干预政事，预者斩！'这样做法，不能说他不英明，但率先而不能垂范，他自己就曾多次重用宦官出临监军。到了成祖，宦官干政已是常事，乃至于英宗时而有王振、宪宗时而有汪直、武宗时而有刘瑾、熹宗时而有魏忠贤，这些权阉奸竖，蛊惑人主，祸乱朝纲，使有明一代，宦祸绵绵不绝，终于成了断送朱家江山的一大原因。"

"不错，历来大一统王朝，最终亡国，都少不了宦官之祸。然则第四错呢？"

"第四错就错在设立'内府十库'这件事上。既然家、国一体，十库便不当冠以'内府'之名，而既称内府，则后世子孙将其攫为私有，便有了受之于祖的堂皇借口，原是要避免宋太宗不能善始之误，结果却恰恰步了宋太宗不能善始的后尘。"

"解得透、解得透！"牛金星扼腕叹息，"以明太祖之英睿，实在不该犯此四大错！"

"果然，到了英宗正统元年，诏令全国粮米绢丝及诸般杂税，不必悉数解往京师而就近分贮于各地仓场，同时从江南九省田赋的正额中，每年固定提出四百万石米麦，折成一百万两'金花银'解入内承运库，并且谕令，兹后永以为例。这个做法，利弊兼具，但统体来看，终究是弊大于利。开国之后，自太祖的洪武朝，至宣宗的宣德朝，这近六十年期间，每岁征收的天下税赋，全部要将实物解运进京。近畿的省份还好，江南和西南的省份，山遥水远，粮、棉等物的长途转运，不仅损耗巨大，而且还要花费一批巨款用于征用民夫。粮税的损耗和役力的征用，仅此两项，正税未及到京，先自折损二成。所以继宣宗之后，英宗甫一即位，就把实物赋税就地折算成白银解运，既省民力，又减少了无谓的损耗，应该是个惠民利物的好做法。"

"是啊，这样做，节物惠民，何以又说弊大于利呢？"

"是因为一百万两金花银解入内承运库，为后世皇帝吞没国资开了一个不杜之渐！"

"哦、哦，原来惠民其表，明英宗是怀了私念在内！"

"正是。"杨王休细细续谈，"到了正统七年，英宗又诏设'太仓银库'，划归户部该管，谕令'凡南直隶各府起运马草，愿纳价银者，每束纳银三分，解部送太仓银库收贮。'这就意味着，户部太仓银库开始仅仅是收纳南直隶各地马草税赋的折价银两，为数戋戋，不足以供朝廷之用，于是紧接着又颁谕旨：'各省派剩麦米，十库中棉丝、绢布及马草、盐课、关税，凡折银者，皆入太仓库'。下达这道谕旨，目的是把内十库中'三广库'的部分职权划给户、兵、工三部，表面上扩大了太仓银库的贮藏，实际上明确区分了公与私，即内库为皇家私产，太仓为正式的国库。从此部臣对内承运库毫无过问的权利，等于把每年解入内承运库的一百万民脂民膏，用法律的形式固定下来，成了皇帝的私财。"

"人君滥用匪权，竟至巧立名目如此！"

"这样的做法经历了近一百四十年，到了万历六年，贪得无厌的神宗显皇帝又下诏令，将每年纳入内承运库的金花银数目增加到一百二十万两，而

466

作为国库的太仓银库，每年的平均入项也才不过二百二十万两左右，就是说，仅金花银一项，皇家的私产，就超过了天下税收折银入库总数的二分之一，比国库岁入的一半还多！金花银之外，还有全国各地皇庄例年进纳的'子粒银'，遍布南北各重要城镇和车船渡口所设关卡征收的车船商贸等等的'关税'，以及天下各地的'矿税'，这些固定的收入，为数甚巨，也都归内承运库收掌。仅仅这样，倒还罢了，内库自内库，太仓自太仓，也还算是公私分明，而在实际上，历朝皇帝差不多都有以强权而侵夺太仓这类公私不分的恶劣做法。孝宗算得上是个好皇帝了，而他在位的弘治一朝，即曾九次下诏，调取太仓库银共计五百多万两纳入内承运库。中兴之主尚且如此，以'溺志财货'著称的神宗更是青胜于蓝，万历年间，神宗迭谕户部，陆陆续续从太仓库拿走的白银居然多达一千万两，相当于户部太仓银库四年收入的总和。"

牛金星感叹之余，大惑不解："照此说来，皇家之富，远逾国家。这么多钱，皇帝怎么花销呢？"

"除了每年固定拿出十几万用于京营武官的俸禄，其余的都归皇帝一人随意调用。皇帝和宫眷的日常起居开销之外，一项最大的支出，是每年'两节'对勋戚和臣下的赏赐，再有就是皇子分府出宫照例的'赉赏'、皇女婚事的'陪嫁'这类皇家庆典，以及偶尔象征性的'犒军'等等，这些花费通算下来也还有限，平均到每个年头上，无论如何不会超过百万之数。说来令人难以置信，内库的银子，至少有一半是被宫内的宦官装进了腰包。"

"啊？竟有这等事？"

"历来宦官采办御用物品，玩虚头、报花账，瞒天过海，中饱私囊，在宫中早已成了不密之秘。这是因为承平天子，生于深宫，养于寺妇，对民间物价根本就无从知晓的缘故。唯有一次例外，发生在穆宗朝。穆宗即位之前，封为'裕王'。在裕邸十三年，'身履富贵，而间阎微隐辄尝闻知'，就是说，裕王虽然身份贵重，却有样偏好，喜欢微服察访民间，对市井小民的生活并不陌生。及至嘉靖四十五年，世宗崩，裕王承继大统。御极不久，一次对近侍说想吃'果饼'。这话传了下去，很快地，尚膳监的太监报来了御膳房甜点坊开列的采买账单，制作这种果饼所需的松榛、果仁、糯粉、糖稀之类，合计开价竟要白银三千多两。穆宗一看就笑了：'此饼只需五钱碎银，就能在东长安大街勾栏胡同的店铺里买回来一大盒，哪里需要这么多银钱！'太监一听，缩颈而退。"

牛金星莞尔一笑："不料太监欺罔圣聪，也有露马脚的时候。"

　　"这是遇到了穆宗这样预知民隐的令主，而诸如此类动辄虚以数千倍的虚报冒领，有明一代，不知凡几，又有几个皇帝能像穆宗那样一眼识破其中奸弊的？更为糟糕的是，承办的太监作了弊，等到皇帝恩准下来，从库房里冒领了银子后，为防后人查账，立刻又会串通管账太监改动账面，使实物开销与账目所记大致相符，这一来，赃款到手而绝无后患。当然，如此作弊而能成功，管账太监是要从中分润的。就这样累朝经代，积重难返，外臣针插不进，内臣肆意侵吞，大内的库藏，根本就是一笔糊涂账！自明朝开国至今，内承运库究竟进出了多少资财，是个无人能说清楚的天字第一号机密。"

　　"承教、承教！"牛金星立身拱手，"足下的话，金星即刻原原本本转告汝侯。只怕汝侯心有未甘，仍然会派令张鼐盘查内库。"

　　张鼐前日奉命盘查内库，查了两天，一无所获，没想到今天有了惊人的收获。

　　张鼐查库，首先是从"天干五库"查起。甲字库，原归户部管理，专贮布匹、颜料之类；乙字库，专贮裤、袄、鞋、帽一类的军服，归兵部该管；丙字库和丁字库，贮棉花、丝纩和铜铁、兽皮以及专治妇人月水不通、产后淤血的名贵药材苏木等等，也归户部该管；戊字库，专贮军械甲杖、卤薄舆驾，本该兵部管理，不知为何，却划给了工部。而这五库，俱非金银而全是实物，细细查过，命人做了账目之后，接着盘查"三广库"。三广库中的广积库里还有些硫黄、硝石之类，另外两库，空空如也，广惠库的制钱和宝钞，广盈库的锦、罗、丝、绢等物，早已奉命纳入了户部太仓库，所以如今形同虚设。再往下查，就到了专贮黄金白银和珠宝器玩的内承运库。

　　命令司钥库的宦官打开铜锁，好大的库房！广五楹，深三楹，然而放眼望去，空空荡荡，成排成排的贮物架上，除了陈年积土，什么也没有！张鼐顿时目瞪口呆：人人都知道大内帑银如山，内承运库又是历朝的贮银之所，别的库房倒还罢了，日常杂物，非所欲求，闯王和汝侯心心念念都把成堆成垛的黄金白银着落在这个内承运库里，而今日一查，居然分毫皆无！这不显着自己太无能了吗？

　　"怎么回事？"张鼐厉声质问司钥库的宦官。

　　怎么回事，连这个宦官也不知道，只好老老实实地回答："回将爷，不瞒你老说，小的上年九月才被征选进宫。开始分在直殿监，料理内廷的杂务。总管太监看小的办事谨慎，也认得些字，正好十天前司钥库的管钥宦官告老，空下来的位置，就把小的派来充数了。小的自从接了这串钥匙，今天还是第一次使用，各个库房的贮存，小的一概不知。"

哪有这等巧事？专司库钥，偏偏是去年刚进宫的！张鼐根本不相信这套说辞，反而有被戏弄了的感觉。于是他做了个手势，立刻上来几名侍兵，二话不说，一脚踹翻，劈头盖脸一顿暴打。等到张鼐喝令住手，再看那个宦官，大口大口地只有出气儿的工夫，没有进气儿的机会，不消片刻，两腿一蹬，眼见得活不成了。

打死一个宦官，张鼐并不朝心里去，只吩咐几名侍兵将尸体拖走处理掉了事，而偌大一座内库，却搜不出来一两银子，这不免使他大为挠头。

"罗虎！"张鼐高喊，"去把宫里的宦官全部给我集中到这里，快去！"

宫里的全部宦官，可不是个小数。自成祖文皇帝定鼎北都，历朝所用的宦官差不多都在十万之数。其中南京的孝陵、中都凤阳的祖陵、湖广承天府的显陵和京北昌平府的十二陵，此四处陵寝的守陵太监、护陵宦官和佐杂使役宦官，再加上从永历朝开始常设不废的武当山守备宦官，合起来约占总数的一半；全国各镇卫所的监军太监有将近一万；南京的守备太监、杂役宦官和南京镇抚司宦官合计一万多，再就是京师东厂的太监和宦官，有一万六七千，把这些全部除开，剩下的一万二千左右，就是历年宫中常用宦官的总数。为了维持这个数量，每隔三五年，还要到京畿的河间府一带和福建省的各地去征选净身男子，以替补不断病死和退役的人员。到了万历后期和天启年间，宫闱多事，管理混乱，死亡和告老的宦官无以替补，旷日持久，拖延到崇祯初年，宫内的宦官数量锐减到四五千名。在内府各衙门首领太监的不断奏请下，崇祯帝御极十七年之间，三次下诏，从民间总共征选了一万净身男子充实大内，这样就使亡国前宫内宦官的总数达到了史无前例的一万五千左右。本月十八日晚，曹化淳献外城向大顺军投降，消息传入宫中，各府内侍，人人思逃。十九日天亮之前，一万多宦官从各个宫门脱逸而出，纷纷作鸟兽散。尽管如此，来不及逃走和主动想留下来的仍有差不多两千人。这么多宦官，又分散在九重宫阙的各个角落，要想一下子召集起来，岂是咄嗟之间就可办成之事？

好在罗虎很机灵。他跟随张鼐宿卫大内已经四五天，对宫内的情况比较熟悉了，知道宫内宦官，各有专职，与库房不相干的，就算召来也没什么用，因而他点了二十个士兵，往东直奔宁寿宫。

宁寿宫东墙外，紧靠大内垣壁的南北路上有两溜长长的排房，称为"南十三排""北十三排"，这里住的全是与内十库相关的执役宦官。罗虎一到，立刻把他们召集起来，粗略点了一下，还好，尽管逃走了不少，剩下的也还有八十多个。接着就近又在玄武门内东侧的排舍里喊出来几十个当天歇差的内侍，凑了一百二十多人，罗虎挥挥手，二十名士兵如驱豕赶羊般地把他们带到了内承运库前。

"把你们叫到这儿来，事情很简单。"张鼐要言不烦地宣布意图，"内库的银子藏在哪儿，你们当中肯定有人知道。知道的人，站出来，把事情说清楚，我立刻放你们走人。要是揣着明白装糊涂，我既不打你们，也不骂你们，只每过一刻钟杀你们当中的五个人，直到有人说出来为止。要是一直不说，哼哼！明年的今天，你们就要一块儿结伴儿在阴曹地府里头过周年了。——来啊！"

"喳！"

"看亮子！"大顺军中把大刀叫作"亮子"，原是土匪的一句黑话。

"是！"十几个侍兵齐刷刷地抽出了闪着寒光的厚背薄刃大砍刀，故意攥在手里，高高举起，耀武扬威地绕着一百二十多宦官转了一圈。

这番举动，足收震慑之效。宦官以生理的缺陷，造成了心理极其阴鸷，干起伤天害理的事来，从来不知有所顾忌，可就有一样：怕死。因为男人割了那话儿，辱没祖宗，死后是不准入族坟的，灵魂无所归附，只能四处游荡，去做荒郊野鬼，这样的后果对他们来说，是件极其可怕的事情。所以平时宦官之间起了纠纷，秽口互辱，最刻毒的语言不是祖宗八代、断子绝孙之类，而是诅咒对方去死。即使平日嬉闹之际有谁偶尔言语不检，不经意说出来个"死"字，在场的所有宦官也都要呸呸乱吐，以避晦气。如今张鼐以死相胁，自然勾起了他们可怕的联想，于是喊喊喳喳，哗然聚议，是在互相询问和催促，希望知情者能够站出来说话，以免无辜者受到牵连而徒遭无妄之灾。

乱哄哄的好大一会儿，仍然没有人站出来说话。看看时间差不多了，张鼐一个手势，身边的侍兵如饿虎跃入羊群，从人堆里捉出来五个宦官。五个宦官猝临大限，拼命地挣扎哀号，其声惨烈，揪人心肺。而张鼐的侍兵个个都是身经百战、杀人如麻的角色，哪里会为此而萌动恻隐之心？十几个侍兵用宰鸡屠鸭的手段，把五颗脑袋冲着人群往下一按，手起刀落，身首分离，尸腔子里的鲜血瞬间喷出。倒霉的是站在前排的几个宦官，躲闪不及，黏糊糊、腥唧唧地溅了个浑身开花。

　　这样的场面，没有几个经历过的，人群中立时一片嗷然惨叫，当场就吓昏了好几个。没被吓昏的，也大都瑟瑟发抖，上下牙齿止不住地捉对儿打架。只有几个胆子稍微大些的，纷纷乱嚷："都愣着干什么？还不赶快求求这位将爷！"说着便带头跪了下去。其中一个嗓门儿特大的，一边磕头，一边哀求："将爷饶命！将爷饶命！小的是去年底刚选进来的生手，宫里各处的殿阁房宇都还不熟悉，实在不知道哪里藏了银子。求将爷开恩，饶了小的一条贱命……"

　　"是啊、是啊，"没等那位说完，所有的人都趴在地上，纷纷磕头附和，"小的都是当差不久，真不知道宫里哪儿有银子。求将爷开恩，千万饶命！"

　　张鼐充耳不闻，只把脸一仰，看都不看他们一眼。约莫又过了一刻钟，张鼐再次做出手势，这一次，包括那个嗓门儿特大、自称去年刚选进来的生手在内，又有五个冤鬼，顿时身首异处。

　　片刻之间，连杀十人。眼看着自己的同伴横尸脚下，所有的人都吓破了胆，惊悸失色，大受刺激，心理承受的极限被彻底击穿，而且都领教了张鼐的手段，知道这位将爷心硬如铁，向他求情保命，根本就是与虎谋皮！局面如不立刻改变，再要僵持下去，不出半日，必定个个难逃一刀之祸！于是人群中又是一阵骚动，不大一会儿，连推带搡，一个又干又瘦的老宦官被毫不客气地推了出来："将爷，银子的事儿，你老只问他就有了。"

　　张鼐打量了一下，知道自己的做法不错，不杀别人，逼不出此人，此人不仅又干又瘦，而且满脸丝瓜纹，年纪总在六十左右，虽然经历了刚才的场面，但与同伴相比，显然要沉稳得多，不用问，肯定是个久居宫中且阅历丰富的老家伙，看来银子有着落了，不过对待这样的人，是要多加几分小心的。

　　"你当老公多少年了？"张鼐抖抖精神，开始发问。

　　"回将爷，小的十六岁净身，今年五十六——整整四十年了。"

　　"一直在宫里吗？"

　　"不是。小的净身后先分派到中都凤阳，又转到昌平皇陵，崇祯十二年才被调剂到皇宫。"

　　"这么说，你在宫里干了五年？"

　　"是。"

　　"他们呢？"张鼐用手指指别的宦官，意思是问他们干了多少年。

　　"回将爷，他们差不多都是去年刚刚才选进宫里来的。"

真有此事？张骕这才知道，刚才杀错人了，尤其那个司钥库宦官，死得有点儿冤枉。然而疚憾之感，一闪即逝，毕竟尽快找到银子是头等大事。

"那么，你在宫里派的什么差事？"张骕继续发问。

"进宫以后，先把小的指派到内承运库，做监丞。崇祯十五年，就是前年，又把小的改派到了惜薪司当掌印，专门负责收贮和支应宫中各处的柴炭。"

"你当过内承运库的监丞？"

"是。"

张骕知道，"宦官"是内侍的职种，而"监丞"则是官职。监丞相当于仅下"掌印太监"一等的"少监"，身份远比宦官高得多。

"好得很！"张骕一声冷笑，"就凭这一条，你刚才隐匿不说，我就该宰了你！现在给你个机会，说吧，银子藏在哪儿？找到银子，饶你一条狗命，要是再敢耍滑头，看我不拿亮子剁了你！"

"将爷息怒。不是小的刚才不说，是说出来怕你老不信。将爷，这个内承运库，根本就没有银子。"

"啊？"张骕大感意外，两眼冒火地瞪着这个老太监，"别以为你岁数大了，死了也就死了，哼，想得怪美！老子先抽了你的筋，再零刀碎肉剐了你，偏不叫你痛痛快快地死！"

老太监匍匐到张骕脚下："老天爷在上头，小的不敢说半句假话！将爷，这个内承运库，打小的崇祯十二年接手起，就是个空房子，从来就没进出过一两银子。"

"我来问你，"张骕指着眼前的那些宦官说，"刚才你说，他们都是去年才进宫的。可是这话？"

"是。"

"那么去年总共进了多少人？"

"这个小的知道，去年总共进了四千内侍。"

"宫里全部内侍是多少？"

"回将爷，宫里内侍总共有一万五千人，其中五千是天启朝所留之数。"

"这么说，另外的一万，都是崇祯朝进来的？"

"是。崇祯爷即位以后，十七年间，宫里征选内侍三次，第一次进了四千，第二次进了两千，第三次，就是去年，又进了四千，合起来正好一万。"

"宫里平添一万人，要多少开销？"

老太监想了想："回将爷，各人的月例银，因差事的不同而有多有少，总共开销多少，小的还真不知道。不过有两笔账，小的能估算出来：照历年的用度，新增一万人，每月耗费稻米要增加七万二千斗；每年宫靴的料钱要增加五万两银子。"

"稻米不去管他。你只说说，这一万人，是不是一进宫就要换上宫靴？"

"是。皇家的规矩，内侍进宫执役，必须统一着靴。"

"就是说，在去年最后一次征选内侍进宫之前，宫里至少已经支出了五万靴子银，是不是？"

"是。"

"好了！"张鼐终于捉住了话中的漏洞，"你说吧，这五万银子哪里来的？"

再也没有想到，老太监接口极快："回将爷，小的听懂了你老的意思。兜底儿跟你老说实话，宫里的开销，每年不止五万银子。只是不知道多少年前传下的规矩，凡是宫中开销，经手银钱的只有御前秉笔太监一人，别的谁都不得染指。小的虽然做过内库监丞，其实是个闲差，别说经手银子了，连个账本儿也没捞到看上一眼。将爷，今儿的事，难就难在秉笔太监王承恩已死。要说宫里没有银子，小的心里也明白，那是要遭天打雷劈的胡扯，可是王承恩不能开口说话，谁也不知道银子藏在哪儿。"

言之凿凿，道理说得无懈可击，而且都到了这个份上了，老太监绝没有敢说假话的胆量。张鼐好生奇怪，都说内库帑银如山，莫非是外间的无根之谈？然而无论如何，眼前的情况是，就算把这些宦官全部杀光，也未必能找出一两银子来。无奈之下，张鼐吩咐把老太监和宦官们全部驱回宿舍里看管起来，同时命令士兵把十具尸体拖出宫外处理掉，自己则匆匆奔向武英殿去见闯王。

听了张鼐的汇报，李自成也很纳罕，思索了一会儿，吩咐双喜："去，把曹化淳和王德化叫进来！"

这几天曹化淳和王德化白天都在武英殿外亲自站班执役，片刻不敢离开，所以一叫就到。

"都说大内私藏不菲，"李自成问，"为何盘查内库，一文没有？现在我只问你们，宫里到底有没有银子？"

"回皇爷，宫里银子肯定有的。"曹化淳抢先回答，"别的不说，光是天启七年抄查魏忠贤家产，籍没的金银珠宝就不计其数。当时诏令全部存入内库，怎么会没有银子？"

这一说提醒了李自成：崇祯帝即位于天启七年八月。当年的十二月，魏忠贤死后论罪，不仅磔尸枭首，把一颗脑袋弄到他老家河间府肃宁县高悬示众，而且家产"籍没"，亦即家产分文不遗，全部查抄没收。从他家没收的财产，满满当当载了一百多辆骡马大车，这在当时是昭告天下而为通国皆知的大快人心之事。具体多少，朝廷虽未公布，但一个可靠的说法是"可裕九边数岁之饷"，可知是个极其庞大的数目。通常籍没的资财要归入"赃罚库"，而赃罚库早在英宗朝就并入了户部的太仓库。现在听了曹化淳的说辞才知道，籍没魏忠贤所得，竟是被崇祯帝藏入了内库。这笔巨款，不会很快就消耗掉，从这个线索入手，应该是个不错的思路。

"这么大一笔款子，不可能随随便便找个地方掖着藏着。我就奇怪了，除了内库，莫非宫内另有贮银之所？"

这个问题，曹化淳和王德化都无从置喙。曹化淳是皇帝最信任的御马监太监，并以本职而提督东厂；王德化贵为司礼监的掌印太监，但皇帝却从未让这二人染指过皇家私产，而宫闱九重，神秘莫测，内承运库以外，很难说什么地方能不能另作贮银之所。然而李自成有此一问，却又不能不迅速做出回答，否则立刻就会惹上嫌疑，因此王德化搜索枯肠，苦思冥想，突然有了领悟："皇爷，宫内是不是另有贮银之所，奴婢实在不好说。不过奴婢知道，日常宫中调拨御用银两，都是秉笔太监经手办理，现在的秉笔太监王承恩已死，这条线索自然不管用了。刚才说到籍没魏忠贤家产，等于给奴婢提了个醒儿。奴婢想起来了，天启七年魏忠贤论罪以后的秉笔太监是张彝宪，籍没魏忠贤的赃银就是经他之手封存入库的。此人多年掌管大内库藏，崇祯四年以后还兼有总理户、工二部钱粮的差事，直到崇祯八年辞差。他现在是死是活，奴婢还不知道。只要他还活着，找到他，准定能问出这笔银子的下落。"

"秉笔太监不是归司礼监统属吗？"

"是。"

"那么你该知道，司礼监共设秉笔太监几人？"

"回皇爷，这个没有定数。大致万历朝以前人数较多，有五六人至七八人不等。天启年间，魏忠贤把持朝政，由他一人独秉枢笔。崇祯帝即位以后，性情多疑，事必躬亲，章奏文牍的批复很少假手他人，所以秉笔太监的人数不多。崇祯初年到崇祯十年期间，虽然频繁更换，但定员总在两三个人之间。

从崇祯十五年开始，就只有王承恩一个人了。"

"喔，这么说，那个张彝宪要是死了，就没有人能知道银子的下落了？"

"是，皇爷圣明。"

"张彝宪住在哪里，你知道吗？"

"奴婢只知道他家在后宰门大街，具体住址，尚不清楚。不过这个不难，待奴婢找人打听，问出结果，马上禀报皇爷。"

李自成略一思索，当即决定："此事宜速不宜迟，王德化！"

"奴婢在！"

"你现在就去找人打听。有了结果，不必向我禀报，直接就去张彝宪住处。——张鼐！"

"末将在！"

"你带人跟着王德化。到了张彝宪家，只要人还活着，叫他立刻进宫。"

一打听就有了结果，张彝宪不仅活着，而且还活得相当滋润。由于在御前秉笔多年，损公吞私，狠狠地捞了一把，所以辞差之后，在后宰门大街起了一座豪宅，规模足可与相府媲美，还把清河县老家的一个侄子过继为自己的儿子，为的是肥水不流外人田，将来不但有人接替他的香火，还能继承他的这份家业。家里男仆女婢，雇用了好几十个，每日里抽烟打牌、听曲玩鸟，过得优哉游哉，完全是高门大第富贵老太爷乐享清福的派头。

张鼐带着兵丁和王德化一到，把张彝宪吓得胸口扑扑乱跳，以为是大顺军要抄查他的家产，趁着吩咐仆人待客的忙乱间歇，悄悄把王德化拉到一边，带着哭腔哀求："老王，你可得替我说说话。我这个宅子，看起来挺阔气，其实是驴粪蛋儿，表面光，除了一副空架子，我都穷得快上街要饭了，哪儿去弄银子打发这帮军爷呀？"

王德化把脸一沉，故意压低了嗓门儿："不是要你的银子，是要万岁爷的银子！老前辈，你可别犯糊涂，有句话，是为你好，说不说在我，听不听在你：今儿要是找不到宫里的银子，你这个宅子充公不说，贵府上下几十口子，哪个也别打算着再活了。你呀，打今儿开始，就得到阎王殿里去抽烟玩鸟听小曲儿喽！"

原以为这一吓唬，张彝宪准是屁滚尿流，少不得私下里要塞个大大的红包，以求替他遮盖掩饰。没想到听完这话，张彝宪顿时浑身轻松，撇下王德化，径直走到张鼐面前，恭恭敬敬地唱了个肥喏，满脸堆笑地说："将爷，你老是要问宫里的银子啊，放心，都在小的肚子里，一个子儿也少不了。将爷要是怕耽误工夫，走，小的这就跟将爷进宫起银子去。"

张鼐自然欣喜异常，一路上特别假以辞色。进了玄武门，越过后六宫，张彝宪引领着几十个兵丁，径直往南来到内承运库。

张鼐大惑不解："咦，这里刚刚查过，明明是个空库啊！"

张彝宪嘻嘻一笑："将爷，你老别着急。小的先要问一句，是临时调一部分银子急用呢？还是要把库藏的银子全部起出来？"

"自然是全部起出来。"

"哦，那就要费点手脚了。将爷，请你老发话，要先劳这班军爷的驾，把库里的空搁架全都清理出来，小的包你老有银子就是。"

"你可给我想仔细了，"张鼐仍然半信半疑，"从这里头找出银子，我立刻放你回去；如其不然，你该知道什么后果！"

"当然、当然！小的只有一条性命，哪敢跟将爷赌脑袋玩儿？总共多大数目，小的还真说不上来。不过小的敢担保，不光天启七年抄查魏忠贤那一笔，大明朝从正德爷开始，历年的内库存银都在这里头。你老找到小的，算是找对人了，现在活着的，除了小的，还真没有第二个人知道这里头的弯弯绕儿。"

怎么听也不像是在说谎，张鼐狐疑满腹，但还是下了命令，让士兵清理库房。等到所有的空木搁架全都搬到了库外空地。张彝宪躬躬身子，对张鼐说声："请。"

一同进了库房，自然还是空空荡荡。张鼐冷眼旁观，要看张彝宪耍什么花招。

库房的地坪，是一色的抛磨镜面青石板，每块有二尺见方，错缝拼铺而成。张彝宪从入口处正中的那一块开始，每隔一行，踏进一步，踩到第九块上，转而向右，依然用同样的方法，每隔一列，踏进一步，如此又踩到第九块上，定住身，用脚轻轻踩了两下，然后俯下身去，以指叩石，脸上顿现喜色："将爷，就是它！"

张鼐一头雾水，士兵们也大感好奇，同时凑了上去，都怀着极大的兴趣地要看个究竟。不料伸头一看，大失所望，平平常常的一块青石板，与地下铺的所有石板完全一样，哪里有什么稀奇？

"来、来，这位军爷，"张彝宪冲着一个士兵说，"就用你老的佩刀，把这块石板撬起来看。"

这个士兵如言照办,拔出佩刀,把刀尖顺着石缝插了下去。石板与石板之间的拼缝极其严密,飞薄的刀尖只能插进不到半寸深浅,然而稍微用力,轻轻一撬,却能顺顺当当地把这块石板起了出来。

张彝宪用手胡乱一指:"各位军爷,再撬撬别的看。"

好几个士兵,换了一块石板,左插右插,缝不容纸,无论如何刀尖也插不进去一丝半毫。再换一块,亦复如此,连换数块,结果都是一样。这一来众人恍然大悟,原来是尺寸不一样!众石皆同,唯独能撬起来的这一块尺寸偏小,而所差极微,只在丝毫之间,不知其中奥秘的人,任你怎么看也不会把它认出来。

撬开了一块,其余的就很容易了。张彝宪指挥着士兵,连续搬开了几十块,库房内现出一片裸地。裸地由粘土夯实而成。张彝宪抬起头,仰着脑袋,比照着屋顶的梁檩,拇指平伸,眯缝着一只眼,左瞄右瞄,终于找准了位置,俯下身去,用手一提,原来这里有一只活络扣手!

"劳驾,把门杠拿来。"

门杠就在库房门边。一个士兵跑过去拿来,张彝宪把门杠横着穿过空心扣手,让两个士兵用力一提,一块厚厚的、六尺见方的木盖离开了地面。等到把木盖移开,众人聚拢过来,俯身探视,不约而同地发出一片惊诧之声:好大的一个洞口,黑黢黢的深不可测。谁都没有想到,所谓皇家内承运库,原来竟是个秘密地窖!

"别着急,别着急,现在下去不得!"张彝宪双手乱摇,阻止急于要下地窖的士兵,"得要一顿饭的工夫,等到下面的瘴气全都散出来再说。"

趁这个空当儿,张彝宪要求张鼐吩咐士兵找来了几盏马灯。大约过了两刻钟的样子,张彝宪燃亮一盏马灯,送进洞口,好大一会儿,灯火依然熠熠不灭,这意味着可以进人了。于是张彝宪在前,张鼐紧随,后面跟了五六个士兵,一人一灯,顺着石砌的台阶,缓缓下入窖底。

称之为"窖",并不确切,实际是一个与库房大小相等的地下室,高可丈余,极其宏敞,在灯光的照耀下,黄白闪烁,目迷五色。中间只有一道可通,两旁错落杂乱地很不整齐,不用说,全是黄金白银和珍稀珠宝,满满地堆放了整个室宇。

"将爷请看!"张彝宪指着一锭硕大的元宝说,"这就是镇库之宝!"

张鼐一看，不由得伸出了舌头：好大的银锭！足有膝盖高，半庹长，周边铸有宋体文，用马灯一照，是十个大字：大明永乐足纹五百两整。

乖乖！五百两的银锭，张鼐从出娘胎以来，听都没有听说过！

"将爷再看！"张彝宪顺手往前一指。

张鼐往前一看，同样大小的银锭，错落不齐地码放了一大溜儿。提着马灯，依次照去，分别铸着宣德、正统、景泰、成化、弘治、正德、嘉靖、万历等年号。镇库之宝的永乐大锭只有一个，其他年号的则有好几十锭，每锭都标明五百两整，其中又以正德和万历的居多。

接着游目四顾，这边的一大堆是金锞子，那边的一大堆是金刚钻，珊瑚珐琅，各色宝石，堆放得如囷如埒，而且杂乱得无从下脚了。

看到这里，张鼐既兴奋，又紧张。兴奋的是，跟随闯王南征北战十几年，抢大户、掠官府，几十上百万的银子都见过，而眼前金银如山，究竟有多少，以他的经验，竟然难以估计！紧张的是，这么多金银珠宝，如何起运？如何处置？这都是丝毫马虎不得的绝大难题。弄得不好，消息泄露，不知道会出现什么样的严重后果！而这一切，又不是他一个威武将军所能做主的，必得禀报闯王，由闯王亲自来处置了。

有此意会，张鼐立刻下令，窖底的人全部上去，重新盖好了洞口，将张彝宪打发走了之后，吩咐士兵在库外设岗戒严，没有闯王的命令，任何人不得入内。安排好这一切，只身直奔武英殿。

"闯王，宝库找到啦！"一进武英殿，张鼐仍然亢奋，失声高喊。

李自成正和刘宗敏、牛金星、宋献策三人在议事。听张鼐没头没脑地一喊，李自成还能意会，其余的人无不莫名其妙。

"怎么回事？"刘宗敏问。

"总爷，你不是责令末将盘查内库吗，刚才找到宫内藏银子的地方了。"

"喔，找到了？银子多吗？"

"海了！"张鼐两手比画着说："光是这么高、这么粗的大银坨子就有好几十个，不过这才是九牛一毛……嗨，真正大开眼界！末将今天才知道什么叫皇家富贵，什么叫金山银海！"

"浑小子，你把话说清楚，我是问你总数究竟有多少？"

"总数多少，实在估不出来，太多了！要想把它全部起出来，恐怕没有个十天八天都不行。就是因为太多了，所以末将不敢自己做主，金银珠宝都放在那儿原封没动，要请闯王和总爷亲自处置。"

张鼐年纪不大，才二十五六岁，却是大顺军中极有威望的高级将领，自小跟随闯王造反，从"孩儿兵"的头目做起，十几年来历练得沉毅果敢，处事极其周密妥帖，而今天竟然兴奋失态，与往日的稳健大异其趣，因此众人都意识到，这是真的遇到宝藏，要发大财了！

"大哥，"刘宗敏征询李自成的意见，"咱们过去看看？"

李自成挠了挠头皮："看是要去看的，不过先要商定个章程：这批款子，如何处置？"

"如何处置？老办法，运回长安！"刘宗敏很干脆地说。

牛金星捻捻胡须，表示异议："运回长安固属必然。只是，马上要行登基大典，种种仪制、服饰、道具之外，皇朝鼎革，与民更始，上上下下必得有一番丰厚的犒赏。还有新朝官员的俸禄、城内城外驻军的人食马料，都是不能省俭的一大笔开销。所以，总要留下一部分以供随时调用。"

"这些杂七杂八的花费，俺刘宗敏另有办法。宫里的银子，一个子儿不留，全部运回长安！闯王又不在这里坐江山，衣锦还乡，古来就是这个理儿。就用这笔款子，回长安再造一个更气派的金銮殿，新朝新政新皇宫，那才叫与民更始。"

"然则眼下用银，汝侯如何筹措？"牛金星追问。

"这个嘛……"刘宗敏欲言又止，诡谲地冲着牛金星一笑，"老牛啊，你别着急，不出几天，保你有大把大把的银子花就是了。"

这就无法再说下去了，牛金星只好缄口不言。

李自成倒是知道刘宗敏的打算，而且也认为这个打算是可行之策，所以就顺着刘宗敏的意思，当即做出决定："好、好，就照汝侯说的，宫里的这笔款子，起出来以后，一个子儿不留，全都运回长安！"说着站起身来，一边走，一边大发感慨，"唉，可恶！崇祯就会装穷，今天下诏撤乐，明天下诏减膳，摆出一副可怜兮兮的样子给人看，却又年年催征'三饷'，对老百姓狂征滥敛，害得天下民不聊生。没想到征敛的钱财，他都私藏了起来，临到亡国，也舍不得拿出来犒军保命。聚明，你说说，从古到今，是不是就属他是个最抠门儿的皇帝？"

"是、是，臣遍览二十一史，如此吝啬之君，确为罕见。"

"走，现在就去看看，这个亡国之君，到底藏匿了多少私财！"

28

大顺永昌元年三月二十六日

吴襄传信

在田府交出了五千两银子，傅海山带着几名吴府的家丁，前天傍晚趁天黑之前把吴襄抬回了崇文门内大街江米巷的府邸。

伤势很重，且疼痛难忍。两条腿被夹棍勒得血肉模糊，而且颜色青紫泛光，肿胀得像两根大肉柱子。背上的鞭伤则皮肉翻裂，森森见骨。脸上的鞭伤更严重，这一鞭贯鼻过眼，好在还没伤到眼珠，但整个脸面已经肿得像个大笆斗了，如不立刻处置，就会有溃烂化脓的危险。

行伍出身的人，对刀枪棒棍一类的外伤都有一套行之有效的医治方法，于是连夜在夫人祖氏的调度下，内外上下齐动手，换掉了满是血污的衣裤，清洗伤口，调制草药，敷上金创止血散，又熬了一大碗能止痛化瘀的天竺葵浓汤，夫人亲执梗勺，服侍着吴襄喝了下去。折腾至半夜，趁着药力的作用，吴襄昏昏然能睡得比较沉稳了。

昨天静养了一天，今晨醒来，两腿还是肿胀未消，好在疼痛已经大为减轻，不过仍然动弹不得，看样子还要静心卧养好些天才能下床走动。吴襄自出娘胎以来，哪里受过这般苦楚？从少年从军，至青年考中武举以来，一生戎马倥偬，风光无限，没想到如今望六之龄，竟然栽到了流贼手里！眼前的伤痛倒还在其次，令他最感窝囊的是，当年叱咤疆场的大明朝边关骁将，如今却成了草寇流贼手中的刀俎之肉，众目睽睽之下，被刘宗敏折磨得死去活来，真正颜面扫地！"唉——！"他怅怅地叹了口气，想到伤心处，不由得老泪纵横。

夫人立刻拧了个手巾把子，一边温语劝慰，一边细心替吴襄擦拭眼泪和面孔、整理好发髻，然后吩咐婢女把早餐开了过来，就在吴襄的床榻上横了一条炕几，摆好餐食，亲手搀扶着吴襄坐起，顺手在后背披了个软垫，使吴襄半坐半靠，总算勉勉强强地可以就食了。

这种时候，哪里还能吃得下去？夫人连哄带劝，好不容易就着"六必居"的酱乳瓜，给吴襄喂了一小碗粳米粥。撤去了餐具和炕几，夫人又亲自端来微温的香茶，服侍吴襄漱了口。待到一切料理完毕，遣走了婢女和下人，夫人关闭房门，重新坐到吴襄床边，摒人密谈。

"这样子耗下去可不是个事儿。老爷，总得想个什么法子，早早逃出京城。"

"唉——！"过了半晌，吴襄又重重地叹了口气，连连摇头，"想什么办法？满朝文武，都有可能溜出城去讨个活命，只有我吴襄，插翅难逃！"

"为什么？"夫人大惑不解。

"就为了人人都知道我的儿子是吴三桂。"

"哦！"这一说，夫人有点儿明白了。

夫人是原锦州总兵祖大寿的胞妹。祖家是关外望族，四世将门，为朝廷戍守辽东。天启二年，吴襄丧妻，祖大寿把妹妹嫁给了吴襄做续弦。吴襄三个儿子，长子三凤、次子三桂都是前妻张氏所出，最小的儿子叫三辅，今年十六岁，是祖氏夫人生的。前年——崇祯十五年，祖大寿带着当时在锦州的外甥吴三凤降清后，迫于皇太极的压力，曾派人到中后所给妹妹捎话儿，希望她劝说吴襄和吴三桂父子降清。祖氏夫人深明大义，当着来人的面儿，厉声斥责："你回去告诉祖大寿，就说我没有他这个哥哥，自从他背叛朝廷那天起，我就和他们祖家一刀两断了！我生是吴家的人，死是吴家的鬼。我和夫君还有我的儿子三桂，都是大明朝的忠诚子民，宁死不降鞑虏！"这番举动，赢得吴襄父子对她敬重有加，尤其是吴三桂，待之一如生母，晨昏定省，执礼甚恭，而夫人对吴三桂亦能视如己出，日久天长，早已淡漠了嫡庶关系，虽然生活在关外的兵火危疆，而一家上下却能相处得其乐融融。崇祯十六年九月，清朝的郑亲王济尔哈朗和英郡王阿济格率兵四万南犯，吴三桂特为把父母和弟弟妹妹们从中后所接到宁远城里保护起来。就是这一年的十一月，蓟辽总督王永吉奏请朝廷，调吴襄进京供职。崇祯帝与内阁大臣几经商议，决定批准王永吉的奏议。今年元旦刚过，吴襄奉命，带着夫人和小儿子吴三辅，连同两个女儿及全部家口三十四人，在宁远辞别了吴三桂，悉索敝赋，驮着全部家赀，摈挡入京，授为中军府都督。到了本月初四日，皇帝敕封吴三桂为"平西伯"，举朝通谕，满城皆知，吴襄当天散值回府，喜滋滋地把这个消息告诉了夫人，夫人也高兴得就像年轻了二十岁，亲自张罗，吩咐下人四处采买，预备三牲供品，让吴襄带着小儿子三辅，率领府上的全部男丁，当晚在上个月府里刚刚设好的"延陵堂"祭告祖宗：吴氏在辽东这一支的后裔，不辱家风，终于出了吴三桂这样一个伯爵——"延陵"是吴姓的郡望，"延陵堂"则是吴姓的家庙，天下各地的吴姓子孙，无论走到哪里生息繁衍，世世代代均以延陵堂为祭祖之所。

紧接着，本月初六日，皇帝手诏王永吉总督各路援兵、督率吴三桂入卫京师。夫人闻讯，日日焚香祷告，祈求菩萨保佑儿子速速带兵入关，护卫圣驾，杀退流贼。然而万没想到，流贼进兵如此迅捷，从初六日到十九日，仅仅十三天时间就从太原打到了京城，逼得皇上自裁殉国，满朝文武和京中官员四千人也全都成了流贼的阶下囚。不仅如此，从十九日国变的第二天午后开始，流贼还在吴府的大门外加设了游哨，连日来十几个贼兵持刀荷戟，轮替巡视，显然是为了防备吴襄潜逃。原以为流贼对所有的原明高官都是如此，然而夫人前天专门指派府中的下人暗中出外打探，打探的结果令她迷惑不解：京中的原明官员宅第被贼兵监控的并不多，吴府仅是少数几个被监控的宅第之一。何以众人皆宽，而对吴府独严？夫人思索了两天，不得其解。这个信息得之于大前天晚间，而大前天吴襄一大早进宫之后就再也没能回来，当晚被刘宗敏拘禁于田府。当时夫人心急如焚，立即派傅海山到田府送食送衣，顺便照料吴襄的起居。前天午后傅海山气急败坏地回来，详细禀诉了吴襄被刘宗敏夹打索银的经过，夫人听完，二话没说，立刻拿出五千两银子，这才把吴襄赎了回来。但前天夜晚和昨天一天，连续料理吴襄的创伤，还来不及夫妇密谈。所以刚才话头一提，夫人立刻就想到，怪不得对吴府如此严控，原来是闯贼担心夫君与儿子内外联络通气！儿子三桂手握关外四万劲旅，又有名臣王永吉的统带，足以构成对闯贼的致命威胁。

坏了，闯贼果然有此念头，一定会锁定吴府，夫君若想潜匿出城，难乎其难，真正"插翅难逃"！

"那可该怎么办呢？"夫人忧心忡忡地说，"总不能在这里白白等死吧。"

"等死？"吴襄摆摆手，似乎已经成竹在胸，"逃是逃不成了，可是想要我的老命，恐怕也不那么容易！"

"此话怎讲？"

"李自成绝无君临天下的气象！前天在皇极殿前，他当众折辱名士，刑罚我朝首辅和谏臣，这哪里是开国帝王的行为？分明还是草寇行径！"吴襄简略地把二十三日在宫中的见闻叙述了一遍，然后说，"夫人，大明朝没有亡，这一班子草寇坐不了天下！"

"哦、哦。"夫人想了想，反而愈加困惑，"闯贼这样子对待降臣，老爷的处境岂不是更为凶险？"

"差矣，差矣！夫人有所不知。昨天我就看出来了，刘宗敏不杀我，不是他心慈手软，也不是他对我特加眷顾。这个恶魔，杀人不眨眼，光是昨天午后的两个时辰里，连着二十几条人命就断送在他的手里。他勒索二品官员尚且非十万两银子不可，我官居一品，只答应给五千就放我出了鬼门关。夫人倒想想看，这是为什么？"

"是啊，这是为什么呢？"

"就是因为桂儿！"

"因为桂儿？"

"嗯。"吴襄进一步解释，"我名为一品都督，其实无兵无勇，光杆儿一条。在刘宗敏眼里，我就是一只蝼蚁，要杀要剐，不过一句话的事儿。可是他偏偏不敢杀我，这就看得出他是害怕一个人，这个人，除了桂儿，还能是谁？"

"老爷的意思是，闯贼害怕桂儿带兵杀进京城，为大行皇帝报仇？"

"不错！"

"这话就不通了！莫非他们不杀老爷，桂儿就不为大行皇帝报仇了？老爷，咱们吴家两代受大行皇帝的厚恩，桂儿虽然不是我的亲生子，可他的性情我是知道的。前年他舅舅和他哥哥降了鞑虏以后，都写书信来劝他背叛朝廷。老爷莫非忘了，桂儿回书怎么答复他们的？"

"这怎么能忘？当时桂儿的回书我都亲眼看了，简单地说，就是一句话：坚决不从！"

"还有，虏酋皇太极后来也亲自致书给桂儿，劝他投降，桂儿怎么处置这事儿的？"

"不予理睬！"

"这就是了。桂儿平日忠勇自矢，对大明朝和大行皇帝从来没有二心。如今闯贼弑君篡位。古人说，君父之仇不共戴天，桂儿岂能与闯贼善罢甘休？"

"嗯、嗯，这话快要说点子上了。"吴襄一脸严肃地说，"国破君亡，桂儿自然不肯与闯贼善罢甘休。可是他一旦率兵来攻打京城，我这条老命就算丢定了！"

"啊？这又是为什么？"

"桂儿手下号称四万边兵。其实我经营宁远镇二十年，心里最清楚，真正能征惯战的劲卒不过七八千人而已。现在京城内外闯贼大兵二十万，光论人马的数量，就比人家差了五六倍。这个仗，怎么打？宁远军虽然英勇剽悍，但恶虎不敌群狼，桂儿果真率兵来为大行皇帝复仇，只怕还没能靠近城厢，四万人马就会在郊外被贼兵围杀精光。到那时候，闯贼留着我还有什么用？"

"啊、啊。"夫人终于真的弄懂了，"这么说，只要桂儿提兵在外，闯贼就不敢把老爷怎么样，是不是？"

"正是这话！宁远军是闯贼的心腹大患。只要桂儿按兵不动，闯贼不知虚实，必然心存忌惮，也就不敢要了我的老命。否则激怒了桂儿，闯贼不是等于自找麻烦吗？所以，儿在父在，儿来父亡。换句话说，儿宣兵于外则父安存于内。"

这一说，夫人略感欣慰，但仔细再想，又不免大为踌躇："莫非君父之仇就不报了？"

"不然、不然！"吴襄频频摇头，这涉及用兵方略，而这个话题，吴襄久历戎伍，自然是当行本色，"以四万宁远边兵来打二十万京城贼众，那叫以卵击石。可是南边尚有数十万大军陈兵江淮。夫人不是知道么，本月初四日，大行皇帝同时敕封了四个伯爵。"

"知道啊。那一天，老爷回来说，除了桂儿封了'平西伯'，还有唐通封'定西伯'，左良玉封'宁南伯'，黄得功封'靖南伯'。"

"嗯、嗯。唐定西已经在居庸关降贼，就不去说他了。左宁南在湖广荆襄一带，拥兵三十万；黄靖南在凤阳和庐州一带，拥兵十二万。除了这两处的四十多万，驻兵在江北扬州的高杰也有军马十几万。用兵历来以多制少，始能胜算，如果这几处兵马与桂儿的宁远军联手，总兵力可达六十万。以六十万天朝大军，对二十万草莽贼寇，胜负之数，还用老夫细说吗？"

"那就是以三对一，闯贼败定了！"夫人兴奋地说。

"正是。明明白白的大局如此。"

"可是，南边的兵马远隔几千里，他们什么时候才能赶到京城来呢？"

"快了。初六日那天，大行皇帝连下两道手诏，一道你已经知道了，是给蓟辽总督王永吉的；另一道就是给南京大司马史可法的，谕令史可法速速调集江南兵马入京勤王。屈指算来，从初六日到今天二十五日，整整过去十九天了，想必史可法眼下已经统兵在进京的路上。只要王永吉能沉得住气，督率桂儿暂时按兵不动，镇守关门，再过几天，等到史可法大军一到，二杰合兵，南北夹击，哼哼！李自成和刘宗敏除了阵前授首，还能有什么好下场？到那时，用贼酋的脑袋，祭告太庙，不就是给大行皇帝报仇了吗？"

这番话说得夫人喜动眉梢，不过略略思索，仍有隐忧：前几天日日盼望儿子能尽快带兵杀进京城，解救全家。现在看来，果真儿子来了，适得其反，不仅父子二人都有可能性命不保，说不定全家三十几口也要全部搭了进去。"糟糕、糟糕！"她连连拍胸，异常懊悔地说，"王永吉此刻必定带着桂儿走在来京的路上，只怕已经接近通州地面了。老爷，这可如何是好？"

"所以呢，眼下之局，是要立刻派人潜出京城，半路上截住王永吉，告诉他京城的情况和目前的大局，请他督兵回驻永平或者返师山海关，静待南边史可法的动向，万万不可孤军冒进。"

"可是，"夫人愈发踌躇，"大门口天天都有贼兵巡视监察，这种时候，谁能混得出城去呢？"

"这就要问你了。"吴襄盯着夫人说，"平日里外出采买啦，办个什么事儿啦，你都是派谁去的？"

"女眷不好抛头露面。日常采买，照例是后厨的役伕去置办。采买以外的事儿，都是派傅海山出去应酬的，偶尔也叫辅儿去过。"

"辅儿不行，太小，还办不了这样的大事。役伕和下人更不行，成事不足，败事有余。你去把傅海山叫进来，待我问问他再说。——傅海山一进来，你就在侧廊上守着，任何人不许靠近，以防消息走漏。"

傅海山前天在田府对刘宗敏自称"吴府的长随"，其实不是。他是吴襄从辽东带来的亲信弁员，在宁远军中，身份是专往各卫、所传达中军命令的"旗鼓官"，军中机密，多所与闻，先后伺候过吴襄和吴三桂父子两代总兵官。由于办事机敏，忠诚可靠，深受吴襄的器重，所以此次进京安家，把他也带了过来，视为家人，吴府的大事要事，差不多都交给他去办理，实际上是吴襄的幕僚和吴府大总管的双重角色。今天一早料理完府里各处的事务，此刻就候在院内，所以一叫就到。

进门先请了安，再问候吴襄的伤情："老总兵贵体旺健，伤势必是大有起色了。"

"还好。几十年战阵搏杀，矢石见血，刀刃见骨，什么样的创伤没受过？刘宗敏这点小手段，放心，撂不倒我。来、来，你挪把椅子坐过来，不必拘谨，我有话要对你说。"

虽然是亲信弁员，但进京以来，傅海山依旧像当年辽东军中一样，在吴襄面前总是规规矩矩地站着说话。这时看吴襄一脸严肃的样子，则恭敬不如从命，只好顺手搬了把椅子，往前挪了挪，坐到吴襄的床前，静候吩咐。

"有件事，我盘算了好几天了，整个府里，除了你，没有人能把它办成。"

刚说到这里，傅海山立刻站起身来，仍然是军前授命的姿态，朗声回道："老总兵有事尽管差遣，卑职一定遵命办理！"

"坐下来、坐下来。"吴襄脸色虽然严肃，说话却不紧不慢，是那种有事要从长计议的态度。傅海山意有所会，顺从地重新坐了下来。

"有个问题，我一直琢磨不透，想要你也来帮我估量估量。"

"是，老总兵有什么疑惑，尽管吩咐下来，卑职一定替老总兵设想，排忧解难，义不容辞。只怕卑职愚钝，解不开老总兵的问题。"

"大行皇帝本月初六日亲笔下诏王永吉督兵入卫，已经二十天了，宁远军毫无讯息。如今京师残破，圣上宾天。自古以来，君命召，不俟驾而行。你说说看，王永吉奉诏勤王，为何迟迟其行，至今不见动静？"

问的居然是军国大事！傅海山不敢马虎，顿了顿精神，极其慎重地回话："依卑职的愚见，王制军大明荩臣，又受先帝的特简之恩，君王有难，想来他必不至于玩忽职守，更不可能拒不奉诏。宁远军勤王而至今不见动静，应当另有原因。"

"说说看，是什么原因？"

"有句犯忌讳的话，卑职不敢乱说。"

"没关系。"吴襄很和蔼地说，"我把你当成自家人，有什么你就说什么。在我这里说话，不要怕犯忌讳。"

"是！卑职斗胆，要说大行皇帝的不是了。"

"尽说不妨。"

"卑职听老总兵说过，大行皇帝给王制军的手诏含有两层意思：一是撤守宁远，二是入卫京师。"

"不错。这话是我从本兵张缙彦那里听来的，当天回府，我曾对夫人和你说起过。"

"千不该，万不该，大行皇帝不该把这两层意思混为一谈，去交给王制军执行。"

"唔？入卫京师，首先必须撤守宁远，这不是一回事吗？"

"表面看来是一回事，其实不然。卑职以为，入卫京师很简单，就是单纯的举兵靖难，正如古训说的，必须不俟驾而行。如果大行皇帝仅以这层意思下诏，王制军必然遣派快骑，持牌出关，严令宁远军星夜疾驰，克日进京，就像崇祯二年袁督师入卫一样。那一次，虏酋皇太极毁中协喜峰口入塞，威胁京畿，督师袁崇焕亲率宁远军，兵不解甲，马不卸鞍，日行二百二十余里，仅仅用了不到四天时间就赶到了京城的广渠门下。当时卑职就在小总兵帐下，跟随袁督师一道入卫，所以至今对此事记忆犹新。"

"嗯、嗯。"吴襄并不表示态度，要听傅海山继续说下去。

"此次大行皇帝初六日下诏，御前宦官持诏宣谕，可在初九日到达永平。王制军奉诏之后遣快骑出关，一日夜即可赶到宁远。照这样子来算，从大行皇帝下诏，到宁远军入卫，期间只需要费时八天。就是说，按照正常的行事日程，王制军督率宁远军到达京城的时间应该是在十四日那天。"

"唔？"吴襄屈指又细算了一遍，心中暗暗称许，不愧是随军多年的亲信弁员，对军事日程计算得如此精准。王永吉驻节永平，永平距关外宁远四百五十里。快骑飞驰，有王永吉的总督令牌，可在关门换马不换人，如此四百五十里的路途，用不了一个日夜即可抵达。加上初六日御前太监赍诏至永平费去的三天时间，则大行皇帝的诏命只要四天，也就是初十日那天即可传到宁远。有崇祯二年袁崇焕督兵勤王的先例在，宁远军奉命之后日夜兼程，四昼夜就能开到京城。这样一算，连去带来，总共八天，宁远军可不就该在十四日那天进京吗？果如所期，则宁远军抢先三日进京，闯贼何能十七日围城，十九日就把京城破了？

"不错，日期算对了。"吴襄问，"可是宁远军为何不按日程进京护驾？"

"这是说的单纯入卫京师的日程。要是把撤守宁远这层意思加进去，整个日程就不是这样算法了。"

"是吗？你把道理说说看。"

"道理很简单，撤守宁远就必须妥为安置宁远城的五十万辽民……"

"啊、啊！"吴襄恍然大悟。其实只要撤守宁远，就必须将宁远的五十万边民安置到关内，这层意思他早就思虑到了，上个月十二日午后奉诏在中左门独对，他还特意向皇帝强调了这个意见。但当时皇帝和他过多考虑的是饷银和费用的问题，而忽略了移民尚需要耗费大量的时间。照此来看，傅海山说得一点儿不错，大行皇帝把入卫京师和撤守宁远混为一谈而交付王永吉同时执行，实在是自误且亦误国，真正走了一步死棋！而这几天他听到明朝旧臣之间颇有议论，说王永吉奉诏迟疑，不即刻出关督师勤王。还有一些不懂朝廷办事章程的民间百姓也啧有烦言，他们不知道皇帝不可能越过封疆大吏王永吉而直接给边镇总兵吴三桂下达手诏的规制，因而误传纷纷，都说大行皇帝直接给吴三桂下了一道手诏，而吴三桂拥兵自重，君难不救，致使闯贼兵不血刃地就破了京城等等。此类浮言，弥漫流传，说得煞有介事，以他对总督王永吉和儿子吴三桂的了解，知道这些都是事所必无的不经之谈。但何以大行皇帝初六日下诏，而宁远军至今毫无动静，对此他也狐疑满腹，现在听傅海山这一分析，心中豁然开朗：事情坏就坏在大行皇帝初六日下给王永吉的手诏：既然入卫京师，就不该顾及撤守宁远！入卫京师的任务只需八天就可完成，而撤守宁远则涉及五十万辽民的入关迁徙，没有十天半个月的工夫，哪里就能顺顺当当地了结？

"唉！大行皇帝一念之差，坏了大事！看来王永吉还真是为撤守宁远而延误了时日。"

"是。卑职刚才说，宁远军至今不见动静另有原因，就是指此而言。"

"那么你再说说看，"吴襄继续发问，"宁远边民至今安置妥当了吗？王永吉现在应该在什么地方？"

傅海山想了想，似乎很没有把握地回答："正如刚才老总兵说的，从本月初六日下诏，至今二十天了。从时间上看，安置辽民一节，应该已经完结。如果这个估计不错，卑职以为，王制军现在正督率宁远军行走在来京的途中。可能已经过了丰润，也说不定已经到了玉田，但无论如何，尚未到达通州地面则是可以肯定的。"

"何以见得？"

"通州地属畿辅，密迩京城。如果王制军已经率宁远军到了通州，必然惊动城里的贼兵，而这几天城里的贼兵并无异常举动……"

"啊、啊，是啰。"不待傅海山说完，吴襄已经明白了，他自己的遭遇就可证明此说不误：如果宁远军到达了通州，刘宗敏这几天岂能安于在田府追索银钱，使自己陡然遭受了一场皮肉之苦？由此即可断定，王永吉眼下必然是在山海关和玉田县之间的某一个地方。

弄清了这一点，吴襄心中很感宽慰，只要王永吉亲提关门一旅，在山海关和玉田之间勒兵观望，对闯贼就是个巨大的威胁，不仅复国有望，而且自己也可暂无险虞。但弄清了这一点，吴襄也就愈发感到，必须立刻派人到中途去拦截王永吉，向他禀告京中的变故，让他暂时按兵不动，静观变化，甚至不妨敦请王永吉主动与南边的史可法取得联系，南北合兵，突袭京城，打闯贼个出其不意，如此方可彻底扳回败局。否则像目前的样子，内外阻隔，信息不通，一旦王永吉不明京中情况而误判大局，贸贸然孤军深入，那就无异于羊落虎口，一切都无从谈起了。

"傅海山。"

"卑职在！"

"你说得一点儿不错，从各种迹象来看，王永吉现在还没有到达通州地面。现在的问题是，假如王永吉不知道京中的变故，继续带兵西来，你说，那将会是个什么结局？"

"结局不妙！"傅海山很肯定地回答，"闯贼势大，仅城外驻兵就有二十余万。如果王制军不明就里而贸然进兵，宁远的四万人马有可能全军覆没。"

"所以呢，我想派你化妆潜出城外，往山海关方向去拦截王永吉，让他知道京中的变故。王永吉是当今人杰，历来行事谨密，只要他知道了京中的具体情况，必能统筹全局，通盘考虑下一步的用兵计划，联络江南的史可法，共商复国大计。——你仔细掂量掂量看，能不能担当这件大事？"

思虑了好大一会儿，傅海山才徐徐回话："只有卑职走一趟了。请老总兵把这件差事交给卑职来办理吧。"

"你能亲自走一趟，我自然最放心不过。可是，府门有游哨，城门有禁兵，到处都是闯贼的士卒在巡视盘查，你如何能潜出重重关口？"

"刚才卑职已经考虑过了。出城不难，二十二日那天，东边的朝阳和西边的阜成两门解禁，从昨天开始，南边的永定门和北边的安定门也解禁了，允许民人自由出入。贼兵盘查得也不严格，卑职扮作出城寻亲的百姓，想来不至于受到什么刁难。"

"府门这一关呢？"

"也不难。正门自然不能出了，但跨院东厢北头另有一个侧门，并未引起贼兵游哨的注意。从这个侧门出去，往北一拐，就是朝内大街。卑职打算出了朝阳门，直奔通州，在通州附近买一匹好马，只要越过了贼兵的地盘，快马加鞭，往山海关方向寻找宁远军的弟兄，让他们带着卑职去面见制军王大人。"

"好、好。"吴襄非常满意，原以为府门难出，却不料还有一道侧门，这就一切都好办了。傅海山的机警他是知道的，只要出了府门，他相信傅海山一定能随机应变，混出城门，把京中的情况和他的打算如实转禀给王永吉。

"事不宜迟，"吴襄说，"你立刻就去准备。银子不要多带，怕让贼兵搜了去，反而连累你出不了城。我这就吩咐夫人，多给你预备些值钱的细软，明天一早就上路。一路上不要吝惜钱财，遇到麻烦，你就散财解难，总要早一天见到王永吉才好。"

"是。"傅海山答应一声，并无下文，似乎很犹豫的样子。

"咦？"毕竟多年的随从，吴襄知道傅海山还有话说，"有什么话不好直接说来我听？"

"卑职在想，此去见了小总兵，要不要把老总兵受辱负伤的实情合盘禀告？"

"不要不要！"吴襄连连摇手，"父子连筋，桂儿的性情我最知道，忠君孝父，敢称无人可及。你要是告诉了他我受此创痛之苦，他那脾气能受得了吗？万一他暴怒之下，失去理智，不听王永吉的约束，贸然率兵来报私仇，岂不是坏了复国大计？不要提，不要提！问到我时，你就说我健硕如故！"

"是！卑职明白了。"

刚刚说到这里，吴襄正要继续再作交代，房门"吱呀"一声，是守候在门外侧廊上的夫人进来了："老爷，有个事儿，透着蹊跷，我拿不定主意，要请老爷亲自处置。"

"什么事儿，你说清楚点。"

"门上老苍头来报，说有个人，自称带来了东边的消息，要谒见老爷，当面禀告。"

东边的消息？吴襄思索了一会儿，不得要领，只好问夫人："门上呢？"

"我让他在院内等候吩咐。"

"把他叫进来。"

等到老苍头进来，躬身请了安，吴襄好奇地问："怎么说？什么东边的消息？"

"回老爷，什么东边的消息，那个人没说，小的也没问。"

"究竟怎么回事，你仔细说来我听。"

"是。今天一早，小的和往常一样，打开府门，洒水扫除。有个人，在门前走来走去，过了总有三四趟，每次都朝着府里张望几眼。最后一次，他凑到小的跟前，问小的，这里可是吴老总兵的府上？小的看他很神秘的样子，怕给老爷惹上麻烦，没说是，也没说不是，只问他，有什么事吗？他压低了声音对小的说，拜烦通报贵上，就说有东边的消息，不便门上传话，一定要亲谒老总兵，当面禀告。小的一听这话，心里很犹豫，不知是该许了他好，还是该回了他好，正要再问问清楚，可是他朝小的努了努嘴，再也不理小的，就像没什么事儿似的，头也不回，往西边走了。小的正在奇怪，扭头一看，原来是远远的有一队新朝的巡哨兵丁，正从东边往这边走过来。小的这才明白，那人努努嘴，是提醒小的注意，要提防着新朝兵丁。接着小的也装作没什么事儿一样，继续打扫门庭。等到巡哨的兵丁走远了，小的往西边瞅瞅，没人，再往东边瞅瞅，那人却又站在东边的路口，朝着小的摇了摇手，又用指头点了点地面。小的琢磨着，他摇摇手，是不想让小的走过去和他说话，点点地面，是表示他要在东边路口等下去。想到这里，小的拿不准他是什么来路，所以就向夫人禀报这件事儿来了。"

老苍头一口气说到这里，听起来啰里啰唆，但意思表达得倒是很清楚。吴襄攒眉苦思，不得其解，不过有一点却是可以肯定的：此人刻意躲避贼兵的巡哨，至少是个心存大明之人，则来意不恶，毋庸置疑。顺着这个思路想下去，说东边的消息，应该指的是山海关那边的消息。果真如此，这个人就一定与儿子吴三桂有关了。当前的局面，人同此心，都需要知道彼此的讯息，莫非是儿子派人潜入京城专为联络来了？

"那人什么口音？"吴襄问。

"回老爷，是一口的京腔。"

京腔？这又不对了！宁远军的组成，吴襄最清楚不过：为数最多的是辽东土著，说话"三""山"不分，操着舌头不会打卷儿的辽东腔；其次是山东半岛人，说起话来"絮""树"不分，是特点鲜明的胶东口音；还有少部分蒙古人，说一口极其生硬、而勉勉强强才能听得懂的官话。除此而外，绝无一个京师人，则此人的来路又大为可疑了。

然而无论怎样，这件事不能轻易放过，说不定此人肚子里真的装了什么自己迫切希望知道的消息。于是吴襄下了决断："傅海山！"

"卑职在！"

"你跟着门上出去看看，首先要弄清楚这个人的身份。身份可靠，有什么话就让他直接和你说。如果非要见我，你想办法避开贼兵，从侧门带他进来。记住，身份一定要可靠！如有半点儿含糊，好言好语打发他走人，不可向他透露任何实情。"

"是！请老总兵放心，卑职一定谨慎从事。"

跟着老苍头来到府门口，傅海山举目张望，巷子的路上稀稀拉拉，行人不多，也没有大顺的哨兵过往。

"人呢？"傅海山问。

老苍头东看看，西看看，脸上也很迷惘的样子。江米巷是京城最长的一条胡同，从东口，到西口，总长六里多。西边有原明朝的礼部衙门和鸿胪寺衙门，还有专门接待外邦使臣的"四夷馆"，如今自然都成了大顺朝的办事机构，不过这三处官署都在胡同西侧靠近承天门外棋盘街的那一段，吴襄的府邸则在胡同东侧靠近崇文门内大街的这一段，原是国初恭顺侯吴允诚的宅子，距离西边那三个衙门还有三里多地的样子，所以西边那一段远远地看上去各色人等，熙来攘往，而东边这一段却冷冷清清，只偶尔有人匆匆过往，并没有刚才那个人的身影。

正在失望的时候，老苍头突然眼睛一亮，捅捅傅海山，兴奋地低声说："看，就是他，穿半搭青衿的那一个！"

傅海山顺着老苍头示意的方向一看，胡同东口果然有个身穿半搭青衿的中年人，显然注意到了这边的动态，微微招了招手，立定不动。傅海山立刻撇下老苍头，疾步上前，等到二人渐近，只剩下十几步距离的样子，那人却又转身就走。傅海山心中已有默契，只与那人保持着距离，跟着他不紧不慢地往前走。

出了东江米巷的东口就是崇文门内大街。往南再走百十步，大街的路东有家百年药铺，黑底金箔的招牌，三个棱角分明的欧楷大字"施乐堂"。半搭青衿人就在施乐堂门前停了下来，肃身等候。傅海山跟了上去，正要开口动问，那人躬了躬身子，低声说："失敬得很，请里面叙话。"说着把手一伸，礼貌地请傅海山先进。

傅海山略略犹豫了一下，帖然从命。

进了施乐堂大门，迎面就是柜台。柜台北侧，账房先生据案高坐，看见进来的两个人，与半搭青衿人会心地打了个照面，也不说话，立刻起身下座，推开一扇与柜台齐高的坐地活络门。待到二人进入台内，账房先生又迅速掀开通往后堂的锦棉垂帘，肃身做了个"请"的手势。二人穿过后堂，来到后院，后院整齐有序地摆满了炮制丹丸膏药的各种木石器物和工具。

一个年轻小伙计笑嘻嘻地迎了上来，肩搭白巾，手托茶盘，将二人引入南侧厢房一个极洁净的客室，抹桌子，布茶具，斟上了新沏的"君山碧螺春"，然后弓腰退身，出了客室，顺手把客室的双扉漆门轻轻合拢。

整个后院，肃静无哗，客室里也只有彼此二人，是个说话不虞外泄的好地方，傅海山感到很满意，不过满腹悬猜，亟待释疑，正要做一番旁敲侧击的询问，就这时候，对方拱了拱手，先发制人般地开始说话了。

"敝姓韩，是从京东永平府来的。请教贵姓？"

"不敢，敝姓傅。"

"哦，原来是傅先生。再请教，傅先生在吴府做何差事？"

在没弄清对方的身份之前，傅海山不想照实回答，只淡淡地答了两个字："长随。"

"那么还要请教，傅先生是在吴老总兵进京之后才到吴府上做的长随呢？还是在关外宁远的时候就跟了吴老总兵呢？"

这样子刨根问底，傅海山大起反感，不过由此盘问，他倒也感到了此人极其精明，居然反客为主，逼得自己毫无躲闪的余地。反正自己一口的辽东口音是瞒不住的，于是只好照实回答："从天启四年开始就跟了老总兵。"

"天启四年？——这么说，傅先生跟随吴老总兵整整二十年了？"

"不错！"

"唔、唔。"此人面现思索状，不过表情却是异常欣喜的样子。

傅海山趁机要扳回被动的局面，因而直截了当地发问："说是韩兄要面见我家主人，不知有何见教？但请直说无妨。"

"不忙、不忙。"这位韩兄不紧不慢地说，"要面谒吴老总兵，自然是有极要紧的大事相告。只是事涉机密，不敢率尔，敝人想请傅先生见一个人。如果傅先生认得此人，接下来的一切都不劳口舌之费了——尊意如何？"

这是对自己身份仍然还持怀疑态度的说法，傅海山反感愈甚，冷冷答道："请便！"

"得罪，得罪。事非得已，还要请傅先生多多包涵。"这位韩兄一边赔着笑脸，一边对着房门连击三掌。

掌声落时，房门打开，进来一个极精悍的汉子，而看穿戴，却是商人的打扮。傅海山定睛细瞧，来人也盯着傅海山愣愣直看，四目相接的一瞬间，互相都认出了对方，几乎同时发出了惊喜的呼唤：

"傅旗鼓！"

"姜统领！"

——韩万顺与姜、杨一行三人，二十四日上午在永平辞别黎玉田和吴三桂，历时两天，千辛万苦，终于和吴襄搭上线了。

29

大明崇祯十七年三月二十七日

勒兵玉田

前天，也就是二十五日，一大早，吴三桂率大军从永平出发，穿过沙河驿，挥兵疾趋，当晚开到了沙河与丰润之间的一个无名旷野地里，人不解甲，马不卸鞍，在这里草草露宿。昨天早晨，全军上下饱餐一顿，带足了干粮，又是一整天的急行军，急急绕过丰润县城，中午不打火，傍晚不留足，终于在上半夜的亥牌时分赶到了玉田。——从永平到玉田二百五十里，辎重驮马，步骑混行，而费时仅仅两日，这样的速度是异常迅捷的。

当夜并不挖坑造饭，只在城南五里的地方临时起火，烧足了开水，全军将士以白开水伴着硬干粮，草草就食。吴三桂传下令去：第二天早起，仍然按照这样的速度，疾行一日，当晚必须赶到顺义！

然而今天五更时分，天还没亮，吴三桂也才歇息了刚刚两个多时辰的样子，就被侍兵急急唤醒："镇帅，总督那边来人了。"

"在哪里？快带他进来！"吴三桂惊悸而醒，另外两个值宿的亲兵立刻上来服侍，帮他洗漱穿戴。

随着辕门外一阵急促的马蹄声，不大一会儿，侍兵风风火火地带进来一名矫健的军汉。吴三桂定睛一看，还是二十三日在昌黎见过的那个百户统领魏明亮。

于是不待来人施礼，吴三桂就急不可耐地发问："魏明亮，你快说说总督那边怎么样了？"

"禀镇帅！"魏明亮依然规规矩矩地行了军礼，然后音声朗朗，却并不回

495

答吴三桂的问话，"总督大人特遣卑职前来口宣谕令，要镇帅的后路人马无论走到哪里，接到谕令后就地待命，不许往西开进！"

"什么？不往西去，怎么能入京护驾？"吴三桂怕是听错了，"魏明亮，除了这道谕令，总督还有什么话交代？"

"没有！"魏明亮回答得极其干脆，接着也不理会吴三桂的疑惑，躬身又施一礼，"卑职奉命宣达总督的口谕，请镇帅奉命。"说着双手捧上一块令牌。

木质的令牌不大，宽二寸，长半尺，火漆封驳，晶莹剔透，背面是一尊卧虎的浮雕图案，正面是阳刻的宋体文，仅四个字：总督信符。

出示总督信符，即意味着总督亲临，同时也意味着这是军令，见牌如见人，必须不折不扣地执行！到此地步，吴三桂哪里还敢怠慢？于是整整衣冠，恭恭敬敬地双手接过令牌，好像王永吉就在他面前似的，郑重其事地说："是！标下吴三桂谨遵台谕！"

做完了这套仪注，吴三桂心中狐疑百端，无以自解，但无论如何，首先执行总督的命令要紧。所以遣走魏明亮之后，他立刻吩咐侍兵，分头传知各营，撤销昨夜下达的今早继续启程的命令，按照正常的露营规定，打火就餐，然后卸帐团坐，勒马待命，并让侍兵顺便通知各营守备以上的将官，早餐过后，都来他的中军大帐议事。

早餐刚过，各营将官联袂而至，依据官职高低，整齐有序地站立在大帐之中，由副总兵何进忠率领，按照军中的规矩，给吴三桂行了常礼。

受礼之后，吴三桂宣谕了王永吉的命令，众人无不一头雾水，喊喊喳喳地议论了半个多时辰而不得要领。有几个中级将领情绪颇为冲动，摩拳擦掌地向吴三桂主动请战，说是君父有难，而宁远勤王大军按兵不动，岂不要惹天下人的耻笑？吴三桂亦多少受了这种情绪的影响，踌躇犹豫，委决不下。

就在这个时候，但闻辕门外鸾铃叮当，远远望去，五匹怒骑，飞驰而来。为首的一位青年军校跳下马背，略略整了整衣饰，朝着大帐快步疾趋。吴三桂的一名亲兵立刻迎了上去，略作询问，随即把他引导到吴三桂面前。此人先给吴三桂行了军礼，然后朗声喝报："总督蓟辽事务王制军帐下亲军校尉马本六叩见吴帅！"

"辛苦、辛苦！"吴三桂对王永吉的亲军非常客气，"足下此来，必是奉了总督的特遣。但不知是不是来宣示总督的密谕？如果是密谕……"吴三桂的意思是，如果事涉机密，就要首先遣散帐中的各级将官。

马本六极其机敏，立刻明白了吴三桂的意思，所以不待吴三桂把话说完就肃身答道："回吴帅，不是密谕，是明谕。"

"噢、噢。尽请明白宣示。"

"王制军已经接到哨骑魏明亮的传报，得知吴帅昨夜到达玉田，特遣卑职飞传谕令：宁远殿后之师今日午前可在玉田歇息半日，午后启程，速速回师山海关！"

又是一个令人摸不着头脑的命令！吴三桂困惑愈甚，但马本六与魏明亮不同，魏明亮是宁远军的一个小小百户，只负居间传话之责，不参军国大事之密，而马本六则是王永吉的亲军校尉，军机要务，颇可与闻，因此正不妨当面向他问问清楚。

"本镇有几处迷惑，如果没有什么不方便，还要请足下为我释疑。"

话说得如此谦恭，马本六诚惶诚恐地躬身回答："不敢当！吴帅有话尽管吩咐下来，凡能效命之处，卑职一定知无不言！"

这表示了一个愿意配合的态度，吴三桂自感欣慰，于是不惮琐细，絮絮发问："本月初九日，制台大人亲奉圣上手诏，召我宁远军弃守关外，入卫京师。十四日那天，制台与我在宁远分军，一路由副镇杨坤统领，随制台大人先期入卫，另一路归本镇统带，留作殿后之师，用以护送关外辽民入关。二十四日那天，本镇在永平接报，说闯贼十七日围困京城，且说通州被贼兵阻断，制台大人打算绕道顺义入京救驾，令本镇火速前往合兵。为此本镇不敢怠慢，两日疾驰二百五十里赶到此地。可是，今日拂晓突然接到总督信符，严令本镇就地待命。现在又接足下传谕，要宁远军午后速速回师山海关。本镇的疑惑是，莫非制台大人接到了山海关方面的警讯，东房有内犯之举？"

"这倒没有。"马本六很干脆地回答。

"既然关外无警讯，何以不令我率大军西去勤王，却要反其道而行之，回师山海？"

皇帝殉国的消息，至今仍是军中的绝大机密，为了不影响军心士气，王永吉严令暂时封锁这一消息，所以除了杨坤、童逵行和王永吉的几个贴身亲军外，谁也还都不知道这个噩耗。而吴三桂是边镇总兵，按道理没有对他隐瞒或封锁真相的必要，但满营将佐，环侍而立，消息一旦泄露，将会引起意想不到的骚乱，马本六自然懂得其中的轻重，因而略加思索，从容答道："卑职奉命传令，只要将总督的谕令传至吴帅帐下，即可回去销差，他非所知！

这是军中的规制，想来吴帅亦能鉴谅于此。不过卑职揣测，吴帅的疑惑，关乎对总督谕令执行的妥帖与否，而总督的方略，事涉兵机，卑职亦不敢越渎与闻。好在总督的前路兵马也在回返的途中，克时计程，大约在今日午时就可回到玉田……"

"什么？"吴三桂大感意外，"你是说总督也率兵返回了？而且已经离此不远？"

"是！总督的前路大军，二十三日到达蓟镇西边的盘山，二十五日率军回返，昨天返至别山宿营。今晨启行继续回返，所以必能在午时前后到达此地。"

别山是个小镇，地属玉田境内，距玉田县城仅四十多里。如此看来，王永吉已经近在咫尺了！

"好了！"吴三桂知道，格于权限，马本六必是有些话不便此时说出，既然前路军离此不远，则礼节上以下尊上，自己就应该亲自前往迎候，到那时，一切疑惑，自可当面向王永吉询问或请示，因而立刻做出决断："马校尉，军情急迫，我也不留你叙话了，你现在就可回去复命。烦请转告上宪，本镇谨遵台谕，即刻谕令殿后兵马，做好午后启程回关的准备。同时也请转告，本镇稍迟一步，待料理完营务，随即亲自前往别山方向迎候制台大人。"

"是！"马校尉恭恭敬敬地回答，"卑职驰回，一定将吴帅的话如实转禀。不过依卑职之见，吴帅不必亲自往别山方向迎候王制军。"

"喔？是何道理？"

"吴帅急于要面见王制军，照卑职想来，一定是有机密军情要得到王制军的训示。"

"不错。"

"既然是机密军情，恐怕不是中途匆匆，马上相逢，三言两语就能说清楚的。"

嗯、嗯，这话也是，吴三桂明白了马本六的意思："你是说，半途说话种种不便，不如午时制台大人一到，就在我这里歇脚，以便商谈公事？"

"是！卑职以为，王制军不过路过玉田，午后就要与吴帅一道返回山海关，不会在这里安营扎寨，所以暂借吴帅的营帐为行辕，反倒省了许多麻烦。"

"好、好！就照足下的意思转告上宪，说吴三桂在此恭候大驾！"

　　玉田原称"无终",是个县属,初置于唐高祖武德二年,隶于"渔阳郡"。据说古时候洛阳有个叫阳伯雍的小伙子,天性纯孝,他的父母死后,特为千里周转,就葬在了这里的"无终山"上,随后以此处为家,乐善好施,扬名远近。三年后来了个异人,给他一块石头,让他把石头种到地里,说会给他带来好运。阳伯雍如言照办,果然种在地里的石头长出了晶莹如脂的白玉,他用其中的五只"白璧"娶了当地一位绝色美女。此事传到了天子的耳朵里,天子很为讶异,拜他为大夫,诏令在他种玉的地方专门辟出一顷沃壤,称为"玉田"。不知道是不是由于这个缘故,到了女皇武则天御宇的万岁通天二年,就把无终县改成了玉田县。

　　玉田县城不大,但地理位置很特别。这里是山海关通往北京的必经之地,恰好处在北京和永平之间,西距北京二百五十里,东距永平也是二百五十里。县城北倚燕山余脉,就在无终山下。城垣之南,是一片人迹罕至的旷野,平畴远风,山茵初绿,宁远军的营盘就临时安扎在这片旷野的开阔地中。近两万人马的连片大营,自东向西,延绵五里,人静马肃,刁斗森严,远远地望去,军容颇为壮观。

　　王永吉的前路勤王大军,二十四日在盘山休整一日,二十五日早饭过后开始回撤,昨天晚上走到别山。今天一早,继续回撤,午时还没到,已经进入玉田县地面,顺着官道再往南走,远远地看到吴三桂带了二百精骑迎了上来。王永吉令杨坤传下话去,大军就在城南临时歇脚,他自己仅带了五名标兵,在杨坤和童逵行的陪同下,二百骏骑,前导后护,缓缓地进入吴三桂的中军大帐。

　　从十四日在宁远分兵,到今天也不过才十三天整,然而彼此的感觉,恍如隔世!等到吴三桂正式给王永吉行了军礼,杨坤和童逵行也上来与吴三桂见礼。略略寒暄,分别坐定,吴三桂正有许多疑惑要开口动问,但见王永吉双眉一蹙,长叹一声:"唉——!长白,有个凶信,一直瞒着你:十九日凌晨,圣上宾天了。"

　　"啊?"吴三桂跳了起来,"不是说十八日那天闯贼还没有攻城吗?怎么十九日圣上就……"

　　王永吉摆摆手,示意吴三桂坐下,然后对着童逵行说:"达德,你把情况对长白仔细说说。"

于是童逢行把在盘山得到的凶信，原原本本、从头到尾向吴三桂讲述了一遍。

听完童逢行的讲述，吴三桂颓然瘫靠在座椅上，眼望帐顶，怔怔无语。过了好大一会儿，突然站起身来，以拳击掌，恨恨连声："李自成可恶！曹化淳可恶！张缙彦可恶！这一帮乱臣贼子，内外勾结，逼死君父。制台，我这就率兵杀入京城，看不把这些恶贼的脑袋都砍下来，祭奠大行皇帝的在天之灵……"

"长白，"王永吉打断他，并且做了个很干脆的手势，"眼下之局，还谈不上这个……"

话没说完，吴三桂冒冒失失地立刻接口："莫非就这样算了？三桂虽是武夫，也还知道君父之仇不共戴天！请制台大人把先遣入关的两万将士交给三桂统带，即刻与殿后兵马合为一体。不劳制台的大驾，宁远官兵，同仇敌忾，一定要杀入京城，剿灭乱贼，为大行皇帝报仇雪恨！"

说"不劳制台的大驾"，颇有蔑视上宪、而以英雄自诩、独当大任的意味，再加上情绪如此冲动，话就不好再说下去了。

王永吉平时驭下宽厚，对边镇将帅说话很少疾言厉色。然而，当此国难之际，他深感自己责任重大。按照盘山得来的消息，皇帝殉国，京中的内阁大臣和部院大臣被李自成一网打尽，而史可法遥领江南兵马，至今也还消息沉沉，盱衡环宇，唯我独尊，自己实际上已经成了大明朝长江以北一时无两的最高军政长官，令入令出，所关至巨，任何人对自己的抗命不遵，都将造成复国无望的严重后果。尤其是吴三桂，关宁两镇，合起来五万兵马，而吴三桂独领四万，这样的人，如果此时不听约束，率尔行事，大损总督的颜面犹其余事，更为要紧的是，武将一旦萌生跋扈之心，则太祖高皇帝手创"以文纵武"的国策从此失灵，今后的大局岂不要大糟其糕？为目前、为日后，为个人、为大局，他都不能容忍吴三桂脱离自己的掌控，必须把此人的冲动情绪打消下去！

因此他拉下脸来，极其冷峻地说："徒示激愤，于事无补。眼下京师残破，圣主晏驾，环视大江以北，仅剩下我关宁一旅。内有强寇，外有狡虏，我不能拿着五万将士的生命去冒险一掷。一旦失手，必致全军覆没，王永吉一死不足惜，日后靠谁来撑持目前的残局？拿什么来替大行皇帝报仇雪恨？"说到这里，他故意提高了嗓门儿，为的是让吴三桂明白自己的身份，"本督亲奉大行皇帝的手诏，权领总督天下入援兵马之责。自今日起，本督严申军纪，军中的一应事务，无论巨细，俱要听从本督的指令行事，违者军法从事！"

　　这一番劈头盖脸的训斥，既严且威，吴三桂顿时明白自己失态了。同时他也知道，王永吉的这番训斥是有所指的：崇祯十四年清军围困锦州，其时洪承畴总督蓟辽事务，率八镇总兵所辖的十三万人马前往解救。这一仗开始打得很好，不料到了七月底，在松山附近中了清军的埋伏。时当午夜，洪承畴召集八总兵到自己的中军大帐议事，决定第二天拂晓的寅牌时分，趁敌酣睡不备，分两路向南突围，目的是要回守南边的宁远，蓄力待时，择机反攻。其时清军的人马不足十万，按照兵家"十则围之"的古法，不仅不占优势，而且是个非常冒险的举动，因此洪承畴的这个分两路突围的决策本身并无问题，问题在于明将不遵号令，自乱阵脚。就在中军大帐散议之后，各镇总兵回营去做突围准备的时候，大同总兵王朴率先倡逃。一营骚动，全军慌乱，而清军却抓住了这一千载一时的良机，九万骁骑，直扑明军的大营，明军由慌乱而变为惊恐，各镇总兵，争相奔窜，马军步军，自相践踏，完全打乱了洪承畴的突围计划。王朴一逃，吴三桂方寸大乱，糊里糊涂地引兵跟着王朴逃到了杏山。之后吴三桂自知临阵脱逃是掉脑袋的罪名，为了立功自赎，他在杏山招集流亡，好容易凑足了四万旧部人马，急急回守宁远。王朴和吴三桂之外，山海关总兵马科和前屯卫总兵李辅明则于慌乱中带兵逃入塔山，密云总兵唐通和蓟州总兵白广恩也率兵逃到连山附近。如此八总兵已去其六，剩下的两总兵收罗残军两三万，护拥着洪承畴坚守松山，而如此一来，明清双方的兵力对比大为改观，明军由优势变为劣势，清军反而成了以多围少之局。洪承畴被困松山，由于兵力薄弱，几次组织突围，均以失败告终。到了崇祯十五年的二月，松山城粮草断绝，城内士兵饿得奄奄一息，清军趁势攻城，一鼓而下，生擒洪承畴，清军大获全胜。败报到京，崇祯帝赫然震怒，将率先倡逃的王朴逮解至京，明正典刑于西市，而对吴三桂的处置，朝中颇有争议。有人主张"吴三桂实辽左之将，不战而逃"，所以"六镇罪同，皆宜死"。幸而当时的兵部尚书陈新甲站出来说话："姑念吴三桂回守宁远有功，可与李辅明、唐通等贬秩，充为事官。"就这样，吴三桂死里逃生，算是捡回了一条性命，仅受到降级的处分，仍然让他镇守宁远，但这件事也成了他半生戎马的一大污点。之后祖大寿受皇太极之命致书招降，吴三桂"坚决不从"，皇太极亲自致书招降，吴三桂置之不理，以及后来清朝的郑亲王济尔哈朗和英郡王阿济格率兵南侵，连下关外三城，而吴三桂独能誓死捍卫宁远，力保山海关门户不失等等，都不无内疚神明、外惭清议而刻意洗刷自己这一污点的原因在内。

此事压抑在吴三桂心头两年整，说到底，都怪当初自己以边镇武将的身份，却不听总督洪承畴的号令，乃至大错铸成，受人诟病。如今王永吉的这番训斥，不啻旧事重提，就像被揭破了刚刚平复的伤疤一样，吴三桂不免跼蹐不安，深自失悔。当年的抗命，已遗无穷之恨，而今日之势，又与当年迥然不同，国破君亡之际，王永吉就成了支撑危局的栋梁，复国大计，是政事而非军务，自己不过总督属下的一员边将而已，武将参政，历来视为禁忌，所以，误蹈覆辙，已有前次的教训在先，而妄参国政，岂不是愈增自己的咎戾？果真引起了这样的误会，则王永吉随时都可以拿出总督的权威，立行解除自己的兵权，到了那种时候，废黜之人，还谈什么灭贼复国？还谈什么为大行皇帝报仇雪恨？

意会至此，吴三桂惊出一身冷汗，他诚惶诚恐地对着王永吉深施一躬："是、是，制台大人教训得极是！三桂出言无状，冒犯台威，请制台大人治罪。"

这话说得却又极不得体，听起来有赌气的意味。王永吉手捻长须，不露声色，故意把吴三桂晾在那里。

坐在一旁的杨坤和童逵行双双忐忑不安。国难当头之际，将帅龃龉不和，大非吉兆！以杨坤和童逵行对吴三桂的相知有素，并不认为吴三桂有敢于公然抗拒上命的本意和胆量。但吴三桂每临大事，心气浮躁，往往急于孚功自见的性情却是有的。若在平时，这样的性情不足为害，相反，两敌相遇之时，优秀的武将具备了这样的性情，倒是睥睨对手、英雄自壮的心理动力。然而，此何时也？国破君亡之时，贼虏相胁，两害交加，四万宁远将士的性命孤悬一线，稍有不慎，都会造成无可挽回的严重后果。如何趋利避害，如何化险为夷，如何在生存的夹缝中既要防虏，又要破贼，还要为大行皇帝报仇雪恨、再续大明统绪等等，这些都是亟待筹议的军国大事。王永吉封疆大吏，身怀崇祯帝的亲笔诏书，手握总督天下勤王兵马的大权，百事丛脞，蜩螗纷扰，多少军国大事都急需要他拿出决断，而吴三桂不过王永吉属下的一员边镇大将，此时此刻，唯有俯首听命，一切都要待王永吉谋定而后动，岂可不谨守身份，言语失检，徒然引起王永吉的猜忌和不满？大敌当前，而内启疑端，国事从此就不可闻问了！

因此，二人都感到有立刻化解眼前窘局的义务和必要。

"请制台大人息怒。"杨坤首先站起身来，对着王永吉深深一揖，"圣上宾天，人心惊危，吴总镇初闻噩耗，复仇心切，一时出言不检，以下违上，误犯朝廷纲纪，请大人千万不必介意。卑职深知吴总镇的性情，敢保其本心无它，刚才的话，都是冲动之语，绝无不听大人号令的意思。眼下诸事，头绪纷乱，大人严申军纪，实所必需。请大人放心，吴总镇和卑职一定恪遵台谕，一切唯大人之命是从，绝无二心！"

"是、是！"童逴行也慌忙站起来说道，"杨副镇所言极是！卑职在宁远军中居职有年，亦深知吴总镇忠勇性成，纵或言语偶有失当，却绝无以下犯上之心。今日宁远军前后两路合兵，此后该如何举动，一切都要仰仗制台大人定疑决策。卑职一定与吴总镇和杨副镇一道，时刻追随大人左右，尽忠国事，不敢懈怠！"

吴三桂这才感到自己是错上加错。一时冲动，要求收回先期入关勤王的前路军马，已足以启人拥兵自专的疑窦，而刚才对王永吉严厉申饬的回复，词不达意，更容易造成总督的误解。本朝制度，方镇总兵只有驭兵之职，而无调兵之权，调遣兵马，是朝廷授给督抚的特权，方镇总兵只能唯督抚之命是从，这就是太祖高皇帝手创的"以文纵武"的家法，历朝武将，不得违背，否则即可治以重典。而自己统带两路合兵的要求，恰恰触犯了这一忌讳，以朝制衡量，不免有向王永吉争权的嫌疑。更为糟糕的是，王永吉严申军纪，自己偏偏又回答得极不得体，在不知情者听来，确实有任性负气的意味。既然杨、童二人已经替自己做了辩解，此时此刻，如不立即表明自己的态度，则将帅猜忌，嫌隙已生，今后如何与总督相处？

这一下急得吴三桂愈发汗出如浆："制台，标下吴三桂是个粗人，只会领兵打仗，不懂军国大事。刚才语言冲撞，误犯了军规，实在不是出于本心，还望制台大人念在以往薄有浮功的分上，饶过三桂这遭。从今以后，我……我吴三桂没有二话，一切唯命是从，听候差遣，绝不敢违背大人的意志贸然行事。要是不听约束，违背此言，任凭大人军法处置！"

到此地步，如果再要僵持下去，不仅矫情过甚，而且今后事事亦难取得宁远军将士的配合了。王永吉是极其聪明的人，历来朝廷大臣的御下之道，必须恩威并用、宽猛相济。恩而不威，容易滋长部下的虚骄之气，久而久之，号令不行，则主帅名位，形同虚设。反过来，猛而不宽，必遭反弹，渐渐地部下就会离心离德，关键时刻，不能用命，也是非常危险的做法，搞不好会激出部卒哗变甚至把自己的一条性命都搭进去的严重后果。因此，吴三桂既然有了驯服听命的表示，则权威已立，王永吉知道该适可而止了。

"罢了，罢了。国难当头，大家都要和衷共济才好。长白是辽东宿将，多年来抗击鞑虏，为朝廷捍卫关门，功在国家，自然也在本督心里。只是近来局势的变化，殊出意料。本月初九日，长白随本督一道在永平恭奉圣上手诏，为此本督星夜出关，集兵勤王。谁也没有想到，仅仅十日之间，京中惨变，闯逆横行，大行皇帝弃天下而去，我朝二百七十余年的皇明统绪，眼看着要断绝在我辈手中，果真如此，我王永吉首先就成了大明罪人。为了剿灭逆贼，兴亡继绝，再续大明正统，本督义不容辞地要忍辱负重，力挽时艰。是以刚才严申军令，皆为复国大业而计，绝非本督号令自威，区区苦衷，亦望长白能所体谅。"

"是、是！"话说得如此中肯而谦诚，吴三桂鼻子有点儿酸酸的，赶紧躬身回复，"制台大人以天下兴亡为己任，谋国之忠，苍天可鉴！三桂唯有鞍前马后，约束部下，时刻不离大人左右，协助大人一道光复旧业！"

气氛缓和了，王永吉很为欣慰："都坐下，都坐下。"他以手示意，做了个礼让的姿态。杨坤和童逵行也随之松了口气，笑意盈盈地一左一右，将吴三桂拥于正中，重新排定座次之后，三个人与王永吉相向而坐，敬候垂示。

王永吉生于万历二十七年己亥，今年甲申，正好四十五岁。他是江南高邮人，天启五年乙丑科殿试的进士，这一年他二十六岁。天子门生，春风得意，照样先循例出任地方，派为福建延平府大田县的知县，三年任满，转浙江杭州府仁和县知县，任满"大计"，考绩优异，再转江西饶州府的刑名推官，前后九年的府县地方七品生涯，所过有声，咸著异政。崇祯七年他三十五岁时，内迁户部郎中，兼理通州兵事。崇祯十五年二月，由于山东省的官场吏治弛废，贪渎横生，致使民生凋敝，市肆萧条，各处的盗贼和地痞无赖也趁机起哄滋事，今天拦路剪径，明天打家劫舍，闹得民间白昼闭户，忧怨沸腾。为此言路汹汹，交章问责，为民请命的奏报日日不绝。为了正纲纪，绝匪患，崇祯帝特简王永吉挂都察院副佥都御史衔，巡抚山东地方。王永吉受命出京，到了济南府任上，不露声色，明察暗访，打听到其中最大的一股地痞积聚在济宁府滕州境内的龙山和沧浪渊一带，昼伏夜出，为非作歹。于是带了三百名标兵，从济南飞驰滕州，出其不意地闯入贼窟，把为首的几个头目，当众枭首，剩下的一群喽啰，各自发给银两，务农的归农，经商的归商，全部遣散从良。接着大刀阔斧，整治官场，连连上疏弹劾了二十几个渎职的贪冗昏庸的府县官员，裁汰了一大批弄权不法的恶吏，不过数月之间，吏治肃然，弊绝风清，不轨之徒，相戒敛手，老百姓额手称庆，家家过上了安稳的日子，而王永吉的政声亦随之誉满京华。就在这时，传来了蓟辽总督洪承畴在沈阳降清的确切消息，崇祯帝痛恨之余，亲谕内阁，擢王永吉"挂兵部尚书衔，总督蓟辽事务"，用以替代洪承畴的职务。如此从巡抚，到总督，期间历时不足一年，升迁之速，远逾常格。待到诏命到达山东，王永吉束装就道，离任的那一天，山东父老，攀辕慰留，哭号之声，动闻数十里。无奈皇命难违，于是家家为他设立生祠，祈祷他官运亨通、公侯万代。有这样一番煊赫的政绩和资历，王永吉声誉如日中天，皇帝温谕，官民称颂，朝野上下对他期许甚殷，把他与江南的史可法合而称为"南北二杰"。而王永吉亦自感既膺殊荣，复蒙特简，就应当不渝王事，以死相报！自二十三日在盘山闻变，连续四天，忧劳废时，他知道当此大变猝至之时，任何人都不能替代他的角色，自然而然地自己已经成了中流砥柱式的人物。如何扶危定倾，匡救时局；如何收复神京，灭贼复仇；如何兴亡继绝，再整乾坤；以及如何防备关外清虏趁机渔利，还有眼下关、宁两军五万人马的生死安危等等，这一切，都非要他解疑定策，速速拿出决断不可！

然而连续几天，苦思冥想，这一大堆丛脞万端的问题，搅得他神昏智衰，至今尚未思理出一个自己比较满意的行动计划。所以从盘山回兵开始，他时而传令吴三桂原地待命，时而又令其即刻回师山海关，其实都是胸无定见的不成熟决断。由于回师山海关是他昨天临时接纳了杨坤和童遄行的意见，所以此时认为有必要让吴三桂知道为什么这样做。

"达德，"他说，"你把回山海关的道理说给长白听听。"

"是！"童遄行先向王永吉拱了拱手，表示遵命，然后对着吴三桂很耐心地解说，"镇帅，目前的大局已经糟不可言，这一层就不去说它了。但卑职以为，狂澜既倒，尚可挽回，不过，仅靠我关宁一旅很难成事。据盘山得来的消息，贼兵在京城内外共有兵马不下二十五万之数，而我兵五万，以一对五，自然难期胜算。为了保存实力，莫如暂时先回山海关驻兵待时。这样做法，一来可防止东虏探得关内虚实，趁机出兵，乱中取利；二来可暂不惊动闯贼，使其麻痹无备，而我则得以休养兵马。等到江南史可法率军到达京畿地面，镇帅即可从关上杀出，南北合兵，突袭京城，必能一举灭流寇于宫阙。到那时，拥太子以即大位，举贤能以振朝纲，内而肃清流寇余孽，外而收复辽东失地，整个局面，就会因之大为改观……"

说到这里，吴三桂微微摇头，等于打断了这个话题。众人俱感讶异，童遽行笑着问："莫非镇帅以为卑职说的都是不切实际的泛泛空谈？"

先回山海关养兵，等待史可法北上，对此吴三桂并无异议。"闯贼不至于对山海关麻痹无备。"他说，"我担心一回到关上，还没等江南兵马到来，闯贼就会倾兵东犯，那时候，关宁两军岂不是要大吃其亏？"

这倒是个不可不虑的环节！王永吉和杨坤都把目光盯住了童遽行，与吴三桂一样地，要看他如何解释。

"不会，不会。"童遽行很有把握地说，"在卑职看来，闯贼得胜而骄，志满意得，并无经营天下的雄才大略。至少眼下山海关尚未引起闯贼的重视，这一点，卑职敢保绝非误判！"

"何以见得？"吴三桂仍然是不以为然的语气。

"只看他已得京城八天之久，却对山海关方向并不用兵即可知道。"

"啊——"不仅众人恍然大悟，连吴三桂也颔首无词。历来兵家乘胜灭敌，唯恐不速，而闯贼明知山海关冲要之地，既得京城，却不速遣重兵占领，这就足以证明，闯贼不仅没有把关宁的五万劲旅看在眼里，而且对关外清军的野心也毫无所知！

"不错、不错！"杨坤拊掌称善，"还是达德兄看得透彻，闯贼徒有窃取天下之意，绝无经营天下之才，目光短浅，不足为虑！"

然而吴三桂还有忧虑："先帝宾天，要想规复大明社稷，首先要保证皇太子还在人间。如今闯贼盘踞大内，岂能不诛除太子以绝后患？"

这也是个不能不虑的关乎国本的大事！王永吉几天来也在反复思索，在他看来，不仅皇太子，就连定王和永王肯定也已经为李自成所戕害。果真如此，大行皇帝一支的血胤从此断绝，即使灭了闯贼，而朝中的乱臣贼子，为了攫取富贵，纷纷趁机拥立皇胤旁支的不肖子孙以登大统，把国事闹得乱如梦丝，则自己的苦心经营，换来这样一个令人沮丧的结果，那还有什么意义可谈？

"皇太子的存亡，目前还不宜妄加猜测。"童遽行仍然不缓不急地说，"毕竟在盘山得到的仅仅是先帝殉国的消息，如果皇太子亦已被难，如此大事，民间岂能毫无传闻？是故卑职以为，在未彻底弄清真情之前，不宜徒感沮丧而自乱方寸。不过，镇帅的忧虑，倒能给人以更深的启示：国本大事，不可忽忽，灭贼之务，亦当亟亟。卑职请制台大人考虑，是否立即采取措施，双管齐下，一面派得力干练人员潜入京城打探皇太子的下落，一面令快骑速速赶往江南，敦促史可法集兵北上。"

"嗯、嗯。"王永吉略加思索，决定采纳童逵行的建议，"为今之计，也只好先做这些了。其余的，不妨留待回到关上再细筹议吧。"

话音刚落，吴三桂立刻接口："制台！与江南联络的快骑，自然要速速派出；进京打探消息的事就不必了！"

由于接口极快且嗓门儿很大，显得颇为突兀，所以杨坤和童逵行都吃了一惊：吴帅何以如此莽撞？刚刚惹的一场误会，莫非转眼之间就忘得一干二净？倒是王永吉听出了吴三桂话中有话，因而并无愠怒之意，仍以二指虚拈长须，很平静地问："长白是何言欤？"

吴三桂这时才发觉自己又失态了，一脸歉然地对着王永吉拱了拱手："制台，标下的意思是，进京打探消息的人已经派过了。"

这话说得仍然不明不白，不过倒是引起了另外三人的极大兴味。童逵行急于想知道究竟怎么回事："镇帅，何时派了人进京？乞道其详。"

"是在永平，中丞黎大人亲自点派的。"于是吴三桂把黎玉田在永平派韩万顺和杨、姜二人化装入京去与吴襄联络的事，从头到尾、详详细细地述说了一遍。

这个消息很出意外，同时也很令人兴奋。王永吉通前彻后地把这件事思索了一遍，然后以征询的口吻说："二十四日韩万顺进京，今天二十七，两头通算，已经过了四天。玉田距京城仅二百五十里，快马飞驰，一日夜可达。既然如此，就在这一两日之内便可在玉田得到京里的消息，诸位说说看，暂时不回山海关如何？"

能尽快得到京中的消息，自然是以在玉田按兵不动为宜，但是杨坤和童逵行另有忧虑。因此杨坤看了看童逵行，二人取得默契后，由童逵行开口说话。

"制台，杨副镇和卑职担心的是，关外建房，趁机内犯，而关门空虚，仅有总兵高第的一万兵马戍守。果真建房倾巢出动，高总兵能不能守得住？万一关门失守，置我于贼房两敌之间，那样的局面，就一切都无从谈起了。"

这一说，王永吉不能不认真考虑了。真要出现那种局面，宁远军腹背受敌，万无侥幸取胜的可能，说不定一卒不存，全军覆没，那还谈什么复国大计？

507

"这倒不要紧。"吴三桂又说话了,"关外建虏眼下还没有内犯的举动,何必为此忧虑?"

"喔?"王永吉很关切地问,"长白此言可有说法?何以知道建虏尚无内犯的举动?"

"这一层标下自有把握。"吴三桂理理思绪,不无得意地开始解说,"十九日入关那天,有个从锦州过来的胶东汉子叫王殿魁,这个人能听懂胡语,虽然被清兵捉去做了下人,但是他心心念念不忘大明。据他说,从去年虏酋皇太极死了以后,九王多尔衮独揽大权,其余的王公大臣都不服气。多尔衮痛下杀手,剪除了好几个政敌,连锦州守将艾度礼都被他捉回沈阳砍了脑袋,至今建虏内讧,争权夺利,也还没有稳定下来。王殿魁本月十四日那天从锦州走到山海关,一路上非常安静,连个建虏的影子都没看到,说明他们根本就不知道关内发生了什么,连宁远城五十万边民向关内迁徙这样的大事都不知道。那个王殿魁欠了人家的银子,老婆孩子被羁押在连山做粗活。他原打算回胶州老家凑集三十两银子把老婆孩子赎回来,经标下询问,他家里穷得只能活口,根本不可能如数凑够银子。标下看此人很能干,对大明朝也忠心耿耿,所以就想帮他一把。除了送他三十两银子把老婆赎回来之外,还从军中挑了两个精悍的士卒,带了二百两银子,银子自然不能让他掌管,但名义上是让他做掌柜,三人合伙,到锦州城外东边买下几间房屋做旅舍。其实就是让他为我打探建虏的动向,关外一有异常,他和另外两个士卒就会飞报山海关。标下也派人与山海关高总兵做了约定,只要接到关外的警讯,立刻快骑传告。如此关宁两军,呼吸相通,可严防关外的来犯之虏。宁远后路军离关已经是第九天了,并未接到关上的警讯,所以标下知道建虏还没有内犯的举动。请制台大人尽管放心,这一层不必忧虑。"

一口气说到这里,三个人都听得眉飞色舞。真没想到,吴三桂还布下了这么一手妙棋!

"好、好!"王永吉甚为嘉许,"有长白此举,关门无忧矣!"

"不错,不错!"童逵行也欣然附和,不过另有别解,"在盘山从高三祥口中得到的是二十二日以前的消息。二十二日至今,这六天之内京里又有些什么新的变化?连日来苦于道路壅塞,不得而知。此次韩万顺进京是要与吴老总兵联络,这不是太妙了吗?既然吴帅已经预先布下了眼线,关外动向,随时在我掌控之中,这几天不妨就在玉田勒兵观望。正如制台大人所说,二十四日韩万顺进京，今天二十七，两头通算，已经过了四天。玉田距京城仅二百五十里，快马飞驰，一日夜可达。既然如此，就在这一两日之内便可在玉田得到京里的消息，何必再回山海关？等到韩万顺一回来，必定能得到来自老总兵那里的消息。老总兵提供的消息，不能与高三祥这类低级胥吏的消息等量齐观，一定是又确切、又详尽，这对我们决定下一步的行动极为有利！"

议到这里，算是有了一个共同的认识：山海关未来几天内暂无险虞，勒兵玉田，可以尽早得到来自京中的更多消息，为下一步的举动提供可靠的参考依据。于是王永吉果断做出决定："来啊！"

侍立在身后的中军材官应命而前。

"即刻持牌到各营传谕：宁远军前后两路人马就地安营屯驻，务须各遵军令，不许滋扰地方。至于何日撤营，且待本督筹思熟虑后另行谕知！"

30

大顺永昌元年三月二十九日

遣使招降

二十五日那天张鼐发现了大内库藏，消息传出，得以与闻的大顺军头领个个兴奋异常。李自成与刘宗敏、牛金星当天下到内承运库的地窖里察看了现场后，连夜商议具体的处置措施。总数虽然还不能确切估算出来，但除开金玉珠宝，光是白银的数量就不下三千万两则是可以大致看得出来的，如果再把金玉珠宝折算成白银的时价，则全部库藏所值，约略相当于天下农工商贸三年的总产值。

这样一笔巨款，如果打算建都于北京，则过磅清点，核准数目，登记造册，规划用途，这一切必要的手续都做完之后，自然是仍以放置在原处为宜，如此可依照规划，随用随取，既稳妥，又隐秘，是最好不过的一种处置办法。然而三个大顺首领商议的结果却是，临时召集军中的一批得力工匠，就在大内的内承运库前砌灶鼓炉，把从地窖里起出来的银元宝，无论大小，全部入炉融化，浇铸成方形银砖，这样做是为了便于装车运输。同时，军中的车马之外，还要从民间征集二百辆骡马大车，等到银砖熔铸到了一定数量，秘密派兵解运，分成几批，全部送回长安。

从二十六日开始正式起窖。起窖之前搞了个简单而隆重的仪式，就在内承运库大门前面的空地上，供奉了财神爷赵公明和护财神关云长的牌位和画像。李自成为首，刘宗敏和牛金星为副，带领着二十几名大顺的高级文武官员，燃香焚表，恭恭敬敬地起伏三拜。做完了这一切，才由张鼐指挥着二百名精壮军汉，分作四组，轮替下窖搬运财宝。李自成对这批财宝极为重视，谕令张鼐，要他每天一次，把起出来的数目详细制成清单，呈报给他。

连续搬运了三天，截止到昨天傍晚，据张鼐的报告，黄金已经全部起出，总数有八百四十万两之多，白银也已经起出了两千多万两。剩下差不多还有一千万两的白银和尚未动手搬运的全部珠玉珍宝，仍然需要两三天的时间才能全部起出。黄金的熔铸比较麻烦而费时，所以根据李自成的指示，正在召集军中的木匠，连日动工，要赶制出数百只硬质木箱，将全部黄金分别装箱加封，然后再用熟铁皮箍实箱口，以防道路颠簸，不至于在几千里的运转途中散落丢失。白银则正在督促工匠加紧熔铸，已经起出的和将要起出的，估计再有五六天的时间即可全部铸成银砖。珠玉珍宝一类的物品，等到起出来以后，也将按照处置黄金的办法，分别装箱严封，等待长途转运。

这一切都进行得非常顺当，但骡马大车的征集却颇有滞碍。

昨天一早，李自成把工政府侍郎李正生召到武英殿来，当面交代了任务，要工政府抓紧办理，必须在三四天的时间之内，从民间征集出二百辆运货的大车和六百匹健硕的骡马。李正生当面唯唯，答应遵谕照办，然而回到内阁的临时值所，挠头踟蹰，想了好大一阵工夫，却不知道此事该如何办理。

李正生是陕西延安府米脂县人，崇祯七年甲戌科的进士。登第之后，先在河南怀庆府的阳武县，后在江西建昌府的广昌县，连续六年，做了两任知县，而所过疲庸，皆留怨声。按照朝廷用人的惯例，凡是新科进士，除了钦点庶吉士者得以进入翰林院循序升转，以及一小部分人能够分拨到六部任司官之外，其余的则"榜下即用"，全部外放到地方做七品的知县。通常两任知县下来，经过吏部稽考，只要不是政声太差，要么内转到京，做中枢衙门的郎官，要么就地迁升，做州、府一级的牧官或佐官。然而崇祯十四年吏部"大计"的结果，李正生的官声实在不怎么样，为此吏部考功司的郎中、员外郎、主事、司务等等所有的任事司官，大伤脑筋。后来几经磋商，认为此人虽庸，毕竟还没到了"贪"或"劣"的份上，因此公议的结果是"降一级调用"。于是众人皆喜，弹冠相庆，而一人不欢，黯然向隅，李正生自感很委屈地被调到湖广承天府，做了从七品的"府学督导"，整日督导的是一群寒酸秀才的日常功课，无权无利，什么威风也没有。

谁也没有想到，落魄寒士，也有鸿运当头的时候！到了崇祯十六年，大顺军攻克承天府，李正生糊里糊涂地跟随着一大批原明朝的地方官吏跪拜迎降。不久李自成又拿下了襄阳，在这里称号建政，要设立"六政府"等中枢机构，需才甚殷。在一次查看原明朝投降官员花名册的时候，偶然发现了李正生的名字。细细阅览，大喜过望，李正生的籍贯赫然写的是"陕西延安府米脂县太安里"，这个地方与自己的老家米脂县双泉里相距不过八里之遥，岂不是同乡同里又同宗？李自成立刻把李正生召到临时作为"王宫"的襄阳府衙，奉为上宾，款款叙话。先叙乡谊，再叙宗谊，叙来叙去，二人居然还是刚出了五服的兄弟关系！第二天，李自成就示意牛金星，对李正生宜于"大用"，而所谓大用，就是用为六政府之中某一"政府"的"尚书"。

牛金星正在替李自成组织新政权的各个内外衙门，用人大权，操持在手，只消下笔一圈，就能满足李自成的要求。哪知道找来了几个原明朝的降官一打听，此人平庸无能，真正不堪大用！于是费尽口舌，婉转陈词，既要照顾到李自成的面子，又要考虑到日后新政的威严和作用，好说歹说，总算让李自成若有憾焉、且观后焉地同意了给李正生一个"六政府"当中最不重要的"工政府"侍郎的位置，并且申明，工政府暂不除授"尚书"，而由李正生以侍郎之职，"兼理尚书事"。这样不伦不类的人事处置，自然是牛金星为了迁就李自成的意愿而故意做出的让步。

就这样，非常令人意外地，李正生由一个旧朝的从七品风尘俗吏，一跃九级，成了新朝政权正三品的中枢大员！连李正生自己都觉得李自成桐叶封弟，犹如儿戏。不过心中也不无沾沾自喜之意，有了李自成这个"皇兄"，则李氏一脉，皇气连枝，此生何愁富贵？然而这件事在原明朝降官当中头脑比较清醒的人看来，李正生沐猴而冠，而居然洋洋自得，日后必遭同僚的鄙夷，虽然大用，难期大成！而李自成用人如此，就像山寨大王随便拉个白衣秀士封官自娱，这样的"皇帝"，何足与言天下事？

昨天奉命，李正生感到为难的是，工政府实际上是个空架子，除了几个专供临时差遣的役员之外，既无兵勇，亦无钱粮，拿什么去征集骡马大车？此事如果换了别人，只消从李自成那里讨得一道口谕，或者从牛金星那里取得一纸批文，冠冕堂皇地去找平行衙门的堂官咨商，则兵政府出役，户政府出银，有人有钱，何事不办？而李正生之庸，就在这里，他既不去谒见李自成，也不去请示牛金星，独自踌躇，想了半天，忽然觉得有了妙悟，于是吩咐役员套车，出了东华门，直奔"袁府"。

袁府是崇祯帝爱妃之父袁祐的府邸，现在成了后营制将军李过的驻地。一进府门，满目凄惨，和田府一样地，这里也正在"追赃助饷"。不能如数"完赃"的前明官员，不是腿断，就是脑裂，横七竖八地滚卧了一地。脑裂而死的尸体，恶腥刺鼻，惨不忍睹；腿断而未死的活鬼，嗷嗷哀鸣，揪人心肺。四五百名瑟瑟发抖的前明官员，个个面无人色，犹如一群待宰的羔羊，低眉垂目，局促不安，无奈地等待着命运的安排。

透过人群，李正生远远地看见李过把身子斜靠在一把黑檀逍遥椅上，那派头，比田府的刘宗敏来得还大：左手一只大茶海，右手一把黑陶壶，一条腿斜蹬着地面，另一条腿高高地跷在逍遥椅的扶手上，大脚丫子随着大腿的摇摆，悠悠然很有节奏地不停跷动，一边啜着茶水，一边指挥着士兵用刑，伴随着一阵阵撕心裂肺的哀号惨叫之声，怡然自得，就像正在欣赏一首什么美妙动听的乐曲似的。

李正生远远望见这样的场面，吓得腿都软了，逡巡着不敢向前。幸好李过机灵，从人缝中看见了他，于是把茶海和茶壶递给了身边的侍兵，一跃起身，甩动罗圈腿，踱着箭字步，很快地来到李正生面前。

"六叔，你怎么来了？有事儿吗？"李正生在本房排行老六，所以李过称之为"六叔"。

虽属同乡宗亲，李过对这位族叔也很不见外，但李正生对自己的这个侄子却不敢以长辈自居，平时见面，仍然规规矩矩地按照军中的称呼相称，只不过把"将爷"换成了"将军"，应道："是、是！有件差事，想请将军援之以手。"

"不用文绉绉地跟我转词儿。什么为难的事，六叔你尽管说，一切都包在我身上了。"

有此承诺，喜出望外，于是李正生把李自成委派的差事啰里啰唆地叙述了一遍："要办好这桩皇差，总得要一百个弟兄，两千两银子，所以想请将军……"

话没说完，李过把手一摆，笑嘻嘻地说："嗨，六叔，我还以为多大个屁事儿！不就二百辆马车吗？放心、放心！我这里要人有人，要钱有钱，不出两天，保证一辆不少，让你如数拿去向闯王交差！"

"好、好！多亏成全。改日得空，我请将军喝咱老家的西凤。"李正生连连拱手，心满意足地告辞而去。

于是当天午后，李过拨出一百精壮军卒，让他们五人分为一组，共成二十组。每组到账房上支取五十两银子。每组的任务是，两天之内，从城中的大户人家征集出十辆大车和三十匹骡马，每一辆大车外加三匹牲口合成一套，每套给价五两。——按照李正生的算法，每套车马的市价为七八两银子，而实际支给十两，则民间可以稍得实惠，如此能体现大顺新朝与民间惠价交换的德政。而李过认为，市价七八两是从未使用过的崭新车辆，区区旧车，每套给价五两，也就很不错了，因此二百套车马，总共支出银子一千两，正好比李正生的所期少了一半。

二十组军卒，各各领了银子，一出袁府，分头直奔东城的各个街巷。东城商贾云集之地，差不多家家都有专运南北货物的骡马大车。而二十组军卒，各怀鬼胎，大都在半路上把所领的银子，每人十两，全部吞没。少数几组虽未全部吞没，也都每人均分了五六两。

这一来民间自然大遭其殃！昨天整个一下午，东城街巷，秩序大乱，得了三四两银子的人家，忍气吞声，自认倒霉，还要赔本赚吆喝地赔着笑脸送往迎来，乖乖地看着大顺士兵把家里的车马吆喝拉走。更多的是分文未得的人家，大顺士兵，如狼似虎，敲开门户之后，直奔后院的厩槽，见了牲口就牵，见了大车就拉，主人家如不见机，斗胆上前理论，轻则挨一番恶语臭骂，重则拳脚相加，一顿暴打。更有那冤上加冤的倒霉人家，挨了打骂不算，眼睁睁地看着骡马大车被强行牵走之外，堂屋的珍玩摆设，甚至壁橱的金银元宝也被顺手牵羊地裹卷而去。这样的行径，竟是公然入户抢劫了！

大顺军入城十天以来，基本上市肆安宁平静，商店旅舍，照常营业，虽然个别骚扰民间的纠纷亦时有发生，但纠纷一起，立刻就会有右营刘希尧属下的巡城军卒前来弹压，按照兵政府的谕令，对闹事的士兵该怎么处罚就怎么处罚，总能维护住百姓的利益不受侵害。这一次就不一样了，刘希尧的巡城军卒闻讯赶来，一看是后营李过的部下，先就存了三分怯意，而李过的军卒，口口声声扬言奉了工政府大堂的谕令执行公务，这一来哪个还敢再问？

于是一下午的暴行，瞬间传遍九城，闹得民间人心惶惶，都在私下里窃窃议论：莫非李自成贼性复萌？否则青天白日的，怎么会纵容手下的喽啰公然入室抢劫？还有那脑袋比较灵光的人看得似乎更为透彻：李自成稳坐紫禁城，把宫中的积年财货据为己有，而刘宗敏和李过不甘心于此，所以连日来酷刑拷打明朝的高官勋戚以勒索钱财，自然也是为了落入自家的腰包。延续至今，层层效仿，从皇家到高官，从高官到富豪，接着就该轮到士兵抢劫民间小户了，这不就是历来响马强盗层层抢劫分赃的行径吗？这个说法颇能赢得相当一部分人的首肯，因此递相传告，秘密诫约，各自回家藏匿私蓄，免得迟早哪一天无端被乱贼抢了去。整个京城，乱象涌动，人人心中都怀了一份说不来的惴惴不安。

然而乱象不止于此。昨天下午后营士兵在东城抢劫的消息，也迅速在大顺军内部传播开来。首先引起骚动的是驻在南城一带城墙上中标亲军的士兵。

由于刘宗敏的威严，中营的将士历来号令森严，入城以来，一直遵照着兵政府的谕令，规规矩矩地在城墙上扎营屯守。头三天一直安然无事，从第四天开始渐渐地有人口出怨言了，说城上夜间太冷，而架柴取暖，又容易发生失火的意外，不唯军心不稳，也将造成市内百姓的恐慌。为此刘宗敏曾专门谕令张鼐派人清理打扫出一部分城里的寺馆公廨，安置了一些士兵下城入驻。但城里的寺馆公廨为数不多，相对于城上的十几万军兵，能够下城住宿的不过杯水车薪。今年的春末又似乎格外寒冷，因而从二十五日开始，不断地有士兵在长官睁一只眼闭一只眼的默许之下，一到天黑，就偷偷溜下城去敲开民户，强行入住，谓之"借宿"。这样的做法自然违犯军令，构成了骚扰地方的事实，依照兵政府的谕令，是要遭到严厉处分的。然而连续几天，此类事件都是在暗中进行的，参与的人数也不算太多，而且受了滋扰的一般都是些家境比较殷实的中上等人家，明明心里极不情愿，也不敢开罪新朝的"军爷"，所以忍气吞声，打扫出闲置的空房，表面上还要装成非常欢迎王师光临的样子，强颜欢笑，一任这帮军爷"借宿"。

此类违令事件这几天虽有发生，但并未形成大规模扩散蔓延之势，大致也还算是军民之间，相安无事。而昨天李过的后营士兵公然在东城抢劫的事件一传开，惹得中营的城上士兵忿忿不平：凭什么后营就可以违令，而我们中营却非要天天夜里在城墙顶上做冤大头？人人怀了这样一份委屈，当天夜间，在几个大胆的都尉带领下，一万多士兵呼啸下城。凡是宅户稍大、略有空闲房屋的人家，都拥满了大顺士兵，整整一夜，南城一带鸡飞狗跳，闹得家家躁动不安。

更为严重的是，军兵一入民户，野性萌动，强奸强宿民女的案件，一夜之间，不可避免地频频发生了。就老百姓而言，损物破财，尚可忍痛承受，而妻女遭人玷污，这番恶气，哪里还能咽得下去？于是当夜城中遍设的大顺巡夜值舍门前，挤满了前来投诉的民众，一时群情汹汹，声言必须惩治凶犯，以平民愤！

今天一早，兵政府尚书喻上猷就接到了昨天这两起违令事件的报告，认真思索，感到事态极为严重，于是匆匆到内阁去找牛金星。牛金星听完，紧锁眉头，正在筹思对策的时候，负责京城戍卫警备的右营制将军刘希尧也匆匆赶来，向牛金星报告的也是昨天发生的这两起违令事件。二人所说，榫卯契合，牛金星听罢，跺一跺脚，连连失声："坏了、坏了！最令人担心的事还是发生了！"一边说，一边拉起二人就走，"快随我一道去武英殿，见了王爷和汝侯，我有话说。此风不煞，民心去矣！只是到了该说话的时候，亦乞二位施以援手，相机帮我说话。"二人自然诺诺连声，表示义不容辞。

相偕来到武英殿，人已经差不多都到齐了。入城以来，循为例规：每天辰牌时刻，刘宗敏、牛金星以及六政府的尚书、侍郎等文武官员，只要没有特别事由，都要来武英殿与李自成商议国事。今天后营制将军李过告假；由于三天前商定，大顺皇帝的登基大典于下月十日举行，所以礼政府尚书巩焴近来忙于典礼的筹备事宜，今天照例也没来，其余的都扣准了时刻，陆陆续续地进了武英殿。

一堂君臣，依序坐定，像往常一样，由李自成拟定话题："今天只议两件事：第一，已经起了出来的大内库银，何时解往长安？第二，招降山海关方面的明将吴三桂，何时遣使出发？"说完指指李正生："先说第一件，解运银砖，首先需要车马。昨天征集车马的情况怎么样了？"

李正生自以为昨天干了一件很有面子的事，所以站起身来，一脸得色地徐徐陈奏："请王爷宽心，臣昨日奉谕征集车马，民间闻讯，踊跃从征，进展得非常顺利。截至昨日傍晚，已经征得两轮驮货大车一百二十辆，骏马健骡三百六十匹。如此速度，实出意外。臣敢担保，今日继续照此办理，剩下的八十套车马，只消一日之内，必能全部征集完成……"

话没说完，牛金星朝着刘希尧使了个眼色。

刘希尧会意，起身肃容，抗声而言："臣请王爷问问李正生，昨天的一百二十套车马，他用什么手段征来的？"

喻上猷也站起身来，桴鼓相应："臣亦恭请王爷问问李正生，名为征集，他向被征的人家拨款付账了吗？"

"怎么回事？"李自成大惑不解，尚未议事，先起争端，这样的事，入城以来还是第一次，因此他非常关切地指着刘希尧和喻上猷问，"二位说话如此动容，究竟所为何事？有什么话，尽管说来我听，不必隐讳。"

牛金星感到，话头已起，正不妨趁机把全部真相挑明。因为单论征集车马一事，李正生自然难逃其咎，喻上猷和刘希尧对他也不会有什么顾忌，但南城的中营士兵入住民宿和强奸民女，则事涉刘宗敏，别的人都不好说话，只有自己挺身而出了。因此他也站了起来，先示意喻、刘二人坐下，然后正正衣襟，对着李自成说："王爷，臣有话，乞予嘉纳。"

丞相有话，愈发显得事关重大，李自成做好了虚心纳谏的心理准备，很大度地鼓励着："说吧，但望知无不言。"

"昨日午后和夜间，接连发生两起骚扰民间之事，是故今晨都门哄传，怨声四起，于我大顺声望，颇有关碍。"

"喔？发生了哪两起事件，如此严重？聚明，你一一道来。"

"是！臣先说第一起。昨日午后，有后营士卒百十人，口称奉了工政府大堂的谕令，强行闯入东城一带民户人家，名为征集车马、充为军用，实则大都分文不给，强行拉走。还有一些兵丁趁机入室抢掠民户的金银财物。只有极少数几户人家得到了补偿款项，但为数戋戋，所得难抵所失……"

"啊？"竟有这等恶事！李自成一脸愠怒，"李正生，你说！派你的差，怎么办理的？"

李正生早已慌了神，他万万没有料到拜托李过代办的事务，竟办成了这样的结果！而此刻受到李自成的逼问，只好老老实实，把昨天受命之后，计无所出，不得已而跑到袁府去央求李过的来龙去脉，详细述说了一遍。

这一来，不光李自成，所有在座的大顺文武官员也都暗暗心惊：李正生糊涂透顶！关乎民间的事务，岂能交给李过去办理？

"哼哼！"李自成一掌拍向案头，恨恨连声，"平买平卖，天经地义！既然是征集车马，就该和市肆买卖一体看待，哪有白白拿了人家的东西不给钱的道理？如此胡作非为，天下人将如何看我？"

话也仅只说到这里，虽然愤恨，却不好深入下去，因为李正生是自己的族弟，李过是自己的亲侄，一个是亲口谕授的"大用"之才，一个是百战功高的军中虎将。强抢民间，自然是违犯了大顺王法，然而惩治违法，却又不能不顾及人情。国法人情，两相抵牾，这样难堪的局面，如何堂皇面对？不过，思来想去，处分还是要处分的，但处分的意见最好不要自己提出。如果处分意见出于自己之口，则宽严皆失：宽则放纵恶徒，日后纷纷效仿，军法不行，必然招致更为严重的后果；严则物议沸腾，初御天下，便遭诟病，连宗亲和功臣都不能相容，还谈什么开国英主？因而反复思虑，觉得还是等到议完了今日的话题，由刘宗敏和牛金星出面，共同提出一个处分意见为好。思念一转，决定暂时抛开这一层。"聚明，你再说说第二起，"他问，"昨天还发生了什么违法事件？"

"是！"牛金星先接过话头，然后正色朝着坐在对面上首的刘宗敏拱了拱手说，"另一件事，要请汝侯约束部下。"

"怎么了？老牛，"刘宗敏非常诧异地问，"你是说我的中营也有人不法？"

"昨天夜间，贵营一万多士兵擅自下城闯入民居，强行借宿，而且也有强奸民女的恶性案件发生。此事已经闹得沸沸扬扬，南城一带，民心恐慌。今日如不迅速严令禁止，杀不逞以儆效尤，恐怕自今晚开始，四营崩溃，九城骚动，后果不堪设想！"

"有这样的事吗？"刘宗敏的语气明显透着几分怀疑和不悦之意，"老牛，你把话说清楚，这个消息哪儿来的？"

是这样的态度，就不便让证人出面了。为了回护刘希尧和喻上猷，牛金星决定独自挺上去，因而故意把脸一沉，忿忿回道："莫非牛某还敢无端扯谎，捏造事实，故意与汝侯过不去？"

这话说得分量很重了！堂堂大顺丞相，位崇身尊，岂能口出无根之词？刘宗敏脸上略显尴尬，不过旋即释然，仍然像往常一样很洒脱地说："好、好！我的属下违令，就交给我来处置好了！"说着还朝牛金星抱了抱拳，"俺刘宗敏是个粗人，嘴笨，不会说话，你是丞相，量大如海，不要和俺一般见识。"

按照牛金星的本意，是要李自成亲自出面，责成兵政府以此事作为典型案例，多杀他几颗人头，传示九城，非如此不足以遏制乱萌以安定民心。但李自成对此并没有表示态度的意思，刘宗敏却大包大揽地要亲自处理此事。情状如此，有悖初衷，牛金星担心的是，如果刘宗敏徇情护短而从轻处罚，则此事就难杀一儆百，必为日后留下无穷之患。但是，大顺军历来重武轻文，自己虽然贵为"天佑阁大学士"，位同丞相，而实际排次却在"权将军"之下。这样的体制，抑文右武，根本就不利于治国安邦定天下，因而为历代开国的新朝所不取。牛金星很想当一个汉高祖刘邦手下的萧何、陈平，或者明太祖朱元璋手下的李善长、刘伯温那样的宰相，辅佐李自成创一代伟业，明君贤相，留名青史。无奈自己却没有这几位名相那样与创业君主同为昆季布衣之交而起自山泽草莽的资历，说起来不过一个前朝不得志的举人，在李自成差不多已成气候的四年之前才来投奔。其时大顺军的武将个个功高声隆，而李自成把自己位置在权将军之下、其余诸文武百官之上，且给予了"丞相"的名分，已经是相当尊崇的青目以睐了。但尽管如此，自己在大顺政权中，身份、威望和资历，都不能与追随李自成血战拼杀了十几年的刘宗敏等量齐观。由于这种种关碍和纠葛，牛金星心里非常清楚，大顺朝制度的不正常和不健全，决定了只要事涉刘宗敏，自己只能在必要的时刻出面争一争，起一点儿匡正纠偏的作用而已。若论剀切陈词、针锋相对地与刘宗敏当面激辩而一较是非与短长，则自己根本就不具备这样的资格。搞得不好，极有可能招致大顺武将们的共同嫉恨，甚至引起李自成的猜忌和不满。那样的话，"一腔书生血，兼济天下心"的平生志愿和抱负就全都无从谈起了。因此之故，今天刘宗敏有了约束部下且惩治不法的表示，自己也就只能顺风扯帆地结束这个话题，彼此互留体面，以便日后长久共事。

"不敢当、不敢当！"牛金星也向刘宗敏拱了拱手，脸上重现霁色，"汝侯威严，足慑三军，但望能够速速从严惩治违法军卒，以平民怨，以安人心。"

"是啰、是啰。丞相尽管放心，散议之后，俺就亲自去处理这件事。"

整个过程，李自成都看在眼里。在他听说中营士兵强入民居、强奸民妇的那一刻，心里吃惊的程度，不亚于初闻后营士兵抢掠民间的车马财物。而对此事如何表示态度，心理的障碍却又远较另一事为重！此一事涉友，另一事涉亲，涉亲或可铁面处置，涉友则不同，不同的是，此友绝非泛泛之友。自从崇祯四年他与刘宗敏缔结金兰之交以来，整整十三年间，南征北战，纵横万里，须臾不曾分离过。多少次出生入死，多少次性命互救。在大顺军中，二人的威望和作用几乎可以互相替代，没有李自成，刘宗敏照样可以号令三军，而没有刘宗敏，李自成却不免像少了一条臂膀似的，总会感到不那么得心应手。而无论失势和得意，刘宗敏都义无反顾地尊奉李自成为"大哥"，从无僭越和轻蔑之意。可以说，二人生死之交的人情缘分，远远超过了宗亲血脉的天然关系。因此，今天的事，他原打算散议之后单独和刘宗敏谈谈，劝说他像以往那样从严治军，没想到牛金星已经起到了这样的作用，而且将相之间，虽然小有冲突，却并未因此而另生龃龉，这使他感到非常高兴。所以等到刘宗敏有了亲自处置此事的表示后，他以总揽全局的态度和轻松和谐的语气说："好、好！入城以后，不容骚扰民间，汝侯和聚明心同此意，这是我大顺朝兴旺发达的征候。古人说，二人同心，其利断金。汝侯是将，聚明是相，将相同心，辅佐我当个好皇帝，落个万民称颂，后世效法，功劳都在你们二位身上。这几年，聚明教我读了不少史书，我也明白了不少安邦定国的道理。历来创天下都少不了文臣武将的辅佐。汉高祖内有张良，外有韩信。聚明就是我的张良；汝侯就是我的韩信，今后我们君臣之间和睦相处，一心一德，共创太平盛世，不信超不过古人，也不难为后世万代做个君臣共治的榜样。"

这番话，明君自视，望治甚殷，而对大军入城以来所隐藏和暴露出来的具体问题丝毫没有触及。刘宗敏大大咧咧地说："大哥放心！江山打下来了，你尽管安坐金銮殿，哪个敢有异心，都交给俺来对付！天无二日，民无二王，谁要是还存着歪邪念头，看俺刘宗敏不亲手砍了他的脑袋！"

话说得不伦不类，牛金星内心苦笑，然而也必须表示自己的态度："王爷的诲谕，臣谨记在心。日后一定与汝侯和衷共济，辅佐王爷，共创大顺朝的万世不拔之业。"

"嗯、嗯。"一个表示了忠心，一个表示了意愿，李自成自感满意，所以决定结束这个话题，因而转问喻上猷，"唐通还要几日才能到京？"

喻上猷站起身来，恭恭敬敬地回话："臣二十四日奉谕，即命兵政府驿卒飞骑前往密云宣喻檄调文书。据传马驰报，二十五日一早唐通接到调令，当天将分处于古北口和墙子岭的两支人马召往密云县城聚集，至二十六日傍晚，八千人马已经全部聚齐。二十七日唐通与派往接防的大顺军办理交割。二十八日——就是昨天，唐通率部往京城出发。密云距京城一百五十里，是大部队行军两天的路程。是以按照臣的估算，唐通必能在今日傍晚时分到达京城。"

"嗯、嗯。"李自成想了想，"散议之后你派人去谕知唐通，要他到京后不必进城，就在朝阳门外顿兵待命。"

"是！"

原明朝蓟镇总兵唐通本月十五日在居庸关献关投降以后，李自成并没有带他进京，而是令他带领所属的八千人马前往密云，替大顺军去驻守密云境内长城的古北口和墙子岭。十五日那天在居庸关时，李自成曾专门召见过他。除了献关之功，唐通还当面拍胸脯表示，愿意单骑到山海关外去招降吴三桂，由于他和吴三桂都是明朝蓟辽防区的总兵官，共事多年，相契甚深，所以召之即来。有了这个承诺，加上大顺军仅仅两个月之内便席卷半边天下的余威，所以李自成一直认为，吴三桂已是囊中之物，就像白广恩和陈永福在潼关，姜瓖在大同，王承胤在宣府，还有唐通在居庸关那样，这些原明朝的边镇总兵,闻大顺军之名而丧胆,所到之处,望风迎降,吴三桂岂能例外?不过,二十一日那天的朝议,喻上猷报告了从前明兵部尚书张缙彦那里得来的消息,说吴三桂的宁远军实际上是在明朝蓟辽总督王永吉的掌控之下,而王永吉素有"人杰"之称。这个信息受到了李自成的关注,为此他特派左营制将军刘芳亮当即出城布防,严密监控京东一带的动静,防备王永吉率兵偷袭京城。连续八天,刘芳亮每天都有探报到京,大致京东一带,安谧如常。吴三桂十九日那天已经入关,目前仅在永平和玉田一带逡巡徘徊,并无杀向京城这边的迹象。二十七日那天,刘芳亮遣快骑送来消息,说在顺义东边发现了王永吉的动向,王永吉带了大约两万人马,二十三日晚间出现在顺义东边一个叫作"盘山"的小镇,驻兵两天。二十五日又离开了盘山,不向西来,却原路撤回,往东边的玉田、永平一带迂回,看样子是要撤回到山海关。

依据这些情报,结合喻上猷转述从张缙彦那里得到的信息,李自成和刘宗敏、牛金星前天做了个通盘的分析,认为王永吉奉崇祯帝的诏命勤王,可能在入关以后即得知了大顺军攻破京城的消息,因而把宁远军分为两路,打算趁着城内混乱,从北面和东面两路,同时并举,袭击京城。但王永吉的一路走到盘山才发觉,京城非常安稳,下手无机,只好传令吴三桂的一路按兵不动,等待他到了玉田或永平一带,两路会合,共同回守山海关。

有了这样的分析,自然就得出了这样的结论:关外清虏并不知道北京所发生的一切。因为王永吉和吴三桂至今尚未回到山海关,即可证明山海关外并无警讯。

得出了这个结论,李自成和刘、牛二人都暗感欣慰:只要关外清虏不动,王永吉的四万宁远军不足为惧!更令李自成感到欣慰的是,王永吉毕竟读书人出身,深明大义,知道防外甚于防内的道理,只要他督率吴三桂回兵山海关,就等于为大顺朝守住了东边的门户。现在只差一个名分:大顺朝派一个有身份的中枢大员,带上武将唐通,堂而皇之地予以招降之名,等于给王永吉和吴三桂送去一个台阶,让他们体面地下来,欣然受抚,如此山海关地面即可兵不血刃地为我所有。

至于要派的这个"有身份的中枢大员",李自成心中早已有了合适的人选,这个人就是二十三日新朝授职时,在下午第二榜特为公示的兵政府左侍郎左懋泰。

左懋泰是山东登州府莱阳县人,崇祯七年甲戌科的进士,先做七品的河南开封府祥符县知县兼署陈留县事务，崇祯十年内召，循序渐进，升为六品的吏部文选司主事，再迁从五品的本部稽勋司员外郎，去年又擢为本司四品的郎中，十年官场，可谓一帆风顺。十天前崇祯帝殉国，大顺军进京，左懋泰和绝大多数原明朝官员一样，认为江山易主，改朝换代，明朝的覆亡是天道循环、人心所向，而大顺新朝必能顺天应人、革故鼎新，给国家和百姓带来一番尧日重开的新气象，于是二十二日那天晚上，他毛遂自荐，亲自登门拜谒牛金星。一番密谈之后，牛金星当即决定，此人必须大用！

大用左懋泰，与招降吴三桂有关，原来胶东左家与辽东吴家是两代的世交，渊源极深，而这重渊源，说起来又与吴三桂的族伯父吴大斌早年到辽东的那段经历有关。

万历十年，吴大斌从老家浙江来到辽东，以谋略而参赞军务，广交各路豪杰，其中有一个叫左之武，是左懋泰的堂叔父。

左家是胶东望族，这一族显达于左懋泰的曾祖父左文升这一辈。左文升青年经商，往来于江淮之间，北货南运，南货北售，周而复始，往复获利，加以为人诚实不欺，做生意小利不计，南北货庄，都愿意和他打交道，给他预备的都是地道土产，因而销路极好，从无货物积压滞销之虞。如此辛苦积累，二十余年而成莱阳首富。他有三个儿子，长子叫左奎，次子叫左英。左奎也有三个儿子，长子左之龙，生子左懋甲和左懋第；三子左之祯，生子就是左懋泰。左英则共诞育五子，左之武便是左英的第四子。与吴大斌交谊最厚的是左之龙，而最初相交的却是左之武。

左之武少年得志，先中文举，后以边关多事，立志以武报国，乃于万历二十五年弃文就武，在济南府乡试中了武举，不久任为永平府守备。永平府与辽阳府同属蓟辽防区，两地仅隔了一道山海关而府域密迩相连，关外有警，关内的永平府必然受命增援关外，两地一体，所以左之武带兵巡守关外是寻常职司之事。由于这个缘故，吴大斌得以与左之武经常打交道。二人年纪相若而气味相投，都是长不满七尺而心雄万夫的豪杰之士，因而惺惺相惜，彼此仰慕，每一聚首，便把杯纵论天下事，长宵不寐，相与甚欢。

到了万历三十一年，由左之武的居间中介，吴大斌带上了年仅十三岁的族弟吴襄，从宁远城南的觉华岛乘舟泛海，飘然南下，专门到胶东半岛登州府莱阳县的左家会晤左之龙。

吴大斌之所以要结识左之龙，是出于对其人操守和风骨的仰慕。

左之龙生于嘉靖二十九年，万历七年他三十岁时始中乡举，此后数上公车，屡试不第。按照当时的制度，中了举人就算有了功名，有了功名就具备了出仕的资格。因此左之龙不再贪恋一个进士的名分，于万历二十五年赴京，到吏部投名"大挑"，分发到房山做知县。房山的矿业极盛，煤矿、石矿，甲于天下。为此宫中有权有势的高官和内监，视房山矿业为利益的渊薮，上下勾结，把持矿务，从中盘剥渔利，种种损公肥私的弊端，自嘉靖初年以来，延绵不断。历任的房山知县，明知个中积弊累累，而事涉朝中权贵，避之如同瘟疫，从来无人敢去染指匡正。左之龙一到任上，明察暗访，侦知有几个地方恶棍，依仗着一个叫张隆的宫内宦官的势力，上下其手，为非作歹，克扣矿工，中饱私囊。于是左之龙决心为民除害，一面动用公事，给朝廷拜发了一封"条陈"，一面不待朝命下来，就把这几个恶棍打了一顿板子，下入狱中。

这一来自然惹恼了张隆，当即派东厂的四名白靴校尉飞驰房山，要把左之龙拿入京中治罪。同官佐贰和房山县的士民矿工，都为左之龙捏了一把汗，担心他将遭不测之祸，从此毁掉了前程。然而左之龙这一年已经四十八岁，晚年入仕，不求显达，只想为老百姓做点好事，所以荣辱进退，置之度外，就在东厂的白靴校尉到达房山的那天，他大开县衙大门，素服便帽，高坐在大堂之上，准备坦然就道，进京抗辩。

等到四名白靴校尉昂然而入，正要动手拿人的时候，忽听堂外的典史高声传呼："圣上有旨，请大老爷堂上接旨！"

随着喊声，一名从京中疾驰而来的御前宦官手捧黄绫封匣，直趋堂内，见了四名白靴校尉，视如无物，看都不看一眼，顾自扯着条公鸭嗓子，细声慢调地高喊："房山县听旨！"

这一来，堂上堂下，包括左之龙和四名白靴校尉在内，都大感意外，不知道究竟发生了什么事，竟然惊动了皇帝！

原来是左之龙上奏朝廷的条陈起了作用。其时当国的内阁首辅赵志皋是个温厚宽和、稳重而识大体的宰相。就在张隆派缇骑去房山县捉人的时候，左之龙的条陈批到了内阁。赵志皋反复审阅，觉得条陈所奏，句句切中时弊，因而动用相权，决心不惜得罪张隆，也要救左之龙一把。于是亲自面谒万历皇帝，陈明利害，讨了这道谕旨，大意为：房山县知县所陈诸事，实关京畿矿政，甚洽朕意！然而未待朝命，先惩干犯，亦有违我朝制度，所以"着罚俸半年，仍留任，俾实心治理地方"！

就这样，戏剧性地躲过了一场无妄之灾，从此左之龙放开手脚，大力整肃，不到一年的工夫，煤矿石矿，井井有条，从朝中的贪官污吏，到地方的豪绅恶霸，都知道这位铁面大老爷的厉害，谁也不敢再从中玩什么花招了。左之龙亦因此而直声、能声，名满天下，都把他视为嘉靖朝名臣海瑞一样的刚介人物，朝野豪杰，争相与交，吴大斌在关外就听说了这一轶闻，每与左之武谈论起来，仰慕之意，溢于言表。

在房山三年任满，左之龙又迁转良乡知县。良乡在京南四十里，是天下驿传的总汇之地。历来驿传弊端，最难治理，难就难在朝中显贵的亲戚和眷属，狐假虎威，借公差之名而擅动公家的驿马和役佚，不仅骚扰地方，百姓不堪其苦，而且从县令，到驿丞，还要卑辞厚礼，奉承巴结，竭力满足这类不速之客的种种无理要求，否则说不定哪一天就会祸事临头。左之龙已经是个出了名的强项令，哪里容得下如此胡作非为之事？一到任上，公事公办，没有兵部的"传单"，任你是皇亲国戚，也休想在良乡这块地盘上揩公家的油水儿！如此一年，弊绝风清，适逢吏部考核，以优异的政绩，举为循良第一，正要内召擢用，其父左奎病逝，于是报部"丁忧"，回乡守制——这是万历三十年的事。

吴大斌带着吴襄，就在左之龙居家守制的第二年来到莱阳。此次之来，左家奉之为上宾。居丧期间，不沾荤腥，因而洗尘、钱别，均由左之龙的嫡堂兄弟们出面应酬。左之龙的堂兄弟就是左之武的亲兄弟，老大之宜，老二之有，老三之似，除去老四之武在任上未归，还有老五之注。左之龙则与胞弟之藩、之祯日日清茶陪侍，朝夕长谈。左之龙早年曾得一子，取名懋甲，前年——万历二十九年又得一子，取名懋第，这年两岁。左之龙的三弟左之祯万历二十五年生一子，就是左懋泰，这年六岁。此次在左家，吴大斌和左之龙把左懋甲、左懋泰以及刚刚学会蹒蹒步行的左懋第拢到一起，认吴襄为异姓叔侄关系。此为吴、左两家的交往之始。

丁满起复，左之龙又做了两任地方官，万历三十九年升为南京刑部员外郎，第二年又升为郎中。不料再过一年，受了同僚的嫉妒和排挤，讦告到京师的吏部，为此丢官。左之龙哈哈一笑："这正好遂了我的泉石之愿！"于是萧然一身，回到莱阳，从此在家乡学老农，事桑麻，结文社，课子弟，优哉游哉，陶然自乐，很有兴头地过了两年的田园生活。在此期间，特地把吴大斌从辽东邀了过来，分别十年的老友，又得终日把杯纵论。此次再来，吴大斌顺道带了六岁的族侄吴三桂。其时左之龙之子左懋第十二岁，左之祯之子左懋泰十六岁，论起来都是吴三桂的兄长，同为稚子之龄，三个少儿，日则同欢，夜则同寐，在一起相处了差不多有半年多的光景。

到了万历四十四年，努尔哈赤在辽东北部的赫图阿拉城建立"大金"，称汗自立，公然与朝廷分庭抗礼，辽东局势，陡然紧张。为了支撑关外，朝廷复用左之龙为"永平府同知"，专门负责对关外的军需供给，如此一来，关内关外，往复奔走，自然又和吴大斌能经常得以公私相聚了。

万历四十七年"萨尔浒大战"，努尔哈赤以少胜多，朝廷损兵十三万。次年左之龙积劳成疾，告病致仕。临行前吴大斌带了几个族人专门到关内的永平府为之饯行，其中就有年已十一岁的吴三桂。在永平，吴三桂与前来接左之龙回乡的左懋第和左懋泰兄弟二人再度聚首，数日盘桓，依依而别。

辽东吴家与胶东左家自万历三十一年缔交，至此已历十七年之久。后来左之龙卒于天启三年，吴大斌卒于崇祯六年。先人虽逝，而后人交谊依然不断，岁时两节，亦常常函札土仪往来。是这样一层关系，所以左懋泰自报奋勇，以为自己与吴三桂至少也算得上是总角之交，如今江山鼎革之际，一切除旧布新，而能为新朝做一番贡献，以两代通好之谊，把吴三桂招致来降，息兵止戈，天下太平，岂不是利国惠民的一场大功德？

由于这样的原因，李自成在二十三日听牛金星说明了情况之后，当机立断，授左懋泰为兵政府左侍郎。在李自成看来，兵政府左侍郎是大顺朝的戎政大员，阶秩上比吴三桂还高出一级，再辅之以原明朝的总兵唐通，则一文一武，身份相侔，有了这样两位风风光光的招降使，算是给足了吴三桂面子，吴三桂岂能不帖然来归？

因此他刚才听完喻上猷的汇报，很有把握地吩咐："喻上猷，散议以后，你立刻晓谕左懋泰，要他明天早饭后带上唐通所部的八千人马启程。到了山海关后，与吴三桂办理换防交割。还有，令左懋泰传谕吴三桂，归降新朝，就是识时务的俊杰，我不会亏待他。不过，一路上过来，也不必着急，悠悠闲闲地，能在下个月初十日之前进京见我就行。"要求下个月初十日之前进京，自然是想让吴三桂躬与自己的登基演礼，在李自成看来，这个面子给得十足了。

"是！"喻上猷口中答应，脸上却显得有些踌躇，犹豫了一下，感觉此时有一吐曲折的必要，因而顿顿嗓子，小心翼翼地说，"王爷，吴三桂久镇边关，在待遇上，似乎不宜与其他旧朝的总兵官相同……"

"你是说拿吴三桂与陈永福、白广恩、姜瓖、王承胤和唐通他们相比吗？"

"是！"

"都是前朝的总兵官，身份一样，待遇为何要有所不同？"

"虽然都是总兵，名望却大有差异，吴三桂毕竟是前朝皇帝亲封的伯爵。"

"唐通不也是崇祯亲封的伯爵吗？"

"是。不过臣以为，唐通不能与吴三桂相提并论。"

"是何道理？"

"第一，唐通不过八千人马，而吴三桂拥众四万，相差五倍之多。"

"嗯、嗯，拥众四万也算不上什么。你且说说第二。"

"第二，吴三桂自幼就生长在关外，熟知虏情，也是建虏的劲敌。崇祯十四年以后，虏酋皇太极曾经召其投降，是建虏急于想争取的人物。目前吴三桂处于我朝和建虏的两敌之间，其人对我朝是降附还是叛逆，动关大局……"

不待喻上猷说完，李自成摆摆手打断了话头。在他看来，吴三桂只能降附，若说叛逆，那是笑话！不过喻上猷强调的两点，虽然在他看来都构不成什么堂而皇之的理由，但事涉兵政，不好冷落了兵政府尚书，否则有玷大顺英主虚心纳谏的声誉，因而不妨听听喻上猷到底什么意思："那么，依你之见，该当如何？"

"王爷刚才说，吴三桂来降，王爷不会亏待他。这句话，臣以为应当预先有所着落。"

李自成也是极聪明的人，通前彻后地思索了一会儿，决定采纳喻上猷的意见："好。你可令左懋泰到山海关后，明白宣示我的口谕：吴三桂进京来降，我给他个侯爵！"

侯爵？此言一出，满座诧异！首先不服气的就是刘宗敏和牛金星。大顺朝在西安建国时总共才封了五个侯爵：汝侯刘宗敏、泽侯田见秀、绵侯袁宗第、亳侯李过和磁侯刘芳亮。这五位侯爷，哪一个不是十年拼杀、血贯铁甲而打出来的赫赫角色？可以说，李自成十余年来剪灭群雄、逼死崇祯，几乎荡平了长江以北的半壁天下，论功叙劳，这五个侯爷足称翘楚，举朝上下，打心眼儿里没有不服气的！而吴三桂什么东西？一个前朝的边镇总兵，手下不过四万人马，论功无功，论威无威，大顺军野战五营，哪一营都可随时灭了他！况且此人近来顿失旧主，目前正惶惶然如丧家之犬，徘徊京东，穷途末路，处于关外建虏和我大顺王师的两敌之间。身为汉人，若说吴三桂会屈志辱节而投靠关外的蛮夷之邦，那是连三尺童子都不屑与为的可耻之举！如此看来，则此人招之亦降，不招亦降，俯首来归不过是迟早间的事。就这样一个走投无路的一个敌国降将，凭什么他一来就要和大顺开国创业的汗马功臣平起平坐？

李自成最了解属下的心思，看到举座颇有异议的表示，他摆了摆手，示意安静，然后再做解释："吴三桂何足挂齿？我大顺军从长安到北京，两个月之间，横扫两千二百里。所到之处，除了宁武关的周遇吉，明朝武将，哪一个不是望风迎降？区区一个吴三桂，我如何会把他放在眼里？难道他比周遇吉还厉害？就算是吧，周遇吉抗拒王师，不是照样落了个死无葬身之地的下场吗？不妨这样说吧，如果打算剿灭吴三桂，十九日那天进城，我就会命令刘芳亮的左营立刻往山海关走一趟，只怕到不了今天，五天之前就已经把他灭掉了。可是诸位想想看，从十九日进城，到今天二十九，整整十天过去了，我为何并没有这样做？"

这一问，众目注视，满怀期待，都极感兴趣地盯着李自成，希望他立刻给出答案。

"经营天下，必须统筹全局。"李自成不紧不慢地继续解释，"从崇祯二年我拉杆子造反，十六年间，弟兄们跟着我马上奔波，几乎没过上一天安稳的日子。一开始，我也没有推翻明朝、经营天下的念头。那时候陕西大旱，颗粒无收，可官府仍然横征暴敛，逼得我们活不下去。所以呢，当时我只想带领着弟兄们闯出一条活路，不再受地方贪官恶吏的欺负和压榨，打打杀杀，四海为家，和官军周旋了十二年。到了崇祯十三年春天，为了避开官军的追杀，我们陕西老八哨的三千人马，从山西进入河南，正赶上河南闹春荒。河南的老百姓也很苦啊，也被官府逼得活不下去了，我们一来，都把我们当成了救星，纷纷投到我的闯字大旗下，也不过才两个月的工夫，我手下就集结了百万人马。从那个时候开始，我李自成才下定了决心，不能老是和官军打打藏藏，一定要名正言顺地推翻明朝，让天下的穷苦百姓都过上好日子。现在怎么样？上苍福佑，我李自成言而有信，明朝皇帝死了，暴政已经被我推翻，诸位想想看，天下已经在我的掌控之中了，这种时候，还需要再打仗吗？"

众人默然，但也全都一脸疑惑，因为李自成长篇大论，并没有回答他刚才自己提出的问题。

回顾了历史，再回到现实，李自成显得胸有成竹，仍然不紧不慢地说："眼下明朝的残余势力还不少，但我最关注的是两处：一是近在京东地区的吴三桂，一是远在荆襄地区的左良玉，这两个都是崇祯临死之前敕封的伯爵。吴三桂不足畏，就他那四万边兵，只消我动动小拇指头就可以把他灭掉！而左良玉拥兵三十万，是我扫平江南的一大障碍。上个月初八日在太原，我派前营袁宗第去驰援荆襄。前些日子不断有前营的军报传来，说袁宗第一到豫南，首先就把确山、西平一带的土寨势力打得落花流水。土寨头子刘洪起带了几千残兵逃到伏牛山里躲藏了起来，袁宗第正在派人搜山，要把这股势力彻底剿灭。刘洪起一逃，荆襄的明军失去了奥援，白旺趁势出兵宜阳，与袁宗第的前营互相配合，很快就夺回了德州和承天。左良玉顾此失彼，无法与我军周旋，现在已经乖乖地退回了武昌。荆州、襄阳、宜阳、承天和德州，这五处南边重镇复归我大顺朝所有。左良玉是明朝悍将，但却也是我大顺军的手下败将。崇祯十五年朱仙镇一役，被我打得狂奔六百里，好不容易才保住了一条性命。现在他屯兵武昌，也不过意存观望而已。观望什么呢？照我看来，他所观望的就是北边的局势！诸位想想看，吴三桂一旦来降，再无明朝兵将与我周旋，北方大局既定，左良玉还敢和我作对吗？"

这番侃侃而谈，虽然并不透彻，甚至有点儿语无伦次，但意思大家却都听明白了：招降吴三桂是为了震慑左良玉！推而论之，震慑了左良玉，剩下的江南明兵谁也不敢轻举妄动，从大局来看，很可能一道诏书，片刻瓦解，天下从此真的就要息兵止戈了，这是不战屈人的上策！而且再细细体会李自成的这一通长篇大论，明显地感觉出，这位即将登基的大顺皇帝不想再打仗了，而这番意思，恰恰与在座诸人不谋而合。尤其是跟随李自成征战十余年的大顺军将领，自从本月十九日进京以来，怠战之意愈来愈浓，三营将士，自下而上地涌动出一股京城已破、天下在握的乐观情绪。这种情绪最突出的表现就在于，以往无论胜败，大顺军在战事的间歇从未中断过日常的军事操练，而破京以来，至今已经整整十天了，除了刘芳亮的左营驻兵在通州之外，所有在京城内外屯驻的三营军士，竟连一次操练都没有演过！无怪乎李自成说："诸位想想看，天下已经在我的掌控之中了，这种时候，还需要再打仗吗？"果然众人一想，这种时候了，明明可以用怀柔手段解决吴三桂的问题，何必再去动刀动枪、血肉拼杀？

刘宗敏和牛金星都缓和了脸色。其他诸人有的点头，有的舒眉，相互窃窃私语了一阵子，又把目光聚向了李自成。

"所以呢，我要用一袭爵位，换取个天下太平。不仅如此，"李自成接着说，"吴三桂在关外的日子并不好过，我听说前朝已经欠了宁远军十四个月的军饷。此次左懋泰前去招降，可用我的名义带去四万两银子，这是给吴三桂的见面礼。宁远军四万人，一人一两，作为我对他部下的犒赏。至于吴三桂本人，等到他下个月进京来见我的时候，自然另有重赏。"

喻上猷大喜过望，但是还有话说："为了使左懋泰此行见功，臣另有请求，亦请王爷成全。"

"还有什么？你尽说无妨！"

"自今日起，请优待吴襄！"

"啊！"李自成很失悔的样子。

其实本月十五日在居庸关得到唐通招降吴三桂的保证时，他已经知道了吴襄居住在京城的消息。二十一日那天君臣议事，李岩也建议过，为了招抚吴三桂，应该厚待吴襄。但是，入城十天，百务倥偬，这件事早已被他忘诸脑后。经喻上猷这一提醒，李自成自觉荒唐！既然早就打算用怀柔手段解决山海关的问题，则招降其子，岂能薄待其父？不过略一思索，立刻有了补救措施："聚明！"他呼唤牛金星。

牛金星起身应答："臣敬候王爷差遣！"

"就烦你今日午时在内阁值房设宴，代我慰抚吴襄。"

"是！"

"还有，宴后告诉吴襄，就说是我的意思，要他亲笔给吴三桂修家书一通，劝其降顺。这通家书要赶在明日招降使启程之前，指派得力干员，送到左懋泰手里。"

"是，臣即刻遵旨办理，绝不辱命！"牛金星慨然回答。

看到自己的献议全部被李自成采纳，而且结果比自己预期得还好，喻上猷兴奋得满脸飞金，立刻肃身拱手，朗声回奏："王爷措置如此周密体贴，吴襄父子岂能不感恩戴德？臣敢担保，左懋泰此去山海关，必能使吴三桂心悦诚服，解甲来归！"

31

大明崇祯十七年四月初一日

回师关门

日上半竿的光景，傅海山一行终于赶到了玉田。韩万顺等另外三人被引到军帐中休息，傅海山则在吴三桂亲兵的带领下，匆匆进入总督的行辕大帐。

进帐趋跄，毫无礼仪，刚喊了一声"大帅！"，傅海山簌簌泪下，接着喉头哽咽，泣不成声："皇上、皇上……殉国了！"说罢以头触地，号啕大哭。

虽然不是新闻，帐内所有的人——王永吉、吴三桂、杨坤、童逵行和另外两个总督衙门的材官也都不免闻言震怵，和傅海山一样地涕泗交流，一时间呜呜咽咽，悲戚之声充满营帐。

等到好容易止住了悲戚，王永吉吩咐材官给傅海山搬了条凳子。行礼谢座之后，傅海山才开始要言不烦地将三月十七日以来京中发生的诸般大事作了简略陈述，与在盘山时从高三祥口中得到的信息相互参照和印证，一场天翻地覆大变故的始末过程逐步在众人的脑海里清晰起来。

于是相对无语，人人陷入了深思状态。深思了好大一会儿，王永吉突然问："皇太子呢？有没有皇太子的消息？"

傅海山一愣，心中暗自懊悔：百密一疏，在京城的时候与吴襄反复磋商，唯恐不周，却偏偏忽略了皇太子的消息！而总督垂问，又不能置之不理，因此只好老老实实地引咎自责："老总兵与卑职只想着尽快把京中的变故飞报给大帅，临来时匆匆忙忙，一时疏漏，竟忘了打听皇太子的下落……"

话没说完，立刻被王永吉打断："你是说，你在京里的时候，从未听说过皇太子的消息？"

"是！"

"刚才你说，二十一日那天早晨，国丈周奎向闯贼献出了定、永两位殿下，其中并没有皇太子？"

"是！"

"然则自闯贼十九日破城，到你前天离京，整整八天之内，城里就没有任何关于皇太子的音讯和传闻吗？"

"是！"

"奇怪啊！"王永吉捻须踌躇，满腹狐疑，"先帝殉难，举城皆知，而皇太子的存殁事关国本，剧变之际，何以影响皆无？莫非闯贼就不知道皇太子关乎天下的民心向背？或者反过来看，莫非闯贼已经知乎于此，因而暗中将皇太子戕害了？"

思索了一会儿，傅海山接口答道："想来还不至于。"

"何以见得？"

"京中有个说法，传得家喻户晓，说闯贼上月二十一日那天发出话来，要待定、永二王以杞宋之礼……"

"啊！"话没说完，王永吉和童逵行立刻明白了：李自成并无杀害皇太子之意！

吴三桂和杨坤却不知道"杞宋之礼"的典故，愣在那里，一脸迷惑。于是童逵行简要地把周武王克商立周之后，封夏朝后裔于杞国，周成王封殷纣王之兄于宋国的这两段史实介绍了一遍。弄懂了这段历史，众人的思路很快就聚到了一起：大行皇帝三子，其中任何一子都有承继大统的法理资格，李自成既然放出话来要优待二王，则其就没有单单杀掉皇太子的道理。照此来看，皇太子必定还在人间！

然而，由此延伸，众人不约而同地都想弄清另外一个久悬在心却又极难出口的问题：李自成究竟何许人也？

李自成是流贼的头子，这当然不是问题！自崇祯二年开始，皇帝的诏谕、朝廷的文书以及传阅天下的宫门邸抄，都把他和张献忠一样称为"贼酋"。十六年来，闯、献二贼诱良为盗，飘忽无常，攻城略地，杀人放火，十足的犯上作乱之徒。这样的盗贼，如何就能煽惑百姓，祸乱人间，而且屡挫官军，使朝廷耗费了无数的钱粮银饷，却又剿抚罔效，败而再起，最终逼得大行皇帝自裁殉国，而这个盗贼居然改元建国，眼看着又要称尊天下！

王永吉也好，吴三桂及其属下的宁远军将官也好，从来没有与流贼打过交道，而李自成此时已成气候，却是摆在他们面前不争的事实。上个月二十七日刚到玉田那天，童逯行从闯贼窃据京城八天之久而不对山海关用兵这一现象上分析出，李自成并无经略天下的见识和才能，但这毕竟是从军事的角度着眼而得出的结论。自古得天下者，若非武略，必以文韬，如今闯贼入居大内，却又放言优待皇子，以奠定八百年天下的周武王自视，莫非这个贼酋真有令人服膺的人君之望？

然而这个问题是最难开口发问的。以春秋大义相绳龟，则逼死君父者，即为不共戴天的仇寇，如今要问这样的仇寇是不是君临天下之器，心里有这样的念头就是一种罪过！因而帐内沉默，都在思考，要从哪条理路上来解开这个疑念才好？

踌躇良久，还是王永吉徐徐开口："傅海山，现在我问你话，你尽可如实回答，一是一，二是二，不必有所顾忌。"

"是！"傅海山随口应答，但心里却是很迷惘的感觉，不知总督何以有此关照。

"上月十九日闯贼破城以来，京中士民的情绪如何？"

就这一问，吴三桂和杨坤、童逯行不约而同地在心里齐齐喝彩！总督思虑，绵密审慎，不愧人杰之称。民心关乎社稷，从京中百姓的口碑中，即可看出李自成的行事如何，而从这个角度去追索疑问，既占身份，又不抬举贼寇，是非常巧妙的一问，因而众人的目光都聚向了傅海山，要听他怎样回答。

傅海山顿了顿，旋即醒悟，知道总督关心的是闯贼是否得人心的问题，但这并不是个很好回答的问题。京中士民的情绪不一，大致而言，直到他出京的上月二十七日为止，京中市肆如常，百姓安居，有惊恐而无变乱，士民的情绪算是比较稳定的。但这样陈述，却又不完全是事实，闯贼军兵与百姓相安无事，而对明朝官员却酷掠备至，仅自家老总兵的遭遇，就使他绝不愿意说闯贼的任何好话。而王永吉有"如实回答"的关照，则意味着自己的言入言出，要担负一定的责任。思来想去，决定还是从头说起为好。

532

"回大帅的话，上月十九日贼兵进城那天，民间反应，颇有分歧。大致南城、北城和东城一带比较平静，西城却有贼兵入户抢劫的情事发生。卑职亲眼看见，有五六个强抢民户的贼兵被枭首示众，尸体就挂在西长安大街的过街牌坊上。"

"你是说，抢劫民间的贼兵，当时就被闯贼处决了？"

"是！"

"对此民间有何议论？"

"闯贼以此手段笼络人心，自然就有人说他的好话。"

"嗯，嗯。"傅海山的语气显然表明，城中百姓对闯贼的做法是满意的，民间必有不少歌赞圣明之类的谀颂之词。但彼此意会，也就无须深问，所以王永吉继续说："之后的情况如何？你接着说。"

"十九日那天午后，伪兵政府和伪户政府满城张贴安民告示，说大军进城，秋毫无犯，保证士民安居乐业，工者从工，商者从商，店铺市肆，务必各安本分，照常营业。由于这个告示的作用，第二天市肆如常，并未影响士民的正常生活，民间的情绪是稳定的。不过在卑职看来，闯贼行事，极其狡诈，这些都不过是做的表面文章。"

王永吉一面听，一面催问："然则闯贼不惜杀喽啰以笼络人心，继而出告示以稳定市面，在你看来，其意何居？"

"二十二日那天，贼兵在南城崇文门外金台会馆，把躲到那里的国子监祭酒孙从度搜了出来，痛打一顿，逼着孙大人带贼兵到西城石虎胡同的宅第。贼兵在孙宅后院地窖里意外地挖出了一万两银子。九城哄传，就这件事惹恼了闯贼，认为区区一个清贫翰林，居然匿财如此之巨，则其他实职衙门官员的私产可知。所以二十三日在承天门外，闯贼张榜选官授职，凡未选用的我朝旧官，全都被贼兵羁押到国丈田弘遇和袁祐的府邸。从第二天，就是从二十四日开始，由巨寇刘宗敏和李过分别在田府和袁府用酷刑拷打我朝官员，目的不为别的，就为勒索钱财，这在贼军里面有个说法，叫作'追赃助饷'。卑职以为，闯贼不与民间百姓作对，专门酷刑勒索我朝官员，志在钱财，这才是他的真实目的。"

"嗯、嗯。"王永吉早就听说，闯、献二贼，同恶相济，原是一类人物，杀人自娱，掠财为喜。但闯贼自崇祯十四年攻破洛阳以来，行事上开始与献贼有所区别，一改流寇习气，转而为杀富济贫，招揽人心，不与百姓为难，专门打击明朝官员。如今听傅海山所说，两相印证，可知传说不虚。所以他微微颔首，表示对傅海山说法的认可。但他仍然不知道闯贼对明朝官员仇视到了何种程度，因此接着再问："闯贼的'追赃助饷'倒是个新鲜名目，遍览史书，闻所未闻。你且说说看，他是如何追赃助饷的？"

"唉——！"傅海山长叹一声，"大帅，这一节不提也罢！一句话：备极惨毒，不忍与闻！"

"怎么回事？"吴三桂没听懂傅海山的意思，立时拉下脸来，厉声训斥，"你随我父子二人在关外军中多年，为何如此不懂规矩？制台大人问话，你怎敢闪闪掩掩，不照实回答？"

王永吉摆摆手，做了个制止吴三桂的表示，然后对傅海山说："本督适才言之在先，有话尽管实说，不必有所顾忌。傅海山，你说吧，闯贼如何'备极惨毒'，本督倒要忍心与闻呢。"

一督一镇，话中都有责备之意，而以吴三桂的态度为甚，这在傅海山是有点儿委屈之感的。对巨寇刘宗敏的凶残暴虐，他深恶痛绝而此时却不愿畅所欲言，主要是源于内心的震撼、愤恨和恐惧。上月二十五日他在田府目睹了刘宗敏酷刑拷打明朝官员的惨状，至今思来，心中犹有余悸。其次此事又涉及吴襄受刑，重创在身。在京中的时候，吴襄特意叮嘱，不要把被刘宗敏拷打致伤的事告诉吴三桂，怕的是吴三桂闻言暴怒，失去理智。说起来自己心中的这种种顾虑，实在是一种回护自家小总兵的美意。不料美意未达，先起误会，这算办的什么差？回头在老总兵面前如何交代？再转念一想，实话实说，甚至不妨把话说得重些，也许反而能激起宁远军同仇敌忾之心，吴三桂或不免暴躁难耐，但以王永吉的总督声望，足以震慑和消解，不至于乱了大局。于是傅海山抛开心中的顾虑，一五一十，把刘宗敏在田府私制夹棍、酷刑拷打、几十人脑裂骨断而死，以及吏部右侍郎张惟机不堪痛楚、夺刃自裁的种种惨状和盘说出。

"老总兵呢？"吴三桂打断话头，异常关切地问。

"老总兵也没能躲过这一劫。"傅海山平静地回答。

"究竟怎么回事？说！"吴三桂站了起来。

"还好，总算没有当场过去。脸上挨了一鞭子，背上两鞭子，两条大腿被夹，昏死过去一次。交了五千银子，才把人换了回来。"

"回来以后呢？人怎么样了？"

"回府将养两天了，仍然不见起色，仅能说话而已。"

"啊？照你看，莫非还有不测？"

"难说。伤势太重，随时都有危险。"

"嘿嘿！嘿嘿！"吴三桂目眦欲裂，但还想竭力压住心头的愤恨，离座游走，往复疾步。当他走到中军材官身边时，突然找到了发泄的目标，但见他一把抽出这位材官悬挂在腰间的佩刀，奋力一劈，眼前的长脚坐凳顿时崩为两半，同时放吭高喝："大丈夫不报此仇，誓不为人！"

王永吉安坐如故，但做了个手势，意思是让众人不妨劝解。众人会意，纷纷上前，一个材官先把吴三桂手中的佩刀收了，另一个材官把散了架子的坐凳迅速收拾走，又换了一把同样的坐凳放到原处。杨坤和童遏行则一左一右，随声附和着吴三桂大骂闯贼，同时把吴三桂架弄到凳子上重新坐了下来。

等到吴三桂的情绪渐渐平复下来，一帐寂然，鸦雀无声。就这一顿挫间，吴三桂突然意识到自己又错了！在总督大帐之中，这样子失态震怒，颇有目无上宪之嫌。为此他局促不安，几次张口欲言，想解释一下刚才的举动，终因拙于辞令，欲言又止，但心中的惭愧之意却是都表现在脸上了的。

王永吉把这一切都看在眼里，依然不动声色，那种不怒而威的震慑力是帐中人人都能觉觉到的。如此僵默有顷，王永吉知道所期效果已经达到：前天以有言的训斥，已使吴三桂知所炯戒，此次则以无言的震慑，必能使吴三桂再生敬畏之心，把这个沙场骁将治理得服服帖帖，日后关宁两军，如臂使指，可以无忧无虑了。于是他缓缓说话："傅海山！"

"卑职听候大帅吩咐！"

"刚才你说，闯贼上月二十三日在承天门外张榜授职，但不知都授了些什么伪官职？"

"这个说来笑话！"傅海山既严肃、又一脸不屑地回答，"总共授了九十二个伪官。官职都是伪丞相牛金星篡改我朝制度而制定的名目，具体叫什么，卑职也记不住。吴老总兵说，大致相当于我朝六科给事中和分巡道御史一类的品秩。"

"尽是些五品上下的微末官职吗？"

"是！"

"授了伪职的都有哪些人？"

"卑职叫不上名字来，反正都是些无名之辈。只有一个人卑职知道，是四品官秩，原我朝的詹事府少詹事项煜，所授的伪职是伪太常寺少卿。"

"啊？"王永吉与项煜同科，都是天启五年乙丑科的进士，而且二人还是同乡：王永吉籍隶江南扬州府高邮县，项煜籍隶江南苏州府吴县，两县同属南直隶辖治。以同乡同年之谊，二人以往相契甚深，没想到国变之际，项煜居然觍颜附贼而甘受伪职，这对王永吉内心的震撼极大，因而捻须咨嗟，频频摇首："真没想到，项水心竟至名节不保！"——"水心"是项煜的"号"。

然而感叹之余，王永吉不免疑惑："詹事府少詹正四品，太常寺少卿也是正四品。如此看来，项水心所谓授职，也不过原品原秩，并未升迁？"

"是！"傅海山躬身回答，"吴老总兵说，除了一人，其余九十多个授伪职的，都是原官原品，不过名目换了一换而已。"

"你说除了一人？此人是谁？所授何职？"王永吉连连发问。

"左懋泰……"

"左懋泰？"一听这个名字，吴三桂首先心中一震，打断傅海山，失口发问。

"是，左懋泰原是我朝吏部稽勋司郎中。那天午后，伪吏政府特地为他出示一榜，说是奉了闯贼李自成的特谕，授为伪兵政府左侍郎。"

帐中除了两名材官，左懋泰的名字人人知道。王永吉不用说了，久历封疆，手握升黜大权，为属下立功人员保荐升迁，一个兵部的考功司，一个吏部的稽勋司，都是少不了要经常打交道的衙门，所以对左懋泰知之甚稔。不过王永吉此时尚不知道，吴三桂与左懋泰有两世通好之谊，而这层关系，杨坤和童逵行却是知之有素的。因此听了左懋泰被李自成特谕超擢的消息，吴三桂和杨坤、童逵行内心的惊诧，比王永吉来得还要强烈。惊诧之余，很快的，众人都有了共同的疑惑：在朝廷的中枢衙门里，郎中是司官，正四品；侍郎是堂官，从二品。左懋泰为何如此受闯贼器重，居然连擢三级，而且是与兵事有关的戎政大员？

举座狐疑，茫然莫解。还是傅海山机灵，突然想到有个重要情节尚未说出，于是他歉然地拱了拱手："禀大帅，卑职疏漏。闯贼授左懋泰伪兵政少堂，是派了特殊差事的。"——六部的尚书称"正堂"，所以侍郎称"少堂"，正堂、少堂，都是"堂官"。

"唔？"王永吉问，"派的什么特殊差事？"

"吴老总兵亲口对卑职说过，"说到这里，傅海山移目看了看吴三桂，然后才接着说："那一天的榜示特为标明：特授左懋泰兵政府左侍郎，镇守山海关等处地方。"

这一说，众人愈发惊愕！闯贼要用左懋泰镇守山海关？

就王永吉而言，自从上个月十九日奉诏入关以来，种种情报，无一吉音，而今天傅海山带来的这一消息，对其内心的冲击程度，仅仅次于在盘山获知的圣上殉国！这不明明显示出，闯贼并没有忽略山海关吗？果真如此，几天来对当前局势的种种判断，以及对未来事态发展的种种推测，岂不是通盘皆错！果真如此，闯贼倾大兵压向山海关，则自己掌控的五万人马将立足何处？

吴三桂此时的感悟则与王永吉完全不同：闯贼特派左懋泰出镇山海关，这显然是冲着自己来的！这一直观的感觉虽然还很粗糙，但却很强烈。自然地，他还想不明白，闯贼怎么会知道胶东左家与辽东吴家的世交之谊？他也还无从判断，左懋泰是不是打算真心为闯贼效命？不过有两层意思在他看来是绝对不会错的：一是闯贼想利用左懋泰来招降自己，为贼所用；二是由此可以看出，闯贼对山海关并不打算动武。

"制台，三桂还有几处不太明白，可不可以当面问问傅海山？"吴三桂有了两次在王永吉面前受挫的教训，因此内心时时提醒自己以后务必谨言慎行，所以他以请示的口吻，非常恭敬地问。

王永吉并不答话，只把手掌虚了一虚，意思是请便。

征得了许可，吴三桂这才转向傅海山："你在京里的时候，左懋泰造访过老总兵吗？"

"没有。"

"老总兵在什么场合和左懋泰照过面吗？"

傅海山想了想，很肯定地回答："也没有。如果二人照过面或者交谈过什么话，想来老总兵不会不对卑职提起。"

"好，这个知道了。我再问你，你说左懋泰授伪职是在三月二十三日午后，可是这话？"

"不错，是在三月二十三日午后。"

"闯贼命左懋泰出镇山海关也是在这个时间，对吗？"

"对！既授职，又派差，都是一个榜文公示的。"

"那么，至今为何左懋泰并没有向山海关这边过来的动静？"

这一问，全场注目，不光杨坤和童逵行，就连王永吉也双目霍霍地看着傅海山，要等他的答话。

傅海山定了定神，不慌不忙地说："这要分两层来看。第一，卑职离京是在二十七日早晨。从二十三日午后，到二十六日夜晚，这四天多期间，京中确实没有左懋泰动身往这边来的消息。第二，卑职离京之后，"傅海山一边屈指细算，一边认真回答，"二十七、二十八、二十九，哦，三月小尽，没有三十日，今天四月初一日——到今天此时，左懋泰有何举动，卑职就说不上来了。"

这个回答，精细入微，众人都感满意。但按照这个回答，就有一个非常不祥的可能：左懋泰也许就在二十七日后的某一天正往山海关这个方向行动！

就在众人的思路都积聚到这个可能性上，苦思冥想地推测着一旦这个可能成为现实，应该采取什么对策的时候，傅海山"啊"的一声，但立刻住口，表现出很犹豫的样子。

"什么事？"吴三桂问，"怎么吞吞吐吐的？是不是还有重要大事，刚才一时忘了？"

"这倒不是。"既然问到，傅海山就不能不说了，"卑职想起了一个说法，极少有人知道，是卑职二十四日在田府侍候老总兵的时候，听朝中官员眷属私下议论的。卑职无法证实这个说法的真假，怕谎言入禀，误了军中的大事……"

话没说完，吴三桂立刻打断："不管真假，先说说看，制台大人自有裁断！"

"不错！"王永吉也鼓励着说，"你从京中来，凡涉军国大事，片言只语，都可为本督用作参考。耳食之言，亦不必顾忌，尽管说来我听。"

"是！这个说法是，左懋泰要带着唐通一道出镇山海关。"

话音一落，吴三桂彻底明白了，杨坤和童逵行也大致弄懂了多半，只有王永吉觉得匪夷所思：闯贼意在山海关而命左懋泰前去镇守，所带的武官居然是明朝降将而不是李自成的旧部！

然而明白是明白了，吴三桂还有疑问："唐通的兵马驻扎在城里吗？"

"不是。这个城中人人知道，唐通在居庸关投贼之后，奉了闯贼的命令，去驻守密云了。"

"啊，怪不得！"吴三桂一时兴奋，脱口而呼，但立刻警觉，知道不能再自讨没趣了，所以他掩藏住心中的喜悦，一脸谦恭地对王永吉施了一礼，"制台，三桂有话，可否此时禀告？"

"说吧。"

"山海关有惊无险。"话说得没头没脑，而仅此一句，吴三桂就顿挫无词了。

这叫什么话！王永吉十分不解，愣着眼，看着吴三桂，是在等候下文。

其实吴三桂心中虽然明白，一时却又觉得千头万绪，不知从何说起，加以总督威严，三天来在他心中警惕甚深，怕万一言语失当，再惹误会，因而愈发踌躇难言。

毕竟旁观者清，童遂行始终都在观察着整个场面，此时觉得有出面化解的必要，因而提醒吴三桂："镇帅，制台大人尚不知辽左胶东之秘！"

这一提醒，吴三桂暗道惭愧！以总督的精明过人而参不透傅海山情报的价值，正是他不知道自己和左懋泰关系的缘故！这一层如不立刻解释清楚，不仅会使王永吉的判断失误，而且也会为自己日后落下不必要的嫌疑。于是他原原本本，从吴大斌万历十年由浙江山阴老家到辽东宁远投奔时任蓟辽总督的族伯父吴兑开始说起，把吴、左两家两代交往的始末过程一五一十地详细做了说明。这番话，吴三桂啰啰唆唆，费了半个多时辰才说得比较清楚了。

"噢、噢。"点破了这道关节，王永吉果然很快就明白了，"原来闯贼意在劝降！"

"是！"吴三桂接着前面的话题说，"制台明鉴！三桂以为，闯贼想利用左懋泰和标下的关系，用怀柔之策巧取山海关，这是走了一步臭棋！三桂食君之禄，就是大明之臣。当年在关外，虏酋皇太极和三桂的舅父祖大寿两次致书劝降，三桂尚且答以坚决不从，如今贼酋李自成也要再演这套把戏，岂不是枉费心机？祖大寿与三桂有血亲之缘，而左懋泰与三桂不过故交而已。汉贼不两立，请制台大人放心，一是标下绝不降贼；二是闯贼不用兵，山海关绝无险虞。"

这番话不无剖白心迹的意思在内，但却也真正是知己知彼之言。至此总算是将帅上下都弄清楚了敌人的意图，接着以此为基点，延展追索，一通百通，其他的所有疑惑都得到了合理的求证。所以杨坤接着说："怪不得京城陷落十天，闯贼迟迟不对山海关用兵，原来打的是这个如意算盘！"

"而且，卑职还以为，"童遂行说，"闯贼令左懋泰带唐通一道来山海关，此言不虚……"

话没说完，吴三桂接口对王永吉说："不错、不错！刚才三桂也想到了这个。唐通既然驻守在居庸关，则从传令到奉命，一来一往，没有五六天时间根本不可能开到京城，所以左懋泰二十三日受命，而至今没有举动，一定是在京中等候唐通的八千人马。"

话说得并不细密周延，但意思大家都听明白了。王永吉久领兵事，对军备部署已经相当内行，唐通又是他的老部下，而所谓"驻守密云"，其实是分守密云境内的长城古北口和墙子岭。闯贼二十三日授命左懋泰的同时给唐通

539

下令，待到令达密云，唐通召集部众再开赴京城，这一往一返，可不最快也要五六天的时间吗！再进一步去看，左懋泰仅带唐通的八千人马去山海关，则戈戈之数，哪里是关宁五万众的对手？如此来看，闯贼的意图，洞若观火：不战屈人，以文事而轻取山海关！

有此意会，多日来积郁在心头的阴霾一扫而空！只要摸准了敌人的脉搏，就不难细细筹划，对症下药。为此他很感谢傅海山带来的这些消息，以总督之尊，躬身示意："傅海山，多亏你数日奔波，带来了如此重要的情报。今日就在我帐中午宴，我要亲自为你奉觞三爵！"

傅海山刚才也颇感意外，他并未想到自己带来的消息对总督如此重要。在京中与老总兵密密计议，都是担心王永吉不知京中变故，贸贸然提兵与贼厮杀。没想到零零碎碎的信息，经总督、总镇他们一分析，居然拼补缝接，联为裾袂，把闯贼的完整意图都弄得一清二楚。此时又受到总督的赞赏，因而诚惶诚恐地说："卑职不敢当，谢谢大帅的恩典！"

"然则除了这些情报，吴老总兵还有什么话要你转告给我吗？"

"还有两个意思，老总兵交代卑职，一定要转告给大帅：一是京城内外，闯贼驻兵二十多万，请大帅万万不可激于义愤，贸然进兵争斗……"

"这个不用说了，匹夫之勇，无济于事。为先帝复仇大计，且待我筹思尽善再说。你说第二个意思吧。"

"第二个意思，老总兵说，请大帅暂且退兵关门，休养士马，同时不妨速速派人南下，与南京大司马史可法取得联系，敦请史大人督兵北上。如此差不多再过半月的时间，就可南北夹击，灭闯贼于宫阙，为大行皇帝报仇雪恨。"

"嗯、嗯。此意也在我的思虑之中，且容我斟酌尽善！——来啊！"王永吉吩咐身边的材官，"傅海山星夜奔波，尚未歇息。你先带他到侧帐中小憩一个时辰。同时传知伙夫，要备一桌丰盛的午宴！"

傅海山立刻躬身施礼："多谢大帅！卑职告辞。"

等到傅海山一走，王永吉招了招手："来、来，大家议议看。我的意思，闯贼难成大事。但看他刑掠我朝官员，就可知他不懂得如何治理天下；再看他既得京城，却不乘胜对山海关用兵，反而去做招降的美梦，则此贼又犯了兵家大忌。文治武功，皆不足称，分明还是草寇一个！——这些且不去说他了。现在要议的是，我军下一步如何举动？"说完以目巡视，是鼓励大家说话的意思。

论身份尊卑和军中地位，自然是该吴三桂先说话："制台，三桂以为，我兵不妨就在此地以逸待劳，等到左懋泰一进玉田境内，先把他擒了再说。至于唐通那八千人马，与我宁远军相比，以一对五，那还用说吗？只消一个时辰，三桂敢保把他全部吃光！"

话刚说完，杨坤接口："制台，如果采纳镇帅的意见，卑职请领四千快骑，出奇制胜，阵斩唐通，不劳镇帅亲自动手。"

二人说得义气豪迈，但并不是夸夸其谈。王永吉知道，在北边诸镇的总兵官当中，唐通是最弱的一个，不仅领兵最少，而且从未有过出头露脸的军事纪录，难当一面，充其量在大兵团协同的作战中，勉效偏师策应之劳而已，与宁远军相比，十不抵一，差别如同云泥霄壤，这样的战斗力，基本可以忽略不计。然而，王永吉并不认为吴三桂的意见可取，在他弄清了李自成没打算对山海关用兵的意图后，心里已经朦朦胧胧有了一个大致的应对策略，但还不十分清晰，而他知道，此时童逵行必然另有所见。所以，在吴三桂和杨坤期待他的回应的时候，他依然镇定自若地手捻长须，却把目光缓缓移向了童逵行。

以目相催，不能不说，但童逵行此时和王永吉差不多一样地，腹中已有成见，而朦胧未明。不过大处着眼、统筹全局的思虑，却是吴三桂和杨坤万万不及的，他说："大行皇帝宾天已逾十日，而缟素未举，国丧不发，我辈为人臣子，试问于心何安？春秋之义，有贼不讨，故君不得书葬！制台，卑职以为，眼下正可趁闯贼举措失误之机，速速回师关上，布告四方，为大行皇帝缟素发丧，以哀兵誓师，激励士气，鼓舞人心，拒贼寇之招降，伸大义于天下，使中外臣民悉知，有我关宁一旅在，则大明不灭，光复可期！诚如此，日后始能号召天下，共图灭贼。至于左懋泰、唐通之辈，眼下灭之不足以增我之威，纵之不足以壮贼之胆，且稽迟其几天之死，日后再说，尚不为晚。"

这番侃侃而谈，句句都说到了王永吉的心坎上！十几天来，凶信频仍，搅得他心绪烦乱不堪。他早已意识到，自己怀揣大行皇帝的手诏，当此国变之际，中外观瞻，尽萃于己。但如何才能使群伦宾服，把自己视为真正的中兴盟主？其间种种关系的平衡组合与巧为利用，是他近日来横亘心中的一大难题。而童逵行的这番话，恰好为他解决这些难题指出了一个高屋建瓴的突破点！为大行皇帝治丧，首先就掌握了号令天下的主动权，隐隐然自己有了"托孤大臣"的身份。以此身份为资本，以关宁两军五万人马的实力为依托，则大行皇帝手诏中"即着蓟督王永吉节制各路勤王兵马"这句话才能发挥实际的作用：内可使心存观望的旧朝军民心有所属，外则足以寒乱臣贼子之胆！到那时，身居关门，发号施令，灭闯贼于宫阙，奉太子以登大位，肃奸佞，用正臣，振刷朝纲，光复旧业，正可干一番媲美汉朝霍光和三国诸葛亮的赫赫相业！

心中负了这样一份厚重的责任感，王永吉兴奋异常，他问吴三桂："长白，刚才达德的意思，你听懂了吗？"

童逵行的话，吴三桂似懂非懂，其中蕴含规劝王永吉莫失良机而成一代中兴贤相的意思，他自然并未听懂，但下一步的行动，先回山海关为大行皇帝发丧，且置区区左懋泰和唐通于不顾，这个意思他倒是听明白了。而看王永吉的态度，是对童逵行说辞很满意的样子，所以他回答："是！达德的意思，三桂明白。"

"然则在你看来，下一步该如何举动？"

吴三桂想了想："制台，当下之务，自然是宁远军速回关门，为大行皇帝缟素发丧。然而，京师方向，也不能放松戒备。标下的意思，永平地处京关要冲，应该留兵驻守。"

"喔？你把想法尽管说来我听。"

"在永平留兵驻守，有两样好处。第一，左懋泰前来招降，就在永平回绝了他，让他无功而返，不能让他靠近山海关，以免探知我兵虚实。"

"嗯、嗯，不错！"王永吉抚掌称善，把闯贼的招降使者阻绝于永平，使其对于山海关的动向莫测高深，从兵法上来说叫作"虚则实之"，的确是个高明的做法。因而，王永吉继续鼓励："你再说说第二。"

"第二，我兵回关，可以把永平作为屏障。闯贼招降失败，必不肯就此罢休，一旦倾兵去犯山海关，正可调兵遣将，在永平挫其锐气，与其周旋。等江南兵马一到，贼兵必然闻讯而返，回守北京。如此永平、关门，两皆不失，于我军日后防虏灭贼，大有裨益。"

"好、好。"王永吉不能不承认，若论大政方针，童逵行的思虑绵密周全，而谈到军事上的部署安排，吴三桂却是当行本色。把永平控制在手，则永关之间就有了一百八十里的回旋余地，西拒闯贼，东防建虏，大有闪展腾挪的空间。如果没有这样一个空间，山海关就成了一座孤城，从军事上看，单兵独处，而不预为掎角呼应之势，这是非常危险的。因此王永吉立刻采纳了这个建议："照你看来，永平以留下多少人马为宜？"

"太多不必，太少又不足以着力。标下以为，可令副镇何进忠率参将郭云龙，领马步五千留驻。"

"好！就照这个意思！长白，你去分派吧，传谕全军，今日午后整备，明日一早，分头启程，何进忠先领五千人马进驻永平；其余的，杨坤率马军先行，你随着我带领步兵断后，严限于本月初五日，全部回到关门集结！"

"是！"

"慢、慢！还有一事要劳长白安排。"王永吉颇体人情地说，"傅海山从京中来，吴老总兵必有许多家事要他向你转告。午宴之后，你便可与他专门做个私叙，聊聊家常。"

"多谢制台体恤！"

"不过，聊完家常，还要难为他，明天和韩万顺一道，返回京城。"

"喔？"吴三桂迷惑不解。

"有件大事，只有他能做成——回京打探皇太子的下落！"

"哦、哦！"吴三桂明白了，"请制台放心，此事三桂来做安排。"

"告诉他，一旦打听出皇太子的消息，上焉者，暗加保护，以待我大军入城；如果做不到，则须即刻潜出京城，飞报山海关。"

"是！这是复国大事，三桂不敢马虎，一定切实遵照制台的意思办理！"

32

大清顺治元年四月初四日

议取中原

多尔衮今晚要约见一个人，此人名叫范文程。

范文程是北宋名臣范仲淹的第十七世孙。本朝洪武初年，范文程的六世祖范岳在湖广云梦做县丞，获罪遭贬，从原籍江南上江，千里流徙，黯然出关，来到当时还算是边外荒僻之地的辽东都司沈阳卫，就此落籍，成为沈阳人。此后两代无闻，三传而至范鏓，范鏓是范文程的曾祖父。此人东山再起，重振家风，一路上中举人，成进士，入官场，参枢密，在本朝的嘉靖初年做到了兵部尚书之职，后来与奸相严嵩积不相能，屡遭排斥，于是愤然辞官，回到沈阳。范鏓之子范沉，不克家风，比乃父差了一大截子，做官仅至沈阳卫的指挥同知。范沉有一子叫范楠。范楠共诞育两子：老大文寀，老二就是文程。

范文程生于万历二十五年，自幼聪颖，博览经史，尤醉心于历代治乱兴亡之道。万历四十三年他十八岁，院试中式，取为沈阳县学的生员。都以为他少年得志，按照这个路子再走下去，则乡试举人，殿试进士，外放则处江湖以抚民，内迁则居庙堂以事君，必能再次丕振家风，为大明朝做一番不辱先祖的丰功伟业。再也没有想到的是，万历四十六年，范文程从沈阳专程跑到抚顺去投效了努尔哈赤。其时努尔哈赤刚刚建立"大金"，而"大明"的秀才主动来投者，范文程是第一个。所以努尔哈赤立刻传见，一番晤谈之后，深为器重，对身边的将领们说："这是宋朝的名臣之后，你们要善待他。"从此置之左右，参与帷幄，成了大金的高级幕僚。第二年在抚顺东边的萨尔浒一带与明朝十三万大军的生死大决战中，范文程出谋划策，努尔哈赤多所采纳，结果一战而取霸定威，从此有了与明朝分庭抗礼的资本。

到了皇太极时代，范文程依然隆宠不衰。皇太极改"大金"为"大清"之后，设立"内三院"——弘文院、国史院、秘书院，以范文程为内秘书院大学士，每有国是，召对咨商，是汉人当中最受倚重的辅佐之才。期间皇太极三打大凌河，两困锦州城，以及松山决战、生擒洪承畴，进而说服洪承畴背明降清等诸般大事，范文程皆密与其间，厥功甚伟。

而仅仅这些，尚不足以言其奇，荦荦大端者，是范文程的见识卓异。此人两朝受宠，原因只有一个：满洲是女真人的后裔。当年女真人灭辽和宋，奄有中原，与汉人分治天下，版图及于黄淮以北。范文程即以此为满洲人构划宏图，力劝努尔哈赤和皇太极不要株守辽东一隅，而要恢复祖业，夺取中原，像金太祖完颜旻和金太宗完颜晟两代先祖那样，雄踞北方，占有大河以北的版图，成一番名标青史的赫赫霸业。可以说，努尔哈赤和皇太极父子两代，三十年来矻矻不懈的入主中原思想，最初源于范文程的启沃。

去年八月，皇太极崩逝，范文程顿失依靠，而且他也预感到爱新觉罗氏家族将有一场你死我活的逐位之争，因此韬光养晦，远离是非，借口皮肤病发作，跑到盖州温泉"养疾"去了，朝中政争，概不与闻。不过就在上个月末，他得到了一个消息，说河南、陕西一带的流寇已成气候，不光在西安建国称号，而且年初出兵山西，已经攻克了太原，正在往北打去，看样子志在不小，像似要与明朝争夺天下。这个消息使他暗暗吃惊，连日来反复筹思，决定无论如何要面见多尔衮，说服他趁着中原大乱，速速出兵，乱中取利，以免被流寇抢占了先机。为此他五天前特遣亲信家丁飞驰盛京，与多尔衮预约拜谒日期。没想到事情很顺利，前天亲信家丁驰回，说摄政王优礼先帝遗臣，约定初四日晚在睿王府设家宴款客。

昨天一早他带上两个家丁打马出发，从盖州到沈阳三百五十里，一路疾驰，今天午后的申牌时刻赶到盛京城，匆匆回到自家宅中，一洗征尘，换了一身拜客的礼服，在天色刚刚擦黑儿的当口，乘轿来到睿亲王府。

王府的门上已经受到过叮嘱，所以范文程一到，一个差役立刻进去通报，另一个差役恭恭敬敬地引导着客人，穿院入巷，过了两道月门，来到客厅阶下。

"久违、久违，有日子没见范先生了。"多尔衮满面笑容地迎了出来。

范文程先按照旗人家的规矩，单膝下屈，右臂前伸，打了个非常边式的千手礼:"文程恭请王爷金安!"接着又要双膝跪地,行拜见摄政王的朝参大礼。

没想到多尔衮抢先一步跨了过来,左臂环腰,右手抚肩,把范文程紧紧地拥在胸前。这是满洲人最隆重的见面礼节,称为"抱坎"。

抱坎礼毕,多尔衮亲挽客人之手,语气温和地说:"范先生请入席。"一边说,一边引导着客人登阶入室。

陪客只有两个,一个是御前大臣、不久前又授为内弘文院大学士的祁充格,另一个是内国史院大学士刚林。二人分别上前,与范文程相互见礼,寒暄既毕,宾主落座。多尔衮做了个手势,侍立在侧的王府总管立刻转身出去调度。

不大一会儿,几名后厨的差役顺序而入,摆盘的摆盘,打盖的打盖,华灯初照之下,十色珍馐,耀人眼目:有塞外的锦鸡、蒙古的肥羊、关东的熊掌、辽西的白鹿、松花江的鲑鱼、长白山的猴头。还有一道美味极其难得,是朝鲜国王刚刚进贡来的对马海峡大鳌蟹,仅仅从两只鳌腿上剥下来的肥肉,就盛了满满一个大瓷海盘子,晶莹剔透,白如羊脂,引得人垂涎欲滴。

酒是睿王府的家酿陈曲,异香扑鼻,醇烈非凡。多尔衮频频劝觞,两位陪客亦轮番捧爵相敬。范文程正值四十七岁的盛年之龄,长身伟躯,仪表俊朗,以文人之相而兼武人之质,由于长年随军出征,与八旗将士日则马上挥戈同战,夜则帐中相聚豪饮,所以对杯中物嗜如琼浆,是八旗中有名的海量。此时对付此类应酬,自然是来者不拒,酒到杯干。然而待到三巡既毕,范文程却摆了摆手,笑盈盈地对多尔衮说:"王爷,文程今宵不辞一醉。不过,且容文程先把正事说完如何?"

"好、好。"多尔衮罢杯敛容,对着两位陪客说,"暂缓进酒!今晚正要聆听范先生的妙论。"说着站起身来,亲自用解手刀片下一大块鹿唇,递到范文程席前的白瓷盘里:"说吧,请范先生边吃边说。"

这更是难得的恩典!范文程逊谢不遑,拈起鹿唇,浅尝辄止,然后用洁巾抹了抹嘴,在三双期盼目光的催促下,缓缓开口:"王爷熟读《三国演义》。汉末天下大乱,群雄并起,最终演化成魏、蜀、吴三国鼎立之局。蜀汉在西,东吴在南,这两个且不去说他,王爷总还记得,雄踞北方的曹孟德当年是因何起家的吧?"

多尔衮稍一思索,立刻明白了范文程的意思:当年曹操以镇压黄巾军起家,而所谓"黄巾军",就是一群头裹黄布的乡村农夫和城镇流民,时称"黄巾贼"，以古喻今，则黄巾贼自然指的就是关内的流贼。所以他问："范先生莫不是听到了西部流贼的什么消息？"

"是！说是有一股流贼，已经在西安建国了。"

"不错，是闯贼。"多尔衮想了想说，"那是年初的正月二十六日，蒙古鄂尔多斯部和科尔沁部同时来报，说闯贼今年元旦在西安建国，国号大顺。我当即以皇帝的名义给他们写了一通书信，派了信使前往投送，希望携手联盟，共同伐明。"

祁充格立刻接口："王爷说的是。那天我在御前当差，是王爷让洪承畴写的书信，信使是个汉人，叫迟起龙。"

"喔？"这段情节，范文程并不知道，今年年初他正在盖州温泉疗养，谢绝宾客，百务不问，没料到居然还有这么一档子事。不过略想一想，三个月前的事了，已成旧闻，盛京城中尚不知道闯贼已经攻破太原、正在朝北面方向打去。不过多尔衮年初能想到联合流贼、共同伐明，他认为是个很不错的思路，这个思路早在十几年前曾为肃亲王豪格所提起，但因种种缘故，皇太极时代并未予予施行。那么这个思路在当前形势已变的前提下还有价值吗？有此思念，因而他此刻关心的是迟起龙："那个迟起龙把书信送给闯贼了吗？"

"没有。"多尔衮解释，"迟起龙上个月回来销差，他说，二月十八日走到陕西榆林，被大顺国的士兵截住，反复交涉之后，他把那通书信交给了一个姓王的驻守大将。"

"唔、唔，那也算送到了。"范文程算了算日期，"二月二十八日到榆林，榆林距西安不过五六日的途程，三月初这通书信就应该送到闯贼手里了。今天四月初四日，整整过去一个月，闯贼如欲与我联合伐明，派人给回信儿的时间足够了。然则请问王爷，此后还有下文吗？"

"没有。"多尔衮回答。

"王爷可曾想过，其故安在？"

"其故有二：一是闯贼并无大志，西安建国，意在割据一方，所以没有必要与我联手；二是闯贼不知我国虚实，心存藐视，故而不愿与我联手。"

"嗯、嗯，王爷所言极是。不过文程不取其一，独赞其二。"

"你是说，闯贼不愿与我联手，他那边独自行动了？"

"是。"范文程觉得，闯贼不给回信，就意味着他们不打算与清朝合作，因而此时再谈联合伐明也就没有任何意义了，所以撇开这个话题，直接进入今日要说的大事，"文程得到的消息是，闯贼已经打下了山西首府太原，正在往北开进。"

"来啊！"多尔衮扬扬手，是在喊王府的总管，"快去我的书房，把那张地图取来！"

很快地，王府总管取来了地图，指挥几个差役，挪动了几把椅子，把三个条几合并到一起，才能把这张大地图铺展开来。

宾主四人，相将离座，一起凑了过来。王府总管捧着一盏硕大的白纱灯，灯烛照耀之下，图面的线条和文字晰晰可辨。

先找到西安，再找到太原，又找到燕京——满洲人仿照他们的先祖女真人，历来把明朝的北京说成金朝的燕京。

"王爷请看，"范文程指点着地图解说，"西安距太原一千二百里，太原距燕京一千里——从西安到燕京总共两千二百里，闯贼已经越过了一半多。不过，从西安到太原，这一路上没有重镇，明朝基本上也没有配置重兵，所以闯贼捡了个便宜，如入无人之境。从太原到燕京就不一样了，请看，这里有大同，这里有宣府，过了宣府往东，喏，这里还有居庸关。这三处是明朝的军事重镇，都有重兵驻守，想来闯贼此时正在这一带与明军缠斗，如果明军拼死护守，将会耗费闯贼的大量时间和兵力。但无论如何，闯贼此番举动意在袭取燕京，王爷，对此文程可言以必！"

"嗯、嗯。闯贼行动，可称迅捷！"多尔衮脱口赞叹。他和祁充格、刚林又把地图细细看了一遍，然后宾主四人重新落座。

"那不很好吗？"多尔衮接着刚才的话头说，"先帝多次说过，明朝强大，我朝弱小。伐明朝就像伐大树，必须反复施以斧锯，日久始能见功。为此先帝在日，我兵五次入塞，两次围困燕京，就是要消耗明朝的兵力和财力，等到它日后财枯力竭，那时再看准时机，奋力一击，中原即可入我掌中，这是先帝伐明的既定策略。如今闯贼从内里闹了起来，等于替我朝在消耗明朝，岂不是意外的好事？且让他两家厮杀去，我在这里坐山观虎斗。"

"王爷，请恕文程出言无状，'坐山观虎斗'所喻非义。在文程看来，明朝这棵大树倾覆就在眼前。文程担心的是，太祖武皇帝和太宗文皇帝三十年萦萦在心的黄河以北土地，被流贼抢了去。"

这倒是匪夷所思的看法！不过多尔衮知道，范文程此说必有所谓。而祁充格和刚林却很不以为然。

548

祁充格姓乌苏氏，隶于满洲的镶白旗，在皇太极时代立过功，授为"礼部启心郎"；也犯过罪，被罚"贯耳鞭责"，交给多尔衮约束。多尔衮摄政后，起用为御前大臣，又授为内弘文院大学士，对多尔衮忠心耿耿，是与刚林一样，被多尔衮视为左右臂膀的心腹人物。此时有话，不吐不快，范文程字宪斗，所以祁充格拱拱手说："宪斗兄，明兵孱弱无能，此为弟所深知。不过认真比较两国的实力，差别之大，亦不容忽视。明朝人口八千二百万，我朝人口仅称百万，尚不及其余数；明朝兵员百余万，我朝不过十余万，则明兵十倍于我，而且明朝版图，亦二十倍于我。我兵之长，在于马上驰驱，若论趁敌不备而突袭制胜，则敌不如我，此所以先帝在日，我兵屡屡入塞得手的原因，不过也只能速胜速归而已。若论长围久困或陈兵相持，则以其幅员之广、人口之众和兵员之巨，我朝哪有这样的人力财力与其长久消磨？是故兄所谓明朝大树倾覆在即之说，弟实实不敢苟同。"

刚林是在皇太极时代就与范文程共同参与政事的满洲大学士，二人表面睦棣雍容，彼此也还算相安无事，其实各自对政事的看法并不一致。在刚林看来，范文程不断劝说皇太极占取中原是私心自用，为的是邀功取赏，成开国元勋以洗刷自己汉人投满的恶名。就人脉关系而言，刚林所接触的大多是些满洲贵族和武将，这些人都有据关外以自足的思想，不大看得惯如范文程这类时时以中原为念的汉人。此时刚林听出了范文程的意思是要建议多尔衮出兵关内，因而也感到有劝阻的必要，他说："我朝立国未久，关东之地八十万里，而外藩有朝鲜，内附有蒙古，经营起来，已经很费力气了。自太祖武皇帝建政大金，三十年来，征战不已，民间为此疲敝不堪。此时正宜休息士马，培养民生，民生厚则国本固，立足关东，丰衣足食，让我满洲子民安享乐土，这是我朝开国的根本宗旨。如果不此之图，而要用兵关内，与明朝和流寇两强为敌，窃以为前途未可逆料。搞得不好，不是被明朝日久拖垮，就是被流寇趁机吃掉，或者两敌联手，共同谋我，大清朝的天下就很可忧虑了。"

二人各自为词，立足点并不一样，但振振有词，说的似乎都有些道理。多尔衮默默倾听，也不表态，只把目光移向了范文程，要看他是什么说法。

范文程知道，刚林的意见是有代表性的，满洲贵族大都骁勇善战，打起仗来凶悍无比，而目的却是为了掠夺财货女子，并无问鼎中原的天下之志。如果不先把这样的狭隘意识消除掉，则多日来为朝廷的苦思谋划都将白白作废。不过要驳倒刚林并不难，一是他知道，多尔衮是英雄自诩一类的人物，不会满足于窝窝囊囊地局促于关外一隅之地的现状，但此人行事，无利不图，只要能让他意识到现在是进图中原的大好时机，他就绝不会采纳刚林的意见；二是刚林的话，有明显的漏洞，他决定捉住刚林话中的漏洞，釜底抽薪，从根本上打消这种惰性思维。

刚林字公茂，所以范文程说："公茂兄差矣！先帝承续太祖武皇帝的遗业，去汗称帝，改大金为大清，宗旨绝不是为了占有关外之地以自足。先帝御宇十七年，收蒙古，降朝鲜，平定黑龙江之北，经纬万端之际，尚且五次入塞，深入明朝腹地，念念不忘的正是要击溃明朝，占据中原，以恢复当初女真先祖的大业。先帝宾天未久，我辈正该秉承遗志，完成其未竟之业，岂能安于现状，辜负了先帝一生的良苦用心？"

强调先帝的遗志，这个分量太重，刚林自然无话可说，但如果不把目前的天下大势剖析明白，不仅祁充格还存着糊涂想法，恐怕连多尔衮也不会痛痛快快地采纳自己的意见。因此，看看刚林语塞，范文程接着针对祁充格的话说道："至于明朝，疆域虽然辽阔，人口虽然众多，却早已现出败亡之象。自万历朝以来，党争、宦祸，接踵不已，君臣不和，文武倾轧，致使政令不行，朝纲紊乱。为此上天愠怒，不佑其民，天启朝以来，十余年荒旱不断，庄稼绝收，百姓贫敝已极，而官府犹自催征不已，是故自崇祯初年开始，饥民啸聚为盗，流窜作乱，祸害及于西北、中原和江淮。自古国亡亡于内，从其内部来看，种种败象，层出不穷，其病已深入肌理。这样的国家，版图虽大，却早已成了空架子；人口虽众，而百姓却与其朝廷离心离德，就像一棵大树，其根已腐，仅余枝干而已。文程断言，明朝这棵大树，只要稍施斧锯，倾覆就在眼前。再说明朝的兵力……"

话没说完，多尔衮摆手打断："明朝的兵力不必说了，除了关外宁远军，内地弱兵，不堪一击！范先生，你只说，照你看来，我朝现在出兵关内，是时候吗？"

"是！明朝之败，不待蓍卜。目前中原大乱，黄河以北，荼苦已极，百姓久已无所依附，人心思择令主，如大旱之望云霓。当此之时，闯贼趁势而起，这才是我朝的心腹大患。以往明朝的劲敌，唯在我国，而今闯贼崛起，形势便发生了根本变化。当年纣王无道，武王伐之，那是以一对一的局面，以有道而伐无道，天下人心向周，八百诸侯协力，故能一举而成大事。如今不一样了，正如秦失其鹿，天下逐之。明朝犹如虐纣暴秦，败之不难，怕的是明朝皇帝败逃之后，大河以北，剩下了我朝与闯贼两雄并峙，形成楚汉相争那样的八年乱局，那一来最终鹿死谁手就很难预料了。是故黄河以北的土地和人民，不患不易其主，而患所易之主是闯贼而不是我朝。我朝出兵，看起来是与明朝争天下，其实是与闯贼较雌雄。胜负之判，不在于我与闯贼直面争斗，而在于双方谁能抢得先机：我朝先得燕京，则我朝胜，闯贼负；闯贼先得燕京，则闯贼胜，我朝负。在文程看来，未来的中原之主，不是闯贼，就是我朝，先下手者为强，戎机得失，就在双方的下手快慢之间。这是千载一时的机遇，错此时机，则闯贼得手，我朝三十年的惨淡经营将前功尽弃，先帝恢复祖业的鸿猷大计亦将付诸东流。王爷，现在正是英雄建功立业之时。天将与之，岂能不取？文程以为，成大业以垂修万世者在此，失机会而遗悔将来者也在此。"

这番话说得多尔衮怦然心动。自去年八月先帝崩逝以来，朝中政争，波涛汹涌，好不容易把个混乱不堪的局面稳定了下来。然而强势摄政，人心并未宾服，八旗之中，两白旗自然没有问题，礼亲王代善的两红旗也还算顾全大局，事事为自己撑着面子，但另外四旗，摇摆不定，虽然还不敢公然抗命，但两黄旗为先帝生前所亲将，与自己的死对头正蓝旗旗主肃亲王豪格有千丝万缕的关系，而镶蓝旗旗主济尔哈朗对自己表面柔顺，实际上暗中与豪格过从甚密。自去年八月，豪格痛失皇位，隐隐约约地听到他在各处散布对自己的不满情绪。所以如今政局趋稳，不过是表面现象，一旦朝中有事，譬如说豪格发难，另外四旗随时都会对自己倒戈相向。满洲八旗，最崇尚的就是武功，果然如范文程所说，出兵伐明，夺取中原，立一番恢复祖业的赫赫武功，自己的名字便可与金太宗完颜晟相媲美。到那时，论公则开疆拓土、光宗耀祖，论私则功盖朝野、谁敢不服？

"不过，"多尔衮说，"我兵从未与流贼交过手。献贼不必说了，既然闯贼已经在西安建国，如今又夺取了太原，其兵力就不可小看。听说闯贼李自成横行中原十几年，目前拥兵百万之众，而我则举国征募，也不过仅能凑够十三四万而已。以寡击众，兵家不取。不知范先生对此是何看法？"

范文程立即接口："刚才文程反复强调时机，用意正在于此。闯贼目前正在太原之北的大同或宣府一带与明兵缠斗，趁其进京受阻之际，我兵疾进，出其不意，率先攻取燕京，将明朝皇帝要么生擒，逼使其与我国谈判，划河而治；要么一鼓作气，将其赶往江南。二者有一，即可稳操胜券，进而扩大战果，稳

551

定河北。如此一来，大河以北地面首先为我所有，使闯贼意图落空。王爷请想，到那时，江山易主，河北已属大清，闯贼还敢再起进图燕京之念吗？"

"你是说，只要我兵抢先打下燕京，就不会与闯贼厮杀了吗？"

"是！文程谋划再三，唯有出奇兵而败弱明，始能免兵戈而退强贼。"

"嗯、嗯，我明白了。"多尔衮笑着说，"把明朝赶到黄河以南，逼使闯贼退据西北，我朝则占有中原，这样一来，又要弄成一场'三国演义'了。"

"不错！大势如此，千载一时，错过了这个时机，王爷，当年魏武雄霸之业废矣！"

多尔衮平日无事最喜欢翻看译成满文的《三国演义》，平生以雄踞北方的曹操自期，范文程的这番话连恭维带刺激，恰好能够打动他。

然而夺取燕京，就要倾全国之力，一战收功。这样大的举动，必须计出万全，谋定后动，任何一个环节都不能出半点儿差错，否则一击不成，铩羽而归，不仅日后无以激励八旗将士再图中原的士气，而且英名玷损，威风扫地，自己的摄政身份和地位也将大受威胁。因此，一旦出兵，成算如何，是他最关心的问题。

"来啊！"他召唤王府总管，"斟酒！"

待到各人的门杯斟满，多尔衮举杯遍邀诸客："来，且干了这杯酒，再与诸位从长计议！"说完一饮而尽，拿空杯照了照，然后放下酒杯，用手拈起一块狍子肉，细嚼慢咽，低头无语，顾自在心里默默盘算的样子。

范文程和两位陪客也随着主人一样，先喝酒，再吃肉，但举动无声，是怕干扰了主人的思绪，只各自把目光盯紧了多尔衮。他们知道，"从长计议"必有深意，多尔衮是在考虑一场大征伐的具体细节了。

不料过了好大一会儿，多尔衮叹了口气，欲言又止，自斟自饮地又呷了一口酒，依然默不作声，继续做踌躇思考状。这样的举动，与其素来的行事大异其趣。多尔衮是个敏于思而捷于行的人，每遇大事，果于裁决，从不优柔寡断，而今天何以患得患失，倒像是换了一个人似的？

又过了一会儿，多尔衮终于开口了，不过面带戚容，先叹了口气才发问："此次出兵，不知范先生以为从哪里入关为好？"

范文程不知道多尔衮为何叹气，但却毫不迟疑地回答："长城西边的各个关口都可入关。文程以为，此次出兵，可以相机行事，大安口之内的遵化，喜峰口之内的迁安，这两处都是明朝的坚城，可以先取其中的任何一处，留兵屯守，作为日后我军往来的通道。"

多尔衮听罢，双眉一蹙，目光在三位客人的脸上游视了一会儿，叹声而言："唉！诸位还记得十四年前，二贝勒阿敏怎么死的吗？"

问到这件事，都不免一愣。但很快地，三个人大致明白了多尔衮的顾虑所在。

努尔哈赤建政立国称"大金"，设"四大贝勒"轮值国政。大贝勒代善是努尔哈赤的第二子，三贝勒莽古尔泰是其第五子，四贝勒皇太极为其第八子，唯有二贝勒阿敏不是亲生之子。阿敏是努尔哈赤的胞弟舒尔哈齐的儿子。舒尔哈齐共有九个儿子，到了皇太极的"大清"时代，最受重用的是第二子阿敏和第六子济尔哈朗。十五年前是明朝的崇祯二年，也是清朝的天聪三年，其时阿敏是镶蓝旗的旗主。这一年的十月，皇太极亲统大军、绕道蒙古、费时差不多一个月，经承德破大安口和龙井关入塞，十一月陷遵化，把城里男女老少的汉人全部杀光，留下范文程协同另一个武将察哈喇屯兵驻守这座空城，为的是以此作为日后进出长城的通道。十二月皇太极率兵直趋燕京城下，屯营于德胜门之北六里的"土城关"。第二天明朝的大同总兵满桂和宣府总兵候世禄率两镇兵马集结于德胜门外，与清兵营盘咫尺相对，而皇太极丝毫不为所动，旁若无人地带着几个将领绕燕京城环视一周，自然是在寻找城上的弱点，以确定攻城的位置。找来找去，发觉南城比较薄弱，而且城外地势开阔，利于聚兵猛攻。于是第二天传令大军移驻到南城永定门外二十余里的"南浦"，在此休整两天，兵食酒肉，马喂实料，鼓舞得全军上下摩拳擦掌，只待号令一下，立刻破城。到了第三天，全军起营，向北推进，进至距南城城厢仅仅三里之地的时候，皇太极正要下令攻城，突然接到哨马快报，说是大事不好，袁崇焕来了！这一来皇太极大为恐慌，亲率千骑前往察看。一看果然，袁崇焕刚刚带兵从山海关那边赶到，正在燕京城东南边的广渠门外安扎营盘。于是皇太极二话不说，下令速速撤兵！

皇太极为何如此惧怕袁崇焕？原来在明朝的天启六年，努尔哈赤攻打关外宁远，遭袁崇焕重创，不久忧郁而亡。皇太极继汗位后，为了给父汗报仇，也为了攻取山海关，再次攻打宁远，又遭袁崇焕重创。有了这两次教训，皇太极深知袁崇焕不好惹，所以心有余悸，闻名规避，放弃了这次攻打燕京的计划。

撤兵之后，引军东去，第二年的二月，连克迁安、永平和滦州三城。三城既下，皇太极把阿敏作为主帅留在永平，迁安和滦州也留下武将驻守，均归阿敏节制。安排好这一切，皇太极班师，临走前谆谆叮咛阿敏和其余留守诸将："你们不要以为我这一去就不回来了。我这次回去是要调集国内的兵力打开山海关，疏通后路，以便迁都内地，为我国做长治久安的打算。"之后便顺着原路，从遵化出塞，回到了盛京。在皇太极想来，只要阿敏能久据关内三城，就等于切断了京关通道，既可在日后经遵化攻取燕京的时候，封堵山海关方面的明朝勤王之师，又可等他从盛京率兵"打开山海关"的时候，阻击明朝从京畿方向来救山海关的援兵，左右逢源，一举两得。

这个策略，看似高明，实际上根本就行不通。皇太极万万没有料到，他刚从遵化回到盛京，明朝的内阁大学士孙承宗便奉崇祯帝之命，出山海关召祖大寿带着两万宁远军杀进关内，同时兵部檄调关内各路兵马，近十万大军齐集京畿之地，先攻滦州，清朝守将不能支。阿敏闻报，自知孤军难久，先把迁安的守军和百姓全部移往永平，然后派兵去援滦州，不料被孙承宗设伏拦截，阵斩四百余人，其余的清兵也全都逃进永平城。这一来阿敏成了瓮中之鳖，孙承宗督率祖大寿和各路兵马日夜攻城，无奈之下，阿敏下令把永平城中的明朝降官和百姓全部杀死，自带残兵，夺门而逃，从迁安附近的冷口狼狈夺关而去。

阿敏一逃，留在遵化的察哈喇和范文程知道这条通道已经不起作用了，也只好弃之而走。如此这般，皇太极苦心孤诣费时四个月而打下的关内四城，不到一个月的工夫就被明军全部收复。就为此事，皇太极勃然大怒，将逃回盛京的阿敏削职为民，囚禁高墙，不久阿敏便在囚所里郁郁以终。阿敏死后，镶蓝旗易主，改由济尔哈朗主掌。

阿敏之死，暴露出来一个重要的军事战略问题：明朝的穆宗隆庆初年，调戚继光北御蒙古的袭扰。戚继光时任"总理练兵事务节制四镇兼蓟镇总兵官"，到任后大刀阔斧整顿边防部署，把北边长城划为西、中、东三区共十二路。每区由一名副将领兵"协守"，日久音讹，变"区"为"协"。"西协"在密云一段，有古北口和墙子岭两座关门；"中协"在与蒙古科尔沁部接壤的遵化、蓟镇和迁安一线，这一协的关口较为密集，有龙井关、大安口、黄崖口、喜峰口和冷口。山海关和界岭口则属于"东协"范围。三协之中，西、中两协的各个关口，内外皆是山岭，地势相若，立马关外的岭上，关内动态，隐隐可辨，所以容易掌握敌情，久攻易破，成了清军频频出入的往来通道。唯独东协的山海关，北连燕山，东接大海，内高外低，坚垒重重，锁南北通道，控辽东咽喉，是真正的京阙门户。

从军事上着眼，自盛京到山海关八百里，是满洲骑兵四天的路程，而绕道蒙古，即使走离盛京最近的中协龙井关或喜峰口，亦需长途跋涉一千六百里，恰好比走山海关多出了一倍。但路途多出一倍，并不意味着时间上也正好多出一倍，因为八百里的路程，一鼓作气，四日可达，而一千六百里的路程，中间没有几次像样的休整和歇息，必致人困马乏，难以为继，所以算上途中休整的时间，从盛京到中协的诸关口，必须费时半个月以上才行。

阿敏之死所昭示的问题就是，绕道蒙古、走中协西协的路线，入关不难，难的是即使攻下和占领了关内的明朝城镇，亦必得而复失，因为大军千里周转，深入内地，势必拉长战线，导致后援不继的严重后果，此为历代兵家的大忌！而入塞夺城之后，明朝不难召集各路军马，以众击寡，关起门来打狗，要么对清军围而歼之，要么将其重新赶出关外。如此则清军入塞，也只能是欺负明兵的一时孱弱，趁机肆意烧杀掳掠，待到饱掠一番，满载财货女子，洋洋而返，哪里来还要再回到哪里去，若想一举占据中原而成大事，几乎没有任何可能性！所以只要山海关掌控在明军手中，清军入关，只能绕道而行；绕道而行，必致后援不继；后援不继，则断无可能久据关内；不能久据关内，也就永远不可能达到夺取中原的目的。

皇太极此次统兵入塞，正是切身地感受到了这一问题的严重性，之后再也不提率兵伐明之事，他百般筹思而改变策略，只屡屡派兵绕道中协和西协，入塞骚扰，打算等到明朝兵力财力耗尽，再另外想办法夺取中原。除此之外，皇太极图谋未遂，也曾改而怀柔，为此亲自致书吴三桂，劝其投降，而吴三桂置之不理，他又让祖大寿致书劝降，吴三桂表示绝不投降。多次劝降吴三桂，自然是因为力战而攻取山海关殆无可能，所以想用招抚手段，不战屈人，先拿下宁远，再利用吴三桂的力量或影响，进而巧取山海关。总之皇太极倾毕生之力，对吴三桂恩威并用，目的都是为了掌控山海关，以打开京辽通道，捷径入关，进据中原。但两次致书而不果，大计落空，成了皇太极一生的憾事。

提起这段往事，宾主四人一阵沉默。人人都知道，取中原必须先取山海关，而上个月的十八日，多尔衮把锦州守将艾度礼逮京治罪时，从艾度礼口中得知，吴三桂在十五日那天，尽驱宁远五十万众回守山海关去了。换了别人还好，吴三桂是清军的劲敌，骁勇善战且誓不降清，以此人而守此关，要

555

从他的眼皮子底下走过去，是想都不要去想的事！

"山海关不下，中原难取。"刚林首先打破沉默，"当年先帝百计筹谋，先取遵化，用以为往来的通道，再取关内三城，用以为久据之地，结果却是阿敏囚死高墙。殷鉴不远，今日岂可再施当年的败策？况且宪斗兄当年也曾亲与其事，如何不从中吸取教训？"

"别着急、别着急。"祁充格有点儿犹豫不定了，他的意思是劝说刚林先别着急下结论，"公茂兄，不妨听听范先生的意见再说。"接着，他转向范文程："阿敏之死已经表明，取遵化或者取迁安为往来通道之计，都不可行。我朝欲取中原，而山海关不可逾越，这是个死结。请问范公，如何是好？"

这自然也是多尔衮的欲言之意，于是众人引颈，都想知道范文程怎样解开这个死结。

不料范文程的回答极其简单："当年文程与阿敏屯守关内四城，明朝皇帝随即召调天下兵马反攻。如今明朝兵将都在山西境内力阻闯贼北进，请问诸位：我军突袭燕京，崇祯帝还有可召之兵吗？"

众人一愣，因为这话并没有回答祁充格的问题，不过稍一思索，就不难明白范文程的意思：当年皇太极欲破明京而有袁崇焕率劲旅护驾，范文程和阿敏占据关内四城而有孙承宗率各路兵马反攻，而袁崇焕和孙承宗分别在崇祯二年和崇祯十五年死去，如今明朝的各路兵马都在山西力阻闯贼，则趁其京城空虚，不难一鼓而下。敌京既下，群龙无首，到那时即可趁机扩大战果，使明朝的京畿之内，尽归我有，山海关就成了腹背受敌之局。待到时机成熟，便可关内关外，合兵夹攻，吴三桂若不投降，非逃即亡，还有什么可担忧的？

"不错、不错！"祁充格以指叩案，表示赞成，"只要能先取燕京，山海关不足为忧！"

"嗯、嗯。"多尔衮似乎也被说动了，不过口气显得并不坚定，"伐明容易灭明难。此事究竟胜算几何，眼下还很难说，姑且走着瞧吧——可以一试。"

无论如何，"可以一试"也算是个比较积极的态度。得此一语，范文程立刻站起身来，按照满洲人的礼仪，右手抚胸，对着多尔衮哈了哈腰，然后表情严肃地说："王爷，文程还有一言，亦请嘉纳。"

"你说吧。"

"此次伐明，要请王爷严申军纪，入关以后，不杀百姓，不抢民间。"

这个请求，多尔衮不好贸然应允。以往五入明朝腹地，先帝都不禁止对汉人烧杀抢掠，甚至以杀人记军功，把抢掠所得的财物和女人分赏给八旗将士为酬庸，如此可起鼓励士气之效。久而久之，习以为常，满洲军兵入关的目的就是为了烧杀抢掠，这样做，既可以军功的积累而成升迁的资本，又可获得财货丁口而扩充自家的经济实力，一举两得，何乐不为？因此，杀人掠货成了八旗将士飘忽入关的动力。自然地，由于有了这个动力，他们才能在战场上表现得凶悍无比，冒矢石而临锋镝，只要不死，就有好处；即使战死，家人也能得到一笔丰厚的恤典。而此次伐明，范文程却要禁止军兵杀百姓和抢民间，果真如此，则兵马未行，动力先失，这个仗还怎么能打得下去？

看看多尔衮迟迟不做表示，范文程继续开陈大计："自古得人心者得天下。此次伐明与以往不同。以往我兵入塞，目的是为了消耗明朝的人口财货以壮大我朝的实力。但这样做的另一面，却是给汉人留下了我兵凶残的印象。王爷请想，凶残之师，如何能得人心？不得人心，如何能得天下？是以文程的意思，此次入关与以往的目的不同，既然是要与明朝争天下，首先就要让中原百姓知道，此次王师之来，是为了出民水火、共享太平。不仅对平民百姓不杀不抢，而且对明朝官员也要明文晓谕，只要不鼓众持械抵抗，一律不杀，官仍其职，民仍其业。凡对我持友好态度者，均应予以妥善抚慰，利用他们替我宣传，扩大影响。使中原百姓，人人知道，以前种种，均非得已。如今我兵已改往习，是救苦救难的仁义之师。百姓闻之，必然四向俯首而来归。诚如是，则大河以北，无须大动干戈，即可传檄而定。"

"嗯、嗯。"多尔衮有点儿听得进去了，"果真此去能得燕京，我一定约束部下，按照范先生的意思去做就是。"

33

大顺永昌元年四月初七日

杀优索沅

二更鼓过，王体中和杨宛缱绻正浓。自上个月的十九日眉目定情，苦于诸般杂务缠身，旷日持久，西厢一墙难越。直到昨天晚上，王体中忙里偷闲，把前前后后都做了一番周密布置，于是夜阑人静，暗度陈仓，杨宛飘然潜入王体中的卧房。

一个是曾经沧海而骤遇仙姝，一个是久离风尘而枯井重波，旷男怨女，牡凤牝凰，上下翻飞，百般缠绵，足足欢弄了差不多一个时辰。好不容易云散雨收，而兴犹未尽，碍着残灯辨物不清，王体中便以手代目，把杨宛浑身上下凸凸凹凹的地方又巡视了个遍，突然想起了什么："糟糕、糟糕！差点儿忘了。你等等，我有样东西送你。"

王体中赤裸着身子，跳下床去，从床底下拉出一只柳条编制的箱子，一阵翻找之后，合上箱盖，重新推入床底，然后像似受了点凉气，嘴里嘶嘶有声地钻进被窝儿。

杨宛立刻帮他掖好被子，娇声说道："倒是什么宝贝呀？瞧那猴儿急的样子。要是着凉受了病，人家可不稀罕什么东西不东西，倒要心疼眼前的活宝了。"说完四肢环拥，体温传导，帮着王体中暖身子。

王体中极其受用地嘻嘻一笑："'活宝'不是已经归你了？你尽管心疼就是，巴不得呢，以后就按昨天晚上的约定，隔个三五天，就让你过来心疼一次。今天呢，除了活宝，我还要再给你一样珍宝。"说着展开右手，摊到杨宛面前，"你看看，是什么？"

借着烛光，定睛细看，杨宛不由得一阵心花怒放：是一条赤金精工制作的项链，金链倒还不足为奇，令人触目心喜的是，链坠上镶嵌了一颗硕大无朋的金刚钻，五光闪烁，炫人眼目。杨宛当年是金陵名妓，什么样的珠宝首饰没有见过？然而如此精致而硕大的金刚钻却是第一次看到。

"来，我给你戴上，再看看。"说着揽过杨宛的脖子，棉被滑落，肥乳尽现。王体中两手绕过杨宛的颈后，把项链的锁钩合拢，轻轻一扣，再把金刚钻链坠贴到两乳之间。

这一戴上，杨宛再也舍不得摘掉了，用手翻弄着金刚钻链坠，左看右看，反看正看，一会儿掂掂分量，一会儿擦拭抚摩，心里想象着，这要是戴上了它，出入什么场合，众目倏聚，集于一身，那种能令群芳失色而一花独艳的滋味，简直比当上了高官显宦人家的千金小姐还要风光不知多少倍！

"喜欢吗？"王体中问。

杨宛"嗯"了一声，欣喜之情，无可言喻，先把香唇凑了过去，飨以深深一吻，然后再把脑袋拱到王体中的怀里，任凭他的手在自己身体上肆意游走，既以自得，亦以表示对他的酬谢。

好大一会儿，止戏罢手，两人并头躺下。王体中说："有个事儿，正好要问问你。我家侯爷自从得了陈圆圆，心肝宝贝似的对她好得不得了。可是听侯爷说，陈圆圆每次侍寝都挺不乐意似的，从来没有个笑脸，敷衍了事，毫无温情，害得我家侯爷一提起来，都是一脸老大的不高兴。你说，当了大顺朝第二号人物的宠姬，在别人巴结都巴结不上，她陈圆圆为何就那么不识抬举呢？"

说到这个话题，杨宛不敢马虎，支起身子，美目流盼，对着王体中看了半天，柔声发问："将军是要奴婢说……"

刚说到这里，王体中立刻打断："不兴这个样子！你我裸裎同床，都做了夫妻了，怎么还'将军'呀、'奴婢'什么的？听着好别扭，就直接'你''我'好了。"

"奴婢不敢。毕竟不是拜了堂的真夫妻。"

"露水夫妻也是夫妻。"

"好吧，恭敬不如从命。"杨宛又送给王体中一个香吻，"你是要我说真话呢，还是要我说假话？"

王体中不免一愣："怎么？我为什么要听你说假话？你我都这个样子了，

一日夫妻百日恩，还有什么真话不能对我说？快说、快说，我当然要听你说真话！"

杨宛"噗哧"一笑，顺手拧了一把王体中的耳朵："亏你还长了个这玩意儿，连话都不会听。你对我这么好，我还能不对你说真话吗？"

"那你就快说呀，陈圆圆究竟怎么回事儿？"

"好，说就说。"杨宛把双臂交叉在胸前，故意遮住两乳，非常认真地说，"其实我也是自己瞎琢磨的，陈圆圆究竟怎么回事儿，只有她自己最清楚，我又不是她肚子里的蛔食虫，怎么能知道她的心事？不过嘛，照我的猜想，陈圆圆当年红遍苏常，每天和她腻到一块儿的都是些文人雅士公子哥儿，不是吟风弄月哼小曲儿，就是赏花弹琴唱诗词。现在突然遇到刘侯爷这样的沙场英雄，怕是语言之间，脾味不合。你想啊，她那样被文人娇宠惯了的小女人，与刘侯爷话不投机，能不耍点小性子吗？"

"噢、噢。你是说，她嫌弃我家侯爷粗鲁不文？"

"哟！看你说的。我可没有那么大的胆子，哪里敢说刘侯爷粗鲁不文？我的意思是说，人嘛，各有不同的性情。譬如说，陈圆圆是文静一路的性情，可刘侯爷呢，疆场上指挥千军万马，喑呜叱咤，山摇地动，嗓门儿大得像洪钟，就文静也文静不到哪里去。一个是低眉信女，一个是怒目金刚，这就叫性情不同。还有，'自作新词韵最娇，小红低唱我吹箫'，陈圆圆满脑子装的都是这些个风流雅事，你不想想看，她和刘侯爷床笫之间能说些什么？总不能说那些金戈铁马、刀光剑影吧？这个呢，就叫兴致不同。好了，性情既不同，兴致也相反，用算卦先生的话来说，这是运气不合，两性相克。我再说句不恭敬的话，是刘侯爷呀，他老人家没有这份艳福，享受不了陈圆圆。"

想想也是，王体中明白了，说来说去，还是陈圆圆嫌弃刘宗敏粗鲁不文，只不过杨宛诡谲，不肯直说罢了。

"唉！"王体中叹了口气，"天仙一样的大美人儿，天天搂在怀里，却不能尽情享受，不怪我家侯爷丧气，换了谁，心里也要窝火的。不过，这样子下去可不是个长戏，你总得想办法劝劝陈圆圆，再过几天，我们闯王爷就要登基当皇上了，刘侯爷呢，当然要御封九千岁。女人嘛，一辈子图个什么呢？九千岁的诰命夫人还不满足吗？你抽空儿开导开导她，见识不要那么短，眼下先忍着点性子，好好伺候侯爷，将来少不了凤冠霞帔，锦册加身，丫鬟侍女一大群，一呼百应，要啥有啥。可不能像现在这么傻，整天弄得别别扭扭的。这样子把侯爷惹得不高兴，她自己心里也未必就能舒坦不是？"

"好。你的话，对我来说就是圣旨。这两天我瞅个机会，专门找她聊聊。不过，她的性子我知道，既孤僻，又冷傲，和我不大说得来……"

"是吗？"王体中不相信，"你是管家婆，她能不听你的？"

杨宛笑了："管家婆哪能管到别人肚子里想些什么呀？再说了，有好些事儿，你们男人弄不懂。女人总有些私密话，不想告诉别人，只能和体己私下里头去叨叨。"

"那你说，陈圆圆有体己吗？"

"有啊。"

"谁？"

"顾寿。"

"顾寿？顾寿听你的吗？"

"不太听。她和陈圆圆差不多，与我面和心不和，不大谈得拢。"

"你们仨，不都是从江南过来的吗？怎么搞的，弄不到一块儿？"

"我也不知道。什么事儿总是她俩在一起嘀嘀咕咕的，躲我倒像耗子躲猫似的。"

"她俩都嘀咕些什么？"

"这我哪儿知道啊？反正顾寿心眼儿挺多的，别是陈圆圆受了她的挑唆，故意和刘侯爷过不去。"

"那不可能！"王体中很肯定地说，"我家侯爷对顾寿还是满意的，说她又温顺又听话，伺候男人也有一套好手段。"——顾寿是在十天前，也被刘宗敏弄到蕴玉庵的。

"你是说，刘侯爷经常召唤顾寿去侍寝吗？"

"经常也谈不上，次数不算多，比起陈圆圆差远了。"

"这就奇怪了！"杨宛很为不解，"顾寿也是个顶尖儿的大美女，刘侯爷既然对她满意，何必还眷恋着对自己冷漠无情的陈圆圆？在你面前我也不怕说句放肆的话，这不是刘侯爷他自己跟自己找别扭吗？"

"这个嘛，你们女人就不懂了。满意是满意，喜欢是喜欢，两码事儿。"

"哦。"杨宛转而言他，"昨夜是谁伺候刘侯爷？"

"陈圆圆。"

杨宛看看窗外，天色微露晨曦了。

"都这时候了，里头还没有动静，说不定陈圆圆已经回心转意了，这一夜伺候得刘侯爷高兴，现在俩人还搂在一块儿，正睡热乎觉呢。"杨宛一边说，一边摸摸索索地伸手寻找自己的亵衣。

"怎么？你要走？"

"不走又能怎样？这样偷偷摸摸地，前面'侯府'你倒是安排好了，可这种事儿要是传到后面的'田府'，你让我今后怎么做人？"

"好、好，就依你！不过我家侯爷那里只要没有动静，整个院子里的人都一定在各自的屋子里头睡懒觉。春宵一刻值千金，来，趁着这会儿，我再杀你个回马枪。"说着王体中一把搂定杨宛，故伎重施，再寻旧欢。

兴致勃勃的当口儿，忽听窗外有急促的脚步声，接着是值夜的心腹兵丁敲门："王旗鼓，快点吧！里头总爷发火了，要你立刻过去一趟！"

这一惊非同小可！杨宛赶紧推开王体中，亵衣亵裤都顾不上穿了，只胡乱把上下外衣朝身上一套，接着替王体中穿戴收拾。

王体中大败其兴。不过既然是刘宗敏召唤，却也不敢怠慢，因此始惊而后静，低声对着门外说："知道了。你先过去给总爷回个话，说我马上就到！"

等到外面脚步声远，推开门，还好，院内寂静，阒无一人。杨宛溜着偏门，匆匆而去。

王体中大步流星，刚跨进蕴玉庵，就听见左耳房"谐柔"里传出刘宗敏的叫骂声："这个臭婊子！他娘的，给脸不要脸。这一次老子再也不会饶她了，看我不亲手抽她二百大鞭子！"

王体中立刻掀帘进屋。

屋里一片凌乱，自然是刘宗敏盛怒之下摔东西、砸家伙的结果。两个侍兵正束手无策，劝也不是，退也不是，个个满脸尴尬的样子。王体中一进来，努努嘴，示意两个侍兵先退出去，然后躬身上前，百般劝慰，好容易把刘宗敏的怒气消了下去。刘宗敏此时还赤胸露背，下面只穿了条大裤衩子。王体中亲自动手，侍奉着刘宗敏穿戴整齐，然后才絮絮询问缘由。

入住田府以来，王体中既是"侯府"总管，也是刘宗敏的私房管家，犹如贴心家仆，凡事不避隐私。所以几经询问之后，终于弄清了来龙去脉。

原来陈圆圆昨天奉召侍寝，前半夜还好，一反常态，风情万种，变换着花样，挑弄得刘宗敏欲火喷薄。刘宗敏难得佳丽一笑，只以为美女终究爱英雄，于是长枪大戟，奋力出击，捣弄得蕴玉庵里山呼海啸。待到事毕力竭，把陈圆圆晾到一边,独自埋头酣然而眠。这一觉睡得浑如死猪,不料等到昏昏醒来,空穴孤黑,单鸾失凤,用手左摸右摸,哪里还有美人的玉体?刘宗敏诧异不已,亲自下床点亮了烛灯,细细一看,陈圆圆衣饰袜履,踪影全无,再看房门虚掩,微露寸隙,明明白白地,趁着刘宗敏熟睡,陈圆圆溜走了!刘宗敏怒气冲冲,迈虎步,跨走廊,一脚踹开对面"致和"的房门,举目一看,怒气愈盛:不光陈圆圆,连平日里安顿在这里与陈圆圆并榻作伴的顾寿也不见了!

"这还了得?"刘宗敏越想越气,"以往叫她过来,再怎么别扭,总还能守着规矩,要等到天亮,伺候老子穿戴洗漱完了,让她退下,她才敢走。这不反了吗?竟敢趁着老子睡了过去,自己偷偷溜走。你去问问她,谁家有这样的规矩?还有那个顾寿,平时看她挺老实,没想到也跟着一块儿瞎胡闹!"

"是、是。"王体中连劝解带替陈圆圆说好话,"陈姑娘原是在江南被娇宠惯了的,伺候总爷,难免有点儿生疏。总爷且请息怒,府前府后,围墙高大,身手敏捷的男人都越不过去,她们两个柔弱女子还能跑到哪里去?想必是她俩一时有什么闺房秘事,不便让总爷听到,偷偷回到后院原来住的厢房里去说悄悄话了。卑职这就到后头把她叫过来,等总爷今儿上朝一回来,要她老老实实给总爷赔不是。不光这样,卑职今天还要当着总爷的面,给她立下严规,以后侍寝,决不允许不辞而别。"

"快去叫她过来!还有顾寿那个小骚狐,叫她跟着一块儿给我滚回来!等会儿进宫议完事回来,看老子不一个一个收拾她们!"

王体中知道,这是虚惊一场。无论刘宗敏火气有多大,只要一见到陈圆圆和顾寿,包管万事皆休!所以出得门来,步履轻盈,若无其事地往后走到田府跨院的正门。

这时天色已经亮得差不多了,田府值宿的老仆刚开了大门,要做每天早晨例行的洒扫布洁诸般杂务。王体中一脸公事公办的样子,冲着老仆说:"去把你们管家婆喊来,就说我有事儿要她立刻去办!"

杨宛刚刚回到自己的屋里,正在摆弄脖子上的项链,骤闻王体中有事找她,前后一想,知道是陈圆圆侍奉刘宗敏出了什么事。于是草草换了一身衣服,把头发梳理得像个样子,疾步随着老仆来到跨院中门,对着王体中深施一礼,一本正经地说:"奴婢昨夜处理后院事务,睡得晚了些,刚刚起身,劳王将军久等了。请问什么事要奴婢立刻去办?"

"哼，不像话！陈圆圆和顾寿，半夜三更趁着我家侯爷不在意，溜了！"

"溜了？她们能溜到哪里去？"

"除了后院，你说她们还能溜到哪里去？"

"王将军的意思是说，她俩回到原先住的屋子里了？"

"你说呢？莫非她俩还能翻墙跑出府外去？"

坏了！杨宛心思细腻，立刻意识到事情绝不会如此简单，说不定陈圆圆要惹出一场滔天大祸。但三言两语，说不清楚，眼下当务之急是，自己首先要避开嫌疑。

思虑已定，杨宛立时拉下脸来，对着田府的值宿老仆问："老刘，你怎么当的差？半夜三更有人进来，为什么不向我禀报？"

"没有啊。小的从昨天晚上天擦黑儿接的班，到刚才开门打扫之前，整整一个通宵，这个大门连开都没有开过，怎么会有人进来？"

"你说的都是实话？"杨宛故意紧逼一句，意在让王体中听清楚。

"当然！小的要是说了半句假话，天打五雷轰！"

"好，没有你的事儿了。"杨宛露出管家的威严，"今天的扫除就免了。你立刻锁闭大门，田府的人，谁也不许从这儿进出！还有，刚才王将军和我说的话，你把它咽到肚子里头去，不许对任何人说起！"说完对着王体中做了个"请"的动作，"王将军，且随奴婢一起到后头找人去。"

王体中也听出了蹊跷：跨院大门通宵锁闭，陈圆圆和顾寿就不可能回到后院！他在心中狐疑百端，一边脚步踉跄地随着杨宛往后走，一边悄声问："怎么回事儿？莫非她俩在'前边'？"

杨宛并不答话，而且示意噤声。

等到穿过跨院，绕到后院储秀居歇廊的屏墙之下，杨宛左右看看，确认各个房间都没有动静，才把嘴凑到王体中的耳朵上细声叮嘱："脚步轻点儿，别出声，跟我来。"

于是贴着右边厢房，悄无声息地来到第二间屋子，这里就是杨宛的卧房。

刚进屋，杨宛轻轻合拢房门，一下子扑到王体中怀里："不好了！"接着胸脯起伏，嘴里不断地喘着粗气。

"快告诉我，怎么回事？"王体中受了感染，也不敢大声说话，只悄声急问。

过了一会儿，喘息稍定，杨宛才回答："这事明显地透着不对劲儿。跨院大门一整夜都没开，她俩原先住的房门钥匙又在我的抽屉里。除了这个之外，跨院还有前后两个小偏门。后偏门的钥匙在我手里，前偏门的钥匙在你手里。你想想，她们怎么能回到后边来？就算真的回到后边来了，她们又怎么能回到自己的屋子里去？而且，照我看，她们也不可能在'前边'。前边两座院子都是你手下的士兵，再往前就是戏台广场。两个妇道人家，谁都知道是刘侯爷的女眷，半夜三更的，不守规矩，往那种地方跑，这不是去找死吗？再就是府院前面的大门了，你的士兵日夜巡哨，要是有人往外跑，还能不立刻禀报你？"

这番分析，无可辩驳，王体中抓耳挠腮，百般不解："也没到后边来，也没到前边去，你说，这俩女人能跑到哪里去？"

"你问我，我问谁？"

"总不能真的翻墙逃走了吧！"

"翻墙逃走不可能。不过，陈圆圆既然敢在半夜三更趁着伺候刘侯爷的时候溜走，就可见这是蓄谋已久，打算逃走的意思是有的。"

"我明白了。陈圆圆适人不甘，想离开我家侯爷，所以和顾寿约定，趁着昨夜侍寝，偷偷溜出'侯府'，找个隐秘的地方先藏起来，等到有机会再逃到外边去。你说，是不是这么回事儿？"

"不错。你说的，就是我想的。"

"这就好办了！"王体中挣开被杨宛环拥着的身子，抬腿要走。

"你打算怎么办？"杨宛用力搂定王体中，不放他走。

"还能怎么办？赶快去禀报侯爷啊。趁着她们还没逃走，全府禁闭，各处搜索，总要先把人找出来才是正办。"

没想到杨宛用手指戳了一下王体中的脑门儿："真不知道你这里头都装了些什么？我看你这不是正办，是歪办！"

"啊？你把话说清楚！"

杨宛顿时脸上一抹微红，略带羞色："昨天一夜，你都干了些什么？这种当口儿，出了这么大的差错，你还要去禀报刘侯爷？刘侯爷要是追究下来，你吃罪得起吗？"

"啊、啊！"王体中至此算是真正明白了，"那你说，我该怎么办？"

"先别惊动刘侯爷，也不能大肆张扬，弄得府上府下人人皆知。你手下的得力士兵有多少？"

"八十个，都听我的。"

"用不了那么多。你就挑出来二十个最听话的，分成四班，不要带兵器。'前边'我不管，只要各个地方都能搜索到就行；'后边'我配合，要每个房间的人都别乱动。你的人来了，只说搜查逃犯，不要提那俩女人的名字。还要切实交代你的士兵，见了田家女眷，不许胡来。"

王体中想了想："好、好！你是赛诸葛，一切都听你的！"

"还有，只要照我说的去办，估计工夫不大，就会有结果。不管什么结果，你想办法尽快给我递个话。"

"那当然！那当然！"

果然，工夫不大，也就是吃完早饭刚过一会儿，四班兵丁陆续来报："'前边'没有，'后边'也没有。"

"这不可能！"王体中厉声质问，"又不是飞檐走壁的江洋大盗，我就不信，两个小脚女人能藏到哪里去！前前后后，都给我仔细搜过了吗？"

留在王体中办事房间的是四个班的"班头"，纷纷解释，各自所带的人，如何认真和仔细，前前后后、明明暗暗的地方都搜了个遍，就是没有要找的俩女人。

"奇怪啊！"王体中百思不解，"总不会插上翅膀飞了吧？"

有个负责后院搜索的班头说："王旗鼓，你先别着急。人嘛，肯定跑不了，倒要想想看，是不是还有哪些地方没搜到？"

"那你先说，你不是带人搜的后院吗？你就想想看，后院还有哪些地方没搜到？"

"后院房间一个没漏，包括旮旮旯旯的各个角落都搜了。不过，西侧那一大溜儿厢房靠北头还有个月门。月门那边儿，树枝花草一大片，高高低低、坑坑洼洼的，好像还有假山真水什么的。我在想，人会不会藏在那里头？"

"啊？"这一说，王体中隐隐约约想了起来。三月十九日初入田府，他带人前后巡视，查看到后院的时候，好像哪一排厢房的甬道北头确实有个废弃的月门。他当时还透过月门看了几眼，印象中是个后花园，一副破败荒凉的样子，大概好久都没有人进去过。莫非陈圆圆和顾寿真的藏在那里？"你既然想到了，为什么当时就不进去搜搜看？"他问那个班头。

"王旗鼓，这个我可不敢领罪！你只交代我这一班搜索后院，可没说别的地方。"

"好，不怪你，是我疏忽了。"王体中一边检点自己，一边站起身来，摆摆手说，"你们四个，都跟着我过去看看！"

五个人急急忙忙再到后院。举目巡视，东侧厢房甬道靠北的尽头是一堵花墙，内外隔绝，无法过人；西侧厢房甬道靠北的尽头正是一道月门，零零乱乱地竖着几块儿旧木板，稀稀拉拉，虚虚掩掩，做了个内外隔绝的样子。

王体中挥挥手，四个班头，七手八脚，把虚掩月门的木板全部搬开。

跨过月门，进去一看，好大的一座园子，一眼望不到尽头！时序已是初夏，野草失修，遍地疯长，树枝横斜交垂，而树叶照样繁盛而茂密。透过乱草和树叶，远远望去，一座假山，两道坡峰，高低起伏，尽是些野花杂草。水池早已成了死水坑，碎萍嫩荷之下，阵阵腥臭之气可闻。

五个人游目张望，欲寻幽径，却无从下脚，路径被乱草遮掩得无法辨识。于是沿着东边的围墙继续寻找。王体中边走边想，这里头要是藏了人，那就必须大费手脚了，仅靠四个班头，一整天也别想搜得过来。

再往前走，眼睛忽然一亮，远远地看见一间草房。离草房不远，隐约可见还有一道单扇的小黑门。

五个人疾步上前。小草房门不内掩，一推而开，一股浓烈的酒气扑鼻而来。房间不大，只容一床一桌。桌子上杯盘狼藉，还有两个开了口的粗黑陶酒瓶，一横一竖，摆在那里。床上有人，年可七十，正在和衣酣睡，呼出的全是酒肉臭气，令人闻之欲呕。

"起来、起来！"王体中连推带搡，好不容易把醉翁弄醒。

醉翁醒来，睁眼一看，居然是五个彪形军汉！这一惊吓，酒意全消，立刻哆哆嗦嗦地爬起身来，要给军汉施礼。

王体中看他是个老者，不想折腾费时，所以高声喝止："不要动，就坐在床上好了！说，你是干什么的？"

"是，是。"老汉一边表示遵命不动，且带有对王体中体恤老人的感激之意，一边回答王体中的问话，"小的是田府下人，差事不大，专管后角门的锁钥。"

"你说的后角门，就是离这不远的那个单扇小黑门吗？"

"是，是。就是那个小黑门。"

"那个小门干什么用的？"

"田府每天打扫出来的垃圾秽物，都要从那里送出去。"

真没想到，田府在这里还有一个出入口！王体中若有所悟了："钥匙呢？"

"钥匙？"老仆既惶惑又诧异的样子，两手在腰间反复摸索，"咦，钥匙一直拴在腰上啊，怎么不见了呢？"

"再找！"

再找也没有。老仆惶惑诧异依旧，脸上又多了一份恐惧的表情。

观此情景，王体中心里明白了一半："走，跟着我，去门上看看！"

老仆腿脚倒还利索，歪身下床，侧身出门，躬了躬腰："请，小的给军爷引路。"

六个人急急来到小角门前，不待细看，十二只眼睛同时瞪得铜铃一样大小：门锁落地，门扇虚掩，轻轻一拉，吱呀而开。别说逃出去两个女人，就算田府内眷都从这里偷偷溜走，也是神鬼不知的，因为角门外面是一条僻静的胡同，大顺军根本就没在这里设岗！

真正糟不可言！王体中惊出一身冷汗，同时彻底知道了问题的严重性，飞起一脚把老仆踹翻："说！怎么回事？"

老仆也知道闯了大祸，战战兢兢地翻过身来，顺势跪倒，连连磕头："军爷饶命，军爷饶命！小的酒后失职，罪该万死！"

如此威逼，愈发难得真相。王体中想了想，上了岁数的人，理路不清，这样子呵斥下去，只能越说越乱，于是换了个口气："别着急、别着急，我保证，只要你老老实实回话，决不要你的命。我先给你提个醒，刚才你说酒后失职，你就从这里开始说起。说吧，昨晚为什么喝酒？"

"啊！都是三喜这个浑小子害我！"这一提醒，恍然大悟，老仆恨恨地说，"军爷，小的明白了，怪不得三喜这些日子总是和小的又套近乎又献殷勤。昨天晚上，他提着酒、带着肉，在小的这里山聊海侃。小的酒量浅，他硬劝愣灌，小的不知怎么就醉死过去了，没想到这小子安的这个歪心。军爷，错不了，一定是三喜故意把小的灌翻，趁机偷走了钥匙，他自个儿开门溜走了。"

"三喜是谁？"

"三喜是田府里的男优。"

"他平时住在哪儿？"

"自然是在前面跨院的厢房里。"

568

"好，我不难为你。找不到三喜，说明你对我说了实话。要是找到了三喜，你们俩给我当面对质，到那时再看你怎么说。"说完王体中朝着四个班头努努嘴，示意把老仆带着一块儿走。

一个班头提醒王体中："这个角门要不要先锁起来，以防再有人从这里逃走？"

王体中想都没想，极其干脆地回答："不要！保留现场，这会儿没人敢跑！"

于是五个人押着老仆，很快地穿后院，到跨院。指着东排厢房的一个房间，老仆悄声说："军爷，三喜就住在这里，他平时和另外三个男优一块儿住。"

推开门，里面南墙和北墙下，两两相对地放了四张小床，却只有三个人。王体中指指那张空床，对着三个人问："这床上住的谁？人呢？"

三个男优都显得有些恐惧，其中的一个语无伦次地回答："人上哪儿去了，这个不、不知道。有……有好几天了，他都很晚才回来。啊，还有……昨天小的三个都要睡了，他还没回来。他还没回来，小的三个就先睡了。就这些……啊，还有，他叫三喜。"

这大致可以证明老仆说的是实话。王体中接着再问："照你的说法，这个三喜，都好几天了，不按时回屋就寝。这么反常的事，你们就没问问他去干什么了？"

"问了。"

"他怎么说？"

"他怎么也不说。"

"胡扯！一个戏班子里的搭档，又同居一室，我就不信，他诡诡秘秘地做事儿，你们连一点儿都不知道！"

"是……是真的不知道，他有事儿从来不和小的几个说。啊，还有……他有事都是和小福子躲到一边儿说。"

"小福子是谁？干什么的？"

"小福子也是戏班的搭档，和小的一样，演武生。啊，还有……他和三喜是拜了把子的兄弟，三喜大，小福子小，差两岁。"

"小福子住在哪儿？"

"就是……就是在南隔壁。"

王体中厉声喝令："你们三个，都出来！"

把人带出，随即去敲开南隔壁的房门。

两个房间大小一样，但摆设不同。这里北墙和东墙之下满满当当地摆放的全是戏台道具，只在南墙下的一个角落里并排放置了三张小床，而与隔壁相同的是，也少了一个人——三张床，两个人。

"人呢？"王体中指着空床问。

屋里这两个男优也很恐惧，就像摆脱嫌疑似的，交替抢答："不知道。他一整夜没都回来。""他和小的平时不搭腔。他的事儿，只有三喜最清楚。"

乱口答话，意思倒是很透朗。王体中摆摆手，示意住口，然后朝门外一指："都给我出来！"

这时整个跨院虽然没有人胡乱走动，但各个房间的窗口人头攒动，争相窥探，有那胆子比较大的甚至开了房门，探身观望，相互之间，窃窃议论。由早晨的军汉逐屋搜索，到眼前的两屋提人，都预感到田府要出大事了。

等到把五个男优和一个老仆都集中到跨院的中道，王体中对着四个班头吩咐："把他们先带到中院，分别看押起来，不许他们互相接触，一路上也不许他们交头接耳乱说话。"紧接着，王体中放开喉咙，高声喊话："各个房间的都听仔细了，从现在起，各自关闭房门，拉紧窗帘，都给我老老实实待在屋里不许动！听我的话，保证你们平安无事。不听我的话，胆敢胡乱走动，还有偷看打探的，发现一个办一个，绝不宽恕！"

刚喊完话，各个房间闻声而动，关门的关门，拉窗帘的拉窗帘，顷刻之间，一片肃静。王体中挥挥手，对着四个班头说："我到后院去喊话，也叫田家的女眷不许乱动。你们先走，我去去就来。"于是四个班头，押着五个男优和一个老仆，分开距离，向中院而去。

做完这一切，王体中三步并作两步，急急赶往后院。

一到后院，四顾无人，大约是受了早晨搜查的惊吓，各房紧闭，悄无声息。王体中侧身溜进杨宛的房间。一见面，杨宛连连急问："怎么样？人呢？藏在哪儿？找到了吗？"

"逃走了，从后花园的小角门。"

"不会吧？那个角门整日上锁的，有人值宿！"

"有两个男优同谋相助，一个叫三喜，一个叫小福子。趁夜把值宿老苍头灌醉，开了门锁逃走的。"

"啊？"杨宛惊愕得脸都变形了。

570

王体中顾不得再解释："我问你，跨院后边的偏门，你刚才进来的时候锁上了吗？"

"锁上了。"

"钥匙呢？给我。"

　　一提钥匙，杨宛也明白了：昨夜幽会，为了掩人耳目，从自己掌管的跨院后偏门穿过跨院，前偏门的钥匙由王体中掌管，事先开了锁而虚掩着的。既然跨院的前后正门有人值宿，通宵锁闭，则陈圆圆和顾寿之所以能从中院穿过跨院而进入后院，除了前后两座跨院的偏门，别无通道！如此不难推断，这俩女人必是在她和王体中后半夜颠鸾倒凤之时，趁着跨院的两个偏门没上锁，从中院，穿跨院，进后院，过月门，溜入后花园，之后才能从后花园东北侧角门逃走的。

　　意会至此，杨宛顿觉浑身瘫软。这太可怕了，两女出逃，两男相助，不仅是蓄谋已久，而且是老谋深算！满以为自己神鬼不知的一场秘密偷欢，却不料一举一动，全都昭然落入了别人的眼中！而由此牵连的后果，自己岂能摆脱得了干系？可是到底哪一步走错了呢？为什么自己的举动被别人扣算得如此精准？是谁在暗中幽魂儿似的观察着自己？按照三月十九日新定的府规，除了采买和司阍两个老仆，任何男人不许越出跨院一步，如此则三喜和小福子怎么样与中院的陈圆圆和顾寿沟通的信息？自从陈圆圆和顾寿到了蕴玉庵之后，闲时无聊，按照王体中的吩咐，倒是允许后院的女眷过去陪她们聊天解闷，难道是三喜或小福子串通了某个女眷，由这个女眷充当了往来联络的角色？

　　"还愣着干什么？赶快把钥匙给我！"王体中简直是在下命令了。

　　这一下杨宛才从纷乱的思绪中回过神儿来："啊，钥匙？在这儿……"说着转身从壁柜的抽屉里取出一把铜钥匙，确认无误后，递给了王体中。

　　王体中接过钥匙，一脸肃杀地说："好了，你逃命去吧！后花园角门我给你留着了，没上锁，后花园现在一个人也没有，看门的老苍头，我已经把他弄到中院了。你赶快收拾一下，值钱的细软能带走的全带走，两刻钟之内你必须逃出田府！出了后花园角门往右拐就是西四大街，从西四大街再往北走，见口儿就是后宰门大街。你顺着后宰门大街一直往东走，尽快贴近东直门或者朝阳门，想办法混出城去，远走高飞，再也不要回来了。记住，千万不要在西城一带拖沓滞留，再过半个时辰，只怕西城要戒严。你要是被堵在了戒严圈子里，就凭你那江南口音，谁家也不敢收留你。真的到了那一步，在劫难逃。你是死定了，大概我也活不成！快走，快走，生死祸福，只有一线之机，片刻也不要耽搁！"说完推了杨宛一把，不容她再问什么，自己转身就走。

　　杨宛虽然还没完全弄清其中的细枝末节，但大难临头的感觉是异常强烈的。从王体中这番叮嘱的话中她知道，找不到陈圆圆，刘宗敏绝不会善罢甘休。而一旦西城戒严，四处兜捕，陈圆圆万难逃出刘宗敏的掌心。接着刘宗敏必然要追问出逃的细节，陈圆圆无须多说，只要照实而供，昨夜那点儿见不得人的事便会自然地被抖搂出来，如此则自己亦必落入贼兵之手。三木酷刑，何事不招？那一来就会由此及彼地把王体中也攀扯进去。

照此来看，自己能不能顺利逃脱，事关两条人命！若能顺利逃脱，则此事无人对证，难以究诘。以王体中素来行事的机智敏捷，自不难巧为应对，瞒天过海，最终或有渎职之咎，绝无必死之罪。因此要想化险为夷，只有老老实实地照着王体中的吩咐去做。然而无论如何，大难来时，王体中不杀自己灭口以自保，反而一念私情，怜香惜玉，给自己筹划出一条活路来，这份情谊，着实可感！

思念及此，杨宛一掬清泪，在王体中刚刚转身走后，扑通一声，双膝跪地，心里默念着：贼中也有好人！一夕苟合，换来了半生的活命之恩，而这份厚恩，却是朝露暮絮，今生难续，只有图报于来世了！

默念完毕，匆匆起身，胡乱用一块蓝花粗布，包裹了十几样金玉珠宝和几块散碎银子，又极快地换了一身普通的民妇素装，推开套间的卧室，把视如亲女的那个田弘遇侧妾所遗的小"女弟子"唤醒，三下两下，也换上素旧衣裤，悄悄叮嘱几句。好在小少女才十三岁，也非常听话，久失生母，近两年来得到杨宛的悉心照料，故而依赖甚深，杨宛交代什么，她答应什么。

等到一切预备妥当，杨宛扯着小女孩儿，出门探身，看看院中无人，于是脚步轻盈地迈过月门，沿着东边围墙，一路小跑，从后花园的小角门越身而出，就此脱出樊笼，鸿飞渺渺。

按照惯例，刘宗敏今日卯时入宫，称为"点卯"。点卯之后，心绪恶劣，只在武英殿待了一会儿，找个借口，匆匆打道回府。

辰时二刻，也就是西洋计时的上午七点半，从南城涌入一万多中权亲军的大顺士兵，奉了刘宗敏的严令，把西城的各条路口全部封死。

接着挨家挨户，如围猎捕兽般地分片儿包抄。所到之处，鸡飞狗跳，西城一带，如临大敌。自然地，被搜查了的人家，等到大顺军的士兵走过之后，屋院狼藉，惨不忍睹。遵守军纪的毕竟是少数，大多数士兵如囚徒蒙赦，趁机骚扰，威吓叱咤与破门砸窗犹其余事，人未搜到，临走时顺手牵羊地裹卷财物而去则是在所难免的。失去了约束的农夫游氓，野性复萌，又像当年打家劫舍的强盗一样，见财手痒，见色心痒，多少人家的钱财被掠之外，多少良家的妇女亦横遭凌辱和猥亵！

刘宗敏在蕴玉庵前的甬道上，就像笼子里的猛兽一样，忽东忽西，往复游走，一条马鞭子握在手里不停地翻拨摆弄。跪在他面前的六个人——五个男优和一个老仆，个个面无人色，眼睛偷偷地随着刘宗敏来回走动的大脚板子而左右飘移，恐惧战兢，其状哀怜，谁都不知道这位大顺侯爷手里的鞭子，什么时候会再次狂抽到自己的身上。

王体中则忙前忙后，不断地在前院的大门口和蕴玉庵之间来回奔跑，频频向刘宗敏禀报各处搜索的结果。按照事先的分派，一万士兵分为两拨，一拨五千，负责封锁各个路口和街巷胡同，凡过往行人，只准进，不准出，戒严令不撤，不得游离哨位。另一拨五千则分为五百个小队，每队十人，专司入户搜索。这五百个小队，又每十队合为一组，共成五十组。每组指派一名组长，掌控各队的搜索情况，随时策马到田府大门口向王体中汇报结果。王体中则须将各组的搜索结果立时转报给刘宗敏。

由于逐户搜索是从外围向内层拉网式进行的，所以最先来报告结果的自然是离田府最远的那些组长。午时已过，将近未时，从实施戒严到现在，已经过去了两个半时辰，陆陆续续前来报告的已经四十多组了，结果都一样：没有！

王体中急得满头大汗。照他的想法，两男两女，从后半夜潜逃，到戒严令下，这期间仅仅两个多时辰。这么短的时间内，他们绝不可能走出西城的范围，因为负责京城治安的右营刘希尧属下有巡夜兵丁，在各条大街，往复巡视。陈圆圆他们只能在僻街小巷里缓慢地避开巡卒，绕道迂回。由这些情况来判断，他们已经远离了田府，但也绝不会走出西城范围。而眼下搜索了半天，包抄的圈子越缩越小，却依旧人踪杳然，这不就意味着找到他们的可能性越来越渺茫了吗？

如果找不到陈圆圆，王体中自知必然祸事临头！今天早上刘宗敏从宫中回来，王体中向他报告陈圆圆潜逃的消息，刘宗敏一听就咆哮如雷："你他娘当的什么差？后花园这么大的漏洞怎么一点儿都不知道？快去给我搜！找到那俩骚娘儿们，你他娘的将功抵过，今天要是见不到人，嘿嘿，老子让你脑袋搬家！"

573

王体中知道，在刘宗敏心目中，陈圆圆的分量比自己重得多。按照刘宗敏的意思，是要全城戒严的，但王体中一来认为陈圆圆此刻绝难逃出西城，二来也心怀鬼胎，想给杨宛多留出点时间，所以拍了胸脯保证，不必全城戒严，只要搜索西城，今天夜里照样是陈圆圆给总爷侍寝。

又一个组长远远地从北边打马奔来，见到王体中立刻勒缰急停，跳下马背，一边小跑，一边给王体中施礼："王旗鼓，我手下的十队按照指定区域搜索完毕，没找到人！"

"你那一组负责哪个区域？"

"西四大街中段、西四牌楼以西的十六个胡同。"

"好了，你带着弟兄们回南城歇息去吧。回头我向总爷替你请赏。"

支走了这个组长，王体中心里愈加吃惊。根据前一个组长刚才来报的情况，后宰门大街以北的区段已经全部搜索完毕，而这后一个组长又说西四大街中段的西四牌楼以西区域也没搜出人来，这就意味着，整个西城就剩下田府所在的西四大街西四牌楼以东、后宰门大街以南、长安西大街以北的这一小片区域了。

坏了、坏了！看样子陈圆圆真的逃出了西城！王体中狠狠地拍了一下自己的后脑勺：万万没有想到，这颗脑袋为自己吃了三十多年饭，今天却要因为这个女人而丢掉！

负手踟蹰，百思无计。正要抬腿进去向刘宗敏汇报，突然缩住脚步，心中灵感一动：不对！陈圆圆没跑远，就在田府附近！

有此思念，王体中心绪大畅，立刻跨进大门，招集了二十名兵丁，不往外走，却往里跑。到了中院蕴玉庵前，对着满脸怒气的刘宗敏说："总爷，你要的人有了，马上就到！"说完也不停留，催促着二十个兵丁，穿过跨院和后院，一路急奔，从月门进入后花园，贴着东墙根儿来到小角门。

小角门依然虚掩着，拉开一看，外面是一条僻巷。

巷子很深，大约三百多丈，家家闭门，一巷寂静。由于中权亲军的士兵还没搜索到这一带，所以整巷人家，似乎都在屋里坐等奇祸降临。再朝着两头探望，西口就是西四大街，不断地有大顺士兵，忽南忽北，匆匆而过；东头尽处，隐约可见有个拐弯之处。王体中招招手，大步向东，二十个士兵紧紧跟上。看看快要到了拐弯的地方，迎面是一堵人家的屋墙，墙上悬了一块木牌，上书四个工楷大字：此巷不通。

原来是条死胡同！这就更好办了，王体中吩咐留下十个人，专门盯住西边儿的各家门户，只要有人出来，不需禀报，立时锁拿！他自己则带着另外十人，继续往东。

刚拐过转弯处，远远地就看见一群男女，拥作一堆，谁都不说话，只站在那里，动也不动，就像禽鸟折翅，无可施展，静静地等着任人捕捉的样子。

王体中定睛一看，心花怒放，因为还没贴近，他就看到了人堆里有陈圆圆和顾寿。

等到走近再看，五女二男，个个都是身陷绝境而求生无路，只好听天由命的表情。两个男的，自然是三喜和小福子，而五个女的，除了陈圆圆和顾寿，另外三个是谁？

王体中一挥手，十个士兵将人团团围定。

"你们哪个叫三喜？"王体中指着两个男人问。

其中的一个极白净的兔儿脸回答："我就是。"

"站出来！"王体中大声喝令。

三喜犹豫了一下，老老实实地离开了人堆，站到王体中面前。

王体中指着那三个生面孔女人问三喜："说，她们仨是干什么的？"

三喜两眼翻空，拒不回答。

一个士兵见状大怒，飞起一脚先把三喜踹翻，然后双手抓住三喜的衣领，用力一提，还没等三喜站稳，又叉开五指，一巴掌抡了过去："混账东西！赶快回答王旗鼓的问话！"

经此折腾，三喜的锐气消去一半，吞吞吐吐地说："都是……是，是田府内眷。"

王体中一愣，真没想到，随同出逃的还有另外三个田府女人！怪不得昨夜和杨宛偷情的事儿被人家算计得丝丝入扣，原来是内外勾结，前后串通。杨宛再精明，以一对七，如何能不落在下风？

这一层算是弄清楚了，然而还有疑问，必须追索。所以王体中继续问三喜："你们七个，后半夜出了田府，总不能一直站在这里。明明白白的道理，你们逃出来以后，不久西城戒严，无路可走，就先躲进了附近的一户人家。后来这家的人知道逐户搜索，怕惹祸上身，这才把你们撵了出来。哼哼，少跟我装糊涂，这个不许和我狡辩！我现在想知道的是，哪户人家把你们窝藏了起来？快说！"

没想到三喜立刻辩解:"不是那户人家把我们撵了出来,是我们不想连累人家,自主要求走出来的。"

王体中又是一愣,都说婊子无情,戏子无义,没想到优伶之中也有豪侠之士!

"那好,就算你说的是。可你必须说出来,是哪户人家收留了你们。要是不说,后果我先告诉你:这个胡同的任何一家都别想再有活人!"

然而这一次三喜似乎下定了决心,把头一扬,就是不说。

手下的士兵正要动手,人堆里闪出了陈圆圆和顾寿。二美联袂而行,面无表情,浑若无事,对着王体中双双敛衽施了一礼,然后是顾寿缓缓地轻启莺喉:"请王将军约束属下,我们姐儿俩有话说。"

王体中立刻挥手制止士兵,然后赔着笑脸:"是、是,我的弟兄一时鲁莽,让二位姑娘受惊了。请,顾姑娘有话尽管吩咐。"

"你家侯爷要找的是我们姐儿俩,王将军不过奉命行事而已。如今目的已达,我们姐儿俩去见你家侯爷,王将军的差事就算有了交代,何必再去攀扯无辜的平民百姓?"

"这……"王体中挠挠头,是不好做主的样子。

"今天的事儿,是我们姐儿俩惹起来的,可事情闹到这一步,总有个前因和后果。王将军是前边的总管,要是你家侯爷认真追究下来,想必王将军浑身是口,也难辩解得一清二白。常言说得好,得饶人处且饶人。要是王将军明白这句话的意思,我们姐儿俩自然不会在你家侯爷那里搬弄口舌。要是王将军还不明白这句话的意思,那我就无话可说了,请便吧。"

王体中倒吸一口冷气:好厉害!怪不得杨宛说顾寿的心眼儿多。这番话,挟制之外暗含着威胁,明显是条件交换的意思。要是自己不智,继续追究窝藏人家,则杨宛虽逃,知情人还在,只要陈圆圆和顾寿一吹枕头风,刘宗敏就绝不会饶了自己。那还犹豫什么?既然说了得饶人处且饶人,则各自心照不宣,自然相安无事,除了乖乖地接受这个条件,别无选择!

想到这里,王体中决定索性人情送到底,但也要把话说得明白透彻,所以依然赔着笑脸:"顾姑娘既然是个明白人,我王体中自然也不是二百五。可这件事已经满城皆知,也请顾姑娘替我家侯爷想一想,乱子闹得这么大,不办几个人,他老人家怎么向京城的士民做交代?不过,我可以担保,这个胡同所有的人家不予追究,随着两位姑娘出逃的那三个女眷也没事。其他的,职司所限，恕我不敢应承，只能听天由命了。"

说完不容顾寿再讨价还价，对着十个士兵努努嘴。士兵会意，立刻押解着七名逃犯，顺着胡同往西走。路过田府后花园小角门时，王体中以背掩门，很抱歉似的只对着陈圆圆和顾寿弯了弯腰："对不起，要委屈两位姑娘，暗着走，明着回，请从正门进府去见侯爷。"

一出胡同口，来到西四大街，王体中立刻喊住几个骑马的大顺士兵，要他们四处传令，西城解严，中营士兵各归本队，不许在内城逗留，仍然回到南城去。

这一来就热闹了！今天早晨西城一戒严，整个北京城都知道田府出事了。颇有一些游手好闲的市井青皮，平时就以猎奇探趣为能事，如今听说田府逃走了吴下歌姬陈圆圆和顾寿，如何能放过这个独获秘闻的大好时机？因而从早晨戒严一开始，便钻头觅缝地在戒严圈外缘一带与大顺士兵套近乎，拉交情，想方设法打探出一星半点的片段信息，然后再走街串巷，四处兜售，把这些片段消息添油加醋地组合成完整的故事，散布到全城的各个角落。所以等到解严令一下，九城倾动，万家哄传，四面八方的人流朝着田府这边涌来，都要看看艳冠南北的陈圆圆和顾寿长得究竟什么样。一时间西四大街，万头攒动，熙熙攘攘的比正月十五闹元宵的场面还要火爆。

然而看热闹的人全都失望了：王体中的士兵一边高声叱咤地弹压着秩序，一边护卫着在押的逃犯，在人流中间的一线通道中，沿着西四大街往南，从西四走到离西安门不远的田府，这一路之上，七名逃犯，各各以袖掩面，把头脸捂得严严实实，谁也不可能看到她们的真实面目。于是人们只好从所能看到的身材、步态、衣饰、侧影和背影中，添枝加叶地去想象或猜测美人的容貌，并且兴致勃勃地把想象中的美人容貌向周围的人们陈诉着、炫耀着，归根结底一句话：天姿国色，不可方物！而每一个诉说的人都绘声绘色，津津有味，就像他们真的亲眼看到了九天仙女，这辈子没有白活似的。

当天傍晚，西四牌楼上悬挂了七具鲜血淋漓的男优尸体。这当然是刘宗敏以此向全城士民所做的"交代"：女眷出逃，男优相助，不杀男优即难免此类事件再次发生。但其中也不无王体中的意思在内：与陈圆圆和顾寿已经心有默契，可保相安无事，但三喜和小福子留下来却是个无穷的祸根；后花园老苍头毫不知情，逃过一劫；最倒霉的是另外五个男优，为此而遭杀身之祸，纯属池鱼之殃，白白陪死！

34

大清顺治元年四月初九日

誓师伐明

初四日晚上送走了范文程，多尔衮彻夜彷徨。细细琢磨范文程的每一句话，再参照自己以往两次奉先帝之命入塞伐明的经验，他认为此次大军出征，胜算居半，然而就这半数的胜算，也值得大干一番，干成了，便是一场名标史册的大功劳！而这份功劳，只能为自己所独有，绝不能给他人以染指的机会。

不过问题也正在于此：自己将以"代帝出征"的名义去打仗，而"家里"的政务交给谁去代为料理？倘若托付非人，前方打得再好，而后院失火，变生肘腋，受托的这个人趁机独擅宫廷，胁迫天子，发号施令，则摄政大权，从此旁落，以自己平时的强势慢人，必有不少心怀怨怼者，到那时，只要这个主政之人有所表示，则怨怼之众，群起响应，上下联通，策动政变，只怕自己出师未捷，就要变成朝野政敌的刀俎之肉了，下场之惨，何难预料？

就眼下的朝中来看，能够统摄全局的，除了自己，只有三人，其他的都不具有裁决大政的资格和能力。这三个人分别是：礼亲王代善，郑亲王济尔哈朗，肃亲王豪格。

代善自然没有问题，此人处事一秉大公，朝中无人不服。但毕竟年事已高，六十三岁了，精力不济，难胜繁巨。而且自从去年八月的那场逐位之争以来，为了顾全大局而痛失一子一孙。由此精神上的刺激，转而成了身体上的衰弱，老病侵寻，连上朝都有困难了，正在告假养病。情状如此，岂能委以国家大事？

剩下的两人，却都令多尔衮头痛不已。按身份和地位，济尔哈朗是仅次于自己的"辅政王",则摄政王率师出征,理应由辅政王代理国政。然而不妙的是,济尔哈朗与豪格关系暧昧。豪格在逐位失败之后,表面上不问政事,每日里除了正常的早朝,剩下的时间,不是斗鹰打猎,就是在府里张筵自娱,过得优哉游哉,而实际上是在表示对自己摄政的强烈不满。一旦自己离朝出征,这二人联手内讧,则宫廷政变,轻而易举。这是万万不能出现,而必须要预先防范的局面。

防止这样的局面出现,唯一的办法是令豪格也随着自己一道出征伐明,如此则两敌无以通谋,仅仅一个济尔哈朗也就无足为虑了。

然而以豪格的功勋声望和桀骜不驯,让他随置在军前,也是个不小的麻烦。他是先帝亲封的和硕亲王,征伐之际,如有消极抗命的表现,则将何以处置?处置的分量轻了,三军讪笑,无以服众;处置的分量重了,则狗急跳墙,以他在两黄旗和正蓝旗的实力和影响,一旦反目,刀兵相向,谁能震服得住他?果真那样,自己的颜面大损犹在其次,而宫廷不乱,仅仅军前哗变,就会把大局搅得糟不可言!

思来想去,多尔衮终于拿定了主意:豪格绝不能留在京中,让他随军出征去,但必须首先打打他的气焰,使他此次出征,失去参与军机大事的资格!

第二天,就是四月初五日,彻夜未眠的多尔衮照例卯时入宫。

一到宫门口,遣走了轿班。先于他而来的各王公大臣和各部院衙门的堂官,以及满洲八旗的各"昂邦章京"——汉人称为"总兵官"的文武官员,纷纷上前给他打千请安。对于这类日常惯例,多尔衮因人而异,有的礼节性地以手抚胸,微微哈腰,算是还礼,有的则随口寒暄几句,表示亲热或笼络。

等到正黄旗的昂邦章京图赖过来请安的时候,多尔衮脚步不停,眯缝着眼睛,对着图赖瞥了几瞥,然后就继续朝前走,去和别人寒暄了。

见礼已毕,净鞭三响,呜嘟嘟——呜嘟嘟——一阵阵螺号声响彻晨空。

螺号声止,多尔衮率领全班大臣,依次步入崇政殿,向着正中御座上的皇帝行三跪九叩的朝参大礼。

多尔衮带头高呼:"臣恭请皇上圣安!"

众臣接着高呼:"奴才恭请皇上圣安!"

"伊力!"皇帝用满洲话,意思是"起来"。

往常的惯例,若无特别重大的事项,朝参至此,就可结束,皇帝说完"伊力",群臣起身而多尔衮伏地不动,接着要说一声:"臣请皇上暂回后宫歇息,代问母后皇太后和圣母皇太后金安。"然后群臣再次跪下，附和着多尔衮的话，行三叩首礼，目送皇帝离座而去。

然而今天却不同，群臣起身的同时，多尔衮也立起身来，这表明多尔衮有话要向皇帝奏报。于是群臣略略退身，各归班位。

多尔衮提高嗓门儿，意在不仅让皇帝，而且也要让在廷诸臣都能听得清清楚楚："臣昨日接获谍报，目前中原大乱，西部闯贼攻取了山西的首府太原，明朝大河以北的兵马都在太行山西线力阻闯贼北犯，明都空虚，无人戍守，这是我国以武力袭取燕京的大好时机……"

刚说到这里，皇帝愣愣地插问："怎么？是要打仗吗？"

"是，皇上圣明。"多尔衮不想对皇帝多做解释，因为这类军国大事，对于一个刚满七岁的小孩子来说，解释起来，很费口舌。所以，他不理会皇帝的疑惑，继续把他的意思说完："为了我国万世久安计，臣决定亲自率兵出征，直捣燕京，与明朝争夺天下。"

"啊？"不光皇帝，在场诸臣都颇有意外之感，而意外的原因，却又各不相同。八旗武将大都认为又一次入关发财的机会来了；年事稍长的一些王公大臣则不免忿忿不平，"国之大事，在祀与戎"，而动用兵戎，如此大事，多尔衮也竟然独断专行，事先连召集他们商量一下都没有。只有济尔哈朗一个人心里最清楚，多尔衮主动请缨并不错，但他的目的是为了趁机进一步向皇帝要权！

果然，看看皇帝一脸茫然而无所表示，多尔衮只好单刀直入："臣此次是代替皇上御驾亲征，临行之前，请皇上假臣以事权。"

皇帝根本就没听出来什么意思，只好率直发问："你要我怎么样？"刚说到这里，自觉不妥，因为平时他经常聆听两宫皇太后的教诲：你十四叔是摄政王，在你还没长大亲政以前，代替你管理一切军国大事，因而廷殿之上，无论说起什么事都要尊重他，维护他的面子和权威。想到这里，皇帝马上换了一副口气："你有什么要求尽管直说，我一定尊重你的意见。"

然而愈是这样，场面就愈是尴尬。多尔衮自以为话已经说得很透彻了，无奈皇帝太小，完全不能理解"代替皇上御驾亲征"而要求"假以事权"是什么意思！而自己的话也只能说到这种地步，如果率直要权，固无不可，但行迹太露，必遭群臣轻视。

文臣班次里闪出了内国史院大学士刚林，趋近御前，伏地叩头："皇上，奴才有话，乞予嘉纳。"

这句话皇帝听得懂："说吧，你有什么话？"

"摄政和硕睿亲王代帝亲征，皇上首先应授予'大将军'之衔。"

这一说皇帝明白了，为了掩饰自己刚才的"不懂"，所以老气横秋地说："嗯，嗯，准如所请！"

刚林依然伏地不动："大将军仅是统兵在外的军衔。我朝家法，因身份、地位和征伐地区、对象的不同，例应在'大将军'军衔之前冠以名实相符的称号。"

"那么照你看来，应该给睿亲王的'大将军'加个什么称号呢？"

"我朝大将军历来有'定边''靖远''奋威''扬武'等不同的称号，但那都是方面征讨，事权单一。睿亲王以摄政身份而替代皇上御驾亲征，是为了我大清朝开疆拓土，称霸中原。奴才以为，非用'奉命'二字，不足以彰显皇上对睿亲王的倚畀之专。"

"奉命大将军？好、好，就照你说的办！"

这就等于御口亲授了。满廷诸臣，感受不一，拥护多尔衮的认为这是理所当然之事；心里不拥护多尔衮的则认为，这不过是个陷阱，让皇帝先掉进去，后面还会有戏。

"是！奴才恭谢皇上嘉纳敝意！"刚林说完，并不起立。

皇帝略感讶异："怎么？你还有话要说？"

"我朝制度，奉命大将军身份贵重，必须假以特权，方能遥制中外，一切军务政务，得以便宜处置。"

这一说，皇帝又迷惑了："那你说，还要假以什么样的特权？"

"授予奉命大将军称号是一回事，赐予'奉命大将军'印信和敕书是又一回事。"

"啊、啊，这个好办。待会儿就让礼部和工部商量，尽快赶制奉命大将军印信，同时让内秘书院草拟敕书。这些杂务，不必事事请旨，各该管大臣分头去办理好了。还有吗？"皇帝显然有点儿不耐烦了。

"是，还有！"刚林即刻接口，"既然是代帝亲征，奴才以为皇上应该准许奉命大将军特用青纛黄盖，以示郑重。"

"青纛"是皇帝专用的大旗，共两面，一面绣龙，一面绣虎；"黄盖"是皇帝出行时专用的"遮伞"，其实就是"皇帝在此"的标志。

刚林居然为多尔衮请用御物，这不是要造反了吗？如此骇人听闻之事，倘若发生在太祖时代或者太宗朝，不知会有多少人为此而脑袋滚滚落地！所以听了刚林毫无顾忌的这番陈奏，有人惊恐，有人沉默，大都脸上没有表情。只有多尔衮怡然自得，似乎对刚林所请，很有"深获我心"之感。

皇帝不大懂得这里面蕴含的深机，但青纛和黄盖是天子的专用之物却是知道的，为此他有点儿踌躇不定了，不知道是不是该准了刚林的请求。

好在七岁的小皇帝已经受了半年多的调教，知道朝政大事，除了摄政王之外，还有一个辅政王能够说得上话。所以他干脆先避开这个话题，直接对着多尔衮发问："睿亲王要带兵出征，不知道'家里'的事今后靠谁主持？"

多尔衮肃身回奏："自然是郑亲王代为主持。"

"除了郑亲王呢？"

"礼亲王年岁已高，近来多疾，宜于准其居家调养。其余诸王，都要随臣出征。"

"肃亲王也要去吗？"

"当然！"多尔衮回答得毫无余地。

这几句君臣奏对，满朝文武，无一遗漏，都听得清清楚楚。于是皇帝再问："睿亲王打算哪一天动身呢？"

"此次出征，与往昔不同，灭明兴清，成败在此一举。所以要举国征募兵员，还要檄调蒙古部落的兵马协同举动，兵数总要在十五万上下才能成事。征调十几万兵马，时间太短不行，而时间太长，又势必贻误戎机。臣以为，本月初九日是太宗文皇帝宾天第九个月的忌日，正宜于此日祭告太庙，誓师发兵。"

"好、好！日子选得很好！"皇帝脱口称赞了一句，接着又说，"准备的时间，可也不算多了，满打满算，只剩下五天。军事上的调动和布置，这五天里就有劳睿亲王多多费心了。"

"是，这是臣分所当为之事。"

"那么，其他的诸般政务，是不是就该郑亲王接手主理了呢？"

这一问，大出意外！

按照刚林的奏请，奉命大将军特准使用青纛黄盖，目的就是为了外将其表而内相其实，军权政柄，操于一身，如此则虽然领兵在外，也不碍遥控朝政。万没想到，皇帝居然把军务和政务分得一清二楚！

因此对这一问，多尔衮踌躇难回，但廷殿奏对，岂容含混？如果回一句

"不是"，不仅立刻得罪了济尔哈朗，从此结为死敌，而且逾制揽权，行迹明显，必遭朝野上下的共同耻笑。无奈之下，多尔衮只好硬着头皮，回答了一个字："是！"

皇帝似乎根本就没考虑那么多，对着跪在地上半天了的刚林说："刚林！"

"奴才在！"

"你起来吧。"

"是！奴才恭谢皇上的恩典。"刚林为了讨好多尔衮，已经跪得两膝酸麻，连话回答得都不着道了，颤颤巍巍，好容易站了起来，退回班位。

"郑亲王！"皇帝喊。

济尔哈朗趋前肃立，朗声回答："臣在！"

"刚林奏请，奉命大将军要特准使用青纛黄盖，我不知道该不该恩准。这是政务，你是辅政大臣，你拿个主意吧。"

济尔哈朗心里暗暗喝彩，尚未亲裁大政的皇帝，竟能在无形之中遏制了多尔衮的野心！既然军务和政事已经分开，就算给他多尔衮个虚荣又有何妨？因此他不紧不慢地回奏："臣以为，'奉命'之号，历来为我朝所重，况且皇上幼冲，不能亲率大军临敌杀伐，睿亲王代而出征，理应特准使用青纛黄盖，以示代天子亲征之意。"

"好、好！就把这个意思，明文写入敕书！"

整整一个上午，多尔衮都掩藏住心中的不快，一如往昔，干练利落，把各相关衙门的堂官和司官调动得风风火火，诸般出征前的准备事项，有条不紊地全都布置和分派了下去。

一时间满城处处张贴告示，要十三岁以上、七十岁以下的无疾男丁，全部编入部伍，随军出征。

午时已过，照例有两宫皇太后派"苏拉"——宫中的杂役人员送来的丰盛午餐。多尔衮匆匆填饱了肚子，立刻传轿，打道回府。卸了朝服之后，他吩咐王府总管传知门上，今日午后，除了正黄旗的昂邦章京图赖，其余的人求见，一律挡驾。

睡了差不多一个时辰，精神抖擞地跃榻而起。恰在此时，王府总管来报，图赖到了，已经安排在客厅等候。

"客厅？客厅不行。"多尔衮对王府总管说，"你先把他引到我的书房去，说我待会儿就到。"

在几个侍女的服侍下，很快地，多尔衮换了一身细葛软缎的燕居便服，一条松油辫子梳理得乌黑铮亮，脚上蹬了一双黑帮千层底的逍遥履，迈着四方步，潇潇洒洒地走出卧室，穿游廊，过跨院，漫不经心地步入设在后院的幽静而森秘的书房。

图赖正在王府总管的陪同下观赏书房的摆设，其中有一对朝鲜国王贡来的水晶雕老虎引起了他的兴趣。这两只水晶虎，堪称稀世珍品，一卧一立，每只足有半尺多长，良工精琢，栩栩如生。图赖一手拿着一只，站在窗户前，透过阳光，对比观照，嘴里不断地啧啧有声。看到多尔衮进来，一时窘迫，不知何以为礼，把手中的水晶虎放回搁架上已经来不及了，只好暂时小心翼翼地放到居中而置的大书案上，接着微屈右腿，打了个见礼千："图赖给王爷请安！"

"坐下来，坐下来。"多尔衮很家常地先顾自坐下，然后隔着茶几，朝另一只罗圈椅上肃了肃手，意思是让图赖与他并几而坐。

这也是一种恩典，身份不侔，礼节上不得并几而坐。而图赖自知不是外人，这次来是王爷有秘事要谈，所以也不多谦让，很驯从地坐了下来，两眼犹自不时地朝着书案上乱瞥。

王府总管手执茶具，沏上了蒙古贡来的十五年陈的"滇青"，躬身退出，反手把书房双门轻轻合拢，搬了条凳子，坐在廊庑之下，亲自当班，以防有人接近窥听。

这是个绝密的说话场所。多尔衮开门见山："七哥，今天约你来，就是为了他。"说着用手指了指书案上的水晶老虎。

图赖先是一怔，继而恍然大悟：原来是为了豪格！——豪格之名，满语称为"虎口"，而其人作战勇猛如虎，所以在八旗上层中就落了个绰号，同时也是昵称：老虎。

明白是明白了，然而究竟要把豪格整治到何种地步，这一层必须首先心里有数。于是图赖问："请王爷明示，看我能干点什么？"

"你替我找个人。这个人必须是老虎的心腹，熟知老虎的一言一行和一举一动。还有，这个人不要他品行好，只要他肯为我办事，我亏待不了他。"

这当然是要找个人出面诬陷，深文周纳，罗织罪名，把豪格往死里整！开出了这样的条件，图赖就很费踌躇了，一会儿敲敲脑壳，一会儿搓搓双手，是在认真思考的样子。

图赖姓瓜尔佳氏，家世显赫，是随太祖努尔哈赤南征北战、定乱开国的"五大臣"之一的费英东之子，行七，与多尔衮平辈，今年四十六，比多尔衮年长十四岁，所以私下场合，多尔衮称他"七哥"。他原是正黄旗的"巴牙喇纛章京"，就是汉语的"护军统领"。去年八月，皇太极崩逝，在诸王展开的那场逐位之争中，他和索尼、图尔格、鳌拜、谭泰等八个两黄旗大臣，在三官庙前率卒盟誓，不立先帝之子，誓与两白旗血肉相拼。后来皇位底定，多尔衮摄政，千方百计把图赖收为己用。

图赖的为人，大致属于正派一路，但弱点在于功名心太盛，且对身外之物看得较重。多尔衮正是利用这两项弱点，打拉兼施，恩威并用，把他治理得服服帖帖。不久前，又以先帝遗意的借口，升他为正黄旗的"昂邦章京"，比"巴牙喇纛章京"高出两格。为此图赖感恩图报，久而久之，疏远了豪格，成为多尔衮打击政敌的秘密帮手，每有要事，密约王府，一个口授指令，一个俯首帖耳，配合得滴水不漏。今天早朝，多尔衮对图赖请安时的眯眼斜视，就是他俩约定"午后面谈"的暗示。

多尔衮也不催促，一边啜茶，一边耐心等待。等到一盏茶慢慢啜完，图赖终于开口了。

"王爷，倒是有个人，不妨一试。"

"不行！"多尔衮率直拒绝，"兹事体大，只能计出万全，不能'不妨一试'！"

图赖笑笑说："计出'万全'不敢说，'八千全'吧。"

多尔衮遇事往往赌徒心态，八成的胜算，当然值得一试："这个人是谁？"

"何洛会！"

"噢、噢，是他！"

何洛会是蒙古人，原是蒙古正黄旗的固山额真。"固山"就是"旗"，努尔哈赤创建的军事单位；"额真"意为"长官"，固山额真掌管一旗的户口、钱粮，以及平时的军事训练等杂佐事务，名义上是一旗事务的最高长官。清朝天聪五年，也就是明朝的崇祯四年，皇太极率军攻打明朝在辽西走廊上的大凌河城，由于兵力不足，特召八千蒙古兵前来助战，何洛会就此随军开赴到了辽西战场。当时的蒙古八旗，在皇太极眼里都不过是些杂牌军，互不统属，编制也不规范。为了统一指挥，皇太极把这些蒙古兵打乱原先的编制序列，分编到满洲八旗之中，何洛会被编入正蓝旗，官职没变，还是固山额真。

其时正蓝旗旗主是努尔哈赤的第五子，叫莽古尔泰，是国初轮值国政的"四大贝勒"之一，位在大贝勒代善和二贝勒阿敏之后，而在四贝勒皇太极之前，称为"三贝勒"。

在这次大凌河之战期间，莽古尔泰与皇太极发生了一场极大的冲突，以至于莽古尔泰拔出佩刀，差点儿要和皇太极拼命。此举称为"御前露刃"，说起来是大逆不道的罪名，但皇太极念在莽古尔泰卓有战功并且是其"五哥"的分上，略施薄惩，仅降了一级，罚了一万两银子了事。莽古尔泰的性情极其暴烈，受到了这样的处罚，在别人算是最轻的了，而他却认作奇耻大辱，一口恶气难咽，到了第二年的年底，便因气急攻心，一病而亡。

谁也没有想到，莽古尔泰刚死，何洛会就跑到皇太极那里告了一状。这一状告的是莽古尔泰生前密谋造反，要除掉皇太极，自立为帝。除了莽古尔泰之外，还牵连到莽古尔泰的同母胞弟德格类和同母胞妹莽古济格格。皇太极派人查证，果然在莽古尔泰家里搜出了十六块木牌，每块都刻有"大金国皇帝之印"的字样。

这一来谋反之罪坐实。群臣公议，德格类和莽古济格格姐弟二人"弃市"，就是当众砍掉脑袋，暴尸街头。

莽古尔泰本人已死，但追夺爵位，子孙逐出宗室，贬为觉罗——努尔哈赤的父亲叫塔克世，共诞育五子，努尔哈赤居长，次为穆尔哈齐，三弟舒尔哈齐，四弟雅尔哈齐，最小的五弟叫巴雅喇，这兄弟五人的后世子孙身份贵重，称为"宗室"，佩"黄带子"；塔克世的父亲兄弟共六人，除了塔克世这一支之外，其余五兄弟的后世子孙均称"觉罗"，佩"红带子"。就是说，莽古尔泰的后代都不被认成是努尔哈赤的血胤了。

这场大案闹得满城风雨，人人都知道何洛会是个卖主求荣的小人。

凡是小人，都有长处，何洛会战功无称，长处就是嘴甜，见风使舵，能说会道。莽古尔泰死后，正蓝旗交给豪格主掌。豪格的性格大大咧咧，心不设防，这对何洛会来说，恰是适逢其主。从此蜜语甜言，博得了豪格的好感。十年时间下来，逐渐成了豪格的心腹奴仆，小小不严的临阵逃匿一类的罪行，豪格也替他大包大揽，开脱掩饰，化有罪而为无过。何洛会由此而感激涕零，赌咒发誓表忠心之外，平日里谀言媚语，哪里痒就往哪里挠，把豪格侍奉得舒舒服服，私密不避，视如家人。是这样一层关系，自然对豪格的一言一行都知道得一清二楚。

所以图赖一说出"何洛会"这个名字，多尔衮怦然心动，觉得是个不错的人选。

"人还凑合，"多尔衮说，"就怕他临时怯场，不敢出头跟老虎当面对质。"

"王爷顾虑的是。当年他出告三贝勒造反，本是为朝廷立了一大功，可先帝嫌他卖主求荣，有悖伦常，所以虽功不赏，故意把他冷在那里。这次王爷如果能事先许他些好处，那结果，王爷想想看，会是什么样子？"

"嗯、嗯。他现在什么官衔？"

"有官无衔，十好几年了，原地未动，还是个固山额真。"

多尔衮略一思索："好！你先给他递个话，事成之后，除了钱财之外，我给他个世袭的二等甲喇章京。"

"王爷英明！这一来既有官，又有衔，还是世袭的，连他的儿孙都跟着沾了光。这么大的诱饵，他一定不舍得不吞！"

"这件事要办趁早，必须在初九日告庙出师之前有个起落。"

"是！事不宜迟。我这就给王爷告辞，立马回去安排。"

"来呀！"还没等图赖起身，多尔衮冲着窗外高喊。图赖只好端坐不动，但心里迷惑，不知道多尔衮还要干什么。

等到王府总管闻声而来，多尔衮吩咐："把上个月蒙古贝勒献的那个皮革镂囊拿来。"

所谓"皮革镂囊"，其实是一件精美绝伦的工艺品，出自蒙古科尔沁部的巧匠之手，阔一尺、高八寸、深三寸，选用上好的蒙古草原牛臀皮，镂空切雕，拼花缝制而成，既是蒙古王公贝勒重要场合的佩戴之物，也是蒙古贵族帐房里的上等装饰之品。上个月科尔沁贝勒赛桑派人给睿亲王府贡献礼品，其中就有这只镂囊，多尔衮把他放在书房的搁架上当摆设。

王府总管从搁架上取来了皮革镂囊，多尔衮亲自动手，拿了几张细绵纸，把书案上的两只水晶雕虎分别包裹了起来，一块儿装入镂囊，往图赖的肩上一挎："这个归你了，拿回家慢慢玩儿去吧。"

真没料到有此一喜！图赖赶紧打千作礼："谢王爷的赏赐！"

"去吧，去吧。我等你的回信儿。"

回信儿很快，当晚就有，何洛会掌灯时分来到睿亲王府"出首"。王府总管把他带到自己的总管值房，问明了来由，让他把肃亲王的"罪行"分成条款，逐一写明，签名打了指模后，很客气地说："有劳稍等，我拿去给王爷看看。你先抽着烟，喝着茶。"

这一去足足有半个多时辰，王府总管才空着手回来，对着正等得局促不安的何洛会说："王爷说了，你对大清朝忠心耿耿，朝廷不会亏待你。不过，肃亲王身份贵重，不能你说什么，就是什么。明天朝堂之上，当着王公大臣的面，你要和肃亲王两造对质，你敢吗？"

"怎么不敢？"何洛会立刻表态，"肃亲王平日言辞狂悖，屡次劝他都不听，我担心他蓄谋乱政，所以才来指奸摘伏。为了咱大清朝的江山稳固，请转告摄政睿亲王，何洛会赴汤蹈火，在所不辞，一定当着全体王公大臣的面，把他的事儿全都揭露出来！"

"好，这话我一定转告给王爷。你请回吧。"

第二天早朝过后，多尔衮特意交代，所有宗室的亲王、郡王、贝勒、贝子，外加各部院的大臣，各回本值房和衙门，加紧处理完当天的应办事务，一个时辰后，齐集崇政殿议事。

其余不相干的官员可以提前退值，各归本第，料理出征前的家务。

一个时辰后，诸王公大臣陆陆续续，如约而至。

多尔衮拿出一张纸，密密麻麻地写满了字，对着众人扬了扬："诸位，有件案子，出首人愿意与事主当面对质，我已经安排他在宫门口候着了。不过，这件案子牵扯到我，我该回避。现在就请郑亲王主持，大家公议吧。"说完把那张纸递给济尔哈朗，头也不回，扬长而去。

众人莫名其妙，都把目光聚向了济尔哈朗。

济尔哈朗拿起纸，入目惊心，倒吸了一口冷气，继而又反复看了两遍，定定心，对着首座的豪格说："肃亲王，有人告你。"

豪格一听，立刻起身，厉声而问："什么？告我？谁呀？"

588

"何洛会。"

"啊？何洛会？他告我什么？"

济尔哈朗做了个手势，意思是安抚豪格，稍安勿躁，但口气却很冷峻，公事公办地说："告你什么，一会儿自然知道。来啊！"

站在殿门前的一名蓝领侍卫应声而至。济尔哈朗吩咐："到宫门口去把正蓝旗的固山额真何洛会带进来。"

所有的王公大臣都惊愕不已，不知道何洛会为何要出告主子，但也更想知道豪格究竟犯了什么事儿？

不大一会儿，何洛会进殿，不断地给端坐在左右两厢的王公大臣打千请安，最后走到济尔哈朗面前，伏地叩首："卑职何洛会，听候郑亲王差遣。"

"起来，站着说话！不是我要差遣你什么。你先看看，这是你的亲笔吗？"说着把那张纸递给了何洛会。

何洛会站起身来，趋前两步，接过纸，看了一眼："不错，是卑职亲自写的。"说完又把纸双手捧给济尔哈朗，后退两步，站立不动。

"好，既然是你的亲笔，你就要对它负责。肃亲王是大清朝的开国元勋，也是你的主子。如果你所说不实，就是诬告。知道诬告主子是什么罪名吗？"

"是！卑职知道。如有诬告本旗旗主者，一经查证属实，斩首弃市，家产籍没，妻妾子孙世世拨给披甲人为奴。"何洛会在背诵太宗手制的《大清律典》，毫不含糊。

"那就一条一条地说吧，先说第一条。"济尔哈朗把纸凑到眼前，一边看，一边念，"豪格曾对何洛会，以及议政大臣杨善、甲喇章京伊成格、罗硕说：'谭泰、图赖、索尼，这三人一向都听我的，而今他们却率两黄旗听命于多尔衮。多尔衮经常闹病，岂能一直摄政下去？现在有才能的人都被他收买了，剩下没有本事的都推给我，哼！'杨善说：'这都是图赖搞的鬼，我要亲眼看到他千刀万剐才解恨！'豪格说：'你们受我之恩，就应该为我效力，要严密监视图赖的举动。'杨善马上回答：'我们肯定把他弄死。请王爷放心，静等好音就是，一切后果我们承担。'伊成格也说了同样的话。——何洛会，这可是你自己写的。我问你，肃亲王和杨善他们说这些话的时候，你在现场吗？"

"是。卑职在现场，现场就是肃王府。还有伊成格、罗硕，都在现场。"

"嗯，这一条涉及两个人，睿亲王和图赖。肃亲王，你说过这些话吗？"

豪格坐在那里不动，双臂交叉抱胸，气哼哼地回答："说过！"

满座惊异，一片嘘声，都没想到豪格承认得如此爽快。

济尔哈朗高喊："杨善！这些话，你说过吗？"杨善是议政大臣，此时自然也在座。

杨善先站起，又坐下，回答得有点儿犹豫，不过和豪格一样，两个字：

"说过。"

伊成格和罗硕都是"二等甲喇章京",就是"二等参将",职位较低,不在殿里。济尔哈朗认为既然一王一大臣都承认了,也就不必再把这二人找来对质,所以接着朝下说:"好了,再看第二条。第二条:豪格对何洛会和固山额真俄莫克图说:'睿亲王把我旗下的五牛录人,赏给硕塞,是什么意思?'何洛会说:'这是睿亲王表彰硕塞为国效力,让硕塞之名传于后世。'豪格很不高兴,黑着脸掉头就走。"

刚念到这里,豪格大声质问:"怎么啦?这也能算个罪名吗?硕塞是我的五弟,睿亲王拿我旗下的五牛录人赏给他,我连知道都不知道,就不能问问吗?"

这个质问很有分量,满座喊喳,低声议论。一个牛录三百人,五牛录就是一千五百人,为数不少,而多尔衮居然不征得豪格的同意,擅自赏给了硕塞。这样的做法,不仅不能坐成豪格之罪,反而倒能说明多尔衮专横跋扈。

但济尔哈朗认为,豪格的质问,也就等于承认了确有其事,所以并不追究是非,低头看纸,继续念道:"第三条:豪格对此次派令从征不满,对何洛会、俄莫克图、杨善说:'我还没出过痘。这次令我出征,岂不是特意要把我整死?我要去问问多尔衮,他究竟想把我怎么样?'何洛会说:'死生由命。大兵马上就要出发,正宜为国效力,不应该去问睿亲王。'俄莫克图说:'我也觉得去问不妥。就算去问,也不会有什么结果。'"念完之后,抬头看看豪格。

豪格照样很痛快地说:"不错,有这话。"

"第四条,"济尔哈朗接着往下念,"豪格曾经对何洛会、俄莫克图、杨善说:'睿亲王不是有福之人,他疾病缠身,能活几年?他一死,皇帝还小,国家大政怎么办?能托给外姓人去办吗?豫亲王对我说过,当初议立新君,郑亲王认为应该立我。可我当时还劝大家不要立我,现在想想,大错特错!'"

这一条刚念完,首先豫亲王多铎就坐不住了:"干什么、干什么?把我也攀扯进去了?何洛会,你怎么疯狗乱咬人?我什么时候对肃亲王说过要立他当皇帝?"

众人一听,纷纷窃笑。多铎脑袋瓜子不好使,这话明明是豪格说的,何洛会不过将豪格说的话揭发出来,而多铎分辨不清,把气出到何洛会身上。

济尔哈朗也忍不住想笑,但这种场合要拿住架子。此外,他已经意识到,何洛会这一条说得真中有假,他自己确实在先帝宾天之后、崇政殿议立之前,对豪格说过,按序立长,豪格应该立以为帝。而何洛会却故意混淆时间顺序,说"当初议立新君"，给人的印象是崇政殿集议之时自己说过立豪格的话。由此思索，济尔哈朗顿生警惕：何洛会固然无耻小人，而多尔衮明明看过这份揭发材料，却要让自己主持这场对质，自然暗含着对自己的挟制之意。所以他决定不再让豪格说话，以免节外生枝，只看着杨善说："杨善，肃亲王对你说过这话吗？"

杨善站起来回答："是，说过，当时俄莫克图和何洛会都在场。"

"你说的这个'场'是指哪里？"

"就是肃亲王府里。"

"那么我再问你，肃亲王什么时候对你们三人说的这话？"

杨善想了想："是去年的九月底或者十月初的样子，再具体的，就记不清楚了。"

"再具体的，我也不去难为你。你只给我说实话，到底是不是去年的九月底十月初？"

杨善又认真想了一会儿，很肯定地回答："是。我想起来了，去年的十月初三日是肃亲王三十六岁的寿诞节。何洛会和俄莫克图约我提前几天到肃王府请示，都请谁去祝寿和如何张罗摆宴的事。所以王爷要问的日子，必定是在九月底。"

其实上年九月底豪格对杨善等人说了些什么话是一回事，而话中牵扯到的郑亲王什么时候对多铎说过欲立豪格为帝是又一回事。这两个事，分别涉及两个不同的时间，完全不能混为一谈。但济尔哈朗决定利用这一错乱，也装一次糊涂，故意给何洛会弄个难堪，同时也利用这一错乱，不落痕迹地回护一下豪格。

于是他示意杨善坐下，然后略略提高了嗓门儿："诸位，这一条牵扯到我，我不能不说两句。在座的各位王公大臣都可为我做个见证，去年我奉朝命，与英王阿济格一道，率军出征明朝山海关外的宁远、中前所、中后所和前屯卫。九月初七日出师，十月二十七日班师。在杨善所说的这段时间里，我根本就不在京城。诸位请想，我怎么能在这段时间里对豫亲王说那种话？既然我没对豫亲王说过，那么豫亲王又怎么会对肃亲王编出一套那种话来？"

"是啊！"多铎立刻上当，但主要也是为了洗刷自己，捋袖而起，"何洛会！你小子卖主求荣不要紧，为什么血口喷人，把我也搅和进去？说！郑亲王的话你怎么解释？"

591

何洛会那张嘴再怎么能说会道，也架不住两位王爷的咄咄逼问，一时懵懂，无以为词，愣愣地窘在那里，脸上青红不定。

这一来朝堂大乱。好些人都不暇细想，纷纷指着何洛会，有的叫骂，有的嘲讽，七嘴八舌地都是难听话，反正没有几个相信何洛会的了。而由此怀疑，反倒把前面三条豪格已经承认了的事实也打了不小的折扣。

乱了好大一会儿，济尔哈朗才做了个手势，示意安静。等到众人的情绪平复下来，济尔哈朗说："念完了，就这四条。何洛会，你还有别的事儿要补充吗？"

"回王爷的话，没有了。"何洛会委委屈屈地回答。

"好了，你下去吧！"

在许多人的睥睨斜视下，何洛会灰溜溜地躬腰退身，出了崇政殿。

何洛会一走，豪格站了起来："郑亲王，底下是不是该公议了？"

"不错。"济尔哈朗回答。

"那好，我回避！"豪格朝着两厢看看，打了个照堂千，"你们看着办吧。我豪格活该倒霉，被自家养的恶狗咬了一口！"说完甩甩袖子，恨恨而去。

这句话说得极其糟糕！本来局面是对他有利的，但最后撂下的这句话，颇有不相信诸人能主持公道的意思在内。因此在他走后，郑亲王示意各自发表意见，第一个说话的就对他很不利，此人是英郡王阿济格："这有什么可议的？削爵，处死！"

但话音刚落，立刻有人质疑："请问英王，肃亲王所犯何罪？既未谋反，亦未不道，何至于就要丢掉爵位和脑袋？"说话的是内秘书院大学士宁完我。

"谤讪摄政王，诅咒摄政王早死，这就是不道！"阿济格毫不相让。

"虽称不道，却非谋反，依律罪不当死！"宁完我算是退让了一步，但依然咬文嚼字地抗辩。

宁完我刚刚说完，多铎立刻接口："谤讪摄政王这一条也不能成立！刚才念完第四条的时候，郑亲王和我不是质问何洛会了吗？他怎么连一个字儿也解释不出来？这不就等于他默认了这一条是瞎编的吗？照我看，肃亲王无非在自己家里关起门来发发牢骚而已，根本就没有罪！"

其实第四条含了两个意思，一个是豪格说多尔衮有病，非有福之人，寿命不长；另一个才是何洛会一时难解的多铎向豪格转达郑亲王的那句话。而何洛会下笔不谨，把两个意思合为一条，再加上多铎理路不清，以后殃前，所以来了个全盘否定。而多数人的一致感觉是，平时多铎挺糊涂，刚才却说了一句不糊涂的话：何洛会揭发的全部四条，真正是"在自己家里关起门来发发牢骚而已"，并无实质性的不轨举动，更未妨碍任何国家大政。况且第二条，多尔衮擅自拨走了豪格正蓝旗的五个牛录示恩于人，这根本就是多尔衮的错！

于是不少人便依据这个理解，纷纷发表意见。自然也有一些平日受过多尔衮恩惠，以及因豪格平时语言不谨而得罪了的人，这些人与同情豪格的人口舌互逗，反复激辩，虽然公议得热火朝天，但已经过了午时，却还没拿出个能让大家一致认同的结果出来。

最了解多尔衮心思的还是济尔哈朗。他知道，就凭何洛会的这张纸，无论如何也要不了豪格的命。必是多尔衮担心到了关内，豪格不听指使，面子上给他难堪，所以借题发挥，想趁此机会挫挫豪格的锐气，逼得豪格此次伐明，无以争功罢了。因此，看看议不出什么结果，济尔哈朗大声宣布："今天的公议到此结束。回头英郡王、豫亲王、宁完我三人代表诸位，随我一道去睿亲王府，把大家的意见不偏不倚，全部如实禀报睿亲王，由睿亲王斟酌损益，最终定谳！"

一直到昨天，结果终于出来了。多尔衮亲自出面，召王公大臣、各部院堂官，以及案子牵涉的所有人员，齐集宫门口，先宣布了各案犯的"罪状"，然后判决结果：豪格，悖逆不道，诅咒摄政王，阴行不轨，狂言乱政，所以：削爵、废为庶人、罚夺七个牛录、罚银一万两、随军出征。杨善、伊成格，阴结死党，附和豪格，陷害图赖，斩首弃市，家产籍没。俄莫克图、罗硕，明知豪格悖言乱政，却不出首，亦斩首弃市，家产籍没。

这是惩罚。还有奖赏：图赖以为国效力，而与杨善、伊成格结成仇隙，险遭不测，故将杨善和伊成格的籍没家产赐给图赖，以示抚慰。何洛会，公忠矢义，举发其主，特授二等世袭甲喇章京，并赐予俄莫克图和罗硕的籍没家产，以彰其功。

这一案，废了一个亲王，砍了四颗人头，举城噤声，不敢言也不敢怒，但心理的震撼极大。关起门来，家家窃议，都认为豪格先帝长子，半年之间，既失皇位，又失王位，太祖太宗的在天之灵也会愠怒不安的，多尔衮如此刻毒，将来不会有什么好下场。好在出征在即，这一去生死未卜，都忙于与堂上高亲和老婆孩子叙话道别，很快地，没有人再议论多尔衮的跋扈和豪格的委屈了。

今天一大早，盛京城热闹非凡。晨曦未露，小皇帝盛装礼服，在多尔衮和济尔哈朗的陪侍下，礼乐声中，从崇政殿步行来到太庙，举行告庙大典。多尔衮一身戎装，济尔哈朗一身朝服，一左一右，扈导着皇帝。随侍的亲王郡王、贝勒贝子，分成两拨，东边的宗室，西边的觉罗，以黄带子和红带子为区分，井然有序地随着礼仪官的鸣喝声，整整齐齐，跪拜起伏。宗室觉罗的序列之后，是六部的大臣和内三院的大学士、学士，个个表情庄重，行礼如仪。

给祖宗焚香跪拜之后，皇帝由两亲王扶侍着，立在太庙中央，用尚未发育成熟的童音，亲自宣读祭文：

太祖武皇帝暨太宗文皇帝神灵垂鉴：

去年九、十月中，辅政和硕郑亲王济尔哈朗，统兵征明，攻克中后所、前屯卫二城。山海关附近，中前所人皆弃城走。今年三月中，明朝宁远城人民亦弃城走，山海关外地方尽为我有。此皆我皇祖太祖武皇帝与皇考太宗文皇帝素志，用是昭告，上慰神灵。今又命摄政和硕睿亲王多尔衮爰代眇躬，统大军前往伐明。伏冀太祖太宗在天之灵，俯赐默佑。

一字不漏地念完了祭文，皇帝走到祭坛前，就着祭案上的烛火，把写着祭文的青纸点燃，冉冉焚化。在礼仪官的鸣喝声中，再行三跪九叩首的大礼。礼毕，仍然由多尔衮和济尔哈朗左右夹护，在王公大臣的扈从下，步行至宫门口的丹墀。

此时的宫门广场，整整齐齐地排列了八千名军卒，每千名军卒代表一旗，虎罴雄立，肃静无哗。八千军卒的最前面，八匹乌缎般黑亮的高头大马上，八名壮士，各持一旗。每面旗帜上都绣了一条奋爪盘旋的腾龙，而旗色和形制各不相同。自左至右，依次并列的是，平角黄底的正黄旗、锐角黄底加红边的镶黄旗、平角白底的正白旗、锐角白底加红边的镶白旗、平角红底的正红旗、锐角红底加黄边的镶红旗、平角蓝底的正蓝旗、锐角蓝底加红边的镶蓝旗。八色旗帜，迎风猎猎，每只旗帜两旁，又各有四名护旗壮卒，铁盔铁甲，好不威风！

一阵螺号吹奏之后，礼仪官趋近多尔衮身前，屈膝打千："请奉命大将军恭受敕书。"

多尔衮下了丹墀，对着皇帝一跪一叩。一名御前佩刀的蓝翎侍卫，手捧敕书，代表皇帝宣读：

奉天承运皇帝

　　敕曰：我皇祖肇造丕基，皇考底定宏业，重大之任，付于眇躬。今蒙古、朝鲜，俱已归服，汉人城郭土地，虽渐攻克，犹多抗拒。念当此创业垂统之时，征讨之举，所关甚重。朕年冲幼，未能亲履戎行。特命尔摄政和硕睿亲王多尔衮，代统大军，往定中原。用加殊礼，锡以御用纛盖等物。特授奉命大将军印，军中一切赏罚，俱便宜从事。至攻取方略，尔王曾亲承皇考圣训，谅已素谙。其诸王、贝勒、贝子、公、大臣等，事大将军，当如事朕。同心协力，以图进取。庶皇祖皇考英灵，为之欣慰矣。

　　尚其钦哉！

宣读完毕，双手把敕书捧给皇帝。皇帝拿了敕书，步下丹墀，亲手把敕书递给多尔衮。与此同时，另一名御前佩刀蓝翎侍卫手捧一个檀匣，这个匣子里装的就是满文的"奉命大将军"金印。皇帝接过印匣，递给多尔衮。身后侧立的两名侍兵从多尔衮手中接过敕书和金印，肃身后退，又分立于多尔衮身后两侧。

就在此时，螺号声又起。呜呜嘟嘟的吹奏之中，从宫里头走出来三百名军汉，分为三组。两侧的两组，各簇拥着一面高可丈余的大旗，旗色纯青，分绣龙虎，这就是"青纛"。中间的一组则高擎着一只明黄锦缎的硕大遮伞，这就是"黄盖"。两侧的青纛在前，居中的黄盖随后，三组军汉步伐整齐地出宫、降阶，环场一周，然后序列于多尔衮身后。

等到螺号声止，多尔衮给皇帝行了三跪九叩首的大礼。

皇帝抬抬手，说了一声："伊力！"

多尔衮伏地而奏："请皇上平日善自慑养，珍重龙体。臣此去一定不负圣望，夺取燕京，荡平中原！"说完起身。

一名军汉牵过来一匹雪白的骏马，多尔衮认镫上马，伏了伏身，对着皇帝说："请皇上回宫，臣告辞。"

皇帝转身步上宫门口的丹墀，与诸王公大臣一道，给多尔衮挥手送别。

多尔衮立马黄盖之下，对着宫门口再次伏了伏身，然后放缓缰绳，在青纛黄盖的前导后扈下，绕场而行。八千军卒，紧随其后，就此调转过队头队尾。此时宫门左侧的三门礼炮，依次鸣响。礼炮轰鸣声中，八旗健儿齐步并进，缓缓地出了盛京城的南门，与在城外等候的大军汇合。

出征仪式一结束，皇帝回宫，诸臣回府。济尔哈朗还有一头心事未了，等到把皇帝一送走，他立刻传轿，吩咐直奔肃王府。

豪格正在生闷气，听说郑亲王来了，也不起身，依然仰在靠榻上，大郎腿压着二郎腿，装作闭目养神的样子。

济尔哈朗挥走了肃王府的仆人，独自探身进屋，叫了一声："老虎。"

这一来，豪格就不能再赖在靠榻上了，爬了起来，一身睡服，就势给济尔哈朗屈膝打了个千，故意提高了嗓门儿说："庶民豪格，给王爷请安！"

王爷见王爷，没有这样的礼节。济尔哈朗知道这是豪格故意赌气，也不计较，顾自拉了把椅子，先把豪格推到靠榻上坐下，然后自己也坐了下来："你打算什么时候动身？"

"动什么身？不去！看他个病秧子能把我怎么样？"豪格依然恨气未消。

"这不好。"济尔哈朗耐心开导，"出征打仗，这是咱爱新觉罗家族的本分。睿王这件事做得千不妥万不妥，要你随军出征这一点上并不错。你以还没有出痘为理由拒绝出征，说起来这是你的不是。就拿睿王来说吧，人人都知道他有病，只怕难得大寿，而且他不是也没出过痘吗？可是国家有事，不管他什么动机和心思，却能带头出征，为国效力，这就不好派他的不是。"

这话很难驳倒。豪格一愣，但还是继续发牢骚："我都平民小百姓了，你让我怎么去打仗？莫非到了战场上，要拿我当成小兵卒子来使唤吗？"

"那倒不至于。主将可能没有份儿了，不过，正蓝旗还是你的。"

"啊！"这一说，豪格有点儿醒悟了。多尔衮削了他的爵位，却并未夺了他的旗主，仅仅夺了他这一旗的七个牛录。正蓝旗总共八十七个牛录，两万六千多士兵。在此之前被多尔衮拨走五个牛录，给了豪格的五弟庄亲王硕塞，这次又夺去七个牛录，总数三千六百人，则正蓝旗尚有余数两万人。手握两万重兵还怕什么？照样可以大干一场！

一想到还能上战场去打仗，豪格顿觉豪气万丈："好，六叔，我听你的！

你说吧，我什么时候走？"

"今天不必汲汲。出征仪式一完，大军还要在城郊编排部署，总要到明天午后才能向西开拔。你明天午前动身不迟。"

"嗯、嗯，就这么定了。不过，我那个爵位怎么说？"

"爵位别担心，保你这次出征回来，和硕肃亲王的大帽子还要扣到你的头上。"

"咦？六叔，你不是逗我开心吧？"

"我怎么会和你闹着玩儿？你那个大帽子是铁打的，谁敢把它拿走？"

"啊、啊！"这一说豪格算是彻底明白了。皇太极称帝登基，以战功定勋爵，总共封了八个"铁帽子王"，依次为：礼亲王代善、睿亲王多尔衮、豫亲王多铎、郑亲王济尔哈朗、肃亲王豪格、承泽亲王硕塞、成亲王岳托、颖亲王萨哈廉。其中代善一门三王，成、颖二王都是代善之子。承泽亲王硕塞就是何洛会讦告豪格第二条当中提到的皇太极第五子。所谓"铁帽子王"，其实是大清朝的家法，称为"世袭罔替"，人死爵不废，子子孙孙，永远承袭，即使犯了死罪，也只能废人不废爵。此次豪格并非死罪，多尔衮虽然削了他的爵，却并没有让他十一岁的儿子齐正额袭爵。换句话说，多尔衮宣布的惩罚结果是"削爵"而不是"革爵"，则肃亲王这顶大铁帽子，可不早晚还是他自己的吗？

"得，六叔，你别走了，就在我这儿午饭。"

"不好，传了出去，倒像你我之间嘀咕了什么事儿似的。"

"就是要传出去，让他们都知道六叔为朝廷立了一大功！"

"这话怎么说？"

"本来我放出风去，死也不出征。现在我改变主意了，这不是六叔的功劳吗？"

"这也谈得上功劳？"

"怎么不是功劳？战场厮杀，少了我行吗？"

"那倒是。要不怎么都叫你老虎呢！"

"这不结了，切！——来，有好酒，咱爷儿俩痛痛快快喝两杯。"

"府上有什么好酒？"

"用秘方泡制的老鸦陈，滋阴壮阳，奇效如神。喝了它，包管你今儿一整夜闲不住！"

597

"唔？——哈哈！那我可真要叨扰了。"

"好、好，六叔赏脸。吃完午饭，我立刻出城！"

35

大明崇祯十七年四月初十日

约兵剿贼

山海关是军事意义上的"卫"，关内士民的居住之地就称为"卫城"，卫城就是山海关的主城，东西两侧，罗城紧护，南北翼城，遥相拱卫。

离开玉田后，初四日那天，副将杨坤带的八千轻骑开到卫城南郊，已经事先得到哨马传报的山海关总兵高第在此迎候。一见面，互相道乏，略事寒暄后，杨坤皱了皱眉——高第字登策，所以杨坤问："登策兄，怎么一进山海关地面，到处冷冷清清的，连个人影儿都难得一见？"

高第苦笑一声："唉——老兄还没进城去看呢，十室五家空，都跑了！"

"为什么？"

"上个月十六日总督和老兄率兵入关，接着十九日吴帅又把宁远的五十万边民迁徙到关内，这两次举动，关上人心迭震，都知道京师那边出大事了。从上个月二十二日吴帅离关西行那天开始，这边就纷纷流传，说闯贼百万大军包抄了居庸关，京师迟早不保。后来越传越奇，说闯贼兵不血刃拿下了京城，圣上自缢殉国，闯贼就要派大兵来取山海关了。就为这个，近五六天来，大户人家带头，平民小户跟着起哄，有的往胶东，有的下江南，卫城八万户，现在剩下的不到三万，都逃难去了。这也倒还罢了，更可气的是，有不少官吏连个招呼都不打，携家带口，也混进难民群里，溜了！"

"原来如此，乱世无王法！不过，登策兄，圣上宾天，此言不虚。"

"啊？"高第眼睛瞪得老大，"什么时候？"

"上个月的十九日。"

"上个月十九？今天四月初五……这不都半个月了吗？"

"是啊。登策兄做准备吧，我这是头一拨。在玉田，总督王大人把宁远军分成三拨，另一拨五千人马留驻永平。明天午后，总督王大人、巡抚黎大人，还有吴总镇，都要随着第三拨的两万多人马开到这里。后天就给大行皇帝举哀发丧。"

"这……这，"高第一时没了主意，"卫城都快空了，三万大军的食粮和草料，唉，我的老兄啊，你让我到哪儿去筹集呀？"

"上个月不是从觉华岛运过来一大批军资吗？"

叭！高第一拍脑门儿："不错、不错！那批军资原封没动，都在关上。我这就去派人先运过来一些人马能吃的。"

"不着急，粮秣事小。要拜烦登策兄，先把卫城剩下的人家全都动员起来，各家的丧服自备，关宁两军四万多人的丧服需要多少白布和素麻，你找军中的司账算算，回头巡抚黎大人按市价逐户支给银钱。不过，这批丧服要连夜赶制，不能误了后天使用。"

"好、好。事不宜迟，我这就去找乡绅商量筹办。老兄带的弟兄们怎么办？"

"此事不劳费心，我带他们就在城下扎营安置。倒是还要拜烦登策兄，有那城里逃走空下来的大户人家，分别打扫出来三五户，屋子和院子都要大，留待明日午后几位上宪入居兼治公。"

"这是分内之事，放心放心。不过弟身为东道，却让老兄扎营城下……嗨，不说了，等到办完了大事，小弟专门设宴补情！"说完拱拱手，带着随从，策马而去。

初六日一大早，山海关上上下下一片缟素。从卫城，到南北两翼城，绵延四里，排满了素装麻披的军士。

卫城的南门称为"望洋门"。隔着望洋门外的护城河，东边有个演武场，极其宏阔，可容万人，是平时关上守兵操练的地方。演武场的正北中央有个讲武堂，讲武堂前是个极其宽敞的观演台。今天把这个观演台布置成了灵坛。灵坛正中，供奉了大行皇帝的灵位，香烟缭绕，弥漫全场。场内东侧是五千兵卒，西侧则是卫城的五千百姓，披麻戴孝，面容哀戚。

599

等到辰时一过，王永吉为首，黎玉田、吴三桂、高第为次，另有五名乡绅紧随其后，缓步登上灵坛，对着大行皇帝的神位三起三伏，行了九叩首的大礼。王永吉亲手点燃了三个祭坛，酹酒六爵，然后宣读祭文。这篇骈四俪六的大文章，王永吉用哽咽嘶哑的腔调，念了足足两刻钟。念完祭文，王永吉将三罐祭坛，分别朝地下着力一摔。

祭坛粉碎，发出暴响。随着这三声暴响，全场军民，伏地号啕。这道祭礼称为"躃踊"，人人都要提前憋足了气力，待到气力尽收丹田，憋到不能再憋的时候，突然捶胸拍地，放声狂号，那场面，真有撼山动岳之势！撕心裂肺的哭声，由场内传到场外，由场外传到卫城，再由卫城传遍关城。一时间山海关上上下下，六军恸哭，万民哀号，其状犹如山呼海啸。哀声所至，下彻地府，上达天庭。

奠祭大礼每天一行，一行致祭三坛，连续三天，祭完了九坛。按照国丧的往例，军民还要持续服丧三七二十一天。但非常之时，不妨从权，第四天，就是昨天，按照王永吉的预令，军民"除服"。除服之后，民仍其业，军仍其职，高第的一万人马仍然戍守关上的各个城口，吴三桂的宁远军则全部结营于卫城南郊的旷野地里。

待到日上三竿，部伍无哗，一切安顿就绪，郭云龙单骑飞马，在王永吉侍兵的引导下，驰入临时设在卫城之内一个富豪大宅子里的总督行辕，带来了左懋泰前来招降的消息。

左懋泰上月二十九日奉命，第二天，也就是四月初一日，带着唐通从北京出发。八千人马，不紧不慢，彩旆笙鼓，吹吹打打，当天走到三河镇屯宿，初二日到玉田，初三日到丰润，一路上城空人稀，毫无扞格。初四日中午过了滦河，滦河再往东不远还有一条青龙河，隔河相望，永平府城就在眼前了，不料却在这里遇到了阻拦。

"站住！不许过河！"河对岸为首的一个壮汉厉声呵斥，随后摆了摆手，立刻上来二百个军卒，搭箭在弦，弯弓待发。另一名军卒飞身上马，连连加鞭，返往城中报告情况去了。

左懋泰不会骑马，坐着三匹牲口拉的轿车来的。听到隔岸呵斥，心里一惊，掀开轿帘，对着随行在侧的唐通说："有劳唐帅过去看看。"

唐通得令，磕了磕坐下的雪花驹，大大咧咧地越众而过，来到河边，隔着河，放吭高喝："什么人敢挡老子的去路？快滚开！"

话音刚落，"嗖"的一箭射来！这一箭，不偏不斜，正中唐通的头盔，幸亏头盔是精铁锻制的，性命倒是无忧，而箭矢的冲击力却把他带翻，扑通一声，摔落马下。

唐通站起身来，若无其事地拍了拍身上的泥土，嘿嘿冷笑，回身冲着八千军卒喝令："冲过去，给我剁了这帮兔崽子！"

"使不得！使不得！"左懋泰跳下轿车，连连喝止。同时命令唐通，要他把军卒列队，从原地算起，向西后退五十步。

这一来对岸的军卒松了口气，但仍然持弓在手，做着严阵以待的准备。

左懋泰只身走到河岸，对着河东喊话："请问对方将军尊姓大名？"

青龙河不宽，青石板截搭而成的平桥，东西两头不过四丈长短，所以不必高声，双方都能听得清清楚楚。为首的壮汉见问，憨声而回："大明朝镇守宁远镇总兵官吴大帅标下百户统领魏明亮。你是什么人，为何率兵犯我汛地？"

"唔？这么说，吴帅就在永平府？"

"不错！快回我的话，你是什么人？"

"啊、啊，自己人，自己人。"说着一边朝身后招招手，让唐通也过来，一边隔岸回答，"我是大顺新朝兵政府左侍郎左懋泰，这位是大顺朝镇守密云总兵官唐帅，与你们吴帅都是故交好友。"

唐通也知道自己刚才冒失了，此时满脸带笑："原来是长白老兄的属下，刚才言语不恭，别朝心里去。快去告诉你们吴帅，就说兵政左少堂和唐通，奉了大顺王爷的谕令，特来招降关宁军的弟兄们。"

魏明亮毫不客气地说："果然是你们两个伪官！好，你们都把耳朵竖直了听着：我奉了吴帅的严令，在此守卫青龙河，任何人不得越过河面一步，别的事我就管不着了。你们要招降宁远军，待会儿和我们当家的商量去！"

"好、好，左懋泰专程来此，要与吴帅一叙契阔。拜烦魏百户先去通报一声。"

"何用我去通报？喏，那不是？我们当家的来了！"

左懋泰和唐通举目一看，永平城外尘嚣滚滚，大约四五千健骑疾驰而来，转眼到了对岸，距离河边还有百十步的样子，齐齐勒定马头，明盔亮甲，排成方阵。待到阵中左右闪开，缓辔骏马，三员大将，个个全副甲胄，手执刀矛，威风凛凛地朝着这边走来。

唐通一看，不免失望，三员大将他全都认识，而其中并没有吴三桂。为首的是宁远镇副总兵何进忠，左右两个参将，一个是郭云龙，另一个是佟祖年。

等到三人走到对岸勒马停下，唐通心中狐疑，但仍然满脸带笑，拱手施礼："老何，我是唐通。还有郭老弟、佟老弟，兄弟我这儿有礼了！来、来，兄弟我替诸位引见，这位是大顺新朝兵政府少司马左懋泰左大人。"说完对着左懋泰很恭敬地把这三员大将也一一做了介绍。

"幸会、幸会！"左懋泰连连施礼，"左某此来，是奉了大顺王爷的谕令，要请贵镇吴大帅进京，共襄盛举。有劳何副帅预为先容，今日务必与吴帅把握一晤。"

何进忠稳坐马鞍鞒，也不还礼，只微微一笑："有什么话，请左公直接对我说就是。我家吴帅不想见你！"

"啊？"这怎么能行，不见吴三桂，一切都无从谈起！左懋泰急忙解释："想来何副帅还不知道，左某与你家吴帅是世交好友，今天特来叙叙私情……"

"胡扯！刚才还说是奉了你的什么顺大爷之命前来招降，现在又说特来叙私。究竟怎么回事？"

"别误会、别误会。公事私谊，两不相悖……"

"我家吴帅有话：只谈公事，不谈私谊！"

"好、好。可否容左某和唐帅一道去与吴帅面谈？"

"不行！有话就在这里说，我自会替你转达！"

这一来左懋泰才知道，这趟差事要办砸了，看样子吴三桂根本就没打算投降！不过既然讨了这趟差事，哪能就这么窝窝囊囊地空手而回？总要再做一番努力，也好回去向大顺王爷有个交代。但毕竟他与何进忠不熟，如此交涉，步步遭遇冷语，于是他对唐通眉目示意，意思是让唐通说话。

唐通会意，冲着河对岸，亮开大嗓门儿："老何，自从崇祯十四年你我在关外分手，将军不下马，各自奔前程，有三年多都没见面了。你和吴帅一直在关外抗拒东虏，对关内的形势，有所不知。现在改朝换代了，大顺王爷应运龙兴，坐了天下。当年一块儿共事的白广恩、左光先啊，陈永福、王承胤、姜瓖啊，还有兄弟我，都归顺了新朝。吴帅久镇边关，功高汗马，没想到朝中奸臣当道，国事败坏，闹得大明朝国丧君亡。如今大顺王爷礼贤下士，网罗英豪，十分仰慕吴帅，这次专门要左少堂和兄弟我来请吴帅进京，做个开国元勋。我敢担保，只要吴帅归顺新朝，少不了进爵封侯，位在诸臣之上……"

"不错、不错！"左懋泰抢过话头，"大顺王爷亲口说的，吴帅来归，晋封侯爵！"

"侯爵？哼哼，"何进忠皮里阳秋地说，"身份倒是不低。这些话，我会转告给吴帅。至于吴帅答应不答应去当你们的侯爷，你回去等信儿吧！"

"哎、哎，老何，"唐通心不自甘，"吴帅降与不降，我总得在这儿等个确实答复吧，你可不能让我无功而返啊。"

"嘿嘿！你还想劝降立功？那我问问你，既然劝降，就该向我们吴帅示好，你带了那么多喽啰怎么说？"

"啊，原来为了这个。"唐通恍然大悟似的，"老何，千万不要误会。我这八千士兵可不是来和你玩儿命的。哈哈，明人不说暗话，我唐通一顿饭能吃几碗白米饭你还不清楚吗？宁远军四万猛虎，八千铁骑，吴帅只要动动小拇指头就能把我给灭了。实话告诉你吧老何，大顺王爷特选左大人镇守山海关等处地方，等到吴帅带着你们宁远军的弟兄进京朝见新主，就用我这八千人马换防山海关。"

何进忠心里暗暗好笑：闯贼毕竟草寇，对关外局势茫然不知，就凭唐通这八千熊兵狐将，哪里能守得住山海关？——"既然如此，我且替吴帅做个人情，放你一条生路，你带着人马回去吧。如今不比往昔，往昔你我同事大明，如今你背主投贼，我与你势不两立！不过，看在以往共过事儿的分上，我再给你透露点机密：吴帅说了，玉田以东，仍然是我大明朝的地盘儿，从今往后，你要是敢在我的眼皮子底下瞎晃悠，我随时都可挥兵灭了你——去吧！"

"别着急、别着急！"左懋泰突然想起来了，"何副帅，我们谈成谈不成没关系，可是吴老总兵现在京里，大顺王爷对吴老总兵极其敬重，临来之前还在武英殿设宴款待。左某来时，老总兵特为嘱托，要我给吴帅捎来一通家书。父子血脉，谈点家事，这，何副帅总不能拒绝吧？"

"有吴老总兵的家书？拿来我看！"何进忠摆了摆脑袋，让身边的郭云龙策马过河。

左懋泰立刻跑回轿车，取出了一个桑皮纸封套，返身快步，恭恭敬敬地捧给了郭云龙。

郭云龙也不答话，在马背上伸手接了封套，勒转马头，踏着石板桥，回到何进忠身边。何进忠看了看封套，脸上的肌肉松弛下来："辛苦、辛苦！难为左公和唐帅，几百里奔波，给吴帅送来家书。进忠替吴帅谢谢二位了！请放心，这通家书，我一定亲手转给吴帅。"说着还很友好地朝着这边拱了拱手。

情绪一缓和，左懋泰觉得机会来了："份所当为，何副帅不必客气。大顺王爷为了表示招抚的诚意，特令左某带了四万两银子，专门用作犒赏宁远军的四万兄弟。"

还有银子？而且四万两？这倒是意外之喜："拉过来看看！"

左懋泰示意，唐通立刻转身指挥调度。不一会儿，从军中拥出一排车队，十辆两驮的大骡车，每车四只大木箱，在四十名军卒的驱使下，吱吱呀呀，拉过桥面。到了何进忠面前，军卒七手八脚，解开绳索，把每个箱盖全部打开，日光之下，白花花的银子耀人眼目。

何进忠轻磕马腹，围着车队绕了一圈，命令唐通的军卒："卸车！"

于是军卒又七手八脚，先合上箱盖，再把四十只大木箱卸下车来，就地码放，整整齐齐地摞了两大排。

何进忠挥挥手，等到军卒把空车掉头赶回，左懋泰和唐通就像等待圣旨似的，满怀着柳暗花明又一村的期望，要看对方怎样表态。

"承情、承情！"何进忠连连抱拳，"银子我替吴帅收下了，你们请回吧。"

啊！绕了半天，还是这句话。

左懋泰只好硬着头皮，继续交涉。双方你来我去，总算达成了一个妥协的共识：大顺军退兵滦河以西，吴三桂两天之内给予明确答复。

把这些情况向王永吉做了详细汇报后，郭云龙说出了自己的看法："制台，此事不宜拖延。约定的两天，卑职这一路费去了一天，还剩一天，后天如果不能如约回复，就要向东边增派人马，以防唐通袭击永平。"

"嗯、嗯，我知道了。你一路辛苦，先歇歇脚，养养精神。底下的事，我来安排。"

让侍兵去安顿了郭云龙，王永吉马上传见吴三桂和童逵行。

一进行辕，王永吉要言不烦，先把郭云龙的话简述了一遍，然后拿出一个封套："长白，这就是家书，你先看看，是不是令尊的亲笔？"

吴三桂拆开封套，触目皱眉，很吃力地看了好大一会儿："字倒是家父的手迹，内容却不是。"

"何以见得？"

"家父行笔，向来简单明了，从语气上一看便知。这通书信，又臭又长，好多典故，三桂根本就看不懂。制台，不用问了，这是有人事先写好了文章，胁迫家父，照章宣科地抄了一遍而已——假货！"说完把"家书"递给王永吉。

王永吉认真地看了一遍，深以为然："不错，书写者另有其人。达德，你也看看。"

童逴行接过信函，密密麻麻的文字写满了两整页，于是耐下心来，细细阅读：

> 桂儿如面：汝以皇恩特简，得专阃任，非真累战功、历年岁也，不过为强敌在前，非有异恩激劝，不足诱致英士，此管子所以行素赏之计，而汉高一见韩、彭，即予重任，盖类此也。今尔徒饰军容，怯懦观望，使李兵长驱直入，既无批亢捣虚之谋，复乏形格势禁之力。事机已去，天命难回，吾君已逝，尔父须臾。呜呼！识时务者亦可以知变计矣。昔徐元直弃汉归魏，不为不忠，伍子胥违楚适吴，不为不孝。然以二者揆之，为子胥难，为元直易。我为尔计，不若反手衔璧，复锁舆棺，及今早降，不失通侯之赏，而犹全孝子之名。万一徒恃愤骄，全无节制，主客之势既殊，众寡之形不敌，顿甲坚城，一朝歼灭，使尔父无辜并受戮辱，身名俱丧，臣子均失，不亦大可痛哉？语云："知子者莫若父。"吾不能为赵奢，而尔殆有异于括也，故为尔计。至嘱，至嘱！父字

童逴行看罢，哂然一笑："贼中无人，这样的文字，引喻失义，不伦不类，也好意思拿得出手！"

吴三桂正好趁机请教："达德，这里头都说了些什么？"

"镇帅请看，"童逴行指着前几行的文字说，"'既无批亢捣虚之谋，复乏形格势禁之力'，这句话出自《史记·孙吴列传》。原文我记得是：'救斗者不搏撠，批亢捣虚，形格势禁，则自为解耳'。"

"什么意思呢？"

"打个比方：有两个人互不相识，正在打架，可这两个人偏偏都是你的好朋友，你自然要居中劝解。于是你把两个人的性格短长和实力强弱，一一向他们陈述明白，用以说服双方，让他们知道，这个架打下去对谁都没有好处。如此一来，双方握手言和，你不用动手，也就达到了劝和的目的。"

"唔、唔，这是以智息武，说得不错。可怎么又说'不伦不类'呢？"

"请问镇帅：圣上和闯贼，哪一个是你的朋友？"

"啊、啊！"吴三桂明白了，"圣上是我的君父，闯贼是我的仇敌，他俩打架，我怎么能从中劝和？我要做的只能是救君父而灭闯贼！——嘿嘿，用这样的典故，真正引喻失义，完全不通！"

"不仅如此。"童逵行进一步解，"在这句话的前面，还有'今尔徒饬军容，怯懦观望，使李兵长驱直入'，意思是说，因镇帅胆小犹豫，贻误了时机，这才使闯贼得手京城的。"

"啊？"吴三桂既可气，又可笑，"这，这不是驴唇不对马嘴吗……噢，对了，就凭这口气，我敢断定，这绝不是家父的意思，必是贼中写信的酸腐文人，对我关宁动态，一无所知，而又妄行猜测的自得之词。"

"是喽，是喽。"看看吴三桂真的弄懂了，王永吉立刻回归主题，"还有几处地方，错得也匪夷所思。譬如'知子者莫若父'这句话本出《管子·大匡》篇，而这里却说出于《论语》。这且不去说他了。不过这通书信的关键在于'及今早降，不失通侯之赏，而犹全孝子之名'。长白，这就看得很明白了，这不是令尊的家书，而是闯贼的劝降书。"

"这好办！"吴三桂立刻接口，"达德，我肚子里的墨水有限，就烦你将错就错，接着他这个意思，用我的语气，给他来个拒降书。"

童逵行看了看王永吉，移目征询。王永吉肃手表示同意："长白之意可取。达德，有劳你的大笔了。"

"是！"童逵行有点儿踌躇不定，"镇帅，闯贼的劝降书，名义上是以父致子，然则要写的这通拒降书，名义上……"

话没说完，吴三桂已经明白了意思，所以抢口回答："自然是以子致父！凡涉家父之处，不必顾忌，反正这通书信到不了家父手里，是特为写给闯贼看的。"

这话说得极其透彻。童逵行思路一开，便了无窒碍了，略略沉吟，打好了腹稿，就着王永吉的书案，拈毫铺纸，一挥而就。不待墨迹干透，双手奉给了王永吉："请制台审阅。"

等到童逵行低声把所写的内容对着吴三桂细细解释清楚，王永吉也看完了书信，捻须莞尔，念着其中的一句说："好、好，'儿方力图恢复，以为李贼猖獗，不久即当扑灭，恐往复道路，两失时机，故而暂稽时日。'这一句，恰好与'今尔徒饬军容，怯懦观望'相衔接，将错就错，以谲对虐，好文笔！——长白，你看还有什么要补充？"

"没有！"

"那好，事不宜迟。"王永吉一边说，一边取了个净面封套，把拒降书装好，"我的意思，郭云龙奔波一日夜，体力尚未恢复。长白，你另外派人，一刻也不要停留，飞驰永平。明日此时，要把这封信函交到何进忠手里。"

"是！三桂这就去安排。"

"还有。你再另外物色几个遇事机警的士兵，要他们各自准备一套平民百姓的服饰。"

吴三桂一愣，不解所谓。王永吉接着说明了意图："既然公开拒降，就没有了余地。眼下还要劳动达德动笔，草拟一份告示，连夜找人誊写十几份。等到唐通的人马一退出玉田，就令这几个士兵扮作平民，沿途张贴，宣扬出去。一则可号召京畿士民，及早做好准备，配合我军的灭贼义举；二来也可使闯贼闻之丧胆，先挫了他的锐气。"

"好、好！"吴三桂非常兴奋，"这一步闯贼可是失算了，白白送来四万两银子，先赔了夫人，接着就要叫他损兵折将！"说完开心一笑，匆匆去做安排了。

今天一早，王永吉召集秘议，与议者共有八人，王永吉之外，按身份排列，还有黎玉田、吴三桂、高第、杨坤、冷允登——身份止于副总兵。另外两人则是山海关地面有头有脸的乡绅：佘一元、吕鸣章。

这是决定复国大计的一议，每个人脸上都表情庄重。王永吉首先启发众人说话："关上发表和公然拒绝闯贼招降，这两件大事很快就会传遍天下，今后此间一举一动，皆为中外观瞻所系。灭贼复国，固为大计，但如何使大计落实成真，即是今天要议的话题。诸位尽管各抒己见，凡于灭贼复国有益者，我无不虚衷采纳。国难当头，必得孤臣孽子，合舟同楫，愿诸位与我一道，共济时艰。"说完很庄重地起身，对着众人拱手施了一礼。

以总督之尊而做此表示，人人心中愈感责任重大。低头沉思了许久，很自然地，都把目光首先聚向了黎玉田。

黎玉田是初三日那天大军回到永平，王永吉约他一番彻谈之后，才完全知道国变详情的。随军到了关上，连日来心事重重，一言不发。初六日那天陪侍祭奠，在大行皇帝的灵前悲声一恸，哭得昏了过去。王永吉亲令侍从材官抚慰照料，昨天感觉好了些，但身体仍然虚弱得很，今天算是抱病与议。由于初六日以后的诸多大事都以病体之累，无法参与，所以每天只能听听王永吉派人来通报的情况。昨晚听了王永吉侍从材官的汇报，得知吴三桂回书拒绝招降之事，他心事愈重，昨夜辗转难眠。今天他本不打算率先发言，所以看着众人都期待着自己说话，只好歉然一笑，对着王永吉说："制台，应该先听听民声。"

这个意思是让两位民间代表先发言。

佘一元字占一，是崇祯十二年己卯科乡试的举人，次年会试落第，回乡设馆施教，虽未出仕，却有功名在身，门生弟子遍布乡村闾里，很受山海卫人的敬重。吕鸣章字大吕，本是山海卫的生员，几年前投亲入京师，在"顺天府武学堂"谋了个差事，顺天府武学堂俗称"京卫武学"，他的差事就是掌管这个学堂所有文书之类的"京卫经历"，属于不入品流的佐史。去年夏初，其母病故，因而辞了差事，回乡守制。在京城混了几年的人，经多见广，且又热心公益，故而为乡民所重。此次宁远军回师关门，这两人受高第的委托，联络乡绅，号召民间，仅仅一日夜之间，便赶制出了三万多套丧服。祭奠期间，又组织乡民，参与丧礼，与关宁两军配合得十分默契，因而很为王永吉所赏识，复国大计，理应首重民意，所以特为邀了此二人来，共商国是。

黎玉田见请，不能不有所表示。两位代表互相推让了一会儿，佘一元首先站起来说："圣上殉难，臣民之耻！此大明朝三百年未有之变局，我乡绅民，与闯贼势不两立。至于如何灭贼复国，全凭总督大人、巡抚大人和各位总兵大人的策划调度，凡能效力之处，尽管分派下来，一元虽死不辞！"

"说的是！"吕鸣章也站了起来，"闯贼逼死君父，人神共愤。复国大计，仰仗各位大人主持，鸣章居间奔走，联络乡民，愿效犬马之劳！"

这都不是建言建策，仅仅表示了愿意配合的态度而已。但这样的态度，也是民意，灭贼复国，人同此心！王永吉先做了一番感谢的表示，然后笑着对黎玉田说："润石向来思虑缜密，复国大计，岂能无一言赞策？说吧，先听听足下的高见。"

黎玉田不好再推，但说出的话来，却令人万万没有想到："灭贼是一回事，复国是又一回事。倘若灭贼而不能复国，则皮之不存，毛将焉附？"

全场愕然，你看看我，我看看你，把黎玉田的话寻思了半天，谁都不明白什么意思。王永吉只好率直发问了："润石此言，必有深意，可否详为一解？"

"何须再为详解？制台莫非忘了，皇太子和定、永二王都在闯贼手里！"

"此前据傅海山传报，闯贼仅得定、永二王，并未俘获皇太子。"

"皇太子被困城中，或早或晚，焉知不落入闯贼之手？"

这一说，全场愕然无语。皇太子身在京城，犹如囚鸟在笼，迟早落入闯贼手中。况且定、永二王已被闯贼掌控，在这种情况下，投鼠而不忌器，很可能的结果就是，未伤其鼠，先毁其器！果真惹恼了闯贼，先把太子和二王杀掉，且不说闯贼能不能被一举剿灭，首先复国就成了一句空话。而没有皇太子和定、永二王，大行皇帝一脉的血胤从此断绝，则复国无名，不仅无以号令天下，就眼前来看，关宁军五万人马和卫城的十数万百姓，邦国无着，何所依附？

谁都不能不承认，黎玉田的话，一语中的，真正说到了关节眼上！王永吉频捋长须，嘴里嘶嘶有声："照此说来，昨日不该回绝了闯贼的招降？"

"是！应当趁闯贼招降之机，与其谈判。"

与贼寇谈判？真正不可思议之事！不过皇太子迟早要落入闯贼手中，确实威胁着自身的命门。王永吉感到，不妨顺着黎玉田的思路，继续探讨下去，因而他问："与贼谈判，倘若贼欲难餍，却该如何？"

"只要他答应两个条件，余则不妨讨价还价，大不了都满足了他。"

"哪两个条件？"

"一是送来皇太子；二、与我联手抗虏。"

又是一阵迷惘和沉默，人人都在品味黎玉田话中的含义。

"闯贼以窃据京师为条件，这，也可以答应他吗？"王永吉问。

"如果闯贼坚执此意，可以应允。"

"然则我朝何处立国？"

"拥太子以南下，即位南京。"

"是要与闯贼划江而治吗？"

"如此理解，亦未尝不可。"

"君父之仇不报，半壁江山让贼，永吉如何向天下后世交代？"

"皇子殄死贼手，大明统绪断绝，制台更难向天下后世交代！"

王永吉顿时张口结舌，对黎玉田针锋相对的回答，他踌躇良久，感到确实很难驳斥。从历史大势着眼，社稷重于疆土，皇统重于分治。当年五胡乱华，永嘉南渡，中原局面残破不堪，厥后乃有晋元帝即位建康，疆域虽弃，社稷仍存，与北朝划江分治一百余年而皇统不坠。金兵毁汴，徽钦北狩，宋高宗南迁临安，保住了赵家统绪一百五十年绵绵不绝。如今的大局，与此仿佛。先帝虽然宾天，而皇嗣并未断绝，如果能从闯贼手中索回太子，拥立于南京，则皇胤不绝，再续正统，于万难措手的乱局之中，为朱家保住南方的一片江山，后人纵有割地予寇之讥，亦不过春秋责备贤者之义，二祖列宗和大行皇帝的神灵垂鉴，必能体谅王永吉拯救大明于不亡的苦衷。说起来差强人意，也算是个不错的思路。

沉思良久，王永吉"嗯嗯"有声。十几天来，与童逵行和杨坤几于朝夕相处，对大局的走向做了无数次的探讨，心心念念都在生擒闯贼、碎尸裂首，为大行皇帝报仇雪恨的思路上，而百密一疏，却忽略了皇太子和定、永二王身处危城，生死悬于一线。与李自成公开决裂，无异于自速太子和二王之死，且不说闯贼势大难灭，而皇子受戮，国脉断绝，这一切都出于总督的决策失误，首先自己就会内心愧疚，真正有负大行皇帝的特达之知。

有了这样的思索，他很感念黎玉田当头棒喝般的提醒，毕竟黎玉田察人体物，明敏洞达，见解高人一筹。不过他还有疑虑未解，正不妨趁着此时折节下问。

"受教、受教！"王永吉特为对着黎玉田拱了拱手，"高论启心，开我茅塞。然而永吉还有迷惑，尚祈润石兄为我释疑。"

总督有此表示，黎玉田就该起身还礼，然而一时体弱，无法站起，只好虚了虚双掌："不敢！制台有话，尽管吩咐。"

"既然说与闯贼划江而治，何以又说与闯贼联手抗房？"

"春秋之义，首重尊王攘夷。自秦汉盛唐以来，天下为一，万里同风。中国有礼仪之大，故称夏；有服章之美，谓之礼。凡我族类，虽千秋万世，必不改我华夏衣冠礼仪。"

"嗯、嗯。"王永吉熟于史典，颔首称是。

"闯贼纵然草寇，亦属华夏赤子，如今猖獗一时，已成气候，而不闻其变衣冠、废周礼，是与我大明朝所执之念相等同。"

"嗯、嗯。"

"关外建房则大不一样，其祖上先称肃慎，后称女真，向来为化外野蛮之邦，嗜杀重利，毫无礼仪。宋钦宗靖康年间，房骑南下，毁礼变服，以其愚陌之族，凌我文明之邦，行径与其同类鞑靼毫无二致。此所以我太祖高皇帝奋起于荒寺草陌之中，招揽豪杰，号召天下，一举驱鞑虏于朔漠，迫女真于滨海，胜国衣冠，再拜冕旒，于华夏礼仪，功莫大焉！"

提到这段历史，王永吉只能频频点头。

"迄于神庙万历以来，建虏趁我内虚，更名满洲，蹂躏关外，迫使我华夏族人剃发易服，辱我先祖，灭我制度。如今虏酋在关外建号称帝，欲施其先祖女真之淫威，再次戮我人民，夺我疆土。我辈读圣贤之书，岂能容许如此禽兽行为纷披猖獗？"

这番侃侃而谈，不仅王永吉无可辩驳，在座的所有人也都鸦雀无声。

"眼下的局面，明明白白：贼为我敌，虏亦为我敌，而贼为我敌是内敌，虏为我敌是外敌——此其一。其二，虏为我敌，虏亦为贼敌，就贼而言，虏亦是贼的外敌，以此不难明白，建虏是我与贼的共同之敌。而两敌俱强，唯我独弱，其中的任何一敌，都可随时灭我。当此我一军不能独存，而两敌交相逼迫之际，玉田请问：以春秋大义相绳衡，欲存明社，我辈究竟应当联虏剿贼呢？抑或应当联贼抗虏？"

华夏一家，自然应该联贼抗虏。这个答案，无须争辩，按照黎玉田的思路，自然而然就得出来了。于是满座寂然，虽然没有表态之声，但不少人心里却认为黎玉田言之有理。

自以为说服了众人，黎玉田连连咳喘，是他的身体虚弱，快撑持不住了。然而话还没有说完，一阵咳喘之后，继续陈述他的意见："目前关外建虏虽无内犯之举，但这并不意味着其不欲内犯，只不过暂时消息隔膜，尚不知关内局势发生了变化而已。一旦得知大行皇帝宾天、闯贼窃据京城、大河以北仅剩下我关宁一旅，建虏还会无动于衷吗？倘若建虏突然倾兵来犯，山海关置于内贼与外虏两敌之间，玉田愚钝，不知制台有何良策，可免我关宁军不遭灭顶之灾？"

良策自然还没有，连日来苦思冥想的就是这个问题，今日要秘议的也是这个问题，所以王永吉默不作声，只屏思静虑，要听听黎玉田怎么说。

"大势衍化至此，玉田以为，为大局、为眼前，为大明朝的统绪不灭、为关宁军的生存延兴，都不能不摒除以往的成见，立刻与闯贼联络，承认其大顺为政体，对其晓以民族大义之重，喻以夷夏消长的利害，化敌为友，彼此互利，促使其与我联手，共御外侮。即使以划江割地为代价亦在所不惜。非如此，不能保我华夏衣冠；非如此，不能延我大明统绪。"

一口气说到这里，黎玉田虚汗浸浸，咳嗽不止。这一来举座不安，纷纷上前抚慰。王永吉也亲自离座，过来扶持。佘一元颇精医道，此时正好派上用场，看过舌苔，把握了脉象以后，很欣慰地说："还好、还好，并无大碍。想来是巡抚大人忧心太重，以致气脉亏损，脾经不畅。只要静养几日，必能康复。"

王永吉立刻令两名侍从，把黎玉田送回临时的抚院安歇。一阵手忙脚乱之后，待到送走了黎玉田，场面复归平静，王永吉继续主持秘议："刚才中丞的意见，诸位都听到了。可行与否，请公议。"

然而无人答话，都在思索。

王永吉正要继续鼓励大家说话，一名侍从材官进来禀报："宁远镇参将郭云龙和监纪同知童逵行在院外候示，说要请吴总镇出来一下，有重要军情。"

"不是说了吗，今日秘议，摒绝一切杂务！"王永吉很生气地说。

"是，卑职知道，也转达了制台大人的谕令。可郭参将说，是关外来的重要军情。"

关外的军情？这倒不能不予以重视。王永吉对吴三桂说："长白，你去看看。"

不一会儿，吴三桂去而复回，除了郭云龙和童逵行之外，还带进来一个三十多岁的壮汉。吴三桂把壮汉引到王永吉面前，说一声："见过总督王大人。"接着对王永吉说，"制台，这就是王殿魁。"

王殿魁？名字好熟，但王永吉一时想不起来是什么人。

王殿魁伏地叩头，自报家门："给总督王大人请安！贱民王殿魁，奉了吴大帅的密令和郭参将的安排，在锦州东边的官道上开了家旅舍。现有重要军情，特来向王大人报告。"

这一说，王永吉想起来了，原来是吴三桂安插在关外的眼线。"噢、噢，站起来回话。有什么重要军情？这里都不是外人，你尽管实说。"

"满鞑子要来攻打关内了。"说着解开上衣的褡袢，从怀里摸出一张折叠成方形的高丽纸，双手捧给王永吉。

612

王永吉逐层展开高丽纸，细细观看。品相有点儿残破，背面斑斑点点，是已经干透了的浆糊痕迹。正面有文字，文字分为两个部分。右边是笔画曲盘缠绕的满文，左边是汉字，书法拙劣，但也不难辨识：

兵部奉摄政和硕睿亲王谕令：倾闻中国本座空虚。令到之日，八旗各牛录无分满汉，凡七十岁以下、十三岁以上男丁，须于数日之内，自备战器干食，克日从军征讨。成败之判，在此一举。

大清国顺治元年四月初五日

反复移目，看了好几遍，王永吉才开口说话："这是建虏张贴的告示。王殿魁，你从哪里得到的？"

"回总督大人，是贱民在锦州城外大马路上捡到的。"

"什么时候捡到的呢？"

"是初七日晚上。那天风大，贱民估计是风把它刮到了城外。"

"你认得这上面的字吗？"

"不大认得。但贱民知道，有胡字，也有汉字，这是告示，一定是满鞑子的皇上有什么大事要告知民间，所以捡到以后回旅舍让两位军爷辨认。两位军爷看了后都说，这是满鞑子的重大军事举动，要贱民第二天一早骑上好马，立刻送到关上。"王殿魁说的两位军爷，就是郭云龙安排的那两个扮作旅舍伙计的宁远军汉。

"为什么他们不来？"

"他们不大懂胡语，担心路上遇到鞑子兵盘查，误了大事。"

"那么你来的一路上，从锦州，到关门，遇到鞑子兵了吗？"

"没有。一路上村庄稀落，寻常百姓都难得一见，更没有遇到鞑子兵巡哨。"顿了顿，王殿魁又说，"不过，两位军爷很让贱民佩服。虽然他们不懂胡语，当时和贱民商议，满鞑子接下来的举动更为重要，所以让贱民先来报个急信儿，他俩一个留下应酬店面生意，另一个，就是那个肖百户，冒着风险，第二天就去沈阳周边打探消息了，说是不入虎穴，焉得虎子。"

"咦？"王永吉不解，"那个肖百户不通胡语，怎么能打探出来消息？"

"这倒不难。"王殿魁很得意地说，"锦州有好多跟贱民一样的旗下包衣，身在曹营心在汉。他们都会胡语，恨透了满鞑子，平时常到贱民的旅舍来喝茶闲聊，跟两位军爷也很合得来。当时商定了一个最可靠的，答应多给银两，让他跟着肖百户一块儿去。"

这一说王永吉非常满意。从建虏的告示上看，初五日号召通国准备，但什么时候出兵内犯却并不明确。有那个宁远军的肖百户潜入沈阳周边，必能得到进一步的确切消息。

"还有什么要说的吗？"王永吉问。

王殿魁想了想："没有了。"

"好、好。两天三百六十里，真难为你！我先安排你去吃点东西，然后痛痛快快地睡一觉。底下你该怎么做，等我这里商议妥了再告知你。——来啊！"

侍从材官应声而至。

"把王殿魁带到我的侧院里好生安置。顺便到账上支出来五两银子赏他！"

王殿魁立刻伏地，双手乱摇："不敢、不敢。贱民自愿为大明朝效力，不该滥领总督大人的赏。"

"这是军中的规矩，你不必推辞。"说着挥了挥手，示意材官执行命令。

王殿魁一走，王永吉以郭云龙和童逵行已经知道了关外动向，正好让他俩也留下来参与密议。同时把那张告示递给吴三桂，吩咐所有的人都传看一遍，他自己则趁着这个空当攒眉苦思，要把新得的关外情况透彻地思虑一遍，以寻求应对的办法。

局面是异常凶险的。从现象上看，多尔衮的谕令已达锦州。沈阳以外，满洲人在关外屯居驻兵的主要有辽阳和锦州两城，这说明关外凡有满洲旗人居住的城镇都接到了同样的告示。很明显，建房是在举国募兵！

他估算了一下，满洲总人口在八十万上下，按照这个底数，七十岁以下、十三岁以上的男丁，大约有二十万人的样子。去掉两头的一老一幼而用作后勤杂役，能够上阵打仗的还有七成，约十四万之数。这十四万人，主要是能征惯战的骑兵，有差不多十万，剩下的是步军四万。果真马步同举，倾巢来犯，无论如何，仅靠自己手中这关宁两军的五万人马，是绝无取胜之理的。

看来化解凶险之道，只有按照黎玉田的意见去做，欲御外辱，先联内贼。闯贼盘踞在京师周边有二十多万兵马，如果与其谈判成功，则贼我合兵，将达三十万众，恰好倍于建房，以二对一，即可稳操胜券，至少暂时应对眼前的危局是没有问题的。再从长远去看，据说在陕西、湖广两处，贼兵还有五十万数之多，而明朝江南尚有兵员八十万。与贼言和，两家合兵总数可达一百六七十万，十数倍于敌。只要配合默契，运筹得当，则瞅准了时机，挥兵杀出关外，扫穴犁庭，彻底剪除建房，收八百里失地，雪三十年之耻，也可说是指日可待之事。

等到大家把清朝的告示都传看了一遍，王永吉满脸指挥若定的表情："军机的进展，果然未出中丞所料，关外建虏随时都在俟机灭我大明。伪告示诸位都看了，'倾闻中国本座空虚'，是知建虏已经探得关内的变故，举兵内犯，就在眼前。为保我华夏衣冠礼仪不废，一场血战，势不可免。诸位请看，为今之局，该当如何应对？"

在他想来，有了这番引导，众人必然顺着黎玉田的思路，纷纷表示，时局急迫，刻不容缓，应当马上派人去撤回拒降书，进而与闯贼联络，共同抗虏。然而话音落地，却无人响应，众人只是相互看看，目露迷茫，似乎心中都无定见，不好表态。

一阵沉默之后，吴三桂指着童逵行说："达德，你先说吧。"

"是！"童逵行并不知道黎玉田的那番见解，但他在进来之前，已经从王殿魁口中知道了关外的举动，刚才又仔细阅看了那份告示的内容，因而心中反复筹算，大致已经有了一个化解危机的想法。恰好总兵催促，正可把想法说出来以供总督斟酌，所以他面向王永吉，先把思考的结果亮了出来："卑职以为，不妨考虑借助于建虏，共同剿贼。"

一闻此语，举座皆惊，这与黎玉田的主张正好相反！

王永吉今天的内心两受震撼。在此之前，他一心一意考虑的都是顿兵关上，等待史可法率军到来，以大明朝自身的力量剿灭闯贼，如今清理一下思路，这可称为"待援灭贼"。而眼看着江南兵马不可恃，时局的发展，不容"待援"，而黎玉田正好提出了"联贼抗虏"之策。这一提法，闻所未闻，所以刚才内心的震撼极大。然而听了黎玉田的层层解释之后，说言正论，无可驳斥，正在顺着这个思路引导决策，却不料童逵行石破天惊地又提出了一个"联虏剿贼"的说法！

不过仔细想想，这个说法已经被黎玉田所否定，童逵行不知道而已。但是要从头解释，很费口舌，单独为了童逵行而费口舌也无必要。不妨自己就照着黎玉田的思路，接着探讨，看童逵行有没有什么新的见解，不过语气要严密，以防童逵行囿于成见，误判大局。

"你是说要联虏灭贼吗？"王永吉问。

童逵行想了想，断然回答："不是！"

"刚刚说了借助于建虏，共同剿贼，何以又改口说不是？"

"不错，卑职说的正是'借助于建虏，共同剿贼'，并未改口说'联虏灭贼'。"

"这有什么不一样吗？"

"大不一样！制台，且容卑职详为一解，如何？"

"你说吧。"

"建虏内犯之意已决，无可阻止。但建虏内犯的目标是首取我朝京师，而不是山海关。"

"何以见得？"

"建虏的告示有'倾闻中国本座空虚'之语。本座者，帝居之所、京师之谓。即此可知，建虏并不知道圣驾已升遐和京师已被闯贼窃据的事实，因为目前京师并不空虚。卑职以为，建虏的情报迟了一步，尚未侦得关内实情，不过刚刚得知贼兵北犯，京师戍守乏人而已，故其文曰'本座空虚'。"

王永吉拿起那份告示再看，认真推敲了字面的意思之后，不得不承认童逴行的理解无误："嗯、嗯，说得不错！然则是又如何？"

"是则此次建虏内犯，必走往年的老路，经中协、西协，直扑京师。卑职可断言，闯贼绝不是建虏的对手，必败无疑。"

贼、虏两强，是相对于"我"而言的。如果单论贼与虏，以王永吉的见闻所知，自然是贼弱虏强。因此他对童逴行的断言并无异议，不过："果真如此，倒省了我兵去与闯贼厮斗，无论谁胜谁负，最终我坐收其利，岂不更好？"

"不然！其故有二：一是果真建虏京师得手，必然挥兵东来，抢占山海关。到那时，山海关真正成了一座孤城，关宁两军进退失据，内外无援，纵然与其以死相搏，亦难逃全军覆没的下场，岂能容我坐收渔翁之利？其二，闯贼于我有弑君之仇，建虏与闯贼之间并无过节，而剿杀闯贼者却是建虏。请问：贼败之后，我居何名？制台能向天下臣民说是我为先帝报仇了吗？"

啊、啊！王永吉听懂了童逴行的意思。果真建虏独自剿灭了闯贼，而说王永吉率领关宁军为大行皇帝报了仇，那将腾笑天下，必为世人所不齿！

"有此二故，"童逴行继续解释，"卑职以为，万万不可坐令建虏独享其羹。趁其对关内局势尚未确知之机，采取主动之姿，介入其间，合两家之兵，借建虏之力，名义上至少还是约兵剿贼，卑职所谓'借助于建虏，共同剿贼'，其意正在于此。有此之名，制台便可正色以对天下臣民。况且借外兵而复国仇，名正言顺，史不绝书。伍子胥借吴而复仇，申包胥借秦而复楚，此皆载诸青简，而为史家所称羡。卑职的意思，大可仿佛于此，师法其意而用之。"

这样的说法，王永吉很不以为然，因而诘问："古今风义不同，此一时也，彼一时也，不可相提并论。如今世风浇薄，人心不古，建房亡我之心已非一日。不错，眼下建房尚不确知关内的局势对其有利，但此种懵懂之局，岂能维持长久？一旦建房举兵入塞，即可真相大白。以其素来之狡悍，不难迅速调整方略，独兵灭闯，岂能拔刀助我于穷蹙之际？"

"制台说的是，古今风义有别，古人重义，今人嗜利。唯其如此，则不求其义，而唻之以利，焉知建房不肯与我合作？"

"唻之以利？你是说要酬之以代价才行吗？"

"当然！"童逵行应答得极其干脆，"今人复非古人，没有好处，谁干傻事？"

"好吧，你且说说看，我要给他什么样的好处？"王永吉的兴头已经大受挫折了，完全是顾及童逵行的面子，姑妄听之的态度。

"主动与其联络，告知京师变故，此为重大军情，本身对其就是一利。除此以外，建房走中西两协，必须绕道迂回，旷日费时。如果我许之以捷径直入山海关，是其意外之喜。有此一利一喜，房欲不餍，最后可割河北之地以为酬谢。但无论如何，条件必须是容我入京寻太子以即大位，奉新君以南下金陵，黄河为界，南北分治。"

这就不能再说下去了，说来说去，还是要割让国土，差别仅在以长江为界，抑或以黄河为界而已！既然结果一样，都是立太子而南北分治，则内外有别，大明国土，与其永久割弃于外房，何如暂时寄让于内贼？王永吉决定拒绝童逵行的献议，然而话要从黎玉田的思路说起。

"现有一议，与达德所说相左。两敌交迫之际，首重华夷之辨，故而应当联贼抗房。"

童逵行大吃一惊："制台，此议不妥，万万不可采纳！闯贼于我有弑君之仇，我与闯贼有不共之恨，不是你死，就是我活，哪里有议和的余地？不能议和，还谈什么联贼抗房？"

"议和的余地已经有了。"

"何以见得？"

"闯贼已经派人来谈招降之事。"

"昨日不是已经回绝了吗？"

"今日追悔，尚不为晚！"

"然则闯贼意在招降，岂能与议和相提并论？"

617

"招降固然与议和不同。不过，闯贼不欲与我动武，正可利用其招降之机，陈之以外夷之害，晓之以民族大义，促其与我议和。"

"山野草莽，乌合之众，懂得什么民族大义？"

"山野草莽，亦我族类，同是炎黄子孙，外侮既来，理当与我同仇敌忾！"

童逵行一时语塞，但缓缓口气，继续辩白："理当如何是其一，实则如何是又其一。闯贼横行天下十六年，建伪政，立伪号，其意在于推翻我朝，独享天下。如今窃据京城，志满意骄，自以为天下传檄可定。当此之时，贼势强，我势弱，正思倚强凌弱之不遑，哪里会有诚意与我议和？招降我军，是其误判大局的举措，绝没有与我平起平坐的意思。我降，则我归于贼，从此复国之本不存，大明王朝湮灭。我不降，则其必然重兵东来灭我，结果如何，不卜可知。总之，我降亦亡，不降亦亡。请问制台：到那时候，还拿什么来拥立太子以重建朱家社稷？"

这一问，轮到王永吉语塞了。招降与议和，确实是截然不同的两回事。若说李自成能允许关宁军独立自支，拥立太子承继大明朝的统绪，那是与虎谋皮，荒谬绝伦！

"我知之矣，我知之矣！闯贼意骄，志在天下，不会与我划江而治。"

"正是！"童逵行立即接口，"建虏则不然。建虏之志，无非恢复其女真之祖业，奄有河北，占据中原。既知于此，何如我主动提出，以此为条件，换取拥太子南下立国的权利，以黄河为界，分治南北。"

王永吉坐不住了，站起身来，案前踱步，是在认真考虑童逵行意见的样子。

"不过……建虏剽悍狡谲，远逾闯贼，一旦进关之后，背信不义，达德又有何说？"

"这要在其入关之前，与其盟誓！"童逵行说，"满洲风俗窳陋，不重道德，亦不重文字契约。然而有样好处，就是凡有大事，首重对天地盟誓。在其心目中，盟誓等同于契约的效用，倘若违盟，天地殛之！"

这个风俗，王永吉也知道。当初努尔哈赤和皇太极死后，都有满洲王公大臣和诸贝勒贝子盟誓效忠新主的仪式。

然而兹事体大！毕竟兴邦丧邦，决于一言，而就这一言，真正踌躇难决！与清兵相约，共同剿贼，成则兴亡继绝，再造大明，王永吉的名字将留美史册；败则受制于人，明嗣断绝，王永吉就成了历史的罪人。思虑再三，拒受两难，童逵行的建议是不是可行呢？王永吉负手徘徊，迟迟下不了决心，头上丝丝热气，已经开始冒汗了。

徘徊良久，还是拿不定主意。但时间紧迫，今日不能议而不决。他重新回到案后，坐了下来，目光巡视一周，正色发问："达德的意见，诸位都听到了，可行与否，还要诸位表个态度。"

两番激辩，除了郭云龙以外，其他人都听得清清楚楚。但联贼联虏，都非善策。然而西边的闯贼招降已被拒绝，关外的清军内犯又在眼前，两敌相胁，迫在眉睫。而大势所趋，不是联合闯贼以抗虏，就是与建虏相约以剿贼，二者必择其一，否则山海关绝难侥幸独存！由于这个前提，在座诸人都感到，黎玉田和童适行的意见都可行，只是两相比较，似乎童适行的意见更为可取。因此王永吉发问，众人七嘴八舌，议论了一会儿，纷纷表示，生死由命，要听总督大人的最终裁定。

这就无可推诿了。王永吉知道，如此大事，没有人能够替代自己做出决断。一时自感天降大任，唯有一身承担。然而功罪难决之际，无论如何都要为自己留下日后进退的余地。于是他对着童适行说："达德，你笔下来得快，就按你说的意思，先拟一通约兵的书信来看！"

这是不好推脱的，且不说笔下的快慢，由首倡其意者来写这通书信，是最能把意思表达得比较透彻的。所以童适行无可谦让，朝着众人躬了躬腰："请诸位稍候片刻，适行拟草，还要拜烦制台与诸位斧削，共同定稿。"

然而一拿起笔来，始知坐而论道易，起而行道难。有求于人，首先就要抬高对方的身份。以往称"建虏""建酋"，此时已成敌体，只能称对方为"皇帝"，若仍用原来的蔑称，那还成何话说？于是濡毫拈笔，百般不情愿地先写出"大清国皇帝陛下"的抬头。

接着问题又来了：以谁的名义与"大清国皇帝"对话？论身份、论地位，自然是该王永吉出面。然而同是大明朝的蓟辽总督，王永吉却不比洪承畴。洪承畴自崇祯十四年开始就在辽东前敌，帷幄长才，遍传遐迩，"大清国"上上下下对其无人不晓。王永吉则受任蓟辽总督时不满两年，且自受任以来，足不出关门，朝中许为人杰，关外却籍籍无名，由他出面，会不会被"大清国"所轻？有此困惑，童适行挠首踌躇，迟迟不好下笔。

619

在场的所有人都屏住气息，默不作声，怕的是干扰了童适行的文思。然而好大一会儿不见动笔，都不免心中纳罕。毕竟王永吉透熟官场酬酢，静观默察，看出了端倪："达德，这篇文章关乎双方体面，不宜以国书之名而出之。"

童逵行略略一想，立刻明白了王永吉的意思。这边的皇帝已经崩逝，任何人都不能与那边的"皇帝"构成对等的敌体，所以不用"国书"，就避免了身份不侔的尴尬，这在无形中就等于抬高了对方。然则不以"国书"之名，剩下的只能是"军书"了。有此理解，思路大开，于是先把"大清国皇帝陛下"七个字画掉，接着文不加点，一刻钟的工夫，五六百字一挥而就。

王永吉接函在手，清了清嗓子，一字一顿地念出声来，为的是让今日与议的所有人都能听得清楚明白：

大明国平西伯镇守宁远地方总兵官吴三桂顿首谨启大清国摄政王殿下

仅此"抬头"，王永吉就非常满意，避开了自己，就可以不直接面对"大清国皇帝"了，否则就像以臣对君似的，自矮了身价。而在众人听来，也觉得以"伯"对"王"，不伤国体，并且"借兵"是军事上的事，名义上由吴三桂出面与多尔衮交涉，也比较名正言顺。只有吴三桂，初闻之下，稍觉不安，在他的理解，总督在上，总兵不该"僭越"。不过看了王永吉和诸人都很首肯的样子，他也就不再表示异议了。

吴三桂没有异议，王永吉却另有考虑："且慢、且慢，待我想想……"

想了好大一会儿，王永吉终于下定了决心："为了示以郑重，本督决定，将长白的军职暂时做个调整，由镇守宁远地方总兵官，升格为镇守辽东地方总兵官，从此关宁两军合为一体。"说到这里，转而对着高第，"登策要委屈一时，你的官职不变，仍然是关门总兵，但关门一万人马，今后要受长白节制。"

话音刚落，高第立刻躬身受命："非常之时，理当如此，高第谨遵台谕！"

"不可、不可！"吴三桂连忙推辞，"历来关门和宁远，一镇一卫，各有总兵，三桂职司宁远，不敢滥领非权。请制台收回成命。"

王永吉正色而言："统一事权，以应非常之变。永吉奉诏总督天下勤王兵马，有调整军事统属之权。长白受命，不得推辞！"

亮出了这个身份，等于代天行令，吴三桂只好另作表示："是！三桂受命。"

于是王永吉亲自动笔，把"抬头"改为：

大明国平西伯镇守辽东地方总兵官吴三桂顿首谨启大清国摄政王殿下

改完之后看了看，又把文中相应的一处地方也做了修改，接着再念：

> 三桂初蒙我先帝拔擢，以蚊负之身，荷辽东总兵重任。王之威望，素所深慕，但春秋之义，交不越境，是以未敢通名，人臣之谊，谅王亦知之。今我国以宁远右偏孤立之故，令三桂弃宁远而镇山海，思欲坚守东陲而巩固京师也。

这一节是自我介绍，同时解释了吴三桂致书多尔衮的原因，顺便也告知了上个月撤守宁远的原因。王永吉以目征询，看看大家都没有意见，于是接着又念：

> 不意流寇逆天犯阙，以彼狗偷乌合之众，何能成事？但京城人心不固，奸党开门纳款，先帝不幸，九庙灰烬。今贼首僭称尊号，掳掠妇女财帛，罪恶已极，诚赤眉、绿林、黄巢、禄山之流，天人共愤，众志已离，其败可立而待也。

这一节比较重要，等于向多尔衮通报了军事机密：崇祯皇帝升天，李自成盘踞京城。但"僭称尊号"比较含蓄，既可理解为称帝，又可理解为称王。且让多尔衮揣摩去！王永吉认为是好文笔，众人也没提出什么不妥，就算通过了。

> 我国积德累仁，讴思未泯，各省宗室，如晋文公、汉光武之中兴者，容或有之。今远近已起义兵，羽檄交驰，山左江北，密如星布。

"好！"刚念到这里，就有人脱口称赞，这是向多尔衮表明，不光我关宁一旅，大明朝正在酝酿着举国讨贼。明知是虚张声势，但不能示建虏以困窘无援，自然是极好的一笔！

> 三桂受国厚恩，悯斯民之罹难，拒守边门，欲兴师问罪，以慰人心。奈京东地小，兵力未集，特泣血求助。我国与北朝通好二百余年，今无故而遭国难，北朝应恻然念之，而乱臣贼子亦非北朝所

宜容也。

念到这里，众人一阵沉默，不是觉得不好，而是感到妙不可言。"求助"是这篇文章的主旨，而求助的理由说得婉转悱恻，而且以义相激，把对方也拉了进来，以示乱臣贼子，应该合力诛讨。更重要的是，立场站得很稳，"我国"与"北朝"，划分得清清楚楚，委婉与正色，兼而有之。意会至此，众人纷纷向童逵行摇手致意，予以鼓励。

　　夫锄暴剪恶，大顺也；拯倾扶颠，大义也；出民水火，大仁也；兴灭继绝，大名也；取威定霸，大功也。况流寇所聚金帛子女，不可胜数，义兵一至，皆为王有，此又大利也。王以盖世英雄，值此摧枯拉朽之会，诚难再得之时也。

一边拍马屁，一边诱之以种种好处。顺、义、仁，名、功、利，六誉俱获，建虏岂能无动于衷？不过谁都知道，六誉之中，前五个都是"虚誉"，建虏所感兴趣的只有流寇所聚"不可胜数"的那些"金帛子女"，把这一切都许给他，机不可失，利不再来，此即所谓"啖之以利"。众人颔首，表示同意。

底下就剩最后一节了，王永吉上下移目，双眉一蹙，是很不以为然的表情。不过先念出来再说：

　　乞念亡国孤臣忠义之言，速选精兵，直入山海，三桂自率部以待，合兵直捣都门，灭流寇于宫廷，示大义于中国，则我朝之报北朝者，黄河为界，各自修好，俾世世子孙，永享太平也。

"不妥，不妥！"刚刚念完，王永吉就把函稿递给童逵行，表示异议，"达德，这一节最为要紧。有两点不妥，须推倒重来！"

童逵行自以为这一节说得最为明确，也是向"北朝"开出的最重要条件，何以王永吉反说不妥？因此迷惑着两眼，率直求教："请制台明白开示。"

"山海关南北咽喉，京辽锁钥，必须由我军掌控，决不能让建虏'直入山海'。本督的意思，应令其仍然走往年内犯的老路，从中协西协入关，自北向南，趋近京城。我则自关上出兵，由东而西，与建虏形成两翼夹击之势，将闯贼歼灭于北京城中。如此措置，则灭贼之后，倘若建虏不遵盟约，趁势侵夺，我军尚牢牢掌控着关门，使其内外呼吸不通。"说到这里，王永吉顿住话语，看看众人的反应。

吴三桂最先明白了王永吉的意思："制台所虑极是。崇祯二年，虏酋皇太极率兵从中协内犯，费时四月，占据我关内四城，留下虏首二贝勒阿敏屯守。然而不久我宁远军从山海关杀入，内地各路兵马从南边夹击，仅仅一个月的工夫，就把阿敏赶出了中协，所占关内四城，复归我有。"

"不错。"王永吉很欣慰，亦很得意，"只要山海关在我手中，纵然建虏逾盟，待到江南兵马北上，不难像崇祯二年那样，将其重新赶出塞外。"

这一说，众人纷纷点头称是。咽喉要地，必须亲自掌控，绝不能让建虏直入山海关，这一点很快成了大家的共识，就连童逖行也认为这样做法，更为谨慎。

"是、是，卑职明白了。然则还要请教其二。"

"其二就是割土。"王永吉很坚定地说，"割土求和，千古所耻！此次为了挽救大明，割土诚属迫不得已。是以本督的意思，黄河以北是底线，也是严限！但这一底线，绝不首先亮明，要看建虏的态度，少割一尺是一尺，少割一寸是一寸。不到万不得已，不谈黄河为界！因此最后一句，不妨模糊其辞，以为日后留出讨价还价的余地。"

这样的说法就不免掩耳盗铃之嫌了。不明确以割让河北为条件，建虏绝难餍其所欲。与其日后讨价还价，不如事先人情做到底，以表示我的酬庸至矣尽矣，使建虏无话可说！

然而王永吉的态度非常坚决，童逖行也就不打算再坚持己见："制台说的是。不过也不必推倒重来，只消略加改动即可。"说着接过函稿，提笔增删之后，又递给了王永吉。

王永吉看了看，原文基本没变，但改动的两处却正合其意，于是眉头舒展，念了出来：

> 乞念亡国孤臣忠义之言，速选精兵，直入中协、西协，三桂自率所部，合兵以抵都门，灭流寇于宫廷，示大义于中国，则我朝之报北朝者，岂唯财帛？将裂地以酬，不敢食言！

"不错，'裂地以酬'用得好！至于裂地多少，要待日后局面进展如何再定了。看看诸位还有什么要说？"

话音刚落，佘一元站起身来："总督大人，既然决定向北朝借兵，西边闯贼就不能不防。"

这话说得众人不解：北约清兵，就是为了西灭闯贼，还谈什么防与不防？

看看众人都是迷惑的样子，佘一元醒悟了，赧然一笑："抱歉、抱歉！是一元没把话说清楚。一元的意思，我军出关约兵，从关上到沈阳八百里，等到建房出兵，从沈阳绕道蒙古抵京又要一千六百里，两下合起来两千四百里——这是一笔账。还有一笔账，从关上到北京七百里，但目前我军以永平为前镇，所以不能从关上算起。永平到北京五百二十里，反过来说，从北京到永平也是五百二十里……"

刚说到这里，王永吉已经明白了："你的意思是说，建房尚在入塞的途中，闯贼就会倾兵来犯永平吗？"

"是！昨天刚刚拒绝了闯贼的招降，抚之不成，必然随之以剿，只怕就这几天之内闯贼就会举兵来犯。"

约房剿贼的计划是，两翼夹击，把闯贼剿灭于京城。但约定建房走中协西协，从时间上看，需要耗费近一个月左右才能完成这个计划。而这边拒绝了招降，必然迫使闯贼改变态度，转抚为剿，只能动武，如此闯贼只需四五天之内就可兵临永平。那样一来，计划落空，建房之力尚未借上，而贼兵来袭，永平不保，山海关也就危乎殆哉了！所以佘一元的说法立刻引起了众人的警觉。议来议去，又回到了问题的焦点：防止贼兵来袭，最好的办法就是要求清兵不绕道走中协西协，而直接进入山海关。

"万万不可！"王永吉忿然作色，"出此下策，我军将无立足之地。掌控山海关是我唯一可后发制房的张本，如果把这点本钱也丢掉，只能俯仰由人，建房倾巢举兵，汹汹而来，谁能制服得了他？前门尚未拒狼，后门先纵虎入户，聚九州之铁，铸成大错，我王永吉岂能昏聩如此？都不要再说了！诸公若爱我，就请另想办法，山海关决不能容建房靠近一步！"

总督的态度如此决绝，那就只好打消这个念头。于是你言我语，反复磋商，最终都倾向于，仅靠何进忠的五千人马绝难挡住闯贼，必须立刻向永平增兵。

"增兵不是办法！"半天没说话的郭云龙插了进来，"就算关宁两军的五万人马全部开到永平，只怕也挡不住闯贼几十万大军的猛攻。大计抵牾，在于时间，不妨双管齐下，把这个时间上的抵牾化解开来。一是催促建虏日夜兼程，加快入塞的进程，二是我们这里可以给贼缓师，拖延其进兵的速度。"

给贼缓师？这个说法很新颖，"给"的意思是"欺哄"，但怎么样才能做到欺哄闯贼而达到让其"缓师"的目的呢？

看看众人都不解的样子，郭云龙说："派人到永平截住闯贼的人马，虚与委蛇，表示吴帅愿意投降，但有种种条件需要磋商，如此反复折冲，拖延时间，以待北路建虏入塞。这就叫给贼缓师。"

这一说都明白了，所谓给贼缓师，就是假装投降，与贼谈判，拖延时间，绊住贼兵的进程。一阵议论之后，都觉得郭云龙的说法大可一试。

"然则派谁去呢？"有人问。

郭云龙朝着佘一元和吕鸣章拱了拱手："这要劳动佘一先生和大吕先生了。缙绅代表民意，最能迷惑敌人。可否请二位精选几位乡绅，成此给贼的大功？"

佘一元和吕鸣章不约而同地看着王永吉，等待总督的表示。然而王永吉并不说话，只是拈须点头，自然是对郭云龙的建议深以为然的样子。

"好、好，义不容辞！"佘一元表示，"一元和大吕兄午后即召集乡贤，先把人选拟定，明后两日就动身前往永平。"

有了这样的准备，约兵剿贼的计划算是大致完备了。王永吉正正衣冠，口气极其严峻："今日之事，春秋之业。既然诸位都主张约兵剿贼，永吉自当与诸位一道而全力施行，成则名垂史册，不成则贻羞后世。自今日开始，有劳诸位，将所议的结果，宣传至卫城内外，务使山海关上下军民，勠力同心，共襄此举！"

这话听似激励士气，其实含义很深。十几年来，宁远军将士也好，山海卫居民也好，皆亲在前疆，与建虏血火拼杀，以生命的代价而结成世仇。如今一夜之间，世仇成了盟友，干戈化为玉帛，从今开始，要把建虏说成清朝，要把鞑子兵说成友军，这个弯子可是转得太陡了，听起来荒唐可笑，而又是不得不面对的尴尬现实。这一切将如何向军民交代得清楚和解释得明白？约虏剿贼，看似仅仅一句话、四个字，而所涉及的方方面面，如不事先疏导沟通，则以长期积累而成对建虏的仇杀之恨，就有可能激起民心的不服，出现军民离心、士气瓦解的后果，大局愈发不可收拾。

所以王永吉话音一落，众人思索片刻，都感到责任重大，纷纷表示，国难当头，一定与总督一道，共济时艰。尤其两位民意代表，大包大揽地把向山海卫城士民疏解宣传的责任承担起来，保证百姓配合军队，全力实施约兵剿贼的计划。

气氛如此热烈，王永吉非常满意，如释重负般地往座椅上一靠，任凭大家喊喊喳喳地交换着余论。不知说到了什么话题，突然听到吴三桂忿忿而言："国难当头，史可法在江南迟迟按兵不动，制台想想看，总要设法促他速速北上才是！"

王永吉思虑了好大一会儿，亦感大惑不解，嘴里喃喃自语："是啊。先帝同日给我俩下的手诏。国破之后，二十天过去了，就算江南山遥路远，史可法也该有个话递过来，可直到如今，音讯杳然！南京究竟发生了什么呢？"

林奎成／著

甲申風雲

下

作家出版社

目　录

1

甲申风云

36

大顺永昌元年四月十三日

闯王东顾

京城的局面有点儿乱,连日来牛金星顾此失彼,忙得晕头转向。

首先是大顺军士兵惹的乱。上个月的二十九日,牛金星在武英殿,为了南城士兵违令入住民户之事而与刘宗敏发生争执,刘宗敏当着李自成的面表示要亲自处理此事。当天午后,刘宗敏特派一名亲兵驰马到南城查证核实。屯驻南城的几个将官承认确有其事,但又说并不像外间流传得那么严重。刘宗敏的亲兵重申了十九日入城之时颁布三军的谕令,要求各位将官约束部下,不得再次发生此类事件。各位将官唯唯诺诺,表示遵命。等到亲兵返回田府把这个结果做了回报,刘宗敏也就认为事情处理过了,从此置诸脑后,并未采取进一步的惩治或禁谕措施。

此后的几天,倒是军民相安无事,虽然仍有几起小股士兵趁夜下城滋扰之事,但小小不严,民不告,官不究,大规模骚扰民间的势头总算初步得到了遏制。然而本月初七日发生了刘宗敏西城戒严而搜索陈圆圆这件大事,一万多名中标亲军的士兵呼啸入城。开始阶段的搜索按部就班,各队负责的区域搜索完了之后,按照王体中的指令,重新回到南城外的驻地。等到陈圆圆一干逃犯落网,剩下的约有三千多士兵并未遵照王体中的命令回驻原地。戒严令一解除,各队归属,顿时混乱,兵找不着将,将找不着兵,于是三千多士兵趁此机会,受了好奇心的驱使,也想一睹江南名姬的芳容,混到纷乱无序的士民当中,跟着瞎起哄、看热闹。等到刘宗敏杀了七个男优悬尸西四牌楼,大戏收场,暮色四合,这些士兵才个个感到饥肠辘辘了,重回南城,已无气力。幸而人人腰间都有意外的收获，于是相约商定，就在西四大街和宣内大街一带下馆子喝酒。这一来各家饭店，生意兴隆，灯光烛影之中，店店不空，到处都是吆三喝六的划拳行令之声，酒兴正浓之际，少不得银子往桌子上一拍，连呼再上好酒好肉。眼看着大把大把的白银入账，喜得店小二前堂后厨，往复奔跑，个个眉开眼笑，把这帮大顺军爷伺候得酒足饭饱。

酒足饭饱，再观夜景。京城的规矩，二更鼓前，店铺不打烊，沿街不熄灯，各个通衢大道上烛火通明。初瞻天家夜景的大顺士兵，置身于十里长街，目迷五色，处处新奇。不料等到二更鼓起，灯火顿灭，眼前一片昏黑，酒意阑珊的当口，再也找不到通往南城的去路。于是有人便起了歹念，就近敲门入户，名为"借宿"。

就此开始，借宿之风弥漫三军。自从拿下了京城，除了第四天刘宗敏谕令张鼐安置了四五万人入住内城的寺馆公廨以外，还有二十余万大顺士兵分驻在九门城墙之上和四周城墙之外。半个多月来，这些士兵饱经风吹霜打和日晒雨淋之苦，昼则枯坐无聊，夜则伴星而眠，久而久之，郁勃不平之气淤塞于心头。在以往的征伐岁月里，这些苦楚，视如常事，那时候上下平等，甘苦同尝，连李自成和刘宗敏这样的头领人物也和普通士兵一样，白天行军打仗，夜晚垂帐而卧，与士兵胼手胝足，食同食，苦同苦，谁也没有任何怨言和牢骚，大家抱定了一个目的：虐政之下，难求活路，不如跟着闯王打天下，死了拉倒，只要不死，就不愁荣华富贵，落他个后半生逍遥快活！然而如今江山已经在手，李自成稳居大内，刘宗敏纵情田府，还有那几个制将军也在豪府大第里头享乐，却把这二十多万跟随他们枪林弹雨活了下来的弟兄们置于城头郊外，而天街咫尺，除了少数临时奉命办差的以外，绝大多数士兵连皇家楼阙什么样子都没见过。有了这番不平积郁在心，再加上此次大股士兵借宿不归，所以从初八日开始，人人怀了一份"法不责众"的念头，再也不听长官的约束，成群结伙，纷纷进入民户，开始是借宿，借了宿就要借火借灶、借锅借碗，到了晚上又要借烛借被，有了被窝儿，自然还要"借人"，男人不要，专借女人。富家大户首遭其殃，接着波及小康之家和中等平民，倒是一贫如洗的寒素之家平安无事。

眼看着这股扰民之风刹不下去，牛金星急得捶胸跺脚，初九日那天亲自跑到田府去找刘宗敏，一见面赔着笑脸问："汝侯，这两日中营士兵大规模滋扰民间，不知有无耳闻？"

丞相来访，刘宗敏也很客气："是吗？倒还没听说过。老牛，怎么回事儿？"

牛金星只好忧心忡忡地把两天来城内发生的事情叙述了一遍。

"就这点小事儿吗？"刘宗敏一脸满不在乎的样子。

"此举关乎民心，何能谓之小事？"

"民心固然重要，可军心你也不能不管吧？"

"军心？请问汝侯，金星囿于职责，如何能管军心？"

"你是相，我是将。上阵打仗是我的事儿，如今太平时节，军民杂务，不都归你丞相该管吗？"

这个说法颇为痞赖，牛金星心里苦笑：又是大顺朝军体和政体之间的抵牾！身居天佑阁大学士之职，名义上位同丞相，而实际上在军中无权无威，除了李自成对自己还显示出一定程度的尊重外，三军将士，哪一个把自己放到了眼里？说来说去，李自成自去年在襄阳建政，到今年在西安称号，发展至今，大顺朝一直没有摆脱"军政府"的状态。刘宗敏自称为"将"，而将权大于相权，事涉军务，只能求助于刘宗敏来出面解决："汝侯，话不是这等说法。此种扰民之事，若不立即将首恶绳之以军法，窃恐数日之内，激起民变。"

"民变？"刘宗敏哈哈一笑，"老牛啊，民变有什么可怕？我倒担心约束太严，激起了兵变。"

"啊？"牛金星惊出一身冷汗，"是何道理？金星愿闻其详。"

"如有民变，俺刘宗敏一声令下，就可出动军兵，前往剿灭。可是我手下的士兵，个个把脑袋掖到裤腰带上，跟着我出生入死，好不容易打下了江山，却还要风餐露宿，睡觉连个女人都没有，你想想，他们能会没有怨气吗？这样的怨气，你不让他们找个地方发泄出来，一旦军中变乱，请问丞相，你能指挥民间百姓去平灭变乱吗？"

原来是这样一番歪理，简直不可理喻！不过仔细想想，二十多万军兵，露宿夜空，既无房屋供其存身，又严令不许随军携带家眷，长此以往，确实不是办法。牛金星无以为计，只好一边拱手退身，一边嘴里喃喃有词："好、好，汝侯说的是。且待王爷的登基大典告竣，金星另筹善策，妥为安置。"

登基大典的筹备也很乱。上个月的二十一日，李自成定下了登基大典以本月初旬为限，从那时起，牛金星和巩焴就不断发生争执。历来改朝换代，应运而起的真命天子差不多都是不待寰宇大定，就要先即皇帝位，以示天命有归，人心有附，然后以此为号召，进而抚定九陲，一统天下的。远的不说，就拿明太祖的例子来看，元顺帝至正二十八年，南方刚刚剪灭了各路群雄，大河以北，尚属元蒙，朱元璋便在应天府建号称帝，大封开国功臣，显示出一派江山鼎革的蓬勃气象。开国功臣们受到了这番激励，第二年就奉朱元璋之命，鼓勇北上，直捣大都，长城以内，尽收版图。以彼例此，则如今崇祯帝已死，而大位虚悬，国家无主，这是历朝历代从未有过的现象。如今的局面，较之明太祖当初更为有利，京城在握，北方初定，军心和民心都亟待新主御宇，而这种时候，李自成迟迟不登大位，一旦江南的明朝大臣拥立朱家亲藩，再推出一个明朝的皇帝，到那时，民心怀旧，新朝倾覆，多少年的心血就会白白地付诸东流。由于这份担忧，牛金星抱定了一个宗旨：登基大典宜速不宜迟！所以他每天都要过问大典的筹备进度。

　　然而礼政府尚书巩焴的做法却令他很不满意。首先在大典的仪注上，巩焴引经据典，前三皇后五帝的把秦汉晋、唐宋明，各个大一统朝代开国之君登基的例子都开列了出来，在此基础上拟了一个长达十几页的仪单，看似周全备至，其实繁冗琐碎，按照这个仪单，光是把群臣演礼这一项排练妥当，就至少需要一个多月的时间。巩焴是陕西庆阳府镇宁县人，自幼饱读诗书，博闻强记，崇祯四年辛未科殿试的二甲第六名进士，在明朝的官职是河南省学政兼布政司参政。这样的身份，做官为政不一定精明强悍，但满肚子学问，历朝典制，几乎不用查找书籍，张口就来。而牛金星功名不过举人，肚子里装的货色比巩焴差了一大截子，所以辩论起来，处处拮据，每当提出减省某条，巩焴都能旁征博引地说出一大堆理由把他驳得哑口无言。为此牛金星大伤脑筋，反复磋商，巩焴一步不让，坚持开朝立国不可马虎的立场。相持不下之际，二人的口水官司只好打到李自成那里。

　　这一来问题倒很痛快地解决了。李自成拿起厚厚的仪单一看，且不说好多名目不解其意，仅是典仪所需的旗、纛、幢、幡，斧、瓜、戟、钺等等这些道具就让他看得眼花缭乱。"备置这些玩意儿，需要多少时日？"他问。

　　"回王爷，"巩焴说，"大内有旧朝留下的遗物，但新朝鼎革，宜制新品。如果工政府催得紧，一应仪仗器具约需二十几日即可竣工。"

　　"二十几日？"李自成算了算时间，"太长了、太长了！"说完拿起笔来，大删大砍，把个工楷写成的仪单涂抹得面目全非。改完之后，巩焴心痛得有口难言，只好把没有涂掉的部分整理出来。牛金星接过来一看："好，好！王爷英明！"仪单写的是：

一、祭天地

祀天神、日、月、星、辰、司中、司命、雨师、地祇。

二、祭社稷

五帝、五岳、五色土。

三、祭祖

显祖、玄祖、太祖、高祖、曾祖、祖、父。

四、颁诏

登基诏、受玺诏。

五、册封

册皇后、封功臣。

六、百官朝拜

七：大宴群臣

八十多道仪程，一下子缩减成七道，这一来省去了大量的繁文缛节，不过为了这份仪单，却已经白白浪费了五天时间，这一天是三月二十六日。

接着是群臣演礼。演礼首先要排定班次，仅仅这一项，就使牛金星大伤脑筋。微末小臣还好说，首席班次的排定，上去就遇到了麻烦。历来新君即位，都是文先武后，以丞相居百官之首，统率群伦，向皇帝致礼，而偏偏大顺的政体是以刘宗敏位居百僚之长。自秦汉魏晋，至隋唐宋明，从来没有武将越于丞相之上的例子。如果大顺不循前代之例而由刘宗敏率领群臣典礼，岂不成了旷古未闻的大笑话？可是这样的事，由巩焴提出，牛金星却不好妄赞一词。李自成在西安建国，封侯拜将，所有跟随他出生入死的武将都雨露均沾，刘宗敏，汝侯；田见秀，泽侯；袁宗第，绵侯；李过，亳侯；刘芳亮，磁侯等等，唯独牛金星这个位同丞相的天佑阁大学士没有爵位。汉朝开国，首封谋士张良为留侯、萧何为酂侯，明朝开国，更重文臣，李善长封为韩国公，比侯爵还高了一个等级。如今大顺政体弄成这样一个重武轻文的格局，李自成如不亲自出面纠正，换了别人，谁敢擅自妄议和更动？退一步说，如果刘宗敏兼具将相之才倒也罢了，偏偏这个汝侯，除了打仗，一无施政的才能。自从入城以来，威严自专，容不得半点儿逆耳之言，只有牛金星偶尔与他争辩几句，但还要察言观色，赔着笑脸，唯恐闹得不快而结成嫌隙，日后将相不好共事，为此牛金星除了暗自对天喟叹，一筹莫展。大顺这种乾坤倒置的政体不改，内不能统协朝纲，外不能膺服臣民，于治理天下，大有关碍。他也曾旁敲侧击地探询过李自成的态度，但李自成对这一事关国体的大事似乎毫无考虑，每次都漫不经心地敷衍几句，不打算就事论事地把问题深入讨论下去。这样的态度使牛金星非常尴尬，话说得轻了无济于事，李自成根本就不往心里去，话说得重了又担心惹起李自成的猜忌，怕他以为自己怀有二心，意在揽权。更为严重的是，近来大礼演练，刘宗敏经常托词不出，总演练指挥官自然是巩焴，刘宗敏根本就没把巩焴放在眼里，大约以为区区一个旧朝的降臣，如何能任其对自己比手画脚地呼来喝去？因而放出话来："别他娘的拿老子当猴儿耍，不就是走个过场吗？到时候我大哥往金銮宝座上一坐，咱进去给他跪下磕三个响头，喊他一声'皇上万岁'就是了！"

刘宗敏带头这样做，其他的武将也就跟风效仿了。这一来，几次演练，场面哄乱，除了原明朝的降官还能保持着循规蹈矩外，大顺军的那些武将视如儿戏，嘻嘻哈哈，鼓乐声乱，引得前来观看的京中士民纷纷讪笑，私下的议论都不太好，认为新朝大臣，依然草寇习气，丝毫没有皇家威严肃穆的开国气象。

这件事对牛金星的刺激很大，身为丞相，分所当管，而形格势禁，却又不好插手去管。乱了几天之后，他索性甩手不理不睬了。思来想去，治理天下终究是读书人的事业，不如把精力放到作育人才和培植自己的势力上去。于是他奏明了李自成，说新朝既立，应该开科取士，获准之后，便以礼政府的名义布告各地，凡是在前朝取得了举人功名者，均可入京参加大顺新朝的首科开国恩试。经过几天紧锣密鼓的筹备，牛金星自任恩试总裁官，副总裁本来该是礼政府尚书的事，但巩焴仍然忙着登基大典的演礼和其他筹备事务，分身无术，所以临时指定吏政府尚书宋企郊来充任。

四月初四日那天，在文华殿典试前来报名应考的京畿八府八十余名举人。典试的科目省去了前朝通行的八股文和试帖诗，只有三篇策论，第一篇出在《论语》，试题是"天下归仁焉"，第二篇出自《孟子》"莅中国而抚四夷也"，第三篇是《易经》的"自天佑之，吉无不利"。这样的试题对于乡榜出身的举人来说几乎没有什么难度，连写带誊，用了一个多时辰的样子，纷纷交卷出殿。第二天午后揭榜，共取新科进士五十名，不分鼎甲，一律到吏政府挂单，等待授职。

历来殿试都是皇帝亲自主持，所以新科进士名义上都是天子门生，而李自成对此似乎不感兴趣，一切都交给牛金星独自操办。这一来牛金星捡了个便宜，五十名首科进士，毫不费力地罗致到了自己的门下。进士拜门，"贽敬"是少不了的，每人多寡不限，平均三两，就是一百五十两银子，牛金星照单收纳，很发了一笔小财。

除此之外，牛金星还广收前明的降官为门生，第一个纳为门生的就是上个月二十三日在皇极殿前向李自成进献《劝进表》的金坛才子周介生。

成了相门弟子，周钟丝毫不掩饰自己的得意和兴奋，碰见熟人，主动炫耀："我老师对我甚为器重。"

"唔，你老师是谁？"

"当朝宰相！"

"啊，失敬、失敬！不知道周先生成了牛丞相的弟子。"

"不怪足下不知，是前日才拜的门。"

"荣为丞相高足，理当庆贺。不知先生何日摆宴？"

"快了、快了。届时一定飞帖请足下光临。"

"好、好，敝人预备贺礼！请问，丞相如何器重先生？"

"'伐楚伐秦，比尧舜而多武功，存杞存宋，迈汤武而无惭德'，我老师说，仅此两句，足可流传后世。"周钟说的这两句就是《劝进表》里的精警之句。

"是、是。牛丞相品藻文章，不愧法眼。"

这番对话一传开来，原明朝翰林院的青年才俊纷纷拉关系，找门路，想方设法去给牛金星投递门生帖，都以能做新朝丞相的弟子而为荣。牛金星亦颇为自得，贺宴连连，逢场必到，一以显示自己礼贤下士，一以借此扩大丞相的影响，在他看来，有了这样一大批相门弟子，安插到各个中枢衙门，日后何愁相业不隆？

然而这个想法，也不过是从长远着眼的一种打算而已。目前的局面，士兵大规模骚扰民间，登基大典的演礼形同儿戏，两乱交现，京城里已经流言籍籍了。其中有个说法是：新朝虽然是以李自成为首，但总有二十多人与李自成颉颃不相上下，不管什么事，都要这些人共同商定了才能算数。这个说法流传开来，大损李自成的威望。历来开国君主，一人独专，哪有众人抗衡聚议始能定议的道理？这不明明还是山贼草寇吗？

还有更糟糕的乱。上个月二十四日开始的"追赃助饷",延续了十几天,"赃款"倒是追出了不少,田府的刘宗敏和袁府的李过,合计追索出白银两千多万两,但为了这笔款子,闹得京城骚动,人心惶恐。最初几天还好,恐慌仅限于田府和袁府,夹棍酷索之下,毙命的前明官员有一百多人,致伤致残者无算,两府的暴戾之气恍如地狱,不过毕竟还没有蔓延到市肆民间。再到后来就不行了,巨贪大蠹的钱财被追比一空之后,剩下还有几百个比较清贫的官员实在不能如数"完赃",为了保命,只好要赖,要赖的办法一是"借",二是"当"。

借有各种借法,告帮于亲朋好友是正常的借,一人有难,众亲朋互相转告,凑凑份子,明知是肉包子打狗,但亲朋之义,不容推诿,总要把落难官员的眼前之厄先解除了再说。属于这类借钱活命的官员比较幸运,款子凑齐,如数交上,即可脱离苦海,而所惊动的范围也不大,仅在亲朋的圈子之内而已。

另有一种"借"则大不一样,此类官员大都是单身赴任,京城之内,无亲无故,在大顺兵丁的押解下,走到东城一带的商贾人家门前胡乱一指,不管认识不认识,这家商人就算倒霉了,面对威吓叱咤的大顺兵丁,拿出纸笔,任由"借款"的官员写出"借据",数目或八百,或一千,写多少是多少,乖乖地如数拿出银子,赔着笑脸把这帮不速之客打发走人了事。有那不识眉眼高低,或者吝财不愿意放贷的商家更倒霉,大顺兵丁一拥而上,翻箱倒柜地搜索金银珠宝,损失远比老老实实按照"借据"拿出的银两为多。然而不管是主动"借出"还是被动搜出,这些商家最终只落得一纸永无索债之期的"借据",上面写的是:兹有前朝某部某司某职某某,借到活命银若干,立此为据,某年某月某日——其实是废纸一张!

至于"当",更加荒唐。京城的前门大街当铺林立,凡典当行业,例规是以实物或恒产作为抵押,换取临时急用的银钱。而这些被逼无奈却又要保命苟活的官员,山穷水尽之际,既无身外长物,也没有固定的恒产,于是只好典当身份。"当"与"借"不同,借是由借债人给放债人出具借据,放债人留着借据为凭证,日后据以索债;当则是当铺出具"典据"给典当者,典当者凭着典据,待日后凑齐了"当本"和利息,拿着典据来赎回所抵押之物。

由于这个原因,洋相就出得大了,面对气势汹汹的大顺兵丁,当铺掌柜只好按照规矩,开出的典据是:某年某月某日,本号暂押当物张三,折价当本平银千两，利息日计若干，限于某年某月某日之前持当本并利息赎回当物，逾期不赎，所押当物听凭本号处置——抵押之物就是个大活人的名字，如何处置？此类怪事，无异于敲诈勒索，而当铺掌柜也只好忍痛拿出白花花的银子，权当消灾免祸了。

就这一"借"一"当"，闹得京城人心浮动，追赃助饷由此波及了富家大户和肆市当铺，正好应了当初民间的说法：上个月的二十八日，后营李过的士兵以征集民间车马为名，大肆抢掠东城富户，民间流传，大顺军先搜刮皇家和百官群僚，然后是富家大户，接着就该轮到平民百姓了。

除了陈演、王之心和吴襄，追赃助饷闹的风声最大的是魏藻德和周奎。

魏藻德是上个月二十四日追赃助饷被点名的第一人，他与儿子魏追征合计该出"赃款"十三万。当天刘宗敏派了几名兵丁跟着魏追征回家取银子，翻箱倒柜，悉索敝赋，也不过才找出了两万多两，连十三万的零头都不够。魏追征宦囊也不丰，私蓄仅有几千两。不得已四处告帮，东拼西凑，到了天色擦黑儿，好不容易凑了八万，在大顺兵丁的押解下回到田府。刘宗敏累了大半天，此时懒得再和魏藻德过不去，只吩咐先收下八万银子记账，开释魏追征，但有话交代："剩下的五万，我也不限定时日，什么时候交上来，什么时候放了你的狗爹。滚吧，快去找银子！"

五万两银子难坏了魏追征。魏藻德居官声望不佳，愿意为他解囊相助的人很少，所以拖了三天，仍未凑齐，而到了第四天头上，其父就一命呜呼了。

魏藻德死得好惨！但也不能不说是此人脑袋糊涂，自速其死。为了等剩下的五万银子，刘宗敏并未难为魏藻德，特为吩咐去掉刑具，把他单独关押到中院的一间厢房里，日食三餐，有个士兵专门给他送来，如此倒把他前几天肿胀的脸养得消了下去。所谓好了伤疤忘了疼，到第四天吃完早餐，一个士兵进来把碗筷碟盘收拾干净，照例反身锁门而去。没想到魏藻德不知哪根神经出了毛病，隔着窗户对着这位士兵怒气冲冲地高声质问："要想用我，不管怎样用就是了，成天把我锁在这里算什么？"

这一下惹得这个士兵肝火大起："啊？老子天天伺候你，你他妈的敢对老子这样说话？想造反是吧？也不想想你算个屁！"说着招来几个同伙，重新打开房门，把魏藻德连扯带踹，弄到院里，劈头盖脸一阵乱揍。正好刘宗敏吃完饭要去上朝，踱步过来，问明情况之后下令："上刑！"

"上刑"与"看刑"不同。看刑是让人活受罪，上刑则等于宣判死刑。那个受了叱问的士兵巴不得有这一声命令，在同伙的协助下，立刻把夹棍朝魏藻德的脑袋上一扣，使足了力气，狠狠地旋动绞杠，片刻之间，魏藻德惨叫一声，倒地气绝。

等到午时魏追征闻讯赶来，人已经面目全非，成了僵尸。魏追征抚尸大恸，也不知道该怎样处置了。刘宗敏握着马鞭子优哉游哉地走过来，指着魏追征说："你狗爹自己找死我不管，还差五万银子怎么说？"

魏追征抹抹眼泪，带着哭腔："侯爷，家父要是活着，还能求门生故吏帮忙凑凑。如今人都没有了，你老让罪官怎么办？"

这样子回话，形同顶嘴。不过刘宗敏并不发火，马鞭子在手里掂了掂，大约觉得灯干火尽，再也榨不出什么油水，所以很有人情味儿地说："嗯、嗯，人死不论。这三四天里，你多少也凑了些银两，算了，一笔勾销！你就用那些银子给你爹买口好棺材，雇辆大车，去找王旗鼓开个条子，就说我特许你出城，回通州葬亲！"

有此恩典，魏追征感激涕零，趴在地上给刘宗敏磕了好几个响头："谢谢侯爷，谢谢侯爷！"

比较起来，周奎倒是幸运多了。大顺将领住在周府的是制将军李岩。李岩秀才出身，性情温和，并且此次京城里的追赃助饷他也不担负责任。但周奎是前朝天字第一号的国戚，富甲京城，无人不晓，所以在三月二十六日那天，刘宗敏把他和他的两个儿子，以及另外十几个皇亲国戚一块儿弄到了田府。

周奎的吝啬是与生俱来的，三月初六日崇祯帝在朝堂上公然倡捐，内官徐高亲自跑到周府，希望周奎为国戚做个表率，带头认捐十万，而周奎哭穷，派婢女到宫中向女儿求助。皇后周氏拿出了五千两银子，嘱咐婢女，要老父另外再拿出一万五，凑成两万之数捐出。不料周奎得了女儿五千银子，仅把其中的两千交给徐高了事，自己不仅一文没出，还白白赚了女儿三千。此次被弄到田府，自然也不肯乖乖地"助饷"，但刘宗敏对他的人品和吝啬已有所闻，有意要整治整治他："你是国戚，没有定额，说吧，你认捐多少？"

周奎知道刘宗敏不好惹，狠了狠心，非常慷慨地说："为了报效大顺义军，罪臣愿把全部家产捐出——五万！"

刘宗敏鼻子一哼，看都不看周奎一眼，马鞭子举了举，立刻上来七八个士兵，把周奎父子三人分别踹翻，两个儿子脑袋上套了夹棍，对周奎还算客气，只把夹棍套在他的两条腿上。

"捐多少？"刘宗敏再次发问。

"再……再加一万，六万！"

话音刚落，刘宗敏马鞭指着周奎的大儿子，对士兵下令："上刑！"

周奎亲眼看着自己的骨肉在凄厉的惨叫声中，脑浆飞迸，瞬间毙命，心理受了极大的刺激。腿不能动，只好双手连连作揖："侯爷，侯爷，罪臣举债，凑够十万捐给新朝！"

刘宗敏又用马鞭子指着周奎的二儿子："看刑！"

就在自己的眼皮子底下，周奎看着另一个骨肉痛苦万状地满地翻滚，杀猪般地号叫之声不绝于耳。但他并不知道刘宗敏"上刑"和"看刑"含义的区别，只以为二儿子会和大儿子一样立刻死去，周家的香火就要断绝了。"侯爷，侯爷，罪臣捐二十万、二十万！"

刘宗敏对着士兵做了个暂停的手势，踱着慢步，走到周奎面前："二十万就想骗过老子？笑话！你女儿当了皇后，崇祯给你在老家苏州葑门赐庄园、赐田地，你拿着这些田产放贷滚利息，光是这项收入，一年也不止二十万！上个月崇祯要你带头捐款助饷，你他娘的一文不出，还倒赚了宫里三千两。老子今天不为别的，就要特为看看到底是银子要紧，还是你的狗命要紧！——来啊，看刑！"

两个儿子，一死一伤，但毕竟不是切肤之痛。等到自己的两条大腿被夹棍一夹，痛彻心肺的感觉实在比死了还要难受。嗷嗷惨叫声中，周奎伸出四个指头，意思明白，是四十万，而他却痛得话都说不出来了。

刘宗敏丝毫不为所动，嘴里冷冷地又吐出两个字："看刑！"

刚才这一夹，已经使人心胆欲裂，周奎知道，如果再一夹，纵然不死，两条腿亦必残废无疑！于是他使出了丹田之内的最后一点儿气力，拼命狂呼："七十万！"

七十万两银子是个人认捐的最大一笔数目，但是刘宗敏已经下定决心，要让周奎倾家荡产。"王旗鼓！"他吩咐立在身边的王体中，"你带上二十个弟兄，抬着周奎，到他府里去搜！搜不出一百万，就地给我剁了这个老杂种！"

结果王体中带人到周府搜出了一百二十三万两白银，比周奎自报的数目多出了五十三万。白银之外，黄金十万，珠宝无算。除了这些财物，更倒霉的是，当天早晨周奎父子三人被押走之后，周奎的夫人和两个儿媳妇全部绳索自尽，男佣趁机溃逃，女眷女佣被刘宗敏的中军士兵掠走，既倾家，又荡产，一个月前威风赫赫的"嘉定伯"，如今身边只有一个被夹残废了的二儿子和一个侄子陪伴度日。不幸中的万幸是，财去人在，一条命总算保住了。

消息传出，不少士民拍手称快，都认为天道好还，分毫不爽，这是周奎应该遭到的报应！但也有人暗中窃窃议论，说大顺军对待前朝勋戚降臣如此苛刻，不是新君开国应有的举措。有个前明的国子监讲习，对大顺军的这类做法颇以为忧，悄悄地对周钟说："足下是丞相的得意门生，理当适时进言，新朝刑杀过重，恐非吉兆。"而周钟却毫不在乎地一句话顶了回去："历朝开国都一样！明太祖初创天下的时候不也是如此？"

到了本月初十日，牛金星坐卧不安，把宋献策找了来，秘密磋商之后，一块儿去找李自成。宋献策是河南归德府永城县人，崇祯十四年由牛金星举荐，纳入了大顺军。此人精于奇门遁甲和星象八卦之术，其实就是个浪迹江湖的占卜先生。一入大顺军，献给李自成一句据说是从晋朝时候传下来的谶语："十八子，主神器。""十八子"合成一个"李"字，"主神器"不用说了，自然是当皇帝、御天下。李自成闻言大喜，以为遇到了能预知天意的奇人，从此把宋献策奉若神灵，西安建国，拜为"开国大军师"，每遇大事，连牛金星说话都听不进去的时候，只要宋献策摇头晃脑地说出一番"天语"，李自成必能欣然采纳。这一次也一样，到了武英殿，牛金星神色严峻地说："王爷，军师有话，敬祈嘉纳。"

李自成刚听完张鼐的报告，说是大内共起出白银三千七百万两，加上刘宗敏和李过追赃助饷得银两千万，两下合计五千七百万两。他正在筹划怎么样能把宫中的银子妥善地运送到西安，牛金星和宋献策一来，打断了思路，换了别人，必然恼怒，而对宋献策却格外不同："请坐、请坐。军师有何指教，尽管说来。"

宋献策并不就坐，也立而不拜，只双掌合拢，抚于胸前："京城近来杀气太重，冲犯牛斗。山人夜观天象，帝星晦暗不明，昼则天象惨烈，日色无光。种种不祥之兆，天意甚明：请王爷诏谕，即刻停止刑杀，稳定民心！"

"刑杀？民心？"李自成满脸迷茫，"怎么回事？"

有了宋献策一番天象示警的铺垫，牛金星就能放胆直言了。于是把上个月二十四日以来，刘宗敏和李过追赃助饷、刑杀旧臣、波及民间和大顺士兵夜宿民户、强掠财物、强奸民女等等诸般情状，原原本本地向李自成做了汇报。李自成听完之后才感到事情异常严重，此类暴行如不立刻禁止，则上天震怒，将有不测之祸。所以客客气气地送走了宋献策和牛金星之后，李自成自上月十九日入居大内以来，第一次出宫，在李双喜和八名御前侍卫的护拥下，亲自到田府和袁府，说服刘宗敏和李过，将两府所拘押的尚未"完赃"的二百多名前明官员全部开释，追赃助饷，就此结束。

刑杀停止了，民心尚未安定。说服了刘宗敏和李过，李自成带着双喜和随身侍卫沿街视察，走到后宰门大街，很快就看到几十名士兵骑着马，慢步朝这边走来，其中有七八匹马上还驮着女人。这不用问了，一定是士兵乱纪，刚刚骚扰了民间，从老百姓家里强抢的民女。李自成一脸怒气，令双喜上前喝止。

一看是李双喜，再看后面还有李自成，士兵们只好勒住马步，纷纷下来参见大顺王。

"光天化日之下公然强抢民女，你们还记得我入城前传下的军令吗？"

有个士兵，毫无惧色，满嘴喷出的都是酒气："王爷，军令自然记得。可是，弟兄们跟着你九死一生打下了江山，图的什么？王爷你别生气，皇帝归你做，国家大事归你管，弟兄们捞点小钱，弄个女人晚上陪着睡睡觉，这些小事就不劳你操心了。"

若在往常，一个士兵敢于如此当面顶撞，李自成只消一个眼色，双喜就会亲自动手把这个士兵一剑刺死。然而李自成举目四顾，环立在周围的几十名士兵个个怒眉横目，完全没有了入城之前那种驯顺的表情。此时若采取惩治措施，说不定立刻就会惹起一场危及自身的麻烦。因此李自成压住心中的火气，带着半责问、半商量的口吻说："如此胡来，打下了江山又有什么用处？你们为何就不助我做个好皇帝？"

没想到话刚说完，几十个士兵互使眼色，纷纷跳上马背，一边策马而走，一边撂下话来："偌大的金銮宝殿都归你，你在那里头去做好皇帝。——走啊弟兄们，找地方快活去！"眨眼之间，呼啸而去。

李自成气得连连顿足，万万没有想到，入城才刚满二十天，军纪竟然败坏如此："看来不开杀戒，难安民心！"

十一日早朝，李自成召集文臣武将齐聚武英殿，商议如何惩治乱兵，稳定军心民心，以及如何妥善安置城内外的二十余万士兵。议了一天，没有满意的结果，但决定第二天先抓一批首恶，斩首示众，通谕全城，先把民心稳定下来，其他的，不妨后日再议。不料散议之后，到了当天傍晚，传来了更坏的消息。

这个消息是左懋泰遣派快骑，从永平府东边的滦河，日夜兼程赶送过来的。牛金星散议后回到内阁值房，收拾打扮了一番，正要传轿去赴一个新拜门生的贺宴，双喜匆匆赶来，说李自成要他立刻进宫，并且说，已经派人去召另外几个首要人物了。

进了武英殿，烛火通明之下，李自成气急败坏地来回踱步。牛金星躬身叫了声"王爷"，李自成指指案头："有几个地方我还弄不太懂，不过意思全都明白了。你先看看再说。"

案头上有一个净面封套，封套旁边散散落落地好几张"八行"素笺，密密麻麻写满了字。牛金星不敢怠慢，拿起笺纸，认真细读：

> 不肖男三桂泣血百拜于父亲大人膝下：
>
> 儿以父荫，熟闻义训，得待罪戎行，日夜励志，冀得一当，以酬圣眷。属边警方急，宁远巨镇，为国门户，沦陷几近。儿方力图恢复，以为李贼猖獗，不久即当扑灭，恐往复道路，两失时机，故而暂稽时日。不意我国无人，望风而靡。吾父督理御营，势非小弱，巍巍万雉，何致一二日内便已失堕？使儿卷甲赴关，事已后期，可悲可恨！侧闻圣主晏驾，臣民僇辱，不胜眦裂。犹意吾父素负忠义，大势虽去，犹当夺椎一击，誓不俱生。不则刎颈阙下，以殉国难，使儿素服号恸，寝戈复仇，不济则以死继之，岂非忠孝媲美乎？何乃隐忍偷生，训以非义，既无孝宽御寇之才，复愧平原骂贼之勇。夫元直荐莘，为母罪人；王陵、赵苞二人，并著英烈。我父嗜喑宿将，矫矫王臣，反愧巾帼女子。父既不能为忠臣，儿亦安能为孝子乎？儿与父诀，请自今日。父不早图，贼虽置父鼎俎之上以诱，三桂不顾也！

读完之后，失声而呼："王爷，这是吴三桂的拒降书！"

刚说到这里，刘宗敏风风火火地赶了进来，看到牛金星手里拿着一封信函，劈头就问："老牛，吴三桂怎么回事儿？他说了些什么？"

牛金星把手里的信函理了理："汝侯，且待金星逐句解说……"

"不用啰唆！你就说，吴三桂什么意思？"

"好、好。简单则可一句话而概之：就算杀了吴襄，吴三桂也不投降。"

刘宗敏嘴里嘿嘿有声："好小子，我成全他，先宰了吴襄再说！"

"汝侯，杀了吴襄，何以善后？"

"还善什么后？命令刘芳亮带领左营人马开到山海关，灭了吴三桂这个混蛋！"

"刘将军见在通州驻防，手下仅有兵马三万，如何能灭吴三桂四万边兵？"

"这不难，从我的中军临时再拨出去三万，都归刘芳亮调用。"

"山海关素称坚城，只怕六万军马亦难期克捷！"

"那你说该怎么办？"

"……"

二人正在争论，李过、宋献策、喻上猷、李岩、顾君恩等人先后赶到。李自成一言不发，只做了个手势，要牛金星把吴三桂的拒降书给众人传看。李过和刘宗敏一样，大字不识一个，只能听牛金星低声解释。

等到都弄明白了吴三桂的意思，李自成坐了下来，正要说话，刘希尧匆匆进殿，手里捏了两张灰白色的高丽纸，湿乎乎的，浆糊未干，递给了李自成："闯王，这是巡逻兵丁刚刚在西长安大街的民房外墙上揭下来的。"

两张纸大小不一。一张四尺长、半尺宽，寸口大字，一目了然：

> 明朝天数未尽，人思效忠。于本月二十日立东宫为帝，改元义兴。

另一张四尺长，一尺宽，也是寸口大字，写的是：

> 闯贼李自成以妖魔小丑，荡秽神京。弑我帝后、刑我缙绅。周命未改，汉德可思。义兵所向，一以当千。试看赤县之归心，仍是朱家之正统。

这两张纸的文字，前一张像似"告示"，后一张则是"檄文"的语气，连同吴三桂的"拒降书"合起来看，一堂君臣，触目惊心：吴三桂不仅拒不投降，而且还要再立新君、重建大明！

"怎么？吴三桂还敢来打北京？"李过问。

牛金星回答："从文字上看，似有此意。他要学周朝的周公旦和汉朝的周勃，扶立前明的东宫太子，恢复明朝。不过……"

"我就不信！"李过瞪着眼睛说，"也不拿个秤称称自己有多大分量，难道他比周遇吉还厉害？"

眼看又要起争执，李自成挥手制止，沉默了一会儿，果断地说："不要争了，我去！"

众人愕然，不解所谓。牛金星抢声而问："王爷何去？"

"我去山海关！"

这可真是匪夷所思了！所有的人都不知道李自成是怎么想的。牛金星首先劝阻："王爷膺登大宝在即，万乘之躯，天下瞩目，岂可因一前朝边将而轻离京城？"

"以前倒小看了他！"李自成喟然一叹，接着定了定心神，"我不去，吴三桂将兴兵来犯。我亲自走一趟，看他还有什么话说！"

"不可。我朝新得京城，人心震慑，吴三桂绝不敢轻举妄动，这些文字不过虚张声势，意在攫取更大的富贵。臣以为，当务之急，不在吴三桂降与不降。王爷应当速登大位，以安天下。"

李自成摇了摇手："吴三桂身居要津，此人不降，我心不安。我心不安，何以安天下？"

"纵使吴三桂不降，遣一偏师往击即可，何劳王爷亲自奔波？"牛金星说完这话，暗中给了宋献策一个眼神，意思是要宋献策帮助劝阻。

宋献策尚未思虑好措辞，但在劝阻李自成出京这一点上和牛金星看法是一致的。此时受到催促，只好临时把两条短胳膊交叉合拢，贴于胸前，两只猿猴似的小眼睛往上直翻，似乎是在默测天意。稍过一会儿，一脸严肃地对着李自成说："王爷去，王爷不利；三桂来，三桂不利。"

这类莫测高深的虚玄之语最能打动李自成，所以他有点儿犹豫了。

就在这个间歇，刘宗敏又插了进来："咦，老牛啊，刚才我说派刘芳亮去一趟，你非要和我抬杠，说不行。现在闯王要去，你又说遣一偏师往击即可。怎么来回都是你的理？你到底什么意思嘛！"

其实牛金星的本意是想让刘宗敏亲自去一趟。在他想来，李自成迟迟不登大位，人心观望，天下不安，而刘宗敏不配合群臣百官的登基演礼是延缓李自成登基称帝的重要原因之一。现在恰巧有了吴三桂表示拒不投降的机会，不妨趁此机会，把刘宗敏暂时支走。他相信，由刘宗敏出征，吴三桂不堪一击，等到山海关方面的问题解决，不仅城内军兵违纪的现象可以快刀斩乱麻地迅速遏止，而且登基大典的筹备也可顺利告竣。如此刘宗敏凯旋之日，就是李自成称帝之时，数事同举，并行不悖。可是这样的意思如果由他自己当面说出，必然伤了刘宗敏的面子，弄得将相失和，有碍大局。所以对刘宗敏的逼问，牛金星不好正面应答，思绪混乱之际，尴尬地顾左右而言他，对着坐在身旁的李岩说："杀鸡焉能用牛刀？王爷欲轻离京城根本之地，去擒一区区不足挂齿之辈。如此大事，李公子岂能无一言进谏？"

李岩进殿后，仔细阅读了吴三桂的"拒降书"和刘希尧带来的两张纸面文字。和牛金星的看法略有不同，他不认为吴三桂是"区区不足挂齿之辈"。相反，他认为大顺军目前对关外局势茫然不知，而吴三桂是唯一深知虏情的明朝悍将，对这样的人，只能招抚，不能逼着他铤而走险，如果与此人刀兵相向，很可能趁二虎相斗之机，让建虏坐收了渔人之利。但除此以外，在李自成急需速速登基称帝的问题上，他和牛金星的意见完全一致。所以受了牛金星的激劝，率直进言："国不可一日无君。王爷上月亲口谕定本月初旬择吉登基，如今时限已过，官民企盼王爷登基如大旱之望云霓，是故当务之急，王爷应速正大位。吴三桂欲兴兵复仇，王爷亦不必亲自率师征讨……"

"李公子差矣！"听到这里，李自成知道众人误解了自己的意思，"我不是要率师征讨，而是要亲往招抚。诸位想想看，我上个月二十九日令左懋泰转谕吴三桂，只要他俯首来归，我给他个侯爵。如此厚待，尚不能使其降心归附，他想干什么？果真要做周公、周勃，扶立明朝太子重建大明吗？我看未必！一是太子就在京城里，连我都还求而不得，他上哪里去拥立东宫称帝？二是他以四万人马与我二十多万大军为敌，这不是以卵击石吗？所以吴三桂的本意，无非是要拿拿身价，借以显示他与其他前明总兵身份的不同罢了。既然如此，我就给他这个面子，亲自前往山海关，以示我的诚意。这样做，并不是我独厚于吴三桂，而是给江南的明朝各镇总兵做个榜样：我李自成招纳天下豪杰，出于一片血忱之诚！"

原来是这样一番苦心！上个月的二十九日，李自成就表明了心迹：天下初定，今后不必再兴兵打仗，只要吴三桂解甲归降，大江以南即可传檄而定。如今吴三桂不降，而李自成不惜折节下士，也要达到息兵止戈的目的，这倒不好辜负了他的美意！然而王驾轻动，亦非善策，不妨折中其意，也还是能够达到同样目的的，所以李岩接着话头说："王爷，招纳吴三桂亦不劳亲动王驾。可遣派重臣，亲赍王爷手书前去招抚，许吴襄、吴三桂父子二人均封侯爵，宁远镇将官全部加级一等。酬庸如此，吴三桂岂能不感念王爷的诚意？王爷仍宜坐镇京城，速登大位，如此则一统之基可成，干戈之乱可息。"

顾君恩也趁机表示："李公子之言颇中肯綮，重酬厚赏，息事宁人，不失新朝怀柔远近的仁德。我军虽得京师，而天下未安，亦急需王爷速登大位以定人心。臣以为李公子之议可采。"

顾君恩是襄阳定策的谋士，如今是大顺吏政府的侍郎，在大顺军中，和李岩一样，都是比较有分量的人物，因而这个意见很为在场诸人所赞许。无论如何，国家无主，大位虚悬二十日之久，此为历朝历代所未有的奇事！采用李岩和顾君恩的主张，既可迅速一统基业、安定人心，又不违李自成招纳天下豪杰的诚意，是个两相兼顾的切实可行之策。

然而真正能够听懂李岩和顾君恩这番陈言深意的只有两个人，一个是李自成，另一个是牛金星。李自成何尝不知速登大位的重要性？自入城以来，李自成最关心的是两件大事，一是登基称帝，二是解决大顺新政的财源。财源已经有了着落，从大内库藏起出银子三千多万两，追赃助饷共得白银两千多万，合计超过了五千七百万两。这些银子足可使新朝维持五六年的开支而有余了。再就是明朝已亡，而国家无主，自难免人心浮动，猜疑四起，因此登基称帝，以安天下，是他梦寐以求且念兹在兹的一件大事。然而使他有口难言的是，位居百官之首的刘宗敏并没有与他相同的迫切之感。李自成所关心的两件大事，刘宗敏只重其一，热衷于追赃助饷，筹措财源，而不太在意新朝皇帝登基的重要性。刘宗敏不能率先垂范，大顺军旧部也就不把登基演礼当成一回事，以至于吉期已过，而登基大典的筹备尚迟迟无以完善。李岩的陈奏，所谓"遣派重臣"去山海关，显然和牛金星是一样的意思，借招降吴三桂之机，暂时把刘宗敏支离来开，只有这样才能做到登基、招降两不误。但此时招降吴三桂，刘宗敏不主动承揽其责，李自成也绝不会张口指派，毕竟十几年的生死交情了，名属君臣，实同兄弟，他不想面子上给刘宗敏半点儿难堪。

"嗯、嗯，都说说看，诸位意见如何？"李自成要趁机启发刘宗敏自己表态，"我若不去，谁可代我走一趟？"

沉默了一会儿，谁都不愿意开口说话，因为"重臣"的帽子太大，除了刘宗敏，无人克当此称。而刘宗敏本人则没有这个意识，在他看来，只要不是去打仗就没有自己什么事儿了。

无人说话，李自成只好坚持原意："不必再议了，我去！"

这一来局面极其尴尬。能说上话的人都说话了，该说的话也都说出来了，毕竟朝堂议事，不像民间闲谈那么随意，这种时候再要改变李自成的想法已经很难了。

谁也不知道出于什么考虑，刘宗敏居然忿忿地表态了："哼！为了一个吴三桂，还要动这么大的声势。大哥，你要去，我也去！"

牛金星一听，知道机会来了，立刻接口而言："有文事者必有武备。王爷既然非去不可，则由汝侯护驾最好不过！"

李自成想了想："不错，李过也随我一块儿去！中营和后营各出三万人马，明天准备停当，后天鸣炮出发！——聚明！"

"臣在！"

"我此去不过往返十几天即可把吴三桂带来京城。在此期间，你和李公子负责留守城中事宜；要群臣配合巩焴的大典演练，月底之前昭告天下，一体改用永昌年号！"

"是！"牛金星信心十足地朗声回应。

"还有，散议之后，你即刻动笔，用我的名义，给江南左良玉、高杰、黄得功、刘良佐等镇将起草一通劝降檄文，就说我大顺国王应运龙兴，豪杰降附。吴三桂、唐通、白广恩、左光先等知天命有在，已经回心革面，归附我朝。抗命周遇吉死无葬身之地——大意如此，具体措辞你去推敲。这通檄文要在我走后快骑驰送荆襄，交给袁宗第和白旺，要他们派人潜入江南各城镇，四处张贴，务使南方明朝镇将广为周知！"

"请王爷放心，臣遵谕即刻办理！"

"慢、慢。"李自成想了好一会儿，一脸严肃地说，"还有一件大事，你务必要全力做好。我走之后，你和杨王休商议个章程，把那批银子运往长安。待会儿我面谕刘希尧，要他带三万人马，供你调遣。这件事关乎大顺朝今后好几年的财运，我要你亲自办理，不得有半点儿马虎！"

口气如此郑重，牛金星自然不敢含糊："是！请王爷放心，金星竭力于此，绝不会出任何差错！"

于是第二天——昨天开始，城里一片骚动，接到刘宗敏和李过严令的中

645

营、后营士兵，万分不情愿地从民间住户里回到城外的营地，寻马找枪，集结待命。到了午时刚过，张鼐带着一队人马，匆匆驶出紫禁城，然后一队变成十几队，各队的小头目都拿了一份花名册，上面注明姓名住址，按图索骥，把前明的王公勋戚一网打尽，总共搜得七十二人，绳捆索绑，押到西直门外，一人一刀，全部杀死，崇祯帝视为托孤大臣的成国公朱纯臣和总理京城三大营的襄城伯李国桢都在这天被砍了脑袋。其中只有一人既非王公，也非勋戚，此人就是做过前朝首辅的陈演。陈演精明柔滑，巴结一生，做了三个月宰相，破了五十万家财，最终仍然难逃一死。而这一大批人之死，是李自成顾及吴三桂昨日的"告示"和"檄文"这类文字已经传入民间，大驾东顾之后，恐怕有人策动内乱，因而临行前除掉乱源，以绝后患。

今日一早，承天门两侧哨兵往复巡逻，从东长安大街一直到朝阳门外，十步一岗，直线排开。由于昨天诛杀王公勋戚之事早已传遍全城，都知道大顺皇爷今天要亲征山海关，所以纷纷前来围观。人们相互议论猜测，个个脸上都是惶恐不安的表情。

早饭刚过，午门外鸣炮三响，刘宗敏和李过各率亲兵前导，驰出承天门。接着一队军汉簇拥着银浮屠镶顶的白氅大纛，威武万状地越过金水桥。紧随白氅大纛的是二百名士兵环护的明黄御伞，李自成依然上个月进城时的装束，蓝箭衣、白毡笠，策动胯下的乌骓马，在李双喜所率二百名御前侍卫的扈从下，神色镇定地缓缓而出。

再接下来的几个人物就令围观的百姓莫名其妙了：有三个衣衫簇新贵人打扮的同坐在一辆平板大马车上，一个年龄稍长，约在五十以上，另外两个年龄相仿，都是四十上下的样子。平板大马车之后，又有两个十岁刚刚出头的稚童，分别骑着青色健骡，衣饰一样，都是紫色长衫。这五个人绝不是大顺兵将，这不仅从服饰打扮上可以看得出来，而且在他们身后有大顺士兵持矛跟押。

于是围观的百姓好奇心起，从承天门外开始，沿着东长安大街，一路跟随，相互询问，也相互打探。少不得有那机灵的市井青皮，暗中塞给了沿路站岗的大顺兵丁几串制钱，换取了捷足先登的独家秘闻，然后四处散布，卖弄口舌：原来平板大马车上年长的是前明中军府的都督吴襄，另外两个，一是前明的秦王朱存枢，一是前明的晋王朱求桂。至于对紫衣青骡的两个少年则说法不一，有的说是前明的太子和定王，有的说是前明的定王和永王。而大多数百姓宁愿相信前者，认为是太子随大顺皇爷出征了。

有了这个说法，不少人心中释释然地不那么惶恐了："天！这下可好了，大顺皇爷此去山海关不是为了打仗。"

"这叫什么话？"立刻有人抬杠，"不去打仗，带那么多武将干什么？你没看连刘侯爷都出动了吗？"

"要是去打仗，何必带上东宫太子？"

"喔？……来、来，请借一步说话。老兄前日可曾看过吴三桂的告示和檄文？"

"看过啊！不就是吴三桂不降新朝，要拥立太子，改元称帝吗？"

"这就是啰！大顺皇爷岂能容吴三桂如此胡来？昨天大开杀戒，除掉了七十多个王公勋戚，今天亲自出征，你说不是去剿灭吴三桂，还能是为了什么？"

"自然是为了招降吴三桂。老兄想想看，太子亲临山海关，吴三桂还敢动武吗？"

"啊、啊！"抬杠的人明白了，吴三桂一见到太子，只能跪地降服，"照此看来，大顺皇爷是亲征其名，招降其实。"

"不错，敝人亦以为然！"

这类民间议论，很快地被张鼐指派混入民人之中的士兵传到了李自成的耳朵里。李自成灵机一动，等到六万大军在朝阳门外集结之后，立刻吩咐把这样的说法一路上宣扬出去。在他看来，民间误以为太子随军是件好事，正可配合此行去山海关招降的目的，所以把误传以假作真地宣扬出去更为有利。吴三桂只要听说太子来了，必然俯首就抚！

37

大明崇祯十七年四月十五日
大清顺治元年四月十五日

翁后之谋

十一日天还没亮，从山海关东罗城的震远门驰出一彪人马，总共二十余骑，连连加鞭，向东北方向狂奔。一个时辰后越过中前所，再过一个时辰越过前屯卫，直到日色正午，一座残废的城池遥遥在望，为首的杨坤放缓马步，传下令去："前面就是中后所。压住，先歇歇马！"

长途飞奔，骤然停顿，战马恢复体力就要花费很长时间。"压住"就是让战马慢行一段路程，借以缓冲，可保持脚力不至于短时间耗尽。

二十多名军汉依然精神饱满，杨坤回头细看却少了个人，于是眉头一皱，又下命令："郭云龙，你带上两个弟兄，拐回去迎迎王殿魁，看他能不能坚持得下来？"

说话间已经到了中后所城外，就在一片绿茵野草的开阔地上，杨坤一行下马歇息。好大一会儿工夫，郭云龙和另外三骑才赶了过来。杨坤很关切地问："王殿魁，你怎么样？行吗？"

"副帅，你放心。除了马有点儿驾不好，别的什么事儿也没有。"

"那就好、那就好。"杨坤看王殿魁走路不由自主地乱晃，心知这个回答言不由衷，但也只好予以鼓励，"赶快歇歇，先吃点干粮。你的马，我叫弟兄们替你喂。真难为你，等到大事办成，我到吴帅那里给你请赏。"

这次出关约兵，王殿魁是必不可少的角色。这不仅因为他能通"胡语"，而且此去沈阳，必经锦州，只有王殿魁熟悉锦州周边的情况。自从崇祯十四年松锦之战以后，关宁将士，足迹不逾宁远，对宁远以北连山、塔山、杏山、松山和锦州一带的山川路径非常隔膜，而王殿魁数次在这条路线上往返，正好要用他来做个向导。

麻烦的是，王殿魁农夫出身，虽然也骑过牲口，但对军马的习性尚不熟悉，长途飞奔，不能像军兵那样操控自如。从山海关到沈阳八百里，按照王永吉的要求，日行二百，要在十四日那天赶到沈阳，十五日面见多尔衮，递交"军书"。而出关刚刚半天，王殿魁就拉下了十几里地，照此累计，只怕要延误一两天了。军情紧急，如何是好？

趁着军兵遛马、喂马和自食干粮的间歇，杨坤与郭云龙悄悄做了商议，决定底下的路途，日夜兼程，用时间换取空间。好在王殿魁仅仅是马术不精，身体看样子还是没有问题的。

两刻钟后，再次启程。这一次是让王殿魁居先，众人稍稍控制住马速，随着王殿魁颠簸而行，速度虽然慢了点，但总能保持一个完整的队形，不至于为有人掉队而心悬不安了。

当晚过了宁远，马不停蹄，直奔连山，接着是塔山，如此不断地息而复奔、奔而复息，用了整整两天时间，终于在十三日傍晚赶到了锦州城外。

锦州城东十五里有座紫荆山，双峰耸峙，一水环绕，这一"水"就是小凌河。沿着小凌河西侧有条贯通南北的官道，道旁有座寺院，名为"荆山寺"，荆山寺的山门称为"月亮门"，过了月亮门北边不远有个中等规模的四合院，院门开阔，上悬一匾，满汉合文地写着"悦来客栈"，这个客栈就是王殿魁为打探清朝动向而奉吴三桂之命开设的落脚之处。

为了不惊动锦州城内的清兵而惹出意外麻烦，杨坤一行特为绕开南城，在天色昏黑的时候，悄无声息地进了悦来客栈。

连续两天，目不交睫，个个都困乏得在马背上摇摇欲坠，所以杨坤决定今晚不再赶路，让大家在客栈里好好歇息一宿，否则体力不支，难以为继，再往前赶下去，非有人从马背上摔下来不可。

草草卸掉马具，喂了饲料，各自又都就着白开水吃了几口干粮，二十几个人分别进入客舍，顾不得洗漱，也顾不得解衣，往大通铺上一躺，便已呼呼入梦。

刚刚过了后半夜，郭云龙朦朦胧胧地听到有人在他耳边轻声呼唤："郭参将，请醒醒，有军情！"

一听说有军情，郭云龙倏然惊醒，两眼怔怔地愣了一会儿，才看清楚是他安排与王殿魁一起来做眼线的两名宁远军士兵之一，正举着一盏麻油灯，照得双方面目晰晰可辨。

"怎么回事？"郭云龙立刻睡意全消。

"肖百户回来了，带有沈阳的消息。"

肖百户就是另一名来做谍探的宁远军汉，初十那天王殿魁风尘仆仆从锦州到山海关向王永吉报告，说看了清朝举国募兵"克日征伐"的告示后，表示"不入虎穴，焉得虎子"而主动前往沈阳周边进一步打探消息的就是此人。

"他在哪儿？快去叫他进来！"郭云龙悄悄嘱咐，"不要惊动别人。顺便把王殿魁喊醒，叫他也过来！"

这是一个单独的房间，只有杨坤和郭云龙二人独宿。趁着去叫人的间歇，郭云龙把熟睡的杨坤推醒，告诉他发生了什么事。杨坤立刻拥衣而起，和郭云龙一块儿动手，把屋里的两盏马灯点亮，一时灯火通明，可以议事了。

等到人进了屋来，肖百户正要军礼参见，杨坤开门见山地说："此时不分尊卑，都是宁远军老人了。你只说，沈阳那边有什么情况？"

"杨副帅，多尔衮率兵出征了，要犯我大明。"

"喔？这么快！"杨坤想起了初十日所看的清朝"告示"，立刻明白了怎么回事，"你具体说说看，这是哪一天的事？多尔衮带了多少人马？"

"初九日那天在沈阳城里搞了个誓师伐明的仪式。初十日在沈阳西郊集结兵马，编排营伍。十一日一早起程。据说总共带了有十四万人马。卑职十一日午时得知了这些信息，一刻也不敢耽搁，狂奔了两天两夜，想赶到这里歇歇脚，再换匹好马，直奔山海关禀报，没想到在这里碰上了杨副帅。"

"嗯、嗯。"杨坤算了算，锦州离沈阳还有四百五十里地，按正常大部队的行军速度，应该是差不多六天的路程，"这么说，再有四天，清军就会开到这里。"

肖百户先是一愣，但旋即醒悟，知道是杨坤误会了："杨副帅，都怪卑职没说明白。多尔衮此次内犯，走的是当年的老路，绕道蒙古入塞。"

"啊？你这个消息准确吗？"

650

"应该不错！卑职打探的情况是，初十日建房是在沈阳城西门外的旷野地里集结，十一日早晨往沈阳城西边的辽河方向走去的。"

这一解释，杨坤和郭云龙同时明白了：初十日那天在总督行辕，童逵行从清朝告示的"本座空虚"四字中分析出，建房并不知道北京已被闯贼所窃取，因而此次募兵内犯，不可能取道山海关。看来这个分析，现在已经被肖百户带来的信息所证实。

然而接着令人头痛的问题来了：此行的任务是直趋沈阳，面见多尔衮，投送吴三桂的约兵剿贼书信。如今多尔衮离去，则再去沈阳，已无意义，那么这通书信还要不要投送？如果仍要投送，多尔衮西去蒙古已经三天，而且还在继续行走，这要追赶多少天才能见到他？

杨坤和郭云龙在思考这个问题，王殿魁和肖百户则显得无所适从，也插不上话。"副帅，天也快亮了，"王殿魁说，"是不是催他们起来，好继续赶路？"

一句话提醒了杨坤，和颜悦色地说："今天不赶路了，让弟兄们继续睡下去，睡到几时是几时。肖百户也去好好睡一觉。王殿魁，你和另外那个伙计多辛苦，午餐搞得丰盛些。连着两天喝白水、啃干粮，身子都虚得很，让他们今天换换口味，好好补一补。"

"是、是，副帅放心，包管弟兄们满意！"

王殿魁和肖百户一走，郭云龙首先开口："副帅，书信还是要投送的。"

"你把道理说说看。多尔衮绕道蒙古，必从中协、西协入塞，这与我们要和他约定的路线相同，既然两家不约而同了，那不就省得我们再跑一趟了么？"

"不然。多尔衮走中协西协，这在总督的预料之中。我们投书的目的是假约兵之名，与多尔衮取得默契，将来灭贼之后，可向天下宣示关宁军为大行皇帝的复仇之功。"

"啊、啊！"杨坤连拍脑门儿，"看这两天跑的，把脑袋都颠浑了，怎么把这个宗旨给忘了！好，这一层不提了。不过，要面见多尔衮，总不能先到沈阳，然后再往西蹑踪追赶吧？"

"沈阳自然不必去了。我们不妨就从这里开始改道，抄近路往西北方向去追。"

从锦州往北，有两条道路可通：一条往东北，直达沈阳，这是一条官道；另一条是商贾往返贩售的小路，往西北，可达阜新，而阜新是从沈阳进入蒙古地界的必经之处。不过，这一段道路，谁也没有走过，所以杨坤只能抱着摸石头过河的态度说："也只好这样了！走一步，说一步。多尔衮此行必然迅捷，我们破上个十天半个月的，只要能赶在他进入长城之前，把这通书信投上就行了。"

其实多尔衮此行并不迅捷。十一日早上出发，青纛黄盖，仪从煊赫，一路上压着马步，顾盼自雄，充分享受着"奉命大将军"出行的威严。

走了三十多里，日头偏西，一问身边的侍从，前面的地方叫"老边"，多尔衮下令当天驻营于此。第二天再走，三十里地来到了辽河。其时辽河两岸，水清草绿，处处是悠闲觅食的野鸭子。多尔衮见猎心喜，立时下令三军驻足，挑选了几个将领，各带侍从，人人弃马持弓，很有兴头地打了半天野鸭子，当晚就在辽河东岸驻营。第三天过河，河宽桥窄，十四万人马费了半天工夫才过了一半，多尔衮就在辽河西岸设下行辕大帐，打算着等到全军都过了河以后，次日，就是十四日再整军西行。

悠闲地吃过午饭，睡意袭来，正要躺下去迷糊一会儿，行辕大帐外銮铃叮当，一名皇宫内的御前侍卫疾步而入，捧上来一只大函套，说是奉了郑亲王的谕令，要面交多尔衮的急件。

吩咐侍从打了回单，把宫内的御前侍卫打发走后，多尔衮撕开封套，抽出函件，一看就知是济尔哈朗的亲笔，除去抬头和落款，正文很简单，写的是：

奉上谕，大军日后行止，唯奉命大将军定夺，朕不为遥制。钦此！等因。兹接谍报，三月十九日闯贼已破明国北都燕京，崇祯帝、后俱自经。特告。

就这两行文字，看得多尔衮目瞪口呆，仿佛不相信自己的眼睛似的，反反复复又看了好几遍，顿足长叹："完了、完了，没想到李自成已着先鞭！"

咨嗟有顷，计无所出，只好吩咐侍从去把范文程和洪承畴叫来。

相携入帐，分别坐定，多尔衮把济尔哈朗的亲笔信函递了过去："回师吧，到嘴的肥肉已经被人家抢走了。"

二人和多尔衮一样，接函在手，触目惊心。谁也没有料到，李自成在二十多天前就拿下了北京。然而若说就此回师，罢兵不进，却是无论如何也不能让人心甘的事情。这种时候，范文程一筹莫展，只好把企盼的目光投向洪承畴，因为他知道，大清朝举国上下，只有洪承畴对流贼的习性知之最稔，变起仓促之际，一言九鼎，如果此时洪承畴说一句"罢兵回师"的话，那么大清朝今后只有株守关外一隅之地，永远不要再打算恢复当年女真先祖称霸中原的宏图大业了。

洪承畴正在低眉苦思。多尔衮焦躁不安地踱踱跶跶步，他也知道，洪承畴曾经与李自成兵火周旋十几年，胜多败少，熟知贼性，当此大政待决之时，听听他的意见是有必要的。为此几次想开口动问，都被范文程示意阻止。范文程的意思是不要干扰了洪承畴的思绪，应该给他足够的时间，让他考虑透彻再说。

洪承畴迟迟其语，却不是因为他觉得李自成有什么不好对付。降清以来，愧对旧主，凡是涉及与明朝为敌的咨询，他一概采取顾而言他的态度，不赞一词，不献一策。皇太极生前最了解他的心事，也最能体谅他的这份苦衷，久而久之，形成默契：洪承畴槃槃大才，迟早必为大清朝所用，而一时眷恋故主，乃是汉人读书明礼的缘故，尽不妨等待岁月的洗刷，让他淡漠了这样的念头，日后一遇时机，自然龙啸虎骧，替大清朝干一番彪炳煊赫的事业。所以归降以来，吩咐上上下下对他曲予优容，锦衣玉食，礼遇甚渥，当面均称"洪先生"而不名。如此经历了两年的时光，洪承畴感愧在心，每思报答而不得机缘。此次随军出征，他怀着极其忐忑的心情，一旦入塞，直扑明京，很有可能生擒崇祯皇帝，昔日的君臣，顿时翻为今天的仇寇，他有什么颜面以对故国父老？

然而他此时却踌躇满志，往日种种，都在他刚刚看到郑亲王的函件之后化为乌有。真正天遂人愿，化尴尬于无形，他知道，报效大清朝的机会来了！而苦思冥想，是要找一个能自圆其说的堂皇理由，他要从根本上促使多尔衮改变此次入关的宗旨！

"恭喜九王，从此我国师出有名矣！"

一句话说得多尔衮丈二和尚摸不着头脑：欲袭明京，而明京已被闯贼先得，此为令人沮丧之事，何喜之有？范文程也觉得非常奇怪：出兵伐明，夺取中原，这是清朝建国以来持之以恒的国策。而说"从此师出有名"，莫非以往数次入塞，出的都是无名之师？

等到多尔衮把这个意思说出来之后，洪承畴清癯干瘦的脸上现出漠然一笑，他用食、中二指不断地梳理着稀疏的胡须，慢条斯理地说出来一番道理：

653

"我朝兵力之强，天下无敌，取明朝易如反掌。然而自明太祖驱逐元蒙而光复华夏，三百年深仁泽厚广植人心。此前明朝虽然气数已尽，而崇祯帝宵衣旰食，勤政爱民，并非荒淫凶残的亡国之君。古来兴兵问鼎，必以吊民伐罪为其名，非如此不足以号召人心，共襄盛举。衡诸此义，则我朝虽可亡明，却不可亡崇祯，亡崇祯必致民间汹汹，后患有不可胜言者！如今不同了，形势急转直下，万没想到，明朝竟亡于闯贼之手，此乃天助大清，使我有了问鼎中原的口实。倘若我军此次入关，以剿灭闯贼而为崇祯帝复仇为号召，明朝士民必然欢欣鼓舞，箪食壶浆，以迎王师。且千秋史简，有以书之，我朝得天下于流贼，而非取之以大明，辞严义正，缝弥众口，谁敢说我出的不是堂堂正正之师？这是大可庆贺之事，九王，机会来了，不容迟疑，趁闯贼在燕京立足未稳之时，当机立断，改伐明为灭贼，改征讨之兵为仁义之师，传檄关内，布告天下，使关内军民人人皆知，我兵之来，非为争夺明朝疆土，而是为其报君父之仇。诚如是，民心服而闾阎安，中原唾手可得！"

这番说辞，闻所未闻。多尔衮和范文程心里透亮，都知道洪承畴出于一己的私念，就像贞妇失节，总要为自己再事新夫找个冠冕堂皇的理由一样。

然而多尔衮和范文程却又都不能不承认，这个理由，找得确实妙不可言！盗亦有道，凭借着武力的优势强取明朝江山，胜固不难，而说起来毕竟强盗行为，民心不服，日后必留无穷之患。以往数次入塞，烧杀抢掠，中原士民对关外清兵恨之入骨，视为野蛮强盗。按照汉人的观念，得人心者得天下，土地财货，不过一时挥霍之物，不得人心，天下即难长治久安。这下可好了，采纳洪承畴的策略，变豪夺而为巧取：我是来诛杀流贼、为你们报君父之仇的，如此大恩，你们还有什么理由与我作对？

"高见、高见！"范文程初四日那天力劝多尔衮出兵伐明，宗旨是"与明朝争天下"，是要与流寇争先后，抢在李自成之前而夺取燕京。而今大局骤变，李自成捷足先登，原来的打算顿然落空，因而一时迷茫，计无所出。现在听了洪承畴的侃侃而谈，对"我朝得天下于流贼，而非取之于大明"的说法心悦诚服："洪先生见识过人。如此一来，既得中原，又得民心，真正师出有名！孟子曰：诛其罪，吊其民，如时雨降，民大悦。王爷，文程以为，此次入塞，改伐明为剿贼，名正言顺，是为上善之策。"

多尔衮自然也被洪承畴这番妙论说动了，不过他仍然心存疑虑："年初洪先生曾说李自成胸有大志，非池中物，如今果然夺得了燕京，想来此人必有过人之处。与其为敌，进兵征剿，究竟胜数几何，不知洪先生可有筹算？"

"是，九王问得好！"洪承畴依然不紧不慢地说，"承畴确实说过李自成不可小觑的话，但那是与张献忠相比较而言的。闯、献一样，都有异志，但献贼嗜杀，不知收揽人心，所以难成大事。闯贼则不同，自崇祯十三年以来，攻城略地之际，颇知散财货以收买人心，是故四年之间，陡然坐大，如今迅克燕京，洵非无因。然而历来帝王之业，少不了帷幄之士的襄赞辅佐。李自成不过一罢黜驿卒，追随他的将领亦尽皆草莽农夫，传闻他倒是有个谋士姓牛，而功名不过举人，肚子里能有多少货色？况且仅此一人，岂能成事？昔汉高、明祖，皆起自布衣，而身边谋士如云，抵死相从，筹划赞策，始定天下。试问李自成手下有此济济人才否？以承畴之见，李自成不过汉之张角、唐之黄巢一路人物，虽有大志，终乏大才，绝非乾坤廊庙之器！若论我兵胜算，承畴不免要放胆大言：李自成新得燕京，财足气骄，已无固守之志。此辈乡土心重，汲汲于以尊荣富贵夸耀乡里，一听说我朝大军来袭，必然焚毁宫殿、掏空府库而遁逃……"

话没说完，多尔衮亟亟打断："果真李自成闻讯先遁，我军此去，岂不是仅得一座空城？"

"是。风闻贼兵拥众百万，以此推算，其骠马不下三十余万，日夜兼程，可达二三百里。待到我兵抵京，贼已远去，闯逆不得除，财物无所获，此大为可惜之事。是故承畴郑重恳请九王，立即传令大军，自现时起，片刻不可停留，精兵在前，辎重随后，计道里，限时日，从蓟州、密云一带的近京之处，疾行而进。贼走则跟踪追剿，夺回财货，斩其渠首。倘若其未及逃走，我兵即可肃清城外，困贼于城中，稍假时日，待其自乱，不难一鼓而破燕京，诛贼于宫廷街衢之中。"

"嗯、不错，"多尔衮认真听完，连连首肯，立定疾思片刻，突然高喊，"来啊！"

立于帐口的侍从武官应声而入。

"速招十匹快骑，向后军传我的谕令：无论过河与否，令到之时，立刻启程，今日不许宿营，严限明晚到达阜新。违令者斩！"

阜新城郊有个不大的地方叫"翁后"，原是明朝辽东都司下设的一个戍所，称"翁后所"。万历四十七年明清萨尔浒大战，明军大败，努尔哈赤携兵西进，征服蒙古，路过此地时，明朝守将，望风而逃，从此翁后所废毁，成了满清和蒙古之间往来的通道。

前天午后，多尔衮亲率八万马军，日夜兼程，从辽河疾驰三百六十里，于昨天前半夜赶到翁后，人不解甲，马不卸鞍，就在露天野地里宿了两个时辰。今天一早，天还没亮，"呜嘟嘟——呜嘟嘟——"的螺号声已经响彻霜空。睡意正浓的军兵惊悸而起，这是启程的号令，谁也不敢怠慢，各自持矛握刀，全副甲胄地跃上马背，一时三军肃穆，部伍无哗，只待多尔衮的亲兵一声令下，就要放开缰绳，打马怒奔。

然而奇怪的事情发生了！

多尔衮刚刚上马，正要挥手下令，突然顿住：他分明听到了一阵异常的马蹄声，由远而近，从东南边方向频频传来。凭着多年的沙场经验，他立刻做出了三个判断：一、这不是清朝的军马，而来自东南，极有可能是明朝军兵；二、来者不多，在二十骑上下，并且距此仅有不足五里地之遥；三、这一小股骑兵是冲着自己的清军来的。

莫非是明兵前来拼命？好大的胆子！多尔衮当即喝令贴身的侍从武官："带上我的护军五百骑，迎上去！如有抵抗，只留一个活口，其余的，格杀勿论！"

只一刻钟的样子，五百轻骑，去而复回。多尔衮的侍从武官走马驰报："是吴三桂派来的人，没带兵器。说有紧急军情要面禀摄政王殿下。"

啊？有这等事？多尔衮大惑不解：两家世仇，吴三桂怎么会向我来禀报"军情"？

"先把他们都捆起来，搜身！"多尔衮立刻警觉起来，怕是吴三桂派来的刺客。

"已经搜过了，身上也都没有短器。为首的两人，一个自称是宁远军副总兵，姓杨；另一个姓郭，是个参将。说必须面见摄政王殿下，否则谁也别想从他们那里知道什么。"

"那好，你去把他们带过来见我。其余的人，就地圈禁！"吩咐完后，多尔衮示意十几个护军紧紧地贴近自己，以防不测。

等到把人带来，多尔衮远远地仔细打量：一个身材颀长，相貌英武，双目顾盼之间透出一股精明之气；另一个魁伟孔武，而步履举止却又儒雅潇洒，看得出是个粗中有细的角色。二人走到离多尔衮马前五六步的样子，立定身子，双臂交坎，双双打了一个漂亮的明朝军礼，身材颀长的朗声而言："大明国平西伯镇守辽东地方总兵官吴三桂标下副将杨坤、参将郭云龙，参见大清国摄政王殿下！"

不跪不拜，而用这样的礼节和措辞，首先就可断定不是来投降的。多尔衮稳坐马鞍，冷冷发问："说是有紧急军情要当面告我。说吧，什么军情？"

杨坤不慌不忙，解开军衣，从贴身夹袄里抽出一包油皮纸，当着多尔衮的面，揭开油皮纸，把一只净面函套往上扬了扬："这是吴帅要我当面交给摄政王殿下的书信，请过目！"

侍从武官过来接了函套，双手捧给多尔衮。多尔衮撕开函套，抽出信纸，借着刚刚露出的晨光，凝眸细读。

反复移目，两眼越睁越大，表情也亦喜亦嗔地变幻不定。直到看完第三遍，他恢复了常态，吩咐侍从："快去把范文程和洪承畴叫来！"

日夜兼程的急行军，范文程冲锋陷阵惯了的，毫无问题，但为了兼顾马术平平的洪承畴，多尔衮命令一队骑兵夹护着这两个文臣走在后队。八万人马的大军，四骑并排而行，前后延绵十几里。快马传召，一来一回至少也要两刻钟。趁着这个当口，多尔衮命令全军下马，原地团坐待命。同时也让杨坤和郭云龙回到明兵队里，仍由清兵围拢监视。

等到范文程和洪承畴急急而来，多尔衮跳下马来，把书信递了过去："是吴三桂派人送来的。两位先生先看，我再仔细想想。"

二人下马，看完了书信，互相交换看法，从文字上看，有三点比较重要：一是证实了济尔哈朗前天的急报，李自成攻破北京，崇祯帝、后已死；二是吴三桂要兴兵复仇，而力有未逮，所以"特泣血求助"，与清兵相约，要清兵走中协西协，从北向南，吴三桂则自山海关由东而西，两家"合兵以抵都门，灭流寇于宫廷"；三是事成之后，除了子女财货以外，还要"裂地以酬"。

然而吴三桂究竟是否出于诚意？对此二人却都没有把握。"九王，这通书信谁送来的？"洪承畴问。

多尔衮正在独自思考，非常认真的样子。洪承畴一问，打断了思路，随口而答："杨坤，是个副总兵，还有个参将叫郭云龙。"

"杨坤？我认识他！"洪承畴说，"崇祯十四年在宁远打过交道。九王，可否把他叫过来，待承畴当面问问？"

"不必了！"多尔衮尖楞的下巴一扬，终于下定了决心，"来啊！"

"喳！"侍从武官打马上前。

"去把那些明朝官兵全部杀掉！"

"且慢！"范文程用手挡住侍从武官，大惑不解地问多尔衮，"王爷何出此令？"

"刚才我想通了。"多尔衮窄长的脸上，双眉一扬，"吴三桂不管出于什么目的，他的书信都对我没有丝毫用处。首先，闯贼破京，崇祯已死，这不是新闻。其次，他约我从中协西协入关，这是废话，我本来要走的就是这条路线。还有，裂地以酬？笑话！我凭着自己的本事，打到哪里是哪里，凭什么要他说了算？这个空头人情，我不要！"

这个道理说得非常透彻了，看来吴三桂是送来了一张废纸！

"不错，九王英明！"洪承畴说，"一切仍照原议进行，速速入塞，刻不容缓！九王下令启程吧。"

多尔衮朝着侍从武官一摆脑袋："去，赶快执行！"

"喳！"侍从武官打马而去。

多尔衮翻身上马，招了招手，身后上来一名传令兵："传令：鸣号，启程！"

多尔衮的话音未落，范文程一跃上马，连连加鞭，回头撂下一句话来："王爷且慢启程，请稍等，文程有话要说！"

多尔衮和洪承畴同时一愣，不知道范文程何以有如此怪异的举动。这叫军前失仪！若在别人，多尔衮会即刻下令把他处死。但对范文程则不可，既然"有话要说"，必是关乎军情的重要话题，且等他回来听听怎么说。于是，多尔衮挥手示意传令兵，停止传令。

奉命执行处决杨坤一行的侍从武官，已经吩咐清兵，把二十几人都架弄好了，只待他一声令下，立刻就要人头落地。就这时候，范文程飞马赶到："刀下留人！"

马随声到，范文程只对着侍从武官厉声交代了一句："停刑！让他们坐地歇息，且待后命！"

说完拨转马头，疾驰而回，重新来到多尔衮面前："请问王爷，我军日夜兼程，为的是什么？"

"自然是速速入关，剿灭李自成。"

"文程再请问：此去蓟州、密云一线关口，需要多少时日？"

这还用问吗？都是事先算计好了的："计道里，限时日，扣准行程，再有十二日可达。"

"如果三日可达，王爷去也不去？"

"什么？三日可达？"

"是！从这里掉头改走山海关，三日即可入关！"

"喔？"多尔衮有点儿明白范文程的意思了，"你是说，利用吴三桂求助之机，直接走山海关？"

"不错！这是天赐良机，不可错失。"

"如果吴三桂使诈，故意诱我入彀怎么办？"

"那就趁势灭了他！"

"吴三桂凭借险关，先帝在时，几次欲取而不得其手，如何就能灭了他？"

"今昔异势，大不相同了。昔日山海关外有宁远、中后所、前屯卫和中前所四座坚城拱卫，山海关内有几十万明兵可供策应增援，是以若要取之，难如登天。如今关外四城已为我有，而李自成既得燕京，却不闻有血战杀伐，按照吴三桂这通书信的说法，是'奸党开门'，望风迎降，这说明关内已无明军可援山海，吴三桂所凭借的仅是一座孤城。他手中仅有四万辽兵，山海关上的守兵不会超过两万。王爷想想看，以我十四万貔貅之士，对其五六万无援孤军，吴三桂若不投降，除了战死，还有什么活路可走？"

这个说法，透彻洞达，之前谁也没有朝这个思路上去想。多尔衮和洪承畴都在思索，看范文程的意见是否可行。

"这还是朝最坏的方面去想的。"范文程接着说，"大局演变，可能还有对我极有利的一面。文程细思，吴三桂的这通书信，不仅出于诚意，而且于我大清朝日后的兴旺发达颇有关联。"

洪承畴最担心的是吴三桂有无诚意，至于这通书信的价值，多尔衮刚才已经做了全面的否定，等于废纸一张。所以范文程的话，引起了二人的极大兴趣，肃穆端庄地要听听他有何妙论。

"先说诚意。"范文程解释，"如文程适才所言，慑于李自成的威势，关内明兵，迎风降附，而吴三桂欲为故主复仇，势单力薄，他在书信中说'京东地小，兵力未集'，为此而来向我国'泣血求助'，是不得已的无奈之举，事在情理之中。"

这样的解释，并没有多大的说服力，但多尔衮觉得这一层不必深究，吴三桂有无诚意可以先不管他了，他现在更所关心的是，吴三桂这通书信对于大清朝的未来有什么关联？

"文程以为，吴三桂乞援我国，是走了一步错棋。前日洪先生改伐明为剿贼的策略，高明之至，而今吴三桂主动来与我约兵入关，岂不是锦上添花？说起来不是我要入关，而是你们请我来的……"

"啊、啊！此计大妙！"洪承畴首先领悟了话中的深意，连连抚掌称善。

一个"请"字，妙处难与君说！把这样的舆论宣扬出去，较之他"改伐明而为剿贼"的说法，更加棋高一着！贞妇失节，已事新夫，再与旧夫相见，无论如何都是件非常尴尬的事情，而今旧夫落魄，返颜相求，自己的身份立刻就由失节妇一变而为救世主，不仅不必再对旧夫扭扭捏捏地赧颜以对，而且仰面睥睨，可以正颜厉色地颐指气使了。

"宪斗兄所论极妙！客应主邀，然后反客为主，九王，中原已在掌中矣！"

"还有，"范文程继续解释，"形势衍化至此，是否先灭闯贼已经无关紧要，要紧的是，趁此之机，把山海关掌控在手……"

"嗯、嗯。"这就不用再说了，多尔衮心里最清楚，先帝皇太极一生之志就在于进控中原，而屡伐无功，就是因为山海关的阻隔。真的按照范文程所说去做，既有应邀之名，又得雄关之实，一石二鸟，何乐不为？只要能把山海关掌控在手，日后即可收放自如，中原在握，可成定局！

"好、好，大可一试！"多尔衮握拳一挥，决定采纳范文程的意见。

不过他心里仍然有一丝莫名的忧虑，总觉得有些细节还要好好筹划一番才是。"来啊！"他喊立在一旁的传令兵，"传！大军就地扎营，打火造饭，休整一天零半宿，明日二更撤营，向山海关方向进发！"

话音刚落，范文程立刻接口："王爷，明朝来的投书兵将，应以国礼待之！"

"不错！"多尔衮当即吩咐传令兵，"另立一个帐子，好酒好肉款待，让他们先睡一觉，午后等我传见。"

等到营帐扎好，时辰还早，多尔衮难得偷来半日闲，招范文程和洪承畴坐下来从容商议下一步进兵方略的细节。

把吴三桂的书信拿出来，字斟句酌，反复推敲，多尔衮冷冷一笑："吴三桂不自量力！这种时候了，还要以明朝的代表自居，莫非他想做中兴明朝的元勋？"

"是，王爷看得准！"范文程说，"这通书信里，称我国为'北朝'，称明朝为'我国'，界线划得很清楚，由此即可看出吴三桂确实是要代表明朝与我国对等谈判，事成即为唐朝郭子仪和李光弼那样的中兴名将，此其一。其二，约我从中协、西协入关，而他自己掌控山海关，这也是很老道的精心筹算。如果按照这个约定去做，就算灭了闯贼，我军此去，仍难摆脱崇祯二年二贝勒阿敏痛失关内四城的厄运。至于所谓'裂地以酬'，正如王爷所说，这是空头人情，大概是想以长城为界，内外分治，不过是以其皇命的口气，承认现状罢了。有道是人算不如天算。既然他说'泣血求助'，则这个算盘，他就打得大错特错了！如今我军应邀相助，偏偏不按照他约定的路线去走，大军掉头，直奔山海关，这在说法上叫作'急人所难，拔刀相助'，吴三桂还有什么话说？开关迎我，则关门从此归我所有；闭关拒我，则是吴三桂失信于天下，而使我灭之有名。此所以文程以为，吴三桂是走了一步错棋，本想诱我火中取栗，却不料自设陷阱，拒受两难，真正神仙莫解！"

这当然是个很瘪赖的说法。一方有难，开出了条件，去向另一方求助，另一方认为条件合适就干，不合适就算，尽管各行其便。而今另一方认为条件并不合适，却要利用对方的求助心态，抛开条件，独行其是，这算什么"急人所难，拔刀相助"？分明是"乘人之危，趁火打劫"！洪承畴看得一清二楚，而为了报效新主，默然不语。不过心里难免丝丝愧疚：吴三桂是他的旧日部属，也是他曾经的心腹爱将，他知道，此人忠勇有余，谋略不足，出此下策而授人以柄，今后少不了要挨千秋骂名了！

然而多尔衮却没有这样的顾忌，范文程瘪赖的说法正好符合他的赌徒性格："不错，这一层我也想通了。吴三桂这个笨蛋，双方势不均、力不敌，丧家之犬，他有什么资格代表明朝与我谈判？明日改道山海关，他有诚意就文取，没有诚意则武夺，总之此去必须首先拿下山海关，我意已决，不必再议！二位先生替我谋划一下，能文取自然最好，不能文取，如何武夺？"

洪承畴说话了："九王，是文取还是武夺，必须首先弄清吴三桂的态度。承畴以为，应当遣派快骑，星夜疾驰山海关，面见吴三桂，摸清虚实。"

这倒是个快刀斩乱麻的做法。不妨派个忠诚可靠而又办事机警的人，直接去和吴三桂打打交道，随时把山海关那边的动静驰报回来，然后再决定文取武夺，则就随机应变，操控自如了。然而不管派谁去，首先要保证这个人的安全，万一吴三桂约兵有诈，不仅从此信息不畅，搞得不好，连所派之人的性命都搭了进去，岂不是偷鸡不成反蚀一把米？

"这好办！"范文程说，"把杨坤扣下做人质，让那个姓郭的参将一块儿去！"

"嗯、嗯。"多尔衮决定采纳这个意见，"杨坤是宁远军的副总兵，身份不低，扣他做人质，吴三桂不能不投鼠忌器。不过，既然如此。我们这边要派

661

的人身份就不能高于杨坤，否则等于以车换车、以马换马，不划算！"

派谁去呢？多尔衮想了好大一会儿："有了，就叫拜然辛苦一趟！"

拜然是内国史院的"巴克什"，身份不高，只负责整理和翻译满汉文书的低级文员，但论亲疏关系，他却是多尔衮的小舅子。多尔衮的正妃与皇太极一样，也是出自蒙古科尔沁部的博尔济吉特氏，与顺治帝的生母为嫡亲的堂姐妹。是这样一层关系，则拜然的忠诚可靠绝无问题，而此人又精通汉语，办事也还算干练机警，更为重要的是，拜然行事低调，不显山不露水，吴三桂绝不知道他和多尔衮是连襟之亲。如果吴三桂怀有歹心，也会觉得拿一个明朝的副总兵换一个清朝的巴克什，是件很不划算的勾当。

"就这么定了！"多尔衮说，"我马上亲自安排，让拜然带上姓郭的参将，午饭后就出发！"

这是个令人满意的决定，范文程和洪承畴都无异议。不过范文程还有建议："文事武备，不妨并举。王爷，可否考虑同时派人先期回盛京调取红衣大炮？"

大军直趋山海关，一旦吴三桂闭门不纳，就要武力夺取，红衣大炮自然是攻城克敌的利器。这个主意不错，但多尔衮略一思索，立刻做出反应："不必回沈阳调取，锦州就有。明天我先令一千轻骑驰赴锦州，把那里的十四门红衣大炮全部聚拢装车，等到大军开到，顺路带走。哼哼！吴三桂若不就范，我让他在劫难逃！"

多尔衮有此杀心，洪承畴略感不忍，觉得有必要为吴三桂开出一条生路："九王，承畴有一言进献，尚乞嘉纳！"

如此郑重其事，多尔衮不能无动于衷。然而同是汉人，洪承畴与范文程却不一样。范文程在太祖初创基业的时候就自愿来投，三十年与满洲人生死与共，早已没有了满汉的隔阂，大清朝上上下下都把他视为"自己人"。而洪承畴走投无路，被迫投降，且降清以来，从未与满洲人共过大事，身份犹如春秋战国时代的"客卿"，因此要防范他心存故国，说出些什么偏袒明朝的话来，所以必须先划个圈子，限定他的话题："只要有益于我国得取中原，洪先生有话尽管说。"

662

洪承畴何等精明，自然听得出多尔衮的话外之音，因而慢捋疏须，斟酌措辞："是，承畴之意，正是要为我大清朝顺利得取中原。此次我军改道山海关，毕竟要借吴三桂的求助之名。有此之名，关内汉人视我为义军；无此之名，关内汉人视我为仇寇。吴三桂生死不足论，而人心向背，关乎大业。是故承畴以为，此去山海关，不到万不得已，不可动武。动武则士民惊，人心离，纵然取得中原，亦难垂拱而治。"

这话说得可有可无，与多尔衮本来的打算并无太大差异，所以多尔衮迷茫不解，只好逼问一句："洪先生意欲如何？"

要的就是多尔衮这一问，洪承畴缓缓而答："招降吴三桂，使其为我所用！"

招降吴三桂？这是从未考虑的一个问题！先帝在时，曾两次致书，吴三桂冥顽不化，坚决拒降。此次又想以中兴明朝的功臣自居，与多尔衮平起平坐。这样的人物，招之能降吗？

"试试看！"洪承畴并未把话说死，"如今局面不一样了，国丧君亡，势穷力蹙，他要做中兴功臣的美梦肯定不行。可对其开陈大势，趁机疏导，九王倘能许之以重酬，未必不会迫使他降志改节。"

多尔衮考虑了一会儿："好，给他个机会！只要他肯降顺，我给他个王爵！不过，这份劝降书，要劳动洪先生的大笔了。"

"是！承畴这就起草，然后呈九王审阅，今日午后就让拜然捎去。"

"不必匆匆！且待午后慢慢构思，等到明日作成就行。"

"怕不误了时日？"

"不妨、不妨。我可另遣快骑，急送山海关。"

38

大顺永昌元年四月十七日
大明崇祯十七年四月十七日

给贼缓师

十三日一早出了朝阳门，李自成亲率六万人马，按住班头，不急不缓，当天宿通州，在这里召见刘芳亮，细细询问了京东地面的情况，命左营留下一半士兵维持通州治安，并做京关之间往复策应之用，另外的一万人马仍由刘芳亮统带，随自己一道东征。次日七万大军开到蓟南，第三天驻玉田，在玉田遇到了从永平沮丧回师的左懋泰和唐通所带的八千人马，李自成为壮声势，令左懋泰和唐通随侍左右，八千人马编入军中，一块儿前往山海关。昨天过了丰润县，今天午后的申牌时分走到距永平还有三十五里的沙河驿。本来打算再往前赶一赶，今晚顿兵永平，没想到有了意外之喜：吴三桂派迎降使团在沙河驿恭候大驾。

"如何？"李自成笑逐颜开，非常得意地对着随侍在左右的文武官员说，"我就料定了吴三桂非降不可！"

下令大军就地安扎之后，第一件事就是传见迎降使团。

由双喜引领，带进黄幄行辕六个人，各个自报家门。为首的叫李友松，字赤仙，二十五六岁的样子，长身洁面，儒雅清俊，是山海卫的生员。另有三个与李友松年纪相仿的也是生员：高选、谭邃寰、刘克望。四个生员之外，还有两个五十岁上下的乡绅，一个叫刘台山，一个叫黄镇庵。六个人齐齐伏地，给李自成叩头请安："恭请大顺皇上圣安！"

"起来、起来。"李自成满脸带笑，但也不无一丝疑惑，"说你们都是吴三桂派来的迎降使？"

"是！"李友松回答。

"吴三桂怎么不派宁远军的将官前来迎降？"

"回皇上，吴帅说，让臣民等代表山海卫士商农工，先期迎候。等商谈妥当了受降细节，吴帅再亲自到永平府面谒皇上。"

"唔、唔，原来你们是民意代表。"

"是！"

"吴三桂现在哪里？"

"吴帅在关上料理迎驾事宜。"

"也罢！你就说说看，吴三桂要你们商谈什么受降细节？"

"吴帅说，首先要面见明朝皇太子。"

"这好说，等他到了永平，我自然要让他面见太子。"

"回皇上，是臣民没把话说清楚。吴帅说的是，先让臣民等代表山海卫城父老，首先面见皇太子。"

"啊？你们要见太子？"

"是！"

"那不行！殿下千乘之躯，岂能轻见庶民？"

"大顺皇帝带了明朝皇太子前来招降，道路风传，天下皆知，足见皇上仁德蔚沛，以周武之心，厚待胜朝遗裔。所以吴帅交代，臣民等此来务必要见到皇太子，以验大顺皇帝的招降之诚。"

"我亲自来招，已经显示了诚意，哪有庶民请见前朝太子的道理？"

"吴帅说，臣民等此来不见皇太子，一切都无从谈起！"

好厉害的一张嘴！李自成万没想到，李友松区区一个生员，居然伶牙俐齿，把面见明朝太子作为谈判的前提条件！如果真有太子倒也罢了，大顺军此来，一路招摇，扬言带有太子，原以为这是攻心的上策，不料遇到李友松这样的角色，上策变成了下策。不让他见太子，显得招降没有诚意；如果让定、永二王的其中一个冒充太子出面，则以李友松的精明，三言两语，稍加询问，立刻就会当面穿帮！

暗中心虚，表面上却不能示弱，李自成脸上的笑容渐退，恨恨地说："吴三桂没有诚意。说！他派你们来，是不是想拖延时间，抓紧预备，打算与我决一死战？哼！他要是怀着这个念头，先要掂量掂量他比周遇吉如何？我此来带了精兵二十万，解甲归降，我不会亏待他，如果负隅顽抗，我要让他和周遇吉一样下场！"

"皇上差矣！"李友松应声称辩，态度不卑不亢，"吴帅所统的关宁两军，与山海卫城的全体士民，归附新朝之心，可对天日！臣民敢用脑袋担保，吴帅绝没有抗拒王师的念头。本月初十日，吴帅接到了新朝招降使的传话和吴襄老总兵的家书，当即就召集臣民等宣布了归顺新朝之意。然而宁远军有个监军太监，违拂军心民意，拿出前朝皇帝的令牌，以势压人，自己写了一通拒降书，迫令吴帅派人送出。第二天吴帅策动军卒哗变，武力监押了那个太监，传谕山海卫城的乡绅士民。关上军民，人人欢悦，纷纷为吴帅献计献策，最后推举我等组成迎降使团，离关二百里，前来迎降。皇上怎么能说吴帅没有诚意？我等虽然不才，也还算在山海关地面薄有面皮之人。皇上纵然信不过吴帅，难道连山海士民也信不过？"

这一通反诘，挟风携电，驳得李自成哑口无言。不过越是这样，李自成心中越是高兴，这证明了他的判断不误：吴三桂走投无路，除了归降，别无选择！然而这几个乡绅非要面见皇太子，却是李自成大感为难之事，想了半天，只好先宕开一步："你们口口声声要见前朝太子，本是非分之请。太子早已归降我朝，见与不见，须待我征询了他的意思再说。如果他愿意见你们，也得有个礼节上的安排，这都不是一两句话就能定下来的事……"

话没说完，银须飘拂的黄镇庵插了进来："也好、也好！皇上思虑周全，我等草民不识轻重。请见前朝皇太子是吴帅再三叮嘱的要务，既然皇上恪于礼数，我等臣民只好遵旨候命。时日不计，三天五天或者十天八天皆无不可，臣民在此耐心等候就是。"

"是、是！黄老先生说的是。"包括李友松在内的其余五人纷纷附和，"时日不计，但请皇上定夺。我等臣民愿意在此恭候圣命！"

能缓一步就好，拖得一时是一时！李自成转而把话引入正题："除了这一层，吴三桂还有什么要求？"

李友松左右看看，似乎是在征求众人的意见，短小精悍的高选说："赤仙兄，既然皇上许了可以面见太子，其他事务，但说不妨。"

得到了允许，李友松才开始缓缓而言："启奏皇上，吴帅说，山海卫士民自愿归附，当以顺民看待。"

"这还用说吗？"李自成俨然已经是皇帝了，"既然归降，便是我的子民，着你向关上士民传我的口谕：随后自有恩诏！"

"是！臣民一定将皇上的谕旨传至乡梓！"

"吴三桂还有什么话，你尽管说。"

"再有就是，对关宁将士如何措置和差遣？"

"此前我已令左懋泰携银四万犒赏宁远军。此次吴三桂主动率军来降，自然另有恩典：关宁两军，凡统领以上将官，俱加秩一级。关宁两军除了增拨四个月恩饷之外，所有士卒，每人再赏银二两！两军的五万人马，全部随我回京，编为亲军，戍守京师地面！"

"是！"

"还有什么？"

"不知皇上如何位置吴帅？"

"不光吴三桂，还有吴襄。他们父子俩都晋封为侯！"李自成顿了顿又说，"还有高第，我也不亏待他，给他个伯爵！"

"是！"

"还有吗？"

"还有！不过臣民不敢渎请！"

这叫什么话！李自成有点儿愠怒，但仔细一想，立刻明白了李友松的意思："你是说，你们六位乡绅，代表民意，前来迎降有功，朝廷应该有所激励吗？"

"皇上圣明！臣民等不敢滥叨恩典！"

"放心、放心！李友松、高选、谭邃寰、刘克望！"

"臣民听旨！"被点到的四人齐齐回应。

"你们四人都是前朝的秀才，秉烛苦读，很不容易，俱着赐给举人出身！愿意出仕的，可到吏政府投名，传我的话，一体以四品道员采用！暂时不愿做官的，可待新朝不日开科，比照前朝体制，以举人的功名，进京会试、殿试，按名次录取，循序登进！"

"谢皇上！"

"黄镇庵、刘台山！"

"臣民在！"

"你们两位乡耆，俱赏银千两，赐田百亩，待我亲颁诏书，世世免征赋税！"

"谢皇上恩赐！"黄镇庵和刘台山齐声感恩。

"还有什么？一体说来！"

众人相互看看，似乎都很满意的样子。李友松代表大家回话："没有了。但愿皇上早日安排臣民面见皇太子。"

"好说、好说！——来啊！"

李双喜应声上前："父王有何吩咐？"

"好好招待客人，不许怠慢！"

"是！"李双喜这边答应，那边躬身肃手，"请——"

眼看着六个人跟着李双喜出了行辕大帐，刘宗敏招招手，张鼐趋近前来，听候吩咐。

"你给我带上二百人，日夜轮番盯守，暗中察看他们的举动。一有异常，不分什么时候，立刻拿下，带来见我！"

等到张鼐领命而去，李自成笑嘻嘻地问刘宗敏："有这个必要吗？"

"我看这几个刁民不顺眼，怕是吴三桂派来捣乱的。"刘宗敏说。

李自成哂然不语，是不以为然的表情。

顾君恩欠了欠身："王爷，汝侯之言，不谓无理。这几个乡绅请见前朝太子，其事可解，而不亟亟于时日，说情愿耐心等候十天八天，则事有蹊跷。联想到前几日吴三桂的拒降书和京城里的揭帖告示，李友松所谓监军太监迫令吴三桂投书拒降之说恐怕也不是真情。依臣的揣度，莫不是吴三桂打算负隅顽抗，而预备未周，故而派人前来阻挠我军以拖延时间？是耶非耶，臣一时还拿不太准，尚乞王爷明察！"

"不错！就是这么回事！"刘宗敏紧接着说，"我看吴三桂这小子没安好心，一定是想在这里拖延时间，他在那边加紧战备。"

李自成笑容渐敛，独目乱眨，想了好大一会儿，以商量的口吻说："诸位，可否遣派一人，临时授以职权，直接去山海关面见吴三桂，借以察看虚实？"

"此计可行！"顾君恩说，"王驾在此地暂驻几日，撇开这些乡绅，遣员直去关上，不难探知吴三桂的真实意图。"

"不错！"刘宗敏说，"这样做直截了当，破了吴三桂拖延时间的诡计！"

二人同调，一锤定音，就算同意了李自成的意见。

然则派谁去呢？李自成想了半天，没有合适的人选。三月二十一日新朝授职，李岩曾举荐原明朝兵部职方司郎中张若麒，说他与吴三桂颇有交谊，可当招降之任。但随后左懋泰毛遂自荐，说与吴三桂有两代的通家之好，可为新朝建招降之功，所以当即舍张用左，把左懋泰任为兵政府左侍郎前往招降。如今左懋泰招降失败，自然不好再次让他出面了。而此次李自成亲出招降，以为必能见功，也就没想到要把张若麒带来。环顾左右，都是大顺军的老部下，就连顾君恩也是前年打襄阳时投顺过来的布衣谋士。只有一人，是大顺军进京后投降的前明官员，此人叫王则尧，山西翼城人，在明朝时官至"山东布政司参议"，归降后不久授为新朝的"顺天府尹"。这次随军而来，是因为他久任前朝本职，对京东地面特别熟悉，官民士吏，颇知其名，既可用为向导，亦可为大顺朝招揽人心有所裨益。

思来想去，轩轾无人，只有派这个人走一趟了："王则尧！"

一听叫自己的名字，王则尧知道麻烦来了，但也只能硬着头皮应一声："臣在！"

"从这里到山海关还有多远？"

"回王爷，还有二百一十多里。"

"嗯、嗯。"李自成喃喃盘算，"二百一十多里，好马快骑，一天多就可到达。"

王则尧不知所谓，只好说声："是！"

李自成顿了顿，终于做出决断："军前授职，你现在就是大顺朝的兵政府尚书！我拨给你五十名精卒，全都配备上等好马，要辛苦你走一趟。今晚连夜启程，明日赶到关上与吴三桂见面，传谕我承诺的招降条件。不管吴三桂什么态度，限你二十日晚上回到这里向我禀报一切见闻！为了你此去的人身安全，我把刚才那六个山海卫乡绅扣作人质，使吴三桂纵有异心，也不敢对你下手。放心前去，回来后我另有重赏！——你先去做个准备吧。"

王则尧内心不辨悲喜，嘴上却要朗声回答："臣遵旨！"

等到王则尧出了行辕，李自成又喊："双喜！"

"儿臣在！"

"你速速安排十名快骑，连夜赶回京城，见了牛丞相，面传我的谕令，把张若麒带到这里，就说我对此人另有差遣！"

"是！"

李双喜一走，刘宗敏侧脸询问李自成："大哥，这种时候了，把张若麒叫来还有什么用？"

"王则尧与吴三桂非亲非故，明天去只是探探关上的虚实而已。真正能替我起招降作用的，旧朝降臣中，只剩下一个张若麒了。把他叫来，有备无患！"

总督南下

摈绝百务，静心将养了五六天，黎玉田的身体差不多完全康复了。今天鸡叫头遍，便已扎束停当，来到院中的一棵大槐树下，暌违已久地打起了太极拳。

黎玉田是陕西省西安府乾州人，乾州民人习武之风甚盛，而黎玉田的父亲又是当地的著名武师，年轻时曾到湖广武当山投道学艺，把太极一派的拳、掌、剑、棍，习练得炉火纯青。黎玉田幼承庭训，而弃其剑棍，独练拳掌，所以一招一式，莫非武当嫡传。天启七年丁卯，他中式西安府乡试举人，次年改元，赴京会试，联捷而成崇祯元年戊辰科的进士。此后由县而州，由州而府，循序渐进，一路攀升，到了崇祯十一年内调入京，崇祯帝闻其贤名，特擢为都察院右佥都御史，崇祯十二年又挂都察院左都御史衔而巡抚保定六府。崇祯十四年明清松锦之战，辽东巡抚丘民仰与蓟辽总督洪承畴双双战败被俘，洪承畴觍颜降清，丘民仰不屈被害，崇祯帝特命黎玉田替补丘民仰的遗缺，以院衔而巡抚辽东事务。十七年的宦海生涯，公务之暇，黎玉田从未间断武事，打太极拳成了他须臾不可或缺的日课。自本月初五日随王永吉到了关上，哀悼先帝，忧心国事，内急外感，突染风恙，整整中断了十天的拳脚习练，所以今天的手脚和招式都不免略觉生疏。不过内气聚敛，丹田深沉，不到半个时辰的样子，已经浑身温热，汗浸衣衫了。

定心收掌，默立有顷，一名伺候日常起居的年轻亲兵近前提醒："中丞大人该进早餐了。"

黎玉田素来饮食不检，早饭极其简单，多少年如一日，恒亘不变的是一小碗粳米粥、一张葱油薄饼和一小碟锦州酱菜。进了起居兼餐室的右厢房，褪去练功衣，用手巾抹了把脸，换上燕居便服，挽袖端坐，边吃边聊："连日静养，消息阻绝。近来关上有什么动静？今天要你说给我听听。"

陪侍在侧的年轻亲兵说："总督王大人交代属下，中丞大人忧劳成疾，宜于静心调养。关上的一切军政事务，不烦贸然渎闻。"

"这是总督的一番好意，我不能不心领。不过，你不是看到了吗？我已经能习练拳脚了！"

能习练拳脚自然表示身体完全康复了的意思。亲兵有点儿一反常态，吞吐其辞地说："总督大人交代属下，关上有什么事，总督大人自会派行府材官前来禀报，不许……不许属下多嘴！"

黎玉田何等精明！一闻此语，立刻便意识到必是王永吉有什么大事要瞒着他。他把筷子往餐桌上轻轻一放，循循善诱："你跟了我这么多年，我拿你当家人看待，而你却不该自外于我。说吧，关上有什么事不能告诉我？"

这一来年轻亲兵惶恐无地，跟随黎玉田两年多，名为上宪与下属，实为主人与奴仆。主人平时对仆人恩渥有加，而关上近来发生的种种异常大事，如果一直隐瞒下去，不仅不敬，且亦不忠，岂是以仆待主之道？有了这番顾念，年轻亲兵恭恭敬敬肃身直立，诚惶诚恐地说："中丞大人一定要问，属下不能不如实禀告。只是在总督大人那里，属下不好交代。"

"一切有我，你怕什么？倘若总督怪罪下来，本院自有担当！说吧，究竟怎么回事？"

"是……是……"

"是什么？快说！"

"是这样……十一日一大早，杨副镇和郭参将带了二十个人出关去了。"

"出关去了？你是说，杨坤和郭云龙去往沈阳投靠建虏了？"

"不是、不是。"

"到底怎么回事？"

"卫城人人风传，说杨副镇和郭参将要去和清朝议和，两家共同联手剿贼。"

黎玉田大吃一惊："杨坤和郭云龙好大的胆子，竟敢瞒着总督干这种无耻之事！"

"是总督大人派他们去的。"

啊？黎玉田霍然而起，清癯的脸上双眉紧蹙。他心里明白了，此为国事，不是军事，没有王永吉的命令，谁敢与敌国议和？而且还要与敌国联手剿贼！

"你再说一遍，杨坤和郭云龙是哪一天去的？"

"回大人，是十一日早晨。"

十一日早晨？黎玉田好生奇怪！初十日那天午后，明明已经商定了要"联贼抗虏"，怎么一夜之间王永吉就变卦了呢？

"快去把我的官服拿来！"

便服换官服，自然是要郑重其事地去见总督。亲兵不敢怠慢，匆匆到黎玉田的卧室取来二品锦鸡补子的宫制官服，伺候着黎玉田穿戴整齐，喊来了轿班，把黎玉田扶上轿子，三转两拐，来到王永吉的临时总督行府。

国破君亡，山河凋残，王永吉成了大明朝黄河以北独撑危局的头号人物，论资排辈，黎玉田则是第二号人物。平时二人搭档，极为融洽，黎玉田事事维护王永吉的权威和尊严，殚精竭虑；王永吉敬重黎玉田的见解和为人，折节与交。日常见面，脱略礼数，而这一次却不一样，等到王永吉迎了出来，黎玉田正了正衣冠，单膝跪地，双掌合拱，规规矩矩地以堂参大礼谒见："钦命辽抚黎玉田叩见上宪王大人！"

官场上的人，一听就懂：自己亮出"钦命"的招牌，而对王永吉不称职衔，仅以"上宪"为认，这是含有轻视之意的。但礼数郑重，无可挑剔，王永吉窘迫得不知所措，连忙屈身还礼："润石兄，这是怎么说？快请进，快请进！"

初十日那天，大政定策，跌宕突变，由"联贼抗虏"，不旋踵间而改为"联虏剿贼"，这件事，王永吉一直愧对黎玉田。然而在"夷夏之防"和"君父之仇"的两难选择上，王永吉最终采纳了后者，实在是个偶然的结果。如果不是黎玉田病体不支，而能始终其议，则黎玉田首倡联贼抗虏之议在先，童逵行当着巡抚的面，绝不敢再提联虏剿贼的建议。退一步说，即使童逵行提出了这个建议，以黎玉田的身份和辩才，必能震慑场面，说言正论而力排众议，驳得童逵行欲辩无词，那样一来，局面就大不一样了。其实自从定策之后，杨坤和郭云龙带着约兵书信一走，王永吉心里就开始不踏实了，严密交代属下，将此事瞒着黎玉田，就是他心里极不踏实的表征。连日来越思越悔，越想越怕。悔怕交加，积郁在心，衍化为森森可怖的一重忧虑，端在由此决策而造成一个骇人听闻的结局：清兵难制，华夏易手，从此汉人的天下，归了外夷！

有了这种忧虑，他除了极其不智地将自己的决策瞒着黎玉田之外，又极其明智地从十一日开始，把关上的一应军政大事全部交给吴三桂出面处置，而他自己则隐居行府，苦思冥想，要筹思一个预为防范的化解之道。现在黎玉田突然来访，他就知道尴尬既至，闪避不开，索性把话挑明。上焉者，可请教这位多谋善断的下属，以期同心同德，共筹良策；退而求其次，也可以拉上黎玉田，一旦大局败坏，好有人替他分谤洗刷。

"失敬、失敬，惭愧得很！"把黎玉田扶好坐定之后，王永吉正色谢罪，"大政决策，未纳高见，永吉连日负疚在心。都为贵体欠安，不敢造次登门请益。联房剿贼的建议是童逵行提出的，而决策之责在我，这一层，永吉不敢推诿。没想到老兄忧国心切，抱恙而来。永吉的决策，是耶非耶，功耶罪耶，正好请老兄给做个估量，如有不妥，亦请老兄代为匡正。"

"玉田尚不知大人与建虏都约定了些什么？"

由此开始，王永吉把他和童逵行共同拟定的约兵书信，原原本本，详细叙述了一遍。"归纳此函，要点有二：一是要清兵由中协西协入塞，与我东西合兵，夹击闯贼；二是事成之后，许以裂地重酬。"

"然则建虏不如所约，趁我内虚，直捣山海，不知大人何计以对？"

"连日所虑者在此！倘若如此，永吉无以为计。"

黎玉田怫然作色："博弈小技，尚需走一观三，如此军国大事，制台何能孤注一掷而不预留退路？"

"……"王永吉无言以对。

"华夏危矣！"黎玉田忿忿而言，"昔者石敬瑭乞兵契丹，致燕云十六州沦于外夷四百五十年。今者制台步其后尘，不知我汉家国土又要遭外夷侵凌几百年了？石敬瑭千古罪人，请大人自问，后世论者，将视大人为何许人也？"

这一顿责问，王永吉无可辩诘。惶恐得汗流浃背之际，仍然怀着一丝期望："润石兄将永吉与石敬瑭相提并论，未免拟于不伦。石敬瑭是向契丹乞兵，王永吉是与建虏约兵，二者含义，不尽相同。石敬瑭是以割让国土为条件在先，然后借外夷以寇中土；王永吉是以灭贼复仇为条件在先，然后酬外夷以若干国土，此中差异，想亦不难为今人后世所察鉴。与建虏约定，要其走中协西协而不使其直入山海关，是永吉持之最力的立场。建虏如约，我便与其合作，借报君父之仇；建虏不如约，我则闭关自守，等待江南兵马来援，建虏也占不到什么便宜……"

真没想到王永吉如此糊涂，共事多年以来对他的敬重至此大打折扣，黎玉田立身而起，全然不把他的这位上司放在眼里了："虽三尺童子，亦知建虏久怀亡我之心！制台久历封疆，与建虏对峙有年，岂能连这点见识都没有？虏情汹汹，随时都在厉兵秣马，窥伺时机，吞我华夏，而制台尊王却不攘夷，于我进退两难之际，与其约兵，此不唯与虎谋皮，且亦授人以柄！玉田敢说，接到约兵书信，关内底蕴，建虏尽知，多尔衮必不尊约绕道蒙古入关！玉田还敢说，多尔衮必然以我大明朝主动约请为辞，倾举国之兵，直趋山海。到那时，大人拒则无力，迎则入彀，大局从此鱼烂崩溃，八旗铁骑，横行天下，慢说大河以北，只怕江南国土亦难残存。元蒙灭华，殷鉴不远，崖山之祸，就在眼前！而这一切，均肇端于大人的颠顶决策，千秋史简，大人岂能轻逃刀笔之诛？"

"是、是。润石兄责备的是！"王永吉心中惶恐，舌头都不利落了，"为今之计，该当如何？还要借箸为我一筹……"

黎玉田袖子一甩，恨恨地边走边说："为今之计，该当杀童逵行以谢天下！制台大人自裁以谢大行皇帝！"

王永吉浑身瘫软，靠在罗圈椅上，眼看着黎玉田拂袖而去，百般思索，无以为计。

"完了完了！"他心中默默自语：黎玉田的话，绝不是危言耸听！建虏起兵三十年，称"大清"立国也已经十年了，期间绥蒙古，收朝鲜，占辽西，征辽东，五次入塞，纵横腹地，两次陈兵京门，闹得畿甸一危几殆，其志即在争夺明朝的天下，其意自然也是与明朝结为死敌。如今却要一厢情愿地与敌国相约联兵，这可不就是与虎谋皮吗？两敌斗智，清军哪里就会按照自己的意愿，乖乖地千里绕道而走中西两协？两敌斗勇，则明兵善守，清兵善战，清兵直袭山海关，明兵尚可据关而守，阻敌于关外，可问题是，已经拒绝了闯贼的招降，等于又树一敌，这边东拒一敌，那边西来一敌，两敌交迫，山海关绝难自保。一旦清兵袭关得手，关宁两军固然难逃覆灭之灾，以闯贼的乌合之众，也绝不是清军的对手！那样一来，大糟其糕，从此再也无人能够阻止清兵铁骑横行天下了。

想了整整一个上午，反反复复地一个念头在他心中鼓荡激涌：决策失误，江山易于外夷之手，王永吉必遭千古骂名！死去元知万事空，笑骂由人，尚可不去管它，而活着的日子可怎么打发？千夫所指，万人唾骂，走到哪里都会被人指指点点、奚落嘲笑：这就是误君误国的王永吉！——这样的日子，生不如死，内而负疚于神明，外而愧对于清议，做人做到这种地步，还有什么趣味可言？

不行，决不能落到这般田地！王永吉下定了决心：三十六计走为上！

午饭刚过，吴三桂奉命来到总督行府。一进门，王永吉极其客气地奉茶奉座，温温絮絮地询问了几天来关上军兵士民的情绪，吴三桂一一作答，并且慨然表示："请制台大人放心，关上军民，同仇敌忾，但等杨坤一行回来。只要杨坤与多尔衮约定了时日，三桂保证如约杀入京城，生擒闯贼，碎尸枭首，祭奠大行皇帝的英灵！"

"好、好。"王永吉非常高兴的样子，"大计已定，军民同心，关上的事务有长白主持，我很放心。连日来反复思虑，我可以抽出身来，去办另一件大事了。"

"制台要办什么大事？"

"南下金陵，敦促史可法速速带兵北上。"

"咦？"吴三桂很感突然，"联清剿贼的大计已定，杨坤一行回来，不知有多少大事要待制台亲裁定夺？这种时候，制台怎么能离开山海关呢？"

"长白，你听我说。"王永吉显示了极好的耐心，"初十日那天议完大事，你不是也很疑惑，国难当头，史可法为何在江南迟迟按兵不动吗？你不是要我想想看，怎么能设法促他速速带兵北上才是吗？"

吴三桂想了想："不错，那天定策之后，标下确实说过这话。"

"这就是了。"王永吉很欣慰地接着话题，"我再问你，联清剿贼之后，清强我弱，倘若清兵不受约束，借机要挟，欲壑难填，到那时候，我将何以制之？"

吴三桂明白了："自然是要有武备！等到江南大军开到，以优势兵力，震慑清兵，使其不敢有所贪欲。"

"长白不愧将才之称！"王永吉脱口称赞，"我此去金陵，就是要趁清兵千里绕道的间歇，赶在他们入塞之前，敦促江南兵马速速北上，与我关宁军呈掎角之势相呼应，以震慑清兵，遏其贪欲！"

"南下促兵，何需总督千里奔波？遣一裨将去不是一样吗？或者，制台若不放心，就请巡抚黎大人代劳一趟也好。"

"不然！长白有所不知。"王永吉絮絮解释，"初十日那天经长白提醒，连日来我一直在细思此事。史可法大明荩臣，绝无置君父之难于不顾的道理，而眼看国难愈月，江南兵马却毫无动静，必是史可法遇到了绝大的难题。南京的朝政我比较熟悉，文官颟顸，武将跋扈，史可法的性情，外刚内柔，难以协调各方。为破此局，思来想去，只有我亲自走一趟最好。我怀揣大行皇帝生前的手诏，总督天下各路勤王兵马。我去之后，对不听命的文官武将，即可亮出先帝手诏，军前整肃，绳之以法，以快刀斩乱麻的手段，替史可法破此难题！长白倒从大局着眼想想看，除了我去，谁还能把江南兵马尽快召来？"

这番解释，无可挑剔，不仅措辞冠冕堂皇，而且仔细想想，敦促江南兵马北上，除了王永吉，竟无人可以替代这一角色！

然而吴三桂仍然心中惴惴："待到清兵北边入塞，这边关上事务，经纬百端。制台一去，留下三桂一介武夫，小事尚无大碍，遇有大事，如何是好？"

"长白无须忧虑！我早已筹划妥当了，小事或恐不免，长白自能处置。大计已定，剿灭闯贼之前，清我双方，各自遵约，还能有什么大事出现？况且我走之后，关上尚有黎玉田坐镇号令，军中也有童逵行筹划赞策，此二人皆当今良士，纵有意外之事，亦不难妥筹善计，化解危机。长白尽管放心就是。"

"嗯、嗯。这倒也是。"吴三桂有点儿释然了，"不过，三桂还要动问，不知制台此去，往返需要多少时日？"

"日夜兼程，不过二十天左右便可打个来回。"

吴三桂算了算，杨坤十一日出关，至今已经六天。就这一两天内，必能与多尔衮达成协议。如果按照清兵明日动身来计算，则过辽西，入蒙古，千里周转，入塞至京，大约也需要二十天的样子。"好、好！"吴三桂瞿然动容，"只要扣准时日，恰好可在三桂与清朝合兵剿贼搏杀之时，制台带江南兵马赶到京门！"

这样的算计，连王永吉也没想到，不过吴三桂一说，正好顺风扯帆："是啰、是啰。我也是如此想法。刚才说趁清兵入塞的间歇，即指此而言。"

"是！"吴三桂欣然受命了，"请制台放心前去。上有辽东巡抚黎大人，下有监军同知童逵行，在此期间，三桂必能尊上礼下，与关上军民戮力同心，处置好一应事务。但望制台速速此行，如期带江南兵马北上，二十天之后，陈兵京门！"

"得此一言，我心无忧，大事可成矣！"王永吉捋着长髯，很矜持地说。

"制台何时启行？"

王永吉看了看屋里专设的刻漏，午时已过，离申时——西洋计时午后三点，正好还差两刻钟："就是申时了！"

"啊？何必仓促如此？今晚早早歇息。明日一早出发不是更好？"

"事不宜迟，早赶一日是一日！"

"是走旱路呢？还是走水路？"

"水路慢，旱路快。离关之后，我取道德州，沿德州运河官道，直下金陵。"

"好。三桂立刻就去预备，拨出五百快骑，为制台护驾！"

"何用五百？我带二十人足矣！"

"恐怕沿路不靖，二十骑太少！"

"不少、不少！闯贼盘踞京城，沿运河一带，商贾不行，路断人稀，安全可保无虞。"

"制台出行，仪仗关乎朝廷体制……"

"此何时耶！还讲究什么仪仗体制？不要、不要。人多行缓，反而偾事！"

"也好。三桂精选机敏彪悍的战阵之士，配备二十匹上好的口外良驹，带足盘缠干粮，护送制台南下！"

"承乏、承乏！就这么说了！"

两刻钟过后，山海卫城南门洞开。二十名精兵，戎装骏马，环护着王永吉，放开缰绳，连连加鞭，顶着斜晖，一路疾风，飘然而去。

梦断秦淮

"公子醒来了？快别动，等我来扶你！"

宿醒犹存的侯方域躺在床上，叹了口气："香君，别管我，让我静一会儿。"

总算能说话了！李香君手掩胸口，虚悬一夜的心，稍觉安稳了些。

小别十日，仿佛十年。昨夜侯方域不速而至，突然回到媚香楼。李香君惊喜莫名，与侍女巧儿合力，把烂醉如泥的侯方域架弄到楼上，这边帮他褪衣褪冠，脱掉靴袜，那边还没等巧儿将洗漱的汤水端上来，侯方域便已鼾声大起，无论怎么呼唤摇晃也无济于事了。这一来惊喜变作忧虑，以往侯方域诗酒文会，痛饮过量的时候也不少，但从未像昨晚那样，大醉酩酊，不省人事。

整整一夜，目不交睫，李香君和衣守护在侯方域身边。看着心爱的人鼻息如雷，内心凄楚，百般狐疑：究竟发生了什么事呢？

自从上个月十六日接到皇帝的勤王诏书，侯方域除了几次应邀到城南柿隐园史可法的府邸去佐理军务外，剩下的时间全都陪着李香君，游雨花台，逛夫子庙，流连燕子矶，泛舟玄武湖，纵情山水，放浪形骸，该玩的地方都玩过了，剩下的时间，二人腻在媚香楼上，不是谈诗论画，就是肌肤缠绵。按照约定，二人再厮守半个月，侯方域就要离开媚香楼，随史可法北上剿杀闯贼、解救圣驾了。然而奇怪的是，半个月过去后，到了本月初三日，仍然没有史可法派人来招的消息。

"不行！我要去问问！"侯方域终于坐不住了。

惜春又怕燕来迟！李香君是非常矛盾的心情，与侯方域在一起，她心有所系，情有所属，真不能想象，没有侯方域在身边，她今后的日子如何打发？但是为了皇帝、为了国家，她又不能不抱着暂时分别一年半载，闭门守节、等待重聚的念头。因而听到侯方域这句话，她知道，分别的日子不会太久了："你要去哪里问？问谁？"

"去柿隐园，问问宪之。"

"这一去就不再回来了吗？"

侯方域一笑，知道惜别伤感，是李香君误会了："回来，准定回来！"一边说，一边把李香君揽在怀里，附耳细语："原是宪之兄与我约定好了的，再有半个月要渡江出师。如今约期已过，不见动静，我担心京师那边是不是出了什么意外，所以要去问问清楚。小神女，放心，就算明天出兵北上，我今天也要回来再陪你一夜。"

坐立不安，望穿秋水，等了整整一天，果然晚饭过后，侯方域回来了，不过脸色阴沉，郁郁不欢。

"怎么样？京师那边有消息吗？"李香君手忙脚乱，一边帮侯方域脱袍换衣，一边着急地询问。

"没有！"

等了一天，就等来这两个字，李香君知道侯方域心绪极坏，别有隐情，只好换个角度问："史大司马说没说，何时率兵北上？"

678

"没说！"

还是两个字！李香君再问："君父有难，莫非史大司马就敢抗旨不救？"

这一问果然管用，侯方域显然受到了刺激："怎么说宪之兄抗旨不救？十几天来，宪之兄为了征调各路军马，废寝忘食，心力交瘁。其奈庸人掣肘何？"

最后一句李香君不太明白："你是说，朝堂上有人与史大司马作对吗？"

"公然作对倒还不敢。固执己见，而又实无主见，以致政令军令，迟迟不能协调统一，这不等于祸国乱政吗？香君，你不懂。来，听我慢慢对你说——"

本朝制度，留都的各部院司衙，俱受"参赞机务兵部尚书"节制，史可法当此职务，因此他是当今南京朝堂的最高行政军政长官。有了这样的身份，每遇大事，本可据势裁断，号令自专，可惜史可法不是这样的人物。三月十六日那天接到勤王诏书，他当天央侯方域代为草拟了两通檄调文书，一通给驻节武昌的左良玉，一通给驻节凤阳的马士英。第二天他一早进宫，等到日上三竿，各部院堂官和督府勋臣才陆陆续续赶到清议堂。史可法首先宣读了皇帝的诏旨，没想到立时引起了朝堂一片大乱。

首先提出异议的是南京守备太监韩赞周："慢着、慢着！敢问大司马，这道诏书署期三月初六日，何以历时十一日之久，昨天才送到这里？"

"是啊、是啊。"魏国公徐弘基紧跟着质疑，"时日不对！从北京到南京，两千五百里之隔，驿递快骑，四日可达，何以超出几达两倍之多？"

"南京守备太监"手握留都地方军事大权，且有监督各部院司衙事务的责任，所以韩赞周在南京是权力仅下史可法一等的第二号人物。徐弘基则是开国名将徐达之后，世袭"魏国公"，位居南京勋臣之首，除了世袭的爵位，他还有个实职：南京中军都督府都督，并且以此实职而"提督南京军务"，所以他也是一个在军事上能够说得上话的角色。

这二人上去就把议题岔开，弄得史可法哭笑不得，但面对质疑，不能不答，只好耐心解释："二位的问题，可法尚未细思。想来是北地遭受闯贼滋扰，驿路不通，故而稽迟了时日。不过，可法以为，诏命属实，绝无异义。目前闯贼北犯，圣驾甚危，当务之急在于速速调集江南兵马北上勤王。可法草拟了两道檄调文书，请诸公议议看，有无不妥？"

话音刚落，韩赞周抗声而言："诏命来路不明，大局尚未弄清，何能草率举措而擅动天下刀兵？"

眼看又要再起争端，南京兵部左侍郎吕大器拦住话头，替史可法解围："朗朗乾坤，谁敢矫诏乱命？公公若以为诏命不实，尽可指名参奏，以正国法！"

这等于将了韩赞周一军！如果说史可法矫诏乱命，则三尺童子，亦难置信！而拿不出证据，却要说诏命来路不明，又不啻诬陷贤者，祸乱公堂！所以韩赞周双眼乱眨，哑口无言，很尴尬地噤声不语了。

徐弘基还不罢休，但再也不提诏命的真伪，只就事论事地说："无论如何，大局尚未弄清之前，不宜轻动江南军兵。一则河北诸镇，皆有精兵良将驻守，京畿也有蓟辽总督王永吉统领边镇数万精兵拱卫，闯贼不过草莽乌合之众，岂能轻易袭京得手？二则调兵首需粮饷，粮饷未备，草率调兵，由此而引起士卒不满，激成哗变，请问谁执其咎？"

这个理由，勉强说得过去。户部掌管钱粮，所以南京户部尚书高弘图拱拱手，对着史可法说："大司马，此言可采。不妨立即派人打探京师的消息，趁此期间，敝部预筹勤王军饷，两相兼顾，并行不悖。"

史可法环顾一周，南京都察院右都御史张慎言、南京詹事府詹事姜曰广、南京礼部尚书王铎和南京刑部尚书解学龙都频频点头，表示赞同高弘图的这个折中建议。

"既然众意咸同，可法遵从众意。"

于是当即与韩赞周协商，由南京戍守营派出去几路探马，渡江而北，打探消息。从三月十七日开始，日日坐困愁城，而又日日音讯杳然。越是这样，越就预示着大局不妙，每天的朝议，个个攒眉无语，有的仰屋叹息，有的负手彷徨。偶然有人问一句："事如不可知，将奈何？"没有人能回答这个问题，只能以靴尖蹴地，做叹息声，最后默默地各自散走。到了四月初一日，人人都预感到大局已经岌岌可危了，由史可法领衔，韩赞周、高弘图等南京各部院大臣联署，向江淮各镇发了一通告示。由于得不到京师的确切消息，所以这通告示闪烁其词，语意不明，但大致意思是向各地通报了当前的危局，号召各镇士民捐助军饷，以备江南兵马随时北上之用。

"初一日发了告示后，各镇有什么动静？"李香君很关切问。

"什么动静也没有！"

"告示都发出去两天了，没有动静，史大司马打算怎么办？你今天到史府，他就没和你说点什么吗？"

"说了。"侯方域一声长叹，"不过，说归说，做归做。遇到这样一班子糊涂大臣，宪之兄说了也未必有用！"

"史大司马怎么打算的，说给我听听总不要紧吧？"

"他说，这样子下去可不行，果真圣驾不测，他不好向天下臣民交代。要我用他的名义给凤庐总督马士英写了个便函，约定江淮三镇做好准备，克期北上。"

"约定的哪一天？"

"这要看马士英的回复。"

"凤阳离这里多远？"

侯方域明白李香君的意思："一来一往八百里。香君，你放心，调兵是件很麻烦的事情，说不定要反复磋商才能定夺，我总还有七八天时间用来陪你。"

"嗯、嗯。"李香君很矜持，自然也很欣慰。

不料仅仅三天，到了初六日晚上，史可法派人来媚香楼告知，要侯方域第二天早上辰时到城西门外的江岸码头聚齐，随他一道渡江北上。

得到这个意外的消息，二人喜中有忧，忧中有喜。喜的是奉诏二十天，朝议不决，现在终于尘埃落定。史可法率兵北上，必能剿灭闯贼，解圣驾于危难之中，而慨然有澄清天下之志的侯方域，也能履践凤诺，建功立业了。忧的是此一去毕竟血火拼杀，性命呼吸之际，万一不慎，生死难测，则今日生离，无异于明日死别。

春宵一刻值千金！这一夜，说不尽柔肠百转的私密话，道不完衾枕之间的缠绵情。待到鸡鸣五更，太白隐退，李香君让侯方域再沉睡一刻，自己亲自下厨，做了一席很像样子的早宴，三杯老酒，为公子饯行，然后哭得泪人似的，与侯方域惜惜吻别。临行附耳相约，多则一年，少则半载，必定再回媚香楼重续旧盟。

再也没有料到，初七日一走，不过九天工夫，昨天半夜，侯方域突然回来了，却又醉得不省人事！

究竟发生了什么事呢？李香君再次抚胸自问。好在侯方域已经醒来，不过看来烦恼甚重，不宜打扰，就按他的意思，让他独自安静一会儿。

一夜没睡，李香君毫无倦意。为了不惊动侯方域，她悄悄叮嘱巧儿不许上楼，自己亲自动手，猫儿般举动无声地把间壁的书房和客室打扫了一遍，正待擦拭走廊抄手，听得卧房里侯方域一声长叹："唉——"

李香君赶忙从客室端了茶盘，托了杯刚刚沏好的"碧螺春"进入卧房。掀帘入室，吓了一跳，侯方域侧倚着床头栏杆，满脸痛苦，双泪交流！

从未见到过侯方域这个样子，李香君手足无措："公子，你、你怎么了？"

"唉！皇上殉国了！"

当啷一声，茶盘落地，一只宣德官窑的薄胎细瓷茶杯摔得粉碎。就像天塌下来似的，李香君惊得翘舌无语，眼睛怔怔地瞪得好大。

"香君，来，我告诉你——"

四月初七日一早，侯方域辞别爱姬，坐上一辆史可法专门派来接他的骒马轿车，匆匆出了南京西北边的仪凤门，绕到宣化山畔的桃叶渡。在这里弃轿登船，随着史可法一道，渡过扬子江，来到与南京城隔江相望的浦口镇。

八千留都戍守营的军兵，陆续过江，船少人多，费了大半天工夫，好不容易才把队伍聚齐。原是和马士英约定好了的，由浦口取道滁州，直抵凤阳，与淮上三镇一道，合兵北上。没想到史可法正待下令开拔，却接到了漕运总督路振飞派快骑送来的一份塘报，文字冗长，拉拉杂杂，但把意思归纳起来却很简单：京师失守了！

"什么日子失守的？"侯方域惊问。

"不知道。"史可法把塘报递给侯方域，"你自己看吧。"

接过塘报，侯方域细细一阅，大致是三月二十九日那天，有从北路过来的商贾到了淮安地面，向民间传布了一个消息，说是流贼兵不血刃，袭取了北京；近来京畿一带，贼兵戒严，商路不通。——仅此而已！从这份塘报里，既看不出贼兵是哪一天袭取了北京，也看不出皇帝目前的下落。

史可法个子不高，但短小精悍，最能慑人心魄的是他那双眼睛，在黢黑脸色的映衬下，顾盼之际，烁烁如炬，给人以明察秋毫和极可信任之感。等到侯方域看完塘报，他已经把大局通前彻后地思虑了一遍。"朝宗兄，"他对侯方域说，"此为道路风传，算不得正式消息，不过漕督路振飞闻风而禀的塘报而已，其事在疑似之间。我的意思，不必理会，大军仍然如约北上！"

这个看法，与侯方域同中有异。侯方域认为，这份塘报虽然是路振飞得之于民间传说，但从三月十七日派出去的各路探马均有去无回这一现象来看，商贾流传，所言未必无因！很可能是闯贼军兵，遍布京畿，朝廷的驿路已经瘫痪废弛，故而二十天来，消息阻绝，不可能从官方途径得到任何信息，而北去的南京探马，不是被闯贼控制，就是陷入贼域，不得脱身，所以来自民间的消息迟迟而至，是情理中之事，不能轻易忽视！但既然如此，愈可证实，北京凶险得很，大军克期北上，速速解救圣驾，这一点总是不错的。

"是！"他说，"鄙意以为，为了稳定军心，不妨封锁这一消息，严禁讹言流传。大军兼程北上仍为当今首要之务。"

有了这个计较，史可法亲率大军，疾驱而北。走了一个时辰，刚刚离开浦口，进入与浦口比邻的相官镇地界，迎面看到前头嚣尘四起，五六匹快骑，鲜衣怒马，飞驰而至，是马士英派来的亲兵，带了一个令人亦喜亦忧的消息：闯贼窃据京师；圣驾移动，已经由海路南下；太子和二王亦从北京逸出，由重臣护送，循陆路间道南下了。

这一来大军再继续往北就没有任何意义了。史可法与侯方域匆匆做了商议，当即下令停止北上，八千军马，就地待命。随后召集随军同行的南京守备太监韩赞周和南京刑部尚书解学龙一道秘议，议定了三项措施：一是由解学龙立刻带领两千骑兵，速速赶往海州，从海州逆涛而北，寻迎圣驾；二是由侯方域代为草拟了一纸谕令，交给马士英的亲兵带回，谕令马士英多路派出快骑，侦伺太子和二王的行踪，一有实讯，立刻护送南京；三是史可法与韩赞周率剩下的六千军马，回师浦口，勒兵观望，以策应陆海两路的迎驾部伍。

在浦口屯驻三天，四处派哨马打探，陆海两路，皆无消息。期间史可法亲自动笔，将马士英初七日送来的消息写成便函，向留守在南京的詹事府詹事姜曰广、礼部尚书王铎、户部尚书高弘图、中军府都督徐弘基、都察院右都御史张慎言和兵部侍郎吕大器等人做了通报，要他们做好准备，洒扫宫廷，恭候圣驾。不料到了十一日那天，马士英派人来传他的口信：上个月的十九日凌晨，总理京城兵马的太监曹化淳和兵部尚书张缙彦献城迎降，闯贼李自成入居大内；皇帝自缢殉国；太子和二王生死不明！

这个消息，不啻晴天霹雳，震得侯方域头脑昏昏，一时顾不得军中礼仪，脱口而问："马瑶草何得而出此亡国危言？"

以布衣而参赞军务，当着马士英使者的面儿，在史可法和韩赞周眼皮子底下而抢先说话，这是非常失礼的。韩赞周脸色很不好看了，所以史可法立刻把话题接了过去："这个消息可靠吗？从哪里得到的？"

马士英派来送信儿的使者是个年轻裨将，在威仪万方的史可法面前说话有点儿紧张："不……不知道可靠不可靠，是……是得之道路风传。"

韩赞周一听，大为不满："风传之语，为何贸然入禀？这不是扰乱军心吗？马瑶草真不像话！"

马士英的来使敬畏史可法，却没把韩赞周放在眼里，一句话顶了回去："卑职仅是奉命前来传禀马制台的口信而已，他非所知！"

既然如此，也就只能姑妄听之了。等到给来使开了赏钱，打发走了之后，史可法严密叮嘱侍立在帐中的材官和随从，此事不得传入军中，以防讹言扰乱人心。

又如坐针毡般地等了三天，到了十五日午时，从军中的伙夫那里得知，浦口镇的老百姓当日午前递相哄传，说有个在崇祯初年大红大紫的金陵名妓，叫杨宛，本月初七日从北京逃了出来，沿着运河，清风快船，一路南下，费了八天八夜，今晨路过浦口，带来了北京的消息。史可法一听，立刻招来那个伙夫，摈开帐中侍从，仅留下韩赞周和侯方域，亲自询问杨宛带来的消息。伙夫尽己所知，一五一十，把民间盛传杨宛的话叙述了一遍，不仅与十一日马士英派来使所传的口信大致一样，而且具体而微，连陈圆圆和顾寿如何被田弘遇从苏州掠入田府，三月十九日国变当天，贼将刘宗敏入住田府，陈圆圆归于刘宗敏，以及陈圆圆不甘于与贼酋结为俦侣，而与顾寿和另外两个男优相约潜逃，本月初七日刘宗敏封锁西城，大事搜捕等细枝末节也说得有鼻子有眼。

侯方域之于杨宛，虽未谋面，却有耳闻。从李香君那里，他知道杨宛曾是秦淮名妓，从冒辟疆那里，他又知道杨宛与陈圆圆和顾寿一道，在崇祯十五年春被皇戚田弘遇掠走。而李香君亦曾与陈圆圆有一面之交，得知了陈圆圆被掠的消息，李香君备感关切，多次提到过这个话题，而侯方域囿于所闻，无从作答。如今有了陈圆圆的消息，自然兴味大起："然则刘宗敏搜索陈圆圆，结果如何？搜到了吗？"他问。

伙夫摇摇头："搜到了没有，就不知道了。民间盛传，杨宛就是在本月初七日早上，刘宗敏封锁北京西城之前逃了出来的。所以从那以后，北京发生的事情，一概不知。"

看来关于陈圆圆的下落，只能问到这里了。"杨宛现在哪里？"侯方域又问。

伙夫又摇摇头："不知道。都说她今晨路过浦口，上岸买了些零食杂用，有认识她的书生公子哥儿，问起了她的来路，她才随口说了这些。说完之后又上船，大概这一刻已经渡过江面，快到南京城了。"

这就无可再问了。打发走了伙夫，侯方域先把杨宛的身份做了介绍，然后建议："民间传说，难免夸大其词。可否派人潜回南京，找到杨宛，带来军中，当面问问她京中的消息？"

杨宛是从北京逃出来的，其见其闻自然比道路之间的口耳风传可靠得多。所以史可法和韩赞周略略一议，都认为按照侯方域的建议去做，惠而不费，而且杨宛曾是名妓，打探她的行踪也不是什么难事，不过一两日之内就会有确切结果。于是当即喊来两个极其机敏的亲兵，史可法亲自交代，用军中往复交通的快船，速速回南京去寻找杨宛。

第二天，也就是昨天的午前就有了回话，不过令人非常沮丧：杨宛头一天从浦口过江，弃船登岸，并未进入南京城里，而是在南京城南边聚宝门外的梅山下找了一处民宅租住下来。当晚有几个路过的盗贼闯入这座民宅，钱财勒索之后，看到杨宛所带的"女儿"，娉娉婷婷十三余，晶面黛眉，颇有姿色，于是起了淫心，刀刃交加地逼着这个少女脱褪去衣裤，欲行奸辱。杨宛开始百般哀求，继而拼死护持，推推搡搡之际，惹恼了盗贼，一刀下去，杀死杨宛，待到轮奸了少女之后，为了灭口，又把气息奄奄的少女杀死，裹卷财物，趁夜溜之乎也。出了这样一桩命案，第二天一早，满城皆知，应天府下辖的江宁县正在四处张贴海捕文告，缉拿凶犯。所以史可法昨天派出去的两个亲兵，毫不费事，就把这个结果打探得一清二楚，立刻渡江过来禀报。

"可惜、可惜！"侯方域顿足叹息，"一生艳名，不料却死于盗贼之手！"

史可法和韩赞周却没有这份哀挽红颜的念头，杨宛一死，民间的传言即无法得到证实，所以他们只担心，流言籍籍，人心恐慌，将会造成不可收拾的后果。正在筹思怎么样能遏制民间的传言，午饭过后，马士英派二十个精壮士卒，由一名参将带领，骡马轿车地送来了一位大佬，此人名叫魏炤乘。

魏炤乘是河南彰德府滑县人，年逾六十，须眉皆白。早在二十八年前的万历四十四年便已中了进士，天启年间授为吏科给事中。崇祯十一年擢为兵部左侍郎，次年进兵部尚书，加宫衔"太子少傅"，拜为"东阁大学士"，入值内阁。入阁以后，政事一无建白，尸位其职，是名副其实的"伴食宰相"，因而此后四年，屡遭言官抨击。去年——崇祯十六年冬，自觉这个阁臣当得没有滋味，心不自安，托病去职，留下来的空缺，替而代之的就是张缙彦。因此他和张缙彦一样，都曾经是北京朝堂举足轻重的人物。

魏炤乘去职之后，一直滞留在京城，打算着用一年多的时间，把二十多年的宦囊积蓄，掩人耳目，分批送回家乡，然后悄然辞京，回到滑县老家求田问舍，舒舒服服地再过他一二十年乡绅豪缙的日子。没想到美梦未成，三月十九日赶上了天崩地坼的大变故。三月二十一日，他与四千多明朝旧臣一道，在午门外排队投名，归降新朝，也想谋个一官半职。但三月二十三日新朝授职，摈而不用，当晚被大顺士兵押解到刘宗敏所住的田府。三月二十四日一早，看看不是路数，他很机警地主动报效了十万银子，躲过一场皮肉之苦。此后藏匿在家里，闭门不出，暗中打探外面的动静。三月二十八日那天，大顺朝的工政府侍郎李正生拜托族侄李过向民间征集骡马大车，闹得东城一带，鸡飞狗跳。趁着这番混乱，魏炤乘带上两个仆从，化装成民人，混出朝阳门，绕了好大一个弯子，取道廊坊、固安和保定，走彰德，过开封，一路上到处都是大顺士兵，所以不敢停留，躲躲藏藏，周转南行，四月十三日渡过淮河，遇到驻守在那里的黄得功属下的兵卒，自报家门，亮出身份，黄得功当即派人护送，到了凤阳，去见马士英，面告国变详情。魏炤乘的亲见亲闻，自然是整整一个月以来最可靠的情报，所以马士英不敢怠慢，立刻派人护送魏炤乘到浦口谒见史可法。

听完魏炤乘费了整整一个多时辰的和泪陈述，京中变局，历历如绘。史可法颓然下令，六千军卒，退归南京。临行前史可法率领着魏炤乘、韩赞周和侯方域，向北而跪，伏地号啕。史可法嗓子都哭哑了，犹自不停地以头顿地，磕得满面血污，嘴里只喃喃反复一句话："皇上，臣史可法救驾迟误，万死莫赎！"

当晚颓唐回到南京城里，辞别史可法，离开军营，侯方域失魂落魄，信步蹀躞，走到玄武湖西侧一家僻静的酒馆，借着掌柜的纸笔，写了几个飞帖，央掌柜派人代劳，邀来几个文酒好友，说一阵，哭一阵，喝一阵，直到三更鼓响，个个都喝得舌头僵直。掌柜的喊来几班专门夜间揽客的轿夫，按照住址，把客人打发回家。侯方域被抬到媚香楼下，已经是午夜过后两刻钟的时光了。

"公子，这是不是就等于……大明朝亡了？"李香君泪眼婆娑地问。

侯方域点点头，旋即又摇摇头，仍然一声长叹。

"怎么不说话？是我不该问吗？"

"香君，你问这话，很难回答。汉家历史上，以身殉国的皇帝极少，而君主一死，国家即亡的，只有三个：一个是后梁的末帝朱友贞，一个是后唐的末帝李从珂，再一个是南宋的末帝赵昺。不过，这几个君主，都不能和我朝现在的大行皇帝相比。"

"为什么呢？"李香君平日最爱听侯方域和她谈论历史掌故。

"后梁自太祖朱温立国，仅历经二帝，到朱友贞横剑自刎的时候，不过才十六年时光，国运短促得很，接着是后唐。后唐灭后梁，庄宗李存勖立国，历经三帝，李从珂自焚殉国，国运十三年，比后梁还短。把这两朝加起来，总共也还不到三十年，不值一提。南宋九帝，国祚一百五十二年，不过末帝赵昺即位时才七岁，还是个小孩子，第二年就死了，是元蒙的大军四面包围时，被大臣陆秀夫捆在背上，从崖山之上，投海而死的，说起来不能算是自主殉国……"

"哦、哦。"李香君听懂了，"后梁后唐，国运不长；南宋末帝，小儿心肠。"

侯方域暗暗赞叹，没想到李香君如此聪慧，把这段复杂的历史，仅用十六个字的"民谣"就概括得既准确形象，又生动易记！

其实李香君是灵机一动，故意要排解侯方域的愁绪："我们大明朝从太祖开国立业，历经十六个皇帝，国运二百七十六年。大行皇帝青春三十四，享国十七年。危难之际，不忍心祖宗的大业落入流贼之手，毅然自裁，以谢天下，这才是真正的壮烈殉国！"

"不全如此！除了你说的，还有——"

"还有什么？"

"后梁朱友贞、后唐李从珂、南宋赵昺，他们都是在敌兵围困近身，生死决于须臾的关头，走投无路，才无奈殉国的。大行皇帝则不是！流贼犯阙，北方糜烂，南方尚有祖宗留下的半壁江山，而大行皇帝为了太庙社稷，为了十二陵寝，本能脱身，却不脱身，甘愿以一死而为天下后世者戒。这样的君主，千古一人而已！"

"啊、啊。大行皇帝真正节烈之君！"李香君肃然起敬，但同时也不免潸然泪下。

唏嘘了一会儿，擦擦眼泪，定定心神，却感到自己的疑惑并未解除："公子，照这么说，是不是就能断定，大明朝已经灭亡了呢？"

"不一定！这要看皇太子和定、永二王的下落。从现在开始，这三个殿下的生死，关乎大明朝国脉的存废！"

"那么，魏阁老从北京过来，有没有三个殿下的消息？"李香君说的"魏阁老"就是从京城里逃出来的魏焌乘。

"有，但消息不妙。定王和永王被国丈周奎献给了闯贼，说是控制在贼将刘宗敏手中。皇太子潜匿在民间，下落不明。不过并未逃出北京，也可以理解为控制在闯贼手中。"

"这我就不懂了。"李香君很忧虑地说，"皇上殉国，皇太子和二王都在闯贼手里，他们那些南京留都的朝堂官员和我们这些江南子民怎么办？从此就没有自己的国家和君父了吗？"

"香君，你这话问到点子上了。下一步，难就难在这里！只要大行皇帝有嫡亲的血胤还在这个人世上，任何人都不能拥立旁支亲藩为皇帝。那样做，违背祖制，史无前例，谁要是胆敢起了那样的念头，谁就是乱臣贼子，人人得而诛之！"

"要是三个殿下永远被闯贼控制怎么办？"

"不好办！"侯方域幽幽一叹，"山河破碎风飘絮，身世浮沉雨打萍。香君，只怕从今往后，秦淮梦断，你我都要过乱世漂泊的日子了。"

39

大明崇祯十七年四月十八日

关上绸缪

王永吉一走，吴三桂心里空落落地，就像少儿失怙、今后没有了依靠那样的感觉。他首先把这个消息告诉了童逵行。

童逵行先是一愣，两道鼠须般的疏眉凝聚到一起，默默沉思了半天，继而白皙的脸色泛起了红光，对着吴三桂兜头一揖："恭喜镇帅，从此成大名矣！"

吴三桂不敢受贺，也更不知道自己怎么会成大名，所以满脸苦笑："达德诙谑了，这种时候，还有心思开玩笑！总督一走，关上百事无主，我心里烦乱得很……"

"镇帅不必烦恼。这种时候，逵行也无心与镇帅开玩笑。"童逵行不慌不忙地释疑解惑，"总督此时不该离开关上。大约再有四五天，杨副镇必能带来与清朝约兵剿贼的具体消息。大战在即，而总督撒手，一场灭贼复明的大功德将由镇帅一人独得，岂不是可喜可贺之事？"

"怎么说总督撒手？总督南下是敦促史可法率兵北上，不过十几天还要回来的！"

"那是遁词！总督此去不会再回来了……"

"啊！达德，你怎么知道？"

"总督的心事，卑职敢说看得最为透彻。镇帅还记得本月初一日在玉田商议回兵山海关的事吗？"

吴三桂想了想："记得。但不知那次军中商议与这次总督南下有什么关系？"

"镇帅再想想看，总督那一天为何欣然接受了卑职速回关上、为大行皇帝缟素发丧的建议？"

　　吴三桂依言再想，王永吉确实欣然采纳了童逵行的建议，但好像仅此而已，当时并未明确表示态度，而是转问自己听懂了童逵行的意思没有。不过，由此追索，童逵行当时说的话却记得一清二楚："达德说的是：眼下正可趁闯贼举措失误之机，速速回师关上，布告四方，为大行皇帝缟素发丧，以哀兵誓师，激励士气，鼓舞人心，拒贼寇之招降，伸大义于天下，使中外臣民悉知，有我关宁一旅在，则大明不灭，光复可期！诚如此，日后始能号召天下，共图灭贼。"

　　"不错，只字不差！卑职这番话的意思，是规劝总督以怀揣大行皇帝手诏的身份，号令天下，灭贼复国，成一代中兴名相。"

　　这一说破，吴三桂明白了，原来王永吉是想以托孤大臣自居，扶立幼主，志在天下！可是，既然如此，"如今局势的发展，如火如荼，总督为何一改初衷，放着中兴名相不当，却要弃关南下，照你说来，又不打算回来了呢？"

　　"问得好！镇帅，恕卑职不恭，这就见得总督大人目光短浅，心有戚忧。他是怕清兵骄横难制，入关之后，既占中原，又侵江南，北宋靖康之祸，复见于今日。为避祸国之责，他才在此乾坤旋转之际，擅离汛地，假促兵北上之名，行规避观望之实。"

　　"啊？这……这可如何是好？"

　　"这又如何不好？请问镇帅：约兵剿贼的大计有错吗？"

　　"反复商定了的，何能有错？"

　　"灭贼之后，迎还太子，再续大明正统，是不是可昭史册的一大功劳？"

　　"那倒是。"

　　"好了。总督畏祸弃功，目前的关上，镇帅一人而已。中兴名将，其谁当之？"

　　这一说，吴三桂心潮激荡翻滚，原来王永吉一走，倒给自己留下了一个唾手可成大功的机会！人事变幻，玄奥莫测，以往慑于王永吉的威严，自己一名边镇守将，碌碌人下，勉供驱遣，凡事不过上宪定策，自己俯首听命罢了。真没想到，今生还有这样一步露脸的运气在这儿等着自己，吴三桂的名字要在史册上和中兴唐朝的名将郭子仪、李光弼相互辉映，吴氏门楣，大放异彩，上而光宗耀祖，下而惠及子孙，世世代代，麻隆不替，这可真是一场风光十足的大功德！

中兴名将的大帽子使吴三桂浮想联翩，兴奋了好大一阵子。然而兴奋过后，仍有疑虑："达德，你据何而断，总督此一去必不回关？"

"大行皇帝三月初六日手诏王永吉总督天下勤王兵马的同时，也给南京史可法下了勤王诏。时至今日，已逾四十多天之久，江南兵马，音讯渺然。镇帅倒想想看，此事岂有此理？"

江南的情况，吴三桂无从想象，但自己的经历，却至今仍记忆犹新：三月初九日那天为了军中有人叛逃之事而到永平的总督衙门，正好赶上御前宦官谢文举匆匆忙忙赍着大行皇帝的手诏也到了永平。奉诏之后，当日出关，两天两夜奔往关外宁远。由于大行皇帝手诏有"妥为安置辽民"的旨令，所以在宁远，王永吉心力交瘁地忙了三天，十四日那天分兵离开宁远，十六日入关。而自己则奉了王永吉的谕令，率军殿后，护送辽民迁徙，十五日离开宁远，十九日入关。从永平到宁远四百里，从宁远返回山海关二百二十里，两下相加六百二十里。按照王永吉的行程，从初九日奉诏，到十六日入关，总共不过用了七天时间，如果把这期间用于动员辽民迁徙的十一日到十三日这三天除掉，则往返六百二十里，仅仅用去了三天时间，平均日行差不多二百一十里。以此例彼，则北京距南京两千五百里。按照正常的驿传速度，大行皇帝的诏书三月初六日发出，三月初十日即可到达南京。比照王永吉的行程，史可法率军勤王，只消十三天，也就是三月二十三日就该到达京门了。可是时至今日，时间上超出了一倍，而史可法仍无动静，细思起来，确实毫无道理！

"昨天总督说，南京的朝政很乱，文官颟顸，武将跋扈，史可法一定是遇到了极大的麻烦。所以总督要亲自去南京，亮出大行皇帝的手诏，整肃军纪，替史可法破此难题。"

"这就是大言欺人了！"童逵行哈哈大笑，"史可法手中也有皇命，何需王永吉再亮手诏？史可法以留都大司马的身份尚且调动不了江南的骄兵悍将，王永吉去了，何能有济于事？镇帅，卑职敢担保，你刚才说的，都是总督为逃避国事的借托之词。总督此去，是遁身而不是促兵！"

这样的说法，吴三桂觉得不无道理："是啰、是啰。真没想到，关键时刻，总督如此糊涂！"

"正是此话！"童逵行进一步解释，"总督平时精明过人，而联清剿贼的大计决定之后反而犯了糊涂，是因为他对关外建虏的志向尚不了解的缘故。清朝建国，志在恢复祖上女真的风光，奄有河北，占据中原。以其荒蛮之族，若说有并吞天下的野心，道路妇孺，亦不置信！以华夏之大，人物之众，他能并吞得了吗？卑职以为，灭贼之后，酬之以河北之地，足餍所欲！到那时，镇帅拥太子而南下，立国南京，再造大明，驱邪扶正，振刷朝纲，与清朝划河而治，保大明半壁江山不失，上以报先帝厚遇之恩，下以孚江南士民之望，谁敢说镇帅不是中兴大明的赫赫名将？"

"嗯、嗯。"吴三桂有点儿踌躇满志了，"再造大明，说得好、说得好！再造大明，舍我其谁？"

"得此一诺，重若千斤！请镇帅放心，约兵剿贼的计划周延无缝，日后事态，必定照着这个计划发展演变。卑职也会尽心尽力，辅佐镇帅成此再造大明的不世之功！"

"不行！"吴三桂又有点儿犹豫了，"关上还有巡抚。黎大人最反对与清朝联手共事。"

一提黎玉田，童逵行先就存了三分怯意。论德论才，其人都在王永吉之上，是童逵行极为佩服的上司，尤其是他那份缓驰有致而又雄辩滔滔的口才，能把任何繁复如麻的事理，辨析得条理分明、丝丝不乱。但是，当此国难之际，在"联清"和"联闯"的选择上，童逵行却非常不以黎玉田的主张而为然。初十日那天关上定策，很巧合地，黎玉田病体不支而中途退场，在童逵行提出"联清剿贼"的建议时，他并不知道黎玉田先于他而刚刚提出了"联贼抗虏"的意见。事后知道了此事，童逵行暗道侥幸，如果黎玉田当时在场，则以其身份和辩才，王永吉绝难采纳自己的正确主张！此外童逵行也很迷惑，素来明敏练达且见识不凡的黎玉田，为什么偏偏在非杨即墨的大是大非问题上如此糊涂？君父之仇不共戴，这是连垂髫稚子都懂得的道理，而闯贼逼死君父，却不思擒而复仇，反倒要与其联手共事，这不是取辱天下、贻羞后世的齐东野语吗？

然而刚刚把吴三桂的情绪调动起来，倘若吴三桂对黎玉田心存忌惮而事事受制，则复国大业，功败垂成，这是无论如何也不能出现的局面！"镇帅，论身份，你是钦封的'平西伯'！朝廷名器至重，虽中丞亦不得逾制！"

这个说法，有点儿勉强，颇有以虚器而压制实名的意味。吴三桂摇摇头，是不赞成童逵行说法的表示。

"还有，总督临走时，明确把关上事务托付给了镇帅。这层意思，想来中丞还不曾知道。卑职的意思，不妨立刻亲诣巡抚行署，当面向中丞转达总督的谕令，庶使镇帅日后令出有名。以中丞为人的谦冲温和，也就不会再固执己见而事事掣肘了。"

这倒是个万难措手之际，而不伤面子互相都能接受的一种做法。"走，说去就去！"吴三桂一边整理衣饰，一边抱着试试看的态度说，"把话说清楚了比较好。如果中丞仍持前议，我听他的。反正不任其事，不负其责！"

再也没有想到，二人联袂，匆匆打马来到巡抚的临时行署，大门虚掩，空无一人，只有一个守院的老丈，坐在院内的照壁后面打盹。唤醒一问，才知道黎玉田昨天晚上就遣散了护兵杂役，今天一大早，把巡抚的二品官服和官帽整整齐齐地放在签押房的案头上，布衣布履，葛巾束发，什么话也没留下，一人一骑，出了卫城西门，飘然而去。

黎玉田挂冠而去，吴三桂惋惜不已。然而这种心情一闪即逝，随即便在童逴行的鼓动下，摩拳擦掌，雄心大起：总督遁祸南下，巡抚不辞而别，山海关上，再也没有人能与自己相颉颃，复国大任，捐于一身，从此要干出一番轰轰烈烈的英雄事业了！

返回军帐的途中，路过卫城南门外的演武场，七千从民间挑选出来的青壮百姓，正在参将佟祉年和关门副总兵冷允登的带领下演习阵形和格斗。吴三桂和童逴行遥遥驻马观望，七千民兵似乎也看到了声震辽东的吴大帅，所以演习起来，格外卖力。冷允登站在演武场的观台上，两手一黑一白，各执一面令旗，随着令旗的挥动，七千民兵，分为两拨，在佟祉年的示范下，各自以对方的一拨为假想敌，这一拨围合聚拢，呈包抄敌兵之状；另一拨左右冲荡，看得出是想摆脱对方的包围。就这反复围合与冲荡的同时，喊杀之声，震动山野，看得吴三桂喜笑颜开。这些衣服褴褛的老百姓自然还不能应对真刀实枪的战阵搏杀，但民心可嘉，临敌之际，呐喊助威，不仅足壮三军的士气，还能显示军民一德、同仇敌忾的决心！

满面春风地回到军帐，刚刚坐定，亲兵侍卫进来报告："镇帅，郭参将回来了，还带了一个清朝的文官。"

"人呢？快把他们带进来见我！"

帐外一片马蹄声由远而近，待到马蹄声止，郭云龙首先跨进帐内。分别七日，此时重见，情绪上显得格外激动，单膝跪地，双拳合抱："郭云龙参见吴帅！"起身后又对着童逴行拱了拱手，表示见礼。

"怎么就你自己回来了？杨坤呢？"

"回镇帅，杨副镇被多尔衮扣为人质，此时尚在清营。"

"啊？岂有此理！两国交涉，为什么要扣押我的使者？"

由此开始，郭云龙把十一日出关，十三日在锦州得知清军西去，十四日改道阜新，十五日清晨在翁后追上清军，以及多尔衮看了吴三桂的约兵书信后猜忌甚深，差一点儿把此行的二十人全部杀掉，后经范文程的斡旋，始决定扣留杨坤等十几人，而派拜然随自己回关面见吴三桂等等情节简要叙述了一遍。"镇帅，"郭云龙跨前一步，悄悄对吴三桂说，"多尔衮雄霸机诈，不是好打交道的人。请镇帅多加小心。"

外面还有"客人"，此时不便细谈。吴三桂理解了郭云龙的意思，吩咐把"客人"带进来。

拜然跨进帐来，满脸温和，屈了屈右腿，同时右臂前垂，打了个千手礼："大清国内国史院通事拜然，给吴帅请安！"

"是贵国摄政王派你来的吗？"

"是！"

"贵国既然派你来与我国修好，为什么要扣留我的使者做人质？"

"吴帅差矣！贵国有难，向我国求助，摄政睿亲王豁然大度，愿意捐弃前嫌，施以援手。但不知吴帅诚意如何，故而派拜然前来探问。修好不修好，那是另外一个话题。吴帅如有诚意，就请开关迎降，我国自然会出兵燕京，替吴帅剿灭流贼，为贵国的大行皇帝报仇雪恨。至于扣留贵使为人质，是因为事在蒙昧之间，两国交涉，理当如此！"

"什么、什么？"吴三桂怕是听错了，"你是说要我开关迎降？"

"不错！"拜然从容不迫地打开腰囊，取出来一只高丽纸封套，故意往上扬了扬，"我大清铁骑十四万，已经从翁后改道锦州，正在来山海关的路上，只怕这一刻已经到达了宁远。这是我国摄政睿亲王给吴帅的函件，请过目！"

啊？多尔衮居然不如所约而走蒙古入关！果真这一刻已达宁远，那不是两日之内就要开到关下了吗？吴三桂心中惊骇不已，一边茫然地思索着即将发生的巨变，一边不由自主地接过侍卫亲兵转递过来的多尔衮书信。这封书信就是洪承畴十五日那天连夜起草、清军十六日走到西拉塔拉时，多尔衮亲自改动后，特遣快骑，星夜奔驰，到了塔山附近追上拜然而带来的"复函"。

慒慒懂懂地撕开封套，抽出信纸，上无抬头，下无落款，不过从语气上却看得出来确实是多尔衮的：

向欲与明修好，屡行致书，若今日则不复出此，唯有底定国家，与民休息而已。予闻流贼攻陷京师，明主惨亡，不胜发指。用是率仁义之师，沉舟破釜，誓不返旌，期灭此贼，出民水火。及伯遣使致书，深为喜悦，遂统兵前进。夫伯思报主恩，不共流贼戴天，真忠义之臣也。伯虽向与我为敌，今勿因前故怀疑。今伯若率众来归，必封以故土，晋为藩王，一则国仇可报，一则家身可保，世世子孙，长享富贵，如山河之永也。

没有晦涩难懂的典故，全是大白话，吴三桂一看就懂，心里暗暗叫苦。把刚才拜然的话与多尔衮的这通书信的内容合起来看，分明只表达了两个意思：一是清军此次出兵，根本就没打算再回去；二是劝吴三桂就此投降！

"哪有这样的道理！"吴三桂气急败坏地说，"我在给贵国摄政王的信函里，明明说的是两家约好，你走中协西协，我从山海关发兵，东西夹击，直捣北京。贵国为何不守约定，却要中途改道，直奔山海关而来？"

拜然笑了笑："请问吴帅，贵国求助于我国，是为了什么？"

"自然是为了两国联兵，共同灭贼！"

"既然如此，吴帅久历戎行，难道连兵贵神速的道理都不懂吗？倘若我国绕道入塞，闯贼趁机席卷燕京的女子财帛而去，那还谈什么共同灭贼？仅得一座燕京空城，嘿嘿，这个面子，吴帅丢得起，我们大清国可丢不起！"

吴三桂张口结舌，无词以对！

"还有！"拜然说话仍然不紧不慢，"拜然临来时，摄政王另有口信儿要捎给吴帅。"

"什么口信儿，你说吧。"

"就算闯贼一时不逃，燕京城坚池阔，攻取甚难。为了避免我军无谓的伤亡，要请吴帅即刻派人马前往燕京，诱敌出城。我兵善野战，把贼兵引出野外，在京东一带，聚而歼之，可保李自成在劫难逃！"

"嗯、嗯。这个还好商量。"吴三桂已经六神无主了，不知道接着该说什么才好。

"镇帅，一切都待细细商量。"童逴行插了进来，"清国使节，连日奔波，想必身心都疲惫得很。可否先请至别帐安顿下来，待这边商定之后，再做回复？"

这算是找了个台阶，吴三桂意有所会，正好趁阶下台："不错，也到午时了。就请贵使在军中用餐，餐后安心歇息。等我拿定主意后再当面请教，如何？"

"是，谢谢吴帅！不过要请速速定夺，不可误了剿贼大事！"

"不会不会，最迟明日，必有结果！"

于是交代亲兵，以国礼厚犒拜然。把郭云龙留在帐中，与童达行一道，密作商议。

反复商议的结果，无论如何，不能让清军直入山海关。然而清军就在来关的路上，如果率直拒绝，等于得罪了多尔衮。本欲结成伙伴，却又翻作仇敌，西边闯贼尚未剿灭，东边先要与建虏一场厮杀，这样的局面，如何应对？

百思无计，而偏偏祸不单行：就在刚刚吃完午饭，三个人继续商讨对策的时候，一拨探马来报，李自成亲率二十万精兵，昨天午后开到了永平附近的沙河驿！

"那六个民意代表呢？"吴三桂心急火燎地问。

"回镇帅的话，六名乡绅被闯贼留在贼营，没有消息。"探马回答。

"闯贼大军有向这边开来的迹象吗？"

"目前还看不出来。成片成片的大营，都集结在永平西边一带。"

坏了坏了，真正糟不可言！探马走后，吴三桂连连跺脚，最不想见到的局面终于出现了！国变以来，愁思苦想，千防万防，都要防止两面受敌的窘境，本以为联清剿贼是防止出现这一窘局的妙招，不料适得其反，一封约兵书信，反而招来了清兵，加剧了局势的恶化！如今东不能拒虏，西不能灭贼，而两敌交迫，都在向山海关这边压来，说不定就这几天之内，灭顶之灾，从天而降，说什么中兴名将，说什么再造大明，自身性命，尚且不保，这、这可如何是好？

解铃还须系铃人！既然童达行提出了联清剿贼的主张，如今大局衍化至此，就要看看他有什么化解之道。"达德，你说吧！"吴三桂两手一摊，表示了些许不满，也表示了无可奈何的求助之意。

童达行的两道鼠眉一直聚拢不散，大局骤变，也是他万万没有想到的。不过，反复权衡了种种情况之后，灵光一闪，信心复生："镇帅不必烦恼，事态并未到万难措手的地步。以卑职之见，不妨将错就错，答应多尔衮，同意清兵入关……"

"什么？你是说，让清兵进入山海关？"

"是。不过先得有个条件作为约束。"

"什么条件？"

"入关之前，必须盟誓！"

"啊、啊！"吴三桂听懂了童遂行的意思。满洲人荒蛮失教，每有大事，不重文书契约，也没有汉人签字画押以留作日后凭据的传统做法，但有样好处：敬天畏地！无论民间百姓还是部落首领，双方约定好的事，为防对方反悔，都要在口头谈妥之后，杀白马祭天，杀乌牛祭地，涉事双方，对着天地盟誓，盟誓之后，必须遵守誓约，否则天地殛之，被认为是最可怕的报应。久而久之，习成惯例，满洲人把盟誓视为像汉人的契约一样具有法律效力的隆重仪式。吴三桂久居边关，最知道满洲人盟誓的约束效用，所以提起这个话题，突觉眼前一亮，就像孤舟泛海，茫茫黑夜中看到一缕灯光一样："好！等到清兵到了关下，关上要事先做好防备，我去出见多尔衮，当面和他谈条件。同意我的条件，就必须对着天地盟誓；不同意我的条件，我宁愿死在他的军营，也不能让他踏进山海关一步！"

吴三桂有这样的态度，童遂行认为这是挽救大局的第一步，接着第二步："既然如此，要请镇帅择日誓师，速速增援永平！"

"增援永平？"

"是！清兵入关之前，必须把闯贼阻挡在永平以西，不能使他靠近关门。如果与多尔衮谈判不成，我兵尚有二百里的回旋余地。到那时，要么从北山绕道迂回，从蓟镇、顺义等处，趁贼后空虚无备，偷袭京城，号召臣民，据城自保；要么伺机取道德州，南下休整，以与史可法合兵，再图北进。总之不能夹于两敌之间，束手待毙。"

"唔、唔，话是对的，不过有点儿弄险！"

吴三桂刚说完，郭云龙看看童遂行，表示有话要说。童遂行默知其意，肃手做了个"请"的姿势，郭云龙这才对着吴三桂说："镇帅，永平不可丢。"

这句话说得吴三桂一头雾水，但童遂行却是深为心许的样子。郭云龙徐徐解释："初十日那天，卑职提出给贼缓师之计。刚才探马来报，六位乡绅均被闯贼留于军中，而闯贼目前滞留于永平一带，并无急于进犯山海关的迹象。由此可知，缓贼之师的目的已经达到了。眼下的局面是，清兵在宁远，闯贼在永平，两下距山海关都是两天的路程。卑职不敢担保永平那边还能拖延闯贼多少时日，为了防止两敌同时并进，置我于无所措手之地，卑职以为，抢在闯贼之前，速速催促清兵之来，以便镇帅早日与多尔衮谈判，是为今日至重至要之务。"

"不错！"童逵行进一步解释，"眼下之局，不患清兵之来，唯患清兵之不速来。倘若清兵迟迟其来，而被闯贼抢在了前头，大局就真的不可再问了。"

这就说得非常明白了，如果闯贼先于清兵而来，则以关上的五万人马，万难抵住闯贼二十万精兵的攻袭。一旦闯贼占据山海关，关宁两军只能弃关而走，到那时候，再与清兵联手，雄关万堞，要想失而复得，真比登天还难！照此来看，初十日那天给多尔衮拟写约兵书信的时候，没有估计到李自成会这么快就打过来是个重大失误！而多尔衮违背约定，不走中协西协，反而掉头直奔山海关，却又是歪打正着，走了一步妙棋！

这些道理都弄明白了——"可是，这与永平的弃留有什么关系呢？"

郭云龙觉得这一层必须向吴三桂解释清楚："镇帅，山海关内地形狭窄，容不下几十万兵马，也不利于骑兵突驰……"

"啊、啊！"吴三桂明白了，李自成号称带了二十万精兵；清军此来估计人马不下十几万，与关宁军合兵，总数也差不多是二十万。敌、我双方四十万兵马的鏖战，如果没有广阔的战场，首先清军的骑兵就施展不开。山海关内的地形，北临燕山余脉的北山，南濒大海，是个东西狭长的喇叭形状，不利于大兵团作战。而永平以西地面，形势开阔，平畴旷野，正好可以发挥清军万马奔腾的优势。所以等到清军入关，两家合兵，把闯贼消灭于永平一带是个最佳的战略选择。

"好险、好险！"吴三桂拍拍脑壳儿，"差点儿让闯贼讨了便宜——来人！"

侍卫亲兵应声而至。

"你快去关上传令，这两天加紧操练。除了关上守兵，剩下的，随时准备随我开往永平！"

"是！"侍卫亲兵领命而去。

"达德，就劳你即刻动笔，给多尔衮拟一通复函，写明两个意思：一是闯贼已经到达永平；二是让清军直入山海关。"

这是童逵行不能推辞的义务，不过还未动笔，先有疑问："镇帅，多尔衮的来书中劝降一节怎么说？"

"这还用问吗？"吴三桂极其干脆地说，"不予理睬！"

不予理睬只是一个间接的态度，童逵行不以为然："不能让多尔衮误以为镇帅默认了他的招降。果然存了这样的误会，镇帅就失去了与他对等谈判的身份。"

"那就直接告诉他，吴三桂决不投降！"

"率直拒绝，似乎也不妥。"童逵行重新拿起拜然带来的书信，认真再看一遍，略略思索，有了主意，"唔、唔，多尔衮人很机灵，也很狡诈，他这通来书不署上款下款，就含有趁机要挟的意思。镇帅放心，卑职给他来个反其道而行之，要让他明白各自的身份。"

于是就在军帐中临时支起的木案子上，铺纸捉管，一挥而就："请镇帅过目。"

吴三桂接过一看，上去就叫了声"好！"

> 大明国平西伯镇守山海关地方总兵官吴三桂顿首谨复大清国摄政王殿下

这个"抬头"，看似平淡无奇，说来与初十日王永吉拟定的那通约兵书信一样，只不过将"谨启"改为"谨复"，而其中蕴含的意思却斩钉截铁：吴三桂仍然是大明国的代表！这就等于明确拒绝了多尔衮的招降，而词语委婉，不伤和气，是非常巧妙而又不失身份的一种表述。吴三桂赞叹一声，接着再看正文：

> 接王来书，知大军已至宁远。救民伐暴，扶弱除强，义声震天地，其所以相助者，实为我先帝，而三桂之感戴犹其小也。三桂承王谕，即发精锐于山海以西要处，诱贼速来。贼亲率党羽，蚁聚永平一带，此乃自投陷阱，而天意从可知矣。今三桂已悉简精锐，以图相机剿灭，幸王速整虎旅，直入山海，首尾夹攻，逆贼可擒，大河以北可传檄而定也。

前边的文字，吴三桂都非常满意，而对最后一句，大颦其眉："不好！总督当初坚持的态度很对，不能轻易许给他黄河以北的地盘儿。达德，这句话要改一改。"

"莫非还要再说一遍'裂地以酬'？"童逵行仍然是不以为然的语气，"镇帅,这种时候了,不要显得小家子气。"

吴三桂想了想:"这样吧,灭贼之后,酬以河北之地,这个意思等我和多尔衮谈判时当面提出。这通回函,就眼前,说眼前,只说京东京西好了。"

"也好。"童逵行不再坚持己见,提起笔来,把"大河以北"涂掉,改成"京东西",使最后一句成了:"幸王速整虎旅,直入山海,首尾夹攻,逆贼可擒,京东西可传檄而定也。"改完之后,礼貌地递给郭云龙:"请郭将军也看看。"

郭云龙认真看了一遍,低眉凝眸,若有所思的样子。

"怎么?还有什么不妥?"童逵行问。

郭云龙又思索片刻,才表示自己的意见:"都很好,没有什么不妥。不过,既然提到了'传檄',则檄文的内容也很重要。以往清兵入塞,烧杀掳掠,搞得京东京西一带人民反感得很……"

话没说完,吴三桂立刻接口:"不错!这次我让他进入山海关,就不能像以往那样胡作非为,否则等于引狼入室,我不好向关内的父老乡亲们交代。达德,你给他提个醒,叫他入关之后,严申军纪!"

"这好办!"童逵行再次提起笔来,加了一句:

> 又:仁义之师,首重民安,所发檄文最为严切,更祈令大军秋
> 毫无犯,则民心服而财土亦得,何事不成哉!

"嗯、嗯,要想成事,必须如此!"郭云龙首先对加上的这一句表示满意。

吴三桂又从头看了一遍,这是他有生以来第一次决策大政,所以小心翼翼,不敢马虎。看完之后,不持异议:"文字上就这么定了。达德,你再工楷誊写一遍吧。"

趁着童逵行誊写的间歇,吴三桂在考虑由谁出关去送达这通回函。宁远镇的军事编制,高级将官总共六名:一总兵,两副总兵,再有就是参将三名。两个副总兵,杨坤被扣清营,何进忠在永平驻防,自然不能派为信使。三个参将:郭云龙、佟祖年、孙文焕。郭云龙轻车熟路,自然是出关致书的不二人选,而为示郑重,还得派另一个参将随同前往。佟祖年正在和关门副总兵冷允登训练卫城的七千民兵,不宜罢手;孙文焕近几天协助吴三桂部勒军伍,与

关门总兵高第一起,重在部署关上各处的防守。不过到昨天为止,关上的防守部署已经基本告竣,还剩下一些零碎事务,高第一人,足可处理,所以把孙文焕先抽出来,与郭云龙一道出关前往清营比较合适。

有了这个计较,吴三桂对郭云龙说:"辛苦辛苦!今晚好好歇息,恢复一下元气,明天一早还要劳驾,我派孙文焕和你一道,随着拜然,兼程去见多尔衮。"

正好童逵行工工整整地誊完了书信,吴三桂又仔细看了一遍,亲自折成两叠,找了个净面封套,把书信塞入,递给郭云龙:"还和上次一样,必须面见多尔衮,把我的诚意向他说清楚,催促他越快越好,立刻赶到关下!"

"是!"郭云龙接过封套,很有信心地回话,"请镇帅放心,云龙此去,必不辱命!"

还有些细节也絮絮做了交代,郭云龙匆匆道别而去。前脚刚走,后脚进来一名亲兵侍卫:"启禀吴帅,闯贼派来一名招降使,在营门外求见。"

吴三桂先是一愣,但旋即镇定下来:"没想到李自成还在做招降的美梦!叫他回去,就说我吴三桂绝不降贼!"

"是!"

"且慢!"童逵行制止正要转身的亲兵侍卫,"问没问来人的姓名?"

"问了,说叫王则尧,原是我朝的山东布政司参议。"

本朝的山东行省,辖区及于辽东半岛,所以王则尧的名字是吴三桂和童逵行都知道的,不过也仅仅限于知道其名而已。"布政司参议"阶秩从六品,职司地方的民政事务,无权过问军事,所以彼此谁也没有见过面。但这样一来,反而好办了,童逵行说:"镇帅,不可放走此人!"

"为什么?自古两国交兵,不斩来使……"

"话不是这么说。卑职以为,清兵未来之前,不可让闯贼探知我军的虚实……"

"唔、唔,"吴三桂醒悟了,"你是说,闯贼知道了我坚决不降,会立刻前来夺关?"

"正是!"

"那就要委屈王则尧了——来人!"

侍卫亲兵高声应答:"请吴帅吩咐!"

"你带几个人,去把王则尧客客气气地请到军中,另挑一处营帐安顿下来。要吃给吃，要喝给喝，就是不准他再出军营。要日夜监视，以防他暗中逃脱！"

"是！"

侍卫亲兵一走，童遂行郑重其事地对着吴三桂拱了拱手："大战在即，还要请镇帅亲自出面，鼓舞军心民气！"

"你说吧，我要怎么做才好？"

"请镇帅传下令去，明日早饭过后，关上除了留高第带一千士兵值守外，其余人马全部集结到卫城南门演武场，请镇帅阅兵，与三军誓师杀贼。"

"好好。场面一定要热闹！细节我不管，你去安排，我明天一定亲自到场！"

40

大明崇祯十七年四月十九日
大顺永昌元年四月十九日

卫城誓师

天色大亮之后，吴三桂亲自陪着拜然吃早餐。一桌四人，拜然以贵客而居首席，吴三桂对面做东，郭云龙和孙文焕分居左右打横作陪。

虽是早餐，丰盛不亚晚宴，关内关外的各色美味应有尽有。吴三桂劝觥三爵，然后给拜然频频布菜，礼数颇为周到。

席间不语，饭后叙话。等到拜然吃得腹中鼓鼓，把筷子朝桌面上一放，满面笑容，欠了欠身，算是给吴三桂施了个座间礼："多谢吴帅款待！这一顿，足够一天颠簸了。"

吴三桂端坐不动，然而语气颇为诚恳："军次草草，招待不周，让贵使见笑了。拜烦贵使即刻回程，将本帅的求助之殷，切实转告给贵国摄政王殿下。如今闯贼李自成亲率二十万人马进犯永平。永平不保，山海关绝难独存。山海关一失，闯贼严控京辽，横行天下，不独本帅为旧主复仇无望，而且贵国亦从此只能局促关外一隅，真正两蒙其害！请贵国摄政王殿下乞念本帅求助之诚，速率大军，直入山海关，两家合兵，共同灭贼。待到事成之后，本帅扶立大明皇太子即位南京，京东京西，人民悉从其便，土地财货，尽归贵国所有，明清两国，从此和好，子孙后世，永享太平！"

"是。拜然此来，亲见关内人民荼苦已极，渴慕新主，盼我军如大旱之望云霓。拜然此去，一定将吴帅的诚意转达给摄政睿亲王。"

所言与所求不尽相同，吴三桂微感不怡，然而有求于人，大同既成，小异不妨再说。"请、请。"他站起身来，肃了肃手，"军情至重，本帅今日就要在卫城率关上军民盟誓杀贼，后日分兵前往永平迎敌。是以不敢攀留，即请贵使命驾！"

郭云龙和孙文焕在前，吴三桂奉陪于后，将帅三人，簇拥着拜然出了中军大帐，各自扶鞍上马。五十名跟随出关的护兵早已立马等候。

吴三桂亲率二百健卒，出了辕门，打马直奔山海关。进了关城西边的迎恩门，马不停蹄，穿城而过，一直送出关城东边的威远门。吴三桂勒住马头，拱了拱手："三位路上小心，本帅静候佳音！"说完眼看着一行使者，等到三人驰出半里地外，吴三桂调转马头，连连加鞭而回。

回到行辕，童逵行正在辕门等候。于是吴三桂在童逵行的陪伴下，二百名精骑前呼后拥，缓辔驰入卫城东门外演武场的南门。从南门朝北望去，差不多有三里地之遥，才能看到正北中央的讲武堂。讲武堂下，一片空旷之地，广、阔各有一里多，这里才是专供军兵奔追驰逐的"演武场"。

吴三桂戎装骏马，背负箭囊，手提长柄厚背的大砍刀，威风凛凛地越过人马环立、中留八骑并驰的甬道，来到观演台下。四名亲兵，一名帮他勒定马头，一名接过他手中的大刀，另外两名，左右扶持，引导着他登上讲武堂前的观演台。举目一望，三军整肃，刁斗森严，不辱辽东雄兵声望。

所谓"三军"，是指边镇总兵直接统辖的三个兵种：骑兵子营、步兵子营、战车子营，三个子营合为"总营"，即为一军。这是隆庆年间的抗倭名将戚继光所创的"九边"军制，每个子营下辖冲、衡、乘各若干。

宁远军的战车子营共有四冲、八衡、一十六乘，每乘十二人，驱领战车一辆，四冲合计兵员一千五百三十六人，战车一百二十八辆，全都是能运载火炮的攻守利器。步兵子营有二十四冲，每百人为一乘，每四乘为一衡，二十四冲共有兵员两万四千人。骑兵子营也是二十四冲，每五十骑为一衡，每四乘为一冲，共有一万二千骑。除此之外，吴三桂另有亲军精骑一千名。如此，宁远军的实际兵马三万八千五百三十六人。再加上山海关总兵高第今天调来的九千军马和前几天临时招募的七千民兵，也全部临时编排在宁远军内。五万多马、步、车三军，各持器具，列队肃立，彩旗飘飘，战鼓咚咚，把个偌大的演武场衬托得如临大敌，好一派大战前的壮观景象！

坐定之后，鼓声骤止，吴三桂环顾一周。壮士贯甲胄，健儿拥旌旆，三军将士齐齐向他致以注目礼。童逵行做了个手势，侍立在吴三桂身后的旗鼓官把手中的锦缎令旗向上一举，五万军卒，放吭高呼："杀贼！杀贼！杀贼！"
余音回荡，声彻长空。

"好、好！"吴三桂非常满意地对着童逵行，"达德，今天阅兵誓师，你
是总管，底下就按程序来吧。"

"遵命！"童逵行今天也是一身戎装，得令之后，对着旗鼓官招了招手，
"传：请地方绅衿上台就座！"

旗鼓官立刻精神抖擞地亮开了清脆的大嗓门儿："请地方绅衿上台就座！"

地方绅衿一共五位：佘一元、吕鸣章、曹时敏、程印古、冯祥聘。五个人
昨晚被童逵行飞骑招至，要他们代表山海卫士民今日参与阅兵。自然地，仅
仅参与阅兵没有意义，通过此次阅兵，五位绅衿都还另有重任：临阵杀敌，必
须有厚赏以激励勇士，五位绅衿的重任就是，连夜分户摊派，立刻筹集出一
批银饷，用于阵前犒赏。熬了一整夜的五个人，此时已经遵照预定的安排，
在观演台的西侧肃立等候。旗鼓官一声传请，五个人正正衣冠，由佘一元带
头，登阶上台。吴三桂站起身来，非常客气地与他们一一见礼，一番雍容揖
让之后，吴三桂首座，佘一元和曹时敏居左，吕鸣章、程印古和冯祥聘居右，
分别在吴三桂两侧坐定。

"斩细作，祭旗——！"旗鼓官一声暴喝，震人心魄。

四名壮卒，闻声而动，从观演台后边扯过来一个"闯贼细作"，上身赤裸，
五花大绑，连拉带拽地被架弄到观演台前的旗杆下。这是最能勾动人们兴趣
的一个环节，台上台下，齐齐注目，眼睛一眨不眨地注视着旗杆下的一切举
动，唯恐漏看了什么似的。

这个"细作"其实是临榆县班房里关押的一个小盗贼，前几天趁着卫城
人心不稳，夜入民户，裹卷财物，行将得手之际，被高第属下的巡夜兵丁抓
获。这样的小盗贼，按律并无死罪，关他几天，或者打一顿板子，戴枷游街，
以警示不轨之徒，也就达到了教化人心的目的。然而倒霉的是，誓师杀贼，
需要人头祭旗，这颗人头，思来想去，就着落在这个小盗贼身上了。

今天一大早，醇酒白肉，把他灌得熏熏半醉。四个奉命伺候的兵丁毫不
费力地把他捆绑了起来，充为闯贼的细作，沿路哄哄，一辆马车拉到讲武堂
待命。等到旗鼓官一声唱喝，这个小盗贼才似乎感到不对，正要极口喊冤，
嘴刚张开，声未发出，身旁的兵丁早有准备，一团破布熟练地塞了进去，随
即一脚踹向膝弯："跪下！"

小盗贼极度恐怖地瞪着两只眼睛，脑袋晃来晃去，大概是想寻找还有没有一线生机。另一名兵丁手捧一柄鬼头薄刃大砍刀，步履从容地迈到小盗贼后边，右手提刃，左手朝着小盗贼的脖子上一拍，轻轻喝一声："看前头！"

小盗贼本能地脖子往前一伸，脑袋不晃了。就这一瞬间，刀光一闪，人头落地，尸腔子里喷出一股鲜血，把宁远军绣着"吴"字的军旗旗杆染得殷红有色。

"好！"三军涌动，齐声喝彩，全场弥漫了浓烈的血腥之气。

一阵鼙鼓咚咚，把全场的情绪暂时镇定了下来。童遝行摆了摆手，旗鼓官高声赞喝："车子营出列！"

"车子营"就是"战车子营"的简称。一百二十个士兵，迅速驱动十辆战车，在极短的时间内，一字排开，把十辆战车固定在观演台前的空旷草地上。每辆战车上都有一门佛郎机前膛填装子药的轻型火炮，射程可达五里开外。

子药是事先就填装好了的，炮口斜向西边天际，校炮手反复测量和校正炮口的位置。靶子是距讲武堂大约三里的一座小山包，山包上事先设置了"敌营帐"。等到车子营千总一声令下，十名燃炮手同时动作，打着火镰，点燃引线。与此同时，每个炮位的十二名士兵齐齐趴伏在地下，掩耳张口，静待铅弹出膛。

轰——！轰——！几乎在同时，火光飞蹿，十炮齐发，震耳欲聋的巨响掀动得演武场一阵颤抖。十条火舌精准地飞向靶子，"敌营帐"顷刻间灰飞烟灭。五万将士，欢声雷动，都为战车子营的精彩演练狂呼叫好。

吴三桂高兴得眉开眼笑。等到全场安静下来，他端坐不动，身子朝两侧各倾了一倾，算是对五位绅衿打了个招呼："如何？诸位看我的将士能不能杀贼？"

五位绅衿，个个都看得目瞪口呆，此刻刚刚从揪心裂腑的震撼中缓过神来。"真乃神兵神将也！"佘一元由衷地夸赞一声，然后对着吴三桂连连拱手，"强将手下无弱兵。吴帅麾下，如此神勇，何愁贼寇不灭？"

另外四名也跟着附和："是是，吴帅手下，尽皆神兵，何愁贼寇不灭？"

童遝行不失时机地插了进来："将士杀贼，还望地方父老鼎力相助才是。"

这一说，佘一元不能没有表示了："吴帅，卫城地方素来贫瘠，然而为表军民同德之意，区区不才，与在座的乡绅一道，昨日连夜号召乡民，为大军捐助军饷军资。迄于今晨为止，共捐得白银七千八百五十二两，骡马一百二十匹。微薄之数，仅足略表心意而已，请吴帅笑纳！"说完朝着台下右侧招了招手。

万目所视之下，两拨衣衫不整的老百姓，抬筐的抬筐，牵马的牵马，一阵骚动之后，把筐里的白银哗啦有声地摊放在观演台下的场地中央，一百多匹骒马则分别排列于白银的两侧，供人观瞻。

这点东西实在不能算多。举城摊派，捐银不足万两，骒马也都是些农耕畜生和拉车脚力，说起来是件不大体面的事。然而吴三桂依然显得非常高兴，对着五位绅衿深施一躬："承情承情，难为乡亲父老了。本镇代表关上五万将士，接受民意，誓死杀贼！"

童逯行趁势振臂高呼："宁远军将士誓死杀贼！"

"誓——死——杀贼！誓——死——杀贼！"三军齐声呼应，动闻数里，气势颇为壮观。

鼙鼓助威，声震云天，把誓师的气氛推向了一个高潮。童逯行正要示意旗鼓官进行下一道程序，吴三桂大约受了这个气氛的感染，突然来了兴致："各位耆老，且看本镇手段！"说完径直步下台阶。

从亲兵手里接过大刀，一跃上马，引带着缰绳，就地打了个旋转，然后轻磕马腹，驰入校场。就这份娴熟的骑术和敏捷的身段，上去就引起了一片轰然叫好之声，而主帅亲下校场，又勾起了三军将士的极大兴味，目不转睛地要看吴三桂如何施展身手。

吴三桂面色白皙，配上一副亮盔白甲，胯下坐的是一匹从清兵那里俘获的口外良驹，通体雪白，光亮如银，四蹄翻动时，追风嘶月，银光闪耀，衬托得吴三桂英气勃勃，那派头，就像《三国演义》里在长坂坡十万曹操大军中杀得七进七出的常山骁将赵子龙，惹得台上台下纷纷欢呼喝彩。

策马环驰两周，吴三桂远远地在校场一侧立定，把大刀横挂在马鞍桥上，左手持弓，右手从箭囊里拔出三支白翎乌杆的羽箭。校场中央矗立着一根碗口粗细的幡杆，幡杆上距离地面三丈高的地方有一个木质的四方锥斗。吴三桂目测锥斗，约有一百二十步的样子。舒臂一展，弯弓搭箭，在人们还没看清怎么回事的瞬间，当当当，三支箭矢，早已稳稳地钉在了锥斗之上。

正要欢呼，嘴还没有张开，又见吴三桂放开马缰，连连猛磕马腹，顿时座下的银驹四蹄腾空，电光石火般朝着幡杆飞奔而去。吴三桂舞动大刀，盘头护脚，左砍右挡，等到与幡杆擦身而过的一刹那间，刀光一闪，人马飞过。

驰出去有二百步的样子，缓缓勒转马头，立定不动，静静地看着那支四丈多高的幡杆。

奇怪了！明明看见吴三桂朝着幡杆挥了一刀，而幡杆却依然矗立不动。

人们惊愕与疑惑并存，好奇与猜测共生。然而也不过片刻功夫，不可思议的一幕出现了：幡杆顶部开始倾斜，始而极缓，渐渐加速，终于仆然倒地，幡杆拦腰而断。再看幡杆底部，一人多高处，断口平滑，连个飞进的碎木屑都没有——这一刀，若非千斤之力，何能如此？

"好！"三军骚动，欢然高呼。

吴三桂打马走至台前，把大刀递给亲兵，翻身下马，重上台阶。五位绅衿奉若神明地迎了过来，纷纷抱拳致意："吴帅真神人也！"

吴三桂满脸飞金，丝毫不掩饰内心的得意："诸位看我能手刃闯贼之头吗？"

"当然、当然！"佘一元连连赞赏，"闯贼胆敢来犯，必成吴帅刀下之鬼！"

"斟酒！"吴三桂一声令下。

这是事先安排好的一道程序。军中的伙夫闻命而动，两人一坛，把上个月从觉华岛运来的多年陈酒搬了出来。几百坛白酒分别派发到全场的士兵中间，另有一队伙夫抬着箩筐，箩筐里是码放得成摞成摞的粗瓷黑色酒碗，也分发到每个士兵手中。打开酒坛的泥头，训练有素的三军将士部伍不乱，帖然无哗，保持着各自的队形，由前往后，依次传递，不消片刻时光，每个人手里都端着斟满了烈酒的黑瓷碗，肃立待命。

台上则由吴三桂的亲兵动手，分碗的分碗，倒酒的倒酒。等到诸事齐备，人人表情庄重地双手捧碗，把目光齐齐地聚向了吴三桂。

吴三桂从亲兵手里接过一碗酒，高举过顶，双膝跪地，对着南天朗声祈祷："罪臣吴三桂谨告大行皇帝在天之灵：李自成妖魔小丑，集聚匪类，祸害中国，弑我帝后，毁我社稷，关宁三军将士和山海士民与贼不共戴天！今日在此誓师明志，诛杀流寇，再造大明。千祈英灵不泯，默佑臣旗开得胜，马到成功！"说完以酒酹地，连着磕了三个响头。

站起身来，又从亲兵手里接过另一碗酒，遍揖全场，提高了嗓门儿："弟兄们！闯贼李自成亲自带着喽啰进犯山海关，已经到了永平，一场大战，就在眼前。没别的，有种的跟我干了这碗酒，听我的号令，不是明天，就是后天，一起跟着我开往永平，杀贼立功！战死沙场者，你的父母，就是我的父母，我吴三桂替你养老送终；你的儿女就是我的儿女，我吴三桂把他们抚养成人！战后活着的，都是我的好兄弟，跟着我吴三桂，一块儿享受荣华富贵！来，弟兄们，干！"说完率先垂范，把一碗白酒喝得仰脖而尽。

"杀贼！杀贼！杀贼！"三军呼应，气势如虹，一片"咕咚咕咚"之声，人人干了个碗底朝天。

吴三桂异常兴奋，又从亲兵手中接过一碗酒，对着左右的五位绅衿："各位耆老，这次大战，多者三天，少则两日，拼死卖命的活儿，交给三桂和弟兄们一力承担。不过，这期间的饮食供给，要仰仗诸位勉为其难了！"

五位绅衿，各自把酒捧在胸前，仍然由佘一元代表大家说话："好说、好说，请吴帅尽管放心，都包在卫城百姓身上！我等已经联络好了城中的民夫，随时跟镇帅前往永平。大战期间，一日十二时，熟餐热食和酒肉浆饮，随时供取，决不让一个勇士枵腹杀贼！"

"好、好！三桂代表关宁五万将士，谢谢卫城父老！"说完酒到碗空，一饮而尽。

挥兵山海

从山海关到沙河驿，绕过永平府，有个地方叫"彭子店"，这里有一条除了京关大道之外，唯一可通东西两路的乡间小道。小道僻静而崎岖，弯转难行，不过正是由于这个原因，这条小道向来不被行人所注意。平常时节，偶尔有当地农夫为抄近路而走亲访友从这里匆匆一过外，难得有人拣这条路而往复东西。

今天是个例外。将近正午时分，黎玉田一人一骑，布衣葛巾，从东往西而来。过了彭子店，再往前不远就是沙河驿了。远远地手搭凉棚一望，黎玉田轻磕马腹，直奔大顺军中矗立着银浮屠白氅大纛的营帐而去。

"什么？辽东巡抚黎玉田？"李自成闻报，又惊又喜，"快，快去把他叫来见我！"

进得帐来，黎玉田不慌不忙，俯下身去，朗声称报："大明朝钦命都察院右佥督御史巡抚辽东地方事务黎玉田，特来投谒大顺王！"说着双手捧出一个函匣和一方印盒。

李双喜接过函匣和印盒，替黎玉田递了上去。

李自成打开函匣，取出一看，是钤有大明朝吏部和兵部两枚大印的"委状"；印盒里是一颗九叠篆文阳刻的"钦命巡抚辽东地方事务印信"的紫铜关防。

验明了身份，李自成极为高兴，十六年征战杀伐，明朝封疆大吏来降的，黎玉田是第一个，而且也是前明官员主动投降者当中身份最高的一个。为示郑重，他起身离座，亲手把黎玉田扶了起来，同时故意高呼："来啊——看座！侍茶！"

李双喜立刻指挥御前士兵忙活了一阵子，待到分别坐定，李自成首先动问："听口音，黎先生是陕南人？"

称先生而不名，这自然是非常看重的表示，不料黎玉田并不领情，回答不是以臣对君的口气："是！玉田籍隶陕西省西安府乾州临平镇。"

不以"臣"自称，原是非常失仪的，李自成不是没听出来，就是对此满不在乎："噢、噢，原来是同乡！我世籍陕西延安府米脂县。"

"是！玉田此前有所耳闻。"

"先生今日一人一骑，不知从何而来？"

"山海关。"

"山海关？"李自成惊奇愈甚，"莫不是吴三桂决定投降，央先生前来洽谈？"

"不是！玉田自身来谒见王爷，与他人无干！"

"吴三桂呢？他到底投不投降？"

"劝王爷莫抱幻想！"

"啊？这么说，吴三桂是决不投降吗？"

黎玉田并不作答，但这也等于做了回答。

李自成怫然作色，感觉是丢了极大的面子似的："我待吴三桂不薄，前次派左懋泰给他送去四万银子，这次我亲自前来招降，许他父子封侯，他还要怎么样？哼哼！世上真有这种冥顽不化的家伙！"

没想到黎玉田冷冷顶了一句："可惜王爷的行事不似口头！"

"嗯？这话怎么说？"

"新朝刑辱前明官员，吴襄不免。吴三桂岂能帖然就抚？"

这一问，李自成有口难言！

黎玉田的话包含了两个意思，新天子受膺天下，首重"抚官安民"，官不抚则民不安，然而这个意思，李自成仍然没有明白过来。就事论事，他的思虑还局限在对待吴三桂的态度上，细细想来，欲招其子，却又不能厚待其父，这不等于逼着吴三桂非要与自己为敌吗？千错万错，错就错在进京之前就有了招降吴三桂的念头，而进京之后却没有约束刘宗敏，任令其追赃助饷，刑辱前明官员，就连吴襄也没有放过！从黎玉田的口气上不难得知，吴三桂必是知道了京中的一切，所以才抱着拼死一搏的态度，坚决不降！

"好、好！他不投降，是自取灭亡，我明天就去山海关斩了他！"

"欲去从速，何必要等到明天？"

"你是说，趁他不备，及早下手？"

"不是！吴三桂早有准备！"

"他怎么准备的？"

"联手东虏，合兵扑杀新朝！"

"啊？背叛华夏！这个混蛋，真敢做此无耻之事？"

"玉田无虚言，请王爷及早措置。"

"那么在先生看来，建虏能成多大气候？"

"不可小觑，其意在于吞并中原。"

"蛮夷小邦，有那么大胃口吗？"

由此开始，黎玉田把努尔哈赤萨尔浒大败明军，建政辽阳、立都沈阳，以及皇太极秉承其父遗志，去汗称帝，内安外攘，西击朔漠，东抚朝鲜，总揽英雄，招降纳叛等等一系列文治武功和雄才大略，简明扼要地做了一番介绍。

"总之，行状仿佛其先祖女真吞宋。玉田劝王爷不可轻忽，倘若山海关入其手中，华夏后患有不可胜言者！"

"我知道了，我知道了。"李自成再也坐不住了，立起身来，在帐中往复游走，嘴里喃喃有声，"山海关决不能落入建虏之手！"

游走有顷，突然顿住，以虚心受教的口气询问："请先生告我，吴三桂勾结建虏，事在何时？"

这就问到了关节点上。黎玉田不想多谈细节，他此来"投谒"其实也并非出于真心，尤其是刚刚见面的一番语言接触，他看出李自成徒有天下之志，难成御宇之器。然而基于对华夷之辨的强烈意识，他认为王永吉一念之差，祸不旋踵，汉人的天下危在旦夕，目前能挽回危局的也只有寄望于李自成了。而对于李自成所提的问题，这两天他是反复计算过的：山海关距沈阳八百里，杨坤和郭云龙轻骑兼程需要四天，第五天面见多尔衮，清军募兵准备算他一天，则从杨坤和郭云龙出关的十一日算起，到清军准备停当共需要六天时间，这一天是十七日。马步辎重混编的急行军，每天一百二十里，则清兵从沈阳到山海关需要六七天的时间。照此推算，清兵赶到山海关应该是在本月的二十三日或二十四日。所以黎玉田直截了当地说："天算人谋，所暇不多。王爷如果不能赶在本月二十二日之前拿下山海关，汉家国土，从此要沦于外夷之手了！"

"你的意思是，建虏会在二十三日赶到关门吗？"

"是，极有可能。最迟不会超过二十四日！"

李自成心头一震。事涉兵机，不能宽打宽算，只能预设建虏赶到关门是在二十三日："这么说，上天就给我留了三天时间？"

"不错！三日之内事成，王爷即是华夏英雄。否则女真、元蒙之祸，将于三日之后复演于中土！"

一股莫名的历史责任感袭上心头，李自成独目圆睁，狠狠发誓："汉人天下，绝不能毁于外夷之手！"

到此地步，黎玉田"投谒"的目的已经达到，他站起身来，郑重地施了一礼："华夏存亡，在此一举，愿王爷不负苍生黔首的重托。玉田告辞了！"

"怎么？你要走？"

"是！"

"拯救中国，正要借重先生全力助我，何能弃我而去？请先生留在军中，随我一道前往山海关。等到灭了吴三桂，先生不失封侯之赏。"

"拯救中国，玉田此来禀告机密大事，已经尽了绵薄之力。念在玉田与吴三桂多年共事的分上，随王爷一道剿灭之，这一层，玉田碍难应命！"

"噢、噢，我明白了，你们读书人都讲究面子。好，你说吧，你想到哪里去？做什么官？我都成全你。"

712

"不求显达，但求远去！"

李自成想了想，忽有所悟："明朝已亡，吴三桂覆灭在即，等我夺了山海关，建虏也休想跨进关内一步。江南明朝的各镇守将，我在临出京之前已经命牛金星发布了檄文，想来亦不难望风归附。天下大半，已在我的掌控之中，只有四川张献忠与我分庭抗礼。我的意思，等我拒退建虏，平定了江南，就要全力荡平四川。为此要先委屈先生一时，暂时署理先期的四川事务，如何？"

得此承诺，正合心意。近十几天来，黎玉田内心大受刺激：国破君亡，朝代更迭，本欲和王永吉一道重建大明，没想到王永吉背着他引狼入室，平生抱负，付诸东流。然而他又不甘心于华夏国土沦于外夷之手，所以抱着尽人事以听天命的态度，匆匆弃关西来，把山海关的危机当面告诉李自成。在他看来，心愿已了，再无牵挂，从此可以置身事外，找个世外幽静之处参禅悟道，不再过问人间俗事了。李自成的承诺，与他的心意不谋而暗合，正好可以借机远遁尘世，所以他很乐意地表示："王爷有此美意，玉田唯有从命！"

"好、好！兵机急迫，我也不留你攀谈了——来啊！"

侍立在帐门的李双喜应命而至。

"快去召集五十个精兵，护持黎先生回京，向牛金星转达我的口谕：即命吏政府颁发委单和关防，委任黎玉田为四川节度使，克日护送至汛地！"

大顺的"节度使"其实就是明朝的"巡抚"。黎玉田得此"恩典"，无所喜忧地作了一揖："玉田就此告别！"

送走了黎玉田，李自成立刻召集刘宗敏等随军文武官员，通告了吴三桂勾结建虏的情报。随军文武，个个吃惊，谁也没有想到，吴三桂竟然如此下作！原以为朝最坏处去看，他也不过像山西宁武的周遇吉一样，忠于旧主，抗拒新朝，就算这样，可恶固然可恶，但也还是条汉子，凭借一己之力，勇挫王师，求仁取义，得其死所。万不料吴三桂去周遇吉之远如此之甚，竟敢勾结外夷，祸乱华夏，这不是甘愿沦为千古罪人吗！

进一步去想，吴三桂勾结建虏，山海关危在旦夕，则意味着此次招降，彻底告吹。当务之急是要尽快灭掉吴三桂，夺取山海关，决不能让建虏趁机渔利！有了这样的认识，人人义愤填膺，要求李自成即刻下令，急趋关门。

人同此心就好办了，李自成当即传令全军：即刻开拔，日夜兼程，严限二十日午夜之前赶到山海关！

刚刚吃过午饭不久，三军闻命，拔寨启程。张鼐匆匆过来请示："闯王，那六个山海关乡绅怎么办？"

接到黎玉田的密报，李自成彻底打消了招降吴三桂的念头，所以再留着这六名乡绅已经毫无意义。而且直到此刻他才明白过来，这六个乡绅是吴三桂派来的奸细，以诈降的手段，白白延误了他两天时间。有此意会，怒气难消，恶狠狠地对着张鼐下令："拉出营外，一个也不留，全部处死！"

六个乡绅被大顺军软禁了两天，肥肉美酒，招待颇周，个个心中高兴得不得了，暗自庆幸，都希望继续被这样软禁下去，时间越长，给贼缓师的任务完成得越漂亮。没想到今日午后军中突变，先是周边的营帐纷纷拆除，集合的号令此起彼伏，紧接着，张鼐带着二十个健卒一拥而入，威吓叱咤，命令他们空手走出营帐。

李友松首先感觉到了不对，低声嘱咐另外五人："情况不妙，闯贼已有察觉，说不定毙命就在须臾！我辈死而无憾，如果谁能侥幸逃走，务必赶回关上给吴帅报个信儿！"

营盘中杀人不祥，张鼐遵照李自成的命令要把这六个奸细押到辕门外处斩。刚刚出了辕门，张鼐正在相度场地，一个大顺士兵飞驰而来，勒缰下马，躬身向张鼐禀报："汝侯有令：六个奸民，不论何地，立即处死，事毕请张将军速回标营，另有差遣！"

话音未落，六个乡绅中的高选，五短身材，年轻力壮，箭一般蹿出人丛。错愕之间，一膀子撞翻了那个传令的士兵，抓住马鞍，飞身而上。等到人们反应过来，马蹄跃动，已经往东奔跑了。

这一来引起一片骚乱。剩下的五个乡绅，蠢蠢欲动，也打算趁机逃命，但很快就被大顺士兵分别控制，二十个健卒，乱刀齐下，尸首分离犹不解恨，每个人身上平白多挨了几刀，连砍带戳，尸分八块。

就在士兵砍杀五个乡绅的同时，张鼐迅速从摔倒在地的那个传令兵身上取下弓箭，对着已经驰出百步开外的高选，略略一瞄，连发两矢。张鼐的神射全军闻名，弦松羽飞，箭箭不空，可惜两箭都射在高选的后背上。远远地看见高选的身子晃了几晃，但还是摇摇欲坠地伏在马背上，连磕马腹，落荒而逃。

41

大明崇祯十七年四月二十一日
大顺永昌元年四月二十一日
大清顺治元年四月二十一日

石河初战

凭着一股对贼寇的仇恨之气，高选负伤忍痛，狂奔三十里，终于赶到了永平城外的青龙河。"快！快带我去见何副帅！"他对屯守在青龙桥头的军士头目魏明亮说。

一进副帅府，亮明了身份，何进忠一边叫来军中的骨科郎中给高选诊视伤情，一边听高选详细述说"给贼缓师"的全部过程。高选身负两箭，一箭射在左后臂，伤势不重，无性命之忧，骨科郎中把箭镞剪断，小心翼翼地抽出箭杆，敷上了创药，片刻包扎完事；另一箭很麻烦，不偏不倚，从后背洞贯前胸，而箭杆在身，血流不注，一旦把箭杆拔出，很可能血流喷涌，瞬间就会丢了性命。把这个担忧向何进忠秘密做了耳语后，何进忠决定等到高选把话全部说完，再让骨科郎中做伤势处理。

等到断断续续把给贼两天，却又不知道为什么被李自成识破的过程讲述了一遍，高选有点儿气衰力竭了："闯贼已经拔营东来，怕是偷袭山海关就在明后两日。请何副帅火速引兵回关，告诉吴帅，关上要做好迎敌的准备！"

"好、好，这一层，高义士尽管放心。还要再问一句，皇太子有消息吗？"

"难说！"高选很吃力地摇了摇头，"贼中遍传，皇太子就在贼营，由刘宗敏监管，高选与其余几位乡绅多次探讨，既然定、永二王落入贼手已成事实，皇太子必然也难逃闯贼的掌控，是以此次李自成招降吴帅，挟皇太子而来为顺理成章之事。然而奇怪的是，我等以求见皇太子为请，李自成却吞吐其词，不予应允。照高选来看，皇太子在贼营的说法，事在疑似之间，一时难以遽断。"

"噢、噢，知道了。我即刻回关，面告吴帅，还要为高义士请功！"何进忠吩咐拨给骨科郎中三名士兵，由魏明亮亲自带领，协同照料高选，就近找一家民居，多给银两，务必保住高选的性命。然后下令，五千快骑，疾驰回关，协助主帅防守关门。

昨天傍晚回到关上，见了主帅，把情况和盘托出。吴三桂暗暗叫苦：原以为六个乡绅能把闯贼拖住个四五天，到那时，多尔衮入关，两军合兵，把李自成歼灭在永平一带，没想到计谋败露。李自成衔恨而来，这一战，必然是一场殊死的搏斗！

立刻召来了高第、冷允登、佟祉年和童逵行，加上何进忠，六个人在一起哗然聚议。原打算在永平与清军合兵聚歼李自成的计划落空，所以决战之地，无可选择，只有在山海关了。但具体如何打法，却是两种意见，争持不下：一种是死守关门，等待清兵入援；另一种是城下拒敌，以战为守。两种意见相持之际，童逵行算了一笔账：郭云龙和孙文焕十七日早晨出关，克日计时，十九日那天应该在宁远附近见到多尔衮。宁远距山海关二百二十里，是两天的行程，则清军到达山海关大致是在二十一日晚上或夜间。李自成十九日从沙河驿东来，沙河驿距山海关二百一十五里，与宁远距山海关的距离约略相等，也是两天的行程，所以闯贼到达山海关的时间与清军一样，都是在二十一日的晚上或夜间。照此来看，山海关有惊无险，只要按照这个行程，等于敌、友两军同时到达关门，而这对关宁军是极为有利的。因此童逵行的意见是，闭关自守，静等清军到来。

"不妥、不妥！"高第最了解山海关的形制，"当初建造此关，防外而不防内。城厢之内，可容兵马两万，关内平野，可容兵马十数万，敌人从外边攻关，一处有警，关内兵马可处处增援，所以要想从关外拿下这座关城，比登天还难。从关内攻城就不一样了。首先关宁五万兵马，再加上新募的民兵七千，将近六万的人马全部涌入城厢，必然拥挤不堪，一遇警情，指挥不灵；其次，关内地势高峻，尤其是从北山可以直接俯冲北翼城，万一闯贼仗着人多势众，居高临下，冲击城厢，只怕清朝的兵马到来，也很难遏制住这样的攻势——因为清军并无守城的经验。"

"还有，"何进忠插了进来，"童同知的算法，固然不错，但那是清军和贼兵在正常情况下的行军速度，眼下的军情已经不能以正常而论了。不管什么原因，李自成毕竟识破了我军给贼缓师的计划，他号称带了二十万精兵而来，难保他恼羞成怒而日夜兼程。果真如此，他到山海关的时间就不是二十一日晚上或夜间，而是二十日，也就是今天晚上或夜间了。如果戎机上出现了这样的一日之差，诸位想想看会是什么结果？"

会是什么结果，简单一想就能明白：这意味着关宁军要凭借着自己的五万七千人马与闯贼二十万精兵，在明天就会有一场你死我活的大搏杀！

这一来吴三桂心中有数了："决不能让闯贼靠近城厢！我的意思，登策兄的一万人马仍然驻守城上，其余的，都随我到关内的石河以西列阵待敌！"

环顾一周，再也没有异议，吴三桂进一步交代："在关内列阵，不是为了和闯贼拼命！贼众我寡，拼命也无济于事。都听我的号令，不许孟浪出战，必须守住石河，不让闯贼靠近城厢，要与他周旋一天一夜，等待清军入援！"

这个意思，大家都听懂了。"四万七千人，如何能抗得住二十万贼兵的猛攻？"童逵行问。

"这不难。"吴三桂立刻回答，"还用我们的老办法：车营战！"

"车营战"又称"车子营法"，是当年孙承宗督师蓟辽时，采纳谋士茅元仪的建议而首创的专门对付清兵野战的一种先守后攻的战法。满洲是马上民族，自幼在马背上攀爬翻滚，骑术无师自通，所以清朝的骑兵，彪悍绝伦，明兵纵然受过专门的骑射训练，与之对垒，亦不免相形见绌，光是那种山呼海啸般的冲荡气势，足以令人望而生畏。为此明军师法古人"一而衰，再而竭"的道理，以战车列于阵前，军兵隐伏在后，并不接仗。清兵鼓勇冲阵，但一遇到战车，马蹄受阻，顿而不前，立刻就消减了进攻的气势，再次组织进攻，亦复如此。待到攻势衰竭，明兵车阵门户洞开，隐藏在后面的弓箭手和火铳手，乒乒乓乓，矢石齐发，前排的清兵应声倒地。接着伏在阵中的骑兵跃马而出，向犹豫退缩的清兵发起突袭，以此制敌，百无一失，虽然灭敌不会太多，但自己的实力可保不受损失。崇祯十四年祖大寿被困锦州，朝命洪承畴率兵往救，就是用的这个车营战法，步步推进，步步为营，从宁远一直推进到杏山，就像狮子遇到了刺猬一样，欲弃不甘，欲吞不能，惹得清军气急败坏而无可奈何。宁远军对这种战法极其熟悉，所以吴三桂一说及此，个个心领神会。

于是晚饭过后，分头行动。高第和冷允登带着一万士兵分守关上，吴三桂和何进忠偕同佟祉年，把宁远军和七千民兵全部布列在关城内的石河以西。两个时辰不到，临时放出去的探马匆匆来报：贼兵来了！

严令切催之下，大顺军马步并举，一天一夜不打火，终于在昨天午夜时分赶到了距山海关八里的红瓦店。前头的哨马来报，再往前走三里，集聚了成片成片的明兵。李自成偕同刘宗敏策马出列，遥遥观望，不免相顾愕然：山海关前，烛火通明，几万明军列阵以待，疏星淡月之下，但闻马嘶萧萧，不闻部伍喧哗，显然吴三桂已经做好了殊死一战的准备！

李自成眉头紧锁，忧心忡忡，没想到吴三桂在关内列阵抗拒，原打算连夜袭关的计划落空了！

然而观察了一会儿，刘宗敏却非常兴奋："大哥无须烦恼，吴三桂这小子徒有虚名！他要是据关而守，恐怕就是又一个周遇吉。现在他在关内列阵，正好合了我的口味——野战，他不是对手！大哥放心，等到天亮，你指挥，我陷阵，费上半天工夫，包管把这些明兵全部干掉！"

攻坚夺城，最担心的是对方的火炮。野战就不同了，双方短兵相接，火炮派不上用场，而大顺军十几年与明兵缠斗，野战搏杀，有一套行之有效的打法。所以刘宗敏这一提醒，李自成转忧为喜了，只要能把关宁军主力聚歼于野外，一日之内，很容易就可把关城抢占到手。于是李自成传令，就在红瓦店顿兵，连夜打火造饭，全军饱餐一顿，就地休整，只待天色大亮之后，拼死歼敌。为了防止吴三桂中途支撑不住而匿出关外，李自成又亲自把唐通传来，当面下令，要唐通自率八千所部，绕过北山，穿插到突出于山海关外三十里的九门口，因为占据九门口，就等于封死了吴三桂的退路。

过了两个多时辰，晨曦初露，三营待命。李自成率刘宗敏、李过和刘芳亮打马登上红瓦店东南方向的一座高岗。这座高岗是山海关内一片旷野的最高处，岗上有座不知始建于何时的"海神庙"，庙宇已经破败不堪，但庙前的一块地面却坚实而平整，阔如大户人家的院场，可容二三百人并立。最难得的是，站在这里向东观望，关内的形势一览无余，正好可用来作为今日野战的指挥之所。

把银浮屠镶顶的白髦大纛矗立在高岗之上，李自成带着三员大将下马步行，进入海神庙。庙里迎出来一个道士装扮的老者，见面打了个稽首："贵人光临，有失远迎，请、请！"

李自成直奔庙堂，朝着功德箱里投了一锭银子，顺手接过道士递上来的一炷清香，就着香炉，袅袅点燃，嘴里喃喃做了祷告。然后学着道士的样子，也打了个稽首："我初来乍到，对关内地形不熟，要请道长指教。"

"好说、好说。来，贫道给贵人引路。"

相偕出庙，驻足高岗往东看，山海关城垣重叠，依约可辨。距山海关城厢往西五里的地方，有一条河流自北向南把关内的平野划分为东西两段，道长用手一指："贵人请看，那条河当地人称为'石河'，是发源于北山的季节河。"

李自成注目细看，河面不宽，约有四五丈，由于是季节河，时当初夏，北山水源不裕，所以河水也不深，河中的碎石晰晰可辨。河面无桥，马踏可过，人涉也不难。石河东边是一马平川的旷野，石河西边就是关宁军的布防地，黑压压的一看就知道有不下四万人马，与庙岗下面积聚在红瓦店的大顺军相隔三里地，对峙而列。正中央一块方形队伍，簇拥着一面绣着斑斓猛虎的宁远军旗，两侧的军士，大约也刚刚吃过了早饭，正在整肃装束，准备马具和刀枪。前排的车子营已经密布于阵前，将后边的马军和步军死死地围护在中间。这种布阵，显然是不打算首先主动出击，而以逸待劳，等待大顺军的进攻。

看了眼前的情形，李自成微微一笑，再极目东巡：一条乌龙，自北边的山壑丘陵腾跃而出，逦迤翻滚，直奔南边的大海，距岸边约有半里地的样子，龙头探身入海，李自成知道，这就是万里长城的最东端，名为"老龙头"。从北边丘陵，到南端海边，总长约有十五里，就在这十五里长的龙身正中处，崇楼飞阁，一关高耸，这自然就是山海关了。关城呈"亞"字形聚列，东西两头各有一个突出的城垣。

"请问道长，那两个东西方向突出的城厢是什么名目？"李自成问。

由此开始，道长简要对李自成介绍了山海关的建制。本朝洪武十四年，开国名将徐达奉命修筑永平、界岭一线的古榆关。实地考察后，徐达认为古榆关地势固然险要，但从军事上着眼，并不能控扼东西，因奏请在古榆关之东六十里再筑一城，此城北倚崇山，南临大海，尽得山海险峻之胜，故名"山海关"。远远望去，一墙截断东西去路，一关雄峙山海要塞，果然是京阙咽喉，辽左通道！守住这条通道，关外之敌，插翅难越。关城不算太大，周长八里，然而防御功能极其完备。整个城垣与万里长城相连，以城为关，关城一体，关即是城，城即是关。城墙高四丈，厚两丈，主门四道：东边"镇东门"，西边"迎恩门"，南边"望洋门"，北边"威远门"。四门之外，另有东西南北水门各一道。有水门自然就有护城河，山海关的护城河，宽五丈、深两丈五尺，挹燕山余脉的北山之水，注入河道，环绕四门，把整个关城护卫得严严实实。关城的东西两端，另筑两城，这就是李自成要请问的那两座城厢。

道长用手边指边说："东边的那个叫'东罗城'，城门叫'镇远门'，出了镇远门就算出了山海关；镇远门里面就是山海关的最高处，也就是山海关东门的城楼，叫'镇东楼'。镇东楼上有块匾额，贵人请看，匾额上写的什么？"

李自成虽然独目，但视力不错，仔细一看，认了出来："莫不是'天下第一关'？"

"不错，贵人好眼力！这是嘉靖朝权相严嵩的手笔。"

李自成粗通文墨，一听严嵩的名字，又把牌匾看了一眼："好书法！没想到其人恶名昭著，倒写得一笔好字！"

"是，贵人好品鉴！"道长夸了一句，又把手朝近处一指，继续介绍，"西边的这个叫'西罗城'，城门叫'拱宸门'，进了拱宸门就是山海关的西门，叫'迎恩门'。"

"噢、噢。"李自成眯缝着一只眼，细细观察着西罗城；稍过一会儿，提出疑问，"关城南、北、东三面，都有护城河环绕，为何单单西罗城没有？"

"当年中山王徐达筑建山海关，并无西罗城。这个西罗城是弘治年间增建的，由于此城处于关内，无须防患外敌，所以也就不设护城河，城厢裸露于野外。"

李自成暗暗叫好。西罗城没有护城河，是从关内夺城的突破点！

又把目光逡巡在南北方向。山海关一南一北各有一座偏城。这两座偏城，在"龙身"之西，也就是在山海关城墙的内侧，规模一样，东西略呈长方形状，都有差不多一里方圆，而且两座偏城，呈对称形态，分列于山海关主城两侧，距离主城都是二里地的样子。

720

"请问道长，那两个偏城怎么说？"李自成又问。

"靠近北边山地的那个叫'北翼城'；离南边大海不远的是'南翼城'。南北两翼城都可容兵马五万，是为了羽翼主城而建的。由于两翼城都在关内，所以也都不设护城河。"

"好，承教了！多谢、多谢！"李自成心里有数了，西罗城和南翼城距离石河战场最近，破敌之后，应该首先抢占，而其他的别无可问，所以很恭敬地对老道长打了个稽首。

老道长知趣，躬身而退："贵人请便。贫道去预备茶汤。"

道士一走，李自成招招手，三员大将聚拢过来，李自成先征求意见："诸位看，今天这个仗怎么打？"

一说打仗，刘宗敏的脑子来得最快："大哥，还是老打法——三堵墙！冲阵、诱敌交给我！"

用"三堵墙"大家都没有意见。"可是，吴三桂的车阵很严密，车上又有轻火炮，只怕咱们这边一冲阵，他那边先用火炮伤人。"李过说。

"不要紧、不要紧！"刘宗敏很有把握地说，"我自有破他车阵的办法。等我冲阵的时候，二堵墙和三堵墙全部疏散开。人马不集中，就算他用火炮伤人也损失不大。我尽量拖延诱敌的时间，等到把他的车阵冲散，这边再迅速把两堵墙补上。"

这是避免对方火炮杀伤的最好办法，众人颔首，表示同意。刘芳亮说："闯王，把第二堵墙交给我吧。"

"好！我也是这个意思。"李自成进一步交代，"记住，疏散要快，聚拢也要快，一旦汝侯冲散了车阵，你的第二堵墙必须补上。还有，不可恋战，一定要把明军的人马全部诱到袋底，至少不能让吴三桂漏网！"

还没等刘芳亮做出回答，李过抢着说："妥啦！第三堵墙是俺的事，只要吴三桂这个混蛋撞墙，保管他有来无回！"

各自的任务就算明确了。李自成一脸严霜，郑重下令："都看我的旗号行事，不许有丝毫错乱！汝侯去向辛思忠传我的令，要他带五百精骑督阵，进者生，退者死，务必在两个时辰之内全歼吴三桂主力！等到我的白髦大纛往东一指，三营齐动，全部压上，汝侯居间策应，刘芳亮的左营抢占西罗城，李过的后营抢占南翼城。入城之后，无论男妇老幼，一个不留，全部杀死！天黑之前，要全部接管山海关！"

这就是李自成两天来抱定的宗旨，今日一战克捷，接防山海关，明日关上休整，等到后天建虏到来，两日之迟，望关兴叹，多尔衮只能在大顺士兵的奚落和笑骂声中铩羽而归了！

仲夏的骄阳，一上来就带着灼人的热气，海风轻拂，吹来阵阵刺鼻的膻腥。死一样的寂静中，酝酿着人们的血脉偾张，人人都在等待着结束敌人的生命、也被敌人结束自己生命的那一刻！

辰时——上午七点，这一刻终于到来了。大顺军中两千快骑，旋风一般突阵而出，刘宗敏一马当先，眨眼之间飞驰至宁远军前。看看还有二百步的样子，刘宗敏急勒马头，把手一举。两千骑士迅速由竖向队形变成横向队形，一字排开，越过刘宗敏，向宁远军的车营扇形聚拢。

轰——！轰——！宁远军的火炮震耳欲聋。但刘宗敏的人马早已穿过了火炮射程的有效范围，数十支炮管射出的铅弹从他们头上呼啸而过，落到身后二里之外的不知道什么地方。久经战阵的大顺骑兵对此浑如未见，勒定坐骑，弯弓搭箭，刹那间两千飞羽，犹如乌鸦投林，铺天盖地射向宁远军的战车。这是两千支火箭，相距不过五十步，再笨的射手也能轻而易举地射中目标。火箭到处，木制的战车咚咚有声，夏季燥热，干木遇火即着，片刻之间，宁远军的车子营成了一道火墙。

吴三桂再也没有想到，他心目中乌合之众的流寇还有这么毒辣的一手！大火一起，随着海面上吹来的东南风，正好把火势冲向隐伏在战车子营后面的步兵子营，有人惊呼，有人后退，前排波及后排，后排殃及全军，连带得骑兵子营也骚动不安，一时人喊马嘶，乱作一团。吴三桂的亲兵四出弹压，但无论怎样威吓叱咤，也不能把军心迅速稳定下来。

"坏了、坏了！"吴三桂急得目眦欲裂，原打算列阵相持，以逸待劳，以最小的代价与闯贼周旋一天。没想到一阵大火，完全打乱了这个计划，如不立刻改变局面，则三军溃乱，不战而退，闯贼趁机挥兵掩杀过来，只怕今天就是宁远军的覆灭之日，还谈什么等待明天的清军到来？

"佟祉年！"吴三桂高声呼唤。

"卑职在！"佟祉年应声而至。

722

"不能被火势困住！你带五个总旗，拼死也要把战车移开，等我率骑兵出战！"

"是！"佟祉年极其聪明，知道这种时候以人扑火，无疑自残。他带了五个总旗的三百士兵，快步跑到阵后的石河，俯身卧倒，趁着浑身淋漓，个个手持长枪木棍，迅速跑到阵前，屏住呼吸，扛撬推拨，总算挪开了十几辆灼灼焰火的战车，等于给封闭的大营打开了一道门户，可供几十骑并驰而出了。

知道吴三桂要亲自出战，何进忠策马趋来："镇帅不可轻动！且待进忠去斩了这班贼寇！"

吴三桂想了想："也好。你带五千轻骑，趁着焰火正浓，冲出去，先把这股胆敢冲阵的贼寇灭了再说！"

刘宗敏在两千骑兵放完火箭之后，立马注目，观望了一会儿，看到明兵遇火自乱，高兴得哈哈大笑，同时也朝着士兵挥了挥手。两千骑兵，心领神会，立刻回马聚拢，向后退了大约一里地的样子，排成方阵，依然盘马弯弓，静待敌人出阵。刘宗敏睁大了双眼，细心观察着敌营的动静。过了好大一会儿，火车翻滚，门户洞开，从敌营里冲出一彪飞骑，凭着多年的战场经验，看尘头，听蹄声，立刻断定来了差不多有五千骑左右。刘宗敏喜笑颜开，这五千骑必是宁远军的主力。

"箭上弦！"刘宗敏喝令，"等他们靠近，看我的手势！"

何进忠柳须飘拂，凤眼怒视，一边策马急驱，一边观察着前方的敌情。转眼间迫近了贼兵，他也准确地判断出，来者不多："弟兄们，贼兵只有两千。冲上去，给我全部干掉！"

那边话音刚落，这边刘宗敏大手一挥，飞矢如蝗，倾泻而出。弓弦响处，何进忠大喊一声："伏鞍！"

"伏鞍"是军中训练的术语，意思是把身子伏到马背上，可以躲避敌人飞箭伤人。然而伏鞍也没有用，大顺军不射人，专射马。疾驰之时，马翻人仰，至少有二百多匹战马中箭负伤，倒在地上四蹄乱蹬。这一来阻挡了后面的骑兵，不得不急勒马缰，寻路慢行。出阵时疾如流星，到此时已成强弩之末了。

"跟我来！"刘宗敏不失时机地大喊一声，提刀策马，飞身而上。两千骑兵，弃弓舞矛，紧紧地跟随着刘宗敏，呼啸呐喊，奋勇陷阵。

何进忠的坐骑首当其冲，负箭倒地的那一瞬间，他机敏地双脚离镫，顺势就地一滚，然后站了起来，毫发未伤。一名亲兵急急赶来，把自己的战马让了出来，并且把失落在地的一把大砍刀递了上去。生死之判，刻不容缓，何进忠知道，刚才打算的鼓勇而战，一举歼敌，此时已经成为不可能的事了，如果不能迅速稳住阵脚，贼兵就会掩杀过来，危及后面的大营。所以跃上马背之后，他以娴熟的手法控制马缰，三腾两跳，越过倒地挣扎的马群，稳稳地站立在先头，横刀立马，睥睨群贼。

这个举动，等于给身后的士兵下了一道死命令：以身当敌，有进无退！身经百战的宁远军骑兵，看到副帅只身在前，哪有不拼死护卫的道理？呐喊声中，鼓噪跃进，最先冲过来的几百骑士，把何进忠团团夹护起来，持矛迎敌。可惜由于负伤马匹的阻隔，延误了后续骑兵的进度，从整个队形来看，仍然处于纷乱迷离的状态。

刘宗敏率先赶到，暴喝一声，如同炸雷，雷声响过，刀光乱闪，五六个宁远军士兵顿时身首异处。紧随其后的两千大顺士兵，人趁马势，马助人威，狂涛卷浪般冲进敌阵。这样的突袭冲荡，真个气势如虹，宁死不退的宁远军士兵，除了纷纷血溅马下，别无结果，任何办法也无法遏制敌人的攻势了。

在石河西岸大营高台上观战的吴三桂终于忍不住了。他飞步下台，翻身上马，亲自点了两千骑兵和五千步兵，呼啸而出，赶来增援。

大顺军一路狂杀，直入何进忠的马阵腹心。宁远军以死伤几百人的代价，前仆后继，拼死抵抗，终以两倍于敌的兵马优势，逐渐消减了贼兵的攻势。

在大顺军"三堵墙"的战法里，"冲阵"不是为了消灭眼前的敌人，而是激怒敌方统帅，使之临机失误，投入更多的兵力，以达到"诱敌"的目的，自然地，诱敌是为了消灭这些更多的敌人。刘宗敏在感到座下马蹄受阻的那一刻就意识到，以寡凌众，激怒敌人的目的已经达到，如不立刻回兵，则有可能主客易势，自己反而要被对方吃掉。在劈杀格斗的同时，他微微侧身，朝着右后方的庙岗遥遥一望，心中立刻领悟了李自成的意思，先把手中的大砍刀向左一挥，拦腰斩了一个挺矛而来的宁远军千总，接着虎躯一扭，大刀右劈，劈死了一个从右侧偷袭他的明兵。此时他已经听到东边传来宁远军援兵的喊杀之声，冷冷一笑，心中窃喜，趁着连毙两敌、眼前腾出了一个空间的当口，勒转马头，大喊一声："小心援兵，快逃！"

这是个暗号，同时也是个命令！跟随刘宗敏征战多年的大顺士兵颇有默契，一边趁着冲阵的余威继续格杀敌人，一边把刘宗敏的命令递相向后传达。不过片刻，大顺军全部调转过马头，前队变后队，保持着严整的队形，却要装作惊恐逃命的样子，呐喊一声，向西飞奔。

宁远军从未见过这种打法，还没等弄明白怎么回事，贼兵已经飞驰离阵，奔出去半里多地了。何进忠只以为是后面大营来的援兵吓退了敌人，于是趁机鼓动士气："弟兄们，镇帅亲自来啦！别丢脸，都给我冲上去！"

将士闻命而动，迅速调整马头，人人恐后，急起直追。吴三桂的人马也已经聚拢了过来，但无法与何进忠当面交换信息，仅从现象上判断，吴三桂以为何进忠在前面已经得手，穷寇易迫，机不可失，所以率先策马舞刀，鼓舞着七千马步兵，随着何进忠的骑兵追了下去。

刘宗敏未损一卒，脱阵而出，等到驰出半里地开外，侧身回头观望，后面嚣尘四起，杀声震天，显然敌人已经中计。再往前看，心头狂喜，西边刘芳亮的第二道墙已经迎了过来。他一边喝令自己的人马两侧分开，一边冲着刘芳亮吩咐："快上去！多纠缠他一会儿，给第三墙留够时间！"

刘芳亮并不答话，等到刘宗敏的两千骑兵左右闪开，正面战场的形势一目了然。他稍做观察，抬起了左手。得到这个手令，一千名步兵火铳手分作五排，每排二百人，前后左右都拉开了距离，拦腰把大路阻断。最前面的二百人已经屈膝下蹲，做好了射击的准备。

距离越来越近，等到何进忠的骑兵发现溃逃的贼兵两厢分开，变戏法似的前面出现了持铳以待的大顺兵时，一切都晚了。两下相距，不过数十步，正要勒马躲避，噼噼啪啪，一阵乱响，宁远军人仰马翻，几十个士兵栽落马下。

趁着对方混乱，大顺军这边刚放完火铳的第一排士兵起身躬腰，井然有序地两边闪开，退出战场。第二排士兵则跨进两步，接续第一排的位置，如法炮制，继续燃信放铳。就这样周而复始，一千支火铳的铁砂，携焰喷火，轮替发作，全部射向宁远军。

没有任何地形可资屏障，这一下宁远军的亏吃得不小。在对方第一排火铳响过之后，由于硝烟弥漫，前路莫辨，直观的感觉是，贼兵近在咫尺，而火铳已经弹绝，只要鼓勇猛追，就可与贼兵贴身肉搏。所以虽然有几十名弟兄中弹而亡，但其余的士兵并未气馁，在战马惊悸的一瞬间过后，立刻调整队形，千骑并进，呼啸而上。万万没有料到，紧接着一批又一批排铳狂射不止，连分散躲避的机会都没有，五六百人，轰然而亡！

这是转瞬即逝的战机！在最后一排火铳手退走之后，刘芳亮把手一招，紧随在后的两千左营骑兵怒驰而上，迅如闪电地杀进敌阵。这一阵短促突击，没有自壮胆气的喊叫声，也没有毫无目的的左冲右突，只有精准无误的屠杀手法，瞄准敌兵要害，枪刺刀劈，招招见血，毫无预防的宁远军，在不到两刻钟的时间里，又有五六百人成了大顺军的刀下之鬼。

何进忠的面颊不知什么时候被一颗流砂射中，此时已经满脸血污，但仍然坚持着马头冲向贼兵，屹立不动。他知道，只要自己掉转马头，宁远军立刻就会哗然崩溃。在一片混乱之中，他目注前方，观察形势。等到硝烟散去，他很快做出判断：这次来的敌兵也不多！然而这个判断反而使他生疑：贼兵两次小股袭扰，其意何在？

恰巧此时吴三桂冲了过来，一边疾驰，一边高喊："老何……咦，你受伤了？退下去，看我把这股贼兵全部干掉！"

何进忠已有所会，策马挺刀，抢在吴三桂前头："我蹭了点皮儿，没事儿！请镇帅压阵，把这活儿交给我来做——当心贼兵有诈！"

这句话提醒了吴三桂。本来列阵关内的目的就不是为了和贼兵血肉相搏，虚与周旋，赢得一日之机而等待清军入援才是当务之急。有此意会，他驻马眺望，隐隐感到南北两侧动静不对，混乱之中，虽然无法确切辨认，但远处陡起的烟尘，却使他有所警悟：除了接连冲阵的两股贼骑外，大股贼兵，另有举动！有了这个意识，吴三桂惊出一身冷汗，放开嗓门儿，大声喝令："停！快快回守大营！"

然而毕竟晚了一步！

在刘芳亮第二墙出动的同时，李过分遣三路人马，一路两万骑兵，从南边向东迂回；一路也是两万骑兵，从北路向东迂回，他自己则亲率另一路马步混合的一万多士兵，立在红瓦店的正面战场，勒兵不动，注视庙岗，等待李自成的命令。

李自成高立庙岗，俯视全局，从刘宗敏的两千骑兵出动的那一刻，战场上每一个细小的变化都在他的掌控之中。这个具有十六年征战经验的农民军统帅，从小股流窜、打家劫舍的强盗头目起家，到指挥大兵团与明朝的正规军抗衡，由弱而强，屡蹶屡起，百战拼杀，脱颖而出，历练成了当今罕与其匹的优秀军事指挥家。今日之战，他比以往更有自信地统筹着全局，操控有度、指挥若定、胸有成竹地把握着瞬息万变的战场形势，时时寻找着最有利于自己的歼敌时机。在刘宗敏冲阵受阻、石河西岸敌兵大营涌出一股援兵的时候，他敏锐地判断出，这是吴三桂亲自出动了。他适时地叫李双喜挥起了蓝色令旗，蓝色是左营刘芳亮的旗号，挥动蓝旗，是给刘芳亮下达迅速行动的命令。在刘芳亮两千火铳交替喷射、战场上一时硝烟弥漫的时候，他下令李双喜挥出了黄色令旗，黄色是后营李过的旗号，这是要李过立刻趁机布置人马，分头包抄宁远军大营的命令。按照他的打算，要等到南北两路的包抄骑兵分别接近石河西岸，各自距离宁远军大营二里地的时候，再下令发起总攻，是最适当的时机。然而当南北两路的包抄骑兵呈扇形往东迂回，还没到达预想的目的地时，他发现在刘芳亮的冲击下，宁远军有犹豫回退的举动。如果此时不调整打法，一旦宁远军回守石河，重新形成两军对垒的局面，则将徒然耗费时间，今日夺关的可能性要大打折扣。因此他果断地命令双喜："传令，全军出击！"

李双喜得令，指挥五十名御前亲兵，迅速把耸立朝天的银浮屠大纛指向东方。

正在冲阵的刘芳亮感到第二墙的任务已经差不多了，拼杀间歇，回望庙岗，李自成发出了全军进攻的信号。再看眼前，宁远军纷纷调转马头，没有了继续往西追下去的意思，他立刻明白了大局有变，暗暗佩服李自成这一临机应变的指挥，奋力策马，不给敌人喘息的机会，挺枪疾进，左刺右挑，五六个勒马未定的宁远军士兵纷纷栽落马下。随他而来的两千骑兵，一看主帅如此，也都振作精神，扑了上去，紧紧地贴着回退的宁远军，穷追不舍。

刘宗敏刚刚聚拢了向两侧分开的队伍，看到庙岗上的信号，立刻回马，向东直扑。

在银浮屠顶往东倾斜的那一刻，李过二话不说，泼开马蹄，率领一万多士卒，呼啸呐喊，如排浪般向东压去。

南北两侧的包抄骑兵，看到银浮屠指向东边，立即停止向石河岸边前进，而分别侧转马头，北路的朝南，南路的朝北，犹如圆形火钳合拢，向中间的宁远军包抄而来。

这一打法的调整，使吴三桂出动的一万多人马顿时陷入了非常狼狈的境地。全身而退根本就没有可能，刘芳亮的贴身追杀只能迫使宁远军时时回马抵抗，而这样的抵抗，一无效果，除了多死一些士兵外，丝毫阻止不了大顺军的猛烈攻势，刘宗敏和李过已经合兵一处，掩杀过来，双方兵力的对比变成了以一对一的局面。而从士气上看，大顺军攻势正猛，宁远军自然处于败落的下风，一边是以一当十，人人奋勇，一边是且战且退，兵败山倒。打到这种地步，吴三桂懊悔万端，只好下令停止一切抵抗，他和何进忠并马跑在前头，不顾一切，向东飞奔。这样一来，宁远军士兵才能丢掉主帅被困的顾虑，除了最后面与刘芳亮马尾马头时相交错的那排士兵外，其余的无不放弃抵抗，策马狂奔，紧紧跟随着吴三桂向石河那边疾退。

然而还没跑到河边，大顺军南北两翼的包抄兵马犹如两条长蛇，卷地而来，眼看两条蛇头就要合拢。吴三桂知道，目前宁远军尚处于三面被围的状态，一旦贼兵的南北两条蛇头合拢，就会形成四面被围之势，不消片刻，一万多宁远军将士都要全部死于贼兵的乱刀之下。这种时候，什么也顾不上了，唯一要做的就是拼命狂逃，赶在两条长蛇合拢之前，能逃出去多少是多少。

两条长蛇越靠越近，万马奔腾，势如狂涛，霎时间两下聚拢。除了紧随着吴三桂和何进忠的两千骑兵逃出了包围之外，剩下的所有骑兵和步兵全部被席卷在内，无一幸免！

这是一场几乎没有抵抗的大屠杀，被围困的宁远军群龙无首，任何各自为战的局部搏杀都不能挽救迅速覆灭的败局。按照大顺军的惯例，凡是到了这种时刻，逢敌便杀，不管还在抵抗的，还是放下武器已经停止抵抗的，一个不留，全部杀死。所以不消片刻，死尸狼藉，石河西边二三里的战场上，横七竖八倒卧的全是宁远军的遗体和马尸。大顺军"三堵墙"的野战打法，纵横内地几千里，消灭明兵近百万，这一次在山海关下，再一次显示了它的神奇和惨烈！

就在李过指挥这场大屠杀的同时，刘宗敏单骑入阵，迎着一个宁远军守备将军冲了过去。这个守备正在左右游移，大约是想找个贼兵薄弱的地方冲杀出去，蓦然看见一个黑炭模样的彪猛贼将向自己奔来，本能地挺矛就刺。刘宗敏并不举刀，两马交错之时，机警地以身伏鞍，躲过来将之矛，就势勒住马头，顺手一揽，猫儿擒鼠般地把这个守备摘离马座，胳膊一收，按到了自己的马项之上。这个守备还想挣扎反抗，但很快他就知道这是徒劳无益的举动，刘宗敏单手按住他的脊背，向下一压，疼得他洞彻心扉地一声惨叫。

"说！哪个是吴三桂？"刘宗敏声如洪钟，震得敌将耳膜发颤。

"不知……"

"道"字还没出口，刘宗敏手上再次加力。

这一回疼得他杀猪般地狂叫："啊！我说、我说。吴帅已经跑出去了。"说着还很勉强地用手朝东边指了指。

刘宗敏虎爪一扯，把这个守备摔在马下。恰巧刘芳亮迎了上来，刘宗敏高声招呼："吴三桂跑了，快追！"

于是刘宗敏和刘芳亮各引所带的两千骑，绕出主战场。四千铁骑，趁着胜利的余威，鼓勇急追，直扑石河。

刚刚逃出包围的吴三桂，到了石河大营，回首观望，眼看着随他出生入死多年的一万弟兄被贼兵分割剿杀，不由得心如刀绞："完了、完了！我对不起辽东父老！"

然而不容他做悲哀之叹，部下的士兵纷纷惊呼："不好！贼兵冲过来啦！"——刘宗敏和刘芳亮的骑兵黑压压地接近了石河。

军心恐慌，士气已衰，这种时候了，哪里还能组织起像样的反击？吴三桂与何进忠匆匆商议，都认为野外拒敌不成，退而求其次，只有放弃石河、退守关门了。于是下令回关，边走边部署兵力：东罗门面向关外，不必管他。西罗门和南翼城首当贼冲，是要拼力死守的两道门户，由吴三桂和何进忠各领一万五千人，与关门总督高第一道，合力分守。

等到刘宗敏和刘芳亮赶来，石河西岸，除了一堆烧焦的战车，空空如也。隔河相望，敌兵正在朝关上溃逃。四千骑兵不待吩咐，纷纷拍马过河，蹑踪追赶。然而眼看着宁远军从南翼城和西罗城一拥而入，两箭地之外，刘宗敏下令停止追击，火炮是不起作用了，但要防备的是城上的守兵往下射箭。

收拾了野外的敌兵，李过也挥兵涉过石河，与刘宗敏和刘芳亮的兵马聚合。"总爷，底下怎么打？"李过急不可耐地问。

时已正午，自清晨厮杀到现在，士兵们都有点儿累了，所以刘宗敏对李过说："各营保持队形，派游骑严格监视各门。你再另外派几百人回红瓦店，看看伙夫那边午饭准备得怎么样了，好了就挑过来，让弟兄们吃饱了再说。"

李自成已经策马下岗，在李双喜的二百御前亲兵簇拥下涉水过河。刘宗敏偕同李过和刘芳亮迎了上去。一见面，李自成首先道乏："辛苦、辛苦！这一仗虽然未能阵斩吴三桂，但也灭掉了宁远军一万主力。不过，吴三桂回守关城，这一来又要打攻坚战了。"

一想到攻坚，李自成就有心病。偷袭和野战都是大顺军的拿手好戏，譬如今日野战，大顺军未死一卒，仅有少数轻伤，而毙敌一万，半日之内就突破了宁远军的石河防线。然而攻坚夺城则要付出极大的代价，远的不说，今年二月底在山西宁武关，周遇吉以一当十，五千人马折损了大顺军五万将士的生命，这是每想起来，都令李自成沮丧不已的事。况且，李自成此次亲临山海关，原打算以怀柔之心招抚吴三桂，根本就没想到刀光剑影地大动干戈。虽然一路张扬，号称带了精兵二十万，其实出京时仅带兵六万，中途加上刘芳亮的一万和唐通的八千，满打满算也才不足八万，而昨夜又把唐通遣往九门口，下一步用于攻城的不过七万人马。如果吴三桂像周遇吉那样用兵，七万人马要打下这座山海关，实在毫无胜算！更为糟糕的是，时间急迫，后天清兵就要赶过来，现在回京调兵，无论如何也来不及了。要是今、明两天不能破关，则明、清联手，即意味着华夏易主，李自成如何向天下豪杰交代？

把这些忧虑简要说明了之后，刘宗敏思虑了一会儿，忽有所悟："大哥不必忧虑。山海关虽然很大，但大有大的短处。刚才我看到明兵分成两拨退到关上，一拨进了西罗城，另一拨进了南翼城，这两城离这里都很近，应该是吴三桂防范的重点。今日攻城，不妨将计就计，表面上猛攻这两城，把明军全部吸引过来，造成北翼城空虚的局面。等到天色擦黑儿，我们分兵悄悄从北山俯冲而下，不难一举先把北翼城拿下。只要破了北翼城，吴三桂军心自乱，他要再想固守西罗城和南翼城就很难了。"

"嗯、嗯，也好！"李自成眉头一展，"给他来个声南击北，趁夜偷袭北翼城！"

有了这个计较，就不必硬拼蛮力了，而且时间上也可忙中偷闲，让士兵们好好歇息，把前两天日夜奔波，而今天又拼杀了整整一晌所消耗的体力恢复过来，养足精神，以便适时佯攻西罗、南翼二城，趁天黑偷袭北翼城。但有件事必须在两个时辰之内完成：大顺军此来没有携带重型火炮，而火炮是攻城的利器，为了弥补这一缺失，今日攻城只能采用最原始的办法了。所以李自成指令李过，后营抽出一万人，到四周砍伐木材，制赶云梯和棚床一类的攻城器具。

已经退回关上的吴三桂，心情沮丧，恨恨不已。他万万没有料到，贼兵如此狡黠，竟用火烧车子营的打法，上去就打乱了他的战术部署。闯贼的厉害，已经为他所领教，若不是还有清军很快就会如约而来为倚恃，只怕今天的半日之战，就会让宁远军土崩瓦解。而且自崇祯八年独镇一方以来，与清军大小数十战，从无一仗而损失一万人马的记录。为此他十分懊恼，而又心有未甘，回关之后，立即招来高第、冷允登、何进忠和佟祉年，商议下一步如何守住关门，拖延敌人，等候清军入援。

将帅五人，首先巡视了各城门的防守力量配置，同时也仔细观察了城下贼兵的动静。令他们异常欣喜的是，贼兵号称二十万，而城下聚集的明明只有六七万！

"会不会是闯贼另有重兵在周边埋伏？"冷允登疑惑地说出自己的看法。

"不会。"何进忠做出解释，"今晨一战，闯贼志在必得。他们把人马分成三拨，前两拨用于冲阵和诱我入彀，其余的全部用于从两侧包抄我军，切断后路。这是个极其毒辣的打法，这种打法，必须倾注全部兵力，方能一战收功。由此可见，城下的这些贼兵，已经是闯贼的全部人马了。"

这个解释虽然并不十分透彻，但大家都意识到，既然闯贼意在一战收功，就没有必要再留后手，二十万人马，仅以三分之一投入生死一决的包抄战，是无论如何也说不过去的。而这个看法一固定下来，自然得出了结论：闯贼扬言二十万精兵东征山海关是虚张声势！

吴三桂的情绪马上就不一样了。"好极、好极！"他兴奋地以手加额，"天佑大明！闯贼想用六七万人攻下这座雄关，难了！登策兄，我给你拨一万人，加上你的关兵一万，去守南翼城。我带剩下的两万边兵守西罗城。这两城离贼兵最近，必然是他们攻击的重点。诸位看如何？"

东罗城面向关外，并不受敌，这一点没有异议。"吴帅说的两城固然是贼兵攻击的重点，但北翼城也在贼兵的视野之内，似乎也要派人防守。"高第提出看法。

吴三桂想了想："也好，有备无患！关兵对地形比较熟悉，就烦登策兄分出两千人防守北翼城。"

一切分派妥当，攻守之战在午后申时——下午三点开始了。

虽然是佯攻，但样子必须做足。大顺步兵分作两股，狂呼乱叫，杀气腾腾，一股扑向南翼城，一股扑向西罗城。关内没有护城河，所以片刻之间，猬集到城墙根下。城上自然是早就做好了准备的，每个城堞，各有四名弓箭手，轮番交替，朝城下射箭，一时万箭齐发，狂泻而下。但这种阵势，大顺军见得多了，看到城上敌兵伸头探脑地有放箭的意思，立刻高高举起临时扎好的棚床，两个并成四个，四个并成十六个，十六个并成二百五十六个，顷刻之间就像一顶硕大无比的木棚，把大顺士兵，全都遮盖在棚床之下。等到城上乱矢倾泻，躲在棚床下的大顺士兵很有兴味地欣赏着头顶上箭落木板的噼噼啪啪之声。

箭声渐稀，手举棚床的大顺士兵井然有序地后撤五六十步，放下棚床，开始取箭。由于城上是直上直下放箭，难以着力，所以箭头在木板上都吃力不深，手握箭杆，一拔就出。如此城上的几万箭矢，尽为大顺士兵所收。

就在棚床后撤的同时，隐伏在棚床之下的大顺士兵呼啸一声，跃身而起，按照事先的编排，每十人为一组，每组一只四丈云梯，拉开距离，喊着号子，嗨哟嗨哟声中，往城墙上搭设云梯。

这一来城上的守军大为恐慌。据城而守，是有内外之别的，历来凭险筑城，有个万变不离的宗旨，这就是利内而防外。所谓"利内"自然要考虑城内兵马调动和器具输送的方便，所以从城里面登城比较容易；"防外"则正好相反，不仅要临高筑城，使城垣显得高大险峻，而且要距城墙五丈之地开挖既深且阔的护城河，给敌人攻城制造种种障碍和麻烦。如今大顺军从内而攻，占据了"利内"的优势，了无阻隔地就到了城墙脚下，受视线的影响，城上的守军要想观察墙下贼兵的举动是相当困难的，必须把身子探出城堞才行。但这样一来就增加了自身的危险，每当城上有人探身俯首向下瞭望时，大顺军便以弓箭狂射，封锁住城上的视线，所以在城下贼兵搭设云梯的时候，城上守军，懵懵懂懂，无法确切知道城下到底发生了些什么。

这样打下去，犹如盲人摸象，每个人的判断都不准确。无奈之下，吴三桂传令，把协助防守西罗城的百姓全部集中起来，不必探头下视，只用石头往下猛砸！

这一招果然奏效！关上的石头非常充裕，都是平时准备好了的，只要两人一组，把码放在城墙两侧女墙下的巨石抬到城堞，相约发力，往下一推就行了。如此周而复始，几千百姓，呼啸齐上，西罗城南北东三侧，乱石齐下，密集异常，砸得大顺士兵抱头鼠窜。

南翼城的情况亦复如此。高第用同样的方法打退了贼兵的第一次攻城。

然而方法虽好，却毙敌不多。因为站在距城墙五六十步的大顺军士兵，时刻都在观察着城上的举动，就在城上民夫往城堞上搬运巨石的时候，大顺士兵，看在眼里，一面纷纷向城上射箭，以滞缓敌人的举动，一面向城墙根的同伴发出警告，使正在架设云梯的大顺士兵得以迅速抱头撤退。两城之下，只有几十个跑得慢的士兵被砸死砸伤。

尽管这样，城上的百姓也算有了很大收获，纷纷探出头来，看着贼兵溃逃的样子，相拥欢呼，或者遥指贼兵，恶语嘲辱。

而这种不适时宜的狂欢，立刻召来了疯狂的报复，五六十步开外的大顺军弓箭手，把刚才得之于城上的箭矢，老实不客气地还了回来。万支飞羽，破空而来，不少探头观望的民夫，不是被射中脑袋，立时而亡，就是伤了眼睛或面颊，痛苦地掩面翻滚。

天色渐暗，城下依然鼓噪呐喊，似乎又要采取更为猛烈的进攻手段。西罗、南翼两城的守兵再次紧张起来，呼朋引类，递相喧传，闹得几万兵民全都猬集到两城城头，持戈拎刀，严阵以待，准备着要和贼兵殊死一搏。

看看时机已到，刘宗敏挥了挥手。李过会意，带着后营的两万人马，悄悄驰离西南两城下的战场，趁着月光晦暗，朝北狂奔六里地。到了北山之下，一万士兵下马，把马交给另外一万士兵，就地休整，相机接引。下了马的那一万士兵，个个身负宽片厚背的砍刀，腰悬弓箭，在李过亲自带领下，也不携带烛火，摸黑循着山间小道，一路仄歪，往上飞跑。跑了半个多时辰，登上山顶，其地名为"大平顶"，巨石嵯峨，一墙高耸，顺着巨石交错的棱角，手攀脚蹬，很容易就到了墙顶，墙顶上就是"角山敌台"，原是为拱卫山海关而建的一座瞭望所，自然也是万里长城的一部分。

没有守兵，没有更夫，兵不血刃地攀上长城。好奇的士兵从城墙东侧探头下望，黑黢黢的万丈深渊，目不可及。原来角山这段长城，依山就势而筑，内浅外深，内缓外峭，要想从外侧攀登，根本就没有可能，而外敌来犯，城里的兵民从内测登城应援，却毫不费事。

稍事歇息，李过一声令下，一万士兵，往南急驱，这与来时又不同了。来时是爬坡上行，现在是顺坡下行；来时是崎岖山路，现在是平缓城道，所以不过片刻，急驱四里地，挨近了山海关的北翼城。

北翼城楼横跨在城墙之上，南北两侧，各有一门可通。大顺军是从北侧而来，贴近城楼北门，李过做了个手势，全体鸦雀无声，只有两个士兵蹑手蹑脚地靠近大门。大门两扇，硬杂实木拼补而成，错指一弹，声如石磬，从里面拴锁得严严实实，手推不动，刀撬无缝，这一来巧取不成，只好硬攻了。

好在城墙上平时备敌，滚石擂木处处都是。李过指挥着二十几个高矮一致的壮汉，专门挑选了一根人腰粗细的巨木，扛上肩头，从十步开外，运足力气，同时举步，对着门扇猛力撞去。

嘭——！一声巨响，门扇有点儿摇晃。

嘭——！又一声巨响，门扇再次摇晃。

如是者再三再四，门扇摇晃的幅度越来越大，眼看着摇摇欲坠了。

然而这样的撞击，等于给敌人报警。第一声撞击声响过，城楼内的守兵惊恐得不知所措，甚至连巨响从哪儿发出来的都辨别不清，只觉得情况不对，

733

个个抄起家伙，却不知道往哪里去打。等到第二次和第三次撞击声响过，人们才弄明白，同时也迷惑不解：贼兵怎么会从北边冒了出来？

冷允登瞬间做出了反应：北翼城决不能丢！此城一丢，山海关主城必然落入贼手。人在城在，人亡城失，今晚一场生死恶战势不可免了！

其时城楼里的守兵并不多，只有三十几个，大部分都在城下的城厢排舍里休息待命，还有少部分在城楼南侧一线布防。冷允登立刻喊来传令兵，把城下的士兵全部召上城墙，由于城楼的空间有限，人多了反而施展不开，所以只留下二百人，其余一千八百人全部排到城楼南侧门外，随时待命，并用以替补城楼内的伤亡。与此同时，他叫来一名机警的快骑手，顺着城墙，飞马驰报山海关，请求吴三桂和高第速速派兵增援。

刚刚布置完毕，北侧城楼门被撞开了，两扇实木，轰然倒地，粉碎的木屑飞崩四溅的同时，大顺士兵，一拥而入，然而迎接他们的是密集的箭矢。冷允登亲自指挥二百士兵轮替放箭，相距五步，箭无虚发，率先涌进的几十名大顺兵应声倒地。瞅准了这个时机，趁着后续的贼兵还没反应过来，冷允登朝南侧门外一招手，一千多士兵入门穿堂，冲出北侧门，要与贼兵拼死相搏。

然而这却是冷允登在不知北边到底有多少贼兵的情况下做出的错误指挥。由于门窄路狭，不可能一下子冲出去太多人，自相拥挤和自相碰撞中，一百多人首先冲出门外。门外的李过"嘿嘿"冷笑，用刀一指，厉声喝令："弟兄们，把这些兔崽子全都给我剁了！"

有备而来的一万大顺兵，对付懵懵懂懂被动迎敌的一百多明兵自然不在话下。后排的还未待动手，前排的一千多人以十对一，连砍带剁，不消片刻，全部杀死。糟糕的是，后续的明兵不知就里，仍然源源不断地向外涌出，这就使自己丧失了弓箭阻敌的优势，而给了大顺军一个绝好的贴身肉搏的机会。一万士兵，气势如潮，逼得明兵且战且退。等到退至城楼之内，大顺军蹑踪呼啸而入，迅速占据四厢，肃清残敌，把北翼城楼稳稳地掌控到手。

直到此时，冷允登才知道来敌众多，同时他也醒悟，刚才犯了个绝大的错误！为了挽回败局，他抢先退出城楼，对着城楼南侧墙道上的一千多士兵高声下令："弓箭封门，决不让贼兵出楼门一步！"

这才是一个完全正确的决定！贼兵徒拥空城而不能出楼门一步，就不会对山海关方向构成任何威胁。而大顺士兵急于要冲出南侧楼门，却遇到了刚才明兵冲出北侧楼门一样的麻烦，门窄路狭，不能一拥而出，这样就失去了人多势众的优势。明兵只站在十步开外，出来一个，射翻一个，出来十个，射翻十个，有效地阻止了贼兵的进程。

自己出不去，敌人进不来，这样的僵持局面，气得李过哇哇乱叫。他在城楼之内，把周围上下都巡视了个遍，又透过人缝，对南侧门外默默观察了好一阵子，终于找出了克敌制胜的办法。北翼城楼共两层，顺着南墙的扶梯，可以登到二层楼上，二层楼的四围墙上都有木格窗户。他高声对着城楼内的士兵做了交代，然后亲自带上二百人，每个人都带足了箭矢，调好了弓弦，登上二楼，把南墙的雕花木格窗户全部打掉。一声令下之后，二百人居高临下，对着南墙外的明兵轮替放箭。由于出其不意，楼下的明兵纷纷倒地。等到后排的明兵弄清了怎么回事，也把箭杆上移，与贼兵仰面对射，然而挡不住楼上的飞矢如雨狂泻，只好边射边退，以躲避飞来之矢的锋芒。就趁这个当口，受了李过交代的楼内大顺兵丁鱼贯而出，前排的也是弓箭开路，与楼上的士兵同时并举，上下交射，逼得明兵顿失还手之力，纷纷躲到城墙两侧用以备战的滚石擂木后头，弃弓持矛，匍匐待敌。

很快地，有五千多人涌出了南侧楼门。这一来大顺军士气大涨，没有了对方弓箭的威胁，个个手持大刀，阔步疾进，与敌人相距越来越近了。

战局的急剧恶化，使冷允登意识到，今天就是卧尸城头之日！待到前头的贼兵快要靠近身边的时候，他一跃而起，破喉高呼："弟兄们，都别当孬种，报效大明的时候到了！"说完挺抢跳入敌丛，闪展腾挪，刺挑劈挂，顿时撂翻了几个贼兵。

受此鼓舞，一千多明兵都不要命了，把心一横，今天死也要和副帅死到一块儿！于是奋不顾身，争先迎敌，凭着这股血气之勇，宁死不退，前仆后继，终于压住了阵脚，使大顺军无法逾越这道人墙。

然而血气之勇只可凭借于一时，难以持之以恒久。毕竟大顺军在人数上十倍于敌，待到明兵体力消耗殆尽之后，以众敌寡的优势再次显现了出来。明兵死伤，已经过半，只剩下六七百人还在做着殊死的抵抗。大顺军死伤也不少，但仍有八千多人在追逐搏杀。只要再持续半刻钟的样子，明兵必然被全歼无疑！就在这个时候，吴三桂的援兵来了。

西罗城和南翼城的防守战打得腻腻歪歪。贼兵死死纠缠，然而又不全力猛攻，城上紧一紧，城下松一松；城上松一松，城下攻一攻，双方拉锯，你来

735

我去，闹得吴三桂和高第不胜其扰。在吴三桂想来，这是李自成的诱敌之计，目的是为了引诱自己，再次出城野战。为此他抱定了一个宗旨，并且把这个宗旨派亲兵转告给高第，无论如何，绝不出战，只要守住关门两城，就能拖延时间，等待清兵来援。

如此僵持到入暮时分，贼兵突然加紧了攻势，人呼马叫，汹汹不已，高举着松明火把，朝着城下蜂拥而来。吴三桂心下一沉，怕是贼兵趁着城上兵民疲惫，连夜抢城。正在一头汗水地四处督防，冷允登所派的快骑到了。

听了快骑的急报，吴三桂大吃一惊！万没想到贼兵在他防范最疏的地方插了一刀！北翼城逼山受海，地势高峻，如果贼兵得手，则仅仅两里之地，居高临下，俯冲而来，山海关就危乎殆哉了！

情急之下，他来不及与高第往返商量，匆匆和何进忠交换了意见，把佟祉年喊来，三言两语，说了一遍北翼城的危险情状，然后严厉喝令："我给你一万骑兵，快去援助冷允登！北翼城要是丢了，你就别活着回来见我了。"

佟祉年有点儿不放心，指指城下正在呐喊进攻的贼兵问："镇帅，走了一万人，这里怎么办？"

"少啰唆！我马上叫高第分兵过来助守。快去！快去！"

佟祉年不敢怠慢，立刻点齐了兵马，顺序排开，五马并驰，流星急火，往北翼城一路狂奔，不一会儿，北翼城遥遥在望。佟祉年远远地看见，冷允登的属下仅有几百人，明显地手脚迟缓笨拙，是气力衰竭的样子，还在做着几乎没有任何效果的抵抗，而贼兵近万，锐气正盛，肆无忌惮地狂砍滥杀。"好险、好险！"佟祉年嘴里喃喃一声，然后对着冷允登手下的明兵放喉高喊，"快闪开，我来啦！"

万马奔腾，急冲而来，这一下大顺军就吃大亏了！以步对骑，本来就处于劣势，再加上刚才明兵的殊死抵抗，又消耗掉自己不少体力，哪里还经得起这番猛烈的冲荡？所以马蹄过处，大顺士兵纷纷避让，而这些避让的士兵，很快就被接续而来的明朝骑兵分割斩杀。处在后头的大顺士兵，突遇此变，不知所措，都把目光聚向了李过。

李过此时头脑倒很清醒。他知道，敌人的骑兵，长枪大戟，汹汹而来，而自己的士兵为了爬山攀城方便，全都是短刃上阵，历来两阵对垒，一寸长，一寸强，就凭这一点，就很难与敌人抗衡。况且本来打算偷袭，现在变成了强攻，刚才一战，让他领教了吴三桂关宁兵的顽强，大致与宁武关的周遇吉相仿佛，以寡敌众，愣是急切间奈何他不得！看来今日北翼城偷不成了，如不立刻撤兵而再做徒劳的抵抗，说不定今天带的一万弟兄都要丧命城头。

"撤！"

一听撤退的命令，大顺士兵首先把城墙两侧的滚木纷纷推倒，挡住城道。这一来绊住了明兵的马蹄，就地打旋，无法奔跑。大顺士兵从容不迫，悠闲有序地往后撤退，哪里来，哪里回，向北奔走四里坡地，返回"大平顶"，从这里顺利下山，与等候在此的另外一万人马会合。李过指派五名快骑，飞驰西罗城下，向李自成和刘宗敏报告偷袭北翼城失利的消息。随后带着全部人马返回红瓦店。途中检点人数，这次偷袭，折损了一千三百人。

回到红瓦店，已入午夜。人人又饥又乏，手忙脚乱地刚刚卸掉马具，正要叫伙夫开饭，远远地看见李自成在前，刘宗敏和刘芳亮随后，带着全部人马，疲惫不堪地也朝这边撤了回来。李过立刻跨上一匹无鞍骏马迎了上去，一见面，满脸歉意，正要开口解释，李自成摇了摇手："我都知道了。先吃饭，饭后到我帐中议事。看来吴三桂不太好对付，都怪我出京时带的人马太少，也没带攻城的器具和火炮，让吴三桂这个混蛋今天逃过一劫。刚才我想通了，吴三桂生死现在已经无关紧要，紧要的是山海关决不能落入建房手中。我已经派人去九门口给唐通传令了，这边兵力不足，那边也不需要他封堵吴三桂的后路，叫他连夜过来，明日助战。时间不多了，今夜让弟兄们缓缓气，明天一天，齐心合力，就算不能阵斩吴三桂，也要把他撵出关外，哼！勾结外夷，毁我华夏，这笔账先给他记着，以后再算。无论如何，明天拼死也要拿下山海关！"

急驱关门

尽管范文程和洪承畴心急如焚，然而多尔衮依旧迟迟其行，十五日令大军在翁后休整，直到十六日午后才拔营启程。

一路蹒跚，狐疑满腹。吴三桂主动派人前来约兵剿贼固然使多尔衮惊喜异常，但筹思再三，他总感到心里不太踏实。此次出兵，倾国而动，这十四万人马是大清国的全部家当，孤注一掷，可能通吃全局，也可能血本无归，他不能不防备吴三桂预设陷阱，暗藏杀机。当前的形势，一夕数变，虽然范文程和洪承畴对所出现的每一个变化都做出了令人心折的解释和推测，但操持之柄，不可他移，他要牢牢地掌控着大到全局战略部署的调整，小至局部战术细节操作的权力，这是一场输不起的战争，百密之中，不容一疏。

在他看来，最稳妥的是，吴三桂答应投降。果真如此，天遂人愿，山海关不费一兵一卒，收入掌中。到那时再相机进取，贼势强，则身居辽左咽喉之地，与贼相持于京关之间；贼势弱，则趁势夺取燕京，席卷河北。可是吴三桂如果不投降就很难说了，即使他真心约兵求助，而号令两出，各怀鬼胎，最终亦难免顾此失彼。毕竟汉人一家，一旦吴三桂觉察出大清朝有并吞中原之意，幡然变计，与贼勾结，形成两家合而谋我之局，那可就麻烦大了！为此他掉头南下之后，并不急于匆匆赶路，勒马踟蹰，缓速移动，他要等到拜然带回来山海关的确信之后，再决定下一步采取什么样的举动。

从翁后经锦州到连山，途程二百五十里，清军走了五天，平均每天仅五十里，就像农夫赶集一样，漫不经心，比正常的行军速度还慢。二十日那天午后到了连山，正要下令扎营歇脚，多尔衮朝夕热盼的小舅子终于来了。

"快说说，吴三桂究竟什么意思？"多尔衮急不可耐地问。

拜然沉静地说："王爷，还有客人。"

"谁呀？哪儿来的客人？"

"宁远军的参将郭云龙和孙文焕，吴三桂指派他们随卑职前来面见王爷。"

就这句话，多尔衮已经听出了端倪：吴三桂求助之心不虚！既然如此，就要以待客之道，首先接见郭云龙和孙文焕了。"那好，你去把他们带过来！"

途次相遇，原是可以脱略礼数的，而郭云龙和孙文焕一点儿也不肯马虎，先是右腿后蹬，左腿前屈，然后双腿并拢，两掌交坎，双双行了个非常边式的明朝军礼，然后由郭云龙开口喝报："大明镇守山海关总兵吴帅标下游击参将郭云龙、孙文焕叩见大清国摄政王殿下！"

这还是以敌体相见的语气，多尔衮脸色不好看了："怎么？吴三桂不降我朝？"

"两国共事，各为其利，谈不上谁向谁投降！"

"吴三桂不投降，他派你们来干什么？"

"面递军书，并向摄政王请教灭贼方略！"说完，郭云龙抖抖衣襟，从怀里掏出了童逵行代笔写的那通给多尔衮的复信，双手呈了上去。

不用亲兵转手，多尔衮亲自接了过来，撕开封套，取出函纸，迎风展了展，注目细读。一看"抬头"就来气："大明国平西伯镇守山海关地方总兵官吴三桂顿首谨复大清国摄政王殿下"，静心想想十六日那天在西拉塔拉，洪承畴代笔回复吴三桂的信中"伯若率众来归，必封以故土，晋为藩王"这句话，多尔衮心中暗骂一句：不识抬举，给"王"不要，偏偏以"伯"为荣！

接着看正文。刚看了第一句"接王来书，知大军已至宁远"，不由得眉头一皱，冷冷地问道："嗯？怎么说我已经到了宁远？"

这一次是孙文焕作答，孙文焕在宁远军中有儒将之称，口辩之才，逾于常人："回摄政王殿下，吴帅原以为，本月十一日杨副帅所赍约兵书函，词气恳切，期盼甚殷，摄政王阅后必能急人所急，速速发兵相助，故而克日计程，预料贵军今日可到宁远。并未想到贵军心怀渔翁之意，坐观鹬蚌之争，迟迟其行，至今才到连山。"

多尔衮读过不少汉人典籍，听得懂这番话的意思。这样的回答，连责备，带讥讽，而又句句实情，直戳多尔衮的心窝，恨恨不甘，却又无可奈何，只好忍了忍气，把这通回书匆匆看完，然后沉着脸说："请二位将军先去歇息，待我思虑片刻，给你们回话。"说完招招手，过来四名亲兵，把郭云龙和孙文焕客客气气地引走。实际上这四名亲兵事先奉了多尔衮的命令，把郭云龙和孙文焕引到后队监管起来，与前次来的杨坤软禁在一起。

范文程和洪承畴都在身边，多尔衮把书信递了过去："哼！事到如今，吴三桂还以明朝的代表自居。二位先生仔细看看，这里面有没有什么隐晦不明的意思。"

二人字斟句酌，把这通书信透彻研究了一遍，范文程首先说话："吴三桂回避劝降的话题，且不管他。这里面有两个意思，与前次书信不同，一个是'幸王速整虎旅，直入山海'；一个是'京东西可传檄而定'。王爷，这个机会是千载一时，不可错过。"

多尔衮略微一想，前次书信，吴三桂要求清军"直入中协、西协"，而这次变成了"直入山海"；前次书信仅说"裂地以酬"而不明其意，这次则明确说是"京东西可传檄而定"，两通书信中，这两个意思的变化耐人寻味。只要能顺顺当当"直入山海"，是不是"传檄"燕京东西地面就由不得吴三桂了。哼！既得燕京，何止东西？占据山海关，进而奄有黄河以北，是太祖武皇帝和太宗文皇帝父志子传、薪火不息而欲求未达的宏愿，而今将毫不费力地在自己手中成为现实。

美梦成真，喜心翻滚，然而他还是疑惑未除："武备未可弛！万一吴三桂耍什么花招，还是要立足于打！"

"不必、不必。"洪承畴接过话头，"吴三桂没耍什么花招。九王，大军西顾，山海关不血刃可下，大河以北，必为我有。"

"何以见得？"

"前次书信，闯贼尚在燕京，故而吴三桂约我绕走中协西协，灭贼于都门宫廷之间；此次书信透露，李自成亲率党羽，进犯永平，吴三桂自料非其敌手，求援心切，乃求我直入山海，首尾夹攻，灭贼于永平一带。可知自十一日至十九日，八天之间，形势起了极大变化，吴三桂迫不得已，为报君仇，而力所不逮，只有出此至劣至愚的下策，如宪斗兄所言，此真千载一时之机。我兵一入山海，虎啸龙腾，旋乾转坤，首灭闯贼于永平，继而趁势席卷，进据燕京，布告天下，安抚民心，剔除旧明弊政，纾解百姓贫困，以王师之姿，出民水火。诚如是，则贼氛靖而寰宇清，大河以北，谁不宾服？"

"嗯、嗯。"这些道理，多尔衮不能不承认说得非常透彻，但这一切都是围绕着"闯贼亲率党羽，蚁聚永平一带"这个消息所做的判断。这个消息准确与否，是这个判断能不能成立的关键。为了谨慎起见，他转而冲着拜然发问："你这趟去，看到关内情形怎么样？吴三桂态度如何？还有，李自成现在永平，可是实情？"

"是！"拜然的回答要言不烦，"十八日晚上关上风传，闯贼李自成率精兵二十万进犯永平。山海关人心恐慌，急盼我军入关救助。昨日离关前，吴三桂亲口说，今日要分兵前往永平拒贼。种种迹象表明，李自成现在永平，所言不虚。"

拜然稳重深沉，心思细密，不是张狂其言的人。他的话，自然能引起多尔衮的足够重视。"好、好。吴三桂果真分兵永平，山海关必然空虚。"他把拳头重重一挥，终于下定了决心，"闯贼与我素无瓜葛，他逼死明朝皇帝，不关我的事。倒是他进兵永平，帮了我的忙。趁着吴三桂去救永平，我先把山海关拿下再说！"

有了这个决心，多尔衮就无所顾忌了，当即下令，马军在前，步兵携辎重随后，沿路不打火，食不停步，饿了以自带的黑高粱面锅饼充饥，严限一日夜赶到山海关。

连山到山海关二百四十里。午后启程，入暮越宁远城而过，一路上马蹄翻滚，黄尘蔽天，松明火把照耀之下，除了急急赶路，别的什么也顾不上了。今日天亮赶到中后所，负责前后联络的哨兵飞马来报，说步兵盘护辎重，行速太慢，已经远远落后在七十里开外。多尔衮勒马叫停，此去夺关，少不了红衣大炮，而红衣大炮每尊重达两千斤，只能牛拉人推，由步兵盘护，行速自然迟缓。马军快，步兵慢，为了兼顾快慢，多尔衮下令骑兵半数临时改为步兵，原程返回，专门协助后路运送红衣大炮，另外的一半骑兵，一人二马，匀速前进。做了这样的调整，果然见效，行速虽较昨夜稍缓，而马步并举，融为一体，对多尔衮趁明军分兵永平、山海关空虚而一举武力夺关的战略构想极为有利。

疾行二百二十余里，今天傍晚时分，先头哨马报来了一个极其意外的消息：前面五里九门口关，有汉人军马正在关下集结，看样子是要阻止清军前进！

犹如晴天霹雳，震得多尔衮瞠目结舌，他的第一反应是，曹操误走华容道，处处都是诸葛亮布下的埋伏阵！"快、快！快去把范文程和洪承畴叫来！"

三军止步，持械待命，延绵十几里的马军步军，人人警惕十足地以目巡视，唯恐道路两侧随时都会有汉人的伏兵四起，掩杀过来似的。

奉召而至的范文程和洪承畴，从后队赶到前队，气喘吁吁地到了多尔衮面前滚鞍下马。多尔衮劈面第一句话就带着责备的口气："二位先生算计得好！算来算去，算到吴三桂的手心儿里了！"

问明了消息，洪承畴也傻眼了。以他对吴三桂的了解，深知这位大明朝的边关骁将，自幼搏击沙场，与满洲人仇杀二十年，若说他在明亡之际，与贼勾结，设计引清兵入彀，一举灭掉清军主力，进而收复关外失地，替李自成一统汉人天下，这种可能，不是没有。毕竟汉人一家，朝代鼎革，弃旧图新，这样的事例，撰诸史实，不绝于书。以此反躬自省，吴三桂果真如此，总比自己靦颜而事夷人，其名声要好听得多！心中有此暗结，所以受了多尔衮的责备，缄口不语。

而范文程却没有这样的顾虑，所以对眼下的局面另有判断："王爷勿忧！我军此来，有去无回。纵使吴三桂有设计害我之心，以其四万人马，亦难有遽然灭我十四万众之力。况且目前的消息，混沌不明，九门口究竟有多少汉兵？时将入暮，他们不据关而守，反而在城外集结，其意何居？这一切都要先打探清楚再说。文程的意思，大军不妨就地警戒休整，王爷速派机警干员前往打探，待情况大致弄清，再做举动不迟。"

思来想去，只好如此，多尔衮依言行事。过了大约两刻钟，派去打探的亲兵匆匆而回，带回来的消息是，九门口的守将姓唐名通，手下有万把人马，令人奇怪的是，唐通的人马整队集结之后，并未向清军这边迎来，而是缓缓地朝着山海关方向走去！

多尔衮眯眼思索："唐通？名字好熟……"

洪承畴立刻介绍："九王，唐通是明朝的蓟镇总兵，前年承畴奉前明崇祯帝之命与我朝为敌，率八镇总兵赴援锦州，其中就有唐通。他与吴三桂同属蓟辽防区，所部有八千人马。"

这算是弄清了九门口守军的具体身份，果然是吴三桂的同党！然而唐通既然驻守九门口，为何清军来了，不守汛地，反而弃关西走山海？略一思索，只有一个合理的解释：唐通惧怕清军！

"唐通走了多长时间了？"多尔衮问探事的亲兵。

"刚刚开始。"亲兵说完，又立刻补充，"前队刚刚启程，后队还没动身。"

"阿济格！"多尔衮高喊。

英王阿济格就在身后，听到呼喊，应声而答："卑职在！"

"你去点两万快骑，撵上唐通，把他的八千人全都灭了，一个不留！"

"喳！"

九门口关外是一片河滩地，碎石成径，平整如修，当地人称之为"一片石"。唐通前天夜间奉了李自成的命令，从红瓦店绕过北山，崎岖坎坷地走了三十里地来到九门口关。关上只有一百多人，不是戍守的士兵，而是无事时照料关门、有事时向山海关传递情报的军夫。八千人马一到，一百多军夫无力抵抗，自然老老实实开门迎降，唐通接管关城，连夜做了布置。他自感这一趟是取了个巧，避开了在山海关内与吴三桂关宁兵的一场恶战，八千人马，完整无损，是自己日后在新朝迁转升擢以获取富贵的张本。今天一天，平安无事，冰火两重天，山海关内，鏖战正酣，而这里鸟语花香，恍如方外世界。只要吴三桂不向关外出逃，他相信，大顺军必能在今天拿下山海关，吴三桂非死即擒，自己无须参战就能坐享其功。不料日落西山，李自成派快骑过来传令，要他带上八千人马，速回山海关助战。唐通的为人，嘴皮子上的功夫一个顶俩，貌似豪爽，实则少勇乏谋，就爱耍小聪明。接到这样的命令，心里自是老大的不情愿，打发走了传令兵之后，脑袋瓜子一阵乱转，忽觉福至心灵，一拍大腿：有了！命令是要我回关助战，并未说是要回红瓦店，我何不来个关外包抄！刘宗敏他们从里面打，我从外面攻，使吴三桂内外不能兼顾，等到山海关一下，李自成论功行赏，岂能少了我的这份奇功？就这样的小算盘，噼噼啪啪打了一阵子，越想越妙，于是召集部众，打算趁着天黑，神鬼不知，悄悄溜到山海关外隐伏起来，观察动静，相机行事。

八千人马，闲散了一天，还没过瘾，接到集合命令，都不知道唐大帅肚子里的弯弯绕，还以为是李自成已经在关内得手，要他们从外边近道入关，去接防汛区。所以一个个无精打采地抄起家伙，懒懒散散出关到一片石聚拢。好大一阵功夫，人马聚齐，唐通挥了挥手，意思是大队先行，自己断后。就像蚯蚓蠕动，前头牵引，等到尾巴跟进，要等老半天时间一样，好容易等到全队都动了起来，唐通才跨上马背，二百亲兵，持戟护卫。然而就在这个时候，唐通浑身打了个激灵：不对了！东边方向分明有成千上万的马蹄声响传了过来！

"来者不善！"多年的边关生涯使他的判断不误，"这是建虏！快、快，传令前队掉头，跟我迎战！"

嘴上这样说，身子却不动。等到亲兵驱动两三千后队人马冲了上去，趁着初照的月光，唐通清楚地看到，一面锐角白底加红边的旗帜，无风自展，猎猎飘扬，这不就是建虏骁将阿济格的镶白旗么！

这一惊才使他明白过来。吴三桂勾结建虏，十九日那天在永平李自成就打过招呼，而他根本就不予置信。汉人降虏，除非像洪承畴和祖大寿那样，被擒无奈，保命苟活，说起来是其运可悯，情有可原。而吴三桂拥重兵而独据山海，又没落到洪承畴和祖大寿那步田地，怎么会主动去依附外夷？然而眼前的情景，不啻当头一棒，打得他懵懵懂懂地接受了现实：吴三桂华夏败类，果然与汉人的死对头暗中联手了！

愤而激怒，怒而激勇，唐通扯破嗓门儿，厉声高喝："弟兄们，卖命的时候到了！都给我冲上去，和小鞑子拼了！"

然而对付这样的快骑突袭，是要步兵弓箭手首先列好队形，待到对方临近，射人先射马，乱其阵脚，始能遏制住敌人攻势的。无奈这一军事指挥常识，情急之下，被唐通忘得光光，而听到命令的四千骑兵，转身而动，仓皇打马迎敌。这一来短兵相接，以被动披挂之卒而应对主动来迫之旅，等于白白送死。片刻之间，清军如潮水奔涌，狂泻而至，阿济格一马当先，两把短柄鬼头薄刃刀，左砍右劈，刀刀不空。后面的清兵，个个争先，没有反复冲荡的回合，只有狂涛卷地，沙飞石崩。唐通的四千骑兵，只有不足一千掉头逃命，剩下的三千多，转眼间消失殆尽。最倒霉的是步兵，两条腿跑不过四条腿，清兵一来，抱头鼠窜，然而很快就被清军铁骑追上，马踏刀剁，全部丧命一片石。到了这种时候，不管唐通愿意不愿意，二百亲兵，拥护着主帅，趁着九门口关门大开，急急奔入关内，马不停蹄，择路而逃。一片石河滩上血流如涌，全都是唐通部下的尸体。

整个过程，不过一个时辰，阿济格全胜而归，得意洋洋地向多尔衮回报战绩。多尔衮认真听罢，心中愈加狐疑：吴三桂的两次书信，加上拜然的亲自入关探底，都没有提到唐通驻守九门口，则此去山海关，会不会遇到更大的麻烦？

洪承畴依然缄口不语。范文程思索了一会儿，徐徐进言："王爷，此处距山海关不过三十里，九门口既破，三十里之内再无险隘，不妨先到山海关下找一处隐蔽地方安置下来。人马疲惫，歇息一夜，且到明日天亮，看看关上的动向再说。"

这样做法，进退自如，多尔衮欣然接纳了。于是探马先行，大军启动，多尔衮一边走，一边对紧随在两侧的豫亲王多铎和英郡王阿济格交代："仅仅一个吴三桂不足为虑，我担心的是李自成。先帝在时，我军曾两次围困燕京，均不得其手，而李自成不知不觉之间就逼死了崇祯帝后，可知此贼智勇，必有过人之处。莫非他要乘新得中原之机，与吴三桂暗中联手，染指我辽东？你们俩都要格外小心，此去山海关，凶吉未卜！"

三十里地的路程，马压其步，人蹑其踪，如履薄冰地走了一个多时辰。半轮明月，辉映当空，远远地看见一座山岭横在大路北侧，岭上有个不大的城池，探马来报，前面就是威远城，距山海关不足三里。

744

威远城座落下的那道山岭很特别，有两个名称。大明朝的法律，刑罚分为五等，从轻到重依次为：杖、徒、流、绞、斩。其中"流"就是"流放"，历朝历代，均做此称，唯独大明朝把流放又称为"充军"，这是因为太祖朱元璋手创军事"卫所制"，卫所的兵户不足，而民户又不想当兵，只好以犯人充军，所以才有了这样一个很奇怪的说法。犯人充军，不会发配到内地繁华之所，自然是越远越好，而极边之地，不在岭南，就在关外，所以凡是发配到关外的，又称"充边"。充边的犯人，出了山海关，道北一座岭，有那家资殷实的民犯眷属，或者略有影响的罪官亲朋，就在岭上设宴饯别，这样的场景，自然凄凄惶惶，醉不成欢，久而久之，就把这里叫作"凄惶岭"。待到充军期满，欢天喜地回关与家人团聚，路过此岭，沽酒小酌，把杯临关，其喜洋洋，所以又把这里称作"欢喜岭"。

欢喜岭上有座高两丈，广、阔各五丈见方的平台，平台东西两侧都有蹬道可供人上下。本朝洪武十四年，开国名将徐达奉了成祖文皇帝的诏命修筑山海关，费时四年，雄关筑成，特在关外三里的欢喜岭上建了这座高台，名为"威远台"，用来作为山海关的前哨瞭望之所。到了本朝穆宗隆庆二年，名将戚继光在江南打退了倭寇的滋扰，奉诏戍守北边，抵御蒙古瓦剌部落的不时内犯。戚继光统辖的防区，就在蓟镇与山海关一段长城。由于威远台裸露于天，风剥雨蚀，屡塌屡修，索性在威远台上建了一座威远城。城堡不大，独立于关外，虽然是城，而不以城名，人们在习惯上仍然称之为"威远台"。

到了威远台，就算到了山海关下。多尔衮异常警惕，先派人巡察欢喜岭，再派人肃清威远台。岭上寂寂，台上空空，多尔衮恪守古代兵法，不敢让大军在大道上屯驻，十四万人马，居高临下，全部到欢喜岭上临时歇息，然而人不解甲，马不卸鞍，也不许打火就食，枕戈待旦，以防不测。多尔衮本人则由范文程、洪承畴、多铎、阿济格等人陪同，武士环卫之下，进入威远城。

刚刚就绪，尚待议事，忽听山海关传来一阵密集的隆隆炮响，火光撕裂夜空，硝烟弥漫山岭。众人无不大吃一惊，岭上的将士也都惊厥而起，人沸马嘶，不知所措。

多尔衮一脸严霜，表面不动声色，内心却十分恐慌：坏了、坏了！还是上了吴三桂的当了！

洪承畴更是惊骇得急不择言："九王，看来山海关急切难下。我军莫如原路返回，仍然绕道蒙古，从蓟州、密云一带入关，偷袭燕京，剿灭闯贼。"

"别着急、别着急。"范文程在侧耳谛听，同时把两手一翻，朝下空按，"炮声稀落了。王爷，火药铅弹并未朝岭上打来。"

这一说提醒了众人，多尔衮首先登上威远台顶，举目前眺，火光闪耀处，隐隐约约能够看到，山海关城楼上大约还有五六尊火炮在交替轰鸣，炮口似乎很低，直逼城下，不过看不清城下有什么举动，但有一点却清清楚楚：此处但闻硝烟，不见铅弹，没有一个人因中弹而惊叫哀鸣，欢喜岭上，寸草未损！

"奇怪呀！"多尔衮喃喃自语，"吴三桂这是搞的什么名堂？"

威远盟誓

打了一天仗，左支右绌，险象环生，不过总算先败后胜，逼得北翼城和关下的贼兵怏怏而退。入暮已深，关门内侧灯火通明，更夫值夜，士卒巡哨，为了防备贼兵趁夜偷袭，全体守兵，不下城墙，都窝在城堞后头持械而眠。

卫城的老百姓在佘一元和吕鸣章等乡绅的分派下，轮替上城，供食供浆，不让一个士兵饿着肚子打仗，直到此时，城墙的各处马道口旁，仍然有临时垒起的土灶还在哑火闪烁，灶上隔火闷着热气腾腾的锅饼和玉米糁子稀粥，以供夜里醒来的士兵随时就着萝卜丝咸菜食用。

大战间歇的关上关下静谧如常，而吴三桂的情绪却焦躁不安。贼兵一退，他对坚持要在城上值夜的何进忠草草做了交代，然后叫亲兵把高第和童逵行喊来，在佘一元的催请下，一块儿下了西罗城的拱辰门，进入山海关西边的迎恩门，从迎恩门内的马道，登上城楼。进了城楼大厅，另外四名绅衿吕鸣章、曹时敏、程印古和冯祥聘早已在此迎候。

"恭喜、恭喜！"四名绅衿同时起身拱手，由吕鸣章带头致贺，"今日一战，虽然先受小挫，幸赖吴帅临机应变，退守关门，午后和傍晚，连连打退贼兵十余次进攻。吴帅和高帅亲临城堞指挥调度，将士奋勇，三军用命，终使山海关城安然无恙。鸣章等略备薄酒，一以为关宁两军庆功，一以为二位大帅压惊。请、请！"

揖让入席，吴三桂反客为主，很勉强地举起一杯酒，朝着五位乡绅照了照："唉，惭愧！折了我一万弟兄，不足言胜。今日守城，全赖诸位先生协调民心，使我关宁将士得无后顾之忧。来、来，三桂量浅，借花献佛，就这一杯醇酒，感谢山海父老了！"说完一饮而尽，把空杯朝桌子上一翻，表示就此罢杯。

主帅如此，举座不欢，众人陪着吴三桂各自把杯中酒喝干，五位乡绅又貌礼性地向高第和童逵行各敬了一杯之后，纷纷落座，目光逡巡，只在吴三桂脸上打转。

谁都知道吴三桂为何忧心忡忡，而谁都不想首先打破沉闷的局面，因为谁都不知道明天的战局会发生什么变化。形势明明白白地在眼前摆着：关上的矢石消耗将尽，而贼兵一整天几乎没有什么伤亡。等到一夜休整，贼兵元气恢复，明日蓄力来攻，关城还能不能守得住，是个谁也没有把握回答的绝大问题！因此本欲欢庆，反成懊恼，人人低头不语，而各自在心中都存着同样的疑惑：清兵为何迟迟不来？

"郭云龙和孙文焕出关几天了？"吴三桂声音很低，像似自言自语，又像似认真垂询。

童逵行接口而答："回吴帅，郭参将和孙参将十九日一早出关，眼下二十一日再有一个时辰将尽，通算起来，应该是出关三个昼夜了。"

"嗯、嗯。"吴三桂突然言辞激愤起来，"三天三夜，清军不来，这不是毫无道理吗？十八日那天，清军特使拜然说多尔衮大军已经开到宁远。郭云龙和孙文焕十九日一早出关，两下相对而行，当天应该在中后所附近相遇。中后所离此不过一百里地，如果多尔衮诚心相助，昨天晚上就该来到关下了，而时过一整天却杳无音讯，诸位想想看，多尔衮到底打的什么鬼主意？"

时间、路程都计算得精准无误，因而最后这一问就显得特别有力。这一来举座讶然：多尔衮不打主意则已，如打主意，必是不利于山海关的坏主意。看来外夷毕竟靠不住！

座中最显尴尬的是童逵行。联清剿贼的计划是他所首倡；后来形势变化，李自成趋兵永平，又是他力主让清军直入山海关；如今形势又变，李自成狂扑山海关，今日一战，并不像吕鸣章刚才说的那样先败后胜。闯贼的实力他看得清清楚楚，论野战，关宁军一触即溃，根本不是对手，而午后贼兵攻关未成，也不是关宁军的多大功劳，而是李自成用兵失计，意在偷袭北翼城，实际上关下并未全力投入，不过屡屡佯攻，分散关上的注意力罢了。照此来看，李自成一误不会再误，明日再战，山海关命悬一线，这种时候，多尔衮违约不至，说来说去，首先对不住的就是把自己视为挚友和智囊的吴三桂！

挠首无计，只有义气相期了。众目所视之下，童逵行自斟一杯酒，仰脖吞下："吴帅，逵行单骑出关促兵！"

吴三桂一愣："什么？你要出关促兵？"

"是！如吴帅所言，刻时计程，多尔衮就在中后所附近，一来一回，不过一天时间。遂行即刻动身前往，面见多尔衮，促其发兵相助。敢烦吴帅明日午前再撑持两个时辰，午时之前，援兵必至！"

这有点儿匪夷所思了！吴三桂怔怔地看着童遂行，颇感不屑："照我看来，多尔衮是想坐收鹬蚌相争之利，你去一趟，他就会发兵相助？说说看，你有什么锦囊妙计？"

"锦囊妙计到没有，无非出之以诚！"

"还要怎么诚？我吴三桂不惜后世骂名，地也割了，财物也许了，他就是拖延不来，你还有什么诚能以出之？"

"昔者申包胥恸哭秦庭而复楚。遂行此去，仿佛此义！"

本月初十日王永吉主持关上定策时，童遂行曾经提到过这个故事。春秋时代伍子胥为报父仇，东匿入吴，借助吴国的力量破了楚国的都城。申包胥为了复楚，西走入秦，在秦庭外哭了七天七夜，终于感动秦王，发兵击吴，救了楚国。这段掌故，家喻户晓，在座的众人都了然于心。然而现在童遂行再次提起，众人的感觉不免丧气：申包胥哭秦庭是个著名的"乞师"故事，一无所有，空手求人，这和吴三桂代表大明朝与清军谈判，许之以利，事成之后，各得其所，似乎不可同日而语！

"不行！"吴三桂这一次一点儿面子都不给，断然否定了童遂行的请求，"低眉求人，必然受制于人，这样的事，不能干！"

然而这样的事不干，却又待怎样？众人一时计无所出，都在默默低头深思。童遂行遭受顿挫，自觉面上无光，更是鼠眉凝聚，像似在继续筹划妙计的样子。

就这时候，惊天动地几声炮响，震得迎恩门城楼大厅尘土飞扬，紧接着又是一阵更为密集的大炮轰鸣，人人惊骇，不知所措。吴三桂倒还镇定，细细一辨，听出了炮声来自东边。

"不对呀，关外怎么会有炮声？"吴三桂大惑不解，"莫不是闯贼趁夜潜出关外，要内外夹攻，偷袭关城？——走，跟我出去看看！"

然而还未待出门，何进忠派人来了，是个游击千户，一进来，脚步跟跄地一边施礼，一边报告："禀吴帅，镇远门外有人偷袭关门！"

"什么人？有多少？"

"目前尚不清楚。"

"混账东西!"吴三桂不觉大怒,"情况还不清楚,你跑来干什么?"

"吴帅息怒!何副帅正在城头退敌,怕吴帅担忧,特命卑职前来禀报,说城外人数不多,不劳吴帅亲自出面。黑夜不辨敌情,何副帅说先用火炮轰他一阵再说。"

"喔?这么说,火炮不是关外朝城上打的吗?"

"不是!是何副帅下令城上守兵朝城外打的。"

"嗯,嗯。关内的贼兵有何举动?"

"回吴帅,关内安静得很,贼兵没有举动。"

"知道了。你赶快回去,有了新情况立刻过来报告!"

炮声渐稀,终至哑然。不大一会儿,那个千总又来禀报:"是贼将唐通的人马袭关,已经被火炮击溃,何副帅带人出了镇远门瓮城,说要肃清关下,看能不能捉到活口。"

唐通袭关?等到那个千总一走,满座无不惊诧难解。唐通上个月十五日在居庸关降贼,而且本月初四日和左懋泰一道跑到永平替李自成做说客,企图劝降吴三桂,这是人人都知道的事,则此人袭关,自然是奉了李自成的命令,意在内外夹击,趁夜攻关。但既然如此,关外已经下手,关内为何毫无动静?还有,从关外攻城,难于从关内数倍,为何唐通却所带人数不多?

你一言,我一语,都企图对这些问题做出合理的解答。纷纷乱嚷之际,何进忠来了,一进门,满脸喜气:"镇帅、诸位,清军来了,就在城外欢喜岭!"

"啊?"不知道是惊喜还是激动抑或是担忧,总之一股极其复杂的心情使吴三桂说话都不利索了,"怎……怎么回事?"

"捉了两个活口,分别问话,把二人的口供一核对,才知道了怎么回事。"

这等于没有回答问题。众皆茫然,还是佘一元机灵,给何进忠倒了杯酒,顺手挪了把椅子:"来,何副帅,先压压惊,坐下来,慢慢说。"

何进忠脸上有伤,缠着白布,但仍不失大将风度,豪爽地接过酒来,一饮而尽,大马金刀地朝椅子上一坐,理理思绪,把来龙去脉细说了一番——

唐通的四千骑兵,有三千多死于阿济格的突骑袭杀,没死的还有八百多人,掉头西逃,逃到欢喜岭下。本想在这里歇歇脚,然后再与关上的"自己人"取得联系,告诉李自成建虏的兵马已到,袭破了九门口,要关上做好御敌的准备。没想到工夫不大，远远地看到东边大路上星星点点，灯火闪烁。八百多人余悸未除，知道这是清兵朝这边撵过来了，因此不敢喧哗，肃声西走，边走边回头观察。好在夜深幽暗，这边不点灯，那边烛火亮，相隔二里，以暗观明，把清兵的举动看得一清二楚。到了山海关下，发现清兵止步欢喜岭，威远台上，烛光通亮。几个小头目一商量，决定"叫关"。

"喂——！我们是唐通的部下！九门口失守，快放我们入关！"

连喊两遍，有了反响。城上值夜的只有一百多个高第的士兵，而为首的年轻小把总很机灵，一跃起身，从镇远门瓮城探头下望，先做了一番观察，然后温语询问："请问你们有多少人马？"

城上有了回应，城下群情激动，纷纷乱嚷："不多、不多，只有八百。快把城门打开，晚了大家都活不成！"

这话说得不明不白，似乎还带着威胁的意味。小把总年少胆怯，不敢擅自做主，只好先把对方稳住再说："好，就来、就来！弟兄们先歇息一会儿，等我把钥匙取来就下去开门！"说完低声吩咐手下的士兵，暗中把十几门佛郎机大炮的炮衣揭开，调低炮口，填弹装药，严密观察城下的举动，坚守待命。他自己则一跃跳上马背，沿着城墙，飞奔到西罗城，把情况向何进忠做了汇报。

何进忠刚刚换了创药，靠在躺椅上，半眯缝着眼睛，听完报告，霍然而起："好小子，干得不错！回头我到你们高帅那里给你请功！走，跟我一块儿过去看看！"

点了五百快骑，沿着城上的直道，打马飞奔东门。弃马登阶，上了瓮城，何进忠隔着护城河隐隐看到，来人确实不多，为了印证小把总的说法，他亲自放喉喝问："城下的听仔细了，叫你们唐帅给我回话！"

立刻有声音传了过来："唐帅被鞑子兵围住了，生死不明！我们是他的部下，快快开门！"

一口京畿北部蓟镇、顺义地区的口音。何进忠对唐通所部很熟悉，都是京畿北部的"军户"。这就好办了，只要确认了是唐通的人马，则都是降贼喽啰，格杀勿论！

何进忠喊了一名游击千总，叫他到迎恩门去向吴帅报告，这边由自己亲自料理，炮声一响，叫那边不必惊慌。接着问守城的小把总："炮口都调整好了吗？"

"是！"小把总精神抖擞地回答，"经卑职严密检查，一切都准备好了！"

"那还等什么？给我轰！"

引信点燃，排炮齐鸣，顷刻间护城河对岸一片火海。隔岸观火，有十几骑逸出了火炮喷射的范围。小把总吩咐把另外几尊装弹待发的炮口调高，兜头轰击。趁着这个当口，何进忠下令放下吊桥，打开城门，亲自带五百快骑出城捕捉活口。

冒着密集的火石，跨过护城河，死了的不管，专找活人。腿脚齐全的捉了两个，剩下残肢断臂嗷嗷哀鸣的，按照军中规矩，为了减轻临死者的痛苦，全都补上一刀，速毕其命。回到城上，将两个俘虏分别看押，轮替审讯。再将审讯的结果两下一凑，大致弄清了关外发生的一切。于是何进忠亲自策马，来向吴三桂禀报。

听完这些，举座唏嘘，真没想到李自成还在九门口安插了唐通这把刀子！不过唐通全军覆没，已经不足为虑，要紧的是，清军就在关外三里，为何这边炮响，那边不见举动？

"想来是多尔衮误会了。"还是童逵行脑子来得快，一边思索，一边解释，"一定是郭、孙两位将军和拜然，十八日那天当晚在宁远一带见到了多尔衮。昨天和今天，清军二百多里疾行，今晚在九门口遇到了唐通。唐通降贼，多尔衮并不知道，误以为他还是明朝的边关镇将，与山海关呼吸一气。因此，击败唐通，心存忌虑，所以暂驻欢喜岭犹豫观望。"

这番解释，合情合理，吴三桂比较能够接受了。怨愤之气一消，心里面就平和了许多，接下来要讨论的是，面对此局，如何应对？

"自然是尽快与清军接触，消除多尔衮的误会。"童逵行抢先表态。

"不错！童同知看得很透彻。"佘一元桴鼓相应，又做出了进一步的建议，"吴帅可派人速去欢喜岭，面见多尔衮，互通信息，消除误会，促使清军及早入关助战。"

"好！要去我去，不必派人来回传话！"吴三桂义气豪迈地说。

童逵行摇了摇手："吴帅暂勿轻动！还是派人去联络一下，先消除误会，再商定双方主帅的会面地点。"说到这里，特为提醒吴三桂，"清军入关之前，吴帅要与多尔衮盟誓，以为日后之戒！"

751

这个提醒很重要，双方盟誓，必须郑重其事，其他的事，不妨派低级官员先期疏通。有了这个计较，吴三桂知道该怎么办了："老何，把你带那五百快骑给我留下。关外的事我来办，你还回西罗城，防止贼兵后半夜偷袭。不过，回去之后，把你手下北六所那个百户统领魏明亮给我叫来，此人精明干练，办事牢靠，我想叫他往欢喜岭走一趟。"

何进忠爽然一笑："吴帅真会用人！魏明亮就在外边，马上叫他进来，五百骑也部全留下任凭驱遣。关内尽请放心，进忠告辞。"

何进忠前脚出，魏明亮后脚进，进门一总打了个罗圈礼，然后挺胸拱手，对着吴三桂："标下百户统领魏明亮听候吴帅差遣！"

"眼下清军就在关外欢喜岭，你知道吗？"

"是，卑职知道。刚才随侍何副帅审讯闯贼俘虏时听说的。"

"我想让你马上出关，进清营交涉，你敢不敢去？"

"请吴帅不要说卑职敢不敢，只吩咐要卑职去和谁交涉？交涉什么？"

好！吴三桂心中喝彩：这个魏明亮，人高马大，膀阔腰圆，满脸络腮胡子，看似猛张飞，而说起话来，有板有眼，是个粗中有细的角色。对这样的角色，无须多费口舌，可以直入主题："要你去见多尔衮，告诉他，我吴三桂两次书信，意思说得都很清楚，两国相交，没有戏言。他同意我的意思，我就去欢喜岭见他，和他当面约定入关细节；他不同意我的意思，给个痛快话，我不指望他，可是他也别打算跨进山海关一步！至于刚才关上打炮，原因你都清楚，他有疑虑，你直接对他解释。"

"是！这个差事不难，不过要请吴帅让卑职带走一个人。"

"谁呀？"

"闯贼的招降使者王则尧。"

出使清营，要带上王则尧，自然是以人证向多尔衮表示关宁军与闯贼势不两立的决心。吴三桂想了想，王则尧这一去就活不成了，因而有点儿于心不忍。但看到魏明亮的表情，无可商议的样子，狠了狠心，当即喊来两个侍卫亲兵，去把王则尧提来。

"除此之外，还有什么要求？"

"没有了。请吴帅放心，卑职此去，一定能把事情办妥。"

一个小小的百户统领，要去见清军统帅，身份差别得如同云泥霄壤，多尔衮允许不允许见他都成问题，而他居然说得如此轻巧。厅内诸人，无不持疑，只有吴三桂力促其行："事关大局，时间上不容拖移。我给你二十骑，快去快回！你走之后，我到镇远门瓮城布置，欢喜岭那边一有动静，立刻会有人前去接应你。"

"回吴帅，卑职走后，不劳关上去人接应。半个时辰后如无消息，请吴帅锁闭关门，做好御敌的准备！"

这个说法，颇有壮士一去不复还的意味。吴三桂英雄心肠，对此很为嘉许，斟酒三杯，亲自递给魏明亮："好！有你这句话，我无后顾之忧。关上不劳担心，十二尊红衣大炮，还有几十门佛郎机火炮，弹药充足得很，炮口都对着关外。多尔衮敢起歹心，他十四万人马，我隔着护城河，先轰死他一半再说！来，三杯薄酒，为你壮行！"

魏明亮也不客气，酒干辞行。王则尧已经被几个士兵架弄到马上，半夜三更，也不知道这种时刻要自己去干什么。魏明亮特意吩咐二十个随从，一人点亮一支碗口粗细的松明火把，个个马项系铃，上马出关。一路上铃声叮当，火光通明，挟持着王则尧，不消片刻，驰到欢喜岭下。

"站住！"从岭上冲下一彪人马，为首的是个"牛录章京"，厉声高喝。

一路张扬，要的就是让清兵自己出来！魏明亮不慌不忙，放缓马步，用手指着那个牛录章京，口气就像分派自己的下属："赶快调转马头，给我带路，去见你们的摄政王！"

"好大的口气！你是什么人？摄政王是你说见就能见的吗？"

说话间已经两马相交，魏明亮低声呵斥："少废话！你们摄政王想要的东西都在我肚子里。耽误了他的大事，先问问自己，你脖子上那个脑袋壳子，还想不想要了！"说完仍然马不停蹄，看也不看对方一眼，径直带着二十骑缓步上岭。

这一来反主为客，牛录章京大为狼狈，半坡之上，吩咐所带的二百人马断了魏明亮一行的后路，自己打马赶到前头，没有好气地对着魏明亮说："好，好，算你狠！我上去给你通报，你到城下等着。"

悠然来到威远城下，魏明亮吩咐随从立马持烛不动，他自己则跳下马背，静静地观察城内举动。

关门是开着的，两厢侍兵林立，戒备森严，不过借着通明的烛火，关内动静，一目了然。过了一会儿，急匆匆走出来一个人物，铁甲雉翎，威仪万状，随身跟了十几个带刀的侍卫。刚才那个牛录章京抢在前头，过来为魏明亮居间中介："哼，面子不小！这是我们大清朝英郡王，有话你自己上去说去！"

说话间阿济格已经走到面前，相距五步，对着身边一个"通译"说了句什么。阿济格不会汉语，只有通过译员转达："你是什么人？半夜三更到这里有什么话要说？"

魏明亮躬身一礼，对着阿济格从容回话："见过英郡王。我是大明朝特派使者魏明亮，奉了我朝辽东总兵吴大帅的差遣，特来贵营，向贵国摄政王殿下转告军机大事！"

等到通译把话转述过去，阿济格一脸不屑："魏明亮？没听说过这个名字！怎么能证明你的身份？"

听完通译的传话，魏明亮微微一笑："这好办！宁远军杨坤杨副帅和郭云龙郭参将、孙文焕孙参将都在贵营，把他们叫来当面一验，就能证明我的身份。"

阿济格一愣，杨坤、郭云龙和孙文焕都在豫亲王多铎的正白旗驻地集中监押，如果去叫他们前来鉴别魏明亮的身份，则夜深岭黑，往来费时，徒然耽误工夫。再看看眼前这个汉人军目，举止从容，言语不慌，而且熟知杨坤、郭云龙、孙文焕三人的官职和下落，不像似歹人混充好汉的样子，所以决定省去鉴别的环节，直接询问来意："好，算你是个明朝使节。说吧，吴三桂有什么话要你转达？"

"吴帅说，军机大事，关乎两国利害，身份不相侔者，不可与言，只能向贵国摄政王当面转达。"

这句话把阿济格贬得不轻！自认贵为大清国藩王，一旗之主，而在吴三桂眼里竟不能与闻密勿，是件很失尊严的事。心中尴尬无地，脸上自然就很难看了："放肆！我国摄政王身份何等贵重，怎么能你一个使节说见就见？少啰唆，有话就在这里说！"

"使节身负一方重任，有权与贵国总当家的当面对话。请英郡王守住身份，要我在这里说话不难，不过先要掂量掂量，事关贵军安危和贵国前程，英郡王有没有这个担当？如果我把说出话来，英郡王不能担当，还要替我往返向上传话，我倒是不怕麻烦，可王爷自贬身价，成了差役，且不说时间紧迫，会不会耽搁两家的军国大事，单就这个面子，请英郡王自己想想看，丢得起，丢不起？"

等到通译把这些话附耳说完，阿济格又气又羞，满脸通红，狠狠地跺了跺脚，扔下一句话来："好、好，你等着！"说完转身就走。

又过了一会儿，透着城门看到，里边的清兵骤然增多，而个个肃静无哗，整齐有序地分列两厢，中间留出并马可行的甬道，手握刀柄，露刃侍立。还是刚才那个牛录章京，一路小跑，出了城门，这一次态度大不一样了，未照面，先弓腰："请、请！请贵使跟我来！"

牛录章京在前，不时地回身肃手侍客；魏明亮随后，隔着五六步，大摇大摆地往前走。穿人墙，过甬道，蜿蜒前行，从右侧的蹬道拾阶而上，一折一转，登上威远台。威远台上，灯火辉煌，左侧范文程和洪承畴，右侧多铎和阿济格，中间一把虎皮交椅，多尔衮威风八面地端坐其上。

牛录章京极其谦恭地引着魏明亮走到多尔衮面前："请贵使参见我国摄政睿亲王。"

魏明亮止步，双手一拱，仰着头，大大咧咧地和多尔衮打了个照面："大明北边宁远镇北六所百户统领魏明亮给摄政王行礼！"

话音未落，满台皆惊。明朝实行兵户制，百户统领是边军中最低一级的亦官亦吏的小头目，掌管一百个兵户。听这自报，所谓"来使"，不过一个小小的"百夫长"，身份比大清朝的牛录章京还低一等！这个魏明亮好大的胆子，一人二十骑，独闯清营，而且以卑抑尊，连英郡王都被他戏弄了！

多尔衮极其不满地朝右边的阿济格瞪了一眼，然后沉着脸，对魏明亮发问："你一个小小百户，为什么要冒称明朝使者？"

"百户统领是魏明亮在军中领薪俸吃大米干饭的招牌，现在站在摄政王面前的就是大明朝的特派使者！"

"使者居间传递两国私密话语，身份自当尊贵，怎么会派你一个军中小头目过来？"

"可知摄政王也懂得，使者要干的，不过两头传递私密话语的差事。这样的差事，只要脖子上长个脑袋，脑袋上长个嘴的人都能去干。今天的事，原本打算要派一个军夫过来，我家吴帅想想不妥，为了抬高双方的身价，这才改派魏明亮过来给摄政王传话。"

两答其问，都使人感到意外，再也没有想到，这个宁远军的小百户，不仅有胆，而且如此善辩！碰到这样的角色，多尔衮知道麻烦来了，如果就身份问题继续纠缠下去，说到天亮，此人也会滔滔不绝，而且也绝不会捉住他什么漏洞，将其驳倒。无奈之下，只好让步："算了、算了，不要给我贫嘴滑舌！我且问你，吴三桂派你来传话，自然是要向我通好，可是我率大军来了，他为什么又用大炮轰我？"

"这个是摄政王自己搞错了！想来半个时辰前，摄政王在此听到炮声，误以为关上大炮轰击贵军。其实是贼将唐通所部八百多人在九门口遇到贵军，败退下来，趁夜偷袭山海关。关上发炮轰击，将其大部击毙。"

"胡说！唐通明明是你们的蓟镇总兵，怎么说是贼将？"

"莫非摄政王不知道唐通早已降贼？"

"喔？唐通降贼了？"

"真没想到，摄政王谍报如此糟糕！唐通崇祯十五年松山之战后改授密云总兵，镇守居庸关。上个月十五日，闯贼北犯，路过居庸关，唐通不战而降——这都是老皇历啦！"

多尔衮受了奚落，顾不上怒形于色，他有新的疑惑，要急于得到解释："你是说，唐通降贼后，受了李自成的命令，占据九门口，意在包抄山海关？"

临来之时，吴三桂并未授命魏明亮向清军通告今天的关内战事，同时为了接下来的讨价还价，魏明亮也暂时不想让多尔衮知道李自成已经攻打了关城一天，所以对多尔衮的这一问，魏明亮只含糊地回答了一个字："嗯！"

好奇怪！多尔衮心中自语：李自成在永平与吴三桂的人马相持，却要派仅有八千人马的唐通所部占据九门口，这在军事上做何解释？苦苦思索，疑虑难除，目光灼灼地逼视着魏明亮："好大的胆子！分明是吴三桂与闯贼勾结，设下陷阱，打算着骗我入关。如今我勒兵不动，又派你来谎言欺诈。嘿嘿！这点小把戏岂能瞒过本王？"

魏明亮嘻嘻一笑："看摄政王说的，军国大事，就像小孩子过家家一样儿戏。吴帅是不是勾结闯贼要倾害贵军？魏明亮是不是奉了吴帅的命令前来欺诈摄政王？摄政王信不过魏明亮不要紧，有个人，只要摄政王当面一问就什么都清楚了。"

"谁？这个人在哪儿？"

"王则尧，此人是闯贼派来招降吴帅的使者。吴帅与摄政王有约在先，所以暂时不能答应闯贼的招降，把王则尧扣留在军中。现在魏明亮把他带了来，就在威远城门外。请摄政王叫人去和魏明亮的随从交涉，把王则尧押来，当面询问。至于此人是死是活，听凭摄政王随意处置。"

还有这样的事？多尔衮疑信参半地吩咐阿济格带人去提王则尧。

王则尧崇祯十四年就在顺天府尹的任上，碌碌无为，政绩无称，但洪承畴崇祯十四年出任明朝的蓟辽总督时，恰巧领属顺天府，所以与王则尧打过交道。此时趁着阿济格去提人，弓腰走到多尔衮身旁，低声密语，取得默契，然后又躬身回到原处。

王则尧被两个清兵架弄进来，大约知道要倒霉了，两腿发软，瑟瑟发抖。两个清兵把他往多尔衮面前一推，喝令一声："跪下！"

多尔衮端详了一会儿，威严出语："把头抬起来！"

王则尧抬起头来，看了多尔衮一眼，又把头低了下去。

多尔衮侧脸看看洪承畴，洪承畴微微颔首。这就算验明了正身，此人确是王则尧。

"说！把你的身份，什么来路，如实说给我听！"

由此开始，王则尧颤抖着声音，把在沙河驿受李自成之命去往山海关游说招抚，到了关上吴三桂连见也不见，当即被扣留在宁远军中的过程，一五一十、断断续续地全都说了出来。

听完王则尧的述说，多尔衮暗自心惊：李自成果然有联络吴三桂而共同对付清朝的意图！不过还好，魏明亮能把王则尧献出来，足见吴三桂两次约兵书信出于真诚。再联想魏明亮的说辞，今晚发生的一切，与自己的观察所得榫卯契合。至此为止，总算解除了吴三桂与唐通联手谋我的疑虑。他向两边看看，移目征询，意思是其他人在这个问题上与自己的理解是否一样？左边两文臣，右边两武将，脸上都是释然的表情，他知道，这一层无须再问了。

"带下去！"多尔衮喝令扶持王则尧进来的两个清兵，同时对阿济格摆了摆脑袋，伸出手掌，往下一劈。阿济格会意，大步而出。可怜王则尧，糊里糊涂降身大顺，糊里糊涂做了李自成的招降使，又糊里糊涂掉了脑袋，到死也不知道自己究竟做错了什么。

解除了最大的疑虑，不光多尔衮，众人对魏明亮都隐隐有了信任感。多尔衮接着发问："好了，底下你就直说，吴三桂要你来传什么话？"

"很简单，就两句。第一句：摄政王同意不同意吴帅两次书信的约定？"

等了一会儿，没有下文，多尔衮愕然再问："怎么不说第二句？"

"第二句要等摄政王回答了第一句才能说！吴帅交代魏明亮，要是摄政王的回答不能让他满意，第二句也就不用再说了！"

"嗯？这叫什么话！"多尔衮有点儿愠怒："怎么叫让他满意不满意？他有难求我，莫非我还要看他的脸色行事，去讨他的欢心？"

"摄政王说话好不晓理！原是两家共事，预做约定。譬如有桩很大的买卖，一方去做，本金不足，就想与另一方联手去做。为此这一方开出条件，做成契约，把双方各出多少份子；事成之后，如何分润等都写明白。另一方看了这个契约后，估量着自己的实力，尽可自便，满意就干，不满意就算。你那一方不干，我这一方也可以单独去干，不过买卖可能做得小了点而已——摄政王想想看，是不是这个道理？"

这样的比喻，浅显贴切，把道理说得非常明白了。可是多尔衮断然不睬："哼哼！说得轻巧！国丧君亡，贼兵压境，吴三桂走投无路，不得已而求助于我。识窍的，迎我入关，我帮他灭贼复仇；要是不识窍，拒我入关，我和李自成不谋而合，东西夹击，灭了吴三桂，山海关照样归我所有。大局如此，岂能与做买卖相提并论？"

"这个吴帅说了，要是摄政王的答复不能使他满意，贵军休想跨进山海关一步！"

"怎么？就凭你关宁军那四五万人马，还敢和我动武？"

"关宁军敢不敢和摄政王动武，哼哼，摄政王只要看看魏明亮就知道了！"

话一出口，众皆惊骇！一个宁远镇的低级小头目，竟敢在大清统帅面前如此桀骜不驯，那副"三军可以夺帅，匹夫不可夺志"的睥睨之概着实令人不可小觑！不过吃惊之后，细细一想，一个低级小头目尚且气壮如此，则关宁军上上下下都怀了这样的必死之志，而吴三桂又素来强悍难制，果真众志成城，拼死抵抗，清军有多大把握能拿下山海关？就算与李自成不谋而合，两面夹击，关宁军早晚必亡，而清军亦必代价惨重，到那时还有没有力量再与李自成争夺天下？

顾虑重重之际，魏明亮又沉声而言："还有，摄政王虑事，只计其利，不顾其害。对摄政王有利的是，贵军与闯贼不谋而合，夹击我军，可摄政王怎么就不想想，如果吴帅得不到摄政王满意的答复，对贵军心存绝望，反过来与李自成合谋联兵，共同对付贵军，那一来会是什么样的结局？"

啊？从本月初四日范文程议取中原，到今天兵临山海关城下，近二十天来，谁都没有去想过吴三桂会不会主动与李自成联手！而现在这个话题由魏明亮提出，焉知不是吴三桂的意思？想到这里，心中惴惴，谁都不能不考虑它的可能性了。

心理撞击最烈的是多尔衮，他对吴三桂太了解了，自幼临马前哨，与清军拼搏仇杀十几年，在汉人边镇武将中，是令满洲人最为忌惮的一个。战之以威，则此人重创我军，胜多败少，后来剿之不成，易之以抚。两年前他的舅舅祖大寿率祖氏一门降清，其中也有他的胞兄吴三凤。先帝皇太极费尽苦思，命这些降官轮番致书吴三桂，意在动用戚谊之亲，晓之以情，啖之以利，劝说其解甲来归，而吴三桂的回复是坚决不降！无奈皇太极降尊纡贵，亲自致书，情辞恳切，苦口婆心，满以为这个面子足够了，没想到吴三桂睬也不睬，连个回信儿都不给！这样一个软硬不吃的悍将，只要是与清军作对，什么事干不出来？虽然他拒绝了王则尧的游说，但李自成继续拉拢吴三桂的可能性依然存在。如果今天的答复不能使吴三桂满意，他也许就会投向李自成一边。与李自成联手，汉人一家，共同对外，从此大清朝只能龟缩辽东，再也别想重开当年先祖女真称霸中原的宏图伟业了！

正在踌躇犹豫，范文程轻步走来，低头附耳密语："王爷，不能把吴三桂逼急了！"就这一句，说完转身退回原处。

多尔衮趁势抬头看看洪承畴，洪承畴目光对着多尔衮，下巴却朝范文程略微一摆，很明显，这个意思是他和范文程的看法相同。

形格势禁，不得不违心背意，多尔衮很无奈地做出了最终决定："好吧，魏明亮，你回去告诉吴三桂，我同意他开出的条件，两家敌体，身份相等，这桩买卖我们两家共同来做。叫他赶快准备，接我入关。"

"摄政王是这个态度，想来吴帅听后会大致满意。不过贵军能不能就此入关，魏明亮说了不算，因为还有吴帅要魏明亮转告摄政王的第二句话。"

"噢、噢，你们吴帅的第二句话怎么说？"

"吴帅说，他要亲自来威远台，与摄政王当面敲定两国大计。"

好厉害！没想到穷蹙无路的吴三桂居然步步留根，章法不乱。但既然承认了他的敌体关系，则两魁聚首，对等协商，也就成了必然之局，没有任何理由再予拒绝。

"可以！"多尔衮显得非常干脆，"明日午前，我在这里等他。谈好了之后，午饭后就入关！"

"摄政王这话，魏明亮一定如实转达。不过明日午前，吴帅能不能按照摄政王的意思如期前来，魏明亮不敢预先应允。"

"为什么？"

"关内那边，为了防备闯贼袭击，还有很多军务需要吴帅亲自料理。"

"闯贼远在永平，不是说已经派兵前去迎击了吗？还有什么事情需要料理？"

"啊？"魏明亮故作吃惊的样子，"莫非摄政王还不知道，李自成已经兵临山海关城下了吗？"

"什么？"多尔衮惊得双目圆睁，"李自成到了关下？什么时候到的？"

"今天早晨。"

"今天早晨就到了？双方开战了吗？"

"开了，怎么会不开战？贼兵攻城，我兵守城，打了一整天。"

"胜负如何？"

"没有胜负！贼兵攻城不疼不痒，我兵守城漫不经心，能有什么胜负？"

"啊？贼兵攻城怎么会不疼不痒？"

魏明亮两眼翻白，双手一摊："这个摄政王就要去问李自成了。"

坏了、坏了！原来攻守双方都不过做做样子而已！这不明明透露出两家互存体面，为联手合作留下余地吗？今年年初，曾以大清国皇帝的口气致书李自成，希望与其联手伐明，事成共享天下，而李自成置之不理，根本就没把大清这个"外夷"放在眼里。如今李自成新得燕京，挟得胜之威，亲临山海关下，自然是志在必得。吴三桂孤军一旅不足惧，然而当此关键时刻，倘若华夏一家的想法占了上风，很可能就被李自成拉了过去。嘿嘿！想到这里，多尔衮浑身打了个冷战：那将是一种什么局面？李自成和吴三桂平分天下？或者李自成收服吴三桂而独得天下？无论如何，二者有一，则大清伟业，再也无从谈起！

绝不能让吴三桂和李自成走到一条道上去！事到如今，多尔衮痛下决心，必须要示人以诚了："魏统领，请你回去转告吴帅，我多尔衮两次奉了吴帅的邀约，千里周转，率兵来助贵国灭贼复仇，现在已经到了关前，亟待与吴帅当面讨教大事。请吴帅莫要忘了君父之仇，片刻不要耽搁，速速过来商议复国大计，我多尔衮彻夜不寐，在此张灯以待！"

有了这个保证，魏明亮知道没有白跑一趟，一边拱手告辞，一边放言警示："是啰、是啰。摄政王的诚意，想来必能感格吴帅，吴帅也是爽快人。君子共事，一言驷马，摄政王要在这里连夜等候，魏明亮也不敢贪图安逸，这就打马回关，央求吴帅放下一切事务，尽快过来，与摄政王痛痛快快地谈好这桩买卖！"

魏明亮一走，多尔衮分派英、豫两王各调两千人临时充作仪仗队，从岭上到岭下，列成夹道，亮出八旗，借以显示大清营壁的森严气派，同时也做出郑重迎客的样子。剩下范文程和洪承畴，三人在一起秘密商议。很快地商议出了结果：不管魏明亮的话有没有夸大其辞的地方，只要李自成已经到了山海关内，就意味着大清隆替，在此一决，吴三桂是个必须要争取的人物。延续本月初四日范文程献议进取中原的说法，此次入关，名义上是与明朝争天下，实际却是与李自成较雌雄，无论如何，闯贼建号称帝，已是天下皆知的事实，大顺朝以强势而稳据燕京，成了大清朝进取中原的实际对手。而两强相持，夹在中间的吴三桂举足轻重，此人倒向大顺，则大清朝再无问鼎中原的机会；反过来，此人倒向大清，纵然大顺朝不能被一击而溃，至少大清朝从此占有山海关，日后凭据雄关，逐步蚕食，趁李自成立国未稳，不断袭扰，乱其军心，一旦觑准时机，不难迫使其退回西北，封死在关中一隅之地，使其永无再次举兵中原的能力。

由此结果，推出一个宗旨：与吴三桂的谈判，以清军入关为首务，其他的，不妨相机行事，该让步的，尽可让步！至于吴三桂降与不降，且待日后再说，只要他答应与我合作，入关之后，趁机挟制，使他早晚脱不出清军的掌控就行了！

不到半个时辰，吴三桂来了，只带了五十个随从，还有五名乡绅。多尔衮吩咐以礼待客，先把五十个随从安排到城内的一个厢舍里歇息，供酒供肉，任其自便，然后接见吴三桂和诸位绅衿。

这样的接见，也不过一个形式，互相见礼，各自通报了姓名和身份。明朝这一方，除了吴三桂，五位绅衿自然还是佘一元、吕鸣章、曹时敏、程印古和冯祥聘。绅衿不能参与军国大计，但吴三桂把他们带来，却是军民一心、郑重其事的友善表示，为此多尔衮非常高兴，亲自出座礼让。

等到依照年齿次序坐定，多尔衮极其和蔼地对着五位绅衿说："贵国有难，闯贼李自成弑君篡位，如今又兵临山海。我应你们的邀请，率大军前来救危解难。只要吴帅与诸位父老与我通力合作，不难一举剿灭闯贼，为你们报仇雪恨。请诸位乡贤回去向山海士民转达我的善意，仁义之师，出民水火，此次入关，绝不骚扰民间，我已经下令全军，有敢动百姓一文钱、一粒米者，格杀勿论！诸位有什么要求，待会儿请和范先生细细商谈，凡是能满足的，我一定尽量满足。我还有些话，也委托范先生向你们细细转述。"

话不多，却显得很诚恳。佘一元带头，五位绅衿一齐起身，纷纷表示感谢。多尔衮使了个眼色，范文程很客气地肃身引客，把五位绅衿带下威远台，到台下北侧的一个厢房里去款款细谈。

台上就剩下多尔衮、吴三桂和洪承畴。刚上来时，吴三桂和多尔衮已经见过礼，而洪承畴在一旁陪侍，还未正式打招呼。空台寂寂，仅此三人，这就到了不能躲闪的地步了，然而二人的扭捏之感同时而起。在吴三桂，洪承畴曾经是他的上司，而如今是他的谈判对手；在洪承畴，吴三桂是大明朝的不贰忠臣，而自己却成了外夷的佐助。二人各怀心事，都不知道该怎样称呼对方，四目交接，转瞬避开，一时弄得好不尴尬。

还是多尔衮看出了眉目，哈哈大笑着说："吴帅，昔日为敌国，今天是友邦。来，我做引见，这位是我国内弘文院的洪学士。"

这等于给了双方一个台阶。吴三桂拱了拱手，以名字自称，而对洪承畴称的则是职衔，是一种公私兼顾的表示："三桂给洪学士施礼！"

洪承畴知道这是吴三桂给了自己一个极大的面子，连忙还礼："不敢、不敢！分别三载，长白愈显健硕了。"

尴尬既除，揖让落座，吴三桂首先开口，这是正式谈判，不需自谦："摄政王的态度，我都听魏明亮说了。贼兵压境，大敌当前，明天就要有一场贼死我亡的大决战，时间紧迫，不容许久商不决。我这次来，就想对摄政王说一句话，听我的，两家合兵，共同击贼；不听我的，等死而已，请决一战！"

"果然爽快！"多尔衮先赞一句，然后平静地看着吴三桂，"吴帅想说什么？请！"

"不许伤害百姓，不许破坏陵寝。我取北京给你，待我访到太子和二王，立于南京。两家黄河为界，南北分治，世世和睦相处！"

有这等好事？多尔衮心中狂喜，朝思暮想，要的就是这个结果！然而喜不形于色，既然吴三桂许了这样一份厚礼，就要夯稳砸实，不能给他留下反悔的余地。他依然很平静地说："好，我听吴帅的。不过空说无凭，得要对着天地神灵盟誓才能算数。"

这一次是吴三桂心中狂喜，原以为多尔衮会耍痞赖，千方百计阻挠盟誓，没想到他反而主动提出，那还犹豫什么？

"盟誓就盟誓！"吴三桂朝着威远台下的西侧一指，"那里有个煞水庙，灵通天地，极有效验。我就和摄政王就去庙前盟誓，请摄政王派人预备！"

要预备的东西只有两样：一匹白马，一头黑牛。满洲人从远古传下来的图腾颜色，白为天，黑为地，所以每当盟誓，都要杀白马祭天，宰黑牛祭地。

军中这两样东西现成就有，多尔衮朝洪承畴努努嘴，洪承畴会意，起身到蹬道口招手唤上来一名蓝翎侍卫，多尔衮亲自作了交代。等到蓝翎侍卫下了蹬道，三人继续坐下，商谈明日作战细节。

这种时候，洪承畴能说得上话了："长白，说是闯贼带了二十万精兵……"

一句未了，吴三桂摇摇手打断："十七日闯贼到了永平，扬言带兵二十万。今日一战，三桂在城头仔细观看，闯贼实际兵马不过六七万的样子，虚夸了三倍。"

多尔衮最关心贼兵的战斗能力："都说李自成兵马强悍，很能打仗，不知吴帅观感如何？"

"不可小看！今晨我在关内石河列阵，原打算拒敌于城厢三里之外。没想到贼兵鬼点子多得很，先用火箭烧了我的车营，再诱我出营野战，一个时辰，就折损我一万兵马，逼得我只好退守关门。"

多尔衮脸色沉郁，是在忧心思考的样子。

"今夜贼兵在何处驻宿？是在关下吗？"洪承畴问。

"不是。入暮以后，全部退到关内八里的红瓦店了。"

"嗯、嗯，如此一来，关门今夜无忧。"洪承畴接着问，"明日战事，长白如何打算？"

"待会儿盟誓之后，贵军悄悄入关，不要惊动了贼兵，全都隐伏到西罗、南翼两城之内。明日闯贼必然倾力攻城，我在城上死守，与其周旋。等到贼兵疲惫，我发信号，贵军突然杀出，可一举将其歼灭！"

这个打算，纯粹从军事上着眼，克敌制胜，万无一失。然而多尔衮另有机心，他不能让吴三桂控制关城，所以直截了当地否定了这个打法："不妥、不妥，我兵善野战！株守城内，等到开关出门，城门狭窄，种种阻滞，不利我骑兵奔腾驱驰。"

"然则摄政王做何打算？"吴三桂问。

"趁闯贼退兵红瓦店，吴帅的关宁军全部下城，连夜布防石河西岸，明日仍然与贼兵野战相持，我军亦趁夜入关，先潜伏于城内。天亮之后，我在城上观战，等到贵军先冲一阵，趁贼不备，我军突然从贵军后头杀出，打他个出其不意！"

话中蕴含的别意是吴三桂听不出来的，只觉得这样打法也未尝不可，两相比较，各有短长。按照自己的打算去做，明清联军以守为战，先逸后劳；按照多尔衮的打算去做，以清军之长，补关宁军之短，双方交替为劳，但最终结果都一样：以清军之突袭，败贼兵于不备之际。

"也好！"吴三桂很痛快地表示，"就按摄政王说的，我连夜布置，明天与贼野战！"

多尔衮和洪承畴四目交接，都很欣慰的样子。

"还有，"多尔衮说，"汉人不剃发，面目和服色都一样，仗一打起来，我军很难辨识，搞不好要出现误杀贵军的惨事。必得有个什么一眼就可识别的记号才好。"

吴三桂想了想："这个不难。正好本月初六日关上为我大行皇帝发丧，孝服人人都有。现在就可定下来，明日关宁军以臂缠白布为号。"

"好！就这么说了。"多尔衮认为这样做法不错，"入关前我就通告全军，明日开战，凡是臂上没有白布的都是贼兵，一律诛杀！"

议到这里，无可再议，正好蓝翎侍卫上来，说煞水庙前都准备好了。多尔衮起身拉着吴三桂的手："走，盟誓去！"

二人联手前行，洪承畴趋步后随，工夫不大，来到煞水庙。

庙前的场地正中放了一张案子，案上摆着一只香炉。案子两侧，一马一牛，马是素绫般的纯色白马，牛是乌缎般的纯色黑牛，各有一个清兵牵着，静静地立定不动。

过来两个清兵，分别端着两只铜盆，盆里有水，清澈异常。多尔衮先洗了洗手，吴三桂学着样子，在另一个盆里也把手洗拭干净，蓝翎侍卫在前引导，二人同时跨入庙内。

庙内灯火通明，中间供奉的煞水神爷爷和煞水神奶奶并肩而坐。煞水神爷爷面目狰狞，目光如炬；煞水神奶奶慈眉善目，表情温和。四只神目，都看着多尔衮和吴三桂。

多尔衮从香匣里抽出三支檀香，递给吴三桂，然后又抽出三支，拿在手中。二人同时就着一支蜡烛点燃了檀香，分别插入供案上的两只香炉里。多尔衮打了个千手礼，吴三桂施了个拱手礼，一起匍匐下跪，给煞水神爷爷和煞水神奶奶磕了三个头。

双双躬身出庙，立于案后，多尔衮做了个手势。八个清兵，分作两班，四个走到白马身后，四个走到黑牛身后，注目屏气，蓄力待发。

两名清军的伙夫，各持一把锐利薄口的尖刀，藏于身后，移步走向白马和黑牛，不动声色，静静观察。牵马和牵牛的士兵，一个抚弄着马项，一个轻拍着牛背，借以分散两头牲口的注意力。几乎在同时，两名伙夫各自相准了部位，以迅雷不及掩耳的手法，一刀捅出，准确无误地刺破了牛马的心脏。血喷如注，哀鸣如泣，挣持着晃了几晃，终于站立不住，两个庞然大物，轰然倒地，而四肢兀自乱刨，还要挣扎着重新站立起来的样子。蓄力等待的八名士兵，同时出手，迅速掀翻了白马和黑牛，使它们翻身不得。两头牲口，四蹄蹬空，又挣扎了一会儿，嗒然气绝。两名伙夫熟练地刀刃游走，很快取下了马头和牛首，在士兵的帮衬下，放到庙前案子的香炉两旁。

一切就绪，多尔衮和吴三桂分别从两侧走到案前，各自点燃一炷高香，同时插入香炉。蓝翎侍卫手捧一个托盘，盘里四只细瓷大海盅，每个盅里都斟满了浓烈香醇的口外烧刀子，另有两把式样完全相同的锥尖匕首也横放在盘子里。

多尔衮和吴三桂各取一只大海盅，庄重地朝前一倾，以酒酹地。然后分别用右手拿起匕首，各自刺破左手拇指，鲜血浸出，滴滴殷红，分别注入盘中剩下的那两只大海盅里。

二人携手，跪倒案前，吴三桂首先开口，对着苍天，朗声发誓：

兹有大明国镇守辽东地方总兵官吴三桂，以草寇弑我君父，毁我社稷，乃欲灭贼复仇。无奈京东地小，兵力未集，特泣血求助于大清国。今与大清国摄政睿亲王殿下当面议定，两国联兵，共期灭贼。事成之后，京中财物悉归大清国，吴三桂奉太子立于南京，两国黄河为界，南北通好。恭请煞水神灵作证，如有反悔，天地殛之！

多尔衮清清嗓子，也仰面对天，倾吐誓言：

大清国摄政王爱新觉罗多尔衮循大明国吴伯三桂之请，率师入中原剿贼安民。所到之处，不犯陵寝，不伤百姓，工农士商照常生理。灭贼之后，大河以北土地皆归大清所有。凡明朝军民，其有不忘明室，辅立太子，共保江南者，理亦宜然，吾不汝禁。言出于衷，天地鉴之。日后违盟，人神共谴，令短折而死！

誓毕起立，蓝翎侍卫躬身把托盘捧上。二人各取一盏血酒，仰脖而尽，把空酒盏互相照了照，归盏入盘。二人复又跪地，对着香案上的白马黑牛匍匐三拜。

至此，盟誓完毕。

相携回到威远台下，正好碰见范文程陪着佘一元等五位绅衿在此奉候。五位绅衿个个喜笑颜开，看得出是和范文程谈得很融洽的样子。吴三桂也很感欣慰，五位绅衿的笑容，意味着清军此次入关，不伤百姓，这一层得到了切实的承诺。

正要相偕而归，多尔衮摇手制止："吴帅请看，那边谁来了？"

吴三桂侧身一望，一个清将，铁甲雉羽，自然是阿济格，恭恭敬敬地引导着三个人，松明烛火照耀之下，疾步朝吴三桂这边走来，原来是杨坤、郭云龙和孙文焕！

分别数日，恍如经年。吴三桂顾不得礼节，大步迎了上去，先抱住杨坤，久久不舍，然后又分别和郭云龙、孙文焕亲热了一会儿。八目相交，泪光莹然，吴三桂嘴里只喃喃地说："多亏了三位，受惊了，受惊了。"

午夜已过，更交子时，离天亮还有两个多时辰。吴三桂走到多尔衮面前拱手告辞："我遵王谕，这就回去率关宁军到石河列阵。关门交给贵军了，请摄政王速做准备。"

多尔衮素来不苟言笑，这一刻却仿佛醉饮甘霖，笑靥如花："好、好，请吴帅放心！我立刻传令八旗，连夜接管山海关！"

42

大清顺治元年四月二十二日
大明崇祯十七年四月二十二日
大顺永昌元年四月二十二日

山海大战

曙色初现，红瓦店人欢马腾。

刘宗敏昨夜传下李自成的严令：今日之战，有进无退，斩敌一级者，赏银五两；斩敌十级者，赏银五十两，进秩一级；首登城头者，赏银百两，进秩三级；临阵怯退者，杀无赦！三营将士，人人摩拳擦掌，用命时刻，前胸挨刀也是死，后背挨刀也是死，谁也不想死在背后的"督阵队"手里，豁出去跟敌人拼命，弄死一个就有钱，弄死十个就升官，只要今天能活着下来，不是升官，就是发财。一战定乾坤，明日班师，回到北京城里，照样下馆子，照样逛窑子，快活几年是几年！

饱餐一顿，列队待命。派出去的快马回来传报：山海关城头偃旗息鼓，空无一人。关宁军人马悉数集结在石河西岸，黑压压的，看样子是倾巢出动，今天要决一死战！

李自成闻报大喜过望，立刻叫传令兵把这个消息告知刘宗敏、李过和刘芳亮，要他们分传各营：今日野战，仍然和昨天一样，自己上庙岗指挥，三营按他的旗号行事！

不过片刻，新命传遍红瓦店。三营将士，愈加欢腾，昨日野战，关宁军不堪一击，则今日再战，吴三桂岂不是白白送死？惯于野战的大顺军士兵，互相鼓舞也自我鼓舞，怀着必胜之志，令下之后，豪气万丈地向东开进。

距敌三里，驻足待命，五百骏骑拥护着李自成策马登上庙岗。

海面上吹来的东南风微微飘拂，旌旗展动，万里晴空，正是一个宜于旷野作战的好日子。十几个亲兵，迅速整理好了庙前的场地。白鬃大纛之下，李自成凝目顺风观望：咦？今天吴三桂要拼命？没有了昨天那样的车阵环护，关宁军骑兵在前，步兵和民兵居后，纵横一里之地，棱角分明地排成了一个方阵。这样的阵形，凶悍尽逞，杀机毕露，然而却有个短处：顾前不顾后。再往东看，南北两翼城和西罗城，三城都是城门紧闭，城头空空。由此可以判定，关宁军果然是倾巢出动，今天的排阵，吴三桂是孤注一掷的打法。

好！李自成暗自欣喜：吴三桂这是自速其死！他立刻叫来三名传令兵，飞马下岗，把自己想好的对策传知三营。

不一会儿，蓝色旗帜在先，刘芳亮率领两万人马，贴着庙岗疾驰往东，沿海边一直到老龙头附近驻足排列。

接着是白色旗帜跟随，刘宗敏带着三万骁骑，队前连着刘芳亮的队尾，就在庙岗之北，对着关宁军的正面排列。

最后是黄色旗帜，李过的两万人马，连着刘宗敏的标营，从庙岗往西南，绕成一个弧形，与关宁军隔着二里地，对峙而列。

这样的排列，蜿蜒六七里，首尾相连，称为"一字长蛇"。以蛇腹为中心，蛇头蛇尾，紧护蛇腹。蛇腹进，则蛇头蛇尾，两翼屈卷，可将敌兵裹挟到腹心，困死阵中；蛇腹退，则蛇头蛇尾，急剧收拢，与蛇腹左右联手，专打敌兵主力，是一种可进可退、刚柔兼具的阵形。按照李自成的想法，今日之战，要么把关宁军的主力围困包抄，分块斩杀；要么与吴三桂针锋相对，贴身肉搏。两种打法，大顺军都处于优势，不过前一种打法快捷利落，而后一种打法比较耗费时间罢了。但是，不管今日的战局如何演化，也不管今日能不能生擒或阵斩吴三桂，只要先吃掉关宁军的一半人马，使其招架有功，还手无力，趁着这个当口，蓝色令旗往东一挥，刘芳亮就可迅速脱阵而走，把山海关稳稳地抢占到手！

严阵以待，后发制人。尽管大顺军各队的阵前头领频频回顾庙岗，李自成就是不发号令。这样的局面，僵持了两刻钟的样子，关宁军那边有了动静。先是传来一阵不紧不慢的鼙鼓声，接着看到四方队形整体向这边移动，节奏有序，部伍不乱，一直往这边走了半里地，仍然没有突起冲阵的表示。李自成不免纳罕，决定再等一会儿看。

再等一会儿，两军相距一里。但见关宁军人人左臂上缠着白布，节奏不变，依然缓速向这边移动，但看得出已经做出了蓄势待发的样子。李自成听牛金星讲解过《老子》，粗通典故，知道臂缠白布是为了给崇祯帝挂孝，表示"哀兵"的意思。到此地步，不能再等，他让传令兵分立左右，东边的挥动蓝旗，西边的挥动黄旗，而自己手持白旗，朝下一竖，表示立定不动。

人随旗动，大顺军队形立刻发生变化。蛇头向西北，蛇尾向东北，两翼并进，呈钳形夹角之状朝着关宁军聚拢。等到两军相距仅差半里地的时候，关宁军突然兵分三路，向东、西、中三面的大顺三营发起攻击。

李自成暗暗吃惊：吴三桂真的要拼命了！一方兵四万，一方兵七万，以寡击众，示人以强悍，"抗兵相加哀者胜"，莫非吴三桂真的在做着"哀兵必胜"的美梦？他哪来的这么大底气？

刘宗敏在接到号令之后，明白了李自成的意图，传令弓箭手迅速到阵前列队。刚刚准备妥当，关宁军的前驱突然加速，万蹄翻滚，沙尘飞扬。刘宗敏勒马观望，为首的一员大将银盔银甲，面色白皙，催动胯下白马，身后跟了一面"吴"字大旗，英姿勃勃，杀气腾腾，在数十骑铁甲卫士的环护下，狂扑而来。

这是吴三桂！刘宗敏心头狂喜：好小子，送上门来了！看老子今天不一刀劈了你！等到吴三桂的人马冲到阵前百十步的样子，刘宗敏高声喝令："放箭！"

弓箭手三排交替，万箭齐发，宁远军人仰马翻，人死的不多，马伤的不少，顿时减缓了汹汹的攻势。刘宗敏一刻也不肯错过，高喊一声："跟我来！"拍马舞刀，急冲而上。身后的五员大将张鼐、任继荣、谷可成、李友、吴汝义，各持兵器，奋力前突。三万骁骑，呼啸涌进，眨眼间冲到了宁远军阵前。

短兵相接的那一刻最为壮观，犹如百丈狂潮，骤遇千仞立壁，双方以勇对勇，死命相撞，瞬间拱起一道人马浪头，在撞弹之后的反作用下，又浪头回卷，各自的人马纷纷扑翻倒地，这在民间演义小说里称为"回合"。一个回合过后，死伤枕藉，谁也顾不得去管，未死未伤的，重新跳上坐骑，后退几十步，双方勒马蓄势，接着是第二个回合。如此两冲两撞，宁远军可就招架不住了。悉数出动，不过四万人马，另外的七千多民兵顶多做做样子，总兵力不足五万，刚刚又一分为三，跟随吴三桂的这一军人数最众，也才不到两万的样子；而刘宗敏的三万精骑，都是从大顺军中挑选的能征惯战之士，刀光血影，视如常事。所以两冲两撞之后，刘宗敏这一军以人数和战斗力的双重优势，把关宁军逼到了险绝的境地。

刘宗敏飞马出阵后，一心要赶在两军相撞之前手刃吴三桂，只看准了

"吴"字帅旗，旁若无人地冲了上去。吴三桂的亲兵知道来者不善，纷纷策马上前护卫主帅，五六个亲兵赶在前头，对准刘宗敏，挺枪就刺。然而在刘宗敏眼里，这些吴三桂的亲兵都是行尸走肉，马头交错的那一刻，往下一坠，镫里藏身，使两面而来的五六个亲兵枪刃扑空，人也随着马力的前冲远离而去。接着刘宗敏矫健如燕，身子一腾，复归马背，这一来与吴三桂相距不到十步，恰好打了个照面。

"什么人？"吴三桂厉声喝问。

"老子就是刘宗敏！"话音未落，猛踢马腹，一把大砍刀疾如闪电地劈了过去。

刘宗敏铁匠出身，力大如虎，这一刀劈下去有几百斤的力量，人挡人死，马碰马亡。千钧一发之际，吴三桂侧勒马缰，白马迅捷一跃，斜刺里跳开几步。刘宗敏刀头落空，马力前冲的惯性，把他带到四面皆敌的宁远军丛中，吴三桂返身兜转过来，喝令部众，把他团团围定。

"刘贼，你弑我君父，刑杀朝臣，今天死期到了，快快下马受死！"吴三桂边骂边冲，攥刀向刘宗敏扑去。

刘宗敏刚砍翻了一个从左侧向他偷袭的裨将，正好腾出刀来，再次与吴三桂打成照面："不错，刑杀朝臣，你爹吴襄我打了，那是私仇。可你勾结外夷，毁我华夏，这是公愤，老子今天杀你就为天下汉人泄公愤！"

"胡说！草菅贼寇，祸乱江山，还有脸妄说华夏？我问你，崇祯太子在哪里？"

"朱慈烺就在老子手里！"

"好！你把太子交给我，我饶你一命！"

"做你娘的美梦——看刀！"

双刀并举，谁也躲闪不开，只要刀头落下，不是你死，就是我伤。恰在这时候，一杆长枪向吴三桂腰上狠命刺去，动作飘忽异常，猝不及防。然而吴三桂自幼武场磨炼，少年沙场拼搏，什么样惊心动魄的场面没见过？上下交刃之际，他迅疾地略略收缩刀柄，将渐及于腰的枪刃拨开。生命无忧，但刀头的力度骤减，在刘宗敏的大刀泰山压顶般劈下来的瞬间，侧身一躲，躲过刀锋，随即是刘宗敏的轻轻一喝："去你娘的！"刀头落下，没砍中人，而砍中了吴三桂的马背。白马扑地的一刻，吴三桂就势一滚，翻落在地。围住刘宗敏的二十几骑士兵，看到主帅落马，自然拼死护救，杨坤、郭云龙和孙文焕正在后侧全力阻杀大顺兵，看到前面主帅落马，也纷纷策马扑救。这一来刘宗敏解围，宁远士兵在杨坤的叱咤喝令下，急速聚拢，密密层层地将吴三桂围护起来，把刘宗敏堵在圈外。

"总爷，我来啦！"刚才挺枪突刺吴三桂的是张鼐。随即任继荣、谷可成、李友和吴汝义，五员大将，个个血染战甲，也不知杀了多少敌兵，冲着刘宗敏一起奔来。

刘宗敏正为没能一刀斩了吴三桂而懊悔，看到张鼐等人杀来，严厉吩咐："杀进去！吴三桂这个混蛋就在这里，不能让他跑了！"说完将帅六人，并骑而上，与护卫吴三桂的杨坤、郭云龙、孙文焕等宁远将官捉对厮杀，双方身后的士兵也急驱而上，一时人马混杂，乱作一团。

这时候身后的"两冲两撞"已经结束，大顺军的后续骑兵迅速扑杀落马倒地的宁远兵，未死未伤的大顺士兵也在同伴的掩护和鼓舞下，重拾矛戈，上马参战。战局呈一边倒的态势朝北压向宁远军。

刘芳亮所率的左营步骑各半，在接到李自成的号令，把"蛇头"向"蛇腹"聚拢的时候，突然看到宁远军兵分三路，东边的一路正向自己这边急冲而来。刘芳亮头脑极其冷静，知道这种时候，从局部来看，自己这边已经没有任何调整的余地。对方八骑并进，斜冲疾奔，就像一把尖刀，直刺过来，而自己这边却是两万人马横向排列，东西狭长，南北的"厚度"极薄。这样的架势，"蛇头"的任何一个部位都不可能阻挡住敌方的攻势，化解之道，端在以柔克刚，反客为主。于是刘芳亮立刻巡马阵前，三言两语，对各个分别带队的果毅将军做了交代，然后长枪一挥，驱马迎敌，部众紧紧跟上。

到了双方相距不足半里的地方，宁远军仍呈尖刀状飞驰而来，而大顺军的队形却突然变成了口袋形，尖刀的刀尖，正对着口袋底冲刺，等到宁远兵发觉的时候，再要改变自己的队形，已经来不及了。

这是何进忠率领的一万多人马，前面是四千骑兵，紧跟着的是八九千步兵和民兵的混合队伍。一进袋口，两侧受敌，大顺军的士兵，一边避开尖刀的锋芒直趋往北，一边刀枪相逼，迫使宁远军两面不能接战，不得不顺着口袋直冲下去。而将要冲到袋底的时候，袋底却主动断开，大顺士兵分成两队，在宁远军的左右两侧，也不接战，依然脚步不停，朝北飞奔，这等于让宁远军的尖刀扑了个空。鼓勇而来，其势甚锐，惯性的冲击，使宁远军一时收脚不住，等到好容易勒马停稳，转过身来，何进忠大吃一惊：大顺军已经全部包抄到自己的尾部，一道人墙，横亘北边，把自己所部与宁远军主力彻底切断，封死在石河战场的东北一隅！

这一来最倒霉的是宁远军尾部的步兵和民兵，队尾变队头，正当大顺军一万骁骑的前锋。不待刘芳亮下令，万马齐驱，向南扑杀。两条腿的遇到四条腿的，根本不堪一击，片刻工夫，人砍马踏，八九千两条腿的去掉了一半，没死的四千多人转身逃命，就像潮水回退，往南急涌，反而挡住了何进忠马队迎敌的道路。

昨日一战，何进忠领教了贼兵的凶悍，今日未战，何进忠又看到了贼兵的狡谲，而出战之时的十分锐气，早已被贼兵不动声色地化解掉了七分。到此地步，如果不迅速拿出果断措施，下场只有两个：不是被贼兵赶入大海，全部淹死，就是被贼兵继续包抄过来，全部杀死。他立马横刀，朝着石河战场环视一周：东头的山海关上，沉寂如常，没有任何动静；正中一带，贼兵杀声鼎沸，宁远军的"吴"字大旗节节后退；自己的前方，蓝色大旗下，白盔白马的一个年轻贼将手持长枪，正指挥着上万贼骑向自己这边扑来。一阵急思之后，何进忠决定避开贼兵的锋芒，偏转中路，去向吴三桂的中路靠拢。好在四千骑兵毫发未损，他打马朝向西北，喊了一声："跟我来！"于是骑兵撇下步兵和民兵，侧转马头，趁着仅存的三分锐气，朝着大顺军人墙的最西端，一路呼啸，狂奔而去。

李过的后营接到庙岗上的旗令后，欢然齐动，鼓噪东进。李过策马在先，一心要赶到前头寻找吴三桂厮杀，两万骑兵，紧随其后，人人血脉偾张，知道升官发财的机会来了，都想多杀几个敌兵邀功取赏。看看相距一里多地的样子，突然关宁军的右翼离开主阵，冲着这边奔来。李过用眼瞄了一下敌兵的人数，毫不犹豫，向后头招了招手，拍马舞刀，迎了上去。

"喂，小子！你是不是吴三桂？"两军相撞的那一刻，李过对着同样是冲在前头的敌军大将喝问。

两马相交，敌军大将一枪刺了过来："老子是关门总兵高第——去你妈的！"这一枪直奔李过的胸口，迅捷如风。然而李过躲也不躲，在枪尖尚未及身之前，对准高第的脑袋，一刀挥了过去。这一来高第不能不顾及自身，收缩枪杆，身体后仰，躲过了李过的刀锋。二人的动作，都不过一瞬间的事，接着就是两马交错而过，各自冲入敌方的阵中，而各自身后的人马，自然也轰然相撞，混作一团。

这是一场硬碰硬的对抗。两军交合，以命相搏，谁都怀着有进无退的念头，谁都想着怎样能把对方首先杀死。前面的扑翻倒地，后面的立刻持械替补；这一个捅死了一个对手，还没等抽出兵刃，就被另一个对手上来一刀砍死，而刚刚砍死对手的那一个也是同样的下场，未及回刃，又被对手的同伴冲过来一枪刺死。没有往复奔跑的回合，没有双双对垒的僵持，甚至没有呼啸呐喊的吼叫，只有闷声砍杀的喘息，只有器械相撞的脆响，只有奄奄待毙的哀鸣，只有伤马挣扎的嘶叫；大刀对大刀，长枪对长枪，马上对打，马下肉搏；人弃马，马踏人；刀枪起落，血光飞溅；以气相激，以力相拼，相互残杀，交替死亡。

这样的搏杀持续了一二刻钟的样子，双方的优劣就显现出来了：大顺军两万骑兵死伤五千，而关门军一万骑兵少了一半。一方还有一万五，一方仅仅剩下五千，本来是以二对一，现在成了以三对一，大顺军以相对优势变成绝对优势！

"哈哈！"李过要的就是这个结果，此时他已经在二百亲兵的护卫下跳出了阵圈，用眼扫视战场，看到期望的结果已成，立刻吩咐亲兵四下传令，前头压住阵脚，后队的人马不再前冲，而分成两股，开始左右包抄敌兵。

等到高第发现贼兵改变打法，并不惊慌，反而暗暗冷笑。他笑贼兵不懂兵法，"十则围之"，如今以三围一，必然处处破绽，不难随时破围而走。他让亲兵护住自己，得以腾出手来，观望战局：山海关上空空如也，没有动静；中、东两路未出预料，也和自己这边一样，已有不支之势。于是他跃马挺抢，高喊一声："都跟我来，去增援吴帅！"

吴三桂在落马倒地之后，立刻被宁远军士兵层层围护起来。一个亲兵跳下马背，顺手把自己的大刀也递给了吴三桂。吴三桂翻身上马，横刀四望：关门方向寂无声息；东边何进忠所部被贼兵分割一隅，正在朝这边突驰；西边高第所部为贼兵所困，也在边杀边撤，向自己这边靠拢；眼前刘宗敏和五六个悍贼头目，死缠不休，悍贼身后的大股贼兵已经斩杀了自己手下的两千多人，正在呼啸狂舞，冲着自己这边杀来。

奇怪！关上怎么还没有动静？

按照昨夜和多尔衮的约定，吴三桂回关后就召集高第、何进忠、冷允登和童逵行四人商定了今天的打法：关宁军悉数下城，连夜在石河西岸列成方阵，天亮后不管贼兵怎样，这边只要先冲一阵，清军就会从关上杀出，两军合兵，共同灭贼。这样的做法，看似莽撞，其实有两个好处：一是让多尔衮亲眼看看关宁军的诚意，免除其久仇乍解的疑虑；二是最大限度缩短此战的时间，只需关宁军一冲，清军一出，用不了半个时辰，就可一役定功！至于代价，也是反复议定了的，关宁军伤亡在所难免，但与贼持久相抗，周旋一天，说不定伤亡要比短促硬拼来得更大，况且今日关宁军只需先冲一阵，是多尔衮亲口说的，于己于友，这样的打法都是上可对天、下不自疚的两全之算。所以今天看到贼兵沿着西南海岸一线列阵，吴三桂立即做出兵分三路，分别冲击的决定，然而现在"一冲"之后，清军并未如约"一出"，这是为什么呢？

莫不是中了多尔衮的圈套？想到这里，吴三桂一阵阵脊背发凉！万一多尔衮占据关城，闭门不出，有意要坐看两虎相斗，则关宁军进退失据，今天要死无葬身之地了！

战端既起，形势对关宁军极其不利。吴三桂没有时间思虑大局，他仰面默祷：苍天，关宁一旅任你安排了！

这时候何进忠已经左支右绌地躲过贼兵的层层阻击，带着残部四千骑奔了过来；高第也和冷允登双骑并驰，率着所剩的五千人马仓皇而来。三路兵马，分而复合，吴三桂高叫一声："弟兄们扭成一气，和贼寇拼了！"

残军合兵，锐气复生，主帅一声号召，关宁军鼓气自壮，顾不得贼兵三处涌来，策马迎敌，绝地反击，又一场交替死亡的相互屠杀开始了。

其实多尔衮一直在西罗城的拱宸门上观察着战局。

今日丑时，夜阑人静，清军到欢喜岭下整队出发，从镇远门络绎进入山海关。十四万人马分作两支，一支八万多步骑混编，由豫亲王多铎统领，穿过卫城，到西罗城下聚集；另一支五万健骑，由英郡王阿济格统领，从迎恩门的马道登城，沿着城墙，到南翼城下城隐伏。多尔衮传下令去，入关之后，露宿街头，不许骚扰民舍，不许惊动百姓，有敢动民间一粒者，杀无赦！八旗将士，恪守谕令，一天一夜水米未进，只好解开马囊，就着唾沫，各自去啃黑高粱面的大饼子。啃完之后，睡意来袭，衣甲不解地枕戈待旦，眼睛半睁半闭，算是歇息了一个时辰。

天色微亮，多尔衮特命两个侍卫亲兵给多铎和阿济格分别传达口令：今日之战，关宁军和大顺军交手后，无论石河战场发生什么变化，没有睿亲王的谕令，谁也不许出战，轻举妄动者革爵，军法从事！

彻夜未眠的多尔衮，仅带了五个侍卫亲兵，与范文程和洪承畴登上拱宸门，隔着城堞，秘密观察战事。从双方交战一开始，关宁军拼死奋搏，三路出击，大顺军势如潮涌，三面兜杀，惊心动魄的战局，关宁军一危几殆，连久经沙场的范文程和洪承畴都替吴三桂捏着一把汗，然而多尔衮狭长的脸上毫无表情，仿佛眼前的一切，与他没有任何关系似的。等到西路的关门兵被贼兵剿杀了一半、东路的宁远步兵和山海关民兵被贼兵悉数斩杀殆尽，而中路的吴三桂本人也被悍贼团团围困的时候，洪承畴欲言又止，犹豫了一下，对范文程使了个眼色。范文程趋步到多尔衮面前，低声提醒："王爷，关宁兵员锐减。我军再不出兵，吴三桂难当贼锋。"

"还早。"多尔衮尖锐的下巴一扬，"等吴三桂的兵员减去一半再说！"

范文程和洪承畴明白了，吴三桂不投降，是多尔衮的一大隐忧。因此多尔衮要借李自成之手，减杀吴三桂的实力，使其日后失去与自己平起平坐的资格，或者挟制其人，令吴三桂不得不仰自己的鼻息而行事！

李自成立马庙岗，信心十足地掌控着整个战局。在关宁军分兵三路向这边冲来的时候，他曾一时错愕，不明白吴三桂为何采取这种打法。全军出动，不留后路，这是兵家大忌，无异于飞蛾投火，自取灭亡，吴三桂为何其蠢如此？莫非建虏已经入关，使吴三桂觉得有恃无恐？他朝关城方向仔细观察，了无异常，很快地，他又否定了这个可能。按照十九日在永平沙河驿时黎玉田的说法，建虏举兵开到关门，早则二十三日，迟则二十四日，所以黎玉田谆谆叮咛，大顺军必须在二十二日也就是今天拿下山海关。黎玉田是明朝的辽东巡抚，军民兼理，熟知虏情，而且心存华夏，鄙夷建虏，他的话绝不会乱说！如此看来，吴三桂的孤注一掷，纯属狗急跳墙，欲以一死而报明朝。

我成全他！李自成暗下决心。原以为今日吴三桂要株守关城，那样的话，破城之后，他还有一条生路，趁着大顺军登城之初，弃城而走。既然这个混蛋舍此不取，今天就叫他死在大顺军的刀枪之下！

战局朝着自己预想的态势发展。三路敌兵，两路败退，中间的一路也被刘宗敏的三万骁骑死死缠住，吴字大旗，两边移动，吴三桂虽然没有溃退的迹象，但已经被严密地封死在离石河西岸三里多的地方，只有招架之功，没有向这边突破的能力。

紧接着，关宁的两路败军，龟缩一处，刘芳亮和李过各从东西两路尾随跟进，一字长蛇开始了首尾并进，两翼包抄，关宁军很快被大顺军三面围堵，垂死挣扎，苟延残喘。刘芳亮和李过的人马所过之处，成片成片的白布染着血污，不下一万之数，都是关宁军弃下的尸体。

忽然战场上有点儿混乱。集聚在一处的三路敌兵，不知哪儿来的力量，居然往这边急剧涌动，十步、二十步，进展虽然显得很吃力，但不大一会儿，却往南推进了三十多步。随着敌兵的南来，大顺军的前部也在相应地后退，但不是掉头而退，而是拼力阻敌，且战且退。队尾处有几个持刀的大顺兵，大约看到前面有溃退的迹象，刚刚掉头回转，就被辛思忠的督阵队兵刃交加，乱刀砍死。这一招很管用，立刻起到了警示作用，大顺士兵以死于自己人的督阵刀下为耻，眼看着自己的同伴违令后退，暴死脚下，再也不敢有丝毫怯懦的念头，狂呼猛进，为前头的弟兄们呐喊助威。

好在这样的局面没能撑持多久，李自成站在庙岗上看得清清楚楚：刘宗敏的大刀频频起落，力敌万人；张鼐则单枪匹马，独辟蹊径，专找关宁军人数最多的地方反复冲杀；任继荣和谷可成紧随刘宗敏，带着所部与敌兵贴身厮杀；李友和吴汝义则学着张鼐的做法，离开主队而跃入敌丛，把关宁兵冲得七零八落。再看东西两翼，刘芳亮和李过率众从关宁军两侧猛力袭杀，看样子扰得敌人顾此失彼。所以很快地，关宁军难以招架，吴字大旗，急剧后退，白、蓝、黄三旗下的大顺军士兵则趁势鼓噪而进。这一进，数倍于刚才所退，一下子把关宁军向后逼退了半里地，半里地下，死尸累累，关宁军至少又折损了差不多一万人马！

李自成略略舒了口气，他在心里盘算着，照此打下去，只消再过两刻钟，吴三桂的人马就会被迫退到石河岸边，只要他的后队一涉河水，就令李双喜把白髦大纛往东一指，白蓝黄三营悉数压上，关宁军不战自乱，大顺军过河追杀，肃清残敌。再令李双喜挥动蓝旗，让刘芳亮离开战场，急速入据山海关！

身影越来越短，巳时已经过半，还差三刻，即近午时，大功告成，就在眼前！海神庙老道长托了一个素净的茶盘，盘上一壶、一盏、一碟，盏里面注满茶汤，碟里面是素馅点心，屈身来到李自成马下，很恭敬地对李双喜说："敝院简陋，无可奉呈，请贵人稍用茶点。"

李双喜接过托盘。李自成跳下马背，先给道长打了个稽首，表示感谢，然后拈了一块点心，一边细嚼，一边啜茶，心里继续盘算着，山海关到手后，是不是让刘芳亮留下来屯兵驻守，而自己偕刘宗敏和李过尽快回京，行登基大典？

突然一阵狂风吹来，其势猛烈，刮得李自成向后打了个趔趄，白髦大纛，顺风而倒。李自成大吃一惊，惊的不是风大，而是惊的风向！白髦大纛顺风向南而倒，这是刮的西北风。好奇怪！仲夏天气，巽气生熏，从来都是东南风，这种时候，怎么突然刮起了西北风？

风越刮越大，人都站不稳了，十几个亲兵低头掩面，冲过来搀扶，李自成才定住了脚跟。顶风远眺，前方战场上沙飞石走，大顺军正好处在下风，沙尘弥漫，咫尺莫辨，眼睛都睁不开了，根本就不可能再举刃搏斗。远远地看见，刘宗敏指挥三营，急速地向这边撤退。这一退就是三里地，又回到了早晨列阵的原点上，因为到此已经无可再退，身后不足半里就是大海。而关宁军大约也因为担心沙尘迷目而误伤了自己人，所以并不趁机追赶，只原地不动，静待飓风休止。

真正是天助吴逆！李自成无可奈何地跺了跺脚。然而天意难违，好在刚才一战，灭掉了吴三桂半数人马，而大顺军死伤不足三千。且待风停之后，重新组织进攻，以六万余之数，灭两万多敌兵，力量上仍然绰绰有余。

足足刮了一刻钟还多，大风终于由强转弱，趁着还没有完全停下来，李自成急令几十名亲兵把倒在地下的白髦大纛重新扶起，指向东北方。这是全军齐动的信号！三营士兵，再次聚拢，在刘宗敏、刘芳亮和李过的率领下，策马起步，向北压去。

开出去一里地的样子，风也停了，天也晴了，然而远远一看，触目惊心！从南翼城和西罗城里蹿出来两彪人马，前头已达石河西岸，马不停蹄，正在向大顺军这边冲来，后头犹自源源不断地继续向外涌出，总数何止十余万？两彪人马，疾如利箭，开始是八马并骑，变戏法似的又成了十几骑并列，而转瞬之间，连成一片，排山倒海般地汹涌而来。大顺军显然被这突如其来的变故震慑住了，顿步不前，欲退无路，只好停下来持械待敌。

看看两军相距二百步的样子，敌军的先头一排士兵，训练有素地齐齐张弓搭箭。大顺军还没明白怎么回事，飞矢如蝗，劈面而至，立刻有几百个士兵惨叫倒地。李自成亲眼看到，刘宗敏身子一仰，坠下马背。

箭雨刚过，飞骑即来，来敌的手里大都攮着短刀，冲入大顺军阵中，左砍右剁，如入无人之境，大顺人马，立刻溃不成军。首先刘宗敏中箭落马就给前头造成了极大的混乱，张鼐顾不得迎敌，一面呼唤着谷可成、任继荣、李友和吴汝义四员大将死命抵住狂冲的敌兵，一面指挥着二百多士兵把刘宗敏从地下救起，连抬带驮，转身往回奔跑。而这样的举动，后果惨重，大顺军心立刻动摇，前排的士兵以为主帅已死，纷纷放弃抵抗，由此波及后排的士兵，把前面的危状，在想象中又扩大了数倍，数千骑兵，一哄而散，任凭辛思忠的五百督阵队如何威胁弹压也无济于事了。

李自成看得一阵阵头皮发麻，仰天嗟叹，六神无主。立在身旁不远的海神庙老道长疾趋上前提醒："贵人快走，这是满洲兵！"

直到这时，李自成才醒悟过来。"完了、完了，迟了一步！"他喃喃一声，跳上马背。李双喜也顾不得白鬃大纛了，指挥五百亲兵，簇拥着李自成，一路尘烟，下岗而去。

回到红瓦店大营，这里有随军而来的顾君恩等几个文臣，以及十七日那天李自成特遣快骑从京中召来的原明朝降臣张若麒，还有中营刘宗敏留下的一千步兵，专门分别监管定王朱慈炯、永王朱慈炤、秦王朱存枢、晋王朱求桂，除此四王之外，再一个就是吴三桂之父吴襄。

李自成从亲兵中拨出一百骑交给顾君恩，令顾君恩临时负责，带着其余文臣和一千步兵，依然监押着四王和吴襄，日夜不停，到永平府屯驻待命。他自己则留下来，和另外的四百亲兵一道，守住路口，要迎候和安抚即将从石河那边败逃过来的将领和士兵。

顾君恩办事很干练，很快把几个文臣聚拢起来，要一百骑兵护持着先走，然后亲自督促一千步兵，把分别监押的五个人驱上四辆骡车，每车分派一百人，轮替护车，在大队中间续行，他自己打算带领六百人断后，以便处理前面随时出现的意外杂务。五个被监押者分处在四个简陋帐篷里。定、永二王独处一帐，其余三人各自一帐。等到备好骡车，士兵遵命分别去带人的时候，另外四人，帖然从命，唯独晋王朱求桂不见了踪影。

"人呢？"顾君恩指问负责监看晋王的四个士兵。

四个士兵知道闯祸了，耷拉着脑袋，垂手肃立。其中一个战战兢兢地回话："半个时辰前还要水喝……"

"那就跑不远，快搜！"

里里外外、帐前帐后能藏人的地方都搜了个遍，踪影皆无！环顾一周，四面都是齐胸高的蒿草，如果人藏在蒿草丛中，那可要大费周折了。时间紧迫，顾君恩不敢做主，令人押着四个监管晋王的士兵，亲自去见李自成。

李自成立马路口，正目不转睛地盯着石河方向。听顾君恩简要说完，头也不低，吩咐顾君恩先走，把四个监管士兵留下。

顾君恩一走，四个士兵伏在地上瑟瑟发抖，李自成这才瞟了他们一眼："朱求桂逃走之前，你们在干什么？"

一个士兵颤声回答："回闯王爷，在……在帐外掷骰子。"

掷骰子就是赌钱。李自成对着李双喜一摆手："就地砍了！"

处决了四个玩忽职守的士兵，石河那边黑压压的已经有溃兵向这边狂奔了。先头的全是步兵，失魂落魄，散乱无形。等到逐渐靠近，李自成下令，再分出去一百个亲兵，快马迎上，督促这些溃兵一边跑，一边整队。很快地，溃兵排列得有点儿样子了，在一百亲兵的引领下，从李自成身边匆匆而过，继续向西逃走。李自成估量了一下，逃过来的步兵有五千多人。

接着是骑兵，分作两拨，第一拨人数不多，张鼐在前，后面跟随了有一百多骑的样子，团团护卫着刘宗敏，压住马步，疲惫而来。远远地看到了李自成，张鼐策马奔来，一扫往日的朝气，嘶哑着嗓子，满脸沉痛地说："闯王，唉！这一仗败了，败得张鼐不甘心！"

"汝侯怎么样？"李自成关切地问。

"中了一箭，右腿伤得很重。"

李自成撇开张鼐，打马向东迎了上去，抱团护卫的士兵纷纷让开。

刘宗敏伏在一个壮汉背上，耷拉着脑袋，昏昏沉沉的样子，大约听到士兵说闯王爷来了，抬起头来，强颜欢笑地露出一口森森白牙，但终于还是没能笑出声来。李自成跳下马，查看刘宗敏的伤情。中箭之后，刘宗敏翻身落马，再想动弹，右腿已经不听使唤了，自恨平生大小数百战，从未吃过这么大的亏，气得他用手握住箭杆，奋力一拔。这一拔坏了，箭镞的倒钩连着一大块血肉离腿而出，血流如注，再也捆制不住。辛亏张鼐赶了过来，扯开铁甲，把贴身的棉褂脱掉，先把前胸的白布撕掉，狠命缠住刘宗敏的大腿根，强使血流缓注；再把后背的白布撕掉，堵住箭伤处婴儿拳头大小的窟窿，剩下的两袖，连接到一块儿，用来把伤口捆扎好。一条命算是不太要紧了，但失血过多，再也没有了上马复战的力气。

李自成亲自扶掖着刘宗敏急急往西走。这时候李双喜已经从红瓦店套好了一辆大车，以马代骡，赶了过来。几个士兵不用吩咐，七手八脚地把刘宗敏抬弄到车上。有了大车，速度自然加快了许多，李自成重新上马，跟了一小段路，千叮咛万嘱咐，要刘宗敏安心养伤，然后嘱令张鼐，什么事也不要管，一路上专门照料刘宗敏。

送走了这一拨，李自成抄起一把短柄大砍刀，朝着李双喜和三百亲兵向东一摆脑袋："都跟我来！"

东边还有一拨，大约两万多骑兵，正在死死抵住敌人，且战且退。李自成冲到近前，大喊一声："闪开，我来了！"

闯王一来，勇气复生，疲惫不堪且又趔趄欲退的大顺士兵跟着李自成，返身回杀。李自成透过人丛，越到前头，刘芳亮、李过、任继荣、李友、吴汝义，还有一员铁甲大将，一时没看清是谁，正在与大家一道力阻群敌，分片开花似的，每个人都在与自己身前的清兵死力拼杀。刘芳亮刚把一个清军小头目刺翻落马，另一个脑后拖着根辫子的清军小头目从侧面向他袭击，李自成正好看到，猛磕马腹，一纵而上，随着一声轻喝："下去！"这个清军小头目颈项喷血，摔死马下。又一个铁钉绵甲的清将舞刀而来，似乎没把这个白毡笠、蓝箭衣且瞎了一只眼睛的贼寇当成一回事，嘴里不知说的什么，轻蔑不屑的表情却是露在脸上的。双刀上举的那一刻，李自成纵马一跃，抢在对方刀落之前，挥刀一抢，清将的双腕齐齐断开，刘芳亮从旁边侧身一枪，结果了这个清将的性命。

连毙二将，李自成趁势鼓勇，索性单骑跃入清兵丛中，手起刀落，挡者披靡，眨眼间六七个清兵先后栽落马下。刘芳亮和李双喜紧随李自成左右，李过、李友、吴汝义，还有那个铁甲大将也向李自成这边聚拢，三百亲兵，锐气正盛，始终不离李自成左右，专找敌兵最多的地方冲荡突击。显然清兵被这股汹汹的来势震慑住了，虽未后退，却也很难像刚才那样边杀边进了。

遏制住了清军的攻势，李自成稍稍收马，在三百亲兵拓展开的一小片空地上引颈观察。眼前的清兵，和汉人差不多一样的面孔，脸型上丰下锐而瘦长者居多，有的戴着头盔，有的裸着脑门儿，而无论戴头盔的和裸脑门儿的，脑袋后头都拖了条头发编成的小辫子。彪悍凶狠，远逾明兵，尤其是马上的功夫，娴熟敏捷，更是他以往所见的明兵难与比拟的。还有清兵的坐骑，一色的口外良驹，操控随意，远比大顺军从明朝军兵那里俘获的战马为优，更不用说大顺军从民间征买或抢来的那些耕畜了。

看到这些，李自成暗自喟叹：一世英名，毁于一旦！原以为建虏蕞尔小邦，在关外窃号自大，没想到有这样一支凶悍善战的军兵。华夏国土上，只怕真的要重演女真灭宋的悲剧了！

以统帅的魅力，恃勇而战，一时鼓舞了军心，暂挫敌锋，但这样的局面不可能撑持长久。李自成前后瞻顾，自己这边仅有两万余骑，而清军骑兵，不下十万，源源不断地继续朝这边涌来。幸亏这一段路面狭窄，清兵虽多，也只能对峙而战，还无法对这边形成包围之势。李自成亲历前敌观察的目的已达，趁此短暂的机会，他果断决定放弃抵抗，速速逃生。为此他把李双喜喊来，匆匆作了交代。等到李双喜引领三百亲兵退阵向西而去，他再次跃马冲入敌丛，与刘芳亮和李过并肩斩杀敌兵。

李过依然猛悍如虎，大约清兵已经知道了他的厉害，所到之处，纷纷避让。但这样的做法，反而激怒了李过，以为无人可杀，很不过瘾，眼睛充满了血丝，打算饶过敌兵，专找敌将厮杀。恰巧李自成赶了过来，厉声喝止："不许恋战，跟着我！"

刘芳亮挑翻两个敌兵，侧马冲着李自成轻喊："闯王，不能再打了。你带他们先撤，我来断后！"

话刚说完，斜刺里那位铁甲大将也策马过来："王爷快走，我和刘将军一块儿断后！"

直到这时，李自成才看清这位铁甲大将是唐通！心中略感诧异，但此时无可深究，压低嗓门儿，对刘芳亮和唐通喝令，同时也能让其他诸将和身边的士兵听到："沉住气，再压他半刻钟，听我的口令！"

"半刻钟"是个明显的暗示，众人默谕，都不再独自陷阵，与李自成连成一线，并排向前，奋力猛冲，两万军卒也呼啸紧跟，一时气势如虹，展开了又一轮反击，硬是逼得前排的清兵不得不调转马头，暂避其锋。

前头一退，后面自乱，马腿绊着马腿，清兵进退不得。趁着这个当口，李自成这边将帅齐动，刀枪并举，连续砍杀了一阵子，几十个清兵毙命马下，引起了后面的清兵一阵恐慌，纷纷掉头后退。就这一刻，李自成转身高喝："后队变前队，快撤！"

清兵退而复止，止而再进，这需要一段时间才能调整过来，就这段时间，给了大顺军一个逃命的机会。两万士兵，闻命而动，乱而有序地向西策马狂奔，李自成率诸将断后，很快与还没有反应过来的清兵拉开了一段距离。

万马疾驰，一路向西。等到前头持续不断地跨过红瓦店大营的原驻地，李自成率诸将也飞驰而来，远远地看见李双喜刚刚做好了准备，李自成马不停蹄，对李双喜下令："虏兵不远，快动手！"

等到刘芳亮最后一个飞驰而过，李双喜带头，三百亲兵一起动手，把事先准备好的大车、营帐和弃之不要的一应辎重纷纷推向路中，由东往西，乱七八糟的延绵半里多地，把这一段道路封死。然后各自上马，一声呼啸，紧紧追赶李自成而去。

43

大顺永昌元年四月二十四日

大明崇祯十七年四月二十四日

永平和议

从前天中午，到昨日黎明，一路狂奔，终于赶到了永平。检点损失，从京城一路来时所带的近八万人马，少了差不多六万，这么多人，有一半死在石河战场，还有一半是被清军逼到海边，走投无路，跳入大海淹死的。人马损失之外，谷可成、任继荣和辛思忠，三员大将，丧命疆场。

昨天休整了一天，元气未复，李自成不断派快骑轮番打探，清军还没有向这边追击的迹象，因而决定再休整一天，借以观望一下山海关方面的动向，第二天开拔回京。

昨天一到永平，李自成首先去探望刘宗敏。刘宗敏伤势不轻，腿已经肿得像个大皮囊子了，天气炎热，创口化脓，张鼐临时从周边的村子里找了个郎中，清理了脓血，割去了腐肉，又敷上草药，用薄棉纱布把伤口重新包扎了一遍。李自成来时，刘宗敏勉强打起精神，兄弟二人郁郁叙话。

"大哥，到现在我都没搞明白，那阵怪风刮过之后，吴三桂哪来的那么多兵马？莫非他有什么魔法，请来了天兵天将？"大风刮过，刘宗敏首先中箭落马，对后来的战场情况一无所知。

李自成苦笑一声："哪有什么天兵天将？那是满洲兵。"

刘宗敏眼睛瞪得好大，愣了半天："到底是他抢先了一步。"

"不是。他是二十一日半夜到的。"

刘宗敏算了算，大顺军是二十一日凌晨到的："这么说，仅仅差了一天？"

"唉！一日之迟，说不定要酿成千古之恨！满洲兵厉害，我亲眼看到了。"

说到这个话题，相对无语，刘宗敏这一箭之创，就能为李自成的哀叹做出解释。过了一会儿，刘宗敏忽有所疑："大哥，怎么知道鞑子兵二十一日半夜到的？"

"我问唐通了。"

唐通二十一日那天夜里在一片石突遇清兵袭杀，慌不择路地从九门口入关，星夜狂逃。第二天早晨来到一处地方，孤山冷洼，一庄萧然，派了个士兵上去打听，这地方叫甘城子，远离红瓦店八十多里山路。二百个亲兵全都泄了气，丢了九门口，损了八千人，又未能及时回红瓦店报告清兵入寇的消息，大顺王爷怪罪下来，说不定个个都要脑袋搬家。而且吴三桂暗中勾结建虏，看样子这次清军来势不小，红瓦店那边大顺军仅有七万兵马，很难挡得住明清两家的合兵袭杀，只怕李自成自身难保！于是七嘴八舌，劝说主帅，不如索性绕道离京城较近的顺义一带，在那里观望一下大局的变化再说。

唐通先是被说动了，等到凑了点钱，在甘城子农家买了些吃的填饱肚子后，细细一想，大为不妥。丧师失地，已经罪无可绾，而外夷来寇，连个信儿都不给大顺王爷去送一个，身为汉将，实在是说不过去的一件可耻之事。因而饭饱之后，下令谁也不许走，都跟着他去红瓦店面见李自成请罪。

路途不熟，加上士兵们个个无精打采，八十多里的山路，七拐八拐，走了一天一夜，赶到红瓦店的时候，大顺军已经开到石河战场。唐通在僻道上勒马观望，等到大顺军化解了关宁军的三路冲杀，刘宗敏正挥兵把吴三桂团团围住的时候，自以为机会来了，带着二百人冲到李过的后营里，表面上示人以归队助战的样子，实际上是投机取巧，打算着以此折罪赎过，战后取得李自成的谅解。没想到一阵怪风，刮来了十万清兵，这一来唐通退身不得，只好以假作真，配合着大顺将领奋力杀敌。

自然地，这点衷曲，他对李自成是说不出口的，但在李自成问他如何丢弃了九门口时，却可以连真带假，把突遇阿济格袭击的过程大致说得清清楚楚。李自成这才知道，清军在二十一日夜间，关内双方息兵休战的时候，已经开到了关门之外。

听完了李自成的转述，刘宗敏长叹一口气："大哥，山海关一丢，北京恐怕也守不住，回关中吧。"

回关中就是回西安。李自成正在为下一步如何举动而踌躇不定，关中四塞之固，东有函谷，西有潼关，两关连障，足以拥西安而自保。但那样一来，十六年艰苦卓绝的东征西杀，两千里摧枯拉朽的轻取京城，天下在握，大功告成，如今却要因为外夷的突如其来而功亏一篑，是他怎么想都于心不甘的一大恨事。

"我好悔！"他把右拳对着左掌合力一击。

刘宗敏知道李自成心里想的什么。早在三月初九日大顺军攻下大同的时候，制将军李岩就提醒李自成要防范东虏，而防范东虏，吴三桂的叛附至关重要。可是京城既下，李自成迟迟没有举动，三月二十三日授命左懋泰为兵政府左侍郎，镇守山海关等处地方，直到二十九日才拜命出发，这期间有六天的时间白白浪费掉了。现在看来吴三桂耻于投降新朝，如果提前六天知道了吴三桂这个态度，则重兵征剿，抢占先机，五天之前就把山海关拿到手了，哪还有建虏觊觎京辽咽喉的机会？——这是一误。第二误就误在，本月十一日接到了吴三桂的"拒降书"，十三日李自成率众东来，却又对吴三桂心存幻想，以至于十七日到了永平，又被六个山海关卫城的乡绅羁绊了两天。戎机万变，朝夕必争，以两天之差，而痛失雄关，岂不是又犯了一个绝大的错误？

其实说来说去，寄望于吴三桂归附，而频频采取招降措施，这根本就是一个最大的错误。三月十九日那天进京之后，就该立即遣重兵奔袭山海关。大军骤至，猝不及防，吴三桂投降则抚而纳之，吴三桂不降则聚而歼之，总之不管吴三桂降与不降，山海关都可在三月底之前稳稳拿下，岂容吴三桂绰有余裕的以二十多天时间去与建虏勾搭连环？

还有，三月初九日在大同分兵也是一个不小的错误。袁宗第的前营是与刘宗敏的中营不相上下的大顺军主力兵团，当时汲汲于派袁宗第南下荆襄去牵制左良玉。现在看来，崇祯帝自缢而死，左良玉根本就无动于衷，这样的明朝武将，唯知拥兵自保，不顾君父之难，大可不必大材小用地把袁宗第派去与之抗衡。如果有袁宗第前营的五万骁骑在，则此次闯王东来，尽管一误再误，二十一日那天，也可午前一战而尽歼关宁军。午后终战，随即登关，当天夜间清军赶到关外也还是迟了一步，何至于落得今天损兵折将、兵败逃亡的下场？

种种失误，铸成今日之错，然而这都是事后诸葛亮式的悔悟，无补于事。所以刘宗敏说："败就败了，悔也无用。谋事我不如大哥，小鞑子已经占了山海关，下一步肯定要夺取北京城，大哥还是早早把大计定下来为是。"

所谓"大计"，自然是回不回关中，而李自成此时尚未拿定主意，但见刘宗敏突然牙关猛咬，满脸苦楚，额头上汗珠倏倏冒出，这是创痛突然发作的表征。

"不行，不能这样熬着！军中没带骨科郎中，我马上叫张鼐护你先回京城，找个名医给你疗伤！"

"嗯、嗯……"刘宗敏话都说不成了，嗯嗯两声，表示同意。

看着刘宗敏疼成这个样子，李自成束手无策，只站在床前，反复踱步，好像只有这样做才能替自己的好兄弟分担一点儿痛苦似的。过了一会儿，疼痛稍减，刘宗敏忽然想起了什么，有气无力地招招手，意思是让李自成坐下。

"大哥，我走之后，你不必急着赶回京里，让弟兄们歇息几天无妨。"

"这话怎么讲？"李自成非常困惑。

"昨天在阵上，我和吴三桂打了个照面。吴三桂问我崇祯太子的下落，我说就在我手里。"

"那又怎么样？"

"文人有句话叫'投鼠忌器'，我看吴三桂就是这个意思，他要为自己留条后路，不会逼人太甚。"刘宗敏的意思是，吴三桂误以为太子就在大顺军中，所以不会很快率兵杀来。

论理路的清晰，毕竟李自成强于刘宗敏。李自成知道，吴三桂逼人太甚与否是一回事，清军是不是会乘胜往西追杀是又一回事。但从刘宗敏的这句话里，李自成却另有所悟：或许吴三桂并未投降建虏，不然的话，他在两军血肉相拼之际，还念念不忘太子做何解释？

"看来太子是吴三桂的一大心病。可能他和建虏有什么密约，重金厚币，利用建虏灭掉我大顺，而他想拥立太子，做个再造明朝的功臣。"

"这个我搞不懂。"刘宗敏说，"不过继续放出风去，说太子就随军在大顺营中，吴三桂就不敢太下毒手。"

"嗯、嗯，我知道了。给他留个哑谜，让他自己揣摩去！不过，一个汉人的边关镇将，借助外夷，这样的家伙，死有余辜，肯定要落千古骂名了！"说到这里，李自成想起要告诉刘宗敏另一件事，"晋王逃走了。"

"晋王逃走了？"刘宗敏眼睛愣了一愣，旋即释然，"还好，晋王在田府羁押时，我一直对他封锁消息，他什么也不知道。逃走就逃走吧，留着他也没有什么用。大哥，那两个孩子我带走，不能落到吴三桂手里。"

那两个孩子指的是定、永二王。李自成想了想："好，你把秦王也带走，留下吴襄，也许什么时候我有用。"

"留下吴襄有什么用？他儿子勾结外夷，恨我昨天没一刀砍了他。儿子的账，就该算到他老子头上，把那老家伙宰了，不能留！"

态度如此坚决，李自成萌动杀心，就为了刘宗敏这一箭之仇，也该把吴襄杀了泄泄愤："好，那就交给你。你把那几个人都带走，出了永平府，胡乱找个什么地方，把吴襄杀掉！"

商定之后，当即喊来张鼐，令他带着一千健骑，骡马大车地载着刘宗敏，顺带捎上两个小王和一个老王，还有吴襄，挥手启程西行，李自成开始逐营抚军。

士气低落得超乎想象，提起这一仗，就像做了一场噩梦，无不唉声叹气，都感到关宁军不是对手，而建房铁骑，凶悍难制，个个马上功夫不凡，追奔逐北，迅疾如风，大顺军与之相比，差的不是一两个级别，就连跟随李自成征战了十几年的"老陕北"，想起一触即溃，无数同伴瞬间卧尸清兵马下的场景，都不免心有余悸。

军心如此，李自成知道再据守京城很困难了。

他通盘估算了一下，京城内外还有十四五万兵马，湖广的荆襄地区尚有白旺和袁宗第的十二万健卒，西北的榆林和延安一带也有王良智所统的十五万大军，除此之外，西安高夫人和田见秀还掌控着二十万陕西和河南的老部下。但三处军兵合起来六十余万，看似为数不少，实际上远水不解近渴，没有一处在短时间内能调动过来的。而清军入关，不会久停，说不定这几天就要趁势席卷京畿一带，那样一来，首先京城内外的十几万人马就会白白地损失掉。还不如速速退回关中，守住函谷通道，重兵屯驻潼关，休养兵马，恢复士气。待到日后关中稳定下来，不妨再广为联络各路豪杰，同时并举，杀回京城，把建房重新赶出关外，或者一举踏平辽东，彻底绝了外夷之患。

有了这个计虑，顿感心念一轻。"唉！"李自成微微喟叹，"只是登基大典白白筹备了二十天，可惜了！"

再也没有想到，驻守在永平东郊负责警戒山海关方向的刘芳亮，今天一早，亲自赶来，报告了一个令人惊异的消息：吴三桂派人议和来了！

山海关一战，大顺军大败溃逃，清军追到红瓦店，路障重重，壅塞难进，等到好容易搬开了路障，大顺军已经逃出去了三十里地。多铎和阿济格正要挥兵追杀，多尔衮派人传来了急令，要清兵立刻回驻关下。

吴三桂在一阵狂风刮过、清军突入战场之后，总算松了一口气，检点人马，五万关宁军只剩下两万，还搭进去了六七千民兵。苦战了两个时辰，九死一生，人疲马乏，到这时候再也没有气力和清军一道去逐杀贼兵了，所以吴三桂下令两万人马在石河滩上暂时歇息，想等到士兵的体力稍稍恢复之后，再往西去和清军一道追杀贼兵，一举收复北京城。

没想到过了不大一会儿，多铎和阿济格引兵而回，路过在石河西岸滩地歇息的关宁军侧，睬也不睬，前队直向关下驰去，后队依次顿足，一直排到石河北岸，等于把山海关封护了起来，而以石河为界，把关宁军堵在了封护圈之外。一看这阵势，吴三桂暗暗叫苦，原来多尔衮从此不打算再让关宁军登上山海关城了！吴三桂颇有被戏弄之感，立刻带了十名亲卫，踏过石河，要去见多尔衮问个明白。

"站住！不许过来！"一名看样子来头不小的八旗武将立马高喝。

"闪开！我要上城去见你们摄政王！"

"不行！我国摄政王有令，南人军兵，谁也不许靠近关门！"

吴三桂气得直想上去抽他几鞭子："混蛋！睁开眼看看你在跟谁说话？我是吴三桂，有事要和你们摄政王面谈！"

"嘿嘿，就算你是吴大桂也不行！我国摄政王刚刚传谕，南人军兵，任何人不许靠近关门！"

"我和你们摄政王立了盟约……"

"这个我不管。你要是不遵王谕，我就挥兵过河，把你那些衰兵弱将全都灭了！"

真正不可理喻！吴三桂又气又急又害怕，如果多尔衮违背盟约，真的打算要趁机吃掉关宁军，那可就只能束手待毙了。思来想去，这个时候万万不能翻脸，只好退而求其次："好，我遵王谕。不过要拜烦你上去通报一声，就说吴三桂求见摄政王，今日无论多晚，也要见上一面。"

"这还差不多。我去替你传话，你到河那边等着。"

787

这一等，一直等到日落西山，无米无炊无帐篷，两万士兵饿得个个头昏眼花，今夜说不定还要露宿河滩，望星而眠。吴三桂心急火燎，再这样下去，不用清兵来灭，自己这里先就要哗然崩溃了。还好，到了掌灯时分，一队清兵送来了餐食水浆，无非玉米面大锅饼子、萝卜咸菜，外加绿叶清汤之类，另一队清兵把关宁军留在卫城里的军帐一捆一捆地搬过河来，往河滩上一扔，临走撂下一句话，话倒是很客气："我们摄政王说了，今日一战，大家都很辛苦。天色不早了，请吴帅好好歇息，等到明天摄政王亲自过来抚慰关宁军的弟兄们。"

草草填了填肚子，吴三桂命令士兵分队去安扎营帐，把高第、杨坤、何进忠、冷允登、郭云龙、孙文焕还有童遴行召到一起，秘密集议。

一提午前的战事，无不义愤填膺，都认为多尔衮该出手时不出手，是要借贼兵的力量削弱关宁军，而午间清兵乘胜不追，有意纵贼，是多尔衮居心叵测，打算玩寇自重，根本不把与关宁军合兵灭贼复仇的要求当成一回事。再联想到清军独据关上，把关宁军拒于石河之西，凡此事实，均足以表明，清军靠不住，而关宁军已经处在非常危险的境地了。

面对困局，如何应对？众人议论了半天，谁也拿不出能够协调群情的好主意，就连一向足智多谋的童遴行也傻眼了。力倡联清剿贼之议，却不料成了引狼入室，如今闯贼未灭而清军坐大，眼看着多尔衮稳据雄关，文不能取，武不能夺，再要想把山海关弄回来，比登天还难！山海关既失，多尔衮如不遵守盟约，灭掉关宁军易如反掌，到那时，清兵铁骑，纵横无敌，李自成不是他的对手，江南明军更不是他的对手，从此外夷入据，江山易主，而追根寻源，岂不是都误在联清剿贼的创议之上？现在群情激愤，虽然没有人点名追究他的责任，但对目前局面的不满，已经蕴含了对他的谴责，所以他暗自愧疚，一言不发地默坐一旁，借以躲避众人对他的关注。

"总要拿出来个办法吧。"吴三桂气急败坏地大发牢骚，"早知如此，还不如当初听了黎中丞的话，联贼拒虏。何至于今天要受多尔衮的窝囊气！"

说者无意，听者有心，这句牢骚话在杨坤听来另有别解："吴帅，现在联贼不迟！"

"怎么，现在联贼？"吴三桂大摇其头，"昨日联清，现在联贼，吴三桂岂不成了朝三暮四的龌龊小人？"

788　　　"不悖初衷，亦不妨三全其美。"

这一说，都觉得匪夷所思，也都表现得极感兴趣，众人默然，把目光聚向杨坤，要听他作出一番解释。

杨坤说得很简单："要李自成献出太子，回他的西安；把北京照原议交给多尔衮；吴帅奉太子即位南京——三家从此相安无事。"

反复咀嚼，其味甚浓，这样的说法闻所未闻，却又妙不可言。李自成并不知道关宁军与清军之间的龃龉，穷蹙无路之际，许他在西安自立，固守西北一隅，应该是他非常乐意接受的条件。其他的则仍与多尔衮的约定一样，南自南，北自北，北京归你，南京归我，双方黄河为界，南北分治。而大不一样的是，这样做法，不动干戈，就能索回太子，明、清、顺三方各得其所，可不就是"三全其美"吗！

"好、好！"众人纷纷称赞。

吴三桂也大为兴奋，思路一开，别有领悟："还要加上一条：如果多尔衮违约南犯，明、顺两家，共同抗清！"

"不错、不错。加上这一条，就不用担心多尔衮要什么花招了！"众人七嘴八舌地跟着附和。连童逵行也认为，事到如今，不妨暂退一步，承认李自成的大顺朝为敌体，只要他能把太子交出来，两家结盟，联手制清，这是死中求活，可有效防止多尔衮违盟的一个不错做法。

还有些细节，也都各抒己见地议论了一番，于是当即决定，立刻往西去找李自成谈判。众人共议，主帅明日要与多尔衮见面，由杨坤代表吴三桂，由童逵行佐助杨坤，一武一文，足示郑重。吴三桂慨然应允，当即要杨坤点了五百骑，带上童逵行，趁着夜黑星暗，快马加鞭，今天黎明赶到永平，打探得李自成就在永平府驻兵，向后退了二十里，在一个叫作"吕曹"的小村落附近安顿下来，要童逵行先去永平府接洽。

"人呢？"李自成问。

"末将把他带来了，就在门外。"刘芳亮答。

"带进来，我先问问他。"

童逵行一进来先施了个汉人的见面礼，然后郑重其事地以四品文官谒见九千岁王爷的大礼给李自成跪了下去："大明朝镇守山海关地方总兵官吴帅帐下监纪同知童逵行叩见大顺王爷！"

"站起来说话。"

"是！谢王爷！"

"说是吴三桂派你前来议和？"

"回王爷，吴帅派来议和的特使是宁远镇杨坤杨副帅，卑职是杨副帅派来先容的接洽使。"

"杨坤呢？他在哪里？"

"杨副帅在东边二十里的吕曹村。"

"好，你说吧。吴三桂什么意思？为何要与我议和？"

"自古没有不和之战，战来战去，总要归结于和。"

这个理由很牵强，李自成极不满意："我与明朝争天下，吴三桂要当英雄，不降我朝，尽可战场上一刀一枪，见个高下。而他舍此不图，却要勾结外夷，毁我华夏，你说说，这是什么道理？"

"王爷率兵窃占我大明都城，逼死我朝帝、后，又亲临山海关欲置关宁军于死地。吴帅至忠至孝之人，为报君父之仇，同时也为了关门自保，不得已而暂引建虏为援，故能一举大败贵军，纾解了燃眉之急。在卑职看来，说吴帅勾结外夷，容或有之，若说吴帅从此要屈事外夷，毁我华夏，这是王爷的悬猜之词，卑职敢保，吴帅绝无此意。吴帅的意思，贵军已败，关宁军再无覆亡之虞，趁此之时，关宁军与建虏合兵杀入京城，灭贵军于城阙，擒王爷于宫廷，都是指顾间之事。但想想外夷在侧，汉人间相互倾杀，吴帅于心，殊所不忍。如果王爷肯交出明朝皇太子，使吴帅得以拥立继以为帝，再续大明统绪，则不妨两家讲和，各自立国，兹后各守疆土，永不互犯。"

话说得滴水不漏，其实李自成已经听出了漏洞，吴三桂主要的意思是要索回太子，看来刘宗敏粗中有细，昨天已经看破了这一层。因而李自成决意假戏真做，利用吴三桂的这个心态，与其周旋下去。

"难得吴三桂还能心存汉人天下。"讽刺了这一句，李自成直抉主题，"你们的太子朱慈烺就在我军中，交给吴三桂也不是什么难事，不过你要先说说看，两家讲和，各自立国，这话怎么说？"

"请贵军退归关中，长江以北，函谷关以西的疆土归王爷所有；限时把北京交还我大明朝管理——如此而已。"

如此而已？说得倒很轻松，李自成根本就不予置信：如此就能而已，则置建虏于何地？建虏已经入关，岂能善罢甘休？但这一层不妨先不说破，也不宜说破，说破了就不好周旋下去了。

"还有吗？"李自成问。

"回王爷，卑职的使命，大致如此。至于如何交换太子，贵军打算何时让出北京，此类细节，想来王爷也要筹思妥当之后才能决定下来。王爷如无别事再问，卑职告辞，先回吕曹去向杨副帅销差。”

"好，你回去告诉杨坤，等我计虑妥当，自会派人去和他交涉。"

"但不知王爷尚需多少时辰？"

不说"多少时日"，而说"多少时辰"，自然是想在今天就把和议谈成。李自成略一思索，很爽快地说："不多。午时前后，必有切实答复！"

虚与委蛇地把童逵行送走，李自成吩咐刘芳亮留下，自己先到外边喊了个亲兵，谆谆叮嘱，要这个亲兵飞马快骑，去把张若麒召来。然后回屋，与刘芳亮摒人密语。

"好机会！可惜昨天才杀了吴襄。"李自成对刘芳亮说。

"吴襄死了？"

"嗯。昨天汝侯临走，我让他把吴襄找个地方杀掉。不久他派快马回来告诉我，出了永平府，西北三十里有个范家庄，在那里已经把吴襄杀了。"

刘芳亮知道李自成想的什么，沉思了一下说："这个消息还没传开，先瞒着。"

"对！封锁这个消息，先和吴三桂周旋。等到他知道已经晚了！"

做了这个决定，李自成对刘芳亮说："我想派你去和杨坤谈。"

"是！请闯王吩咐明白，要末将去谈些什么？"

"吴三桂把建房招惹进关，是想做开国功臣的美梦，可他事先没有料到请鬼容易送鬼难。现在他要与我议和，一定是察觉到了建房凶悍难制，想用汉人一家的说词，拉着我帮他牵制建房。昨天我已经通盘考虑过了，建房入关，不会止步，更不会再退出关外，要不了两天，必然大举西进，乘胜夺取北京。西安、荆襄和陕北三处的兵马一时调不过来，目前我军新败，士气低落，仅靠北京的二十万人马，绝难挡住建房的攻袭。所以此次退回北京，我军无法久留，必须速速弃京西走，退回关中。我正在犯愁，北京还有五千多万两银子，两三天之内不可能运走，此外也有许多杂务要办，没有个十天八天的时间去料理不行。就这时刻，吴三桂赶来议和，正好给我送来了腾出这些时间的机会。这个笨蛋，一心以为太子就在我手中，你去和杨坤谈，就利用吴三桂求太子心切的想法，以交出太子为条件，要他承诺，十天八天之内不得让建房往西进兵。过了这个时间，我可以退出北京，大顺军全部回归关中。"

一口气说到这里，刘芳亮认为有两个问题还不清楚，所以接话插问："闯王，以交换太子为条件，首先这一条在对方那里就通不过，末将上哪儿去给他弄个太子送过去啊？"

"这就要和他斗心计了。三月十九日那天进京，太子失踪，此后明察暗访，没有下落，但是可以肯定，太子就潜匿在城里。这一点吴三桂并不知道，所以十三日那天我一路东来，故意放出风去，说随军带了太子。走到永平，吴三桂派六个乡绅来诡计骗我，我相信了他要投降的谎话，是我的失误，但六个乡绅首先要求面见太子，却可以证明吴三桂也误信了太子在我军中的风传。直到前天在石河战场，吴三桂还向汝侯索要太子，这都说明，吴三桂真的以为太子就在军中。所以你这次去谈，就以此为要挟，他要是不答应我的条件，休想得到太子！"

"好，我明白了。还有，照末将想来，既然吴三桂感到建虏凶悍难制，那么他对建虏究竟能起多大的牵制作用？末将的意思是，如果建虏要在这几天就进兵北京，吴三桂有没有能力阻挡得住？"

这倒是个不可不虑的问题。李自成想了好大一会儿，才不无犹豫地说："时间长了不好说，时间短些，吴三桂为了得到太子，自会想办法去敷衍建虏。这样吧，你去相机行事，首先提出十日之后让出北京，探探杨坤的口气再说。但留给我的日子太少，这次谈判也就没有意思了，至少他要答应我在京城再待五天！如果连五天都谈不下去，就说我说了，太子今晚必死！"

"是，末将遵命！"

"不忙！我想另外叫个人跟你一起去。"

"谁呀？"

"张若麒。"

刘芳亮摇摇头："这恐怕不好。张若麒是明朝的降官，听说他崇祯十五年在关外和吴三桂打过交道。如果他顾念旧情，把太子不在军中的实情泄露出去，岂不坏了大事？"

"不妨、不妨，这些我都考虑过。上个月二十一日午后我曾召见过张若麒，此人气节和人品都属下乘，为人苟且巴结，我从心里也看不起他。但正因为他和吴三桂在关外交谊甚厚，我才派他和你一块儿过去。这有样好处，有他在场，杨坤会对你说的话深信不疑。至于你的担心，我自有办法制服他，让他老老实实，一切配合你去做。"

刘芳亮不知道李自成有什么办法能让张若麒老老实实为大顺朝效命，但十几年跟随闯王，出生入死，逢凶化吉，他信任李自成，知道李自成言既出口，必有良策，因此表示："是！请闯王把此人召来，吩咐妥当之后，要他随我即刻去吕曹村。"

"快了，这会儿也该来了。"

说话间刚才受了叮嘱的亲兵进来报告，说奉命去招张若麒，人已经到了。

张若麒字天石，山东莱州府胶东县人，崇祯四年辛未科的进士。登第之后，先在京畿的保定府清苑县做了一任知县，崇祯七年转为京畿永平府下辖的卢龙县再做一任知县。崇祯十年，外官大考，因为考绩优异，内迁为刑部主事，不久授刑科给事中。其时朝中党争激烈，詹事府少詹事黄道周出于公心，严词弹劾内阁辅臣兵部尚书杨嗣昌，说他谄媚事主、误国误民，而张若麒揣摩皇帝的意图，知道崇祯帝厌恶黄道周而盛宠杨嗣昌，所以奋笔疾书，上了道弹章，攻讦黄道周而为杨嗣昌巧言开脱。这一来张若麒大受崇祯帝的青睐，杨嗣昌更是刻意笼络，把他迁入兵部，升为兵部的职方司郎中。崇祯十四年清兵围困锦州，总兵祖大寿飞章告急，朝命洪承畴以蓟辽总督率兵往救，以张若麒为监军，随洪承畴一道出关。洪承畴事先与祖大寿取得默契，认为清兵善战而不善守，所以对锦州之围，暂时援而不解，这边则从宁远开始，八镇十三万兵马，以车营阵围护，逐步向北推进。这个办法，行之有效，一方面吸引得清军不得不分兵南来阻截，缓解了锦州的压力；另一方面前来阻截的清兵对车营阵无可奈何，攻之不破，反而屡遭明军重创，只好看着明军节节向前推进。按照洪承畴的这个打法，大约再有三个月的时间，不仅可以推进到锦州城下，而且清军久围疲惫，看到明朝援军到来，必然撤兵而走，锦州之围，不战自解。不料张若麒为了迎合当时的兵部尚书陈新甲速战速决的意图，谎报军情，说洪承畴恇怯畏战，拥兵不进。陈新甲把这话奏给皇帝，惹得皇帝赫然震怒，严旨切催，要洪承畴速速与清军大举决战。洪承畴不得已，聚兵一逞，结果中了清军的埋伏，一战而溃，十三万人马损失大半。张若麒也自食恶果，和洪承畴一道被清军围困在松山。第二年松山不支，清军趁势袭击，洪承畴被俘降清，张若麒却逃出了一条性命，偷偷溜走，辗转回京。接着朝臣追究松山之败的责任，查出张若麒从中捣鬼起了很坏的作用，于是弹章齐上，崇祯帝把他下入诏狱待死，一直待了两年，直到李自成进京，才把他放了出来。

李自成恩遇张若麒，是因为张若麒书读得很好，纸上谈兵，头头是道，在关外监军时经常与吴三桂打交道。吴三桂仰慕其学，武夫风雅，常常去向张若麒"请教"，虽未拜门，但口头上老师长、老师短，叫得好不亲热。有这样一层关系，所以三月二十三日，李岩劝说李自成开释张若麒，以备日后招降吴三桂之用。

旧朝的死囚，成了新朝的宠贵，张若麒对李自成自然是感恩戴德。所以虽未授予什么显赫的官职，但图报之心却是有的。十七日那天，李自成在永平把他从京城招来，他猜知自己的使命与招降吴三桂有关。前天大顺军一败涂地，他这两天提心吊胆，以他的腹笥之宽，知道大顺朝从此要穷途末路了。今天李自成派亲兵去叫他，一路上盘算着心事，急急忙忙跟着来见李自成。

见过了礼，也与刘芳亮寒暄了几句，张若麒躬身卑辞："臣恭请皇爷训示。"

"宁远军有个副将叫杨坤，你认识吗？"

张若麒不解其意，也不敢撒谎，只好老实回答："是，臣认识。"

"吴三桂派他来议和，就在东边二十里的吕曹村。我想要你和刘将军一块儿去见他。"

"是，臣遵谕！但不知皇爷要臣见了杨坤说些什么？"

"说些什么，不劳你费心。只要刘将军说话，你相机附和就是了。"

"是！"

"张若麒。"

"臣在！"

"平日我待你怎样？"

张若麒扑通一声，跪在地上："臣在旧朝待死之囚，承蒙皇爷拯救，礼遇隆渥。天高地厚之恩，臣来世结草衔环，亦难报答于万一！"

"不要来世，现在我就要你报答。"

"是、是！臣此去见杨坤，一定全力配合刘将军，把和议办好。"

"不光要你去见杨坤。和议办成，你还要随杨坤到山海关去见吴三桂。"

"……是！"

"到了吴三桂那里就不用再回来了。"

"是……啊，不、不！办完皇爷的差事，臣一定回京追随皇爷，再效犬马！"

"你也看到了，吴三桂勾结建房，重挫我军。北京我不要了，等你办完差事，我要引兵退回关中。去见吴三桂，就是要你拖住他，在我离开京城之前，不许他过来袭扰——你听懂我的话了吗？"

"是，臣听懂了。臣一定死力劝阻吴三桂，在皇爷离京之前，不让他进兵骚扰。"

"我就知道你会照着我的话去做。你在西城石虎胡同有一所豪宅是吧？"

"……是，那座宅子是……"

"你六十多岁的老母，还有一家妻儿老小十六口，都在那座宅子里居住是吧？"

"是。"

"放心，我这次回京之后，立刻派侍兵把他们看护起来。只要我能安然退出北京，保你一家老小毫发无损。"

趴在地下的张若麒，微微发抖，虽然看不见脸上的表情，但地下已经被滴滴汗珠润湿："是！臣明白皇爷的意思！"

"明白就好，起来吧。"

张若麒以额触地，咚咚有声："臣叩谢皇爷的恩典！"

等到张若麒站了起来，李自成对刘芳亮说："去吧，带着他一块儿去。你点二百个护兵，我另派快骑，往返传话。有什么拿不准的事儿，立刻令快骑回来报我。"

这一下刘芳亮放心了，闯王以十六口家眷的性命相要挟，至少在大顺军离京之前，张若麒绝不敢泄露真情，只能乖乖地帖然就范。

谈得似乎很顺利，不到午时，李双喜带进来一个快骑，见了李自成，呈上一只函套："禀闯王，这是左营刘爷令小的报给闯王的，请过目。刘爷说，闯王先看看有什么不妥。如有不妥，请闯王开示，刘爷好接着和他们谈。如果没有不妥，原件要小的带回，刘爷要代表闯王签字画押，对方的杨坤也代表吴三桂签字画押，然后双方对着天灵歃血盟誓。"

李自成接过函套，抽出函纸，迎着光线，细细品读：

> 自誓之后，各守本有疆土，不相侵越。大顺朝已得北京，准于五月初一日交还大明朝世守。财货归大顺，人民各从其便。如北兵进略，合力攻击，休戚相共。有渝此盟，天地殛之。

795

反复阅读，越读越喜，这是吴三桂代表大明朝，第一次正式承认了大顺朝的合法性。"各守本有疆土，不相侵越"，意味着大顺朝从此可以独据西北，自立为国。最重要的是"五月初一日"交还北京，刘芳亮为自己的顺利撤走，赢得了六天时间，看得出双方在交还京城的日期上，讨价还价，争论得相当激烈。但六天时间，比自己预想的最少五天，也还是多出了一天，因此李自成比较满意。更为满意的是"财货归大顺"。五千多万两银子就此名正言顺地携归西安，肥了大顺，等于吴三桂或建虏千辛万苦，仅得一座空城！至于"北兵"——建虏进略不进略，如果进略，大顺朝是不是与他大明朝"休戚相共"？这要看以后大局的进展和变化再说了，现在且许了他这个空头人情！

还有字面上没有显示的更大一喜：誓词中居然只字未提"太子"！李自成知道，不提太子，意味着刘芳亮所争取的这些利益，不是以首先交出太子为条件的。换句话说，必是刘芳亮坚持要对方恪守承诺，等到五月初一日交换北京城的同时，再交出太子。有了这样的结果，真正一纸可抵百万兵！反复筹思的，虚挟太子之名，迫使吴三桂让步的策略成功了！

"好、好！"李自成喜形于色，对着快骑交代，"只字不改！你立刻回去告诉刘芳亮，代我签字画押，马上与杨坤盟誓！"

快骑一走，李自成要李双喜传令：速速整备行装，午饭过后，返回京城！

饭后启程，李自成把大队分成两拨：一拨由李过带着顾君恩等文臣的一万人马先走；另一拨武将李友、吴汝义和唐通随着自己，带领一万人马断后。两拨人马，依次而行，李自成迟迟不肯上马，他要等刘芳亮赶过来一起走。

刘芳亮来时，后一拨人马已经走出去了五里地的样子，看到李自成率三百精骑在永平城东门外频频向这边张望，知道是在专门等他，挥令二百护兵急速赶上，两下会合，追赶大队。

"辛苦、辛苦。"李自成笑逐颜开地和刘芳亮并马而行，边走边谈，"你吃午饭了吗？"

"吃了。"刘芳亮拍拍肚子，"杨坤很慷慨，盟誓之后，叫人搬来好酒好肉，末将这里都快装不下了。"说完从怀里摸出一个油皮纸包，就在马背上，侧身递给李自成："这是和议文书，一式两份，上面有末将代闯王的签字画押，也有杨坤代吴三桂的签字画押。"

李自成接过文书，看也不看，招招手，递给了身后的李双喜，继续和刘芳亮说话："在你看来，吴三桂有多大诚意？"

"诚意倒是有的，但目的却是为了私心自用。"

"喔？这话怎么说？"

"没有诚意，他不会承认大顺国。但承认大顺国，是为了得到太子，他好做挟天子以令诸侯的摄政王。"

这个说法很新颖，李自成默默思索了一会儿，颔首称是："不错，你看得很准，吴三桂有野心。明朝已经被我推翻，我许他侯爵他都不干，可是他想当皇帝又没有资格，所以挟天子以令诸侯也就等于万人之上，和当皇帝差不多。不过，人算不如天算，这小子把建房引进关内，只怕这个摄政王当不成了。"

"闯王说的是，我看杨坤口口声声汉人一家、汉人一家说得很亲热，其实一听就知道，他们害怕建房。"

"当初我百般招降，他怎么不说汉人一家？现在他引狼入室，惹下滔天大祸，这种时候倒想起了汉人一家！哼，等着吧，早晚他要被建房吃掉。自作孽，不可活，到那时，我绝不会施以援手！"

"好，末将赞成！他勾引建房，死了我五万弟兄，单凭这一条，吴三桂就死有余辜！"

"不过，瞒得了一时，瞒不了永久。这次回北京，一切都要抓紧办理，五月初一日一到，不管还有多少事没办完，都得按时撤走。这个和议毕竟是假的，吴三桂早晚会看破。"

"是！要不是闯王摸透了吴三桂的心思，这个和议也不可能达成。太子、太子，没想到一个空名太子还能帮这么大忙。可是，闯王啊，我就奇怪了，那个崇祯太子，他到底躲到哪儿去了呢？"

李自成一边示意快马加鞭，赶上前头的队伍，一边对刘芳亮说："你奇怪，我也奇怪。一个多月了，明察暗访，四处搜寻，连个人影儿也没有。就那么一座北京城，他能藏到哪儿去呢？"

其实太子就在李自成的眼皮子底下。

上月十八日夜，在坤宁宫辞别父皇和母后，太子和定、永二王在东宫太监栗宗周的护持下，匆匆出宫避难。其时宫中大乱，宦官宫女都知道大难将至，纷纷相偕出逃。到了东华门，门窄人多，拥挤不动。三个小爷混在人丛里，栗宗周两只手，扯了这个丢了那个，好不容易挤挤扛扛出了东华门，人流分散，空间松阔，再看前后左右，只有定、永二王扯着自己的衣襟，哪里还有太子的影子？

太子与栗宗周和二王失散，随着人流，往北走，往东拐，跌跌撞撞来到东厂门附近。平生第一次出宫，连东西南北都不知道，只觉得走了好半天，困顿难忍，就在一家民舍大门外的台阶上迷迷糊糊地睡着了。一觉醒来，四周寂寂，天色麻麻的似亮非亮，大街上一个人影儿也没有，漫无目的地顺着昨夜的来路往回走，大概是想着还能找到栗伴伴。

东华门北面对过有家豆腐坊，店老儿无儿无女，就靠上一辈传下来的磨豆腐手艺养活一个病恹恹的老婆。豆腐坊历来的规矩，每天四更必须打火熬浆。这一天照例按时起床，收拾了一应器具，还要把昨天打扫出来的一簸箕秽物倒出门外。

倒掉秽物，正要转身回屋，暗影里一个童稚的声音冲着他喊了句："老爷！"

路静人绝，突然游魂儿似的冒出个半大孩子，把店老儿吓了一跳："怎么这时候一个人出来溜达？你家在哪儿？"

"老爷，我也不知道家在哪儿。昨天出来逃难，和家人走散了。"

店老儿是个心善之人，知道这几天城里头人心惶惶，只怕闯贼就要破城了。一个无家可归的孩子，要是落到歹人手里可怎么好？

"快进来，快进来。敢情是饿了，先进来吃点东西再说。"

作坊狭窄，但还干净整洁。店老儿把昨天的剩饭剩菜热了热，往墙角处的矮桌上一放："那儿有个小板凳，你搬过来，坐下慢慢吃。"

店老儿顾自忙活，一边干活，一边频频打量着这个孩子。烛光下看得清楚，白白细细的一张脸，长得眉清目秀。穿戴虽然很普通，而举止文雅，讨人喜欢。无子之人盼儿郎，店老儿决意收留这个孩子，说不定白白得个义子，也好把这份豆腐手艺传下去。

待了五天，店老儿反悔了。人不可貌相，这孩子看起来聪明机灵，而做起来却令人大失所望！要他帮着烧火，烧着烧着火就灭了；要他帮着磨浆，磨着磨着黄豆撒得满地都是。手比脚笨，人比猪蠢，真正不堪造就！

思来想去，拿定了主意：崇文门外有个弥陀庵，庵不大，只有四个尼姑，隔三岔五，店老儿要给这四个尼姑外卖送豆腐。第二天正好是约定送豆腐的日子，于是挑上豆腐担，连哄带扯，把这孩子送到了弥陀庵，这一天是三月二十五日。

贫儿投托，出家人不能不收。然而毕竟是十六岁的男子了，四个尼姑，有三个整天不给好脸色。只有一个叫"贵儿"的，一见投缘，对这孩子好得不得了，专门打扫出一间洁室，照料起居，分外热心。但这样一来，贵儿就难免和另外三个尼姑闹得别别扭扭，闲言碎语，少不了经常灌到耳朵里，闹得贵尼自己也好不心烦。

弥陀庵在崇文门外一个僻巷里，不显山，不露水，而其实大有来头。就像一家大店铺另外开了个分店，弥陀庵是"分店"，它的"总店"则是皇姑寺。

提起皇姑寺，京城无人不晓。本朝正统十四年，蒙古瓦剌部的首领也先率兵入寇大同。警报到京，英宗睿皇帝受了宦官王振的蛊惑，执意要御驾亲征，朝臣力谏不纳，临行前敕命异母弟郕王朱祁钰监国，然后亲率五十万京营，自乘天子出征的"八骏革辂"，浩浩荡荡出了宣武门。快到居庸关的时候，一个年轻尼姑拦住了御驾。

"你要干什么？"皇帝制止了要动手拿人的御前侍卫，很好奇地打量着这个俊俏尼姑。

"请皇上回驾。"

"为什么？"

"万乘之躯，不该亲蹈沙场。"

"唔，口气不小，原来是个疯子。"

"请皇上言语检点。我是西安大慈恩寺的沙门尼，怎么说我是疯子？"

"你既然是出家人，不在寺院里好好念经，却跑到这里胡言乱语，不是疯子是什么？"

"皇上此次出师，必有大难。我奉了菩萨的法旨前来劝谕，请皇上速速回驾！"

"我是天子，与你们菩萨毫不相干——躲开！"

"请皇上不要违天行事！"

如此倔强，皇帝愈感好奇："你从西安而来，在京城何处挂单？"

"在京西石景山黄村寺。"

"你俗姓什么？"

"吕。"

"好，我就叫你吕尼。吕尼你听着，天子行事自专，任何人不得干预！你一个出家人胆敢阻拦御驾，本当论死，念在你是出于好心的分上，我不难为你——躲开！"

"皇上不听吕尼的劝谏，将有八年阶下之祸。请皇上不要固执！"

真正不可理喻！皇帝懒得再理，挥挥手叫侍卫把吕尼连拖带拽，强行赶走。

不料出了居庸关，一再失利，后来在怀来县附近的土木堡被也先的蒙古兵设伏围困，撑了一天一夜，全军覆没，皇帝自己也成了也先的俘虏。

郁郁不甘地在大漠做了一年阶下囚，被也先又送了回来。其时监国的郕王朱祁钰在朝臣的拥立下登基改元，就是景泰帝。景泰帝派人把当了一年俘虏的哥哥从居庸关接回来，直接送进了大内隔壁的南宫，名义上尊为太上皇帝，实际等于监禁，还是阶下囚。

朱祁钰当了七年皇帝，一病而亡。临终前有一班朝臣策划"南宫复辟"，囚禁七年的太上皇又成了皇帝，次年改元"天顺"，所以本朝历史上，"正统"和"天顺"都是一个皇帝，此人叫朱祁镇。

回首前尘，感慨万千。朱祁镇屈指一算，从塞外被俘，到南宫囚禁，合起来正好"八年阶下之祸"，与当初吕尼说的分毫不差。于是派内监到京西石景山黄村寺找到吕尼，把她请进宫来，絮絮闲话，并且当着皇太后和皇后的面，御口亲封吕尼为"皇妹"，下了一道敕书，把黄村寺改为"保明寺"，动用内帑，赐地二十亩，大事扩建，把个荒村萧寺，修建得好不气派！

吕尼成了"皇妹"，在民间自然被尊为"皇姑"，所以保明寺虽然有御赐的寺额，而民间视而不见，从此称之为"皇姑寺"。吕尼圆寂之前留下密嘱：兹后历代皇姑寺住持都要在新皇帝登基时，进宫讨要圣旨，确认她这个皇姑的身份，借以护寺。

这一密嘱果然管用，从英宗天顺帝以后，历经宪宗成化帝、孝宗弘治帝、武宗正德帝、世宗嘉靖帝、穆宗隆庆帝、神宗万历帝、光宗泰昌帝、熹宗天启帝，一直到大行而尚无庙号的崇祯帝，九个皇帝，整整二百年间，皇姑寺与皇家沾亲带故，隆宠不替，成为京西第一大寺院。就连世宗嘉靖帝崇道毁佛，京中的寺院被毁几尽，而皇姑寺独能幸存，安然如故。

皇姑寺与宫中保持着密切的联系，每有大事，相互沟通。此次崇祯帝殉国，李自成入住大内，天翻地覆，改朝换代，皇姑寺的住持惶惶不安，从三月十九日当天消息传来，每天秘密遣派僧人进城打探消息。到了三月二十五日那天，有个僧人叫"真庆"，带回来一个喜信儿：和原大内的宦官常进节联系上了。

本朝宦官衙门有二十四个，含十二监、四司、八局。八局里有个"司苑局"，掌管宫中各处蔬果花草的种植和池塘游鱼的喂养等诸般杂务。常进节就是司苑局的养鱼宦官，国变之后，留在宫中，依然干他的老差事。

三月二十五日那天，照例喂完了各个池塘的游鱼，宫中无事，常进节向主持局务的少监告了半天假，又到"督知监"那里领了出入宫禁的"腰牌"，从玄武门出宫，要到隆福寺大街买办些日常杂用。刚出玄武门，被连日蹲守在那里的真庆认出，二人是常打交道的老熟客，相见执手，在道旁一个僻静处，密密叙话。真庆详细询问了宫中的变故，常进节尽己所知，一一如实相告。临别二人约定，再过十天，特邀常进节到皇姑寺去和住持见面。得到这个消息，皇姑寺的住持异常兴奋，他有个打算，想通过常进节沟通仍在大内的原司礼监掌印太监王德化，彼此取得联系，借以探探新朝皇爷的口气，照例讨要一份敕封御书，换代之后，用以护寺。

到了约定的日子，也就是本月初五日那天，常进节早早干完差事，照例告了半天假，照例到督知监那里领了腰牌，从玄武门出宫，叫了辆骡车，不往西走，却往东走到东四大街北口，再往南拐。他要借机先到崇文门外弥陀庵探望一个素日相好，这个相好就是贵尼。

国变半个月没通音讯，一见面，贵尼惊喜异常，二话不说，拉着相好就进入自己的居室。半解衣裤，一番手脚干亲热之后，贵尼询问来意。常进节如实相告，说要践真庆之约，到皇姑寺去见住持，此次属于假道偷欢。

一提皇姑寺，贵尼想了想，口中喃喃自语："这孩子有着落了。"

"哪个孩子？"常进节问。

贵尼一五一十，把上个月二十五日收留了一个孤儿，以及由此惹起的诸多烦恼，对着相好诉说了一遍。"我想让你去和住持求个情，把这孩子托到皇姑寺里寄养。"

这是惠而不费的事，常进节一口应诺，不过有个要求："我要先见见这个孩子！"

于是贵尼重新穿戴整齐，领着常进节，到了那个孩子的居室。

进屋一照面，常进节大吃一惊，简直不敢相信自己的眼睛，反复揉目，定睛再看，扑通一声，跪伏在地："奴婢常进节给皇太子殿下请安！"

太子也认出了是常进节："你不是常伴伴吗？怎么才来看我？"

太子自幼喜欢金鱼，所居的钟粹宫里安置了一个大鱼缸，鱼缸里的金鱼，就是常进节每日负责饲养，所以和这个常伴伴极其熟悉。此时相见，自然如遇亲人。

常进节匍匐向前，拥着太子的双腿失声痛哭："请殿下恕罪！奴婢不知道殿下落难在这里！"

　　直到这时候，贵尼才恍然大悟：原来这个孩子，竟是大明朝的皇太子！

　　一阵秘密商议之后，贵尼和常进节对着菩萨发誓，一定要豁出性命，保护太子！

　　说好了具体做法，常进节辞别太子，出了弥陀庵，叫了辆快车，往西三十里直奔石景山。原是走动惯了的，轻车熟路，到了皇姑寺前，开发了车钱，正好寺门外真庆在按时等候。见面话不多说，由真庆引带，直接去见住持，要求摒人密谈。等到只剩下住持和真庆二人，常进节把太子的下落和盘托出，要求住持无论如何要救太子一命。

　　一来是慈悲为怀，二来是皇姑寺历代受大明朝皇家的恩惠，住持当即决定，第二天由真庆带上几个僧人，把太子从弥陀庵接到皇姑寺。从此太子就在皇姑寺隐匿下来。

44

大清顺治元年四月二十六日
大明崇祯十七年四月二十六日

石河顿兵

山海关大战的当晚，多尔衮安居关上的镇东楼，兴奋得一夜没有合眼。太祖太宗父兄两代三十年的未竟之业，居然举重若轻地在自己手中完成了。他首先想到的是令随军的内国史院大学士刚林给在盛京的皇帝写了一道奏章，少不了夸大其词地陈述了这次山海关大捷的过程。同时又要刚林以私人口气，给济尔哈朗写了一通书信，大意是要济尔哈朗传谕理藩院，将山海关大捷通报给朝鲜和蒙古。多尔衮深知这两份文件的作用和意义：占据山海关是不世的武功，把这份功劳宣扬出去，内而朝廷上下，外而番邦属国，哪一个敢说多尔衮不是功迈父兄的头号人物？一战定乾坤，再也不用千里周转绕道蒙古去袭扰中原，有了山海关，锦州、盛京，连通一气，取中原易如反掌，从此大清朝继往开来，要有一番震古烁今的不朽伟业了。而手创这番伟业的多尔衮，生而官民敬仰，死而史册留美，人生至此，夫复何求？

作成了这两份文件，意犹未尽，又让范文程起草了一份安民告示，把军中凡是能写汉文的人全部召集起来，连夜誊写了一百多份，决定第二天一早，一面派专差拜发奏章，一面令士兵四处张贴告示，先震慑朝中，让盛京的朝野上下欢庆一把，再把眼前稳定下来，使山海关地面和山海关周边的汉人失去反抗，下一步再继而追杀穷寇，夺取燕京。

天亮之后，如期而行，拜发了奏章，派士兵广张告示，草草吃了点东西，传令关下的八旗士兵休整一天，他自己也在镇东楼上和衣而眠。

一觉醒来，日上三竿，整了整衣冠，招手叫来二十个侍兵，悄悄下了镇东楼，步入街市。城里的驻兵不多，况且都接到了休整一天的命令，此刻大都在各个街口处安歇，因而街市显得非常安静。转了几道街巷，看到各处都有人在围观早晨刚刚张贴出来的告示，每当遇到这样的情况，多尔衮都示意嗻声，领着侍兵绕道而行，为的是不惊动这些老百姓，让他们互相口传去，正好借此宣扬大清朝的恩德！

逶迤西行，快到迎恩门的时候，静悄悄的大街上突然传来一阵猪的嚎叫，其声凄烈，是临死挣扎的那种嗷嗷惨嚎之声。多尔衮立刻意识到这是有人违令，在骚扰民间。他挥挥手，令二十名侍兵紧紧跟上，循着叫声，拐进一个巷口。迎面看到三个黄色军装的清兵，其中的两个手握利刃，逼视着一个五十多岁的老汉，使这个汉人不敢向前靠近；另一个则一手持矛，一手拖着一头半大的黑猪，黑猪刚刚气绝，地下拖出一道红色的血印子。

"站住！"多尔衮的一名侍兵厉声高喝，"快来参见摄政王！"

三个清兵始而一愣，定睛看了看，威风凛凛地立在前面的正是多尔衮，于是互相对视了几眼，分别放下手中的利刃、长矛和死猪，趋步向前，肃了肃袖口，齐齐跪倒在地。

多尔衮并不理睬眼前的三个士兵，吩咐把那个五十多岁的老汉叫来。两个侍兵，应命上前，客客气气地把那个老汉搀扶了过来。老汉正要下跪，多尔衮示意制止，两个侍兵用力扶定，这个老汉只好站在那里，一脸惶恐地不知所措。

有了这样的举动，偷偷躲在四周观望的卫城百姓胆子大了些，一人挪步，众人跟从，小心翼翼地聚拢过来，大约有几百人的样子，都要亲眼看看事情下一步怎样演化发展。

多尔衮笑容可掬，操持着还算流利的关外汉语，对眼前的那个老汉说："我也不问你的名字，你只对我说，刚才怎么回事儿？不要害怕，有什么说什么。你有委屈，尽管说给我听，我来给你出气。"

老汉张口欲言，突然顿住，看看眼前的清军统帅，又看看跪在地下的三个清兵，一阵紧张，身子微微发抖，终于还是一言不发。

耐心诱导，尚且如此，多尔衮双眉一扬，对着跪在地上的三个清兵，尖楞的脸上杀机毕露："好、好，把我的百姓吓成这个样子。说，为什么要杀死人家的猪？"

三个清兵，俯首无语。

多尔衮一脚踹翻刚才持矛拖猪的那个士兵："混账！惹了祸，还怕死，净给我丢脸！把你的名字报上来！"

被踹翻的士兵爬了起来，重新跪下，大约受了多尔衮的语言刺激，一副置生死于度外的表情，朗声回答："回摄政王殿下，奴才是正黄旗牛录章京尼牙罕！"

"嗯，嗯。尼牙罕，你接着说！"

"自从本月初十日那天出京，十几天来行军露宿，吃的都是黑面，喝的都是白水，不曾沾过一点儿荤腥。所以就想杀头猪解解馋……"

"是你动手杀的吗？"

"是。"

"他俩呢？"多尔衮指指跪在地上的另外两个清兵。

"他俩没动手，只在猪的主人过来的时候，帮着奴才威吓人家。"

"前天后半夜入关之前，我下的军令你知道吗？"

"奴才知道。"

"你说给我听听！"

"有敢动民间一物一粒者，杀无赦。"

"来啊！"多尔衮特为提高了嗓门儿，"看军法！"

两个侍兵上前，三拽两扯，剥去了尼牙罕的军服，接着要撅胳膊扭腿，怕他作临死的挣扎。不料，尼牙罕冲着两个侍兵淡然一笑："兄弟，免了吧，我自己来。"

伏地给多尔衮磕了个头，尼牙罕站起身来，侧开几步，很像个样子地又跪了下去，脖子向前一伸，引颈受刃。

杀了尼牙罕，多尔衮指指另外两个清兵："你们俩青天白日的持刀威吓百姓，死罪可免，活罪难逃——来啊，贯耳！"

八个侍兵闻命上前，四个架弄一个，把这两个清兵照样剥去军服，分别拴到路旁的大树上。捆绑结实之后，一个侍兵从箭囊里抽出一支箭矢，握在左手，右手拔出腰间的佩刀，走到一个犯兵侧面立定。等到把箭头对准了这个犯兵的耳朵，轻喝一声："忍着点儿，别动！"

话音刚落，右手的佩刀举起，用刀面猛磕箭杆，箭头从左耳进，从右耳出。嗷然一声惨叫，这个犯兵疼得昏死过去。接着如法炮制，对另一个犯兵也执行了同样的"贯耳"刑罚。

处置了三个违令士兵，多尔衮默默观察，四周的汉人老百姓交头接耳，窃窃议论，都是很满意的样子，刚才那种惊恐不安的表情不见了。多尔衮决定锦上添花，他向身旁一个侍兵要了一把散碎银子，约莫有三两左右，足可买两匹健骡，亲自走到死了猪的那个老汉面前，把银子朝他怀里一塞，学着汉人的样子，双拳一抱，施了个拱手礼："老哥，我给你赔罪了。你去告诉乡亲们，今后我的军兵再有强抢民间的，都是这样的下场。"

扑通一声，老汉跪了下去，嘴里只喃喃不断的一句话："谢谢大王，谢谢大王。"

处置了这起事件，多尔衮留下十个侍兵，专门看管被罚贯耳的那两个清兵，同时任令卫城的百姓前来围观，借以体察民情，听取百姓的反应，他自己则带着另外十个侍兵，一路轻快地出迎恩门，出西罗城，来到八旗驻营地。

得到报告的豫亲王多铎和英郡王阿济格双双迎了上来。多尔衮劈面就问："将士们歇息得怎么样了？"

多尔衮的意思是问清兵的体力恢复过来没有？而多铎脑袋不大好使，没听懂话里的意思，率直回答："很好、很好，都在闷头睡大觉。"

此时尚在睡觉，就是体力还没恢复过来。多尔衮知道士兵太累了，从二十日在连山途遇拜然带着郭云龙和孙文焕开始，日夜行军，赶到关门，接着昨天一场激战，算起来整整三天三夜没合眼，如没有充分的时间恢复体力，接下来很难完成追杀大顺军的任务。但如果拖的时间太长也不行，按照洪承畴在翁后的估计，李自成会尽括大内储藏而逃，那样一来，这边不许抢掠民间，那边燕京成了一座空城，今后的军饷从何而来？所以多尔衮重申前谕："今天好好睡一天，晚上我置酒犒军，让将士们痛饮一顿。明天都要打起精神，追击流贼，夺取燕京！"

"喳！"多铎和阿济格齐声应命。

多尔衮指着阿济格说："走，到你的营帐里——你派人去石河那边，把吴三桂请过来。"

806

阿济格一边吩咐侍兵去请吴三桂，一边和多铎一道，陪着多尔衮进入镶白旗的营帐。三人密语，多尔衮把下一步的打算向一兄一弟详细做了交代。

等到吴三桂进帐，多尔衮满脸堆欢地站起来，伸手肃客："辛苦、辛苦，吴帅请坐。本打算今天过河去看望关宁军的弟兄们，怕惊扰了贵军休息，特为把吴帅请过来叙话。"

关门咫尺，不得而入，吴三桂窝了一肚子火，坐下来之后，把脖子梗了梗，没有好气地说："摄政王想说什么就直说好了！"

"昨日关门一战，贵军伤亡惨重。接着还要追杀流贼，不知吴帅做何打算？"

"不是商定好了吗？两家共同灭贼，怎么要问我做何打算？"

多尔衮脸色一沉："两家共同灭贼，也要分定主次，吴帅是主军，我是客军。如果吴帅以为客军可以欺主，那好，接下来贵军请便，我在关门坐镇，就让英、豫两王率兵直接杀进燕京好了！"

这怎么行？吴三桂坐不住了。多尔衮独居关门，英、豫两王反客为主，直接去夺北京，这等于把关宁军给晾到了一边，灭贼无功，夺京无名，不仅将来无以向天下士民交代，而且就眼前来看，前后挟制，两头受气，倘若多尔衮心存歹念，随时都会把自己仅有的两万人马缴械遣散，那一来不要说恢复大明，恐怕无兵无勇，自家的性命能不能保得住都成问题了！

想到这里，吴三桂只好压住火气，赔上一副尴尬的笑脸："摄政王误会了，我并未说灭贼不分主次。只是……就像摄政王说的，昨日一战，我军伤亡惨重，总要等我恢复了元气、补足了兵员，才能谈得上追杀流贼。"

"这个倒还好商量。"多尔衮也缓和了脸色，"兵员不需再补，我拨一万人马归你指挥就是了。"

这是好事！有一万清兵归自己指挥调度，胜过关宁军已经损失掉的两万人马。所以吴三桂很满意地说："谢谢摄政王成全！"

没想到这个态度刚刚表示出来，多尔衮叽里咕噜对着阿济格说了一阵满语，然后对吴三桂说："我让英王带一万镶白旗骑兵隶属贵军。英王说他很愿意跟吴帅合作。"

明明说的是一万清兵归自己指挥，转眼间却成了阿济格带兵与自己"合作"，这不是公然挟制吗！然而刚刚表示了感谢多尔衮成全的意思，此刻又不便显得出尔反尔，只好下意识地应了声："好、好。"

"今晚我备酒犒军，让关宁军的弟兄们痛饮一番。明日一早要劳吴帅和英王一道启程去追杀流贼。"

吴三桂想了想，刚才言语不谨，已经吃了亏，这一次要格外小心才是。他心里打的算盘是，杨坤和童逵行去和李自成谈判尚无结果，如果谈判失败倒还罢了，如果谈判成功，则意味着自己"联顺制清"的计划将要实行，这种时候贸贸然就去追杀李自成，在大顺军看来，自然是自己言而无信，所以什么时候答应多尔衮追杀李自成的要求，只能等到杨坤和童逵行回来后有了切实结果再说。因此对多尔衮此刻的促兵断然回绝："不行！"

"啊？"多尔衮颇感意外，"为什么？"

为什么？这是绝不能说出口的。急中生智，吴三桂道出了一番令多尔衮无法反驳的理由："昨日关宁军两万将士卧尸沙场，我总不能不管吧？"

"吴帅的意思是要给战殁者收尸？"

"当然！"

"那得几天耽搁？"

"死者为大。无论几天，总要让死者入土为安！"

这就不好再硬逼下去了。多尔衮仔细想想，抛开吴三桂而清军独自往西追杀，胜数固然很大，但那样一来，就与原定利用吴三桂之请，替汉人灭贼复仇的计划相左。汉人百姓对清兵积怨甚深，说不定一面杀贼，一面还要受到来自汉人民间的威胁。正确的做法只能是利用吴三桂安抚汉人，而使清军有了"救世主"的身份，如此才能自然抵消汉人的仇视，进而顺顺当当地巧取燕京。

有了这样的思虑，多尔衮只好做出让步："好，就依吴帅，不过也不宜久拖。李自成败退燕京，必然搜刮财物而去，必须赶在他出京之前围堵截杀，把财物夺回来。"

"那当然！待我祭奠了阵亡英灵，自当领军开往京城，截杀闯贼！"

第二天晚上，杨坤和童逵行回来了，还带来一个人——张若麒。三个人把"永平和议"的过程细细述说了一遍，又把和议的誓词呈给吴三桂过目。吴三桂看完，心中很感宽慰，有了和李自成的这个协议，来自清军的威胁至少可以解消一半。多尔衮遵守"威远台盟约"，还可与清军想继续合作下去，一旦多尔衮违盟，则手中又有"永平和议"，明顺联手，足可制清，如此左右逢源，可保自己立于不败之地。不过他心中还有个大事放不下："太子的事怎么说？"他问杨坤。

"大约李自成担心吴帅心意不诚，所以坚持要到五月初一日退出北京之时交出太子。"

从情理上看，李自成以安全退出北京作为交出太子的条件，是说得过去的，因此这一点吴三桂表示理解，但是既然张若麒来了，正好可以证实一下太子是否还在人间："老师，国变以来，三桂心中一直存着疑虑，太子生死，关乎社稷存亡。现在三桂只担心，李自成会不会假太子之名搞什么花样？"

"想来还不至于。"张若麒闪烁其词地回答，"无论如何，若麒在京城期间，未闻太子已亡的说法。"

这至少是个最基本的保证：太子还在人间。

正要接着议论，进来一个亲卫侍兵，低声禀报："镇帅，有个人求见。"

"什么人？"吴三桂问。

"这个人自称是晋王。"

晋王的藩地在太原，这是吴三桂知道的，但仅此而已，其他关于晋王的信息，关宁军上上下下没有一个人知道。吴三桂有点儿犯难了，怎么能证明这个人真的是晋王呢？

张若麒说话了："吴帅，不妨叫进来问问。若麒在京中听说，李自成二月初八日陷太原，俘获晋王一府二十余口，晋王被迫降顺。三月十七日闯军围困京城，晋王和秦王被李自成挟弄到阜成门外，有城上下来的守兵亲眼看见过。后来晋王和秦王都被拘押在田府，由刘宗敏亲自看管。本月十三日李自成带兵东来，有人看见晋王随军出了朝阳门。"

有了这些信息，也可作为鉴别晋王身份的凭证，于是吴三桂吩咐亲卫士兵把人带进来。

进来一看，大失所望！此人四十多岁，蓬头垢面，衣衫褴褛，更重要的是，相貌不端，两只三角眼，一双吊梢眉，看上去毫无王者风范。

"什么人？"吴三桂冷冷地问，"怎么敢冒充晋王？"

不料此人的架子倒不小，根本不理睬问话，反而指着吴三桂问："你是谁？怎么不参见本藩？"

这样的气势，足以慑人，吴三桂只好陪着小心，站起身来说："卑职吴三桂……"

"好，既然你就是吴三桂，且听本藩把来历告诉你！"

由此开始，朱求桂操着浓重的山西口音，把二月初八日闯贼破太原自己被俘，三月十七日被带到阜成门外招降城上守兵，之后被刘宗敏监押在田府，本月十三日与秦王一道随李自成来到山海关，种种细节，啰里啰唆地说了一遍，所有情节，均与张若麒所说分毫不差，只是略去了在太原跪伏在李自成脚下乞求投降一节。

到此为止，已经可以断定此人就是晋王了，然而吴三桂还有疑问："那么你是怎么来到这里的呢？"

"二十二日那天在红瓦店，趁着看押的贼兵在集聚赌博，本藩溜出帐外，钻到蒿草地里待了一夜。第二天出了蒿草地，摸到一个百姓家里，把身上一块羊脂玉摆件给了这家人，换了些吃的，还托这家人帮助打听关宁军的消息。今天午后听说关宁军都在石河西边，所以趁着天黑，专门找了过来。"

这就不好再怀疑什么了，吴三桂离座上前，把朱求桂扶到中间坐定，然后指挥着杨坤、童遽行和张若麒排好次序，四个人齐齐跪下，行了三叩首的大礼，吴三桂带头高呼："参见王爷！"

享受了这番礼遇，朱求桂自觉又恢复了大明朝藩王的身份，神气十足地说："罢了，站起来回话。吴三桂，我且问你，民间人人知道，前日一战，关宁军大败闯贼，可是你为什么不乘胜追杀穷寇，却要在这里顿兵不进？"

没头没脑的指责，说得吴三桂心中颇为反感，但既然厘定了身份，就要遵守礼节："是！王爷训斥的是！不过个中苦衷，请王爷听卑职禀明。前日一战，关宁军损失惨重，有两万将士丧命石河，剩下的两万，体力尚未恢复……"

"你就直接说，底下打算怎么办？"

"等到将士们养足了精神，卑职自然要带着他们杀进京城，奉皇太子即位……"

"什么？哪里还有皇太子？太子和定王、永王早就被闯贼杀了，莫非你还不知道？"

吴三桂大吃一惊："请王爷明示，皇太子和定、永二王什么时候被闯贼杀掉的？"

"唉，看来你在关上，对京城发生的大事一无所知。三月十九日闯贼破京那天，首先杀掉的就是太子和二王，这是京城无人不知的大事！"

稍微一想，话头不对！且不说刚刚张若麒还保证过太子肯定活着，三月二十九日在玉田，傅海山受吴襄指使，专程报告京中变故时特为强调，在他出京之前，仅听说定、永二王为刘宗敏所监押，而太子的消息，风声皆无。怎么此刻晋王却说三月十九日太子和二王都已经被害，而且京城无人不知呢？

踌躇迷惑之际，杨坤暗中扯了扯吴三桂的衣角，朗声做出建议："镇帅，王爷蒙难脱险，衣冠不整，有失朝廷体统。应当先让王爷沐浴更衣，设宴压惊，然后依礼听候训示。"

"嗯、嗯，不错，来啊！"吴三桂醒悟了，大声吩咐亲兵侍卫，"快去伺候王爷沐浴更衣！"

连恭请，带胁迫，把朱求桂弄出了营帐，四个人聚到一起秘密议论，很快达成共识：晋王身份不误，但此人居心不良，谎称太子和二王已死，是想给人以大行皇帝统绪断绝的印象，而他自己则隐然有觊觎大位的企图。

"哼，可笑！"吴三桂鄙夷地说，"就算大行皇帝统绪断绝，按照宗亲排列，也轮不到他来当皇帝！"

"吴帅说的是！"张若麒对本朝的皇统比较熟悉，"太祖高皇帝共诞育二十六子，长子朱标立为太子，次子朱樉封为秦王，三子朱棡封为晋王，四子朱棣封为燕王，就是后来的成祖文皇帝，五子朱橚封为周王，此五子均为孝慈高皇后马氏所出，身份贵重，其余二十二子都是妃嫔所出，身份较前五子差了一大截子。大约眼前这位晋王爷以为，凭着这个身份就可以乱中取位。"

"那怎么行！"吴三桂忿忿而言，"隔了二百七十多年，差了十几辈儿，算起来早已成了远房宗亲了，怎么会轮到他？"

"不错！"张若麒继续解释，"眼下这位晋王爷是'求'字辈，应该是第十代晋王，大行皇帝'由'字辈，是成祖文皇帝的第十世孙，算起来他们是隔了十代的远房堂兄弟。历来嗣君出于皇室而不出于藩邸，除非大行皇帝绝嗣。"

照这样说来，人人都弄明白了：大行皇帝并未绝嗣，所以任何宗藩都没有承继大统的资格；退一步说，即使太子和二王真的已经被李自成所杀害，则揆诸"历来嗣君出于皇室而不出于藩邸"的皇家统绪，也应该在皇家宗室里去找嗣皇帝。大行皇帝讳"朱由检"，与上一个皇帝熹宗"朱由校"为同父异母的嫡兄弟，这一支至大行皇帝而止，已经断绝。再往上看。熹宗之父是光宗，光宗讳"朱常洛"，是神宗万历帝的长子，崩于二十四年前。神宗八子，次子朱常溆、四子朱常治和八子朱常溥均未成年而殇。三子朱常洵封"福王"，藩地在洛阳，崇祯十三年春李自成陷洛阳，执而被杀。五子朱常浩封"瑞王"，藩地在汉中，七年前李自成略汉中，瑞王朱常浩避难逃往四川，死于不久前张献忠的四川之乱。至此，八去其六，目前存世的尚有二子：六子朱常润和七子朱常瀛。朱常润封"惠王",藩地在湖广荆州;朱常瀛封"桂王",藩地在湖广衡州。前年李自成下荆州,惠王朱常润四处避难,据说现在跑到了江南的绍兴府;去年张献忠陷衡州,桂王朱常瀛避难逃至广西梧州。论亲藩宗室,惠王朱常润和桂王朱常瀛与大行皇帝的血缘最为亲近,理当从这两王中择贤取一,立而为帝。除了这两藩之外,神宗万历帝还有一个同母所出的亲兄弟叫朱翊镠,封为"潞王",藩地在京畿卫辉府,病逝于万历四十二年。神宗痛失胞弟,让朱翊镠的儿子袭了王爵,这个第二代的潞王叫朱常淓,与惠王朱常润和桂王朱常瀛是嫡亲的堂兄弟关系,也具有承继大统的资格。不过这三王,若论辈分,都是大行皇帝的叔父辈,皇统以外,如果考虑人伦关系,历来皇位的继承不外乎"父死子继"和"兄终弟及"这两种规制。如此则被李自成在洛阳杀死的福王朱常洵尚有一子,名为"朱由崧";逃亡广西梧州的桂王朱常瀛也有一子,名为"朱由榔",此二人与大行皇帝同属'由'字辈,是为兄弟关系,符合"兄终弟及"的规制,在此二人中择一而立,比较起来更为符合祖制。

然而这一切的前提都是"大行皇帝绝嗣",如今大行皇帝明明尚遗太子和定、永两王,则就不存在另从宗室亲藩中去寻找嗣皇帝的问题了。所以吴三桂说:"且不管他!等我到京中找到皇太子,大行皇帝的统绪不废,父死子继,顺理成章,天下哪个人敢说不是?"

这是再造大明的最佳结果,众人纷纷称是。至于对眼前的晋王,不妨敬鬼神而远之,虚尊而实抑,等于把他晾到一边儿。这样处置,也省得吴三桂头上再有一个亲王指手画脚,徒乱人意。

议出了这样的结果,吴三桂很感满意,接着要决定何时出兵:"时间上我拖下来了。我和多尔衮说,要掩埋战殁将士之后再启行。"

不料杨坤却说:"镇帅,久拖成患!我们必须赶在五月初一日当天接管北京。"

啊!吴三桂一拍脑门儿。昨天和多尔衮拖延出兵的时间,是因为还不知道永平谈判的结果。现在结果出来了,与李自成约定在五月初一日交接京城,既然如此,就不可再执前念,否则李自成一走,太子落入歹人手中,岂不误了复国大事?

"不错、不错!"吴三桂双手乱搓,"看来明天就要动身,满打满算,还有六天时间,京关七百里,每天疾走一百二十多里,才能赶在下月初一日到京。只是,阵亡的将士们怎么办?总不能丢在这里不管吧?"

"不妨把登策兄留下来，让他带二三百人做监督，花钱请卫城的乡绅和百姓料理阵亡将士的后事。"

"好！"杨坤的这个建议不错，吴三桂立刻表示采纳。

于是当夜找来高第，把杨坤的意思做了转达，高第一诺无辞。为了免于麻烦，吴三桂又把晋王托付给高第。昨天一早，关宁军两万人马陆续启行。吴三桂懒得再和多尔衮打交道，一边指挥大军前行，一边派人到关上代为辞行。走出去二十里地的样子，派去关上辞行的人赶了上来，说多尔衮听说关宁军启行非常满意，不过随即令英王阿济格率了一万清兵跟在后头。吴三桂笑了笑对杨坤说："不管他，他走他的，我走我的，让他在后头跟着去！"

一日疾行，当天赶到永平府。在城东露宿一夜，今天早饭后刚刚启行，前方探马报来一个极坏的消息：在永平城西北大约三十里有个叫"范家庄"的地方，发现了一具尸首。尸首已经腐烂不堪，但尸首旁边竖着一块木牌，上面有字，写的是"乱国贼子吴三桂之父吴襄"！

45

大顺永昌元年四月二十九日

弃京西遁

有了永平协议，李自成得以解除后顾之忧，二十六日傍晚路过通州，仍然把刘芳亮留下，令他密切注意山海关那边的动向，每天两次快骑向大内驰报消息。做好了这一布置，李自成带着在这里等候他的李过，飞马回京。进了朝阳门，李过自回袁府，李自成则在双喜所带的二百精兵护导下，从东华门进入大内。一到武英殿，顾不得歇歇脚，立刻把牛金星召来。

"我走了十三天，京中情况怎么样？"不事寒暄，李自成直接发问。

"回王爷，京中情况不太好。人心浮动，民间不安……"

"有大的骚乱吗？"

"大骚乱还没有。不过，如不赶快下诏安抚，恐怕……"

"那顾不得了。聚明，北京不能待了，时间不多，有两件大事要抓紧办理。"于是李自成把山海关惨败的过程，以及"永平和议"的内容，对牛金星细细述说了一遍。

其实山海关的败报前一天就已经遍传京中了。前一天刘宗敏回京，有人看到他痛苦万状地被载回田府。民间为此，流言籍籍，都说吴三桂一战破了大顺军，一只眼睛的大顺皇爷阵亡，只剩下刘侯爷重伤而回，看样子又要变天了，流寇就是流寇，命中不该有天下；吴三桂已经得到太子，马上要杀来京城光复大明了。民间的流传，有鼻子有眼，一夜之间，九城震骇，有不少机警的前朝降臣，今天一早趁乱出城，他们是怕吴三桂拥太子再造大明后，追究自己降贼的罪名，提前逃命去了。

牛金星自然不会相信李自成"阵亡"的无稽之谈，但是刘宗敏昨天一回来就派人向他简单通报了山海关的败况，并告诉他李自成随后就到。所以牛金星很希望李自成回来后赶快拿出安民措施，以免歹人趁机蛊惑，威胁大顺政权的安全。现在听了李自成的详细通报，他也感到事态极其严重，吴三桂勾结建虏，北京只怕真的难保，弃京西走，不失为保全之策。因而顿顿精神，恭听王谕："王爷，是哪两件大事要办？请吩咐。"

"首先是那批银子。你说说看，我走之后，这件事做得怎么样了？"

"臣十二日奉王谕，次日即与户政府尚书杨王休商定出了章程。这个章程有两个内容，一个是选定运送银两的路线；一个是分作几批把这笔银两运完。"

"嗯、嗯。你先说说路线怎么选的？"

"京西山路险巇难行，不宜货殖运输。臣与杨王休商定的结果是：在京南开辟一条运道，从卢沟桥往南，经固安，到霸州，在霸州折而往西，走徐水、保定、庆都、定州和真定，从真定出固关进入山西地界。"

"固关离京城多远？"

"回王爷，从京城到固关七百里。去时重车，回程空车，一来一回需时十日。"

"噢、噢。那么银子运到山西境内以后呢？"

"臣已遣快骑移文长安，要泽侯田见秀亲率人马至固关接应。"

"不错，很妥当。你再说说打算分几批把这些银子运完？"

"分批运银，比较麻烦……"

——分批运银，比较麻烦。大顺军此次要运往西安的银子共有两大宗，一宗是张鼐从大内的内承运库起出来的三千七百万两，另一宗是刘宗敏和李过"追赃助饷"得来的两千万两，两宗合计五千七百万两。这些银子全部熔铸成五百两一锭的大银砖，共得银砖十一万四千锭。大顺军年初从西安北征，五十万人马之外，随军所带驮载辎重的大车有三百辆，上个月的二十八日和二十九日两天，工政府侍郎李正生通过族侄李过的关系，连征带抢，从东城一带民间收集了骡马大车二百辆，两下合计五百辆。每辆大车平均可承载两千斤，银子每十六两一斤，两千斤合三万二千两，也就是六十四锭大银砖。五百辆大车每次可运送三万两千锭银砖，往返三次才能运走九万六千锭。十一万四千锭减去九万六千锭，还剩一万八千锭，则仍需大车约二百八十辆再走一趟才能全部运完。换句话说，五百辆大车要把全部银子运走，需要往返三次半的样子。十四日那天，刘希尧分派两万人马，从永定门出京，沿卢沟桥、霸州、徐水、保定至固关一路放岗排哨，肃清运道。十六日开始，第一批五百辆大车载着三万二千锭银砖出了永定门，一路上刘希尧每日都派快骑回京，向牛金星驰报消息。正好到二十六日傍晚，这一批空车返回，集聚在玄武门外，打算连夜装车，第二天开始第二批运送。

"这么说，三成半才运走了一成？"听完牛金星的叙述，李自成忧心忡忡地问。

"是！王爷说下个月初一日大顺军要撤出北京，仅剩五天时间，三成半只能运走两成，余下的一成半，无论如何也难以运走了。"

"嗯、嗯。"李自成喃喃盘算，"明天第二批起运，两批合计六万四千锭。拿总数的十一万四千锭，减去这六万四千锭，还剩五千锭。一锭五百两，五千锭就是二百五十万两——不行！二百五十万银子不是小数，不能留下来白白资敌！"

"王爷，能不能和吴三桂协商一下，延缓大顺军的出京时日？"

"不可能！"李自成很肯定地说，"那个永平协议本来就是假的。一是吴三桂误以为崇祯太子在我手里；二是我杀吴襄在先，这件事瞒住了吴三桂。纸里包不住火，吴三桂要不了几天就会知道真相，真相揭破，他岂能与我善罢甘休？"

这层把戏一说穿，牛金星大感为难："这……这就难办了……"

"也不难！"李自成下定了决心，"明天还要从民间征集大车，最少再征七百辆，后天启运第三批，把剩下的银子全部带走！"

一听这话，牛金星暗暗吃惊：这样做等于公然纵兵殃民！本来近二十天京城就人心不稳，大顺士兵，军纪废弛，入住民户的势头不仅没有得到遏制，反因李自成的出征而愈演愈烈，民间为此，怨声载道，甚至有一股期盼吴三桂率关宁军杀到北京，拥太子重建大明的暗潮在涌动流播。这种时候，安抚民心之不遑，却反而要加重京城百姓的负担，这不是引溷自污吗？

李自成大约知道牛金星在想什么，满不在乎地做出决断："聚明，此事不劳你费心，我叫李过去办。"

坏了！牛金星愈发吃惊：上一次李过征集大车，闹得东城一带鸡飞狗跳，这是李自成知道的，知道而这一次又要纵容李过再次扰民，则李自成岂不是有意要失掉民心？然而王爷出口，不能不答，同时牛金星也知道，此时谏阻，绝非其宜，搞不好要闹得君臣之间非常尴尬，因此只好顺水推舟地结束这个话题："是！臣听王爷的安排。请王爷示谕，另一件必须要办的大事是什么？"

"出京前我要择日登基！"

这倒是个牛金星很乐意去做的事。揣度大势，明朝已亡，而吴三桂勾结外夷，无异于引狼入室，将来的天下，必然形成大顺朝抗拒外侮的局面。这种时候李自成登基称帝，意味着向天下臣民昭告，天下仍然是汉人的天下，大顺朝是天下汉人的合法代表。有了这样的身份，纵然退居关中，而天下神器有主，乱臣贼子不得另起觊觎之心——这是本诸公心的一面，还有揆诸私心的一面：退出北京之前行登基大典，则刘宗敏伤势甚重，一切仪制和程序，只有靠自己这个"宰相"出面操控。趁机行使"相权"而削弱"将权"，这是个天赐宜取的绝好机会。因此牛金星很愉快地回话："臣明白王爷的意思。依臣之见，吉日就定在本月二十九日如何？"

"二十九日？唔，还有三天。好、好，就是二十九日了！"

从二十七日开始，京城就乱成了一锅粥。

二十七日一大早，九城哄传，昨天半夜过后，吴襄一家三十四口，被大顺兵丁押到崇文门内大街与东单大街相接的大路口砍了脑袋。这是大顺军进京后第二次公开杀人。第一次在十五天前李自成率兵东去山海关之前的十二日晚上，那一次杀了前明的皇亲勋戚七十二人，这一次则专杀吴襄一门，男妇老幼，一个不留，包括吴襄的夫人祖氏，吴襄的小儿子吴三辅，甚至连吴府的总管傅海山以及门上的司阍老苍头都没放过。而两次杀人，都与山海关那边有关，于是街头巷尾，颇有关心时局的青衿学子和游手好闲的市井青皮，三五结伙，窃窃私议。

"新朝与吴三桂结怨，恐非吉兆。"说话的是个二十几岁的白面书生。

这是废话，京城人人皆知，李自成亲征山海关，被吴三桂打得大败而归。然而为了挑起话头，有人便佯作糊涂，故意反驳："足下此言好无道理，吴三桂仅有边兵四万，莫非还敢抗拒新朝的二十万大军？"

"唔、唔，看来老兄尚有未知。"白面书生谨慎地看了看四周，确认没有大顺兵丁，然后才神秘地说，"吴三桂借清兵杀进山海关，再过几天就要杀进京城了。"

这倒是新闻！许多漫不经心围观的人立刻来了兴致，七嘴八舌追问："吴三桂怎么会跟建虏尿到一个壶里了？他是不是投降了外夷？"

"嘘——"白面书生颇为不屑，"老兄先要把话听清楚了！敝人说的是吴三桂借清兵，并未说吴三桂降外夷！"

"然则还要请教，吴三桂借清兵目的何在？"

"自然是为大行皇帝报仇！"

"好！"立刻有人称赞，"吴三桂血性男儿！"

但也有人表示怀疑："龙驭上宾四十天，不闻吴三桂有复仇举动。足下的话，只怕是道路传闻，不足为信！"

受了这个刺激，白面书生脸都红了，从怀里摸摸索索，掏出一张破纸："敝人的话自然不足为信，吴三桂本人的话总不能不信吧？"

众人聚拢，把层层折叠的破纸展开，只见上面密密麻麻，写的全是寸口大楷，有那不识字的立刻央求："足下，这上写的什么？就借你的金口给大家念念如何？"

有了这个请求，白面书生自觉得意，清清嗓子，低声念道：

钦差镇守辽东等处地方总兵官平西伯吴

为复大仇、歼大寇，以奠神京、以安黎庶事。切痛先皇被弑，亘古奇殃，巨寇披猖，往代未有。凡属臣僚士庶，能不碎首殒心？今义兵不日来京，尔绅衿百姓，须各穿缟素，协力会剿。所过地方，俱要应接粮草。务期蘖撬巢穴，纤芥无遗。庶使克复神京，奠安宗社，乾坤再整，日月重光。特示！

念完之后，个个惊诧，原来这是吴三桂发布的"告示"！

"看这口气，除了给大行皇帝报仇，吴三桂还要恢复大明？"

"不错，告示里说'克复神京，奠安宗社，乾坤再整，日月重光'，这十六个字说的就是要光复旧物，再造大明的意思。"

"嗯、嗯，"有人接话，"志向可嘉！不过在敝人看来，吴三桂难以成事。"

"请教，此话怎讲？"

"没有太子，何谈再造大明？"

这一说，立刻有人附和："是啊、是啊，吴三桂没有太子，哪里去恢复大明？"

"嘘——"白面书生再次嘘声禁止，"没有太子自然不能恢复大明。不过诸位不必鳃鳃过虑。吴三桂既然放出告示要恢复大明，岂能手中没有太子？"

"噢、噢，说的是！"刚才表示怀疑的，此刻又改变了态度，"十三日那天大顺皇爷带了太子出朝阳门。昨天晚上大顺皇爷回京，孤身一人，并没见太子随驾回来，可知太子在山海关那厢就已经被吴三桂抢过去了。"

"有道理、有道理！"这个看法很快被众人所接受。

然而意见统一了，继续思索，愈发令人吃惊：刚刚经历了一场改朝换代的大变局，而李自成帝座未稳，难道又要来一场天翻地覆的大动荡？

"吴三桂什么时候来？"有人问。

"快了、快了。告示上说，'今义兵不日来京'，看样子就是这几天的事了。"

"得！都别愣着了，还不赶快回家准备'缟素'去？"

这样的议论，京城处处都有。到了早饭过后，李过奉李自成的谕令，带领两万士兵，严限一天之内，把京城里的骡马大车悉数搜尽。这是一场明火执仗的公开打劫，以往的扰民时有发生，但那毕竟是下级士兵偷偷摸摸的违纪行为，做起来总有点儿心虚的感觉，包括上个月二十八日和二十九日那次在东城的"征集"，半征半抢，但无论如何，也还是支付出去了一千两银子的。这次不同了，两万士兵，遍布五城，奉了皇爷的命令，分文不出，公开抢劫，穷家小户自然没有骡马大车，凡是中等以上的人家，都未能躲过这场灾祸。到了晚上，检点成果，八百多辆大车和两千多头牲口顺顺当当地汇集在玄武门外的后宰门大街，然而九城汹汹，怨气冲天，民间的损失不止于几百辆大车和两千头牲口，被抢之家的所有财物也遭洗劫一空，正好应验了前些日子的市肆传言：李自成独占皇宫，刘宗敏和李过拷掠官员，东城征集车马，祸及富家大户，这次轮到大顺士兵搜刮民间了。没有遭到洗劫的大都是些生计无术的穷困人家和游手好闲的无赖之徒，他们反而抱着幸灾乐祸的心态，跟着看热闹、瞎起哄，有的甚至做眼线、供线索，引领着大顺士兵抢劫左邻右舍，仿佛这样的举动，很为他们出了一口恶气似的。

兵政府尚书喻上猷负有维持京师治安的职责，二十七日那天乱象一起，急得他先去内阁值房找牛金星，恰好牛金星和巩焴带领文武百官去德胜门外演习郊祀礼，不得已直闯武英殿，要面见李自成。无奈登基大典的演礼中有一道程序是"祭祖"，这道程序别人不能代替，必须由新登基的皇帝亲自躬予，而皇帝祭祖，又必须提前三日闭门斋戒，斋戒期间不得处理任何刑罚事务，所以喻上猷去武英殿扑了个空，执勤的大内侍兵告诉他，大顺皇爷正在后宫斋戒，不见任何人。喻上猷气急顿足，一个空头的新朝戎政大员，实际上无兵无勇，面对乱象，无可奈何，只好仰天叹了口气，回家喝闷酒去了。

其实新君登基在即，而民间乱象如此，心里面最感焦虑的还是牛金星。

二十六日晚在武英殿辞别李自成，回到值舍，把各种情况又通盘考虑了一遍。他意识到，山海关一战，大顺军溃败，今后的天下大局就很难说了。从李自成的口气里，他已经得知，关外建虏远不是他想象的那么胸无大志，说不定北宋"靖康之祸"又要复演于今日了。然而无论如何，李自成称帝之后，只要能安然返回关中，则史可法拥兵江南，建虏占据中原，大顺朝固守关中，就像东汉末年那样，正统偏安，三国鼎立，果真形成那样的局面，眼前的民怨沸腾也就算不上一回事了。

基于这个想法，他满腹焦虑之余，仍然打起精神，期望着在大顺军撤出京城之前，把李自成托付的两件大事办好。二十七日白天，他以宰相的身份，率领百官，出德胜门演习了郊天大礼，当晚回到大内，亲执其役，指挥刘希尧的运银兵丁，连夜装载了五百辆大车的银砖，监督各个大车都打上了封条，办理了各种起运手续，然后才回到值舍歇息。

在他看来，李自成虽然不能一统天下，但固守关中，足以自保，鼎立之势既成，自己仍不失新朝冢宰的身份，也还算是差强人意的结果。

唉！他在心中怅怅而叹：人生不如意者常十八九，好端端一个肇基开国的大一统新朝宰相，没想到让吴三桂这个败类给搅黄了！

整整两天，京城处于完全失控的状态。到了今天，李自成黄袍加身，终于完成了半生的心愿。

登基大典的第一道程序是"祭天地"，然而昨天半夜，驻在通州的刘芳亮连遣两拨快骑进宫密报，说探得吴三桂率兵西来，已经到了永平。为此李自成心慌意乱，当即把牛金星召来商议，决定提前退出北京，而登基大典按时进行。这就等于，登基大典和退出北京都要在今天一天之内完成。为了不至于搞得太仓促，君臣二人还商定，二十七日牛金星带领百官在德胜门外演习了郊祭，而所谓"郊祭"，祭的就是天地神祇和日月星辰，所以"祭天地"这道程序也算是举行过了。

今天一早，还有两"祭"：一是祭社稷，二是祭祖。

社稷坛在承天门西侧，太庙在承天门东侧。祭社稷这道仪注由牛金星代为躬行，李自成则在礼政府尚书巩焴的陪同下到太庙祭祖。

昨天巩焴亲自带人把太庙布置得焕然一新，撤掉了从明太祖、明成祖到明熹宗共十五个朱家皇帝的牌位，换成李自成的显祖、玄祖、太祖、高祖、曾祖、祖、父，合计七代祖的牌位，细吹软打的祭乐声中，李自成念着礼政府文员事先拟好的祭辞，追尊这七代祖为大顺朝的皇帝。

完成了这道仪注，群臣拥护，礼官赞导，李自成步出太庙，在承天门前乘舆，越过午门进入大内，回到乾清宫等候百官奏请。

巳时——上午九时，牛金星率文武百官在皇极殿前依序排列，中和韶乐的司乐队钟磬齐鸣，奏起了平时设而不作的"丹陛大乐"。巩焴在赞礼官的引导下，来到乾清宫，代表百官奏请李自成即皇帝位。李自成身着蓝箭衣，头戴白毡帽，在乾清宫前乘舆，出后宫，入前廷，到建极殿降舆，步入中极殿升座，二百名礼官行跪叩礼，礼政府尚衣局的八名司员，扶持李自成褪去蓝箭衣和白毡帽，换成了明黄衮龙袍和金翅翼善冠。丹陛大乐，再次奏起，巩焴再次奏请李自成即皇帝位。衣冠一新的李自成降座升舆，从建极殿来到皇极殿，降舆，升宝座，丹陛大乐恰到好处地戛然而止。

净鞭三响，百官无哗。赞礼官高呼："跪——！"

牛金星为首，百官跟随，舞蹈扬尘，匍匐下跪。

赞礼官再唱："拜——！"

按照演习的程序，底下就该牛金星率领百官向登基的新皇帝山呼万岁了。然而就在牛金星鼓足了丹田之气，刚刚要张口的时候，身后忽然传来了一阵极不协调的脚步声。回头观看，就成"失仪"，而御前失仪，是"大不敬"的罪名，所以牛金星只好和百官一样，静静地伏在地上，等待"纠仪御史"弹压现场。

只有李自成在御座上看得最清楚，来的不是别人，张鼐在前护导，八抬大轿匆匆随后而至，绕过百官，直趋皇极殿的丹陛之下，抢在牛金星的前面停下。轿帘掀开，四名护兵揿出一个人来，是刘宗敏。

经过几天的调养，刘宗敏伤势已有好转，但一条腿仍然不能着力，四名护兵揿扶着他，很吃力地跪伏在地，瓮声瓮气的大嗓门儿喊了一句："臣刘宗敏恭贺皇上登基！"

昨天晚上，按照与牛金星商定的意见，李自成派双喜到田府向刘宗敏通报了今天登基大典的各项仪注，并且特为叮嘱，由于刘宗敏的伤情，不宜起伏跪拜，所以免了入宫行礼，尽管在田府安心养伤就是。

再也没有料到，刘宗敏不宣而至，这一来彻底打乱了既定程序，群臣错愕，礼官迷惘，都不知道接下来要做什么了。反倒是刘宗敏行完大礼，被四个护兵搀扶起来之后，大大咧咧地指着牛金星说："咦，老牛，你还愣着干什么，赶快带着他们给皇上行礼！"

牛金星狼狈不堪，主角变配角，心中万分不甘，却又不好形于辞色，只能听从刘宗敏的指挥，老老实实带着群臣演礼如仪。

百官朝拜之后，李自成优礼勋臣，把刘宗敏召到皇极殿里，在御座旁边专门设了一把虎皮太师椅，与自己并坐殿中。

接下来的两道程序是"颁诏"和"册封"，都由礼政府仪制司的郎中代天躬命。宣读"登基诏"，宣读"受玺诏"，宣读"册书"，宣读"封敕"……所有程序均不劳费心，李自成端居宝座，乐享其成而已。

时辰扣得很准，等到这些程序全部结束，恰好是午时二刻，于是"大宴群臣"。

礼政府精膳司头一天就做好了准备，宴开百席，皇极殿正中四席，皇极殿门外的丹陛之上六席，其余九十席设在殿外丹陛之下的"桓台"，一时管弦笙歌，酒肉飘香，喜气洋洋，声满大内。

表面上笙歌弦舞，其实黯然不欢。历来新君登基，普天同庆，天下士民，都要尽三日之欢，而此次登基大典，仅只半日而止。草草一宴之后，群臣事先奉了谕令，都急着回家准备行装了。

刘希尧仍然负责银砖的运送，由于新增了八百多辆大车，从调集运伕，到装车编队，颇费了一番周折。直到今天午后，第三批五百辆大车才开始启行，而还有三百辆尚在玄武门外的后宰门大街上集结编队。大典刚散，刘希尧风急火燎地赶去指挥调拨。

李过则奉了李自成的密谕，大典一散，匆匆出宫，亲自点了两万兵丁，遍布五城，挨家挨户搜索日常炊饮之用的薪木柴草，然后把这些薪木柴草全部运往大内。

与此同时，京城的各个通衢路口都张贴了兵政府大堂发布的告示，路人驻足，纷纷围观。不识字的钻头觅缝往前挤，然后主动维持秩序，邀请识文断句的斯文人物大声诵读告示内容。这种时候，读书人最宜卖弄风光，众目所视之下，摇头晃脑地朗朗有声：

大顺兵政府奉上谕

照得逆贼吴三桂勾结建虏，不日进犯北京。我大顺朝为皇图永固计，定于明日丁亥昧爽起行，移都长安。特谕知北京士民百姓，有愿随我大军同行者，速速整备行装，今日午夜前至永定门外聚集，待我军兵护送同行。其有恋家不舍故土者，亦宜据巷自保，或出城投亲避难，免遭建虏屠戮之殃。

特示谕城中士民知晓！

大顺永昌元年四月二十九日

　　这个告示的内容，瞬间传遍九城，民间对此，反应不一。有那一贫如洗的寒素小户和对关外建虏心怀畏惧的人家，立刻回家准备行囊，要赶在前半夜出永定门，以求取得大顺军的保护，决意要到关中安家落户。但富豪大户和中等生计以上的人家，闻言欣喜，知道贼兵要开始逃跑了，巴不得吴三桂早点进京，截杀这伙恶贼，替自己一出连日来屡遭骚扰和抢劫的恶气。更多的是那些平日里就人云亦云对国事毫无主见的人，就像三月十九日那天大顺军进城一样，他们以无可无不可的态度，似乎事不关己，抱着看戏一般的心情，等待着下一场演出的开始。

　　惊慌了一天，也忙乱了一天，傍晚时分，从西四大街开出一彪人马，浩浩荡荡，沿着西长安大街缓缓走向大明门。为首的是威武将军张鼐，一万余骑，拥护着刘宗敏，出大明门，走正阳门，朝着永定门逦迤而行。

　　刘宗敏躺在一辆四骡敞篷的大轿车里，旗鼓官王体中戎装骏马，跑前跑后，在刘宗敏和刘宗敏的"家眷"之间往复传话。刘宗敏的"家眷"除了陈圆圆和顾寿之外，还有三月十九日入住田府那天，李自成专门拨到田府照料刘宗敏日常起居的三十个宫女。总共三十二个"家眷"，两人一辆轿车，十六辆轿车的帘子捂得严严实实，紧随着刘宗敏的四骡大车吱呀南行。入暮之后，出了永定门，一万人马向南肃清道路，排岗布哨，要在这里等候大顺皇帝的御驾。

　　李自成还在武英殿里低首徘徊，李双喜几次促驾，都被他用手势止住。

　　回首前尘，感慨万端。正月二十二日从西安出发，在不到两个月的时间里，长驱两千二百里，取霸定威，豪杰降附，除了宁武关周遇吉抗命之外，一路上势如破竹，摧枯拉朽，逼死崇祯帝，轻取北京城，眼看着北方大局尘埃落定，天下已在掌握之中，没想到唾手可得的皇图大业，竟败坏在一个小小的明朝边镇总兵手里！山海关一战，损兵六万，折损大将三员，这样的挫折，在自己十六年的征战生涯里本来算不上多大一回事，问题是吴三桂两招不降，却又暗中勾结建虏，这一来大局骤变，今后的处境就非常微妙而复杂了。退归关中，不难自保，而且近两年来，心里一直存着取下北京称帝，然后回到西安治理天下的打算。但那是衣锦还乡，与今天的仓皇败退大不一样。前者风光，足以夸耀乡里；后者狼狈，难免贻笑天下。而从此中原失鹿，汉人的命运，看来要由外夷掌握了。据二十二日那天亲临战场的观察，建虏彪悍，远逾汉人，只怕明朝江南的几十万兵马合起来也不是他们的对手！

越想越乱，脑袋沉沉地思路凝固在那里，再也估量不出今后天下大势会怎样衍化下去了。不过有一点他在心中是看得透亮的：吴三桂要恢复大明肯定是痴心妄想！仅从"永平和议"就可知道，此人才智不足，大事糊涂，十足的笨蛋！

"父皇，"双喜进殿禀报，"刘芳亮又派快骑来送信儿……"

"喔？这一次怎么说？"

"说吴三桂带了清兵，有四五万人的样子，已经过了丰润县，只怕今夜就到玉田。"

"好，我知道了。"李自成问，"刘芳亮的快骑走了吗？"

"没走，还在午门外候命。"

"没走正好。赏他五两银子，叫他片刻不停，赶快回去传谕，要刘芳亮弃守通州，速速带人马回撤，两个时辰后我在朝阳门外等他。"

双喜一走，牛金星趋跄进殿，一失往日的雍容，气喘吁吁地劝驾："皇上，一切都准备好了。现在戌时三刻，正宜命驾！"

"不忙、不忙，你先坐下。"李自成慢条斯理地问，"城里的人马还剩多少？"

牛金星只好坐了下来，理理思绪，照实回答："张鼐带着一万护送汝侯先行，这一刻正在永定门外休整待驾。李岩带着四万，李友带着两万，护送文官和降臣眷属，在一个时辰之前已经启行。唐通另带三万，协助刘希尧押送最后一批财货，这一刻也准备妥当了，约定臣进宫之后就动身……"

"银子全都装车了吗？"

"是。由于又从民间征了八百多辆大车，所以不光第二批运走后剩下的五百锭银砖已经陆续装车运走，而且八百四十万两黄金和几千斤珠宝也都装车打封，由刘希尧和吴汝义押运，即刻启程上路。"

"好，这件事办得不错！"李自成非常满意，"这一来，十四万多人马走了十二万，城里还有两万多是吗？"

"是！这两万多正在李过和吴汝义的指挥下，往宫中搬运柴草。"

说到搬运柴草，李自成不免神色凄然。今天登基大典的宴会上，他和刘宗敏商议撤离京城的细节。诸般杂务之外，刘宗敏主张临走时把大内的后宫前廷全部烧毁，不能便宜了吴三桂和鞑子。

焚毁皇宫，是要遭世人鄙夷的不光彩之事，李自成有点儿犹豫不定，为此征求牛金星的意见。不料牛金星想了想，摇头晃脑地极力附和刘宗敏的意思："汝侯所言，乃霸王之业，千古不闻非计！"

西楚霸王项羽，力战经营，打下咸阳，而不在秦地做皇帝，大封诸王之后，一把火烧了秦朝的咸阳宫，引兵东去，回到老家彭城继续树帜称霸了。这样的举动，历来颇有人以为壮举，所以牛金星一提这个话头，李自成欣然纳为嘉言，谕令李过再次强取民间，整整一个下午，还不知道搜集了多少柴草？

"走，聚明，跟我看看去。"

出了武英殿，一片混乱，到处都是搬运柴草的士兵，这拨进，那拨出，熙熙攘攘，拥挤不堪。双喜带了二百个御前侍兵，前导后扈，叱咤开道，好不容易来到皇极殿。今天上午，李自成在这里做了半天皇帝，此时殿里殿外，堆满干柴，只待举烛一燃，顷刻间宝座就要化为灰烬，想来令人不胜依恋慨叹！接着向东去看文华殿，内外干柴，支棱八叉。再往后走，中极殿和建极殿亦复如此。看完了外廷三大殿，进入后宫。

李过正在乾清宫前指挥士兵运柴运草，远远地看见李自成和牛金星来了，快步迎上，一边抹着额头上的汗水，一边急切地问："皇上怎么还不快走？"

李自成并不回答，指指北边问："后边都准备的怎么样了？"

"三宫齐了，还差六院。""三宫"是乾清宫、交泰殿、坤宁宫，这是皇帝和皇后的寝宫，而三宫以外的"东六宫"和"西六宫"合称"六院"。

"柴草够用吗？"李自成问。

"不太多了。六院十二宫，大概能填满一半多一点儿吧。"

"大内前三门呢？"

"啊！"李过显然把大内的前三门——承天门、端门和午门给忘了，只好磕磕巴巴地回答，"还……还没有……"

李自成果断下令："六院停下来。把剩下的柴草，全都运到三个皇宫大门上去！"

"好、好！这事儿交给臣来办，皇上该起驾了。"

"等你都准备好了以后我再走。"

"也好。请皇上先去歇息，等臣布置完了就去护驾。"

"你派人去告知各处的宦官和宫女，要他们趁点火之前赶快出宫逃命。"

"好、好。臣遵旨！"

"还有，你那两万人，有好几千是山海关退下来的步兵……"

"皇上不用担心，已经都配上战马了——城上和城外的战马多的是！"

"嗯、嗯，这就好。去吧，我在武英殿等你的消息。"

转了一大圈儿，重新回到武英殿，君臣落座，相对无语，都是郁郁不欢的样子。从上个月的十九日第一次坐到这里，细细算来，至今不过才四十天时光！入宫那天满怀着豪情，接管神器，整治乾坤，要干一番经天纬地的赫赫伟业，而这一切，转眼成空，恍如大梦一场，再过一会儿就要黯然离去，真正令人心气难平！

更交午时，双喜进来促驾，说李过已经整备好了人马，与吴汝义一道在午门外等候。

李自成站起身来，环顾殿内一周，跺了跺脚，褪下刚穿戴了一天的皇冠和龙袍，在牛金星和李双喜的扶持下，重新换上蓝箭衣，戴上白毡帽，顾影自怜地苦笑一声说："聚明，咱们走！"

出了武英殿，翻身上马，八名军汉高擎黄盖罗伞，二百侍卫佩刀扈从，缓缓驰出午门。午门外灯火幽暗，李过在此躬身迎驾："三座宫门已经准备好了。请皇上速速出京。"

"你打算什么时候点火？"

"宫里留下一千人，一个时辰过后鸣炮，从北向南，依次点火。"

"剩下的人马呢？"

"其余的两万人马，都在承天门外列队，随臣一道，护送皇上出京。"

"不必！"李自成回身对牛金星做了个手势，然后对李过说，"汝侯身边的人不多，你带着两万人马，护送牛丞相，先去永定门外与汝侯会合。会合之后，你拨出一万人马，叫张鼐护送汝侯朝卢沟桥那边先走。留下一万人马，你协助牛丞相安抚随军的京城百姓，不准难为他们。"

"那……那皇上怎么……"

"我先到朝阳门，等到和刘芳亮汇齐之后再转道永定门。"

"是！"

牛金星马上顿首，辞别李自成，随着李过和吴汝义匆匆而去。李自成在双喜的引导下，二百侍兵，紧紧护卫，黄盖罗伞地策马驰向朝阳门。

出了朝阳门，跨过护城河，引领张望，正好一队骑兵举烛奔来。双喜打马上前，问明了身份，验过了腰牌，正是刘芳亮的先遣快骑。于是双喜命令其中的头目："皇上在此专候，你回去告诉刘将军，叫他快点过来见驾！"

片刻功夫，刘芳亮带了一百亲兵飞驰而至。到了李自成面前，纵身下马，伏在地上连连叩首："臣刘芳亮未能躬予大典，特给皇上补礼。祝皇上万岁！万万岁！"

"起来、起来。"李自成一面示意双喜扶起刘芳亮，一面露出笑容，很欣慰地说，"看到你安然回来，我就放心了。你先派人往后面传令，两万人马不许进城，就从这里跟着我往南走。"

等到刘芳亮如言照办，李自成吩咐双喜启行。刘芳亮跳上马背，李自成说："来，和我并排走。快说说东边有什么动静？"

刘芳亮不敢僭越，仍然很小心地与李自成错开半个马项的距离，边走边答："吴三桂在范家庄的大路口上看到了吴襄的尸首，带着他的两万人发誓要报杀父之仇。"

"哼，这个败类，自作自受，就是要叫他尝尝苦头！"

"一个多时辰前臣又接到谍报，说建虏的英郡王阿济格也带了一万人马，和吴三桂一道，已经过了玉田县，估计再有两天多就能赶到这里。"

"等他赶到这里也晚了。我提前一天多离开，把北京让给他了，他还能怎么样？"

"皇上是说，一进北京，吴三桂就会止兵不进吗？"

"他找他的太子，我走我的路，从此井水不犯河水。"

"臣只担心……"

"没事！你担心什么？只要出了北京，咱们就安全了。"

"皇上，咱们的人马都撤出来了吗？"

"都撤出来了，你是最后一批。只有皇宫里还留下一千人。"

"还留一千人干什么？"

"等一会儿你就知道了。"

打马飞驰，很快绕过东便门，快到广渠门的时候，从城里断断续续传来几声隆隆炮响，接着看到大内上空烈焰腾腾，火势越来越大，不大一会儿，赤火灼天，照耀得城里如同白昼。

李自成对刘芳亮说："看到了吧？就为这个留下了一千人——我把皇宫给烧了。"

刘芳亮惊得伸了伸舌头："这一来吴三桂和阿济格就白忙活了。"

"不能便宜了他们！"

说完李自成回头对李双喜说："传令，后队加速！跟我去赶上汝侯！"

46

大明崇祯十七年五月初一日
大清顺治元年五月初一日

榆河之争

在永平西北的范家庄发现了吴襄的尸体，吴三桂决眦一怒，昏厥在地。

在杨坤、何进忠和冷允登的主持下，派人到乡间买了个上好的榆木棺材，把吴襄重礼盛殓，临时搭起了个灵棚，燃纸焚香。关宁军两万人搞了个祭奠仪式，气氛弄得悲悲切切，好不凄惨。

祭奠完毕，就在吴襄的灵柩前，众将领席荐而坐，与吴三桂抱哀议事。

何进忠首先表示强烈的不满，指着杨坤和童迲行大声斥责："二位怎么搞的？不是说和闯贼讲和了吗？为什么他又杀害老总兵？"

其实一闻吴襄死讯，宁远军上层将领都怀着同样的不满，认为杨坤和童迲行这件事办得糟糕透顶！自古以来，哪有两家和解还要杀害人质的道理？

童迲行阶秩不高，大家看在吴三桂的面子上，不过平时对他表示一定程度的尊重而已，然而事涉杨坤，除了何进忠，谁也不好发泄心中的不满。为此何进忠一顿指责之后，众人默默，低首不语，但越是这样，杨坤和童迲行就越感窘迫。这种场合，童迲行不好率先说话，他把眼睛朝着杨坤瞟了一瞟，而杨坤已经气得满脸通红了。

杨坤是儒将，何进忠是虎将，二人性情不同，但在宁远军中都是威严素著的副帅，平时协助主帅料理军务，彼此的关系还算融洽，并无过不去的龃龉或冲突。在杨坤想来，山海关一战，多尔衮暴露了叵测的居心，为了防范清军违盟，他首先提出了"联顺制清"的建议，并为此而带着童迲行，亲自

829

撺到永平去和大顺军谈判，这个主意和做法本身并不错。但吴襄之死，却又暴露了李自成并无诚意，因此，若说他失于检点而受了大顺军的欺骗，这一点，他反躬自省，责任是无可推诿的。然而那是另外一回事，现在何进忠的指责，却明明含有把吴襄之死的责任也推到他头上的意思，对此他心中极为反感，这不是要挑起他和主帅吴三桂之间的仇怨吗？所以对何进忠的指责，他决不能领受，一句话顶了回去："闯贼为什么杀害老总兵，我怎么会知道？请何副帅自己去问闯贼去！"

这等于抬杠。何进忠更加不满："这叫什么话！我怎么能自己去问闯贼？莫非杨副帅以为我何进忠与闯贼暗通声气？"

这话就像暗中带刺儿似的，杨坤觉得受了极大侮辱："怎么说暗通声气？我去和闯贼谈判，是受了大家的委托的，也包括你何副帅在内！"

"可是你看看，"何进忠指着吴襄的棺材说，"这谈的是什么结果嘛！"

"得、得，"吴三桂挥挥手打断二人的争吵，"大敌当前，怎么自己人先闹了起来？家父被害，是因为闯贼无义，与杨副帅没有关系！我此刻心里乱得很，诸公要是爱我，就请帮我拿个主意：前天和闯贼谈的那个协议不算数了，下一步我该怎么办？"

不愧是方镇总兵，这番话说得众人心服口服。吴襄之死所昭示的最大问题就是，"永平和议"等于一张废纸，由此连带，"联顺制清"的计划自然也就不能再提。然则接着该怎样应对这一变局？

心气一平，思路就比较容易走到一起：李自成毫无信义，既然敢杀害老总兵，那么他会不会对太子和二王也下毒手？

议了一会儿，依然不得要领，但这是个必须要揭开的疑团。如果李自成戕害了太子和二王，便意味着大行皇帝的血胤已经断绝，则此去京城，毫无意义。

循着这个思路再探讨下去，多尔衮控制山海关，以关宁军目前的两万人马，绝难把清军赶出关外。相反，阿济格的一万清兵就在东边不远蹑踪而来，如果清军违背威远台盟誓，阿济格随时都可能从关上再调人马，合兵把关宁军吃掉。一旦出现这样的情况，关宁军将何以自处？

"果真如此，倒是还有一条路子可走。"郭云龙说。

"什么路子？"吴三桂鼓励郭云龙，"说出来让大家都听听看。"

"南下！"

就这两个字引起了一番热议。

"南下？"杨坤一错愕，似乎从未想到这也是一条可行之计，"北京不管了吗？"

"是，如果太子和二王都不在了，弃北京是势所必然的事！"

"为什么？"

"请问杨副帅，多尔衮的目的仅仅是为了一个山海关吗？"

"自然不是。"

"然则再请问，以关宁军目前的力量，能阻挡清军占据北京吗？"

"唉——"杨坤很懊悔的样子，"没想到李自成背信无义！单靠关宁军自然不能阻挡清军进京。"

"所以呢，北京不弃自弃！下一步关宁军唯一的可行之道就是南下。"

"南下"就是去江南。

然而有人问："前有闯贼，后有清兵，我们走得脱，走不脱？"

"目前南下，正当其时。"郭云龙耐心解释，"多尔衮要占据京城，唯一能对他形成窒碍的就是我军。我军主动让出，避开北京，转而南下，是多尔衮求之不得的事。"

"嗯，嗯。"众人颔首，纷纷称是。

"至于闯贼，"郭云龙继续解释，"若在以前，李自成志在天下，他自然会派兵阻断我军南下的通道。现在不一样了，山海关一战，李自成丧胆。据杨副帅的介绍，在永平府吕曹村，贼将刘芳亮力争宽限贼兵退出北京的时间，这说明李自成慑于清军的威胁，已经无力经营天下，缓冲时间，是为了安全出逃。那个'永平和议'尽管是李自成欺诈的结果，但双方约定的五月初一日交接北京却并不错。"

"嗯、嗯。"这个分析精准无误，众人依然颔首称是。

"既然如此，多尔衮餍其所欲，李自成自顾不暇，岂不是天假其便，给了我军南下的一个绝好机会？"

真没想到，山穷水尽之际，居然峰回路转，关宁军又有了这样一个柳暗花明的前景！摆脱贼、虏两敌的威胁，趁此良机，掉头南下，说不定另有一番施展手脚的天地！

南下之后，关宁军怎样施展手脚呢？吴三桂首先想到了王永吉！王永吉怀揣大行皇帝的手诏，足以控制南京朝堂——此其一。其二，王永吉历任北官，与关宁军交谊甚厚，而与南方的地方将帅没有感情上的渊源，此人主持南京朝政，必然要引关宁军为奥援。如此一来，王永吉和吴三桂，内相外将，稳操政柄，没有人敢说不是！

在此基础上进一步思索，则将相一心，振刷朝纲，从大行皇帝的近支亲藩中择一贤者而立，使大明朝的皇统沿续不坠，北拒清军于黄淮，西堵闯贼于关中，大明朝在江南繁华之地着实还有一番锦绣前程。到那时，吴三桂照样威名显赫，照样不失开国元勋的身份！

思虑至此，吴三桂怦然心动，以目示意，想让杨坤带头表示个态度。

杨坤会意，但总觉得郭云龙的说法并不那么妥帖，而问题究竟出在哪儿，却一时辨别不清，只好对着众人说："都议议看，郭参将的意见如何？"

万没想到，何进忠气哼哼地顶了一句："什么南下？完全不通！"

怎么不通？众人一下子把目光聚向何进忠，希望他做出明确的解释。

何进忠指着郭云龙质问："你怎么就能断定，大行皇帝已经绝了后？还有，闯贼上月逼死帝后，如今又杀了老总兵，此仇不报，你让吴帅今后如何做人？"

话说得没有章法，不过意思却很清楚，而这个意思要分成两个层面来看：首先，郭云龙的南下之议若要践行，前提必须是太子和二王已经不在人世，否则皇子尚在京城，而弃之不管，却要引军南下，这在说法上就成了贪生自保，吴三桂难逃不忠的骂名；其次，杀父之仇，乃是人伦大节，此仇不报，却要避开仇人而南下图安，这是懦夫，吴三桂必遭不孝的骂名。不忠不孝，人臣人子之义全失，吴三桂今后何以为人？

何进忠的话，犹如醍醐灌顶，不光把郭云龙顶得哑口无言，也把众人说得憬然有悟，就连吴三桂也觉得，此时南下，窃非所宜！

"好，我知道了！"吴三桂断然表态，"南下之事，不必再提。诸位说说看，眼前的事该怎样料理？"

眼前的事，自然指的是吴襄的后事。议来议去，议出一个结果：吴家在关外有坟茔，吴三桂的祖父就葬在关外中后所，所以吴襄也应该归入祖坟。不过这又派生出两个问题：一、吴三桂要统兵西去，军中不可一日或离，则李代桃僵，派谁扶枢出关比较合适？二、山海关掌控在清军手里，多尔衮会不会从中作梗？

"不会、不会！"杨坤很有把握地说，"毕竟镇帅和多尔衮并未翻脸。出关葬父，这样的人情大事，他不会不给面子。"

"有理！"吴三桂先肯定了杨坤的说法，但旋即面现忿色，"要是他连这点面子都不给，哼，待我拿下北京城，立刻和他闹翻！"

然而托谁出关，代己葬父呢？吴三桂环视一周，站起来走到郭云龙面前，重重伏地一跪，磕了个头。

这一来郭云龙逊谢不遑，赶忙伏地还礼，然后把吴三桂扶了起来，又走到吴襄的灵柩前跪下，咚咚有声，磕了三个响头。

一切心照，尽在不言。吴三桂当即拨了二百精兵，配了一辆极精致的驷马大驮车，在众将士的扶持下，亲自扶枢起灵。然后跪地焚纸，哀哀恸哭声中，看着郭云龙指挥着二百精兵，护送吴襄的灵柩缓缓远去。

了结了这桩大事，吴三桂下令启行。两万人马，向西疾进。二十七日驻兵沙河驿，二十八日过丰润县，二十九日到玉田县，三十日屯宿三河县。在三河县接到探报，说闯贼人马已经在头一天半夜时分弃城南逃，北京成了一座无人戍守的空城。

这个消息使吴三桂略感意外。按照约定，双方要在五月初一日交接，吴三桂心心念念都在明天交接的时候，从李自成手中得到太子。没想到李自成提前两天就跑了！

于是连夜召集将领商议："诸位说，明天是进城，还是追杀闯贼？"

"镇帅，"说话的是杨坤，"当下的要务既不是进城，也不是追杀闯贼。明天要首先找到皇太子。"

"不错！可是李自成提前逃跑，他会不会把皇太子也带走呢？"

这倒是个必须弄清楚的问题。如果太子留在京城，当然应该首先进城，把太子保护起来。但如果李自成把太子带走了，那明天就要绕城而过，去追杀闯贼，夺回太子。

按照杨坤的理解，李自成不大可能把太子带走，为什么呢？杨坤说："一是李自成既然弃京而逃，再挟持皇太子也就没有必要了。二是李自成深知镇帅急于要得到皇太子，所以把皇太子留下来，可以延缓我军对他的追杀。"

话的意思大致不错，但这毕竟是理路上的一个推断，实际情况如何，还需要做进一步的追究。吴三桂想了想，不妨把张若麒请来，详细咨询一下京中关于皇太子的消息。

张若麒曾经与吴三桂有深厚的交谊，此次李自成故意放纵他来投吴三桂，对此关宁军上上下下都持着谅解的态度，吴三桂也心无芥蒂，依然"老师"相称，待之如同宾客，所以张若麒特别感念。

弄清了吴三桂的意思后，他觉得李自成既然遁逃，自己在京中的家眷，是死是活，已成天数，这种时候，再也没有必要为李自成隐瞒什么，于是他摒弃私念，据实而言："吴帅，二十五日晚在石河营盘，若麒就说过，国变以来，京中始终没有太子的消息。而京中风传，李自成待定王和永王以杞宋之礼。按道理，太子重于二王，则李自成优礼二王，也就没有独杀太子的道理。是故若麒以为，太子还在，必是藏匿于民间。"

"老师，三桂还有一事求证：十三日那天李自成亲征山海关，一路招摇，都说军中带有太子。二十二日那天大战，三桂在阵上也问过刘宗敏，他说太子就在他手中。三桂不明白的是，太子究竟是潜伏在民间呢？还是一直掌控在闯贼手中？"

"说李自成挟太子亲征山海关，这大概是民间的误传。有我朝官员亲眼看见，李自成出朝阳门时，身后跟了一辆大车，车上载的是定永二王。大约民间百姓不识，误把二王中的一王认作了太子。至于刘宗敏也说太子在他手中，若麒以为，这是闯贼故意放出来的话风，目的在于迷惑吴帅，使吴帅心存忌惮，束甲归降。"

这一说，众皆恍然：原来李自成故意造谣，其实太子根本就不曾被李自成掌控！

张若麒是国变以来，关宁军接触到的四个从京城出来的明朝官吏之一。第一个是三月二十四日在盘山遇到的户部仓场所属城东禄米仓的账房管事高三祥；第二个是吴襄所派的旗鼓官傅海山，张若麒是第三个，还有一个就是晋王。晋王的话已经可以置而不采，而高三祥、傅海山和张若麒一样，事涉皇太子，都说城中未闻任何生死消息。如此即可断定，皇太子隐匿在民间的说法，不是虚悬之词！

然而问题来了：京城之大，何处不能容人，太子究竟藏在哪里呢？

"这个不难。"张若麒说，"民间不乏忠勇豪杰之士，藏匿太子，是为了免遭闯贼的戕害。如今闯贼已逃，凶险自然解除。只要吴帅进城，广张告示，申明寻太子以继承大明统绪之意，许以重赏，酬以显爵，自有人会把太子献出来。"

"嗯，不错、不错！"吴三桂双拳一击，下定了决心，"诸位赶快回帐歇息，明天跟我进城去寻找太子！”

今天早饭过后，按次启行。午后绕通州，申时——下午三点，渡过民间简称"榆河"的温榆河，来到一个叫"沙子营"的地方。从这里往西看去，京城的朝阳门已经遥遥在望了。

吴三桂正在兴奋之际，后面出现了异状。回头一看，嚣尘翻滚，大约有五千多骏骑，踏尘掠影，怒驰而来，为首的正是清朝的英郡王阿济格！

"站住！谁也不许再往前走！"阿济格身边的一个"通译"高声呼喊："快叫你们吴帅过来说话！"

事起仓促，吴三桂不知道将要发生什么，但直观的感觉是郭云龙护送吴襄的灵柩遇到了麻烦，可能未到山海关就遭到了阿济格的刁难。他招招手，要亲卫侍兵传令，暂时止步，然后吩咐杨坤维持军纪，要何进忠带着二百精骑，随他一道出列，侧立道旁，静待阿济格。

没想到阿济格来到面前，也不理睬吴三桂，叽哩哇啦说了一阵满语。五千多清兵闻命，继续向前飞驰，片刻功夫，赶到前队，兜头截断了关宁军的去路，个个剑拔弩张，一副随时都要拼命的样子。

"这算什么？"吴三桂火冒三丈，相距五步，在马上指着阿济格斥问。

又是一阵叽哩哇啦之后，通译代表阿济格回答："请吴帅不要生气。奉了我国摄政睿亲王的谕令，说闯贼李自成已经携带巨款向南逃窜。摄政王令我和吴帅一道，片刻不停，绕过燕京城，向南去追杀闯贼，夺回辎重。"

"啊？摄政王怎么知道闯贼逃跑了？"

"嘿嘿！这个不劳吴帅动问，我军自有谍探！"

阿济格又嘀咕了一阵子，通译说："至于吴老总兵出关安葬的事，请吴帅放心，摄政王已经放关通行了，而且还专门拨了两千银子的恤金，交给郭云龙，要他按照你们汉人的礼数，到中后所厚葬老总兵。"

有了这样的表示，吴三桂在马上欠身为礼："多谢摄政王体恤！"

"好了。请吴帅下令，关宁军和我一道，快去追杀闯贼。"

到了这个分上，只好温语相商："请英王听我一言。闯贼前日夜间出逃，携带了重金和人口，此刻不可能逃得太远，大约就在京南一带蠕动。山海关一战，贵军深寒敌胆，闯贼如果听说贵军跟踪追杀，必然丢弃辎重，闻风而逃。所以我的意思，请英王率贵军去追杀闯贼，可以不战收功。吴三桂不宜掠美，这份功劳就送给英王了。"

"我去追杀闯贼，你干什么？"

"我要进城去寻找明朝皇太子。"

"不行！"阿济格立刻变脸。

"为什么？"

"不要问为什么。我说不行就不行！"

"英王有所不知，我在威远台与摄政王盟过誓。我取北京给贵国，寻找太子，立于南京，两家黄河为界，各自修好。所以此刻我进京寻找太子，是遵盟行事，英王不该阻拦！"

"这个我不管！我只知道要遵照摄政王的谕令行事！"

"两国盟誓，天地鉴之，这个摄政王不能不懂。请英王回禀摄政王，各遵盟约，不可干犯神灵！"

等到通译把话翻了过去，阿济格似乎有所触动，犹豫了一会儿，通过译员转告："也好，我退让一步。你要寻找太子，事在情理之中。但是你必须先和我一道去追杀闯贼，灭贼之后，你可以回来寻找太子。"

"如今城门空虚，太子就在城里，万一有歹人劫持太子出城，我吴三桂怎么向天下臣民交代？"

"我给吴帅出个主意。请吴帅指派一个文官，我让一千士兵护送这个文官进城去找太子。等找到了太子，随时送到军前，交给吴帅。"

这算什么主意！这等于是让清兵进城去找太子。太子在城中避贼不出，而建虏凶残，甚于闯贼，太子岂能轻出？这还是往好的一面去说的，朝坏的一面去说，如果清军有心违盟，正好可借机进城去寻杀太子，断了吴三桂中兴大明的念头。而太子不死于贼手，却死于虏手，传了出去，吴三桂就成了引狼入室，断送大明江山的千古罪人。决不能上这个当！

"这样吧，"吴三桂说，"英王执意要我一块儿去追杀闯贼，我遵命。但是我要留下五千人马进城。如果英王不放心，请英王指派五名贵军的将官，随队监督。等到我的人找到太子，立刻拥护出城，京城顺便就交给贵军的五名将官接管。"

这个说法表面上与阿济格"退一步"的说法针锋相对，其实以主客关系而论，这才是比较公允的态度。不料等通译把话翻完，阿济格再次翻脸："不行！关宁军都要和我一道去追杀闯贼，一个也不许进城！"

"请英王恪遵威远台盟约，为了两国大计，不要意气用事！"

"我再说一遍。"阿济格用手指着大路上的宁远军画了个大圈，表示全部在内，"一个都不能少，全都跟我去杀贼！"

这就不可理喻了！吴三桂气冲顶门，大声呵斥："闪开！我今天必须进城去寻找太子！"

"怎么？你想抗命吗？"

"你这是乱命！"

"这是摄政王刚刚给我下的命令！"

"我进京寻太子，是和摄政王当面谈妥的，摄政王绝不会出此乱命！"

"不管乱命不乱命，你必须听我的！"

"我要不听，你能怎么样？"

"我把你捆起来去见摄政王！"

"哼哼！要是这样，我就先把你拿下，回头再去摄政王那里讨个公道！"

话音刚落，何进忠飞马而出，二百精骑，心领神会，迅雷不及掩耳，把阿济格和他身旁的十几个清兵团团围住。

不料阿济格毫不惊慌，通过译员说："请吴帅仔细看看，我五千人马已经把你的前路封死，另外五千人马又截断了你的后路。只要你这里敢动一动，立刻叫你全军覆没，不留一个活口！"

吴三桂朝后路一看，黑压压的清兵盘马弯弓，扣弦待发。果真厮杀起来，自己这边虽不一定全军覆没，但如果折损太重，只怕从此再也没有与清军抗衡的资本。并且厮杀过后，清军也会立刻抢占北京，生民涂炭，犹在其次，再要寻找太子，可就比登天还难了！

正在犹豫未决，东边马铃贯耳，一匹极壮硕的黑色骏马，风驰电掣而来，马上坐的是一个铁盔铁甲，单翎飘拂的清将。吴三桂知道，这样的装束，在清朝那边至少是个"贝子"一级的高层官员。

来人边跑边喊，先是喊的满语，接着是汉语："摄政王睿亲王谕令，请英王和吴帅下马受谕！"

吴三桂对着何进忠摆了摆手，何进忠会意，收了大刀，指挥二百精兵撤回到吴三桂身边。阿济格气哼哼地瞪了吴三桂一眼，攀鞍俯身，一跃下马。

而吴三桂仍端坐不动，等到来人近前，放声喝问："你是什么人？"

来人勒住马缰，朗声回答："我是固山贝子尚善，奉了摄政王的急命，特来宣喻王谕。请吴帅听宣！"

吴三桂自幼在边关与清军周旋，对清朝的高层人物大都比较熟悉。尚善是清朝的宗室，祖父是努尔哈赤的胞弟舒尔哈齐。舒尔哈齐共有九个儿子，其中三个名声最著：次子阿敏，就是国初"四大贝勒"的"二贝勒"，十四年前痛失关内四城，被皇太极幽禁而死；六子济尔哈朗，就是现在盛京主掌政务的郑亲王；八子费扬武，骁勇彪悍，战功赫赫，可惜享年不永，崇德八年，也就是崇祯十六年一病而亡，才三十九岁。尚善就是费扬武之子，承袭了父亲"多罗贝子"的爵位。此人晓于军事，精通汉语，所以多尔衮此次入关，专门点了他随军参与一般机务。

表明了身份，吴三桂只好翻身下马，在尚善的马前，与阿济格一左一右，躬身而立。

尚善在马上展开一份"摄政王谕"，朗声宣读，照样先用满语，是读给阿济格听的，然后再用汉语：

大清国摄政睿亲王钦授奉命大将军谕

　　察得逆贼李自成尽括燕京财货，于四月廿九日夜仓皇遁逃。即命英郡王阿济格率所部兵马，协同明朝宁远镇总兵官吴三桂触暑星驰，前往追讨。军务至重，不得违误！

　　特谕！

听完之后，吴三桂瞠目结舌，原来不许关宁军进京，还真是多尔衮的命令！

阿济格脖子一拧，冲着吴三桂皮里阳秋地斜了一眼，虽未说话，表情显然：怎么样，你不是说我乱命吗？

尚善从马背上跳下来，满面和气，先给阿济格打了个插千礼，然后过来握着吴三桂的手，用一口流利的汉语说："吴帅，都怪我来迟了一步。英郡王性情耿直，又听不懂南语，难免发生点误会。我们摄政王非常看重吴帅，特意要我捎个口信儿，等到这次灭贼回来，专门排筵致贺！"

吴三桂只好说："谢谢摄政王。"

"吴帅的为人，尚善也敬佩得很。闯贼李自成逼死崇祯帝后，明朝官员，为了保全家室，苟且偷生，纷纷屈膝以事闯贼。唯有吴帅孤兵单旅，为国忘家，守忠不降，矢志要为旧主复仇，为此泣血求助于我国。山海关一战而大败闯贼，吴帅对明室真称得上忠义二字！如今闯贼又戕害吴帅之父，国难家仇，集于一身。而仇寇之逃不远，只要吴帅奋力一追，诛此巨寇，既报国仇，又雪家恨。千载以下，美名流芳，人人都会知道吴帅是个堂堂男儿，世间第一至忠至孝之人！"

这番恭维，一下子浇灭了吴三桂心中的火气，眼睛看着尚善，双手一拱，仿佛遇到了知己似的，千言万语，却又不知从何说起，只重重地吐了一口长气："唉！"

"好了，好了。"尚善拍拍吴三桂的后背，"时辰不早，请吴帅速速动身。等到灭贼凯旋，如蒙不弃，尚善也要高攀，置酒以待，与吴帅交个朋友。"

吴三桂无可奈何地翻身上马，气哼哼地指着阿济格，对尚善说："你让他把人弄开！"

"是、是。"尚善的态度非常谦和，"请吴帅先行，英王的人马随后。"说完对着阿济格说了几句满语。

阿济格挥挥手，身边的一个护兵向西飞奔。不一会儿，西边五千多清兵让开大路，分立两厢，弓入囊，刀回鞘，就像刚才什么事也没发生过似的，静待关宁军启行。

吴三桂一抖马缰，狠狠瞪了阿济格一眼，又给尚善施了个拱手礼，然后对何进忠说："派人传令：往南走，绕过朝阳门！"

归队之后，大军南行。吴三桂在马上踟蹰，内心逐渐由感念而转为懊悔。尚善倒是善解人意，但仔细想想，这道摄政王谕令，措辞模糊，字面上是下给阿济格的，但意思却蕴含着吴三桂也必须遵照执行的语气。原是两军敌体，至少是对等关系，细论起来，对等之外，还有一个主客关系。而多尔衮的这道谕令，反客为主，凌驾于关宁军之上，俨然颐指气使的主子姿态，根本就没有商量的余地，这哪里是友军之间的相处之道？还有，遵从了多尔衮的谕令，就等于听命于人，多尔衮这不是把吴三桂当成属下来看待吗？反过来看，执行了多尔衮的命令，就等于承认了多尔衮是主帅的身份，这样子自己先就矮了半截，与以身事人有何差异？

越想越气，把这些想法断断续续告诉了一左一右的杨坤和何进忠。何进忠也是憋了一肚子窝囊气，连连长叹，却无可置喙。而杨坤出语深邃："镇帅，其实在关门大战的当天就开始受制于人了，为此卑职特提出'联顺制清'的建议。没想到李自成罔顾信义，使永平协议归于失败。今后只怕再也无人能遏制多尔衮的野心了！"

想想确实如此！山海关大战那天，闯贼兵溃如流，清军气势正盛，而多尔衮并不下令逐杀，却急急收兵，让清军把石河以东封死，使关宁将士从此再也不能重登关城。这一举动已经显示了多尔衮的专横跋扈和居心叵测，哪里把吴三桂放在眼里？

"不过，到北京寻太子即位，这是多尔衮和我对天盟过誓的，难道他真敢违誓毁盟？"

"眼下还不至于。今后难说！"

"什么？眼下还不至于？那他为什么今天不让我进城？"

"正是因为他今天不让镇帅进城，所以卑职才说眼下还不至于。"

吴三桂一脸茫然，怎么也想不通这个道理，只好求教："这话怎么说？"

"眼下虽然受制于人，但毕竟有威远台盟约在，两国形式上还是敌体，而不是一体。为此多尔衮对镇帅就不能不心存忌惮……"

"他害怕我什么？"

"多尔衮深知天下汉人，心系大明。镇帅进京找到太子，大明旧臣和京中豪杰必然欢欣鼓舞。而镇帅振臂一呼，奉太子以号令九城，京中士民，投袂而起，纷纷执干戈以捍卫城垣。到那时，多尔衮的中原梦就做不成了。"

"噢、噢，有道理！"吴三桂深自检点，"原来他是怕的这个！我倒没有这样想过呢。"

"镇帅不这样想，是因为镇帅素来仁义礼信。久闻多尔衮平日以曹操自况，是枭雄一类人物，他岂能不作此想？"

"这么说，多尔衮一直在防范着我。"

"不过，防范才是盟友。如果不防范，他就可以不遵盟或者毁盟了。"

"怎么讲？不遵盟和毁盟，这二者还有什么不一样吗？"

"是，大不一样。打个比方，请吴帅不要介意。譬如吴帅向多尔衮明确表示投降，他还需要遵盟吗？"

840

"唔，既然投降，就要听凭驱遣，他说什么就是什么，不光他，双方谁都不需要遵守盟约了。"

"反过来，如果镇帅公然和他闹翻，两军反目，弓刀相向。那时候，他必定毁盟。"

这一说，吴三桂懂了，今后的处境，着实堪虞。若要多尔衮遵守盟约，自己就永远处于被猜忌和被防范的境地。受不了这样的猜忌和防范，撕破脸皮，与其反目，则多尔衮必然违誓毁盟。摒二者而不取，最能明哲保身的只有一条路可走：投降！

"我不能投降！"吴三桂喃喃地像似自语，也像似对杨坤说，"当初王制军决策'联虏剿贼'我没表示异议。后来王制军弃关南下，李自成兵临永平，这时候多尔衮又不遵约定走中协西协，反而从翁后转道关门，逼得我不得已才表示让他直入山海。为此民间颇有人以为我主动勾结外夷，要祸害大明。我如果真的投降了清朝，岂不是坐实了这类无稽的流言？"

"是！"杨坤很为不平地说，"镇帅日后的处境很难。不降清，必然受气；既降清，则又难免受谤。"

"哼！真没想到，我吴三桂一心为拯救大明，现在反而混成了风箱里头的耗子，两头受气！"

对此牢骚，杨坤只能唯唯否否，不好接话。

"不过，我既不想受气，也不想受谤！"

"然则镇帅何以自处？"

吴三桂想了想，实在计无所出，却又悻悻不甘，重重叹了口气："唉！等着吧，等我这次灭了闯贼，报了君父之仇，再回去找多尔衮，当面和他算账！"说完之后，再也不提这个话题，只下令全军，火速前行，要在天黑的时候赶到永定门外宿营。

只有杨坤看得最清楚：吴三桂最后这句话，不过徒逞口舌之快而已。事到如今，回天乏术，多尔衮力阻吴三桂进京，必然大有深意。说不定关宁军前脚走，多尔衮后脚跟，等到关宁军在京南和李自成杀得你死我活的时候，多尔衮早已率兵西进，兵不血刃就占据了北京城。到那时候，中原易主，半壁江山已属外夷。吴三桂此次绕京而南，由于有阿济格的清兵协助，所以败贼不难。但败贼之后，以关宁军仅有的两万人马，如何能与十几万清军铁骑相抗？照此来看，世无英雄，只能让多尔衮称霸天下。而吴三桂若不向大清朝俯首称臣，已经别无路子可走了！

47

大清顺治元年五月初二日

九王进京

　　杨坤看的一点儿不错，果然关宁军前脚走，多尔衮后脚跟。今日巳时——上午九点，多尔衮带着范文程和洪承畴，在豫亲王多铎所统的一万正白旗健儿的护卫下，声势烜赫地开到了朝阳门。

　　四月二十六日得知吴三桂率兵西去，多尔衮眼前之虑解除，当即在关上发号施令，十四万大军，除了一万要阿济格带领胁迫吴三桂，另一万要多铎带领随从自己，再留五千驻守山海关以外，其余十一万五千，分成二十多股，每股三千、四千或五千不等，各指派宗室、觉罗中有贝勒、贝子、辅国公爵位的可靠将官带领，片刻不停，分赴京东地区的各个州、县、镇、卫，文宣武胁，软硬兼施，迫令这些地方的官吏士民立即投降。

　　所谓"文宣"，就是广张告示，如果不遵告示的内容，则临之以兵，武力镇压，所以称为"武胁"。告示的内容各地大致一样：

　　　　昔者流寇猖獗。肆虐民人。我朝兴仁义之师，大张挞伐，出尔民于水火，所在安居。今各处州县城堡，俱遣人持檄招抚。檄文到日，剃发归顺者，地方官照旧供职，士民免其迁徙。有虽称归顺而不剃发者，是有狐疑观望之意，显属抗拒，定行问罪，就地征剿。

　　这样肃杀可怖的告示，一日之内，遍布京东。

　　告示发出之后，多尔衮二十七日离关西行，一路派快骑随时驰报各地的反应。当天午时走到抚宁县，旗开得胜，抚宁县的知县侯益光就率领士民出城迎降了。多尔衮看侯益光脑门儿脑顶都剃得锃亮，脑袋后头拖着一条老鼠尾巴粗细的辫子，而身上却穿了一身汉服，当即叫人从军中找了一套满洲人的"两截头"，当众换上。多尔衮这才满意地拍拍侯益光的肩膀："嗯、嗯，这才是我大清命官的样子。"随即命令侯益光，"你现在是大清国的抚宁知县。去，替我开仓赈民。凡是剃发的百姓，我保他们从此都有饭吃！"

当晚到永平，永平知府杨思恭率众迎降，同时接到快马传报，昌黎县知县徐可大看了告示后，立刻剃了头发，还动员昌黎县民剃发归降。多尔衮口谕杨思恭官仍原职，不过成了大清国的知府，并且要文员写了个"谕单"，以大清国摄政王的名义，委任徐可大为"大清国永平府昌黎县知县"，派快马送到昌黎县，转告徐可大，要他替大清朝安抚百姓。

二十八日到丰润，丰润知县赵广嗣率众投降。当晚接报，开平卫的"指挥使"陈任重率众投降。自然地，多尔衮言而有信，照例任命赵广嗣和陈任重官仍原职。

二十九日到玉田。明朝的玉田县令早在三月十四日那天听说李自成亲征山海关的消息后，就吓得弃官而逃，不知躲到哪里去了。清兵一来，带头出城迎降的叫王家春，也剃去了脑袋上的头发，后头拖了一条小辫子。王家春是个从九品的"主簿"，专管一县文书账簿之类的最低一级文官，刚入品流。而多尔衮临时授命，把他任为玉田县的知县。就因为剃发迎降，王家春一夕之间，由从九品，擢为正七品，连升五级！

在玉田的当晚，又接到快报，滦州知州不知下落，主管一州文教的"学正"叫作孙维宁，率众剃发投降。多尔衮当即开发"谕单"，把孙维宁任为滦州知州。一州的"学正"从七品，而"知州"正六品，孙维宁连升三级！

二十九日到三河县，三河县令卜大式剃发，率众迎降。多尔衮令卜大式为三河知县，开仓赈民。

三十日到通州，明朝的通州知州在大顺军刘芳亮驻兵通州期间已经被杀。出来迎降的是原明朝通州的一个材官叫吴有才，此人不仅剃发归降，而且还密报给多尔衮一个重要消息：就在昨天半夜，李自成焚毁皇宫，裹卷财物，向南窜逃了。

多尔衮闻报大惊。匆匆把不入品流的吴有才任命为从五品的通州知州之后，立即派人向西传令，令阿济格协同关宁军，绕开燕京城，南下追杀李自成，夺回金银财物！

在通州顿兵一夜，昨天是五月的第一天，多尔衮把范文程和洪承畴叫来，先通报了李自成逃跑的消息，然后分析变局，商讨对策。

"九王英明！"洪承畴既得意又矜持地说，"承畴上月十三日在辽河就曾料到，李自成天生贼性，一闻我大军而至，必然搜刮内府，裹卷逃窜，如今果不其然！承畴以为，追回财物事小，如今京城空虚，城中百姓盼吴三桂如大旱之望云霓。此时吴三桂进京，京中士民必以为复明有望，而吴三桂颇以规复明朝的功臣自诩。倘若吴三桂进京以后，恃民心以向我反目，奉太子以传令九城，则以京城垣壁之固，火器之利，我军要想拿下燕京就须大费手脚了。是故九王昨日谕令英王胁迫吴三桂南下追贼，实乃洞悉先机之着！"

这番话明着是讨好多尔衮，实则自我炫功，但毕竟也提出了一个要害的问题：吴三桂进京寻太子即位，这是威远台盟约的重要内容，果真吴三桂这样去做，合理合法，并不违盟。但问题是，京中人心思明，不容外夷，一旦吴三桂利用民心，撕毁盟约而闭城拒清，那一来麻烦就大了。当初李自成兵不血刃地拿下京城，按照吴三桂第一次约兵书信的说法，那是因为"京城人心不固，奸党开门纳款"，是内外勾结的结果，说起来都是汉人与汉人之间的事。如今来的是清军，是"建虏"，以汉人固有的华夷成见，则万众一心，抗拒外虏，哪里会有人为了清军而"开门纳款"？

洪承畴的话，正好说出了多尔衮心中的隐忧。几天来一路西进，所过州县，望风迎降，他知道，这样的局面，并不是汉人百姓真的对清军入关杀贼感恩戴德。人有贪生怕死的本性，十万清军，遍布京东，在武力的威胁下，散落在京东各地的官员百姓，群龙无首，畏死求生，剃发归降是不得已的事。然而燕京则不同，一个多月来，吴三桂向京中连发檄文，号召官员士民为崇祯皇帝报仇，为此吴三桂在京中士民的心目中已经成了灭贼复明的英雄。这样的人一旦进京，众望所归，万民景从，有没有太子倒无关紧要，只要他自己一声令下，京城军民，闭门自守，十几万清军要想拿下这座坚城，真正难乎其难！所以昨天接到李自成弃京逃走的消息，多尔衮幡然变计，决心纵使违背威远台盟约，也不能让吴三桂在此时进京。洪承畴的话，正好把他心中的这个隐秘点破，因此为了计出万全，他决定采取进一步的举动。

"我去看看，"他说，"如果吴三桂执意进京，我就在城外灭了他！"

"不必！"范文程立刻谏阻，"王爷不可轻动。王爷一去，兵戎相见，等于和吴三桂公然翻脸，如今燕京未下，中原未定，这种时候不能与吴三桂公然闹翻，毕竟威远台盟约对大清朝有利的成分居多。吴三桂进京，无非是要寻找明朝太子，王爷如果担心吴三桂不听英王的话，不妨亲拟一道王谕，派得力干员速速前往宣喻，临之以威，晓之以理，给他留个念头，让他感到追杀闯贼之后再回来寻找太子也不迟。"

"宪斗兄说的是。"洪承畴从另个一角度分析，"吴三桂是血性之人。以承畴对此人的了解，忠勇有余，谋略不足，临大事每以英豪自许。说他进京后会受人蛊惑而违约反清是一回事，以此人头脑之简单，他也会这样做。然而说他此刻就已经有了违盟反清的想法，承畴敢说，必无此事！他进京寻太子，是要履践威远台盟约，此举不可指责。为防他执意入京而与英王发生冲突，九王宜纳宪斗兄之言，另派干员前往说服。此时万万不可动武，更不可就此灭了吴三桂。灭了吴三桂，足寒天下汉人之心，为我朝定鼎中原伏下障碍，流弊有不可胜言者！"

"好，就依二位先生！"多尔衮果断做出决定，当即写了一道满汉合文的王谕，指定能言善辩的尚善，快马加鞭，前往宣喻。

尚善一走，多尔衮显得忧心忡忡，静思片刻，缓缓开口："明朝太子还在，而吴三桂坚决不降我朝，这是我放不下的一头心事。二位替我筹划一下看，怎么样能绝了吴三桂与太子见面的念头？"

"九王，"洪承畴说，"双方盟约在先，似乎不好单方毁约。"

"此一时也，彼一时也！当初吴三桂以寻太子复明为条件，我如果不答应他，岂能轻取山海关？如今不一样了，山海关已经被我牢牢控制，燕京也将继而入我掌中，这种时候，我必须防范汉人华夏一统的陈念。果真吴三桂和太子弄到一块儿，那就不仅是燕京士民起而拥戴的事了，只怕中原百姓，群起效仿，各地绅民纷纷聚而攻我，到那时，功败垂成，大清朝还要退归关外，这让我怎么能甘心？"

听这口气，多尔衮大有毁盟之意。洪承畴惊得翘舌不语，默默盘算着怎样避开这一是非，明哲保身。

范文程却没有洪承畴那样的顾忌，因而直言不讳："王爷无须多虑。文程以为，吴三桂迟早必降我朝。"

"是吗？"多尔衮闻言欣喜，"在范先生看来，吴三桂何时能降我朝？"

"快了，大致在此次南下追杀闯贼之后吧。"

"此又何说？"

"吴三桂口口声声寻太子以恢复大明。只要见不到太子，恢复大明也就失去了借口，而无以复明，吴三桂便无颜天下汉人。所以，我军一入燕京，首先要查访明太子的下落，查到之后，秘密除掉，使吴三桂永远不能见到太子。这样一来，吴三桂复明计划落空，纵有满腹委屈，也难向人说得清楚。王爷请想，到那时候，吴三桂除了归降，还有什么路子可走？"

这明明是陷人于不义！洪承畴心中哀叹：吴三桂约清兵入关，最大的赌注就下在太子身上。没有了太子，吴三桂百口莫辩，只能落世人的骂名了！

多尔衮却另有别解："好！找到明太子我自然要暗中除掉他。就算明太子没有下落，我也要羁縻住吴三桂，不使他与外人接触。那个盟约的细节，只有我和他知道，我把他的嘴封住，天下再也无人知道此事——就这么办了！"

果真如此，吴三桂可就太委屈了！洪承畴觉得此时应该为他这个旧日部属做个缓颊："九王，吴三桂毕竟献关有功。倘若此人能够归降我朝，不妨优而待之。"

"那当然！上月十六日在西拉塔拉，我致书给吴三桂就说，如果他能率众来归，必封以故土，晋为藩王。这个话，今后照样算数！洪先生，他是你的旧部，找个时机开导开导他，他是个将才，就说我很看重他。只要他肯为大清朝所用，我绝不亏待他！"

"是、是。承畴一定全力！"

说定了这件事，多尔衮心头一快，接着要议进京大事："二位看，进京之后，我该怎么做？"

"首先要严申军纪！"范文程说，"除了王爷的禁军侍卫随王爷入住大内，豫亲王的一万兵马，全部到城上屯驻，无论白昼黑夜，都不得下城，市面上不许有一兵一骑游动，如有违令者，严惩不贷！同时布告全城，民安其居，商仍其业，九门不设岗，一任商贾照常出入贸易。如此才可保市肆如常，阛阓不惊，洗刷我往年恶名，树立我仁义之师出民水火的形象。"

"好，这一条我即刻传谕全军，严令实行！还有呢？"

"还有自然是安抚京中的士大夫，启用前明官员。"洪承畴说，"明朝自万历末季以来，党争纷起，互攻不已，以致政事败坏，无人敢于任事。王爷进京后，宜于首先宣谕各部院中枢衙门，无论在前朝何党何派，只要诚心归附我朝，均一体录用授官，平庸者原职，优异者升迁。有为我朝建言建策，其情可采者，尤当不次超擢，破格重用。"

"不错！"多尔衮立加赞赏，"人才关乎国运。当年曹孟德用人，唯才不唯德，是以魏王帐下，将星如雨，谋士如云，故能成就一番鼎立霸业。李自成对前明官员猜忌太甚，吝于封赏，酷刑虐待，致使朝中良俊，与其离心离德，我不能重蹈这个覆辙。前明的党争，无非君子小人之争，无非忠臣奸佞之辨，这些都与我朝无干！只要才具好，听我的话，愿意受我役使，我不管他什么奸佞还是小人，一律量才录用！"

"九王有此雅量，国家之福！只是对前明的降贼官员……"

"降贼官员怕什么？我朝与闯贼并无过节，降贼不降贼与我无关。只要不与我朝作对，无论降贼与否，都要把他们收为我用！"

这番气派，真正人君之度！范文程和洪承畴由衷佩服，招降纳叛，贤愚不遗，就连大节有亏的降贼之人也不摒弃。所以二人同时起立，对着多尔衮施了一礼："诚如是，中原可定，大清之幸！"

多尔衮摆摆手，示意二人坐下："拜烦二位，就把刚才议的这两个意思构思成文，明天一进京，我令士兵广为张贴，务使全城官民，人人皆知。"

昨天在温榆河西边的沙子营，吴三桂和阿济格那一番大动肝火的争吵，惊动了不少当地老百姓远远观望。沙子营离朝阳门很近，所以很快地，这番争吵就从朝阳门传到了城里。但远听不真，加以辗转失误，所以传到城里，大失其实。人们听到的是，吴三桂带着太子，就要进京了。

这个好消息不胫而走，天还未黑，已经传遍九城。最热心的是前门大街的各家店铺，几个店铺掌柜一商量，决定分户摊派，每个店铺不论生意大小，均出二两银子，不到半个时辰，总共凑够了五十两。到京中有名的木厂胡同，买了三十四口上好的柞木棺材，觅人连夜动手，把暴尸街头的吴襄一家三十四具尸体，盛装厚殓，排列起来，当街搭了个硕大的灵棚，烛火通明，拜表焚香，又请来白塔寺的僧人，咪里嘛吽，诵经祈祷，为的是超度亡灵。

其实在三十日早晨，京中的富豪大户和小康人家就已经鼓噪出动了。头一天的半夜，宫中火起，大火惊得他们彻夜未眠。早晨起来一打听，始知闯贼人马趁夜逃遁了。为了维护皇宫，自然的其中也有人是为了趁火打劫，所以互相喧传，纷纷持械涌到宫门。原打算灭火抢救未烧之物或顺手牵羊拐带点什么，没想到正好赶上大顺军留下焚宫的一千士兵出宫，一个个土头灰脸，慌乱中不辨路径，没头苍蝇似的，正在钻头觅缝地寻找出城之路。这一来狭路相逢，一人喊打，众人踊跃，把这一千贼兵兜堵在东华门外的南池子大街，乱棍齐下，拳脚交加，片刻之间，一千贼兵一个也没漏掉，全部横死街头。

曹化淳和王德化也没闲着。上月二十九日那天李自成登基大典，这俩人虽然没派什么差事，但跑前跑后，专供使役，乐此不疲地忙得闪腰岔气，到最后皇极殿前摆宴，连点残羹剩饭也没捞上吃。午后听说大顺军要连夜出京，曹化淳心知大事不妙，暗中拉上王德化，也不敢各自回家，怕被大顺军士兵找到，一块儿往南逃，所以跑到后宰门大街一家旅舍里躲了起来。昨天傍晚，多给了旅舍账房上几个铜钱，央店伙计到外边买了一瓶烧刀子，裹了一包五香羊头肉，二人你一杯、我一杯，喝得飘飘然有点儿腾云驾雾的感觉时，听见屋外有人吴三桂长、吴三桂短的正在大声议论着什么。二人停杯，隔窗谛听，才知道是吴三桂护导太子，明天一早就要进城了。

这一惊非同小可！二人酒意全消，曹化淳首开彰仪门迎贼，王德化趋附奉迎李自成，当时沾沾自喜，逢人炫耀，全城无人不知这二人是大顺皇爷身边的红人。古语说，三十年河东，三十年河西，万没想到，仅仅四十二天就河东变河西了。吴三桂一进京，必然追究降贼败类，这二人首当其冲，脖子上的脑袋，眼看着保不住了！

王德化急得都快哭了："老曹，你的点子多，总得想个办法才好。"

"别着急，别着急。"曹化淳咽了一口酒，"活人不能被尿憋死，办法总会有的。"

眼珠子乱转，嘴皮子不动，过了好大一会儿，曹化淳又干了一杯酒，站起身，招招手："走，跟我去找老骆去！"

"老骆"叫骆养性，是锦衣卫的指挥使。曹化淳提督东厂事务，经常和锦衣卫打交道，二人之间，公谊私交都还不错。骆养性为人正邪兼具，崇祯十六年五月，内阁首辅周延儒奉旨去通州截杀入寇的清军，而临阵悒怯，不出一战。等到一个月后清兵安然撤出塞外，周延儒连上两章，谎报大捷，骗得皇帝亲临文华殿设宴奖掖。这个骗局就是骆养性首先揭发出来的。三月二十四日骆养性被刘宗敏羁押田府，曹化淳慷慨解囊，先拿出一百两银子私下塞给王体中，又自掏腰包，替骆养性交了三万两，把人赎了出来。是这样的交情，所以此时曹化淳首先想到的就是骆养性。

骆养性家在地安门大街。趁着夜色昏暗，二人沿大街，过小巷，费了两刻钟时间来到骆府。一见面，来不及寒暄，曹化淳把听来的消息说了一遍。

"不错，我也刚听说。"骆养性说，"督主，你说吧，我该怎么做？"

"赶快预备卤薄御辇，明儿早上出城去迎太子！"

这是迎驾之功，可保一生富贵。骆养性心花怒放，很感谢曹化淳给他提了个醒。但略微一想，又感到为难了："卤薄御辇都存在大内的戊字库，昨夜闯贼焚毁皇宫，现在大火还没灭，你让我哪儿去找卤薄舆驾呀？"

"你那锦衣卫库房里不是还有一套备用的吗？"

啊！骆养性一拍脑袋："瞧我这记性！走、走，现在就去。"

今天一早，骆养性四处张罗，把几十个受了刘宗敏和李过拷打而未死的前明官员召集到一起，兴高采烈地高张卤薄，抬着御辇。没有宫中的司乐，临时雇了一个专办民间红白喜事的鼓吹班子，吹吹打打，沿路吸引了不少看热闹的老百姓跟在后头，合起来有二三百人的样子，喜气洋洋地来到朝阳门外。

从辰时等到巳时，远远地看见东边尘头翻滚，一队骏骑，悠然而来。到了相距二百步的样子，骆养性指挥，百姓在后，官员在前，曹化淳和王德化混在官员堆里，齐齐跪伏在地，屏声静气，头也不敢抬，恭候太子到来。

马蹄声近，继而声止。骆养性以为这是吴三桂拥奉太子走到了面前，于是攒足了丹田之气，高声喝报："大明锦衣卫指挥使骆养性率全体官民恭迎皇太子殿下！"说完以头触地，与后面的官民一起，重重地磕了三个响头。

"抬起头来！"说话的是范文程，"难得你们来迎殿下。好好看看，这是我大清国摄政王殿下！"

等到抬头一看，骆养性吓得魂飞魄散！眼前胡骑胡服，全是胡兵，哪里有什么大明皇太子？连一个穿汉服的人都没有，哪里有什么吴三桂？

正在发愣，多尔衮说话了："怎么？闯贼逼死你们的君父，我来诛杀闯贼替你们报仇，你们不该欢迎我进城吗？"

"欢……欢迎！"骆养性脑袋发蒙，本想好好出个风头，没想到做梦一样，事情彻底搞砸了！他朝身后做了个手势，然后又连连磕头，"大清国皇帝万岁！"

多尔衮在马上端坐不动。

跪在骆养性后头的官民齐呼："大清国皇帝万岁！"

直到呼声停止，多尔衮才冷冷一笑："我们大清国皇帝去年八月就在沈阳即位了！刚才范学士的话你们都没听见？我是大清国摄政王！"

直到这时，众人才反应过来，传说吴三桂引清兵入关，此言不虚！

多尔衮一脸严肃："我带的是仁义之师，来拯救你们出水火。从今天开始，大军进城，不杀不掠，百姓各安其业。只要你们不抵抗，就是我的顺民。我一定保护你们，让你们过上太平日子！——骆养性，你把我的话转告给城中百姓，说我多尔衮言而有信，决不食言！"

"是、是！"骆养性有点儿受宠若惊，"请摄政王乘辇进城！"

"我效法周公，辅佐幼主，不应该乘辇。"

"周公也曾在天子的屏风前处理国家大政，所以摄政王应该乘辇！"

这一说，多尔衮喜笑颜开："好、好。我来定天下，不可不从众意！"

于是多尔衮下马登辇，十六个侍卫轮替执杠，骆养性和曹化淳、王德化亲自动手，与众前明官员一道，高举卤薄仪仗，在万目所视之下，威风八面地进朝阳门，穿东长安大街，由此进入大明门，过棋盘街，越千步廊，笙吹锣打声中，来到承天门。

到此停辇，多尔衮对着承天门行三跪九叩的大礼，嘴里喃喃有词地说了一阵子满语，大约是在感谢太祖、太宗保佑，今天终于拿下了燕京之类。

礼毕起身，回头一看，棋盘街上黑压压的，何止五六万人？这里面有平民装束的，也有明朝官员装束的，不知道是因为好奇还是有所期盼，全都静悄悄的，整齐有序，在看着多尔衮的一举一动。

范文程和洪承畴趋近前来，与多尔衮密语了一会儿，多尔衮点点头，大约是采纳了二人的意见。然后范文程对着站在前列的骆养性发问："摄政王问，你们这里有没有内官？"

"有、有。"骆养性报恩的机会来了，左手一个，右手一个，把两个人往前一推，"这二位就是。"

二位跨前一步，双双跪地：

"内侍原御马监太监曹化淳听候摄政王吩咐！"

"前朝司礼监印掌太监王德化愿为摄政王效命！"

"起来。"范文程说，"你们俩带路进宫，给摄政王找个地方治公！"

"是！愿效犬马之劳！"

骆养性亲自把多尔衮重新扶上御辇，曹化淳和王德化在前引导，一路飘风，入承天门，越端门，过午门，往西一转，直入武英殿。

大内已经残破得不成样子了。沿午门往北一线的外三殿和内三宫全都成了瓦砾堆，东边的文华殿也已面目全非。只有李自成临走之前还在这里歇息的武英殿完整无缺，不过，殿内的一应珍宝摆设荡然无存。这是因为自前天午后开始，看到宫内的火势渐弱，而宫门无人看守，城里的平民百姓和无业游氓，自然其中也夹杂了不少衣冠中人，趁机涌入皇宫，肆意裹挟，见物就抢，不光武英殿，大内所有能拿得动的，两天之内，都被一卷而空。多尔衮所谓接管皇宫，实际上只是一个武英殿的空架子而已！

十几把紫檀座椅也不翼而飞，好在厚重硕大的金丝楠木案子还在。曹化淳和王德化亲自动手，把案子擦拭得干干净净，依然光可鉴人。曹化淳不知从哪儿找来个软木条凳，挟到案子后面放稳，满脸歉然地说："委屈摄政王，先将就着坐。奴婢……"

话没说完，多尔衮厉声呵斥："什么奴婢！按照我朝的规矩，下人要自称奴才！"

"是、是。奴才就这几天，一定想办法把殿里的用具备齐。"

"你俩出去，到殿外站着，没有召唤，不许进来！"

"是、是，奴才听命！"

这时候，按照刚才的密语，范文程和洪承畴带领两千多原明朝的大小官员，排着整齐的队列，进入武英门，前头到了武英殿，拉开距离，依序往后排，后尾一直排到武英门外。一人倡导，全体下跪，口中犹如受过专门的训练："参见摄政王殿下！恭祝大清，国祚绵长！"

多尔衮立在殿门口欢然受贺。群官参毕，代天宣谕："大清国皇帝仁德万里，命我统兵进关，安抚中原。你们知天识命，帖然来归，今天凡是在这里的，均加秩一等！"

话音一落，欢声四起："谢谢摄政王恩典！"

"今日午后，你们要向全城官吏传我的话：今天没来的，明日一早必须到这里来见我。不管在明朝任何官职，也不管在贼乱期间降贼与否，只要归顺我朝，既往不咎，一体量才录用！"

"量才录用"和"加秩一等"是大不一样的，量才录用是要重新考量才干，分派职务，而加秩一等则不分贤愚，在原职的基础上，再晋升一级。所有在场的人都暗自庆幸，为了看热闹，来得早也来得巧，白白捡了个大便宜！不过这种时候，也要替今天犹豫没来的表示感谢："谢谢摄政王恩典！"

851

"从明天开始，你们都各归原职衙门办事，各负其责，不许怠政。各衙门的堂官有事拿不准的，可直接来找我，听候谕令办理。凡是勤谨为公的，我决不吝惜赏赐。大清朝不许行贿受贿，你们要改变前明陋习，凡是不秉公办事，行贿走私的，一经发现，严惩不贷！"

"谨遵王谕！"

"好了，记住我的话，我不会亏待你们。去吧！"

纷纷叩头之后，由洪承畴带领，百官依序，躬身而退。多尔衮把范文程留下，继续商讨事务。

"安民告示贴出去了吗？"

"回王爷，文程已经请豫亲王拨出五百士兵，正在全城四处张贴。"

"城中百姓有何反应？"

"各条大街都有大户人家焚香摆案，张挂'大清顺治皇帝万岁'的标幅。也有平民百姓发髻上插着'顺民'的标签。"

"汉人留发髻，不行！都要遵从我朝制度，剃发！"

"王爷，汉人不惯剃发。留发结髻是他们几千年的习俗，不妨任从其便。"

"不剃发，怎么知道他们心向我朝？"

"逼之太甚，恐怕民心不服，远近闻风畏逃，这不是一统之策。"

"说什么一统不一统？此次入据燕京，已算侥幸，今后的大清国土，能得一寸是一寸，能得一尺是一尺！"

态度如此强硬，范文程不便再争，只好沉默不语。

一个侍兵进殿，躬身禀报："刚才巡视大内，捉住十几个趁乱盗窃宫中财物的百姓，现押在殿外，听候处置。"

多尔衮不假思索："拉到大明门外，戴枷示众一日。要让全城士民都来观看，然后就地处决！"

这边刚领命而走，那边又进来一个侍兵："启禀摄政王，有昌黎县过来的快骑，要飞报急务。"

"叫他进来！"

一个清兵进来叩头。

"你是从昌黎来的？"

"是！"

"什么事？快说！"

"昌黎县有关外移居的边民，为首的叫高大强，带了几百人，拒不剃发，正在大闹县衙。县令徐可大申报求援。"

"派往昌黎的军兵呢？为首的是谁？他怎么不去弹压？"

"回王爷，昌黎军兵的领军是辅国公镶白旗佐领莫若旺，他带着全部人马往开平卫去了。"

"他去开平干什么？"

"开平也有百姓拒绝剃发，莫若旺带兵前去弹压。"

"来啊！"

一个侍兵闻命而至。

多尔衮指指那个昌黎来的快骑，对侍兵说："你带上他，立刻去朝阳门城上去找豫亲王，传我的令，叫豫亲王拨出五百人马，速速赶往昌黎县，凡是不剃发的乱民，格杀勿论！"

"是！"

又一个快骑进来："叩见摄政王，卑职是三河县来的。"

"三河怎么了？"

"三河县令卜大式被乱民打死了。"

"啊？为了什么？"

"因为乱民抗拒剃发令。"

"嘿嘿！来啊！"

又一个侍兵闻命而至。多尔衮毫不动色，依然令这个侍兵带着三河来的快骑去找豫亲王多铎，要多铎再派五百人马去三河县捕杀乱民。

片刻之间，连着报来了三处百姓拒绝剃发的消息，原来从山海关到燕京城，一路剃发迎降的，都是些地方官员和一些吏胥绅衿，民间百姓未必不愿意投降，但坚决反对剃发。更为严重的是，居然还有一个剃发归顺的县太爷被百姓乱拳打死！范文程忧心又起，再次陈言："王爷，汉人自古有训，身体发肤，受之父母，不可毁伤……"

刚说到这里，多尔衮劈面打断："别的都好商量，唯有剃发，免谈！这是先帝留下的遗命。先帝说，我朝若得中原，要令中原人民剃发易服，遵从我朝衣冠制度，不遵此令者，不是我满洲子孙！"

"异代不同功。如今时移世转，要想汉人宾服我朝……"

"好，纳你一半之言。燕京城里的官民，我给他三天时间。在这三天里，头两天让他们给崇祯皇帝吊唁、哭丧，第三天出殡、安葬。过了三天，全部剃发！不遵我的命令，有一个，杀一个，绝不姑息！"

48

大顺永昌元年五月初三日
大明崇祯十七年五月初三日

娥眉惊魂

上个月二十九日后半夜，李自成在朝阳门外等到了从通州撤回的刘芳亮，两万人马，向南疾行，拂晓时分赶到永定门外，遇到了在这里迎候他的刘宗敏。牛金星、李过、吴汝义和张鼐都在这里，仓皇出京，百务倥偬，许多大事在都等着他拿出决断。

首先是五万人马的行止问题。

出京之前，由于接到刘芳亮的快报，说吴三桂和阿济格已经向西追来，所以李自成和牛金星做出的判断是，吴三桂要进京寻找太子，阿济格意在占据北京城，动机各异，而目的一致，都是想尽快进入京城。由此引申，李自成和牛金星认为，只要大顺军率先让出北京城，明、清两军的目的便已达到，至少在短时间内不会再对大顺军构成生死威胁。在这个判断的基础上做出的决定是，首先要保证财物的安全，为此考虑到刘希尧五万军兵不足，又增派了唐通带三万人马协助运送银子。财物以外，制将军李岩和威武将军李友，二将合带六万人马，护送文官和降臣眷属，随在刘希尧和唐通运送财物的军马后头。这十四万军兵，按部就班，沿站而行，只要保住财物和人员不失，不必顾忌后路发生什么事故，能在十日之内经真定出固关就算完成任务。

比较麻烦的是剩下的五万。张鼐护卫刘宗敏的一万，按照李自成的意思，也要随刘希尧和李岩那批护财护眷的大军同行，不料刘宗敏执意不肯，非要等到李自成安全出京后，与后续而出的人马共同断后。所以到了永定门外，顿兵不进，命令张鼐将一万人马沿永定门和卢沟桥一路放岗排哨，往复巡逻。他的说法是，既然登基称帝了，大哥就是天子。如今天子有难，哪有臣子不顾天子而率先逃命的道理？所以等到牛金星带着李过和吴汝义的两万人马赶来，传达李自成要他往南先走的谕旨时，他坐在大驮车里把眼睛一瞪："皇上还没来，我怎么能先走？少啰唆，都得听我的！"这一说，众皆噤声，连牛金星也缩颈不语，心知自己这个丞相，永远也不可能越过刘宗敏这个权将军了，只好静待李自成带了刘芳亮的两万人马来了再说。

其次是随军京民的安抚问题。

此次随军出逃的京城民户四百多家，约有两千人，大都是些寒素贫民和无业游氓，也有少数不甘沦为外夷奴役的清贫士子。这些人在京中无产无业，大顺军居京期间，刑掠官绅，强抢民间，而这些人却无伤无损，反而对大顺军这种破坏社会公序的行为持赞赏和乐观其成的态度。尤其是刘宗敏和李过"追赃助饷"刑杀了一批贪官，他们感到大快人心，是为民除害的义举。所以除了那些少数不甘外夷奴役的读书人外，他们中的大多数人都认为李自成是大救星，大顺军是除暴安良的义军。此次出京，他们跟定了大顺军，相信一到关中，在大顺朝的皇恩普沛下，一定能过上富庶安稳的好日子。

但问题在于，这些赤贫如洗的百姓，只以为一到大顺军中，便能吃喝不愁，所以白天看了大顺兵政府的告示，回家匆匆裹卷，打成包袱，不过塞了几件夏季能穿的薄衫而已，少数几家还带了仅够两三天嚼裹的干粮，绝大多数人家则期望着一到军中，就能像军兵那样，大碗吃饭，大锅捞肉。他们全然不知，大顺军十几年的规矩，长途行军，自带口粮，哪有多余的食物留出来供他们吃喝？

再次是随军女眷的问题。

大顺军年初从西安出征，规定兵将不许随带眷属。战时还好，平常日子就不行了，晚上没有女人搂着睡觉，青壮官兵，五内焦躁。所以入京不久，本性萌动，尽管李自成事先三令五申，还是接连发生了不少军兵强奸民女的违纪事件。此次出京，刘宗敏带了陈圆圆、顾寿，以及三十个原明朝的大内宫女，李自成是知道的。崇祯十二年李自成被明朝阁臣杨嗣昌集重兵围困于巴西鱼复山中，粮草断绝，部众叛离，眼看着闯军就要土崩瓦解。刘宗敏为了稳定军心，亲手杀死了自己宠爱的一妻三妾，当众盟誓，要与李自成生死相从。这件事，五年来李自成一直念念不忘，若非当初刘宗敏杀妻警众，只怕大顺军早已胎死腹中，哪里还会有日后出四川、下荆襄、入河南、定三秦，进而顺顺当当拿下北京城的大好局面？所以李自成本人素来自奉甚谨，粗衣砺食，不近女色，并且要求部将也以正人自励，唯独对刘宗敏，以放纵而回馈情谊，进京之后，首先送三十个宫女供他享用。后来听说他眷恋陈圆圆，不仅不加劝阻，反而置礼道贺，这一切都基于对刘宗敏当年稳定军心而杀妻相从的酬庸。然而，今晨来到永定门外，展眼一望，除了刘宗敏的眷属，路旁环佩叮当，媚妍毕集，妇女居然有好几百个！哪儿来的这么多女人？一询问，有些是京城土妓，平时被士兵留在军中享乐的，而大部分则是李过的后营将士在二十九日那天，趁着满城搜刮驮马大车，顺手牵羊，从民间强抢掠夺而来的良家妇女！

此外还有一个问题是李自成没有想到的。

大顺军三月十九日进京的时候，除了手中的兵器，身无长物。而此次出京，刘芳亮从通州带过来的两万人马而外，张鼐所带护卫刘宗敏的一万中营士兵，李过的两万后营士兵，这三万人，肩扛手提，或者马项载裹，鼓鼓囊囊的全是金银珠宝。这不用说了，又是平时小抢，临逃前大抢而来的不义之财！

天色已经亮了，无论如何也要首先解决随来百姓的吃饭问题。吴汝义平时监管军中的伙食供给。李自成把他叫来，让他亲领几百老成可靠的士兵，多带银钱，分别去四乡的民户家征食。

趁着这个当口，李自成带着牛金星、李过和刘芳亮，一起来到刘宗敏的大车前，叫张鼐把刘宗敏扶下车来，五个人席地而坐，商讨下一步的打算。

按照牛金星的意见，应该把随军妓女和从民间抢来的妇女全部遣散，让她们回城，妓女重操旧业，良家妇女各归各家。而这个意见遭到了刘宗敏的强烈反对。

"凭什么？"刘宗敏怫然不悦，"弟兄们跟着咱掖着脑袋打天下，进城四十天，在城墙和城外风餐露宿，一天好日子没过上。现在咱败了，士气低落，人心思散，从这里到关中两千里，一路上要走两个月，这么长时间，军中没有女人怎么行？"

"汝侯何必动气？金星的意思是，带这么多女人，反而影响军心。再则女人又不会骑马驰骋，如果敌人追过来，我军行动迟缓，岂不是要被动挨打？"

"谁说敌人要追过来？扯淡！多尔衮要的是北京城，吴三桂要的是明太子。咱一撤出来，他两家的目的都达到了，怎么会顾得上追咱们？"

"兵法云，多算胜。此处密迩京城，我军在此，总是敌军的一大顾忌，不能不防他出城突袭。"

"就算敌人来追，好，为了咱行军快速，我把女人都遣散，让她们都回城回家。金银呢？珠宝呢？莫非弟兄们身上的金银珠宝就不影响行军速度吗？莫非我还要命令弟兄们把那些金银珠宝也送回城里去？"

就行军速度的快慢而言，女人和金银珠宝原是两回事，而刘宗敏混为一谈，却显得振振有词，一时间又很难驳倒，所以牛金星无词以对了。

然而李自成却听出了门道：二人所说，各有道理。这种时候若说把士兵抢来的财物扔掉，那是要大失人心的，说不定命令一下，哗然崩溃，士兵们各自裹卷金银珠宝而逃，再要把他们聚拢起来，根本就没有可能！由此连带，把抢来的妇女遣散，也会招致怨恨，长途跋涉，又不是上阵打仗，两个多月的行军，如果没有女人以慰寂寞，几万青壮男人还有什么趣味可寻？从这个层面看，刘宗敏虽然态度蛮横，但道理上并未说错。

而牛金星的顾虑也不是杞人之忧。在一出京城，大顺军就不会再受到敌人的威胁这一点上，李自成与刘宗敏的看法相同。但是，现在虽然已经让出了北京城，但永定门外毕竟与北京城一墙之隔。明清联军既入京城，绝不会看着眼皮子底下还有"贼寇"逍遥游弋，出城一击，消除隐患，这是任何人都会想到的一条思路。

所以李自成折中其意，很快做出了决定：早饭过后，由张鼐仍然统领中营的一万人马，陪护他和刘宗敏，带着百姓和妇女先行，剩下的四万人马，也仍然由刘芳亮和李过各统两万，殿后警戒。这样做的目的是，先远离京城是非之地，其他的细务，不妨且走且说。

永定门离卢沟桥不足四十里，然而负重携轻，走走停停，整整费了一天的时间才走完这段路。一过卢沟桥，百姓和妇女全都七零八散倒地而卧，不论怎样鼓动劝说，再也没人愿意继续赶路了。

这样的速度当然不行，四十里的距离，等于还是在京城的眼皮子底下。然而李自成亲自视察，只好跺跺脚，长叹一声，下令就地驻宿。因为两千百姓和几百小脚女人从未受过这样的颠沛之苦，不少人脚上已经磨出了水泡，正趴在地上嚅嚅饮泣，而军中又没有多余的驮车载她们同行，面对此景，李自成只有徒叹奈何！

好在时当盛夏，天气晴好，没有营帐也能酣然入睡。等到一觉醒来，士兵们已经精神饱满了，而百姓和妇女却愈发糟糕，腰酸的，背疼的，腿肿的，脚烂的，哼哼唧唧，哀声四起，那场面，就像刘备负民过新野，凄凄惨惨，好不令人心焦！

一看这个样子，根本无法再走。李自成只好令刘芳亮和李过的兵马封锁卢沟桥，密切注视北边的动静，让百姓和妇女再歇息一天。等到缓过气来，第二天一鼓作气，直奔固安。固安距京城一百多里，比较安全了。

万没想到，到了傍晚时分，卢沟桥那边一阵骚动。很快地，刘芳亮的快骑来报：吴三桂的关宁军和阿济格的清军，合兵三万，已经追了过来，距卢沟桥不足十里之地了！

仅仅关宁军还好，偏偏还有清军！山海关一战，大顺军闻清军之名而丧胆，所以，这个仗是绝不能再打的。

"快、快！"李自成严令张鼐，"你护着汝侯和丞相先走！别的什么也不要管，汝侯若有闪失，我先要了你的脑袋！"

张鼐知道这是生死决于呼吸之际了，二话不说，提枪上马，指挥着一万标营精兵，带上牛金星，也不管刘宗敏吹胡子瞪眼地想留下来不走，只管催令车夫，打马就跑。

刘宗敏一走，李自成稍稍心安，拔剑蹬马，在双喜二百亲兵的贴护下，急速往北，赶到卢沟桥头。刘芳亮和李过远远地看见李自成来了，以为是要过河迎战，所以双双催动坐骑，越桥而过。不料后头传来李自成的严厉喝止："回来！不许接战！"

二将回马，与李自成并立桥头。李自成到桥上的目的是想看看怎么样能把这座桥毁掉，以延缓敌人的追击，为自身的撤逃腾出时间，而观察一周，大失所望。这座横跨于永定河上的名桥，始建于五百年前的金朝明昌年间，取自房山岩矿的花岗石，石基石墩，石面石栏，通身上下没用一根木材，火烧不焚，力拆不能，如此坚固无比，怎么能把它毁掉？

举目北望，烟尘滚滚，已经隐隐约约能听见喊杀之声了，再有一刻钟的样子，追兵就要到达永定河边。李自成急出一头大汗，万般无奈，急中生智，他扯开了嗓门儿，竭力高喝："弟兄们，要想活命，都把身上的包裹扔掉！"

话音刚落，李过把手中的大刀一挥，狂声大喊："后营的弟兄们，快快遵旨！谁敢抗命，我先剁了他！"

直到此时，士兵们才明白过来，扔掉金银珠宝，一可轻装逃命，二可使敌人见财起意，驻足哄抢，为自己逃脱生命换来时机。这还犹豫什么？毕竟保命要紧！于是全军齐动，纷纷解开腰间的橐囊，狠狠摔到地上。

有了这个举动，李自成大声喝令："快跑！边跑边扔！"

后队变前队，泼开马蹄，一边飞跑，一边散财，撇下道旁的百姓和妇女，任他们听凭老天爷安排去！李自成在前，刘芳亮和李过断后，四万人马，一路狂奔，沿着京南的笔直官道，暮色苍茫之中，风驰电掣，夺命而去。

"好闷，好热，"陈圆圆对顾寿说，"憋了一天了，腿都麻了。姐姐，咱俩下去走走吧？"

"好啊。你先别动，我来喊人。"接着顾寿把王体中喊了过来。

王体中闻命而至，毕恭毕敬地隔着车帘问："二位姑娘想是寂寞了，要不要下来看看光景？"

"去把踏板拿来，扶我们姐儿俩下车！"

所谓"踏板"，其实是条木凳，可以踏着上车下车，作用等同梯子。王体中拿来踏板，小心翼翼地把两个美女扶下车来，谆谆叮咛："二位姑娘多体谅，我这颗脑袋，还要留着再吃几年饭呢。"

顾寿回头，嫣然一笑："亏王旗鼓平时那么机灵。这种地方，前不着村，后不着店，我们姐儿俩上哪儿跑呀？放心吧，不过下来遛遛腿，一会儿还要请王旗鼓扶我俩上车。"

时将入暮，暑气已退，车外的空气好新鲜！二美漫步在道旁的野草地里，举目展望，北边不远处，一大堆百姓横七竖八，乱糟糟的，好不狼狈！离百姓不远处是几百个妇女，个个脂粉不施，头发散乱，很憔悴的样子。再往后看，莺莺燕燕，三十个宫女大约也刚刚下车，正在追逐嬉闹。

刘宗敏的大车在最南边，离这儿拉开了半里地。北边三里地的样子就是卢沟桥，大顺军的骑兵黑压压地如临大敌，在桥边持械警戒。

"妹妹，"顾寿说，"我今天右眼直跳，别是要出什么事儿吧？"

陈圆圆吸了几新鲜空气，扭扭腰肢，甩甩胳膊，漫不经心地说："管他出什么事儿。反正攥在人家手心儿里，听天由命吧。"

正在絮絮闲语，突然间飞来一骑，挟风携电，箭一般自北而来，向南而去。紧接着看到一个青年贼将提枪上马，指挥军兵，簇拥着刘宗敏的大车滚滚而去。再接着是一队贼兵随着一个白毡帽、蓝箭衣的黑脸大汉自南边飞奔而来，又向北而去，直到卢沟桥头。

"不对了！"顾寿说，"怕是真的出了什么事儿！"

突如其来的变故惊得陈圆圆不知所措，紧紧抓住顾寿的衣襟不放，两眼怔怔地问："那我们怎么办？"

"王旗鼓呢？快瞅瞅，王旗鼓在哪儿？"

正在游目四顾，寻找王体中，但见刚才北去的白毡帽、蓝箭衣的黑脸大汉一马当先，疾驰而来，后边跟的全是贼兵，边跑边朝地下扔包裹。每个人脸上都是惊恐不安的表情，嘴里不是"快！快！"的自我催促也相互催促之声，就是"驾！驾！"的猛喝坐骑加速快跑之声。那种慌乱，触目惊心，就像狂涛尾随，稍迟一步就会被巨浪吞噬，瞬间丢掉性命似的。

就在这个时候，王体中骑了一匹骏马，不知道从什么地方闪了出来，到了二美近前，也不下马，只把马缰一勒，低声催促："二位姑娘赶快逃命！不管什么地方，先躲起来再说，快，快！"话还没说完，勒转马头，一溜烟儿地跟着先逃的贼兵往南狂奔而去。

还没琢磨透王体中话的意思，北边万马奔腾，呼啸而至，后续的大队大队贼兵从眼前飞速掠过，山洪泄水一般，向南涌去。

转眼间卢沟桥南，一片狼藉。金银珠宝，锦绫彩缎，甲仗器具，甚至还有刀枪弓箭，密密麻麻，充塞道路。

往南去的马蹄声渐行渐杳。百姓和妇女显然也被刚刚发生的一切惊呆了，蠢蠢欲动，却又不知所措。死一般的沉寂持续了不到一刻钟的样子，北边却又传来了惊天动地的马蹄声。

直到这时候，顾寿才明白过来，原来是京城那边来了追杀贼兵的"官军"！

刘宗敏逃了！贼兵贼将都逃了！这不就等于从此脱离魔掌了吗？

想到这里，惊喜莫名，自从四月初七日那次从田府潜逃，又被搜回，陈圆圆和顾寿心如死灰，从此俯仰由人而自叹命苦，今后只能做"贼婆子"了。再也没有料到，天眷佳丽，于万无可逃之时，刘宗敏自己却先逃了，而且贼兵都逃了，樊笼自消，囚鸟振翅，从现在开始就是自由之身了！

然而耳闻卢沟桥那边的马蹄声，想想却又不对。贼兵的名声不好，这年头，官军的名声也好不到哪里去！怪不得王体中临逃命前提醒说，不管什么地方先躲起来再说！刚出魔掌，不能再入虎口，万一落到官军手里，还不是照样要伺候那些粗鲁狂野的臭男人？

"快走，"顾寿拉着陈圆圆的手，"咱们得找个地方躲躲。"

然而找个地方躲躲？说得倒轻巧！天色已昏，极目搜寻，很远的地方倒是三三两两有几家灯火晦暗闪烁，而周围方圆四五里地之内，平畴旷野，物不遮目，哪里去找一个可以藏身的地方？

"陈姑娘——！顾姑娘——！"有人在喊，是娇喘细柔的女人声音。

回头一看，李青娥带着三十个宫女聚了过来。三十个宫女也大都慌乱不安，只有李青娥表面上还能维持着"头儿"的身份，不过也仅仅是没有显得那么慌乱而已。见到了陈圆圆和顾寿，如遇救星，泪眼婆娑地显然是要等着二位姑娘拿出什么好的主意。

这种时候，同病相怜。顾寿的意思，人多事杂，不利于躲藏和逃命，因此本来是要和陈圆圆单独找个地方，秘密藏身的。而李青娥带着宫女们一来，物伤其类的念头又使她不忍心抛开这些小姐妹们不管。而此时卢沟桥上，马蹄杂沓，"官军"已经快要冲过来了。

百般无计，顾寿只有孤注一掷，对李青娥大声吩咐："快带上姐妹们，走，到老百姓那里去！是死是活，都各自认命吧！"

也许当兵的不杀老百姓？也许混在老百姓中间能够逃过一劫？或者就算对老百姓也下毒手，而几千父老，急切之间岂能被诛杀殆尽，也许自己就是能侥幸漏脱的那一个？不管怎么说，绝望之中，顾寿总算替大家指出了一线生路，于是莺嘘燕喘，莲步如飞，都跟着李青娥，拼命往她们素来极不情愿与之为伍的下等人堆里狂奔。

顾寿一边跑，一边褪去手腕上的银镯子、耳垂上的金坠子和发髻上的玉簪子，同时提醒陈圆圆："妹妹，快把身上的首饰都扔掉！快、快，一件不留！"

远远地看见了贼兵就在永定河南边，吴三桂和阿济格各自催动坐骑，鼓舞呼啸，喝令部众人人用命，今晚务必一战歼敌。明清联军，合为一处，狂风卷地一般，迅速涌向卢沟桥。

一到桥上，锐气顿减。冲在最前面的，马下不知踩了什么，四蹄打滑，立身不稳，有的甚至连人带马，摔倒在路旁。然而更奇怪的是，紧接着，冲过桥面的人纷纷下马，弯下腰去，吵吵嚷嚷，是在抢拾着什么，也在争吵着什么。而这样一来，前队不进，殃及后队，三万人马，犹如巨浪撞壁，不仅前进不得，反而马头向南，欲进不能，不得已只好调转马头，缓缓地朝后回缩。

"怎么回事？"吴三桂驻马喝问，阿济格也急得哇哇乱叫，二人各派一名健卒，催马上前，查看原因。

不一会儿，派出去的清兵先回来了，对着阿济格作了回报。阿济格一脸怒气，指着吴三桂叽里咕噜一顿斥责。经过译员的转达，他说的是："你们明军在前边哄抢财物，放纵贼寇。你必须刚快上去制止！"

这时候吴三桂的快骑也回来了，把前面的情况一说，吴三桂比阿济格的怒气更盛："怎么光说明军？你们清军首先纵寇抢财，你是怎么带的兵？"

二人口舌互逞，各不相让，却又不约而同地打马上前，要看个究竟。

登桥一望，乱糟糟的，而天色已暗，具体什么样子，谁也看不太清。阿济格对着后头哇啦了几句，身后的清兵立刻取镰打火，把随带在马项驮囊里的松明火把点着，簇拥着阿济格下桥观看。吴三桂招招手，何进忠和杨坤带着侍兵跟了过来，随在阿济格后面，火烛照耀之下，无不心花怒放，遍地的金银珠宝，从卢沟桥一直往南排去，目力所及，耀眼生辉，谁也不好估算价值几何，但肯定是个不小的数目！

这一来阿济格和吴三桂也不发怒了。此次之来，剿灭闯贼与抢回财物，二者互为目的。灭贼是为了夺财，自然地，能把财物夺回，进而把闯贼灭掉，那是两全其美。而现在财物就在眼前，不妨先收入囊中再说。况且如果不赶紧把路上的财物清除出来，则障碍重重，大军也根本无法通过，则所谓剿灭闯贼也就成了一句空话。

通过译员，二人紧急交涉，很快达成了协议：暂时停止南追，双方的军兵各自下马过桥捡拾财物，等到把路面清洁干净，财物全部集中起来，估算价值，一分为二，双方各得一份。

于是火烛高举，明清士兵纷纷沿路寻宝。过了一会儿，感觉不对了！吴三桂听张若麒说过，李自成从宫里搜出内帑三千多万，刘宗敏和李过"追赃助饷"也搜刮了两千万，这笔巨款，全都熔铸成大块银砖，而眼前所得，不过是些散碎金银和零星珠宝，看样子是贼兵随身的携带之物，仓皇之际，临时抛弃在路上了而已，而大块银砖，非得有车马驮载才能运走。照此来看，现在是上了李自成的当了，设置路障，金蝉脱壳，为的是延缓追兵，趁机逃命！

把这个想法与阿济格一沟通，阿济格亦深以为然："吴帅，要赶快改变做法！大宗银子要紧，不能让李自成跑得远了！"

吴三桂想了想说："英王留下五百人，我也留下五百人，这一千人继续搜捡路面。剩下的全部整队上马，沿着大路两边的草地，向南追贼。"

"草地不利于战马奔驰，行军太慢。"

"慢是慢了点，总比大路上障碍重重，不能奔驰强得多。"

阿济格一想，除此之外，别无办法："好、好，就这么说了！"

双方的传令兵各自向后传令。士兵闻命而动，除了留下的一千人，纷纷上马，向这边集结。

正在整队的时候，火光照耀之下，有几十个清兵发现了大路东侧的草地上，影影绰绰有好几千人拥挤在一起。打马凑近一看，老的老，少的少，男女杂处，衣衫不整，看样子都是些汉人百姓。

清兵一见，个个心喜。历来入关剽掠，财货和人口是他们主要的猎取物。今天财货遍地，而眼前又有众多人口。把这些人口抢走，男的可自蓄为奴，女人则年轻貌美者留作享乐，年老丑陋者用为下人，其实也都是奴隶身份。没想到连日征逐，人财双获，于是呼啸而上，要把这批百姓捉到手。

这些百姓欲逃无路。刚才在顾寿的调教下，个个屏气凝声，大人哄着小孩，老人憋住咳嗽，原以为军兵过路，马蹄声急，只要忍耐一时，没有人会发现道旁半里多地还会有两千多百姓。没想到如煎如熬，焦急等待，远远地看见军兵不仅没走，反而停顿下来，弯腰抢拾财物。正在默祷苍天保佑之际，烛光闪烁，叽里哇啦，哪里是什么官军？分明是一群关外的虏兵涌了过来！

在这些老百姓的心目中，虏兵之恶，甚于官军。被官军捉住，不过受一时之辱，大致没有生命之忧。而落到虏兵手里，非死即残，就算能活下来，也要千里徙转，流落关外，终身受不尽的屈辱和作践，从此再无出头之日了。谁也不愿意落到这般地步，受了本能的驱使，一人鼓噪呼喊，千人跟随夺命。夜幕沉沉中，没有目标，乱糟糟地一哄而散。清兵驱马四处兜堵，也还是有不少年轻力壮腿脚快的，逸出了人们的视野。可怜的是那些老弱妇孺，没跑几步，气力不济，而自觉大难将至，索性就地一坐，捶胸拍地，号啕大哭。

陈圆圆本来一直死死地扯着顾寿的衣襟。清兵来时，心中大悔，没想到刚刚脱离流贼的魔爪，马上又要落入建虏的恶掌，正寻思着不如赶紧用个什么办法了断了自己，从此脱却苦海，再也不会遭受凌辱。思绪纷乱之际，人群涌动，四散而逃，还没等她反应过来，早已被人群裹挟着，忽左忽右，狼狈不堪地跑出去了几十步的样子，而气力衰竭，浑身瘫软，扑通一声摔倒在地。再看身边，全是一群布衣妇婆，都在声嘶力竭地狂哭乱号，再要寻找，哪里还有顾寿她们的影子？

举着火把的清兵围了上来，呜噜哇啦一阵乱喊，大约是要叫这些百姓站起来，跟着他们走。而这愈加激发了人们的恐惧感，谁也不想听凭虏兵摆布，为了抗拒摆布，别无可为，只有坐在地上赖着不走，撕心裂肺的嗷嗷哀鸣，声彻夜空，传遍四野。

这声音惊动了吴三桂，也惊动了正在大路西侧整队待命的宁远军全体将士。吴三桂与杨坤和何进忠交换了意见，取得默契，何进忠带着三百士兵，策马过路，上前查看。

阿济格闻声先到，看到手下的人截获了一批汉人，其中大都是妇女，夜色不辨，但大致能看出年轻貌美的不在少数，当即决定，把老弱和幼儿全部杀掉，只留下妇女，随带军中。清兵得令，纷纷跳下马来，冲入百姓丛中，要把老弱驱离，等待屠戮，还要从妇女手中抢夺婴幼。

就这纷纷攘攘的时候，何进忠赶来，见状动怒，吩咐一名士兵飞马回报主帅，自己则突越而上，大喝一声："住手！"随即身后的三百士兵跟上，把几十个清兵和百姓团团围住。

"你要干什么？"阿济格恶声斥问。

等到通译把话翻了出来，何进忠抗声而答："不许伤害百姓！"

"百姓？嘿嘿，分明是闯贼遗弃的眷属！"

"英王不要诬良为盗！怎么能看出他们是闯贼遗弃的眷属？"

"要是安分良民，大半夜的，能跑到这里来吗？"

这一说，何进忠有点儿犹豫了，但仍然高声辩解："说不定是被闯贼临时裹挟的善良百姓呢？"

"滚开！"阿济格勃然大怒，"'说不定'三字何能欺我？闯贼眷属，必须军法从事！"

何进忠还要再辩，吴三桂来了，一人一骑，未带一卒。问明了情况后，挥挥手，让何进忠把三百士兵召回，同时与阿济格低声交涉，要求阿济格也下令清兵不要乱动："我有个办法，真假立辨。要是闯贼的眷属，听凭英王处置。要是安分百姓，请英王把他们交给我，我出川资，把他们遣散回家。"

"说吧，什么办法？"

"闯贼的眷属，都是陕西和河南人。眼前这些人，如果是安分良民，必定是京城周边的百姓。英王的通译官，精通汉语，英王身边也有不少汉人的旗兵，他们都能分辨出京城土语。请英王多叫几个这样的属下过来，当众提讯，岂不就一清二楚了吗？"

道理说得很明白，阿济格欲辩无词，只好与通译嘀咕了几句。通译说："我们英王说，可以照着吴帅的话试试看，不过也不用再叫别人，我就能听出来是不是京腔儿。"

这就更简单了。吴三桂对阿济格的通译说："你点吧。你看他们哪个像闯贼的眷属就点哪个。"

通译很认真地朝人群里看了一遍，大约觉得年龄大的人口音比较固定，指着其中的一个说："你，出来！"

出来的是一个年近六十的老汉。

吴三桂在马背上微微俯身，对这个老汉说："我也不想知道你的名字，你只大声说对我说，哪儿的人？家住哪里？干什么的？为什么这种时候待在这里？说吧，话说得越详细越好。"

老汉久居天子脚下，是个破落户，没有正经营生，而经多见广，平时专靠替人劝解纠纷，说合买卖，从中获取点好处过活，是个典型的"京油子"。当此性命交关之时，自然听出了吴三桂话中的漏洞，而这个漏洞对自己非常有利。所以为了自保，也为了救出同伴，顿生侠义之念，决定利用这个漏洞，装傻充愣，而隐瞒主动从贼出京一节，不过还要装成诚惶诚恐的样子："是、是，回这位军爷。小人祖辈儿三代京城人。三辈儿以上再往上数，听小人的爷爷说，小人爷爷的爷爷和小人爷爷的老父，两辈儿二十几口儿都在胶东登州府莱阳县乡下务农。小人的爷爷起小儿被小人爷爷的老父寄托在莱阳县城一个远房亲戚家学徒，这个远房亲戚干的是饭庄生意。就为这个，小人的爷爷十几岁的时候学了一手厨子手艺。后来独立门户儿，娶了小人的奶奶，生了小人的老父，也积攒了点儿本钱，一家三口儿，从莱阳上了京城，在西直门内大街开了个小饭铺儿，听小人的爷爷说，那是世宗肃皇帝嘉靖四十四年的事儿，那会儿，还没有小人，小人的老父也才不到五岁。再后来……"

"好了、好了。怎么这么啰唆？"阿济格的通译听得眉头乱皱，"你就直接说，为什么不在城里好好待着？跑到这里干什么来了？"

"是、是。小人口拙，不会说话，惹这位军爷动气了，小人该死！要问小人为什么来到这里，唉，小人一肚子委屈，正要请各位军爷替小人做主。前儿晚上，也就是上个月二十九日晚上，一大群贼兵闯进小人家里，说大顺皇爷要往南边儿移动，要小人一家出正阳门儿跪送圣驾。等到把小人一家押到大街上一看，不光小人一家，还有眼前这些街坊儿邻居。小人随着这些街坊儿到了正阳门儿，不承想，贼兵又说要到永定门外跪送大顺皇爷。一直到昨天早上，大顺皇……不不不，贼兵叫他大顺皇爷，小人可不能这么叫。一直到昨天早上，闯贼李自成才带着好大一队贼兵贼将从东边绕到永定门儿。小人心里想着，这下可好了，只要贼兵一走，小人和这些街坊儿就能回家了。又不承想，等到闯贼李自成前头走了过去，一大队贼兵押着小人和这些街坊儿，说是不许回城，要跟着他们一直往南走。小人心里一琢磨，不对劲，闯贼这是要逃跑，后头肯定有哪路军爷在追他。不成！不能跟着他们跑，得想办法拖住他！所以小人就偷着跟大家伙儿商量主意，慢慢走，他要嫌咱走得慢，准会把咱扔下不管，咱不就得救了吗？他要不嫌咱走得慢，非要押着咱一块儿走，咱不就把他拖住了吗？只要拖住他，等到后头的军爷一追过来，咱不就照样得救了吗？小人就用这个办法，和大伙儿一块儿，昨天从永定门儿到卢沟桥和他们磨蹭了一整天儿。今儿又装着走不动，干脆赖着不走了。一直到傍黑儿，到底把军爷们给盼来了。军爷们一来，吓得李自成带着贼兵撒腿就跑……"

啰里啰唆，说到这里，一口京片子是没有问题了，这些汉人是被闯贼临时裹挟的京城百姓也没有问题了。然而阿济格的通译还有疑惑，所以不容老汉再说下去，疾声打断："慢着，你刚才说，你一家都被闯贼押到这里。说吧，你一家几口人？都是谁？你把他们指出来！"

这一说，老汉面带凄色："军爷，小人一家五口儿，现在就剩小人一人儿了。"

"那四个呢？"

"那四个，"老汉开始呜咽了，"一个是小人的儿子，一个是小人的儿媳妇儿，还有两个是小人的孙子。刚才这些军爷举着火把一过来，他们不知道军爷是来救他们的，跟着那些不懂事儿的人一块儿跑了。这会儿是死是活还不知道，这叫小人往后的日子里可怎么是好啊……"说着说着居然涕泗滂沱，泣不成声了。

吴三桂大为不忍，对通译说："都听到了吧。这些人不仅是安分良民，而且痛恨闯贼，帮着我们拖延贼兵逃跑。你对英王说，把他们都交给我来处置！"

不料通译把这个意思翻了过去，阿济格脑袋摇得拨浪鼓似的："都交给吴帅，不行！男人和孩子留下任便。女人，我要全部带走！"

吴三桂脸色不好看了："这些京城百姓，无论男女，都是我大明子民，理应交给本镇处置。一个也不准英王带走！"

阿济格也脸色阴沉，毫不相让："我国摄政王有令，吴帅与我共同追杀闯贼，别的事，吴帅无权干涉！"

"贵国摄政王有令，此次贵军入关，不伤百姓，不扰民间，有敢伤一人、敢动一粒者，杀无赦！英王如果不遵摄政王的谕令，纵容部下，伤及百姓，本镇立刻回兵，面见摄政王，请摄政王秉公裁断，军法从事！"

用摄政王谕令这个大帽子压下来，阿济格有点儿气馁了，与通译嘀咕几句，招招手，示意清兵都跟他走，然后勒转马头，悻悻然撂下一句话来："请吴帅赶紧处置。一刻钟后，和我一块儿去连夜追杀逃贼！"

清兵一走，如蒙大赦。经过这一番折冲，人人都知道，这个从建房手里把他们救了出来的英俊将领就是辽东名将吴三桂了。所以由那个老汉带领，两千多男女老幼跪地谢恩，"谢谢吴帅！""谢谢吴帅！"之声不绝于耳。

吴三桂与何进忠匆匆做了商议，决定何进忠留下，带着原定要留下沿路搜捡财物的五百士兵，顺带把这批百姓保护起来。等到第二天天亮，按户分派，每户一两银子，把他们护送到永定门，全部遣散，各归各家。

等到何进忠把这个决定当众宣布了之后，百姓欢腾，再次由那个老汉带领，跪地谢恩。

吴三桂顾不上领受这份谢意，一磕马腹，正要与何进忠拱手道别。很奇怪地，他分明看到，众皆伏地，唯有一个女子站立不动，而身着绫罗，裾袂飘拂，在粗布葛衣的人群里显得特别突兀。

此女不像平民！吴三桂勒缰驻马，吩咐士兵把那个女子带过来。

到了马前，松火通明。注目细细打量，吴三桂心头颤然一震，同时也感到十分困惑：世上真有画中人！此女之美，不可言状，莫不是九天仙女来到了凡间？

"你叫什么名字？"

"回吴帅，妾名陈沅。"

咦？不是京腔，但口音好熟！——"你不是京师人？"

"妾本江南常州府武进县人氏。"

这就无怪其然了！吴三桂自幼听吴大斌和吴襄都说过，吴姓的祖祠就在常州府武进县，还听说武进县有个"舜过山"，那儿就是吴氏初祖"延陵季子"为避王封而隐居生息的地方，天下吴姓，皆源于此。吴大斌和吴襄都是青少时代自老家山阴落户辽东的，能操一口吴侬软语，所以吴三桂对苏常土音并不陌生。

美色之外，又多了一层这样的关系，吴三桂心中绮念翩翩了。不过还有疑惑，必须弄清："你不是京师人，怎么到了这里？你在京城里有家吗？"

"没有。"陈圆圆泪光莹然。说不出为什么，她素来厌恶舞刀弄枪的武夫，而对眼前这个面容英俊，肤色白皙，并且谈吐还不算粗鲁的将军却特具好感，大约与他刚才面折房酋，救了一方生灵有关吧？为此她决定如实回答："妾自幼失怙，流落苏州娼门。崇祯十五年春被京中豪门抢掠至京，今春三月，闯贼入京，又被贼将刘宗敏幽闭田府。上月二十九日夜，闯贼南逃，妾受祸连，被贼兵带到了这里。"

"这么说，就算我放你回京，你也没有家室可投，是不是？"

"是。"陈圆圆说完双目飞飘，其状堪怜地看了吴三桂一眼。

惊鸿一瞥，摄人心魄。这一眼看得吴三桂神魂颠倒，美人心曲，以目相传，细细品味，其中大有深意。

"好，我知道了。底下的事，我来安排。不过还要你委屈一时，等我此去灭了闯贼，自然还会与你见面。你看如何？"

"妾无主意，一切听吴帅安排。"

彼此互诺，已成心照，吴三桂欣喜万分。然而阿济格限时在先，不便为女色而贻误戎机，他把何进忠招到面前，密密耳语。

何进忠听罢，满脸嬉笑，对着吴三桂挤了挤眼："放心、放心，一切都在进忠身上！吴帅尽管用心杀贼就是！"

何进忠粗门大嗓，这番话周围的人都听到了。而明者自明，吴三桂看到陈圆圆脸色绯红，十分害羞的样子，心知好事将谐。满脸飞彩地对何进忠拱拱手，勒转马头，疾驰而去。

李自成连夜狂奔一百二十里，今天拂晓，越过固安而到达霸州。按照预定的路线，要从霸州折而往东，经徐水，过保定，从保定之南的真定再往西走，出固关，进入山西境地。所以趁着天还没亮，李自成不敢多事停留，只让五万兵马草草一餐，枕戈挽缰，打了一个更次的盹儿。五更刚过，曙色初露，又命李双喜传令全军启行。

过了徐水往东南，一路马不停蹄，正午时分，赶到了保定府。保定离京城三百八十里，而后路探马回报，没有发现追兵的影子，应该是比较安全了，因而李自成下令，就在保定城南十几里一个贴近官道，而又水草丰茂的土坳子里，人解甲，马卸鞍，好好休整一阵，避开暑气，等到傍晚凉气上来，再往南逃。

胡乱填了填肚子，就在草丛中和衣而卧。迷迷恍恍中，一阵急促的马蹄声直撞耳膜，李自成打了个激灵，一跃起身。李双喜已经牵着马，疾步跑来："父皇，前路刘希尧派人来禀报要事。"

"什么要事？"

"儿子还没来得及问。"

"你去把人带过来！"

等到把人带来，李自成不待对方施礼，便急急发问："怎么回事？是不是运银的路上出事了？"

"是。有六辆大车，四辆车轴断裂，两辆车毂散架，搁在半路上走不动了。"

"在什么地方？离这儿多远？"

"回皇上，在西南的庆都附近，离此地七十里。"

"好，我知道了。你回去告诉刘希尧，多派人加强警戒，保护好这六车银砖。就说我随后就到！"

这一来就歇息不成了。李自成片刻思索：关宁军和清军绝不会停止对大顺军的追杀。在卢沟桥南弃财弃物，制造障碍，这只能延缓追兵于一时，等到财物抢尽，路障清除，大约需要一整夜的时间，就是说，追兵与大顺军相距不过一百四五十里地的样子。如果不发生意外，则追兵狂追，逃兵狂逃，双方行速基本相等，要想缩短这段距离是不大可能的，所以自己目前的处境还算比较安全。而上月二十九日午后从玄武门启行的最后一批运银车队，当时百般筹算，时间上扣得严丝合缝，与李自成的殿后出京，相差五个时辰，按路程估算，差不多能拉开二百里地的距离。这样的距离，足可保证最后这批银砖的安全运输。然而偏偏在这个时候，刘希尧那边出了问题。如果不能在半日之内把问题解决好，则追兵突破了一百五十里的安全距离，大顺军将陷入极其危险的境地——其实李自成根本就没想到，吴三桂和阿济格并未用一整夜时间去清除卢沟桥南的路障，而连夜狂追，实际上两下相距仅仅半日之程。

思索略定，李自成命李双喜带着五十骑，速往保定城察看虚实，同时把刘芳亮和李过招来，通报情况，说出了自己的打算。

保定城在三月十四日那天被刘芳亮攻破。为了配合李自成十五日至京门会师的约定，次日刘芳亮便率军北上，并未留下兵马屯守。由于破城那天杀了绅缙张罗彦和张罗俊、张罗辅兄弟三人，而这三兄弟是保定名绅，德高望重，在城内享誉甚隆，所以刘芳亮一走，举城哀悼，民众纷纷捐银捐财，厚葬罗氏兄弟，并在城里为三兄弟修建了个祭奠之所，名为"三义祠"。亦因此，保定士民对大顺军心怀怨怼。三月二十六日，大顺史政府任命了一个保定知府，到任的第二天，便被城中的百姓袭杀。这些情况李自成都是知道的，所以此刻要打保定的主意，他不想使用怀柔手段。

"我想让你带人进保定城走一趟。"李自成对李过说。

"弄车吗？"

"对了。"

"小事儿！交给臣了，六辆大车，半个时辰就能到手！"

"不是六辆。最好十辆，能再多些更好。"

"咦？不是就坏了六辆吗？要那么多干什么？"

"一是车多轻载，便于快速赶路。二是为防再有大车损坏，能够随时更换。"

"噢、噢。"李过明白了，掉头就走。

"不忙！等双喜回来再说。"

"为什么？"

"城里自然不会有明兵，但我担心缙绅与我结怨太深，闭城自保。"

"噢、噢。"李过又明白了。如果城民结伙对抗，那就要多带人马，大动干戈了。

870 好在双喜很快回来了，说保定城五门洞开，百姓进出如常，不过大概由于大顺军连日来运银大军来来往往，所以士民个个面现惊异，见了骑马的军兵，有点儿躲躲藏藏的样子罢了。

"好！"李自成吩咐李过，"你带一千人马快去。不要伤害百姓，不要强抢民间，只要弄到大车就行。大车到手，不必再回这里，直接赶往庆都！"

李过一走，李自成交代刘芳亮亲自带领五十快骑往后路打探，见到追兵，不许接战，只要望见敌人的影子，立刻回马驰报。

做完了这些安排，李自成传令大军，整治行装，备好马。一刻钟之后，万马齐动，朝着西南的庆都方向急急奔去。

庆都又称"望都"，历来山西商贾进京贸易，从固关而入京畿，走到这里，感觉上可以遥遥地望见都城了，所以有此称呼。此处原是京晋之间的货物集散地，久而成邑，设县治理，下辖于保定府。

李自成一到庆都，刘希尧就打马迎了上来，简短寒暄，并驰而进，不一会儿来到现场。六辆大车零零星星地排了有差不多半里地。轮毂散落在路旁，只有车身，四脚落地。不过车上的银砖完好无损，下马仔细查看，连封条都未破裂。

"汝侯呢？"李自成不问银砖，先问刘宗敏。

刘希尧躬身回答："回皇上，汝侯和丞相由张鼐护送，赶上了李岩和李友护送官眷的大队，今天早晨路过这里。这一刻早已过了定州，估计快到真定了。"

"好、好。"李自成放下一头心事，转而又问，"除了这六车银砖，别的呢？"

"其余的我让唐通监押，按站而行。刚才唐通派人来报，已经过了定州。"

"从真定到固关，一路上平静吗？"

"是，这一路很平静。臣放出去两万多人马，日夜护路，自上个月十四日第一批银子起运，至今没有土寇和歹人滋扰。固关那边也很平静，泽侯派出了重兵，从潼关沿路布哨，接应护送，头两批一千车的银子已经送到了长安，由高夫人接管。"

这边刘希尧做得很细密，那边又有泽侯田见秀主持其事，李自成颇感满意，接着要处理眼前："你这里还留下多少人手？"

"回皇上，这里留了一千人。"

"好。我带来的人马刚到，让他们稍微歇会儿。你赶快下令，叫这一千人卸车。"

"卸车？"

"不错。我派李过进保定城征收大车了，可能过一会儿就到。"

这一说刘希尧知道李自成的打算了，兴冲冲地指挥一千士兵分车卸银。五百两一锭的大银砖分量不轻，揭去封条，松开绳索，几个人一组，哼哧哼哧忙活到赤乌西坠，好容易把六车银砖从车上搬到路上。六辆大车，总共三百八十四锭银砖，而实际上是一百九十万二千两白银，整整齐齐地分堆码放在路中。

翘首东北，引颈张望，终于看见李过带着车马，一溜旋风似的奔了过来。

"辛苦、辛苦！"李自成亲自迎上，"后路怎么样？"

问后路怎么样，自然是问有没有追兵的消息。李过一边抹汗，一边回答："后路没事儿。见到刘芳亮的骑哨了，说没有发现追兵的影子。"

李自成大放宽心，但也时不我待。在他算来，卢沟桥计抛珠宝，延缓了敌人一整夜的路程，而自己这边庆都耽搁，已经费时半日，等于白白送给了敌人一半时间，则敌我相距缩短成半日之差了，精准的估计，追兵就在后边七十里！

"赶快装车！"李自成下了严令，"一个时辰之内必须启程！"

李过带来了二十辆大车。原以为车多分装，可以减轻单车的重量而利于快行，而刚才卸车的时候，却是各车银砖就地堆放，所以六堆银砖，拉开距离，延绵摆放了半里地。这样一来，分装时如果车辆太多，反而往返搬运费时。为此李自成决定，拨出来一千人给刘希尧，二十辆大车空出来八辆，其余的十二辆，每两辆分装原来一车的银砖，既省时，又便捷。按照这个谕令，刘希尧不敢怠慢，指挥两千人风风火火地干了起来。

夏日昼长，在薄暮的余晖下，两千军士，挥汗如雨，很快地，路上的银砖渐少，而十二辆大车上白银越积越多。照此速度，用不了一个时辰就能提前上路了。正自心喜，东北方向马蹄声急，远远地看到刘芳亮一马当先，疾如闪电地带着五十快骑飞驰而来。

坏了！李自成知道，若无敌情，刘芳亮不会在这个时候匆匆返回。

策马来到路中，李自成对刘希尧说："你催着这两千人继续装车，装完就走，别的什么也不要管！"说完举刀一呼，"弟兄们都跟我来，挡住敌兵！"

迎上刘芳亮，李自成直截了当地问："追兵离此多远？"

"最多十五里！皇上快走，我来引兵断后！"

李自成眯也不眯，拍马向前，口中忿忿放言："二百万银子不能白白资敌！迎上去，跟他拼一阵子！"

李双喜的五百亲兵紧紧护卫；李过策动坐骑，领着两万后营士兵蜂拥而上；刘芳亮也召集旧部，勒转马头，飞身迎敌。李自成亲统四万余骑向着东北方向疾驰，力图把追兵挡在离银子越远越好的地方。

飞奔八里，两军相遇。吴三桂和阿济格都没有料到，李自成溃败之际，居然还有此乾坤一震的返身拼命之举，正自错愕，大顺军排山倒海般冲了过来。

路面不宽，无法排阵，这对双方都有利有弊。然而大顺军拼死而来，首先气势上就占了上风，在十骑并驰的路面上，以力搏敌，逢人便砍，相遇不过片刻，几十个明清将士丧身马下。受此激励，大顺军鼓勇疾进，硬是把明清联军逼退了二里多地。

然而这样的局面并未撑持多久。阿济格对着清兵哇哇大叫："瓦布鲁！阿巴木，钮赫，艾巴德？发嘞！发嘞！"这是满语，意思是："该死的混蛋！咱们满洲人的狼性哪里去了？都给我拼！往死里拼！"——"狼性"在满语里并无贬义。满族三千年前的先祖称为"肃慎"，以狼为族中图腾。满洲最古老的八大姓之一"钮钴禄氏"，其意即为"狼"。

阿济格的这番训斥对清兵是个军前严令，不遵者必被处死！于是清兵瞬间恢复了野狼之性，人人鼓勇，奋力向前，那种绝地一搏的勇气，真个如狂涛卷地，挡者披靡！大顺军无论再做怎样的努力，也挡不住这一阵饿狼扑羊般的攻势，眨眼之间，优劣易势，几千个大顺士兵血染战袍，好几百个则负创落马，乱蹄踩踏之下，惨叫而亡。

战局一改，吴三桂和杨坤也指挥关宁军掉头掩杀，明清联军再次并而为一，两强合攻，气势如虹，一阵狂砍滥剁，把大顺军逼得连连后退，又有上千个士兵落马而死。

李自成还不服气，引兵且退且战，试图挽回败局，为后面的刘希尧再多争取些时间。而刘芳亮和李过已经看出，清兵凶悍难制，再这样硬撑下去，损兵折将犹其余事，只怕群狼扑虎，把李自成团团围住，谁能冲进去解救？那可就是大顺朝的末日到了！

为此二人挥兵力抵群敌，把李自成隔开一段距离。李过声如裂帛，回头高喊："双喜，快护着皇上撤退！你要是再敢恋战，看我不先砍了你的脑袋！"

明着是威逼李双喜，实际上是暗劝李自成。到此地步，在李双喜苦苦哀求，且命五百亲兵拼力阻挡不使回身的情况下，李自成只有哀然一声长叹，打马脱离战场。

回到刘希尧那里一看，银子还没装完，地下散散乱乱地至少还有一百多块银砖堆在那里，而已经搬到车上的银子，由于尚未捆绑，一旦急赶上路，亦必边走边落，等于还是全部留给了敌人。

为了保命，李自成一咬牙，痛下决心，二百万银子不要了！他命令刘希尧和李双喜，两千多人齐动手，把已经装了银砖的大车全部掀翻。接着叫刘希尧带着一千人上马先走，速速赶往前路，撤掉沿路岗哨，合兵去保护前面的运银车队，日夜不停，退出固关。

刘希尧一走，李自成再施山海关败退的故伎，命令李双喜把多余的八辆空车赶到距最北端银砖一里地的地方，卸去牲口，分成四组，两两分置在道路两侧，五百亲兵，抚车以待。

这边刚准备好，那边已经烟尘滚滚，第一拨败退下来的士兵过来了。李自成让亲兵高声呼喊："快、快！不要停下，快往前跑！"

如此一拨又一拨陆续通过，终于看到刘芳亮和李过并驰而来，与后面的追兵仅仅隔了二十几步的距离。李自成立马路中，马头已经勒向西南，回首召唤刘芳亮和李过："快，跟上我！"

待到三骑突飞而过，李双喜一挥手，五百亲兵掀翻空车，把路封死，然后跳上马背，绕着两侧，利箭出弦一般，狂奔而去。

暮色低沉，突遇路障，吴三桂和阿济格各自吩咐士兵下马，燃亮松火，清除路障。等到把八辆大车全部搬开，上马再往前赶，又遇路障！松明火把光照之下，目瞪口呆，而又欢声四起！五百两一块的大银砖，谁都没有见过。下马试手，一个人搬不起来，两个人抬而费力。再往前寻，距离不等，大致每隔三五十步一堆，往西南方向一直排列了半里多地。半里地之外是不是还有？天黑路远，查看不便，而既然此处如许之多，则贼兵逃命，所弃必巨，说不定接下来三万军兵都要用于搬运银子，这可真是发大财了！

闯贼虽然未灭，而夺财的目的已达。吴三桂和阿济格都笑得合不拢嘴。这一战，杀贼两千，获银无数，无论如何在多尔衮那里，足可夸耀炫功了。

叫来通译，沟通协商，很快地二人达成了一致意见：双方各出两千人，分作两班，每班满汉兵各半，轮替值守，互相监督，封锁这段道路，夜间高张焰火，保护好这批巨款，等到第二天天亮，再清点数目，分装大车。同时为了防止闯贼回兵夺银，或者民间草寇趁夜窃财，阿济格带清兵往西南定州方向屯驻警戒，吴三桂的关宁军则往后路三里之地顿兵盘护，两下相隔六里地，一处有警，互为策援，以确保这一夜万无一失。

命令一下，万众欢腾，各自按照分派，欢天喜地去各司其职了。

吴三桂按照约定留下两千人马，带着所余近一万八千，回退三里，命令士兵解甲屯驻，并派二十名快骑，向后路何进忠驰告庆都大捷。

当初为接管北京而匆匆出兵，所以军中未带营帐，好在盛夏天晴，正堪夜眠。他和杨坤带着几个护兵，巡视一周，将士们都在大路上和大路两旁的坡地上，三五结伙，吃干粮的吃干粮，喂战马的喂战马，嬉笑互谑，倦意全无，而他则连日追贼防虏，朦朦然有点儿困顿了。杨坤见状，十分不忍，命令几个护兵给找了个路旁坡地里较平缓的一片寸草地，亲自动手，帮着吴三桂卸去盔甲，然后命令这几个护兵两两环坐，倚背假寐，为主帅坐守值夜。安排好这一切，杨坤拱手辞别："镇帅安心将息一夜，剩下的杂务，杨坤这就去料理。"

一身轻松，了无牵挂，吴三桂倒地而卧。还没闭上眼睛，脑子里就出现了仙女的芳影。都说英雄爱美女，吴三桂戎马半生，见过的美女不算少，要么容貌艳，要么身姿妙，要么肤色靓，要么举止雅。而如今过眼滔滔，俱成俗物。陈沅，陈沅，好个天生尤物！怎么这个女子就能聚百美于一身，容貌、身姿、肤色、举止、艳、妙、靓、雅，无一不具呢？

正自痴痴作想，东北方向隐隐约约传来了马蹄声。吴三桂惊厥而起，立刻叫护兵前去查看，同时令士兵互相传告，整鞍备马，持戈待命。

稍过一会儿，护兵回来了，面带喜笑，躬身禀报："吴帅，向后路报捷的二十个快骑回来了。"

"这么快？不对吧？刚刚派出去，这会儿应该才到保定，怎么就回来了呢？"

"人已经到了，请吴帅自己问问看。"

说话间二十快骑驰至近前，吴三桂迎上几步，指着为首的黑面大汉问："魏明亮，你怎么当的差？我叫你去向何副帅告捷，怎么半路就回来了？"

魏明亮一边下马，一边作答："吴帅，魏明亮回来销差。"

"怎……怎么回事？"既说"销差"，自然是差事已经办成了，吴三桂有点儿丈二和尚摸不着头脑了。

"怎么回事，请吴帅亲自问问何副帅就知道了。"

"喔？何副帅在哪儿？"

魏明亮神秘地把手往后一指："吴帅请看，喏，那不是？"

定睛细瞧，东北方向尘头不起而火烛通明。光照之下，分明看见何进忠马步悠然地走了过来，身后几千士兵拥护着一辆五彩篷车，部伍无哗，而又透出一片喜气。

杀伐初定之际，突然出现了这样的场景，全军将士，无不大感兴趣，个个据高而立，都想看看何进忠要玩什么把戏。

相距三十几步的样子，何进忠做了个手势，部伍不进，彩车驻马。何进忠单骑来到吴三桂身前，一脸诡谲的笑容："请吴帅去接新人。"

吴三桂顿然憬悟，不过一时窘迫得不知所措："老何，你这是……嗨！战事未了，这是怎么说……"

杨坤凑了上来，何进忠与其低声耳语。杨坤一边听，一边嘻嘻有声。听完哈哈大笑，对着吴三桂说："娥眉宛转马前回，蜡炬迎来在战场，岂不也是一段人间佳话！镇帅，还愣着干什么？就听何副帅的，快去把新人接过来。别的事儿，交给杨坤来办！"说完扯着吴三桂，又从后边轻力一推。

何进忠徒步前导，吴三桂如在梦中，磁石吸引一般，跟着走到五彩篷车前。何进忠使个眼色，两个侍兵立刻从车上搬下踏板，打开车帘，然后侧身侍立。

何进忠手扯吴三桂，对着车上说："请陈姑娘出见吴帅。"

烛光摇曳，神女出临，矜持与柔情交并，惊诧与娇羞互见，云鬓不整，啼妆残红，莺啾燕啭地传过来一声："贱妾陈沅，见过英雄。"

吴三桂闻声丢魂，疾步迎了上去，小心翼翼地搀扶着陈圆圆下了车，然后规规矩矩地与陈圆圆相向而立，很感歉意地说："没想到这种时候相见，太委屈姑娘了。"

"陈沅之心，久无所属。颠沛流离之际，得遇吴帅，怕是今后要亵渎英雄了。"

语盟三生！这是以身相许的意思，吴三桂心花怒放，同时也感慨万千，国仇未报，家恨未雪，连日来受够了多尔衮种种挟制的窝囊之气，没想到英雄侘傺，而美人青睐，从此拥仙姝而慰愁怀，岂不是一段人生艳福？

万众欢呼声中，杨坤和何进忠早已指挥士兵，用在保定城里临时置办的物件，变戏法似的搭起了一座彩帐，帐内烛光冉冉，帐外篝火熊熊。何进忠还在保定购置了一车酒肉，士兵们围着篝火，踏步起舞，目送着吴三桂与陈圆圆携手进入彩帐，然后痛饮豪嚼，为主帅庆功贺喜。

49

大明崇祯十七年五月初四日

铁山访师

四月十七日离开山海关，王永吉戎装乘马，间道南下。一路上绕过滦州，越过天津，费了七天时间赶到德州。德州是京杭大运河南货北运的最后一站，过了这一站再往北走，货船就要进入京畿地面了；与此相反，北货南运，这里自然就成了货出京畿的第一站，由此往南，直驶江淮，达于富庶繁华甲天下的江浙地区。由于这个原因，这里积年而昌，南来北往的大小船只络绎不绝，成了京南水陆交汇的第一大码头，平常日子里，人流穿梭，热闹非凡。然而近一个多月来，闯贼袭京，漕运断绝，把个偌大的水旱码头弄得冷冷清清，好不寂寥。不过也正是由于这个原因，此时的德州，贼兵未侵，明吏不治，成了两不管的地方，从自身安全的角度来看，从此算得上脱离险地，不必再那么整天提心吊胆了。

所以一到德州，王永吉首先分金遣散了随他而来的二十名宁远军侍兵，然后找了一家僻静的旅舍，褪去戎装，大洗大抹，一餐一宿之后，第二天一早，换上一身民间时兴的错领阔袖缁葛衫，戴上一顶竹胎纱网的夏凉帽，一人一马，继续仓皇就道。

沿着运河，曲曲盘盘，好容易过了宿迁，来到泗阳，再往前走一天就要到达淮安，王永吉有点儿临歧彷徨了。按照他原来的打算，此去要直达故乡高邮，在高邮观望一下时局，诸如北边吴三桂约兵剿贼的消息，还有南边南京朝堂的动态等等，待到把这些都打探清楚，然后再决定进一步的行止。然而将临淮安府，他想起了一个人，这个人就在淮安城，叫路振飞，是大明朝的现任"漕运总督"。本朝制度，漕运总督例兼"巡抚淮扬地方事务"，"淮"是淮安，"扬"是扬州，而漕运总督的衙门设在淮安，所以路振飞平日在淮安治公。很巧合的是，路振飞与王永吉有同年之谊，二人同榜，都是天启五年乙丑科的三甲进士；更巧合的是，路振飞出任漕运总督，是在崇祯十六年秋天入京召对时，王永吉向皇帝当面举荐的。

有这样一个可靠的关系，王永吉离开泗阳，打马踟蹰。算了算时日，这一天是四月三十日，离开山海关已经整整十三天了。十三天来，北地有什么消息，路振飞身为漕督，自不难从官方渠道获得，而淮安府隶于南直隶省，则南京朝堂有什人事上的变化，路振飞亦必一清二楚。怀了这样的念头，在走到淮安城西北方向二十多里一个叫"三树镇"的地方，王永吉驻足不前，找了一家很不起眼儿的小客栈，住了下来。

饭罢筹思，反复计虑，终于拿定主意。他向客栈掌柜借了一副纸笔，关起门来，灯下挥毫，很快写了个便笺：

见白年兄砚席：

一别暌违，万言难尽。迩来邦国遭难，种种衷曲，丞欲尊前一吐。倘幸不我弃，即乞赐时密晤为盼。

弟修之王永吉顿首

写完之后又上下移目，觉得文字上妥帖无误后，从行囊的文篋里抽出一只封套，把便笺塞入，密密封实，再用小字批明日期和三树镇这家客栈的地址，顺手包了二两银子，喊来掌柜，重重拜托，央掌柜第二天派个老实得力的伙计，把这封便笺投到淮安城内的漕运总督衙门，并且答应掌柜，事成另有酬谢。

第二天午时之前，掌柜过来告诉他，函件已经投到，有漕运总督衙门的门役所开具的"执单"为凭。拿了这份执单，王永吉大放宽心，午饭后一觉睡到日偏西。醒来收拾好行囊，闭目静坐，专等天黑。

果然天色刚黑就有了消息。掌柜进来说，大门口有辆轿车来接他。王永吉挎上行囊，以昨日来时寄存在客栈里的坐骑相赠送，连店钱，带酬谢，高兴得掌柜连连给他施礼。

出门上车，直奔漕运总督衙门，老同年已经在这里等候了。衙门里很安静，处处无人，显然路振飞事先做好了安排。于是彼此心照，相偕而行，穿堂入室，来到待客的花厅。花厅里布了一张筵席，席面上六样精馔，两只玛瑙杯，一只锡纹壶，还有一瓷瓶陈年的洋河大曲。路振飞叮嘱跟班的差役，就在门外坐值，没有召唤，不许进厅。

灯下执手，互道幸会，路振飞仔细看看王永吉的一身平民装束，心里似乎明白了些什么，极其客气地说："修之兄想必还饿着肚子，弟也没进食。来，坐下来，边吃边聊。"

路振飞字见白，是北直广平府曲周县人，天启五年成进士后，榜下即用，除为陕西省西安府泾阳县的知县。时值魏忠贤把持朝政，各地阉党，谄媚其主，纷纷为魏忠贤建立生祠。陕西省的巡抚也不甘落后，派令省内的各州、府、县，限时立祠，而一省皆动，唯有泾阳县抗命不办，这件事使路振飞直声满天下。不到两年，天启帝崩，崇祯帝立，言路举贤，特召路振飞为都察院的分巡道御史。御史阶秩与知县一样，都是正七品，但本朝自太祖洪武年间就有以御史代表皇帝巡察各地的制度，称为"巡按地方"，御史巡按，权柄极重，例赐尚方宝剑，御书旗牌"代天巡方，如朕亲临"，四品以下的地方官员违法，可以先斩后奏。路振飞崇祯六年奉旨巡按福建省，崇祯八年奉旨巡按江南的苏、淞、常三地，所过之处，纠弹奸佞，兴利除弊，颇有一番作为。不料就在巡按苏州府的时候，因为一件人事上的纠纷，得罪了当时的内阁首辅温体仁，很委屈地被贬到河南省的按察司，去做一名专门掌管公事文牍的"检校"，由事官、言官，一下子贬成了秩仅八品的低级散官，从此忍气吞声，八年无闻。到了去年的七月，南京朝堂的兵部尚书熊明遇因病致仕，空出来的遗缺由漕运总督史可法替补，而史可法空出来的遗缺给谁？崇祯帝犹豫不决。恰好王永吉奉诏入京，在文华殿独对时，皇帝问起了这件事，王永吉内举不避亲，把老同年路振飞推荐了上去。其时王永吉大红大紫，由他出面举荐，皇帝自然纳为嘉言。就这样，路振飞一雪八年之耻，由一个寂寂无闻的地方散官，超擢而为独当一面的封疆大吏。为此路振飞对王永吉感恩戴德，心里存着一份择日报答的念头。今天一接到王永吉的便笺，大吃一惊，同时他也感到，此中有天意，说不定是他报恩的机会来了。

三杯落肚，话题打开，一问一答之间，很快地说到了"奉诏勤王"一节。由此开始，王永吉把三月初九日那天在永平接到皇帝初六日发出的手诏，当日带着吴三桂出关，初十日半夜到宁远，在宁远组织动员移民，十四日与吴三桂分兵又离开宁远，十六日入关，二十日到丰润，在丰润接到县令赵广嗣的谍报，由此转道顺义县的盘山镇，在盘山得到从京里逃出来的户部城东仓场胥吏高三祥的详细报告，始知京师已陷等等，一五一十，和盘托出。然而再接下去就不一样了——

"离开盘山，刚刚返回玉田，就遇到了大股流贼的截袭。"

"怎么，连玉田也有流贼了吗？"

"是啊。去的时候，从玉田路过还没有。没想到从盘山回来就有了。"

"是哪股流贼？"

"闯贼悍将刘芳亮。所带人马不下八万。"

"噢、噢，这一来要吃大亏了。"

"唉，真正一败涂地！从午时打到天黑，两万军卒，全部战死。"

"老兄如何得脱？"

"弟也不想活了。正要自裁，被几个侍兵死死地护住，拣了一条乡间小道，跑到天亮，好容易摆脱了追兵，潜匿到一户农家。"

"谢天谢地！"

"以后的日子就不好过了。"

"嗯，可以想象得之，必是千里跋涉，艰苦备尝。"

"知我者，见白兄也！"

"来，干了这杯酒，替老兄压惊！"

二人举杯，一饮而尽。路振飞一边给王永吉布菜，一边问："老兄此来，做何打算？"

"正要与见白兄商议。"

路振飞夹了一块羊肉，口中咀嚼有声，默默思考。

"在弟看来，大行皇帝三月初六日同时下了两道诏书，另一道给了南京朝堂。为此弟很不解，史可法何故而迟迟不奉诏勤王？"

路振飞摆摆手："这一层且容弟过一会儿作答。老兄先说说，在玉田与贼激战时，吴三桂在什么地方？"

"玉田一败，弟对东边的事情一无所知。吴三桂手中尚有两万宁远精兵，山海关也有一万守兵。想来吴三桂退守山海关不难自保。"

"可惜吴三桂并未退关自保。他打开关门，引清兵入关了！"

"啊！"刚刚夹起一片精煎的五香草鱼，"啪嗒"一声，掉落桌面；王永吉惊得魂飞魄散，两眼怔怔地瞪着路振飞，"怎……怎么会？"

"昨天刚刚得到的谍报。上个月二十二日，吴三桂把十四万清兵迎入山海关，大败闯贼六七万人马。"

王永吉余惊未消，翘舌不语。

路振飞呷了一口酒，沉思良久，把声音压得很低："南中的形势也不妙！刚才说到史可法勤王迟误。本来弟与老兄同调，以为勤王至重，史可法不该为浮言所误，以至于迟迟按兵不动。如今重新审视大局，再加上老兄的叙述，国事至此，实乃大行皇帝自误！今春二月初八日已报太原失守，其时即应诏调天下兵马勤王。无奈大行皇帝见不及此，患得患失，久拖不决。而朝中无人，碌碌伴食，陈演、魏藻德辈，真正误国误君，死有余辜！弟以为，论责任，南北二杰，所负不重。"

知人论世，这才是公允之言！但这样的话，只能兄弟密友之间闭门私语，传了出去，就有谤讪圣上的嫌疑。王永吉自然明白这个道理，亦因此，他知道这一趟淮安之行来对了。

频频颔首之后，王永吉忧心忡忡地说："其奈春秋责备贤者何？"

"正是这话！"路振飞想了好大一会儿才开口，"弟以为，老兄暂时不宜在南中露面，不妨找个地方避避风头再说。"

"怎么？莫非南中朝野对弟已有成见？"

"这倒还未至于。如今北地垂危，南京福王监国……"

"怎么？福王监国了？什么时候？"

"是，就在昨天。"

"本月初三日？"

"不错！"

"大行皇帝尚遗三子在京，外藩岂可滥行监国之权？"

"这就是南中朝野上下最感愧疚的地方，既悖祖制，亦对不起大行皇帝！"

"是谁首倡此言？可杀！"

"不是谁的首倡，而是南京朝堂上下的共识。"

"啊？南中无人矣！弟当亲诣金陵，面责史可法，如此胡来，这不是要速亡大明吗？"

881

"修之兄，稍安勿躁！"路振飞做了个制止的手势，"问题不在于此。都说大行皇帝尚有三子，然则请问，此三位殿下，谁能担保其不被戕害？"

"定、永二王不好说，已入贼手，难保安危。而皇太子潜伏于京城民间，绝无性命之忧！"

"老兄只虑贼，不虑虏，似乎欠妥。"

"喔？此话何说？"

"听说闯贼尚能优礼二王，而如今闯贼山海关新败，接着清兵就要趁势袭取京师。到那时，华夷不两立，外蛮之族，还会优礼大明皇子吗？"

这一说，王永吉无语了。多尔衮志在中原，绝不会允许北京出现一个大明朝的皇太子！照此来看，除非太子永远潜匿不出，出则必死！

"是不是？"路振飞接着说，"太子倘能从此更名易姓，安得天年，已经算是他本人的造化了。而国不可一日无君，短时间内只要没有人能担保太子可来南京，则为江山社稷计，只有对不起大行皇帝了。"

话说到这个分上，王永吉算是明白了：起外藩而用以监国，是形格势禁，迫不得已之举。而监国的名分既定，或迟或早，只要皇太子不到南京，则对监国的藩王，绝无废除的可能，必须拥以为帝。从这个理路上看，昨天已行监国之实的福王，注定了就是不久之后的皇帝。这就意味着，迎福王监国的人，就是拥福王即位的人。而国变以来，自己时刻都在以奉太子即位而成拥立之功为念，如今拥立之功已经被人夺去，大梦成幻，无可挽回，则再去南京只能听别人颐指气使了。

"嗯、嗯，"王永吉端起酒杯，对着路振飞照了照，"请继续说下去。"

路振飞干了这杯酒，接续前言："自三月二十九日接获京师失守的消息，直到本月初三日福王监国，一个多月来，朝野汹汹，都在为解救大行皇帝和迎立福藩监国这两件大事而争论不休，众口纷纭，无暇旁骛。窃恐不久南中政局稳定下来，就难免有人多嘴多舌，一旦追究起勤王失败的责任来……"

话没说完，王永吉抢着接口："勤王失败之责，弟绝不敢辞！"

"话不是这么说。"路振飞显然计虑得非常周全，"勤王失败，尚可以大行皇帝诏命太迟为解，而由勤王失败所导致的清兵入关，请问修之兄亦能执其咎否？"

这一问，王永吉瞠目结舌，废然无语了。勤王失败，按照他刚才对路振飞编的那一套暂时可以说得过去了，对簿公堂，朝中自有明白人，是大行皇帝自误在先，自己顶多要受的责备不过是未能一死报君王而已。但清兵入关就大不一样了，无论自己离开山海关后，吴三桂怎样改变了坚持要多尔衮走中协西协的主张，而追根寻源，约兵剿贼的决策是自己做出来的，不光吴三桂和宁远军将官，就连黎玉田也深知其事。这些人当中，有一南来，就会把事情说得清清楚楚。那一来，自己身败名裂就是注定了的！

"然则在兄看来，弟从此要老死田亩了吗？"

"也未必。"路振飞徐徐解释，"如果兄急于南京露面，反而容易勾起人们对北边变局探究的兴味，到那时，七嘴八舌，众口难调，这就是老兄行不自检而引火烧身了。而暂避一时，或许南中囿于自身的事务，从此忘了这个话题。等到风头过去，弟自当联络朝中大员，为兄筹出一条东山再起的路子——此其一。其二，清兵入关，北边局势难测，北京肯定保不住了。吴三桂如果降虏，对老兄比较有利。"

"这话又怎么说？"

"吴三桂降虏，则开关迎虏就成了他在北朝攫取富贵的资本，为个人前程计，他必定独自承担其责。到那时，舆论所指，不涉旁人，自然也就与老兄无干了。"

说到这里，路振飞顿住不语，而王永吉也听得心知肚明了。吴三桂如果不降虏，而带残兵南下，王永吉只有死路一条！

"好。请见白兄指点，永吉该怎么避开？"

"找个方外清静之地，这个地方最好连振飞都不要知道。切记，更不能回贵乡高邮。"

王永吉思索了半天，踌躇不语，时而点头，时而摇头。而路振飞知道他这位老年兄想的什么，语气很肯定地说："放心，待到时局清静下来，弟自会派人遍寻名山，找到老兄。"

如此为朋友筹谋，再也不能不表露出诚意了，王永吉主意已定："盱眙县有个铁山寺，不知见白兄听说过没有？"

"淮中名寺，自然听说过。"

"好，有了消息，就请派人到那里去找王永吉！"

"嗯、嗯，振飞记住了。且在敝衙盘桓一宿，叙叙同年之谊。明日一早，弟预备川资，送君启行。"

昨天辞别路振飞，依然一袭缁葛衫、一项夏凉帽，雇了一辆敞篷大骡车，沿着洪泽湖向南疾行，天色将晚，来到盱眙县西南六十多里的铁山。开发了车钱，当晚投宿在铁山脚下一家叫作"迎宾"的小客栈。

王永吉祖籍扬州府高邮卫，而母家却是凤阳府盱眙县人。王永吉的母亲姓尚，尚氏有个本家的远房族叔叫尚应轸。尚应轸是神童，也是民间高士，此人生于本朝穆宗隆庆二年。万历七年他才十三岁，以一篇策论和一首试帖诗，取为盱眙县童子试第一名。万历十三年乙酉，这一年乡试大比，秋八月，尚应轸赴应天府"秋闱"，中第三名举人，而这一年他也才刚刚十九岁。春秋鼎盛，前程似锦，都以为他第二年赴京"春闱"，必能"联捷"，进而殿试论策，金榜题名，成为天子门生。谁也不知道为什么，此人中举之后，再也不提进京会试之事，从此绝意功名，在风景如画的铁山脚下购置了十亩薄田，仿照当年诸葛亮躬耕陇亩的故事，修筑了几间"草庐"，前松后竹，左湖右山，整天不是抚琴弄墨，就是到铁山上的"铁山寺"去找方丈谈禅论道，日子过得好不清闲。到了他三十九岁那年，王永吉跟着父母从高邮专门上铁山寺祝香，顺道看望他母亲的这个族叔，这一年王永吉六岁。

王永吉家境平平，六岁了，尚未启蒙。尚应轸一见王永吉，嬉笑逗弄之间，觉得孺子可教，倘若悉心作育，日后可期以大成，于是向远堂侄婿道出了想收王永吉为徒的念头。王永吉的父亲自是求之不得，高兴得当时就叫儿子趴在地上给尚应轸磕了头，算是正式拜师。一个月后，车马载着小儿的四时用具和历年束脩，亲自送到尚应轸的草庐，从此王永吉就在铁山草庐与尚应轸朝夕为伴，名为师弟，情逾父子。

十年之计，莫如树木；百年之计，莫如树人。尚应轸课徒，与三家村的私塾老儿不同，经史之外，首重育人。他认为，学识不难，以学识而博取功名也不难，读书人学而优则仕，所以最终的目的还是人才为国所用。但如果徒拥其才而误国误民，上负君王，下欺苍生，这样的人才，归根结底是老师的教诲之错。怀了这样的想法，所以他并不急于要王永吉下场应试，日课之外，特重人品和气节的熏陶。如此寒来暑往，授受十六年，在王永吉二十二岁那年才让他回高邮本籍报名院试，果然一试而中，取为生员。此后又耳提面命，作育三年，二十五岁赴南京应天府乡试，中为举人，次年赴京会试联捷，殿试登为进士。前后共十九年的造就之功，总算把王永吉培育成了可堪大用的经世之才。

天启五年秋，吏部铨选，王永吉授为福建延平府大田县的知县，赴任途经家乡，专程取道盱眙去叩谢师恩，师弟俩有一番联榻夜话。其时正值关外努尔哈赤在萨尔浒大败十三万明军不久，朝野哗然，民心失落，预示着大明朝的汉家天下将有可能遭到来自外族的侵夺。所以尚应轸忧心甚重，特为叮嘱弟子，汉家气节不可丢，要以汉朝的苏武、唐朝的张巡、宋朝的文天祥等这类临命不失志的英雄人物自励。第二天临别，尚应轸又指着身后的铁山，赐以为"号"，这就是王永吉号"铁山"的来历。

昨天一早，王永吉告别路振飞。淮安是个岔路口，往东南沿着运河一日之程到高邮，而往西南沿着洪泽湖一日之程就是盱眙。此次离开淮安，王永吉不走运河回高邮，而走洪泽湖到盱眙，为的就是要专程投奔师门。在他想来，自幼视师如父，师弟之情，远逾父子，两个多月来自己为拯救明朝所做的种种努力，最终归于失败，心中的这份委屈，对密如路振飞这样的老同年都不能开诚布公地去说，只有在老师膝下一吐才能感到轻快些，而师恩深重，老师亦必能为自己的今后做个妥善的筹划。

在迎宾客栈沉沉一眠，今天早晨醒来，第一件事就是打开行囊，从路振飞赠给他的川资里分出五十两银子，用一块蓝布包好，附了一张便条，注明：尚门不肖室弟子王永吉今日辰正登门叩谒。然后唤来掌柜，托其即刻送到铁山草庐。

饭罢扣准时刻出店，循着山路，徒步径往草庐。游宦十九年，再回铁山，故地重来，一切恍如昨日。所谓"近乡情更怯"，待到远远地看到草庐的轮廓，王永吉眼眶湿润了。

一个童子迎上来，彬彬有礼地问："请问先生尊讳？"

"敝姓王，王永吉。"

"好，请先生跟我来。老爷正在博弈，切勿打扰。"

王永吉深知尚应轸的习性，只要沉心于黑白围堵之时，任何人都不能干扰他的思路，因而怯怯地问："敝人暂且回避如何？"

童子一笑："先生是远道客人，老爷专门叫我在此迎候，怎么可以回避？"

于是一前一后，穿栅门，进草堂。一老一青，搏杀正酣。

中盘已过，就要"收官"了，尚应轸正在"冲"一个"关"，白子刚落秤，青年的黑子不假思索地着了一个"封"。

"妙手！"尚应轸拈须莞尔，指指棋秤正中说，"你这'外目'一封，可曾想到'天元'那边还有一'劫'？"

885

白面青年把目光移向局面的"中腹"，果然，自己在外目封住这一冲，对方在天元周边就有一劫可打，而这个劫一打，通盘皆输，自己的黑子，至少要被"提"去十几个之多。

君子落棋不悔，白面青年伏案逊谢："老师，弟子输了！"

"局面本来对你有利，何以最终有此一失？"

"中腹原有一劫，弟子是知道的。只是为缓解外目之急，一时忘记中腹。顾此失彼，铸成大错。"

"嗯、嗯，临事之机，须得统筹全局，日后可要记住它！来，"说着仍然面对青年，而手却指向王永吉，"见过你师兄。"

这算是给了王永吉一个机会，立刻趋近尚应轸，恭恭敬敬跪伏下去："弟子王永吉叩见恩师！"

"站起来说话！"

有事弟子服其劳，白面青年上去把王永吉扶起，自我介绍："师弟陆星纯，投入老师门下八年。给师兄施礼了！"说完躬身一揖，仍然复归原座。

这一来比刚才进屋看棋被晾到那里还尴尬，老师不赐座，师弟和童子也不引座，王永吉只好僵直地站在那里。

七十八岁的尚应轸须眉皓白，依然精神矍铄，双目炯炯地看着他这个阔别了十九年的弟子，好久才问："说大行皇帝给你颁了道勤王手诏，可有此事？"

"有。那是三月初九日……"

"三月初九日奉的诏，是吗？"

"是！"

"京师陷落是在三月十九日，你有十天，足可救驾，为什么致大行皇帝自裁殉国？"

王永吉满腹委屈，知道局外人不明就里，只好耐心解释："老师，弟子奉诏后片刻未停，当即打马出关，急驱宁远……"

"谁让你跑到关外？你是蓟辽总督，为什么不以总督之名，檄调宁远军入卫？"

乍听不解，但略一思索，王永吉悔恨得连连以掌掴脸，再次跪伏到尚应轸脚下，嚅嚅有声："老师，都怪弟子没有想到这一层。"

尚应轸的话，真正一语中的，打到了王永吉的痛处。当初奉诏之后，惊慌失计，千不该，万不该，不该带着吴三桂亲自出关！如果能像尚应轸说的那样，三月初九日奉诏，当即用蓟辽总督的关防大印檄调宁远军，则经由北边的兵部驿站，六百里加急，从永平到宁远，只消大半日就可到达。而从宁远到北京九百里，日夜兼程，四日可达，连调兵，带行军，总共不过费时五天，即可在三月十三日那天赶到京门，比闯贼十七日围京早了整整四天！有这四天工夫，就算不能解京师之围，而四万宁远军，灭贼不足，守城有余，以京城之固，持械以守，只怕三四个月的时间之内闯贼也难得手。这一缓冲下来，等到江南兵马一到，闯贼就只有撤围而走了，岂能落到今天国破君亡的地步？至于辽民迁徙安置之事，亦可命黎玉田出关办理，双管齐下，根本就不是问题！

"哼！"尚应轸面色愠怒，"大行皇帝倚你为国之干城，把性命都交给你了，而你临机失断，误国误君，我怎么教出了你这样一个庸才！"

"老师，弟子知错了。"

"起来，我再问你！"

王永吉颤颤巍巍地站了起来，躬身肃立："请老师训诲。"

"你什么时候得知北京失陷的？"

"弟子是三月二十三日在盘山得知京城失陷的。"

"盘山在什么地方？离京城多远？"

"盘山归京畿顺天府顺义县所属，在京城东北，离京城五十里。"

"这么说，从盘山到淮安一千六百里，是不是？"

王永吉算了算："是。"

"一千六百里，快骑兼程，就算绕过京东，也只需八天可达，对不对？"

王永吉不明白老师为何有此一问，但算了算，老师说得并不错，因而回答："是。"

"既然你三月二十三日就知道了京师失陷的消息，为何不当即给史可法亲笔一函，差快骑送到淮安？"

"弟子当时以为京中局势，混沌不明，所以退兵至玉田，等待北京的确信儿。"

"混沌不明，就不该退兵。既然退兵，说明你当时确信了京城失陷！"

这倒是不好辩解的，当时对仓场胥吏高三祥的报告，不光王永吉，连杨坤和童逵行都是确信的，而且事后也证明那个报告是准确的。所以王永吉顿口不语。但是他仍然不明白老师为什么要他写信给史可法，却要投书淮安？

"假如你当即给史可法通报信息，想想看，史可法什么时候能够确知北京失陷？"

攒眉思索了好一会儿，突然醒悟，王永吉又狠狠地掴了自己一巴掌："老师，弟子糊涂！弟子该死！"

王永吉这才明白过来：遣派一支快骑投书淮安需时八天，而淮南的大明朝驿站尚存，从淮安到南京四百里，用六百里加急转递，不要一天就可到达。如此一算，从盘山到南京，仅需九天时间，史可法就会确切地知道北京已陷的消息，则这一天是四月初二日。以王永吉的亲笔，或者再加上蓟辽总督的关防大印，南京朝堂自然没有人敢怀疑京师失陷消息的真伪。那样一来，檄文一下，各镇齐动，江南五十万大军日夜兼程，只要十几天时间，也就是四月的十二、三日就可云集京城，想想看，那会是一种什么局面？

王永吉懊悔欲死！当初私心一念，大变猝至之时，总想着寻太子以登大位，自己以拥立之功而做个中兴名相，却忽略了及时与南京取得联系才是正办！如今错失了救国图存的大好时机，真正愧对恩师，也愧对国人了。

"我再问你，刚才说，得到了京师失陷的消息后，你退兵到玉田。这是哪一天？"

"是三月二十七日。"

"在玉田待了几天？"

"三天。"

"然后带兵返回了山海关，是不是？"

"是。"

话一出口，王永吉惊出一身冷汗！不知不觉间，顺着尚应轸的问话，把回到山海关的实情说了出来。抬头看看恩师，目光深邃，洞彻心扉，什么样的谎言和假象，在这样的目光下都无可遁其形，只有横下心来，任其训斥了。

"你在关上待了几天？"

"四月初五日回关，四月十七日离关，总共待了十二天。"

"吴三桂二十二日迎清兵入关怎么回事？"

888

"老师，这个弟子有话要说。"

"说吧，不许谎言欺我！"

"是，弟子不敢。回到关上，弟子招部集议，当时有两种意见，一是联贼抗虏……"

"联贼抗虏?"

"是。四月十四日接到谍报,说虏酋多尔衮亲统十四万大军绕道蒙古伐明。有人以为,闯贼必非其敌,而华夏国土不能落入外夷之手,所以提出了联贼抗虏之议。"

"糊涂!闯贼于大明朝有弑君之仇,岂能与之联手?"

这一说,王永吉顿感轻松,幸亏当时未采纳黎玉田的意见,看来老师也很反对联贼抗虏。

"是,弟子也以为联贼不妥,是以断然否决了这个意见。"

"另一种意见是什么?"

"另一种意见是约清剿贼。"

"怎么叫约清剿贼?"

"建虏内犯,势不可当,与其坐看建虏独成灭贼之局,不如我主动与其相约,共同灭贼。事成后……"

"你采纳了这个意见,是吗?"

"是。"

"哼,与虎谋皮!"

王永吉大惑不解。在山海关集众专门讨论过时局,当时只有两条路子可走,要么联贼抗虏,要么约清剿贼,而尚应轸两皆不以为是,难道还有第三条路子可走?带着这个疑问,他很惶恐地低眉求教:"然则在老师看来,弟子当如何措置为是?"

"我先问你,闯贼三月十七日围京,三月十九日破京,何以如此之速?"

"据说闯贼事先遣细作混入京城,策反了京营,使京营成了闯贼预先布下的内应。再加上太监曹化淳和本兵张缙彦主动开城迎降。是以闯贼得以兵不血刃而下京城。"

"如果换了建虏去打京城,城内会有人为之内应吗?"

闯贼收揽人心,久有"开了大门迎闯王,闯王来时不纳粮"的民谣,京城庶民,心向往之。而建虏则不同,建虏历年破塞入关,烧杀掳掠,凶残无道,河北一带人民恨之彻骨,因而换了建虏去攻打京城,城里是不大会有人为其做内应的,所以王永吉老老实实回答:

"不会。"

"闯贼横行中原十六年,并非屠弱之众。以京城之固,又无内应,如果要闯贼去守京城，建虏要想前往攻取，你想想看，胜算几何？"

建虏善野战，攻坚非其所长。如果以闯贼守京城，尽管闯贼刑掠官绅，怨声载道，但民间百姓却视建虏如仇寇，倘若建虏来犯，则为御外侮而贼与民同仇敌忾，那局面就很难推想了，至少不大可能速战速决。但旷日持久，又犯了建虏孤军深入的大忌，形势自然对建虏不利。所以王永吉回答：

"胜算不大。"

"我再问你。如果关内没有贼兵袭扰，建虏直攻山海关，你以关上五万之众，能不能守得住关门？"

"山海关雄峻险要，只要不是腹背受敌，单单对付关外建虏，只要三万精兵就足够了。"

"既知于此，何故背道而行？"

王永吉想了好大一会儿，怎么也不想明白这句话的意思，顿了顿，只好再次率直求教："请老师明白开导。"

"三月二十三日那天，你确认北京已陷的消息，当时即应密遣得力干员进北京与闯贼谈判，以让出山海关为条件，换回皇太子，速速率兵南下，划河而守，坐观贼虏缠斗……"

啊、啊，王永吉明白了。换回皇太子，把山海关交给闯贼去据守，如此建虏攻北京既难得手，打山海关也占不到便宜，北国江山，仍属汉人。而关宁军五万人马全师而退，拥太子南下，即位南京，王永吉照样不失再造大明之功。趁着北边贼、虏二敌厮杀之际，以首辅之尊，挟天子以令诸侯，调整江南兵马，沿黄河布防而守，号令天下，捐输军饷，厉兵秣马，以逸待劳，等到贼、虏疲惫，或者二虎一伤，数十万大军挥戈北上，灭贼驱虏，收复失地，归复神京。这样做，既不是联贼抗虏，也不是联清剿贼，大明朝以一关之退让，占全局之主动，收放由心，操控自如，真正是一着妙不可言的好棋！如此国土不失，两敌俱消，虽然勤王救驾贻误在先，但总算保住了朱家天下至大行皇帝这一脉血胤不绝，也算对得起大行皇帝和天下苍生了。至于多尔衮走不走中协西协，还有割地多少以为酬谢等等，这些都是鸡毛蒜皮，甚至根本就不成其为问题！

"老师，弟子知错了。"王永吉心悦诚服地给尚应轸施了一礼。

"既然错了，就该担当。我还要问你，吴三桂迎清兵入关，是由你错误决策造成的，你打算怎么办？"

"弟子无颜江东父老。"

"虚言塞责，能蒙混过关吗？"

"……"王永吉顿首不语。

"目前江南道路纷纷，有的说，吴三桂借清兵剿贼是英雄之举；有的说，吴三桂迎清兵入关是引狼入室，这些都是不知实情的流言蜚语。你是北边总督，身当前敌，不能不知道建虏志在吞并大明，只有你，既是当事人，也是决策者，无论吴三桂是英雄还是败类，你都有责任去向南京朝堂说明真相，以正视听！"

扑通一声，王永吉再次跪地："老师，真相一说，弟子即成罪人，祖制国法，岂能饶过弟子？"

"聚铁铸错，贻误华夏，难道你不该受到惩治吗？"

"……"

"唉！"尚应轸重重地叹了口气，拂袖而起，这是极度失望的表示。

王永吉长跪不起。

"老师、老师。"陆星纯上去扶住尚应轸，随着进入侧屋。

小童子很生气地冲着王永吉指责："你这位先生好不晓事，看把老爷气成什么样子了！"

王永吉仍然长跪不起。

过了一会儿，陆星纯从侧屋出来，手里拈了一张"八行"，扬了扬，对王永吉说："你走吧，老师说从此不想再见到你，把你'除门'了！"

王永吉接过八行笺纸，细看是他非常熟悉的尚应轸的手笔：

古有文山今铁山

文山死节铁山还

王永吉手捧笺纸，潸然泪下。"文山"是南宋名臣文天祥，文天祥字云孙，号文山。"铁山"自然就是王永吉。文山、铁山，俱为朝廷大臣，负经世之才，当国家重任，而外侮既至，文山慷慨死节，铁山偷生而还。施以如此刻薄的讽刺挖苦之语，自然是下定决心要清理门户了。

891

"起来吧，"陆星纯催促，"老师的脾气你该知道的，你越这样子，他老人家越生气！"

王永吉把笺纸高举过顶，以哀求的口吻说："师弟，看在同门的面上，你去替我求求老师，让老师收回成见，就说永吉今后改过自新。"

"好，你等着。"陆星纯接过笺纸，匆匆而去，又匆匆而回，回来时手里多了一支笔，当着王永吉的面，在尚应轸写的两句文字之后，又添了两句：

> 更有叠山能蹈死
> 三山相遇问谁惭

王永吉接手一看，羞得满面通红。"叠山"是南宋大儒谢枋得，号"叠山"。元军南下灭宋，谢枋得组织民间义兵誓死抗元，兵败不屈，绝粒而亡，行事与"文山"相同。师弟二人拿文天祥和谢枋得与王永吉相比，则"三山相遇"，二山并傲，一山独惭，王永吉知道，自己从此再也没有脸面继续赖在师门了！

50

大明崇祯十七年五月初五日

南国飘摇

福王名叫朱由崧，生于万历三十五年，比大行皇帝还大四岁。他父亲老福王叫朱常洵，是光宗泰昌帝朱常洛的同父异母弟，此兄弟二人的父亲就是神宗万历帝。

万历帝讳朱翊钧，共有兄弟四人，但老大、老二均未成年而殇，朱翊钧是老三，捡了个便宜，四岁立为皇太子，十岁入承大统，掌运乾坤四十八年，是本朝享国最久的皇帝，庙号"神宗"，谥号"显皇帝"。神宗显皇帝的正宫王氏不育，而御宇九年，他所宠幸的妃子郑氏也无出。十九岁的皇帝，大婚五年，而皇嗣无着，这不免引起了中外臣工的丝丝不安。不过很偶然地，就在这一年的夏天，皇帝去慈宁宫给皇太后请安，而皇太后不在，慈宁宫的一个王姓宫女伺候万岁爷洗手，皇帝仔细端详这个宫女，黛眉杏目，楚楚动人，一时性趣萌动，草草临幸，没想到就此播下龙种，第二年生出个儿子，就是朱常洛。

按照太祖高皇帝钦定"有嫡立嫡，无嫡立长"的立储制度，则朱常洛虽非嫡生，却是长子，所以为了国本大计，理应诏告中外，把朱常洛立为皇太子。但朱常洛的生母是宫中下人，神宗与其并无感情上的纠葛，因而踌躇犹豫，迟迟不立。第二年神宗的一个常姓宫嫔也生了个儿子，而甫生即亡，未成喜庆。再过三年，喜信来了，神宗所宠的郑妃居然产下一子，赐名朱常洵。四年之间，连成两子，这一来神宗私心为用，王姓宫女诞育皇长子，依制应册为"皇贵妃"，而神宗违制，仅册为"恭妃"，却把幼子之母郑氏册为"皇贵妃"，这显然是要废长立幼的强烈暗示。历来"太子者，国之根本也"，为了"争国本"，朝中正臣，极言阻谏，纷纷要求立长罢幼，而神宗为之动怒，拒而不纳，连废首辅四人，黜部院大臣十余人，处置各中枢衙门和地方官员三百多人。本以为用天子的威严，压迫舆论，就能钳制住臣工之口，没想到适得其反，朝臣汹汹，继承了嘉靖初年与皇帝以死抗命而争"大礼议"的传统，此伏彼起，前仆后继，整整与皇帝相持了十五年。这期间皇帝又得四子，而第四子早殇，另外三子为皇五子常浩，皇六子常润和皇七子常瀛。万历二十九年，皇帝拗不过大臣，迫不得已，只好让步，立皇长子朱常洛为皇太子，封皇三子朱常洵为福王，皇五子朱常浩为瑞王，皇六子朱常润为惠王，皇七子朱常瀛为桂王。其中福王朱常洵的藩地离京城最近，是在当时比较富庶的河南洛阳。

本朝制度，成年皇子受封之后必须离开京城，前往藩地，称为"之国"。其时的福王年已十六，本该之国，而由于郑贵妃的阻扰，加以皇帝的纵容，福王迟迟待在宫里不走。这也是违背祖制的事，福王不之国，就意味着皇太子的地位并不稳固。因此朝臣又为敦促福王之国而与皇帝发生激烈冲突，谏章屡上，矛头直指郑贵妃。这件事持续了十三年，直到万历四十二年宫里发生了一件谋刺皇太子的"梃击案"，皇帝迫于压力，郑贵妃也为了避嫌，这才让福王依照祖制，移邸洛阳。

在这样一场旷日持久的争国本的搏击中，朝臣分化，结而成党，以籍贯为党目，计有山东籍的齐党，湖广籍的楚党，南直上江宣城籍的宣党，南直昆山籍的昆党，浙江籍的浙党。这六大帮派以浙党为核心，依违于皇帝和内侍的势力之间，互有倾轧，但又有共敌，这个共敌就是在争国本事件中力护皇太子、迫使福王之国的内外大小臣工，这批人被称为"东林党"。

大致东林党人以气节相标榜，睥睨权贵，抨击时弊，承续了嘉靖朝首辅杨廷和、礼部尚书毛澄一脉正色立朝的余绪，从"争国本"开始，与其余诸党纷争不已。经万历、泰昌、天启、崇祯四朝近五十年间，在其间接连发生的"梃击案""红丸案""移宫案"中，君子自励，大义互勉，顺之者引为同类，逆之者目为小人，冰炭不相容，薰莸不同器，以一对六，与诸党殊死缠斗，终至六党势溃，纷纷归附于天启年间魏忠贤的"阉党"。此后天启朝整整七年之间，东林党人惨遭荼毒，被阉党整治得死伤狼藉，直到崇祯帝即位，阉党势败，东林党人舔伤再起，与阉党余孽争斗至今。

福王朱常洵之国那一年二十九岁，朱由崧在福王之国前生于北京的大内，随父到洛阳时七岁。崇祯十四年李自成破洛阳，福王父子分别缒城而逃。朱常洵逃到洛阳西郊的迎恩寺，第二天被大顺军蹑踪捉拿，拉回城里当众处死。朱由崧则在王府侍卫的护持下，日夜狂奔，逃到河南怀庆府避难，次年崇祯帝诏命朱由崧，承袭了朱常洵的福王爵位。

今年正月二十八日，大顺军左营主将刘芳亮在山西蒲州与李自成分兵，一路向东，直扑河南。豫北三府：怀庆，彰德，卫辉。兵讯踵至，朱由崧闻风先遁，从怀庆逃到了卫辉，卫辉府有他的嫡亲堂叔父叫朱常淓，是神宗万历帝的同母弟朱翊镠之子。朱翊镠开藩卫辉，封为"潞王"，死于三十年前，朱常淓是第二代潞王，这一年朱常淓三十八岁，仅长其侄朱由崧三岁。

刘芳亮先下怀庆，后进彰德，并未南略卫辉，所以朱由崧在卫辉的潞王府提心吊胆地住了一个多月。而到了三月初四日，刘芳亮留驻在怀庆和彰德的军兵奉命南扩，及卫辉，朱由崧又随着叔父朱常淓一路南逃，四月十五日渡淮河，直达淮安府，被漕运总督兼署巡抚淮扬地方事务的路振飞保护了起来。

末路王子，亡命三载之不遑，原以为能苟延残喘就不错了，再也没有想到，王子即皇孙，淮安府成了他的时来运转之地。四月十七日那天，原内阁大学士魏炤乘从北京带来了天子殉难和太子、二王被李自成拘锁在京城的确切消息，首先考虑到福王命运的就是路振飞，他给史可法写了一通密函，纵论时局，认为太子和二王控于贼手，而国不可一日无君，迫于这种形势，建议在大行皇帝的近支亲藩中择一而立，"早定社稷主"以抚军安民。至于这个"社稷主"的人选，路振飞的看法是：伦序当在福王。

为什么"伦序当在福王"呢？这要从大行皇帝这一辈说起。大行皇帝是"由"字辈，同父异母兄弟共有两人：兄是朱由校，熹宗天启帝，无子而崩，绝嗣。弟是朱由检，即大行皇帝，如今兄弟俱亡，所以皇室血胤，至此而斩。再看下一辈，"由"字辈底下是"慈"字辈。大行皇帝所遗三子为"慈烺""慈炯""慈炤"，而都不能南来即位。按照"父死子继"的传统，只能撇开皇室，在亲藩中的"慈"字辈里另择一人，既入嗣，又继统。但问题是，大行皇帝的近支亲藩中，并无慈字辈的人可供选择，因此"父死子继"无可考虑，只好走"兄终弟及"这条路子，而兄终弟及，则又要回到"由"字辈。"由"字辈上面是"常"字辈。常字辈的皇帝就是引起国本之争的光宗泰昌帝朱常洛。

朱常洛福分太浅，好容易争得一了个皇太子的名分，即位仅仅一个月即撒手人寰，史称"一月天子"。这一来，与朱常洛伦序关系最密的就是老福王朱常洵了，论血统，他与朱常洛都是神宗之子，论长幼，当初朱常洛是皇长子，虽然曾有个皇次子，但出生即殇，并未成人，所以福王朱常洵是实际上的皇次子。而朱常洵既死，嗣福王朱由崧就成了"由"字辈中与大行皇帝血统最近的人了，他与大行皇帝同为神宗万历帝的嫡脉亲孙。所以如今要找皇位继承人，路振飞说的"伦序当在福王"一点儿都不错！不过稍显尴尬的是，以朱由崧继统，成了古制所无的"弟终兄及"。

接到路振飞的这封密函后，史可法彷徨再三，认为除此一途，国将不安，所以把这个意思故意透露出去，为的是探探朝臣的态度。不料消息一出，朝臣大哗，首先表示反对的是留都户部尚书高弘图、詹事府詹事姜曰广、兵部侍郎吕大器和都察院右都御史张慎言，这四大臣都是东林党人。

东林党人反对福王继统，起因即在于四十多年前那场旷日持久的国本之争。当时争斗的目的就是抑制老福王，使其不能被立为皇太子，进而迫使其出京之国，去了洛阳。如今把他的儿子拥以为帝，倘若旧案重提，东林党人岂不要大倒其霉？所以这四大臣朝中反对，朝下私语，都劝史可法打消拥立福王的念头。

史可法也是东林党人，他是天启年间东林健将左光斗的入室弟子，从感情上说，他也不赞成拥立福王，但从皇家血统上看，他认为路振飞的主张不好驳倒。然则不立福王，如何向天下臣民交代？这成了史可法心中一个难解的结扣。

犹豫不决之际，来了一位大佬，此人就是在苏州府常熟县闲废家居的钱谦益。钱谦益崇祯年间官至礼部侍郎，于在世的东林党人中年齿最长，被视为东林盟首。此次特地从常熟跑到南京柿隐园的"史邸"，就为议立新君之事，满腹经纶的钱谦益立刻解开了这个结扣。

"应该立贤！"他说，"古来储君之选，无非三途：立嫡、立长、立贤。大位君授，出于遗命。而君主暴崩，亦未留遗命，大臣即可择贤而立新君，不必汲汲于嫡长的名分。"

"好！"受邀而来的吕大器脱口称赞，"立贤亦为古制，足以抵消福藩！"

"嗯、嗯，思路不错。"史可法虚衷受教，"然则在老前辈看来，谁是贤者？"

"现成就有。"钱谦益轻拈银须，不紧不慢地反问，"与福藩同在淮安的，不是还有个潞藩吗？"

这是说的潞王朱常淓。满座思索，都在默默比较：潞王是神宗万历帝的侄子，论血缘关系，比福王差了一层，而且论辈分，潞王是大行皇帝的堂叔父，历来皇位没有"侄死叔继"的道理。

所以沉默有顷，史可法带着试探的口气说："以叔代侄，只恐有悖伦常。"

钱谦益回答得很干脆："凡神庙子侄，都有膺登大宝之分，所谓立贤，即指此而言！"

"神庙"就是万历帝。把议立新君的寻找线索，由以大行皇帝为轴心，转而为以大行皇帝的祖父万历皇帝为源头，则万历帝崩逝未久，也才二十四年，德泽犹在，人心不远，算得上一个冠冕堂皇的理由。所以史可法默默不语，而其余诸人，则纷纷附和。

"不错！"在座的高弘图率先表示，"潞王诞于卫辉藩邸，自幼不与朝政，亦不闻其有干政之欲，若拥以为君，我辈无忧！"

"潞藩较之福藩，潞优于福！"姜曰广立刻桴鼓相应。

"钱宗伯立贤之说，足以释嫡庶亲疏之疑！"张慎言也极表赞成。

"唯有以立贤之名，方能以潞抵福！"吕大器依然重弹旧调。

众口咸同，都主张立贤，而所谓立贤，就是要用潞王替代福王，只有这样，东林党人才能解除后顾之忧，所以大家都把目光移向了一言九鼎的史可法。

史可法同气连枝，自然首先要考虑照顾到同党的利益，然而舆论也不能不顾。好在现在只是几个人的私下议论，而南京朝堂，东林党势大人众，所以他说："且待明日可法在朝中将此议提出，先把舆论培养起来再说。"

没想到第二天朝堂一提，立刻遭到了强烈反对。南京守备太监韩赞周连连叱问："万历爷有孙，岂能舍孙立侄？果然立了潞王，则将置福王于何地？是杀掉，还是囚禁？不杀不囚，给何名分？若杀若囚，是何罪名？"

刑部尚书解学龙则从另一个角度看问题："福藩与大行皇帝亲属兄弟，舍而不立，窃恐民心难服。而况既然潞王可立，则天下藩王谁不可立？远的且不说，楚王就在武昌，左良玉拥雄兵数十万于武昌，如果他立楚王而兴师金陵，请问谁能震慑住他？"

这一来史可法大感为难，韩赞周是阉党一系，主张拥立福王犹有可说，而解学龙，甚至包括最早提出"伦序当在福王"的路振飞却都是东林党人，这些人也反对立潞王，可知伦序血统，不好破坏。这一来，所谓"立贤"也就很难说服舆论了。

不仅朝堂受阻，风声一露，朝野震动，各色人物纷纷表态。

有个致仕在镇江家居的原南京礼部侍郎叫陈城，闻风而动，立刻遣家仆乘快骑到南京柿隐园，给史可法递去了一封信函，劝说史可法当机立断："公率诸臣奉迎福藩殿下，临莅南京，此中外臣民之愿也。"

另有一个都察院的监察御史叫章正宸，当面提醒史可法："民间听说要立潞王，都忿忿不平。大司马南京人望，纵览全局，不应该漠视民意，请及早定策，以福藩为国本。"

至此朝野舆论，分成壁垒分明的两大派，一派拥福，一派拥潞，弄得史可法左右两难。拥立福藩，非己所愿，而拥立潞藩，却又在伦序血统上不好交代。

在拥潞诸臣中，他与詹事府詹事姜曰广的私交最密，这天刚刚散朝，在出宫的路上，他把自己内心的为难告诉了姜曰广，意在说服密友，不妨接受拥立福藩的意见。

姜曰广是坚定的拥潞派，知道此时不断，必有后患，所以将袖侃侃地规劝史可法，不过话锋所向，耸人听闻，根本就不提福王的事："神宗显皇帝御宇四十八年，德泽普沛天下，潞藩是其亲侄，立之有何不可？宪之兄手握政柄而轻持其座，莫非还另有打算吗？"

"没有！可法唯望协调舆情，立君大事，不要搞得别别扭扭。"

"既做此想，何以当断不断？神宗显皇帝圣子神孙遍布各地，此时不断，天下必有人倡议另立别藩，到那时宪之兄将如何图之？"

"嗯、嗯，那就要天下大乱了。"到此地步，史可法完全乱了方寸，本打算劝说好友，反而被好友所劝，"看来只有速定名分，才能遏制大乱于未萌。"

"就是这话啰。名分一定，谁再敢怀有觊觎之心，那就是乱臣贼子，大司马尽可号令天下，群起而诛之！"

"是、是，"姜曰广字居之，所以史可法顺口附和，"居之兄所言不错！"

姜曰广进一步开导："虽然如此，今日之事，看似守成，其实也是创业。潞藩贤与不贤都无碍大局，能辅则辅之，不能辅，来日亦可比照汉朝霍光的故事，黜而废之。"

"这倒不必！"一听说还要再起乱子，史可法连连摇手，"昔者齐桓公听管仲则治，听易牙、开方则乱。而今的潞藩，流亡之际，骤然为我辈拥登大位，焉能不事事以我辈之意为是？错不了，居之兄不必担心！"

春秋五霸之一的齐桓公，用贤相管仲而成一代霸业。管仲死后，误用了貌似忠顺而实则野心勃勃的易牙和开方，最终死于此二贼之手。史可法的意思是，潞王不是有野心的人，不会像易牙、开方那样干预政事，若拥以为帝，只能对东林党人唯命是听，给他个皇帝名分，任令其纵情享乐，去做个太平天子就行了。话虽然是反驳姜曰广的，而拥立潞王的态度却是显得更加坚定了。

不料隔墙有耳。散朝的路上，两大臣议论风生，被有心人听了个一清二楚。当晚四传，第二天发难，主张拥潞的大小臣僚把史可法围了起来，你一言，我一语，纷纷质问，大司马意欲玩君自专，是何居心？潞王在藩邸就有贤名，而福王自幼娇生惯养，不学无术，酗酒虐下，恶名著于洛阳。两王相比，潞贤于福，如何大司马就认定了潞王不是来日的贤明之君？

这一来史可法百口莫辩，本来要调解事端，不小心却掉进了是非的漩涡，连拥潞一派的东林党人都给得罪了。

懊悔无奈之下，决定寻求外援，午后给凤阳总督马士英写了封快函，当晚派人疾递，约定四月二十四日到浦口会面，"密商大事"。

一见面，史可法把马士英视为可共大事之人，朝野舆论，和盘托出，然后非常诚恳地拱拱手："立君大事，刻不容缓。如何能让两派和衷共济，请前辈替可法妥为一筹。"

这是一言决富贵的当口。马士英比史可法年长十二岁，万历四十七年己未科的进士，比史可法的崇祯元年戊辰科早了九年，所以在齿序和科名上自然都是史可法的前辈。然而身份悬异，不可同日而语，史可法江南一人，轩轾无二，定邦决策的角色无可替代，所以马士英从来就没有想到，朝堂揆席，居然降尊纡贵来约他决策这样的大事，受宠之外，也有图报之意，因而认真思索了好大一会儿，高屋建瓴地说："两派势成水火，难以协调，立福、立潞，皆非所宜！"

这个意思是既不拥立福王，也不拥立潞王。史可法闻所未闻，不免感到非常迷惑："福、潞二藩，舆论已成，二者皆舍而不立，岂不是乱上加乱？"

"不然！目前之局，唯有折中其事，始能平息舆论。"

史可法想想，这话不错！既然拥福、拥潞两大派不好调和，则就不如曲突徙薪，改弦更张，如此两皆不立，倒是个快刀斩乱麻的处置手段，这等于双方都失去了争议的对象，舆论自然也就能够平息下来了。

"嗯、嗯。"史可法接受了这个意见，挠首踟蹰，想了半天，突然灵机一动，"请问前辈，桂王如何？"

"也好！"马士英极其果断，"不过时间上不能拖延，一定要快！"

"桂王"就是神宗万历皇帝的第七子朱常瀛，藩地在湖广衡阳，崇祯十六年张献忠破衡阳，朱常瀛携眷而逃，逃到了广西梧州。从南京到梧州三千五百里，一来一往七千里，光路途上就要费时两个多月，所以马士英说"时间上不能拖延，一定要快"，否则时日蹭蹬，难免生变。

福、潞二王近在淮安，为什么偏偏要选个远在三千里外的桂王呢？史可法考虑得并不错：桂王朱常瀛是神宗显皇帝的嫡子，血缘上比潞王这个侄子和福王这个孙子都近得多。更重要的是，朱常瀛的生母为李姓皇贵妃，与老福王的生母郑姓皇贵妃毫无瓜葛，甚至有一种说法是，郑贵妃恃宠而骄，经常当面凌辱李贵妃。这就意味着，桂王不会像福王那样恶待东林党人。

所以"以桂代潞"对于东林一派仍不失"立贤"的堂皇理由，其实钱谦益的立贤之说，本来就不是真的要择贤而立，不过是专门为了抵制福王而巧立的一个名目而已；反过来，"以桂抵福"，则从神宗的血统上着眼，自然排除了福王，拥福一派也将无话可说。因此史可法一提"立桂"，马士英当即力表赞成。

于是二人谈妥，达成默契：以亲以贤，唯桂乃可。

将来大事一成，史可法仍然是拥立重臣，而马士英雨露均沾，亦不失为从龙元勋，成为拥立新君的第二号人物。

为了使朝臣明确自己的地位，马士英当即手书一函，要求南京朝堂的各部院大臣第二天到浦口，由史可法当面宣布"拥戴大事"。

这个函件交给史可法的侍从，用南大司马的通讯快船，当日递到宫廷。不料部院大臣根本就不买账，吕大器把函件撕得粉碎，厉声呵斥："马士英不过地方官员，如何能对我辈发号施令？"姜曰广、高弘图、张慎言等人也纷纷附和，把马士英损得一钱不值。

午后史可法的侍从回来，把朝堂议论一说，马士英恨恨地说："我回凤阳。朝堂上都要仰仗大司马了，计议既定，万勿更改！"

"放心、放心，都在可法身上，一切如议而行，绝不再改！"

马士英一走，史可法还有些庶务要办，当天留在浦口。傍晚料理完杂务，一人独处，沾沾自喜，以为"拥桂"之议一出，必能使朝野心服口服，从此争端不起，俾使上下一心，同舟共济，一场陡然而起的朝政纷争化为乌有。

兴奋之余，又想到毕竟拥福派首发其议，且骎骎然声势上超过了拥潞派，为了排除这一派有可能再次出现的无谓干扰，还要把不立福王的理由罗列出来，通过马士英之口宣扬出去，以使地方大员不出异议才好。因而灯下执笔，列出了对福王的"七不可立"：贪、淫、酗酒、不孝、虐下、不读书、干预有司。写好之后，自以为非常得意，尤其是"干预有司"一条，最为朝野所反感，把这个意思宣扬出去，拥福派就更不好说话了。

第二天一早把"七不可立"装入函套封实，派快骑飞递凤阳。饭后乘船渡江，回到南京，立刻召集朝臣，把摒福、潞而拥桂王的决定公布出来。

果然一阵错愕和静默之后，朝臣纷纷击节赞赏。都认为这是个折中的意见，但唯有接受这个折中的意见，始能化解目前的僵局。在河南老家孟津县丁忧守制期满、刚刚到南京履任不久的留都礼部尚书王铎，自感义不容辞，把以天子礼迎奉桂王所需卤薄乘舆的事务主动承担下来，韩赞周也表示，等到礼部事竣，他将亲率南京戍守营的一千士兵，前往广西梧州"迎驾"。

皆大欢喜之际，史可法万万没有料到，变生肘腋，他倚为可共心腹大事的马士英在凤阳反水了！

二十四日那天回到凤阳，已经入夜。马士英草草更衣洗漱，正要就寝，门上来报，说是漕督路振飞遣使者来了，要面见马制台，密告大事。

路振飞与马士英，一个在淮安，一个在凤阳，两地密迩，但各守封疆，不常来往，甚至在马士英的感觉中，路振飞平时有点儿不大看得起他。是这样一种关系，马士英不免心中疑惑，路振飞派人深夜造访，究竟要告诉他什么"大事"？

匆匆穿戴，延客入室，马士英开门见山就问："请贵使直说，路大人有什么事赐教？"

"贵标下高帅、黄帅和刘帅亲自带人，今日午后把福王从淮安劫持走了。"

"啊？他们要干什么？"

"口口声声说，要拥戴福王当皇上。"

"反了、反了！"马士英怒不可遏，"朝廷大政，内有部院，外有封疆，岂容方镇横加干预？他们把福王弄到哪里去了？"

"就在贵治下。"

"啊？弄到凤阳了？"

"是。"

"好，我知道了，你回去转告路大人，骄兵悍将，必须痛加裁抑。一切由我来办！"

打发走了来使，马士英彻夜思考，脸上的表情由怒趋静，由静转喜，终至按捺不住，哈哈大笑："妙、妙！指顾之间，位极人臣，没想到还有这么一场大富贵等着咱老马！"

第二天一早，果然如他所料，由他所节制的高杰、黄得功、刘良佐，三个总兵官一起来到凤庐总督衙门。

堂参之后，高杰代表另外二人说话："这几天闹得不像话！按伦序，福藩是大行皇帝的兄弟行辈，血缘最近。可是朝中小人当道，非要拥立潞藩。请制台大人说句公道话，皇位虚悬，不是国家之福，现在到底应该拥立哪一个？"

"以亲以贤，非福莫属！"马士英回答得极其痛快。

"好！制台大人一言九鼎，标下三人执鞭随镫。从今往后要是有人再敢提出拥立潞藩，没别的可说，大人一声令下，标下三镇齐动，入南京城兵谏！"

这话说得不伦不类，没有皇帝，哪里谈得上"谏"与"不谏"？不过马士英老于官场，知道当务之急是要把这三员悍将先安抚下来，然后才能让他们俯首帖耳，唯命是从，所以满面笑容地说："嗯、嗯，你们都是国之忠臣，事成之后，应记拥立大功！不过兹事体大，不容半点儿疏忽，且待本督周密筹划，务使事出万全！"

"标下听命！此事拖延不得，请大人速速拿定主意。"

"很快、很快。明天就有消息！"

打发走了三员悍将，马士英招来一个心腹常随，秘授使命，要他去把事情的来龙去脉打探清楚。这个常随与黄得功的一个亲兵是刎颈之交，所以不到半天工夫，就把全部底细报了回来——

四月十八日那天，福王朱由崧在淮安听说了皇帝自裁殉国、太子和二王被闯贼幽闭在京城的消息后，就开始打算着自己做皇帝了。到了二十日，又听说南京朝堂不少大臣要拥立潞王，而史可法犹豫不决，急得他团团乱转。

此人的资质，愚鲁蠢笨，但也不乏急智，当年他随着父亲从洛阳缒城而逃，就因为灵机一动，知道大顺军要追杀的是他父亲，所以绳索箩筐地缒下城墙之后，老福王往西跑，他则反其道而行之，往东狂奔，这才捡了一条命。大难来时，弃父自保，史可法的"七不可立"中有一条是"不孝"，即指此而言。

这一次他绕室彷徨，果然又来了急智。在他七岁出宫离京之前，有一个专门伺候福王的"伴伴"叫卢九德，自幼关照，呵护有加，朱由崧可说是在卢九德的眼皮子底下看着长大的。后来福王之国，去了洛阳，原来那一班子伺候福邸的宦官全都遣出宫外，卢九德也在此时分派到凤阳。凤阳是朱家皇帝的祖陵所在地，本朝特制，在南京留都、四陵——昌平十二陵、南京孝陵、承天府显陵、凤阳府祖陵，再加上湖广的武当山这六处要害之地分设"内守备府"，专掌兵马监督，握有一定程度的兵权，例如当今南京的守备太监韩赞周就是这类职务，而卢九德则是凤阳的守备太监。

想起了这么重要的一个人物，朱由崧立刻派人秘密到凤阳去找卢九德，央求他想办法斡旋继统大事。

卢九德接到密信后，欣喜若狂，他本来不知道这个从小跟自己形影不离的小主子潜匿在淮安，而如今密信互通，知道时来运转，就要鸿福当头了。

此时的凤阳地方总兵官是黄得功，字虎山，辽东咸平府开原卫人，自幼胆略过人，被时任辽东经略的熊廷弼看中，携入军伍，逐次积升，崇祯十一年升到了总兵之职。崇祯十三年奉朝命在凤阳、庐州一带剿杀"左革五营"的农民军，诏命节制他的就是凤阳守备太监卢九德。从崇祯十三年开始打交道，至今四年多了，二人的关系相处不错，卢九德的性情属于温和一路，不像有的太监那样对武将颐指气使，而黄得功虽然号称"万人敌"，凶猛彪悍，却能顾全大局，对卢九德执礼甚恭，今年三月初四日皇帝亲书谕旨，诏封黄得功为"靖南伯"，奉诏到军前宣读这道谕旨的也是卢九德。所以卢九德奉小主子之命"斡旋继统大事"，第一个想到的就是黄得功。

黄得功此时以凤阳总兵之职而移守庐州，卢九德派了一个得力的小宦官，飞驰庐州，把黄得功召回凤阳。一见面，推心置腹，把福王求助之意和盘托出。

这是从天而降的一场大富贵，拥立新君，可保世子孙荣华显达，黄得功自是一诺无辞。不过，他说："这件事受朝中大臣阻扰，得功一人执掌三万军兵，势单力薄，只怕镇不住局面。公公可以考虑，联络江淮诸镇，共同举事，朝中大臣就不能不有所顾忌了。"

"嗯、嗯，不错！"卢九德频频点头。

所谓"江淮诸镇"，除了黄得功之外，还有左良玉、高杰、刘良佐。

"左良玉在武昌，太远，不济事。"卢九德说，"高杰在徐州，刘良佐在寿州，离这里都很近。这两个人，我立刻与他们联络。"

当晚黄得功住在卢九德的"留守府"静待消息。第二天午后，近在咫尺的刘良佐先到，傍晚高杰也来了。黄得功说："好！江淮五镇，有现成的三镇，声势上足够了。"

于是就在卢九德的主持下，四个人秘密商议。

高杰显得最起劲："先把福王保护起来，然后跟总督摊牌！总督要是不干，我下手，把他拘禁了再说！"他说的总督就是马士英。

"不错、不错！"刘良佐随声附和，"手中有了福王，不要说总督，朝中那些文臣都要逼着他们表态！谁敢阻扰，咱们和他兵戎相见！"

高杰字英吾，陕西延安府米脂县人，相貌堂堂，一表人才，崇祯二年和李自成一同起事，绰号"翻山鹞"，打起仗来凶猛异常，是李自成非常倚重的一员虎将。李自成的原配夫人姓邢，也是米脂人。"米脂的婆姨绥德的汉"，历来米脂出美女，绥德出俊男，据说东汉末年的美女貂蝉就是米脂人，而英俊勇猛的吕布则是绥德人。邢氏夫人美若貂蝉，在军中也颇有决断，是李自成的得力内助。崇祯八年，高杰把邢氏夫人勾搭到手，背叛了李自成，投到明朝当时的陕西巡抚洪承畴手下，从此与农民军结成了死对头。今年元月，大顺军五十万人马渡河北征，已经成了明朝总兵官的高杰奉命前往山西阻贼，走到河南怀庆府地面，听说刘芳亮与李自成从蒲州分兵，正在往东杀来，高杰自知不敌，望风而逃，从怀庆逃入山东，一路烧杀掳掠，祸害百姓。后来派人到凤阳与马士英联系，表示仰慕，马士英延揽人才，把高杰收为己用，派驻在徐州。

刘良佐字辅明，山西大同人，打仗时骑着一匹黑白相间的驳花马，人称"花马刘"。崇祯初年混入军伍，在上江的庐州、六安一带与农民军的罗汝才部相抗，渐次积功，升为总兵。崇祯十五年他与凤阳总兵黄得功联手，在安庆府的潜山县大败张献忠，一时名动朝野，此后便碌碌无功了，被凤阳总督马士英安置在寿州，受其节制。

有了这两个人的态度，卢九德知道大事可成。他当机立断，叫这三个总兵官带着各自来时所随的几百亲兵，瞒着马士英，光天化日之下，越过汛区，跑到淮安府，把福王抢了过来。等到马士英从浦口一回来，三镇总兵约齐，一块儿到总督衙门"摊牌"。

得知了此事的来龙去脉，马士英狂喜逾恒。他本来在三总兵摊牌之前，就预感到了这是一场有人策划的"兵变"，而现在确知，是卢九德在中间穿针引线，则此事之妙，不可言喻。有三镇武将为依托，有老宫中的太监为翊赞，差的就是一个重要文臣为辅佐，而这个辅佐新君的文臣本来应该是史可法，没想到天去其势，如今自己居然可以取而代之。哼哼！朝堂上那些昏昏大员，从来就不把自己这个凤庐总督当成一回事儿，这一次倒要叫他们看看咱老马的手段厉害！

二十五日一早，马士英头戴双翅平翼冠，身着仙鹤补子服，动用了总督出行的全副仪仗，锣鼓锵锵地亲自来到凤阳的内守备府，事先闻报的卢九德把他迎入府中。一坐下来，反客为主，朝着卢九德拱拱手："本督此来，要请公公出面襄助翊赞大事！"

"喔，但不知制台要九德翊赞哪一位主子？"

"自然是福藩！"

"好、好。"卢九德知道大事已成，满面春风地完成了这桩交易，"拥立福藩，国家之幸，九德乐赞其成。大位更迭之时，九德担保，制台为拥立首功。"

这话说得马士英心头一阵狂喜，有了这句话就意味着，福王一登基，自己就成了内阁首辅，一人之下，万人之上，大权在手，予取予求，那些平日里看不起自己的朝中大臣，从此个个都要在自己面前低眉顺眼了！

"事不宜迟，请公公主持，立刻召集镇将，奉福藩到祖陵前盟誓！"

"镇将现成，召之即来。请制台先拜谒福王殿下。"

福王就安藏在卢九德的守备府里。稍事准备，卢九德带着马士英来到守备府的治公大堂。一进门，马士英举目一望。大堂正中"恩荫万世"大匾额下的公案后面坐着个眉目不清、一脸浊气的肥胖男子。不待卢九德说话，马士英急趋上前，跪了下去，规规矩矩地行了六叩首的大礼，声音朗朗，自报家门："大行皇帝钦命总督凤庐地方军务大臣马士英叩见嗣皇帝殿下！"

一声"嗣皇帝殿下"就算名分已定。朱由崧故作迟疑地顿了顿，然后声音不大，却也不失风度地说："国事垂危，今后一切都要托付给先生了。"

"是！马士英一腔忠贞，辅助殿下定国安邦！"

"伴伴，"朱由崧指指卢九德，"底下的事该怎么办，你来安排吧。"

卢九德这才轮得上趋近案前，躬身答话："请主子传见三镇总兵官。"

"好，叫他们进来。"

一切都是事先精心安排好了的。卢九德提醒马士英站了起来，与自己分立于案前左右两侧，挥挥手，示意一个小宦官出堂传命。

905

候在堂外的黄得功、高杰和刘良佐都是一身戎装，迈着趄趄武步，在小宦官的引导下，顺序而入，然后并排站立，默默数好了点数，齐齐匍匐在地：

"大明凤阳镇地方总兵官黄得功参见嗣皇帝殿下！"

"大明徐州镇地方总兵官高杰参见嗣皇帝殿下！"

"大明寿州镇地方总兵官刘良佐参见嗣皇帝殿下！"

落魄王子，数年来疲于奔命，从未想到还有今日的这番礼遇，一时激动得热泪盈眶，窸窸窣窣地哽咽着嗓子说："忠臣，你们都是大明朝的忠臣！有你们这些忠臣，孤可以无忧了。起来、起来，都站起来说话。"

三员镇将，再次磕头，然后才站了起来。高杰抢着亮开大嗓门儿，表示效忠："恭请嗣皇帝殿下放心，臣等鞍前马后，誓死护驾！"

在三镇总兵跪下去的那一刻，马士英心花怒放，骄横跋扈的武将这一下跪，就算厘定了各自的身份，自己这个辅佐大臣的名分有了！等到高杰表完忠心，他不容别人再说下去，躬身肃手，对着朱由崧，显得很有身份似的说："请殿下移驾，看马士英率属下盟誓定策。"

"盟誓"这个名目很新鲜，是马士英特为想出的出奇制胜的一招，对着祖陵盟誓，可以确立自己犹如"顾命大臣"一样的身份。

于是在他亲自搀扶下，福王一身赘肉，颤颤巍巍地起身、出堂，钻入一顶临时充作"辇舆"的十六抬大轿里，仍然用凤庐总督衙门的全副导子，锣鼓铿锵地出城，来到祖陵的地面"享殿"里，燃亮烛火，焚香拜表。

朱由崧先给自己的先祖行了三跪九叩的大礼，然后起身，侧立在先祖的神位前，很有兴味地看着众人在自己眼前的举动。

卢九德躬身点了点头，马士英当仁不让地居于首席位置，率众而动。卢九德居次，三总兵随后，齐齐跪地，恭行大礼。马士英捏足了嗓门儿，声彻殿宇：

"列祖神灵在上：值此国家板荡之际，臣等默奉天意，拥戴神宗显皇帝之孙福王殿下缵承大统，以匡社稷而安庶黎。耿耿此心，天日可表。恭祈列祖神灵，实维鉴之！立誓者：臣马士英！"

说完之后，往后肃手，做了个表示，其余四人会意，也跟着依次高声报出姓名：

"立誓者：奴婢卢九德！"

"立誓者：臣黄得功！"

"立誓者：臣高杰！"

"立誓者：臣刘良佐！"

这道仪式做完，马士英就好发号施令了，当即把福王接到凤庐总督的衙门里。午宴之后，侍从送来一封函件，打开一看，是史可法亲笔的"七不可立"，看完满脸微笑，塞入袖笼，有了这个把柄，史可法输定了！接着铺纸拈笔，抛开史可法，给南京的留守太监韩赞周写了封快函，宣布拥立福王的决定，又让卢九德以私人口气，给韩赞周附上一个便笺，打发侍卫亲兵动用驿站，速递南京。第二天照样还用凤庐总督衙门的全副导子，按住班头，取道淮安，由淮安经扬州，浩浩荡荡地来到濒临江北的仪真，静待朝中动态。

他的那封快函二十六日傍晚送到了韩赞周的私邸。韩赞周撕开封套，入目惊心，再看卢九德的便笺，知道已经为他打算好了"御马监"太监的位置，权力远逾南京内守备府，因而决定背弃"拥桂"的初衷，加入从龙攫功的行列。思定之后，遣人飞召各部院大臣，齐聚内守备府，宣布马士英的决定。

各部院大臣谁也不知道发生了什么事情，个个都是一脸茫然地应召而来。等到人陆陆续续全部到齐，韩赞周拿出马士英的快函，在空中扬了扬说："诸位，这是凤督马瑶草的决定！"

"什么？"吕大器首先跳了起来："区区一个马士英，他怎么能越过我辈擅做决定？"

"请少司马稍安勿躁。"韩赞周极其严肃地对吕大器说，"马瑶草封疆重臣，自然也能参与朝政。"

"先听听、先听听。"史可法是息事宁人的态度，"且听马前辈怎么说？"

吕大器还想争辩，但碍于史可法的面子，只好悻悻然地朝椅子上一靠。

韩赞周清清嗓子，锐声念道：

> 钦命总督凤庐地方军务大臣马士英，偕凤阳内守备府太监卢九德、凤阳地方总兵官黄得功、徐州地方总兵官高杰、寿州地方总兵官刘良佐，谨致书南中留都诸大臣：

仅仅这个抬头，就把全场所有的人都给镇住了，原来是个联名帖！一总督、一内官，再加三总兵，有内有外，有文有武，分量之重，不言而喻。

看看全场鸦雀无声，韩赞周很得意，也很佩服马士英的手段老到，顿顿音节，继续扯开公鸭嗓门儿，大声念道：

> 迩来朝野纷争，大位虚悬，此非国家之福也！向者福藩避难在淮，伦序当立。唯是我等称臣，盟誓于列祖灵前，以示天命有在，神器有主。克日奉新主莅孝陵祭告高庙，抚器御宇，典安社稷！闻南中有人尚持异议，臣等谨勒兵五万，驻扎江干，以备非常而志危险也！

念完之后，全场愕然，一个个都惊得目瞪口呆。说"勒兵五万，驻扎江干"，明显是以武力相威胁的意思。这一班子饱读经史的文臣，平日里庙堂纵论，雄辩滔滔，到了此刻才知道，非常之时，手中无兵无勇，一切都是空谈！

致憾最深的是史可法。他百思不解，马士英在浦口明明和自己商定了"以亲以贤，唯桂乃可"，何以时隔两天，突然变卦？早知是这样的结局，当初就该以留都首席大臣的身份，力排众议，迎立福王，何至于落得今日尴尬？

最为糟糕的是那个"七不可立"，白纸黑字，落到了马士英手里，弄成干戈倒持、授人以柄的局面。没有这个把柄，一切还好转圜，而这个把柄被人抓住，硬生生一个辅佐大臣的身份被人抢去，今后的朝中大政，只能老老实实去听候马士英呼来喝去了。

已经到了受制于人的地步，如果再不表态，只怕今日堂上卿，明天阶下囚。史可法首先打破沉闷之局，双掌合拢，向北一拱："大位已定，史可法率众臣迎驾！"

史可法做了这样的表示，别的大臣也只好纷纷跟着附和。时辰不早，相偕出了守备府，各自揽轿回家，去准备明天的迎驾事宜了。

四月二十七日，史可法不带一兵一卒，只带了几个文员随从，渡江而北，在仪真拜谒了福王。这就意味着马士英和卢九德密谋策划的这场拥立之变大功告成。

四月二十八日，在史可法和马士英的陪同下，福王一路上骡马大轿，到达浦口。第二天从浦口乘船，正午泊舟于燕子矶，韩赞周和魏国公徐弘基率留都群臣跪伏参拜。

五月初一日，南京士民，倾城出动，在朝阳门外的大路上，万众跪伏，都要看看这个就要君临天下的藩王是何等风采。

朱由崧从燕子矶的大篷船上登岸，乘坐御辇，史可法和马士英率部院大臣徒步陪同，沿着三山门外一路东行，先到紫金山拜谒太祖高皇帝的孝陵，以示宗庙血食，传承有绪。然后法驾卤薄地从朝阳门缓缓入城。万众欢呼声中，朱由崧头裹青角巾，身穿素绫衫，烈日之下，手摇白竹扇，频频向士民挥扇致意。那派头，就像躬耕陇亩的高人逸士似的，引得民间百姓纷纷额手相庆：这下可好了，新天子必是个满腹经纶的有为之君！

辇驾过后，人们欢然聚议。

"诸位，今日之事，大有天意！"一个儒雅的皓眉老者说。

说到"天意"，立刻引起了人们的兴趣。有人便主动维持秩序，示意噤声，要听老者怎么说。

"诸位可曾知道，三月十五日那天，大行皇帝在大内的西苑做了一场大大的法事？"

"有所耳闻，但不知其详。"一个年轻后生说，"请老先生细细开导。"

"这场法事极其隆重，真正大明朝开国以来未之前闻。"

"历来皇家法事，都有说法。不知这次是何名目？"

"罗天大醮！"

"唔唔，八方世界，罗天重重。这样的大醮，怕是五星二十八宿都要光临了。"

"当然、当然！由天兵天将护驾，各路神仙，一体降临，就连普天大醮和周天大醮都不能与之相比。"

"但不知是哪位法师主持的醮坛？"

"请的是江西广信府贵溪县龙虎山的张真人。"

"莫不是当今的活神仙张天师？"

"不错，正是张天师。"

"张天师上通天庭，下通冥府，法力大得很。不知大行皇帝请他做法事为的什么？"

"自然与今日之事有关。"

"啊？"

"那天张天师念完玄天大咒之后，立刻飘来一朵祥云，几百只仙鹤，前呼后拥，载着他去了南天门内的凌霄宝殿。"

"这么说，张天师是去叩谒天宫了。"

"那还用说？"

"他见到玉皇大帝了吗？"

"咄！"老者微显不怡，"张天师受大行皇帝郑重嘱托，为的就是要聆听天意，如何能不见玉皇大帝？"

"是、是，"年轻后生一脸歉意，"小子失言了。请老前辈继续说。"

"张天师向玉皇大帝转奏了大行皇帝的恳求。玉皇大帝微微一笑，秘授了八字真言。"

"唔？大行皇帝恳求的什么？"

"大行皇帝担心万年之后的国运，恳求玉皇大帝教诲。"

"玉皇大帝怎么说？"

"国家绵久，万子万孙！"

"这就是八字真言？"

"不错！"

"咦？听起来是吉祥之语，然而天意微密，作何解释？"

看看众人都还执迷不悟，老者捋捋银须，神色极其矜持："请问诸位，前朝的光宗泰昌皇帝是不是神宗万历皇帝之子？"

"是啊，这还用说吗？"众人颇为不屑，似乎感到这一问纯属多余。

"然则再请问，前朝的熹宗天启皇帝和当朝的大行皇帝，是不是万历皇帝之孙？"

"唔，唔。"有人听出点门道了。

"刚刚瞻仰过的新天子，不也是万历皇帝之孙？"

"啊！"众人突然憬悟，个个喜上眉梢，原来福藩继统，竟是玉皇大帝早就安排好了的！

"不错、不错！"年轻后生抢着说，"万历之子，万历之孙，可不就是'万子万孙'么！好、好，大明朝万历皇帝一脉统绪不绝，国家隆运，自然绵久。真没想到，这一切都是天意，我等小民百姓尽可高枕无忧了！"

——这样的议论，立刻传遍南京五城，一时街谈巷议，家喻户晓，都以为天佑大明，国祚绵长。新天子登基以后，又要重开太祖高皇帝创业之后那样的太平盛世了。

910

福王的辇驾当日入城之后，临时驻跸在韩赞周的内守备府。第二天朝臣集议，福藩以什么仪式入承大统。

"应该先摄监国之名！"礼部尚书王铎出语惊人。

马士英已经有了参与庙堂大计的资格了，闻言不解："什么、什么？怎么不是登基，而是监国？"

"是。"王铎捋捋胡须，缓缓而答，"近来北地哄传，辽东宁远镇总兵吴三桂借夷兵十万，大败闯贼于关外一片石。贼酋李自成单骑逃脱，北京城已被吴三桂收复……"

话说到这里，吕大器已经明白王铎的意思了，立刻抢过话头："果真如此，皇太子仍有即天子位之望，福藩连监国都不必了，宜于择一善处，退归藩邸。"

"不错、不错！"高弘图、姜曰广和张慎言争相附和，"皇太子健在，福藩必须归邸，皇位依然是大行皇帝的血胤一脉！"

不啻当头一棒，马士英万没料到，北边还有这样的消息。如果这个消息属实，则朱由崧的嗣皇帝身份就要自然解除，几天来的精心策划之功全部变成虚幻，白白忙活一场犹其余事，自己的面子丢尽，从此处处遭唾，举国讪笑，要在满朝臣僚的口水沫子里面去讨生活了。为此他非常气馁，朝着王铎拱拱手，试探着问："大宗伯，消息靠得住吗？"

"事出道路传言，尚需证实。唯其尚需证实，故而福藩不宜亟亟膺登大位。"

"嗯、嗯。"马士英想明白了，决定照王铎的意见去做，"大宗伯言之有理。既属传言，就要设法证实，这一层且撇开不说。此次福藩入临南京，朝野拜服，万民欢欣，倘若斥退藩邸，必致人心慌乱，天下不安。是故士英以为，为大局计，可请福藩暂摄监国之名，以安民心。"说到这里，他又转向史可法，"大司马，意下如何？"

这是乞援的表示。史可法连日来心中就像有鬼似的，见了马士英总觉得扭捏不安，不过马士英闭口不提"七不可立"的事，倒像什么也没发生过一样，所以他知道这是马士英不想骤然与自己闹翻，暂时维持住面子，以后还可共事。投桃报李，他决定给马士英个台阶，让他也心存感念。无论如何，只要皇太子真的还在北京，则"监国"二字，徒有其名，什么作用也起不了，与退归藩邸并没有什么两样。

想到这里，他朝众人看了看，意思是提醒大家，不要再做无谓的口舌之争："皇太子尚在，大位自然不容外藩觊觎，而这几日风声已出，民心舆情亦不能不顾。可法以为，不妨请福藩暂摄监国之名。等到吴三桂拥太子即位，上以慰大行皇帝在天之灵，下以安黎民百姓望治之殷，不失为两全其美之计。"

这也算一言九鼎了。众人想想，这个折中的意见不难接受，于是收敛了继续与马士英口角争斗之意，表面上欢然通过。

初三日那天，朱由崧从大明门进入皇宫，在武英殿行监国礼，算是勉勉强强地接受了监国名号。不过不行即位礼，就不能入住皇宫，当晚很委屈地仍然回到韩赞周的内守备府。

"公子，来，快趁热把这碗药汤喝下去。"

"不，香君，药汤不喝了。"

"那怎么行？郎中说了，还要连着喝两天呢。"

"我好了。"

"是吗？我来看看……哟，怎么出了这么多汗？"

"嗯，一出汗，就算好了。"

"快别动，我来给你擦擦汗。"

"好、好。香君，这两天真难为你。昨天是不是又一整夜没合眼？"

"不是。后半夜趁着你睡得好，我也打了个盹儿。"

"今天你要早点睡，明、后两天帮我收拾行李。"

"啊？收拾行李？公子，快告诉我，你要打算去哪里？"

"回家。"

"回家？"

"是，回河南商丘老家。"

"……"

"香君，你别哭，这次我要带着你一块儿走。"

"啊，真的吗？"

912

"真的。"

"那可太好了！公子，前些天，问你什么也不说……"

"是。前些天，心里乱，什么也不想说。让你受委屈了。"

"现在能不能告诉我，心里为什么那么乱乱，连话都懒得说了？"

"好，你坐下来，听我说。"

"我就坐这儿好了。说吧，你说，我听。"

"还记得我对你说过的那个魏阁老吗？"

"记得啊，不就是从北京逃出来的那个兵部尚书魏炤乘吗？"

"不错，就是他。"

"他怎么了？"

"他告诉我，家父在北京降贼了。"

"啊？不会吧？是不是魏阁老在京城里听来的谣言？"

"不是。是他亲眼看到的。"

"他看到了什么？"

"三月二十三日那天，闯贼李自成在皇极殿的丹陛上露了面儿，魏阁老看到家父陪坐在李自成身边。"

"噢，这可真是个坏消息！公子，这个消息，现在南京朝堂都知道了吗？"

"还没有。魏阁老是私下里对我说的，他不会对别人说起。"

"你怎么知道他不会对别人说？"

"他老家河南彰德府，我老家河南归德府……"

"我明白了——官场上都讲究同乡之谊。"

"不光这些。还有，魏阁老做兵部尚书期间，家父是兵部侍郎，二人是同衙的堂官，相处不错。"

"要是这样，你还担心什么？"

"那个消息，很快就会在南京传布起来。"

"这又是为什么？"

"这些天，从北京逃过来的人很多……"

"噢、噢，魏阁老不说，难免别的人会说，是吗？"

"是。"

"父是父，子是子，令尊降贼，与公子何干？"

"本来无干，可是现在马士英成了拥立元勋，这就大不一样了。"

"马士英，你和他有过节吗？"

"没有。"

"这我就不明白了……"

"我说个人，你就明白了。"

"谁呀？"

"阮大铖。"

"噢，就是那个阮胡子啊。"

"他和马士英是一条道上的人，关系极密。马士英能当上凤庐总督，就是他出了一万两银子………"

"我知道了。公子是担心，阮胡子利用马士英的关系来整你，对吗？"

"对。这几天阮胡子很活跃，又从城外搬回裤子裆，连日排筵，嚣张得很。"

"他能把你怎么样？"

"放出话来了，说要兴大狱，好好整整东林和复社人士。"

"嗯、嗯。公子是复社骨干，前几年又得罪了他，看样子他不会放过你。"

"不错。再加上家父降贼的事，你说说，我能有什么好结果？"

"史大司马不能替你说说话吗？"

"唉，宪之兄搞得窝囊透顶！"

"怎么了？"

"一言难尽。简单和你说吧，他有把柄攥在马士英手里。"

"马士英敢和史大司马过不去吗？"

"怎么不敢？此人野心很大，想取宪之兄而代之。"

"真糟糕！怎么会搞到种地步？朝中的东林正人不是很多吗？"

"多也不行——君子斗不过小人。"

"我就不信，难道天下事就没有是非了吗？"

"是非是争论出来的。关键时刻，不需要争论，可是朝中大臣不懂这个道理。"

"我怎么不明白公子的意思？"

"譬如说这次拥立之争，朝中大臣，议论侃侃，就是不知道采取手段，最终还不是搞得一败涂地？"

"手段？这要采取什么手段？"

"好，我再反过来说给你听。马士英拥立福藩成功，你看他和你争论了吗？没有！他直接联络地方武将，胁迫朝廷，一下子就把局面给控制住了——就是要拿出这样的手段！"

914

"噢、噢，我明白了，有文事者必有武备。"

"对了。香君，你总算明白了，可惜朝中大臣至今还没明白怎么回事。"

"这我可要责怪公子了。"

“喔？责怪我什么？”

“公子和史大司马关系那么近，为何就不私下里提醒提醒他？”

“身无功名，我不过一介青衿学子，如何可干预朝中大政？”

“天下人人皆知，公子是复社名流，怎么就不能向朝廷建言建策？”

“此一时也，彼一时也！当年复社四公子齐集金陵，笔锋所向，奸佞丧胆。如今呢？陈定生久无音讯，想来正在阳羡弄墨自娱；方密之身陷贼窟，在北京是死是活不得而知；冒辟疆在如皋水绘园悠游林泉。南京城内，就剩下我一个侯方域，势单力孤，哪里还能鼓动文潮？香君，复社学子以文章而遥控朝政的时光不再了。”

“说得好凄凉！难道就没有东山再起的机会了吗？”

“是，天下没有不散的筵席。”

“公子莫沮丧。听说福王有福相，说不定亲贤臣、远小人，大明朝还会有一番中兴的气象呢。”

“那都是民间误传。福王在洛阳藩邸口碑很差，骄奢淫逸，不学无术。这样的人当国，真正社稷之痛！”

“是吗？原来福王是这样的人！不过，听说本月初三日那天，他仅仅行了监国礼，并未登基当皇帝。”

“或迟或早，总要当的。”

“为什么？”

“暂行监国礼，是因为外间还有皇太子存世的传言。不过，照我看来，就算皇太子还在人间，也万无来南京即位的可能。”

“这是什么道理？公子说说看。”

“上个月二十二日，清军从山海关进入腹地了。”

“啊？清军，不就是关外的建房吗？”

“正是。”

“建房怎么会入关？不是说山海关有吴三桂据守吗？”

“就是吴三桂开关，把清军引进来的。”

“吴三桂好大的胆子，他怎么敢做这种留千古骂名的事？”

“有两个说法。一个说吴三桂为了给大行皇帝报仇，兵力不够，所以暂借清兵十万，入关剿贼……”

“吴三桂怎么这么糊涂？清兵如何能借？这不是与虎谋皮吗？”

"是。借清兵是与虎谋皮，妇孺皆知的事，吴三桂竟糊涂如此！不过，对这个说法，我心里总有疑惑……"

"公子疑惑什么？"

"三月初六日那天，大行皇帝连下两道勤王诏，一道给了宪之兄，另一道给了王永吉，可是……"

"啊，我想起来了，公子和我说过的，王永吉与史大司马都是人杰。"

"不错。我的疑惑就是，北边的大权在王永吉手里，吴三桂怎么能擅自决定向清朝借兵？"

"公子是说，清兵入关，与吴三桂不相干？"

"责任总是有的，但主要责任不在吴三桂。王永吉应负决策之责！"

"嗯、嗯，王永吉是总督，吴三桂是镇将，道理上没有以下驭上的可能。公子，我懂了，向关外借兵，这么大的事，没有王永吉的决策，谁也不敢胡来！"

"可问题是，现在众口汹汹，都在派吴三桂的不是，却只字不提王永吉。"

"民间议论，何必当真？这件事，早晚会弄清楚的，王永吉难逃法网！"

"不一定，三人成虎！有些事，误会一深，就成了舆论。舆论一成，就算不是真相，也会被误以为成真相。这件事，我很怀疑，说不定是王永吉故意给世人设下的疑案。"

"要是那样，可就太不公平了。骂名留给吴三桂，王永吉决策失误，却没有人去追究他的责任，这不是不讲道理吗？"

"天下事，本来就不是都讲道理的。"

"公子刚说有两个说法，第二个怎么说？"

"第二个说法是，闯贼招降吴三桂，吴三桂坚决不降，但又顾虑闯贼势大，为了不至于腹背受敌，所以主动开关，迎降于清朝。"

"要是这样，愈发可恶了！背叛祖宗，屈事外夷，这个吴三桂，真该千刀万剐！"

"两个说法，无论哪一个属实，吴三桂都难逃史笔之诛！"

"公子，清兵入关，最终会对咱大明朝有多大祸害？"

916

"其害大矣！香君，我从两个方面对你说，你一听就明白了。"

"好，说吧，我听听看。"

"首先，清兵入关，北京难保，北京一失，北国难保。大明朝能守住江南半壁就不错了。"

"啊？这么严重！"

"当然！"

"不是说还有闯贼吗？闯贼也容不得外夷入寇不是？"

"闯贼也许会抵挡一阵子，但要论勇猛彪悍，闯贼也不是清兵的对手。"

"这是什么道理？"

"闯贼的兵员，都是些游氓农夫，为了讨口饭吃，受了蛊惑，临时拼凑起来，这就叫乌合之众。清兵则不然，女真的后裔，马上部族，自幼在马背上追逐野兽惯了的，打起仗来，憨不畏死，把骑马杀人视为乐事。你想想看，这样的兵员，咱们汉人，哪个能比得了？"

"这么凶蛮？"

"打仗就是杀人，靠的就是凶蛮，文质彬彬怎么行？北宋的靖康之耻怎么来的？不就是文弱打不过凶蛮吗？"

"这样一说，真的令人担忧。"

"还不止于此！历来争夺天下，都不会满足于既得版图，得寸进尺是人的通病。此次清兵入关，如果他们仅仅意在中原倒是大明朝的幸事了，照我看，谁不想得天下？满洲人也一样……"

"莫非大明朝会从此亡国？"

"快了，清兵一入关，亡国之祸就在眼前。"

"当年宋朝不就保住了半壁江山吗？"

"那是因为宋朝的皇统不坠——宋高宗是宋徽宗的儿子。"

"不是说宋高宗没有大志，故意不去收复中原吗？"

"不错，收复中原，迎回二帝，他自己的皇位就要让出来，但那是另外一回事。皇脉血胤不变，宋高宗就有了对南方军民的号召力，所以将帅一心，据河而守，金兵试探着打了几次也无法吞并江南，这才延续了一百五十年的赵家江山。"

"唔、唔，皇脉血胤这么重要？"

"当然！弄清了这个，你就会明白一半。"

"另一半呢？"

"另一半就是我要说的第二个方面。你听着啊，如今南京的局面，是立了福王。其实拥立福王也好，拥立潞王也好，包括拥立桂王在内，都不能改变今后大局的溃败之势。"

"为什么？"

"问题就出在'拥立'二字。"

"请公子把话说清楚。"

"'拥立'与'授命'大不一样。当初宋朝靖康之难，徽、钦二帝北狩，临走前授命康王——就是后来的高宗统领天下兵马，文武奉诏，帖然归命，再也没有人敢起觊觎大位之心。以此反观当前之局，大行皇帝没有遗命，这就需要群臣拥立。前面不是说了吗？拥立新君，就要采取非常的手段，而一采取手段，没有武将的参与不行。好了，问题就出在这里，历来武将干政，国家必亡！"

"唔，公子是说，国家大事，不能让武将说了算。"

"对了。"

"那就不能想个什么办法，压制武将，不许他们干政吗？"

"谁能压制住他们？武将有了拥立之功，专横跋扈，连新君都要受他们的挟制，你就不想想，谁还能奈何得了他们？"

"哟，那不是要天下大乱了吗？"

"武将拥兵，藩镇割据，必然搞得天下大乱，唐朝就是这样灭亡的。"

"噢、噢，我总算明白了。看来事情坏就坏在大行皇帝没有遗命。如果有，武将就想干政也没有机会。"

"嗯，看来你是真的明白了。不过，大行皇帝就算没有遗命也不要紧，如果皇太子能南来即位，也就不会出现武将拥立的事……"

"对了，公子刚才说，就算皇太子还在人间，也万无来南京即位的可能，这又是什么道理？"

"这就和清兵进入腹地有关了。香君，你说吧，清兵志在中原，甚至还想夺取天下，他会允许皇太子还活着南来吗？"

"嗯，不会。看来清兵一夺下北京，首先要杀了大明朝的皇太子。"

"就算不杀，也要严密拘禁起来，一辈子再无出头之日。"

"我懂了。南宋不亡，是因为皇脉血胤存续下来，免去了一场拥立之争。大明朝必亡，是因为武将拥立，必然干预朝政，没有人能制服得了他们。到了清兵打过来，他们各行其是，不能一心一意保家卫国。是了、是了，这样的朝廷，等于群龙无首，连皇帝也是个傀儡，迟早要亡。公子，我说得对吗？"

"一点儿不错！"

"要是这样，倒要好好打算打算了。公子准备回河南老家干什么？"

"什么也不干！闭门谢客，息交绝游，顶多在书斋里待着，写点什么，如此而已！"

"要是战乱一起，不容公子待在书斋里呢？"

"要是乱得太厉害，说不定还要四处颠沛，八方逃难呢。"

"怪不得上次公子说，要过乱世漂泊的日子了。"

"国事如此，非人力所可挽回。"

"好。不管到哪里，我都跟着公子走……"

"咦？香君，你怎么又哭了？"

"公子，我好冷。"

"怎么会？五月骄阳天，你怎么会冷？"

"心冷！"

"心冷？"

"是。从此我们就没有邦国，也没有君父了。"

"人事有代谢，往来成古今。香君，且走一步，说一步吧。"

"唉！真不好想象，亡国奴的日子可怎么能过得下去。"

后　记

　　看完这部小说，读者一定会有这样的困惑：为什么你写的这段历史与我们此前所知道的不尽相同，甚至差异极大？当今社会戏说历史和盲目翻案之风盛行，莫非你也在开历史的玩笑或为某历史人物鸣冤叫屈？

　　对于这样的问题，首先我要向读者说声抱歉！由于这是一个很大的话题，恕我不能在此为您作答。我想说的是，与您的困惑恰恰相反，我在这部小说里为您描述了一段严肃而真实的历史，不是戏说，也没有替谁翻案，尊重历史，客观公正，是我创作这部小说的基本原则。以往我们对这段历史的认识有误区，也有错误，有些错误还相当严重，且根深蒂固，影响巨大。而这一切，我都在我的另一部学术著作《吴三桂与甲申之变》（知识产权出版社2013年9月出版）中作了详尽的考辨和论证，有兴趣的读者不妨寻来一读。好在虽然是学术著作，而我写的并不深奥难懂，能读懂我的这部文学作品，就能读懂我的那本学术著作。读了那本著作，您对这部小说的一切困惑都将烟消云散。如果您暂时没有条件去读我的那本学术著作，则不妨先看看本书所载的两个附录，那是两位史学专家对我那本书的阅后评价，读了这些评价，您即可对我的相关研究留下个大概的印象。

　　接着我要谈两个方面的话题，一是与这部小说有关而我在《吴三桂与甲申之变》中没有专门讨论的几个问题；另一是这部小说故事情节发展的余波——兹先谈其一。

　　李岩是个颇有争议的人物。历史上是否实有其人？此前史学界有两种截然对立的观点。否定者以顾诚先生和栾星先生为代表，肯定者以陈生玺先生和王兴亚先生为代表。顾诚的文章有《李岩质疑》和《再谈李岩问题》，分载于《历史研究》1978年第5期和《北京师范大学学报》1979年第2期；栾星的文章有《李岩之谜》和《李岩传说的余波》，收录在栾著文集《甲申史商》里，1997年中州古籍出版社出版。陈生玺有专文《李岩在北京史实新考》，收录在陈著文集《明清易代史独见》中，1991年中州古籍出版社出版；王兴亚有一本《志大才疏的李自成》，其中专门谈到了李岩的问题，2008年中国社会科学出版社出版。

从时间上看，最先否定李岩其人的是顾诚（1978年和1979年），继而陈生玺撰文反驳（1991年），接着是栾星（1997年）。就深度而言，栾星超过了顾诚，而二人都力持李岩为"乌有先生"说。陈生玺与王兴亚则都坚称李岩实有其人。这场争论的最后声音是王兴亚发出的（2008年），之后归于沉寂，至今未闻对王说的反驳意见。

据王兴亚《志大才疏的李自成》介绍，最近（2008年之前，具体不明）在河南省博爱县发现了《李氏家谱》，《谱》载：李信，字岩，河南怀庆府河内（今博爱）县唐村人。生于万历三十四年（1606），崇祯年间县学的贡生。李信兄弟四人，李信居末，三个兄长依次为李伦、李仲、李俊。李信的三叔李春玉，字精白。李精白无子，以李信过继膝下而承续香火，故李精白与李信为伦理上的父子关系。李精白在开封府杞县做粮油生意，李信曾随侍其父，在杞县管理过生意上的账目。李信的生父李春茂，是当地有名的拳师，与河南温县陈家沟"陈式太极拳"的创始人陈奏庭交好，而且两家是姻亲。由于这个背景，李信文武兼修，文则县学生员，俗称秀才；武则与其兄李仲和陈奏庭时时磋练，共研太极，著有《太极拳养生谱》。崇祯十三年（1640）冬李自成由晋入豫，准备攻打洛阳。农民军有个河南怀庆府河内县人叫李牟，奉李自成之命回乡招揽人才。由李牟的"引诱"，李信与其胞兄李仲，还有另外一李，叫李友，同乡共九人参加了农民军（见王著《志大才疏的李自成》第45页）。

王兴亚先生的介绍如果属实，则李岩的问题已经解决。但王兴亚著书行文，论据多不注明出处，所以《李氏家谱》的真实性还有待证实。综合四家之言，我个人的看法是，李岩确有其人，但不像历来传说的那么重要，可能是农民军中一个比较温和的中、高级将领，清初的几部野史小说把他的作用夸大了。学术是天下公器，我认为王兴亚先生应该把《李氏家谱》公示出来，这样李岩的问题才能彻底解决，并且让人心服口服。

由于以上原因，我在这部小说里把李岩定位为大顺军的"制将军"兼"谋士"的角色，出场不多，只在关键时刻让他露了露面，比较符合他"文武兼修"而又不是最高决策层成员的身份。

吴三桂的籍贯，据《清史稿》本传为"江南高邮人，籍辽东"。此说采自《明季北略》卷二十《吴三桂请兵始末》："吴三桂，字长白，高邮人。"我以为《清史稿》误采孤证，殊不可信，没有任何文献资料能够支持这个说法。按：《明季北略》记事舛误甚多，我在《吴三桂与甲申之变》中已有说明，此不赘述。

天下吴姓，以周初的泰伯为创姓始祖。泰伯之后，数传而至寿梦。寿梦诞育四子，季札最小，封于延陵，时称"延陵季子"。延陵地当今江苏常州、江阴、丹阳一带。凡延陵季子这一支的后世子孙均以"延陵"为郡望、以"延陵堂"为祖祠，而祖祠又称"家庙"。清人称吴三桂"延陵将军"即本于此。

吴氏族谱，各地都有。感觉上与吴三桂有关的，在写完《吴三桂与甲申之变》后，我主要关注了江苏《高邮吴氏宗谱》和浙江绍兴《山阴县州山吴氏族谱》这两种。

《高邮吴氏宗谱》的古本中没有吴三桂的名字，大约在近三十年期间，此《谱》添加了"吴三桂"。

2008年2月21日《扬州时报》载文《吴三桂族谱现身仪征陈集》。文中以《吴氏三让堂族谱》为据，证明仪征陈集双圩村的吴姓是吴三桂的后人。我以为此说靠不住，有两点即可将其否定：

一、文中说：该《谱》修于1984年，据村中老人回忆，《三让堂谱》所载开宗始祖即是吴三桂，而现《谱》的记载始于"朝"字辈。又据这位老人回忆，"家谱最早记载的'朝'字辈前还有两代人，即'三''国'字辈"。按：吴三桂的下一辈为"应"字辈，这是无可置疑的事实，没有任何史料能够证明吴三桂有"国"字辈或"朝"字辈的后人，则此《谱》说吴三桂有"三"字辈和"国"字辈的后人，自然不是事实。

二、文中说"据吴氏族谱记载，当时顺治皇帝召见吴三桂，扣押其长子作为人质，要吴三桂入朝为官，据说顺治三次借口外出，要吴三桂代理朝政，吴三桂写'万岁'二字供于皇帝龙座上，和文武大臣一起跪拜。顺治认为吴三桂并无篡位野心，遂加封吴三桂'三让堂'堂名。"这段叙述，颇类齐东野语，既与史实不符，又与朝制相违。按："三让"典出《论语·泰伯篇》，亦见《史记·吴太伯世家》，说的是商末周初吴姓始祖泰伯三让王位的故事，泰伯的后人乃有以"三让堂"为祖祠者，此与后来的顺治帝无关。"三让堂"只能说明仪征陈集双圩村的家族是吴姓，却不能证明这一支吴姓是吴三桂的后人。

此外江苏常州的吴氏族谱不下十余种，也都没有吴三桂的名字。载有吴三桂名字的只有绍兴《山阴县州山吴氏族谱》。

目前所见最早的《山阴州山谱》是康熙二十六年（1687）的重修本，其中"吴三桂"的名字有两处：一、一分支大分诚二房的第八世孙有个吴三桂，还有吴三凤、吴三龙、吴三辅等。与此相连带，则同房九世孙中有"应"字辈，其中"吴应熊"即史籍所载的吴三桂长子；二、正四房的九世孙有个吴三桂，还有一桂二桂直到四、五、六桂，正四房此后无载。

吴襄的名字也有，《山阴州山谱》一分支大分诚二房有个六世孙吴襄。

因此，《山阴州山谱》是目前我所见到的唯一将吴襄、吴三桂、吴应熊祖孙三人皆载其中，且归在同一分支、同一分房的吴氏族谱。此外，史载吴三桂有兄三凤、有弟三辅，亦与此谱相合。

问题是：据此谱，吴襄是六世孙，吴三桂是八世孙，中间隔了一辈，则吴襄成了吴三桂的祖父辈，与史实不符。我的初步看法，这与两个人有关，一是吴兴祚，一是吴邦枢。

吴兴祚是山阴州山吴氏的九世孙，康熙重订本《山阴州山谱》的总纂人。此人与绍兴的清初名臣姚启圣一样，都是康亲王杰书的亲信幕僚，以平定"三藩之乱"的功劳而保奏福建巡抚，后又擢为两广总督，挂兵部尚书衔。这样的经历和身份，在修族谱时，不能不对同宗叛贼吴三桂有所顾忌。现存再修本《山阴州山谱》有清朝嘉庆十九年（1814）吴寿朋所作《读家谱辩》一文，文中透露，康熙二十六年吴兴祚重修的族谱有云"慎直元末避难山阴，先世世系居址失传。"另据道光十九年吴国柱所作《访查远祖世系记》："尝读留村公（按：吴兴祚号留村）所修族谱载先世无考怀疑有年矣，迨族人出葆亭公《抄谱小引》与琢山公（按："琢山公"即吴寿朋，号琢山）《读家谱辩》始知，慎直公以前尚有两代，系出萧山上长山，乃留村公略而不载何也？"——问题提得很尖锐！可知吴兴祚修族谱时所持的态度并不客观，对生活在元蒙时代的开宗之祖吴慎直之前两代尚且有所隐讳，则事涉清朝的"逆贼吴三桂"岂能秉笔直书？

吴邦枢是现存再修本《山阴州山谱》的总纂人，时在民国十三年（1924）。此时吴三桂早已是臭不可闻的"汉奸"了，则吴邦枢自然更不能不有所顾忌。

简单地说，吴襄、吴三桂、吴应熊，此三人为嫡亲的祖父子关系绝无异议，而《族谱》将其辈分错乱，必然另有原因。原因究竟何在，可以继续探讨，但吴三桂出于山阴州山则不好怀疑。

山阴州山吴氏是浙东望族，明朝万历末年有一分支大分八世孙吴兑任"蓟辽总督"，继有其族亲二分支三分七世孙吴大斌往投辽东，此"二吴"俱与时任"辽东总兵"的李成梁和李如松父子二人过从甚密。由此二吴的援引，山阴州山吴氏族人纷纷北上，投入辽东军中。兹据《山阴州山吴氏谱》的不完全统计，与吴大斌同时或之后计有：

1. 吴大圭：二支三分七世孙，任辽东清河卫守备

2. 吴大武：二支三分七世孙，任蓟镇榆木岭提督

3. 吴　继：二支三分七世孙，任辽东都司经历

4. 吴元思：二支四分七世孙，入辽东辽阳籍

5. 吴元恩：二支四分七世孙，入辽东辽阳籍

6. 吴来臣：二支四分七世孙，辽东总兵李如松部将，赴朝鲜抗倭阵亡，赠武略将军

7. 吴宗汉：二支三分八世孙，葬辽东

8. 吴宗道：二支三分八世孙，任辽东守备，两次率水师入朝抗倭

9. 吴景忠：二支三分八世孙，葬辽东

10. 吴景桂：二支三分八世孙，辽东武备道，卒赠都指挥佥事

11. 吴廷忠：二支三分八世孙，辽东清河卫庠生

12. 吴存忠：二支三分八世孙，葬辽东清河卫

13. 吴希尧：二支三分八世孙，辽东海州卫庠生

14. 吴友义：二支三分八世孙，职务不详，松锦之战陷松山城而殉国

15. 吴朝聘：二支四分八世孙，职务不祥，松锦之战殉国

16. 吴朝相：二支四分八世孙，职务不祥，生子四，俱陷辽东

由上列名单可知，继吴兑和吴大斌之后，山阴州山吴氏的第七世孙和第八世孙中有相当一批投奔了二吴而落户辽东，成了山阴州山吴氏在辽东的一个分支。而这一分支，就目前所见，未立族谱，可知其籍贯仍属浙东山阴。吴三桂生于辽东中后所，即今辽宁省绥中县。按照明清时代的户籍管理制度，

925

吴三桂在中后所生活超过二十年，并且在中后所有血亲长辈的"坟庐"，符合这两个条件，则吴三桂也只能算是"寄籍中后所"，本籍仍是江南绍兴府山阴县，并无《清史稿》所说"籍辽东"的事实。况且"辽东"是个地域的泛称，并不是户籍管理的行政区划，因而"籍辽东"本身就是个错误的说法。

前面谈到，吴三桂是山阴州山吴氏一分支大分诚二房的第八世孙，如果这个记载属实，则吴襄必是此族的第七世孙，与上列名单中的两世族人相同。由此大致可以断定，山阴州山吴氏第七世孙吴襄于万历末年随同族人往投辽东。在辽东的中后所生子吴三桂为八世孙，尔后吴三桂娶妻张氏，生子吴应熊为九世孙。

以上是我对吴三桂籍贯的初步考察。限于资料，目前尚无能够一锤定音的铁证，只敢说仅供读者和学界参考吧。

辽东吴家与胶东左家的关系是我至今没弄明白的一个问题。

《明季北略》卷二十"廿三辛亥诸臣点名"条记载："是日点名完……下午出榜……第二榜特选兵政府左侍郎左懋泰，镇守山海关等处地方。"

《清史列传·逆臣传·唐通》也有记载："李自成遣伪兵政府左侍郎左懋泰偕通守山海关。"

《明季北略》卷二十"吴三桂请兵始末"又记：三月"二十九日，自成使唐通文武二人犒师，赍吴襄手书招三桂。"

合参以上三条记载，李自成甲申三月二十三日特授原明朝降官左懋泰为"兵政府左侍郎"，相当于国防部副部长，二十九日命左懋泰带着原明朝降将唐通去招降吴三桂并镇守山海关。

左懋泰山东登州府莱阳县人，是南明名臣左懋第的嫡堂兄长。甲申五月南明政权甫立未久，弘光帝即派左懋第为特使赴北京与吴三桂联系，封吴三桂为"蓟国公"，意在以吴三桂为桥梁，联络清朝，共同剿闯。

我的问题是，甲申国变之际，大顺和大明两个生死对立的政权，为何突然双双在笼络吴三桂之事上如此推重左氏兄弟？照我的看法，辽东吴家与胶东左家必有目前尚不为人知的密切关系。为此我遍索资料，企图解开这一谜团，然而令我非常失望，我的这一逻辑推断并无任何文献资料可为支撑。

2015年在我创作这部小说期间，有幸从网上结识了胶东莱阳左氏第十八世宗亲左言新先生。左言新先生为"莱阳左氏宗亲联谊会"副会长兼秘书长，亦为"五修《莱阳左氏族谱》编辑委员会"的秘书长。网上交谈，我向左先生提出了我的疑惑，希望二人联手，解开这一谜团。承蒙左先生鼎力相助，使我获得了不少莱阳左氏一脉的初始信息，纠正了两处我在《吴三桂与甲申之变》中的错误。然而遗憾的是，我所关心的主要问题，在现存《莱阳左氏族谱》里依然未能寻找出直接的证据，只有些许蛛丝马迹可供循译。因此在这些蛛丝马迹的基础上，我在小说第30章设置了辽东吴家与胶东左家两代世交的情节。在此我要郑重声明：这一情节纯属虚构。这部小说只有两个重要情节出于我的逻辑推断而无具体史料支撑，一个是黎玉田在山海关献"联贼抗虏"之议并入闯营密报吴三桂邀多尔衮直入山海关的消息（而黎玉田最终投向李自成并任大顺的"四川节度使"则是有史料记载的），另一个即是所谓吴左两家的两代世交。

莱阳左氏是很令人钦佩的胶东望族，开宗以来，代有贤才。三世祖左之武，任明朝的京畿永平府守备，公元1642年为抗御外侮而战死沙场，归葬时"仅存一股（一条大腿）"。另一个三世祖左之龙在京畿房山和良乡知县任上时，风骨棱棱，力挫豪强，关心民瘼，兴利除弊，直声动朝野，足可与嘉靖朝名臣海瑞相媲美。四世祖左懋第更是名满天下的豪杰之士，利禄不能诱，威武不能屈，春秋持心，舍生取义，行事与南宋名臣文天祥相若，是著名的爱国英雄。凡此人物，足光门楣，值得后人旌表和纪念。在此我要感谢左言新先生的赐教之惠！

饶有趣味的是，闻名已久的左书谔先生居然也是莱阳左氏的第二十世宗亲，且任"莱阳左氏宗亲联谊会"常务副会长兼"五修《莱阳左氏族谱》"的主编。左书谔先生对吴三桂的研究有开拓之功，在1986年2月《北方论丛》首发《吴三桂降清考辨》一文，引起了史学界持续一年多之久的吴三桂问题大讨论。目前虽无史料证明我辽东吴家与莱阳左家关系的判断，但左书谔首翻吴三桂之案，似乎冥冥之中向人昭示，吴左两家，莫非确有夙缘？

陈圆圆的籍贯和身世是被当前史学界和社会上搞得极其混乱的一个问题。最为流行的一种说法是：陈圆圆是昆山人，本姓邢，字畹芬，幼而丧母，从养母，改姓陈。

927

这个说法的源头有二：其一，清人钮琇《觚賸》卷四《燕觚》，原文"圆圆之养姥曰陈，故幼从陈姓，本出于邢"；其二，清人陆次云《圆圆传》，原文“圆圆陈姓，玉峰歌妓也。”按：“玉峰”即指“昆山”，详见拙作《吴三桂与甲申之变》第九章。

钮琇《觚賸》和陆次云《圆圆传》是三藩之乱平定后康熙三十年（1691）前后所出的笔记小说，摭拾耳食之言以成文，均非信史，并不可靠。南开大学历史系教授陈生玺先生有专文《陈圆圆事迹考》，初载于《南开史学》1981年第2期，后更名《陈圆圆其人其事考》，收录于陈著《明清易代史独见》论文集。该文依据清光绪《武进县志》和清人李介立《天香阁随笔》等大量可靠文献资料，对陈圆圆的籍贯和身世考辨甚详。大意为：陈圆圆江南常州府武进县奔牛里人，陈姓氏，其父以游贩闺中物品为业，人称“陈货郎”。陈货郎以嗜歌曲而败家，中道殒身。其时陈圆圆年纪尚幼，失身为妓，流入苏州娼馆。崇祯十五年（1642）为皇戚田弘遇所夺，挟入北京，后归于吴三桂，随入云南，死于昆明——据此则陈圆圆的姓氏、籍贯、身世和死亡之地已经清清楚楚，并无所谓“昆山人”或“本姓邢”“字畹芬”之类的说法，也无陈圆圆死于昆明以外某地的说法。

陈先生此文三十余年来未见有对其进行商榷或驳斥者，如此则史学界对其研究理当重视并采信。除非另有新见将其驳倒，否则即应尊重陈先生的研究成果，而尊重别人的研究成果应该成为史学界的良好风气。

作为历史研究的课题之一，我们今天重新认识吴三桂是必要的，但必须首先弄清历史事实。在事实准确、客观公正的前提下，历史地看待问题，功是功，过是过，如此才能谈得上正确认识这一历史人物。甲申国变之际，吴三桂是王永吉“联清剿贼”颟顸决策的执行者和牺牲品，为多尔衮玩弄于股掌之上，恢复大明之志破灭，被骗无奈而降清，如此而已！降清之后，终顺治一朝十八年，多尔衮和顺治帝俱待其不薄，尊宠显荣，逾于常人。吴三桂感恩戴德，发誓“矢忠新朝”，甘效犬马。在征陕川、下湖广、平云贵的过程中，追杀李自成和张献忠农民军余部、剿灭晚明残存诸政权，为清朝立下了汗马功劳。直至顺治十七年（1660）云贵既平，永历帝亡命缅甸，已经对清朝构不成威胁了，而吴三桂仍然向清廷献“三患二难”之议，自请率兵出境，入缅甸擒杀永历帝，彻底断绝了晚明的余脉。凡此均为吴三桂效忠清朝、急于立功自见的明证。我关注到有人无视这些事实，盲目为吴三桂翻案，甚至把吴三桂鼓吹成“促成国家民族统一的大英雄”，这种论调，窃为严肃史家所不取。

　　迨于顺治帝既崩，博尔济吉特氏皇太后（即逝后谥"孝庄"者）不满于顺治帝轻满臣、重汉官的做法，联络鳌拜等满洲贵族王公大臣，假顺治帝之名，搞了一个所谓"遗诏"，而实际是个"罪己诏"，计有"朕之罪"十四款。其中第五款："满洲诸臣，或历世竭忠，或累年效力，宜加倚托，克尽厥职，朕不能信任，使有才莫展。且明季失国，多由偏用文臣，朕不以为戒，反委任汉官，即部院印信，间亦令汉官掌管，以致满臣无心任事，精力懈弛，朕之罪一也。"有基于此，康熙帝即位之初，一改乃父旧政，重用满臣，排斥汉官，尤悉心于削夺汉将的兵权，终致逼反吴三桂，酿成了祸连十一省而历时八年之久的"三藩之乱"。吴三桂反清的远因，实肇端于孝庄皇太后与满族亲贵合谋炮制的所谓"顺治帝遗诏"，这一点，至今尚未引起史学界的注意。

　　当初多尔衮违背"威远台盟誓"，吴三桂心有戚戚，然而清廷的怀柔与厚待，尚能使吴三桂隐忍不发而甘心效命。多尔衮既逝，顺治帝亦崩，吴三桂连失倚恃。及至康熙帝撤藩，旧怨复萌，翻为新恨，吴三桂只有鱼死网破地举兵一逞了，为此才在《反清檄文》里大揭当年多尔衮违誓毁盟、背信弃义的老底。

　　自然的，三藩乱起，天下响应，这其中另有更为复杂的背景或前提：康熙帝压制汉官、有意激反吴三桂是其一；吴三桂私心为用、以为可利用天下人心思明的情绪而为自己的反清举动张目是其二；汉人不满于异族的强势统治是其三；康熙帝错估大局，以为对三藩"撤亦反，不撤亦反"，而吴三桂实则初无反心是其四；吴三桂蓄发易冠，利用了汉人的怀旧情绪和汉将对清廷压制的不满情绪是其五；清朝入关之初，圈地逐民，屠戮汉人，且两下薙发令，杀人如麻，如"扬州十日""嘉定三屠"那样的积恨在汉人心中挥之不去而欲趁机一涤前耻是其六……大致个人的意志与野心，君臣间的猜忌与自负，民族间的压迫与反抗，庙堂失策，江湖误蹈，各种因素交错混杂，互为因果，导致生民涂炭，经济凋敝，数百万生灵横死沟壑。实际上对于任何一方来说，都没有绝对的正义与非正义可言。简单地把这场动乱的性质要么定为"叛乱"，要么颂为"起义"，其实都是失察于史实的偏颇之谈。

　　康熙帝是个很聪明的君主。有鉴于三藩之乱而闯下的滔天大祸，始知秉承乃父"罪己诏"而"重满抑汉"的做法根本就行不通。因而才有祭泰山、拜孔庙，特设"博学鸿词科"，极力拉拢甚至讨好汉人知识分子的一系列措施，终于将大局稳定下来，奠定了清朝二百六十余年的国祚。

对待历史问题，应该站到历史的层面，用历史主义的眼光来看待，不能站到现代人的立场，用实用主义的态度去解释。就甲申之变而言，当时的明清双方各自为国，都是独立的政权，在当时就是国与国之间的关系，明朝对清朝自称"大明国"，清朝对明朝自称"大清国"，而明朝称清朝为"北朝"，清朝称明朝为"中国"——历史原貌如此！而这些，都不能用现代政治关系和地域关系的国家概念去理解。如果不考虑历史事件发生的时代背景、政治背景和文化背景，一味站到当代人的立场上，实用主义地去看待历史，许多历史问题都将被解释得一塌糊涂。历史学应该是一门独立的学科，不受其他因素的干扰；历史是已经发生过的事情，不可逆转，无法改变，我们只能接受它、承认它、尊重它，在接受、承认和尊重的基础上，进而认识它，探讨它，反思它，总结成败得失，得出经验教训，益者存之，害者弃之。只有这样，我们才能深入历史，审视历史，知道古人究竟干了些什么，从而把握历史发展的脉搏和规律，为我们今后要干什么和怎么干提供可靠而有益的借鉴。

王永吉在山海关决策"联清剿贼"，后世俱将其理解为吴三桂"借清兵剿贼"。我在《吴三桂与甲申之变》中已经辨明，此事的决策者是王永吉而非吴三桂。现在要谈的是，究竟是"联清剿贼"还是"借清兵剿贼"？一"联"一"借"，意义大不一样。联则双方合作，借则觍颜求人，事关这一重大历史事件的根本性质，不可不辨。据《清世祖实录》卷四·顺治元年（1644）四月壬申，王永吉以吴三桂的名义致书多尔衮，其中有云："乞念亡国孤臣忠义之言，速选精兵，直入中协西协，三桂自率所部，合兵以抵都门，灭流寇于宫阙，示大义于中国。"细审此文，有乞援之意，无借兵之实，专门强调的是两家"合兵以抵都门"，共同剿闯，以"示大义于中国"，明确表示出灭贼之后再造大明之意。联系下文："则我朝之报北朝者，岂唯财帛，将裂地以酬。"本诸尊重历史的原则，我们应该弄清，王永吉的初衷是与清军合作，灭闯之后，对清朝"裂地以酬"，南北分治，以延续大明正统，明清两家仍是敌体关系。此与后晋石敬瑭以割让燕云十六州为先决条件，而乞兵契丹、甘做儿皇帝以灭后唐，其性质大不相同。这一点，我在小说中已有具体描述，兹再次提请读者注意，不要曲解了古人的本意。王永吉固然大明罪人，而我们仍应秉持实事求是的态度，一是一,二是二，不能强加以不当之咎。

"关宁铁骑"之为词，仅一见于吴伟业的《绥寇纪略》，其他所有正史野乘的文献资料里均无此说。考察明朝的边兵制度，并无所谓"关宁铁骑"的建制。20世纪70年代姚雪垠先生小说《李自成》采纳吴伟业"关宁铁骑"的说法，并进一步杜撰了另一个"宣大铁骑"。学人不查，引为己用，逐渐窜入史学界，致使不少学者的论文或专著里出现了这一史实所无的词汇。由此辗转致误，以讹传讹，"关宁铁骑"之说在民间影响甚大，网上百度，绘声绘色，大有弄假成真之概。在此我也要提请读者注意，所谓"关宁铁骑"并不是历史事实。事实是，宁远军自宁远军，关门军自关门军，甲申国变之际，二军整合，统称"关宁军"。

清朝世袭罔替的"八大铁帽子王"之说，实始于乾隆年间，顺治朝并无此说。而我在小说的第34章里，为了情节的需要，以后置前，将其挪用于顺治元年。在此要向读者说清楚，以免遭无谓的拍砖之窘。

第一个话题就此而止。再说第二。

这部小说的体例，以日系事，每个历史事件的发生和演化，都有事发的具体日期，便于读者核对史料，以供覆按。而在时间的跨度上，我只写了从甲申年元月初九日至五月初五日近五个月期间的五十天之内所发生的事。每个章节即为某一天。其中某一天之内大明、大顺、大清同时发生了两个以上重大事件者，则在此章节中又分若干个分章节，章节叠加注明相关王朝的年号和日期，各分章节则以四字标题为识。如此共得五十个章节，六十三个分章节。此后历史事件的发展情节简略如下。

大清顺治元年五月十二日。吴三桂与阿济格追杀大顺军至庆都而止（按：我在《吴三桂与甲申之变》中说吴三桂追杀大顺军至固关而止，实误。后考察史料，此说不实，特为更正，并向读者致歉），于此日奉多尔衮之命返回北京。吴三桂入朝阳门，士民出迎，皆剃发哭诉。吴三桂流泪说："清人太轻视中国了！之前清朝征服朝鲜，也令朝鲜人剃发，朝鲜人以死相争，说我朝衣冠，相传数千年了，如今宁愿杀头，也不剃发。清人无可奈何，只好作罢。我堂堂天朝，难道还不如一个藩属国吗？我来晚了，让你们受苦了。"遂入大内与多尔衮力争。多尔衮采纳了吴三桂的意见，半个月后，罢剃发之令，张文自责："不顺民情，是我的过错。"复令民间蓄发戴冠，一如明朝旧制。

大明崇祯十七年五月十五日。朱由崧南京称帝，改明年为"弘光"元年，史称"南明"。随后马士英入阁，为首辅，引阮大铖为兵部右侍郎，旋进兵部尚书；史可法则被迫自请出镇扬州督师。

大清顺治元年七月初十日。李自成出固关入山西，布置山西防线。随后渡黄河入陕西，败退西安，设重兵据守潼关。

大清顺治元年七月二十九日。多尔衮致书南明史可法，声称清朝"抚定燕京，乃得之于闯贼，非取之于明朝也"，劝史可法说服南明君臣，识机知变，解甲归降，否则将以武力夺取江南。

大明崇祯十七年八月初四日。南明弘光帝封吴三桂为"蓟国公"，命左懋第为使臣，赍敕书赴北京。使命有二：一是要与吴三桂取得联系，谕其"永镇燕京，东通建州"，作为明朝与清朝之间的沟通者；二是要与清朝谈判，共同灭闯。左懋第入京，寻访吴三桂。吴三桂避而不见，将弘光帝的敕书原封不动呈奉多尔衮；暗中派人至左懋第驿馆致意："清朝法令极严，恐致嫌疑，不敢出见"，并表示今后对南明"终身不忍以一矢相加遗"。

大明崇祯十七年九月十五日。史可法复书多尔衮，对吴三桂联清剿贼之举颂扬备至，对清朝的出兵"义举"表示诚挚感谢，并强调朱由崧称帝继统，上应天命，下顺舆情。至此为止，史可法仍然对清朝心存幻想，明确表露，南明政权将与清朝携手合作，剿杀闯贼，除恶务尽。

大清顺治元年十月初一日。顺治帝九月自沈阳入山海关至北京，于此日躬行定鼎天下的登基大典。敕封吴三桂为"平西王"。吴三桂受封，跪拜称臣，正式降清。随后曾短暂回镇辽东，旋又奉命与阿济格入山陕追杀大顺军。

大清顺治元年十一月十四日。南明使团与清朝谈判失败，此前的十月二十七日多尔衮纵左懋第南归，而于此日幡然变计，遣百骑追至沧州，将左懋第拘回北京，囚禁于太医院，谕其投降。左懋第手书"生为大明忠臣，死为大明忠鬼"于门侧，且自作"苏武牧羊图"悬于室壁，以古贤自励，誓不降清。

大清顺治元年十一月十七日。藏匿于京西皇姑寺的明崇祯太子朱慈烺，听说长平公主在其外祖父周奎府中，因私潜至周府。周奎始而佯作不识，及至长平公主出见，兄妹二人相拥痛哭，周奎始率家人以见皇太子礼跪伏迎拜，设席款待。席间问起太子此前的下落，太子不谙人情险巇，率直相告，把僧人真庆、内侍常进节和崇文门外弥陀庵的贵尼和盘托出。次日太子又来，长平公主赠以棉袍，临别叮嘱太子不要再来，而太子不明就里，隔日复来。周奎劝其改姓刘，从此隐身匿形，太子不从。周奎乃秘嘱其侄周铎，出告于清朝维持京城治安的巡捕营，械送刑部。经刑部审讯，株连常进节、贵尼、僧真庆，以及原明朝官员和京师民人钱凤览、朱六邵、杨时茂等十四人，俱被多尔衮下令处死。太子则被严密拘禁。

大清顺治二年正月。大顺军失守潼关。先是，英郡王阿济格与平西王吴三桂合兵击破大顺军的山西防线，多尔衮命豫亲王多铎统兵侧攻陕西，两军疾进，夹攻潼关。刘芳亮初四日增援潼关，出战不利。适值清军红衣大炮运至，狂轰数日，大顺军败绩。李自成偕刘宗敏弃西安，走蓝田，出武关，逃至襄阳。

大清顺治二年三月。大顺军自襄阳移军东下，据守武昌的明朝悍将左良玉引兵避走，李自成入据武昌城，调兵遣将，意欲继续沿江东下，直取南京为业。四月，清军阿济格与吴三桂分两路绕袭湖广阳新和江西九江，切断大顺军东去之路，继而合攻武昌。大顺军弃武昌败逃，刘宗敏为清兵所执，枭首。五月，李自成败逃湖广通山县九宫山，至牛迹岭查看地形时，为明朝的当地村民程九伯所误杀，草莽英雄，死于非命。此后李过和刘芳亮偕张萧归降于南明的湖广巡抚何腾蛟，联手抗清。

大清顺治二年四月。清朝豫亲王多铎破潼关后，引兵东顾，二十三日达于扬州。史可法拒敌无策，矢志以死报国。二十四日清军炮轰扬州，城破，史可法单骑入清营，高呼："我是史可法！"多铎劝降，史可法不从，引颈受死。多铎纵兵屠城十日，阖城男妇老幼皆死于难。

大清顺治二年五月。初八日，多铎率清兵自瓜州渡江至镇江，直达南京。弘光帝弃城而逃。南明大学士礼部尚书王铎偕钱谦益率诸勋戚大臣跪伏迎降。二十二日，南明叛将擒获朱由崧，献于清军。朱由崧乞降，多铎纳降。之后将朱由崧械送北京。至此，弘光朝亡，清朝南北一统之局成。

大清顺治二年六月。初五日，清朝再下薙发令，"文武军民，尽令剃发，倘有不从，以军法从事！"令到之日，各地限时剃发，违者格杀勿论，因有"留头不留发，留发不留头"之说。为护华夏衣冠，全国各地纷纷起而反清，清朝则以武力镇压，狂戮滥杀，京畿、山东一带死人无算。江南则江阴、嘉定、苏州、太仓、昆山、常熟、金坛、武进、嘉兴、淞江等，地域波及十二县，尤以江阴和嘉定二县反抗最烈。数以百万计的明朝遗民为护发而死于清

933

兵的刀刃之下。

大清顺治二年闰六月。十九日，多尔衮百般劝降左懋第而无效，遂下处死令。左懋第大明荩臣，为国捐躯。

大清顺治三年五月。多尔衮以顺治帝的名义，下令将皇太子朱慈烺、弘光帝朱由崧、秦王朱存枢、晋王朱求桂、潞王朱常淓等原明朝宗室藩王十七人斩杀于宣武门外菜市口。

这部小说开笔于2009年的春末。一年半之后，因诸多公事私务的耽搁和干扰而辍笔近三年。2013年夏秋之际始断而再续，之后又续而再断，断断续续延于2016年冬初步完稿，至今春定稿，历时七年余而费时五年整。由于这部小说要真实地反映历史事实，所以我的创作空间并不大。但文学作品，虚构是必不可少的艺术手段之一，如何在极其狭窄的创作空间里写出一部既具历史严肃性，又兼阅读趣味性的文学作品，即是我苦苦思索且时时纠结的一个问题。如今写成了这个样子，把它呈现出来，自感愧天怍人，卑陬失色。祸枣灾梨之际，成败得失，已非所计，只能交给读者去评判了。

掷笔踌躇，聊充后记。

林奎成丁酉谷雨后五日谨识于古大梁城西可以居

一次成功的辩伪

——《吴三桂与甲申之变》阅后意见

吴　锐

　　我逐字读完了林奎成先生的《吴三桂与甲申之变》，深感这是一部极具创新、可读性强的著作。

　　学术界的主流看法是吴三桂先投降李自成，因爱妾陈圆圆被李自成部下抢走，转而投靠满人，引满人入关，导致明朝亡国大祸。此等论调识见短浅，尤其是扯上陈圆圆，可谓俗不可耐，但在史学界却成为主流看法。

　　为推翻学界主流看法，林书采取釜底抽薪的辩伪方法，肯定了《清史列传》所记崇祯"令蓟辽总督王永吉徙宁远兵五十万入卫，三桂留精锐殿后"，说明崇祯皇帝不能越过吴三桂的上级直接给吴三桂下达诏书。林书继而考证出李自成3月15日兵至居庸关，明朝蓟镇总兵唐通投降李自成。大顺军3月19日进京，29日派唐通招降吴三桂。4月7日，李自成部将刘宗敏"索沅"，沅即陈圆圆（因李自成进京，陈圆圆即落入刘宗敏之手。陈圆圆不甘心而潜逃，被刘宗敏发觉）。此时吴三桂依然镇守在山海关，哪能"冲冠一怒为红颜"。4月11日，吴三桂拒降的消息传来，李自成惊慌失措，倡议亲征，大臣极力规劝李自成安居京城，黄袍加身。正是4月11日，明将杨坤、郭云龙奉命出关向满人借兵，借兵的主谋不是吴三桂。崇祯死后，王永吉身怀崇祯"总督各路援兵"的手诏，成为一时无两的北方最高行政和军事长官，借兵的决策必然出自王永吉而非吴三桂。借兵的条件是满人帮助消灭李自成，得到黄河以北之地作为酬劳，明朝在黄河以南存续国脉。王永吉在4月17日离开山海关，率三十骑南下，把一个烂摊子丢给吴三桂，致使后人将一切罪过发泄在吴三桂身上。9月15日，南京兵部尚书史可法致书大清国摄政王多尔衮，表示对清国出兵剿贼的感谢,对吴三桂借兵是赞扬的。吴三桂"乞师"在清人看来是"迎王师",在满人统治中国之后,文人慑于文字狱,只能如此记载。而在明朝遗民和后人看来,"迎王师"(实为"乞师")成为吴三桂挥之不去的罪恶。借兵失败,复国无望,吴三桂于甲申十月受顺治帝册封,效命清朝成为"三藩"之一。但是满人对汉人大将还是不放心,林书分析,三藩之乱爆发后,康熙帝出于政治斗争的需要,为批臭吴三桂,捏造吴三桂投降李自成,后人跟风,添枝加叶,卒使谬说窜入正史,混淆学术界视听三百余年。(林书第97页)

清代文网严密,但考据学大兴,学术大师全祖望就曾指出,国难时陈圆圆为刘宗敏挟去,尚未归于吴三桂,说吴三桂因陈圆圆而叛李自成,"近乎下流"。(林书121页也引用)

1949年以后,随着政治风气的摆动,对吴三桂的评价也随之起伏。

先是官方将李自成定性为农民起义,造反有理。吴三桂是农民起义的对立面,当然是罪大恶极。

20世纪80年代以后,有人认为吴三桂投降清国,促进了中华大一统。林书认为这还是民族主义的翻版。即从汉民族主义扩大成了以汉族为中心,包括各少数民族在内的中华民族主义。(第233页)

当然,林书也指出,吴三桂并非完人,只是不应该把他降清与否作为评价他一生功过是非的标准。

对历史的翻案容易走向庸俗,他们道听途说,以为翻案就能耸动视听,殊不知辨伪之学自有其规律。林奎成先生是科班出身的历史学家,他这本书是一次成功的辨伪。

2012年8月15日

(吴锐,中国社会科学院历史研究所资深研究员,韩国庆尚大学校人文大学访问教授。)

实事求是治史，雅俗共赏著文

——《吴三桂与甲申之变》阅读意见

张　帆

本书稿对甲申年（1644）明朝灭亡前后吴三桂的活动进行了细致考辨，在一定程度上比较客观地复原了甲申上半年明、清、顺三方角逐的复杂历史画卷。作者的主要结论是：一、吴三桂没有降闯；二、吴三桂的降清与陈圆圆无关；三、借清兵"剿贼"的决策人不是吴三桂。这些观点有的并非首创，但就论述的深入和系统程度而言，本书稿实有后来居上之功。作者下了很大工夫搜集零散史料，进而对彼此矛盾、众说歧出的史料进行了认真细致的辨析，去伪存真，去粗取精，得出的结论具有较强说服力，至少可备一家之言。记述明清之际史事的资料为数浩繁，其中很多内容出自道听途说，甚至向壁虚构。如果不加分析，盲目采用，则不唯不能接近史实真相，更不免南辕北辙，治丝益棼。本书稿花费大量篇幅进行资料鉴别，判定了不少伪书或虚假史料，所言虽偶或失之武断，但绝大部分是言之有据的，对于研究明清之际史事具有重要的参考价值。对吴三桂这样一个夙著恶名的历史人物，作者并非简单地做翻案文章，而是将其置于错综复杂的历史背景之下，合乎逻辑地论述其动机和行为。与史学界已有的大多数相关论著相比较，作者对吴三桂的分析和评判更为客观、可信。书稿最后关于如何评价吴三桂的讨论，也没有流于狭隘民族主义和庸俗实用主义的窠臼，而更加接近实事求是的历史主义原则。在写作方面，脉络清晰，文笔流畅，虽征引大量史料，而不觉枯燥乏味，基本做到了雅俗共赏。

937

2013 年 4 月 16 日

（张帆，北京大学历史学系主任、教授、博士生导师。）

图书在版编目（CIP）数据

甲申风云 / 林奎成著. -- 北京：作家出版社，2019.4
（2020.5重印）
　　ISBN 978-7-5212-0033-1

　　Ⅰ．①甲… Ⅱ．①林… Ⅲ．①长篇小说 – 中国 – 当代Ⅳ.
①I247.5

中国版本图书馆CIP数据核字（2018）第087474号

甲申风云

作　　者：林奎成
策划编辑：郑建华
责任编辑：郑建华　李　雯
装帧设计：曹全弘
书名题字：林奎成
出版发行：作家出版社有限公司
社　　址：北京农展馆南里10号　　　　邮　　编：100125
电话传真：86-10-65067186（发行中心及邮购部）
　　　　　86-10-65004079（总编室）
E-mail:zuojia@zuojia.net.cn
http://www.zuojiachubanshe.com
印　　刷：三河市北燕印装有限公司
成品尺寸：170×240
字　　数：1012千
印　　张：60.25
版　　次：2019年4月第1版
印　　次：2020年5月第2次印刷
ISBN　978-7-5212-0033-1
定　　价：135.00元（全三册）

作家版图书，版权所有，侵权必究。
作家版图书，印装错误可随时退换。